A HISTORY OF ENGLISH LITERATURE

(VOL.2)

英国文学通史

【第二卷】

常耀信　主　编

索金梅　副主编

南開大學出版社

天津

主　编　常耀信

副主编　索金梅

编　者　（按姓氏笔画均排列）

马红旗　牛红英　王庆勇

王蕴茹　刘　英　刘　晋

刘富丽　李　莉　苑　辉

赵国柱　郝蕴志　黄宗贤

崔丽芳　蔡玉侠　戴　欣

前　言

（一）

关于英国文学，国内外的研究成果很多。国外在这方面的研究，积多年研探之成果，成绩斐然。不论是专题性研究，还是阶段性研究、个例生平与作品研究、思潮和流派研究等，成果从论文到专论、通史、各类综合与个例注释性词典等，以时间幅度看，自古迄今，可谓应有尽有、无所不包。唯对中世纪的研究不够，研究成果少些，大学课程设置也不足，学者数量也少。

外国学者进行文学研究，有其突出特点。一般说来，外国学者的文章论理充分，逻辑性强；在体现和诠释西方文化的组成因素方面做到深入而翔实；文学评论概括性强、规范性强、提示性强。比较权威的《剑桥英国文学史》明显体现出这些特点。外国学者的文学研究的另一特点是，由于他们心目中的读者主要是其国人，因而常常忽略提供文本分析细节；他们认为，有些细节国人已经知道，没有必要在文章中加以重复。他们有时强调“面”而忽视“点”。我国读者，尤其是非专业读者，读来有时会有堕入五里雾中的感觉。

目前我国图书市场上关于英国文学研究的学术作品数量不少。其中有不少断代史性质的作品，如王佐良先生等编著的《英国 20 世纪文学史》、侯维瑞先生著的《现代英国小说史》、李公昭先生等编著的《20 世纪英国文学导论》、阮炜先生著的《社会语境中的文本——二战后英国小说研究》等。也有不少专项研究性质的作品，如王佐良先生著的《英国诗史》、殷启平先生等著的《英国小说批评史》、何其莘著的《英国戏剧史》等。关于英国文学通史方面的书籍，有陈嘉先生的英文版《英国文学史》（4 卷）、侯维瑞先生主编的《英国文学通史》、一些学者和专家（如北京外国语大学和北京大学的学者、教授们）撰写的五部英国文学断代史等。还有文学简史类，如南开大学出版社出版的常耀信的英文版《英国文学简史》和南京大学王守仁等著的中文版《英国文学简史》等。此外，还有一些学者编写的英国文学简史。另外则是我国学者翻译的外国版英国文学史，如人民文学出版社出版的《牛津简明英国文学史》等。总的说来，文学简史类作品稍显简略，翻译的外国文学史覆盖面广，原则性评价多，对主要作品的详细赏析有时偏少，我国非专业读者读来会觉得有些抽象、空洞，缺乏具体感受和深刻印象。

综上所述，我们也需要一种“点”“面”俱到、繁简相宜、适合我国读者阅读和欣赏水平的英国文学通史。

（二）

我们南开大学外国语学院的《英国文学通史》撰写组认真参考国内外外国文学学者与专家的研究成果，努力撰写一部适合我国读者的口味、篇幅适当、有面有点的英国文学通史。这部文学通史既注重“面”的覆盖性，凡可驻足文学史的作家，都尽力给予适当的篇幅加以论述；又注重“点”的处理，进一步充实材料，加强对重点作家的重点作品的批评性赏析与评价。每位重点作家，在全面介绍的基础上，至少要选其一部乃至多部作品，做比较详细的内容与形式上的分析；这些分析具有作品欣赏的意味，行文大体和珀西·卢伯克在他的《小说技巧》一书里对欧美一些主要作品所做的分析那样。这是本书的突出特点，是表现笔者鉴赏、洞察和表现力度的关键所在。此外，在时间跨度上，本书将把历史年代拉到最近二十年；这涉及对尚未定论的年轻作家的评价，要求材料尽量翔实、判断尽量准确，这是一枚考验笔者智力和评论目光的试金石。在内容跨度上，本书包括英国不同种族作家，以及对前英联邦国家的文学史简述。

我们的《英国文学通史》努力做到有面有点，面烘托点，点带活面，在以下几个方面应能产生一些积极作用：

（一）作为一部学术专著，《英国文学通史》将系统、全面、深入地挖掘、探索、研究、分析英国文学史料，力求钩深致远，探讨它的深度，发现它的高度，总结文学创作的规律性因素，展示多年来国内外学者的前沿性研究成果。因此，《英国文学通史》应能成为英国文学研究方面一本举足轻重的学术资源性书籍。

（二）对于文学研究者、文学评论者及文学爱好者，本书应能帮助他们提高文学欣赏和分析水平，以更好地研究我国文学和外国文学作品。

（三）对于我国的文学创作，本书，尤其是它对重点作家和重点作品的赏析部分，应能给我国作家在选材、情节构思、结构设计、表达模式和表现方式、叙事视角、人物塑造、事件描述、遣词用字等方面，提供一些有益的参考意见和建议，在某种程度上促进我国文学创作事业的发展。

（四）对于广大读者，本书应能帮助他们读后既获得比较完整的印象，又能辅之以突出的多个个例感觉，从而能进入知识的三维空间，达到好的学习和研究效果。

（五）本书的语言将尽力做到新颖、活泼、洗练、流畅，雅俗结合，风趣可令人捧腹，应能给读者带来美的享受。

（三）

我们在撰写过程中，注重介绍和评论一些由于各种原因在文学史书上曾经受到某种忽视的阶段和作家。比如古代和中世纪的英国文学，总的说来介绍不多，本书所用笔墨就重一些。又比如在第一卷里，我们对下列作家多加了些篇幅：古代英语散文家比德（The Venerable Bede），国王兼作家阿尔弗雷德，14 世纪的威廉·朗兰德、约翰·高沃尔（John Gower）以及约翰·威克利夫（John Wycliff），16 世纪的散文家与戏剧家约翰·李雷（John Lyly），“六大才子”以及其他戏剧家和翻译家，17 世纪初的琼生的弟子们及王政复辟时期的戏剧家，18 世纪的一些诗人和小说家等。

《英国文学通史》主要做了两件事：介绍和赏析。介绍部分包括时代背景、文化环境、代表性作家和作品。在这一部分，我们尤其注意了解与简介历年来国内外学者的研究成果，并在注释里标明出处，以备读者进一步查找与阅读。赏析部分包括对文本的评论。我们同样遵循上面的原则，在对作品评论时，尽量综合和反映中外历年来的学术研究成果。在这一部分里，我们也适当地反映我们自己在阅读、教学和研究中所取得的一些成果，力求对英国文学批评领域做出添砖加瓦的贡献。

《英国文学通史》分作三卷。各卷的时间跨度如下：第一卷自元初时期至18世纪后期；第二卷包括浪漫主义时期和维多利亚时期；第三卷从20世纪初年迄今。

南开大学《英国文学通史》撰写组，除南开大学外国语学院的文学研究人员外，还邀请一些兄弟院校同事共同参加撰写。参加本书第二卷撰写的同仁有（按姓氏笔画排列）：牛红英（天津理工大学）、王蕴茹、刘英、刘晋（上海师范大学）、刘富丽（浙江台州学院，特约）、李莉、苑辉（天津航空大学）、赵国柱（天津科技大学）、郝蕴志、索金梅、崔丽芳、常耀信、傅勇（北京国际文化大学）、蔡玉侠（河北师范大学）、戴欣。协助审校的有牛红英、王蕴茹、苑辉、蔡玉侠。李莉负责索引的汇总工作。

《英国文学通史》在撰写过程中，在各方面得到了南开大学和外国语学院各级领导的重视和大力支持。美国关岛大学也给予大力支持，尤其是批准主编享用学术假，用于科研与写作。南开大学和关岛大学英文系的同事们给予了我们无私的支持和帮助。笔者在这里一并表示衷心的感谢。

限于我们的知识面、鉴赏力和笔力，书中错讹之处在所难免，诚恳希望专家、学者和广大读者不吝指教。

南开大学外国语学院
《英国文学通史》撰写组
2008年8月28日于天津

目　录

··········第七章

19 世纪初期

第一节 社会历史概况

19 世纪初期的英国文学以其浪漫主义诗歌闻名于世。19 世纪的浪漫主义运动是国际性的运动。它在不同国家的发展方式各不相同。法国的浪漫主义运动兴起于拿破仑战争结束之后，它产生了诸如雨果（Victor Hugo, 1773-1828）、拉马丁（Alphonse Marie Louise Prat de Lamartine, 1790-1869）以及乔治·桑（Georeg Sand, 1804-1876）等文坛巨匠；在德国则出现了歌德（Johann Wolfgang von Goethe, 1749-1832）、席勒（Johann Christoph Friedrich von Schiller, 1759-1805）和“狂飙运动”；在俄国有普希金（Alexander Pushkin 1799-1837）和莱蒙托夫（Mikhial Lermontov, 1814-1841）。继欧洲各国浪漫主义运动 30 年之后，美国的浪漫主义运动开始兴起。欧文（Washington Irving, 1783-1859）、库柏（James Fenimore Cooper, 1789-1851）、艾伦·坡（Edgar Allan Poe, 1809-1849）、霍桑（Nathaniel Hawthorne, 1804-1864）、麦尔维尔（Herman Melville, 1819-1891）、爱默生（Ralph Waldo Emerson, 1803-1882）、梭罗（Henry David Thoreau, 1817-1862）、惠特曼（Walt Whitman, 1819-1892）及狄金森（Emily Dickinson, 1830-1886）等人是最为人们耳熟能详的美国浪漫主义作家。英国的浪漫主义情绪虽是长期积淀的结果，但也具有一些突然性。这种突然性是由一些具有历史意义的特殊事件触发的。这些事件包括两场革命——美国革命和法国革命，而其中尤以法国革命的影响最大。与此同时，英国本身也在历经一场革命。

在英国及欧洲的社会和政治历史上，浪漫主义时期是一个社会纷乱的阶段。在此之前，北美脱离英国，在承认人的天生权利的基础上建立美利坚合众国。“人人生来平等”这一口号立刻流行而传遍世界各地。1789年，法国革命爆发。当时法国正在分崩离析，富有的阶层——贵族阶层——拒绝采取任何措施以改善局面。于是三个阶层——教会、贵族、平民——开始直接冲突，平民阶层自做主张开始行动，坚持自己组建议会。这种行为实际就是造反，但是国王只得默认。同年7月14日，人们对巴士底狱进行猛攻，释放关押在那里的所有政治囚犯，国民大会批准通过《人权宣言》。当时人们都有一种强烈的感觉，即法国正在爆发一场革命，人们对国家事务将会拥有更多的发言权，将会过上更好的生活。人们在胸中郁积的不满情绪顷刻间全部宣泄出来。自由、平等、博爱等理想立即成为人们的战斗口号，激励人们展望更加美好的未来，憧憬一个全新的世界。这些给法国统治阶级带来极大恐慌。他们也清楚地预见到，更大的麻烦还在后面。1793年，国王路易十六被处死，雅各宾派上台当政，恐怖时期到来，人头落地，血流成河。法国军队出面帮助其他国家闹革命，这招致了欧洲各国统治者的愤怒和仇恨。之后，罗伯斯庇尔派上台，走中间道路的中产阶级接过政权。他们推翻雅各宾派，开始实行后来历史上所说的“白色恐怖”，局面开始混乱，军队出面斡旋，最后导致拿破仑将军上台，自立为国家的独裁者；这标志着法国革命的共和阶段已经结束。拿破仑在开始阶段为法国革命的左翼势力效力，后来他逐渐掌握了越来越多的控制权，最终宣布自己登基为皇帝。长达十几年的“拿破仑战争”自此拉开序幕。1814年，法国军队在滑铁卢被以英国为首的欧洲神圣同盟的军队打败，拿破仑最终被发配到大西洋中的圣海伦娜岛上。法国革命到此结束。从那时起，在一段漫长的时期里，整个欧洲陷入强力镇压的统治时期。[1]

所有这些对英国的局势都产生了巨大影响。英国政府变得更加保守，对人民的镇压行动愈演愈烈。在这一时期的开端，世人已看清楚，上个世纪的平衡格局已被打破，世界已经不再平安无事了。政治骚动已经出现，革命的思想在四处流传。此外，伦敦已不再是英国唯一的社会和经济活动中心。一场激烈的劳工冲突在国内发展起来。一方面，贸易及制造业繁荣发展，工厂体系获得全胜。工业化城镇在全国各地蔓延，诸如曼彻斯特、爱丁堡及利物浦等城市都开始大幅度地扩展。英国保持着治海权，统治了世界上近四分之一的人口，成为所谓的“日不落帝国”。它抢夺他国，聚敛了大量财富。另一方面，这些财富只给现存的贵族阶层及上升的中产阶级带来益处，给他们锦上添花，使他们更为富有。而与此同时，社会问题却变得更为严重和紧急。工人阶级没有受到保护，没有任何权利，人们越来越穷困，生活每况愈下。城市无产阶级在难以名状的悲惨环境中为生存而斗争。政府的自由贸易政策损害工人的利益。工厂主和经理们苦心孤诣地用最低廉的工资从工人身上榨取最多的利益。工人们长时间工作，每日长达 16 个小时，但工资却变得越来越低。女性劳工的工资更低。许多妇女还被迫卖淫。矿工所受到的打击最重。他们在极其恶劣的环境下拼命劳作。总的说来，工人阶级的生活状况呈现出持续下降的态势。工人阶级生活在贫民窟里，人民处于水深火热之中。

政府的镇压性统治日益严重。所有的法律都是按照中产阶级的利益制定的。1800 年颁布的集会结社法案把所有的劳工集会都视为违法。政府中止人身保护令的做法给予政府随意逮捕人的自由。但要求变革的力量仍在积聚。工人逐渐开始走到一起，集体进行思考与行动。各种各样的社会团体不断涌现；最初被视为非法的商会开始建立起来。兰开夏郡制造场的机械化使大部分织布工人失业。人们认为自己的不幸是由机器造成的，开始捣毁它们，于是爆发了一场骚乱。政府坚持将破坏机器的人处死或遣送到澳大利亚。拜伦勋爵（Lord Byron, 1788-1824）在英国议院贵族院发表影响力巨大的演说，为工人辩护。这次演说使他一举成名，成为整个英国的宠儿。

滑铁卢战役后，英国开始陷入第一个现代经济萧条时期。小麦价格跌落。高压性的法律，如谷物法，获得通过，用以禁止谷物的进口。拜伦作为英国宠儿的阶段很快结束。1816 年他不得不离开英国，丑闻是造成他被驱逐的部分原因，更主要的原因是他支持受压迫者的运动。他的朋友雪莱（Percy Bisshe Shelley, 1792-1822）日子过得也很艰难。他谈论无神论，在思想方面基本上是一个社会主义者。因此，1818 年，他也最终被迫辞国而去。转年发生了人们后来说的“彼得卢屠杀”。这是英国历史上发生的一个非常可恶的事件。当时，约 6 万名贫民聚集到一个名为圣彼得的地方，吁请政府给予救济。政府感到极度恐慌，派出警察去逮捕演说者，随后爆发骚乱，许多人受伤或被杀。雪莱在他的一首诗中嘲笑英国军队赢得了又一个胜利：继滑铁卢战役后，他们又取得了彼得卢战役的胜利。

与此同时，人们明显地感到，变化在出现，世事在更新，一股强大的要求变革的能量在释放出来。人们开始努力着手解决当时所面临的问题。

例如，罗伯特·欧文（Robert Owen, 1771-1858）提出了一个非常有趣的主意。欧文是一个精明的工厂主，具有人道主义思想，面对资产阶级的掠夺与贪婪，他以一种不同的观念、运用一种不同的方式在苏格兰经营他的工厂。他认为工人如果得到良好的待遇，他们就能工作得好。他努力让他的工人们工作时间合理，所得的工资合理，有像样的生活环境，生活得好而有尊严。结果欧文竟赚了钱。欧洲各地的人纷纷前来参观这家工厂。欧文把这种情况告诉议会，但议会拒不相信他的说法。另外，年轻的柯勒律治（Samuel Taylor Coleridge, 1772-1834）正打算与罗伯特·骚塞（Robert Southey, 1774-1843）一同前往美国去建立一个乌托邦，但因后者变卦而最后没有成行。从总体上看，当时作家对时局都作出了得体的回应。威廉·布莱克（William Blake, 1757-1827）热烈拥护美国革命与法国革命，创作出《天真之歌》（*Songs of Innocence*）；威廉·哥德温（William Godwin, 1756-1836）写出了《有关政治公平的探索》，宣扬他的社会主义理论；哥德温的妻子玛丽·沃尔斯通克拉夫特（Mary Wollstonecraft, 1759-1797）写文章为女权主义摇旗呐喊，她的文章标志着西方社会女权主义运动的开端；拜伦和雪莱苦心孤诣来表达他们对贫苦人的无限同情；华兹华斯（William Wordsworth, 1770-1850）高度赞同法国革命。这仅仅是举几个例子而已。最终，英国政府出于对法国革命的反应，强化了它的反动统治，把一切旨在实行人文主义的积极做法都无情地加以扼杀。此后，英国开始了长达 25 年的高压统治。[2]

这一时期与 18 世纪不同。18 世纪是“向心”时期，所有力量都朝一起聚拢。它重视平衡、中间事物、中间阶层、理智、合理、常识、传统形式与价值、自然神论、克制。社会中最常见的用语是“我们”、“服从”、“合理”。当时存在着一种平衡的状态，这种平衡的基础从本质上讲在于经济方面。人们越来越富裕，稳定感越来越强，人们普遍觉得世道不错。18 世纪的时代精神在当时的文学作品里清楚地反映出来。但是，浪漫主义时期是一个“离心”的时期，所有的力量都四分五裂，飞离中心。这是一个在多方面进行探索的时期，有些像伊丽莎白时期的情况。这一时期人们普遍认同的概念是“热情”、“直觉”、“崇拜”、“灵感”以及“我”这个代词。亚历山大·蒲伯倘若在世，一定会觉得这些概念都十分古怪离奇、难以接受。这一时代的动荡证实了一个事实，即评论家埃蒙顿·威尔逊（Edmund Wilson, 1895-1972）所说的，以“神权”为基础的英国与欧洲的同盟已被削弱，与此同时，一个新的、以个人和个体价值观念为基础的价值观在出现，取而代之。强调个人的价值与努力，成为新时期——浪漫主义时期——的主要特征。

第二节　浪漫主义时期的文学概况

这一时期的文学界异常活跃。首先，英国诗歌的成就达到登峰造极的程度，成为英国文学史上仅次于伊丽莎白时期的第二个重要时期。这个动荡的年代显示出诗坛存在的巨大能量。浪漫主义诗人们宛如“八仙过海”，个个都显示出自己独特的、卓尔不凡的才华，在诗歌创作中都取得了宏伟的成就。他们当中的一些诗人，例如华兹华斯与柯勒律治，提出了一种自然神秘主义思想。另一些诗人，如雪莱与济慈，认同了一种感性的唯美主义，而拜伦则在行动中体现出这种新观念，他在作品里表现出他独特的“拜伦英雄主义”。在后面章节中我们将探讨几个浪漫主义诗人的创作情况，包括华兹华斯、柯勒律治、拜伦、雪莱以及济慈等。这些诗人的作品，从总体上说，代表了英国诗坛对于法国革命以后所出现的变化和新鲜感以及在感情和思想方面所作出的敏感反应。在这五个人当中，前两位后来变得保守，其余三位，诗人罗伯特· 骚塞称之为“撒旦派”作家，则具有反叛和进取精神。在当时享有盛誉的桂冠诗人罗伯特·骚塞很多产。他写得太多、太快、太容易，因此一些人认为他的写作目的是赚钱（他需要供养他本人和他妹夫柯勒律治两个家庭）。他的声誉后来急剧下降，现如今已经没有多少人阅读他的作品了。但他也写出了一些佳作，如《贝伦海姆战役》（*The Battle of Blenheim*），可能很值得人们进一步研读。在那个时代，华兹华斯最体面，拜伦最负盛名。如今随着历史的迷雾渐渐消失，人们开始认同这样的看法，即早期的华兹华斯、柯勒律治及济慈更好地经受住了时间的考验。但是所有这些浪漫主义诗人，或许要把骚塞除外，都是英国诗歌史上的主要诗人。[3]

在小说创作方面，这个时期也人才济济，而且不拘一格。沃尔特·司各特（Walter Scott, 1771-1832）声名最响，他早年写诗，后来转向小说创作。在两个重要的文学领域内，他都是佼佼者。他的想象属于典型的浪漫主义性质。和他同时、他给予很高评价的一个女作家——简·奥斯丁在小说创作中运用的却是典型的现实主义手法。她的故事动人肺腑，她的人物栩栩如生，她坚持了英国文学中的现实主义传统。人们现在非常熟悉的一个女作家——玛丽·雪莱（Mary Wollstonecraft Shelley, 1797-1851），写出一部驻足青史的书《弗兰肯斯坦》（*Frankenstein*），讲了一个让人毛骨悚然的故事。让她始料未及的是，她成为后世恐怖故事创作的鼻祖。这一时期还有几个作家值得一表。例如安·莱德克利夫夫人（Ann Radcliffe, 1764-1823）、玛丽娅·艾奇沃斯（Maria Edgeworth, 1767-1849）以及罕娜·莫尔（Hannah More, 1745-1833）等。莱德克利夫夫人的书以情节惊险离奇而著称。玛丽娅·艾奇沃斯对爱尔兰生活的绘声绘色的描写，据说使司各特领悟到创作苏格兰传奇小说的可能和必要。而罕娜·莫尔则多才多艺，吟诗、写剧本、写小说，无所不能。

在这个时期，还要说到几位英国文学史上著名的散文家。他们以独特的写作方式丰富了英国散文的创作传统。这几个人包括查尔斯·兰姆（Charles Lamb, 1775-1834）、威廉·哈兹立特（William Hazlitt, 1778-1830）及托马斯·德·昆西（Thomas de Quincey, 1785-1859）。这些散文家与华兹华斯和柯勒律治生活在同一时期。他们当中有些人，比如查尔斯·兰姆，亲眼目睹了柯勒律治在伦敦发表讲演时的风采。有些则与柯勒律治很要好，比如德·昆西。兰姆写的有关莎士比亚的论文至今仍是治莎学者的必读篇目；他讲述的莎士比亚作品的故事大大提高了莎翁的知名度。哈兹立特在《我和诗人们的初会纪事》（*My First Acquaintance with the Poets*, 1798）里对华兹华斯和柯勒律治的描写，乃是同类文章中最真切的纪实文字，在后来评介这两位诗人的相关书籍中被引用最多。他在《时代精神》（*The Spirit of the Age*）一文中说："华兹华斯先生的天才纯粹是时代精神激励的产物。假使他生活在世界的其他任何时期，他都会默默无闻的。"这一评价奠定了后世对这位伟大诗人的评论的基调，显示出哈兹立特不凡的洞察力和作为批评家的奇特敏感性。至于德·昆西，他将文学作品的表达领域扩展到人的灵魂的黑暗面，加上他的写作技巧尝试，对后来的作家产生了非同小可的影响，詹姆士·乔伊斯（James Joyce, 1882-1941）和T.S.艾略特（T. S. Eliot, 1888-1965）就是受益者中最醒目的例子。上面所说的这些作家都在历史上留下了自己永恒的印迹。

第三节 浪漫主义时期的诗歌

威廉·华兹华斯（William Wordsworth，1770-1850）

华兹华斯出生在英国坎伯兰郡的库克莫斯镇。他父母早亡，由各位叔伯抚养成人，常有孤独和焦虑感，后来经过多年的写作，他才慢慢克服了丧失父母与兄弟手足分离的痛苦。父亲过世后，因欠款人拖欠，家境曾不佳。到诗人 20 多岁上，欠款人才肯还债，他稍感宽裕，后在剑桥大学学习。[4]

华兹华斯的出生地是英格兰西北部的著名湖区，这里有个著名的道夫村舍，它位于湖区的格拉斯密尔湖镇的边缘，是华兹华斯和妹妹多萝茜（Dorothy Wordsworth, 1771-1855）的住宅。诗人在这里"衣食简单、思想深沉"地生活了近十年（1799-1808），这是他创作生涯的最佳时期。他在这里创作出今天让他闻名于世的诗作，如《永生颂》（*Ode: Intimations of Immortality*）、《我孤独地像一片云漫游》（"I Wandered Lonely as a Cloud"）、《我的心跳起》（"My Heart Leaps Up"）以及《序曲》（*The Prelude*, 1850）等。格拉斯密尔湖镇是诗人幼年就非常喜爱的一个地区，对诗人的自然观的形成产生过举足轻重的作用。华兹华斯后期的住所——瑞达山庄里面有诗人精心计划和造就的景色。诗人在库克莫斯镇的住所也是吸引游客的地方。

库克莫斯镇地处英格兰北部德温河附近湖畔地区的北部边缘。大自然的美妙和安详深深地感染了诗人的身心，这是他日后成为一个伟大的自然诗人、一名浪漫主义诗人的基础条件。华兹华斯自幼就酷爱自然，喜欢欣赏自然的景象、聆听自然的声音，和农民、牧羊人以及流浪者都打过交道。最让幼年的华兹华斯迷恋不舍的，要数潺潺流水的优美音调，它就像他的保姆的歌声一样动听。他开始领略大自然的宁静以及它对人的灵魂的安抚作用，意识到大自然对人的精神所发挥的净化和鼓舞作用。大自然在他的心目中开始成为养育者和向导。这个观点在他的心底最后扎根，而发展为历史上重要的浪漫主义思想。华兹华斯在那里有一栋乔治式大房子，俯瞰着下面常流不息的德温河。现在这所房子已由国家接管，易名为"华兹华斯故居"，供人瞻仰。在这所房子的对面是华兹华斯纪念碑。

华兹华斯渴望体验自然的奥妙。他幼时在霍克斯赫一处乡下学校上学，那里的自然景色非常美丽。他的老师鼓励他阅读和写作诗歌。他对大自然、对语言开始产生强烈的感情。在剑桥大学读书期间，他曾利用暑假和一位朋友进行过两次徒步旅行，一次穿越法国和阿尔卑斯山，一次经过威尔士。1790 年秋他和妹妹多萝茜一起游历过阿尔卑斯山，步行三个小时，给他留下了永远不能忘怀的印象。华兹华斯把全部身心投入对大自然的热爱中。他对大自然的一切不同的形貌都有深厚的感情。他在瑞士看到的壮丽景色是他最大的享受。他对大自然的亲切感受，后来在《丁登寺赋》（“Lines Composed a Few Miles Above the Tintern Abbey”）一诗里讲得淋漓尽致。他和妹妹在旅行中，曾从肯达尔步行到格拉斯米亚，18 英里，又从格拉斯米亚步行到凯斯威克，15 英里，那里的乡下景色是那样的迷人，竟让他“乐不思蜀”。[5]

1791 年至 1792 年间，华兹华斯正在法国，那里一片沸腾。他热情支持法国革命。在法国时，他爱上一位法国姑娘安纳特·瓦庸。两人生有一个女儿，名叫卡洛林娜。但是由于经济窘迫，他被迫回到英格兰。不料此别后，竟因英法战争的爆发，他不能回到法国，而延宕多年，直到孩子 9 岁时二人才又得以会面。这让华兹华斯心中充满罪恶感，后来他一直帮助她们母女。他在支持法国革命和效忠祖国的矛盾之间忍受着痛苦的煎熬，对法国革命进程的认识也日渐清晰，因此他备受折磨，在 18 世纪 90 年代曾一度感情低沉，精神一度达到崩溃的边缘。

后来，他遇到柯勒律治，就和妹妹多萝茜一起，在柯勒律治住处的附近安顿下来。两人交往甚密，常在一起讨论和创作诗歌。华兹华斯于是得以从煎熬中复原，并在 27 岁那年开始了他的诗歌创作生涯。那时，他还没有完全摆脱经济上的困扰。后来他的一位朋友去世，给他留下一笔 900 英镑的遗产，他才得以集中精力写诗。1798 年，他和柯勒律治一起匿名出版一本诗集，即《抒情歌谣集》（*Lyrical Ballads*）。这本集子收录了柯勒律治创作的超自然题材的诗歌，如《老水手之歌》（*The Rime of the Ancient Mariner*），以及华兹华斯所写的一些反映平常生活的诗歌，包括著名的《丁登寺赋》在内。《抒情歌谣集》一炮打响。华兹华斯继首次成功之后，又于 1807 年创作并出版了诗集《诗两卷》（*Poems in Two Volumes*）。至此，他的“黄金十年”（1798-1807）告一段落。年轻时代的华兹华斯思想比较激进，同情法国革命，反对资本主义机械文明。他的一些思想，诸如反对古典主义的金科玉律的羁束、主张诗人以日常语言描写日常生活、主张回到大自然去得到神启等，都在《抒情歌谣集》和他早期的其他一些诗作中充分表达出来。这是华兹华斯的历史贡献。他的这些主张为英国诗坛吹来一股浪漫主义的清风。他于是成为新诗歌的领袖人物。《抒情歌谣集》成为英国诗歌史上的不朽著作。

但是，约在1810年前后，华兹华斯在政治上开始逐渐趋于保守。他被尊崇为一位举国敬重的诗人，他也变得更加著名、更加富有，人们开始参观他在英国北部的故居。1843年，他成为桂冠诗人，因而引起曾经崇拜他的年轻诗人如雪莱和勃朗宁（Robert Browning, 1812-1889）等人的不满和怨恨，受到这些人的谴责，被戏称做“叛徒”或“堕落的领袖”，这酷似20世纪20年代新诗歌运动领袖T.S.艾略特受到同代年轻作家海明威（Ernest Hemingway, 1899-1961）等人的咒骂时的处境。雪莱在他的《诗辩》（*In Defense of Poetry*）里把“桂冠诗人”和各种歹人罗列在一起。

关于华兹华斯的政治立场，他后来虽然变成保守派，但也应当指出，他曾严肃、明确地说过，他的任何作品都不会让读者认为现在关于流放、监禁的理论是对的，因为这些理论蕴含着各种苦难。他属于民主主义者阶层，不赞成世袭的荣誉，不看好特权阶层，不欣赏英国的宪法。他的弟弟曾希望他在表达政治观点时谨慎一些。

华兹华斯在他的时代曾是诗坛的领军人物。散文批评家威廉·哈兹立特说，华兹华斯之所以能够成为这样的人物，完全是历史的偶合。还有人说，华兹华斯一生的创作大约也就有两千余行好诗。的确，他后半生四十余年，或者说在法国革命结束以后，他的灵感似已枯竭，再也没有能够写出过伟大的诗篇。后来写作成为他的机械性的常规生活。华兹华斯一生诗著颇多，其中最精妙的要推《永生颂》、《丁登寺赋》、《我孤独地像一片云漫游》、《我们是七个》（“We Are Seven”, 1798）、《远游》（*The Excursion*, 1814）、《序曲》以及长诗中的一些诗行等。华兹华斯描写自然的诗充溢着一种自然崇拜，是英诗中把自然视为圣灵的体现的最高艺术表现。他从花草、禽鸟、落日等自然景物中体会到人生的有机和谐。这是在他之前描写自然的诗作中所未曾有过的，所以他是世界文学史上著名的自然诗人。迄今他在世界诗坛影响依然很大。

华兹华斯和柯勒律治是在1795年相识的。那时他在多塞特郡租了一个小农舍，柯勒律治和罗伯特·骚塞常来这里说话，几个人慢慢结下友情。后来柯勒律治和骚塞吵翻，华兹华斯、多萝茜和柯勒律治三个人走得更近。1800 年柯勒律治一家也搬到华兹华斯住处的附近住下，两个朋友一起度过了一段非常美妙的时光。后来华兹华斯搬到一处更大的房子里，连柯勒律治离开的妻子和孩子，还有托马斯·德·昆西也来凑热闹。由于这些诗人都居住在英格兰北部的湖畔区域附近，所以被统称为“湖畔诗人”。后来发生变故，柯勒律治在 1810 年 5 月搬走。之后，华兹华斯和柯勒律治的友谊冷淡了很长时间。两位好友吵架的原因之一，可能是柯勒律治热烈追求华兹华斯的妻妹，女方因不能忍受柯勒律治的强烈感情要求的折磨，于是在 3 月率先离开了他们一伙。柯勒律治也离开，去伦敦朋友巴素尔·蒙塔古家客居。另外，根据华兹华斯的妹妹多萝茜的记述，这两位诗人之间一度出现长时间的不和，原因在于华兹华斯曾对巴素尔说起过，他对柯勒律治的鸦片瘾表示忧虑，不料巴素尔竟把此话告诉了柯勒律治，二人的友谊从此出现裂缝。柯勒律治觉得华兹华斯背后说他坏话，因而动怒，两年多没露面。1811 年，柯勒律治到华兹华斯住处附近走访，也没有前来看望华兹华斯兄妹。华兹华斯很难过。后来二人总算和好，又走到一起，但那已经是很久以后了。

多萝茜说出了表层原因。二人不和的深层原因在于他们在诗歌创作的观点上存在分歧。这一点可从柯勒律治的《文学传记》(*Biographia Literaria*, 1817）以及一些书信里可以看出。华兹华斯非常看重好友柯勒律治的诗才和天资。他对柯勒律治也不无褒贬。比如他对《老水手之歌》有些看法，觉得它的古字和陌生感让读者望而生畏。他曾经表示，倘若《抒情歌谣集》能出第 2 版，他会用更适合一般人口味的小诗替代它。在某种意义上说，华兹华斯是一个肤浅的人。他一直瞧不起他的朋友柯勒律治，把他视为一位小兄弟。现在看来，华兹华斯低估了柯勒律治的思想深度和艺术表达才华。华兹华斯的思想没有系统，也缺乏深度。柯勒律治的作品虽然不多，但充分表现出他卓尔不群的诗歌艺术以及文学批评的远见卓识。他的《文学传记》证明，他要比华兹华斯深邃得多。[6]

《抒情歌谣集》

《抒情歌谣集》第 1 版在 1798 年问世。诗集由两种诗歌组成，其中关于日常生活的诗歌部分出于华兹华斯之手，关于超自然内容的诗作是柯勒律治的作品。在这本诗集的封面上并没有两位诗人的署名。这部诗集出版的重要性非同小可。它所收入的作品在内容方面和以前的作品具有实质性差别。这给人们带来无比的喜悦，为诗坛吹来革新之风。它们证明，感情战胜了理性，在诗歌创作方面又迸发出热情的火花。《抒情歌谣集》宣告英国浪漫主义诗歌时代的到来。

诗集的《前言》由华兹华斯执笔写成。人们现在读到的《抒情歌谣集》里的《前言》并不是一开始就有的。《抒情歌谣集》的 1798 年版包括一则《广告》。华兹华斯在这篇文章中说，这部诗集里的大多数诗作都带有实验性质，旨在确定一下社会中下层所使用的语言可否加以改进，以作为诗歌创作的媒介。1800 年，该书出版两卷本的第 2 版，华兹华斯根据他与柯勒律治的多次谈话，把《广告》扩充成《前言》。这篇前言表示，该诗集中收入的诗作不是实验作品，它们旨在作为范例，体现优秀诗歌的创作原则。1802 年《抒情歌谣集》出第 3 版，对前言作了进一步修改，内容又有增加。这是人们今天通常读到的版本。[7]

诗集的《前言》具有深远的历史意义。它是一篇阐述诗歌本质的宣言。它提出了浪漫主义诗歌的基本理论，界定了新诗的特点。华兹华斯认为，诗歌创作的题材必须是日常生活，必须运用“人们的活的语言”，这和 18 世纪的诗歌语言立刻划清了界限。[8]

华兹华斯说，他创作这些诗歌，选用普通生活里的事件和境况，运用人们真正使用的语言，经过想象的作用，把寻常事情用不寻常的方式表现出来，在普通的事件和境况里寻觅出人性的基本原则。诗歌的措辞或者对想象的润色应该使读者能从新的角度看待所发生的事件，促使他们看到人性的主要规律，向他们展示应当如何观察、理解和享受生活，并对生活做出准确判断。

他认为，在社会下层及乡下生活中，心灵的基本感情更易成熟，受限制较少，表达得更明白，重点更突出、更简单，理解起来更准确，传达的力度更大；乡下的风俗来自这些情感，因而更持久、易懂，感情和大自然的美妙而永恒的外观融为一体。下层人的生活或乡村生活可以用来更好地体现心灵最本质的激情以及人的最基本的感情。来自社会中层或者较低层的人群，如农民、孩子、流浪者、罪犯或者呆子等，可以当作诗歌或悲剧主题的严肃题材加以运用。诗歌的功能不同于娱乐，也不是通过写诗来帮助人们记事。读者通过阅读《西蒙·李》（“Simon Lee”, 1798）或者《我们是七个》可以很容易地理解他的这个观点。

《前言》还为诗歌正名。华兹华斯认为，诗歌是“强烈感情的自然发溢”，由富有感情、思想深邃者“在平心静气状态下回忆起来”：

> 我说过，诗歌是强烈感情的自然发溢：它源于在平心静气状态下回忆起来的感情；感情经过沉思，通过一种反应，平心静气状态逐渐消失，而渐渐产生出一种类似沉思以前的感情，它本身真实地存在于头脑当中。成功的创作在这种情绪下开始，在类似的情绪下继续进行；但是，源于多种原因的感情，不论它属于哪种，不论它的强度如何，总会含有不同程度的快意，这样一来，无论在描述什么样的感情时——这种描写是出于自愿的——，思想总的说来将处于一种快活的状态中。那么，如果造化能够这样谨慎地把一个从事这种工作的人保持在一种快活状态里，诗人应当能够从这样向他提供的教训中获益，他应当特别注意，不论他对读者传达什么感情，对于头脑健全和精力充足的读者，那些总能随之带来更多的快乐。[9]

在这里，关键词是“感情”、“感觉”和“深思”（“沉思”的另外一种表达方式）。这表明浪漫主义诗人的一个重要立场，即诗歌之所以为诗歌，是因为它为表达感情而作。华兹华斯强调思想和想象的重要性。这样一来，浪漫主义者恢复了在诗歌创作中被蒲伯（Alexander Pope, 1788- 1844）和约翰逊（Samuel Johnson, 1809-1884）运用理智所扼杀的感情。

华兹华斯对诗人的看法也是全新的。18 世纪的诗人基本上是个“匠人”，他们即便不想写诗，也能写出合乎规矩的诗作。根据华兹华斯的观点，诗歌源于感情，而非理智，它的艺术处理对象是感觉、态度或者情感，即“心灵”，而不是蒲伯所说的理解或常识。华兹华斯认为，诗人必须具有异乎寻常的感悟天赋，擅长长时间深思：

> 他【指诗人——笔者】是一个对人讲话的人，和一般人比，他确实具有较强的敏感、较多的热情和慈悲，对人性了解比较深刻，心地比较宽宏。[10]

与一般人相比较，诗人应该更好地理解生活，一位真正的诗人，所思甚广，熟谙、了解人的生活及时代，有很深的情感积淀，能够记住强烈的感受，并把它写出来。华兹华斯的大部分诗歌都是以这种方式写成的，人们能够记起来的最明显的例子有《我孤独地像一片云漫游》、《孤独的割麦女》（“The Solitary Reaper”, 1807）以及《西蒙·李》等，而他的其他许多作品也完全符合这一定义。因此，华兹华斯提高了诗人的地位。或许，他并没有像同代美国作家爱默生（Ralph Waldo Emerson, 1803-1882）以及惠特曼（Walt Whitman, 1819-1892）那样深入，但是他也同样把诗人看作一类“先知”型人物。他曾经说过，伟大的文学带给人以活力，它具有指导、启发、保存的作用；伟大的诗人是带给人以活力的人。华兹华斯把自己与伟大的诗人意识清晰地放在一个类别里。

在这篇前言中，华兹华斯解释了在诗歌中正确使用语言的理论。这一理论本质新颖，具有革命性意义，在很大程度上左右和影响了当时的诗歌创作。它是浪漫主义诗歌的宣言。关于诗歌语言，华兹华斯在这篇前言中强调，他的语言和措辞是“别具一格”的。诗歌的语言必须选自一般人的日常用语，这种语言不局限于社会用语的影响，因此更加长久，更具哲理性。他也坚持认为，诗歌语言在本质上不应该和散文的语言区分开。华而不实、言而无物、专横武断、反复无常或者超越普通用语，都是不应该的。诗歌创作也不必刻意雕琢语言的艺术性。他的这一理论旨在让诗歌的语言更加接近普通大众。

华兹华斯的思想并非深沉，他所展现的主题也存在局限性。但是，他在竭力把诗歌带给普通大众，以让他们更好地了解自己的生活。在某种程度上说，他不是一位伟大的诗人。他的一些作品非常杰出，但是他也写了很多缺乏激情和想象力的诗作。1807年以后，他写的诗篇渐渐趋于平淡。究其原因，可能在于，在他的生活到达某一个时刻后，他的灵感已经枯竭，他已经没有可以回忆和书写的题材了：他所要回忆和书写的一切东西都已经“在平心静气状态下”回忆和书写完毕。但是，在当时他所处的时空里，华兹华斯确实是一位天才、一位领袖式人物，他发表的诗歌理论宛如烈火燃遍诗坛。这也就是后生一辈如雪莱和布朗宁等把他当作领袖来纪念的缘故吧。

但是，当诗歌和政治纠缠在一起时，卷入其中的诗人一般会受到连累，声名会从巅峰跌入低谷。所有的浪漫主义诗人，当他们中间的任何一位接受“桂冠诗人”的称号，成为御用诗人，按照御旨作诗，他们都会嗤之以鼻。“桂冠诗人”从官场角度看，代表一种崇高的荣誉，但它也意味着背叛浪漫主义所代表的一切思想原则。雪莱在《诗辩》中谈到过去对诗人的评论，他说："让我们假设，荷马是个酒鬼，维吉尔是个马屁精，贺拉斯是个胆小鬼，塔索是个疯子，培根挪用公款，拉斐尔放荡不羁，而斯宾塞是桂冠诗人。"[11]在雪莱及其他年轻诗人看来，华兹华斯接受这个称号，意味着他已经向敌人靠拢，已经成为敌人的代言人。但是，历史总是记载具有永恒意义的人或物。华兹华斯（或艾略特）的"背叛"随着时间迷雾的烟消云散，早就被遗忘和谅解了。现在，人们记住的是，他是英国诗歌史上最重要的诗人之一。他会以这种身份驻足青史，受到后人的纪念和崇拜。

《丁登寺赋》

《抒情歌谣集》收入了许多华兹华斯的传世诗作。《丁登寺赋》就是其中最著名的一首作品。

华兹华斯是著名的自然诗人。他的诗歌代表一种对大自然的信仰，一些批评家甚至称他为"大自然的高等祭司"。他一生都在崇拜着大自然，竭力帮助人们理解大自然的重要性。他的关于大自然及其重要性的观点，在他的名作《丁登寺赋》中得到充分阐述。这首诗是诗人运用柯勒律治在《午夜寒霜》（"Frost at Midnight", 1798）中所用的描写与沉思相结合的风格写成的。《丁登寺赋》集诗人关于大自然与诗歌的理论之大成，在他关于自然诗的理论中发挥着纲领性作用。

诗人曾于1793年游历时途经葳河之滨，5年后，即1798年，诗人和妹妹多萝西又旧地重游，感慨良多，于是写下这首诗歌以兹纪念。诗中所描绘的景象是诗人在事后回忆和沉思时呈现在脑际的画面。因此，它首先证明了诗人对诗歌的界定：诗歌是"在平心静气状态下回忆起来"的"强烈感情的自然发溢"。诗歌的第1节（第1～22诗行）描写了静谧河谷的田园之美：潺潺的山泉、陡峭高耸的悬崖、深色的无花果树、农舍边的空地、果园里的泥灰岩、还未成熟的葱绿色水果、小树林及灌木丛、一排排的篱笆、轻烟缭绕的宁静的绿色农舍、寂寥空旷的河谷等，只有少数的几个流浪者寄居在没有房屋的树林里，或一个隐士独自坐在洞中的火堆旁。诗人的头脑深处大自然中，开始沉思默想。[12]

诗歌的第2节（第23～48诗行）集中描绘大自然所呈现的这些美妙景观，强调大自然的重要性。这些形式产生出关爱、善良、慈祥、"甜蜜的感觉"、一种恬静而幸福的心绪，使人能存活下去，容忍生活所带来的嘈杂和寂寞、带有神秘感的重负以及沉重而令人烦闷的压力。华兹华斯和卢梭（Jean-Jacques Rousseau, 1712-1778）一样，赞美乡下人及其简朴的乡村生活，这种生活和腐化的城市生活形成对比：

这些美妙的景观，
并非因为许久不见，对我来说
就成为盲人看不到的风景一般：
反而时常是，当我一个人在屋里，周围
市井一片喧嚣，在心里烦闷的时候，
它们来给予我以甜蜜的感觉，
这些感觉我在血流里、在内心中感到；
甚至进入我更纯净些的心灵，
恢复我的平静：——（第22~30诗行）[13]

不止这些，我觉得，
我可能从它们那里还收到另外一种礼物，
性质更加崇高；那种受到祝福的心境，
它减轻了神秘感加给人的重负，
它减轻了这个不可理喻的世界
所带来的沉重而烦闷的压力，
那种静穆而受到祝福的心境，
它让爱心轻柔地引领着我们向前，——（第35~42诗行）

这些诗行立刻让人联想起诗人的另外一些作品，如《我们太关心尘世了》（“The World Is Too Much with Us”, 1807），该诗写人们在患得患失中浪费生命，而无暇欣赏周围的大自然美景。暗藏于此的乡村和城市的对照也会让读者想起诗人的其他诗作，如《写在初春的诗句》（“Lines Written in Early Spring”, 1798）、《决心与独立》（“Resolution and Independence”, 1807）、《迈克尔》（“Michael”, 1800）、《伦敦, 1802》（“London, 1802”, 1807）和《永生颂》。

接下来第43~48诗行阐述了华兹华斯的一个重要观点，即超验主义的观点。华兹华斯认为，当人和大自然完全和谐时，即可超越个人，能够“看透世事的来龙去脉”：

> 直到我们的肉体的呼吸，
> 甚至我们的血液的流动
> 近乎停止，我们的肉体入睡
> 而变为一个活灵魂：
> 而在同时，和谐的威力与极乐的
> 威力，让我们的目光变得镇定，
> 看透世事的来龙去脉。

这个观点的暗含之意是大自然与精神、上帝同在，同时也暗示出华兹华斯的神秘主义思想，即物质的人都有自身的精神本性。阅读至此，读者可能又会想起诗人的其他作品，如《露西抒情诗》（“Lucy Gray”, 1800）、《两个四月的早晨》（“The Two April Mornings”, 1800）、《那是一个美丽的傍晚》（“It Is a Beauteous Evening”, 1807）、《采坚果》（“Nutting”, 1800）以及《我孤独地像一片云漫游》。这些诗作都表现出超验主义及神秘主义的思想。

诗作的第 3 节继续阐明诗人的超验主义及神秘主义信念，反复强调大自然矫正人世失误的作用。诗人说，他常在黑暗里，在度过人世上没有乐趣的白昼的时候，当人世毫无益处的急躁行动以及世人追名逐利的狂热都让诗人感到心情沉重的时候，他的精神转向树木茂密的葳河。这让人想起爱默生、梭罗（Henry David Thoreau, 1817-1862）、惠特曼的观点。

第 4 节（第 58～111 诗行）继续说到，他现在处于思想混乱的时刻，站在河边，心目中的葳河形象重新显现在脑际，他感到无限的快慰，觉得不仅在当前，而且在未来的日月里，自己都有了生命和食粮。接下来，这一诗节强调描写诗人内心逐渐认识大自然的演进过程：最开始在 5 年前，他造访此地，那时他还年轻，处于“没有思想的少年时代”，充满对大自然的激情和狂热，但品位限于表面。他任凭大自然的牵引，仿佛一个逃避可怕事情的人，而不是在追求他的所爱。他的乐趣粗鄙，行动宛如动物一般。他爱大自然的外观，这些让他乐得发狂、激动得头晕目眩。但是他没有想过大自然内含的更遥深的魅力，没有看到超越肉眼所能见到的趣味。这是他对大自然认识的第一阶段，即低层次、无意识的阶段。

紧接下来的部分阐述诗人对大自然的认识发展的高级阶段。诗人重游旧地的心绪和 5 年前迥然不同。如果说一个少年对大自然的爱是出于本能、盲目的爱，那么，这时站在大自然景观之前的诗人，已经对大自然有了更深刻的理解，对大自然的热爱也更自觉。他虽然不再感到过去的头晕目眩般的激情，但是他毫不悲伤、毫无抱怨，因为他好似“失了芝麻却得到了西瓜”。他已经学会如何看待大自然。这时的他把大自然看作宇宙间的一种力量：它存在于万物之中，又推动万物演进。诗人认识到人的心灵的敏感性，人的耳目又做视听，又进行想象性创造；这让人想到 20 世纪美国诗人华莱士·史蒂文斯（Wallace Stevens, 1879-1955）的观点。在这一节的末尾，诗人画龙点睛，勾勒出浪漫主义的一个精髓主题：

（我）很高兴地认识到
大自然和感知的语言
乃是我最纯净思想的寄托、我的
心灵的保姆、向导和守护神，我的
全部端正品行的灵魂。（第 107～111 诗行）

这一观点贯彻于诗人作品的始终。人们也可以在诗人的其他诗作如《规劝与回答》（“Expostulation and Reply”, 1798；第 1～8 诗行、第 13～24 诗行）以及《扭转视线》（“The Tables Turned”, 1798；第 1～4 诗行、第 9～16 诗行）中清晰地领会到这一观点。诗人在《扭转视线》中甚至说，书本一无是处，我们应当向大自然学习，因为世界是思想、感觉及上帝之心的一种表达。因此，《丁登寺赋》记录了诗人思想深化的过程：从较低级的、本能的爱，到对大自然的较高层次的认识和欣赏，即大自然对人的影响作用。

第 5 节（第 112～159 诗行），即诗歌的最后一节，是诗人就如何与大自然相处对妹妹提出的忠告，实际上也是对所有像她一样的人、对所有读者的忠告。诗人第二次造访丁登寺时，妹妹陪伴在他的身边，他从她对自然美的天真发溢的激情中看到了自己年少时的影子（第 115～120 诗行）。他反复强调大自然对人的积极影响（第 121～134 诗行），希望妹妹能深入大自然，让自己狂热的激情逐渐成熟，变为一种清醒的快乐，那时她的头脑将会成为包罗一切美妙景观的宅第，她的记忆将会成为一切甜美声音和协调的住处，当她感到孤寂、畏惧、痛苦和忧伤时，他的这一篇忠告将会发挥作用。他告诉她，当他不再陪伴在她的左右的时候，也要记住这次游历，记住他是大自然的热情而圣洁的崇拜者，记住他爱这些景物，“是为景物之美，也是为了你”。

《永生颂》

这是华兹华斯的另一首著名长诗。全诗有 11 诗节，很让人喜欢玩味。它的引语摘自诗人本人的诗作——《我的心跳起》，诗中包含脍炙人口的名句“孩童乃成人之父”。这首诗表达出诗人对人的灵魂经历人生的看法。全诗可以分为三大部分：第一部分包括第 1～4 诗节，第二部分包括第 5～9 诗节，最后一部分包括第 10～11 诗节。第一部分提出问题，第二部分思考和回答问题，第三部分提出解决问题的方法。

第 1 诗节（第 1～9 诗行）说到诗人在童年时看到外部世界都披着神圣的光辉，梦里也有荣耀和清新，可是现在诗人无论走到哪里，一切似乎都消失了。第 2 诗节（第 10～18 诗行）说到彩虹、玫瑰、晴空、明月、美丽而清澈的水面、荣耀升起的太阳，可是，无论诗人走到哪里，“光辉已从大地逝去”。第 3 诗节（第 19～35 诗行）说到欢唱的鸟儿、蹦跳的羔羊、悬崖飞瀑、和煦的清风、欢腾的大地、欢快的陆地和海洋、欢舞的百兽，然而唯独诗人感到悲伤，他呼唤快乐的牧童前来围着他高呼。第 4 诗节（第 36～57 诗行）中，世间万物与人都在欢笑，诗人看到了，也为之高兴，

——但是有一棵树，许多株中的一棵，
有一片我凝视的天地，
二者都说到业已消逝的某种东西：
我脚下的紫罗兰
也重复说这件事：
梦幻般的光亮逃到哪里去了？
那光辉、那梦想，现在哪里呀？（第 51～57 诗行，笔者译，下同）

前面 4 诗节提出的论题是，昔日的梦景已经消失（第 1～3 诗节），它消逝到何处去了（第 4 诗节）？第 4 诗节承上启下，给后面的诗节埋下伏笔。第一部分透露出一种悲观与伤感：童年时的纯真与至善逐渐消逝而不复返。这引发了诗人的思考，并开始找寻原因。

第5～9 诗节（第 58～167 诗行）是诗人的沉思和发现。第 5 诗节说明，他认为人的出生是再生的结果，人们来到这个尘世实际是他们前生的延续。他们从上帝身边降临尘世，因而在童年时期仍然保留着对上帝的光辉的记忆，头脑里仍然怀着前世的梦想：

我们的出生只是睡觉和忘却而已：
和我们一起来的灵魂、我们生命的星，
曾经在其他地方待过，
它来自远方，
没有完全忘记
也不是一丝不挂，
而是随着彩云从上帝——
我们的家——前来：
我们在襁褓中有上天环绕着！（第 58～66 诗行）

这就是说，孩童离上帝最近。他们天真，能够发现大自然中的奇迹，直观地理解生活。人们或许还记得华兹华斯的诗作《我们是七个》。那首诗阐明了浪漫主义诗歌的一个重要主题思想，即孩童把生死两界直观和本能地看作生活循环的组成部分，对于他们来说，生死之间不存在不可逾越的界限。这一点可以作为《永生颂》的注脚。此外，华兹华斯在这里也表示出他的一种信念：他相信生命轮回的思想。第 5 诗节接下来说，虽然孩提时代已渐行渐远，但依然感到欢愉。当人从婴儿长成少年时，尘世的监牢开始笼罩他的生活，但是他还涉世不深，仍然可以见到光亮和光源。青年人虽然距离日光愈来愈远，但他年纪轻轻，依然是大自然的祭司，依然有辉煌的幻象伴在身边。最后，当他进入成年阶段，一切就变得平白无奇了。

第 6 诗节评论尘世生活的实质。大地好似母亲，她有自己的渴望，心里没有见不得天日的目的，她尽心地抚养她的养子以及她的“囚徒”——人，让他在新的家里快乐生活，从而忘却他曾体验过的光辉，忘却他曾驻留过的“皇宫”。从根本上说，诗人对尘世持否定态度。

第 7 诗节写到人的成长过程的实质。婴儿生活在母爱和父爱当中，头脑里逐渐产生对生活的憧憬、幻想，设计出他的一生的蓝图：婚礼、佳节、哀悼、殡葬，他心里想这些，嘴上说这些，他逐渐学会做生意、谈恋爱或尔虞我诈。之后他又很快开始高兴而骄傲地扮演各种新角色，直到耄耋之年。他在人世的使命就是不断地模仿前人。

第 8 诗节（第 109～123 诗行）开始再次强调浪漫主义的一种概念，即孩童比成人圣明。他的外貌显示出灵魂的浩大。他能保持自己的遗产。他是盲人先知之最——盲人虽聋哑，但知道永恒的奥秘，时刻和永恒的心灵连接。他是预言家、先知，洞悉成人一生劳碌、至死也寻找不到的真理。他有永生这个不可忽视的“主人”为他操心。诗人不由得发问，像你这样的童稚，小而荣耀，因为你处于你的生存的顶峰，拥有天生的自由的威力，那么，

你为什么费尽心思去引逗
岁月带来那无可避免的桎梏
这样无端地与你的祝福作对？
你的魂灵很快就会有尘世的重担，
你也会背上世俗的负荷，
其重如霜，其深几乎如命。（第 124～129 诗行）

第 9 诗节提出人的希望在于人本身。这一诗节承接前 4 诗节（第 5～8 诗节）的主题思想，提出在不幸中仍存在万幸、在绝望中仍看得到希望，即人的本性和记忆尚存。人们虽然已经被尘世生活所淹没，但并非已失掉了一切。我们对往昔的日月还有记忆：值得祝福的一切，欢乐、自由、孩提时期的朴素信仰、活跃在心里的希望，这些值得称赞。但更值得颂扬的是我们对尘世的坚持不渝的怀疑，我们曾丢掉的、失而不可复得的东西，对曾憧憬过但却未实现的世界所怀有的焦虑——简言之，更值得称颂的是我们崇高的本能（这让我们的人性相形之下宛似一个受惊而颤抖的罪犯）、我们初到人世时的感情、我们对前世的模糊的回忆。这些是我们生活的光源和引导我们看清一切的明灯。这些支撑着我们，爱抚着我们，有威力把我们的喧哗日月变为无声息的永生里的片刻。这些是令人觉醒、永不消逝、任何人或物都不能取消或摧毁的真理。凭借着这些，在天气平静的季节，我们的灵魂虽然远在内地（即人的住处——笔者），却可以看到曾把我们带到这里来的永生的海洋，可以在瞬间再回到那里去，看孩童们在岸上玩耍，听永生的海涛永远奔腾。

在这一诗节里，诗人提出一些值得人们深思的概念，如“初到时的感情”、“模糊的回忆”以及“把我们的喧哗日月变为无声息的永生里的片刻”，等等。所谓“初到时的感情”是指人降生时从上帝那里带来的感情；所谓“模糊的回忆”指的是对刚刚离开的天国的回忆。这些“感情”和“回忆”具有神圣性质，它们是人的生活的光源，是引导我们看清一切的明灯。所谓“让我们喧闹的生命变成人类永生的瞬间”，是提醒人们不要忘记自己的不朽。

在第 10 诗节里，诗人用神秘的眼光观察人生，感到大自然的威力。他在说，鸟儿呀，你们尽情地歌唱吧，玩耍吧，感到快活吧，我们会和你们在一起，这样前生的光辉虽已失去也没有关系，花草的美丽和荣光虽已失去也没有关系，我们不会苦恼，相反，在依然存在的一切里，在曾经有过、现在依然存在的原始同情里，在人经过痛苦而产生的给人以慰藉的思想里，在洞察死亡的信仰里，在带来哲思的日月里，在这一切里面，我们会找到力量。

在这首诗的最后一诗节里，诗人吁请大自然不要预示我们的爱会被切断。诗人的内心深感到大自然的威力，觉得自己只是失去了在大自然的习惯影响下生活的快乐。他更加热爱流淌着的溪水，觉得新一天的天真与光亮依然可爱，落日周围的云彩确实有些令人清醒的色调，它来自关注人的命运的目光。人们又经过了一场比赛，又获得了其他奖品。这一诗节表示出诗人相信人生的连续，对大自然发出直接的呼唤，让大自然引领“堕落”的人去寻求人的不朽，相信有灵性的大自然会抚平一切痛苦，未来生活会充满希望，人没有原因感到伤悲或绝望。

《序曲》

《序曲》的全称是《序曲；或一个诗人的思想成长；一首自传诗歌》（*Prelude; Or, Growth of a Poet's Mind; An Autobiographical Poem*, 1799-1850）。这个题目开宗明义，点出了这首诗作的内容。它原是一首富有哲理的长诗《隐士》（*Recluse*, 1798-1814）的一部分，但诗人最后把它分出，独成一篇出版。它广为流传，继承了影响深远的诗作《丁登寺赋》的思想。[14]

诗人在《序曲》的开首，冠以《广告》一文，阐述诗作的创作过程。在这篇文字里，诗人说到，该诗开始于 1799 年初，1805 年夏季告竣。关于这首诗的设计和起因，诗人在《远游》（*The Excursion*）的《前言》

（“Preface”）里有过说明：“几年以前，作者回到他家乡的山里，希望能够写出一篇可以传世的文学作品。因此，他很自然地重新审视自己的思想，核定大自然和教育是否赋予了他做这件事情的资格。”诗人说，“他开始用诗的形式，记录他所了解的自身能力的来源与进步，以此作为这项准备工作的一个补充。”“那篇作品早已完成，已题献给一个以其知识和天赋而著称、作者的智力深受其益的挚友。审核的结果是让作者下定决心创作一首富有哲理的诗歌，其中包括对人、大自然和社会的看法，诗歌的题目叫‘隐士’，它的主题是写一个居住在退隐状态中的诗人的感受和观点。”“这首具有准备性质的诗作属传记性质，它把作者的思想的历史记录到一个时间点上，即他有勇气希望他的能力已经充分成熟，可以开始他为自己定出的艰难工作了。这两篇作品相互连接，可以说如同哥特式教堂门厅与教堂本体的关系一般。他可以继续运用这个比喻说，公众早已读过的他的那些短作，一旦循序排列起来，用心的读者便会发现，它们和主题作品之间的关系，恰似一般包括在那些建筑里的小隔间、小祈祷室及墓地凹处那些部分一般。”诗人接着说，“《序曲》原来是作为《隐士》的序诗写成，《隐士》如果完成，将会有三个部分。这其中只有一部分，即第二部分，《远游》，已经完成出版，以飨读者。”诗人在说到他的挚友时说，他的朋友是塞缪尔·泰勒·柯勒律治，他阅读了诗作的大部分。柯勒律治把听到作者朗诵这首诗歌时的感受，在他写给作者的诗作里表达出来。[15]

《序曲》包含 14 诗章。它是诗人的思想传记，记录了他的回忆、他早时与大自然的接触、对人生的兴趣、与大自然失去联系、丢掉他要做一个诗人的使命感、与大自然紧密关系的恢复、使命感的失而复得等内容。诗作反映出他与法国革命的关联以及他在这场革命中经过的精神历程。这首长诗的文笔洋洋洒洒，诗人欲与史诗《失乐园》等作品相媲美。然而诗作过于冗长、重复，虽然在华兹华斯的作品中地位显赫，但却被其他短篇夺取光彩，而经常受到忽视。[16]

《序曲》是在 1799～1802 年间诗人创作的短诗的基础上写出的，而那些年的诗作是以诗人青少年时代与大自然紧密联系的经历为基础的。诗人对那些年的记忆使他在思想上逐渐成熟。他在该诗第一卷里说过：

我很早就

开始讲我的故事——我认为不是受到
被记忆已经忘却的日月的
病态爱的左右……（第612～615诗行，笔者译，下同）

同时我一直希望从过去的年月里
可能会得到让我充满活力的思想。（第620～621诗行）

在第二卷里，他再次提到这点：

一个令人镇定的灵气现在附在
我的肉体上，在我和那些年月之间
那空白显得如此宽阔，
而那些年月在我的头脑里又有这种自我存在，
每当想起这些，我就经常仿佛是
两种意识合一似地，意识到我本身
也意识到某种其他的存在。（第27～33诗行）

他意识到两种存在，一是他的自身，一是某种更宏大的存在。这两种意识，其中之一在过去，另一个在目前，两者都是作为统一体的人的组成部分。这几行诗具有画龙点睛的作用。它们清楚地勾勒出华兹华斯在《序曲》里要表达的中心思想，即诗人的神秘主义，这包括他对童稚、大自然、永恒和无限的思考和崇拜。这些和他对思想、想象、道德、政治以及诗歌的看法从根本上说如出一辙。《序曲》的写法是不折不扣的自传文体。华兹华斯之所以这样做是因为他悟出了一个道理，即他最终认识和感受到孑然一身的状态，而从此妙悟到，他在精神上似乎达到了一种境界——既无我，而又绝对自我。

此外，还要说到柯勒律治的作用。《序曲》是诗人和一个朋友谈话的记录，它读来好似诗人在和这位朋友说心里话。1797～1798年间，华兹华斯和柯勒律治二人合作，使华兹华斯许久以来积蓄在胸中的创作能量突然爆发出来。从某种意义上说，《序曲》是他们之间对话的记录，或诗人对二人间对话的记录。

现把《序曲》的梗概介绍如下，对第1和第2诗章用笔稍多些。

第1诗章（《序——少年与学校时期》）和第2诗章（《学校时期（续）》）讲述诗人17岁前的生活。这应当说是全诗最成功、最富有诗意的部分。华兹华斯在这里充分阐释了他对大自然的观点、他对大自然的崇拜。站在读者面前的是一个男孩，他在亲密地融入大自然里——那里的河流、树木、田野，那里所发生的一切，它的神秘的静谧，它让人感到的畏惧，它对人的灵魂的清洁功能，它清除心灵中的粗鄙的乐趣，它的田园般的镇定，它的结构的光辉，等等。男孩的心完全沉浸在大自然之中，和它往来、对话，逐渐完全变为一个自然中的人。当诗人回忆到幼时这一切时，他的灵感豁然畅达，诗行就滔滔不绝，宛如泉走珠流一般。华兹华斯笔下的河流具有深邃的象征作用，它标示出大自然与人的心理之间的连续性：

那是因为这一点吗？
一条河，一条河流中最美丽的河，喜欢
把它的潺潺细语和我的保姆的歌声相融，
又从它的杨树荫与岩石上的瀑布里，
从它的渡口和浅滩处，传送来一个沿着
我的梦想川流的声音？你是因为这，
啊，德温河啊！才沿着我这个怀抱的婴儿
正观看的绿草葱葱的河谷流动，
演奏出绵绵不断的音乐，比婴儿
还轻柔，它构成了我的思想，
在人类不安的住处给予我
一种依稀、真切预尝到的
大自然在山林里发散出的宁静。（第269～281诗行）

华兹华斯在大自然里的感受并非总是愉快的。在他10岁时，他偷了钻入圈套的鸟。他马上感到大自然的不悦：

当事已做了，
我在寂静的山里听到
喘气声尾随在我身后，还有
辨不清的声响，几乎如同

它们踏在下面的草地一般静默的脚步。（第321～325诗行）

当我一人立在危险的山脊上，
呼啸的干风声声陌生地
吹过我的耳际！天空不像
大地上的天空——而乌云又怎样在飞动！（第336～339诗行）

华兹华斯在这里说的是大自然的抑恶扬善的教育作用。这是《序曲》第1诗章的中心思想。它也表明，人们作恶是人天生的倾向，有时并非有意识，恰如柯勒律治的《老水手之歌》里老水手无意间杀死信天翁一样。作恶的后果之一是恶的教育作用。人开始产生畏惧意识，这是道德观念和责任意识的开端。值得注意的是，华兹华斯对大自然的“邪恶”一面似乎没有看到。他的思想没有超越他的时代。他从未认识到大自然也有不好的一面。当然，他在《序曲》这样的作品中，确实提到过他在童年时经历过的大自然变得严峻，甚至恐怖的情况。如在上面说到的《序曲》第1诗章里，他说，有一次在索利斯伯里平原上，他确实感觉到大自然对他做坏事感到生气或不赞成。但就是在这种情况下，诗人也把大自然视为父母的化身，来盘问他的错误举动。换言之，大自然显露不悦是为了教导他改邪归正。这是华兹华斯对大自然的最高认识。事实上，大自然本身也有邪恶的倾向，只是在他的时代，人们的意识还有待提高，诗人本人尚未认识到。再过几十年，到维多利亚时代，就出现了诗人丁尼生；他认为，大自然吞噬猎物时“牙和爪都血红”。几乎在同一时期的美国，诗人狄金森在《显然是冷不防地》（“Apparently with No Surprise”）中也描述了上帝的残酷、宇宙的冷漠。到20世纪，人对大自然的这种深刻认识已经成为生活的一个部分，在文学表达方面，诗人罗伯特·弗罗斯特（Robert Frost, 1874-1963）的令人惊恐的诗作《指令》（“Directive”），就是文学史上的经典例证之一。

第2诗章的语气比较平静，情绪也缓和。这一章主要谈论成长：诗人对自己思想成长的回忆和感受。它叙述诗人回忆起的一些事件，如关于独处的事件，包括划船比赛、赛马、歌唱着的鸟、午餐、走访湖岛、邂逅吹笛者等，中心意思在于强调外部大自然世界的抚育作用：

有福气啊，婴儿
……有福气啊，在母亲怀抱里
受到抚养的婴儿，它在母亲的怀里
被摇动着入睡；它与它的灵魂
沉醉在母亲目光闪出的感情中。（第232~236诗行）

在华兹华斯的语言里，“婴儿”与“母亲”经常是人与大自然的同义语，童稚是成人的预示，它也是诗人的预示。诗人和其他人就天赋而言，没有什么特别之处，但是他能不断汲取来自大自然的滋补，在想象力和诗歌创作力方面不断成长。华兹华斯认为，人的成长并非一个顺其自然、不可逆转的成熟过程；成长是在对挑战和机遇的回应中取得的。敏感和智力是促成成长的主要因素；在成长中独处和社会生活二者不可缺一。站在读者面前的男孩会在宇宙里受到教育。这是《序曲》第2诗章的主旨所在。

第3诗章（《身居剑桥大学》）到第6诗章（《剑桥大学与阿尔卑斯山》）叙述诗人在剑桥大学的生活情况与体会。第3诗章重复了前两章的主题，这在前200诗行中表现得非常突出。第4章诗（《暑假》）说道，这时的华兹华斯认识到自己既是成人，又是诗人，又返回他的主题：对大自然的更大的热情（第131～153诗行），体验重生的欣喜（第323～332诗行），感受思想的解放和扩展，深刻认识自己作为诗人的命运，描绘他和士兵的会面（第385～472诗行）以及之后他感觉到的思想不脱离大自然而具有的威力。第5诗章（《书籍》）原是这首长诗第一稿的结尾。它描写了三个事件：梦（第50～140诗行）、温纳德的男孩（第364～406诗行）、溺水者（第426～459诗行）。关于第一个事件——“梦”——的一种理解是，梦由想象而来，引导诗人认识自己的能力，但梦者希望获得或惧怕的，是和想象的直接接触。关于第二个事件——“温纳德的男孩”事件——在某种意义上说，是诗人的自传性文字，它讲述大自然如何对童稚产生吸引力，如何引导孩子意识到大自然的存在。第三个事件——“溺水者”——是诗人对幼时的记忆：诗人9岁时在美丽的大自然里见到过有“苍白的脸”的“死人”。那个死人看起来的确怪诞，但在诗人笔下，在美妙的大自然中，死亡不再令人觉得恐怖。这暗示出诗人的泛神论思想倾向。从第6诗章开始，诗作开始讲述诗人的思想从爱大自然到爱人类的演进过程。这一诗章说想象的大自然化，以及诗人转向社会的可能。第7

诗章（《身居伦敦》）描写诗人接触到伦敦的尘世的一面，社会局面抵消了他在大自然中所汲取的滋养，而形成一种性情，使他从天堂坠落下来。这一诗章里最著名的一段是诗人与乞丐的谈话（第 635～649 诗行），这让他认识到信仰和天真的重要性。第 8 诗章（《回首往事——由对大自然的爱到对人的爱》）记录诗人从爱大自然转向爱人类（第 340～349 诗行）。

第 9 诗章（《身居法国》）到第 11 诗章（《法国（续）》）讲述诗人在法国革命期间身在法国的经历。第 9 诗章把枯朽的世界与革命的世界进行对比。诗人惧怕面对这种比较，这引起了一场危机。在第 10 诗章（《身居法国（续）》）开始，大自然美景和社会弊病两相对照；继而写诗人对所发生的大屠杀的思考，以给诗人带来巨大打击的英国对法国宣战为结尾。第 11 诗章叙说诗人经历一场危机，妹妹和大自然向他伸出救援的手。

第 12 诗章（《想象和品味，如何受到破坏、如何得到修复》）记载诗人精神得到恢复，重新发现自我，重新发现他最初要当诗人的信念和使命感，重新找回对大自然的热爱，大自然帮助他恢复爱与信仰。

在第 13 诗章（《想象和品味，如何受到破坏、如何得到修复（续）》），诗人回忆童年在大自然中的一种经历（见第 1 章）：每当他做了错事，他就感到大自然的责备，他畏惧大自然的教训。这一章也说到柯勒律治提醒华兹华斯不要忘记他要做诗人的使命。

最后一章，第 14 章（《结尾》），描写他攀登斯诺登山的感受、他的所见、他作为诗人的能力的成熟。

《我们是七个》

这是一首貌似单纯然而却费解的诗作。全诗共 17 诗节，诗体是每节 4 行、4 步抑扬格的歌谣体。它记载诗人 1793 年在威尔士乡下的一次经历。诗歌的第 1 诗节是柯勒律治写的：

> ——轻轻地呼吸，
> 手脚都在动，
> 单纯的孩子，
> 死亡它可懂？（第 1～4 诗行，笔者译）

诗歌以对话形式写出。一个成年人见到 8 岁的乡下女孩，就问她家里有几个兄弟姐妹。孩子回答说有 7 个。大人问，7 个人都在哪里。孩子说，两个在外地，两个出海去，两个躺在教堂墓地树底下，她自己和妈妈住在近处教堂院落的小屋里。大人说，这样说来，你是兄弟姐妹 5 个。孩子说，是 7 个。大人说，你看你的手脚活动，要是有两个躺在教堂里，那你是兄妹 5 个。孩子说他们的坟墓是绿色的，离她妈妈的大门只有 12 步远。她在那里织袜子、缝手绢，给他们唱歌，天气好又亮时，她端着粥到那里去吃晚饭。她姐姐简是病死的，埋在教堂里，她和弟弟约翰围着她的坟墓跑着玩。冬天到了，约翰死了，埋在简身旁。大人听后说，如果他们已经在天国，那么你兄妹还几个呢？孩子坚持说是 7 个，大人如何解说也无益。

这首诗作表达出两种不同的生死观。对孩子来说，生死之间并无界限，同是生存循环的一个环节。而成人则认为，生死为阴阳两界，互不相干。诗作旨在说明一个浪漫主义的重要命题，即童稚离神圣的源泉——上帝近，离大自然近，诗里女孩的长相和穿着类似一个自然中的小女神，他们尚未受到尘世的过分熏染，心灵里还保持着最初的天真，他们对事理看得更深刻、真切。

《孤独的割麦女》（“The Solitary Reaper”）

这是华兹华斯的一首让人百读不厌的诗作。诗作的第 1 节非常美妙，但很伤感，它之所以美妙可能是因为它的伤感：

看哪，那孤独的高地姑娘——
形单影只地在那田野里！
她独自收割，她独自歌唱。
请停下听，或悄悄离去！
她一个人割，她一个人捆，
唱的是一种哀怨的歌声；
听啊！这幽深的山谷里面；
已完全被她的歌声充满。[17]

这里的关键词是“孤独”、“形单影只”、“田野”、“独自”、“一个”、“哀怨的歌声”、“幽深的山谷”、“充满”。我们把这几个字组成一句话：“一个孤独的姑娘形单影只地站在田野里，唱着哀怨的歌声，她的歌声充满幽深的山谷。”这一诗节的每个字词和形象都具有内涵丰富的象征性。“姑娘”代表一般人；“孤独”、“形单影只”、“独自”、“一个”说明人的基本生存状态；“哀怨”是人对自己的状况的情不自禁的反应；“充满”说明“世界处处如此”。寥寥几句就把人生的基本画面勾勒得清清楚楚。

由于姑娘的歌声说出了真理，因而得到人们的认同和欢迎：夜莺的歌声也比不上它受欢迎，杜鹃的歌声也不如它激动人心（第2诗节）。代表普通人的认识水准的诗人，开始揣测这歌声的内容：

谁能告诉我她在唱什么？
也许这哀哀不绝的歌声
在唱早已过去的辛酸事
或很久以前的战争；
要不，她在唱通俗的小曲——
唱如今人们熟悉的东西？
或者是痛苦、损失和悲哀？
它们曾发生，还可能重来。（第3诗节）

读者会发现，在诗人（普通人）所认同的歌声里，没有一个内容是表现愉快和幸福的：姑娘的哀哀不绝的歌声，唱的是“过去的辛酸事”，“或很久以前的战争”（造成痛苦和死亡），或者是“曾发生，还可能重来”的“痛苦、损失和悲哀”。这一诗节里还说到唱出“人们熟悉的东西”的“通俗的小曲”，它们在诗作里被置于谈及各种“痛苦”的事物的中间。人们可以想象，这些通俗和熟悉的事情也不外乎是“痛苦”而已。

诗作的最后一节说道，姑娘的歌声“没完没了”，它象征着人生痛苦状况的没完没了。诗人心有所感。“后来我走上前面的山冈，/ 她的歌我虽再也听不见”，这似乎在说，他已经忘记了让他心情激动的歌声；但是“那曲调却久久留在心间”，这又说明他在心情平静之后没有忘记，而是记起来了。他对生活的认识又进一步：生活的本质是悲剧性的。

这首诗表现出华兹华斯的生活悲剧观。尽管这种观点不是典型的华兹华斯思想，但它也说明诗人已经意识到生活的这一基本侧面。

《迈克尔：一首田园诗》（“Michael: A Pastoral Poem”）

这是一首叙事—抒情诗，是表现浪漫主义思想的名诗之一，后来的评论家经常引用它。它的主题是浪漫主义的重要命题之一——乡村和城市之间的对立。它也说到大自然的益处，“自然人”与“社会人”的对立，以及“自然人”的丰富感情等。诗里叙述了这样一个悲惨故事：牧羊人迈克尔老年得子，小伙子——路加——在父母的羽翼和谆谆教导下健康地生活和成长到 18 岁。之后他到城里谋职，在那里的腐朽生活的影响下，染上恶习，最后不得不逃往异国他乡。几年之后二老双亡，家产易手。

这首诗作共有 19 诗节、482 诗行。它从大自然对人的有益影响开始，说到大自然与人的关系，以及“自然人”的概念（第 1 诗节），进一步提出牧羊人迈克尔与大自然接触紧密，喜爱独处；他的妻子是家庭主妇，以织布为职业（第 2、3 诗节）。老夫妻老年得子，欢喜不已，视为掌上明珠。二人眼看着孩子一天天长大，他会摇摆着走路了（第 4 诗节），他 5 岁了，7 岁了（第 6、7 诗节）。日月如梭，转瞬之间路加已经 18 岁（第 8 诗节）。这时出现不幸，老迈克尔不得不出卖家传的土地（第 9 诗节），路加于是要到城里谋事（第 10、11 诗节）。一家人踌躇不定，母亲坚决要留住儿子，但城里亲戚来函欢迎他前去（第 12、13 诗节），路加于是决定前往。迈克尔对儿子说到自家的传统，谆谆嘱咐他小心做事（第 14 诗节）。路加是个好小伙子，在走前和父亲一起修好羊圈，父子保证永远心心相印，相互铭记不忘（第 15、16 诗节）。路加走后，好消息不断传来，父母心旷神怡；但是路加渐渐开始在工作中懈怠，最后走上罪孽的道路，闹得个身败名裂，不得不逃亡海外藏身（第 17 诗节）。老迈克尔貌似一如既往，照看羊群，但有时明显地黯然神伤，无心做事（第 18 诗节）。老人又活了 7 年，终于辞世，老妇又过 3 年，也随他而去。祖传的土地易手，面目皆非，他们的小屋也不复存在，唯有门前的老橡树还伫立着，在小溪旁的羊圈仍然依稀可见（第 19 诗节）。

《我们对世俗过于投入》

这首十四行诗抨击世人只顾发财致富，忙于攀登社会的阶梯，完全无暇停下脚步，欣赏大自然的美丽，提高自己的精神，和大自然的距离越来越远，心里的孤寂感、离异感愈来愈严重，还不如信仰自然神的古希腊人过得充实。诗人的思想让人忆起稍后一些的美国作家梭罗的著作的重要精神，以及维多利亚时期的散文作家拉斯金（John Ruskin, 1819-1900）的主张。

我们对世俗过于投入，迟早
又赚又花，会把自己的天赋浪费掉：
大自然里属于我们的，我们不屑一顾；
我们已把自己的心送掉，肮脏的礼物！
这向明月曝露着胸膛的大海，
这时时将会呼啸的风，
这时却似睡去的花朵收拢起来；
对此，对一切，我们都不为之心动，
格格不入——伟大的上帝！我宁愿是
受过时的邪说抚育的异教徒；
以让我从这可爱的草地
望到让我感到不太凄凉的情景；
看到普罗提尤斯从海中升起；
听特莱顿吹起鲜花围绕的号声。（笔者译）

塞缪尔·泰勒·柯勒律治（Samuel Taylor Coleridge, 1772-1834）

柯勒律治生于德文郡的一个牧师家庭，自幼受到业已进入中年的父母的宠爱。他的幼年给他留下深刻印象。他到6岁时已经读完《贝利萨利亚斯》（*Belisarius*）、《鲁宾逊漂流记》以及《菲利普·廓尔》（*Philip Guarll*, 1727）等书籍。[18]《天方夜谭》（*Arabian Nights*）对他影响很大。“……接着我发现了《天方夜谭》的娱乐故事——其中的一个故事（讲被迫寻找一个纯处女）给我的印象极深（我是在晚上母亲补袜子时读这个故事的），我在黑暗的地方总受到鬼魅的搅扰——我清楚地记得我过去看放着书的窗户时所感到的焦虑、畏惧和急切心情——阳光一照在上面，我就抓起书，拿着它，沿墙根走到阳光里去读。”[19]

柯勒律治的父亲学识渊博，朴素、单纯，不很通人情世故，像18世纪作家菲尔丁的小说《约瑟夫·安德鲁斯》里的牧师亚当斯一样。柯勒律治继承了他父亲的一些优点。父亲过世后，他在8岁时被送到伦敦一家名为“基督医院”的慈善学校读书（1782-1791），在这期间他和查尔斯·兰姆（Charles Lamb, 1775-1834）是同学。柯勒律治的少年时代是在学习写诗和诗歌创作练习中度过的。后来他进入剑桥大学耶稣学院学习（1792-

1795），开始诗歌创作，他的诗作最初发表在《晨刊》（*Morning Chronicle*）上。在这期间，发生了两件事情。一是他由于失恋而易名去参军，但很快发现自己不适合军旅生活，由哥哥出面以“精神可能失常”为托词安排退伍，把他送回学校，最后他也没有拿到学位。二是他结识了剑桥同一个学院的同学罗伯特·骚塞，骚塞当时正激进，后来成为桂冠诗人。柯勒律治当时受到法国革命的影响，曾参加改良运动。他年轻、激进，热情致力于推动人权的发展。1794 年，他和骚塞计划在北美建立乌托邦式的“大众平等社”（“Pantisocrasy”），其原则是社会主义者哥德温的信念：人的理性可以让人在没有法律和传统的约束下和谐地生活。在这个乌托邦里，他们要建立兄弟般的平等，人人都参与政府管理，采取措施逐步铲除畏惧、自私、欺骗及无故的仇恨。他们想借此展现，人类可以按自己的方式生活。这个乌托邦计划最后因为经济和内部观点不和等原因没有得到实现。

在以后的两年内，柯勒律治发表《杂题诗集》（*Poems on Various Subjects*, 1796）及《诗集》（*Poems*, 1797），还办起自由性政治杂志《警卫》（*The Watchman*），杂志为时不长就停刊。1798 年，他发表《忽必烈汗》（“Kubla Khan”）。不久他认识了华兹华斯兄妹，三人设计和出版了《抒情歌谣集》，诗集以《老水手之歌》为开首，以华兹华斯的《丁登寺赋》结尾。这时，威奇伍德兄弟给予柯勒律治 150 英镑的年金，以使他能继续文学创作生涯。但是，柯勒律治对法国革命业已感到失望，和华兹华斯兄妹于 1798～1799 年同游德国，在那里他对康德的哲学思想产生兴趣。他在德国一所大学学习哲学，掌握了德文，翻译了席勒的戏剧著作。1799 年末，他热恋上华兹华斯的妻妹萨拉·哈金森，他在走访华兹华斯时和她相遇，其后她成为他一生的最爱，但最终未能成婚。1802 年的《忧郁颂》（“Dejection：An Ode”）就是为她而写的。她也是他的“阿斯拉诗歌”（the Asra poems）的中心题材。与此同时，他开始写《札记》（*Notebooks*），记录他每日静思默想之所得。

柯勒律治因患牙痛、面部神经痛以及其他一些病痛（如关节痛），约在 1796 年左右，遵医嘱服用一种含有鸦片的镇痛剂，里面含有氯仿麻醉剂、吗啡、印度大麻、氰化酸等成分，人们通常称之为麻醉止痛剂。他慢慢上瘾，后来就一发不可收拾。这摧毁了他独立生活的能力，折磨了他一辈子。1804 年他前往马耳他治病，在那里停留两年，为马耳他总督做秘书。后来他游历西西里和意大利，然后回国。[20] 1808～1809年，他和萨拉·哈金森合编一种关于政治、文学与哲学的期刊—《朋友》（*The Friend*）杂志，同时在伦敦和布里斯特市开始举行讲座，评论莎士比亚等人的作品。他也在写《文学传记》。

1810年，柯勒律治和华兹华斯二人的友谊出现危机，此后多年关系冷淡，即使和好以后也未达到最佳水平。以后一些年，柯勒律治告别湖区，主要住在伦敦，情绪不佳，脑里总有自杀的念头回旋。1813年，他多年前写的一出戏剧《内疚》（*Remorse*）上演，得稿酬400英镑；这是柯勒律治的一部5幕悲剧，原名为《奥索里奥》（*Osorio*, 1797），1813年出版时易名为《内疚》。

后来，他身体多病，精神也出现危机，开始戒烟治疗。1816年，鉴于他的病体日渐衰弱，又和家人分居，精神低沉，吉尔曼医生就请他到他家短住，为他治疗，不料他从此待下，一住就是18年，直到他去世。他在吉尔曼医生的家里客居时，深居简出，继续写《文学传记》和不少其他著作。

1816年，他的片断诗作《克丽斯德蓓》（*Christabel*）和《忽必烈汗》出版，次年《西比尔叶》（*Sybylline Leaves*）问世。1817年后，他专心于研究神学和政治社会学著作，成为一个保守的浪漫主义诗人、激进的基督教徒。1817年，他的《文学传记》在几家杂志——包括《布莱克伍德爱丁堡杂志》（*Blackwood Edinburgh Review*）——上出版。1824年，他被选为皇家学会（文学方面）的成员。1834年7月25日，在亲自勘定《诗集》最后版本后去世。

值得一表的是诗人的女儿对父亲的无私奉献。柯勒律治今天的不朽和他女儿的自我牺牲的努力分不开。柯勒律治因病，他的最佳创作时间不长，他最得意的时期应当是1797～1798那两年。当时他和华兹华斯等朋友住在萨莫塞特郡的尼泽斯多威，心情快活，觉得才思敏捷，就写了《老水手之歌》、《忽必烈汗》、《克丽斯德蓓》的第一部分，还有一些所谓的“闲话诗”，像《午夜寒霜》、《夜莺》（“Nightingale”）等。这种“闲话诗体”即刻被华兹华斯采用，写了不少作品，这样一来，这种诗体就成为英诗里严格的标准表达手段，现代诗人尤其喜欢。后来进入19世纪以后到他过世，柯勒律治似再未写出过与其早期作品相媲美的诗作。这样他就慢慢从读者的视线里淡出。他的女儿萨拉·柯勒律治（Sara

Coleridge, 1802-1852）自幼被父亲几乎抛弃，长大后成为作家和翻译家。她发表儿童诗歌《为好孩子写的美妙的诗歌忠告》（*Pretty Lessons in Verse for Good Children*, 1834）及《幻象》（*Phatasmion*, 1837）。她在丈夫死后接过编辑她父亲的作品的工作，负责整理父亲的所有文稿，集结成册，成功地把父亲从被人遗忘的厄运中拯救出来，几乎是单枪匹马再造了诗人的形象。[21]

柯勒律治是一个感情充沛的人，但他的感情生活却远非美满。他的婚姻生活和他设想的生活并不相称。对他而言，最重要的莫过于发挥他自身丰富的创作想象力，进行诗歌创作。柯勒律治在剑桥大学学习期间，对他的好朋友汤姆·伊文斯的妹妹玛丽·伊文斯小姐很有好感，但觉得她对自己没有感觉。后来因为柯勒律治所参与的社团“大众平等社”要求其成员结婚，他和弗里克尔三姐妹中的一位——萨拉——订婚。在这以后，他才收到玛丽表示爱情的信，但为时已晚。这就是柯勒律治说“我不幸遇到了我的夫人”的缘故之一。

萨拉·弗里克尔和柯勒律治相识时 21 岁，柯勒律治的诗作《风琴》（“Eolian Harp”）就是为她而写的。萨拉非常爱他，他只好对玛丽·伊文斯作罢。1795 年，他听说玛丽结婚的消息，一气之下和萨拉结婚。但婚后夫妻意趣不相投，后来分居。虽然如此，柯勒律治一生对妻子不薄。萨拉其人性好冲动，但无忧无虑、心胸较宽阔，开始时她对柯勒律治很有吸引力，但后来很快就失去魅力。她是个好母亲，一心疼爱孩子，在经济上虽然总是捉襟见肘，但她善于应付，生活总能勉强维持下去。她心地绝对纯真，这一点使柯勒律治一生都受感动。

柯勒律治深爱过萨拉·哈金森，可惜她不爱他。

柯勒律治这个人望去约 5 英尺 8 英寸，实际上可能还高一两英寸，因为他的形体属内缩型。他身体宽而圆，倾向肥胖。他面色白皙，黑头发，大眼睛，目光和缓。柯勒律治的性格有些古怪。自幼年时起可能因为逃避兄弟间的争斗而逃入附近的图书馆，养成酷爱读书的习惯。他性格内向，好自责，情绪容易低沉，缺乏独立性。上小学时有时长时间不准回家，他幼小的心灵经常受到孤独感的袭击。成人后他在《午夜寒霜》中还回忆说，“我圆睁双眼，曾梦到/ 我可爱的故乡”（第 27～28 诗行，笔者译）。对于他的人品，有人说他做事不能持久；有人说他写《忽必烈汗》，写到半截就搁笔。因怕人褒贬，就写前言，说自己中间被人叫出，回来就把梦给忘掉了，云云，实际是为自己推托以搪塞读者等。

在英国文学史上，柯勒律治是一个少有的天才。他不仅是一个伟大的抒情诗人，同时也是一位哲学家、一位影响深远的文学批评家。在 18 世纪末和19世纪初年的30余年间，他和华兹华斯一起开辟了新的文学道路，引领了浪漫主义文学的发展。

柯勒律治善于冥想，他的灵感似乎源于天赋。他有些想入非非，不切实际，从不知如何未雨绸缪、照顾家人。综观他的一生，在经济上，他常常自顾不暇，入不敷出，也无能力赚钱养家。他的生活多仰仗亲朋的支持。他的连襟罗伯特·骚塞不得不发疯般地写作，以养活他和柯勒律治的家庭。而柯勒律治本人最后只能和一对友好的医生夫妇一起度日。

他就是在这样的生活背景中坚持创作的。他所要表达的个人经历和体验，恰好与当时公众的经历和体验，特别是敏感的知识分子阶层的经历和体验，很有吻合之处，比如对日益突出的信仰危机问题的感受等。柯勒律治晚年时回顾一生，可能感觉到自己没有好好施展自身的才华，而创造力却在日渐消减。《忧郁颂》就是他的这种可怜的忧郁心情的真实写照。

柯勒律治的同代人，如卡莱尔（Thomas Carlyle, 1795-1881）、哈兹立特，包括华兹华斯在内，对他都不看好。卡莱尔说他对文学和哲学的贡献小，而且是断断续续的。哈兹立特说他讲话比诗歌好，散文则是败笔，云云。当时不少人，除阿诺德（Matthew Arnold, 1822-1888）说他思想深沉、了不起以外，都似持这种观点。这情景有点像美国同代或稍晚点的作家梭罗。可是，大家都始料未及，这两个人在现当代都成为伟大的人。[22]

历史和时间不亏待他，最终还是站在他这一边。让华兹华斯会感到吃惊的是，在历史和时间看来，他作为诗人和思想家，远不及柯勒律治来得深刻。诚然，后人对两位诗人都极为景仰，但是敬慕的原因却不相同。简而言之，二者的区别之一在于，华兹华斯完全局限于他所处的时代，而柯勒律治则不只在一个问题上表现出超前的思想倾向。柯勒律治头脑敏锐，洞察未来，在作品中表现出现代性特征（如精神焦虑和存在主义）的思想。他的前瞻性使他获得“真正的先觉者”的美称。雪莱说他是“在眨眼睛的猫头鹰群里一只戴皇冠的鹰”。约翰·斯图亚特·米尔（John Stuart Mill, 1806-1873）称柯勒律治为“英国的两大思想家之一”，他所指的可能就是这一点。他在说到柯勒律治的影响时说，“柯勒律治的影响的波及面……

远远超过那些和他共有宗教或哲学观点的人们。他是我们国家里传统观点范围内唤醒哲学精神的人。他是……'既定状态'的伟大的质疑者；质疑者不一定是敌人。"[23]

柯勒律治的政治态度是当时思想敏感的知识分子的态度的代表。法国革命曾为他那一代人带来希望和失望。法国革命所宣布的伟大理想使他们看到人类的光明前途，革命后期的独裁和流血也使他们感到人类前途黯淡的一面。这一点人们阅读华兹华斯、柯勒律治、骚塞等人的作品可以清楚地看出来。以柯勒律治为例，除了他和骚塞计划建立乌托邦性质的公社以外，他在各个时期的作品也是他思想发展的忠实记录。

柯勒律治对法国革命的热情表现在这个时期他写的许多作品里。在《巴士底狱的摧毁》（"Destruction of the Bastille", 1789）一诗里，年轻的诗人对法国革命充满激情；他的《议会里的动摇者》（"Parliamentary Oscillators", 1794）淋漓尽致地讥笑了胡话连篇的政客；在《著名人物：十四行诗 11 首》（"Sonnets on Eminent Characters"）里，诗人歌颂了"革命社团"的约瑟夫·普利斯里（Joseph Priestley, 1733-1804）、帮助美国独立革命的拉法叶将军以及《政治公正》（*Enquiry Concerning Political Justice*, 1793）的作者、社会主义者威廉·哥德温（William Godwin, 1756-1836）等人，严厉批评了曾几度出任英国首相的小威廉·皮特等人；柯勒律治对他钦佩的埃德蒙·伯克（Edmund Burke, 1729-1797）吹捧自由和苛政的"错误"也不放过。

柯勒律治的热情随着法国革命的进程开始降温，逐渐出现剧烈变化。他与骚塞合作写出的剧作《罗伯斯庇尔的下台》（*The Fall of Robesperre*, 1794）描写人们庆祝雅各宾派领袖人物罗伯斯庇尔等下台的情况；他执笔的第 1 幕把这些领袖比作暴君。在《法兰西颂》（"France: An Ode", 1798）和《独处中的畏惧》（"Fears in Solitude"）中，柯勒律治表现出对法国革命的强烈反应。他的诗剧《塞波利亚》（*Zapolya*, 1817）是一个关于权力斗争的故事。剧作里的伊利里亚国篡权者显然是指拿破仑，剧作以王权复位而结束，间接地表示出诗人对法国国王路易十八复位以及英国的反动外交政策的支持态度。[24]

柯勒律治一生诗著不过千余行，并且许多是片断，然而他对英诗的发展却有着巨大影响。《忽必烈汗》、《忧郁颂》、《老水手之歌》以及诗人的散文著作都很好地证明了这一点。

柯勒律治富于想象，诗才横溢，头脑很少有成规的约束，因而写出的诗歌文彩炳蔚，独具匠心。他的诗作，如《克丽斯德蓓》，甚至包括《老水手之歌》及《忽必烈汗》在内，由于浓郁的神秘主义色调及其晦涩的象征主义手法所致，内容有时可能对一般读者不够引人入胜，但是这些诗作的新颖诗体却引人注目。柯勒律治从古代不同种歌谣和民间小调的格律里提炼出其精华，对英诗格律，从音步、诗行到诗节，都进行大胆的改革性尝试，改进英诗的音乐性和节奏感，增加表达感情的准确性和灵活性。柯勒律治的成就是伟大的，虽然他自己可能并未完全察觉到。从创新能力来看，他是他的时代走出新路的人。他在他的诗作《克丽斯德蓓》中，首创出一行4个重读音节的韵律形式，即在一个诗行里，首尾两半各有两个重读音节，而且4个重音中有3个押头韵；在《忧郁颂》等诗作中，他开创出“描写加沉思”的诗歌模式。这些新技巧产生了强烈的艺术效果，在一些诗人的手中这种效果立即转换成客观的效益。例如《克丽斯德蓓》在出版以前业已流传多年，特别影响了司各特和拜伦的诗歌创作生涯。这首诗一问世，司各特和拜伦便视如奇珍，竭力心摹手追。柯勒律治本人对这一切并非敏感，但这些手法却很快就被他的同代诗人（如华兹华斯等）采用，并且获益匪浅。它们在后代诗人中也留传下来。不仅如此，柯勒律治的敏感头脑对超自然的感悟力也很突出。这种感悟力表明，他在尝试现实主义的同时，也对探索人的无意识或潜意识状态颇感兴趣。

还有值得一提的是，柯勒律治是个出色的演讲人。他能说得听众目瞪口呆。他在伦敦演讲，评论家哈兹立特在场，亲眼看到他眼睛明亮，滔滔不绝。他思想活跃，表达动人。据说有一年，一个地方牧师出缺，请柯勒律治前去替补。牧师就要离开，可是不见来人替他。星期六下午教徒都到齐，集会就要开始，外面牧师的车辆也已备好动身，还不见人来，牧师焦急不堪。后来就在开始前，来了个圆脸、身穿一件不合身的黑色短上衣的人，还在滔滔不绝地和同路旅行的人说个不停。牧师还没有来得及讲话介绍，此人就进来，自己马上开讲。这个人就是柯勒律治。他在那里待了三周，人们天天都高兴地等着听他讲话。哈兹立特回忆说，有一天他来和柯勒律治共进早餐，知道他刚刚收到朋友一封信说，他如果致力于诗歌和哲学，这位朋友会给他每年350英镑的资助。柯勒律治一边系鞋带，一边下定决心。他离开教区时，哈兹立特前来告别，结果陪他走了6英里。那是个明朗的冬天早晨，柯勒律治一路说个不停。哈兹立特就想，这个人要是集中精力在写作上，而不是东走西逛地用言语感动人们，他会成为更伟大的作家的。哈兹立特认为他是在搁笔动口，以后代人的仰慕做抵押，而换得人们对一个闲人的目瞪口呆。这当然是哈兹立特的一面之词。

但是哈兹立特作为文学评论家，一向以公允著称。他的另外一番话说明，他对柯勒律治的天才具有深刻的认识。他说，柯勒律治的思想深度不是经过他刻意努力和追求而得到的，他的思想仿佛是天才的风飘过来的；那仿佛是他的想象力的羽翼把他从地上拉起来一般。他的这种说法表现出力排众议的诚实。华兹华斯虽然对柯勒律治不无看法，但他称柯勒律治为他遇到的“唯一的美妙的人”。[25]

柯勒律治一生作品不算多，但件件属珍品，表现出他卓尔不群的诗才和多种多样的想法。比如《老水手之歌》的噩梦、《忽必烈汗》的幻境、《忧郁颂》的冷静的激情、宛似中世纪民谣的《克丽斯德蓓》以及他的“闲话”诗作（conversation poems），如反思记忆与独处的《午夜寒霜》、考虑死亡与失去的爱情的《青年与老年》（“Youth and Age”）及《对理想之物矢志不渝》（“Constancy to an Ideal Object”）等。下面对其中一些诗作进行简单介绍。

《忽必烈汗》

作者说此诗得之于梦。他在解释该诗的起源时说，1797 年夏，他在一处偏僻的农舍里休息，沉睡 3 个小时。在入睡之前，他服用了含鸦片的镇痛剂，而且正在阅读《珀切斯的游记大全》（*Purchas's Pilgrimmage*, 1613）的一部分，该部分所描写的内容正如他在注释中所言，“忽必烈汗下令在此修筑一座宫殿和一座皇家园林，于是，方圆 10 英亩都用墙圈了起来”。他在睡中作梦吟诗，得诗两三百行，醒来脑际依然显示出这首诗的形象。他即刻抄笔，凭记忆欲把这些诗句追记下来。他写下 50 余行后，忽然有人求见，灵感于是中断，回来后记忆完全消失。这 50 多行奇句就构成了现在人们所读的宝贵的诗篇。因此，整首诗题为“忽必烈汗”，诗歌的副标题是“或梦中所得片断”（*Or, A Vision in a Dream. A Fragment*）。现当代学术界对诗人的这种说法表示怀疑。这首诗比较艰涩，评论者可以说是仁者见仁、智者见智。[26]

《忽必烈汗》由三个长短各异的部分组成。第一部分讲理想的诗歌及诗人的向往，第二部分写创作理想诗歌所需要的条件，第三部分描绘理想诗人与诗作的状貌。第一部分有 11 行（第 1～11 诗行），描写忽必烈汗的园林。这一部分又可分作两小部分——第1～5诗行及第6～11诗行。开首5行说：

成吉思汗在上都
诏令建筑华乐宫：
那里有圣河阿尔芙
流经人们深不可测的洞
注入没有日头的海洋中。（笔者译，下同）

在形容这座宫殿时，诗人运用了许多内涵丰富的形象：肥沃的土地、周围高耸的城墙和塔楼、光艳的花园、茂盛的香树、古山古树，以及展现出阳光明媚的片片翠绿。

对诗作的这一部分，人们已经作出各种不同的诠释。T. S艾略特说，这首诗的意象多，但由于缺乏“组织”或“框架”，而没有得到充分“利用”。由于诗作是片断，诗人也没有明确指出它的走向，所以迄今的一切评论皆属揣测。柯勒律治在《文学传记》里说过，诗歌的含义来自于文本。雪莱在《诗辩》里说，不同时代、文化背景、年龄、思想的人可以根据自己的体验对某部作品作出解释。新批评和后现代主义等都主张阅读文本为一切评论的起点。这样看来，人们可以根据诗作的文本（内证）以及诗人的《札记》（*Notebooks*）（部分外证），结合诗人的传记（部分外证），作出对这首诗的内涵的臆测。

如果人们考虑到，诗人对忽必烈了解甚少，而且他所关心的不是帝王，他唯一的思考在于诗歌创作，那么就会认识到，诗中所写主要不是蒙古大汗忽必烈的事情。人们不妨把这首诗看成是诗人借以表达自己对诗歌创作看法的媒介。鉴于这些，人们可以说，这位蒙古大帝在诗人的头脑中可能是一个象征；他可能是“理想的诗人”的别称。“理想的诗人”具有无所不包的想象力，它的威力近似威武的帝王（如忽必烈）的至高无上的权力。那么，所谓“建筑华乐宫”者，人们有理由相信，可能指“创作完美的诗歌”。“完美的诗歌”应当建构美妙，能够为人带来快乐。《抒情歌谣集》的《前言》里特别强调了这一点。“阿尔芙”者，可能是指希腊神话里的小女神“阿尔弗斯”，她最后被迫变为一条溪流。在诗作里，她作为河流，可能是“缪斯”，即对头脑或想象力的“启迪”的象征。柯勒律治把流水看作独创性的象征。“深不可测的洞”、“没有日头的海洋”可能是指人的头脑。这几行是说，完美诗人的头脑受到神圣的启迪，获得创作灵感，将创作出完美的诗歌。第6～11诗行则描绘这种诗歌的状貌。它们描绘“华乐宫”如何壮观、华美，可能是指“完美的诗歌”要结构宏伟，内涵丰富，自成一体：

于是十里肥沃土地
以城墙和塔楼拦腰围起：
光艳的花园里溪流潺潺蜿蜒，
在园里茂盛地生长着多株香树，
而且这里有森林古老如山，
展现出阳光明媚的片片翠绿。

“于是十里肥沃土地/ 以城墙和塔楼拦腰围起”两行界定诗歌的宏伟框架，后面4行则说明诗歌本身的丰富内涵，这6行诗清晰地勾勒出诗作本身具有的独立性。人们读这一部分，会油然产生一种高深莫测的、神圣的、具有宗教意味的神秘感：这应当是诗人对诗歌的基本看法。

诗歌的第二部分由19诗行（第12～30诗行）组成，这可能是全诗最难懂的部分。第12诗行的开端是对上面说到的象征完美诗作的华乐宫的一种反动与转折，接下来说到不停的剧烈动荡，而最后两行（第29～30诗行）则返回到诗作第一部分说到的忽必烈汗，增加了祖先预言战争的内容：

可是，啊！那个浪漫的裂缝，斜穿进
松柏苍苍的葱郁山坡！
一处蛮荒的地方！它神圣、迷魔
一如既往在下弦月下，被一个女人
为她的魔障情人的哀泣所迷惑！
从这个裂缝，里面充溢着无休止的喧嚣，
仿佛大地在迅速地大口地喘着，
一个巨大的喷泉断续在喷冲：
在它时断时续的快速喷放当中，

块块巨石宛如反跳的冰雹在翻抖，
或似在脱粒者的击打下的皮谷，
而就在这些岩石的飞舞中，它则
一劳永逸地断续抛上这条圣河。
蜿蜒迂回潺潺五里，
圣河流经树林与谷地，
然后抵达人们深不可测的洞内，
在喧哗中跌入没有生命的海里去。
在喧哗中忽必烈听到远方
传来的祖先预言战争的声音！

人们初读这一诗节，可能有不知所云的感觉。这里集中了大量重要的象征性意象，而且看起来互不相干。"浪漫的裂缝"、"松柏苍苍的葱郁山坡"、"蛮荒的地方"、"下弦月下"、"为魔障情人"哀泣的女人、"无休止的喧嚣"、"巨大的喷泉"、块块巨石、皮谷、飞舞的岩石、圣河、树林、深不可测的岩洞、祖先预言战争的声音，等等。所有这些意象似乎都没有什么意义，读起来恰似有人在梦中毫无条理地咆哮。

如果只读文本，只考虑内证，只考虑这一部分和上一部分的联系，人们会发现，在这里堆积的形象都有些原始的、原封未动的大自然的意味。在柯勒律治看来，这可能是浪漫天才的神秘而肥沃的发祥地。人们还会发现，这里有一个重要的意象值得注意：圣河在挣扎着喷出。从第 12 诗行"浪漫的裂缝"开始到第 24 诗行圣河的出现，所有的意象都是围绕着这个"挣扎着喷出"的中心思想展开的。所谓"圣河"，是指"灵感"、"创作想象"而言。这就是说，这一部分也主要是讲诗人创作灵感产生的条件和过程。而且，读者也会得到这样的印象，即忽必烈汗建筑宫廷的地方很不寻常，它神圣但受到鬼魅的搅扰，而且充满巨大的力量和激烈的动荡，似牵涉到要到地下或地狱走一遭的经历。这意味着这座宫殿的建筑极其不易：欲上天堂，必先下地狱。如果人们继续运用第一部分里用过的比喻，把忽必烈看成完美诗人的象征，把华乐宫看成完美诗歌的象征，那么就会得出这样的结论：诗人欲写出完美的诗歌，必须先要接受某种考验，或经历某种困难，这可能意味着要下地狱。

"下地狱"的概念对诗人柯勒律治有不同寻常的意义。人们需要外证的帮助来了解他对这个概念的认识，需要阅读一些他的《札记》。如果把他在《札记》里的各种有关记载汇总一下，人们会得知，以上第 2 诗节里所提到的主要意象或象征物，都与奥菲斯教派的礼仪（Orphic rites）有密切关系。根据希腊神话，奥菲斯是一位诗人歌手，是酒神狄俄尼索斯（心灵自由的象征）的忠实信仰者。奥菲斯之所以能成为一位伟大的诗人歌手，是因为他能够去体验地下的生活。他这样做是因为他信仰狄俄尼索斯，他在这位酒神的帮助下，借助于一架竖琴，去了地下，并且顺利返回。奥菲斯教派是奥菲斯与他的狄俄尼索斯追随者们所组成的教派，它有自己的一套礼仪。柯勒律治在《札记》里对该教以及它的仪式有过大量的详细介绍。

这些礼仪要求，作为一个信仰者，他必须饮用“忘川”（Lethe）的水，之后进入小树林中的深谷，向喧嚣的地下世界的神祇们敬献祭品，然后在回路上要饮用“忆河”（Mnemosyne）的水以记住在地下世界的经历。这些有意成为完美诗人歌手的信徒在地下的所见所闻，读者可以从第 2 诗节的描绘中略见端倪。酒神的追随者们都很狂热，有着“闪亮的眼睛”和“飘动的头发”（第 50 诗行），“头的上方画三个圈”（第 51 诗行）。所以，诗的第二部分说明，为创作出完美的诗歌，诗人必须成为酒神的信徒，换言之，必须解放思想，发挥自由想象。

这也牵涉到对“下地狱”的另外可能的解释，即这个概念也可能意味着脱离觉醒着的意识，而进入下意识、潜意识或无意识状态。柯勒律治说他是在吸完鸦片后进入睡梦状态而得诗的。这就是说，他进入了无意识状态，而鸦片是他进入该状态的工具。这暗示，他在醒来之后，由于饮过“忆河”之水而记得部分细节，同时，忘记了一些其他的细节则是他喝过“忘川”之水的暗示。这也是只剩下一些梦境片断的原因。就是说，虽然他的时代对下意识概念的界定不很清楚，但他已经感受到这种意识对于诗歌创作的重要作用。《忽必烈汗》第二部分里出现的意象对于觉醒着的人们来说显得凌乱、荒谬，宛似胡话，但这些正是梦境的特征。至于每个象征物的具体所指，读者的诠释因人而异。在这里，我们可以借鉴和参考柯勒律治的《札记》的提示。比如“裂缝”、“斜穿进/ 松柏苍苍的葱郁山坡！/ 一处蛮荒的地方！它神圣、迷魔”、“块块巨石宛如反跳的冰雹在翻抖，/ 或似在脱粒者的击打下的皮谷”等，这些指原始的、原封不动的大自然，与强调物质主义形成鲜明对比。关于“哀泣的女人”，《札记》详细介绍“哀泣的女人”属于哥特式风景的一个组成部分，和第三部分的

"阿比西尼亚女人"形成反衬；她的"哀泣"可能是浪漫天才的创作想象力挣扎着喷薄而出的象征。"下弦月"是柯勒律治表现想象力下降的象征物。"从这个裂缝，里面充溢着无休止的喧嚣，/ 仿佛大地在迅速地大口地喘着，/ 一个巨大的喷泉断续在喷冲"、"而就在这些岩石的飞舞中，它则/ 一劳永逸地断续抛上这条圣河"：喷泉和圣河代表独创力，说明这一诗节叙述独创的想象力在大自然的滋补下与外界的敌视态度的对抗中挣扎着冒出。"在喧哗中忽必烈听到远方/ 传来的祖先预言战争的声音"：这是指在神圣的诗歌创作的框架内，过去和现在相遇，传统和独创一起被看作连续再生过程的一部分；"战争"可能是指往昔对目前的警告——有评论家认为这是作家的创作灵感面对当时社会的物欲横流所感到的威胁。

一个诗人经过这些体验以后，就可能见到幻象，窥见完美诗人的相貌，成为完美的诗人了。这为第三部分的出现铺平了道路。

诗歌的第三部分由24行诗（第31～54诗行）组成，以诗人对完美诗歌的幻想开头，其象征物为可汗的圆顶宫殿（第31～36诗行）。第31～36诗行说的是完美诗歌的美妙：

华乐宫的幽影
在波浪上面飘动；
那里听到交响的乐声
来自喷泉及岩洞。
那是奇迹般的稀有光景，
用洞里冰建的明亮的华乐宫！

这6诗行可能是指理想的"宫殿"或诗歌而言。这里说的是华乐宫的影子，而不是真实的华乐宫。这意味着，完美乃是一种理想，在现实中并不存在。理想的诗人和诗歌究竟是怎样一种状貌呢？第37～41诗行为读者勾画出一个梗概：

一位女郎一把琴
我在一次幻梦中看见：
一个阿比西尼亚女人，
手在抚琴，

口中在唱阿波拉山。[27]

这位女郎显然是得到天启的诗神，阿波拉山显然是浪漫者的圣山。这位诗神的和谐乐声和诗词触动了诗人的心灵，使他感到神清气爽，于是乎他竟然也想

用敞亮的长歌，
建立那个空中宫殿，
那个阳光明媚的宫廷，
那些一洞一洞的冰！

这样一来，他就成为接受到“天启”的人，人们就会发现他与众人的不同：

所有这些听到的人都应在那里看见，
他们都应高呼，
看哪！看哪！
他那闪亮的眼睛，
他那飘动的头发，
在他头的上方画三个圈，
敬畏地闭上你的双目，
因为他已饮过天堂里的玉液
琼浆，吃过蜜露。（第46~54诗行）[28]

这当然是诗人的向往和臆想，既然不能成为现实，这就为以后的“忧郁”和《忧郁颂》埋下伏笔。所谓“华乐宫”，或供皇帝娱乐的圆顶宫殿，并不是指忽必烈汗的宫殿，它是诗人心目中理想的诗歌建构。抚琴的阿比西尼亚女人是诗人幻想中的理想诗人，她是一个概念，而不是具体的人。这位女郎让读者想起19世纪美国浪漫主义诗人埃德加·艾伦·坡的《伊斯拉菲尔》（“Israfel”，1831），这首诗中的诗人在天堂歌唱，享受完美的天堂诗人应当享有的自由和快乐（第37～45诗行）；这正是柯勒律治渴望自己能效仿的。《忽必烈汗》的结尾部分（第46～54诗行）清楚地表达出诗人创作完美诗歌的雄心壮志和疯狂热忱。柯勒律治有可能在

说，一位理想的诗人只有体验到这种雄心和疯狂后，才有可能写出伟大的作品。

这里可能出现一个与此相关的问题，即柯勒律治为何要把诗作的题目定为"忽必烈汗"？原因之一是，如他在诗作开始前的《前言》（1816）中所说，他在入睡之前曾在阅读一本游记，里面写到忽必烈汗的事迹，于是忽必烈就成为他的想象中的一个象征物。原因之二是，他之所以选择"忽必烈"这个名字，更可能与他喜爱酒神狄俄尼索斯有关。关于狄俄尼索斯的起源，存在两种说法：一说是他源于希腊，一说是印度。对于柯勒律治而言，印度在广义上是指东方，这可以由他的《札记》作证。此外，柯勒律治原想与罗伯特·骚塞合作，创作一首关于伊斯兰教创始人穆罕默德的诗歌，这是以东方世界为主题的诗作。忽必烈汗及鞑靼人征服了印度，影响了整个东方世界，因此对诗人产生了极大吸引力。

还有一点值得注意，对理解这首诗作具有相当大的重要性：诗人对奥菲斯教颇感兴趣，它的礼仪成为诗歌的结构性象征也很顺理成章。这首诗作也表现出柯勒律治在观念上的前瞻性。他在这里提出潜意识的重要性，引起人们关注，这比弗洛伊德早了半个多世纪。他把狄俄尼索斯作为无意识状态的象征，比尼采在《悲剧的死亡》（*The Death of Tragedy*, 1872）里提出的阿波罗—狄俄尼索斯的观点，比现代诗歌中把狄俄尼索斯看作下意识的象征的观点，也早了许多。

《忽必烈汗》是一篇出色的象征主义诗作，柯勒律治是一位杰出的象征主义诗人。

《忧郁颂》

《忧郁颂》的创作背景很复杂，柯勒律治一生的经历都作为创作因素在诗作里面反映出来。这些因素包括他的不幸的婚姻、疾病的缠身、日服鸦片镇痛剂、与华兹华斯的不和、觉得自己的诗才在消逝，等等。[29]

《忧郁颂》是一个心灵感到寂寞时沉思默想后所得到的结晶。它的主题是表达诗人的一种悲哀意识：他感到自己的创作能力在日渐衰退。这首诗作由8诗节组成，在主题上的重要性是多方面的。在第1诗节中，风的呻吟声反映出诗人痛苦的灵魂的呻吟。第2诗节前一部分描绘无法减轻的痛苦，文字读来让人毛骨悚然，不仅表达了诗人个人的痛苦感受，也真实地刻画出当时心灵敏感的知识界已经感受到的精神上的贫乏。需要指出的是，几十年之后，当达尔文的进化论动摇了基督教信仰，这种尖锐的痛苦感会很快波及人民大众。如果说马修·阿诺德（Matthew Arnold, 1822-1888）的《多佛沙滩》（“Dover Beach”, 1867）是19世纪中期大众的这种感受的真实写照，那么，柯勒律治的描写比他早了整整50年。

而且，这还不是这首诗作的全部精彩之处。《忧郁颂》还在大自然、想象力的作用、存在主义思想等方面提出了全新的观点。

首先，他在第2诗节中对大自然的叙述，与华兹华斯的方式截然不同。对华兹华斯而言，大自然完全是美好的，即使偶尔会呈现出某种威胁状态，也是为着促进人的进步。可是，柯勒律治由于沉闷和痛苦，丝毫不能从对大自然的观察中感受到美好、舒适或激情。尽管他对大自然的描写也并非全盘否定，但在《老水手之歌》中，他认为大自然不完全是善良的，因为它对邪恶的存在表现得无动于衷，有时甚至起到助长作用。这一点在《忧郁颂》中也有微妙的暗示。

其次，《忧郁颂》还因为它对诗歌的另外一个贡献而著名。第3诗节中，诗人哀叹人的意识与世界离异，大自然不能赋予他的想象力以活力与生机。紧接着，第4诗节提出了一个自那以后广为流行的浪漫主义观念：柯勒律治给人的想象加了一个新任务，即想象力给予外部世界以生命。对柯勒律治来说，大自然具有生命力，因为人的想象认为它是有生命的，或者赋予它以生命。想象具有创造力。因此，如果世界缺乏信仰，缺少爱和快乐，诗人的想象力就应创造出信仰、爱以及快乐，使人可以生活下去。这就是柯勒律治关于诗人和诗歌功能的观点。这一观点强调想象力的作用，鼓舞了后来的诗人如华莱士·史蒂文森在诗歌创作中进一步利用和发挥想象。华莱士·史蒂文森在他的著名论断中说，“我们居住的世界有一半是我们创造的”（《世界和思考》，“The World as Meditation”）；史蒂文森在这里确切复制了柯勒律治在《忧郁颂》中的思想。第5诗节表达出作者渴望得到克服心灵和外界之间的离异后所产生的快乐与和谐。第6诗节说到诗人悲哀地向健康与幸福告别。他痛苦地意识到，自己身体上的病痛使他的创作想象停滞，也偷走了他身上存在的“自然人”本性。他感到，为了生存，他必须忍受毒瘾的折磨。

再次，第7诗节的开头写到诗人的痛苦的自我剖析。它通过描写外面呼号的风声和荒凉景象，再现诗人内心的苍凉。这一诗节的结束部分的情节会让读者联想到华兹华斯的《露西抒情诗》，所不同的是，柯勒律治描写的是存在主义的自然界。在这个自然界中，一个人只身处于寂寞的荒野，他的灵魂在哭泣，在呼唤子虚乌有的帮助。存在主义的危机感在《老水手之歌》中得到进一步阐述。《忧郁颂》的最后一节是诗人对"情人"萨拉·哈金森的祝愿，诗人珍惜对她的深爱，这首诗也是为她而作的。诗人把最好的祝愿送给她，祝愿她睡得香甜、精神饱满、有上帝的引导和保护、有自身与大自然的和谐。而这些也正反映出诗人自己的深度绝望。回顾历史，人们一般认为，诗人个人的忧郁恰恰象征着他所处的时代以及数十年以后社会大众的精神状态。在个人感受和公众感受之间发生的这种巧合，保障了诗人在历史上的伟大和永恒地位。

《老水手之歌》

在诗作的开始，诗人引用了托马斯·伯内特（Thomas Burnet, 1635-1715）所著《哲学考古》（*Archaeologiae Philosophicae*, 1692）里的一句话，意思是说，大自然里存在一些自然力，人们应当研究它们。诗作的旁边写着诗人的注释，解释有关的诗行。这首诗有两个版本，一个写于1798年，一个写于1817年。后面的版本里删去了一些诗段，古字也用得少一些。这首诗作以民谣形式写成，共有7诗节、625诗行。它的写法优美，使用抑扬格4音步，韵律、音节的节奏感都很强，跳跃的意象与生动的颜色描写相连。这是世界诗史上少有的艺术杰作。

这首叙事诗讲述了一个简单但奇异的故事。老水手的船在海上航行，一只信天翁前来船上停留，老水手无故把它射死，他为此付出沉重代价，承受了可怕的惩罚。海上出现浓雾，寒气逼人，冰块宛似船帆一样高，从面前经过。他的罪过还给所有的船员带来厄运：一只载着死神及其女伴的鬼船经过，他们玩着骰子，船员们开始一个个死去，船只被抛弃在南极附近，上面只剩下老水手一人在漫无边际的大海上漂流。最后他忏悔了，为海蛇和其他生灵祈福，并且被送回家，但这时他已变成一个鬼魅一般的人。尽管他反复地忏悔，但是对他滥杀无辜的诅咒会不时地返回，他只好一遍遍地讲述他的故事来赎罪以求得心安。他像《圣经》里的流浪的犹太人或该隐，无时无刻不在漂泊，徘徊于广阔的世界，向人们反复地诉说他的罪孽和忏悔，成为传布"知罪要忏悔"信条的先知性人物。[30]

诗作第1诗章开始时，老水手遇到一家正在举行结婚典礼。他走上前，拦住一个客人，径直滔滔不绝地讲起他的故事，强求他听：

那是一个老水手，

三个青年中他拦住了一个。
“你须发斑白、目光炯炯的老汉
把我拦住，倒是为了什么？

新郎家的大门敞开着，
我是他最近的亲戚；
宾客到齐，宴席摆就：
可以听到欢声笑语。”

他用皮包骨的手抓住了他，
他说着，“当初我在一只船上。”
“站开！撒手，须发斑白的老糊涂！”
他立刻松手站立一旁。

他那发亮的眼睛吸住了他——
赴婚礼的客人伫立无言，
倾听着如三岁幼童：
老水手满足了心愿。

赴婚礼的客人坐在石头上：
他不得不静静地听；
那个目光炯炯的水手，
他老人家说个不停。[31]

老水手对“婚礼客人”说，他随船出海，一路顺利，到达赤道。这时婚礼开始，人声鼎沸，礼乐声起，新娘入内。“婚礼客人”开始失去耐心。他捶胸顿足，但被按捺下来继续听讲。船到赤道，风暴骤起，船被迫一路南行，最后到达一处白雪覆盖、冰天雪地、浮冰高耸的去处。在这里，水手们孤苦伶仃，冰块发出可怕的呻吟声。这时从雾里飞来一只信天翁，宛似上帝派来的“基督魂”，水手们视之为幸运的兆头。水手们喂它食物，冰块开始融化，船长能够驶出这个冰冻的世界。接着海风又刮起，连续 9 天不断。信天翁随船而行。这时，“婚礼客人”注意到老水手严肃而疯癫的表情。他问老水手何故表情如此，老水手说，他射杀了这只信天翁。

第2诗章说，船朝北走，进入太平洋。虽然太阳高照，海风强劲，但雾气依然铺天盖地。其他水手对老水手射杀信天翁非常愤怒。接着，大雾消散，阳光明媚。水手们改变了想法，认为信天翁带来了大雾，赞扬老水手射杀得对。船继续南行，来到没有海路的海面上，海风停下来，船无法行进。阳光灼热，无法忍受。大海变得恐怖，海里生物翻腾，让人讨厌，夜来海面上鬼火四起。有的水手梦到恶鬼跟随，所有的人口渴得说不出话。水手们于是把信天翁的尸体挂在老水手的脖子上以示惩罚。

第3诗章说，一天，老水手望到远处有船驶来，水手们口干得欲叫无声。老水手咬破手臂，以血润口，呼叫求救。那只船诡秘地猛冲过来。船上坐着两个人：一个是“死神”，一个是恶梦般的“生宛如死”，她是死神的伙伴。他们两个在掷骰子，赌注是老水手的性命，结果“生宛如死”获胜。鬼船离去，弯月升起，众水手忽然转向老水手，发狠地瞪着他，然后转身之间，他们200多人一声不响，倒地身亡。老水手眼看着水手们的魂灵从他们的身躯射出。

第4诗章说，“婚礼客人”呼叫说，他害怕这个瘦得出奇、目光炯炯的老头。老水手对他说，他从黄泉路上折回，只有他在孤独、灼热的痛苦中苟延残喘。他的唯一的伙伴是海里的讨厌的生物。他曾经努力祈祷，但口里吐出的却是诅咒。老水手独自一人在船上待了7天7夜。死去的水手们竟奇迹般地不腐烂，依然继续用圆睁的眼睛诅咒他。只有船边美丽的水蛇让他精神爽快。他不意间祝福它们。最后他可以祈祷了。就在那个时刻，信天翁从他脖子上掉下，沉入海里。

接下来第5诗章说道，老水手感谢圣母玛利亚终于让他入睡了。他梦到船板上的水桶里盛满露水，醒来听到下雨的声音。他在这么多天干渴之后尽情地喝着，开始头晕目眩，觉得自己已变成鬼灵。突然他听到远处传来暴风声，天上闪电不停。大雨宛如光柱从一块云上倾盆而下。船开始无风而动。恰在这时，所有的死者都立起身，仿佛无声的鬼灵水手开始工作。“婚礼客人”又惊叫起，老水手立刻告诉他，那些死水手不是坏人。他们清晨时站在桅杆旁唱起交响乐般悦耳的歌声。他们停唱后，船帆开始唱。船由来自冰冻世界的神灵推动，在海上奇迹般地无风航行。船进入赤道，太阳直射，就停下来，船帆也停止歌唱。接着，船开始不停地摇晃，老水手晕过去。他在船板上躺了不知多长时间，这期间他听到两种声音：第一个声音以耶稣发誓，说他是背叛爱他的信天翁的那个人，来自冰冻世界的神灵爱信天翁；第二个声音比第一个轻，说老水手要不断地为他的罪孽付出代价。

在第6诗章开始，这两个声音在对话。第一个声音问第二个声音什么力量推动着船走得这样快，第二个声音说，月亮一定在控制着海洋。第一个声音问谁在推动船向前走，第二个声音说是空气代替了风。之后两个声音消失。老水手夜间醒来，发现死水手们躺在甲板上，又在圆睁双眼诅咒他。他进入催眠状态，知道他们的符咒已经突然失灵，但老水手并未舒一口气。他知道死者会不断回来搅扰他。这时，一阵风起，船迅速而平稳地向前航行，老水手终于看到家乡的海岸。他哭着祈祷。这时他看到每个尸体旁边立着一位天使。天使们默默地挥手，船进入海港。老水手听到声音——领航员、领航员的助手以及一位隐士的声音；他们朝他的船行来。老水手高兴地看到其他活人，希望隐士为他洗尽罪孽。

第7诗章说道，老水手听到隐士的歌声精神振奋。隐士说船的样子很奇怪，走形的甲板，还有如纸一样薄的船帆。领航员害怕，隐士鼓励他再靠近些。他们的船一靠近，就听水下一声巨响，老水手的船即刻下沉。领航员等人救出老水手。他看去像死人一般。领航员开始歇斯底里，隐士开始祈祷，领航员的助手开始狂笑，他认为他活见鬼了。上岸后，老水手要求隐士为他解除罪孽，隐士问他何许人也，老水手急于告诉他自己的故事，他急得全身发疼。当他讲完时，他感到身心得到了恢复。老水手告诉"婚礼客人"，从那时起，他不定期地感到有必要重述他的故事，不然就痛苦不已。他到处游荡，已经拥有一种在各地选出愿听他讲话的人的奇异能力。老水手说，那边婚礼喜气洋洋、大声喧哗，他愿意和人们一起祈祷。他在海上曾经那样孤独，他连上帝是否在身边都产生了怀疑。他对"婚礼客人"说，无论是人是物，只要祈祷，就能有爱心。然后他走了。"婚礼客人"没有去参加婚礼。他身心被迷住了。他从老水手的故事里学到了道理，而成为一个更加悲伤、更有智慧的人。在诗作结尾，这位听众变成一个不同凡响的人、一个先知式的人物：

老水手，目光炯炯，
须发斑白，他去了：
赴婚礼的客人若有所失，

他转身避开婚礼的欢乐。

他似临头浇了冷水，
兴致已经无影无踪。
从此他便参透悲欢，
次日喜见旭日东升。[32]

这个故事情节简单，但内涵丰富，值得发掘。首先，它基本属于基督教故事一类，讲原罪、爱、忏悔和得救这些基本道理。人们对老水手的杀生，很难做合乎理性的解释，只能归结于“原罪说”，即人性本恶。老水手的忏悔与得救开始于他对上帝的一切造物都产生怜悯与爱的感情之际。忏悔和爱可以赎罪，老水手一旦开始热爱他的同伴生灵（第 272～287 诗行），他滥杀信天翁的罪恶烙印就从他的脖子上掉了下来：

就在那时我能祈祷；
信天翁从我脖子
脱落，像一块铅
沉落到海里。（第 288～291 诗行）

因此，人们可把《老水手之歌》当作宗教诗歌来阅读。故事的框架也富有基督教色彩，如圣母和耶稣基督等形象多次出现等。

但这个故事也有区别于一般基督教故事的地方。基督教的教导是，人犯下错误或罪孽，只要忏悔，就可以得到原谅和救助。《圣经》上这个道理讲了不知多少遍。比如《圣经》里说到，耶稣在十字架上受刑时，和他同时受刑的一个罪犯请求他带他去天堂，耶稣立刻答应了他的要求。但在这首诗作中，老水手不得不反复地忏悔，仿佛没有休止：

此后不论何时，
每逢我感到痛苦：
必须把可怕的故事重说，
内疚才得到解除。（第 582～585 诗行）

这可能暗示着上帝有时并没有听到他的忏悔和祈祷，或有时没有在场听他讲话。这也可能暗示，人们对忏悔的功能产生了困惑。诗歌中暗藏着这种怀疑，说明柯勒律治感觉到了在当时人们中间，特别是在敏感的人们中间所存在的这种疑惑。这显示出诗人已经预感到信仰危机的滋长和蔓延。[33]

其次，人们还应注意到柯勒律治对于大自然的看法。大自然对浪漫主义者非常重要。自然崇拜是他们的信条之一，对于保守的“湖畔诗人”尤其如此。在他们看来，大自然的一切都是好的，它有益于人的身心，帮助人们康复受伤的心灵；它是避难所、向导、导师、养育者。但是，大自然也有另外一面：它面对人的窘境，可以冷漠无情，置之不理，甚至表现出它恶毒的一面。浪漫主义者当中的大多数人，特别是华兹华斯，受当时所处时代的限制，没有看到大自然的这一方面，没有看到它邪恶的一面。在《老水手之歌》这首诗里，大自然有时呈现出无动于衷的状貌：

月亮在天空中上升，
移动着久久不停，
它缓缓地运行，
伴随着几颗星星——（第 263～266 诗行）

它的光辉嘲弄酷热的沧海，
犹如撒遍四月里的白霜；
但是无论船的巨影躺在何方，
中魔的海水也总是滚烫，
一片死寂、可怕的红光。[34]

这清楚地表明，老水手的世界有时没有道德和是非标准：它是一个自然主义的、没有上帝的世界；在那里，人完全依靠自己生存。众所周知，这种“没有道德标准的世界”的概念，直到 19 世纪后半期才渐渐变得清晰起来。在这里，柯勒律治又一次走在时代的前面。他对大自然的看法超越了华兹华斯及其他同时代诗人的视野。

此外，柯勒律治也敏感地认识到人的存在主义窘境。老水手独自飘零于极其广袤的海洋之上，展现出一个鲜明的悲惨的存在主义者形象：

在广阔无际的大海上，
形单影只，孑然一身，
我的灵魂痛苦已极，
却无神贤怜悯。（第 232～235 诗行）

老水手竭尽全力去理解这个他丝毫无力控制的世界，为自己建立一套衡量是非的标准。在这一点上，柯勒律治又走在了时代的前面；我们知道，萨特的存在主义哲学直到 20 世纪 40 年代才最后明确定型，这已经是一个多世纪以后的事情了。

《老水手之歌》也表明柯勒律治相信超自然的存在，相信有一个无形的更高的生命境界存在。诗人明显地强调老水手的客观处境，故意把老人讲述的故事放在婚礼的框架之内，认真地注意描述所有与航行有关的细节，如一天中不同时间里海洋状况的变化，日、月、风及海里生物等自然因素——所有这些都是为把故事锁定在表面的物质世界内。但是，对诗人而言，这并不是他要说的一切；他觉得人们还应该了解另外一个层面的存在，即超自然的存在。因此，这个故事并不是一个哥特式恐怖故事，而是诗人的唯心主义思想的诗意表述。柯勒律治在诗作里所做的注释更突出了这一点，让人确信无疑。柯勒律治对超自然的信奉揭示出他的唯心主义思想的一个侧面。

所以，这首诗里面至少有三种思想观点是超越诗人所处的时代的：一是关于信仰的问题，二是对大自然的看法，三是存在主义思想在诗人头脑中的萌芽。老水手的经历逼真地体现出这些思想。《老水手之歌》的构思是伟大而永恒的，它体现出柯勒律治作为伟大预言家的形象。

2003 年 9 月，人们在萨莫塞特郡的瓦奇特港立起一尊老水手的塑像，供人瞻仰、凭吊，对诗人以志纪念。人们心里充满对柯勒律治的敬仰心情。

《克丽斯德蓓》

《克丽斯德蓓》写于 1798～1800 年间，1816 年出版。柯勒律治原拟把它放在《抒情歌谣集》第 2 版里出版，但后来未能及时写完，遂作罢。1816 年此诗以两部分片断形式发表，作者依然表示要在那一年写完全诗，结果又未能如愿。

诗人在《前言》里强调，此作完全是他的创作，而不是模仿：“因为我们中间有一批批评家，他们似乎认为，一切可能的想法和意象都来自传统；他们没有想到，世界上存在着或大或小的源泉这种东西；因此，他们会把所见到的任何一条溪流都慈悲地看作是从其他人水槽的洞里流出来的。但我相信，就此诗的形式而言，那些怀疑我在个别段落或整体语调与精神方面模仿过的著名诗人们会首先证明我的无辜的，他们会允许我用下列两组拉丁文 6 韵步打油诗形式对他们讲：

它是我的，也同样是你的；
然而如果这样不成，
那就归我吧，好朋友！因为
咱们两人中我更穷。（笔者译）

我只说一句，即《克丽斯德蓓》的格律确切地说并不规律，因为它遵照一个新原则写成，故仿佛是规律的；这个新原则是：每诗行看其重音的数目，而不是音节的数目。虽然后者可从 7 变化到 12，但在每一诗行里依然只有 4 个重音。尽管如此，这种偶尔的音节变化也不是肆意出现的，或者说只是为着方便而已，但这种变化是适应意象或激情性质的某种转变而出现的。”[35]

在这一段文字里，所谓“著名诗人们”是指司各特和拜伦。他们曾经看到柯勒律治这首诗作的传颂的手稿，非常佩服他的创新。司各特的作品《最后的吟游歌手之歌》（*The Lay of the Last Minstrel*, 1805）及拜伦的《科林斯的被围》（*The Siege of Corinth*, 1816）都显示出柯勒律治诗作的影响。他们的作品销路好，获利不少，而这个格律的发明者柯勒律治却依然是一贫如洗。[36]

《克丽斯德蓓》里显示出的强调重音、允许音节数目变化的这种特点是古英诗的突出特点之一。但在 18 世纪和 19 世纪交替的那些年代里，人们仍然遵循 18 世纪的重视音节而不计重音的传统，在这一点上，柯勒律治大胆地背离了当时流行的诗歌音律理论和实践。

《克丽斯德蓓》共有两部，56 诗节、677 诗行，是诗人最长也最满意的诗作。每诗节的诗行数目不等，每诗行里的音节数目也有变化。它的故事情节主要沿着一个女子的感情生活里所发生的事件线索发展。第一部（第 1～33 诗节）的故事梗概是这样的：利奥林伯爵和女儿克丽斯德蓓住在伯爵府里。一天半夜，美丽的克丽斯德蓓在梦中见到已经与她订婚的武士，辗转床头，夜不成寐，于是来到城外二百米远的树林里，在一棵橡树下跪倒，喃喃为情郎做祷告（第一部第 4～5 诗节）。突然，她听到一声哭叫，心惊胆战，走到橡树的另外一边，终于看到了哭者：那是一位穿着华贵、白衣裹体的艳丽女郎（第 6～9 诗节）。克丽斯德蓓上前询问，得知那位女郎名叫吉若丁，出生在贵族之家，她被五个武士劫持，最后被丢弃在这树林里（第 10～11 诗节）。克丽斯德蓓向她伸出援手，请她到父亲的城堡里，对她保证说，父亲利奥林伯爵会帮助她回家去的（第 12 诗节）。克丽斯德蓓还对吉若丁说，为了不打搅她的父亲，请吉若丁和自己暂睡一床（第 13 诗节）。她们进门，吉若丁仿佛因疼痛而倒下，克丽斯德蓓竭力拉住她，过了门槛，吉若丁突然立起，宛似正常人一般（第 14 诗节）。这时一向静默的老狗忽然大叫一声（第 16 诗节），昏惨惨的炉火吐出一条火舌，克丽斯德蓓的父亲的盾牌上的浮雕在昏暗中熠熠发光（第 17 诗节）。她们二人来到克丽斯德蓓精妙而适意的闺房（第 18～19 诗节），克丽斯德蓓请客人喝一杯她母亲做的野花酒，并告诉吉若丁，她的母亲死于分娩（第 20 诗节）。吉若丁忽然声色大变，大声呵斥她似乎能够看到的亡灵："女人！/ 走开！眼下的时辰归我；/ 尽管你是她的守护神，/ 你也得走开！这时辰归我。"（第 22 诗节第 211～213 诗行）[37]克丽斯德蓓吓得跪下，吉若丁抹去额上的冷汗（第 23 诗节）。吉若丁喝下一口野花酒，恢复了元气："这女郎看上去娇艳无比，/ 像来自异邦的名门佳丽。"（第 24 诗节）吉若丁请克丽斯德蓓宽衣安歇，克丽斯德蓓照办，但她思绪混乱，无法入睡，支起胳膊，观看吉若丁（第 25～27 诗节）。她见吉若丁坐在灯影里，眼睛徐徐四顾，深呼吸着，身子似在颤抖，突然吉若丁开始解衣，把身子裸露在克丽斯德蓓的眼际。克丽斯德蓓见到她的怪异形体，大吃一惊（第 28 诗节）。吉若丁满面愁容，仿佛在踌躇，忽然仰起胳膊，把克丽斯德蓓搂住，克丽斯德蓓惊叫："噢，哎呀！"吉若丁把她置于自己魔力的掌控之下，警告她说她反抗也无济于事（第 29 诗节）。吉若丁用魔力把克丽斯德蓓搂了一个时辰（第 31～32 诗节）。克丽斯德蓓慢慢醒来，神情恍惚，有时哭有时又笑，感到羞耻和悲哀；她似乎在橡树下祈祷，似乎看到了她的守护神——母亲——的面容。她知道，神灵会答应人的吁求的（第 30、33 诗节）。

第二部（第 34～57 诗节）开始说到利奥林伯爵的夫人生下女儿后就过世，伯爵非常难过："每一辰钟都是丧钟，/ 催我们咽气，给我们送终。"

（第 34 诗节）早晨，吉若丁恢复镇定，从容起床，叫醒沉睡的克丽斯德蓓（第 36 诗节）。克丽斯德蓓犹如在梦中，心里迷茫困惑，向望去更加美丽的吉若丁问好（第 38 诗节）。她们一起来到伯爵的客厅（第 39～40 诗节）。伯爵把女儿揽入怀里；看到美若天仙的吉若丁，他惊喜之余，彬彬有礼地表示欢迎（第 41 诗节）。当他听到客人的父亲是特罗缅的罗兰·德沃勋爵时，他反复重复这个名字（第 42 诗节）。伯爵想起旧时旧事，想起当年他和罗兰勋爵的深厚友谊以及他们后来的争吵，心中顿时感慨万千（第 43 诗节）。他记起了他的朋友——年轻勋爵——的面貌（第 44 诗节）。他决心为他的朋友的女儿复仇，处罚劫持她的武士（第 45 诗节）。利奥林伯爵伸开双臂，把朋友的女儿怜惜地揽在怀里，吉若丁趁势偎依上去，克丽斯德蓓见状很不舒服（第 46 诗节）。她忆起吉若丁的冰冷的胸脯，赶忙祈祷，被利奥林伯爵侧首时看到。这时她母亲的形影出现在她的脑际，它曾让她在吉若丁的怀里心地平静。她迷人地笑了。利奥林伯爵询问女儿有何病痛，女儿说她很好，吉若丁的魔力让她无法说出更多的话来（第 47 诗节）。利奥林伯爵认为吉若丁圣洁、妩媚、伤感，而吉若丁殷切、谦卑地请伯爵把她送回家去。伯爵没有答应她的请求（第 48 诗节）。他立刻把歌手找来，让他快马加鞭，赶往苏格兰的罗兰·德沃勋爵的宅邸，请他带领人马前来接她的女儿回家，伯爵自己也会带领人马在半路上和他相见；伯爵后悔当初出言不逊，得罪了好友，二人多年没有来往，他也从未再找到一个像勋爵一样的朋友（第 49 诗节）。吉若丁闻言倒地，泪眼汪汪；歌手说他不能立即上路，因为他夜间梦到一只叫作“克丽斯德蓓”的鸽子在林中地上扑腾，婉转悲鸣，痛苦不堪。他在梦中俯身细看，原来是一条绿蛇缠绕在小鸽子的身上，他决心除掉这个邪魔（第 50～51 诗节）。伯爵听后淡淡一笑，亲吻可爱的吉若丁，这位女郎面露羞涩，一边斜视克丽斯德蓓的反应（第 52 诗节）。忽然她的眼睛变作蛇眼，克丽斯德蓓见状昏昏欲睡，全身发抖，吉若丁转而看着伯爵（第 53 诗节）。克丽斯德蓓脑际只有吉若丁的一双蛇眼，她祈祷，跪在父亲的脚边，恳请父亲把这个女人赶走，吉若丁的魔力使她不能再多说什么（第 54 诗节）。利奥林伯爵面色苍白，一脸怒气，不知他为何做出如此反应，他的妻子死前曾要求他照顾好他们的女儿（第 55 诗节）。利奥林伯爵因为误解女儿嫉妒吉若丁，觉得伤了他的脸面。他命令歌手即刻动身去苏格兰。然后他丢下女儿不管，挽着吉若丁走出去（第 56 诗节）。在最后一诗节（《尾声》）

里，诗人描写一个孩子的可爱，借此发出一些议论。诗作片断到此结束。

这是一个哥特式的故事，里面包含了古老城堡、午夜树林、扮作白衣女人的妖怪、天真的女郎等典型的哥特式作品的成分。吉若丁是一个蛇妖，她化作人形，佯称自己是伯爵以前的好友——罗兰勋爵——的女儿，骗得因与好友断绝关系而后悔不已的伯爵的信任，用魔力把纯真的克丽斯德蓓牢牢控制，又使她不能充分表达自己。诗人原来计划写五部，但写了两部就搁笔。根据他的好友吉尔曼医生的记述，诗人生前曾对好友们说过后面三部的内容大意：伯爵把歌手打发走后，受到吉若丁的掌控，歌手从苏格兰回来，吉若丁摇身一变，成为克丽斯德蓓久别重逢的未婚夫，迫切要求结婚，克丽斯德蓓只好应承。二人正在教堂举行婚礼时，克丽斯德蓓的真未婚夫出现，吉若丁急忙逃走，克丽斯德蓓和未婚夫终于喜结良缘。

故事的叙事者以第三人称讲话，他无所不知，但总的说来他以克丽斯德蓓的意识作为他叙述故事的中心。故事里有两个性格相反的女主人公：一是克丽斯德蓓，她是女人美德的杰出典型，虔诚、心地善良、富有同情心、忠贞不贰、充满爱心；二是吉若丁，她却是外表艳丽、内心凶恶。

人们对于这首诗作已有不同的诠释。一种说法是，这是富有诗人自传成分的作品。诗作里主要说到诗人和好友华兹华斯的关系。这种说法不无道理。首先，诗人感到自己处于华兹华斯的阴影的控制下，很不舒服。这一点在两个女主人公的关系里反映出来。《克丽斯德蓓》主要是写两个女主人公之间的关系的：其中的一个（吉若丁）在控制另外一个（克丽斯德蓓），后者感到很不舒服。从诗人和他的好友华兹华斯的传记及有关资料里，人们不难看出，这是诗人对这一友谊的一个负面感受。

其次，诗人可能认识到，自己和好友争吵，造成多年不和，想来感到后悔、无限怅惘。此时如鲠在喉，他要通过道歉对这一段历史做一了断。这可能是诗人创作《克丽斯德蓓》的目的之一。这一点在利奥林伯爵与罗兰勋爵的关系上反映出来。比如第 43 诗节讲到他们之间的关系，立即会引起人们的联想，觉得柯勒律治是在怀旧，在思念自己和华兹华斯之间的友谊和后来的争执：

> 年轻的时候，他们是知己，
> 但流言蜚语戕害了友谊。
> 恒久的友谊只有天上有，

人间处处是荆棘成堆。
年轻人浮躁，对着好朋友
也会恶狠狠暴跳如雷，
照我猜想，利奥林与罗兰
偶然间发生了口角争端，
他们本来是最亲的兄弟，
却互相辱骂，互相鄙弃。
两人分手了——再不见面，
然而，双方却同样发现
心中空落落，悲苦难排，
彼此隔绝，而创伤仍在，
好似山岸被劈成两半，
阴沉的海水便流注其间，
但无论炎夏、冰霜或雷电，
都没有能力把旧迹前缘
清扫一空，或连根斩断。（第 43 诗节）

这种后悔心情在第 49 诗节伯爵对歌手讲话时再次提起：

歌手啊！凭我的荣誉起誓：
我悔不当初，不该在那一日
对我的好朋友罗兰勋爵
说出那些话，狂悖而暴烈！
自从那不幸的时辰以后，
已经度过了多少春秋，
我再也找不到一位友人
像罗兰·德沃那样知心。（第 49 诗节）

《克丽斯德蓓》第二部的《尾声》（第 56 诗节）让人感到很费解。但细读会发现，诗人是在力求与朋友和解。这一诗节首先描写一个孩子的可爱，以及他为父亲带来的无限快乐。有人认为这个孩子可能是指柯勒律治的 5 岁幼子，这种说法值得商榷。小孩的原型有可能取自诗人的幼子，就像人们认为美国作家霍桑（Nathaniel Hawthorne, 1804-164）的小说《红字》（*The Scarlet Letter*, 1850）里顽皮女孩珍珠是以作家的女儿尤娜为原型的。但是，这一诗节不是在描写孩子，孩子只是个比喻而已。如果人们以《克丽斯德蓓》作为诗人和好友华兹华斯的关系的暗喻，以此为主题来理解这首诗作的话，那么，这里的“父子”应当是指两位诗人；而且考虑到诗人对华兹华斯的敬畏和钦佩，“父”应当指华兹华斯。这一诗节的前 4 诗行很可能是诗人的自我画像：“好一个小孩子，乖巧的小精灵，/ 跳舞给自己看，唱歌给自己听，/ 脸蛋红扑扑，腮帮子圆溜溜，/ 他样样能得到，用不着去寻求”（第 57 诗节第 656～659 诗行）。显然诗人认为，这是华兹华斯认为他可爱的地方。至于下文说到父亲表达深切爱抚的方式竟是：“只好用几句无心的嘲骂/ 把过多过剩的怜爱来打发”（第 57 诗节第 664～665 诗行），这可能是指华兹华斯偶尔也善意地批评诗人。那么，诗人对这些批评的感受如何呢？诗作接着说，

> 不相干的念头捏合在一起，
> 这大概没错，自有道理。（第 57 诗节第 666～667 诗行）

对这两诗行可有两种理解。一是说父亲的爱和嘲骂似乎“不相干”，一是说诗人和华兹华斯的思想之间存在不同。后面的一层意思是暗喻：二人之间相互的吸引（“咒符”）有时可能失灵，二人之间可能存在相互伤害（“过失”），但是这些都是友谊长河里的小小涟漪，而且是建立在善意的基础上的（第 57 诗节第 664～672 诗行）。

> 而如果在这罪孽的人世中，
> （啊，痛苦呀，可耻呀，这竟是真的！）
> 会有这样的心智不清
> 在气恼和痛苦时，偶尔发生，
> 讲话也就极像气恼和痛苦时一样，那有什么。（第 57 诗节第 674～677 诗行，笔者译）

诗人似乎在对疏远了的朋友以和解的口气说，人无完人，这种心智不清，因为发怒与痛苦会出现，这时说话就不免气急败坏。这种情况是会偶尔出

现的，出现了又有什么呢？言外之意是，请不要过于在意吧（第 57 诗节第 673～676 诗行）。所以，把《克丽斯德蓓》看作诗人表示遗憾和道歉之作是有道理的。

《文学传记》

《文学传记》是柯勒律治的自传性散文集。它勾勒出柯勒律治的思想状貌，刻画出他对许多事情持疑问态度的清醒头脑。这部作品可以分为两部分，一部分写他作为一个诗人的成长历程及他的文学批评观点，而另一部分则是他对华兹华斯的分析。书中包括自传部分 25 章以及关于各种话题（包括文学理论和批评）的所有论文，其中他对诗歌和想象的界定尤其重要。[38]

《文学传记》在第 1 段里称这部书的内容是“各式各样的思考”。细读此书，觉得这个形容非常贴切。他在开始时说，他要谈及对他的哲学和文学技巧曾经发挥过作用的各种主要影响，但后来行文有些变化。他在写作过程中改变了初衷，详细地讨论起他特别感兴趣的各种文学与文化问题，通过分析一些具体作品，提出一些文学评论的标准。

从总体看，《文学传记》是柯勒律治的一次长时间的漫谈，涉及的范围很广，包括诗歌、戏剧、哲学及心理学。作为漫谈，此书可读性极强，充满哲理深刻的格言警句。柯勒律治对诗歌想象力的本质的分析，迄今无出其右者。他对华兹华斯的作品读得那样仔细，评论得那样恳切、审慎而周全，他不愧是所有地道的文学学者做学问的杰出典范。

《文学传记》的第 1～4 章写诗人的经历，阐述他对诗歌的兴味、他的诗歌理论、他接触到华兹华斯的诗歌后对“冥想”与“想象”的区别的认识等。第 1 章讲到他在学校里所受到的训练。他对对他极有影响的老师詹姆斯·包耶（James Bowyer）表示敬意。他说到他在伦敦基督医院学校学习时，这位老师坚持要求他们在散文和诗歌创作中思维合乎逻辑、表达准确。他也评论了他所喜欢的、在浪漫主义诗歌之前进行创作的一些次要作家（如威廉·莱尔·鲍尔斯［William Lisle Bowles, 1762-1850］）的诗歌，对蒲伯前后的诗人诗作进行比较。第 2～3 章讲读者大众经常站在严厉的评论家一边，而不是站在他们认为奇怪的、惹人生气的，甚至有些发疯的诗人一边。他认为最伟大的作家如乔叟、莎士比亚、斯宾塞和弥尔顿的作品都极其正常，是那些追逐名利的二流作家没有真才实学才引起大众失望的。在第 4 章，柯勒律治对于评论界对他的恶毒攻击表示不满，说他和他的朋友——华兹华斯及罗伯特·骚塞——不应受到这种待遇。他评论了华兹华斯和骚塞的一些作品，讲到“想象”与“冥想”之间的差别。然后转向一些他感兴趣的哲学问题（观察、感觉及思维过程等）。这一部分比较难懂，他以为人们已经了解德国哲学家、英国心理学家和神秘主义者的思想。他简介了托马斯·霍布斯（Thomas Hobbs, 1588-1679）、大卫·哈特利（David Hartley, 1705-1757）、亚里士多德（Aristotle，公元前384-公元前322）、笛卡儿（Rene Descartes, 1596-1650）等人的思想，核查了康德（Immanuel Kant, 1724-1804）对他自己的哲学思想的影响。

作者接下来离开关于他的思想发展的题目，说起他的杂志《警卫》的出版，他征集订户的做法很荒谬，这本杂志如他的朋友们所预言，最后停刊；他的一个朋友不得不出钱给出版者，才使柯勒律治免受牢狱之灾。

柯勒律治一生里最重要的一次旅行是他1798年赴德国，在那里他加深了对德国文学和哲学的了解。回国后他为一家报纸写文章，讨论文学和政治。他当时声色俱厉地攻击拿破仑，后者气急败坏，曾经下令逮捕当时在意大利的柯勒律治。柯勒律治对自己的记者生涯非常满意，奉劝作家们也做些文学创作之外的工作。

他接着折回到他的哲学讨论，列出几项关于真理和知识的假想。他特别关心主观物、观察者与被观察的客观物三者间的本质区别。与此相关的是想象的本质。他把想象分作两部分：一是直接想象，即人对客观物的观察力；二是间接想象，即以直接观察为基础产生新想法的想象。[39]

在第13章末尾，柯勒律治简明地总结了他关于“冥想”与“有机想象”之间的不同的理论：

> 那么，我认为想象或是直接想象，或是间接想象。直接想象我认为是人全部的活生生的观察力和观察媒介，是在无限的“我存在”的永恒创造行为中有限头脑的一种重复。间接想象我认为是前者的反响，与有意识的意志共存，而作为媒介，它和直接想象依然同类，只是在动作时与直接想象存在着程度和方式上的不同。它为再创造而分化、分散、消泯；或当这个过程不可能进行时，它无论如何也依然竭力理想化、合而为一。即便在所有客观物（作为客观物）在本质上是固定的、没有生气时，它在本质上也是*活跃*的。

> 相反，“冥想”除掉固定和肯定的物质之外，没有任何其他筹码可供其左右。的确，“冥想”不过是游离于时空之外的一种形式的记忆而已；它与意志这种务实的现象——这我们称之为选择——相结合，并受其限定。但它和一般的记忆一样，也必须接受由联想得来的材料。[40]

接着他提出他的文学评论标准，多以《抒情歌谣集》为例。他对诗歌的界定是，诗歌给人即刻带来快乐，而不是真理，诗歌从整体到部分都让人赏心悦目。他在谈到诗人的作用时说：

> 诗人……把人的整个灵魂活跃起来，使它的各种功能依照它们的价值和尊卑确定相互间的从属关系。他通过我们已经专门称为的“想象”所具备的合成与魔力般的威力，发散出一种把各种功能混合与（*仿佛是*）*融合*起的情调和统一精神。这种威力，最先由意志和理解启动，也在它们的认真——虽然是和缓与隐蔽——的控制（*被绳缰宽松地赶着*）之下，而得以保持，它表现在它的平衡或调和相反或不和谐的品性；相同与不同；一般与具体；思想与形象；个例与共性；奇异和新鲜与陈旧和熟悉的事物；不寻常的感情状态与不寻常的秩序；明确的判断和稳健的自制与深刻而强烈的热情；当它融合、协调自然的与人造的事物时，依然使艺术从属于自然；形式从属于内容；我们对诗人的钦羡从属于我们对诗歌的认同。……
>
> 最后，常情是诗歌天才的主体，遐想是它的服装，行动是它的生命，想象力是它的灵魂；想象力无所不在、处处皆有，把一切都糅合成一个精雅而才藻艳逸的整体。[41]

在第14章末尾，柯勒律治界定诗歌的定义，详细地阐述了“‘想象’所具备的合成与魔力般的威力”的性质。柯勒律治认为这种威力能够消除分别（例如人在观察时的主观与被观察的客观之间的分歧），这种分别表示出人堕落状态的特点。[42]这就是说，诗人通过自己的想象力，化多样为一体，调和不同与一致、具体与抽象、形象与思想、个体与一般、熟悉与新奇、非常感情与正常状态、深刻而强烈的热情和情感与永远清醒的判断和稳定的镇静。他把这些标准应用于具体作品，分析莎士比亚的早期诗歌、《鲁克丽丝受辱记》和《维纳斯与阿多尼斯》，指出这些作品里表现出的诗人的天才和不成熟之处。他特别赞扬莎士比亚的音乐性语言、美学距离、鲜明的形象以及思想的深度和强度。

对于《抒情歌谣集》，他毫不犹豫地指出他和华兹华斯的不同之处。在第 17 章里，他表示原则上同意华兹华斯关于革新当时矫揉造作的诗歌语言的宗旨，但他坚决反对华兹华斯所讲的“诗歌语言和日常语言没有根本区别”的理论。他说，

> 我本人与华兹华斯先生的理论的区别以下列设想为根据，即把他的话正确地理解为这个意思：一般说来，适宜的个例除外，诗歌语言全部来自实际生活里人们所说的语言，一种人们在自然感情支配下进行自然对话时所用的语言。我的反对意见，第一是，从任何意义上说，这个原则也只适用于*某些*类别的诗歌；第二是，就是对于这些类别，也并不适用，除非是在从来没有任何人（就我知道或阅读过的人）对它否定或怀疑的情况下；最后是，这个原则如果可用，如果在适当的情况下适用，它也是无益的，如果不是有害的话，因此不必付诸实际，也没有必要这样做。[43]

他强调与阶级和宗教无关的普通语言，他说华兹华斯在他的多数诗作里所运用的正是这种语言。他指出，华兹华斯在《抒情歌谣集》的《前言》里，针对当时流行的空洞的诗歌语言，而在一定程度上矫枉过正，夸大了自然、清晰的语言的优点。

柯勒律治大加挞伐当时评论界对华兹华斯作品所进行的歪曲和荒谬的批评。他嘲笑他们几乎没有阅读作品就匿名写出空泛的评论。为反击他们恶毒而自相矛盾的判断，柯勒律治提出他对华兹华斯诗作的缺点的看法。他提出华兹华斯的文风不一致，有时从崇高而转变为普通，有时过于强调景物或生平方面的事实细节，有些诗作里的对话欠火候，在几处出现的语言近似、重复、文思的倒退而不是发展，以及运用对主题来说过于沉重的思想与形象等。

柯勒律治高度赞扬华兹华斯语言的纯洁和恰到好处、思想的新颖、诗行与诗段所显示的精壮和独创、对大自然和人的怜悯与同情心的精确描

绘，以及诗人的想象的威力。总的说来，华兹华斯在这部书里虽然也作为一个个人出现，但柯勒律治主要是把他描绘成一位理想的哲理性强的诗人。

《文学传记》的主要部分以对华兹华斯作品的最后判断作结束。但是柯勒律治为说明他的早熟，又加上了他在德国的旅游、他在船上的旅伴、和诗人克罗普斯托克（Friedrich Gottlieb Klopstock, 1724-1803）的会见，以及他的一些文学观点。此外，还有他对当时的一出闹剧的评论。

《文学传记》的最后一章是和此书的其他部分一样的漫谈，其中简略地谈到评论界对他的《克丽斯德蓓》的尖刻的反应，说到他的基督教信仰及坚持这种信仰的理由。结尾处他没有对全书做总结。

诚然，此书也反映出柯勒律治的做事特点：他具有很高的诗歌与智力天赋，但缺乏自控力，经常写不出他心里很想写出的作品。

《文学传记》是西方文学批评史上的一个重要文献。它是柯勒律治的重要著作之一，是现代批评家常常直接援引的经典作品。它提出的许多观点已经被后来的评论家们采纳和吸收，成为西方和世界文论的一个有机组成部分。19世纪后期英国作家亚瑟·西蒙斯（Arthur Symons, 1865-1945）说，《文学传记》是用英语写出的最伟大的批评著作，它不仅因为其中许多观点和评述而著名，也被认为是柯勒律治犀利的批评理论的真实记录。例如，他把想象当作神奇的综合动力加以强调，这一观点在书中得到很好的诠释，也得到后世浪漫主义者的认同和追随。与柯勒律治同代或以后的评论家，如雪莱、马修·阿诺德、T.S.艾略特等，都受到《文学传记》的明显影响。柯勒律治一个具有重要影响的著名理论是，文学作品的含义不止一层，把文本当作一部作品来仔细品读是很重要的。这一观点在20世纪20年代由I. A. 理查兹（I. A. Richards, 1893-1979）重新提出，以支持他的新批评论点。新批评认为，人们对一首诗歌可以进行理性分析，它的文本结构比它所处的“时期”背景或作者的传记信息更为重要，文学批评应当集中在作品文本本身上。柯勒律治提出的另外一个理论，即“最优秀的诗歌可以调和相反与不和谐的因素”的思想，后来到20世纪初年，成为新批评派理论的主要信条之一。于是，柯勒律治也被当作新批评理论的权威，他的《文学传记》受到人们的推崇，多次再版，成为新批评派的宝典之一，对当时及以后很长时间的文学批评产生了深远的影响。

《文学传记》这部天才之作也有缺陷。它结构比较松散，偶尔也有抄袭，引言有时也有欠恰切之处。这部书并不易读。它是最惹人生气的著作之一。柯勒律治的漫谈给人们带来许多迷惑，他的思维深奥而微妙，他的写法朦胧而晦涩。人们在阅读过程中有时会感到困惑，有时则会感到怒气冲天。大多数读者不从头至尾地阅读全书，人们多为实用主义者，选择自己喜爱、需要的部分阅读。但它是每个文学研究者的必读书之一；它是他们的知识基础的有机组成部分。专家和研究者们应当通读此书，以了解其精神，切不可断章取义，以片面代替全面。

乔治·戈登·拜伦（George Gordon Byron, 1788-1824）

在世界文学史上，常有在短期内骤然出现天才簇聚的时代。我们阅读这种阶段的历史时，常有一种“天把清明灵秀恣意赐人”的感觉。就欧洲文学史而言，古希腊自埃斯库罗斯（Aeschylus, 公元前 525-公元前 456）至柏拉图（Plato, 公元前 427-公元前 348）的时代（公元前 6 世纪至公元前 4 世纪末）、英国的伊丽莎白时代、法国的 16～17 世纪文学以及意大利自但丁（Alighieri Dante, 1265-1321）至阿里奥欧斯托（Ludovico Ariosto, 1474- 1533）的时代（公元 13 世纪末至 16 世纪初），便是这种人才荟萃、文学空前繁荣的时代。19 世纪初英国浪漫主义文学时代就给人一种生气勃勃、满园春色的盛极之感。我们在前面说到华兹华斯、柯勒律治和骚塞，现在我们又要提起三个名垂千古的名字——拜伦、雪莱和济慈。他们在不足 30 年的时间内，宛如暴风骤雨闯入英国诗坛，又急若流星一般逝去，给世人留下一宗永恒的精神财富。

说到拜伦，人们不会忘记，他是世袭男爵，相貌英俊，降生下来脚就是畸形。据玛丽·雪莱说，“拜伦勋爵的一行一动——包括他的每一行诗——无不受到他这个个人缺陷的影响。”但他意志坚强。1810 年 5 月初他畅游达达尼尔海峡时，被一对古代情人的忠贞爱情故事所感动，不顾海峡水的低温，毅然仿效古人在冰冷的水里，逆向游泳长达 4 英里，事后写诗《从塞斯特斯至阿比多斯游后记》（“Written After Swimming from Sestos to Abydos”, 1810）。这首诗作是诗人的满腔热情和坚强毅力的有力见证。

拜伦在孩提时代忧郁、冲动而又虚荣。他在 10 岁之前生活在阿布丁（Aberdeen）的贫穷环境里，后来在 1798 年继承了叔祖父的爵位和财产，到名校哈罗贵族学校和剑桥大学的三一学院学习。1802 年拜伦和他的同父异母妹妹奥古斯塔·雷会面，后来引起乱伦关系的流言。拜伦为性情中人，他满腹激情，成年后深知他可能不会得到社会的接受。他在《孩提时代的回忆》（“Childish Recollections”, 1806）中就说过，在他的胸中震荡着某种强烈的冲动，他珍视友谊超过一切，这种情谊在国内遭到否定，他很难找到知音，因此为寻觅与自己情投意合的人，必须到国外去游荡。

拜伦自幼聪敏，灵秀过人，14 岁便开始写诗。1807 年发表的《懒惰的时间》（*Hours of Idleness*）受到《爱丁堡评论》（*Edinburg Review*）的恶毒攻击，年轻的诗人没有气馁，操笔写出《英国诗人和苏格兰评论者》（“English Bards and Scotch Reviewers”, 1809），讽刺了许多作家、文人，社会为之一惊。《英国诗人和苏格兰评论者》连出 5 版。不少受到讽刺的人起初很气愤，后来拜伦声名愈来愈高，他们又转而因被拜伦点名而感到受宠若惊了。拜伦的《唐璜》（*Don Juan*, 1819-1824）问世后，《爱丁堡评论》称之为“肮脏的、亵渎的诗”。可是德国的歌德却表示非常赞赏，拜伦对此感到欢欣鼓舞。1809 年拜伦进入贵族院，他作为英国贵族院年轻的下议院议员，对捣毁机器的工人所遭受的不公正待遇直言不讳。1812 年他 24 岁时，第一次在英国上院演讲，慷慨陈词，支持破坏机器的鲁德派工人的革命行动。他受到一些人的盛赞。同年他到西班牙、马耳他、阿尔巴尼亚、希腊、爱琴海等地游访。1812 年他发表《查尔德·哈罗德游记》（*Childe Harold's Pilgrimmage*, 1812-1818）的前两诗章，成为世界闻名的诗人。他的《海盗》（*The Corsair*）于 1814 年出版，当天就售出 1 万册；《海盗》是描写反叛的人物的。1815 年他和安·伊莎贝拉·米尔邦克结婚，同年女儿爱塔出生。拜伦的婚姻很不幸福，婚后第二年夫妻合法分居。

拜伦是一位踌躇满志的社会人物，一个性叛逆者。他总是引人注目、傲岸、天马行空、特立独行。他写了不少政治内容的诗歌，批评时政。但也因而触怒了统治阶级，上层社会便借他与妻子不和一事大做文章，极尽诽谤和诬陷之能事。反对者特别在他的生活作风上大作文章，诬陷他乱伦、同性恋，说他疯狂爱上同父异母的妹妹。加上他的夫人和他离异，这一切最后迫使年轻诗人愤然离国而去。[44]

1816 年，拜伦离开伦敦前往欧洲大陆。他到达意大利，支持那里的烧炭党人。后来他在日内瓦湖区定居，和雪莱夫妇过从甚密。他在那里写出《查尔德 哈罗德游记》的两章，以及《齐隆的犯人》（*Prisoner of Chillon*）。

同年夏末，拜伦继续在意大利游览，前后居住了两年多。在这期间，他参观古罗马诗人塔索（Torquoto Tasso, 1544-1595）在罗马坐过的牢房，受到激励，写出了《塔索的哀伤》（*Lament of Tasso*, 1819）以及《马泽帕》（*Mazeppa*, 1819），并开始了《唐璜》的写作。当他在拉维纳和比萨居住时，他对戏剧产生了兴趣，写出剧作《两个弗斯卡里》（*The Two Foscari*, 1819）、《萨丹拿珀勒斯》（*Sardanapalaus*, 1821）、《该隐》（*Cain*, 1821）以及未竟著作《天堂和尘世》（*Heaven And Earth*, 1819）。

1821年到1822年，拜伦在比萨写完《唐璜》的第6至12诗章。同年他和雷·亨特及雪莱一起办报纸《自由者》（*The Liberal*），在第一期上刊登出拜伦的《审判的幻景》（*The Vision of Judgment*, 1822），批判骚塞等御用文人。《自由者》为时不长就停刊。拜伦在意大利最后住在热那亚，到1823年。

拜伦除上述作品外，还创作出《阿毕陀斯的新娘》（*The Bride of Abydos*）、《海盗》（*The Corsair*, 1814）以及《莱拉》（*Lara*, 1814）。他还写了《曼弗雷德》（*Manfred*, 1817）、《青铜时代》（*The Age of Bronze*, 1822）等作品。《海盗》和《莱拉》是描写反叛人物、具有异域风情的长篇叙事诗；《曼弗雷德》和《该隐》是探究人生苦难、赞扬与困境斗争的诗剧；《审判的幻景》是尖刻地讽刺英国专制王朝及其走狗文人的政治诗歌；《青铜时代》是对欧洲保守的专制王朝建立“神圣同盟”以反对拿破仑这一行为的讽刺与谴责。他还写出一系列抒情诗。他的著名短诗包括《她步履优美》（“She Walks in Beauty”, 1815）、《当初我们分手时》（“When We Two Parted”, 1815）、《于是我们不会再游荡了》（“So, We'll Go No More a Roving”, 1820）等。

在经过这一长时间的创作之后，他感到行动比写诗更重要，于是决定去希腊。1823年，他装备起一艘双桅船“赫克利斯”号（the Hercules），前往希腊。歌德为他此举赋诗，祝他一路顺风。他到希腊后参加并领导希腊人民反对土耳其奥斯曼帝国统治的民族革命，帮助希腊人摆脱土耳其的统治。他花费四千英镑重新装备希腊的战舰，然后在年底前往希腊西部的梅索朗吉（Messolonghi）。在那里他不幸染上热病，他的医生们坚持使用放血的方法进行治疗，但不仅无效，反而加重了他的病情。1824年4月19日，他在梅索朗吉去世，当时他刚过完36岁生日。有人预测，如果他活下去，他可能成为希腊国王。他过世后希腊全国举行仪式默哀。希腊著名诗人索罗莫斯（Dionysios Solomos）写诗《为拜伦勋爵之死而作》（*To the Death of Lord Byron*, 1824）以致祭奠。拜伦受到希腊人的隆重纪念。在雅典树立着拜伦的纪念碑。希腊人崇拜这位英国诗人。古希腊是自由的象征，而拜伦一生酷爱自由，他为希腊人的独立和自由而战，最终把自己宝贵的生命献给了这个国家和人民。他的名字的希腊语谐音在那里成为人们喜爱的充满男性美的名字，雅典的一个郊区也以他的名字命名。拜伦今天仍安详地躺在这块他为之献身的土地上。他在死前几天，虽然发烧，头也昏昏沉沉，但在几点大事上他并不糊涂。他说："不要叫人分割我的躯体，不要送回英国去……不要盛大仪式或废话，就近找个角落埋葬即可。"这几件事情没有一件能叫他称心如意。他死后希腊人把他的心脏埋在梅索朗吉一棵树下。1824 年 7 月 5 日，他的遗体被运回伦敦。当时西敏寺和圣保罗大教堂都拒绝接受。他的遗体在伦敦庄严肃穆地停留了两天，大批群众前来瞻仰，最后被埋葬在诺丁汉老家的祖坟里。后来希腊国王送来大理石牌位立在拜伦墓前。西敏寺后来允许在寺内安放这个牌位的一块复制品。拜伦的朋友们募款一千英镑为他立塑像，但在竣工后的 10 年内，英国大多数机构，包括大英博物馆、圣保罗大教堂、西敏寺和国家艺术馆在内，竟都拒绝把它置放在自己的辖地内，它不得不被存放在仓库里。1834 年，剑桥大学三一学院终于把塑像放置在它的图书馆里。当时罗伯特·瑞普利（Robert Ripley）曾画出一幅"水手长坟墓"的图画，上面写着一行字："拜伦勋爵的狗有一座雄伟的坟墓，可是勋爵本人却一无所有。"英国人，尤其是儿童们，见此大为震惊，于是自己集资为诗人建起适合诗人身份和举止的纪念碑。《纽约时报》曾撰文说："人们开始发问，这样地忽视拜伦是不是英国的耻辱……如在'诗人角'放上一个半身塑像或牌位，英国就会洗刷掉她对自己的一个真正最伟大的儿子的忘恩负义行为。"

他从未谋面的女儿奥古斯塔·爱塔·拜伦曾要求死后和父亲葬在一处，她现在也安详地躺在父亲的身边，与父亲做伴。拜伦有两个女儿，一个是爱塔，一个是阿莱吉拉（Clara Allegra Byron）。爱塔随母亲长大，后来成为拉乌拉斯伯爵夫人。她与人合作，致力于分析机（analytical engine）的研究，这种机器是现代计算机的前身。阿莱吉拉是拜伦的私生女，是克莱拉·克莱蒙特 （Claire Clairmont）——玛丽·雪莱的同父异母妹妹——所生，拜伦对她感情一般。这个私生女 5 岁夭折，拜伦很难过，他让人把她的遗体送回英国安葬。[45]

在拜伦进入西敏寺的问题上，英国人有过长期的争论。代表极端保守势力的是一位教会长老，他说，拜伦的“公然放浪行为”和他的“不检点的诗篇”使他不具有进入西敏寺的资格。但是“英格兰诗会”认为，这位伟大的浪漫作家，由于他的诗和“他对于社会公道与自由之经常的关切”，还是应该享有一座纪念物的，西敏寺也终于改变了初衷，在“诗人角”里安放了一块铜牌来纪念拜伦。1969 年，在诗人死后 145 年，西敏寺最后接纳他入“诗人角”。那时“诗人角”早已装满了纪念诗人们的碑牌，包括诸如大诗人莎士比亚、弥尔顿、雪莱、济慈，甚至还有一位外国诗人朗费罗（Henry Wadsworth Longfellow, 1807-1882）在内。[46]

拜伦的一生是革命的一生。他由于过分敏感、高度紧张，因而极易受到伤害。他终其一生都无法认同公众保守的思想，并为此深受困扰。他很清楚作为一个艺术家应有的使命，也从来没有推卸过自己的责任，他具有彻底的革命反叛精神。他追求自由、反对暴政的思想和浪漫精神给人们的生活和世界文学都打上了深深的烙印，他的影响遍布全球。

拜伦是一位极富创造力的诗人。他给英国诗坛带来一种全新的精神，即反叛精神。他反对颓风陋习、成规戒律，反对暴政和不正义，主张改变现状，取消旧的社会伦理道德观。他号召人们为正义和自由、为美好的生活和未来、为美好的感情和事物而战。在一定意义上说，他的诗的主人公都是拜伦主义者，他创造了跟自己雷同的拜伦式的英雄，故世人称之为“拜伦式主人公”（the Byronic hero）。

拜伦式主人公英俊潇洒，举止有骑士风范，精力充沛，孤独忧郁，愤世嫉俗，自由洒脱，而又慷慨大方。这种形象不仅凸现出诗人自己的个性特征，也是他对自己未来理想形象的设想。他的两首著名长诗《查尔德·哈罗德游记》和《唐璜》中的主人公都是典型的拜伦式英雄。这种英雄人物出现的意义超越了他生活的那个时代。它反映出诗人的一种渴求，即希望社会能够为人提供一种理想的、最美好的生活。它也象征着人类对公平、自由和幸福的向往。然而，拜伦式主人公也不无缺憾。在这些人物身上存在着突出的个人主义，他们显得傲慢、冷漠，偶尔对普通人也持蔑视态度。

第一个拜伦式主人公是拜伦的成名作《查尔德·哈罗德游记》里的主人公查尔德·哈罗德。从那以后，这种人物形象就进入了英国小说、戏剧和电影。

拜伦一生著作很多，真可谓落笔千言、咳唾成珠。这个时期有两个人能即兴成诗，拜伦是其一，司各特（Walter Scott, 1771-1832）为其二。拜伦生性疏放，富于感情，向往美好的事物。他的诗是其善良和高尚本性的最好表现。几乎没有别人能像他一样运用那么多种诗体，创作出那么多作品。而且一旦落笔他便很少重读自己的诗著，更不用讲修改了。

拜伦总是以独特的方式表达个人的感受。他言辞坦诚，掷地有声，风格自然流畅、激昂振奋、幽默诙谐。他可能缺乏深刻思想，也可能会触犯有保守倾向的人，但没有人能忽略他作品中所表现出的引人入胜的诗意美和他驾驭文字的魔力。作为一个艺术家，他注重描写，不做结论。只有一流的天才才可能具备他在诗作里表现出的观点和洞察力。《拜伦全集》(*The Works of Byron*）在1833年由他的出版人约翰·莫雷（John Murray, 1745-1793）第一次出版，共17部。[47]

拜伦的名声经历了荣辱沉浮。拜伦在世时非常出名，除他炙手可热的诗歌外，还有一种广泛的对他的个人崇拜。当时他一直都是伦敦画室推崇的偶像。在19世纪中期，拜伦名噪一时，声望超越了同时代国内外其他所有的浪漫派诗人。今天他却受到一些评论家和读者的冷落和忽略。他被忽略的主要原因是，他似乎有些雷声大、雨点小，按照T.S.艾略特的说法，就是没有实质性的贡献。另一个原因很可能是他与自己的时代紧紧相连，作品内容主要涉及他的时代，同其他时代的直接联系不多、不明显。评论界提出的另外一个原因是他可能缺乏思想深度，尽管他指出了那个时代的种种弊病，却没有提出医治方法。这些解释各有正确的成分，但根据对他的作品进行分析后所得印象看，这些解释不仅存在某种偏颇，而且也不都符合事实。恰如《英国诗歌年鉴》所述，拜伦对整个英国和欧洲大陆的浪漫主义的贡献是巨大的，他的历史地位是不容忽略的。[48]

首先，拜伦对欧美文学和世界文学的影响非常大。他对欧洲诗歌、小说、戏剧、音乐、绘画产生了难以估量的影响。欧洲各国文学无一不受益于他的诗作。德国的海涅和歌德、法国的整个浪漫主义文学、俄国的莱蒙托夫和普希金、美国19世纪的“新英格兰文艺复兴”以及拜伦之后的其他英美作家，都曾从拜伦的诗歌里汲取创作灵感或素材。对于现实主义和革命民主诗歌的发展，拜伦都做出了杰出贡献。今天人们对拜伦依然怀有衷心的崇敬和浓厚的兴趣，评论之作迭相问世，人们也不断挖掘他未出版过的著作，1980年麦克米伦公司出版的《拜伦诗集》，就收入他至少85篇从未问世的作品。1971年“拜伦学会”再次成立，协会的活动频繁，并出版一个学术性很强的杂志。今天，在世界范围内有 36 个拜伦协会在活动，每年举行一次国际会议。每年都有拜伦专著问世。近 20 年来，已拍出至少两部以他为题材的电影以及一部电视剧。拜伦在许多欧洲国家的声名要比在英美高。他在世界范围内的声望愈来愈高。

至于拜伦的作品今天已经无人问津的问题，人们应当看到，一个诗人的声望会有高低和沉浮的变化的。如前所说，拜伦在 19 世纪中期曾是英国和欧洲大陆的天之骄子，当时他被认为是世界上最伟大的诗人。他经历这种高低沉浮也不为怪。从历史角度看，英国的诗人们对他有褒有贬。阿诺德（Matthew Arnold, 1822-1888）做了审慎的研究后说，拜伦的“宝石”是真材实料，他的黄金会永远发光。阿诺德说，拜伦具有最伟大的诗歌威力，他的诗歌仿佛从山里奔流出来，如水晶般清澈，声如瀑布，沿着峭壁和香花生长的河岸，无拘无束地流向大海。当然，史文朋（Algernon Charles Swinburne, 1837-1909）的态度不同，他对拜伦很有保留。他不同意说华兹华斯和拜伦为最好的诗人。他更推崇柯勒律治和雪莱。他说拜伦的“宝石”是假货，他的“黄金”里面有一半是合金。多数诗人赞同《爱丁堡评论》的保守观点。然而，时间证明，拜伦还是最好的一个诗人。华兹华斯和拜伦依然是神龛里人们上香最多的牌位。[49]

诚然，时代变了，趣味也变了。每个人都有其长和短。然而，归根结底，拜伦是巨人，是立志改变世界的志士。有评论说，有些人不褒扬他，他们也没有本领褒扬他，他是高高在上、比天神还美妙的泰坦。拜伦的永恒不朽是确定无疑的。[50]

《查尔德·哈罗德游记》

《查尔德·哈罗德游记》是拜伦的成名作。这首诗出版后立刻获得评论界好评，使诗人一夜之间在英国和欧洲大陆声名鹊起。这是一首叙事长诗，讲述一个厌烦生活的年轻人——查尔德·哈罗德——游历和反思的故事。诗里有些自传成分，有些故事情节源于诗人本人在 1809～1811 年间游历地中海和爱琴海的经历。在第 3 诗章的开始部分，拜伦明确承认，他的主人公仅是他本人的延伸而已（第 1～7 诗节）。诗作的叙事人“I”其实就是诗人本人。在这首诗里，著名的“拜伦式主人公”第一次露面。这首诗作清楚地表达出拜论的思想和信念（例如他认为人的最大的悲剧在于他不能达到他想象中的完美等）。

《查尔德·哈罗德游记》共有 4 个诗章，用斯宾塞诗节形式写成。该诗的前两章于1812年出版，主要写诗人游历西班牙、葡萄牙、阿尔巴尼亚及希腊的故事。其余两章在1816年他游历欧洲大陆时开始动笔。第3章1816年出版，主要写他途经比利时，沿莱茵河而上，至瑞士和阿尔卑斯山。第4章在1818年出版，主要写意大利的伟大城市和历史古迹。

拜伦有意否认诗作的主人公是以自己为原型。在前两章的序言里，他坚持说，诗作的叙事人查尔德·哈罗德是一个虚构的人物。但在这两章里，主人公名叫查尔德·布伦（Childe Burun），而“布伦”是诗人姓氏的旧称。此外，诗人还声称，他将在最后一节抒发己见。自传手法很利于这种写法。诗人在第1、2诗章的序言里说，“宇宙是一本书，它的第一页人们在游历过自己的国家以后已经读过。我已经粗略看过很多页，觉得内容都一样的坏。这一探索远非没有成果。我曾恨过我的国家。我与之同住的不同人的种种怪癖使我已经与之和解。如果我经过这些游历以后得不到除此之外的其他益处的话，那我也不会对所经历的辛苦和疲惫感到遗憾。”[51]

在第1章和第2章中，哈罗德厌倦了他一直过着的浪荡生活：

> 亚尔滨岛上住着一位青年，
> 道德的行为他毫不爱慕；
> 只度着日子，在放荡的狂宴，
> 把欢乐烦扰“夜”的困倦的耳朵。
> 可叹呀！他实是一个无耻之徒，
> 纵情酣饮，从事渎神的冶游；
> 人世的事物他鄙弃不顾，
> 只交着情妇的淫逸的朋友，
> 那些招摇过市的酒徒，不分尊卑长幼。（第1章第2诗节）[52]

他厌倦了与他一起的狐朋狗友以及不三不四的女人，他感到心累了：

> 哈罗德公子曝浴于阳光的融暖，
> 尽情嬉玩，有如其他的虫蝇；
> 没想到，短促的日子还没有过完，
> 一阵风暴会使他沮丧而寒心。

（第1章第4诗节节译）[53]

于是他告别家园，离开祖国，前往欧洲大陆（第1章第6诗节）。葡萄牙是他的第一站。在那里，他欣赏自然的美景（第1章第14～18诗节），对自己和人类的罪孽进行反思和忏悔：

基督呀！一片多么美好的景色，
上帝所赐给的这块锦绣河山！
香甜的果子在树上绯红羞怯，
明媚的风光远在山前伸展。
可是，人类用罪恶的手将它摧毁！（第1章第15诗节节译）[54]

接下来是西班牙浪漫的氛围、光荣的历史和自由的气息，这些都深深地吸引了他。希腊和阿尔巴尼亚使他回忆起古希腊神话中说到的珀涅罗珀和尤利西斯的经典故事与历史，引起他对自由的进一步深思。

第3诗章说到诗人一叙事者（暗含主人公在内）像一个流浪的罪犯，在凄惨的世界上从外表到心神都在逐渐变老（第3～8诗节），诗人一叙事者不由得联想到自己（第7诗节）。慢慢地，哈罗德又和同类集会，但发现自己不能融入人的社会（第11诗节）：在这里，诗人一叙事者描绘出拜伦式主人公的一种典型品质，也通过描绘主人公反映出自己的性格特点：

但他很快明白他极不适合
与人群交融；他与他人
没有什么共同之处；他未学过
如何与人交谈，年轻时他的灵魂
被自己的思想所征服；但如无压力，
他不会把自己思想的领地
交给那些他在反叛的人们；
他虽然孤僻，但仍然傲岸；可以在自身
找到满足，没有他人也呼吸。（第12诗节；笔者译）

这一章也讲述他对大自然的热爱，典型地体现出浪漫主义的一个重要命题，即大自然是人的导师、医生和护理，它令人忏悔，洗涤罪孽，恢复人的精神健康：

有山高耸之处，就有他的朋友；
有海汹涌之处，就有他的家；
有蔚蓝天空展延之处，天气光彩夺目，
他就有漫游的激情和威力；
沙漠、森林、岩洞、浪花，
都是他的朋友；它们说的
一种共同语言，比他的国语书
更清楚，他经常把它放弃
而埋入湖光照亮的大自然的书页里。（第13诗节，笔者译）

他经常观望星球，想象那里的美妙，并和人间对比（第14诗节），看到人世的污浊，如牢笼之鸟，渴望灵魂的自由（第15诗节）。哈罗德（以及诗人一叙事者）来到滑铁卢古战场，凭吊往昔，思绪万千（第17～28 诗节），他联想起滑铁卢战役这样的历史事件和拿破仑这样的历史人物（第36～45诗节）：

狂欢作乐之声达旦通宵，
那时在比利时的都城会聚
它的美人与骑士，明耀
灯光照着漂亮女人和英勇男士。
千百个心快活地跳动；随之
挑拨欲望的乐声步步升高，
温柔的眼睛向会意的对方输送秋波，
人人心花怒放如婚礼的钟声；——
可是，安静！听啊！有一个深沉声音听似敲起的丧钟！（第21诗节，笔者译）

毋庸置疑，听来像丧钟的声音乃是命运之声。滑铁卢战斗次日即将打响，这些寻欢作乐的人们当中很多人已在死神簿上挂号，只是他们尚且不知而已。

哈罗德沿着莱茵河北上，感叹着在这条大川的两岸千百年来曾经发生过的战斗（第46～52诗节）。在瑞士，他看到周围的一切，山川、天空，想起了卢梭（Jean-Jacques Rousseau, 1712-1778；第76～78诗节），他感到自己在和大自然融为一体（第72～75诗节）。在第3诗章，诗人将拜伦式主人公塑造得更加圆满，情感也更实在、强烈。

最后一章——第4章——篇幅最长。拜伦对读者清楚地说明，他要亲自出来说话，这样他可以公平地谈论一些话题，比如他要评论的意大利文学。他站在威尼斯，立在“叹息桥”上，感叹时间的飘逝、威尼斯的永恒：

千年来，楼阁里的云翅在我的
周围伸展，一种垂逝的荣光
为往日而微笑，当许多属地
俯首于展翼雄狮的大理石像，
在那儿，威尼斯高踞群岛之上，她的宝座堂皇。[55]

在这里他看到了没有塔索的威尼斯、埋葬着佩特拉克（Petrarch, 1304-1374）的阿尔夸镇、远离但丁（Dante, 1265-1321）长眠之处的佛罗伦萨以及伟人的阴魂经常出没的罗马：

在威尼斯，塔索的诗吟今已消失，
游船的船夫在无声地摇着；
她的宫殿向河岸倾圮，
现在也不总能听到音乐；
往日已经逝去，但美仍驻足这里；
朝代灭亡，艺术失色，但风物长在，
也忘不掉威尼斯往日如何可爱，
它是各种欢庆的宜人场地，
大地的欢宴，意大利的化装舞会！（第3诗节，笔者译）

诗人－叙事者再次表达他对大自然美——森林、海岸、大海和宇宙——的赞赏。此外，诗人对社会的不公平以及他所受到的诬陷表示不满和理解，相信自己所具有的“非凡”的东西会让人们感到后悔，唤起他们的爱心（第132～137诗节）：

但我已生活过，也没有白活：
我的头脑会失去其威力，血会失去其活力，
我的躯体也会在战胜痛苦中死去；
可是我身上存在一种厌恶
折磨和时间、在我死时会呼吸、
他们没有想到的一种非尘世的东西，
宛似一把无声弦琴的让人铭记的乐声，
将渗入他们和缓了的精神，在此时
全似铁石的心里感化出后悔与爱心。（第137诗节，笔者译）

诗的结尾似又回到开头：拜伦式主人公感到厌倦、疲惫和虚度光阴。在这一章的第140诗节，拜伦在罗马显然是见景生情，说出了下面一段话：

一个垂死的角斗士依稀入目，
他直躺着，以手支身；男子汉俯首
于死的来临，但仍把痛苦征服。
渐渐地低落，他那垂下的头；
他身旁，鲜血像退潮般缓缓涌流，
从赤红的伤口，沉重地落下最后的点滴，
如雷雨乍降，此刻，在他的四周，
广场似乎在转，他断了气——可怜的得胜者，
观众发出的惨无人道的欢呼声依然不息。[56]

这一段文字在严厉地批判古罗马的一个著名的传统——角斗场的残酷。但是里面对“垂死的角斗士”的赞扬也是显而易见的。人们从这个形象身上，似乎可以看到诗人本人的不屈不挠的精神。这让人忆起海明威的《未被打败的人》（“The Undefeated”）以及海明威小说的主人公的突出品质。拜伦的这种品性表现在他的许多作品里，如《曼弗雷德》、《希伯来歌曲》（*The Hebrew Melodies*, 1815）等。《希伯来歌曲》里的《扫罗王

最后一战之歌》（“The Last Battle of Saul”）中，扫罗在反抗菲利士人的战斗中死前还勉励将士继续战斗。这显然是诗人的内在精神的充分外现。

在诗章的最后，诗人向读者和世人告别（第175～186诗节）。在这里，诗人表明自己的态度：

没有路的树林让人感到快活，
孤独的海岸让人感到极度快乐，
在无人闯入的地方有社交，
在深海旁，乐声大作；
我很爱人类，更爱大自然，
从我们这些交谈里我窃到
我可能会、或已经是的全部为人，
使之与宇宙融合，感受着
我永远不能表达、但又不能隐藏的东西。（第178诗节，笔者译）

诗人再次写到大海，说到它的奔腾、深沉以及它带着呻吟、沉入海底、没有棺椁和坟墓、没有丧钟、默默无闻（第179诗节），说到它的人类未曾踏过的路径、它的无坚不摧的威力、它的永恒（第180～183诗节）。最后，诗人饱含深情地说：

我一直爱你，大海！年轻时
你的胸膛曾载着我向前
尽情玩耍，宛如你的泡沫。从孩提时
我就肆意与你的浪头嬉戏——它们对我
乃是一种欣喜；如因海水变新
海浪变为恐怖——那也是宜人的畏惧，
因为我仿佛是你的孩子，
已交付给你的巨浪的无垠领地，
我的手抓住你的鬃毛——如现在似的。（第184诗节，笔者译）

充分显示出诗人豪放、无畏、所向无敌的伟大胸怀。

《查尔德·哈罗德游记》经久不衰有几个原因。首先，因为它是一篇关于欧洲大陆的游记，当时英国人对这些地方很感兴趣。其次，它刻画出一个成熟的拜伦式主人公——查尔德·哈罗德，忧郁、骄傲、放荡不羁而又厌恶生活，他一露面就立刻引人注目。此外，它反映出它所展现的全景后面的诗人的头脑：天禀聪颖、反复无常、富有人情、反对传统、遭受误解和伤害，但对未来充满信心。

《查尔德·哈罗德游记》将作为19世纪英国最浪漫的诗歌作品而驻足史册。

《唐璜》

《唐璜》是拜伦的杰作，全诗包括17诗章（最后一章未竟），有“他的时代的史诗”之美称。人们阅读它可以了解当时英国以及欧洲大陆的社会、政治、文学和思想等各个层面的状况。这首诗作以嘲弄的口吻题献给桂冠诗人罗伯特·骚塞。在作品第一次出版时，诗人对出版人莫雷说：“此诗以无名氏出版，删去《献辞》。我不会暗里打狗。这种事情只有像他那样的恶棍和叛徒才干得出来。”骚塞得知后很气愤，直到1833年《拜伦全集》出版时，他还说拜伦著作的再版是“这个时代恶劣面的最糟糕的表现”。《献辞》也批评了华兹华斯和柯勒律治等“湖畔诗人”（另见第1诗章第90～91、205、222诗节，第2诗章第96诗节）。

《唐璜》是一首讽刺史诗，全诗有16000诗行，每诗节包含8诗行，每行10个音节或11个音节，前6行交替押韵，后两行另成一组同脚韵。从内容看，《唐璜》可以分成五大部分：唐璜的身世及与朱丽雅的交往（第1诗章）；唐璜海上遇难及与海迪的纯真爱情（第2～4诗章）；唐璜在伊斯坦布尔及与苏丹妻子的交往（第5～6诗章）；唐璜在彼得堡及与凯瑟琳女王的交往（第7～9诗章）；唐璜在英国及与多位女士的交往（第10～17诗章）。下面将重点介绍第1～4诗章的内容。[57]

唐璜是西班牙的一个传奇人物。在拜伦诗作的第1诗章说到，他是来自西班牙的塞维尔的一个纨绔子弟（第8诗节）。父母对他宠爱有加（第25诗节），他的母亲非常博学（第10～21诗节），他的父亲死后（第32～33诗节），母亲对他倍加呵护，让他学习各种本领（第38诗节），为他请来教师教他各种学问（第39～44诗节），只允许他看删节了“粗俗部分”的经典书籍（第44诗节）。当他16岁时，他已经长成一个俊俏的青年，母亲见他早熟，并不高兴（第54诗节）。在他母亲的相识里，有一个女人名叫朱丽雅，艳丽可比女神（第55、60～61诗节）。她嫁给一个五十多岁的男人阿尔方索（第62诗节）。在她23岁遇到16岁的唐璜时，二人的相貌都已经发生变化，他们的态度也不同以前：女人显得疏远，男孩有些羞怯（第69～70诗节）。朱丽雅的举止谨慎，内心思想斗争激烈（第71～79诗节），唐璜见到她，也心有所动（第86诗节）。他开始思念朱丽雅的眼睛，开始精神分散，寝食不安（第92、94诗节）。终于，一个夏天，那是六月初六，命运开始改变历史（第103诗节）。这一天晚上7点，两个人会面了（第105诗节）。朱丽雅美若天仙（第107诗节），开始时神态自若（第113诗节）。天色变暗，二人先是静默，然后朱丽雅开始触摸唐璜（第114～115诗节），二人终于做出苟且之事（第126～127诗节）。二人的接触引起阿尔方索的疑心，一天夜里他突然出现在朱丽雅的卧室里搜查她（第134～144诗节），他审问她，她毫不示弱，把他反诘得张口结舌，满面羞愧而退出。这时一直藏在床下的唐璜钻出，几乎窒息（第145～166诗节）。不料阿尔方索又折回身，唐璜又钻入衣柜里（第170诗节）。阿尔方索发现了一双鞋，他勃然大怒（第173～181诗节），走出去取剑，朱丽雅赶忙敦促唐璜逃走（第182诗节）。阿尔方索回身，和唐璜撞了个满怀，两人大打出手（第183诗节）。女仆大喊“强奸”，朱丽雅大叫“大火”，阿尔方索和唐璜继续搏斗，最后唐璜赤身裸体逃走，狼狈回到家中。丑闻不胫而走，阿尔方索提出离婚，消息遍见于各家报纸（第184～188诗节）。诗人说，第1诗章到此结束（第188诗节）。之后，唐璜的母亲送他到加的斯乘船出国旅行，她自己开办起一所家学（第190诗节，第2诗章第8～9诗节）；朱丽雅被送到一个修道院（第191诗节）。朱丽雅写信，表达她作为一个感情丰富的女人的心情和感慨（第191～198诗节）。其中说到男女的区别，里面的一些道理迄今仍然得到人们普遍认可，视若真理：

> 男人的爱与其生活两相分开，
> 但它是女人的生活的全部……（第194诗节，笔者译）

第1诗章从第199诗节开始到第222诗节结束，是诗人的长篇议论。拜伦说到这部诗作的写作计划，说他拟写12章荷马式史诗。他评论英国作家，然后评论自己以及对名誉的看法等。

第 2 诗章写唐璜在一个小岛上的艳遇。诗作中说道，他的船在一次暴风雨中遇难，所有的幸存者都在一艘大艇上漂浮着，由于饥饿而被迫同类相食，唐璜的老师不幸在抽签时被选中而被吃掉。最后只有唐璜一个人活了下来。他被海水冲到爱琴海里的塞克勒底兹岛上，被身材修长、娇柔可爱、17 岁的美丽少女海迪和她的侍女救下，安置在一个洞里。海迪的父亲兰波洛是一个海盗，他以抢劫沉船、俘虏和出卖幸存者为奴隶为生。海迪没有母亲。她是“大自然的新娘……激情的孩子……一个为爱而生的人”。唐璜同海迪产生了一段甜蜜而短暂的爱情：

海迪是大自然的新娘，不知此情；
海迪是激情的孩子，生在烈日
洒下三道光的地方，甚至烧灼他的瞪羚
眼的女儿们的吻；她是一个坠地
只爱、只感觉她是属于他的人
而他是她的所选：在其他地方说的、
做的都毫无关系——她毫不畏惧、发毛，
希望、关怀，或来日的爱，她的心*这时*在跳。

啊！心脏的那种加速啊，那种跳动，
它让我们付出多少！可是每个加速的弹跳
它的因果都那样的甜蜜尽兴，
那种智慧，总在警醒着要剥夺
快活的火花，重复说明
美妙的真理，就是良知，也很难保
让我们明了每个好的老格言，
这么好——我奇怪卡斯雷不征其税钱。（第 2 诗章第 202～203 诗节）

第 3 诗章开始，诗人谈论他对婚姻的看法，以及男女对爱情的看法（第 1～11 诗节）。海迪的父亲兰波洛离家已经一段时间，现在回家来（第 14～15、19～20、27～28 诗节）。人们以为他已死在海上，他的住处呈哀悼状态已有几周的时间（第 38 诗节）。他突然回来，发现海迪和唐璜正在那里庆祝，他等待时机，私下打听（第48诗节）。之后诗人用7个诗节的篇幅介绍此人的为人，以及他进入家里的情况：他貌似温和、温文尔雅，但性情暴烈（第40～41、48～53诗节）。诗章在这里插入长段关于诗歌的讨论：评论骚塞的史诗枯燥无味，说到荷马、华兹华斯、屈莱顿、蒲伯、希腊神话、阿拉伯传说等（第96～104诗节）。诗人反击他的攻击者们说：

我的圣坛是群山与海洋，
大地、大气、星辰，——从伟大整体生出的一切，
这个整体已经生出、也将会接纳灵魂。（第104诗节，笔者译）

第4诗章继续讲唐璜和海迪的故事。诗人首先评论人的爱情的变化与短暂性（第3～5诗节）。然后说到唐璜和海迪之间如烈火干柴、如胶似漆（第26～28诗节），以及他们的噩梦：海迪在梦中梦到她父亲的真正相貌——他立在那里看着他们，她大声呼叫，唐璜惊醒（第29～35诗节），果然如梦中所见，她的父亲兰波洛冷笑着站在他们床前（第37诗节）。兰波洛和唐璜对峙，海迪把一切错误揽在自己身上（第39～43诗节）。兰波洛把剑收回鞘内，一声口哨招来一群海盗。经过一番搏斗，唐璜受伤，被锁起，扔到一条船上（第47～50诗节）。海迪已怀孕，她悲伤不已，拒绝进食，12天后在痛苦与疾病中死去："她死了，但不是她一人，她的腹内怀有/第二条生命……"（第70诗节，笔者译）她安眠在她一直喜欢居住的海岸边上，大海为她唱挽歌（第71诗节）。小岛今天已被遗弃，只有海迪和她父亲的墓地证明当初这里有人居住过。唐璜在贩奴船上，和一个英国人一起被锁链锁在一起，这个人名叫约翰·约翰逊。船上还有一团演出人员同行。他们途径特洛伊，进入达达尼尔海峡。最后唐璜和约翰被送到伊斯坦布尔的奴隶市场上。

第5诗章说道，唐璜和约翰被宦官巴巴买进宫廷里。巴巴迫使他装扮成女人，给苏丹的第4个妻子——26岁的古尔贝雅兹——作陪睡。这个女人在奴隶市场上见到唐璜后，就冒险把他买来。她想要唐璜爱她，唐璜拒绝。女人大怒，这时苏丹到来，和古尔贝雅兹就寝。苏丹将唐璜送到宫中女眷的住处，在那里，一个可爱的女孩跟他同床。次日早晨，苏丹命令巴巴把他和女孩溺死。巴巴为他们求情。古尔贝雅兹召见唐璜和女孩。

第7诗章说道，唐璜和英国人约翰设法逃到土耳其海港伊什弥尔城外的某个地方，见到当时正带兵进攻伊什弥尔的俄国将军。第8诗章说道，唐璜和约翰为俄国军队英勇效力。在混乱中，唐璜救出穆斯林小女孩蕾拉。战后他被派到俄国彼得堡宫廷传送胜利的消息。

第9诗章描写唐璜在凯瑟琳二世的朝廷里，得到这位女皇的青睐。唐璜成为她的宠幸对象。第10诗章叙述唐璜在宫中忙于应酬，他在沉沦。他身体出现不适，凯瑟琳安排他去英国。他带着蕾拉同行。蕾拉坚持信奉伊斯兰教。

《唐璜》的最后8章详细记录他对英国生活的观察，揭示出英国上流社会的虚伪和残酷。第10诗章说到唐璜进入伦敦的上层社会。在第11诗章，诗人警告唐璜不要洋洋自得。在第12诗章里，诗人感叹中年时期。唐璜现已35岁，他选定品奇贝克夫人照顾蕾拉。第13诗章讲到唐璜结识艾德琳·阿蒙德维尔与其夫阿蒙德维尔勋爵。在第14诗章，公爵夫人菲茨佛克注意到唐璜，阿蒙德维尔夫人心感嫉妒。27岁的艾德琳爱上唐璜。第15诗章说艾德琳面临失节危险，竭力为唐璜张罗结婚。唐璜爱上16岁的奥茹拉·拉比，奥茹拉心地纯洁，让他想起海迪。第16诗章说，唐璜对奥茹拉爱恋不已。他一天夜里见到一个“黑和尚”，大惊失色。翌日他向众人讲夜间经历，阿蒙德维尔勋爵讲起一个“黑和尚”的鬼怪故事，艾德琳弹琴唱起“黑和尚”的事迹。奥茹拉沉默不语，菲茨佛克夫人面带顽皮的表情。唐璜对奥茹拉的感情渐趋淡化。一次宴会后唐璜回房休息，突见“黑和尚”走来，“他”原来是菲茨佛克夫人。第17诗章说，次日早餐时，唐璜和菲茨佛克夫人面色不佳。全诗到此戛然而止。

人们阅读和欣赏这首诗作时，常把拜伦看作第一人称叙事者。这种自传式的视角有时会误导读者，因为诗里所描写的某些事件并非来自诗人个人生活经历。

拜伦坚信自己的诗作是真实的、合乎道德规范的作品。这首诗刚出版时，它的道德观念受到质疑，因为其中的一些场景和遭遇对当时的人们而言是不道德的。如果人们把这首诗视为诗人是在揭露他所处时代生活的真相，那么，关于诗作的道德性质的怀疑就会迎刃而解。

《唐璜》以整个欧洲为背景，揭示出诗人对生活的敏锐观察，表达了他对时弊的广泛、深刻的讽刺。诗作里面长篇走题跑辙，谈论政治、诗歌与诗人等话题。诗作无情地揭露了那个时代英国乃至整个欧洲的堕落、腐朽、荒唐和道德的虚伪。比如，对土耳其和俄国宫廷的描写，就明显影射了当时的英国宫廷。

的确，这首诗作没有提出任何解决问题的途径，也没有指明最好的行动方案，但它的生动描写提高了人们对所处时代弊病的认识。诗的开头——“我需要一个英雄”，非常著名。但很明显，诗中的唐璜并不是西班牙传说中的唐璜。他四处流浪，被动行事，一直由控制他的各种势力任意摆布。他的懒散反映出当时社会生活的特征，说明他所生活的时代根本不具备产生英雄和英雄主义的环境。这也同样解释了拜伦为什么选择传统文化中的唐璜，但淡化他的传统形象，使他在自己的作品中获得新的身份特征。

这首诗作结构松散，许多离题的诗句使习惯于阅读连贯内容的读者感到困惑不解。诗作里不同的情节就像一颗颗单摆的珠子，从外面看似乎散乱，但却被内容有机地串连成一个整体。尽管拜伦声称他在创作这首诗时毫无规划，但一个个片断却组成了一幅完整的图画。在叙述中，叙事者的思想始终跟随着作者的主题发展。唐璜既是一个滑稽的旅行者，又是作者借以对现实社会的弊病进行讽刺、发泄不满的人物，具有双重身份。所以，诗句中的描写混杂着议论，这是拜伦从柯勒律治的《忧郁颂》中借鉴来的。

这首诗的滑稽效果使人觉得很有趣。诗人淡化严肃感的方法值得一提。主人公有着复杂的个性特征。他的表现有时天真、规矩，有时又迥然不同，显得轻浮、浅薄，还有愤世嫉俗的味道。当他表现出这些与所处环境不相称的特征时，任何严肃感都可以转化为滑稽的愤世嫉俗。另外一个淡化严肃感的方式是让各种发言人出现。这些人物会突然出现，进行一番叙述，并作出与情况不符的评论，这样就使原本可能出现的严肃感因为这种突然“撒气”而消失。诗中有很多场景人们久久不会忘怀，唐璜与海迪相遇的感人情景可能是其中之一。

这首诗还竭力说明肖伯纳（George Bernard Shaw, 1856-1950）所说的“唐璜问题”，即这个英俊顺从的青年总是成为他所碰到的女人们的猎物。肖伯纳在他的名作《人与超人》（*Man and Superman*, 1903）中具体论述了“唐璜问题”的内情。

《该隐》

拜伦的神秘剧《该隐》很让人寻味。这部悲剧写成于 19 世纪初，1821 年出版。它的主题取自《圣经》的一个故事。同情革命的拜伦和弥尔顿一样，在构思造意方面有“偷梁换柱”之嫌。按照《圣经》的传统说法，该隐出于嫉妒，杀死弟弟亚伯，因而被上帝判处到处流浪，成为丧家之犬。然而在拜伦的笔下，该隐的形象却迥然不同。他对上帝的善表示怀疑，对父母和弟弟卑躬屈膝、趋奉上帝的态度和做法异常鄙夷。他成为卢息弗（魔鬼撒旦的别名）的弟子，询问他关于生存的问题。卢息弗的教导加剧了该隐的反抗力度，他对亚伯屈从上帝切齿痛心，盛怒之下把他杀死。他感到内疚。接着他被流放。诗人把卢息弗作为不畏强暴、渴求自由的精神化身，着意刻画，让他开导和激励该隐去反抗贪得无厌、暴戾恣睢的上帝。

拜伦写剧时法国革命业已失败，拿破仑已被流放到圣海伦娜岛，欧洲封建主义反革命势力猖獗一时。强项傲岸的拜伦先是以笔为枪，后则投笔从戎，坚持拿破仑的“力敌万邦”的战斗精神，向封建势力进行英勇斗争，《该隐》便是他的战斗诗篇之一。难怪剧作出版以后，引起保守评论界一片哗然，诗人也受到激烈的攻击和谩骂。

《曼弗雷德：一部诗剧》

这是拜伦的第一部诗剧，共有3幕12场。在第1幕第1场里，曼弗雷德伯爵住在阿尔卑斯山里。午夜他独身一人坐在一间宽敞的哥特式屋内，运用他的魔法请来掌控大地的7位神祇，吁请他们帮助让他忘掉一切，忘掉搅扰他的心境的一切烦恼，以及他的自身。7位地神无力给予他这种能力。第1幕第2场的时间是早晨，地点在荣弗拉（Jungfrau）的阿尔卑斯山崖上。曼弗雷德心感绝望，想纵身跳下，这时一位牧羊人—猎手把他拉住，二人一起下山。

在第2幕第1场里，曼弗雷德和牧羊人—猎手坐在山里一间屋内。他说：

> 我告诉你，朋友！我已经活了许多年，
> 许多漫长的日月，但是这些和我必须还要
> 数的那些年相比，简直不值一提，年复一年，代代嬗变——，
> 苍天呀，永恒呀——还有意识呀，
> 强烈的求死的渴望——还是没有得到解决！（笔者译）

他羡慕猎手的简朴、健康、没有罪孽感的生活，但是自己——包括自己的灵魂在内——却已五内俱焚。他知道自己的罪孽在于伤害了自己深爱的人。

在第 2 幕第 2 场里，曼弗雷德在一天的午前进入一处谷地的瀑布。他把手掌中的水扬到空中，口念咒语，阿尔卑斯山的女巫于是现身。他对她说，他曾爱过一个女人，但他的心让她感到心碎，最后毁灭了她。他对女巫说，他要她给予他忘怀的能力，要女巫唤醒死者，或把他降至死的状态。女巫无能为力，离他而去。在第 2 幕第 3 场里，曼弗雷德站立在荣弗拉山巅，见到三位大神以及复仇之神，他们正前往众神之主火神阿里曼尼斯那里去。第 2 幕第 4 场地点在阿里曼尼斯神殿里，阿里曼尼斯坐在宝座（一团火）上，周围簇拥着众位神仙。曼弗雷德跟在三位大神以及复仇之神后面，进入大殿。他要求他们唤起死者阿斯塔特。阿里曼尼斯答应了他的请求，阿斯塔特的身影于是显现在他面前。她在他的请求下，预言他将在明日死去，但没有回答他的其他问题，例如他们何时能够再见，她是否爱他等。

在第 3 幕第 1 场里，曼弗雷德坐在他的城堡里。这时圣莫里斯修道院院长前来，希望能够帮助他的灵魂得拯，曼弗雷德认为自己已经无可救药，院长失望地离去。在第 3 幕第 2 场和第 3 场里，曼弗雷德向仆人告别。在第 3 幕第 4 场里，曼弗雷德面对着前来捉拿他的魔鬼，这时修道院院长前来，竭力助他一臂之力，众鬼魅对他嗤之以鼻。曼弗雷德虽然自知他的灵魂正在消逝，但他蔑视这些鬼魅的威力，宣布生死在他本身，和他们无关。众鬼见势，纷纷消失。曼弗雷德握着修道院院长的手，气绝身亡。

曼弗雷德是一位拜伦式主人公。他具有这种人物的明显特点。在文学史上他有许多相似的“堂兄弟”，比如希腊神话里的普罗米修斯、弥尔顿笔下的撒旦、《圣经》里的“流浪的犹太人”、歌德的诗剧《浮士德》刻画的浮士德等。他们都有一种顶天立地的反叛精神。在曼弗雷德身上表现尤为突出的是，他拒绝一切权威，鄙视一切神灵，在思想和行动上完全独立。[58]

诗人创作此剧的目的在于表达思想，不是为舞台演出。他要表达的思想，从狭义上看，可能和诗人本身的心理与精神状态有关。诗人可能在心里有难言之隐。他可能不慎冤枉了某个女人，他们之间可能是乱伦关系，他可能杀害了她，或她自寻了短见。这些在文本里都有暗示，但都极其模糊，人们只能揣测。诗人通过诗歌在为自己的错误行为表达内疚、忏悔和祈祷。从广义上说，这首诗作表达出厌世、悲观的精神状态，这可能是在 19 世纪英国和西方逐渐发展的精神危机的先兆。

《希伯来歌曲》

拜伦一生写出许多抒情诗，其中许多诗篇充满战斗精神。他的抒情诗集《希伯来歌曲》就是一个很好的例子。在这部诗集里，诗人多次借《圣经》的题材抒发己见，以达到借古说今的目的。例如《扫罗王最后一战之歌》，音调铿锵，字字珠玑，对扫罗王尽情赞美和誉扬。扫罗王的故事取自《旧约全书·撒母耳记》，讲的是古以色列国第一个国王扫罗领导人民反对侵略和压迫的故事。扫罗视死如归，在反抗菲利士人的战斗中受箭伤而自杀身亡，但他在死前还勉励将士们继续战斗：

武士们，酋长们！如果钢剑的利刃
在我统领天主的军队时刺入我的心，
别管我躺在你们路上的尸体，虽然我是国王，
你们要把钢刀扎进迦特人的胸膛！（第 1 诗节，笔者译）

向他们告别了，但我们永不分离，
我的王位继承人，我心爱的儿子！
王冠是光亮的，它的威力无穷，
或死也像国王，死神正等着我们！（第 3 诗节）[59]

《当初我们分手时》

这是诗人的一首著名的抒情诗，收入《希伯来歌曲》诗集里。全诗共 4 诗节，每节 8 诗行。它写的是两个往日恋人之间的各种感情，用复杂感情的经纬编织成这幅五色斑斓的织锦。[60] 第 1 诗节说到二人分离多年之后再次见面的情景和感受：当初二人流着眼泪依依分手，在别离的年月里又相互思念。诗的讲话人说，当时你的苍白而冰冷的脸和冰冷的吻，似乎已经预言到今天久别重逢会带来的苦痛。第 2 诗节说到对方行为轻浮，背信弃义，导致了分手：

一切誓言都已背弃，
你名声轻浮；
我听人提起你的名字，
同样感到耻辱。（笔者译）

第3诗节说到讲话人的爱恨交加的感受：既深深怀念，又不能忘却，又充满悔恨，无处诉说。最后一节说到，对方做出欺骗行动，但讲话人在铭记哀伤与愤怒的同时，还是充满了发自内心的爱：

我们曾秘密相见——
想来我深感悲伤，
因你竟能隐瞒，
你的心竟能淡忘，

假如多年之后，
我再遇到你，
我会如何招呼你？——
用沉默和眼泪。（笔者译）

《她步履优美》

这是一首描写女人美的抒情诗。据说拜伦在一次晚宴上首次遇到他的一个堂妹（威尔莫特夫人），立刻被其优雅的步履和惊人的美貌所吸引，回家后写成此诗。

全诗由四诗节组成。第1诗节把明暗两个对比度巧妙地连接在一起，为后面的三个诗节做好铺垫："明暗中最好的一切/ 都在她的面部和眼睛处相会。"[61]明暗在面部和眼睛处相会，产生出白日所不具有的温和的光。这一诗节集中表现女人的面部美和眼睛美，再次突出女人面部明暗对比的适度。

第2诗节描写女人面部完美的亮度，指出明暗的适度给女人带来一种不可名状的优雅。她神态自若，内心宁静而崇高：她文雅的外表表现出她温柔、善良的内心世界：

再多一点影，再少一点光，
都有损于那不可名状的优美，
它在随着一缕缕黑发荡漾，
或让她的脸上淡淡生辉；

脸上宁静、甜美的神思在阐扬
它们的住所多么纯洁，多么柔媚。（笔者译）

最后一诗节由六诗行组成，前三行写外部美：在她的温柔、静谧却善于表达的双颊和眉间，那微笑让人倾倒，那色调柔光闪闪。后三行写内心美：微笑和色调都告诉人们她和善的生活、平静的内心，以及她的一颗充溢着天真的爱的心。诗作再次重复了内外一致的概念。

帕西·比西·雪莱（Percy Bisshe Shelley, 1792-1822）

雪莱是英国文学史上著名的浪漫主义诗人之一。他出生于英格兰萨塞克斯郡的浩尔沙镇，父亲是男爵。雪莱是家里七个孩子中的长子。1804年，他进入牛津大学的大学学院学习。雪莱似乎对旧式价值观有种根深蒂固的厌恶，又酷爱探索和发掘一切。他博览群书，对当时著名的哲学家如让·雅克·卢梭（Jean Jacques Rousseau, 1712-1778）、托马斯·潘恩（Thomas Paine, 1737-1809）和威廉·哥德温（William Godwin, 1756-1836）崇拜有加。哥德温的社会主义思想在他的脑海里留下了深深的烙印。雪莱在牛津的传统气氛里感到窒息。在那些年里，他的理想主义思想和引起争论的哲学思想开始萌芽和发展。他写出《无神论的必要性》（*The Necessity of Atheism*, 1811），公开向“上帝”的概念挑战，因而被开除。

他被学校开除以后，和父亲关系紧张，于是就和一家咖啡馆主的16岁的女儿海丽特·威斯布鲁克（Harriet Westbrook , 1795-1816）私奔到苏格兰去。1811年8月他们结婚，后来有两个孩子出生：女儿艾茵丝（Ianthe, 1813-1876）及儿子查尔斯（1814-1826）。二人后来发生争执。雪莱受到当时政治局势的影响，他到爱尔兰去，写出《致爱尔兰人民》（“Addressed to the Irish People”），在那里的群众大会上发表关于宗教政治题材的演说，写了关于法国革命的激进的《权利宣言》（“The Declaration of Rights”）。这些引起了英国政府的注意。

此后三年，雪莱几次到伦敦威廉·哥德温的书店和家里去，同时在华兹华斯的影响下继续诗歌写作。《麦布女王》（*Queen Mab: A Philosophical Poem*, 1813）写于这个时期；这首诗作提倡共和制、无神论、素食主义和自由爱情，后来由雷·亨特（Leigh Hunt, 1784-1859）出版。他还参加各种政治改革活动，研究哥德温的激进哲学思想。同时，他在经济上帮助受文字狱牵连而入狱的雷·亨特。这时他认识了哥德温的女儿玛丽·哥德温（Mary Wollstonecraft Godwin, 1797-1851）。二人志同道合。1814年，雪莱丢下怀孕的妻子，和玛丽私奔到瑞士。双方家长都极力反对，他们自己努力自力更生。二人和拜伦在这里交往很多。他们在湖上讲鬼怪故事，玛丽一天晚上听到拜伦和雪莱谈流电学（galvanism），想象受到启迪，写出著名的《弗兰肯斯坦》（*Frankenstein; or, The Modern Prometheus*, 1818），雪莱为之作序。

1815年，雪莱回到英国，在伦敦附近住下。这一年他的祖父去世，留给他每年1000英镑的遗产。1816年，海丽特在伦敦海德公园的蛇形河自溺而死。同年12月底，雪莱和玛丽结婚，儿子威廉出生。他的诗作《阿拉斯特》（*Alastor; or, The Spirit of Solitude*）也在这一年出版。雪莱夫妇的合作作品《六周游记》（*History of a Six Weeks' Tour*）1817年问世。也是在1817年，雪莱写出小册子《关于在联合王国就改革投票的建议》（*A Proposal for Putting Reform to the Vote Throughout the United Kingdom*），建议就选举改革和改进工人阶级的教育状况举行全国公民投票。雪莱在意大利时，听到国内政府在圣彼得堡广场对大宪章运动的示威游行参加者进行大屠杀，他立刻写出《混乱的假面具》（*The Mask of Anarchy*, 1819）。在这首诗里，他指责卡斯勒瑞勋爵等人应为此负责。他在《呼吁自由》（*The Call to Freedom*）里，不再提倡非暴力的群众政治反抗活动。

1818年，雪莱被迫离开英国，和夫人一起移居意大利。正是在意大利，他和拜伦一起度过了他们生命中最美好的一段时光。关于罗马，雪莱在给朋友的一封信里说，"罗马是世界的首都。它具有其他任何城市都没有的那么多的更辉煌的王宫、寺庙和废墟。"1819年10月，雪莱夫妇搬进佛罗伦萨的马里尼街的一家住宅。他在这里写了《西风颂》（"Ode to the West Wind"），完成了《解放了的普罗米修斯》（*Prometheus Unbound*, 1820）。一个多月后，儿子波西·佛罗伦萨降生。那段时间并非雪莱最快活的日子。《评论季刊》大肆攻击和辱骂了他。

这时雪莱在写他的5幕悲剧《沉西》（*The Cenci*, 1819）、《英格兰人》（"Men of England", 1819）以及纪念济慈的诗作《阿多尼伊斯》（*Adonais*, 1821）。他们夫妇也在比萨和罗马住过。1822年，雪莱、拜伦和雷·亨特在意大利合办《自由》（*The Liberal*）杂志，以期和保守的杂志《布莱克杂志》、《评论季刊》等抗衡。他们在意大利出版这个刊物，可以避免受到英国政府的迫害。《自由》第一期售出四千册。玛丽一直忙着写作。不久雪莱在海上遇难。当时他正乘船去见雷·亨特。那是 1822 年 7 月 8 日，他在途中遇到风暴，船翻而溺死，时年 29 岁。他的尸体漂上岸，在维亚利吉奥附近的海滩上火化，他的骨灰葬于罗马新教墓地。他的心脏由玛丽终生保存，最后埋在她的墓旁。

雪莱的白色大理石雕像今天立在牛津大学的大学学院里。雪莱的死也是许多人迄今依然揣测不停的事情。据说他在威尔士曾经受到人攻击，这个人很可能是特务人员。他死前在意大利有两次险些遭遇不测。2006 年 3 月，塞尔维亚一家大学的学术刊物就提出，现有充分证据证明，雪莱是被英国保守力量暗杀的。

玛丽和儿子波西回到伦敦，致力于编辑和出版雪莱的著作《雪莱全集》（*The Complete Poetical Works of Percy Bysshe*, 1824）。[62] 雪莱身后留下三个孩子：海丽特生的艾茵丝和查尔斯，以及玛丽生的波西。查尔斯 1826 年死于雷电，波西继承爵位，1844 年过世，无子嗣。雪莱现在的后人都是女儿艾茵丝所生。

雪莱和玛丽结婚后搬进白金汉郡马罗市的住宅。他们邀请雷·亨特夫妇与家人以及一些年轻文学家来客居。在雷·亨特的圈子里，雪莱见到济慈，后来又通过信件来往。后来济慈到罗马求医，雪莱邀请他去他家，他要亲自照顾济慈。济慈婉拒，因为他不愿意过于麻烦雪莱夫妇。济慈去世后，雪莱写挽诗《阿多尼伊斯》以示祭奠。雪莱的遗体被冲上海岸时，人们在他的衣袋里发现了济慈的诗集。

1816 年，雪莱和玛丽去日内瓦，见到拜伦，他们每天都交谈，相互影响和激励。拜伦的《查尔德·哈罗德游记》以及《曼弗雷德》是在雪莱的激励下写出的。玛丽的《弗兰肯斯坦》也是在这个时候动笔的。后来在 1818 年，他们又在威尼斯见面。雪莱开始酝酿他的《解放了的普罗米修斯》。

雪莱曾是个有争议的人物。他比较激进，有人说他是“红色雪莱”，有人对他的无神论主张耿耿于怀。比他稍后一些的维多利亚作家马修·阿诺德对他称赞有加，但说他是“美丽但无力的天使”。

雪莱是一个天性善良、豁达，主张博爱的人。他自幼心爱正义，反对残暴，还在伊顿公学念书时便对正统的基督教义提出质疑，提出“爱为世界之本”的原则。当时激进的政论家哥德温抨击现行社会和宗教、主张个人自由的言论，对他的思想影响极大。拜伦认为雪莱是最好的、最无私的人。雪莱认为，世人仍在像过去一样继续自己的愚蠢行为。他觉得爱是拯救人类的灵丹妙药，现在人类应当进步了。雪莱的作品提出“爱”的福音，反对基督教的不正义，充满了反叛的热情。他有很强烈的改善世界的激情。他的第一首引起世人注意的诗作是《麦布女王》。在这首长诗里，他提出“爱”的福音，反对基督教的不正义。他的《阿拉斯特》、《伊斯兰的反抗》（*The Revolt of Islam*, 1818）、《希腊》（*Hellas*）等都是极好的例证。雪莱还写了《解放了的普罗米修斯》和《沉西》等诗剧。

雪莱是一个理想主义的浪漫派预言家。他一直被视为超凡脱俗、不食人间烟火、与他梦想着要改变的世俗社会没有什么紧密联系。其实并非如此。雪莱有超前的见解，他通过自己的诗作体现他的见解。他的想法并未受到应有的重视。他的美妙的想法有些远离现实，所以马修·阿诺德说他是“无力的天使”。雪莱的一生都致力于思考，并把思想形之于文字，以期改变当时人们的生活。他拒绝接受生活现状，憧憬一个没有压迫、不公、暴政和腐败的社会。他设想在爱的基础上，人的精神通过进步，就有希望建立理想的社会秩序。这是他当时的预言的要义。他在诗剧《麦布女王》和《伊斯兰的反抗》中，竭力阐释了这一思想，但没能使读者充分理解，直到后来他完成最著名的抒情诗剧《解放了的普罗米修斯》，他的思想才被理解。在这部诗剧中，雪莱塑造了一个理想人物——普罗米修斯。他藐视权威，以不可遏制的斗志，不畏强暴，坚持同暴政作艰苦卓绝的斗争。雪莱认为，这种精神是建立新的理想生活最有价值的资本。从社会意义和哲学意义上讲，雪莱对人类生活进程的影响是巨大的。他成为后来席卷英国和欧洲大陆的社会主义运动的一名先驱。

雪莱的著名语录包括“浅水是喧哗的，深水是沉默的”、“道德中最大的秘密是爱”、“饥饿和爱情统治着世界”、“过去属于死神，未来属于你自己”、“微笑，实在是仁爱的象征、快乐的源泉、亲近别人的媒介。有了笑，人类的感情就沟通了”、“一个人如果不是真正有道德，就不可能真正有智慧”、“希望会使人年轻，因为希望和青春是一对同胞兄弟”、“最为不幸的人被苦难抚育成了诗人，他们把从苦难中学到的东西用诗歌教给别人”、“一首诗则是生命的真正的形象，用永恒的真理表现了出来”、“所有时代的诗人都在为一首不断发展着的‘伟大诗篇’做出贡献”、“一首伟大的诗篇像一座喷泉一样，总是喷出智慧和欢愉的水花”等。这些反映出雪莱对博爱和诗歌创作的严肃思想。[63]

雪莱是英国最出色的抒情诗人之一。他的作品充分显示了他的多才多艺与精湛技艺。除了表达反抗暴政、追求自由、建立新秩序的主题以外，雪莱还写了许多抒情诗，其中大多是爱情诗。他的想象自由驰骋，他对色彩、声音、节奏及其韵律美都有精确的把握。这些都受到人们的称颂。[64]

《西风颂》

《西风颂》写西风狂放不羁，摧枯拉朽，预示季节递嬗，冬去春来。《西风颂》写于1819年秋天，次年发表。据雪莱自己说，这首诗是他在佛罗伦萨附近的阿尔诺河畔的一处树林里得到灵感而写出的。那是在一个刮风的天气，暴风加上乌云，雷鸣电闪，大雨滂沱，冰雹齐下。从诗作充满激情的语言可以看出，雪莱不仅是在写季节和天气，他也别有所指。他关心政治改革和社会正义，当时大宪章运动在英国遭到残酷镇压，他的心情十分沉重。雪莱认为，用自然界的暴风雨来比喻人类社会的革命风暴是很贴切的。拿破仑和法国大革命的失败以及反动的“神圣同盟”的胜利使诗人感到压抑，他在诗中的预言里强调，猛烈的革命风暴还会再来。

《西风颂》包括五个诗节，每诗节包括14诗行（包括四个三行构成的次小节加一个两行偶句构成的次小节）。每诗行为5步抑扬格，每3诗行押韵，像但丁的《神曲》，韵脚为aba bcb cdc ded ee。这种押韵形式的特点是节奏性强，表达出几种极其不同的内容：秋天、风暴、大海、人与风相融、人与风声的合一。诗中有很多不分段的诗行以及次小节，这种形式非常适合描写狂傲的西风和感情的肆意奔放。诗人内心的感情波澜和久被压抑的情绪以不可抵挡之势流泻、奔腾。诗人借助恰当的形象和对节奏韵律的灵活把握，使感情得到强化，甚至有些情绪化。《西风颂》是一首富有思想威力的诗作。这种威力体现在诗作里运用的各种视觉、听觉以及运动形象上面。在每诗节里，诗人运用这三种形象表达自己的意思。该诗是文学史上最受欢迎的诗歌之一。

第1诗节（第1～14诗行）实际上是将一句话分解成很多行，动词“听到”出现在该节最后。这一诗节描写了西风的狂劲和它的双重身份——破坏者与保护者（第2～5诗行）。当中描写秋天以及这个季节里色调的变化，也比较直截了当，几次谈及死亡、尸体以及摧毁，把西风形容为“破坏者”或“死神”。这也可能在一定程度上表现出诗人的绝望情绪。但是，也应注意到，诗人后来把西风也称之为“保存者”。第 14 行总结了西风的两个基本特征，构成了全诗的中心主题：

狂暴的精灵，你到处奔腾；
破坏者，保存者，听啊，听！[65]

第 2 诗节（第 15～28 诗行）由两句组成，一句从第 15 诗行到第 23 诗行，另一句较短，从第 24 诗行到第 28 诗行。在这一诗节开始诗人提到上天和天使，起点很高，接下来又似在最后一诗行描绘地狱：“黑暗的雨、火和冰雹会爆发出来”。它集中描写西风驱赶白云，预示将引来雷鸣电闪、风雪冰雹；还描写了它“拉下夜幕”，将一切罩在宛如圆形的大墓里，显示它作为破坏者的一面。这一诗节有把即将到来的风暴比作一年的结束的意味。

第 3 诗节（第 29～42 诗行）讲述西风对大海的冲击，它先是惊扰了平静的地中海（第 29～35 诗行），接着又搅乱了大西洋（第 36～42 诗行）。地中海本来沉浸在平静的夏梦中，却被西风唤醒观看古代宫殿与高塔的海市蜃楼（第 29～35 诗行）。西风还把大西洋劈成两面巨大的海墙（第 36～38 诗行），甚至于海底的生物都“闻声而色变，一个个战栗，畏缩”（第 41～42 诗行）。这一诗节表现了西风的威力。

接着，诗人在第 4 诗节（第 43～56 诗行）表达了自己对西风的感情和反应。诗人对西风说，他希望自己化成叶子的精灵，与流云共舞，像海浪一样呼吸，他期望像暴风雨般有力，即使不那么奔放不羁。在第 5 部分，他说：

请把我当作你的竖琴，和树林一般，
即使叶片纷纷飘落也无妨！
你那雄浑激越的谐音，

将从我俩身上奏出深沉的秋声，
虽然凄切，但却甜美。剽悍的精灵！
愿你做我的灵魂，愿你是我，狂飙、疾风！

把我这枯竭的思想当作凋残的树叶，
吹往宇宙各处，促成一代新生！[66]

诗人怀念孩提时的自由、无拘无束，可以像流云一样漂泊，以西风的速度飞翔，甚至更快。他还希望西风像吹动流云、飘起树叶、唤醒海浪一样将他飘起。但这只是诗人的想象，他不得不面对“生活的荆棘”，受着束缚，心情忧虑，不像西风那样“自由、敏捷和高傲”（第54～56诗行）。

最后一节（第57～70诗行）表达诗人恳求西风在人间传播自己的信息，唤醒沉睡中的人们（第69～70诗行）：

借助我这诗歌的符咒，
把我的话语散播在人间，
好像从炉火的余烬中散发出热灰和火星；
请通过我的双唇，向沉睡的大地吹起预言的号角！[67]

接下来的结尾非常著名：“啊风，/ 倘然冬天已到，春天能远落在后面吗？”它充分表达出诗人渴求变化及美好未来的满腔热情，说明诗人充满自信和希望。

这首诗一直都是雪莱读者的必修之作，可以称为雪莱的标志性作品。该诗无论主题还是形式都堪称雪莱的代表作，它有力地表现了诗人的斗争精神和独特的情感美。

《解放了的普罗米修斯》

《解放了的普罗米修斯》创作于1818～1819年间，1820年出版。这部剧作最初由三幕组成，于1819年春写完。后来在1819年后期，诗人又加上第4幕。[68]在《前言》里，诗人表明，此作所讲不是关于人生的理论，他最讨厌说教性诗歌。

《解放了的普罗米修斯》取材于希腊神话里普罗米修斯和朱庇特之间发生冲突的故事。据希腊神话，普罗米修斯把火种带到人间，触怒了朱庇特，被锁困在高加索山脉的悬崖边。他经受了长久的苦难，经受风吹日晒冰冻，每日白天有老鹰来啄食他的肝脏，夜里他的肝脏则再生，但他始终没有屈服。古希腊诗人埃斯库罗斯曾经创作悲剧《被缚的普罗米修斯》（*Prometheus Bound*），叙述这个故事。埃斯库罗斯在剧作结尾说，坚定不移的普罗米修斯最后被扔到深渊中。

雪莱的诗剧在很大程度上改变了古希腊原剧的架构。它只用一幕（第 1 幕）的篇幅描写普罗米修斯的受苦情况。从第 2 幕开始，诗人想象里的理想社会的状貌开始出现，朱庇特统治的垮台指日可待。最后一幕多是对理想社会的憧憬和歌颂。在雪莱的诗剧里，普罗米修斯被困在悬崖边，饱受折磨，后来他出于宽恕收回了对朱庇特的诅咒，但拒绝预言朱庇特倒台的准确时间。他只说，有一天朱庇特会倒台，那时他本人就可以重获自由。尽管还要经受很多磨难，但普罗米修斯始终拒绝屈从于暴君朱庇特的意愿，最后被救出，把爱传向人间。[69]

雪莱诗剧第 1 幕的背景是高加索冰山的一条山谷，普罗米修斯被缚在悬崖上，海神的女儿潘西亚及伊奥涅坐在他的脚下。普罗米修斯贬斥朱庇特对自己的折磨，蔑视他的统治，表示宁愿饱受三千年度日如年的痛苦，也不愿做他的帮凶。他大声疾呼：“痛苦呀，永恒的痛苦！”他的声音惊天动地，宛似地震、烈火、地裂山崩。痛苦使普罗米修斯变得更体谅和宽宏，他表示，虽然他过去怨恨过朱庇特，但他现在愿意收回对他的诅咒。普罗米修斯的极度苦痛和呻吟感动了山川、大气和旋风，它们都惊异不已，但不敢有所作为。陆上许多弱小民族听到后也回应他，齐喊“痛苦呀，永恒的痛苦！”普罗米修斯只身一人担当起阻挡暴君的重任，以使众人不受其欺凌。他对胆怯的众人说，他虽然不再怨恨，但他不愿大家忘记他对朱庇特的咒语。尽管他一再要求，却没有人敢重复他的话语。他的呻吟声长了众人的志气，而灭了朱庇特及其同伙的威风。大地母亲对他说，现在到处一片枯萎，人们虽然不敢重复，但都在心底牢记着他的咒语。普罗米修斯只好呼唤朱庇特的幻影前来。朱庇特的幻影被一种神秘的力量吹来。普罗米修斯要它重复他的咒语。幻影无奈，只好照办。其中最后两段说：

> 可是你这个主神——哦，是你
> 以你的灵魂充溢痛苦的宇宙，
> 天地万物都因畏惧而对你这
> 压倒一切的仇敌俯首礼拜！
> 我诅咒你！让一个受害者的诅咒，
> 如悔恨般，紧缠住你这个折磨者，
> 直到你的无限威力成为

一件令人苦痛的沁了毒的长袍；
你的万能变成痛苦的王冠，
像灼热的金箍勒在你的融化的头上。

我的诅咒把恶行记在你的灵魂的
账上，之后让你受到惩罚，看到善良，
两者都像宇宙一样无边无际，
还有你和你的自我折磨的孤寂。
虽然现在你坐似一个拥有
镇定威力的可怕偶像，但当那一时刻
到来，你就必会毕露出
你内心的真相。
在犯下多起虚伪而徒劳的罪行以后，
讥笑必会追踪你在无垠时空里缓缓降落的轨迹。（第 1 幕第 282～301 诗行，笔者译）

之后，朱庇特的幻影消失。普罗米修斯听后问大地母亲，他当初是否这样讲的，大地母亲回答说确是如此。普罗米修斯后悔自己当时因痛苦而把话说过了头（第 1 幕第 303～304 诗行）。

这时神仙使者墨丘利带着一伙惩罚女妖，前来告诉普罗米修斯朱庇特正在设计新的折磨他的手法，劝他最好屈服。普罗米修斯严词拒绝，坚信报应会到来。墨丘利问他朱庇特统治的终止日期，普罗米修斯回答说，他只知道那一天终将到来。墨丘利表示遗憾，因为他这时必须执行朱庇特的命令，怀着悔恨让恶魔上前折磨普罗米修斯。

这时三个惩罚女妖，她们执掌着痛苦、恐惧、失望、猜疑、怨恨和摆不脱的犯罪内疚，“仿佛一群/ 瘦狗，穿越森林湖沼跟踪穷追/ 那已经受伤、呻吟不止的麋鹿”来到普罗米修斯面前。[70] 普罗米修斯对她们嗤之以鼻：“受苦是我生命的/ 元素，……/ 动手吧，我不在乎！”[71]

恶魔让普罗米修斯看到在人类的意识和下意识中存在的作恶的潜在性，以及地球上会发生的种种悲惨景象，其中包括在十字架上受难的基督的形象：

看呀，一个标志：为人类而忍受
苦难、羞辱扣枷锁的那些人们，反把千倍的
折磨带给了他和他们自身。（第 594～596 诗行，笔者译）

这里的“他”指耶稣。这句话出自折磨普罗米修斯的恶魔之口，她们的本意在于告诉他，他这样不屈不挠只能加重耶稣和他自身的痛苦。普罗米修斯通过恶魔对他的讲话得知人间将会出现的血与火、人心里的恐怖、人的痛苦呼唤。他得知，人将不敢行善，智者缺乏爱，爱者缺乏智，富者麻木不仁。普罗米修斯听后内心虽然痛苦，但他没有像恶魔所预料的那样，看到人世的状况就感到绝望。他确实感到痛苦，但他不愿一死了之，而是决心继续斗争。他向朱庇特传话说：

虽然是可怕的报复，
但这是失败，残忍的王，不是胜利。（第 641～642 诗行，笔者译）

而他的意志经过“残忍的王”的报复却变得更坚强：

你用来折磨我的那些景象，以一种新的韧性
加强了我的灵魂，使我坚持到那一时刻的到来，
那时他们将不再是现在的情形。（第 643～645 诗行，笔者译）

众恶魔见状无奈，只好退下。潘西亚问普罗米修斯见到了什么，他回答说，他看到人们高喊“真理，自由和爱”，但是他们内部出现内讧、欺骗和畏惧，混乱于是突然降临，暴君们乘机而入，瓜分战果。这个预言暗示，人们自己要为自己的苦难和不幸担负责任，这证明了雪莱的观点：社会的再生以个人的新生为转移。接着，大地母亲引进六位精灵，他们代表人头脑里的高尚和善良的潜在品性，这些品性是人类未来幸福的希望所在。大地母亲以此来安慰精神受到刺激的普罗米修斯。六位精灵向普罗米修斯展示出一幅美丽的图画，他认识到爱是一切希望的基础：“以全额希望除了爱全是虚妄”。

在第 2 幕，普罗米修斯的妻子阿西亚和妹妹潘西亚被引领去见大神

狄摩高根。他回答了她们的问题。他告诉她们，全能和仁慈的上帝创造和主宰世界及它所包含的一切——思想、情欲、理智、意愿、想象力、感觉、恐怖、罪孽等；任何歹人都不能主宰世界，一切都在变化，只有爱才能逃脱命运、机遇、偶然和变异的支配，只有永恒的爱才能统治万物生灵（第2幕第4场第119～120诗行）。阿西亚问普罗米修斯带来阳光的时辰，狄摩高根让一个不朽的时间精灵告诉她。这个时间精灵是命运的幻影，他告诉阿西亚，狄摩高根正在上升去结束朱庇特的统治（第150～154诗行）。阿西亚感到她得到了答案（第155诗行）。潘西亚看到一辆车，它将载着阿西亚去和普罗米修斯相会（第156～162诗行）。阿西亚、潘西亚和时间精灵乘车来到一座雪山面前，停在山巅的云层里。阿西亚身上闪烁出爱的光芒。她说到人沿着时间朝后走，经过老年、中年而回到青年与孩提时期，经过此生而走向神圣的新生，以及这个变化过程的感受（第2幕第5场第98～110诗行）。

在第3幕，朱庇特坐在天庭，时间精灵的车辇载着狄摩高根到来。狄摩高根宣布说：

> 滚下来，随我到深渊去；
> 我是你的儿子，如你曾是萨特恩的儿子，
> 但却比你威力更大；从此以后，我们必须同居
> 在黑暗里。——别用你的雷电。
> 在你之后，谁也不能保持
> 或重获或掌握对天庭的专制……
> 但如同虫蛀被踩，注定也会扭动到死，
> 如果你想的话，那就显示你的威力。（第3幕第1场第53~61诗行，笔者译）

朱庇特走投无路，求告无门，请求普罗米修斯对他以慈悲为怀，于是向深渊里沉下（第3幕第1场第63～83诗行）。朱庇特的统治最后垮台（第3幕第2场）；这主要是因为普罗米修斯的变化——经过痛苦之后他从复仇心理转向慈悲和宽宏——而发生的。

在第3场，赫拉克勒斯到来为普罗米修斯松绑，普罗米修斯和阿西亚相聚，来到一个洞穴里，大地母亲和她的孩子——万物都为充满爱的新生

欢欣鼓舞：

> 这简朴的住处，将成为属于我们的房屋；
> 我们可以在这里谈时间谈变化。
> 世事有兴衰更替，我们却始终
> 如一。怎样才能使人类免于受
> 无常的支配？[72]

这让人们想起狄摩高根在第 2 幕第 4 场里说过的话，能使人类免于受无常的支配只有爱。普罗米修斯说，人要用爱探索美好的思想和心灵，创造出和谐。他说，爱将是治愈人间罪孽的良药。他深知爱的威力，他曾怀着对妻子阿西亚的爱，坚持熬过所有苦难，这使他深深体会到这一点。普罗米修斯亲吻大地，将爱撒向每个角落和世间万物——动物、植物和矿山，把爱撒向人间。

在第 4 场，时间精灵叙说人间听到普罗米修斯的启示录般的宣示后所发生的一切：大地的空气变得清爽，爱充满整个宇宙，不再有王位和君主、主教、黑暗而强大的宗教、祭坛、法官席位和监狱，没有铁锁链、刀剑、冤案、不公平的法律，没有吸血鬼，没有人把心中爱和希望的火花踏灭成为灰烬，所有魔鬼都消失，人与人平等相处，没有憎恨、轻蔑、傲慢、嫉妒、恐惧、耻辱、自私自利、发怒、畏惧、冷酷、虚伪、谎言，没有自我毁灭的灵魂，没有人说庸俗、虚伪、冷漠的空话，没有男人阿谀奉承，女人都美丽、善良，人类开始主宰自己的命运。人间变得仿佛天堂（第 100～192 诗行）：

> 人们没有了王权，自由，无所拘束——人人平等，没有阶级、部族和国家之分，没有敬畏、崇拜、高低区别，——人人是主宰自己的君王，正直、文雅、贤明……（第 193～197 诗行，笔者译，下同）

人性变了，社会生活和政治生活也变了。人类做了自己的主人，远离了痛苦和罪恶，但仍然受到命运的变数的制约，人仍需不断努力改进自我，明确知道自己在世界上的地位：

> 但是人：不动情了？不——但已摆脱从前他的意愿造成或忍受的罪孽和痛苦，可是尚未免受偶然、死亡和无常的羁绊，虽然这些把他当奴隶般掌控，这些障碍可能会阻止他飞越隐约高悬在浩瀚太空中从未攀登上的天际的最高星辰。（第 197～204 诗行）

雪莱在说，新生的人如果能够丢弃尘世和本身的所有缺陷，便会成为连星辰也望尘莫及的完人。这是诗人的一个对人和未来充满信心和希望的纯粹理想。

第 4 幕像一曲宇宙新婚颂歌。在这里各处分裂的大自然的成分都结合在一起，象征着普罗米修斯和阿西亚在浩劫后的重逢。这一幕共包括三段情节，以歌舞为主，潘西亚和伊奥涅为讲评。第 1 段情节（第 1～193 诗行）写“时辰之王”的尸体被盖起，送到黑暗、死亡和往昔那里去，人心的精灵披着甜美乐声的锦绣在走来，世界在歌唱，净化了的人的精神和快乐的新一天的时间精灵一起翩翩起舞，象征着新的结合。第 2 段情节（第 194～318 诗行）表现月亮和地球，把他们写成一对情侣，每人怀抱着一个婴儿。第 3 段情节（第 319～502 诗行）写沉湎于爱情的月亮围着她的哥哥、情人——地球——狂欢，高声歌唱，欢欣鼓舞，二人亲吻。狄摩高根说他们为世界万物带来美、爱、和谐、安详。在第 4 幕第 4 场，狄摩高根提出四项品质：

> 温柔、美德、智慧和坚韧不拔，
> 这些是最牢固的封印，确把
> 毁灭力量的坑穴封住；
> 倘然永恒——诸多行动与
> 时日的母亲——一时手软放出
> 会以全身缠住她的毒蛇——
> 那么，这些就能保证
> 帝国控制已解脱的毁灭。

雪莱相信，人类倘若像普罗米修斯一样，内心充满爱、美德和不屈不挠，社会就会永远清明，生活就会永远美好和幸福。同时他也警告，毒蛇还会出洞，人心还不纯洁，人要永远努力进步。

《解放了的普罗米修斯》是诗人对埃斯库罗斯创作的悲剧《被缚的普罗米修斯》的一种回应。诗人在剧作里描写恶的统治，探讨推翻这种制度的可能性，暗示恶的产生和社会改革都是人本身的责任，社会混乱及战争是人本身的道德混乱、内心矛盾的明显外现，专制者是人内心中低劣成分战胜优秀成分的标志。诗作表明，对他人的怨恨是自惭形秽的表现，外部政治改革只有在人性本身进步时才能实现，世界的再生有赖于人类道德想象力的更新。雪莱警告说，即便世界能够更新，它的保持也将仰赖于人的坚持不懈的努力，人们要时刻警惕人性中的恶再次出来作乱。《解放了的普罗米修斯》让人类的英雄普罗米修斯获得解放，向世人传布爱的信息，指出唯有爱可拯救世界，治愈人类生活中的弊病。诗剧为世人勾勒出理想世界的蓝图，同时也讲到道德和创造性的源泉问题。[73]

雪莱的诗剧与埃斯库罗斯的作品在道德精神和内容上都存在着不同。在主题方面，雪莱作品的结尾截然不同：普罗米修斯在最后获得了自由，人间的景象也更美好。在道德主题方面，雪莱提出了爱为灵丹妙药的观念，从一开始就让人们听到爱的声音。普罗米修斯忍受着极度痛苦的折磨，但却同意收回他对朱庇特的诅咒，因为他在自己的苦难经历中获得了很多体会，尤其是关于宽恕与爱的思想。他希望所有人，包括朱庇特在内，都能远离痛苦。这表现出诗人本人对他所生活的困苦时代的反思。该剧充分诠释了雪莱的人生哲学。

《解放了的普罗米修斯》的写作技巧也很值得人们注意。诗人在剧中所使用的多样化抒情技巧使人耳目一新。这些技巧表现出雪莱在创作抒情作品方面的卓尔不群的天赋。他不仅开创和完善了自己的抒情模式，还成功地借用了其他形式，如古罗马诗人品达（Pindar, 公元前522-公元前442）风格的颂歌、斯宾塞式的诗节及对偶句等，以适应抒发自己的感情的需要。诗剧里美妙、丰富的抒情诗是雪莱在诗歌创作各个方面完美技巧的巧妙结合的结晶。有人说，雪莱的这些抒情诗是“抒情诗中的奇葩”，即便雪莱没有写出过其他作品，他的抒情诗也足以使他在诗坛上占有一席特殊的地位。

《解放了的普罗米修斯》是一部关于人类社会道德、政治和文化因素的著作。这出诗剧说得比较多，具体行动少，让人在怀抱希望的同时，心里难免有空洞感。阿诺德说雪莱是“无力的天使”，这个词语毁誉参半。

说他“无力”回天，改变现状，虽然基本属实，但并非准确。雪莱的洞见力无疑为当时的社会斗争发挥了指导作用和影响。说他是天使，是指他为世人指出方向，带来福音，这是世人皆知的不争史实。诗人叶芝（William Butler Yeats, 1865-1939）称《解放了的普罗米修斯》为“人间圣书”之一，评论家们认为该作具有但丁诗作的威力。[74]

《奥西曼迭斯》

这是雪莱的最著名、最常被引用的诗作。这首十四行诗是写公元前13世纪埃及法老奥西曼迭斯的作品。此人在世时曾飞扬跋扈，叱咤风云。他曾是“王中之王”，自信他的功业在历史上是前无古人、后无来者的（第11诗行）。

在诗作的前8行，诗人说他遇见一位从“古老国度”（意指埃及——笔者）来的游客，他向诗人述说他在那里的沙漠中所见到的情景：

> 他看到沙漠里有两条粗大的石腿，没有上身，附近还有半陷在黄沙里的一个头像，它皱着的眉褶起的唇，显着冷峻控制力的讥笑，表现出雕刻者对那些激情的深刻理解，这些激情刻在这些死物上依然如故，比模拟它们的手和滋养它们的心活得更久。（第5~8诗行，笔者译）

“死物”指没有生命的石头；“模拟它们的手”和“滋养它们的心”皆属换喻，分别指雕塑家和奥西曼迭斯。在诗歌的后六行说道，时间无情，曾几何时，一度不可一世的大帝已经作古，他所谓的丰功伟业、荣华富贵都已经化为乌有，留下的只是他的一座雕像残骸，埋在荒凉孤寂的沙漠里：

> 此外一切都不复存在。在巨大石像残骸的周围，苍茫无际，寂寥的黄沙伸延向远方。（第12~14诗行，笔者译）

诗人在诗里尽情地嘲笑了他，表现出诗人对独裁与专制的讥讽和针砭。这是这首诗作的表层含义。

《奥西曼迭斯》的内涵深邃。它所说的题材虽然不是诗人的作品里常出现的内容（如美、爱、想象等），但它具有强烈的艺术感染力。这种威力主要来自诗内所包含的一个鲜明对比：对比的一方是有限的人，另外一方是无限的时间，人无论如何能干，也是渺小的，而时间却是无限和无情的，人越过分地自吹自擂，时间就越显现出它的无限和无情。此外，这首诗歌也显示出艺术（雕塑和讲故事）的威力。艺术具有自己的永恒性：雕像比雕塑家（“the hand that mocked them”）及法老本人（“the heart fed”）都存活得长；故事比故事所讲的人和事存活得长。

诗人的写作技巧也令人注目。读者所直接面对的不是奥西曼迭斯本人，而是诗人；诗人所面对的也不是这位法老本人，而是一个游客；游客所面对的也不是这位古代国王，甚至不是他的雕塑，而是他的雕塑的残留部分，他的故事也是听来的。这种步步远隔的手法可以达到一石数鸟的目的：增强读者的好奇心，消弱国王的威力，加强时间吞噬一切的形象，显示艺术（雕塑和讲故事）的作用。雪莱的构思可谓精湛至极。

《阿多尼伊斯》

此诗全名为《阿多尼伊斯：写在〈恩迪米庸〉、〈海波里庸〉等的作者约翰·济慈逝世之际的挽歌》，不言而喻，此诗为纪念济慈的辞世而写。济慈于 1821 年 1 月在罗马去世。雪莱曾和济慈会面，并曾邀请他来比萨家里做客。他逐渐认识到济慈的天才。他之所以把这首诗作命名为“阿多尼伊斯”大概有两个原因。一是取其美。“阿多尼伊斯”是模拟希腊神话里的俊美少年阿多尼斯的名字，根据神话的说法，阿多尼斯英俊的外貌引动了爱神维纳斯的芳心。济慈一生致力于创作诗歌，为求其美，在一定意义上说，他是美的象征。二是取其恒。神话说道，阿多尼斯后来在林中打猎时被野猪咬死，维纳斯吁请天神宙斯赋予他永恒的青春。雪莱诗作中的“野猪”是暗指当时在《评论季刊》（*The Quarterly Review*）上发表文章、攻击济慈的诗作《恩迪米庸》（*Endymion*, 1818）的人。雪莱当时误认为此人是加重济慈疾病并导致他去世的原因。他写这首挽诗意在使济慈在文学史上永葆青春，历久不衰。[75]

《阿多尼伊斯》全诗共 55 诗节、495 诗行，用斯宾塞诗节写成。这是一首田园式挽歌。在诗作开始，诗人引用一首古希腊短诗（据说是柏拉图所作），表示他对济慈的高度评价，同时也显现出他作为批评家的深邃的洞察力：

> 你曾是活着的人里的晨星，
> 在你的美丽的光消失以前——

现在，你死了，已成为金星，
为死者带去万丈光焰。（笔者译）

《阿多尼伊斯》在第 1 诗节说到阿多尼伊斯的死讯和随之而来的哀悼：“我为阿多尼伊斯哭泣——他去世了！”在第 2～35 诗节里，一系列的哀悼者前来致哀。阿多尼伊斯的母亲尤拉尼亚（天文女神）被召来主持葬礼（第 2 诗节）。诗人吁请人们为死者致哀：“啊，为阿多尼伊斯哭吧——他去世了！”（第 3 诗节）这些诗节表现出悼念者的绝望情绪。第 9～19 诗节里说到前来哀悼的人群，这些是阿多尼伊斯的人格化了的梦想、灵感和想象的产物。在这里，诗人间接地歌颂了济慈的作品以及他创作出来的美。第 22～29 诗节说到尤拉尼亚请求阿多尼伊斯醒来站起，但没有效果；她的悲伤和愿望表达出诗人本身的切身感受。在第 30 诗节里说到的前来致哀的人中，“永恒的朝圣者”是指拜伦，他和济慈生前未曾谋面；“最甜美的抒情诗人”是指爱尔兰诗人托马斯·莫尔（Thomas Moore, 1779-1852）。雪莱本人也来到，他用 4 诗节的笔墨描绘自己的感受（第 31～34 诗节）。他把自己比喻成该隐或耶稣，被社会打上烙印，受到歧视；在这里诗人为自己，也为济慈所受到的不公正待遇而鸣冤叫屈，也把哀悼的笔锋旁骛，直指反动的英国统治阶级：

宛似运用异国的语言，
他唱出新歌；悲痛的尤拉尼亚细看
陌生人的面部，低声问，“您是谁？”
他未作答，但是用手突然
揭示出他的烙上红色的额眉，
那像似该隐或基督的烙印——啊！竟然如此！（第 34 诗节第 301～306 诗行，笔者译）

雷·亨特也前来吊唁，这位最和善的智者曾给予死者以指导、安慰、关爱和荣誉（第 35 诗节第 311～313 诗行）。在第 37 诗节，诗人思考对“无名的蛇”（指当时匿名的保守评论者）的公正处罚，他想出的最坏的惩罚是让他“活在臭名远扬”、“后悔和自卑”、“灼热的耻辱”里。

第 38 诗节是转折点。在这一诗节里，诗人开始感到安慰，因为他认识到，虽然人人最终都会死，但是纯洁的灵魂将返回他原来的火热的源泉（第 38 诗节第 338～339 诗行）。在第 39 诗节里，诗人说道：

安静，安静！他没有死，他没有睡——
他已经从生活之梦里醒来——（第 343～344 诗行）

他已经超越人世的一切——嫉妒、诽谤、仇恨、痛苦以及人们误认为喜悦的忐忑不安，已经不再受到人世的折磨（第 40 诗节）。他依然活着、醒着，是死神自己死了，大家都不用为阿多尼伊斯哀悼（第 41 诗节）。现在他已经进入永恒，已经和大自然及统一的精神融为一体（第 42～44 诗节）。济慈和历史上其他诸如杰脱逊（Thomas Chatterson, 1752-1770）、锡德尼（Philip Sidney, 1554-1586）以及古罗马诗人鲁甘（Lucan，39-65）一样英年早逝，没有来得及发展自己的诗才（第 45 诗节），但是现在都已穿上"永恒的衣服"（第 46 诗节）。诗人把依然哀悼阿多尼伊斯的人们称作"可怜的蠢货"，让他们发挥想象，和他一样先想见宇宙的宏阔，再缩至地球一点上，以体会阿多尼伊斯所在的天际的宏伟。

从第 39 诗节开始，诗人从阿多尼伊斯转向"我们"。他意识到永恒与尘世的区别。他意识到阿多尼伊斯已经过上更充实而圆满的生活，而自己仍身处罗马这个充满死亡和衰颓的城市里（第 48～51 诗节）。诗人表示出自己对永恒的坚定信念：尘世无论多么美丽，也不能和永恒的光辉相比（第 52 诗节），我们不要踌躇，不要后退，阿多尼伊斯在呼唤，让我们赶快去他那里（第 53 诗节）。诗人感到永恒的光、美、恩惠和爱都在照耀着自己，把死亡的最后一片乌云赶走（第 54 诗节）。诗作在结尾处说到，阿多尼伊斯是永恒的一部分，他的灵魂宛似天上的一颗星，从永恒之地放射出明亮的光（第 55 诗节第 494～495 诗行）。

这首诗作严格遵循田园式挽歌的传统要求，从对死的不理解和绝望开始，到和大自然一起悲悼死者，到最后由绝望转向安慰、认识到死亡是通向更高境界的途径：阿多尼伊斯战胜了死亡。

1829 年丁尼生等编辑出版的《阿多尼伊斯》（*Adonais*）对提高雪莱的后世声名发挥了很大的作用，自那以后，雪莱开始脱离无人问津的状态，逐渐成为英国文学史上的一颗明星。

《麦布女王》

这是诗人早年的作品，以童话梦幻的形式写成。它是诗人在思想处于绝望时所写的作品，1813 年出版，共印 250 册，原来封面上注有雪莱的名字。后来诗人对这首诗歌的激进内容日益感到忧虑，就把名字涂去，只卖出 70 册给思想与自己近似的读者。1821 年，出版商威廉·克拉克（William Clark）把余下的 180 本全部买进，卖给激进的工人。[76]

诗中说，仙后麦布把人间年轻女郎艾恩西的灵魂带走，向她显示世界的过去，分析产生尘世痛苦的原因。仙后最后展示出未来世界的理想状貌。

全诗由 9 诗章组成，第 1～2 诗章讲历史，人类的过去乃是一系列错误的记录。中间 5 诗章批判社会上存在的各种弊病：当前在君主制、宗教和政客的左右下依然是一片黑暗。其中第 3 诗章讲君主政体，第 4 诗章讲政治独裁，第 5 诗章讲经济剥削，第 6～7 诗章讲宗教。诗人通过麦布女王之口，阐述自己对哲学、宗教、道德及社会问题的看法，鞭挞国王、神甫、政客和社会传统，如婚姻、通商以及基督教等。[77]最后两诗章（第 8～9 诗章）讲未来：

> 啊，快乐的大地！天堂成为现实！
> 那里是那些无休止地簇拥在
> 人世里的不安的人们的憧憬；
> 你是全人类实现了的希望！
> 你是盲目劳作意愿的光辉奖品！
> 你的光线弥漫在所有的时空，
> 集中在一点上，永远在那里融会：
> 你是最纯洁的人们的纯洁的居住地！
> 在那里，忧虑、悲伤、无能和犯罪、
> 懒惰、疾病和无知不敢露面：
> 啊，快乐的大地！天堂成为现实！（第 9 诗章，笔者译）

在那里，一切都将会更新，火热的爱将激励着人生。

《麦布女王》显示出年轻诗人的革命立场以及他向英国社会所存在的不公正和反动暴力进行斗争的决心。诗作也展示出诗人心目中所想象的人类未来的发展前景，显出诗人爱与憧憬的非凡能力。雪莱热诚地相信，人类是可以实现以美为基础的幸福理想的。

《麦布女王》总的说来比较粗糙，不很成熟。

《伊斯兰的反抗》

诗作是题献给诗人过世的妻子海丽特的。这是一首史诗，以斯宾塞诗节写成，共12诗章。诗作的散文《前言》就世人对法国革命的反应阐述了诗人的观点。诗人讲的实际是法国革命的故事，只是在写作过程中，把这个在西方发生的故事嫁接到一个富有东方色调的背景中。诗作主要叙述罗恩与西斯娜所发起的反对奥斯曼帝国苏丹的革命一事。但是诗的内容和伊斯兰没有什么关系，它讲的是一般宗教问题。

这首诗涵括了诗人当时对社会、政治和美学所持的观点。当时拿破仑倒台，英国统治阶级加紧对人民的压迫，人民生活苦不堪言。雪莱愤慨之余，提笔写下这首诗作。此作开始题目为《罗恩与西斯娜》（*Laon and Cythna; or The Revolution of the Golden City: A Vision of the Nineteenth Century*），情节以这两个人物为中心而展开，最初于1817年出版，之后由于害怕作品引起当局起诉，就撤回而停止印刷。后来在1818年初再印时，易名为《伊斯兰的反抗》，内容也经过了修订。修订的内容包括改动一些有关宗教的词语，以及男女主人公之间的关系；在最初版本里，二人是兄妹。[78]

这是一个富有象征性的故事。故事里说到，英雄女郎西斯娜致力于妇女解放，和罗恩共享同一理想，二人携手激励伊斯兰人民起来反对他们的专制者。他们的反叛行动取得暂时胜利（第6诗章），但是暴君卷土重来，在其盟国的帮助下，镇压了起义，使人民生灵涂炭。接踵而至的是饥饿和瘟疫（第10诗章）。在一个神甫的鼓动下，人们烧死西斯娜和罗恩，以阻止灾难的降临；二人一起驶向理想的西方净土（第12诗章）。诗作最后暗示“错误的暂时性”以及“天才和美德的永恒”，人类的未来是充满希望的。[79]

西斯娜是一个具有历史意义的新女性形象。在对这个革命的女权主义者人物的刻画中，诗人显然受到了他岳母玛丽·沃尔斯通克拉夫特的女权主义思想的影响。此外，此诗表明，雪莱是站在无神论一边的，这在当时有大逆不道之嫌。

《诗辩》（*A Defence of Poetry: or Remarks Suggested by an Essay Entitled “The Four Ages of Poetry”*, 1821/1840）[80]

《诗辩》是雪莱在文学理论方面的遗作，是诗人没有写完的论文。

诗人原计划写三部分，在 1821 年只写出一部分，后两部分未写；写出的部分到 1840 年才出版，其时诗人已经过世 18 年。雪莱是针对好友皮科克（Thomas Love Peacock, 1785-1866）在 1820 年写的《诗歌的四个时代》（“The Four Ages of Poetry”）一文里面出现的功利主义思想倾向而写的。[81] 这部著作为英诗提出了追求真理和美的创作原则，表达了诗歌应为社会及人类进步服务的美学观点。如果说拜伦在社会改革领域内有所作为的话，那么雪莱则在思想、宗教和哲学的革新方面有其独特的建树。他以勇敢的精神，为后代诗人开辟了一个可以无所顾忌地在诗中表达自己对社会道德、宗教或哲学的独立见解的局面。而在其之前，这样做是会招惹灾祸的。《诗辩》以其雄辩著称，其说理性是后来评论家中很少有人能够企及的。

这部理论著作不谈论诗歌的个例，而是提出作为想象的产物的一切伟大诗作都应当具有的共同品质和特征。雪莱将“诗人”的概念扩展，而将所有突破时空局限、想象出永恒及普遍形式的创造性头脑包括进来。这一类人不仅包括诗歌和散文作家，而且还有艺术家、立法者、先知以及新社会及新宗教组织的建立者。《诗辩》提出，预见性和创造性想象在人类一切伟大的事业中都是必要的。它针砭社会上只强调的“进步”、“实用”等物质主义概念，指出这是偏见，虽然它益于发展自然科学、改善物质生活，但压制“诗才”及想象的发展，结果是“奴役了大自然的人，自身却依然是奴隶一个”。

关于“诗人”，《诗辩》说道，诗人不仅是语言、音乐、舞蹈、建筑、雕塑和绘画的作者，而且是法律的制定者、文明社会的建立者、生活技艺的发明者、教师；诗人把美、真与对精神世界的理解结合在一起。《诗辩》强调诗人的先知性：“一个诗人参与永恒、无限与一体。”它强调诗歌的包罗万象：“语言、颜色、形式、行动的宗教与社会性，这些都是诗歌的工具和材料。”

《诗辩》在界定诗歌的含义时说，诗歌以生活的永恒真理表达出生活的形象；它所说的是普遍真理。诗人是一只夜莺，在黑暗里唱自己的美妙的歌，听众是人，他们被这个看不到的歌者所感动和激励。

《诗辩》说明文学和社会的联系，以及文学的社会教育作用，对荷马、但丁、佩特拉克、薄伽丘、乔叟、莎士比亚、培根、弥尔顿、拉斐尔、米开朗基罗等人，对古希腊、希伯来文学等都有很高的评价，也指出社会腐朽和堕落对文学创作的负面影响，强调诗歌在当时也应该起到改造社会的作用。雪莱主张，诗人要了解现实，也要洞察未来，他强调天赋、直觉和灵感在创作过程中的作用。他是理想主义者。雪莱说：

> 一个人要想做非常好的人就必须能够进行集中而全面的想象，必须能够把自己置身于另外一人和许多人的境地。他所属的物种的痛苦和快乐必须变成为他本身的痛苦和快乐。美德的伟大工具是想象……诗歌扩展想象的范围……诗歌加强人的美德器官的机能。（笔者译）

当然，雪莱也不赞同把诗歌变为明显的说教工具。他说，有些人的诗才虽然伟大但不很强劲，主要是因为他们有明确的说教目的。他指的是诸如欧里庇得斯（Euripides，公元前480-公元前406）、卢甘、塔索、斯宾塞等。

《诗辩》回顾了戏剧、诗歌与文明、道德之间的互动历史，反驳了关于诗人的用途亚于思想家与商人的观点。他界定“用途”的含义，指出低级“快乐”（即现实的、物质的）与高级“快乐”（即想象的）两者之间的差别，说明高级快乐是鉴定“用途”的真正标准，诗人是富有诗意的哲学家。《诗辩》指出，诗才的作用有二：一是创新，创作知识、威力和快乐的新要素，二是把新要素按照美与善的节奏和顺序加以排列。诗歌是神圣的。它理解一切科学，是各种思潮的根与花。诗歌从天上带来光和火造福人间。诗歌是最快活、最优秀的头脑所经历的最快活、最优秀的时刻的记录。诗歌把一切变得可爱，它使最美之物更美，使畸形之物变美，使兴奋与恐惧、痛苦与快乐、永恒与变化合而为一，运用它的轻枷把所有不可调和之物合为一体。

在雪莱的《诗辩》里，有两段话值得一提。一是他对文学评论的观点。他认为一部文学作品一旦问世，读者可以从不同角度、不同文化背景、不同时代的视角，甚至不同年龄的观点去理解它的内涵。这很有些后来20世纪新批评派主张的意味：

> 一首伟大的诗歌乃是一个充溢着智慧与快乐的源泉，在一个人和一个时代以其特殊关系所能分享的这首诗的一切神圣泉流耗竭之后，另一个人及另一个时代又接踵而来，新的关系又不断发展，这

是一种不可预料的、不可想象的快乐的源泉。[82]

另外是他对保守者们所持的蔑视态度，这表现在他对桂冠诗人的看法上。他说，“让我们假设，荷马是个酒鬼，维吉尔是个马屁精，贺拉斯是个胆小鬼，塔索是个疯子，培根挪用公款，拉斐尔放荡不羁，而斯宾塞是桂冠诗人。”[83]这说明了他的立场：桂冠诗人不齿于人类。

雪莱认为自己作为诗人的长短要由后人判定。他最怕的裁决是“有罪”，然后判死刑。事实证明，他说的“后人陪审团”对他这个在头脑里火焰燃烧愈来愈旺、愈来愈稳的人，已经作出表决，裁定他“做得好”，判决是“名声永恒”。当然也有不同声音，但随着时间的流逝，会越来越听不到了。陪审团里有人认为，他的散文将会胜过他的诗歌。还有人说，他最完美的抒情诗恰恰展现他的败笔。保守派对他的观点并不恭维。英国的保守派《评论季刊》说他受到英国文学中自由主义的“玷污”。牛津大学则对他顶礼膜拜。[84]

历史和时间已经证明，雪莱的诗歌，宛如热恋中的情人，今天仍然对人们具有很大的吸引力，特别是年轻人对他尤其推崇备至。他的诗作，尤其是他的抒情诗将会永恒不朽，他关于蓝天、沧海、乌云、地震和日食等方面的诗歌，只要人在，它们就永存。他的声音是风和海潮的声音，它将永远在人世上空回荡。

雪莱是个理想主义者，天真得有时宛如童稚。看小蜜蜂在花丛里嗡嗡采蜜，看池塘里倒映的松林，看落日余晖和红日的喷薄欲出，然后把这些倏忽即逝的美妙事物编织成融光明和音乐为一体的诗歌——这是他的不朽所在。他是一个具有神圣使命的诗人，人们愿意听他歌唱他不凡的眼睛所看到的一切。他的美好思想和美妙歌声业已对后世产生了巨大影响。如果人们现在仍然在原地踏步，一筹莫展，这应当是改变不会太大的人性所致。

雪莱对后代的诗人如勃朗宁（Robert Browning, 1812-1889）、罗塞蒂（Dante Gabriel Rossetti, 1828-1882）、史文朋（Algernon Charles Swinburne, 1837-1909）、丁尼生（Alfred Tennyson, 1809-1892）、叶芝（William Butler Yeats, 1865-1939）等人都产生了很大影响。他的生平和作品今天人们依然在研究，他在 21 世纪依然在发挥着影响。[85]

约翰·济慈（John Keats, 1795-1821）

济慈出生在伦敦，父亲是一家马车出租店的雇员。他 15 岁时离校成为一个外科医生的学徒。这一工作刺激了他敏感的心灵。在父母死后，他和弟弟、妹妹搬到罕姆斯戴德区住。他在这里遇到日后的好友查尔斯·阿密塔基·布朗（Charles Armitage Brown, 1787-1842）。布朗在回忆录里说到他们第一次会面时说，济慈有一双美观、炯炯有神、充满智慧的大眼睛。他努力多年写出济慈的传记《约翰·济慈的生平》（*Life of John Keats*, 1841）。

济慈没有受过正规教育，也没有人在个人教育以及文学方面给予他熏陶和引导。然而他的思想极度敏感。他如饥似渴地阅读大量书籍以弥补知识的匮乏。他先在医学和博物学方面涉猎，后来转而阅读文学书籍，如莎士比亚和乔叟的作品。他读了许多希腊和伊丽莎白时代的著作，尤其喜欢荷马、斯宾塞、莎士比亚和弥尔顿的作品。济慈是在读完斯宾塞的《仙后》后才发现自己的诗才的。1816 年，经他以前的老师查尔斯·克拉克（Charles Clark, 1787-1877）的介绍，他开始阅读托马斯·查普曼（Thomas Chapman, 1559-1634）翻译的荷马史诗，即人们常说的“查普曼的荷马”。济慈通过阅读扩充了他对诗歌与美的认识，获得了他的“希腊腔”。济慈对绘画也有浓厚的兴趣。

1818 年，他和布朗徒步游历湖区、爱尔兰和苏格兰，凭吊了彭斯的墓地，回忆了弥尔顿的诗歌。济慈的肺病开始出现早期症状。他提前回家，照看肺病晚期的弟弟汤姆，汤姆夏天去世，济慈和布朗同住。[86] 大约在这个时间，济慈爱上了 18 岁的范妮（Frances “Fanny” Brawne, 1800-1865），二人订婚。济慈的爱情对他的思想成长有很大益处，但初恋的沉迷、嫉妒、忽高忽低的情绪等，也对他产生不少负面影响。济慈起初认为他身体的不适是因为他的焦虑不安，后来他吐血后才明白真相。这时他主动解除婚约。范妮没有接受，在他最后的日子里她给予他很大的安慰。她归根结底是忠实于他的。济慈的恋爱很不幸。他非常爱范妮。他曾说，“热恋中的人是最可怜的傻瓜”。他心里只有她，认为在没有她的屋里呼吸的空气是不健康的。没有忠贞的美德的她，他不能生活下去。1820 年 5 月，他给她写了最后一封信。当时他觉得他去欧洲大陆前一定要把真心表达出来。他在信里说：“他们说到我去意大利的事情。我肯定，如果我和你长期分开，我永远不会恢复的。”看来济慈是世上真正的最大、最可怜的傻瓜。设想人生里缺了这种傻瓜，人的执著就不存在了，许多美好的事情也就不会出现了。

1819 年是济慈最多产的一年，但也是他经济最困难的一年。1820 年，他的肺病症状更加突出，病痛难熬，终于肺部大出血。济慈无奈接受现实，进行了一些善意但无益的治疗，如放血、吸食鸦片、饥饿疗法等。他的身体日渐衰弱，体温日渐增高。但他坚持写作，安排了新一卷诗集《〈无情的妖女〉、〈圣阿格妮斯节之夜〉、〈伊莎贝拉〉及其他诗作》（*Lamia, Isabella, The Eve of St. Agnes, and Other Poems*, 1820）的出版事宜。这部诗集收入了诗人最著名、最常被引用的诗作《海波里庸》（*Hyperion*）、《秋颂》（“Ode to Autumn”）以及《夜莺颂》（“Ode to a Nightingale”）。

济慈在 1820 年 9 月去罗马治病。走之前他在范妮家住了一个多月，得到范妮的照顾。这使他心中充满喜悦，对生活抱有强烈的希望。这可能是他去意大利的原因之一。走之前范妮送他一块她爱不忍释的大理石。他来到了意大利，住在罗马的西班牙广场（the Spanish Steps）附近，情绪很快低沉下来。他的治疗最终还是无济于事。1821 年初，他已经卧床不起。他天天石不离手，但不给范妮写信，也不阅读她的来信，害怕会引起痛苦。他不断地咳嗽，高烧不退，噩梦很多。1821 年 2 月 23 日，他在罗马逝世，当时刚过 25 岁。他死后葬于罗马的西班牙广场附近一处新教教堂里。他的墓碑上写着：“这里躺着以为名字用水写成的人。”[87] 雪莱写出《阿多尼伊斯》对他以示纪念。雪莱自己一年后海上遇难，也葬在此处，躺在他的身边。1848 年，济慈的朋友、诗人米勒尼斯（Richard Monckton Milnes, 1809-1885）写出《约翰·济慈的生平、书信和文学遗产》（*Life, Letters, and Literary Remains of John Keats*）。济慈在世时与去世以后，影响了许多其他作家、诗人和艺术家的创作，在 19 世纪是最受读者欢迎的诗人之一。

济慈在罗马住在城里的“英国区”。这里有他的住所。他的住所现在已经成为济慈－雪莱住所的一部分。这所住宅位于业已成为罗马民间传说的西班牙广场的地方。多少世代以来有许多名人来过这里游访。在著名作家里，就有乔治·埃略特（George Eliot, 1819-1880）、歌德（Johann Wolfgang Goethe, 1749-1832）、柯勒律治、雪莱、拜伦、勃朗宁夫妇、亨利·詹姆斯（Henry James, 1843-1916）、王尔德（Oscar Wilde, 1854-1900）和乔伊斯（James Joyce, 1882-1941）等。

济慈在伦敦的故居现在已经成为济慈博物馆。它位于伦敦西北的罕姆斯戴德市郊区。诗人于1818～1820年间和一个朋友住在这里。这是诗人诗兴大发的几年。它的背景激励了诗人的灵感，使他写出不少不朽的诗篇。著名的《夜莺颂》就是在这里院内一棵李子树下写成的。诗人当时正和范妮恋爱。他也是从这里出发去罗马治病的。这所住宅1925年经过修整对外开放。现在博物馆里展出的物品中有诗人给范妮的订婚戒指以及范妮的一束头发。

济慈思想敏感，精神振作，渴望新知，充满好奇和进取心。他不满足于表面的了解，总是认真思考和洞察所见与所闻。他对人的深层心理状况极感兴趣，对秘密的、隐蔽的、神秘的事情绝不轻易放过。

济慈具有目光和远见。他的头脑充满宏伟的计划和目标。他对业已取得的成就不感兴趣；他着眼于未来可能做成的事情。他喜爱钻研哲学、宗教、政治或教育，注重理论和概念，而不是具体应用。他不倾向聚精会神在任何一个具体的领域，细节让他感到心烦。他似乎具有一种打赌的本能，喜欢设想和新的冒险。济慈富于创新，机智多谋，乐于与人共享知识。

他关心自己的生涯、声名和公众形象，关心他对世人可能产生的影响。

济慈有很强烈的使命感。他说过，“是的，我觉得上帝传话给我，叫我要做一个为后世带来光亮的长矛，而不是只当一个单薄的别针，我只有不断地向上走。”他并不认为自己是天才，但他有志于为世界创作出最好的作品：

> 我确实这样认为——这样说绝无任何虚夸——天才的作品是这个世界上第一位的东西。不！我认为像贝莱这样的人所拥有的那种正直和无私，才确实掌握和抓住了可以赋予这世界上任何东西的最高的精神上的荣誉。[88]

济慈学习和创作诗歌目的不是业余爱好和自娱自乐，而是想在历代最美好的人们的伟大作品积累之外，能再为世人增加一点美的享受。他不在乎恶劣的生活环境；他生活在观察和想象里。他说过，“我的想象是寺庙，我在里面做和尚。”当时有些人对他的诗作不以为然，诗人确实在精神上受到刺激。但他不气馁。他说，“文学界觉得我一钱不值，他们认为我不过是一个编制故事的小家伙。我觉得我更能承担现实的困难。只要一感到忧郁，我就起来梳洗整齐，穿上干净上衣，系好鞋带，着实装扮好出门。然后我一身清整，舒服地坐下来写作。”他把写作神圣化了。他认为，写作是他的最大的解脱。而且，他也习惯了缺乏物质快乐的生活。他说，“我像个隐士一样生活在世上，已经把如何计划过快活些都忘了。我觉得只要我独身，就能忍受一切痛苦，包括坐牢。”[89]

济慈的创作实践令人感叹和深思。一个文学家、诗人进行创作，除要有一定的学识外，还要借助于灵感和想象。济慈仅有的古典文化知识，都是通过阅读得来的。他不懂古希腊语，也不能用拉丁文读书。他的古典知识的全部“源泉”是英文版的《查普曼译荷马》和朗波里耶尔（John Lempriere）编的《古典文化辞典》（*Classical Dictionary*, 1788）。这种知识恰好激励了他的灵感，又接受它的驾驭。他那带有浓厚浪漫主义色彩的想象力被古希腊艺术复活了。这就使他得以奋发远举，写出天真发溢、文彩彪炳的诗歌。朗波里耶尔的辞典里印有许多古希腊人的生活图画，这给济慈丰富的想象供应了必需的精神食粮。这位年轻诗人的非凡目光，透过这些珍奇的窗孔洞见到古希腊人温柔而美丽的灵魂、他们高尚的精神境界以及美妙的自然界。诗人拨开时间的迷雾和细节的纷扰，毫发不爽地触摸，进而领会到古希腊精神。至于他阅读了《查普曼译荷马》以后的感受，他在他著名的十四行诗《初读查普曼译荷马诗》里充分地表达出来：

我游过多少文艺的金色领土，
见识过多少媚人的邦国和王国
游览过多少西方的岛屿——
那诗人效忠诗神阿波罗的处所，
我常听说有一片辽阔的天地，
那个深思的荷马统治的疆域，
但我未曾领略过它的肃穆清和，
直至我听到查普曼引吭高歌。
这时我感觉如一个人在天空瞭望，
一颗新的行星突然闪过他的视线
或者像肥壮的高太兹睁大鹰眼，
向着太平洋骇然凝眸——
他的随从面面相觑，妄加揣测——

> 在达连山峰上，瞠目结舌。[90]

济慈运用和援引过的神话故事很多，其中包括大潘（Pan）、月神（Diana）、恩迪米庸（Endymion）、酒神（Bacchus）、海波里庸（Hyperion）、风神（Aeolus）、海神（Neptune）、主神（Jupiter）、爱神和灵魂女神（Cupid and Psyche）、安德罗米达（Andromeda）、柏修斯（Perseus）、迈达斯王（King Midas）、缪斯（The Muses）、地府（Hades）、普洛塞嫔（Proserpine）、太阳神（Apollo）、锡西（Circe）、赫尔墨斯（Hermes）、瓦尔甘（Vulcan）、阿基里斯（Achilles）、俄耳浦斯和欧莉迪丝（Orpheus and Eurydice）、七星神（Pleiades）、皮拉和杜加里昂（Pyrrha and Deucalion）、爱情女神（Venus）、特尔斐神殿（Delphic Oracle）、农神（Saturn）、母神（Cybele），等等，其中有些故事他做过详尽描述，有些则是在诗中说及。

济慈还写了诸如《恩迪米庸》（*Endymion*, 1818）、《海波里庸》（*Hyperion*, 1818-1819）等以希腊神话为题材的长诗，使英国诗人重新认识到古典题材的重要性。在古典主义的 18 世纪，蒲伯诗派过于拘泥，使得希腊神话等古典题材毫无生气，令人厌倦不堪。因此，浪漫派诗人华兹华斯、柯勒律治、骚塞、拜伦及雪莱等人，一般都不采用这种古典素材写诗，这就在客观上把古希腊世界的美拒之于英诗门外了。济慈的伟大之处之一在于，他通过自己的创作实践，扭转了这种不利于英诗进一步发展的局面。在一定程度上，他造就了丁尼生及所有其他伟大的维多利亚诗人，影响了其后的所有英美作家。

济慈热爱他生活在其内的大千世界。他对这个世界的美妙总是怀着一颗爱心去仔细观察，以在自己的诗歌里再现其美，为世人带来快乐。这无疑是充溢在他的诗歌质地里的各种色泽和意象的源泉所在。有一次他在和朋友出游之后，给弟弟写下一封长信，描写一路上景色的美丽，心中的快活溢于言表。他在信中是这样描写所见到的瀑布的：

> 今天早晨六点钟我们起床。因为我们安排今天为休息日，要去拜访离这里只有两英里的华兹华斯。早餐前我们到阿姆布莱塞德去看了瀑布。早晨的景色很美，我们行走在群山之间毫不吃力。我可以说，幸亏我们没有找到捷径、转悠了一会儿，后来借着那水的喧闹声才找到了它。因为，你晓得，它埋没在树林之间，在峡谷的底

> 部。溪流本身是很有趣的，“整个笼罩在盘根错节的树阴之下”，弥尔顿指的是一条平静的河流——这条小河却一路上冲击着形状各异的岩石的河床——但我突然遇到的瀑布本身却给我一种愉快的刺痛。首先我们站在第一级瀑布的大约半腰处，深深地埋在树林之中，只见它向下分成两层倾泻而下到接近五十英尺的深度——然后我们来到一块岩石的突起处，和第一级瀑布的顶端在一个平面上，站在那上面可见第一级瀑布在我们的上方，第二级瀑布则在我们的脚下。同时我们看到溪水被有瀑布的岛屿分隔开来，在岛屿的另一面奔涌出壮观的水流，接着是雷鸣般的水声和清凉的水雾扑面而来。不同的瀑布有不同的特点，第一种瀑布像箭一样冲落到石板上；第二种瀑布像扇子一样向四周喷散；第三种瀑布网溅成雾水，岩石另一侧的瀑布是所有这些瀑布的混合。我们后来又挪了一个地方，见到几乎所有更和缓的、银子般地涌入树林的瀑布。最使我感到惊讶的是那氛围、色彩、石板、碎石、青苔和岩藻等。或许，这种奇观可以说是天造地设、鬼斧神工。山峦和瀑布的布局和大小等。人们在看到它们前会有充分的想象空间。不过这种瀑布的样子或鬼斧神工一定超乎任何想象。我要在这里学诗，因而比以往写得更多，因为抽象的想象可以增加一些从这些伟人的现实中得来的美。凭借极美好的灵魂，为了人们的同伴的兴趣把它们变成妙文。我和哈兹立特的看法不同，我并不认为这些景色使一个人显得渺小。我绝不会如此彻底地忘记我的身高——我生活在关注之中。我的想象则在休息，因为它已被超越。[91]

济慈是一个意志坚定的人。他生活在感觉中，而不是理性中，因而他的想象往往带给人以感官上的感受。他认为自己是为追求美而生的，他将这个追求作为他的短暂一生的主要事业。他希望成为诗神阿波罗。如果说他的同代人华兹华斯和雪莱是狂热的美的追求者，那么济慈在这方面的付出则是更多。他最终离开了“商店……石膏、药片和药膏盒”[92]，全力投入诗歌创作。济慈和一位激进的文人雷 •亨特结为好友。亨特当时是《考察者》（*The Examiner*）杂志的主编。他发现了济慈的天赋，欣赏他的才能，鼓励他出版，并出版了他的作品。济慈的第一部诗集《诗集》（*Poems*, 1817）就是题献给他的。这部诗集包括了济慈的《写给我的弟弟乔治》（“To

My Brother George”）、《快活的英国》（“Happy Is England”）、《啊，孤独啊！如果我必须和你同住》（“O Solitude! If I Must with Thee Dwell”）。他参加亨特组织的文学活动，受到保守的作家和评论家的恶毒攻击，尤其是《布莱克伍德》杂志发表文章对他进行人身攻击，对他年轻的身心伤害最大。济慈勇敢地面对痛苦、丑陋的环境和悲惨的生活。他的生命年轻而短暂，但他没有向困难屈服，更没有自暴自弃，放弃对美和美好生活的追求。

济慈创造了生活的奇迹。由于他的艰苦努力，他自学成才，在诗歌创作上取得非凡的成就。他对颜色和韵律都很敏感，有展现文字魅力的卓越才能。在他短暂的生命里，他有五年笔耕不辍，1819 年是他写出最佳作品的一年。他为后人留下了一宗丰富的、永远挖掘不尽的宝贵遗产。他的主要诗歌有：《恩迪米庸》——一首爱情长诗，尽管感情过于奔放，情节亦显雕琢之痕，但某些部分却能显示出杰出的美；《海波里庸》的片段；早期作品的代表——诗歌《无情的妖女》（“Lamia”，1820）、《无情的美女》（“La Belle Dame Sans Merci”, 1820）、《伊莎贝拉》（“Isabella”，1820）、《圣阿格妮斯节之夜》以及十四行诗《初读查普曼译荷马诗》(1816)、《蝈蝈和蛐蛐》（“On the Grasshopper and Cricket”，1816）、标志着他诗才早熟的《每当我害怕》（“When I Have Fears” ,1818）、《灿烂的星》（“Bright Star”，1819），以及颂诗《灵魂颂》（“Ode to Psyche”，1819）、《夜莺颂》（“Ode to a Nightingale”，1819）、《希腊古瓮颂》（“Ode on a Grecian Urn”，1819）、《懒散颂》（“Ode on Indolence”，1819）、《秋颂》（“Ode to Autumn”，1819）和《忧郁颂》（“Ode on Melancholy”，1819）。他发挥丰富想象而写出的《伊莎贝拉》和《圣阿格妮斯节之夜》，都是掷地有声的传世之作。济慈还写了不少书信，以及直接表达进步思想的十四行诗，如为好友雷·亨特出狱、为和平、为波兰爱国志士所写的诗，除表现出诗人在十四行诗写作上的造诣之外，还表达出他热爱进步、自由和正义的思想。济慈可聊以自慰的是，他在生前听到了赞扬的声音，包括《布莱克伍德》杂志也刊登了肯定他的诗作《无情的妖女》的文章。

19 世纪中期，对他的长篇介绍连同他的诗歌与书信集问世，他得到人们的姗姗来迟的承认。人们把他的书信及时收集到一起进行出版，这对扩张他的名气发挥了很大作用。现在，读者只需读他的诗歌和书信就能够欣赏到他的诗歌创作成就。[93]

济慈是一位有影响力的文学理论家。他的诗歌理论大都包含在他的书信里。这些包括他的关于“否定能力”（Negative Capability）的思想、诗人的身份以及他强调真与美一致的思想。

济慈是在1817年12月21日在写给弟弟的一封信里提出“否定能力”这个概念的。他说，

> 许多事物在我思想中相吻合，立刻使我想到，是什么品质造就了一个有成就的人，特别是在文学方面。莎士比亚如此多地拥有这种品质——**我指的是否定能力（Negative Capability），即是说，一个人能够做到在不确定、迷惑、怀疑的情况下不烦躁地去查事实与原因。**例如，柯勒律治会因不能满足于一知半解，而放过一个从最深奥的秘密之处捕捉到的精美的逼真事物。这一点，通过多卷进行阐述，或许也就能让我们懂得这么一点，**即对于一个伟大的诗人来说，美感胜过其他一切考虑，或置其他一切考虑于不顾。**[94]

“我指的是否定能力（Negative Capability），即是说，一个人能够做到在不确定、迷惑、怀疑的情况下不烦躁地去查事实与原因”：这句话很简约，所以时间过了近两个世纪，它所包含的著名概念依然是人们评论的焦点之一。人们仔细分析会发现，这句话的前一部分——“一个人能够做到在不确定、迷惑、怀疑的情况下”——是指诗人而言，说的是“主观”一面；后半部——“事实与原因”——指“客观”而言；中间部分——“不烦躁地去查”——指“主观”可能对“客观”所产生的作用。济慈主张，伟大的诗人要具备否定“主观”（即自我的感情）的能力，“主观”在任何情况下都不要去左右“客观”，不影响“客观”得到充分的表达。所以“Negative Capability”这个关键的英文词语似乎应当译为“否定能力”，其他译法，如“消极能力”等，怕有误解和误导之嫌。

济慈之所以提出“否定能力”概念，可能出于两点原因。第一，济慈在上面的信件里提出，“对于一个伟大的诗人来说，美感胜过其他一切考虑，或置其他一切考虑于不顾”。他认为，一首诗歌应当能够运用一种艺术形式表达主题，以给予读者美感，诗歌能够做到这一点就达到了目的，不用考虑诗歌之外的真与伪的问题。他在信中讲到一幅当时被认为很出色

的画，表示感慨说：

星期五晚上我是和韦斯特一起度过的，次日上午去看《灰色马上的死神》那张画。考虑到韦斯特的时代，那可是张很出色的画儿；但没有什么强烈动人之处，没有一个女人令人有想要狂吻她的欲望，没有一个面孔栩栩如生。每一种艺术妙就妙在它的感人强度，能够使所有不愉快的事从它们与美和真的密切联系中烟消云散。仔细研究一下《李尔王》，你会自始至终看到这种范例：但在这幅画儿中，我们感到的是不愉快，也未能引起我们深思，以排除这种不愉快。[95]

他认为，艺术的目的是创造动人心弦的美，愉悦人心，以消除生活中的不愉快。一个作品标榜为艺术却不美，就徒有其名，而无其实了。

第二，济慈很关心当时人们讨论的美学问题，这涉及“客观”诗人与“主观”（或“感伤”）诗人之间的区别。“客观”诗人的表达比较直接，不含个人感情，而“主观”（或“感伤”）诗人则遵照自己的兴味、信条和感情进行观察和表达。具备“否定能力”的诗人应属于“客观”诗人一类。济慈在1818年写给好友雷纳兹（John Hamilton Reynolds, 1796-1852）的信中说：

我们讨厌那种显然意在影响我们的诗，如果我们不同意，它似乎就要不屑地把手放在裤兜里。诗歌应是伟大而又不露圭角的，一种可以进入人的灵魂的东西，以它的主题而不以它本身使灵魂感到惊诧。甘于寂寞的花是多么美啊！如果它们拥塞在道路上，高喊“赞美我吧，我是紫罗兰！喜爱我吧，我是樱草花！”那还会有什么美呢?现代诗歌和英国女王伊丽莎白时代的诗歌的区别就在于此。每个现代人都像汉诺威的诸侯一样来统治他的小国，并且知道在他的治下，每天有多少根稻草从公路上被清除掉，而且还总是想过问一下家庭主妇们的事，看看她们是否把她们的铜器都擦得锃亮。古代诗人是拥有广大行省的皇帝，他们只是听说过遥远的省份的情况，但并不想去视察它们。[96]

“那种显然意在影响我们”的诗作，是指诗人在作品里明确地要把自己的观念强加给读者的诗作。这样的诗作突出了诗人本人，而不是以创造美为主要目的。这就是说，诗人要以自己诗作的主题感人，而自己却要甘于寂寞，而不是张扬、急切地把自己推向前台，像自我标榜的紫罗兰及樱草花，或汉诺威的诸侯们那样。

从英语的词根来分析“否定能力”这个词语，含义也很清楚。“能力”英文字（capability）的词根是拉丁文的“capax”，本意是“容纳量”，“容纳”就要“限制在其内”、“控制在其内”。一个容器的容量以其“内部空间”进行计算。“空”者，“无有”之意，空间如无其空，则不能装物。用我们中国话说，济慈的“否定能力”也可能有“虚怀若谷”、“深藏若虚”的心态。这可能是诗人所说的“诗歌应是伟大而又不露主角的”的基本内涵。

这样一来，人们会发现，所谓“其他一切考虑”也包括诗人自己所感到的“不确定、迷惑、怀疑”等感情在内。这些个人感受不应左右美感的创造，诗作的个人色彩愈淡愈好。诗人要能够不计自身的感受，要能够否定自我，这种能力可能就是诗人所说的“否定能力”的基本内涵。

在诗歌创作过程中，诗人作为“主体”应当尽量少介入，尽量从作品里把自己隐退，让诗歌本身的美学价值表现自己。这样做可以保持作家和作品的距离（或曰美学距离），给作家和读者都保留一块想象的余地、自由的“净土”。在客观上，这个概念通过减弱诗人的主体，强调了诗歌的抽象的、纯美的品性。这有益于作家的创作和读者的参与。这是济慈的“诗人主题观”。

济慈的这一艺术观对后来的奥斯卡·王尔德（Oscar Wilde, 1854-1900）的唯美主义和T.S.艾略特（T.S. Eliot, 1888-1965）的“非个人化”理论产生了深远影响。王尔德在1890年7月9日写给《苏格兰观察家》编辑的一封信中写道，“济慈是自希腊时代以来世界文学史上最伟大的作家之一……作家总是与他要表达的话题保持一定的距离。一旦他创作了一件艺术作品，他就要对之深思熟虑。他离自己要表达的话题越远，他就越能更自由地工作。”他对济慈理论的解释是正确的。[97]

济慈关于本体或“本体灵魂”的观点强调，在培养个人思想、使之成为灵魂的过程中，困苦生活是重要的条件。人的思想必须感受和经历各种苦痛，学会把自己的本体感视作自己存在的基本条件。这就是济慈所说的“制造精神”或“塑造灵魂”。济慈经过了这个艰难阶段，获得了强烈的自我感。虽然他在人生的不同阶段也曾摇摆不定，但却相信自己将会在身后留下不朽的作品，赢得声誉。[98]

济慈追求美。他爱“万物皆美的原则”，始终坚信在某个地方一定存在一个比现实社会更真更美的世界，他的任务就是寻找和创造这样的世界。他相信想象的生活，相信现实生活中存在着美的时刻。但作为一个成熟的艺术家，他也逐渐认识到，变化中的生活与艺术及其永恒的美两者都同样是重要的。他的诗歌质地精美，具有美妙的形象、韵律与措辞。他是一位纯诗人，美是他一生唯一的追求，但他从不是一些人所以为的唯美主义者，从不受理论和教条的约束。他对待生活的态度是严肃的，从不为艺术而艺术。

济慈最关心三件事情：“诗歌、名声和美”。第一件——诗歌，他写了很多；第二件——名声，他赢得了名誉；第三件——美，他通过自己切身而深入的艺术和生活体验，最后找到了美。他在《希腊古瓮颂》中简要地表达了“真即是美，美即是真”的概念。他相信，真实的生活和艺术中的永恒美一样，都是美好的、必要的。

济慈和当时文学界的人们有不少往来。他与雪莱的交往就是一个醒目的例子。他认为雪莱是好友。雪莱和玛丽结婚后到白金汉郡的马罗市居住，认识了雷·亨特，在他的圈子里见到了济慈，后来又通过信件来往。后来济慈要去欧洲大陆，雪莱邀请他去他家，济慈怕太麻烦，冬天对他也不利，于是谢绝了。雪莱一直在焦急地等着他的到来。他在给朋友的信里说，他热切盼济慈来，他好对他尽心尽力。他认为济慈的生命最宝贵，他对他的安全最关心。他想做济慈身心的医生，让济慈的心灵得到温暖，教他希腊文和西班牙文。他说，他知道自己在滋补一个将远远超过自己的对手，但这更增加了他这么做的快乐。雪莱对济慈评价很高。他是济慈最早的支持者，他在对《海波里庸》的评价里，称济慈是最有前途的时代的佼佼者。雪莱在海上遇难后，人们在他口袋里发现了济慈的一部诗集。

济慈和当时文学界的联系，人们可从他1818年2月写的一封书信里略见端倪：“我经常听哈兹立特的演讲。他的上次演讲是关于格雷、柯林斯、扬格等人的，他对斯威夫特（Jonathan Swift, 1667-1745）、伏尔泰（Voltaire, 1694-1778）和拉伯雷（Francois Rablais, 1494-1553）区以别之地作了批评，演讲非常精彩。但他对杰脱顿（Thomas Chatterton, 1752-1770）的处理让我感到非常失望。在那里我常常遇到我认识的人。拜伦的

第四章就要出版了。我在什么地方听说沃尔特·司各特有一首新诗已写好。我很遗憾华兹华斯因他的自负、虚荣和偏执在城里所到之处给人留下了一个不好的印象。然而他是一个伟大的诗人，如果不是一个哲人的话。我还没有读雪莱的诗。我猜想你还没有在廷茅斯的图书馆找到它。”[99]

济慈对华兹华斯非常佩服。他从华兹华斯的诗歌里学到许多诗歌创作的道理与实践经验。这一点在他的书信里表达得很清楚。[100]

《夜莺颂》

《夜莺颂》是济慈的杰作。这首颂诗是诗人情感起伏跌宕、备受煎熬时所作的。在一定意义上说，这首诗反映出诗人在经受过他生活中所有痛苦经历后的感受。诗人在短暂一生里经历了无数灾难和打击，包括母亲的过世，弟弟汤姆几个月前刚刚去世，另一个弟弟和家人已经移民去美国，他在学徒期间所见到的病痛和死亡，他自己在爱情和疾病方面所经受的身心痛苦——他深爱着恋人，但却不得不因日益恶化的肺结核而离开伦敦到意大利去求医，他在文学创作上所受到的刺激等。所有这些因素使得这首诗充满了细腻、复杂的感情。

《夜莺颂》写于 1819 年 5 月，那时济慈正住在伦敦的罕姆斯戴德一个朋友的家里。当时有一只夜莺在附近筑巢。夜莺是欧洲的一种鸣鸟，歌声婉转优美，尤其是在月光流泄、清风习习的夜色里，那歌声千回百转，更显得悠扬悦耳，动人心弦。这只夜莺夜来啼鸣不止，柔美的歌声吸引了病痛中的年轻诗人，暂时安抚了他的一颗饱受生活创伤的年轻的心。次晨，他在李子树下的草地上静静地坐了两三个小时，得诗一首，这就是著名的《夜莺颂》。[101]显然，济慈听到夜莺的美妙歌声，心神便被带到一个奇妙壮观的理想境界中去。他哀叹美的短暂与人生的苦痛，向往永恒的幻想世界里的理想美。他把夜莺看作这种富有诗意的理想世界的象征。济慈从个人的体验出发，表达了个人的感受，也在客观上表达出对人类悲惨命运的理解和同情。诗人希望逃离现实，在诗与酒的理想世界中得到解脱。这首诗的措辞、形象和韵律都表现出诗人丰富的浪漫主义想象力和卓尔不群的诗才。它让人读后滋生一种伤感，好像诗人已觉察到自己将不久于人世。其实，诗人此时还是雄心勃勃的，他还有不少写作计划要完成。诗人似乎尚未想到死。

这首颂诗共含 8 诗节，每诗节里有 10 诗行。第 1 诗节表达出诗人听到夜莺歌唱后所产生的悲喜交加的复杂心情。诗人的心在疼，感官在受到麻木的折磨，但夜莺的幸福给诗人以深深的感染，它欢快的歌声深深吸引了诗人。第 2 诗节表达出诗人欲使自己沉迷于美酒、和夜莺一起逃入幽暗森林去的愿望（第 20 诗行）。第 3 诗节继续谈到“解脱”这一念头，表达出诗人面对悲伤的世界而感到无限悲痛的心情：

远远隐没、消融，并从此忘掉
你在林中从未经历的事情，
忘掉这疲惫、病热、心头的焦躁，
在这里人们坐听彼此的呻吟；
青年们日渐苍白、消瘦、死亡，
瘫痪者摇着最后几根白发；
这里想一想就会满怀伤悲
和两眼昏暗的绝望。
这里美不能保持明眸的光华，
新生的爱情不到明天就枯萎。（第 3 诗节）[102]

这些内容明显是指诗人弟弟的去世、他自己的疾病以及众多处于相似境遇的人的命运。在第 4 诗节里，诗人表示，饮酒并不能使诗人解脱，只有诗歌才能帮助他达到这一目的：

去吧！去吧！我将向你飞翔，
不是乘坐酒神和文豹的飞车，
而是张开诗歌的无形的翅膀，
尽管这头脑已感迟钝困惑。[103]

诗人暗示，他希望永远活在诗歌所描绘的景象中，让自己的想象脱离这个“无光穿透”而只有“浓郁的幽黯和长满青苔的曲径”的世界，在夜色温柔的长空里自由翱翔、驰骋：

终于和你在一起！看夜色温柔，
月后已经登上她的飞船，
身旁围绕着侍候她的星群。[104]

“夜色温柔”（第35诗行）一语后来被20世纪美国著名作家司格特·菲茨杰拉德（F. Scott Fitzgerald, 1896-1940）用作一部小说的名字。在第5诗节，诗人想象着自己陶醉于夜莺的世界里，在那里，在迷人的夜幕笼罩下，到处是鲜花和林中草木的馨香。在第6诗节中，诗人表达出死的愿望：他在黑暗中聚精会神地听着，有许多次他几乎迷恋上安逸的死，在许多诗歌中他亲切地呼唤着它的名字，请它把他的呼吸带到空中去。他觉得现在如果死去，时间最为适宜，身边有夜莺吐露心灵、满怀欣喜的歌声，而自己却在毫无痛苦的情况下不知不觉地消失在夜空中。第7诗节说到夜莺的歌声是永恒的，暗喻诗歌的永垂不朽，也有诗人自信自己的诗歌会驻足于青史之意：

永生的鸟啊，你生来不是为死亡！
饥饿的世世代代也无法将你践踩；
我在今夜听到的歌声，帝王
和小丑也曾听过，在遥远的古代；
也许，正是这首同样的乐曲，
也曾萦绕在露丝的思乡之心，
当她含泪伫立在异邦的田地；
常常，也是这乐曲
迷魔了被遗弃的仙境里
向险恶大海敞开的神奇窗扉。

其中有一些诗行很著名，比如“常常，也是这乐曲/ 迷魔了被遗弃的仙境里/ 向险恶大海敞开的神奇窗扉”（第68～70诗行）。这几句借鉴了欧洲的一个古代传说：一位公主被监禁在魔力控制的城堡里，等待虔诚而勇敢的骑士前来搭救。这个传说和《圣经》里露丝的故事出现在这里，似也表达出诗人在困境里希望得到援救的心愿。最后一诗节说到，晨钟响了，夜莺的歌声已经逐渐逝去，诗人又回到现实，发现想象力（指诗歌的无形的翅膀）只能暂时缓解伤痛，但却无法治愈。他于是感到失落和沮丧，以至于不清楚自己是在幻觉里，还是在白日梦中，是醒着，还是在睡着。

《希腊古瓮颂》

在另一篇颂诗《希腊古瓮颂》里，诗人表达了同样的解脱和超越思想。这篇作品与其他颂诗如《灵魂颂》、《懒散颂》、《忧郁颂》和《夜莺颂》一样，表现出诗人的成熟和自信，表明他已经具有为自己、为人类抒发情感的属于个人的声音。《希腊古瓮颂》的深刻思想唤起一代又一代思想敏感者的想象的共鸣，因而堪称一篇最受欢迎的颂诗。他表现出诗人看到古瓮时肆意驰骋的想象：他将古瓮看作生命永恒快乐的标志、艺术和想象及其永恒化功能的标志；但他也意识到瓮上刻画的美是借助想象才再现出的现实，现实和艺术都是美好的。

《希腊古瓮颂》包含 5 个诗节，每节 10 诗行。第 1 诗节讲到古瓮上刻有图例和人物。上面的场景和人物描绘了很久以前在一个希腊峡谷中人们的生活。引起诗人注意的是一位青年，他疯狂追求一个少女，而这个少女正竭力摆脱他。所有的故事都发生在风笛无声的乐曲里。那个女孩在当时的现实中可能很聒噪、敏捷，但画面中的她是安静的、沉默的、静止的。

第 2 诗节开始时描述诗人听到“无声的乐曲”时的欣喜，并进一步表达了他看到“青年站在树下，那些树永远都是那么枝繁叶茂，虽然女孩一直在视线范围内，他却追赶不到这个‘目标’，无法亲吻她，两个人永远都处在恋爱中”时的喜悦：

> 树下的美少年啊，你的吹奏永不能休歇，
> 这些树也永不会凋谢。
> 大胆的爱慕者，你永达不到你的目的，
> 虽然你俩的嘴唇马上相接，——但也不必忧愁；
> 她不会憔悴；虽然你得不到你的幸福，
> 但你将永远爱慕，而她也将美貌长留。（第 2 诗节）

第 3 诗节又强化了上一诗节中的形象：四季常青的枝叶，新曲不断的吹乐人，永远充满渴望、永远年轻的恋人和人们永不消退的热情。前三诗节揭示艺术具有使生活和快乐永恒存在的魔力。

第 4 诗节似乎介绍了另一种艺术思想。在这一诗节中，诗人看到的是一个宗教队伍，有牧师，还有祭祀用的羔羊，他们一同走向绿色的祭坛。诗人想象到一个小城及人群后面山上的城堡，这座废弃的城堡显得孤寂而

空荡。诗人于是想到：艺术可以使孤寂永恒，可以阻止圆满。青年与女孩的爱没有圆满的结局；牧师和队伍永远也不能到达祭坛，所以祭祀仪式永远不能进行；小城和城堡再也不会人声鼎沸了。所以，诗人同时看到了艺术的永恒性、局限性和神秘性。

最后一诗节记录诗人灵光乍现，猛然意识到艺术与生活之间的关系的实质：二者乃是彼此相连的，艺术中的美是田园诗画：它美丽但缺乏生机，需要真切存在的现实生活来充实、弥补，所以"真"（即现实生活）和"美"（即艺术）同样美好。因而艺术与生活两个世界在彼此依赖中表现其价值。艺术的永恒与飘忽不定但圆满的现实二者乃是一致的。如果我们通过古瓮这样的艺术作品能理解到事物的这一性质，那么无需他物就会体会到幸福。从这个意义上说，艺术是"人类的朋友"。

《希腊古瓮颂》给人的第一印象是，经过艺术表现的生活是永恒的。比如济慈在这只希腊古瓮上看到的浮雕，这些画面所表现的酒神祭司及信徒的狂欢景象，年轻的情人你追我逐、气喘吁吁的情状，在春光明媚的树阴下安闲自得的吹笛手，以及村人去神殿献祭时的静穆气氛等，都是古瓮的制作者从古代希腊的生活里摘取来的。济慈的艺术家目光从这些画面里，望见一个碧空如洗、风和日暖的古希腊世界，在这里，伴随着优雅的笛声、美妙的曲调，绿阴下的美少年在竭力去吻美少女的脸，春天繁茂的枝叶永远不会凋落，火炽般的爱情永远不会冷漠，狂欢永远不会停止，人们的虔诚永远不会减弱，等等。于是，他洞见到远古生活的状貌。艺术美把生活永恒化。

《希腊古瓮颂》给人的另外一个印象是，艺术作品（包括文学作品和诗歌作品）里表现出的生活美妙绝伦，给人以美的享受，让人感到永恒的逼真和存在。人们需要艺术美：

> 听到的曲调固然优美，而那些听不到的
> 更令人心醉；由此，吹下去吧，轻柔的箫笛！
> 不是针对听觉，而是更加甜蜜
> 向心灵吹出那无声之乐。（第 2 诗节）[106]

> 啊，雅典的造型，爽朗的风姿！
> 缀饰着石雕的男男女女，

还有树枝和足下的草丛；
你，静穆的模式，像“永生”那般
使我们超脱俗念。（第5诗节）

但这种美是静止不变、缺乏生气的。狂欢是没有声响的狂欢，年轻人的气喘吁吁是没有声音的气喘吁吁，春光永远明媚，天空永远碧空如洗，小村镇永远空空如也。所以只有永恒美是不够的。归根结底，它只是对人生的一种补充而已。它是人生的影子，没有活生生的人生就不可能有它存在。它不是，也不能代替人生本身。艺术美和活生生的人生二者缺一不可：

冷静的田舍之风！
等耄耋之年把这一代人消磨净，
你将在我们不曾经受的别种悲哀中，
作为人们的朋友对他们说：
“美即真，真即美”——（第5诗节）。[107]

“真”（truth）字容易引起误解。读者常常把它视为“真理”。在《希腊古瓮颂》的末尾，这个“真”字的含义是“真实的生活”、“现实生活”。“美即真，真即美”这一句的意思是，艺术和生活必须相辅相成。诗作的最后两行——“这可以盖尽/ 你在世上知道和需要知道的一切事情”——旨在强调，对于完美的人生来说，二者缺一不可；一个人明白了这个道理，就洞察到了人生的真谛。

《希腊古瓮颂》强调艺术想象对于生活的仰赖。这是对“美即真，真即美”的注脚。一只希腊古瓮，无论多么美妙，也不过是一只古瓮而已，它不会引起常人过多的注意。但是艺术家不是常人。济慈不是常人。他看到的不仅是一只古瓮，他面对的是一个艺术家：“你，保持贞节的‘宁静’的新娘，/ 你，‘沉寂’和‘漫长岁月’的养子”，“你，村野的史臣”。他的想象于是就沿着时间的轨道，穿越几千年的空间，飞回到接近人类文化原始时代的古希腊去。他即刻成为古希腊的做瓮艺术家，成为古代生活的记录者。他感觉到，他的先辈艺术家之所以“能将花团锦簇的故事/ 表达得比我们的诗歌更使人迷恋”，是因为他的想象受到生活的启迪：

是什么有关坦陂或阿卡迪山间
的神或人、或半神半人的林野传奇
在缠附着你的形体？
是什么人？什么神？什么姑娘裹足不前？
怎样的狂热追逐？怎样的挣扎逃避？
什么样的箫鼓？怎样的狂喜（第1诗节）。

《希腊古瓮颂》也体现出济慈的“强调诗歌价值、降低诗人曝光度”的艺术观。人们阅读《希腊古瓮颂》，诗人的影子似无似有，若隐若现。这和阅读华兹华斯或柯勒律治的《丁登寺赋》或《忧郁颂》的感觉很不相同。在华兹华斯或柯勒律治的诗作里，诗人的主体毕露无遗，但在《希腊古瓮颂》里，诗人至多也就是有个影子在诗行间或诗行后晃动，但不露真相和本尊。

《希腊古瓮颂》的写作技巧值得人们好好欣赏。它的一个突出特点是诗文与画面的交融。这首诗实际由多幅画面组成。诗人向读者展示出一幅幅精美的图画。每个事件都以画面的直观方式表现出来。诗文的描述之真和画面显示之美，两者互相映衬，达到真美合一，浑然一体，即诗作末尾所说的“美即真，真即美”。读者在阅读过程中又读诗又观画，一方面享受诗句流淌的听觉之美，一方面观赏形体和场景的绝妙画笔的视觉之美，实是赏心悦目，收到一石二鸟的美妙效果。另外，在语言运用上，《希腊古瓮颂》让人感受到一种协调与柔和美。济慈的语言在这里不过分拘泥于形式，诗人注意到语言美和形式美，使语言能明确无误地表达出内容。由于语言运用得恰如其分，它要表现的美也传达得淋漓尽致。《希腊古瓮颂》就像容纳了语言和内容二美为一体的一只瓮。

《秋颂》

《秋颂》是济慈颂诗中的另一名篇，也是他的最后一篇。秋收之后，诗人在温暖的田间散步，之后创作了这首诗。秋季的美景，新鲜的空气，和煦的天气，深蓝的天空，以及和春天冰冷绿色形成对比的秋季的暖和色泽，深深吸引了诗人。他用自己的文字将这斑驳的颜色、美妙的音乐和美好的景观绘成一幅充满温暖的图画。这首诗的主题是秋的充裕。诗人没有直接抒发自己的反应和情感，而是通过T.S.艾略特所说的“客观对应物”，着力表现自己的主观感受。这些“客观对应物”就是诗人精心选择、巧妙并列或重叠、熟练地连结在一起的一系列景物。因而，这首诗能够激励读者的各种感官，让他们可以看到、听到、感觉到，甚至品味到其中的意境。另外，诗歌还暗含着一幅从早晨到傍晚的动态画，它暗示人生不同阶段由此及彼的过渡——生长、成熟和死亡。诗歌的语气反映出诗人对秋季的自然反应：先认识，再欣赏，最后沉思。这反映出诗人对变幻着的人生的理解。

《秋颂》共有3诗节。开篇（第1诗节）描写秋天的景物，直接点明诗的主题思想——秋天是“充满迷雾和成熟果实的季节”，太阳是万物生命之源，秋天是太阳“最亲密的朋友”（第2诗行）。接下来描绘的可见、可闻、可触的种种形象，突出展现秋天令人感到温暖与陶醉的一片丰收景象。迷雾使读者联想到秋日的早晨，葡萄藤蔓、苹果、膨胀的葫芦、褐色的果壳、待放的花朵和黏糊糊的巢中的蜜蜂等形象，都强调了秋天所展示的成长与勃勃生机。

第2诗节描写秋景中的人，即在劳作着的人。他们或悠闲自得，无忧无虑地坐在粮仓的地上，或在田间劳作，或停下小憩片刻，或捡起丢下的麦穗，跨过小溪回家，或耐心地等待渣汁机榨出果汁。对劳动人民劳作情况的描写表现出收获季节的丰硕给人们带来的喜悦。闲坐、小憩、过河——这些告诉读者，人们正处于秋天劳作和收割工作日的中午，晌午到了，劳作暂停，稍事休息，以备再战；这点明了第2诗节所描写的时间。

最后一诗节（第3诗节）从前面两诗节的写景与写人转到写声音。它描写秋景大合唱里的各种声响。在这一诗节的开始，诗人劝告读者不要为消逝着的春天的歌声而感到遗憾，因为秋天有其独特的音乐，在这里的合唱里，人们可以听到收割后的田地里秋虫的歌唱、羔羊的咩咩、蛐蛐的鸣叫、知更鸟柔和的高音呼哨，以及傍晚归来的燕子的啁啾。这是一曲美妙的秋日交响乐。读者也会清楚，这些都是秋日傍晚的声音，它也意味着一天的结束，日末即将到来。诗里所用词语，如“逝去”、“痛苦”、“哀悼”、“降下”等，以及秋虫、羔羊、蟋蟀、知更鸟和燕子合奏出的令人伤心的交响乐，这些使读者仿佛敏锐察觉到，美是短暂的，“一切宝贵的东西都不会常驻”，这叫人伤感，但并不沮丧，因为整首诗的字里行间都洋溢着兴高采烈的情绪。给人印象尤为深刻的是知更鸟的柔和呼哨和燕子在空中盘旋、准备降下的姿态，它暗示出一种面对无法避免的命运所表现出的听从天命、平静地维护尊严的态度。这不由得让人想起美国诗人华莱士·史蒂文森《星期天早晨》（“Sunday Morning”）一诗的结尾所做的感人描写。

这个名篇是象征性作品的典范。它的内涵是多层次的。首先，从现实生活的角度看，《秋颂》通过写金秋的一天描写秋季的一般状貌。秋天清晨醒来，人们会看到薄雾弥漫，在雾气中丰硕的果实隐约展现，给人一种丰满、富饶、瓜熟蒂落的美感。午间烈日炎炎，人们用过午餐，在粮仓或田间小憩，给人一种意犹未尽的感觉。傍晚结束一天的劳作，人畜走上回家的路。飞蛾扑面，蟋蟀长鸣，燕子归窝，黑暗即将降临。这是写景。

其次，《秋颂》也可是对人生的比喻。人生一般分作三个阶段：青年、中年及老年。《秋颂》的三个诗节和人生的这几个阶段恰相吻合。第1节写早晨，旭日东升，生机勃勃。第2节写中午，烈日当空，成熟但也已显出疲乏。第3节写傍晚，落日余晖，人、物回归，黑夜与长眠即将开始，比喻人生即将结束。这是写人生。

另外，《秋颂》也可能是诗人的自况。他可能在通过比喻描写自己的人生。这首诗歌流露出对快乐、圆满生活的欣赏与贪恋，以及面对死亡时心里难过但坦然面对和接受的心情。诗人在以动人的冷静面临生活的循环往复。诗作的感情强度让人感到，诗人可能在下意识地把自己的内心感慨寄寓在诗作的字里行间。尽管人们可以大胆地设想，诗人当时仍然满腔抱负，心怀着不少待做的计划和项目，但他也可能想到了他即将告别面前这个他一直这么热情讴歌的他的短暂而又丰富的人生。这首颂诗不同于他的十四行诗《灿烂的星！我还能像你一样闪烁吗？》，因为后者表达出诗人对即将到来的死亡的强烈意识。《秋颂》则不然。它是在写诗人自己的感受。

《圣阿格妮斯节之夜》

此诗是济慈最精妙的作品之一。它以一段中世纪的传说为素材，即如果哪位少女在圣阿格妮斯节之夜认真遵从圣阿格妮斯仪式，沐浴、祈祷、不进晚餐便就寝，她将会在梦中遇到恋人（第6诗节）。在诗作的开始，一位为施主家代祷的老僧正去教堂祷告（第1～3诗节）。此时在美丽少女梅达琳娜父亲的房间里，聚会的人们正在尽兴狂欢（第4诗节）。在这个寒冷的圣阿格妮斯节之夜，梅达琳娜正做好准备，迎接这个美梦，她对父亲房间里的一切狂欢活动丝毫不感兴趣（第7～8诗节）。这时一个青年出现，他躲藏在人群中，他是薄菲罗，少女家族的宿敌的儿子。在少女家人里面唯一对薄菲罗表示友好的年迈仆人安吉拉，这时主动走过来替青年遮掩（第9诗节）。薄菲罗苦苦哀求老妪安吉拉让他看一眼梅达琳娜。安吉拉被他的诚恳打动，便答应了他，把他藏在梅达琳娜的大柜里（第10～20诗节）。当薄菲罗看到艳丽的梅达琳娜时，他差点昏厥过去：

> 澹澹寒月此刻映满这扇彩窗，
> 在她酥胸之上投下缕缕绯红；
> 当那玉臂闭拢向空祷祝之际，
> 玫瑰花瓣纷纷落在她的手边。
> 她那银十字架幻成浅淡紫晶，
> 她那发鬓，光轮熠耀，俨若圣人：
> 甚至更像一位盛装仙女，只待
> 一双羽翼便将遐升：——她竟这般
> 纯洁无瑕，见到此景，青年不禁厥倒。（第25诗节）[108]

梅达琳娜做完祷告后渐渐沉入梦乡，薄菲罗仔细观看自己的最爱（第26～32诗节）。他从衣柜走出，取过她的弦琴，奏出动人肺腑的古调，梅达琳娜睁开双眼，薄菲罗惊得跪下，他凝视着她，不敢妄动（第33～34诗节）。梅达琳娜清醒后哀求他不要离开，快快救她出去，要不然他也会遭殃，她将永远难见天日。而在这时，危险正在悄悄逼近，天色已经很晚，月亮也隐藏了她的颜面，暴风雨开始抽打房子（第35～36诗节）。薄菲罗和梅达琳娜决定趁这个寒冬的拂晓逃走（第37～41诗节）。那一夜，伯爵一家和客人们都不得安宁，做了许多恶梦，众位鬼神也趁机出来作祟。安吉拉本已年迈，这时旧病复发，在睡梦中死去；那位为施主家代祷的老僧在诵经千遍之后，也在冷灰之侧孑然长眠（第42诗节）。

《圣阿格妮斯节之夜》歌颂充满情感的时刻和诗人的想象。诗人极力捕捉情感的天然发溢，反映出人的全部感情色谱，包括喜悦和悲伤以及位于两者之间的各种情调。诗歌以中世纪为背景，所以读来觉得显怪异、新鲜、充满神奇。虽然作品以一位处女殉葬者命名，但故事里的恋人却抛开传统，为爱私奔。这种对比揭示出两种互补共存的人类特性：理智与激情。它们彼此依赖，使生活逼真、实在。祈祷者充满虔诚，但丧失了激情，忽略了生活感性的一面。但这对恋人截然不同。在薄菲罗看来，梅达琳娜美若天仙，美得让他敬畏，所以他看到她时几乎停止呼吸；而梅达琳娜既虔诚又感性，热爱周围世界的一切。正如诗歌所说的，理想世界就是人们可以自由拥有一切感情的地方。年轻的恋人正是逃到这样的世界、这个神圣庇护地来，以过上幸福生活。而那个家庭的其他人的痛苦则证明生活不可能永远是那么光明，诗人很可能想到了自己即将到来的悲惨结局。诗歌在形式上采用斯宾塞诗节，尽管有时使用古体，但读来却像日常讲话。

《圣阿格妮斯节之夜》最突出的一点是它的诗如画一般的"美"，它可以说是英诗里画面最秀丽的诗作。每一诗节几乎都是一幅或几幅画面，宛如艺术馆的画廊，清楚地展现在人们的脑际。这是诗人竭尽全力所要取得的艺术效果。首先，它的情节美：这是一个美丽的传说，讲的是一对彼此怀着纯真爱情的男女青年为爱情而斗争的感人故事。再者是它的肖像美：老僧憔悴的可怜，老妪同情的可爱，男女青年之间的私下相会的场面让人体会到人的美好感情的感人强度。当然，通篇词藻华美妍丽，给读者带来无穷的艺术享受。

《恩迪米庸》

长诗《恩迪米庸》讲希腊神话里牧羊人恩迪米庸的故事。根据神话故事，恩迪米庸在小亚细亚拉特莫斯山上牧羊，无忧无虑，生活恬静。一天晚上，月神阿特米斯在天上乘车路过，偶然看到这个酣睡的俊美青年，顿时心有所动，遂降到下界狂吻他的面颊一下。恩迪米庸在迷蒙中睁开眼睛，立刻迷恋上眼前这位倏忽即逝的美女的幻象。他认为自己做了一个美梦。月神每夜来访，有时不免失职，主神宙斯盛怒之下把恩迪米庸招来，让他在死亡和永葆年轻的睡梦两者之间做出选择。牧羊人选择了后者。于是他长眠在拉特莫斯山上，依然年轻、俊美，月神每夜都悲痛地下凡来吻他。

济慈的《恩迪米庸》对原故事做了些变更。根据此诗，月神爱上恩迪米庸，几次诱引都未得手，最后她通过云的幻象把他带往永生。济慈在诗作里还加入维纳斯与阿多尼斯、格劳克斯与西拉以及阿瑞修莎等传说。[109]故事的主旨讲诗人在寻求理想与完美时受到人间美的搅扰。诗歌出版后受到《布莱克伍德》杂志和《评论季刊》的猛烈攻击。这些评论者后来在雪莱纪念济慈的挽诗《阿多尼伊斯》里受到了严厉的针砭和诅咒。[110]

这首长诗是济慈题献给18世纪诗人托马斯·杰脱顿的，济慈称他为"莎士比亚以外英国味最浓的诗人"。诗人在《前言》里说，"我自己了解这首诗的写作方式，所以把它公诸于世不是没有遗憾之感的。我说方式，读者将会很清楚，他们一定很快就看出在热情有余而成事不足的努力中所存在的极无经验、幼稚及所有的错误。前两章，其实也包括后两章，我觉得拿去出版还不够完善；而且我想再有一年的批评也于事无补；——不会有益：基础太松散。只是因为这个年轻人（指恩迪米庸——笔者）要死：如果在这个想法逐渐消逝时，我却无望设计并使自己能够写出适于永恒的诗歌来，我会感到悲哀的。”

《前言》接着说，“这样说可能太放肆了，应当受到惩罚；但是不会有富有感情的人出来罚我；他会饶过我，因为他相信一个大目标的失败是最残酷的地狱。这样写当然没有一点先发制人、挡住批评的意思，而意在取悦于那些有能力并真以热切目光关心英国文学的荣誉的人们。一个孩子的想象是健康的，一个人的成熟的想象是健康的，但在中间存在一段生活空间，灵魂这时处于激动状态，性格尚未定型，生活方向尚不确定，雄心尚且盲目，因此会产生病态情感以及所有这些我提到的人在阅读后面文字时一定会尝到的千种苦涩滋味。我希望我为时不晚地写到了希腊神话的美妙，没有使之黯然失色，因为我希望将再试写一次，之后再向它告别。”

在《恩迪米庸》的开首，诗人似发感慨地说：

> 美的事物给人以永恒的快慰：
> 它的美丽在增加；它永不会
> 消逝得无影无踪；而是依然为
> 我们保持一个静穆的安身处、充溢
> 美梦的安眠、健康和均匀的呼吸。（第 1 诗章第 1～5 诗行，笔者译）

第 1 诗行——“美的事物给人以永恒的快慰”——业已成为世界名言。这一章里还有一个著名的诗段，即《大潘颂》（“Hymn to Pan”，第 232～306 诗行），彰显和歌颂希腊神话里的一个人物——大潘——的品行、特征及行动。诗人依据古典文化辞典和评论界的信息，将大潘人格化，使之象征普遍人性。[111]

第 4 章里有一首歌曲，即《印度女曲》（“Song of the Indian Maid”），人们说到它时常习惯以其副歌式的开首为题——《啊，悲伤！》（“O

Sorrow”)。这首歌曲共有145诗行，每诗节包括两个押韵元音，内容感人，声韵凄婉，给人一种美的享受：

来吧，悲伤，
甜蜜的悲伤！
我把你当自己的婴儿抚养：
我想离开你，
欺骗你，
但现在世界上我最爱你。

没有一个，
没有，没有，没有一个，
除你以外，会安慰一个可怜的孤女；
你是她的妈咪，
她的兄弟，
她的玩伴，她的追求者，在树阴里。（第 134~145 诗行，笔者译）

《海波里庸》

《海波里庸》是济慈的另一首长诗。他创作这首史诗经过了一个过程。1818 年末，济慈以弥尔顿的《失乐园》为模本，开始创作史诗《海波里庸》。海波里庸的故事取自希腊神话，讲述塞特恩（Saturn）及其老一代泰坦诸神被以宙斯为首的新一代神灵取代的故事。这个片断只包括 3 诗章，主要写的是阿波罗的成长以及他取代海波里庸成为太阳神的变化过程。

在第1诗章，塞特恩垮台后，一蹶不振，处于深度睡眠里。他的妻子前来，觉得无法安慰他，只好让他“继续睡吧”。她坐在他的脚下哭泣。周围一片寂静，充满痛苦和悲伤。塞特恩不明白，是谁摘走了他的王冠，是谁具有这般威力，推翻他这个曾经左右命运的人。他让妻子去找这个人。之后他明白了进程的意义：有辉煌的胜利，也有被推翻的神仙，美的事物将会以新面貌出现。

在《海波里庸》的原稿第3诗章里，阿波罗现身。他依然年轻，但命定会替代海波里庸成为太阳神。他对宇宙及其进程一无所知，但他知道自己的缺陷，渴望得到知识。他突然从记忆女神（各位缪斯及艺术的母亲）的脸上看出泰坦将败北的信息，立刻懂得了一个令人心醉但极痛苦的事实，即生活是一个过程，过程意味着变化和痛苦，创造性的过程将牵涉到击败和摧毁前面的阶段。阿波罗说：

丰富的知识使我成为大神。
名字、行为、模糊的传说、悲惨事件、反叛、
君主、元首的声音、痛苦、
创造与摧毁，所有一切同时
注入我的头脑的宽阔的空间，
把我变为神……（第 3 诗节，笔者译）

阿波罗对生活的认识比泰坦们更进一步：他认识到泰坦们没有理解到的生活的悲剧性。在原稿片断结束时，阿波罗发生了根本变化：

他很快觉得全身晃动，把他的
肢体充满一切不朽的美妙；
年轻的阿波罗极像在死神门前的挣扎；
或更像一个人向灰白的不朽死亡告别，痛苦
灼热得像死亡的冰冷一般，他激烈地抽搐
死而再生：就这样，他感到痛苦：
他的头发，他的金黄卷发出了名，
在他的迫切的脖颈上波动。
在疼痛过程中，记忆女神举起
她的先知者的双臂。最后
阿波罗——啊！从他的天神的四肢
发出尖叫。（第 3 诗节，笔者译）

就这样，他不仅获得了代替海波里庸为太阳神的权力，而且成为最高的诗歌的守护神。

1819 年春，济慈放弃这个计划。当年夏天，他又以《海波里庸的垮

台：一梦》（*The Fall of Hyperion: A Dream*）为题重写这个题材。诗人以但丁的《神曲》为模本，运用幻梦形式描写事件。诗作的中心事件是诗人在梦中从天堂般境地降落到一处荒原上，以梦幻方式叙事。诗人－主人公的指导——萨特恩神殿的女主持莫妮塔女神——和他的关系与《海波里庸》第一稿里记忆女神和阿波罗的关系相似。莫妮塔激励诗人－主人公和她一起回忆泰坦们倒台之事。故事结构的改变使诗人将叙述重点从描写行动转移到描写意识，以使他了解自己的身份，阐述诗歌的道德性，认识诗歌在社会中的位置。《海波里庸》第一稿重点描写阿波罗经过考验而成为太阳神的过程，但在这一稿里，重点则在于表现诗人－主人公如何经过考验而获得天神所具有的观察力。这一稿写到第 2 诗章第 61 诗行，其中一节片断未经诗人同意于 1820 年出版。[112]

《海波里庸》的这两个片断标志着诗人所取得的高度艺术成就。

罗伯特·骚塞（Robert Southey, 1774-1843）

骚塞这个名字今天很少被人提到，只有在说到华兹华斯和柯勒律治时，人们还会说起他和这两位诗人的往来。他的作品今天也已经无人问津了，他的一些大部头的史诗也都被忘却了，现在只剩下那么一两首短诗，有时还有人把玩一下，比如《布兰海姆之战》（“The Battle of Blenheim”）、《圣树》（“The Holly Tree”）、《我在死人堆里的日子过去了》（“My Days among the Dead Are Past”）、《老人的舒适》（“The Old Man's Comforts”）以及史诗《审判的幻景》（*Vision of Judgment*, 1821）等。不过，骚塞今天作为一个散文作家的名声还不错。他写的篇幅不长的《纳尔逊传》（*Life of Nelson*, 1813）等、几部史书、一些宗教作品及访问和西班牙文的翻译作品等，还很有读者赏识。在这里应当说到，骚塞在他的时代，是很受读者欢迎的诗人。他属于“湖畔诗人”之一，年轻时曾充满革命激情，后来他转向保守，接受托利党的保守思想，当上桂冠诗人，受到年轻一代浪漫主义诗人们的严厉批评。

骚塞生于布里斯托里市的一个亚麻布制品商家庭，家境不佳。他两岁时，父亲破产，他被送到巴斯的姨妈伊丽莎白·泰勒家寄养。他的姨妈一生未婚，为人傲慢、固执，但她经济独立，有能力把骚塞在巴斯的一个上层社会区域里抚养成人。她喜爱读书，惠顾戏剧界，这对骚塞的智力发展产生了非常积极的影响。在她的影响下，骚塞在 8 岁时开始阅读莎士比亚的作品，开始创作诗歌和戏剧。他的父母计划让他做牧师，在他 14 岁时由他的亲戚希尔牧师资助，送他去西敏寺学校读书。当时法国大革命爆发，平民攻击巴士底狱，骚塞感到欢欣鼓舞。他的思想开始变得激进。

在西敏寺学校，除拉丁文和希腊文作品外，骚塞还读卢梭、伏尔泰以及歌德的作品。1792 年他成为《自我鞭挞》（*The Flagellant*）杂志的作者和编辑之一。他开始发表文章讨论当时面临的哲学问题，在文章里模仿他喜欢的作家的风格。他因发表批评学校鞭打学生的文章而被开除。后来他到牛津大学的贝里奥尔学院（Balliol College）学习。他对牛津没有好感。多年后，他回忆说，“我在牛津学到的是一点儿游泳……还有一点儿划船。”由于感到当时牛津大学文化与政治气氛非常压抑，他于 1793 年请假离校。这时他阅读了威廉·哥德温的《政治正义论》（*Enquiry Concerning Political Justice*, 1793）一书，加强了他致力于改革的决心。他父亲过世后，母亲开办一所寄宿学校养家。骚塞在布里斯托里停留数月，这期间结识了弗里斯克家的三姐妹，并和其中的一位——伊迪丝——相爱。之后他回到牛津大学，计划成为一个医生。他的姨妈要求他和弗里斯克家断绝关系，骚塞拒绝，于是姨妈切断对他的经济支持，他再次离校。

他在离校后不久结识了在剑桥读书的柯勒律治，二人一见如故。他们在许多方面（如爱好和信念、热爱文学和政治、对英国教育制度的不满、对英国政治气氛的失望等）志同道合，于是成为好友。他们和几位朋友制定计划，要移民美国，在美国宾州萨斯克哈南河河畔建立乌托邦式公社“大众平等社”（Pantisocracy），公社不受任何政府的约束，在公社里彻底实行法国革命的平等原则，人人在和谐与博爱中幸福生活：“他们的需要简单而自然；他们的劳作不必像奢华鬼们所忍受的那样；一切共有，天下为公；他们的屋里有最好的书籍；文学与科学会重新沐浴在增益精力的生活和大自然中，必然得以精壮、纯洁地发展。每个年轻人要娶一个温柔可爱的女人为妻；她的工作是为他们准备简朴的饭食，照顾他们的吃苦耐劳的美好后代。”

1794 年，骚塞和柯勒律治为集资而联手写出戏剧《罗伯斯庇尔的倒台》（*The Fall of Robespierre*），此外每周还进行关于政治和历史题材的讲座。同年，骚塞写出诗剧《瓦特·泰勒》（*Wat Tyler*, 1817），支持共和的原则。他的出版商对他十分支持，表示可以预支稿酬以帮助他结婚和移民。后来这项计划没有能够实现。细察这项计划，它貌似完美，其实存在一个根本缺陷，即它要求人人为公，放弃私有，这悖逆人性，因而很难行得通。再者，把它付诸实践需要不少资金，而那些年轻的梦幻者们中没有一人有这笔钱。不久，乌托邦的参与者就出现分歧。骚塞提出可以把地点改在威尔士，他很快第一个提出这项计划无法实行。

1795 年初，令他失望的事情接连发生。他的诗剧没能出版，移民的前景渺茫，而且由于他放弃乌托邦计划，引起柯勒律治的不满，二人之间的关系越来越紧张，甚至发展到互不理睬的程度。最后，移民计划流产，但它对骚塞和柯勒律治的生活却产生了永久性影响。移民未成，但骚塞、柯勒律治及好友、年轻诗人洛维尔却成功地和弗里斯克三姐妹结婚。骚塞和伊迪丝结婚，一生幸福。柯勒律治出于对自己信誉的考虑，也不得不和伊迪丝的妹妹萨拉·弗里斯克结婚。骚塞没有出席柯勒律治的婚礼。柯勒律治婚后生活的不幸，对柯勒律治与骚塞二人间的关系更是雪上加霜。最后柯勒律治和妻子永久分居，骚塞也停止担负柯勒律治一家的开销。1796 年，柯勒律治得子，骚塞与他和好。

移民北美的计划失败后，骚塞曾接受希尔牧师的建议去学习过法律，但他很快发现他不适合做法律工作。1797 年，他得到一笔 160 英镑的年金。1803 年他举家移至北部湖畔地区，柯勒律治一家也前来同住。在这个大宅里，还有洛维尔的一家同住；洛维尔不幸于 1795 年过世，留下年轻的寡妇和一个孩子。这三家人的男人当中一个已死，另外一个——柯勒律治不能养家，也不常在家，后来他常居伦敦，只有骚塞自己常在，负起抚养这几家人的重担。他的妻子理家，给他零花钱。

骚塞用家里最好的屋子做书房，里面藏有各种经典，他整日在这间屋里生活和写作，柯勒律治称之为骚塞的“妻子”。德·昆西曾在《回忆录》里说，骚塞和华兹华斯不同。前者生活在书房里，后者生活在户外。前者对书籍态度精细（华兹华斯称之为“过于讲究”），后者却极其大意、随便；骚塞说过，把华兹华斯引进书房无异于叫大熊进入郁金香花园。骚塞举止稳当，不像拜伦等人会走向极端。他生性平淡、乏味，哈兹立特说他不是个“好哥们儿”。

骚塞一生勤奋，集精力于研究和写作。他每天早晨起来写诗；用早餐时读书；然后撰写史书到午饭时；午饭和下午茶点之间校稿；之后为《评论季刊》写稿；晚饭后写长篇笑谈《医生》（*Doctor*），算是休息。骚塞有丰厚的政府补贴，生活悠哉，平淡无奇，也没有什么坎坷。他一直坚持写作。在 1796 年至 1805 年十年间，他的著作丰硕。他先后出版了《圣女贞德》(*Joan of Arc*, 1796)、《毁灭者萨拉巴》(*Thalaba the Destroyer*, 1801)、《马多克》（*Madoc*, 1805）以及几卷短诗诗集。他坚持不断地投稿和出版，以所得稿酬抚养他人口渐多起来的家庭，比如向《月刊》(*The Monthly Magazine*）杂志投稿，出版当时很受欢迎的《短期客居西班牙和葡萄牙时书写的信件》（*Letters Written During a Short Residence in Spain and Portugal*, 1797）等。据说《金发女童与三只熊的故事》(*Goldilocks and the Three Bears*）是他创作的。

在这些年里，骚塞的政治观点发生了变化。拿破仑的专制让他越来越怀疑革命性社会变化的必要。虽然他一直支持穷人、严厉批判奴隶制，但他也开始相信保持社会秩序是最重要的事情。到他 38 岁时，他的立场完全改变。他的这些观点得到保守的托利党政府的青睐，1813 年，在沃尔特·司各特婉拒桂冠诗人的职称后，骚塞被任命为桂冠诗人，他担任这个职位直至他过世，前后长达 30 年之久。他为《评论季刊》和其他出版物撰稿，政治立场越来越和托利党政府趋向一致。在惠灵顿勋爵于滑铁卢战胜拿破仑后，骚塞文章的立场变化让哥德温、雪莱、玛丽·雪莱以及拜伦感到震惊；拜伦对他尤其痛恨，取他的姓名的谐音“骚塞”戏称他“茅塞”（“Mouthy”意为“夸夸其谈”，暗指他写得太多，而没有价值），骂他和华兹华斯等人为百无聊赖的雇佣、恶毒的背叛者、“自由”的冷血杀手。实际上，骚塞在理念上的这些变化已经经过了十多年由量变到质变的过程。

在这个大的历史背景下，他的诗作《瓦特·泰勒》被搁置了 23 年之后，现在忽然有机会见到天日了。1817 年 2 月，骚塞在《晨报》(*Morning Chronicle*）上突然读到关于他的这部剧作的广告。原来他的对手在得知这是他的剧作以后，抓住时机，以它为据，攻击骚塞的变节与虚伪。然而，这则广告恰恰歪打正着，使得剧作销售量剧增，最后高达 6 万册之多，竟意外地成为诗人最畅销的作品之一。最初，骚塞竭力禁止它的出版，后来在 1838 年他终于把它收入他的全集。

骚塞一生经历过几次来自个人生活方面的打击。1816 年，他 10 岁的儿子夭折。1830 年，他的爱妻伊迪丝出现精神失常迹象。1834 年，她的病情恶化，不得不住院治疗，1835 年康复后回家，1837 年过世。此后骚塞的健康状况迅速下降，但他1839年和卡罗琳·博勒斯结婚。婚后不久他的精神开始失常，状况越来越差，1843 年过世。他死后被葬在科斯威克郡（Keswick）的教堂里。

《布兰海姆之战》

布兰海姆之战发生在1704年8月13日。当时英法两军在多瑙河左岸的巴伐利亚境内接近布兰海姆镇的地方对阵，法国和巴伐利亚一方受到奇袭，阵势大乱。英国和奥地利方面骑兵勇猛，出奇制胜，大败法国和巴伐利亚联军。对方伤亡3万余人，英、奥方面损失1万1千人。法国国王路易十四的声名锐减，英军司令马尔博罗凯旋而归，国家为他建“布兰海姆宫”以示纪念。

骚塞的诗作共11诗节，其中讲道，一个女孩在战斗结束多年以后，和哥哥在古战场附近发现一具头颅，便向她的祖父打听它的原委：

那是一个夏天的傍晚，
老卡斯巴做完活计，
他坐在小屋
门前的阳光里。
她的小孙女威廉敏，
玩耍在身边绿草地上面。（第1诗节，笔者译，下同）

她看见哥哥彼得金
滚动着又大又圆的东西
他在小河边上
玩耍时在那里发现的。
他走过来问那是什么，
这么又大又圆又光滑。（第2诗节）

老卡斯巴拿过来
男孩期盼地站在一边；
只见老人摇头，
口里唉声长叹，
“这是一个可怜人的头颅，”他说，

“他在一次大胜仗里死掉。”（第3诗节）

“我在园子里看到这些，
这里很多，到处都有；
我去耕地时犁刀
经常把这些挖出！
成千上万的人，”他说道，
“在大胜仗里被杀掉。”（第4诗节）

“快告诉我们为什么打仗，”
小彼得金高声叫道；
小威廉敏抬起头
眼睛圆睁地等着；
“快告诉我们战斗的始末，
他们为什么要争个你死我活？”（第5诗节）

老卡斯巴高声说，“英国人
打败了法国人；
可是他们为何相互争斗，
我也不甚明白原因；
但是人们都说，”他讲，
“那是一次大胜仗。”（第6诗节）

接着他告诉他们说，多年以前在这里曾经发生一场大战，他的父亲当时在布兰海姆居住，他的房屋被烧为平地，他只好带着妻子到处逃命（第7诗节）。到处战火连绵，大片土地荒芜，许多孕妇和新生婴儿死去，可是每次大胜仗可能都必然如此（第8诗节）。人们说战后景象令人瞠目结舌，成千上万具尸体在烈日下腐烂，可是每次大胜仗可能都必然如此（第9诗节）。许多领袖人物因此天下闻名，马尔博罗公爵荣获伟大的声誉，还有（奥地利的）尤金王子。他说到此，小威廉敏说，“为什么，这不是很坏的事情吗？”可是老人说，我的小孙女啊，那是一次著名的大胜仗呀（第10诗节）。至于战斗的原因或战斗带来的好处，他讲不出，他只知道那是一次“大胜仗”：

“人人都赞颂这位公爵，
那一仗是他打赢。”
“可最后它带来什么好处？”
小彼得金问。
“唉，那个我不知道，”他讲，
“但是那是一次著名的胜仗。”（第 11 诗节）

骚塞似乎在说，这就是蹂躏欧洲多少世纪的多次战争留给人们的教训。国王们为权势和荣耀而发动战争；士兵们横尸沙场；农民们逃离一片火海的家园。骚塞的诗作让人理解所谓著名战役的真正价值所在。

托马斯·洛夫·皮考克（Thomas Love Peacock, 1785-1866）

皮考克是小说家、讽刺作家、诗人，以创作充满喜剧思想的小说著称。他出生在伦敦一个商人之家，自幼受到母亲的影响，喜欢诗歌和讽刺作品。他所受的教育皆为经商做准备，其中没有进行文学创作的考虑。但他不喜欢经商，于是离开工作，依靠遗产生活。在那些年里，他开始创作诗歌，和雪莱结为好友。雪莱过世后，他成为他的文稿经管人，编辑了一些纪念雪莱的文章。

皮考克创作诗歌近 20 年，他的作品包括描写人生虚无和无常的《帕尔米拉》（*Palmyra*, 1806），以及《泰晤士河的特征：一首抒情诗》（*The Genius of Thames: A Lyrical Poem*, 1810）、《圆桌》（*The Round Table*, 1817）等。他的诗作成就属于一般。

之后，他开始创作讽刺小说。他的前几部作品包括《海德隆宅第》（*Headlong Hall*, 1815）、《迈林宅邸》（*Melincourt*, 1817）、《奈特迈修道院》（*Nightmare Abbey*, 1818）等。他所运用的主要手法是提供一些机械性情节，而把主要精力放在描写这些住宅的居民和客人之间的谈话上面。《海德隆宅第》刻画了四个主要人物：一个乐观主义者，一个悲观主义者，一个主张保持现状的人，一个世俗味道十足的牧师。《迈林宅邸》的情节以向一位富有的女继承人求婚为中心，比较连贯，但主要以讽刺华兹华斯、柯勒律治、骚塞、马尔修斯等人为主。《奈特迈修道院》仍以讽刺诗人和哲学家为主，其中包括柯勒律治、拜伦、雪莱等。

1819 年，皮考克进入东印度公司，成为殖民地事务官员，同时继续创作。除诗歌外，他写了一些传说、寓言的戏仿之作，如《少女玛丽亚》（*Maid Maria*, 1822）戏仿中世纪英国的罗宾汉传奇，《小精灵的不幸》（*The Misfortunes of Elphin*, 1829）戏仿亚瑟王传奇。

之后，皮考克再度开始写作讽刺小说。《奇想城堡》（*Crotchet Castle*, 1831）讽刺当时的文人，包括柯勒律治、苏格兰经济学家以及美化中世纪的人们。1858 年，皮考克在《弗雷泽杂志》（*Frazer's Magazine*）发表《雪莱回忆录》（*Memoirs of Percy Bisshe Shelley*），其内容对后人了解雪莱很有益处。1860 年，皮考克写出最后一部小说《格里尔庄园》（*Gryll Grange*），漫谈学术和家居事宜，有意避免讽刺同代文人。

皮考克一般被认为是站在时代之外、冷眼观察和评论世事、嘲笑世事荒诞的人。他对 19 世纪上半叶英国文化界和文化生活的评论和讽刺很有独到的见解，为后世提供了极有参考价值的历史记录。他的这些讽刺作品奠定了他在英国文学史上的地位。

约翰·克莱尔（John Clare, 1793-1864）

约翰·克莱尔是一位诗人。他 1793 年出生于乡间，是农夫的儿子。他在 12 岁时就离开学校，但读书的爱好使他和周围人显得极其格格不入。他先在家务农，后又从事过各种不同的体力劳动。他还当过兵，也曾经混迹于吉普赛人中间。贫苦生活和营养不良导致他身高只有 5 英尺，而且体质始终柔弱。年少时，他偶然购得詹姆斯·汤姆逊的《四季》，从此开始迷恋写诗。后来，机缘巧合，他和汤姆逊结识，后者将他的诗作推荐给一位有影响的出版商。于是，1820 年，克莱尔出版了自己的首部诗集《乡村生活及景色诗歌》（*Poems Descriptive of Rural Life and Scenery*）。在赢得好评后，克莱尔出版了第 2 部作品《乡下歌手及其他诗歌》（*Village Minstrel and Other Poems*, 1821）。

1820 年，克莱尔和佩蒂结婚，婚后育有 6 个子女。尽管有恩主的一些资助，但他的《牧人日历》（*The Shepherd's Calendar*, 1827）不怎么成功。养家糊口的压力、窘迫的经济状况迫使他再次回到田间劳作。他的健康状况每况愈下。与此同时，他的精神也出现紊乱。他在城市和乡村之间、写诗和养家之间等矛盾中变得精神恍惚，甚至错乱。他的最后一本诗集《乡村缪斯》（*Rural Muse*, 1835）比较成功，但收入依然不够养家。在重重压力之下，他开始以酒浇愁，醉后经常忘记自己是谁。最严重的一次是，他当场打断正在演出的莎士比亚名剧《威尼斯商人》，当众发表对剧中人物夏洛克的批评。妻子无奈，将他送入精神病院。在住院的4年里，他改写了拜伦和莎士比亚的一些著作，但病情没有好转，甚至宣称自己现在是克莱尔，但前世却曾是莎士比亚和拜伦。1841 年他出院回家时，坚持认为自己同时有两个妻子，即佩蒂和他的初恋情人玛丽。他不相信，也不接受玛丽已死的事实。几个月后，克莱尔被送入另一家精神病院。在这期间，他创作出他的名诗《我是》（“I Am”，1848）。1864 年，他离开人世。

《我是》以 5 步抑扬格写就，分为 3 个诗节，共 18 行。诗人感叹自己在人世间的孤独和渺小：“我是——然而我是什么，无人在意或知晓”（第 1 行）；“自己的苦痛只能自己化解——”（第 3 行）；“我生存着——像水蒸气被抛入/ 嘲弄和噪音的空无/ 以及白日梦的海洋里/ 那儿找不到生命或快乐的感觉”（第 6～9 行）。随后，他向往死后在上帝身边得到解脱和安宁：

> 我渴望去到人类从未踏足的地方
> ……和造物主，上帝，同在
> 像在儿时那样香甜入睡
> 不搅扰人，也不被人搅扰……[113]

由于他的家庭和教育背景，克莱尔在世时被称为“农民诗人”。他最喜欢口袋里放本书，在乡间漫步。这种对乡村风物的热爱渗透了他的诗歌。他坚持使用一些土话写诗，标点符号也不符合规范。当时工业革命席卷欧洲，乡村生活逐渐成为过去。面对时代变革，克莱尔的诗作风格透露出无奈但却固执的抗争精神。19 世纪后半叶，他和他的诗歌被人遗忘。但是进入 20 世纪以后，经过几代评论家的努力，克莱尔的历史地位有大幅度提升。有人甚至赞誉他是 19 世纪最伟大的诗人之一。

夏洛蒂·特纳·史密斯（Charlotte Turner Smith, 1749-1806）

夏洛蒂·特纳·史密斯是一位诗人和小说家。她出生于富裕家庭，从小接受当时典型的女子教育。由于母亲早亡，父亲游手好闲，她被寄养在姨母家中。还在年少时，夏洛蒂就酷爱读诗、写诗，还给杂志投过稿。15 岁时，父亲将她许配给富家子弟本杰明·史密斯。这桩不幸婚姻却带来 12 个子女。婚后，夏洛蒂的读书和写作嗜好受到丈夫的家人嘲笑，只有身为富商的公公赏识她的才干，夏洛蒂也帮助他处理商业文书。后来，公公为保护她和孙辈的生活，在遗嘱中将财产留给了他们。但是由于各种原因，他们迟迟未能享受到这份遗产。1873 年，丈夫因债务锒铛入狱，善良的夏洛蒂陪他坐牢，并在狱中创作、出版了自己的第一部作品《哀婉的十四行诗》（*Elegiac Sonnets*, 1784）。这部作品大获成功。夏洛蒂用稿酬帮助丈夫还清债务，夫妇得以出狱。《哀婉的十四行诗》在文坛掀起十四行诗的复兴风潮。同时，它的成功也为读者接受作者后来的小说打下了基础。

1784 年，为了养家，夏洛蒂开始将法语作品翻译为英文，曾出版译作《真实生活传奇》（*The Romance of Real Life*, 1787）。1787 年，她在忍受 22 年痛苦的婚姻生活后，终于离开丈夫。为使孩子们通过法律手段得到祖父的遗产，她努力挣钱攒诉讼费。小说比诗歌稿酬多，于是夏洛蒂不停地写小说。她的首部小说《艾蔓琳》（*Emmeline*, 1788）获得商业成功。之后，她持续创作出《伊斯林德》（*Ethelinde*, 1789）、《塞里斯蒂娜》（*Celestina*, 1791）、《蒂斯蒙德》（*Desmond*, 1792）、《老庄园》（*The Old Manor House*, 1793）、《被流放的人》（*The Banished Man*, 1794）、《青年哲学家》（*The Young Philosopher*, 1798）等 9 部小说。在 1787～1798 年间，夏洛蒂广受瞩目，稿酬丰厚。但是 1798 年后，她失去了读者的爱戴。虽然她继续创作，甚至大胆涉足儿童文学领域，却无法再现过去的辉煌。1803 年，夏洛蒂贫病交加，多年的痛风病几乎使她瘫痪在床。1806 年，她悲惨离世。

夏洛蒂的小说具有很浓的自传色彩。18 世纪末期，女作家的作品情节比较单一：贞洁无瑕的女主角遭受着情感、婚姻的不幸，最后在富有正义感的男士帮助下，脱离苦海等。读者也期待这样的女性作品。夏洛蒂的小说既迎合了这种伤感小说模式，又在其中加进对司法改革、女性权利、法国大革命等政治因素的立场。此外，《老庄园》也为夏洛蒂赢得了哥特式文学奠基者之一的声望。

夏洛蒂曾经对华兹华斯等人产生过影响。然而，到 19 世纪后半叶，她几乎已经被世人遗忘。时光流转，20 世纪兴盛的女性主义批评又使她成为一个热点作家。她的作品重新出版。有人甚至称她为首位浪漫主义诗人，说她促成了浪漫主义思潮与风格的形成。[114]

菲莉西亚·赫门兹（Felicia Hemans, 1793-1835）

菲莉西亚是一位女诗人。她出生于利物浦，父亲经商，祖父是威尼斯驻利物浦的领事。菲莉西亚在威尔士北部长大，对威尔士感情深厚。1808年，她 14 岁时出版了首部作品《诗集》（*Poems*），并将这部作品献给威尔士亲王。这些诗歌引起雪莱的注意。雪莱还和她有过通信往来。1812年，她与军官阿尔弗莱德·赫门兹结婚。婚后 6 年，菲莉西亚生了 5 个孩子，但她并不幸福，最终离开了丈夫。从 1831 年起，她移居爱尔兰。从此她的诗歌创作进入丰产期。她的诗集，如《林中圣殿》（*The Forest Sanctuary*, 1825）、《女性记录》（*Records of Woman*, 1830）、《情感之歌》（*Songs of the Affections*, 1830）等，尤其受女性读者的青睐，是很多女诗人崇拜的偶像。菲莉西亚晚年已是声望显赫的女诗人，在英国、美国拥有众多读者。华兹华斯也对她敬重有加，1835 年，她因水肿病去世，华兹华斯曾专门写诗纪念她。

菲莉西亚一生出版过 19 部诗集。她的作品从女性视角表达女性的经验，《女性记录》便是适例。它全景式地展现出诸多知名女性和普通女性的人生经历。菲莉西亚称颂英国的伟大。《英格兰家园》（“The Homes of England”）用细腻又豪迈的笔触赞美英国的风土人情。《卡萨比安卡》（“Casabianca”）是诗人最广为传诵的诗歌，它的背景是尼罗河战役。诗歌描述年仅 13 岁的战士卡萨比安卡挺立在战船上、面对熊熊烈火决不后退的豪情。很多学童对诗歌的第一句，“他站在烈火燃烧的甲板上”（“The boy stood on the burning deck”）都熟记在心。[115]

在菲莉西亚离世后，她的声望渐渐消失。文学评论界淡忘了她。她的很多诗歌只出现在学童的教科书里。进入 20 世纪后，女性主义评论家又把菲莉西亚的声望从低谷中提升起来，使她成为女性文学批评的一个重点。她的作品也重新进入各种选集之列。

安娜·莱提西亚·巴波尔德（Anna Laetitia Barbauld, 1743-1825）

安娜·莱提西亚·巴波尔德是英国重要的女诗人、散文和儿童文学作家。她出生于莱切斯特郡，她的父亲是一所教会学校的校长，同时也是位神父。在父亲的影响下，安娜自小好学。除掌握拉丁语、希腊语、法语和意大利语外，她学习了很多当时只有男性才涉猎的知识。她的母亲因此担心她成年后嫁不出去。在安娜 15 岁时，她的父亲被调到惠灵顿的一所教会学校任职。在那所学校先后聚集了很多英才，年轻、聪慧、美丽的安娜吸引了他们的目光。

1773 年，在朋友们的鼓励下，安娜出版了她的第一部作品《诗集》（*Poems*）。《诗集》大受好评，一年之内竟然三次再版。同年，她和兄长共著的《散文杂集》（*Miscellaneous Pieces in Prose*）也很成功，某评论认为她的散文功力可与塞缪尔·约翰逊（Samuel Johnson）比肩。[116] 1774 年，已经算是老姑娘的安娜与罗切蒙特·巴波尔德结婚。一年后他们领养了安娜兄长的儿子查尔斯。安娜后来创作的《儿童课本》（*Lessons for Children*, 1778-1779）和《为孩子写的散文赞歌》（*Hymns in Prose for Children*, 1781）都是为查尔斯而写的，这些创作如今被视为英国儿童文学的经典之作，曾经长时间内用作英国学童的教科书，甚至对浪漫主义大诗人威廉·布莱克和威廉·华兹华斯产生过重要影响。[117] 婚后的巴波尔德夫妇在一所学校安身，他们全心经营这所只有 8 个男童的学校，在课程设置、教学方法等诸多方面进行创新，成绩斐然。以研究德国文学著名的专家威廉·泰勒（William Taylor）就曾是巴波尔德夫妇的学生。他充满感情地称安娜是他的"心灵之母"。[118]

1785 年，由于罗切蒙特的精神出现病症，不能再从事教职，巴波尔德夫妇前往法国旅行。在法国大革命如火如荼的几年间，安娜创作了一些富有政治色彩的作品，如《就废除奴隶贸易提案的失败给威廉·韦尔伯富斯的信》（*Epistle to William Wilberforce Esq. on the Rejection of the Bill for Abolishing the Slave Trade*, 1791）不仅对奴隶的悲惨命运表达同情，还指出该提案的失败是英国文化、社会道德沦丧的表现。次年，她在《政府之罪，民族之罪》（*Sins of Government, Sins of the Nation*, 1792）中呼吁大众对英国整个民族在拿破仑战争中所犯下的罪行进行忏悔和反思。可以看出，身为女性和平民的安娜身上有着强烈的社会责任感和道德意识。

罗切蒙特的病日益恶化，最终于 1808 年投水自尽。在此之前，他和妻子的关系已经多年不和。几年后，语调激进的长诗《1811》（*Eighteen Hundred and Eleven*, 1812）最终成为安娜创作生涯的休止符。这首诗将英国描绘成一片战争后的废墟，引起了公愤。此后，安娜再也没有任何作品问世。她 1825 年去世，被葬于家族墓地。

除儿童作品和政治作品外，安娜还编辑、整理、推介了很多主要作家和作品。其中，最重要的是50卷的《英国小说家》（*The British Novelists*, 1810）。这部巨著奠定了很多小说的文学经典地位，也确立了小说作为一个文类在文学领域的地位。[119]此外，她从众多有影响的报刊，如《旁观者报》、《闲话报》等，遴选文章，集结出版。她还专为青年女子选编了《女性演说者》（*The Female Speaker*, 1811）。这些重要的编辑工作也确立了安娜在英国文学史上的地位。

玛丽·罗宾逊（Mary Robinson, 1757-1800）

玛丽·罗宾逊是一位女诗人和小说家，也是一位风光一时的女演员。她1757年出生于布里斯托里，父亲是一位船长。幼年时，她的父亲抛下妻子和五个孩子，离家出走。玛丽的母亲开办了一所小学校来谋生。玛丽不到14岁就开始在这所学校教书。可是，她的父亲中途回家，把学校关闭了。按照英国当时的法律，她的父亲有权力这样做。对此，玛丽和母亲无可奈何。为了寻求出路，玛丽的母亲鼓动她接受汤姆斯·罗宾逊的求婚。汤姆斯声称自己将继承一笔遗产。然而，婚后，玛丽很快发现，关于遗产的事纯属子虚乌有。为了躲债，夫妇俩逃到威尔士。但是丈夫还是被捕入狱，玛丽和孩子被软禁在家，不得出门。此时，一位恩主答应帮助玛丽出书。她的第一部诗集《抓捕》（*Captivity*）得以出版。

在上学期间，玛丽曾经结识过一位知名演员。后者鼓励她从事演艺工作。在丈夫出狱后，玛丽决定登台演戏。她首演的角色是莎士比亚笔下的朱丽叶。从1776年起，她在著名的朱瑞街剧院（Drury Lane）多次演出。1779年，在出演由莎士比亚戏剧《冬天的故事》（*The Winter's Tale*）改编的一出戏时，当时的王储，即后来的乔治四世，迷恋上了她，要她做自己的情人，每年付她两万英镑。但是，王储很快厌倦了玛丽，也没有付给她钱。这件事败坏了玛丽的名声，她无法继续演戏了。此时的玛丽已经和丈夫分居。在王储之后，她又经历过数段感情纠葛。1783年，年轻的玛丽患怪病，身体局部瘫痪。也正是在18世纪80年代，她的诗歌创作登上顶峰。连柯勒律治都仰慕她，曾将自己的诗歌给她过目。她被誉为“英国的萨福”（萨福为古希腊著名女诗人）。除诗歌外，她还写了6部小说、2部戏剧和1篇女权主义著作。她倡导女权，支持法国大革命。1800年，年仅42岁的玛丽离开了人世。

玛丽的诗作主要有《诗集（一）》（*Poems I*, 1791）、《诗集（二）》

（*Poems II*, 1794）、《萨福与斐恩》（“Sappho and Phaeon”, 1796）、《抒情故事》（“Lyrical Tales”, 1800），等等。她的诗歌创作经历了一个从幼稚、花哨到成熟、典雅的过程。《闹鬼的海滩》（“The Haunted Beach”）是玛丽后期写的一首名诗，讲述了一位从遇险船只逃生的水手的故事。他无法穿越大海，回到家人身边，只好在海边打鱼为生，但海滩经常被幽灵光顾，使得他的生存非常艰难。但他别无选择，只能“接受命运的捉弄，在孤寂、痛苦中消耗一生”（第 79～81 诗行，笔者译）。不难看出，玛丽对人生、命运的感触有其深刻性。

玛丽的小说主要有《万森则》（*Vancenza*, 1792）、《寡妇》（*The Widow*, 1794）、《安吉丽娜》（*Angelina*, 1796）、《瓦尔辛汉姆》（*Walsingham*, 1797）、《虚假的朋友》（*The False Friend*, 1799）和《私生女》（*The Natural Daughter*, 1799）。这些小说虽然水平一般，当时却颇受欢迎。据说，很多读者都希望从书中读到这位名女人的情感隐私。

此外，玛丽还写了小册子《对于法国皇后境况的公正思考》（*Impartial Reflections on the Situation of the Queen of France*, 1791），以及《就精神依附的错误给英国女性的一封信》（*A Letter to the Women of England, on the Injustice of Mental Subordination*, 1799）。这些作品都体现了玛丽的女权主义思想。

玛丽去世后，也渐渐被读者和学界冷落。近年来，一些评论家又开始研究她的生平和著作。她在文学史的地位有所抬升。

乔安娜·拜里（Joanna Baillie, 1762-1851）

乔安娜·拜里是一位女诗人和剧作家。她出生于苏格兰的名门望族。父亲是神职人员，同时也是格拉斯哥大学的教授。乔安娜自小喜欢骑马等户外运动，10 岁时被送入寄宿学校。据说，这所学校专门把桀骜不驯的女孩子训练成完美的小淑女。此间，乔安娜的各种学习兴趣得到激发。第一次去剧院看演出的经历更是点燃了她对戏剧的热爱。1778 年，她的父亲去世。1783 年后，乔安娜随家人移居伦敦。在伦敦她开始接触文学界人士，大量阅读英国和法国剧作家的作品。同时，她也开始尝试写诗和剧本，1790 年出版了首部作品《诗集》（*Poems*）。1806 年，母亲去世后，乔安娜和姐姐决定相依为命，一生不婚。她们友善好客，和很多作家、科学家保持密切交往，生活也因此丰富充实。司各特就是她们的朋友之一。

他和乔安娜经常通信，来伦敦时必去拜访她。乔安娜开朗、健康，热心慈善事业。虽然在年近七旬时曾被病痛折磨到无法给友人写信，但最后得以康复。之后，她继续写作。1851 年她去世时接近 90 岁。此时的乔安娜广受爱戴，整个拜里家族都以她的成就为荣。

乔安娜的创作分为诗歌和戏剧两部分。除上面提及的《诗集》外，乔安娜的《名人传奇诗》（*Metrical Legends of Exalted Characters*, 1821）讲述了华莱士、哥伦布等历史名人的传奇故事。其他诗作包括 3 卷本的《戏剧诗》（*Dramatic Poetry*, 1836）、《逃亡诗》（*Fugitive Verses*, 1840）和《阿哈尔亚·比伊》（*Ahalya Bae*, 1849，1904 年又以《阿拉哈巴德》为题出版）。

乔安娜的剧作包括《阿诺德》（未出版）、《激情剧》第 1 部（*Plays on the Passions I*, 1798）、《蒙福特》（*De Monfort*, 1800）、《激情剧》第 2 部（*Plays on the Passions II*, 1802）、《戏剧杂集》（*Miscellaneous Plays*, 1804）、《家族传奇》（*Family Legend I*, 1810）、《激情剧》第 3 部（*Plays on the Passions III*, 1812），等等。其中，最能代表乔安娜戏剧才华的是《激情剧》系列。“激情剧”是她提出的新概念。这一系列剧作是对人性种种最根本、最真实的激情的剖析、探讨和展现。这些剧作面世后，迅速引起文学界的激烈争论。[120] 可以看出，乔安娜的文学视阈超越了一般女作家。英美评论界对她不吝赞誉，称她革新了诗歌和戏剧的观念。甚至有人认为，乔安娜的诗歌水平仅在萨福或莎士比亚之下。[121]

尽管如此，声望如日中天的乔安娜在 19 世纪 30 年代后迅速被人遗忘。随后的一个多世纪里，学界很少问津她的作品。20 世纪后期，她对人性的深刻探讨再次引起了研究者的兴趣。她在戏剧舞台和理念方面的革新得到认可。女性主义批评家也把她视作宠儿。

沃尔特·萨维奇·兰多（Walter Savage Landor, 1775-1864）

沃尔特·萨维奇·兰多是 19 世纪英国诗人和散文家。他出生在英格兰沃里克郡一个富有的医生家庭，自幼接受了良好的古典主义教育，少年时就已精通希腊文和拉丁文。1785 年，他进入拉格比公学（Rugby School）读书。1791～1792 年，他去德比郡跟随一个教区牧师学习。这一时期，他广泛阅读古典名著，用拉丁文和英文写了多首古典主义诗歌。1793 年，他进入牛津三一学院。后因枪击一个同学的窗户，被停学一年，从此结束求学生涯。

1795 年，兰多把早年创作的 32 首拉丁文和英文诗结集出版，取名《兰多诗集》（*Poems of Walter Savage Landor*）。同年，他发表讽刺诗《道德书简》（*A Moral Epistle*），抨击英国政府针对国内民主活动推行的高压政策，要求进行议会改革。之后，他来到南威尔士的乡间定居。在那里，他仔细研读了古希腊诗人品达（Pindaros, 公元前 518-公元前 438）以及弥尔顿的诗歌，决定改变自己的创作风格。随后，他舍弃早年使用的英雄双韵体，用素体诗创作了长篇史诗《盖比尔》（*Gebir*, 1798）。

《盖比尔》诗长近 2000 行，讲述伊比利亚王子盖比尔的传奇经历。盖比尔继承先父遗志征服埃及，却爱上了埃及女王恰罗芭（Charoba），结果在婚宴上被女王的仆人设计杀害。与盖比尔形成鲜明对比的是他的弟弟泰玛尔（Tamar）。泰玛尔是牧羊人，与一个海中仙女相爱。他们远离尘世的战火，隐遁在海底深处。盖比尔兄弟二人的不同境遇清楚地揭示了史诗的主题，即民族和国家之间应和睦相处，避免杀戮征伐。诗中运用大量篇幅描绘炼狱、战争、海上仙界及阿拉伯风情，展现出兰多丰富的想象力。《盖比尔》发表后，得到诗人骚塞的好评，当时还是学生的雪莱对他十分推崇。但因晦涩难懂，该诗并没有引起评论界的太多关注。

兰多通过《盖比尔》表达了对法国革命发展的失望之情。他早年思想激进，拥护法国革命。拿破仑上台后，法国走上对外扩张的道路，致使欧洲局势动荡不安。法国革命初期追求的自由民主理想已经远去，令兰多感到怅然若失。1808 年，他前往西班牙，参加抵抗拿破仑侵略的大军，为自己的理想继续奋斗。

西班牙的峥嵘岁月重新引发了兰多的创作热情。1810 年返回英国后，他用素体诗创作了悲剧《朱利安伯爵》（*Count Julian*）。故事发生在西班牙最后一个日耳曼国王统治时期。朱利安是当时最有权势的伯爵。因女儿被国王凌辱，他与摩尔人联合起来，推翻了国王的统治。后来他自己也被人杀害。西班牙从此处于异教徒的统治之下。《朱利安伯爵》是以古希腊的悲剧风格创作的，从头至尾使用的都是华美的语言，显示了兰多深厚的古典文学积淀。

但英国诗剧自文艺复兴以来，尤其是经马洛（Christopher Marlowe, 1564-1593）和莎士比亚（William Shakespeare, 1564-1616）改进后，发生了很大变化。剧作家常把不同风格的语言杂糅在一起，以便达到特殊的戏剧效果。[122]《朱利安伯爵》于 1812 年出版，因不符合英国观众的口味，始终没有机会上演。

1814 年，兰多离开英国，开始了漫长的欧陆旅行。1820 年，他定居在意大利，开始创作散文。1823 年，他在《伦敦杂志》（*London Magazine*）发表一篇《假想的对话》，在英国评论界引起轰动。对话发生在诗人骚塞和学者波尔森（Richard Porson, 1759-1808）之间，谈论的主题是文学批评的标准。兰多借波尔森之口批评当时流行的文学批评标准，又通过骚塞回应新一代评论家对华兹华斯（William Wordsworth, 1770-1850）的抨击，捍卫其在英国文学史上不可动摇的地位。后来，这篇对话被收录在兰多的散文合集《文人与政治家假想的对话》（*Imaginary Conversations of Literary Men and Statesmen*, 1824-1829）中。

《文人与政治家假想的对话》是兰多的代表作。晚年，他又出版续篇《希腊人与罗马人假想的对话》（*Imaginary Conversations of Greeks and Romans*, 1853）。这两部散文集共包括 147 篇对话。参加对话的都是历史上或当时真实存在的人物，包括国王、贵族、教士、诗人、学者、剧作家等。对话一般发生在同时代的人之间，谈论的也是同时代的事件。不过，对话的内容都是兰多虚构出来的。他把自己的思想融入到人物的语言中，巧妙地表达出他对政治、历史、文学、道德、人生等重大问题的见解。

兰多是英国历代作家中写作时间最长的一位。他自 1795 年发表《兰多诗集》，到 1863 年的《英雄牧歌》（*Heroic Idylls*），创作生涯长达 68 年。他的作品还包括《阿拉伯和波斯诗集》（*Poems from the Arabic and Persian*, 1800）、《〈盖比尔〉作者诗集》（*Poetry by the Author of Gebir*, 1800）、《威廉·莎士比亚的引文与查对》（*Citation and Examination of William Shakespeare*, 1834）、《克吕泰涅斯特拉之死》（*Death of Clytemnestra*, 1836）、《伯里克利兹与阿斯帕西亚》（*Pericles and Aspasia*, 1836）、《对讽刺作家的讽刺》（*A Satire on Satirists*, 1837）、《五日谈》（*Pentameron*, 1837）、《匈牙利的安德里亚与那不勒斯的乔凡娜》（*Andrea of Hungary and Giovanna of Naples*, 1839）、《教士鲁伯特》（*Fra Rupert*, 1841）、《英国内外的天主教》（*Popery, British and Foreign*, 1851）、《老树上掉下的最后一颗果实》（*Last Fruit off an Old Tree*, 1853）以及《安东尼与奥克塔维厄斯》（*Antony and Octavius*, 1856）等。

兰多在他所处的时代是孤独的。他自幼深受古典文学熏陶，在写作上追求宁静典雅的古典风格。因此，他与时代主流格格不入。幸运的是，他家境优裕，无须以写作谋生，所以对外界评论能够淡然以对。关于自己的文学定位，他曾在一封寄给朋友的信中这样说道："我不要求在文学界占有一席之地；我是孤独的，而且在有生之年将永远孤独下去，死后也如此。"[123]他的孤独与落寞之情有诗为证：

75生辰有感

不与人争，也无人值得我争，
爱的是自然，其次是艺术。
生命之火前我把双手烘烤，
火焰低落了，我准备离去。[124]

第四节 19世纪初期的小说

沃尔特·司各特（Walter Scott, 1771-1832）

沃尔特·司各特是一位奇特的天才，他同时涉足文学领域的两个分支并在这两方面均取得成功。在他早期的创作生涯中，司各特从事诗歌创作，成为风靡当时的诗人。在后来的20年里，他转入小说创作，发展了英国和欧洲大陆的历史小说。

司各特生于爱丁堡的一个律师家庭。他的祖上属于苏格兰边界地区的一个英勇善战的家族。他在幼时受过一些非正式教育，21岁时在爱丁堡大学学习法律，之后成为律师，做过一些低级法律官员，1799年成为边界地区塞尔科克郡的地方法官，1806年成为苏格兰最高民事法庭的秘书长。他在这个位置上满腔热情地工作了25年。他所获得的法律、民俗及社会历史的知识，对他后来的文学创作提供了重要的素材和观察角度。

司各特自幼时起就酷爱阅读民谣和浪漫传奇诗歌，对乡间民谣情有独钟，他能过目不忘，把这些作品牢牢地储存在自己的记忆中。他儿时患有一种疾病，这使他一生都无法正常行走。为了调养身体，他在祖父的农场里待过一段时间。这个农场位于苏格兰南部和英格兰交界处，这里到处可以听到关于苏格兰和英格兰两地的冒险家和偷袭者的故事。司各特饶有兴致地听人讲了很多苏格兰的英雄辈出而又令人伤感的遥远的历史故事，特别是18世纪前期查尔斯·爱德华·斯图亚特领导的反对英国王室、企图恢复斯图亚特王朝的战争故事，许多当时的参加者还记忆犹新，讲起来有声有色、趣味盎然。司各特对诗歌、民谣、浪漫传奇以及他的好战而忠诚的先人的故事怀有浓郁的兴趣，他听后总是不断追忆，铭记在心。

后来在他从事法律工作的年月里，他对诗歌的热忱一直有增无减。在文学创作生涯的初期，他从事诗歌写作。他先是翻译德国民谣的仿制作品，之后仿照这些民谣进行写作，然后开始收集和编辑边界民谣，取其精华，去其糟粕，芟夷粗糙，加添妙笔。这种作品的代表作是他的第1部诗歌集《苏格兰边境歌谣集》（*Minstrelsy of the Scottish Border*, 1802-1803），这部作品使他崭露头角。他辛勤工作长达5年之久，收集歌谣、小调和故事，编写出这部作品，这使他的国人感到振奋。他的兴趣不仅限于国内。除苏格兰山区的山歌、民谣以外，他还搜集和翻译了欧洲其他地区的民歌。

之后，他开始创作长篇叙事诗作，受到读者更加广泛的欢迎。这些佳作包括《最后一个吟游诗人的歌》（*The Lay of the Last Minstrel*, 1805）、《玛密恩》（*Marmio: A Tale of Flodden Field*, 1808）、《湖上夫人》（*The Lady of the Lake*, 1810）、《岛屿的领主》（*The Lord of the Isles*）和《洛克比》（*Rokeby*）等。这些诗歌以浪漫主义手法再现古代历史，其中大部分是叙事诗，向读者讲述一个个非常引人入胜的故事，褒扬慷慨大度的骑士精神。19世纪的英国人对中世纪的骑士风度非常崇拜和喜爱，这个传统大概始于司各特不懈的诗歌创作努力。在1830年，这些诗歌体浪漫传奇故事极其畅销，司各特本人估计，当时最著名的《最后一个吟游诗人的歌》销售量可高达3万余册。当时，司各特的伟大诗人的地位业已非常牢固。

当拜伦的诗歌风靡英国和欧洲大陆后，司各特坦承：“拜伦战胜了我。”于是他转向小说创作。他依然继续创作抒情诗，他把这些放置到小说里。他的许多抒情诗如《骄傲的梅西》（“Proud Maisie”）都以边界民谣为素材，捕捉住口头传说简明、内涵深邃的特点。司各特对英国诗歌的贡献是不可估量的。正是由于他，民歌才会对诗歌创作产生影响。

司各特的文学创作的最大成就在于他所创作的二十多部小说。这些小说奠定了他在文学史上的独特地位。司各特重视历史，往昔的一切成为他的素材源泉，历史在他眼中展现为一幅幅由有血有肉的鲜活人物所构成的画廊和图景。他光顾博物馆，喜爱代代口耳相传的故事。他酷爱古代文化典籍。古代的生活情景，人与人的交往，他们的衣着、住房、食物、举止坐卧、风俗和规范，所有关于古代的记录和故事都会栩栩如生地显现在他的脑际，通过他在书中的形象描写使读者加以领略与感受。司各特擅长将过去最辉煌的历史与现实作对比。他这些小说中所渗透的历史感令人惊叹不已。司各特作品的基本思想是浪漫主义的，它们挖掘英雄主义传统。人们读他的小说，犹如身临其境，倍感亲切，而这种体会只有引人入胜的主题和情节才能激发出来。

司各特的小说主题非常丰富。他从苏格兰古代历史中收集到很多素材，比如取材于古苏格兰高原的《威弗利》（*Waverley*, 1814）及“威弗利”小说系列，这些作品描述苏格兰统治阶级的兴衰更迭、劳苦大众的揭竿而起、无休止的边界战争和清教时期的生活；《中洛辛郡的心脏》（*The Heart of Midlothian*, 1818）、《盖伊·曼纳林》（*Guy Mannering*, 1815）、《古董家》（*The Antiquary*, 1816）、《黑侏儒》（*The Black Dwarf*, 1816）、《修墓人》（*Old Mortality*, 1816）、《罗布·罗伊》（*Rob Roy*, 1817）、《拉摩穆尔的新娘》（*The Bride of Lammermoor*, 1819）以及《蒙特罗斯的传说》（*The Legend of Montrose*, 1819）等，也都是描写这个题材的作品。司各特取材于英国历史的小说有《艾凡赫》（*Ivanhoe*）、《修道院》（*The Monastery*, 1820）、《修道院院长》（*The Abbot*, 1820）、《肯尼尔华斯》（*Kenilworth*, 1821）、《尼格尔的祖产》（*The Fortunes of Nigel*, 1822）和《皇家猎宫》（*The Woodstock*, 1826）等；涉及十字军东征题材的有《十字军东征》（*The Talisman*, 1825）、《订婚者》（*The Betrothed*）和《巴黎的罗伯特伯爵》（*Count Robert of Paris*, 1831）等；还有描写欧洲大陆历史的《昆廷·达沃德》（*Quentin Durward*, 1823）等。这些小说在最初出版时有些是以《我的地主的故事》（*Tales of My Landlord*）系列的名义发表的，例如《黑侏儒》和《修墓人》是第 1 系列，《中洛辛郡的心脏》是第 2 系列，《拉摩穆尔的新娘》和《蒙特罗斯的传说》是第 3 系列，《巴黎的罗伯特伯爵》及《危险的城堡》（*Castle Dangerous*, 1832）是第 4 系列。

值得注意的是，司各特描写的不仅仅有著名的历史人物，他同样将社会底层的小人物再现于历史舞台。由于他深谙苏格兰方言并运用自如，所以他的人物塑造更加生动。他笔下的人物在各自的语言环境中活灵活现。

司各特在小说领域发挥的作用不亚于拜伦在诗歌领域的影响。

司各特的小说《威弗利》对许多知名作家像雨果（Victor-Marie Hugo, 1802-1885）、乔治·埃略特（George Eliot, 1819-1880）、托尔斯泰（Leo Tolstoy, 1828-1910）和库柏（James Fenimore Cooper, 1789-1851）等都产生了很大影响。虽然有些人说的“没有司各特或许便没有美国的浪漫主义文学”有些夸大其词，但是人们有理由相信，没有司各特的创造性努力，美国的浪漫主义文学极可能已是另一番不同的状貌。

司各特享有“历史小说之父”的盛名。其实，司各特并未“创造”历史小说；他在成名以前深受当时文坛声名显赫的女作家们的影响。他对历史小说的功劳在于，由于他的创作，“历史小说”具备了这个体裁的独特身份，在文学史上获得了一席属于自己的独特地位。他的作品标志着历史小说作为一种门类的开端。

司各特作为历史小说家，对于历史的了解不总是准确无误的。例如他对英国历史的准确了解只限至于查理二世的时代（1660-1685），再往前推，即中世纪时期，他就不很熟悉了。所以中世纪以及更古的时代的各个阶段对他来说都宛如一个时期一般。《艾凡赫》描写的是 12 世纪，可是读来却像是在写 16 世纪。他本人对此也很坦承：“我知道我在记载事情和服饰方面更会被人们挑剔，他们会严格地审视我的故事，查看我的演员们活动的年代的风俗。当然，我写进的现代东西不多，但在另一方面，我也很可能混淆了两三个世纪的习俗，把早得多或晚得多的时期的情况写进理查一世（1189-1199）的时代去。”[125]

司各特和亚历山大·杜马（Alexander Dumas, 1803-1870）一样，有天生的叙事天才，讲他自己所说的“从头至尾的好故事”是他天才的中心组成部分。对他来说，笔一着纸，故事的“水流”便奔向前方，一发不可收拾。人物、事件、景物，浑然天成，融为一体。这是他成功的秘密。司各特在他生涯的后期，曾写过一些关于他的生活与创作的很有趣味的文字。比如他在“威弗利”小说系列最后一版的前言里就说了不少这方面的事情。他在其他地方也写过关于他是怎样工作的，怎样构思的，怎样被自己的笔尖拉着鼻子走，等等，读者读了这些文字会对作家的创作过程有更全面的了解。

司各特的作品最初都是匿名发表的，这反映出 19 世纪初年人们对小说创作作为职业依然持有不以为然的态度；一直到 19 世纪 20 年代他才在爱丁堡一次聚会上承认自己的作者身份。“威弗利”系列的问世所受到的热烈欢迎使司各特立刻驰名英国和欧美，成为当时最多产的作家。

司各特和他书中的人物一样，表现出一种骑士风度——高尚、大气、大丈夫气概。他不妒忌他人的成就，对荣誉和金钱来去全顺其自然，失掉了良机也不后悔，而仍然安心地做豪放、古香古色的苏格兰边界人。他为人和善，获得了人们的好感。[126]司各特喜欢豪华。1811 年，他在自己热爱的边界地区建起豪宅——阿伯兹福德宅邸，里面摆设着各种文物，也引入最新的科技设施，包括排水和照明，以增添华美和舒适，实现他的传统乡绅的生活梦想。他性好热闹、排场，平生十分好客。据说他在家运隆盛时宴会不断，客人之多、肴馔之多，令人瞠目结舌。在文学史上能和他相比的，可能也只有美国的华盛顿·欧文（Washington Irving, 1783-1859）吧。

1820 年，司各特被授以准男爵衔，名字上加了“爵士”的光环。他是一个头脑清醒、把文学视为一种“营业”、毫不浪漫的浪漫主义诗人和小说家。托马斯·卡莱尔对他的“写书赚钱”的做法不以为然，曾说他“以蒸汽机般的热情”进行写作。司各特为保持他的生活方式，还参加印刷业和出版业的投资冒险。后来到 1825 年，英国的经济萧条使他陷入债务危机，处境步履维艰。他在投资市场上输得很惨，连在爱丁堡北城街的宅邸都没能保住。当然，他在边地建的阿伯兹福德宅邸还是被留下，没有拿去抵债。这所宅邸现在整年对外开放。当时不少债权人出于对他的敬仰——他是他的人民心中的“民族偶像”之一，而欲取消债权，勾销他的欠款，但他决意不肯，在宣布破产后并未逃避责任，而是勇敢地面对逆境，废寝忘食、夜以继日地工作。他终于在去世前还清了大部分债务，还有一些则在他去世后以他的小说和诗歌作品的继续销售所得最后还清，深受世人赞扬。然而，繁重的写作压力严重损伤了他的健康，司各特 61 岁就过世了。

苏格兰人记住了他们的歌手司各特。他们受惠于他，从他那里得知荣耀一生的意义，得知如何做一个真正的苏格兰人。人们的感谢不是语言可以充分表达得了的。司各特在自己的作品里再现了苏格兰古林里的苏格兰人的风貌，并让人永世难忘。苏格兰的山神、河神、民谣和故事，苏格兰人对旷古所发生的一切的记忆，苏格兰的大地上每个林间、平地和海湾的传说——他家乡的这一切都滋养了他的精气神，而又能在他的作品中得到回响和永生。苏格兰人通过阅读司各特的作品，了解和记住了这一切。今天人们仍在瞻仰位于爱丁堡王子街的司各特纪念碑，这位作家的头像出现在苏格兰银行的票面上。

英国人和世界人民都热爱这位浪漫主义小说家和诗人。他用往昔来赢得人们的欢心和迷魔，他精湛的技巧和优美的文字让人心醉。在这些方面，他是独一无二的。司各特在世界文学和文化史上将永远占有一席之地。[127]

诗歌

《最后一个吟游诗人的歌》

这首诗歌是司各特创作的第一首诗歌体浪漫传奇作品，由《序言》及六个诗章组成，此外还有他写的一篇散文体《前言》（“Foreword”）和上百页注释。司各特的原意是把它作为《苏格兰边境歌谣集》的一个补充部分，后来篇幅过长，故改作一首独立作品出版。

《最后一个吟游诗人的歌》讲述一个哥特式的浪漫故事。司各特在《前言》里说，此作的目的在于描写英格兰和苏格兰边界地区的风俗和习惯：当时边界居民过着田园式生活，也充满好战的脾性，他们的景况很富有诗意。司各特说，他写此诗，与其说是系统地讲故事，不如说重点在于描写情景和风俗，所以决定采用“古代诗歌体浪漫传奇”的民谣模式。这种模式可让作者在写作中享有较大的回旋余地，可以根据需要变动韵律和节奏，同时又能避免这种模式的原始的粗糙特性。司各特说，他之所以选择诗里这个吟游诗人作叙事人，是因为他是一个上了年纪的歌手，他称他为“此族的最后一个”，此人经历过 1688 年“革命”，因而是一个历史过渡阶段的人物，既了解现代诗歌的精湛之处，又对原来的纯朴的模式记忆犹新。[128]诗作的《序》说，这个 “吟游诗人”和给他抱琴的孤儿一起住在苏格兰边界的军事要塞纽瓦克塔里。在这里，他给热心照顾他们的公爵夫人、她的女儿们及伙伴们吟唱一首歌曲，叙说一个故事。歌词的中心是关于两个年轻人相爱的故事。这两个年轻人来自边界地区两个怀有夙仇的家庭——布兰克萨姆家与克兰斯顿家。由于两个家庭之间的长期争斗，他们的婚姻被延迟了。女方的母亲——布兰克萨姆家的老夫人——想得到一本在十字军东征时期从巴勒斯坦带回的“神秘的书”，以报男方家杀害她丈夫的深仇大恨。这本书已被隐藏在某处许多年。

故事包括两条叙事线索。第一条线索讲述的是 16 世纪的故事，把吉尔平 • 霍恩的妖魔传说与布兰克萨姆夫人使用“魔书”为夫报仇的故事连接在一起。第二条线索贯穿于《序》和结尾的诗章里，讲的是这位 17 世纪的吟游诗人通过吟唱，讲出布兰克萨姆夫人的复仇计谋。[129]

这位吟游诗人所讲的故事是这样的：布兰克萨姆勋爵在一次袭击中丧生，他的对手之一是克兰斯顿勋爵。布兰克萨姆夫人的女儿玛格丽特与克兰斯顿勋爵在热恋，布兰克萨姆与克兰斯顿两家无休止的争斗使他们处于极其困难的境地。布兰克萨姆夫人雇用威廉·德洛雷恩爵士从迈拉罗斯修道院的一个坟墓里找到一本魔书，这本书可以在为夫复仇中助她一臂之力。修道院的坟墓里埋着迈克·司各特的遗体，此人的身份是过世很久的“北方的巫师”。德洛雷恩爵士在回程路上和克兰斯顿勋爵遭遇，结果受伤被俘。克兰斯顿勋爵授意他的小精灵侍从把受伤的德洛雷恩爵士送至布兰克萨姆家，然后鬼使神差地诱引出布兰克萨姆家的继承人——布兰克萨姆夫人年幼的儿子。孩子被引出后就落入布兰克萨姆夫人的英格兰敌人达克尔勋爵的手里。达克尔勋爵以德洛雷恩爵士偷盗为名，联合威廉·霍华德勋爵一起出兵攻打布兰克萨姆。苏格兰方面出动军队帮助布兰克萨姆家解围。这时进攻的一方提出建议，战斗的结局由两位爵士的决斗来决定。这两位爵士一位是正卧床疗伤的德洛雷恩爵士，另一位是领地曾遭德洛雷恩爵士骚扰过的理查德·马斯格拉乌爵士，决斗的战利品是布兰克萨姆夫人的儿子。布兰克萨姆家族接受这一建议。双方决斗的结果是理查德·马斯格拉乌爵士失败。后来发现，决斗中真正的胜利者是克兰斯顿勋爵。受伤的德洛雷恩爵士并未参加决斗，替他出战的是克兰斯顿勋爵。克兰斯顿勋爵借助他的小精灵侍从的神力，摇身变为德洛雷恩爵士的模样，然后手持德洛雷恩爵士的武器上场，打败了对方。他的这一友好行动感动了布兰克萨姆家族，从而结束了两家的夙仇。克兰斯顿勋爵和玛格丽特最后得以喜结良缘。

《最后一个吟游诗人的歌》里包含许多中世纪的超自然成分，这使得这部诗作趣味横生。诗里充满神秘的色彩，悬念层出不穷，情节扣人心弦。例如魔书为诗歌带来哥特式的神秘成分。诗歌告诉人们说，魔书被隐藏在一座坟墓里，有一个和尚知道并揭示出它的位置。与魔书一起被引进诗歌里的成分也包括边界民谣里的常见人物——“妖魔矮人”吉尔平·霍恩。在最后一诗章里，和魔书一起埋在坟墓里的迈克·司各特也露面，他像从世外来的人一般。故事的主体是褒扬冒险、英雄主义及骑士风度，其中穿插着不少民谣，也夹杂着许多苏格兰边地历史的事件，如关于劫匪、海岛、敲诈团伙、家族私仇等方面的记载，也不乏吉普赛文化的痕迹。

这首诗歌的历史框架虽然相当明确，但很复杂。作家在《前言》里说，故事发生的时间是16世纪中叶。诗里提供的介绍以及诗歌最后的二十行为作品又提供了一个19世纪早期的框架，让读者有机会从这里回顾和审视吟游诗人的生活与时代状况，以及封建时代边地的面貌。人们在阅读这首诗歌时要注意阅读作家附在里面的注释。司各特的大量解释文字包含着各种丰富的历史、文学、传说等方面的背景知识，这些对品尝这部诗作大有裨益。在诗歌的第一版里，注释的篇幅就相当于诗歌本身长度的一半以上，而随着后来的不断再版，作者又修订和增加了注释的内容。[130]

这首诗是一个里程碑式作品，它描绘苏格兰边地豪门大户的生活方式以及苏格兰人的性格，表现出苏格兰人的骄傲、苏格兰人的身份，当时它正合时宜，给苏格兰人以一个极好的重温历史的机会。[131]

《湖上夫人之歌》

这首叙事诗是司各特最著名的诗作，标志着他的诗歌创作的高峰。诗作一问世，人们就争先恐后地抢购，在半个月内售出两万五千余册，打破了当时诗歌销售的记录。评论界一片褒扬之词。司各特在一时之间风靡英美，诗作引动了英国的“苏格兰高地热”，使诗作描绘的地区成为永久的风景区，迄今依然吸引着大量的游客。这首诗也影响了当时和以后许多其他作家创作的取向。但到20世纪末期，这首诗作就很少有人问津了。

在司各特的叙事诗作中，故事性最强的要数这一首了。其他叙事诗里的故事为读者所带来的兴味并不是第一位的；其中最吸引人注目的是诗里的事件、题外之谈、宏伟的场面、激励人心的行动和令人眼花缭乱的色调。但《湖上夫人之歌》不同。它除具有司各特诗作的其他特点外，它的故事性尤其成为读者注意的重点。[132]

《湖上夫人之歌》讲述的是苏格兰国王詹姆斯五世和势力庞大的道格拉斯家族之间的斗争的故事。国王盛怒之下把整个道格拉斯家族流放出境，包括国王年轻时的老师和保护人波斯威尔伯爵詹姆斯·道格拉斯在内。伯爵和女儿艾伦就到罗德里克·杜的位于卡特利纳海湾内一个岛上的城堡里避难。在诗作的开始，一个自称詹姆斯·菲茨詹姆斯的神秘武士来到城堡，受到主人的热情款待。他在城堡里逗留的短时间里，爱上了艾伦，但他发现主人罗德里克和在城堡里停留的马尔科姆·格里姆二人都是他的情敌。马尔科姆·格里姆既忠于国王，又同情不幸的道格拉斯家族，艾伦钟情于他。罗德里克因收留伯爵而面临国王军队的攻击，他集合起全族的力量。道格拉斯不愿看到灾难落在他的家族身上，就动身到斯特林城皇宫去投降。詹姆斯·菲茨詹姆斯回到罗德里克的城堡，告诉艾伦说要把她带到安全的地方去，艾伦说她爱另外一个人。但他仍然把一枚戒指塞给她，说它可以为她带来国王的恩赐。之后詹姆斯·菲茨詹姆斯到达斯特林，见到前来攻击王宫的罗德里克，二人发生争吵，罗德里克在随后的战斗中受致命伤而被俘，被带到斯特林去。艾伦来到朝廷，出示戒指，请求释放她的父亲。她发现，原来詹姆斯·菲茨詹姆斯武士竟是国王所扮。国王和道格拉斯终于和解。艾伦和马尔科姆结为伴侣。

诗作共有6诗章，每章讲述一天内发生的事件。第1诗章《追逐》描写一场在特罗萨克地区追逐一只野鹿的狩猎活动。野鹿奔跑的速度极快，众人皆落其后，气喘吁吁，只有詹姆斯·菲茨詹姆斯一人紧追不舍，直至马失前蹄，扑地而死。詹姆斯·菲茨詹姆斯与他人失去联络，信步来到卡特利纳海湾边。恰巧艾伦·道格拉斯划船经过，就把他载上，带到一座房子面前。詹姆斯·菲茨詹姆斯怀疑这里是一处某个高地部落首领秘密躲藏的地方。艾伦和母亲以及歌手埃伦·贝恩为客人摆上晚餐，备好床铺让他过夜。那天晚上，詹姆斯·菲茨詹姆斯武士梦到艾伦，然而她的面孔却突然变成曾经被他流放出境的敌人詹姆斯·道格拉斯的面孔。他怀疑艾伦和道格拉斯之间存在着亲属关系。

第2诗章《岛上》说，次日清晨，詹姆斯·菲茨詹姆斯离开。罗德里克·杜、马尔科姆·格里姆与詹姆斯·道格拉斯回到岛上。罗德里克向道格拉斯请求把艾伦嫁给他，被道格拉斯拒绝。道格拉斯认为，他不能迫使女儿做她不愿做的事情；另外，他依然忠于国王。罗德里克和马尔科姆为了艾伦争吵，欲拔剑相斗，道格拉斯断然宣布，谁先动手谁就是他的敌人。罗德里克和马尔科姆悻悻分手，罗德里克命马尔科姆立刻离岛，马尔科姆游水到对岸。

第3诗章《备战》说，罗德里克决心反叛。他让属下在属地内传送燃烧的十字架，把部落动员起来，准备作战。道格拉斯逃到岛外的一个隐士洞穴内藏身，表示与叛乱无关。罗德里克听到艾伦在向圣母祷告，他凄惨地意识到，这将是他最后一次听到艾伦的声音，然后举兵直指王都。

在这一诗章的第3诗节，诗人写入一首《挽歌》，悼念苏格兰11世纪的民族英雄的早逝，情真意切，叫人读后回肠荡气：

他去往山上，/ 在林中迷失了方向，/ 像夏日的泉水枯竭，/ 当我们最需要的时节。/ 泉水还会涌现/ 雨水将给它补偿；/ 但是我们不再有欢乐，/ 邓肯不再有明天。

收割者的手掌/ 拔掉发枯的谷穗；/ 而人们的悲泣哀吟/ 竟为了风华正茂的人。/ 秋风的呼啸/ 吹落凋谢的树叶；/ 但我们的花儿正红/ 却遭到风打雨淋。

捷足者，在山凹，/ 谋士，在窘境，/ 突击手，在进袭中，/ 你睡得多沉静！/ 像山上的露水，/ 像河水的一泛，/ 像泉中的泡沫，/ 你走了，一去不返。[133]

第 4 诗章《预言》叙述罗德里克得到一位隐士的预言说，周围各部落将不会加入他的反叛行列，他落下眼泪，决心战斗到底。艾伦担心父亲的下落。这时詹姆斯·菲茨詹姆斯在向导的带领下来到岛上，遇到一个因新郎在婚礼上被杀而发疯的新娘布兰西。布兰西警告他说，他的向导要杀死他。詹姆斯·菲茨詹姆斯猛回首，他的向导果然在朝他攻击。他和向导搏斗，把他杀死。他见到艾伦，劝她和他私奔，艾伦拒绝，说自己是罪人之女，而且她爱另外一人。詹姆斯·菲茨詹姆斯无奈，但依然给她留下一枚戒指，告诉她说，这枚戒指可以让国王答应她的任何请求。然后他趁夜间步行离岛。其间他碰上一个武士，二人结为朋友。

第 5 诗章《决斗》叙述说，二人次晨朝边界走去，边行边辩，詹姆斯·菲茨詹姆斯指责高地部落，而武士则指责低地部落，詹姆斯·菲茨詹姆斯发誓见到对方的人一定复仇，不料武士突然吹一声口哨，立刻就有几百位埋伏着的士兵现身求战。原来和詹姆斯·菲茨詹姆斯同行的这个武士竟是罗德里克装扮而成。罗德里克坚持和詹姆斯·菲茨詹姆斯进行一对一决斗。二人决斗结果是罗德里克受重伤。詹姆斯·菲茨詹姆斯回城，看到道格拉斯前来投降，以求拯救罗德里克与马尔科姆的性命。詹姆斯·菲茨詹姆斯也把他逮捕，打入狱中。

最后一诗章《监狱》说，次日早晨，艾伦和歌手到城堡监狱看望父亲。她被领到楼上的屋里等候，歌手到底层去见罗德里克，为他歌唱，罗德里克听完一曲就死去。这时詹姆斯·菲茨詹姆斯前来招呼艾伦去见国王，到了那里，已在屋里的人们都脱帽致意，艾伦突然明白，詹姆斯·菲茨詹姆斯原来就是国王。詹姆斯·菲茨詹姆斯对她说，她的父亲已被赦免，他准许她和马尔科姆结为夫妻。

这首诗作的主要故事情节具有很强的田园美。艾伦虽然不是“自然女神”，但为诗歌带来一种古老的苏格兰传统的韵味。诗中所刻画的武士的形象，包括国王在内，都充溢着一种古色古香的骑士精神，慷慨、忠诚、通达，处处透出人性的自然美。在叙事方面，故事情节跌宕，悬念奇妙，事件安排得轻重有序。有些手法，如伪装，特别是国王的身份的伪装，精妙无比，给读者一种意外的惊喜，也为故事平添一抹神秘的色彩。

《玛密恩》

这首诗作共包括6诗章，每章都有一篇动人的序诗作开首。《玛密恩》的故事发生在16世纪初亨利八世在位的时期。他的一位宠臣玛密恩勋爵（一个虚构的人物）是一个性格复杂的人。他既有高尚的一面，又能做出坏事。他和一位名为康斯坦丝的尼姑私通，这位尼姑扮作他的书童跟随在他的左右。后来他厌烦了康斯坦丝，爱上一位名为克拉拉·克莱尔的富有女继承人，然而克拉拉已和戴·威尔顿勋爵订婚。玛密恩于是捏造出一封信件，诬告戴·威尔顿参与一项叛国阴谋。玛密恩是在康斯坦丝的协助下做成这件事情的。戴·威尔顿要求通过决斗捍卫自己的荣誉。他在和玛密恩的决斗中，战败受重伤，被遗弃在场地待死。克拉拉为躲避玛密恩的骚扰而到一个女修道院避难。康斯坦丝原以为，她现在掌握了玛密恩运用伪证陷害他人的秘密，就可以保证她和他的关系继续下去。然而聪明反被聪明误，她的劣迹被告密到女修道院，女修道院判处她以死罪，把她关起来待处死。玛密恩把她遗弃。康斯坦丝在死前把证明玛密恩伪造证据的文件交付给女修道院院长。戴·威尔顿在决斗战败后幸存下来，逃亡国外，后来扮作一个朝圣者返回英国。玛密恩后来前往苏格兰王宫执行公务，一边伪装执行和平使命，一边视察苏格兰与英格兰作战的准备情况。戴·威尔顿尾随在他身后伺机对他采取措施。戴·威尔顿在爱丁堡见到女修道院院长和随侍在院长左右的克拉拉，这位院长把从康斯坦丝那里得到的文件提供给他。他立刻逃到英军营帐里，名誉得到恢复。玛密恩在戴·威尔顿对他采取行动之前，就在随后的弗洛登战斗中战死。戴·威尔顿在战斗中表现出色，他的清白得到澄清。他也取回了被充公的财产，和克拉拉最后结成百年之好。在这首诗歌里，诗人嵌入两首著名的抒情诗——《情人将在哪里安歇？》（“Where shall the lover rest?”）及《洛钦瓦尔》（“Lochinvar”）。

《玛密恩》出版后极受读者欢迎，在19世纪一版再版，一直是畅销作品之一。评论界有褒有贬。人们批评的要点在于：开始部分在结构上影响情节，情节有时显得模糊，主要人物玛密恩的品德不宜做主人公，作家加进的历史知识太多，对武士精神的宣扬有些过度等。但是诗人的知名度依然是有增无减。

小说

《威弗利》

司各特最著名的小说作品是“威弗利”小说系列。这些主要取材于苏格兰的小说充分证明了司各特在小说创作方面的精深造诣。他的第一部小说、3卷本的《威弗利》，出版10年之后仍然很畅销。这部小说之所以最出名，是因为此后有一系列作品都归在以它命名的系列中。所以，尽管它并不一定是司各特所有作品中最出色的一部，但它却囊括了作家后来的作品所做的进一步详述的主要内容。[134]在“威弗利”小说系列中常被人们津津乐道的有《中洛辛郡的心脏》、《艾凡赫》、《修墓人》、《罗布·罗伊》、《修道院院长》、《尼格尔的祖产》、《肯尼尔华斯》、《盖伊·曼纳林》等。

《威弗利》讲述发生在从作者时代算起60年前的一个浪漫故事。故事发生在1745年英国王位的觊觎者——查尔斯·斯图亚特王子——举行叛乱的时期。那是一个变革的时代，斯图亚特家族向在英国王室当权的汉诺威家族提出挑战，要恢复自1688年以来就处于劣势的斯图亚特王朝。主人公爱德华·威弗利人如其名，是一个立场不定的骑墙派。他在当权的乔治国王与斯图亚特派踌躇满志的查尔斯王子之间举棋不定。威弗利依靠父亲是朝廷重臣的关系，在驻扎于苏格兰的骑兵队谋得一份职务。在那里他走访了他叔父的朋友、思想倾向于斯图亚特派的老伯爵布拉德瓦丁，得到伯爵的女儿露丝的赏识。他还接触了一位当地的年轻首领、斯图亚特派的支持者弗格斯。弗格斯鼓励威弗利追求自己的妹妹弗洛拉，弗洛拉比哥哥更忠于斯图亚特派。威弗利的这些行动受到上司的怀疑。与此同时，他陷入斯图亚特派安排的圈套，在自己的军旅里被指责煽动叛乱，于是被政府撤职和逮捕。他在狱里被露丝搭救。他见到查尔斯王子，成为座上宾，于是他宣誓效忠于斯图亚特派。后来在普利斯顿潘斯战役里，他有幸救出英军上校、他家的朋友——塔尔博特。后来查尔斯王子的败势愈益明显，终于在库勒登战役中，王子的夺权计划落空，弗格斯和威弗利等一并被英军俘虏。弗格斯将被处决。他面对死亡大义凛然，气概英勇。威弗利在塔尔博特的帮助下，最后得到赦免。他最终赢得国王的信任，继承父亲遗产，娶了露丝为妻。

小说对主要人物的塑造值得注意。首先，威弗利这个人物的形象非常丰满，作者对他成长的每个阶段都进行了详尽描述。威弗利的缺点非常突出。他虽是主人公，但与弗格斯相比却不够英勇。他很虚荣、浪漫、被动、平庸，有时还以自我为中心。他不够聪明，不能判断在权力之争中哪一方会获胜，这是他在争夺王权的两派力量之间举棋不定的主要原因。但他的各种言行——从他对英国王室掌权的汉诺威派与日俱增的仇恨、对弗格斯的态度从尊敬到藐视再到崇敬的变化、他时而显露出的勇气与慷慨胸怀，到他对露丝的挚爱等，所有这些都一览无余地展现在读者面前，让人们看到生活在18世纪英格兰和苏格兰边界地区的激烈争斗中的一个活生生的人物。[135]

由于在小说中威弗利的形象还不够“英雄”，所以作家感到有必要加入弗格斯和其他一系列具有这种气质的人物，作为威弗利的性格的补充和对比，进一步充实作品的英雄主义内涵。这种手法十分引人注目。从真正意义上说，弗格斯是书中名副其实的英雄。不可否认，他有些自以为是，甚至有时为达目的竟不择手段，但他能够做到举止高贵、一心不二，具有令人钦佩的英雄气概。比如他可以利用自己的妹妹做诱饵，以使威弗利站到查尔斯王子一边，他可以请求查尔斯王子帮他说服富有的男爵女儿答应他的求婚，但当查尔斯王子失利时，他却坚决予以支持并为之而战，最终做到视死如归。司各特的描写细致入微，使弗格斯这一人物形象栩栩如生。司各特还特别安排活动场景，让其他一些人物如伊凡·杜·麦克姆比奇等充分展现他们的自我，对威弗利的性格缺陷加以补充和陪衬。伊凡主动用五名部下加上自己作为交换条件拯救弗格斯，这一行为表现出他的英雄气概，令威弗利相形见绌。此外还有弗洛拉这个和哥哥一样忠心耿耿的女孩，她坚决拒绝威弗利的追求；布拉德瓦丁伯爵令人发笑的忠诚，他见大势已去而接受失败、听从命运安排的英雄姿态，以及塔尔博特上校在关键时刻出面搭救威弗利出险境，等等——这些人物与威弗利两相辉映，充分显示出他的思想状态。他和弗格斯的命运给人一种有趣的启迪：威弗利因动摇而继续生存，而弗格斯则因为责任心和忠诚在叛乱结束后失去生命。这种结果虽有哲学意味，但不足以为训。它只能表明作家所描写的重点所在：在双方的生死对峙中，小说的焦点是威弗利，而不是弗格斯。

《中洛辛郡的心脏》

这部小说是作家的“威弗利”小说系列中的一卷。它的题目里所说的“中洛辛郡的心脏”是指爱丁堡的图尔布斯监狱而言，这座监狱位于苏格兰的中洛辛郡的中心部位。小说故事的背景是1736年的暴动，暴动所牵涉的主要人物波蒂亚斯被捕，关在爱丁堡监狱里，被判处死刑。同时在那里被处极刑的还有埃菲·狄恩斯，小说也讲述了她和为她获赦而奔波的妹妹珍妮的故事。[136]

第一部分开始说到1736年在爱丁堡发生的所谓“波蒂亚斯暴乱”。事情的始末是这样的：抢劫犯安德鲁·威尔逊帮助他的同伙越狱成功，被判绞刑，执行官是城市的卫戍司令约翰·波蒂亚斯，因为他和他的属下野蛮地虐待威尔逊，引起公众的骚乱，波蒂亚斯于是命令部下向人群开火，他本人也同时开枪，结果造成数人伤亡。他因此被判谋杀罪，后来在最后时刻得到赦免。一伙群众在乔治·斯汤顿的带领下，攻入监狱，抓住波蒂亚斯，把他拷打致死。斯汤顿是来自富贵之家的纨绔子弟，他也曾希望同时救出他的情人埃菲·狄恩斯，她因弑婴罪正在狱中等待判决。但她拒绝越狱。

第二部分叙述对埃菲·狄恩斯进行审判和判罪的情况。前此，埃菲·狄恩斯受到斯汤顿的引诱而怀孕，但她向父亲和妹妹以及雇主们隐瞒了情况。她在法庭上既不能出示孩子，事先也未告诉任何人关于她怀孕之事，所以人们设想她为隐藏她的罪恶，已把孩子杀死。事实上孩子依然活着，斯汤顿以前的情妇玛吉·威尔德菲尔精神失常，她趁埃菲患病时把孩子偷走。埃菲的妹妹珍妮在法庭上，当被问到埃菲是否曾把怀孕之事告诉过她时，她感到处境非常尴尬。虽然她可以撒一个小谎救下姐姐的性命，但是她的宗教和道德信念不允许她作伪证。结果，埃菲被判死刑。

接下来一部分讲述珍妮为搭救她相信无辜的姐姐而步行前往伦敦，路上遇到玛吉和她的母亲麦格·默多克森，得知麦格因报复斯汤顿奸污自己的女儿，已把孩子卖给一个流浪女人。珍妮在伦敦得到阿尔杰勒公爵的帮助，受到女王卡罗莱娜的接见，她真挚而动人的吁请得到女王的赞许，女王批准赦免埃菲。

最后一部分描写珍妮和自己的亲人（一个牧师）结婚，住在阿尔杰勒公爵的庄园里。埃菲获赦后与斯汤顿结婚。多年之后，斯汤顿在寻找失落的儿子时，被一个匪徒杀死，这个匪徒竟是他的儿子。他的儿子逃亡美洲，和印第安人的一个部落住在一起。

小说的主要人物珍妮是在司各特作品里出现的第一个女性主人公，她是司各特描绘得最完美、最逼真的女人形象。珍妮来自社会下层，她没有什么值得人们注意之处。她身材矮胖，圆脸，黝黑的面皮，灰色眼睛，浅色头发，她唯一引人注目之处是她的善意而平和的态度。她相信真理必胜。这一点也是小说的说教要点所在。珍妮坚持她受教育时所接受的道德原则，虽然事关姐姐的性命，姐姐也请求她说谎，但她也不愿违背这些原则；对上帝的爱高于姐妹之间的爱。这并非意味着她对姐姐的冤屈视而不见。她只身步行去伦敦一事也是她的情操必然会让她采取的英勇行动。另外值得注意的一点是，小说也表示出作家对18世纪前期在苏格兰发动的恢复斯图亚特王朝的事件的同情，这一点通过阿尔杰勒公爵的温和态度表现出来。在技巧方面，司各特一反此前许多作品启动缓慢的缺憾，从第2章开始就进入故事的情节，把波蒂亚斯暴乱推向读者的视野。

在这部小说里，司各特写入不少抒情诗，其中最著名的一首是《骄傲的梅西》。这是玛吉·威尔德菲尔躺在死刑犯狱室的床上唱的一首歌曲：

> 骄傲的梅西在林间散步，/ 时间正当清晓；/ 可爱的知更鸟在枝头歌唱，/ 歌声多么美妙。
>
> “请告诉我，美丽的小鸟，/ 我何时能做新娘?”/ “等到走来六个殡葬人，/ 将你抬往教堂。”
>
> “谁将为我制做新床，/ 鸟啊，你要说实话？”/ “教堂司事白发爸爸，/ 他将为你把墓挖。
>
> “萤火虫将在墓石间闪烁/ 为你把路照亮；/ 猫头鹰将在塔尖高歌，/ 欢迎你，骄傲的姑娘。”[137]

《艾凡赫》

这部小说共44章，讲述在十字军东征期间与英国国王“狮心理查”

有关的一个故事。撒克逊贵族塞德里克的儿子艾凡赫爱上了洛维娜。洛维娜也是撒克逊贵族之后，她的家谱可追溯到阿尔弗雷德大帝去。她接受了艾凡赫的求爱，但这遭到塞德里克的激烈反对。塞德里克一心推翻王室当权的诺曼底系，恢复撒克逊系的统治地位，他看中了同样出身于撒克逊贵族的阿瑟尔斯坦，认为他和洛维娜成婚是完成这项大业的最佳途径。所以当他得知儿子艾凡赫与洛维娜相爱时，就勃然大怒，把儿子扫地出门。

艾凡赫离家后参加了英王"狮心理查"率领的十字军东征队伍，表现非常出色，受到英王的赏识。"狮心理查"的弟弟约翰亲王在他离开英国期间，乘机网罗违法乱纪、道德败坏的诺曼底贵族，企图推翻"狮心理查"，自己取而代之。恰在这个重要时刻，"狮心理查"在从巴勒斯坦归来的路上，在奥地利遭到拘禁。后来他经过曲折，摆脱困境，和艾凡赫暗中回国。他化装成"黑衣骑士"，艾凡赫装扮成一个虔诚的朝圣者。他们一起前去参加在阿什利城举行的比武。在比武场上，"狮心理查"帮助艾凡赫击败约翰亲王一方的所有武士，包括圣殿会的布莱恩爵士在内。艾凡赫命名洛维娜为"爱与美的王后"，自己则当众亮相。但是，他因受重伤，随后就倒在地上。

约翰亲王得知"狮心理查"已经逃离奥地利，于是和部下开始商议如何阻止他东山再起。他的一个下属在塞德里克一行人离开比武场回家的路上埋伏下士兵，把这些撒克逊人全部监禁到托奎尔斯通城里。这些人包括塞德里克、阿瑟尔斯坦、受伤的艾凡赫、照顾艾凡赫的犹太人以撒及他的美丽的女儿丽蓓卡等。"狮心理查"得知以后，便和罗克斯利（即罗宾汉）一起率领人马前来围攻托奎尔斯通城，救出城里除丽蓓卡以外的所有撒克逊人俘虏。最后城中起火，把该城烧毁。

丽蓓卡被布莱恩爵士劫至圣殿会，圣殿会主和其他成员都指责他把一个犹太人带进圣殿。同时，他们也怀疑并且指责丽蓓卡施行巫术，使布莱恩违心在她的魔力下把她带进这里。他们于是在圣殿会设公堂审讯她。布莱恩这时已经爱上丽蓓卡，他为她出主意，要她提出通过决斗判定她是否有罪，丽蓓卡采纳了他的建议。她的要求得到圣殿会同意后，她开始等待一个武士英雄前来为她而战。圣殿会一方硬性指定布莱恩出战，提出他倘然赢得决斗，丽蓓卡将被处死，如果他失败，他本人将失掉性命。在受伤期间受到丽蓓卡殷勤照看的艾凡赫这时挺身而出，作为代表她的斗士出战。在搏斗中，艾凡赫由于身体虚弱，在第一回合就被掀下马来。但是就在那个时刻，布莱恩却突然死于他本身的强烈矛盾感情的冲击，于是艾凡赫成为胜者。

“狮心理查”这时也击败了一场埋伏，亮出自己的国王身份，最后回到王室。在理查王的斡旋下，艾凡赫和洛维娜喜结连理。洛维娜前来看望丽蓓卡，感谢她拯救了艾凡赫的性命。丽蓓卡压抑住对艾凡赫的爱，随父亲离开英国，前往格林拉纳达。后来艾凡赫在理查王的麾下创下了英雄业绩。

司各特在《序言》里说，小说里讲的故事发生在理查一世当政的 12 世纪（1189-1199）。这就是说，故事发生在诺曼底征服英伦三岛四代人的时间以后，当时撒克逊和诺曼底两个民族之间依然存在着尖锐矛盾，习俗和感情全然不同。一方面是撒克逊人，朴实、粗犷、自由、豪放，另一方面是诺曼底人，好战、冒险、以骑士精神自律和自豪。撒克逊人种田，而诺曼底人作为征服者高高在上，不愿和他们混为一个族群。撒克逊人中有一部分既有实力又有钱财，时刻幻想着推翻英国王室。加之约翰王子和他的属下对撒克逊人更肆无忌惮，随意没收他们的土地，甚至把撒克逊地主贬为奴仆。社会和阶级矛盾日益加深。两族相互抵触，关系紧张到剑拔弩张的程度。当时理查一世率领十字军东征离开英国已经 4 年，在奥地利的牢狱里度过相当长的时间，回国后面临叛乱和尖锐矛盾，所以对于英国来说，那是一个很重要的时刻，是英国历史上最艰难的一个阶段。《艾凡赫》把这个阶段的情况通过虚构的艺术手段生动地再现出来。[138] 小说不仅再现出那个消逝了的时代的气氛，而且对那个时代做出了一定的评判。《艾凡赫》竭力提出解决这个民族矛盾的途径。事实上，他笔下的艾凡赫是个民族和解的象征：他是撒克逊武士，但又得到诺曼底王理查一世的赏识。所以，作家可能在提出，他是解决问题的钥匙、化解矛盾的最佳手段。

这部小说被人们认为是司各特的最佳作品。它是一部冒险小说，主要目的在于通过中世纪的英雄主义思想激发和愉悦读者。它的序曲非常庄严，它的悬念此起彼伏。有些场面令人难以忘怀，例如艾凡赫一身正气、催促坐骑进入角斗场时的情景，约翰亲王当众讥笑罗克斯利的场面，以及对罗克斯利的描述等。此书是作家首次脱离“威弗利”小说系列的时空，把时间拉回到 12 世纪十字军东征期间，把空间扩展到英格兰，以英国历史为基点讲述故事。由于司各特写书一般速度很快，他在写《艾凡赫》时又恰值病中，因而难免会出现一些与他所描写的历史阶段不相符合的情况。但瑕不掩瑜，《艾凡赫》是作家的最闻名的历史小说。

《昆廷·达沃德》

这部小说共有37章，背景是15世纪的法国。司各特认为，曾在欧洲发挥过巨大作用的封建制度，到15世纪，其气数已尽，它已不再是国家防卫的中枢，它的精神活力的主要象征——骑士精神——也已被遗弃。司各特认为，骑士精神无论显得如何荒谬和奇特，总是以人的慷慨和无私等品质为其存在的基础；人世倘若没有了这种精神，人们就很难设想过上合乎美德标准的生活了。然而，在15世纪，个人利益成为人们公开为之奋斗的行动准则。法国的路易十一就是这个时代嘲弄和放弃人的高尚原则的典型代表。此人狡猾、残酷、迷信，是一个纯粹的自私者，满腹的狼心狗肺，损人利己，贪得无厌，尽其一切手段和能力破坏和抵消荣誉和贞操的价值。这部作品的主旨在于刻画这个“魔鬼式”人物的卑鄙和罪孽。他的对立面是勃艮第大公国的“勇士查尔斯”，他性情暴烈，好轻举妄动。勃艮第大公国是法国的藩属，把法国看作自己的敌人。

《昆廷·达沃德》的情节重点在于表现路易十一和勃艮第的“勇悍的”查尔斯公爵之间的斗争。路易十一阴谋鼓动列日城人暴乱反抗查尔斯，在同伙“阿登山的野熊”玛尔克的威廉的帮助下，把查尔斯的姐夫列日主教谋杀。与此同时，他却在佩隆走访查尔斯，以友好的姿态欺骗查尔斯。查尔斯指责他煽动暴乱，把他监禁起来。路易十一凭着他的冷静、谨慎和才干，逐步缓和查尔斯的怀疑，最后取得自由。

小说题目里所说的人物——昆廷·达沃德——的浪漫故事在小说里属于次要情节。在这个情节里，克洛瓦依的伊莎贝尔——勃艮第的一个女继承人，因为查尔斯要把她许给他手下一个令人讨厌的部属，而逃婚到路易十一那里避难。路易十一则想把她许给他的亲信玛尔克的威廉。于是他以护送她到列日主教处为借口，派遣昆廷·达沃德把她送到弗兰德去。年轻的昆廷·达沃德出生于苏格兰，他为摆脱贫苦而来到法国，在路易十一的军队的“苏格兰射手队”里任职。他在护送过程中多次帮伊莎贝尔脱险，揭穿、挫败路易十一的阴谋，最后策划了玛尔克的威廉的毁灭，从而赢得了伊莎贝尔的信任和爱情，二人最终结为百年之好。

《昆廷·达沃德》的写作时间是在拿破仑战争结束之后不久，那时英国读者对法国的变迁很感兴趣。这部小说是司各特的第一部题材涉及欧洲的作品。15世纪的法国封建制度在路易十一时代正在解体，一个新的中央集权的现代法国正在脱颖而出。小说所反映的是勃艮第大公国和法国之间争夺商业贸易城市列日城（位于今天的比利时）的情况。当时的欧洲处于新旧交替阶段，在封建统治制度结束以后，新的贸易阶层脱颖而出，同时也出现了争权夺利的地方诸侯，骑士精神日渐削弱与瓦解。《昆廷·达沃德》的问世受到读者的热烈欢迎。

《十字军东征》（或《护符》）

这部小说主要描写第三次十字军东征的情况。1187年，萨拉丁攻克包括圣城耶路撒冷在内的巴勒斯坦绝大部分，欧洲发动第三次十字军东征。十字军阵营内由于领导人之间的意见分歧，相互嫉妒和倾轧，军力开始四分五裂。在诸位领袖人物中影响最大的是英国国王“狮心理查”，他当时正在病中，这对十字军方面的局势无异于火上浇油，各部之间的裂痕日益扩大。

当时远离军营、执行任务的一个苏格兰骑士——肯尼思爵士(又名“豹子骑士”）与敌方的一个酋长相遭遇，双方交战数个回合，不分上下，于是二人结交为友。这个“酋长”不是别人，正是敌方的司令萨拉丁。萨拉丁趁机扮作一个摩尔族医生，佯装受苏丹的派遣，潜入十字军军帐，为“狮心理查”治病。他运用一种护符，很快使他恢复健康。这部小说就是以此“护符”作题目的。

夜晚，肯尼思爵士作为英国国旗的护旗手守夜，但“狮心理查”的妻子、王后伯琳佳丽娅把他唤走，说要告诉他一个关于伊迪丝·金雀花的秘密；肯尼思心里一直钟爱着伊迪丝。在他离开岗位期间，英国国旗被推倒，他的爱犬也受伤。肯尼思蒙受奇耻大辱，险遭“狮心理查”处决丢掉性命，“酋长”（即萨拉丁）这时出面斡旋，同意收下他为奴隶。

萨拉丁对他态度亲切，以礼待之，之后把他送回“狮心理查”的身边做哑巴侍从。有一次有人行刺国王，肯尼思在危急的情况下搭救“狮心理查”脱险。“狮心理查”逐渐发现了他的伪装，于是给他机会找出推倒英国国旗的人。当十字军列队走过重新立起的国旗时，肯尼思的狗突然朝“狮心理查”的对手——芒特费拉特的康拉德侯爵扑去，把他拉下马来。接下来是判定康拉德的罪过，决定通过康拉德与肯尼思之间的决斗来作出结论。在决斗中，肯尼思刺伤康拉德而获胜。后来发现肯尼思爵士原来竟是苏格兰的大卫王子。他的皇族出身使他能和伊迪丝·金雀花门第相配，最后结为伉俪。

简·奥斯汀（Jane Austen, 1775-1817）

在浪漫主义作家华兹华斯和柯勒律治的同龄人中有位女小说家，曾说自己“是斗胆成为作家的女性中最才疏学浅的一个”，自己的创作就像是“在方寸大小的象牙上所做的雕虫小技，劳心费力，却成效甚微”。[139]。这位谦卑的作家，死后却受到了许多知名大作家的崇拜。她就是简•奥斯汀。

奥斯汀生于英格兰西南部罕布什尔的史蒂文顿镇。母亲卡桑德拉出身于当地一个显赫的贵族家庭。父亲的祖上曾做过羊毛纺织业，后来靠这一生意发家，逐渐成为拥有田产的士绅阶层。从1765年到1801年，奥斯汀的父亲一直是史蒂文顿教区的英国国教牧师，此外，他靠务农和在家里办学来贴补家用。他还是位藏书丰富的学者。奥斯汀在6～9岁期间，曾接受过短暂的学校教育，此后在父亲和两个哥哥的指点下在家读书。父亲尽管没有为女儿们提供像男孩子一样的正规教育，却为她们提供了丰富的藏书。奥斯汀得益于家中浓厚的书香气息，阅读了大量的18世纪以及浪漫主义时期作家的作品，如理查德森、菲尔丁、蒲伯、哥尔斯密、休谟、约翰逊、司各特、库柏以及拜伦等人的作品。此外，她还是当时女小说家们的热心读者，对弗朗西斯·伯尼（Frances Burney, 1752-1840）、玛丽·布兰顿（Mary Brunton, 1778-1818）、安·莱德克利夫（Ann Radcliffe, 1764-1823）以及玛丽娅·艾奇沃斯（Maria Edgeworth, 1767-1849）的小说都很熟悉。[140]奥斯汀很早就开始了自己的创作。一家人对奥斯汀的写作持有一种非常宽容的态度。按照奥斯汀的传记作家帕克·霍楠（Park Honan）的记载，奥斯汀一家生活在一种轻松、开放的家庭气氛中，家人间经常自由地讨论不同的政治和社会观点。晚上，奥斯汀经常大声地给家人朗读自己的小说。此外，奥斯汀定期去教堂礼拜，还经常参加朋友和邻里间的社交活动。据奥斯汀的哥哥亨利说，奥斯汀很喜欢跳舞，并且跳得非常出色。

1801年，奥斯汀的父亲退休，之后带着妻子和两个女儿搬到疗养胜地巴斯居住。1805年父亲去世后，奥斯汀姐妹和母亲的生活每况愈下，曾辗转到南安普顿与奥斯汀的兄长弗兰克生活了几年。1809年，又投奔长兄爱德华，移居朝顿庄园（Chawton House），最后在这里安顿下来。她住过的房屋现在成了奥斯汀纪念馆，是远近闻名的旅游景点。在朝顿，她们的日子比在巴斯平静得多。她们与当地的贵族很少往来，只在家人、亲戚到访时才偶尔热闹一下。据奥斯汀的侄女回忆，奥斯汀住在朝顿时看书很多，几乎每天写作。家人还分担了她的一部分家务，以便让她能有更多的机会写作。

奥斯汀一生未嫁。1796 年，她与在当地走访亲戚的爱尔兰贵族青年汤姆·洛弗罗伊（Tom Lefroy）有过短暂的往来，但由于男方家庭的反对，两人的爱情不了了之。洛弗罗伊后来成为了爱尔兰的最高法官，他可能就是《傲慢与偏见》中达西先生的原型。1802 年，比奥斯汀小 6 岁的哈里斯·彼格—威瑟（Harris Bigg-Wither）向她求婚。奥斯汀最初接受了，但次日又改变了主意。此后，奥斯汀一直和她的家人生活在一起。

1816 年，奥斯汀的健康状况恶化，1817 年搬到温彻斯特疗养，同年 7 月病逝，享年 42 岁。她死后被葬在温彻斯特大教堂里。[141]

奥斯汀早在 12 岁时就开始为娱乐家人而写诗、故事和戏剧。后来她把这些早期作品的修改稿装订成三大本，称为《少年读物》（*Juvenilia*），主要收录了 1787 年～1793 年的 29 篇作品。在这些作品当中，有一篇名为《爱情与友谊》（*Love and Freindship*）的书信体小说，嘲弄了当时非常流行的感伤小说。另一篇名为《英格兰历史》（*The History of England*），这个历史故事戏仿了当时盛行的历史题材小说，尤其是奥利弗·哥尔斯密（Oliver Goldsmith, 1730-1774）的《英国历史》（*History of England*, 1764）一书。在这段时期，奥斯汀尝试了各种小说的写作形式。她开始以感伤浪漫小说、书信体小说以及哥特式小说为表现形式，有意识地嘲讽女性文学的传统以及这种传统对女性心理的成长和发展所带来的消极影响。她用轻松的笔调嘲弄了女性过度迷信爱情、崇尚娇弱、渴望男性垂青等心理，批评了女性教育中的误区以及婚姻市场上的种种欺诈伎俩。[142]

奥斯汀的正式写作生涯分为两个阶段。1795 年～1798 年为第一阶段。在这期间，她完成了《理智与情感》（*Sense and Sensibility*, 1811）、《傲慢与偏见》（*Pride and Prejudice*, 1813）和《诺桑觉寺》（*Northanger Abbey*, 1818）的创作。《伊利诺和玛丽安娜》（*Elinor and Marianne*）是《理智与情感》的最早雏形，早在 1795 年她就开始创作，后来几经修改，16 年后才最终出版。《傲慢与偏见》原名《第一印象》（*First Impression*），写于 1797 年。最初交给出版社时，曾遭到拒绝，被尘封了近 10 年之后，才得见天日。《诺桑觉寺》原名《苏珊》（*Susan*），写于 1798～1799 年，虽然没有像《傲慢与偏见》一样遭遇拒绝，但却迟迟不见出版，直到作家去世以后才面世。第二个阶段始自 1811 年《理智与情感》出版以后。

《曼斯菲尔德庄园》（*Mansfield Park*, 1814）、《爱玛》（*Emma*, 1815）和《劝说》（*Persuasion*, 1818）都是这个时期的创作成果。鉴于当时的人们对女性写作的偏见，奥斯汀的小说全部是匿名出版。尽管如此，《理智与情感》、《傲慢与偏见》、《曼斯菲尔德庄园》和《爱玛》出版后，都一举成功，还是让人们知道了这位作者的真实身份。但是，奥斯汀为人低调，依然过着远离名利的平凡生活。她病逝后还留下一部名为《桑迪顿》（*Sanditon*）的小说没有完稿。

奥斯汀的作品除遭到出版商的冷落和忽视外，最初在评论界也并未获得很高的评价。只有为数不多的人发表评论，大多数评论都蜻蜓点水，言语简短，措辞谨慎，并且多限于讨论小说的道德意义。但是当时声望最高的小说家司各特爵士却慧眼独具。他对奥斯汀的小说发表了一篇匿名评论，先为当时备受争议的小说文体辩护，然后对奥斯汀给予了很高评价，说："这位年轻的女士很擅长描写日常生活中的人物和情感，是我所见之中最高超的。"[143]当时推崇奥斯汀的人还包括柯勒律治、罗伯特·骚塞、锡德尼·史密斯（Sydney Smith, 1771-1845）、爱德华·菲茨杰拉德（Edward Fitzgerald, 1809-1883）等人。据说当时还是摄政王的乔治四世在所有的住所都备有一套奥斯汀小说供他随时阅读。迫于他的要求，奥斯汀还把自己最喜爱的小说《爱玛》题献给他。1821 年，英国的逻辑学家、神学作家理查德·沃特利（Richard Whately, 1787-1863）对奥斯汀给予了重要评价。他把奥斯汀与荷马和莎士比亚这两个伟人相提并论，高度赞扬了奥斯汀小说的戏剧化叙事风格。沃特利和司各特的评价为后世对奥斯汀的评价奠定了基调。在 1840 年到 1850 年间，哲学家、文学批评家乔治·亨利·刘易斯（George Henry Lewes, 1817-1878）对奥斯汀的小说发表了一系列热情洋溢的评论。之后，小说家亨利·詹姆斯（Henry James, 1843-1916）也多次以溢美之词提及奥斯汀，称她是"他们的、我们的、所有人的、亲爱的简"（their dear, our dear, everybody's dear Jane），他甚至把奥斯汀和莎士比亚、塞万提斯（Miguelde Cervantes, 1547-1616）和亨利·菲尔丁并列为"描绘生活丹青的优秀画家"。[144]到 19 世纪中期，奥斯汀的作品还只是受到少数上层文人的青睐。这些奥斯汀的崇拜者自诩为高雅的文学精英。在他们眼里，对奥斯汀的欣赏已经成为一种高雅文化品位的象征。但从 1869 年开始，奥斯汀的侄子詹姆斯·爱德华·奥斯汀（James Edward Austen-Leigh）出版了《奥斯汀回忆录》（*A Memoir of Jane Austen*），介绍了这位“令人尊敬的、终身未嫁的”、“亲爱的简姑妈”，使更多的读者了解到这位充满魅力的女作家的情况，从此激起了普通大众对她的热情。自从 20 世纪以来，一些学者将奥斯汀视为英语文学中最伟大的作者之一。到 20 世纪 40 年代，奥斯汀作为“伟大的英国作家”已经得到了学术界的普遍认可。20 世纪后半叶，学术界对于奥斯汀的研究进一步深入，从艺术手法、思想内容到历史、社会背景等诸多方面来挖掘她的小说内涵。而在通俗文化领域，奥斯汀迷们围绕她的生平、作品以及由作品改编的各种电影和电视节目发起了一项奥斯汀文化运动，将奥斯汀研究从曲高和寡的学术研究推向普通大众当中。

从思想上说，奥斯汀是属于 18 世纪的，尽管她生活在浪漫主义盛行的历史时期。18 世纪地主乡绅阶层在政治、宗教和道德伦理上的理想，在作品中明确地表达出来，比如理性重于情感，责任、礼仪和明智的判断胜于浪漫主义所宣扬的激情和个性解放思想等。在写作风格上，她是新古典主义的倡导者，提倡遵循传统小说创作中的秩序、理性、平衡和文雅。在 19 世纪的社会和文学大潮中，她卓尔不群，自成一体，不受当时小说创作时尚和革命思潮的影响，对于浪漫主义运动提出的口号也置之不理。

奥斯汀的小说，无论从主题、人物、社会背景到情节都局限于英国 18 世纪晚期作家本人所属的士绅阶层的日常生活。用作家本人的话说，她的小说写的不过是“乡下的三四户人家”，就像是《傲慢与偏见》中的班纳特一家，或是《理智与情感》中的戴施伍德一家。除此之外，位于社会顶层的世袭贵族和大庄园主，或位于社会底层的穷苦农民，都极少成为她刻画的主要对象。她从自己的生活体验和所处阶层的角度出发，描绘了 19 世纪社会动荡、阶级矛盾尖锐、社会问题日益严重之前的一段时间里，英国乡村平静、安宁、自足的生活面貌。

奥斯汀坚持自己的文学创作原则。她的小说中没有震撼欧洲的大事，没有激动人心的冒险，没有抽象深奥的大道理，甚至连死亡的场景都没有出现过。实际上，她对外部世界并非一无所知。她的哥哥们都见过世面，领略过外面的大千世界；她的一个表亲曾在法国大革命期间去过法国；此外，作家本人敏锐的嗅觉也会了解到外界正在发生的事件。但是，奥斯汀清楚，她对那些内容的了解很肤浅，所以她非常坚定地、明智地选择了书写自己所熟悉的小圈子，而避开任何陌生的领域。这一点人们可以通过奥斯汀仅存的书信资料清楚地看出来。1815 年，英国当时的摄政王曾通过他的家庭牧师，建议奥斯汀写一本历史浪漫传奇献给他，但奥斯汀明确地拒绝了这个要求。她说，“我不能。我必须保持我自己的风格，坚持走自己的路：或许在这方面我可能永远不会成功，但我坚信，在其他任何领域我注定会失败。”[145]弗吉尼亚·乌尔夫对奥斯汀作品的这个特点给予了非常中肯的评价：“奥斯汀女士远比她表面上看来的那样更具有深刻的情感。她激发我们去填补语言之外的内容。她提供给我们的看似琐屑，但其中的内涵却足以拓展我们的思维，赋予我们以各种生活场景的永恒形式。”[146]奥斯汀对于自己写作领域的坚守恰恰反映了她的文学创作原则，即作家只有最大限度地发挥自己的长处，才能最好地展示自己的才华。

奥斯汀小说的题材比较狭窄。夏洛特·勃朗蒂（Charlotte Brontë, 1816-1855）曾批评她的视角过于狭隘。美国作家马克·吐温（Mark Twain, 1835-1910）更尖刻地说：“一个图书馆只要没有奥斯汀的书就是好图书馆。”[147]的确，奥斯汀所有的小说都是围绕乡绅家庭及其邻里亲朋的生活，以青年男女的婚嫁为核心，以舞会、茶会、郊游和闲谈等内容作点缀，来展开故事情节的。然而，恰恰是这些让男性作家嗤之以鼻的“小事”，一旦被奥斯汀信手拈来，便立刻在她笔下熠熠生辉，焕发出了夺目的光彩。奥斯汀认为，一个人与妻子儿女的关系能更真实准确地反映他的道德品质。因此，在她的小说中我们看到，居家的日常琐事同极端的危机境遇一样能反映最基本的人性，一样能透视人性中的美德与弱点。奥斯汀之所以能靠写“乡下的三四户人家”而傲立于英国文学乃至世界文学之林，其魅力就在于她的“方寸牙雕”荟萃了人情世故和世间百态，她的“小天地”折射了大千世界和普遍的人类关系。这样一个浓缩了人类各种关系原型的微观世界，正是奥斯汀获得永恒的力量和魅力的终极源泉。

在人与人的日常关系中，奥斯汀最热衷于，也最擅长于描写适于婚嫁的青年男女之间的关系，而年轻女子更是她的所有小说关注的焦点。从《理智与情感》到《劝说》，奥斯汀真实地再现了中上层社会年轻女子的命运。根据英国当时的法律，家庭财产只能由家族中血缘最近的男性继承。在这种不合理的法律制度下，女性的命运和前途令人担忧：《理智与情感》中的戴施伍德姐妹眼睁睁地看着家庭财产落入别人手里，自己则居无定所，衣食无着；班纳特家的五个成年女儿也是前景暗淡，一旦父亲去世，他们的家产将悉数让给别人；《曼斯菲尔德庄园》中的范尼·普莱斯穷困无助，过着寄人篱下的生活；而《劝说》中的安·艾略特则只能听任自己沦为生活窘迫的老姑娘……鉴于男性在经济、社会和政治上的特权，女性要想生存就要赢得男性的赞许和保护；女性要想摆脱贫困，过上体面的生活，唯一的出路就是嫁个有钱人。因此，恋爱与婚姻成为奥斯汀小说中反复出现的主题；嫁与不嫁，以及为何而嫁，则成为困扰奥斯汀小说中每位年青女性的问题。[148]

在追求爱情和婚姻的过程中，奥斯汀的女性人物因其不同的婚姻观而分成三大类：一类人看重财富和地位，为物质而结婚；一类人看重的是美貌和激情，为浪漫而结婚；另一类人看重的是建立在门当户对基础上的理智的爱情，从根本上来讲，这类人是为爱情而结婚的。通过小说中不同类型的婚姻模式，奥斯汀展现了中上层女性的不同的婚姻观和人生观。同时，也流露出她作为中产阶级女性对婚姻的态度：只为金钱或激情去结婚是愚蠢的，但只有爱情而没有金钱作后盾的婚姻同样是不明智的；理想的婚姻既要两情相悦又要门当户对。在女性问题上，奥斯汀对她笔下人物给予了深切同情，对她们恋爱时的心理进行了细微的刻画。她真挚地赞颂女性身上温柔、聪慧、理性、明智等优秀品质，同时也对她们身上诸如愚蠢、自私、幼稚、轻浮等弱点进行了温和的讽刺和批评。在女性文学的创作传统中，可以说，至今还没有哪一个作家能对女性作如此全面、深刻、细腻的描绘。

奥斯汀的小说情节简单，皆由人物的日常关系自然引发。她对人物和事件的把握适度，下笔精准，尤其是对人物对话的处理恰到好处。她对每一个人物和场景的设计都成竹在胸，总能找到与之匹配的最适合、最恰当的表达方式。她的语言中有一种干练的机智，时时点缀着温和的讽刺。她的语言风格成为小说叙事的一个完美载体：朴素、纯粹、文静、准确、敏锐，略带嘲讽，意蕴深邃。

《傲慢与偏见》

《傲慢与偏见》是奥斯汀的代表作，深受学者和读者的推崇。它的情节说来简单中透着复杂。说它简单，因为它只讲一件事——爱情和婚姻。说它复杂，是因为书里有那么多人物，那么多不同的性格、不同的感情表现。小说的故事很吸引人。它讲的是一个英国乡绅家庭设法把女儿嫁出去的有趣过程。小说开篇的两句已经成为常被人们引用的格言警句："凡是有钱的单身汉，总想娶位太太，这已经成了一条举世公认的真理。这样的单身汉，每逢新搬到一个地方，四邻八舍虽然完全不了解他的性情如何，见解如何，可是，既然这样的一条真理早已在人们心目中根深蒂固，因此人们总是把他看作自己某一个女儿理所应得的一笔财产。”[149]作家开门见山，干脆利落地道出了小说的中心：婚姻是小说中人们关心的头等大事。

小说讲的是班纳特家的故事。班纳特先生是一位教区牧师，拥有在朗布恩的财产。他有五个成年女儿，但是根据法律，他过世后，全部财产将由血缘最近的一位男性、他的远房侄子柯林斯先生来继承。鉴于女儿们的暗淡前途，班纳特太太一生最大的心愿就是为她们找到如意郎君。因此，当她听说一位“黄金”单身汉彬格莱先生要搬到他们这里，她在心里立刻就把他看成自己女儿们的合法猎物。小说就以班纳特先生和夫人的对话开场：

> 有一天班纳特太太对她的丈夫说：“我的好老爷，尼日斐花园终于租出去了，你听说过没有？”
>
> 班纳特先生回答道，他没有听说过。
>
> “的确租出去了，”她说，“朗格太太刚刚上这儿来过，她把这件事的底细，一五一十地告诉了我。”
>
> 班纳特先生没有理睬她。
>
> “你难道不想知道是谁租去的吗？”太太不耐烦地嚷起来了。
>
> “既是你要说给我听，我听听也无妨。”
>
> 这句话足够鼓励她讲下去了。
>
> “哦！亲爱的，你得知道，朗格太太说，租尼日斐花园的是个阔少爷，他是英格兰北部的人；听说他星期一那天，乘着一辆驷马大轿车来看房子，看得非常中意，当场就和莫理斯先生谈妥了；他要在‘米迦勒节’以前搬进来，打算下个周末先叫几个佣人来住。”
>
> “这个人叫什么名字？”
>
> “彬格莱。”
>
> “有太太的呢，还是单身汉？”
>
> “噢！是个单身汉，亲爱的，确确实实是个单身汉！一个有钱的单身汉；每年有四五千镑的收入。真是女儿们的福气！”
>
> “这怎么说？关女儿们什么事？”
>
> “我的好老爷，”太太回答道，“你怎么这样叫人讨厌！告诉你吧，我正在盘算，他要是挑中我们一个女儿做老婆，可多好！”[150]

这段对话把一对老人私下谈论儿女婚嫁大事的情景活灵活现地展现在读者面前，尤其是班纳特夫人可爱、可笑又可怜的母爱的表现，让人看了难以忘怀。这段对话生动、诙谐，人物刻画丰满，戏剧性的场面给人印象深刻，已经成为英国文学中的经典篇章。

班纳特夫妇有五个成年女儿，五个人性格不同，书里重点表现了三个。大女儿简稳重、矜持，二女儿伊丽莎白活泼、热情，是智多星，另外一个女儿莉迪娅虚荣、轻浮、易于冲动。三个人的爱情故事情节错综复杂，盘根错节，最后是皆大欢喜。伊丽莎白的故事尤其感人。有情人经过感情的纠葛、心态的调整，终于相互靠拢，结成百年之好。

故事开始后，在一次舞会上，彬格莱遇到班纳特家的大女儿，美丽、温柔的简，两人一见钟情。但与他一道而来的贵族子弟达西却竭力劝说彬格莱保持冷静，不要冲动。在舞会上，达西遇见班纳特家的二女儿，聪明机智的伊丽莎白。但是达西态度傲慢，对伊丽莎白说了一些轻慢无礼的话，还拒绝同伊丽莎白跳舞。对于达西的傲慢，伊丽莎白非常气恼，从此对他有了偏见。这就是小说题目的最基本的意思。

彬格莱和简两人关系日渐亲密。一天，简冒雨骑马去彬格莱的庄园，结果因受风寒而病倒。伊丽莎白前去照顾姐姐，不料又意外和达西相遇。此时，达西开始情不自禁地受到伊丽莎白的吸引。但伊丽莎白对他的傲慢无礼依然耿耿于怀，一心想要打压他的傲气，在舞会上故意拒绝做他的舞伴。一次进城时，伊丽莎白结识了一位英俊潇洒的年轻军官维克汉姆。从他口中，伊丽莎白得知达西是一个自私冷血的人，是他霸占了维克汉姆家的财产。伊丽莎白出于偏见，也疑心达西在企图拆散彬格莱和简的姻缘，因而对维克汉姆的话深信不疑。在达西的姨妈凯瑟琳夫人举办的舞会上，伊丽莎白对这位贵妇人的态度非常冷淡。达西来向伊丽莎白求婚，口气虽然真诚，但态度依然高傲。伊丽莎白恼恨他破坏简的姻缘，又受到维克汉姆的影响，当场就拒绝了他的求婚，还怒斥他拆散有情人，霸占别人的财产。达西一怒之下离开。次日他写信给伊丽莎白，洗脱了加在自己头上的不实罪名：维克汉姆实际上是一个自私虚荣、用心险恶的无赖之徒。从此，伊丽莎白对达西的偏见开始有所松动。后来，伊丽莎白经不住亲戚的再三邀请，陪同他们去拜访位于潘波利的一处豪华庄园。但出乎她的预料并让她十分尴尬的是，这所庄园的主人竟是达西。更让她吃惊的是，这一次达西对她和她的亲戚都彬彬有礼。正当两人误会消除、关系逐渐亲密的时候，伊丽莎白的小妹妹莉迪娅和维克汉姆私奔了。这时，达西出面，以替维克汉姆偿还所有的债务为条件，促使维克汉姆和莉迪娅结了婚。他最终还促成了彬格莱和简的婚姻。凯瑟琳夫人认为伊丽莎白夺走了本属于自己女儿的达西，于是怒气冲冲地来到班纳特家，向伊丽莎白兴师问罪，态度蛮横地要伊丽莎白允诺不同达西订婚。但是伊丽莎白不畏权势，言辞坚决地回敬了她。凯瑟琳夫人随后去找达西告状，一心想让达西知道伊丽莎白如何没有教养，目中无人。没料想，她这番话反让达西了解了伊丽莎白对他的心意，促使他鼓足勇气去向伊丽莎白第二次求婚，伊丽莎白欣然接受。

达西和伊丽莎白是小说的男女主人公，小说的主要情节是围绕他们之间的冲突与和解进行的。从某种意义上说，小说主要描写伊丽莎白的思想认识的发展过程。她思想敏锐，善于观察和总结，有时忙于下结论，这导致了她在认识上的盲点和误区。这一点主要体现在她和达西的曲折爱情上。达西傲慢，伊丽莎白开始时怀疑达西的品性，对他丝毫也不理会。维克汉姆对达西的恶语攻击，加深了她的反感。后来她参观庄园，有机会耳闻目睹了达西人格中善良的一面，而达西帮助莉迪娅的婚事一事则让她最后认识到了达西的可爱之处。

故事中还穿插着其他人的婚姻故事。例如彬格莱与简的爱情之路曲折但终成眷属，科林斯夫妇的婚姻的世俗味和单调乏味，维克汉姆与莉迪娅之间前途未卜、令人担忧的婚姻，还有班纳特夫妇的经常被读者忽视的痛苦的婚姻。这些描绘简明地勾勒出人类婚姻生活中的几个主要的永久性模式，反映出作家对人生这个重要方面的深邃的洞察力。

书中的人物刻画有血有肉，栩栩如生，尤其是女性人物熠熠生辉，呼之欲出。简美丽恬静，性情温柔；伊丽莎白充满朝气，能言善辩，是英国文学中不朽的女性形象之一；莉迪娅头脑简单，幼稚而浪漫；夏洛特·卢卡斯朴素而实际，知道把握自己的命运；班纳特夫人一心扑在女儿身上，想为她们找到理想的归宿，愚蠢中带着可爱；此外还有世故的彬格莱姐妹、傲慢骄横的凯瑟琳夫人以及她毫无生气的女儿安妮等。这些林林总总的女性人物，个性不一，动机、行为各异，构成了一个五光十色的女性人物长廊。而且，书中对男性人物的刻画也毫不逊色。除了个性复杂的达西外，性情古怪的班纳特先生、性格随和但缺乏主见的彬格莱、集自高自大和奴颜婢膝于一身的庸碌之辈柯林斯，以及浪荡公子维克汉姆等，这些真实的人物及人物身上所反射出的人性都给读者留下了深刻印象。此外，小说中戏剧化的场面、巧妙机智的对话、温和的讽刺，都让人身临其境，如闻其声，如见其人。

《傲慢与偏见》和奥斯汀的其他作品一样，使用了自由间接引语的叙事技巧。所谓“自由间接引语”，是作家根据人物特有的性格特点、思维方式和语言风格，运用自然的、间接引语的方式，把人物的思想展示出来。在小说中，奥斯汀叙事时采用了伊丽莎白这一特定人物的口吻与词汇，引导读者随着她的视角去经历各种事件与冲突，随她一起受到偏见的误导，随她一起喜怒哀乐，也随她一起走向幸福的结局。小说中的“认识曲线，尽管是达西和伊丽莎白两人共同经历的，却只是单单从伊丽莎白的视角来揭示的。在此过程中，伊丽莎白的自由间接引语起到了至关重要的作用，因为我们和伊丽莎白一样，对人对事的立场一直是受她的误解所左右的”。[151]

《爱玛》

《爱玛》为读者讲述了一个幼稚天真、自以为是的小姐乱点鸳鸯谱的故事。小说主人公爱玛·伍德豪斯是一个乡绅家的千金小姐，美丽聪明，性格开朗，在父亲和家庭女教师泰勒小姐的宠爱和悉心照顾下，从小娇生惯养，自以为是。小说一开始，爱玛小姐的家庭女教师、她最好的朋友泰勒小姐喜结良缘，嫁给了临近的鳏夫维斯顿先生。泰勒小姐细心体贴，多年来伍德豪斯父女早已把她当成家人。因此，她的出嫁让父女二人深感失落。但在失落之余，爱玛却又有几分欣慰和自豪。因为当初就是她独具慧眼，介绍两人认识，才有了这桩婚事。从此，爱玛开始满腔热情地给人做媒。她把临近的一个孤女哈丽特·史密斯置于自己的保护之下，主观臆想地安排她的恋爱。哈丽特性格随和，缺乏主见，奉爱玛为楷模，对她言听计从，一次又一次地“爱”上了爱玛给她选定的求婚者。爱玛先是劝说哈丽特拒绝老实正派的佃农罗伯特·马丁，然后竭力鼓励她去追求年轻的牧师埃尔顿先生。不料，一心想攀附权贵的埃尔顿看不起地位低下的哈丽特，却私下里向爱玛求婚。哈丽特伤心欲绝，爱玛做媒第一次失败了。这时，简·费尔法科斯和弗兰克·丘吉尔出现在爱玛的社交圈中。简是总爱唠叨的贝茨小姐的外甥女，貌美才淑，与爱玛不相上下。爱玛一直不能与简友好相处，并把原因归咎为简的冷漠。弗兰克是维斯顿先生的第一个妻子所生，后来被他的贵族舅妈收养。弗兰克来看望父亲和继母，成为伍德豪斯家的常客。他和简早就认识，因此也不断到贝茨家拜访。他英俊而有教养，经常对爱玛大献殷勤。大家都以为弗兰克和爱玛会成就一桩美满姻缘。尽管爱玛认为弗兰克钟情于自己，但却十分无私地一心想促成哈丽特和弗兰克。孰料弗兰克早就和简暗里订婚，他向爱玛献殷勤，实际是为掩人耳目，不让他的舅妈知道真相。弗兰克在舅妈去世后，立即宣布他和简的关系。爱玛满以为哈丽特会万分伤心，不料哈丽特却说她的心上人是奈特利先生，并相信奈特利先生对她也有爱意。奈特利先生是本地最大的地主，也是地方行政长官，是爱玛在伦敦当律师的姐夫的弟弟。他是伍德豪斯家的常客，也是唯一敢对爱玛提出批评的人。直到这时，爱玛才苦恼地发现，原来自己内心一直在爱着奈特利先生。然而，苦恼很快过去。奈特利先生来向爱玛求婚，原来他也一直在默默地爱着爱玛。爱玛和奈特利决定婚后和父亲住在一起，陪伴他度过晚年。佃农罗伯特·马丁再次向哈丽特求婚，这次哈丽特欣喜地接受了他的爱情。最后，每个人都找到了与自己相匹配的伴侣。

爱玛与奥斯汀其他小说中年轻女性渴求婚姻和经济保障的情况不同，她是唯一一个不受经济问题困扰的女性，也是唯一一个对爱情浑然无知的女性。也正因如此，《爱玛》的喜剧气氛弥漫全书，基调远比《理智与情感》和《傲慢与偏见》来得轻松欢快。

《理智与情感》

《理智与情感》讲述了性格迥异的两姐妹伊琳娜和玛丽安的坎坷的爱情故事。故事一开始，戴施伍德先生去世，他和前妻所生的儿子约翰继承了包括房子在内的全部财产，他的第二位妻子和三个女儿则落得一无所有。约翰的妻弟爱德华·菲若斯是一个睿智、谦和的人，言行得体，举止内敛。他和戴施伍德家的大女儿伊琳娜互有好感。但是爱德华始终态度矜持，使得伊琳娜无法断定他对自己的真实感情。并且，爱德华的母亲一门心思地想让爱德华娶一位有钱有势的妻子，因此伊琳娜总是竭力克制和隐藏自己对爱德华的感情，以免自己对感情的放纵给家人招致非议。后来，戴施伍德母女四人搬到亲戚为她们在巴顿庄园提供的一个简陋住所。在那里，她们受到热心照顾，还结识了布兰登上校。布兰登上校矜持稳重，是个 35 岁的单身汉。他对戴施伍德家的二女儿玛丽安一见钟情，但是天性浪漫的玛丽安却认为他沉闷木讷，对他的感情不以为然。一次，玛丽安巧遇风流倜傥的约翰·维勒比，并不顾一切地与维勒比堕入爱河。岂料想，维勒比仓促返回伦敦，从此音讯全无。伊琳娜从在巴顿庄园做客的露西·

斯蒂尔口中得知，原来爱德华早就与粗俗势利的露西有了婚约，但由于害怕母亲的反对，一直没向外人披露两人订婚之事。但当露西公开她与爱德华的婚约之后，爱德华的母亲勃然大怒，剥夺了爱德华的财产继承权，转而把爱德华的弟弟罗伯特立为财产继承人。露西见风使舵，马上解除了和爱德华的婚约，而和罗伯特订婚。恢复自由的爱德华来向伊琳娜求婚，两个有情人终成眷属。花花公子维勒比由于勾引布兰登上校的侄女，并对她始乱终弃，他的姑妈一怒之下取消了他的财产继承权。维勒比虽然对玛丽安念念不忘，最后还是攀附上了一位有钱的富家女。玛丽安终于意识到了布兰登上校身上可贵的品质，接受了上校的爱情。两姐妹一个理性、持重，一个感性、张扬，她们在经历了各自的爱情磨难后，最终都获得了美满的婚姻。

《诺桑觉寺》

凯瑟琳·莫兰德17岁，是乡村牧师的女儿。她有着假小子一样的性格，天性善良，胸无城府，对于别人的不良企图总是浑然不觉，但她对周围人的点评，虽然有口无心，却常常一针见血。凯瑟琳沉迷于哥特式小说，尤其对安·莱德克利夫（Ann Radcliffe, 1764-1823）的《乌多夫堡之谜》（*The Mysteries of Udolpho*, 1794）爱不忍释，还经常把自己想象成书中的女主人公。冬季来临，凯瑟琳应邀去巴斯，参加那里的社交活动。在那里，她结识了谈吐文雅的缇尔尼兄妹——风度翩翩、博学多才的亨利和温柔可人的伊琳娜，还同举止粗鲁的索普兄妹——伊莎贝拉和约翰交上了朋友。约翰一心追求凯瑟琳，伊莎贝拉则处心积虑地想嫁给凯瑟琳的哥哥詹姆斯。两兄妹把凯瑟琳视为他们手中的猎物，千方百计地阻挠凯瑟琳和缇尔尼兄妹交往。最终，凯瑟琳还是选择了与提尔尼兄妹发展友谊。伊莎贝拉如愿以偿，与凯瑟琳的哥哥詹姆斯订婚，之后才发现自己未来的丈夫远没有先前想象的富有，她失望之余，竟当众和亨利的哥哥弗雷德调情。詹姆斯最后取消了和伊莎贝拉的婚约。缇尔尼兄妹邀请凯瑟琳到他们的诺桑觉寺小住。凯瑟琳由于看多了哥特式小说，竟把诺桑觉寺想象成阴森恐怖的古堡。神秘的手稿，倏忽熄灭的蜡烛，从未有人进入的密室，诺桑觉寺中发生的这一切都激发了她无穷的想象力。鉴于老缇尔尼将军对过世的妻子反应冷淡，凯瑟琳竟推断他不是谋杀了自己的妻子，就是把她囚禁在城堡中某个秘密的房间里。在经历了一系列的惊魂事件，闹了许多令人哭笑不得的笑话之后，凯瑟琳终于发现现实生活和小说是两个截然不同的世界。

后来，老缇尔尼由于听信约翰的谣言，以为凯瑟琳家境贫寒。他不愿儿子亨利娶穷人为妻，于是不由分说对凯瑟琳下了逐客令。亨利为追求爱情，毅然和父亲断绝了关系。他追到凯瑟琳家，向她表白了心迹。最后，老缇尔尼发现凯瑟琳家既非家财万贯，也并非一贫如洗，于是默许了这桩婚事。《诺桑觉寺》讽刺了哥特式小说对年轻女性的影响，喜剧色彩浓厚，是奥斯汀作品中笔调最活泼的一部。

《劝说》

安·艾略特8年前本已和英俊潇洒的海军军官温特沃斯订婚，但经不住嫌贫爱富的父亲瓦尔特爵士和姐姐以及教母卢素夫人的劝说，最终和出身贫寒的温特沃斯分了手。8年以后，27岁的安还待字闺中，眼看着就要成为无人问津的老姑娘。这时，由于挥霍无度造成的经济拮据，瓦尔特爵士和大女儿搬到巴斯，将宅邸租给了克劳福特上将，而此人恰好是温特沃斯的姐夫。于是，安与温特沃斯又不期而遇，但此时的温特沃斯已经今非昔比。他在拿破仑战争中因为屡建战功，多次受到嘉奖，现在已是有钱有地位的体面人士。面对多年前忍痛分手的恋人，眼看着他众星捧月般被年轻姑娘们追捧，安万分痛苦，但她不露声色，总是悄悄地躲到一边。在一次出游时，颇受温特沃斯青睐的露伊萨行事鲁莽，结果发生意外事故，昏迷不醒。就在众人都不知所措时，安镇定自若地安排急救，挽救了露伊萨的生命。她的果敢和镇定重新燃起了温特沃斯对她的感情，他终于意识到自己对安其实从未忘情。病榻上的露伊萨与温特沃斯的朋友、未婚妻刚刚去世的本维克上校惺惺相惜，两人互定终身。露伊萨找到了心上人，这让温特沃斯如释重负，他马上赶到巴斯，期望能找机会向安表白。在巴斯，威廉·艾略特的出现让温特沃斯妒火中烧。威廉是瓦尔特爵士的法定继承人，他对安大献殷勤，希望通过与安联姻来巩固自己作为瓦尔特爵士的财产和封号继承人的地位。但是安看透了他的虚伪狡诈的本性，对他只有同情，毫无爱情。最终，温特沃斯给安写信，表白自己对她始终不渝的爱情。两个有情人又重新走到了一起。

奥斯汀的小说的现实主义内容和18世纪的新古典主义以及当时风行的神异故事都形成鲜明对比，同时她又继承和发展了英国18世纪优秀的现实主义传统，在一定意义上说，她把英国小说从当时的伤感和神异题材拉回到现实主义的轨道上来，为19世纪现实主义小说步入高峰做了铺垫。这是她对英国小说发展的贡献。她对爱情、婚姻的深刻探索和对女性人物丰富生动的刻画，为后来的玛丽·雪莱（Mary Shelley, 1797-1851）、勃朗蒂姐妹（Charlotte Brontë, 1816-1855；Emily Brontë, 1819-1848）、乔治·埃略特（George Eliot, 1819-1880）和弗吉尼亚·乌尔夫等女作家开拓了女性小说的创作传统。弗吉尼亚·乌尔夫对她极为崇拜，热情的赞颂她是"女性中最完美的艺术家"。[152] 今天，她对社会的深刻评论以及精湛的小说写作技巧已经让她成为英国文学中读者最多、最受人喜爱的作家。她的一些作品今天已经拍成电影，可看性很强。

奥斯汀没有菲尔丁和萨克雷那样丰富的阅历，没有拜伦和雪莱的潇洒疏放，也没有司各特那样的通今博古，但是她自有其独特之处：她笔下的人虽无奇才异能，倒也颇具令人荡气回肠之处，事虽不震古烁今，倒也有耐人寻味的余地。她用真实细腻的笔触展现了资本主义工业革命之前英国乡村中产阶级的日常生活，刻画了众多中上层年轻女性的生活、心理和命运，其有限的视野所折射出的社会百态和人情世故令人叹服。她之所以这样吸引读者，是因为她对人性充分到位的理解能够唤起人们内心的共鸣。在她的小说世界里充满了形形色色的人，他们有血有肉，有自己的情感，有各自的缺点和不足。这是一个缩微的世界，充斥着人类各个时代行为所表现出的美德与罪恶。这便是奥斯汀创作力永久不辍的最终来源。她的讽刺、戏剧化叙事和自由间接引语等写作技巧都为小说创作做出了重要的贡献。她是18世纪到19世纪小说发展史上重要的里程碑，也是女性小说发展史上永远令人仰视的丰碑。

玛丽·雪莱（Mary Shelley, 1797-1851）

玛丽·雪莱是著名浪漫主义诗人雪莱的夫人。她是英国浪漫主义小说家、传记作家和编辑。玛丽出身不凡。她父亲是无政府主义和社会主义思想哲学家威廉·哥德温，母亲是著名的世界第一代女权主义者玛丽·沃尔斯通克拉夫特，写了著名的女权著作如《女权辩》（*A Vindication of the Rights of Woman*, 1792）、小说《女人怨》（*The Wrongs of Woman*）等，发表了维护人权，特别是女权的声明。诗人雪莱曾这样形容玛丽说，她自幼就可爱，出生于光荣的父母。

玛丽的母亲生她以后患上产褥热死去，她由父亲一手抚养成人。玛丽对父亲充满爱戴和崇拜。少年时期她被送往她父亲在苏格兰的一个朋友家寄宿和上学。她在那里的乡下四处漫游，想象得到最充分的驰骋的空间。

她那时也写出一些故事，这些作品多已散失。她 16 岁时回到伦敦，和诗人雪莱一见钟情，几个月后怀孕，二人于是逃往欧洲大陆，漫游了法国、瑞士和德国。她回国后小产，女婴只活了 12 天便夭折。玛丽后来在她的第一部著作《六周游记》（*History of a Six Weeks' Tour*）中记录了这次经历，此书在 1819 年匿名出版。雪莱和玛丽二人感情甚笃，雪莱曾为玛丽作《致玛丽》（"To Mary"，1818）一诗：

啊，亲爱的玛丽，多希望你能在这里
还有你的明亮和可爱的褐色眼睛，以及
你的甜美的声音，宛似小鸟一只
对它在常春藤阴凉处的孤零
而难以安慰的伴侣歌唱着爱情；
那是人们所听到的声音里最甜美的！
……

亲爱的玛丽，快来我身旁，
你远离我，我没有心情；
对于我，亲爱的，
你如落日对月亮，
如傍晚对西方的星。

啊，亲爱的玛丽，多希望你能在这里
这座城堡低声说"这里"。（笔者译）

玛丽 1816 年和雪莱结婚，1818 年离开英国。以后几年是她多灾多难的时期。她当时给朋友写信说了这个情况。1816 年她生下儿子威廉。雪莱当时经济困难，靠举债供家，哥德温没有同意女儿和他之间的结合。玛丽与雪莱最后 6 年的生活充满不幸。先是她的一个同父异母妹妹自杀；接着雪莱的弃妇海丽特在伦敦的海德公园湖里自溺而死，她的两个孩子法院拒绝判归雪莱；1818 年玛丽的第三个女婴夭折，9 个月后威廉在罗马死于霍乱，玛丽身体本来不好，于是患上抑郁症（1819 年底生下儿子珀西后稍见好转）；1820 年她小产；玛丽的同父异母妹妹克拉拉和拜伦的女儿阿莱吉拉死去，又加重了玛丽的忧郁症，使她和雪莱在感情上拉大了距离；雪莱也感到疏远，和他的一个女友要好起来，后来他在暴风雨中溺死后，玛丽一直感到一种沉重的负罪感，即丈夫在最需要她时她未能发挥她作为妻子的作用。她对朋友说，所有让她生活光明的一切都被拿走了。她唯有增进健康，照顾好孩子，使自己能问心无愧地最后和他（雪莱——笔者）去相会。雪莱的尸体漂上岸后，一个朋友从火葬现场抢出他的心脏给了玛丽，她一直视为珍宝。

玛丽在 24 岁上守寡，一贫如洗，1823 年只身回到英国，从未再婚。她一方面努力宣传雪莱诗歌的影响，纠正世人对雪莱的品格的误解，一方面通过写作所得抚养她的儿子成人。在后来的四分之一个世纪里，玛丽成为著名作家。她在《弗兰肯斯坦》（*Frankenstein; or, The Modern Prometheus*）发表之后立刻闻名天下。之后她又写出一部中篇小说《玛蒂尔达》（*Matilda*）以及五部长篇小说，其中有两部数上乘——《瓦尔珀加》（*Valperga*）以及《最后一个男人》（*The Last Man*, 1826）。《玛蒂尔达》（1959 年才出版）描写一个父亲对女儿的乱伦之爱，因为女儿长得酷似他的妻子。《瓦尔珀加》是一部历史浪漫小说，描写一个人如何放弃爱情和人性而追求政治权力，如何背叛爱着他的两个女人。《最后一个男人》是一部科幻小说，故事的背景是 21 世纪，叙说一场瘟疫灭绝人类的故事。这部作品有一些自传性质，书中有两个人物具有明显的雪莱和拜伦的特征。《最后一个男人》写男人社会的瓦解，颇受女权主义批评家们的青睐。总的说来，她后来写的这些小说都未能达到她的处女作《弗兰肯斯坦》的高度。到 19 世纪 30 年代以后，狄更斯等人的现实主义手法开始风行，玛丽就停写长篇。不过她写了许多短篇，还出了诗歌集。后来她打算写雪莱传，未果。[153]

玛丽·雪莱的代表作是《弗兰肯斯坦》。她创作这部作品的经过业已成为文学史上的著名佳话。她在这部书的《前言》和《序言》里详细阐述了她的这个有趣的经历。1816 年 6 月，拜伦、雪莱、玛丽以及她的同父异母姐姐珂拉·克莱尔蒙等人在日内瓦居住。有一次一连三天阴雨连绵，几个人被关在拜伦的别墅里面，大家开始阅读当时手头上有的德国的鬼神和奇异故事。拜伦、雪莱等人谈了许多，讲到生命的原则问题，讲到让一具尸体复活的可能性，以及制造生命的组成部分、用电流使之获得生命的可能性。大家一时兴起，拜伦提议大家各写一个鬼怪故事。拜伦写出一个故事片断，后来作为《马泽帕》（*Mazeppa*）的后记发表；他的随行私人医生约翰·威廉·珀利多里（John William Polidori）受到拜伦的故事片断的启迪，写出了《吸血鬼》（*The Vampyre*），不料此书竟成为后来同类恐怖故事的鼻祖式作品。时年 18 岁的玛丽在雪莱的鼓励下当真起来，花了一年功夫写成著名的《弗兰肯斯坦》这部不朽之作。此书问世时是三卷本，玛丽刚 20 岁。她在该书 1831 年版的《前言》里说，一天晚上她听到拜伦和雪莱等人发表的议论后，深夜回到屋里，躺在床上，脑际在醒觉和梦幻之间呈现出一种空白，她突然看到一个景象：她见到有个面色憔悴的学生跪在一具可怕的鬼魅一样的东西旁边，那个“鬼魅”躺在地上，而后，在一个高强力机器的作用下，显示出生命的迹象，开始半死不活地笨拙地活动起来；学生感到畏惧，急忙逃走，等等。[154]这其实就是《弗兰肯斯坦》的故事梗概的腹稿。她得到了灵感。她说她写这个故事的初衷是让人感到毛骨悚然，读后不敢四下张望，血液停止流动，心速加快。她是针对人性里充满神秘的畏惧心理这点下笔的。司各特爵士对此书评价很高，在爱丁堡《布莱克伍德》杂志上撰文说：“此书使用的是明了而有力的英语，而没有运用奇异故事一般常用的夸大的日尔曼词语。”

《弗兰肯斯坦》是一部哥特式小说，是英国科幻小说的始祖。它从 1818 年问世后从未绝版过，一直是畅销书，成为后来许多戏剧和电影的底本，在西方现代神话中占有独一无二的中心地位，现在业已成为文学经典作品。《弗兰肯斯坦》的故事后人大约拍了 50 多部电影，还有许多改编本。此书影响了后世的文学创作，成为这类浪漫故事的鼻祖，评论连篇累牍，呼声愈来愈高，世人爱不释手、津津乐道。

《弗兰肯斯坦》里的弗兰肯斯坦不是怪物，而是制造怪物的科学家。这个人极善谈，理性强，是一个雄心勃勃的年轻科学家，他造出一个人来，实际是一个怪物，而后又抛弃它。书里有三个叙事人，主要叙事者是罗伯特·瓦尔坦，他是一个没有成功的诗人，又想做一个科学家，到北极探险，以成就功名。他的第一人称叙事给读者一种故事可信的感觉。他指出科学与诗歌之间的对立关系，以及人际间的联系。其他两个叙事人是弗兰肯斯坦和他的怪物。

《弗兰肯斯坦》最初匿名发表，文体为书信体。全书分作 3 部 24 章，第 1 部分由第一叙事人罗伯特的 4 封信加 8 章组成，第 2 部分共有 9 章，第 3 部分有 7 章，最后以 4 节信件收尾，此外书里一些章节内也含有信件

（如弗兰肯斯坦的父亲写给他的信件）。《弗兰肯斯坦》故事发生在 18 世纪 90 年代的欧洲，小说里描写的事件涉及欧洲各地，如苏格兰、英格兰以及瑞士等。故事是在北极冰封的大洋上开始的。书中主要人物有维克多·弗兰肯斯坦，他是制造怪物的瑞士自然科学家；伊丽莎白，弗兰肯斯坦的姑表妹，他父母领养了她，后来成为他的妻子；船长罗伯特·瓦尔坦，英国探险家，他把弗兰肯斯坦从险境里搭救出来；无名怪物，是弗兰肯斯坦所制造的怪物，身高 8 英尺，整个故事是叙述他如何因为感到孤独而试图取悦和融入人类生活，寻找友谊、理解和爱情，对他的造物主进行报复的过程；威廉，弗兰肯斯坦的弟弟，怪物为报复弗兰肯斯坦而把他杀死，从而拉开了弗兰肯斯坦的悲剧的序幕；贾斯汀·莫瑞茨，弗兰肯斯坦家的女仆，后因威廉被杀案而被误判有罪遭处决。弗兰肯斯坦的妻子也和被冤枉的贾斯汀一样死得很惨，她在新婚夜被怪物勒死。弗兰肯斯坦充当造物主，结果却悲痛地失去自己所爱的家人和朋友。

第 1 卷（弗兰肯斯坦的叙述）：这一卷以船长罗伯特·瓦尔坦写给他妹妹的 4 封信为开始。这些信件为叙述故事提供了框架，罗伯特通过它们向他妹妹讲述了维克多·弗兰肯斯坦的故事。罗伯特当时到北极去探险。他的第 4 封信说道，他的船只被困在冰冻的大洋里，这时船员们吃惊地发现在半英里之外的地方，有一只狗拉的雪橇直向北极驶去，赶雪橇的人望去体型庞大而丑陋。次日清晨，冰块又把另外一辆雪橇冲到他们的船边，上面有一只狗以及一个身体极其虚弱的欧洲人。这是弗兰肯斯坦的雪橇。当他得知还有另外一辆雪橇时，他的情绪突然激动起来。船员们把他搭救上船。弗兰肯斯坦慢慢缓过气来。此后两天他在船上受到照料，身体逐渐从冻馁中恢复过来。罗伯特对他很感兴趣，弗兰肯斯坦于是向这位船长叙述了他的家世和他制造怪物的故事。

弗兰肯斯坦出生在瑞士的一个充满亲情、温文尔雅的贵族家庭里。他的父母对他很溺爱，他们领养了他的姑表妹伊丽莎白，作为他玩耍时的伙伴。弗兰肯斯坦和伊丽莎白非常亲近，他的好友是亨利·克勒瓦尔。后来他的父母又为他生了一个弟弟，这就是威廉。弗兰肯斯坦从少年时代起就热衷于学习关于生命火花的过时的理论（如阿格里帕、帕拉塞尔苏斯、阿尔伯特·麦格纳斯等人的观点）。他认真研读有关科学家们的著作，觉得这些人是科学大师（第 1 章）。

后来他在 17 岁上进入因格尔斯塔特大学读书。在那段时间里，他不满足于教授们的授课内容，继续研究生命科学，进行出色但也很可怕的试验，终于发现了制造生命的秘密，获得一种非常的力量（第2章）。他的知识让他日夜不安。他经常在解剖室里转悠，到肉铺里张望，试图利用死人的肢体制造出人来。有一天他成功了。他到停尸房和解剖室搜集尸骨，到屠场去拿遗下的动物的内脏，他怀着激动而讨厌的心情，锲而不舍，最后果真造出了一个完整而完美的巨人（第3章）。他给他的造物注入生命的火花。弗兰肯斯坦忽然有一种不祥之感。这个东西一旦开始有生命，面貌便突然发生巨变，显得非常丑陋和可怕。当晚，这个怪物来到他的床边时，弗兰肯斯坦几乎吓晕过去。怪物吓得走开。他在秘密造人之后已经筋疲力尽、体力不支，他的好友亨利原本来到大学和他一起学习，这时只能前来忙于照顾他的身体了。几个月后，弗兰肯斯坦身体逐渐复原，和亨利一起学习语言。弗兰肯斯坦无法告诉他的好友他造出怪物的事情。他对他的造物厌恶不堪，对自己的行为感到后悔不迭。他没有来得及给他的造物命名，就逃离了它。

这时从日内瓦传来消息，他的父亲在信里告诉他说，他的弟弟威廉被人吊死在一个公园里，家里的忠实女仆贾斯汀被控犯有谋杀罪。他急忙赶回家去安抚家人（第6章）。在审判时，贾斯汀讲了一个让人信服的故事。她在城外寻找威廉，回来时城门已经关闭，她就在一处仓房里过夜。但是她不能解释为何威廉脖子上戴的母亲的小型肖像竟然放在她的衣袋里。弗兰肯斯坦和伊丽莎白相信她所说的一切，他们竭尽全力帮助她解脱，但未成功。她依然被判处死刑（第7章）。

第2卷（怪物的叙述）：一系列的悲惨事件让弗兰肯斯坦和他的家人受到极大刺激，于是他和父亲、伊丽莎白出发到城外深山老林里寻找心静（第1章）。有一天，他自己离开旅店，到山里去，欣赏大自然的美妙。在那里他看到远方的冰上站立着一个奇异而灵活的身影。这个人以极快的速度朝他走来。他立刻怒发冲冠，心里也充满恐惧。他决心等他，和他决死一战。他看到怪物满面痛苦里夹杂着蔑视和敌意。怪物要求他听他讲话（第2章）。

怪物说，他在离开弗兰肯斯坦以后，不知所措，就到处流浪，寻找树阴，饮河水，吃野果，慢慢学会用火。一天他来到一间小屋前，见到里面住着一个盲老头。他和盲老头相处得很好，和他亲密谈话，还帮助他拾柴火。在小村里，人人见到他都逃开。他就在近处一间小屋中住下，从村人那里偷了些面包和一只饮水的杯子。他发现盲老头和一对年轻男女是一家。他一面观察人的生活，一面认真学习，逐步获得生存的技能和本领。他还学习了语言。他学会了审美，例如他对他的小屋的形状非常欣赏，他对人的描绘也体现出他对美的感受等。他开始体会到人的感情（第 3～4 章）。他也开始阅读书籍（后来他的阅读范围包括《失乐园》、《普鲁塔克译〈生平〉》以及《少年维特的烦恼》等书），慢慢开阔了视野，得知亚洲、希腊和罗马的情况，了解到知识的美妙。他认识到自己与人类的区别，讨厌自己的丑陋，内心非常痛苦。他开始审视自己的身份，渴望得到朋友和亲属（第 5 章）。他了解到人生的一些情况（第 6 章）。他一边读书，一边审阅自己，《少年维特的烦恼》让他感到情绪低沉，《普鲁塔克译〈生平〉》让他学到英雄和崇高，《失乐园》让他看到他是撒旦式的人物。他的思想感情进一步发生变化，渴望并决心努力得到人类的了解、同情、友情和爱情，克服绝望情绪。他的目标是他最初结识的盲老头的一家，但失败了。当盲老头家里的年轻人回来发现他后，盛怒之下把他赶出屋去。他由于过于孤独，才努力与这家进行联系，以期建立友谊，但是他们却非常害怕他，拒绝他（第 7 章）。怪物在这样与人经过几次艰难的接触后，觉得人类很可怕。这使他非常失望和恼火。这样一来，他就记恨起他的制造者来。他恨他把他制造出来却又抛弃他。他要找到他进行报复。他来到日内瓦，在公园里遇到一个玩耍的孩子，他最初希望诱拐他做伴，不料这个孩子竟是他的造物主的弟弟，他于是把他杀死，作为报复。之后，怪物从孩子的脖子上取下带有小肖像的项链，放在一个女仆的衣袋里（第 8 章）。

怪物讲完后向他提出了一项可怕的要求。他硬要他给他造出一个女伴，以使他获得友谊与爱情。如果他不答应，怪物就要大开杀戒。如果他答应照办，他会和女伴一起离开欧洲，到南美去，永不再现身于人世。弗兰肯斯坦对自己造出这个极具破坏性的怪物深感悲哀，一种负罪感从内心油然而生。但这时他出于对家庭和世人的考虑，出于极端的无奈，就答应了怪物的要求（第 9 章）。

第 3 卷（弗兰肯斯坦和怪物的叙述）：弗兰肯斯坦回到英国，开始动手。他的好友亨利和他同行，后来半路上在苏格兰分手。就在他的工程即将完成、他开始电激的那一刹那，弗兰肯斯坦的良心发现，突然改变了主意。他不愿意看到另外一个怪物出现，让怪物代代繁衍，给人们带来巨大灾难，于是他把她又毁掉。

在窗外盯着他工作的怪物见状勃然大怒，闯进屋里，对年轻的科学家发誓说，他要在弗兰肯斯坦的新婚夜发难，对他下毒手。之后他从海上逃走，在弗兰肯斯坦回国以前，把亨利杀死，以折磨他。警方怀疑弗兰肯斯坦和此案有牵连，后来查无证据，他获释。他一到家，就和伊丽莎白成婚，然后准备死的到来。他虽然身带枪支，高度警惕，但怪物还是设法入屋，勒死了伊丽莎白，弗兰肯斯坦的父亲也因悲痛过度而死。弗兰肯斯坦对怪物开枪，但怪物还是脱身而去。弗兰肯斯坦发誓要追杀怪物。他追随怪物到北极，已经精疲力竭，遇到了船长及其同事。他对船长他们讲了故事的全部过程。几天后，船长一行人等要掉头回家，弗兰肯斯坦在他们走前死去，未能实现为家人和朋友复仇的心愿。

小说由罗伯特的 4 节信结尾。里面讲述了弗兰肯斯坦死后，怪物出现在船上的情景。他向船长讲述了他的故事，解释了他报复弗兰肯斯坦的原因。他认为“弗兰肯斯坦才是大罪犯”，他造出人来，却不给予他友谊、爱情和灵魂，他死有余辜。怪物也表示出他的忏悔心情。他趴在弗兰肯斯坦的雪橇上表示一切已经结束。之后他向北极走去，在那里结束自己的生命，以做到无人知道他曾活在世上。

《弗兰肯斯坦》和当时流行的一些哥特式小说，例如安·莱德克利夫的《乌多夫堡之谜》、马修·格利戈里·刘易斯的《道士》以及查尔斯·罗伯特·马图林的《流浪者麦尔莫斯》等作品，相似之处很多，尤其是这些作品里都充满暴力和恐怖。但是《弗兰肯斯坦》高出一筹的地方在于，它也充溢着伤感和抑郁，具有一种哲学思想深度。《弗兰肯斯坦》对发生的暴力和恐怖进行了一种科学性解释。

《弗兰肯斯坦》里的怪物具有相当的象征性。这个怪物的行为不是不可理喻的。它最初对人类非常友好，希望得到人的理解和友谊，希望能够融入他们的群体。他这样做了，只有一个人对他没有采取即刻排斥的态度，而这个人却是个盲人，言外之意是此人本身也受到社会歧视，而且对怪物没有多少了解。玛丽对这个怪物的言行描写得很细，特别是在第 2 卷第 3 章到第 8 章，运用很大篇幅让读者听怪物讲他的遭遇与感受，让世人看他的举手投足，以便对他做出自己的判断。如果把这几章与小说结尾的第 4 节信（“September 12th”）合在一起阅读，人们就会发现，这是一个很通情达理的怪物，他说话有理有据，提出的要求恰切、诚恳。除了他的身体与五官与常人有别外，他竟是一个很出色的人，敏感、好学、善于思考、善于针对自己。作家通过这些描绘，在字里行间透露出她发自内心的同情。在作家看来，这个怪物是善意的、受到不公平待遇的人，他的罪行是有明确动机作注脚的。在这一点上，后世对《弗兰肯斯坦》的一些改编之作，如电影、戏剧或电视，对原作多有误解，或故意歪曲以达到某种商业化目的。

《弗兰肯斯坦》里的怪物是“人的孤独”的代名词。怪物的定义是“人类社会所不能接受者”。他属于人类，但因其缺陷而遭到社会的歧视与排斥，因而感到无限的、难以忍受的孤独。这就是说，社会只接受合乎它的标准的人或物，要求它的成员都千人一面、千篇一律，而对那些面貌陌生、言行不随大流或持有异议者则一律采取否定态度。从这点看，《弗兰肯斯坦》在狭义上，在一定程度上，或许有作者自况的意味：她和雪莱、拜伦等人都因为社会的排斥而受尽孤独的苦头。在广义上，《弗兰肯斯坦》也针砭了人类本身固有的排斥异己、不容差异和少数的悲剧特点。这种特点不仅存在于 19 世纪的英国，而且遍存于古今中外的人类世界。《弗兰肯斯坦》的永恒性由此可见一斑。

《弗兰肯斯坦》在对怪物表示理解的同时，对他的造物主的批评也很不客气。弗兰肯斯坦不顾后果，违反自然规律，不自量力，一意孤行制造生命，以满足个人欲望，很有沽名钓誉之嫌，他为此付出了巨大代价。对他进行评判的人除了读者、救他于水火的船长罗伯特外，还有他的受害者——怪物。在一定意义上说，怪物似乎得到了最后的发言权。

其他作家

和奥斯汀同一时期内，英国有几位女作家在文坛崭露头角。安·莱德克利夫（Ann Radcliffe）、玛利娅·艾奇沃斯（Maria Edgeworth）、罕娜·穆尔（Hannah More）等人，都以其精妙的作品吸引着读者，在文学史上赢得应有的位置。莱德克利夫以情节惊险离奇而著称。玛利娅·艾奇沃斯对爱尔兰生活的绘声绘色的描写，据说使司各特领悟到创作苏格兰传奇小说的可能和必要。而罕娜·穆尔则多才多艺，吟诗、写剧、写小说，无所不能。在这一女作家群中，有两位业已以其不朽之作而跻身于英国文豪之列，一是我国读者熟知的《傲慢与偏见》的作者简·奥斯汀，她为勃朗蒂姐妹、盖斯凯尔和乔治·埃略特等女作家的崛起做了必要准备；一是浪漫诗人雪莱的夫人——玛丽·雪莱，她的代表作《弗兰肯斯坦》已经成为经典之作。此外，还有几位以创作哥特式小说和恐怖故事著称的作家，他们为后代留下了可贵的文学遗产。

安·莱德克利夫（Ann Radcliffe, 1764-1823）

安·莱德克利夫是小说家、诗人、英国哥特式小说的先驱和代表作家。她出生在伦敦一个商人之家。家中生活富裕、优雅，与文化界有着密切联系。安 22 岁时嫁给巴斯的一位报社记者兼《英国纪年》的拥有者和编辑——威廉·莱德克利夫（William Radcliffe）。由于婚后没有子女，安为着消遣，在丈夫的鼓励下开始写小说。1789 年，她匿名出版第一部小说《埃斯林和丹贝恩的城堡》（*The Castles of Athlin and Dunbayne*）。小说中包含着诸如纯真善良的少女，神秘阴森的古堡，行动诡异、隐藏着不可告人的秘密的贵族城堡主人等内容，为她后来的多部小说奠定了基调。1790 年，她又匿名出版《西西里的浪漫传奇》（*A Sicilian Romance*）。1791 年出版的第三部小说《森林传奇》（*The Romance of the Forest*）使她一举成名，确立了她作为哥特式历史浪漫传奇小说主要作家的地位。《乌多夫堡之谜》（*The Mysteries of Udolpho*, 1794）和《意大利人》（*The Italian*, 1796）的出版更令她名声大噪，为她赢得了无数的崇拜者和模仿者。安·莱德克利夫一跃成为当时最受欢迎的畅销作家。根据现存于弗吉尼亚大学图书馆内、当时安·莱德克利夫与出版社签订的合同，《乌多夫堡之谜》和《意大利人》这两部书稿的转让费分别是 500 英镑和 800 英镑，创下了当时前所未闻的天价。

安·莱德克利夫在世时共发表五部小说，在她过世以后，第六部作品《布朗德维尔的加斯顿》（*Gaston de Blondeville*）于 1826 年问世。她的多数作品极受读者欢迎，对后世文学创作产生了很大影响。她的著名技巧是让女主人公时刻生活在一系列悬念中，她们总是竭力保持理智的思维，但又总被抛入一个理智最初也难以解释的恶梦般的神秘世界里。作品在最后总是把超自然现象解释清楚，比如神秘的城堡常常是女主人公失去很久的住宅，而她的迫害者们又总是和她的家人或保护者们有过紧密联系的人。这种手法虽然有时让某些读者感到失望，但评论界对此却给予充分的肯定。

安·莱德克利夫在成名以后，尤其是在小说的转让费为她带来相当可观的收入之后，基本停止了小说创作。在她去世前的20年中，她主要进行诗歌创作。但是她的诗歌成就远不能和她的小说相提并论。安·莱德克利夫生性羞涩，深居简出，不喜欢被外界关注，尤其不愿被人当面称为作家，所以就是她的同代人对她也知之甚少。她的最后两部作品时隔近30年，对此，人们有着各种猜测。有人甚至说她因为想象太多，可能精神失常，在精神病院里度过了她最后的岁月。1823年，安·莱德克利夫因肺炎引发的呼吸困难去世，死后葬在伦敦汉诺威广场的圣·乔治教堂。

《乌多夫堡之谜》是安·莱德克利夫的代表作、最有名的哥特式小说之一。故事发生在法国南部的加斯科尼。艾米丽·圣·奥博特（Emily St. Aubert）是一个没落乡绅的女儿。她的父亲奥博特先生厌倦了浮躁喧闹的城市生活，归隐到加伦河边的农村，过着恬淡而满足的田园生活。后来，艾米丽的母亲不幸因病去世，备受打击的父亲也日渐憔悴。艾米丽为让父亲呼吸新鲜空气，也为驱散父亲心头的阴霾，就陪老人前往地中海边的风景圣地——图西伦。在穿越比利牛斯山的途中，他们巧遇一位年轻英俊的军官瓦伦克特（Valancourt）。瓦伦克特出身贵族，但父母早逝，经济上要依赖哥哥。一路上他表现出的高尚品德和高雅谈吐深得奥博特先生的赞许，也赢得了艾米丽的芳心。后来双方依依惜别。奥博特先生因身体虚弱，经不起旅途的劳顿，最终客死他乡。艾米丽孤身一人回到家乡。饱受爱情煎熬的瓦伦克特不顾一切，来向艾米丽倾诉自己的爱慕之情，艾米丽也含蓄地表明了自己的心意。艾米丽的姑妈切伦夫人突然到来，不顾艾米丽的感受，把她带到自己位于图卢兹的府邸中。切伦夫人自私、世俗、冷漠，对艾米丽只是出于义务上的监护，毫无发自内心的爱怜。艾米丽举目无亲，只得依照父亲的遗愿，委曲求全。后来，切伦夫人嫁给了蒙特尼，带着艾米丽移居到蒙特尼在意大利的乌多夫堡。不料，蒙特尼竟是一个阴险狡诈的恶棍。他谎称自己是意大利贵族，骗得切伦夫人嫁给他后，把切伦夫人和艾米丽囚禁在古堡中，阴谋用暴力和恐惧迫使两人就范，篡夺本应由艾米丽继承的切伦夫人的财产。艾米丽虽然表面柔弱，但内心却异常勇敢、坚韧。她在古堡中经历了一系列令人惊魂的事件之后，终于夺回了属于自己的财产。最后，她回到家乡，与心上人瓦伦克特幸福地团聚。

《乌多夫堡之谜》堪称哥特式小说的原型、哥特式小说中的上乘之作。在小说中，荒凉的地点、阴森破败的古堡、令人毛骨悚然的神秘事件、阴险狡诈的恶徒、身受迫害的纯真少女等哥特式小说中的经典元素全部组合在一起，真实的恐怖事件和人物的恐怖心理互相辉映、渲染，再加上作家刻意制造的悬念，使这部作品成为一本令人毛发倒竖却又欲罢不能的十足的恐怖小说。许多后代英美作家都在自己的作品中提到过这部小说，这足以证明它的深远影响。简·奥斯汀的《诺桑觉寺》就是对《乌多夫堡之谜》的有名的戏仿作品。小说讽刺了一位过分痴迷于哥特式小说的女孩——凯瑟琳。她因读了许多部哥特式小说，竟把自己想象成哥特式小说中受迫害的女主人公，把朋友的父亲想象成哥特式小说中的恶棍，怀疑他要么谋杀了自己的妻子，要么把她囚禁在城堡中某个秘密的房间里。小说中从神秘的手稿、突然熄灭的蜡烛，到从未有人进入的神秘套房，都和《乌多夫堡之谜》的细节吻合，显示出简·奥斯汀对原作的熟悉程度。美国诗人、小说家爱伦·坡的短篇小说《椭圆形的画像》（“The Oval Portrait”）也明显受到《乌多夫堡之谜》中带黑面纱的神秘画像的启发，作者在开篇介绍中还专门提到安·莱德克利夫的名字。

安·莱德克利夫的小说中对自然风光的大量而生动的描写也给读者留下了深刻印象，其中有法国、意大利乡间的宁静、安详、略带忧伤的田园风光，有比利牛斯山和亚平宁山区的神奇壮丽、充满异国风情的景色，也有地形险恶、破败不堪的古堡画面。在作家的笔下，大自然显现出它的宁静、宽广、神秘。在大自然雄浑、广阔的背景下，人显得渺小卑微，内心会油然生出一种宗教般的崇拜与敬畏。实际上，安·莱德克利夫几乎从未到过她所描写的那些地区。她仅有的一次出国旅行是在1795年，回来后还专门写了一篇游记《荷兰和德国西部边境之行》（*A Journey through Holland and the Western Frontier of Germany*），但当时她的大多数小说已经出版。为此，人们不得不叹服她卓尔不群的想象力和创造力。[155]

安·莱德克利夫的作品也有些明显的缺憾。比如她的人物刻画常常显得笔力不够，人物形象有时显得模糊。她的历史常识也不敷用，小说中常出现与历史年代不符的人和事。但是她的崇拜者同作家本人一样，似乎并不在乎小说真实与否，而更看重小说中浪漫神秘的大自然、若有若无的超自然力量以及令人不胜翘企的重重悬念。

安·莱德克利夫在英国文学史上占有一席不可小觑的地位。司各特称安·莱德克利夫为“浪漫主义小说的第一位女诗人”。拜伦、柯勒律治以及维多利亚时期的女诗人克里斯蒂娜· 罗塞蒂（Christina Rossetti, 1830-1894）也都非常崇拜她。安·莱德克利夫将早期浪漫主义的主题和感伤派小说的传统相结合，为司各特等伟大的浪漫主义作家的到来铺平了道路。

玛丽娅·艾奇沃斯（Maria Edgeworth, 1768-1849）

玛丽娅·艾奇沃斯出生于英国牛津郡的布莱波顿市。她的母亲在她6岁时去世，父亲后来又先后娶过3个妻子，最后一位比玛丽娅要小20岁。玛丽娅·艾奇沃斯曾被送去德比和伦敦接受教育。她的父亲对女性教育的不足具有相当进步的思想，认为教育对培养靠才干而不是靠出身成功的18世纪新人材发挥了核心作用。1782年，玛丽娅跟随父亲举家迁至爱尔兰朗福德县的艾奇沃斯镇，那里有她家祖辈留下来的地产。玛丽娅帮助父亲管理地产，成为他的私人秘书和会计。在此期间，她对爱尔兰的佃农和农村经济有了深入了解，为日后的小说创作提供了充实的素材。

玛丽娅的性格开朗、沉稳，慷慨无私。她身材娇小，有一双明亮、湛蓝的眼睛。她与父亲后来的3位妻子愉快相处，并尽职尽责地帮助照顾数量庞大的弟弟妹妹。她的一生都奉献给了家人，甚至连一间自己的房间都没有，客厅中父亲专门为她制作的一张书桌是为她写作提供的唯一便利。玛丽娅曾与司各特有过密切交往，两人通信多年，还互相拜访，交流思想。司各特曾这样描述她："从外貌上看，她就像是我们在童话中读到的，从窗户中飞进来、然后创造各种奇迹的仙女……她读书的时候写作，说话、吃饭、喝水的时候写作，毫无疑问，她睡觉的时候也在写作。"

1795年，玛丽娅出版了她的第一部作品《写给文学女性的信》（*Letters for Literary Ladies*），呼吁对女性教育进行改革；1796年她推出了第一部儿童文学作品、短篇故事集《父亲的助手》（*The Parent's Assistant*）。玛丽娅的父亲对她的写作持非常积极的态度，但他固执地坚持，玛丽娅的作品在出版前，必须经过他的修改和首肯。甚至在玛丽娅把《父亲的助手》里的故事念给弟弟妹妹之前，也是事先经过父亲的修改和批准的。经她父亲修改后，故事中穿插进了许多道德上的说教。但即便如此，仍然掩盖不住她的创作才华。她故事中的人物鲜活，尤其是鲁莽的罗莎蒙德，简直是呼之欲出，成为自莎士比亚以来英国文学中最真实的儿童形象。1798年，玛丽娅与父亲合著《实用教育》（*Practical Education*），建议父母在教育孩子时要言简意赅，循序渐进，注重言传身教。1800年，在没有经过父亲修改和批准的情况下，玛丽娅匿名出版了她的第一部小说《莱克伦特堡》（*Castle Rackrent*）。小说通过莱克伦特堡的管家萨迪·阔克（Thady Quirk）之口，讲述了莱克伦特家 4 代人的家族史。这本小说没有了她以往作品中的冗长说教，显示出她在社会观察、人物刻画和组织对话方面的天赋。它开创了“地区小说”的新体裁，俄国作家屠格涅夫（Ivan Sergeevich Turgenev, 1818-1883）、美国作家库柏（James Fenimore Cooper, 1789-1851）和英国作家简·奥斯汀都把玛丽娅·艾奇沃斯奉为地区小说的鼻祖。此外，这本小说还开创了历史小说和世家小说的先河，也是第一部借助一个不可靠的旁观者来叙述故事的小说。

在 1801 年出版的《波琳达》（*Berlinda*）中，玛丽娅沿袭了自弗朗西斯·谢立丹（Frances Sheridan, 1724-1766）和弗朗西斯·伯尼（Frances Burney, 1752-1840）以来的社会小说传统，描写了年轻聪慧的女子追求美满婚姻的故事。简·奥斯汀对这部小说极为推崇，她自己的小说中具有自然主义风格的女性人物就受到了充满活力的波琳达的影响。美中不足的是，可能由于玛丽娅父亲的修改，《波琳达》的小说情节在每次再版时都有变动，而且版本之间相差很大，令评论家和读者难以判断到底哪个版本体现了玛丽娅自己的真实意图。

《缺席者》（*The Absentee*, 1812）聚焦于远在英国的地主却掌握着爱尔兰的土地这一社会问题。玛丽娅最初把它写成了剧本，但当理查德·谢立丹（Richard Sheridan, 1751-1816）试图把它搬上舞台时，却发现英国的新闻出版审查机关根本不允许在英国公开讨论爱尔兰的地租问题。

1802 年，玛丽娅随家人出访布鲁塞尔和法国，借机拜访了文学界和社会各界的名流。瑞士国王的机要秘书艾德尔克兰茨伯爵曾向玛丽娅求婚，但是玛丽娅不愿抛下自己的故土和亲人，而他也不愿放弃自己的国家和事业，最后这桩婚事不了了之。玛丽娅在信中对此反应冷淡，但她的继母却坚持认为这件事对她打击很大。1813 年，玛丽娅出访伦敦和巴黎，被文学界公认为英语国家最重要的作家之一，她受读者欢迎的程度只有司各特可与之相比。玛丽娅在父亲去世后，编辑整理了父亲生前的《回忆录》，并添加了自己的评论，在 1820 年交付出版。

在 1845～1849 年期间，爱尔兰爆发了历史上有名的土豆饥荒（Irish Potato Famine），玛丽娅及家人的生活也受到严重影响。她从波士顿订购了大量的米面来赈济灾民。她直到 81 岁去世，一直为减轻爱尔兰佃农的饥荒而进行着不懈的努力。

玛丽娅·艾奇沃斯的小说和故事按主题可划分成三大类：对爱尔兰生活的描述、对当时英国社会的评论和对儿童道德教育的指导。她的语言清晰、生动、幽默，人物对话活泼、真实。她毫不讳言，她的每个故事都含有一个道德意义，她尤其强调地主对佃农具有不可推卸的义务。她虚构的但现实气息浓郁的人物，尤其是对淳朴高尚的爱尔兰农民以及乡村生活的冷静描写，为小说文学带来了新气象，为后来的许多作家引领了方向。玛丽娅·艾奇沃斯是第一个把爱尔兰农民当成平等的人来描写的英国作家。20 世纪的爱尔兰诗人、剧作家和散文家威廉·巴特勒·叶芝（W. B. Yeats, 1865-1939）赞颂她是"出自爱尔兰上流社会的第一位严肃作家"。司各特的《威弗利》一直被称为苏格兰的《莱克伦特堡》。司各特坦承，玛丽娅的爱尔兰小说给了他创作"威弗利"系列小说的灵感，她为他指明了方向；尽管希望渺茫，但他仍渴望能赶上玛丽娅对爱尔兰人的令人叹服的刻画。

玛丽娅·艾奇沃斯常被人们称为"爱尔兰的简·奥斯汀"或者"女沃尔特·司各特"，她的作品也被认为具有司各特的怀旧情结和奥斯汀式的沉静和机智。但是站在历史的角度进行评价，却是司各特和奥斯汀各自从玛丽娅·艾奇沃斯的作品中发现了点石成金的法宝，这些法宝转而也令他们的作品熠熠生辉。20 世纪 60 年代女权主义运动的兴起又一次把玛丽娅·艾奇沃斯推进了人们的视野。《写给年轻人的道德故事》（*Moral Tales for Young People*, 1801）和《写给文学女性的信》都多次再版。今天，尽管她的作品鲜为普通读者所知，但是文学史家会毫不吝啬地对她在小说和短篇故事发展史上的重要作用给予高度评价。

罕娜·莫尔（Hannah More, 1745-1833）

罕娜·莫尔在漫长的一生中，在三个方面取得了成就：才华出众的诗人、宣传宗教思想和道德伦理的短文作家，以及社会慈善家。

罕娜出生在斯戴普顿教区的鱼塘村，靠近布里斯托里市。她的父亲雅各·莫尔来自诺福克郡一个长老会家庭，后来改信英国国教，最后在斯戴普顿当了一名小学教师。12 岁时，罕娜开始到大姐在布里斯托里开办的寄宿学校上学，毕业后留校任教。她最早的文学尝试是在 1762 年专门为年轻女士写的田园喜剧《追求幸福》（*The Search after Happiness*）。到 18 世纪 80 年代中期，该剧本先后 6 次再版，共卖出 1 万多册。1767 年，罕娜放弃教书，与萨默塞特郡的威廉·特纳订婚。后来男方悔婚，付给女方每年200英镑的年金作为补偿。罕娜重获人身自由，于1773年冬天前往伦敦去实现她的文学梦想。

在伦敦，罕娜凭借自己的才华结识了著名的剧作家、演员大卫·盖里克（David Garrick, 1717-1779）、文坛泰斗塞缪尔·约翰逊（Samuel Johnson, 1709-1784）和哲学家埃德蒙·伯克（Edmund Burke, 1729-1797）等许多社会名流和文学精英。她毫无矫饰的率真、热情和机智的性格深得以约翰逊博士为首的文学界的赏识。盖里克还专门为她的悲剧《珀西》（*Percy*）写了开场白和收场白。该剧于1777年12月在考文垂花园剧院演出，获得很大成功。后来该剧本被翻译成了法语和德语。罕娜在1779年推出的戏剧《致命的谎言》（*Fatal Falsehood*）却遭遇了失败。紧接着，罕娜视为良师益友的盖里克去世。双重的打击使罕娜对戏剧的兴趣一落千丈，她从此放弃了戏剧创作。此后，她曾积极为她慧眼发现的挤奶女工、诗人安·耶斯利（Ann Yearsley, "poetical milkmaid of Bristol", 1753-1806）筹集资金，出版诗集。但因稿酬引发争执，二人关系不幸最终破裂。安·耶斯利一事让罕娜心灰意冷，最终退出了伦敦学术界。

1782年，罕娜出版《神圣的戏剧》（*Sacred Dramas*，只用于朗诵，不用于演出），该剧本曾先后19次印刷。这个剧本标志着罕娜开始对生活进行更严肃的思考。1785年，她在萨默塞特郡北部的考斯利普格林定居。从18世纪的80年代到19世纪的前十年，她创作了大量有关道德伦理和宗教的短文：《论妇女教育》（*Strictures on Female Education*, 1799）、《评现代女性教育体制》（*Strictures on the Modern System of Female Education*, 1799）、《培养公主品质的几点忠告》（*Hints Towards Forming the Character of a Young Princess*, 1805）、《科莱布斯择妻》（*Coelebs in Search of a Wife*, 1809）、《实用的虔诚》（*Practical Piety*, 1811）、《基督徒的道德律条》（*Christian Morals*, 1813）、《圣·保罗的性格》（*Character of St. Paul*, 1815）、《道德札记》（*Moral Sketches*, 1819）等。

罕娜·莫尔在思想上是保守派。1792年，面对法国大革命对英国社会的影响，她用"威尔·齐普"（Will Chip）的笔名发表了《乡村政治》（*Village Politics*），回击革命思想家托马斯·潘恩（Thomas Paine）的《人权论》（*Rights of Man*），获得了保守派的支持。此后她出版了一系列《廉价库存小册子》（*Cheap Repository Tracts*），以每期1便士的价格、每月3期的速度，从1795年到1797年连续出版了3年，每年平均销售200万份。这些小册子建议农民养成勤劳节俭的美德、坚信上帝等。其中最著名的一篇为《索尔兹伯里平原上的牧羊人》(*The Shepherd of Salisbury Plain*)，描写一对异常节俭、自足的家庭。罕娜的这些小册子被激进派看作是在大革命年代宣扬消极的寂静主义（quietism）。

18 世纪 90 年代中期，罕娜与克拉帕姆的福音教教派（Clapham Sect）联系紧密，他们中很多人参加了废奴运动，其中福音教派的牧师约翰·牛顿（John Newton）和身为议员的废奴主义者威廉·威尔伯弗斯（William Wilberforce）与她关系最为密切，对她的影响也最大。罕娜很快成为废奴主义运动中的一名中坚分子。她相继出版了诗歌《奴隶制》（*The Slavery*, 1788）和《娅姆巴的悲伤》（*The Sorrows of Yamba*，或叫《一位黑人妇女的哀恸》*The Negro Woman's Lamentation*, 1795，合著）。《娅姆巴的悲伤》借黑人女奴娅姆巴之口，以哀伤、幽怨的口气，讲述女主人公被白人掳走，关在人间地狱般的贩奴船上漂洋过海，最后被卖到英国沦为奴隶的凄惨身世。娅姆巴不堪白人主人的虐待，企图自杀，幸被一位传教士救下，从此笃信基督。这首诗语言质朴，感情诚挚，但诗中有近三分之一的篇幅宣传基督教思想，降低了这首诗的整体效果。《奴隶制》是用英雄对偶句写成的，女诗人借助吁请（Apostrophe）这种修辞手段对“自由”、“真理”和“刽子手”般的奴隶主诘问、批驳，语言铿锵有力，感情悲愤激昂。《奴隶制》发表的时间恰好是英国议会第一次就奴隶贸易展开辩论期间，因而对英国最终废除奴隶制施加了一种无形的影响。《奴隶制》被认为是英国废奴主义运动时期有关废除奴隶制的最重要的诗篇。

18 世纪 80 年代末，罕娜和妹妹开始致力于门第普地区（Mendip）的慈善事业。她和同时代的许多有识之士一样，认为社会文明的提升更多地要倚赖穷苦大众素质的提高。而对他们来讲，最好的教育莫过于让他们学会安贫乐道。为此，她建立了两个妇女俱乐部，还创办了 12 家学校，教当地的孩子读《圣经》，背诵宗教教义的问答，以及传授适合他们身份的种种技术。在这期间，罕娜受到来自农民和教会的双重阻挠。农民们认为，即便是最有限的读书也会耽误农活，教会则指责她有鼓吹卫理公会教义的倾向。但她不屈不挠，最终实现了自己的理想。在她创办的 12 所学校中，有 3 所一直延续至今，两个妇女俱乐部到 1950 年才彻底关闭。

罕娜晚年主要专心于宗教主题的创作。她在 80 岁时写的宗教短文《祈祷的本质》（*Spirit of Prayer*）为她的文学生涯最终画上了句号。在她晚年，无数社会名流（包括托马斯·德·昆西和塞缪尔·柯勒律治）和慈善家，或出于好奇，或出于敬意，从全国各地赶来，竞相拜访这位几近完美的女中豪杰。一直到她去世的前两年，她还保持着敏捷的思维。1833 年罕娜·莫尔辞世，葬在萨默塞特郡北部的瑞顿镇全圣人教堂（All Saints' Church, Wrington），教堂中有一个为她树立的纪念碑。她去世时把 1 万英镑捐给了慈善机构。

罕娜·莫尔才思敏捷，创作速度惊人，有时作品不免流于散漫无序。但她的文字新颖，笔触强健，充满活力。她的诗歌秉承了屈莱顿和蒲伯的文风，具有明显的 18 世纪新古典文学的矫饰、精致、规则等特点。

约翰·威廉·珀利多里（John William Polidori, 1795-1821）

珀利多里的祖上是意大利人，从父辈一代才在伦敦定居。这个洋溢着浓郁的英、意两种文化氛围的大家庭以人才荟萃而闻名：祖父阿戈斯蒂诺（Agostino Ansano Polidori, 1714-1778）集医生与诗人于一身；父亲加埃塔诺（Gaetano Polidori, 1764-1853）曾给著名的意大利悲剧作家维托里奥·阿尔菲里（Vittorio Alfieri, 1749-1803）作秘书，不仅写过很多小说、诗歌、悲剧剧本以及文学评论，还将弥尔顿的长诗《失乐园》（*Paradise Lost*）和沃波尔的哥特式小说《奥特朗托城堡》》（*The Castle of Otranto*）译成意大利文；珀利多里的姐夫加布里埃勒·罗塞蒂（Gabriele Pasquale Giuseppe Rossetti, 1783-1854）是学者和诗人，姐夫家的 4 个子女玛利亚（Maria Francesca Rossetti, 1827-1876）、丹蒂（Dante Gabriel Rossetti, 1828-1882）、威廉（William Michael Rossetti, 1829-1919）和克里斯蒂娜（Christina Georgina Rossetti, 1830-1894）也都分别在诗歌与小说创作、文学评论以及绘画等领域颇有建树。

珀利多里在艾姆培尔福斯学校（Ampleforth College）度过中学时光，1810 年进入爱丁堡大学学习，5 年后获医学博士学位。1816 年，珀利多里被雇请为浪漫派诗人拜伦（George Gordon Byron, 1788-1824）的私人医生，陪伴拜伦访游欧洲大陆。拜伦在瑞士日内瓦湖附近租住了一座名叫迪奥达蒂大宅（Villa Diodati）的避暑别墅。其时，文艺女青年克莱尔（Claire Clairmont, 1798-1879）正在狂热地追求已婚的拜伦，她说服了姐姐玛丽·哥德温（即后来的雪莱夫人）和姐姐的男友雪莱，三人在迪奥达蒂大宅的附近租了一所房子住下来。

1816 年 6 月的一个雨夜，这几位浪漫的俊男靓女又在迪奥达蒂大宅里相聚。他们读了恐怖故事集《死者的故事》（*Tales of the Dead*）中的几篇鬼神传奇，而后，兴犹未尽的拜伦提议，每人写一篇鬼故事，然后一起进行评比。拜伦的建议引发了著名的“迪奥达蒂大宅里的鬼故事创作大赛”，也使那个阴雨绵绵的寻常夜晚，定格为世界恐怖文学发展历程中极不寻常的重要坐标：雪莱创作了五个鬼故事和“一则鬼故事片段”；玛丽·雪莱完成了哥特式科幻经典名作《弗兰肯斯坦》（*Frankenstein*, 1818）的雏形；惯于写诗的拜伦写了一个“小说片段”，但是写完后并不满意，自己将其放弃；珀利多里将拜伦放弃了的“半成品”捡拾起来，在原有故事框架的基础上加以扩充，孕育出英国的第一篇吸血鬼小说——《吸血鬼》（*The Vampyre*）。

《新月刊》杂志（*New Monthly Magazine*）在 1819 年 4 月号上登载了《吸血鬼》，但是小说的作者却变身为鼎鼎大名的拜伦。拜伦本人多次表示，《吸血鬼》并非由自己所写，还展示了自己的那篇“小说片段”以正视听。“署名风波”持续的时间不长，但《吸血鬼》的知名度却迅速提高——由于涉及了名人，小说在客观上得到了一次很好的炒作机会。

珀利多里使用第三人称全知视角和并置的写作手法，讲述了充满悬念和恐怖的吸血鬼故事：两位青年贵族结伴旅行，较为年长的，是刚到伦敦不久的鲁思文勋爵。勋爵如天神般俊美，举止高雅气派，通身散发着令人无法抗拒的神秘诱惑力。稍稍年少的奥布里是勋爵的痴心崇拜者，他是个孤儿，与未成年的妹妹依靠家里丰厚的遗产生活。奥布里逐渐失望地发觉，鲁思文表里不一，实际上是个善于舞弊的赌棍和无耻阴险的色狼。奥布里寻机与鲁思文分手，一个人去了希腊，在那里爱上了客栈老板家纯真美丽的女儿艾安茜。艾安茜意外暴亡，血淋淋的脖颈上留有獠牙咬过的齿痕。深受刺激的奥布里忽患急病，鲁思文闻讯赶来照料。奥布里病势减轻后，二人又开始结伴前行。不久，他们遭遇强盗，鲁思文受了致命重伤。他在临终前要奥布里发誓，在一年零一天之内，不向任何人提及有关他的任何事情。奥布里外出筹钱，返回时却发觉尸体诡异地失踪。

奥布里返回伦敦，为妹妹举办了首次进入社交界的沙龙，其间他惊恐地看到了已经死去的鲁思文。之后，鲁思文数次恐吓奥布里，要他记住自己的诺言。奥布里想把鲁思文的事情告诉给亲友，又怕招致恶毒的报复。为了活下来保护妹妹，他最终决定在一年零一天期间保持沉默。持续的疑惧和巨大的精神重负终将奥布里压垮，他极度抑郁，整日水米不进，身心迅速地衰弱下去。

奥布里患病期间，其妹与英俊贵族“马斯登伯爵”之间的情感逐日升温。伯爵因即将出国赴任，要求尽快举行婚礼。奥布里偶然看到“伯爵”的画像，发现“马斯登”竟是鲁思文，他提出要推迟妹妹的婚礼，并去找妹妹说明原因。鲁思文截住奥布里，以毁掉其妹的名誉相要挟。奥布里气急交加突发脑溢血，在弥留之际将鲁思文的秘密和盘托出。监护人忙去救助奥布里之妹，却发现已经为时过晚——鲁思文在新婚之夜不见踪影，他的新娘躺在血泊之中，身体已经僵硬，脖颈上有被獠牙袭击的印痕。

《吸血鬼》发表之后，立刻受到热烈追捧。民间传说中的吸血鬼通常被描绘为狰狞可怖的僵尸：肤色惨白，门牙尖锐，眼睛泛红；它们惧怕阳光，昼伏夜出，像残暴的野兽一样袭击人类。珀利多里将人们熟悉的吸血鬼形象去脸谱化，首次在小说中将吸血鬼刻画成为举止高雅、魅力四射的男性英俊贵族；在他的笔下，吸血鬼变身为叙事的中心人物，吸血鬼的活动范围，不再是恐怖的墓园、肃杀的旷野，而是温文尔雅的上流社会交际圈，抑或是阳光明媚的旅游胜地。小说承袭了哥特式文学抑恶扬善的说教传统，以奥布里兄妹之死喻义姑息养奸的悲惨结局。小说的开放式结局以点睛之笔加深了作品的思想内涵：世界是复杂的，表象与实质可能是背离的，现代吸血鬼非常善于伪装，它们悠然混杂在人群中间，时刻寻机继续肆虐。

《吸血鬼》将民间传说、哥特式技法、异国风情、爱恨情仇、心理冲突等多种元素成功地融合在一起，非常新颖、独特。小说燃起了历时长久的“吸血鬼热”，为无数本国与异国的作家、艺术家带来了丰富的创作灵感，催生出一大批以吸血鬼为题材的优秀文学作品。比较有代表性的相关作家，当属两位爱尔兰作家勒·法努（Sheridan Le Fanu, 1814-1873）和布拉姆·斯托克（Bram Stoker, 1847-1912）。勒·法努的中篇小说《卡蜜拉》（*Carmilla*, 1871）成功地塑造了带有同性恋倾向的美貌女性吸血鬼；布拉姆·斯托克的长篇名著《德拉库拉》（*Dracula*, 1987）堪称世界吸血鬼文学中的经典之作，吸血鬼德拉库拉伯爵的优雅贵族形象，便是深受珀利多里作品影响的结果；此外，斯托克还引入了职业驱魔人范海辛，此举似是对《吸血鬼》感伤基调的回应——在吸血鬼克星的震慑之下，德拉库拉们无法再像鲁思文一样，肆无忌惮地作恶人间。

珀利多里的主要作品还有《约翰·珀利多里的日记》（*The Diary of John Polidori*, 1911）、长诗《天使的堕落》（*The Fall of the Angels*, 1821）等，但是这些作品的影响力远逊于《吸血鬼》。从《吸血鬼》问世至今已有几百年的时间，人们依然可以同珀利多里见面——在拉塞尔执导的电影《哥特》（*Gothic*, 1986）、帕瑟执导的《鬼魅之夏》（*Haunted Summer*, 1988）、苏亚雷斯执导的《浪漫骑士》（*Rowing with the Wind*, 1988）中，这位吸血鬼文学前驱者的浪漫与潇洒都得到了再现。

霍拉肖·沃波尔（Horatio Walpole, 1717-1797）

霍拉肖·沃波尔是奥福德伯爵四世的本名，但是人们通常称他为霍拉斯·沃波尔（Horace Walpole）。他集文学家、艺术史家、收藏家和政治家于一身。沃波尔在伦敦出生，是英国首相罗伯特·沃波尔最小的儿子，是一位“含着银匙出生”的幸运儿。他和父亲一样，就读于贵族子弟云集的伊顿公学和精英荟萃的剑桥大学国王学院，在名校毕业之后，又游学欧洲大陆，回国以后做议会议员长达20余年。

沃波尔终生未婚，他把大量时间与精力投入到游历、收藏艺术品、在古城发掘古物、研究历史与文物以及改建和装饰心爱的哥特式别墅等丰富多彩的活动之中。他的别墅在英国建筑史册中占有一席之地。他在自己别墅中拥有小型印刷厂，可以随心所欲地印刷自己的作品。他的主要著作，除小说《奥特朗托城堡》（*The Castle of Otranto*, 1764）之外，还有4卷本的《英国绘画轶事》（*Some Anecdotes of Painting in England*, 1762）、《英国王族和贵族作家名录》（*Catalogue of Royal and Noble Authors of England*, 1762）、《对理查三世生活和统治之历史质疑》（*Historical Doubts on the Life and Reign of Richard the Third*, 1768）等。[156]

沃波尔的著名小说是《奥特朗托城堡》。这部作品的创作和沃波尔的别墅有紧密关系。1748年，沃波尔在伦敦西南郊区的特威克南（Twickenham）购买了一处名为“草莓山庄”（Strawberry Hill）的田产。在此后30年间，他在志同道合的朋友们的协助下，对山庄建筑物进行了大规模的改造与扩建。他的形象化的美学追求，巧妙地将哥特风格在古代城堡的建筑中体现出来：城垛与塔楼在浓密的树丛的包裹中透露着历史的沧桑；镶有彩绘玻璃的细窄狭长的拱形窗，完全阻挡了好奇者的探究目光，人们无法窥见富有个性的城堡的内部，那里面绘有精细的哥特式回纹的华丽壁纸，以及与西敏寺墓地浮雕十分相像的壁炉架装饰品。

1764 年 6 月的一个清晨，沃波尔在弥漫着浓郁的中世纪神秘气氛的卧房中被蓦然惊醒，他的梦景依然萦绕在他的脑际，梦境中出现在古堡楼梯上的一只带着盔甲的巨手的影像，牢牢地停在那里，挥之不去。这只巨手强有力地激励了沃波尔的创作灵感。作家当晚就开始了小说《奥特朗托城堡》的写作。故事情节的发展充满张力，使得作者时常着魔般地沉浸在忘我的创作之中，欲罢不能。因此，这部小说的创作只耗费了一个多月的时间。在作品的手稿中，诸如巨足、巨剑、直插云天的巨大鬼影等令人不寒而栗的诡异景象和场面，逐次显现出来。在小说的第一版，沃波尔隐姓埋名，假托该故事译自一部年代久远的意大利文的古书；小说的标题也使人们联想起奥特朗托海峡附近的一个意大利古港。

《奥特朗托城堡》讲述中世纪发生的一个奇特故事。奥特朗托公国的君主曼弗莱德是城堡的第三代传人。据说其祖父是前公国君王阿方索公爵的多年忠臣，阿方索无嗣，将爵位与城堡馈赠给他。曼弗莱德的儿子在婚礼之日被从天而降的一顶巨型头盔砸死，曼弗莱德当即决定休掉发妻，娶儿子的新娘伊莎贝拉为妻，以便有男性后代继承城堡。一位年轻农夫西奥多出面指出，巨型头盔与前公国君王阿方索雕像上的石盔极为相像。众人注意到，西奥多的相貌酷似阿方索。伊莎贝拉坚决反对与公公成亲，她在西奥多的帮助下，从城堡的暗道逃走。一队神秘骑士忽然出现，宣称他们受圣地隐士的嘱托，前来讨伐弑君篡位的罪犯的后代。曼弗莱德继续实施阴谋诡计，于是招致了一系列灵异现象的发生，例如他的祖父的画像走出像框对他发出严厉警告、阿方索的石雕滴血、阿方索的鬼魂当众显形宣布西奥多是爵位与城堡的合法继承人等。曼弗莱德在恐惧与慌乱中误杀女儿。他在天怒人怨之下，终于被迫坦白其祖父的罪行，交出了王位和城堡，与妻子归隐修道院。

《奥特朗托城堡》开创了英国哥特式小说的先河，影响了英国哥特式小说乃至世界文学的发展格局。它弥漫着异国情调，充溢着对遥远的历史的回顾，善于运用情节向读者的心理承受力提出挑战，让读者陷入迷宫而感到失落，也让他们在看透重重悬念后而自鸣得意，再加上它的超自然恐怖、净化心灵的悲剧性大结局等多种因素的作用，作品的艺术效果大大超出了读者的预料，为他们带来了全新的阅读感受。数月之后，小说再版，此次沃波尔潇洒现身，宣布故事是自己的原创，并在第一版的副标题“一个故事”（“A Story”）之前增添了“哥特式”（“Gothic”）一词。《奥特朗托城堡》的出版，标志着英国哥特式小说的诞生。它将传统的浪漫骑士主题与恐怖神秘的超自然叙事杂糅到一起，成为一个全新的小说形式。[157]

虽然评论家对于《奥特朗托城堡》毁誉参半，然而，它对于同时代以及后世作家的影响则为大多数评论家所认可。在《奥特朗托城堡》的带动之下，一大批哥特式小说如雨后春笋般出现，其中有人们至今仍在阅读的克拉拉·里夫（Clara Reeve, 1729-1807）的《英国老男爵》（*The Old English Baron*）、安·莱德克利夫（Ann Radcliffe, 1764-1823）的《乌多夫堡之谜》（*Mysteries of Udolpho*）、马修·刘易斯（Matthew Lewis, 1775-1818）的《修道士》（*The Monk*）以及玛丽·雪莱（Mary Shelly, 1797-1851）的《弗兰肯斯坦》（*Frankenstein*）等。

今天，哥特式小说虽然辉煌不再，但其常见主题，如复仇、纯洁爱情、侠义精神、末世情结、抑恶劝善，以及被称为“哥特式元素”的常用技法（如血腥场面、死亡描写、诡异的厄夜、迷宫般的建筑布局、神秘莫测的超自然现象等），时常以新的形态再现于各种文学作品之中，尤其在一些科幻、侦探、魔幻现实主义作品里，《奥特朗托城堡》的影像依然依稀可辨。

威廉·贝克福特（William Beckford, 1760-1844）

威廉·贝克福特是英国小说家，因哥特式小说《瓦塞克》（*Vathek*, 1786）及出资修建哥特式风格的宅邸方特希尔修道院（Fonthill Abbey）而闻名于世。贝克福特出生于伦敦一个富有的家庭，父亲曾任伦敦市市长。11 岁时父亲去世，留给他一笔总计 100 万英镑的巨额遗产。1782 年贝克福特以法语完成代表作《瓦塞克》的写作。1784 年秋，因双性恋丑闻，他被迫与妻子、女儿离开伦敦迁至瑞士。1796 年重返伦敦后，他开始了方特希尔修道院的建造，并过着隐居的生活，直至去世。

评论界认为，《瓦塞克》是一部东方神话传说《一千零一夜》与伏尔泰的《哲学故事》相结合的作品。[158] 主人公卡里夫·瓦塞克是一个阿拉伯国家的最高统治者，他喜欢享受，修建了五座豪华的宫殿，在那里分别是山珍海味、人间仙乐、奇珍异宝、醉人香气、温柔美人。但他并不满足，他修建了有1500级台阶的高塔，企图窥视天堂的秘密。上天派来使者幻化成牧羊人劝他迷途知返，他却置若罔闻。他渴望统治世界的权力，于是在魔鬼埃布利斯的使者渣阿王的指引下，他开始了通往地狱的旅程。期间他犯下无数罪行，甚至将数十个孩子献给魔鬼当祭品。最终他只能在万劫不复的地狱中“永世受痛苦的煎熬、悔恨的折磨”。

《瓦塞克》与沃波尔的《奥特朗托城堡》一道被认为是早期哥特式文学的代表作品。小说中充满了洞穴、深渊、地府、精灵、矮人、魔鬼等典型哥特式因素，其中以满地打滚的肉球一段最为精彩：渣阿王因拒绝回答瓦塞克的问题被他像球一样踢来踢去。瓦塞克甚至命令全城的人一起来踢，一直把他踢到山谷里去。另外，《瓦塞克》作为早期杰出的哥特式文学作品还对后来的作家如爱伦·坡、拜伦产生了一定的影响：“贝克福特带着他的读者拜伦、迪斯雷利(Benjamin Disraeli, 1804-1881)、爱伦·坡一起来挖掘出作品的内在”。拜伦甚至将《瓦塞克》视为自己的《圣经》。[159]

马修·格利戈里·刘易斯（Matthew Gregory Lewis, 1775-1818）

作家因作品而闻名于世，作品名与作家名紧密相连，犹如双子星座般交相辉映，这种万千资深作家奋斗一生仍求之不得的殊荣，却被发表作品时尚未满20岁的马修·格利戈里·刘易斯获得。

刘易斯生于伦敦，早年在位于威斯敏斯特的圣彼得皇家学校以及牛津大学的基督堂学院读书。1794年，他自牛津大学毕业，开始在英国驻荷兰海牙的大使馆工作。他在异国开始新生活后，心里充满多重感触。这激发了他的创作欲望。加之他离婚多年的母亲经济状况不佳，他极想做些事情，帮助改变困境。于是他利用工作之余的闲暇时间，在10周的时间内，写出了小说《修道士》（*The Monk*, 1796）。作品里某些关于性爱和宗教的描写文字，触及了当局的敏感的神经，于是很快被冠以渲染色情、诋毁宗教的罪名而遭查禁。刘易斯只得删改有关章节，以“洁本”形式再次出版。有趣的是，《修道士》引起的这几番波折使作者因祸得福。他不仅由此获得了比他的真正姓名更为响亮的戏称“修道士刘易斯”，还在21岁时被选为国会议员。然而刘易斯无意仕途，几年后便辞去议员职务，投身于文学创作。

此后的若干年间，刘易斯发表了一系列剧作、小说和翻译作品。他创作的 5 幕哥特式戏剧《城堡幽灵》（*The Castle Spectre*, 1796）在长时间内受到观众的喜爱。他还写过一些哥特式短篇小说，后来分别收在小说集《奇异故事集》（*Tales of Wonder*, 1801）及《浪漫故事集》（*Romantic Tales*, 1808）中。此外，他还充分发挥自己的德语特长，将德国作家席勒（Friedrich Schiller, 1759-1805）、科策布（August von Kotzebue, 1761-1819）及柴柯（Heinrich Zschokke, 1771-1848）等人的哥特式浪漫作品译介到英国。

1815 年，刘易斯从父亲那里继承了大笔钱财，之后赴西印度视察家族种植园，并在那里宣传人道主义，推行奴隶制改革。他在这次长达 4 个月的航程中，写出了《西印度种植园主的日记》（*Journal of a West Indian Proprietor*）。他这次旅行的这个副产品在他去世 15 年后才得以面世。1816 年夏，刘易斯在日内瓦拜会雪莱夫妇，讲了 5 个鬼怪故事，这些雪莱后来记录在他的《日内瓦、返回英国途中札记（包括鬼怪故事）》。[160] 1817 年，刘易斯再赴牙买加，在返英途中因黄热病辞世。[161]

"修道士"刘易斯对英国乃至世界文学的重要影响与贡献，无疑是其成名作、代表作——《修道士》。小说以"故事套故事"的镶嵌式结构，再现了 16 世纪西班牙版的"失乐园"故事。小说的叙事主线是修道院院长安布罗斯的堕落故事。在小说的开端，安布罗斯是教徒心目中虔诚、纯洁的"圣人"，在西班牙人中享有极高的威望。上天对这位引领迷途羔羊的"牧羊人"似乎格外青睐，把人间的种种美好特征都毫不吝啬地赋予了他。这些包括他渊博的学识、高超的演说才能、魁梧的身材、俊朗的面孔，以及高雅潇洒的举止。许多达官贵人，尤其是美貌贵妇，纷纷要求安布罗斯做自己的忏悔神父。在某些百无聊赖的富婆看来，年轻英俊而地位特殊的安布罗斯，或许恰似一枚神秘的"禁果"，通身散发着无限的诱惑力。年富力强的安布罗斯站在耀眼的光环之下，夹在"灵与肉"之间，经历着一场艰巨而漫长的拔河赛。他的双眼不仅看到了那些漂亮的信女，而且还注意到墙上圣女像的肉体之美。他在圣洁的祷告过程中，竟萌发了抚摸与亲吻圣女的可怕冲动。他在固执地背叛教规。这时，一位名叫马蒂尔德的美女竟女扮男装混入修道院里修行，伺机倾诉自己对安布罗斯的爱慕之情。马蒂尔德实际是化身为美女的魔鬼。双方经过几番对阵，均以安布罗斯败北而告终。对于这位院长来说，偷食一次禁果宛似打开闸门，长久以来压抑在心头的欲望，犹如洪水一般倾泻而出，不可控制。他的目光又移向与马蒂尔德截然相反的一位清纯姑娘——安东尼娅。安东尼娅之母竭力阻止他犯罪，他就把她杀死，然后又强暴和杀害安东尼娅；后来得知，他杀死的竟是自己失散多年的母亲及亲妹妹。安布罗斯最终受到严厉惩罚，在极端痛苦的折磨中慢慢死去。

小说的情节扑朔迷离。仙女般纯真、善良的安东尼娅与年轻贵族洛伦佐的爱情是小说的一脉分支，其间引入洛伦佐的妹妹被伪善、变态的女修道院长残酷折磨的故事。洛伦佐的妹妹的悲惨遭遇又链接起另外一对青年男女的浪漫爱情，其间穿插了身穿滴血长袍的幽灵；这个幽灵的故事令人毛骨悚然：它一手执灯，一手握匕首，在哥特式城堡中不停地呻吟、游荡。

刘易斯将"圣人"般的修道院院长从神坛上拖下，剥去他神圣的外衣，把他隐秘的心理活动纤毫毕现地展示给读者，从而创建了融修道士与变态恶魔为一身的恐怖型哥特式小说。这是"初生之犊不怕虎"的年轻的刘易斯在一部小说中同时完成的几个创举。刘易斯承袭抑恶劝善的传统，为深化主题而辅以足够的"恐怖指数"，从"深"与"广"的两种维度将男、女修道院里的圣洁生活"妖魔化"，抨击了宗教制度的不合理之处对人性的压抑与摧残。[162]

《修道士》被数次改编为舞台剧和电影与广大观众见面；小说亦激发了多位本土与其他国家的文学、艺术家的创作灵感，现今人们耳熟能详的互文性范例，当属19世纪法国作家雨果（Victor-Marie Hugo, 1802-1885）的《巴黎圣母院》（*The Hunchback of Notre-Dame*）：安布罗斯的幽灵在小说中又寻到了合意的宿主——副主教孚罗诺，此人阴郁的目光，正觊觎着纯洁美丽的少女埃斯米拉达。

查尔斯·马图林（Charles Robert Maturin, 1780-1824）

马图林是爱尔兰作家，曾就读于都柏林三一学院，1803 年任圣职，成为都柏林圣彼得教堂英国国教牧师。他的妻子和王尔德的母亲有亲戚关系，按辈分他算是王尔德的叔祖父。王尔德出狱后来到法国，放弃自己的本名，自称后半生就叫"塞巴斯蒂安·麦尔莫斯"，"麦尔莫斯"这个名字来源于马图林的一部小说《流浪者麦尔莫斯》（*Melmoth the Wanderer*）。

马图林的前三部著作以笔名发表，没有引起评论界注意，销售情况也不好。这些作品倒是引起了司各特的注意，他把它们推荐给拜伦。在这两位大家的帮助下，马图林的第一部剧作《伯特拉姆》（*Bertram*）1816年上演，获得成功。但是柯勒律治却公开批评该剧，称之枯燥、可恶，把剧作几乎说成无神论之作。人们可在这位诗人的大作《文学传记》第23章里读到他对马图林剧作的尖刻评论。

这些评论以及早些时候的类似评论引起了爱尔兰教会的注意，他们马上终止了马图林在教会的晋升。马图林被迫以写作为生。他又写了几部戏剧，结果都以失败而告终，他于是改弦更张，重新写小说。巴尔扎克（Honore de Balzac, 1799-1850）和波德莱尔（Charles Baudelaire, 1821-1867）对马图林的著作表示赞赏，尤其是他的小说《流浪者麦尔莫斯》。巴尔扎克把自己的一个短篇小说里的主人公和拜伦的唐璜、曼弗莱德，歌德的浮士德等著名文学人物与马图林的麦尔莫斯相提并论，认为这些都是欧洲最伟大的天才们所刻画出的伟大的寓言式人物。但是，马图林写了六部小说、三部戏剧以及两部布道词，尽管在当时受到许多读者的欢迎，引起许多作家的注意，但总的说来，他没有受到评论界的重视。[163]

马图林虽然创作哥特式小说，但他的重要主题之一是宗教和天主教教会。他描写当时人们所承受的各种压力，分析产生极端言行以及性爱暴力的背景和原因。此外，他的小说还注意人物的心理分析。这些都是马图林对哥特式小说发展所做出的贡献。

马图林的代表作是《流浪者麦尔莫斯》。它的故事情节是这样的：约翰·麦尔莫斯在都柏林三一学院读书，他的叔父老麦尔莫斯病危，他从学校回家去看望他。之后叔父过世，遗嘱在合法证人在场的情况下启封，约翰成为老头的财产的唯一继承人。这笔财产，开始虽然数目一般，但是经过老头的见钱就赚的经验，加上他节俭的生活，现在已经相当可观。阅读遗嘱的律师结尾时说，“在文书的角落有一些字，仿佛不是遗嘱的一部分，因为这些话既不是附录，也没有立遗嘱者的签字；可是我深信这是死者的手迹。”他说着把几行字拿给约翰看，约翰立刻辨认出是他叔父的手笔（那笔体垂直、吝啬的笔画，好似决心用尽每张纸的篇幅，节省地缩写每个字，几乎不留任何边缘），很动感情地读到下面的几行字：“我责成我的侄子和继承人约翰·麦尔莫斯删除、毁掉或叫人毁掉挂在我的柜橱里、上面写着‘J. 麦尔莫斯’的1646年的照片。我也责成他找到一部手稿，这我相信他可在立在那幅画像下面的红木橱的左手第三个最下一层抽屉里找到——手稿放在一些废纸堆里，如布道词手稿、关于改善爱尔兰状况的小册子等类东西；手稿用黑胶带捆着，手稿纸已经发霉变色，他会认出来的。他可以阅读一下；我想他不读为好。无论如何，我严令他——如果一个死者的严令仍有任何效力的话，把手稿烧掉。”

约翰的叔父的遗嘱写得非常清楚，也极合乎法律手续，宣读遗嘱的会议于是告一段落，人们散去，只留下约翰一个人。约翰出于好奇，按照遗嘱的指示，很快找到手稿，就坐下来阅读。屋内一片沉寂，蜡烛总觉不够明亮。约翰不断改换姿势，如果还有其他椅子，他也会换座位的。他一时陷入一种抑郁和空白中。钟打 12 点了，这是他在几个小时内所听到的唯一的声音。外面风声呜咽，雨点枯燥地打在窗户上。他是周围 10 英里内唯一一个还醒着的人。他情不自愿地打开手稿，开始阅读。手稿很不易读，约翰只能辨认出一些句子。[164]

手稿里的故事讲，爱尔兰人麦尔莫斯向魔鬼出卖了自己的灵魂，得以延长他的寿命；但是这个契约可以转移，即如果他能找到一个替身，他依然可以得救。于是他走遍各地，竭尽全力寻找这么一个人。在这个过程中，他遇到许多绝望透顶的人，麦尔莫斯在他们走投无路时，总是出面许诺解除他们的苦难，条件是他们替他去面对魔鬼。但是谁也不愿代他受罚。这部小说就是这些可能成为替身的人的故事的汇集，其中包括受到西班牙宗教法庭严刑拷问的蒙萨达、眼睁睁看着自己的孩子饿死的瓦尔伯格、麦尔莫斯自己的妻子伊西多，还有埃莉诺及斯坦顿等。在这里只介绍一下关于斯坦顿的故事。

斯坦顿是英国人，在王政复辟以后去欧洲大陆旅行。此人是文人，1676 年到西班牙，他通过和道士们就神学和哲学的题目进行辩论，在修道院里解决食宿问题。所辩论的神学是天主教教义，哲学是亚里士多德的哲学，斯坦顿有时感到很为难，但道士们觉得他的拉丁文还好，逻辑也强，在多数情况下都允许他在修道院里吃晚餐和住宿。有一天他在巴伦西亚市外遇到暴风雨，他的向导受到惊吓丢下他逃走。这时他看到两个人抬了一具年轻女人的尸体，边走边呜咽。当时有一个人从他们身旁经过，见状哈哈大笑，笑声令人毛发倒竖，此人便是麦尔莫斯。

斯坦顿遇到一个老妪，听她讲了一个可怕的故事。那是两个年轻人的新婚之夜，客人们兴高采烈，正在等待神父的到来，没有人理会到人群里坐着一个表情矜持的英国人。此人名叫麦尔莫斯，他是个旅游者。两个新人听到美妙的音乐在耳际缭绕，但客人们却未听到，大家很感诧异。接着，神父到来落座，觉得气氛不对，他发现了那位英国人，两个人对视良久。神父手指着他，忽然仆地而死。同时，从新房里传来尖叫，人们随着新娘的父亲前去察看，发现新娘已经躺在新郎怀里死去。人们一片慌张，英国人在这个过程中从未离座，后来他在人们的不知不觉中悄悄消失，从此人们在左近再也没有见到过他。斯坦顿听后，觉得似乎在哪里见到过这个英国人，他于是逐渐想起了他在巴伦西亚遇到的暴风雨之夜，记起了那个见到年轻女人的尸体却哈哈大笑、笑声让人毛骨悚然的人。

约翰读到这里，心里纳闷，文稿中的这个英国人“麦尔莫斯”和他的先人是否有关联。他在心里反复琢磨，斯坦顿是如何尾随此人到爱尔兰，又写出这么长的有关他的文稿的。根据文稿，斯坦顿这时应当是已经回到英国。他决心找到这个英国人。他不断出入公开场合，经常前往剧院等处。他这样苦苦追寻长达四年之久。有一天他到剧院观看表演，两个演员因台下口角，在台上假戏真作，其中一个用刀严重伤及另外一个演员。观众哗然，纷纷离席。斯坦顿也随大家起身，就在这个时刻，他看到了他要寻找的人——他在西班牙巴伦西亚平原上见过的人。他看去相貌平常，只是他奇特的目光让人难以忘怀。斯坦顿顿觉心中有一种无名的恶心，身上顿时冒出冷汗来。这时他突然听到一种令人陶醉的音乐，他问其他人音乐由何而来。他吃惊地发现，别人都未听到。他忽然想起他听到西班牙老妪讲的巴伦西亚城的婚礼的故事，记起她说的那对新人能听得到而客人却听不到的美妙的乐声。他恐惧地想到，在听到音乐的两个人里，一个（新娘）当时就死去。这难道是要他去天堂的乐声吗？散场以后他在街上遇到那个英国人，对方问他说，“你在找我吗？”斯坦顿点头。麦尔莫斯说，他独立于时空之外，他们会在疯人院的空空四壁里再会面的，到那时斯坦顿将被指责有神经病而被锁链锁住，躺在稻草上。

手稿在此处断了一段，约翰再次找到可读部分时，它讲的已经是多少年后斯坦顿的可怜情况了。这时人们都认为他已神经失常。关于斯坦顿的精神状态的传言最后传到他的一个近亲的耳朵里。此人是个歹徒，他来到斯坦顿处，说要安排把他以及他的看护拉到伦敦市外散心。马车停在一处房前，亲戚把他领上楼后借口离开。斯坦顿并不注意这个亲戚的举动，自己只顾拿起一本手稿来看。当时人们传阅手稿是常事。此书的前几行就说明作者是个疯子，里面说的是如何把古石林的石头运来重建大火后的伦敦，如何在世界范围内传布基督教，等等。斯坦顿接着忽然发现，他被困在屋里，心中充满恐惧，他大喊大叫，敲门、砸窗。黑夜到来，外面来了几个人把他锁起，严令他不准再出声响。斯坦顿果然安静下来，他开始考虑如何逃出这座疯人院。周围疯人的叫嚷使斯坦顿难以自控。刚进来时，他还有理智，决心保持健康和心智，还做些运动，后来他就卧床不起了。他无精打采，蓬头垢面。终于有一天晚上，麦尔莫斯出现了。他对斯坦顿说他的预言已经实现，但是他可以救他出去。麦尔莫斯历数了疯人院的可怕，斯坦顿听着浑身抖个不停。麦尔莫斯手中拿着钥匙，敦促斯坦顿逃走。至于他帮他逃走的条件在手稿里占去几页纸，约翰无论如何也看不清楚。根据手稿开始说到麦尔莫斯希望找到替身、帮他履行与魔鬼签订的合同的情节，读者可以想象，麦尔莫斯当时是在向斯坦顿提出，他可以帮斯坦顿逃出可怕的疯人院，但斯坦顿要答应做他的替身。斯坦顿似乎拒绝了麦尔莫斯的一切条件。

手稿的最后 15 页已经发潮，上面的行数都分不清了。约翰费尽九牛二虎之力，只能大约了解到，斯坦顿最后获得自由，决意继续寻找麦尔莫斯。他折回到欧洲大陆，又回到英国，想方设法追问和寻找，但是直到最后他也未能再见到麦尔莫斯。后来他打听到此人出生在爱尔兰，就前去询问。此人的亲属对麦尔莫斯似一无所知，或不愿意向陌生人透露任何信息。斯坦顿很不满意地回家，从不向人透露此人的情况，一旦说到此人，他就怒火冲天，不可遏制。不过他还是决定把他的手稿留给这一家人，他觉得他们毫无好奇之心，也不了解他们的这个亲属，也不爱读书，手稿留给他们反倒安全一些。

约翰看完手稿，低头沉思，抬头见到一个人的影像。这个影像逐渐从他眼前消失。约翰记起叔父要他销毁他的画像的遗嘱，于是摘下画像，他发现画像在微笑。约翰身体颤抖着，立刻把画像拿到他屋里扯成碎片，扔在火里烧掉。约翰欲睡，但画像烧个没完没了。

小说的人物塑造很有独到之处。比如对约翰的叔父的吝啬的描绘就非常具体，让人能看到这个人的里里外外。有一个场面刻在人们脑际，很难抹去：约翰回家去看望病危的叔父，老头在最后的时刻依然受到贪婪的折磨，怀疑周围所有的人。他对约翰低声说，“我想喝一杯酒，这样我就能再多支持几个小时。不过我信不过任何人，他们都会趁机偷一瓶而疼死我。”约翰大吃一惊。他说，“叔，看在上帝的面上，让我去拿吧。”老头脸上表情叫人猜不透，他说，“你知道酒在哪儿吗？”“我不知道，叔。

你知道我对这里不熟悉。”老头面部肌肉一阵剧烈扭动，说，“用这把钥匙去拿。在那个橱柜里有酒……我向来告诉他们那里什么也没有，可是他们不信我的话，否则我不会被人偷得这么惨。有段时间我说里面有威士忌，结果就更惨了，因为他们喝的更多了。”

这部著作也存在着明显的缺陷。它本应成为恐怖小说的鼻祖之作之一，但是它却长期尘封，无人问津，其中一个原因是其繁复的结构。故事由约翰的叔父麦尔莫斯开始，然后到手稿，然后引出一系列故事，其中包括斯坦顿和老妪。这种套式结构不仅让人感到毫无必要，而且会产生令人生厌的负面效果。另外一个原因是它没完没了的走题跑辙。比如斯坦顿见到老妪，听老妪讲故事，这本是可以在几段文字之内即可交待清楚的事情。但是作家却先说到一天晚上他在巴伦西亚市外的平原上遇到风雨大作，他被懦弱的向导抛弃，然后他站在大平原上借着电闪，观望此地历史上两大帝国的遗址，叹息古罗马帝国征服者把文明留在身后的历史功绩，然后又看到两个人抬着一具年轻女人的尸体，然后才听到老妪的咒骂，这才和老妪要讲的故事接上头。读到这里，读者突然意识到，原来刚刚读完的一长段文字竟没有直接的关联，气愤之余，很可能就放下不再理会它了。

第五节　19 世纪初期的散文

威廉・哈兹立特（William Hazlitt, 1778-1830）

威廉・哈兹立特是 19 世纪英国散文家和评论家。他出生在英格兰肯特郡首府梅德斯通（Maidstone）的一个牧师家庭。他的父亲信奉唯一神教（Unitarianism），崇尚理性自由，宗教思想较为激进，因对教义的阐释常常背离传统，为同教区的其他牧师所诟病。1780 年，哈兹立特全家迁往爱尔兰。三年后，他们又远赴北美。他乡的生活终归不如愿，1787 年，全家返回英国，此后长期定居于英格兰希罗普郡（Shropshire）的韦姆（Wem）。

1793 年，哈兹立特进入哈克尼神学院（Hackney College）读书。但他并不想承继父业，终生布道。次年，他离开神学院，回到韦姆的家中。之后的 8 年，他终日以书为伴，积累了丰富的知识，这为他未来登上文坛铺平了道路。

哈兹立特自幼喜好思考问题，在神学院学习时就对哲学产生了浓厚兴趣。在当时的英国哲学界，关于“自私是人的天性”的学说盛行一时。为批驳这种观点，哈兹立特于 1805 年发表了哲学专著《论人类行为的原则》（*On the Principles of Human Action*）。他认为，人的自我（self）包含三个阶段：过去、现在、未来；人的自我认同（identity）只取决于个人意识，而且个人意识不会超越现在的自我；人凭借回忆（memory）和感知（sensation）分别与过去和现在的自我相连，但却没有相应的个人能力来连接未来的自我；人只能靠想象（imagination）期许未来，而这种憧憬具有社会性和共通性，通常会超越个人狭隘的眼光。通过上述分析，哈兹立特试图证明自私并非人的天性，而是习惯和环境的产物。该书出版后，并未引起评论界的关注，但对初出茅庐的哈兹立特来说，它却具有非同寻常的意义。11 年后，他在寄给朋友的一封信中这样说道：“人们一直把我看作三流作家。不过，我个人认为，我的作品中有一部堪称杰作。我敢说，你从未听说过它——《论人类行为的原则》。”[165] 正是这部哲学专著，坚定了他扎根文坛的信念。

18 世纪末爆发的法国大革命是欧洲影响最大的政治事件。法国启蒙学者宣扬的自由民主思想迅速传到英国，在英国社会各界引起轰动。哈兹立特受父亲的影响，从少年时代就十分拥护法国革命，一生忠于革命理想。

为捍卫英国宪政制度，避免国内发生革命动乱，19 世纪初，英国政府对外发动反法战争，对内实行高压政策。日趋黑暗的政治现状引起了哈兹立特的强烈不满。1806 年，他出版政论小册子《公共事务散论》（*Free Thoughts on Public Affairs*），抨击英国政府实行的内外政策，把批评矛头直指时任英国首相的皮特：“他对人性缺乏洞见，无法体谅人的感情，对感情应起的作用也浑然不知。他只相信真正发生过的事件，根本无法预知事件的结果。……他对人类知识的增进毫无贡献。”[166] 不过，这部小册子并未得到发行。后来，哈兹立特把书中专论皮特的部分单独成篇，取名为《皮特其人》（“The Character of Pitt”），收录在散文集《圆桌》（*Round Table*, 1817）中。该散文集的出版引起保守派评论家对哈兹立特的围剿。

1812 年，哈兹立特定居伦敦。同年 1 月，他在布卢姆斯伯里（Bloomsbury）的罗素协会（Russell Institution）做了题为“现代哲学的兴起和进展”（“The Rise and Progress of Modern Philosophy”）的系列讲座，对自培根以来从事道德和哲学研究的主要作家进行了回顾和评论。

他对现代哲学基本上持否定态度。他认为，在现代哲学中，思想、道德、行动已被分化为感觉、享乐和机械刺激。该系列讲座的10篇文稿后来收录在散文集《文学遗稿》（*The Literary Remains*, 1836）第1卷中。

1813年，哈兹立特开始做职业撰稿人，在《晨报纪事》（*Morning Chronicle*）、《考察者》（*The Examiner*）、《爱丁堡评论》（*Edinburgh Review*）、《泰晤士报》（*Times*）等主流报刊上发表大量评论文学、戏剧、政治的文章。这些文章经过整理，收录在散文集《圆桌》、《莎士比亚剧中人物论》（*Characters of Shakespeare's Plays*, 1817）、《英国戏剧概观》（*View of the English Stage*, 1818）及《政论文集》（*Political Essays*, 1819）中。

在哈兹立特所处的时代，浪漫主义风靡文坛，对个性、情感和审美的崇尚自然也反映在其评论中。他的评论"注意的是作品是否把真实感情写得酣畅淋漓，着重的是想象力，喜欢进行比较，不仅在英国文学内部，而且常同法、西等国文学相比。他还突破文学范围而同其他艺术相比，其方面之广与见解之敏锐都超过当时其他的浪漫主义文论家"。[167]

作为文学评论家，哈兹立特的主要贡献在于重新引起了人们对伊丽莎白时代诗剧的兴趣。他的《莎士比亚剧中人物论》是早期莎学研究中的经典之作。在书中，他用优美流畅的诗性语言对莎士比亚的30余部戏剧进行了详细分析。他的文章虽以印象式评论为主，但却不乏洞见。下面这段文字是他对莎剧核心人物哈姆雷特的解读，从中我们可以领略到浪漫派文论的风采：

> 哈姆雷特是个名字；他的台词不过是诗人头脑随意创造的。可是这些台词难道不是真的吗？它们和我们自己的思想一样真实。它们的真实性就存在于读者的心中。*我们自己就是哈姆雷特。*这出戏具有预言般的真实，胜过了历史的真实。无论谁由于自己或别人的不幸而变得沉思和忧郁；无论谁皱着眉头想得太多，觉得自己"过于顺利"；无论谁看见自己心中升起的嫉妒的迷雾遮住了白天的太阳，眼前的世界只是一片阴暗的空白，未剩下任何显目的东西；无论谁品尝到"爱"遭受蔑视的痛苦，无礼的对待，或者小人物的忍耐美德所受到的唾弃；无论谁感到心沉了下去，像害病一样愁云紧锁，古怪的幽灵缠身，毁掉了希望，压垮了青春；无论谁看见罪恶

像鬼魂一样守在身边无法安心；无论谁想得太多以至失去行动能力，只看到宇宙的无限与自己的渺小；无论谁由于心灵的酸苦而不再计后果，把去看戏当作摆脱生活不幸的最好办法，因为戏是生活不幸模拟的再现——这样的人就是真正的哈姆雷特。[168]

哈兹立特在这里提出了理解《哈姆雷特》的钥匙，虽然这段话有把本质和琐屑相混淆的嫌疑。

1818年，哈兹立特在萨里协会（Surrey Institution）就英国文学做了三次系列讲座，并把这些讲稿结集出版，取名为《英国诗人论集》（*Lectures on the English Poets*, 1818）、《英国喜剧作家论集》（*Lectures on the English Comic Writers*, 1819）和《伊丽莎白时代的戏剧文学》（*Dramatic Literature of the Age of Elizabeth*, 1820）。他的演讲富含哲理，生动有趣，备受听众好评。他曾这样谈论诗歌："许多人误以为，诗只存在于书中，由五音步的押韵诗行组成。事实上，正如大海中起伏的波浪、含苞待放的花朵……只要有美、力量、和谐，就有诗的存在。"[169] 1821年后，哈兹立特又出版了《闲谈集》（*Table Talk*, 1821-1822）、《新皮格马利翁》（*The New Pygmalion*, 1823）、《时代精神》（*The Spirit of the Age*, 1825）、《直言者》（*Plain Speaker*, 1826）、《法意旅行杂记》（*The Notes of a Journey through France and Italy*, 1826）、《拿破仑传》（*Life of Napoleon*, 1828-1830）等作品。1830年，他罹患胃癌，不久后去世，葬于伦敦梭霍区（Soho）的圣安妮教堂墓地。

《闲谈集》和《时代精神》被公认为哈兹立特的代表作。《闲谈集》收录有许多脍炙人口的散文佳作，如《论旅行》（"On Going a Journey"）、《论对死亡的恐惧》（"On the Fear of Death"）、《论庇护与吹捧》（"On Patronage and Puffing"）、《论天才与常识》（"On Genius and Common Sense"）、《印度魔法师》（"The Indian Jugglers"）等。《时代精神》真实地反映了19世纪初英国知识界的精神面貌。书中选取当时的25位知识精英，包括哲学家、政治家、诗人、小说家和散文家，对他们的思想及作品进行了细致评论。其中，哈兹立特对华兹华斯最为推崇，认为他的诗歌闪现着时代精神的光芒。他对柯勒律治的诗歌、司各特的小说、伯克和兰姆的散文也同样给予了高度评价，而对拜伦、骚塞、本萨姆（Jeremy Bentham, 1748-1832）等人的作品则多有批评。细读他的文章，人们有时会感受到隐藏于字里行间的政治气息。作为法国革命理想的坚定追随者，他在书中对政治立场守旧的知识精英也进行了尖锐批评。不过，从总体上看，他的文学评论是公正客观的，并未受到其激进思想的很大影响，这充分体现出一个伟大批评家的博大胸怀和良好素养。

《论旅行》发表在 1822 年《新月刊》（*New Monthly Magazine*）第 1 期上，是典型的浪漫主义美文。哈兹立特在文中结合自己的旅行经历，发表了对旅行的独特感想。这篇散文行文舒缓流畅，语言平实生动，极具感染力。

哈兹立特首先谈论了野外远足的好处。他认为，通过乡间旅行，人们可以暂时忘却喧嚣的城市生活，在大自然中放松自我，求得心灵上的安宁。在茶余饭后，他经常行走在蜿蜒的乡间小路上，在蓝天绿野中享受悠然自得的独处时光，任思绪乘着想象的翅膀自由飞翔。

哈兹立特不大喜欢结伴出游。在他看来，与他人同行存在两个明显的弊端。首先，边走边聊会破坏人对自然的最初印象，让思绪变得杂乱。其次，人对自然景物的感觉和反应难免存在差异，旅伴之间有时很难产生共鸣，这样，出游就会变得索然无趣：

> 你对同伴说路旁的豆田散发着扑鼻的香气，可是他的嗅觉不太灵敏；当你评论远处的美景时，你的朋友或许是个近视眼，他得先戴上眼镜；当你感觉空气中蕴涵着某种情调，云朵的颜色很别致，所有这些让你陶醉，而这种感觉却无法对他言传。因此，你们无法产生共鸣，而最后以至于你兴致大跌，只剩下一种幻想达成共鸣的渴望和不满的情绪。[170]

哈兹立特认为，要想避免出现上述弊端，就必须要有一个出色的旅伴。该旅伴不仅能够感悟自然，而且还能用语言或文字把其感悟准确地表达出来。在他看来，他的朋友中只有柯勒律治具有这样的才能："夏天在山林里漫步，他可以一边兴奋地口若悬河，滔滔不绝，一边又能把这种美景写进一篇有教育意义的诗歌中，或者写成一篇朴实无华的颂歌。"[171]但是，在凭吊古迹时，哈兹立特并不反对与朋友同行。他认为，古代建筑和艺术珍品是人类智慧的结晶，具有较高的价值，因此很有必要同旅伴一起进行深入探讨。特别是在国外旅行时，只有在朋友的陪伴下，他才能心平气和地欣赏外国艺术，因为英国人对他国的人情风俗有一种自发的排斥心理。要想克服这种心理，就需要有人与之产生艺术上的同感与共鸣：

> 独行在阿拉伯沙漠，远离亲人和朋友，人们会感到沉闷窒息；看见雅典和古罗马时，不得不承认心中有很多感慨想倾诉；我也不得不承认金字塔真的是宏伟壮观，一个简洁的概念实在不足以描绘。在这种情况下，一切都好像与人平时的观念背道而驰，自己一个人就似乎是一个种族，就像是从社会的躯体上卸下的一只臂膀，除非这时能获得友情和支持。[172]

哈兹立特谈道，人在国外旅行时会产生一种兴奋之情。他认为，在国外度过的美好时光虽在某种意义上具有教育意义，但它极为短暂，且与我们本质的生活状态背道而驰，无法相融。要想重温这激动人心的时刻，我们就必须跳出现在的安逸生活，始终保持人类浪迹天涯的浪漫个性。当然，他也深深明白，只有生养我们的故乡才是我们安身立命的地方。在文章的末尾，他这样感叹道："如果我可以再活一次，我就要用今生的时间巡游世界，而在来生，我将永远守候在我的故乡！"[173]哈兹立特还是英国文学史上著名的文体家。在《论平实的文体》（"On Familiar Style"）中，他总结了自己多年的写作经验，提出关于散文文体的见解。他"既反对鄙俚无文的文体，也反对华而不实的文体，将批评的矛头针对在19世纪业已过时而在18世纪流行过的古典主义末流的那种华丽堆砌、空洞无物的文风"。[174]他主张在散文中使用平实的英语文体。他认为，写文章就像日常谈话一样，要娓娓动人、明晰畅达；语言要从纯正、地道的英语中选择，力求准确、达意。在他看来，词汇就如同货币，只有在符合人们的使用习惯时，才能变得通用，传达其所承载的意义。显然，他的文体主张与浪漫主义"以日常语言描写日常生活"的文学原则是相一致的。

查尔斯·兰姆（Charles Lamb, 1775-1834）

查尔斯·兰姆于1775年2月10日出生在伦敦的一个贫寒家庭。他的父亲是内殿法学院（Inner Temple）某执事的助手兼仆人，因此兰姆在法学院的优美景色和高雅氛围中度过童年和少年时代，也使他对文学产生了浓厚的兴趣。7岁时，兰姆进入伦敦基督慈幼学校（Christ's Hospital）上学。[175] 在那里，他结识了终生的挚友——柯勒律治。在学期间，兰姆的成绩一直名列前茅，但由于口吃没能进入大学深造，15 岁便辍学去了账房做学徒。

1791 年，他进入南海公司（South Sea House）当职员，次年转入东印度公司（East Indian House）做会计。直到 1825 年，兰姆 50 岁退休时，他已经工作了 33 年。因为要工作，兰姆通常只能在晚上写作，没有给世人留下什么巨著。他曾开玩笑说自己创作的真正“全集”就是每天在公司里登录的账本。1822 年他在寄给华兹华斯的信上说：“我的理论是享受生活，但我的实践却与此背道而驰。我对关在办公室里已逐渐感到厌倦。”[176] 兰姆一生命运多舛。他自幼体弱多病，身材矮小，性格内向。20 岁时，受失恋打击，兰姆一度精神失常，在精神病院疗养 6 周后康复。次年，姐姐玛丽癔病发作，用刀刺死母亲，重伤父亲。随后，哥哥约翰离家出走。从此，兰姆不得不肩负起赡养父亲和照看姐姐的重担。父亲离世后，兰姆一直和玛丽住在一起，过着清苦的独身生活。玛丽虽没有受过正规教育，但极有灵性，加上幼时所读文学名著的熏陶，有着在当时的妇女中并不多见的文学素养。这也对兰姆的文学事业起到了很大的帮助。平时，姐弟二人一起读书、写作，生活恬静而温馨。兰姆退休后，与玛丽一起移居埃德蒙顿（Edmonton）。因跌伤引起并发症，兰姆于 1834 年 12 月 27 日去世。

兰姆虽不是多产作家，但在多种文学体裁上都有涉猎。他的文学生涯自诗歌创作开始。早期的 4 首十四行诗收录在柯勒律治的《杂题诗集》（*Poems on Various Subjects*, 1796）第一辑中，但并未引起人们的关注。而第二辑中收录的两首诗歌《道格拉斯之墓》（*The Tomb of Douglas*, 1797）和《想象的忏悔》（*A Vision of Repentance*, 1797）则显示了他诗歌创作技巧的成熟。接着，兰姆与查尔斯·劳埃德（Charles Lloyd, 1775-1839）合作出版了《无韵诗》（*Blank Verse*, 1798）。兰姆最著名的诗《熟悉的旧面容》（*The Old Familiar Face*, 1798）也写于这一时期。这首诗读来令人伤感，但至今仍受人喜爱，所以被收录在各种版本的诗歌选集中。青年兰姆的志向是成为当时的诗坛名家，无奈事与愿违，只能屈身于柯勒律治的光环之下。之后，他用散文体创作的爱情传奇《罗莎蒙德·格雷和老瞎子玛格丽特的故事》（*The Tale of Rosamund Gray and Old Blind Margaret*, 1798）虽因情节设计不够精巧未获得很大的成功，但还是得到了同时期人们的赞赏。

兰姆还创作了几部戏剧，如《约翰·伍德维尔》（*John Woodril*, 1802）、《H 先生》（*Mr. H*, 1813）、《妻子的考验》（*The Wife's Trial*, 1828）和《当铺老板的女儿》（*The Pawnbroker's Daughter*, 1830），但均未取得成功。

兰姆首先受到公众欢迎的作品是于 1807 年出版的《莎士比亚故事集》（*Tales from Shakespeare*，即林纾译的《吟边燕语》）。他与姐姐玛丽合作改写了莎士比亚的 20 部戏剧（包括 6 部悲剧与 14 部喜剧）。该故事集最初定位为儿童读物，但由于其叙述生动，文字雅洁，保留的原文与改写后的故事浑然一体，征服了不同年龄层的读者，对普及莎士比亚戏剧起了积极的推进作用。另外，两人还合著了适合儿童阅读的故事集《尤利西斯的冒险》（*The Adventures of Ulysses*, 1808）和《莱塞斯特夫人的学校》（*Mrs. Leicester's School*, 1809），但反响都没有超过《莎士比亚故事集》。

兰姆于同一时期出版的《莎士比亚时期英国戏剧诗人选段》（*Specimens of English Dramatic Poets, Who Lived about the Time of Shakespeare*, 1808），重新引起了人们对十六七世纪英国诗剧的兴趣。也正是这部选集让读者领略到了兰姆独特的评论才华。他的批评着重个人感受和主观印象，"内容以正面鉴赏为主，用特有的赏识的目光，挖掘出深藏的美"。[177] 兰姆一生最大的成就莫过于他所创作的浪漫主义小品文。从 1820 年开始，兰姆以"伊利亚"（Elia）为笔名在《伦敦杂志》（*London Magazine*）上陆续发表了 28 篇散文。1823 年汇成集子出版，即《伊利亚随笔》（*Essays of Elia*）。1833 年，兰姆又出版了续集《伊利亚续笔》（*Last Essays of Elia*），包括 25 篇散文。这些小品文大多与兰姆的生活经历有关，代表了他对以伦敦生活为代表的整个英国社会的看法和阐释。与华兹华斯、柯勒律治等湖畔派诗人不同，兰姆很少吟唱大自然，他的灵感并非来自山川湖泊，而是伦敦繁忙嘈杂的城市生活。他曾将伦敦比作"哑剧"和"化装舞会"，并说伦敦的"景物给我一种神奇感，使我夜行于拥挤的街道，站在河滨的人群里，由于感到有这样丰富的生活而流下泪来"。[178] 兰姆善于用幽默诙谐的笔触传递出内心深处的伤感和对不幸者的同情。同时，大量的引语和典故又为其作品增添了一种古风。批评家普遍认为他的文风具有高度的艺术性。兰姆也由此成为浪漫主义散文家的主要代表，跻身英国历史上最杰出的散文家之列。

《伊利亚随笔》

哈兹立特认为，兰姆之所以成名，“不是由于他顺应时代精神，而是由于他与其背道而驰”。[179]在兰姆生活的时代，法国大革命无疑是欧洲最大的政治事件。兰姆早年深受法国革命影响，思想激进。滑铁卢战役后，欧洲封建势力复辟，英国政府的政策也趋于反动。受此影响，兰姆不再过问政治，化名“伊利亚”在《伦敦杂志》上发表系列随笔，后结集出版。作为浪漫派散文家，兰姆追求个性和感情的解放，追求“我手写我心”，用饱含深情和诗意的语言描绘了伦敦寻常百姓的平凡经历。他既写伦敦的街景市情，又写自己的人生经历，还写他的亲人朋友、乞丐、扫烟囱的穷孩子、书呆子、单身汉、酒鬼等。

《随笔》的序言可被看作兰姆对自己的写照。兰姆佯称伊利亚已死，由朋友作序，以幽默的口吻谈到了伊利亚的文章和人品，颇具反讽意味：

> 虽然很粗陋，我承认——一种未加修饰的饾饤之作——装模作样地用一些古老的方式与辞句敷衍成篇。如果不是这样，那就不是他的作品了；一个作家应该顺其自然，虽然古怪，只要他自己高兴就行，比起用自己并不熟悉的所谓自然笔调要好些。有些人说他过于以自我为中心，实在是他们不了解，他所说的关于他自己的话，时常只是别人之过去的写照……[180]

《梦中儿女》（“Dream Children”，1822）

《梦中儿女》是随笔集中最著名的一篇散文。作者用唯美的语言构筑了一个虚幻的梦境：一个初冬的夜晚，作者坐在火炉边给孩子们讲述已经过世的长辈们的事情，用看似不经意的生活片段描绘出祖母费尔德（Field）和哥哥约翰（John）这两个可爱可敬的形象。作者先是回忆了费尔德代管的豪宅、她的虔诚与善良、她对晚辈的疼爱。然后，又自然地过渡到对豪宅中的花园及自己儿时游戏的回忆。最后，他回忆了约翰如何照顾年幼的自己，以及约翰的早逝。文章语言优美，过渡自然，行文流畅，令人不禁沉浸其中，为故事中流露出的浓浓亲情而感动。待到文章末尾，才知作者只是做了一场梦。如前所述，兰姆终生未婚，膝下自然没有子女，只能借助文字构筑的梦幻来抚平内心深处的悲哀与遗憾。全文近 1500 字，虽涉及不同的人物及事件，不过为切合给孩子们讲故事的主题，不仅语言较为口语化，而且在行文中重复使用了一些固定词语连接前后，加之在不同片段回忆中穿插了孩子们的回应，使得整篇文章一气呵成，没有分段，突出了兰姆散文自然随意的风格。

托马斯·德·昆西（Thomas De Quincey, 1785-1859）

托马斯·德·昆西是19世纪英国散文家和文学评论家。他出生在曼彻斯特的一个富商家庭，自幼接受了良好的古典文学教育。1793年，他的父亲去世，他的生活开始由4个监护人和母亲照管。在以后的3年内，他跟随一个牧师（监护人之一）实习。牧师要求他每周日早晨聆听布道，周一进行模仿，并简述布道文的思想大意。经过长期训练，他在记忆、朗诵、抽象思维、归纳能力等方面取得明显进步。这为他未来走上文学之路打下了坚实基础。

1796年后，德·昆西先后进入巴思和曼彻斯特的文法学校读书。在这期间，他阅读了华兹华斯的早期诗作，非常仰慕他的才华。因自幼喜爱自然风光，他对华兹华斯居住的英格兰湖畔地区十分向往。后来，在成名作《瘾君子自白》（*Confessions of an English Opium Eater*, 1822）中，他对湖畔地区作了热情洋溢的描述，为读者想象和了解湖区的状貌提供了很好的资料。他说到那里的甜蜜而宁静的厄斯瓦特水面映着宝石般的田野，宏伟的康尼斯通湖，四周肃静的群山的小路，沿着湖的尽头的连绵不断的山丘，曾经辉煌一时的修道院遗址，它的宁静幽邃，孕育牧歌生活的静谧庙宇，云雾中隐隐约约像巨大帷幕的山脉的奇幻与险峻，漫天大雪与冰雹装点着的严冬，古典的阿卡迪亚温柔的牧羊人生活，或是西西里如花似锦的牧区。[181]接着他说到他对华兹华斯的崇拜："除了这些美景那么强烈地吸引我到湖畔去外，在这可爱的地方还有那最最吸引我的人——华兹华斯。当然，这个特殊地区的美景之所以最能打动我是因为它与诗歌紧密相关，它征摄了我的感情，掳取了我所有的想象力，从而使我养成浮想联翩的癖好。但令我印象最深的是，无论是诗歌还是风暴都是如此庄严、神圣，以至于不能随意而精确地表达出它的神力，表现出它的圣洁。"[182]

有了对湖畔地区的美好憧憬，德·昆西更加难以忍受文法学校的寄宿生活。他从小体质虚弱，在曼彻斯特的长时间学习严重影响了他的健康，不久就患了肝炎。由于医生治疗不当，他的病情进一步恶化。更不幸的是，监护人拒绝他提出的缩短寄宿时间的请求。他无奈之下，做出了为其一生带来无尽痛苦和不幸的错误抉择。

1802年5月，德·昆西逃离曼彻斯特文法学校。他原计划前往湖畔地区拜访华兹华斯。但由于过分崇敬这位诗圣，他很快丧失了勇气，转而游荡于北威尔士的群山之间。那里气候宜人，风光秀美，他的身心渐渐康复。同年11月，他辗转来到伦敦。时值严冬，他身无分文，只得露宿街头，饱受饥寒之苦，几乎在胃病的折磨下丢掉性命。这一时期的苦痛经历对年少的他影响很大，成为萦绕其心间、始终挥之不去的梦魇。他后来回忆起在伦敦的状况，就不由得想起他在那里所遭受的种种苦难，这些在他这个涉世不深的人身上实实植根甚深、发芽、开花而变成一种有害的阴影，使他的后来岁月失去光泽。[183] 1803年，德·昆西与监护人和解，不久后进入牛津大学。因过于思虑伦敦的困顿生活，他常常陷入深深的忧郁之中。次年，他突然牙痛，连续20日未见缓解。经同学推荐，他服用鸦片酊缓解疼痛，由此开始了长达55年的瘾君子生涯。[184]

在最初的8年内，德·昆西服用鸦片较有节制，身体并未受到严重影响。每逢周六，他都陶醉在鸦片药力产生的迷幻之中，把现实中的悲哀与痛苦抛在脑后。德·昆西对吸食鸦片的效果的描绘，为读者想象和了解他本人以及柯勒律治等作家的境况提供了可靠的第一手资料：

> 啊！微妙有力的鸦片，你对于富人与穷人都是一样；对那些永远不能愈合的伤口，对于那些“诱使精神反叛”的刺痛，带来了缓和止痛的镇痛剂：——强大的鸦片呀！用你有效的辩才消除了愤怒的主旨，最有效地为可怜的人辩护，仅在一夜之间就为那有罪之人唤回他青年时代的幻想，以及那洗去血迹的双手——啊！善辩的鸦片！你使那些睡梦中的法庭，为了无辜者的胜诉，把伪证人传到庭来，推翻错判，把那些不正直的法官的判决纠正过来；——你在黑暗的中间，用超过菲迪亚斯和蒲拉克希特利（笔者按：二者均为古希腊著名的雕刻家）的雕刻艺术，出自大脑的幻想建造了城市和庙宇——它们的堂皇超过了巴比伦和埃及的百道大门的塞布斯；把那些久埋地下的美人和祈祷的先辈，“从睡梦中唤醒”，“洗去坟墓的肮脏”，让他们走进阳光里来。只有你才能把这些礼物给予人类，因为你有天堂的钥匙。[185]

1813年，德·昆西胃病复发，从此开始每日服用鸦片。1817年后，他的身心饱受摧残。无论白天黑夜，他都噩梦连连，深陷于种种幽暗悲苦的幻象之中。下面一段是他对1818年频繁出现的东方之梦的描写：

> ……在热带的炎热与直射阳光引起的种种感受之下，我把所有能在热带地区找到的动物，鸟群、野兽、爬虫，一切树木和植物以及各种习惯及面孔放在一起，全部集中在中国或印度斯坦。由于类似的感情，很快也把埃及及它的诸神归在一块儿。我受到猴子、长尾鹦、大鹦鹉的凝视、怒鸣、嘲笑及评论。我跑进宝塔被固定在塔中，或者被关进密室达数百年之久；我是偶像、牧师，被人崇拜，成为牺牲品。……我活了百岁，被埋在石棺里，与木乃伊和狮身人面像一块儿埋在永恒的金字塔中心。我受到鳄鱼带癌的亲吻，并躺在不能言语的脏物与尼罗河的泥沙之中。[186]

为了摆脱梦魇的困扰，德·昆西从1819年开始了痛苦的戒烟历程。4个月后，他成功戒除毒瘾，重新焕发了活力。不过，鸦片并没有真正远离他的生活。此后，每隔一段时间，他都会重复"吸毒—戒毒—吸毒"这样一种循环。

1821年，德·昆西在月刊《伦敦杂志》（*London Magazine*）上分两期发表《瘾君子自白》，深受读者欢迎。这部忏悔录几乎是他前半生的真实写照，详细记录了他的早年经历及鸦片为其带来的快乐与痛苦。他描述的噩梦般的经历足以使读者对鸦片心生畏惧，对冀望通过鸦片寻求快乐的人具有一定的警示作用。

1822年～1852年，德·昆西生活窘迫，一直深陷在债务之中。他多次被债主起诉，曾一度被判入狱。为改变困境，他开始做职业撰稿人，在各大期刊上先后发表150余篇文章。这些文章主要涉及他对往昔岁月的回忆，及对部分英国作家的独到评论。其中代表作有《论〈麦克白〉中的敲门声》（"On the Knocking at the Gate in *Macbeth*", 1823）、《谋杀艺术论》（"On Murder Considered as One of the Fine Arts", 1827）、《鞑靼人的叛乱》（"Revolt of the Tartars", 1837）、《来自心灵深处的叹息》（"Suspiria de Profundis", 1845），《贞德》（"Joan of Arc", 1847）、

《知识的文学与力量的文学》（“Literature of Knowledge and Literature of Power”, 1848）、《英国邮车》（“The English Mail-Coach”, 1849）等。

1853 年，德·昆西继承母亲留下的部分遗产，生活得以改善。在余下的 6 年中，他把主要精力用于编辑和整理早年发表的期刊文章，出版了多卷本合集《亦庄亦谐选本》（*Selections Grave and Gay*, 1853-1859）。

1859 年，他在爱丁堡去世，葬于圣卡斯伯特教堂墓地（St. Cuthbert's Churchyard）。

在《知识的文学与力量的文学》中，德·昆西对文学的指向和功用进行了详细的阐述。他首先指出文学与书籍的指向不尽相同，不可相互替代。在他看来，有些文学是以非文字形式存在的，如教堂里每周必有的布道、舞台上表演的戏剧等；有些书籍则索然无味，根本不值一读。可见，德·昆西是在相对宽泛的意义上使用“文学”一词的。

不过，德·昆西并没有就文学给出一个准确的定义。他认为，要使人们准确地理解文学，就必须了解文学所起的作用。然后，他依据文学的作用把文学分为知识的文学和力量的文学：

> ……前者旨在教育，后者旨在感染；前者是舵，后者是桨或帆。前者仅仅诉诸人的推论的悟性，后者则往往而且总是通过人的喜悦之情、恻隐之心，从根本上诉诸人的高级悟性即理性。远远望去，它似乎穿过培根勋爵所谓“明净的理智之光”而到达某一客体；近处看来，才知它只有透过人的七情六欲、喜怒哀乐所交织成的茫茫迷雾、闪闪彩虹，借助于在那明灭之间、带着一点濛濛水气的幽光，才能发挥它应有的作用——否则，它就不成其为力量的文学了。[187]

显然，在德·昆西的心目中，力量的文学要比知识的文学重要得多。这与他所处的时代潮流密不可分。在 19 世纪初的文坛，浪漫主义风靡一时，对个性、情感、审美的偏重自然也会在其文学批评中留下印记。

之后，德·昆西用了较大篇幅例证两种文学之间的区别。他指出，以百科全书为代表的知识的文学，常因时代的快速变迁显得陈旧过时，即使略作改变，也无法触及读者的内心世界；而以《哈姆雷特》、《失乐园》等为代表的力量的文学，即使经过百年千年，依然能唤醒潜藏在读者心中的正义、希望、真理、仁爱等理想，起到净化心灵和提升境界的作用。[188]

威廉·哥德温（William Godwin, 1756-1836）

威廉·哥德温生长在英国剑桥郡一个信奉加尔文教义（Calvinism）的牧师家庭。他幼时身体虚弱，性格内向，但心智早熟。受父亲影响，他笃信加尔文教义，一直在不信奉英国国教（Anglicanism）的加尔文派学校接受教育。1778 年，他秉承父业，当了加尔文派牧师。

哥德温的政治神经十分敏感。18 世纪末，欧美时局风云变幻。美洲殖民地和英国国内发生的政治事件引起了他的关注。在英国作家洛克（John Locke, 1632-1704）、斯威夫特（Jonathan Swift, 1667-1745），法国哲学家孟德斯鸠（Charles Montesquieu, 1689-1755）、卢梭（Jean Jacques Rousseau, 1712-1778）等人思想的影响下，哥德温在政治上转向自由主义（liberalism），在信仰上逐渐转向不可知论（agnosticism）和无神论（atheism）。

1783 年，哥德温辞去神职，前往伦敦找寻新天地。最初，他计划开办学校，因生源不足未果。他积极投身于激进团体组织的各种活动，经常给激进的政治期刊投稿，阐述对时局的看法，也借此维持生计。

1789 年，法国大革命爆发，哥德温的生活随之发生巨变。他与许多激进的知识分子不同，认为革命中的暴力违背人的理性。因此，他的内心深处始终对法国大革命存有芥蒂。但他也意识到法国大革命对人类发展和欧洲未来的意义，不断在政治期刊上发表文章支持潘恩（Thomas Paine, 1737-1809）捍卫法国大革命的力作《人权论》（*Rights of Man*, 1791-1792）。1793 年，他发表政论文《论政治正义及其对世人道德和幸福的影响》（*An Enquiry Concerning the Principles of Political Justice, and Its Influence on General Virtue and Happiness*）（以下简称《政治正义论》）。文章深入分析社会和政府基本原则，为深处动荡时局中的人们描绘出一幅理想的社会图景。1794 年，他又发表小说《事物的本来面目，或卡利布·威廉斯历险记》（*Things as They Are, or the Adventures of Caleb Williams*），揭露英国社会中存在的政治专制和阶级压迫等非正义现象，进一步宣传他的政治观点。由此，哥德温很快成为舆论关注的焦点，迎来其政论生涯的巅峰。

1794 年后，他与女权主义者玛丽·沃尔斯通克拉夫特（Mary Wollstonecraft, 1759-1797）交往密切。这个时期，他慢慢地不再信奉逻辑和理性，与玛丽的友谊及爱情进一步改变了他的信仰。他曾在《政治正义论》中反对婚姻制度和男女同居，坚持双方应该互不干涉彼此的生活。他与玛丽的最初结合就是其理论的最好实践。

1797 年 3 月玛丽怀孕后，哥德温被迫去教堂秘密举行婚礼。这一事件在英国舆论界引起一片哗然，哥德温夫妇声名受损。8 月，女儿出生，10 天后玛丽死于产褥热。小玛丽（Mary Godwin Wollstonecraft, 1797-1851）长大后嫁给了英国浪漫主义诗人雪莱（Percy Bysshe Shelley, 1792-1822），她创作的科幻小说《弗兰肯斯坦》（*Frankenstein*, 1818）是“对责任和现在被称为‘科学’的知识体系的一种道德上的探索”，也是“对其父母十分珍重的自由和人权原则所做的富有想象力的阐释”。[189] 1803 年，哥德温再婚，随后经济每况愈下。1805 年，他开办了一家儿童书店，希望能够摆脱困境。书店中出售的儿童读物大多经过他的润色，有些是他匿名创作的，深受读者欢迎。据说，兰姆（Charles Lamb, 1775-1834）就是在他的建议下与姐姐玛丽合写了畅销儿童读物《莎士比亚故事集》（*Tales from Shakespeare*, 1807）。1824 年，书店经营不善，被迫关闭。

哥德温反对经济学家马尔萨斯（Thomas Robert Malthus, 1766-1834）的人口论。马尔萨斯认为，人口增长快于食物供应的增长，如不用战争、饥荒、瘟疫、道德等加以抑制，必然导致灾难性后果。哥德温撰写《人口论》（*Of Population*, 1820），强调人类道德提升的速度将会快于，甚至会降低人口增长的速度，驳斥马尔萨斯的观点。

《人口论》是哥德温晚年最有影响的作品之一。随后他还撰写了《英联邦历史》（*History of the Commonwealth of England, from its Commencement to the Restoration of Charles II*, 1824-1828）及《论人》（*Thoughts on Man*, 1931）。在《论人》中，他认为人的内在特质决定其未来职业选择，强调教育应着力发掘最适合个人未来发展的潜能。

1833 年，经朋友推荐，哥德温获得财政部的一份闲差，从此衣食无忧。1836 年，他在伦敦离世，葬在圣潘克拉斯教堂（St. Pancras Church）墓地、前妻玛丽·沃尔斯通克拉夫特墓的旁边。

纵观哥德温的一生，我国学者吕叔湘曾发出感叹：“《政治正义论》代表他早年的思想，其中不乏崇高的理想，可是生活使他不得不渐渐把它抛弃；最早是要改造环境的人渐渐地变成听任环境摆布。”[190]

《政治正义论》

哥德温的这部著作在西方政治思想史上占有重要地位。他置身于 18 世纪末英国的一场论战之外，专门写这部书。当时，法国大革命的爆发很快在英国知识界掀起一场旷日持久的大论战，出现壁垒分明的两大阵营。一方以伯克为代表，抨击大革命的暴力性和颠覆性，捍卫英国的宪政制度。另一方以潘恩为代表，为大革命摇旗呐喊，憧憬自由民主的新时代。哥德温没有参加论争，而埋头分析政治哲学的基本原理，用两年时间写就《政治正义论》。

《政治正义论》共3卷8篇（其中前两卷各4篇，第3卷为补遗），包括“从人的社会地位来研究他们的能力”、“社会原理”、“政权原理”、“见解在社会和个人中间的作用”、“论立法和行政权”、“与政治制度有关的民意问题”、“论犯罪与惩罚”和“论所有权”。

哥德温受卢梭思想影响，向往自然人性和古朴原始的社会。但他否认过分推崇理性会扭曲人的精神世界，坚持理性政治和天赋人权的思想。他认为，人的理性应该支配一切；由法律、制度和教育等组成的道德环境造就人的善恶；人人生而平等，个人权利神圣不可侵犯。当理性和道德在社会管理制度中居于中心地位时，才能形成健康的社会和公平的政治。

哥德温相信，人类社会是不断进步的。他接受洛克的思想，认为人类的心灵最初只是一块“白板”（tabula rasa），所有知识都来自对外界的感知；人类的行为并不独立，受到环境和智知性（understanding）的影响。在他看来，个人可以通过获取外界知识消弭自身的偏见，由个人组成的社会集体也应能通过集体的后天努力不断加以完善。

哥德温着眼于社会变革。他深信社会进步应通过改良和渐变来实现，而不是依赖革命产生的暴力和突变。他在序言中声明，写作《政治正义论》的目的就是要劝阻人们不要从事骚乱和暴动。他反对革命，因为革命来自激情，而非他所推崇的理性。他的理想是，人类所有的政府最终将逐渐消失，法律、财产、不平等和婚姻等也逐渐被废除，人类最终会完善自身，实现幸福。他对政权持否定观点，认为政权的存在源于少数人的错误和邪恶，必定会侵犯个人的独立见解和良知。他最早提出打倒一切国家政权和反对私有制的口号，被公认为无政府主义的先驱之一。他把正义确定为未来社会的个人行为准则，那时人们会生活在小型公社中，共劳共得。他的理想社会带有一定的空想色彩，代表了英国从启蒙思想到空想社会主义思想发展的过渡阶段。

哥德温把合乎自然与合乎人性视为理性。他认为人的理性是万能的，它是通向真和善的可靠指南。他在18世纪法国唯物主义功利思想的基础上，以理性为原则，形成自己独特的功利主义伦理学说。法国唯物主义的功利思想体现为“正确理解的个人利益是道德的基础，道德的标准即是符合最大多数人的最大幸福”。哥德温把功利视为衡量和评价道德行为的唯一标准。他认为，人的自然本性莫过于追求快乐、避免痛苦，人们一般用快乐和痛苦来评定善恶是非，因此整个道德的研究对象是快乐与痛苦、幸福与灾难。善的行为必须符合功利，带给人们利益，相反就是恶的行为。他还认为，评价人们行为善恶的标准无关个人快乐，而是根据绝大多数人的快乐来决定。只有能增加他人幸福和社会幸福的个人行为，才是道德行为。如果一个人的行为能在最大程度上增进社会大众的幸福，那么这个人就会获得最高尚、最长久的快乐，就会成为最有道德的人。

在哥德温看来，个人具有不同的道德价值，那么对这些价值存在差异的个人施予不同的待遇就是道德的、合乎公义的。他借用火灾发生时应该拯救主教还是男仆的故事，指出在危险时刻应该拯救能为人类带来更大幸福的人。作为主教，他应该能为许多民众带来福祉，使他们受益良多。因此，保全他的生命而牺牲男仆的生命，就是为了人类的进步和大众的利益，就符合社会正义的原则。

在道德原则的内容上，哥德温提倡利他主义，反对极端的自私自利，认为自私自利不会引导出“最大多数人的最大幸福”的思想和行为。

玛丽·沃尔斯通克拉夫特（Mary Wollstonecraft, 1759-1797）

在英国文学史上，母女能够同样取得非凡成就的恐怕只有一对——玛丽·沃尔斯通克拉夫特和玛丽·雪莱。人们若知道前者是英国文学史上著名的雪莱夫人的母亲，定会肃然起敬。时至今日，两个玛丽都已是文学史上如雷贯耳的名字，母亲玛丽是英国女性主义的奠基人，创作了第一部伟大的女权主义著作《女权辩护》（*A Vindication of the Rights of Woman: With Strictures on Political and Moral Subjects*, 1792），女儿玛丽的《弗兰肯斯坦》（*Frankenstein*）开了科幻小说之先河。

玛丽·沃尔斯通克拉夫特是 18 世纪英国知名作家、女权主义思想家。她的思想为 19 世纪以来英语国家乃至世界范围内的妇女运动提供了理论武器。在她生活的时代，英国并未出现较大规模的妇女运动。她的女性自立和男女平等的理想，源于她童年的创伤。玛丽·沃尔斯通克拉夫特出生在伦敦东区，在家里 7 个孩子中排行第二。由于父亲的投机生意失败，原本殷实的家庭出现经济困难，全家开始颠沛流离的生活。生活的窘迫使父亲变得暴力野蛮，经常酗酒殴打妻子。玛丽只得过早地承担起保护母亲、照顾弟妹的责任。她为保护母亲，索性就睡在她的卧室门外。由于目睹了男性的暴力，玛丽非常痛恨婚姻，曾幻想和妇女姐妹们建立一个女性乌托邦。早年的这段经历也培养了她一生中最重要的品格，即深切同情和保护弱者的强烈愿望。

1774 年，玛丽·沃尔斯通克拉夫特随家迁居伦敦，结识邻家女孩范妮·布拉德（Fanny Blood, 1757-1785）。范妮是先锋派自由职业者，靠出售画作供养父母。她鼓励玛丽走出家庭生活的阴霾，独立生活。1782 年，玛丽在母亲离世后，了无牵挂，搬出家与范妮同住，从此自立。为了维持生计，她们于 1784 年合办一所女子学校。办学期间，玛丽完成她的第一部专著《女性教育的思考》（*Thoughts on the Education of Daughters: With Reflections on Female Conduct, in the More Important Duties of Life*, 1787），由此走上文坛。她认为，女性只有受教育才能学会独立思考，在经济和人格上取得独立，获得幸福与自由。自此，女性权利和女性教育成为她一生都关注的问题。

后来，范妮婚后病逝，女子学校倒闭，玛丽做了一年家庭教师，对女性择业时受到的种种限制获得更深的体会。她曾在《女性教育的思考》中对女性择业进行生动形象的描述。在她看来，作为女性，无论出身如何，其择业范围都很狭窄。为了改变命运，玛丽决定以写作为职业，这不啻于开当时“新女性风气”之先。在发表评论、创作小说、翻译法德名家作品之余，玛丽·沃尔斯通克拉夫特经常应邀参加伦敦知识界举办的一些聚会，结识了许多知名大家，如激进作家托马斯·潘恩（Thomas Paine, 1737-1809），以及后来与她结为连理的无政府主义哲学家威廉·哥德温。不过，她与哥德温的初次会面并不理想，两人都对对方感到十分失望。

1788 年，玛丽·沃尔斯通克拉夫特发表《玛丽：一篇小说》（*Mary: A Fiction*）。小说表明玛丽·沃尔斯通克拉夫特对感情丰富的女性基本上持批判态度。她认为女性如果过于感性，只能贻害自身，在社会中处于更加被动的地位。作品有力地揭露和控诉男权社会对女性的奴役与压迫。由此，玛丽·沃尔斯通克拉夫特开始以对男权社会充满怨恨和挑战的女权主义者形象，引起读者的极大关注。

她的另一部小说《玛丽亚：女人的冤屈》（*Maria, or The Wrongs of*

Woman）发表于 1798 年。小说的核心思想是要求公众必须承认女性独立和享有个人财产的权利。她在小说中描写的女性的遭遇，引起同时代读者的深切同情，但其中对男权社会的控诉又令当时的人们深感不安。她在这部书里说："除非情人或丈夫同样取悦于我们，我们是不能想方设法地取悦于他的，那会让我们的头脑下贱。"这反映出她的深刻的女权思想。她的一部著作《实际生活故事》（*Original Stories from Real Life*）是威廉·布莱克给画图的。

1790 年，玛丽·沃尔斯通克拉夫特发表政论文《人权辩护：致埃德蒙·伯克阁下的一封信》（*A Vindication of the Rights of Man, in a Letter to the Right Honorable Edmund Burke*）（以下简称《人权辩护》），以回应保守派作家伯克对法国大革命的批评。她在书中抨击君主立宪与贵族世袭制度，提倡共和主义，批评伯克针对不同性别使用不同语言的做法，指出伯克的论点建立在"女性在社会中的地位低于男性"的基础上。

1792 年，她对《人权辩护》中的主要观点做了进一步的阐述，写出一生中最具影响力的作品《女权辩护：关于政治和道德问题的批评》（*A Vindication of the Rights of Woman with Strictures on Moral and Political Subjects*）（以下简称《女权辩护》）。她把启蒙的概念应用到女性身上，痛斥传统的"男尊女卑说"，呼吁男女平等的权利。[191] 作为新时代的知识女性，玛丽·沃尔斯通克拉夫特的情感历程备受世人关注。她在短暂的一生中经历了三段轰轰烈烈的爱情。初到伦敦时，她痴迷于已婚画家亨利希·弗斯利（Johann Heinrich Fussli, 1741-1825）的才情，打算同弗斯利夫妇住在一起，与弗斯利保持一种柏拉图式的爱情关系。在遭到弗斯利的拒绝后，玛丽羞愧难当，于 1792 年 12 月前往巴黎，投身于法国大革命。

那时，启蒙思想中的理性弥漫于巴黎的每一个角落。玛丽·沃尔斯通克拉夫特决定实践《女权辩护》中的想法，进行一场实验性质的恋爱。她与美国投机商人吉尔伯特·伊姆利（Gilbert Imlay）相识，两人很快陷入热恋之中。她的实践完全背离了她最初的想法。她曾在《女权辩护》中极力抵制男女之间的性关系，在法国期间，她还写了一部描述早期大革命的史书——《法国大革命起源与进展的历史及道德观》（*Historical and Moral View of the Origin and Progress of the French Revolution*, 1794）。但伊姆利却唤醒了她对性的渴望和激情。不久她就怀孕，1794 年生下她的第一个孩子，取名为范妮。后来，政治情况恶化，英国对法国宣战，在法国的英国居民面临险境。为保护玛丽，伊姆利佯装与玛丽结婚，但事实上他们从未成为夫妻。伊姆利对玛丽越来越不满，他觉得她的家庭观念过重，几乎成为他的束缚，所以就努力摆脱她。为情所伤的玛丽曾两度自杀未遂，最终是事与愿违，徒增遗憾而已。

1795 年 4 月，玛丽·沃尔斯通克拉夫特回到伦敦。此时，她与伊姆利的关系渐行渐远。为使伊姆利回心转意，她甚至前往斯堪的纳维亚半岛替他洽谈生意。她给伊姆利写了许多信件，其中既有对旅途见闻的描述，又有对个人与社会之间关系的探索，如对北欧民族的社会反思、对个人身份的哲学探究以及对她与伊姆利之间关系的沉思。这些信件后来结集出版，取名《瑞典、挪威和丹麦短居书简》（*Letters Written during a Short Residence in Sweden, Norway, and Denmark*, 1796；以下简称《北欧书简》）。《北欧书简》共包括 25 封信件，所涉及的话题相当宽泛，从社会评论到哲学思考，以及个体与社会的关系等。很多信件描绘斯堪的纳维亚的美好景色以及作家本人与自然界的情感交流。同以往的作品一样，她在这里强调与自然界交融的重要，揭露出商业化与自然的对立。该书成为 18 世纪 90 年代畅销书之一，很多读者正是因为这本书才喜爱上了作者玛丽·沃尔斯通克拉夫特。该书对后来浪漫主义诗人华兹华斯和柯勒律治的诗歌创作产生了影响。

玛丽·沃尔斯通克拉夫特逐渐恢复了文学写作，重新加入文学社团。写作渐渐成为她的生活重心。《北欧书简》的发表，又开启了她与威廉·哥德温的爱情长跑。哥德温读过《北欧书简》后，为作者在信件中流露出的悲伤而感动，同时也由衷地钦佩作者的天赋，怜爱之心油然而生。玛丽与威廉·哥德温的恋情起步缓慢，但后来发展迅猛。至此，玛丽迎来一生中少有的幸福时光。两人终成正果。她在再次怀孕后，为给孩子一个合法身份，与哥德温于 1797 年 3 月 29 日步入婚姻殿堂。哥德温曾在《政治正义论》中主张废除婚姻制度，男女双方不应该干涉彼此的生活，因此他们的结合在伦敦知识界引起一片哗然。婚后，哥德温夫妇搬到伦敦的萨默斯镇（Somers Town），住在相邻的两间房间中，仍然维持着彼此的独立生活。他们通常借助信件进行交流。同年 8 月 30 日，玛丽生下第二个女儿，这就是后来闻名于世的雪莱夫人。但不幸的是，玛丽因产后引起并发症，于 9 月 10 日不幸去世，安葬在圣潘克拉斯教堂的墓地。一代女权主义先驱就这样走过了短暂而曲折的一生。

1798 年 1 月，哥德温发表《女权辩护作者传》（*Memoirs of the Author of A Vindication of the Rights of Woman*）。该书真实展现了玛丽·沃尔斯通克拉夫特生活中的点点滴滴，包括她的爱情、私生女以及情变后的两次轻生经历。在哥德温的笔下，玛丽·沃尔斯通克拉夫特似乎深陷感性的漩涡之中而不能自拔，她只有在理性的烛照下才能洞悉人生的真谛。传记一经出版，玛丽的声誉顿时跌至谷底，她的“另类”的生活方式影响了整个 19 世纪对她的评价。进入 20 世纪以后，随着女权主义运动的兴起，人们开始重新关注她对性别平等的提倡和对传统女性特质的批评。现在，她已经被公认为女权主义思想的先驱。

乍看起来，玛丽·沃尔斯通克拉夫特的一生似乎具有讽刺意味。她的所作所为背离了她当初关于婚姻和自由的主张。这一点与当代女性主义大师西蒙·波伏娃颇有相似。波伏娃也是一边倡导拒绝婚姻和生育，一边为儿女情长所折磨。但人们如果换个角度来看，她们的这种偏离其实正是实践她们所倡导的女权主义精神。玛丽勇于追求个人幸福，这强有力地证明了她的独立人格和自由精神。同时，她遭受的误解和非议也揭示出妇女解放的艰难，从侧面给后人以启示：妇女解放固然不易，过于极端、违背人性的主张，恐怕也是妇女解放运动作茧自缚的重要原因。

如果说 18 世纪的玛丽传记引起了人们对她的误解，那么 21 世纪的《怪物——玛丽·雪莱与弗兰肯斯坦的诅咒》一书则旨在还原历史，如实地描绘玛丽·沃尔斯通克拉夫特和玛丽·雪莱母女两代作为西方第一代女性主义者的真实处境，让人们情不自禁地去同情玛丽母女艰难的处境，为她们能创作出伟大作品来而由衷地感到欣慰，同时也责备雪莱和拜伦的自私。[192]

2005 年，英国评选出 12 部影响世界的作品，《女权辩护》与《圣经》、《物种起源》等一同入选，这部著作在人类发展进程当中所产生的重要影响由此可见一斑。玛丽·沃尔斯通克拉夫特的主要贡献在于她是女性主义的先锋，是女权思想的开启者，虽然在当时显得过于激进而遭到反对，但也有很多作家对她的思想表示认同，如简·奥斯汀、乔治·埃略特（George Eliot, 1819-1880）等都认为女性对于国家的发展至关重要，也认为女性具有理性的力量，应该去选择适合她们的婚姻。简·奥斯汀塑造的女主人公都是具有理性、自尊、独立思考的女性。

玛丽·沃尔斯通克拉夫特对女性主义运动第一波（1840-1920）和第

二波（1960-1980）的激发和铺垫功不可没。第一波女性主义运动代言人弗吉尼亚·乌尔夫（Virginia Woolf, 1882-1941）就曾撰文对玛丽·沃尔斯通克拉夫特进行了细致而生动的描述，言辞间显示出乌尔夫对这位前辈的钦佩和赞赏。而第一波女性主义运动取得的成果，如选举权的确立、平等的教育机会和日托所的建设等，都是玛丽·沃尔斯通克拉夫特在《女权辩护》中明确提出的奋斗目标。时隔一个世纪后，西蒙·波伏娃的大作——《第二性》——清楚地表现出《女权辩护》的影响：波伏娃的警世名言——“女人不是天生的，而是后天形成的”——是最好的证明。凯特·米勒（Kate Millete）的大作——《性政治》——对男权的声讨，也依稀可辨地显示出《女权辩护》的回声。玛丽·沃尔斯通克拉夫特是西方女性主义思想的理论先驱。

《女权辩护：关于政治和道德问题的批评》

在玛丽生活的年代，启蒙主义正光芒四射，浪漫主义运动接踵而至，美国独立战争和法国革命遥相呼应。这是一个风雷激荡、思想活跃、人文主义精神发扬光大、个体权利受到尊重、主体意识日益觉醒的时代。正是在这种时代氛围的感染下，玛丽·沃尔斯通克拉夫特逐渐成长为一名女权主义者，创作出女权主义宣言《女权辩护》。这部著作是她的代表作。

《女权辩护》既是一部政论作品，又是一部教育著作。它是献给当时法国政治家塔列朗（Talleyrand, 1754-1838）的。[193] 题词明确列出通篇论文论证的要点：“倘若女人没有经过受教育这个准备阶段就成为男人的伴侣，她将会中止知识和德行的进步。”[194] 在该书中，玛丽以性别差异为切入点，展开关于男女平等与妇女权利的论述。在序言中她对当时女性的状况进行了批评和警戒：“女人就像肥沃土壤上种植的鲜花，以瞬间绽放的美丽取悦男人贪婪的目光，随即便迅速凋谢，成为无用的废物，很快从男人的视线中消失。”她将此归咎于女性所受的错误教育：“男人们编写了大量的女性行为手册，目的是把女人塑造成魅人的情妇而不是理性的母亲。受到这样教育的结果是，女人迫切地激发男人对她的宠爱，从而放弃了更为高尚的抱负。女人陶醉在男人崇拜的目光中，殊不知那目光背后隐藏着将女人物化的动机。”

玛丽·沃尔斯通克拉夫特的女性观主要包括以下几点。第一，女性在理性和理智方面的能力并不低于男性；第二，男女两性应接受同等的理性教育；第三，男女两性的道德水平相当，都可以对品德做出自由理性的选择；第四，两性的价值平等必然会导致两性的权利平等。[195]玛丽认为，女性教育体系的根本性缺陷是缺乏理性教育，女性低劣的社会地位就是由此造成的。此书毫不留情地批判 18 世纪的女性观和女性教育体系。当时最具代表性的女性观是这样的：男女两性的生理差别决定其在社会上的不同角色——男人成为公民，女人成为妻子和母亲。与此相应，女性教育注重女性外表美和感性的培养，目标只为塑造能取悦男性的“合格”女性，而不是把女性培养成集理性、知识、美德于一身的独立个体。

玛丽·沃尔斯通克拉夫特在批判继承前人教育思想的基础上，从女性教育的宗旨、核心、具体方案等方面论述了女性教育的革新。在她看来，女性教育的目标是把女性培养成有理性的“贤妻良母”，并通过她们来促进人类社会的发展和进步。她认为，造就有理性的女性的唯一可行的方法是，通过教育培养女性的独立思考能力。有了理性，女性的感情才能得到控制和引导，女性才能拥有健康的心灵，获得美德和知识，成为对社会有用的人。她还为促进女性教育设计了可行的具体方案。她建议由国家来创办走读学校，实行国民教育；实行男女同校，女生与男生共同接受基础教育。

玛丽没有停留在对女性现状的指责上，她在该书的第一部分分析了造成女性缺乏理性、缺乏思想的原因：“从卢梭到格雷戈里博士，所有的作家对女性教育问题都有大量论述。这些论述对女性产生负面影响，使她们变得软弱无知。”玛丽首先审视卢梭对女性的态度：“卢梭声称：女性从没有过独立感，依赖是她们的天性，为了成为欲望的对象，她们愿意将自己奴化。卢梭的观点真是荒唐之极。”卢梭的女性观非常具有代表性。玛丽认为，世世代代的作家、思想家通过文学作品或其他各种方式向女性灌输这样一种思想：软弱、服从、依赖是女性的天性。久而久之，这些原本由男人强加于女人的特点果真成为女性事实上的品质，其原因是女性已经将男性规定的女性标准内部消化、接受了。

由此看出，所谓的女性特质，如柔弱、屈从、被动和非理性，其实并非女性天然品质，而是后天长期教育的结果。在《论由社会建立的非自然差异所产生的恶劣影响》一章中，玛丽指出，社会束缚了女性的自由发展，使她们只注重美貌而忽略了心智。如果占人类一半的女性遭到心灵的囚禁，人类就不能正常地发展。男性压迫女性，女性就会使人类文明堕落。因为女性担当着子女启蒙教师的社会角色。在玛丽生活的年代，还没出现

“社会性别”（gender）一词来描述在社会文化中形成的属于男性和女性的群体特征和行为方式，但玛丽已经意识到生理性别差异与社会性别差异的不同，社会性别差异是人为形成的，因此可以改变。早在二百多年前玛丽·沃尔斯通克拉夫特就有了这样的意识，足见其思想的超前性。

通观全书，可以发现，出现频率最高的概念是“理性”一词，它应是该书的核心概念。在18世纪，英国正值启蒙运动高涨，感性受到猛烈抨击，理性受到无限推崇。玛丽反复强调人类应该用理性获得智慧和美德，而理性没有性别之分，是人类的共性，女性同样具有理性能力。因此，她强烈呼吁应给女性理性教育，使女性成为有思想、有美德、有抱负的全人，追求崇高的事业，而不仅仅囿于家庭，为社会做出更大的贡献。玛丽在《论国民教育》一章结语处再次重申道：“只有让女性成为自由和理性的公民，她们才能成为优秀的妻子和母亲。”虽然在今天看来，现代人有些理性过度，需要感性的平衡，但在玛丽的年代，理性确实是提高女性能力的必需，玛丽的倡导也给予女性以极大的鼓舞。当然，《女权辩护》也存在着不足，例如该书过分以男性行为规范为标准，如理性、独立等，从而忽视了女性文化中合作与关怀等特有的价值观念。

从风格来看，该书语言平实，真诚而不造作。作家没有用华丽的词藻令读者眩晕，而是以有力的论证向读者表明，女性有权得到理性的教育。该书将理性的思辨与感性的激情有机结合，出版后即引起强烈反响，其强烈的感召力在受过教育的女性当中赢得了大量追随者，掀起了女性主义运动第一波的浪潮。

《女权辩护》是第一部具有世界影响力的妇女理论著作。它的出版引发了一场关于妇女解放的持续争论，有力地传播了女权思想。

《玛丽》与《玛丽亚》

玛丽·沃尔斯通克拉夫特的处女作是小说《玛丽》。书中的女主人公玛丽是当时社会中多情女性的典型代表。她迫于经济压力进入没有爱情的婚姻，但仍沉溺于对爱情的幻想，于是通过寻找婚外情满足自己的渴望。从多方面看，这部著作只是一部小说的雏形，它具有政论文的一些鲜明的思想特征，这些标志着作家日后在革命风潮中将会写出《人权辩护》和《女权辩护》这些大作来。

《玛丽亚》（未完成）故事的女主人公玛丽亚可被看作玛丽的未来。故事一开始，她就住在精神病院中，过着近乎牢狱般的囚禁生活。她讲述自己在没有爱情的婚姻中被奴役的体验，也了解了同院病友遭受男性压迫的悲惨遭遇。最使她受到鼓舞的是，法国大革命可能给女性带来自由与解放。

《玛丽》和《玛丽亚》均把女性私人经验政治化，书中法国大革命的痕迹隐约可见。作品的叙述显示，作家对女主人公的同情有时带有浓重的自爱、自怜意味，毫不掩饰地表现出“以自我为中心”的特征。不过也应指出，此刻在作家笔下的个人欲望伸张实际是群体权益的伸张，是与信仰、责任感和自我约束共存的。

《玛丽》和《玛丽亚》都视婚姻为男权的陷阱，对其恶劣影响进行了批判。《玛丽》的女主人公被迫进入一场无爱婚姻；《玛丽亚》的女主人公被丈夫关在疯人院，最终在与看护人员的婚外恋中获得爱情。这两部小说都不看好两性婚姻，倒是对女性之间的同性情谊持有信心。两部小说都用不少篇幅描写女性友谊对于女主人公命运的拯救作用。例如，玛丽亚与护工之间的友谊具有历史意义，它是同性友谊，建立在母性关怀和同情之上，是女性主义文学史上的一个里程碑。它标志着，女性可为女性共同利益而缔结女性联盟。

托马斯·潘恩（Thomas Paine, 1737-1809）

托马斯·潘恩是 18 世纪后期杰出的政论家、民主主义者和启蒙思想家。他出生在英格兰诺福克郡塞特福德市的一个贫苦的裁缝家庭。父亲是教友会信徒，母亲是英国国教徒。1750 年，潘恩因家境贫困辍学，随父做学徒。为了谋生，他先后做过船员、教师、烟草工、税务员等，但均不成功。

1765 年潘恩当上税务员，之后他开始关心政治。1772 年，全国税务员向议会发起要求增加工资的请愿活动，潘恩被推举为代表前往伦敦，负责起草请愿书。他的第一篇政论文《税务员之状况》（*The Case of Officers of Excise*, 1772）就此完成。文章详细描述了当时英国税务员的微薄待遇和贫困生活。但请愿最终归于失败。1774 年 4 月，潘恩因“反政府”思想被税务局解雇。

在请愿期间，潘恩认识了北美殖民地驻伦敦代表本杰明·富兰克林（Benjamin Franklin, 1706-1790）。1774 年 9 月，经富兰克林推荐，潘恩乘船前往北美费城。同年年底，他就任《宾州杂志》（*Pennsylvania*

Magazine）编辑，从此开始写作生涯。

北美独立战争之前，他以“人民之声”为笔名发表多篇选题大胆、笔锋犀利的论文，在政治舞台上崭露头角。其中包括抨击北美黑奴制度的《在美洲的非洲人奴隶问题》（“African Slavery in America”, 1775）、倡导女权主义的《信札·论女性》（“An Occasional Letter on the Female Sex”, 1775）等。

1775 年 4 月 19 日，北美殖民地人民的反英斗争正式揭开序幕。但北美殖民地是否应脱离“宗主国”而独立，是否能独立，仍是悬而未决的问题。当时，欧洲普遍实行君主专制统治。英国的君主立宪制被看作最开明的制度，在北美也有深厚基础。而北美人把矛头对准英国议会而不是英王，独立战争呈现出很强的内战倾向。北美的军官们每天晚餐前甚至还为英王的健康干杯，战斗方向不明、士气萎靡不振。在此关键时刻，潘恩以“一个英国人”的署名，发表政论长文《常识》（*Common Sense*, 1776），呼吁北美人民积极投身于争取自由独立的战争，摆脱英国的暴政和殖民统治，建立共和政体。《常识》通俗易懂，充满革命激情，发表后立即引起轰动，3 个月内就行销 12 万册，被认为是世界上第一本真正的畅销书。《常识》还得到殖民地爱国报纸的大量转载，为独立战争吹响了号角，其民主主义思想为随后的《独立宣言》所吸收，成为美国立宪的基础。

为回应保守分子对《常识》的攻击，潘恩以“林中居民”为笔名发表系列政论文《林中居民札记》（*The Forester's Letters*, 1776）。他明确指出，北美殖民地和英国之间有着不可调和的矛盾，绝不可能妥协。这进一步扩大了《常识》的影响力，促进了北美的独立意识，一时间，民族独立的呼声甚嚣尘上。北美大陆会议顺应时势，于同年 7 月发表《独立宣言》。

1776 年 8 月，潘恩应征入伍。在战火纷飞的年月里，他以包含激情的语言发表了 16 篇以《危机》（“Crisis”）为题的系列政论，既有在战争危急关头鼓舞士气的，又有揭露保皇派阴谋诡计的，还有对英国派来的议和使者大加挞伐的。下面是《危机》开篇中的一段著名文字，足见潘恩的革命豪情：

> 此时此刻，正是考验人的灵魂的时候。在夏天的时候来当兵，在阳光明媚的时候才爱国的人，在这场危机中固然会把为国效忠视为畏途；但是在现在面对危机、挺身而出的人，却值得男女同胞的

> 敬爱和感激。暴政，像地狱一样，是不会轻易地被征服的；然而我们有一点可以使自己感到欣慰：战斗愈是艰苦，胜利就愈是辉煌。我们得来太便宜的东西，我们就会等闲视之——任何事物唯其昂贵，才有价值。[196]

《危机》系列政论被散发到整个北美大陆，鼓舞了全体北美人的革命斗志。它们还随北美的外交使节传到欧洲宫廷，成为官员之间议论的主要话题。后来，潘恩将《危机》系列政论结集出版，定名为《美洲危机》（*The American Crisis*, 1776-1783）。独立战争结束后，潘恩因出身低微受到北美大陆会议排挤，转而集中精力研制铁桥。他把造桥看作造福人类最有效的途径，并在此领域卓有成就。

1787 年 4 月，潘恩回到英国，结识埃德蒙·伯克（Edmund Burke, 1729-1797），并深受其赏识。1789 年，法国大革命爆发，震撼整个欧洲大陆。伯克很快发表《法国革命论》（*Reflections on the Revolution in France*, 1790），抨击法国大革命，捍卫英国的社会政治制度和宪政原则。而潘恩却为法国大革命的爆发而欢呼雀跃，从此与伯克分道扬镳。他放弃铁桥的研制工作，撰写了《人权论》（*The Rights of Man*, 1791-1792），为法国人民的革命行动进行辩护，宣传法国大革命的理想。在《人权论》中，潘恩以启蒙哲学的理性主义反对伯克保守的历史主义，主张天赋人权和人民主权的思想，对贵族制、世袭制、君主制进行无情批判。他号召英国人民仿效法国大革命，彻底扫除封建势力。保守的英国政府很快把《人权论》列为禁书，指控潘恩犯有煽动叛乱罪，下令对其进行通缉，剥夺他的公民权。1792 年 9 月，潘恩流亡法国。

在巴黎，潘恩受到热烈欢迎。他不仅被授予法国荣誉公民称号，还被选为国民议会议员，参与《人权宣言》的起草。但如火如荼的法国革命逐渐偏离了他的政治理想，还危及他个人的安危。潘恩虽反对君主政体，但他主张放逐而不是处死法王路易十六。他与主张立宪共和、反对暴力革命的吉伦特派立场相同，遂与立场激进的雅各宾派失和。1793 年，雅各宾派开始专政，法国革命进入“恐怖时期”，潘恩公开宣称法兰西共和国已死。同年 12 月，潘恩被剥夺议员席位。公安委员会以“图谋反抗共和国”的罪名将其逮捕，囚禁于巴黎卢森堡监狱。1794 年 7 月，热月政变爆发，雅各宾派专政结束。同年底，在美国驻法大使门罗（James Monroe, 1758-

1831）的干预下潘恩获释。

法国大革命中的重大变故有力地冲击了潘恩对人性和革命所持的乐观信念。在坐牢期间，他开始认真反思革命，认识到政治变革只是一些更深刻的变革的表征，它必然呼应着更深层次的社会变革。他在狱中写完并出版了《理性时代》（*The Age of Reason*）的第一部（1794）。获释后他继续写作，完成并出版了《理性时代》的第二部（1796）。潘恩在《理性时代》第二部的《序言》中表露了对法国革命的疑虑，对雅各宾派专政提出批评。

1795 年，法国颁布新宪法，其中规定对选举权的财产资格限制。潘恩认为这是对革命的反动，于是抨击新宪法违背普选原则。同时，他也意识到，只有经济上的平等才能带来政治上的平等。于是，他的经济学著作《土地正义论》（*Agrarian Justice*, 1796）应运而生。在书中，他提出一项土地改革计划，希望能帮助社会逐步摆脱土地私有制，消除私有制造成的不平等现象及社会动荡。

1802年9月，潘恩在杰斐逊（Thomas Jefferson, 1743-1826）总统邀请下重返美国。那时，美国革命形势基本稳定，社会上宗教保守势力开始抬头。由于潘恩还是一如既往地坚持自然神论，那些曾经与他并肩作战的革命斗士们开始疏远他，社会舆论更是对其大肆攻击。转瞬之间，潘恩落得众叛亲离、身败名裂的下场。他疾病缠身，几乎一文不名。他对自己在这里受到的待遇感到痛心。二十余年前他曾鼓动起来反对其政府的群众，现在却因宗教狂而起来反对他。他对人性本善的幻想破灭了。显然，革命的时代已经过去，它的代言人已经完成历史使命，没有荣誉可谈了。1806年，他被保守的联邦党人取消美国公民资格，晚景更加凄凉。

1809年6月8日，潘恩郁郁而终，葬于他在纽约州的农场。他希望能在一贵格派墓地下葬的请求都未得到满足。他简朴的墓碑上刻着他生前亲手写下的墓志铭："《常识》的作者托马斯·潘恩之墓"。10年后，一个英国记者把他的遗体运回英国，本想让其叶落归根。但在英国政府干涉下，几经变故，潘恩的遗骨最终下落不明，无迹可寻。美国独立革命时期最伟大的宣传鼓动家竟落得个死后下落不明的结局。

潘恩虽是著名的政治哲学家，然而从根本上讲不能算是一位自成体系的哲学家。他作为一个著作家，才思敏捷，头脑深沉，善于审时度势并做出及时反应。他传播自然权利、平等及社会契约等思想，然而，他总是以自己的人道主义感情为指导。他成功的原因很多，诸如他论点的单纯、文字所表现出的刚劲和热忱，以及为他提供读者和听众的历史时代，等等。18世纪末欧美大陆上爆发的伟大革命，就是他一生最伟大的际遇。他如同火炬一般，为深处混沌蒙昧中的人们带来光明与温暖。不幸的是，这把火炬在燃尽之后却被风吹到历史深处，牢牢地掩埋起来。

潘恩一生献身革命，是一个左右过历史进程的富有灵感的宣传鼓动家。他酷爱自由和真理、反对专横与强权的精神，将永远驻足青史，鼓舞人们去拼搏和争取美好的生活。

关于他的生平，我国有学者曾做出这样的总结和评价：

> 他有《常识》，反的是那时候的政治传统；他有《人权论》，反的是社会传统；他有《土地正义论》，反的是经济传统；最后有《理性时代》，反的是宗教传统。这样一来，他就把那个年头能得罪的人类权势力量得罪完了。他在美国、法国参加两场革命，在英国鼓动第三场革命，深陷囹圄时还要在宗教领域发动第四场革命。他从地上打到天上，横扫俗界国王之后，又向灵界国王宣战，最后激起天怨人怒，自然要落个遗骨飘零、死无葬身之地的悲惨下场。[197]

20世纪40年代以后，西方的社会思潮发生巨大变化，潘恩的政治思想及其革命实践得到人们的高度评价。在美国，潘恩的公民权已经恢复，他的雕像被竖立在纪念开国伟人的“先贤祠”内。他无情抨击暴政、不懈呼吁正义与民主的革命斗士形象已经深深地印刻在人们的心中。

《常识》

潘恩的《常识》集中反映出他的自由主义政治观，是其政治思想成熟的标志。全书仅3万5千字，分为4章。第1章是全书的立论基础。潘恩首先对社会和政府进行严格区分。他认为，社会的产生源于人的需要（wants），它使人们一体同心，积极增进自身幸福；政府的产生则源于人的邪恶（wickedness），它可以制止人们的恶行，消极地增进人类幸福。接着，潘恩详细论述政府的起源和兴起，指出由于人们在德行方面存在缺陷，有必要建立某种形式的统治，以保证人们的自由和安全。最后，潘恩考察英国政体的组成部分，指出君主立宪制度是掺杂着新的共和政体因素的两种古代暴政的肮脏残余：在他看来，国王体现的是君主政体暴政的残余，上议院体现的是贵族政治暴政的残余，下议院体现的是新的共和政体的成分。

在第 2 章中，潘恩猛烈批判君主制和世袭制。他援引《圣经》中的记述指出，在古代社会，犹太人的政权形式是一种共和政体，人们只承认万人之主的耶和华。后来，犹太人背弃耶和华，模仿异教徒的国度建立君主政体。耶和华把君主制视为犹太人的罪恶之一，并预言君主的傲慢将使人类陷入战争与混乱。在潘恩看来，君主制意味着人类自身的堕落和失势，而世袭制则是对人类子孙的侮辱和欺骗。君主制与世袭制不仅使各个王国而且使整个世界陷入血泊与瓦砾之中。潘恩进一步指出，君主制与世袭制的弊害已使英国政体中的共和成分失效。因为英国国王已经垄断了下议院，他所做的不外乎是挑起战争和卖官鬻爵，使国家陷于贫困和纷争。

在第 3 章，潘恩畅谈对当时北美形势的看法。他认为关于英美之间斗争的论战已经结束，只能通过诉诸武力来解决。他明确拥护北美殖民地从英国分离和独立的主张，并指明北美未来的出路。他对独立后北美的政治体制进行了设计。首先，各殖民地选举代表组成联合殖民地会议，制定大陆宪章，选举大陆会议及州议会下院议员，再由议员选举大陆的立法者和地方长官。潘恩设计的政治体制中没有国王，他说："让我们为宪章加冕，从而使世人知道我们是否赞成君主政体，知道北美的法律就是国王。"[198]最后一章分析北美独立的有利条件，阐述民族独立的可能性。

《常识》不仅唤起了北美人民的民族独立意识，而且使民主共和的观念深入人心。潘恩也借此跻身于历史上最伟大的政论家行列，被公认为现代美国的思想之父。

《理性时代》

《理性时代》揭露教会的虚伪和黑暗，主张废除国教，实行宗教信仰自由的政策。文中详细地论证了《圣经》内容的荒诞性，指出《圣经》中充满谎言和罪恶，是对上帝的亵渎；基督教的神学体系只是教会捏造出来骗人的工具。潘恩为对抗革命中产生的权力滥用和腐败，在《理性时代》中倡导自然神论，推崇理性——而不是神启——为人的正确向导。[199]

《理性时代》是一部阐述自然神论的具有非凡说服力的杰作。它猛烈抨击宗教的非理性一面。它指出，神启意指"上帝直接对人讲的东西"，只限于和第一个人交谈的内容。因此，摩西的话、耶稣的话、穆罕默德的话，都只能算"听说"的"二手"信息，人们有权相信或不相信。关于圣母不婚而孕之说，潘恩的评论在基督徒听来颇有亵渎之嫌：

> 当我听说一个叫圣母玛利亚的女人讲，或放出风说，她未和男人同床便怀了孕，她的未婚夫约瑟夫讲，是有一位天使对他这么说的，我有权利相信或不相信他们的话，这种情况需要比他们的空口白话更强得多的证明，然而我们连这也没有；因为约瑟夫和玛利亚两人谁也没有把这件事落笔于纸上。只听其他人说他们是这么讲的。这是“听说又听说”的东西，我不愿以此为据而轻信。

关于耶稣是圣子之说，潘恩借助理智，拨开“基督徒神话家”们所散播的迷雾，以18世纪流行的自然神论者的口吻一针见血地指出，基督教说和古代神话家们的偶像崇拜毫无二致，都是为权力和金钱的目的服务的，应当通过理性和哲学消除这种“谎言”。潘恩认为，人通过理性认识，可以发现上帝的存在。没有理性的作用，《圣经》对人和对马一样不可思议。他眼中的上帝是自然神论者的上帝。他指出，因为世间的一切，包括人在其内，都不是自生自灭，于是理智告诉我们，在宇宙中存在着万物之源，这就是上帝。潘恩指出，在人们称之为《圣经》的那本书里，只有两处论及关于上帝的这种“自然神”的概念。一是《诗篇》中第19首赞美诗，一是《约伯记》中的某些章节。他因在写书时正身系囹圄，没有《圣经》原文，因而全凭记忆写出了英国散文家、诗人艾迪生（Joseph Addison, 1672-1719）所译赞美诗第19首的英译文。这首赞美诗表达出人从上帝的造物去领悟上帝的荣耀和无限的思想。艾迪生英译文的最后一句是，“造出我们的手是神圣的”，这在《圣经》原文中虽找不出，但其内容是蕴含在赞美诗中的，它表达出艾迪生及潘恩的自然神论思想。潘恩还记起《约伯记》第11章第7节中的两句提问：“你考察，就能测透上帝吗？你岂能尽情测透全能者吗？”他写道，对第一个问题的回答是肯定的，因为万物皆由凌驾于其上的一种力量造出，这种力量便是上帝。潘恩对第二个问题的否定性答案，表现出理性时代科学发展对人的世界观的影响：人之所以不能尽知上帝的力量，并非只因上帝在人肉眼所见到的世界里所显示出的威力和智慧已经令人不可思议，而且因为，人所见到的大千世界可能也只是创造其他人所不能见到、数以几百万计的世界的巨大威力和智慧的一小部分而已。

潘恩对于《圣经·新约》很不以为然。在谈到圣徒们的论述时，他直言不讳地说，他竟记不起这些论述中有任何一段文字能说清上帝的含义是什么；这些论述，就其所讲的阴郁的内容（一个人痛苦地死在十字架上）看，只能出于一个住在修道院斗室内阴郁的和尚之手；其中一段谈到上帝造物的话，还是耶稣讲的："你想野地里的百合花，怎么长起来？他也不劳苦，也不纺线。"潘恩指出，就是这一段话还能显示出上帝的威力和智慧。潘恩相信自己的理性。他宣称，"我自己的头脑是我自己的教室"，"我没有《圣经》"。他不考虑来世或天堂，他相信赋予他生命的力量，一定能以其认为合适的某种形式使之存在下去，有没有他现在的身躯无关宏旨。这显然具有唯物主义的物质不灭思想的意味。

潘恩虽然一再声称自己笃信上帝，但是他的宗教观激怒了欧美的保守主义势力。他们谴责潘恩是无神论者，把他看作阴谋破坏基督教精神的魔鬼。英、美的圣坛或报刊对他极尽诬蔑之能事，说他一意破坏政府、法律和宗教，而不是致力于民主和正义的缔造。《理性时代》还被书评家誉为"无神论者的《圣经》"；而实际上潘恩对无神论是持批判态度的。他在书一开始就表明自己的信仰："我相信一个上帝，没有其他的；并且我希望在这一生之外还有幸福。"[200]

威廉·科贝特（William Cobbett，1763-1835）

威廉·科贝特是19世纪初英国政论家和散文家。他出生在英格兰萨里郡的一个农民家庭，幼时家境贫寒，没有接受过正规教育，在父亲指导下学会读书写字。1779年～1781年，他受雇于一名牧师。在牧师的书房里，他阅读了大量书籍，积累了丰富的知识。

1783年，科贝特来到伦敦，在格雷法学会（Gray's Inn）做抄录员。次年，他应征入伍，在加拿大度过了长达7年的军旅时光。因擅长写作，他先是为长官做文书，后来开始负责所属部队的全部文字工作。渐渐地，他发现部分高层军官克扣粮饷，中饱私囊。退役后不久，他向政府指控4名军官的腐败行为，不想反遭迫害，只得逃亡法国。大革命中的法国局势动荡，他又前往美国。

科贝特的政治态度既保守又激进。1794年，他发表小册子《论一名为自由斗士的移民》（*Observations on the Emigration of a Martyr to the Cause of Liberty*），捍卫英国宪政制度，认为英国的宪政制度几近完美。

他与英国政论家埃德蒙·伯克（Edmund Burke, 1729-1797）一样，反对暴力革命，只赞成渐进性的改革。正是这本小册子使他声名鹊起。之后，他以“彼得·豪猪”（Peter Porcupine）为笔名，撰文反对法国革命，希望英美两国能和睦相处。1797 年，他创办《豪猪新闻及广告日报》（*Porcupine's Gazette and Daily Advertiser*），刊文颂扬英国的君主立宪制，批评美国的共和政体，对法国革命政党则大肆攻击，结果四处树敌，被告上法庭，终判诽谤罪。1800 年，他逃离美国，返回英国。

19 世纪初，英国政府对外发动战争围剿法国革命，对内实行高压政策，导致英国国内政治黑暗，民生凋敝。这时，科贝特同情下层民众的遭遇，思想趋于激进。他于 1802 年创办的周刊《政治纪闻》（*Political Register*）渐渐成为批评英国政府的主要阵地。1809 年，科贝特撰文揭发英国军队中的鞭笞士兵行为，又被判诽谤罪，刑期两年。

1816 年，伦敦北部发生暴乱。科贝特受到牵连，只得再次逃亡美国。在美期间，他创作了《美国生活一年记》（*Journal of a Year's Residence in the United States of America*, 1818）和《科贝特英语文法》（*Cobbett's English Grammar*, 1818）。1819 年，科贝特重返英国。1826 年，他开始竞选议会议员，直到 1832 年才成功当选。两年后，他成功连任。1835 年，科贝特在萨里郡去世。

这一时期，科贝特创作了《农家经济》（*Cottage Economy*, 1822）、《英格兰、爱尔兰新教改革史》（*A History of the Protestant Reformation in England and Ireland*, 1824-1826）、《给青年男女的忠告》（*Advice to Young Men and Young Women*, 1829-1830）、《骑马乡行记》（*Rural Rides*, 1830）以及《美国总统安德鲁·约翰逊传》（*The Life of Andrew Jackson, President of the United States*, 1834）。

《骑马乡行记》是科贝特的代表作。书中记录了他在英格兰和苏格兰两地漫游时的见闻和感想。1821 年～1830 年，科贝特骑马深入农村，了解民间疾苦。每到一地，他细心观察，然后记录成文，刊发在他主编的《政治纪闻》上。品读他的文章，可以体会到他对英国乡间秀丽风光的陶醉。但更能触动读者心灵的是他对农民悲苦生活的深切同情，以及对乡绅贵族豪奢淫逸生活的满腔愤恨。他用犀利的笔锋揭露黑暗，抨击弊政，致力于改善英国下层人民的生活窘况。[201] 从他的铿锵文字中，人们可以窥见 19 世纪初英国社会的真实状貌。

科贝特继承英国散文中平易的传统。他的文章通俗易懂，议论直截了当，语言新鲜朴素，饱含乡土气息。这与其读者多为穷人是密切相关的。关于他的文风，王佐良曾有这样的论述：

> 从论辩文的风格说，科贝特至少在三个方面做得非常出色：一是泼辣——他无取于笑里藏刀的含蓄，而敢于火辣辣当面痛斥；二是迅捷——从一题到另一题，从一种心情到另一种心情，变化极快；三是具体——不只是泛举一般事例，而是给所用事例以鲜明的个性，人则有名有姓，如卡斯雷与巴麦斯顿；事则有凭有据，如柯克之被害，喝啤酒之抽税；恨的是茶和土豆，提倡的是养猪和种玫瑰。农民喜欢他这种切实和明确。论辩文过去多少带点庙堂气息，到了科贝特手里才真正进入农村的底层了。[202]

雷・亨特（Leigh Hunt, 1784-1859）

雷・亨特是 19 世纪英国知名的评论家、散文家、诗人和报刊编辑。他出生在伦敦的索思盖特镇，父母早年居住在北美。父亲伊萨克・亨特（Isaac Hunt, 1752-1809）本是费城的律师。母亲出身商人家庭，是虔诚的教友派信徒。北美革命爆发后，他们反对北美殖民地脱离英国的民族独立运动，于是离开北美，前往英国伦敦开始新的生活。在伦敦，伊萨克做了牧师，长于布道，是那时有名的演说家。但牧师的收入微薄，根本不足以维持全家的生计。伊萨克只得举债度日，一度因无力还债被投入监狱。

1792 年，亨特进入专为贫困子弟开设的伦敦基督慈幼学校（Christ's Hospital）读书，在那里度过了 8 年的时光。那时，他十分崇尚 18 世纪诗人葛雷和柯林斯（William Collins, 1721-1759）开启的浪漫诗风，曾模仿他们写下多首诗歌，并憧憬未来能在诗坛占有一席之地。

1799 年，亨特从慈幼学校毕业。因自幼口吃，他被高等学府拒之门外，与年长他 9 岁的著名散文家兰姆（Charles Lamb, 1775-1834）年少时的遭遇相同。不过，他的口吃后来被矫正。这倒是比兰姆幸运多了。

刚刚毕业的那段闲暇时光，亨特把主要精力用于读书和写诗，继续着年少时萌生的诗人梦。1801 年，他在父亲帮助下出版诗集《少年诗》（*Juvenilia*），引起评论界的关注，由此开始了长达 60 年的文学之路。

不久后，亨特在朋友推荐下进入作战部（The War Office）做职员。

此时，他的哥哥约翰·亨特（John Hunt）已是伦敦知名的出版商。1805 年，兄弟二人合办刊物《新闻》（*News*）。工作之余，亨特为《新闻》撰写戏剧评论。这些评论于 1807 年被结集出版。同年，亨特还出版了系列丛书《古典故事》（*Classical Stories*）。

从 18 世纪下半叶开始，欧美的报刊业蓬勃发展。在欧美革命风起云涌的年月里，政治文化精英纷纷投书各大报刊，展开激烈的交锋。他们的思想对普通民众产生了很大影响，在一定程度上引领着社会舆论的方向。青年时期的亨特正是凭借其激进的政治思想和犀利的笔锋在伦敦报刊界独树一帜。

1808 年，亨特辞去工作，全身心地投入到出版事业中。他与约翰合办政治周刊《考察者》（*The Examiner*），并担任编辑。《考察者》倡导自由革新，致力于议会改革，破除迷信，争取言论自由，提升读者的审美能力。亨特经常撰文抨击时政，引起政府的不满。1813 年，他刊文抨击时任摄政王的乔治四世，被政府以煽动性诽谤罪判处两年刑期。亨特入狱后，他的好友及文学界名流纷纷前来探望。许多年轻激进的改革者也慕名前来，聆听他的教诲。亨特并未慑于政府的威胁，在狱中继续编辑《考察者》。他对理想的执著赢得了公众的同情和支持，被称为“献身自由事业的斗士”。

牢狱生活虽未消磨掉亨特的心志，却使他的身体变得更加虚弱。1815 年刑满出狱后，他搬到距离伦敦不远的汉普斯特德。在静谧宜人的田园风光中，他一如既往地编辑《考察者》。这时的他已不像原来那样关心政治，而是把更多的精力用于读书、写作、关心他的家人和文学界的朋友。

1816 年，亨特发表长篇叙事诗《里米尼的故事》(*The Story of Rimini*)。他在诗的序言中，提出自己关于诗的韵律和语言的主张。他认为诗人应该使用更加自由的韵律，诗的语言应该是人们真实生活中的语言，诗歌语言传达出的强烈情感才是诗的魅力。这首诗在伦敦文学界引发争议。文学界的好友竞相传阅，对亨特称赞有加。那些曾被他讥讽过的文人，则批评他的文风怪异，语言平白，格调低下。在这首诗的创作上，亨特模仿了乔叟（Geoffrey Chaucer, 1340-1400）的诗体，用的是屈莱顿（John Dryden, 1631-1700）确立的朴素自然的语言，而不是蒲伯（Alexander Pope, 1688-1744）善用的英雄双韵体。

显然，亨特深受同时代著名浪漫主义诗人华兹华斯（William Wordsworth, 1770-1850）的影响。华兹华斯曾为英国诗坛吹来一股浪漫主义的清风，但到1816年时，他开始变得保守，影响大不如前；新一代的浪漫主义诗人正挣扎着在文坛崛起。因此，《里米尼的故事》的发表被视为英国文学史上具有标志性意义的事件。或许，正是亨特的坚守才使得浪漫主义诗风得以薪火相传。

同年，亨特结识诗人雪莱和济慈。他在《考察者》上刊载这两位诗坛新秀的诗作，发表专文对他们的作品进行评论。由于亨特的鼓励和提携，雪莱和济慈很快被伦敦文学界接纳，受到读者的欢迎。

这一时期，亨特在《考察者》上刊发了多篇以"圆桌"为题的散文。他把这些文章和好友哈兹立特的散文汇成两卷出版，取名为《圆桌》（*The Round Table*, 1816-1817）。此外，他还出版了诗集《叶子》（*Foliage*, 1818）、《诗选》（*Poetical Works*, 1819）以及译自意大利诗人塔索（Tasso, 1544-1595）的《阿明达》（*Aminta*）。《诗选》中收录了《自由的消亡》（*Descent of Liberty*, 1814）、《西洛与黎安达》（*Hero and Leander*, 1819）、《酒神和阿里阿德涅》（*Bacchies and Ariadne*, 1819）以及先前发表的《里米尼的故事》等。

1819年，亨特创办周刊《指示者》（*The Indicator*）。他的周围渐渐聚集起一些文学界的朋友，形成了自己的文学圈子。1821年前后，亨特成为伦敦文学界最有名的人，迎来一生中最辉煌的时段。但他的健康状况已大不如前。他对《考察者》的编辑也逐渐失去兴趣。

此时，远在意大利的雪莱和拜伦向他发出邀请，希望他能前来与二人合办文学政治季刊《自由者》（*The Liberal*）。鉴于意大利地处南欧腹地，风光绮丽，适于疗养，亨特欣然接受邀请，1822年7月1日，亨特抵达意大利利沃那。7月8日，雪莱前来探望，在返途中不幸溺水身亡。雪莱的去世注定了《自由者》失败的命运。从1822年9月创刊，《自由者》只发行4期。外界反应平平。1824年7月，拜伦投身于希腊的民族解放斗争，不久染疾去世。之后，亨特无依无靠，只得自谋生计。在意大利期间，亨特创作了《高级鞋匠：对威廉·吉福德的讽刺》（*Ultra-Crepidarius: A Satire on William Gifford*, 1823），翻译了意大利诗人雷迪（Francesco Redi, 1626-1697）的《巴科在托斯卡纳》（*Bacco in Toscana*, 1685）。

1825年，亨特回国，进入他一生中的暗淡时期。1828年，他发表《拜伦及其同时代诸君》（*Lord Byron and Some of His Contemporaries*）。书中披露拜伦生活中的许多真实细节。由于书中一些内容有损拜伦在人们心目中的英雄形象，亨特被评论家们视为忘恩负义之人。他的事业也屡受挫折。他创办的新闻刊物《闲谈者》（*The Tatler*, 1830-1832）和《伦敦报》（*The London Journal*, 1834-1835）因无人投稿被迫停刊。从 1837 年～1838 年，他担任《每月丛报》（*The Monthly Repository*）编辑，也因缺乏稿源以失败收场。这一时期，他创作了《基督教》（*Christianism*, 1832）、《拉尔夫·伊瑟爵士》（*Sir Ralph Esher*, 1832）、《剑与笔》（*Captain Sword and Captain Pen*, 1835）、《宝石集》（*Book of Gems*, 1838）以及《佛罗伦萨传奇》（*A Legend of Florence*, 1840）。

1844 年，玛丽·雪莱（Mary Shelley, 1797-1851）在继承家产时为亨特预留了 120 英镑的年金。此时，文坛又崛起一代新秀。他们认为亨特延续了济慈、雪莱和拜伦所代表的浪漫主义诗风，对其礼遇有加。他们不仅为亨特募捐了一个私人养老金，还为其争取到每年 200 英镑的政府养老金。他生活的窘况由此得以改善。

晚年的亨特已无须再为生计操劳。他安于读书写作，创作了大量的作品。如《何为诗歌》（*What is Poetry?*, 1844）、《想象与幻想》（*Imagination and Fancy*, 1844）、《机智与幽默》（*Wit and Humor*, 1846）、《意大利诗人的故事》（*Stories from Italian Poets*, 1846）、《男人、女人和书》（*Men, Women and Books*, 1847）、《来自海布拉山的一罐蜂蜜》（*A Jar of Honey from Mount Hybla*, 1848）、《城》（*The Town*, 1848）、《自传》（*Autobiography*, 1850）、《闲话》（*Table Talk*, 1851）、《心之信仰》（*The Religion of the Heart*, 1853）、《昔日的宫廷区》（*The Old Court Suburb*, 1855）以及《恋人之惑》（*Lover's Amazements*, 1858）等。

1859 年 8 月 28 日，亨特在普特尼去世，被葬于伦敦肯萨尔园公墓（Kensal Green Cemetery）。

亨特是浪漫主义时期的主要作家之一，在英国文学史上占有独特的地位，被公认为 19 世纪上半叶的"文学特使"（Ambassador Extraordinary of Literature）。他的创作时间之长，作品数量之多，体裁种类之丰富，在英国文学史上是比较少见的。

不过，亨特是以散文家的声名驻足文学史的。他曾在《指示者》上谈到自己的创作，感叹自己虽自少年时代就立志成为一名诗人，但最好的作品却是散文。亨特的散文大多以日常生活中的小事为题，于细微处体味人情，洞察世事。他只用寥寥数语就能把某种现象展现得淋漓尽致，十分善于描写。下面一段文字选自他的《睡眠小议》（“A Few Thoughts on Sleep”），从中我们能够初窥其独特的文风：

> 婴儿的睡眠，最为优美；疲劳的人在户外睡眠，最为酣畅；水手在艰苦航程之后的睡眠，最为圆满；为某种意念所苦的人，对睡眠最为欢迎；哭泣后的母亲的睡眠，最动人心弦；一个顽皮小孩的睡眠，最为轻松；一个深受爱慕的新娘的睡眠，最为骄傲。[203]

《珍妮吻了我》（“Jenny kissed me”）

《珍妮吻了我》是亨特的诗歌代表作。采用的是回旋调诗体。回旋调源自法国，属于抒情短调，其韵律结构较为固定。传到英国后，英国诗人对回旋调进行适当改变。一般来说，回旋调诗长 15 行，用双韵。其中，第 9 行和第 15 行较短，是第 1 行中前几个词的重复，形成叠句，在“回旋”中起到强化主题的作用。

亨特的《珍妮吻了我》是一首简化了的回旋诗，只有 8 行：

> 重逢时，珍妮吻了我，
> 她从椅子上一跃而起；
> 时光呵，既喜欢收罗
> 美好，就把此刻铭记！
> 任你说我疲倦与忧伤，
> 身体羸弱又潦倒落魄，
> 华年已逝去，但勿忘，
> 珍妮吻了我。

这首诗旨在强调“珍妮的吻”对诗人人生的重要意义。前两行描述他与珍妮重逢时的情景。珍妮看见诗人后又惊又喜，径直从椅子上跳起，吻了诗人。她的行为发自内心，真挚感人，让诗人难以忘怀。第 3～4 行，诗人把“珍妮的吻”视为弥足珍贵的人生经历，冀望这一美好瞬间能经受住时光的荡涤。第 5～7 行，诗人谈及自己困顿不堪的人生遭遇，为第 8

行中主题的升华做了很好的铺垫。第8行较短，是对第1行中部分词语的重复，形成叠句。对诗人来说，"珍妮吻了我"这一瞬间的美好经历已经化为永恒的精神财富，激励他在逆境中勇往直前，直至走到生命尽头。

《握手》（"Shaking Hands"）

《握手》是亨特的散文代表作。他以"握手"这一社交礼仪为题，首先描述人们在社交场合握手时经常出现的两种失态行为。一种是，不论与对方关系远近，都会热情地与对方握手，令对方觉得彼此仿佛是久未谋面的挚友。另一种是，出于拘谨，想与对方握手却又把手缩回，令对方很尴尬。

接着，亨特对这两种失态行为进行比较。他认为第一种较为可取。他觉得，热情虽非真诚的流露，但它至少表达出一团和气。他认为，人们既要立身处世，就应用友善热情接人待物，借此点出了本文的主旨。

之后，他分析了第二种失态行为产生的深层原因。在他看来，在社交场合不愿握手的人，实际上并非出于谦虚稳重，而是源于其傲慢和多疑的性格。接着，他举了两个例子予以说明：

> 我曾有幸会到两位宽厚为怀的先生。透过二人的举止，可见出惜手如金一斑。两人皆自视甚高，这也绝非无来由。两人都乐观自信但吝于握手。对于其中一位，有人曾想设圈套，以鱼肉伏手与其相握。为的是提醒这位先生其握手致意之乏味，常使友人感到难堪。然而密谋者终究没有胆略去实行这计划。此公是否对这图谋有所闻，我们不得而知。但有一事千真万确，即自此以后，他一改旧习，与人握手致意时，热情可掬了。另一位君子是一帮热心政治家中的唯一不变初衷者。他信守其对芸芸众生一贯的态度。对于同僚的易变、思迁颇为不快，对其他人的愚蠢和不专亦很恼火。他的举止风度变得冷若冰霜。尽管如此，其信念言行却一以贯之，不稍改变。如此，他尽可以堂堂正正地孤傲不群而无招人议论之虞。[204]

多萝茜·华兹华斯（Dorothy Wordsworth, 1771-1855）

多萝茜·华兹华斯是威廉·华兹华斯的妹妹。她是一位多产作家，作品包括札记、诗歌、故事和信件。她在世时没有出版几部作品，但在她逝世以后她的所有著作都出版了。她在世时选择做哥哥华兹华斯的助手角色。虽然她沉默、谦卑，但文学界还是认识到了她的著作（尤其是她的札记）对社会、政治和文化状况的深刻认识。多萝茜·华兹华斯幼时家境尚好，她 6 岁时母亲过世，之后被送走，先后在几家亲戚家居住，有些亲戚把她当仆人看待。她最后到寄宿学校学习。12 岁时，父亲过世，她于是辍学，到母亲的一个亲戚家住了几年，后来到外祖母家。在这一段时间里，她继续上学。之后她开办了一个小学。1795 年，她和哥哥华兹华斯开始住在一起。1797 年，她随哥哥移居阿尔福克斯丹。1799 年，他们一家（包括华兹华斯的妻子、儿女）再次移家到格拉斯米尔，多萝茜·华兹华斯帮助嫂嫂玛丽持家、照顾孩子。在此后多年里，她也多次外出旅游，这增加了她写作札记的内容。在她一生的最后 10 年左右，她身体和头脑欠佳。她在哥哥过世 5 年后逝世，享年 84 岁。

多萝茜和华兹华斯、柯勒律治一起处于当时英国浪漫主义运动的中心。她进行写作，但不出版，她的作品在亲朋间传阅，她的一些形象和观感被华兹华斯和柯勒律治运用在他们的诗歌里。这样一来，文学界和读者开始注意到她的作品。她的《阿尔福克斯丹札记》（*Alfoxden Journal*, 1798；1958 年出版）里面有许多描写大自然和社会生活的文字与比喻，华兹华斯就汲取其中一些用于他的诗作如《我孤独地像一片云漫游》、《乞丐》（“Beggars”）等作品里。她的《格拉斯米尔札记》（*Grasmere Journals*, 1800-1803；1958 年出版）详细描述华兹华斯兄妹间的复杂关系，包括相互间的深厚感情，这曾引起人们的惊奇与评论。这些札记也记载了多萝茜·华兹华斯对自己作为 19 世纪英国女人的矛盾心理和迷惑不解。她的《1803 年游历苏格兰回忆录》（*Recollections of a Tour Made in Scotland, A.D. 1803*）也是为朋友们而写的，当时有五种书稿在人们中间传阅，但这部作品也是在作者过世以后才出版的。其他主要作品包括《乔治与萨拉·格林：一则故事》（*George and Sarah Green: A Narrative*），写于 1808 年，1936 年出版。这是一篇散文著作，叙述一对夫妇在暴风雪里遇难、身后遗留下 8 个孤儿的故事。它描写了邻居的反应以及她本人的思考。这篇作品透露出多萝茜·华兹华斯和周围居民的紧密关系，以及她对社区及社会责任的深刻的哲学见解。

多萝茜·华兹华斯一生坚持写诗，内容常常是关于少年时代的生活，其中包括她自己的少年时代以及她哥哥的孩子的少年时代。这些诗作当中有三首——《写给我的侄女，多萝茜，一个不睡觉的婴儿》（“To My Niece Dorothy, a Sleepless Baby”）、《写给大风里的孩子》（“An Address to a Child in a High Wind”）以及《妈妈回来了》（“The Mother's Return”）——一同发表在她哥哥的诗集里，她没有署名。其余的诗作，约30余首，是在她过世一个多世纪后发表的。她的诗作《格拉斯米尔：一个片断》（“Grasmere—A Fragment”, 1802-1805）是她哥哥的名作《丁登寺赋》的极好的注脚：

宁静、美丽、葱绿，我们的谷地
她的小屋都秀雅，
各隐蔽在角落，
或在自己的树丛里。（第1诗节，笔者译，下同）

小屋有许多也曼妙，
但其中一个我最爱，
那真是间简陋的屋，
和其他小屋在一块。（第2诗节）

但当我坐山石上，
朝下望着美谷地，
那屋四围裹绿树，
召我心去住那里。（第3诗节）

多萝茜的许多札记也和威廉·华兹华斯有关，同时也反映出当时浪漫主义诗人们的互动情况。例如《格拉斯米尔札记》的一条记载就是很好的例子：

星期二 5月4日 威廉睡得很好，虽然他上床时极其紧张、疲倦，起床后他却神清气爽。我替他写了他昨晚开始的《采集水蛭》一诗，他本周一早晨又写了几个诗节。天气很热，我们路过西姆森家门时打了招呼，但没进去。路上我们歇息了几次，朗读、重复《采集水蛭》一诗。我们到山丘顶时都要熔化了。我们看见柯勒律治在贝克河的韦德伯恩镇一边，他趟水来到我们这边。西姆森先生在钓鱼。我和威廉吃了午餐，然后朝瀑布走去。在那高耸的紫色巉岩下面是一处辉煌的天然的幽静。它孑然而立，它本身、它的身影，浑然一体——其余到处阳光一片。我们再向前行。巉岩上的一只鸟儿在回旋往复地飞翔，瘦小、透明，形状与动作宛如一只飞蛾。（笔者译）

评论界一直善待多萝茜·华兹华斯的作品。人们注意到她对细节的谨慎描写，以及她运用细节引起人们的联想的手法。她的作品不仅对外部描写细腻，而且内涵深邃，透露出她本人的心智、心理和感情的发展过程，从客观上也反映出当时和她处境相似的女人的心理和感受。她在作品里常常提供不同女人，尤其是到她家求救的无家可归的女人的情况。她的语言平淡，形象生动，富音乐性。而且，尽管作家在札记里很少运用第一人称叙事，但是札记的字里行间还是清楚地展现出作家本人的鲜明形象。这是评论界很感新奇的事情。

多萝茜·华兹华斯的作品出版以后，人们非常注意她的札记和她哥哥的诗歌之间的联系，常常发现她是她哥哥的天才的激励者。这些札记也为世人提供了关于诗人华兹华斯的生活和写作情况。在20世纪后半期，评论界进一步发现多萝茜·华兹华斯的札记和浪漫主义传统的内在关系，认为有必要深入研究多萝茜·华兹华斯的一些说法。人们开始把她对家庭生活的素描看成探讨人在社会中的作用的微妙社会分析。评论家们近年来也由研究多萝茜·华兹华斯开始，进一步讨论文本的构成、作家的质地等题目，提出性别与主观性之间的关系方面的问题。

理查德·普赖斯（Richard Price, 1723-1791）

理查德·普赖斯是18世纪英国政论家和哲学家。他出生在威尔士格拉摩根市（Glamorgan）的一个牧师家庭。父亲是虔诚的加尔文教信徒，普赖斯自幼深受家中浓郁宗教气息的影响。17岁时，他进入伦敦考沃德神学院（Coward's Academy）学习，1744年毕业后，继承父业，开始了近半个世纪的布道生涯。

在神学院学习期间，普赖斯接受了系统的数学教育。或许是数理定律中蕴含的逻辑思维促使他的宗教思想发生了变化。他开始从理性的角度思考道德和神学问题。1758年，他发表专著《再论道德的主要问题》

（*Review of the Principal Questions of Morals*），系统地阐述他的道德观。他认为，道德的判断标准具有客观性。个人的道德判断并非出于良心和意志，而是基于理性行为。他还在书中反对原罪、赎罪、永刑等传统基督教教义。该作品已被公认为18世纪道德哲学领域的经典之作。

不过，普赖斯这一时期的政治思想却是保守的，还没有得到理性之光的烛照。1759年，他在感恩节布道时发表题为《不列颠之幸福》（“Britain’s Happiness”）的演讲，为英王乔治二世歌功颂德。他以欧洲各国人民的悲惨境遇为参照，强调英国人在乔治二世统治下享有和平、富足、自由的生活。

1761年，普赖斯编辑出版数学家托马斯·贝叶斯（Thomas Bayes, 1702-1761）留下的概率手稿。4年后，他成为英国皇家学会成员。之后，他还把研究范围扩展至财政、统计、保险、国债、人口等领域，并取得突出成就。

北美革命爆发后，普赖斯的政治思想转向激进。1776年2月，他发表政论文《论公民自由的性质》（*Observations on the Nature of Civil Liberty*），公开支持北美殖民地的独立运动。他受洛克（John Locke, 1632-1704）的国家政治理论影响，反对“君权神授”，强调人生而平等；认为人民有权组成政府实行自治；一个民族无权殖民或征服另一个民族；他指出，英国政府发动的战争不合道义，代价昂贵，可能导致英国自身的破产和毁灭。

1783年，英国战败，北美殖民地得以独立。次年，普赖斯发表《论北美革命的重要性》（*Observations on the Importance of the American Revolution*）。他在文中把北美革命视为基督教创立以来人类历史上最伟大的事件，为新生的美利坚合众国设计了美好的蓝图。他的构想主要包括保护宗教和言论自由、警惕追逐财富引起的奢靡之风、废除外债和黑奴贸易、建立公民信用体系、赋予联邦政府充分的权力以维持社会秩序和实行外交政策等。

1789年，法国革命爆发。同年11月，普赖斯在布道时以《谈对我们国家的爱》（“A Discourse on the Love of Our Country”）为题发表演说，高度评价法国革命，预言法国人民将彻底推翻专制制度，迎来自由民主的新时代。他告诫英国人民不应忘却一百零一年前发生的“光荣革命”，鼓励他们为捍卫宗教信仰自由、抵制权力腐败、推翻暴君统治等理想而继续奋斗。

普赖斯的演讲在英国引起轰动。他的激进思想令埃德蒙·伯克（Edmund Burke, 1729-1797）感到震惊。伯克担心英国会像法国一样出现动乱，于是写出《法国革命论》（*Reflections on the Revolution in France*, 1790）来捍卫英国的宪政制度。而这又引起玛丽·沃尔斯通克拉夫特（Mary Wollstonecraft, 1759-1797）和托马斯·潘恩（Thomas Paine, 1737-1809）的不满，他们都是普赖斯的信徒。沃尔斯通克拉夫特加入到这场关于法国革命的论战之中，撰文抨击伯克。

1791 年，普赖斯因健康原因退去神职，同年去世。

第八章

维多利亚时期

第一节　社会历史概况

英国的维多利亚时期历时半个多世纪（1837-1901）。自从 1814 年拿破仑战争结束以后，在一百余年里，英国处于相对和平时期。随着科学技术的进步，国家开始繁荣发展，从农业国家转变为工业化国家。全国更加城市化，城市规模扩大，乡村规模缩小，修建了许多道路、运河、铁路，汽船开始航行。国家经济高速发展，教育更加普遍，大众读写能力得到提高，健康与卫生条件得到改善。尽管出现贫富两极分化，但生活还是变得宽裕多了。

这个时期大致可分为两个阶段。第一阶段从 1832 年到 19 世纪 70 年代，这是发展阶段。虽然在这期间出现了一些社会骚动，比如 1832 年通过的第一个改革法案，以及工人为争取更好的生存条件而进行的宪章运动，但国家的稳定发展基本上没有受到大的影响。变化不可阻挡，即将来临。1859 年，达尔文的进化论问世，引起了对科学与宗教、人和社会的本性以及所有相关传统方面的无休止争论。这些问题严重地动摇了第二个阶段的发展，局势发生了实质性改变。现在把这个时期的情况分述如下。

社会政治

在社会政治方面，在这个时期有两种势力同时存在。一是高压性的反动势力，英国政府在法国革命和拿破仑战争以后一直对人民采取高压政策。另外一种是改良势力。这种势力的影响更大，从长远角度看，它使得英国避免了革命性的剧烈变化，而逐步发展到今天人们所说的“英国的体制”，这是一个调和加变化而形成的体制，不经过暴力就可以达到某种社会变革的目的。英国在拿破仑战争以后的长期和平时期里获得逐步解决本身问题的大好机会。虽然它也采取了一定的压制措施，在阶级关系方面也出现了痛苦和斗争，但是总起来说，对于执政党和中产阶级来说，维多利亚时期是一个稳定和发展的时期。

在这期间的政治领域内，发生了几件大事，在这一阶段的文学作品中有记载和表现，对文学创作发生了不可低估的影响。首先是1832年通过的《改革法案》。这个法案关系到议会议员的选举。这实际上是工业资本家（中产阶级）反对地主贵族控制议会的斗争。地主贵族之所以能够在议会保持多数，是缘于英国各地存在的“没落的市镇”之故。所谓“没落的市镇”，是指过去居民很多，而后经过多年的变迁，这些本来的市镇已成为很少有人居住，或者根本无人居住的乡村地区。造成这种状况的原因是，这里的人或者死于霍乱，或者死于经济萧条时期。这些市镇过去投票选举贵族阶级的成员进入议会，掌握很大的政治权力。现在虽然已是“人去楼空”，但他们还有“市镇”的编制和权力，依然把地主贵族选进议会。1830年前后，中产阶级和工人们要求改革选举法的呼声很高。当时议会通过对地主贵族有利的谷物法（The Corn Law），出现了经济衰退，再加上爆发了霍乱，所以1832年议会平民院通过法案，取消这些“没落的市镇”，而代之以工业城镇的议员，同时降低了选举人的财产条件。贵族院立刻否决了这一法案。局势立刻紧张起来。惠灵顿公爵受到国王召见，公爵准备动用军队，各个城镇开始构筑工事，储备武器，好似要爆发武装革命一般。罗伯特·皮尔出面干预，国王请辉格党回来执政。贵族院最后让步，选举法得以通过。人们放烟火庆祝。选举法改变了英国选举议会议员的方式。法案废除了没落的自治市镇，把选举权扩大到中产阶级所控制的城镇。

工业资本家虽然控制了议会，中产阶级的日子也愈来愈好过，但工人阶级却和往常一样悲惨。贫困、拥挤、犯罪等方面的问题使人民大众无法生活，国家于是分成为政治家、小说家本杰明·迪斯雷利（Benjamin Disraeli, 1804-1881）所说的“两个国度”。1834年通过一项非常重要的法律——《新贫民法》（The New Poor Law），这是应付经济衰退时失业者的法律。过去在这种时候支付给贫民以少量的补助，而新制度则是建立一些救济院。贫民们必须卖掉一切，家人必须分开，才能住进，而在这些地方生活条件很差。当时有 20 万贫民不得不生活在里面。人们阅读狄更斯的《雾都孤儿》及《艰难时世》等小说就可以窥见其中之端倪。

在这种情况下，人们的不满情绪越来越高。工人运动和社会主义运动在英国逐渐发展。

英国的宪章运动

维多利亚时期是英国多层面、多方位发展的时期。一方面它在工业化和机械化文明方面取得了长足进步，在国内实行预防革命出现的高压政策，在国外加速它的殖民活动；另一方面，马克思主义思想开始得到传播，逐渐深入人心，英国人民在逐渐觉醒，他们增强了自我意识，逐渐认识到自己的力量和权利，开始了一波又一波的革命斗争。人们越来越明白，1832 年英国议会通过的《改革法案》（Reform Act）遗留下许多不公正的问题有待解决，新组成的议会对他们没有任何好处，因此要求更多的改革。于是，在 19 世纪中期，历史上著名的大宪章运动拉开序幕，前后延续长达 10 年之久（1838-1848），它的领导人是威廉·拉威特（William Lovett, 1800-1877）。宪章运动的目的很明确，就是要改革议会的选举法，同时增加工人阶级在国家重要事务上的发言权。1838 年，拉威特起草了一份文件——《人民宪章》（“People’s Charter”），提出了宪章运动的六点要求：所有男人皆有选举权，平等的选区，取消对议员的财产要求，议员要有薪俸，每年举行一次大选，秘密投票。宪章运动者们获得 128 万人的签名，1839 年把《人民宪章》呈递给下院。下院以 235 票对 46 票予以否决。许多扬言要发动大罢工的领导人被捕。游行者们向蒙莫斯郡的纽波特监狱前进，要求释放他们的领导人。政府军队开枪，杀死 24 人，伤 40 余人。第一次宪章运动就这样被无情地镇压下去。但是，此事并未就此了结。1842 年爆发的第二次宪章运动规模更大。这次的签名人数高达 331 万多人，包括全国男性人口的二分之一。工人参与运动，情绪激昂、声势浩大。但是这次运动同样没有得到理睬，议会再次予以否决，运动的领导人里有 450 人被捕入狱或被流放到澳大利亚去。整个运动遭到严厉镇压。

第三次宪章运动发生在 1848 年。当时法国和欧洲其他各国正处于人民的革命运动中，整个欧洲正在发生剧烈变化。在英国，1847 年的议会选举中，深受人民欢迎的宪章运动领导人之一弗格斯·奥康纳当选为议员。这些事件一方面鼓舞了英国的宪章运动，另一方面也让英国的统治阶级心惊胆战，提高了对人民革命的警惕。在这种情况下，宪章运动的领袖们向议会提出第三份请愿书，要求增加平民的权利。[1]这份请愿书的支持度很高，有六百余万人在上面签名，人们在肯辛顿公园集会。政府反应强烈，女王离开伦敦，军队严阵以待。最后议会再次予以否决，宪章运动到此为止。

这次革命运动的历史意义深远。它显示出当时英国的社会动荡不安。宪章运动者们提出的要求在当时显得很激进，让局外的英国人立刻想到当年的法国革命和革命期间所发生的“恐怖统治”和暴力行为。当时著名的历史学家托马斯·卡莱尔在 1839 年写的一本小册子——《宪章运动》（*Chartism*）——里就宣传这种恐怖心理，而主张以改革的手段预防暴力的发生。宪章运动虽然失败了，但在英国人民的心目中留下了深刻的烙印。它提出的一些目标最终在1884年的《改革法案》里得到实现。而且，它的活动和主张对英国工厂的改革也产生了正面影响，在一定程度上促进了议会撤销《谷物法》的进程。宪章运动所表现出的激进性最后在社会主义运动以及其他一些有关的领域中得到了充分的体现。[2]

英国的社会主义运动

19世纪80年代，英国出现了社会主义运动。当时有一个组织——“民主联合会”（Democratic Federation）——对马克思的思想很感兴趣。“民主联合会”在1884年易名为“社会民主联合会”。威廉·莫里斯为这个组织的机关报《公正》（*Justice*）撰稿，并出资支撑它继续出版。社会主义者们支持英国北部工人的罢工，社会主义诗人们创作诗歌声援他们。1884年，“社会民主联合会”分裂，莫里斯和马克思的女儿等人另组“社会主义联盟”（Socialist League），创办《大众福祉》（*Commonweal*）杂志，莫里斯任主编。在文学界，革命的诗歌创作蔚然成风。[3]

与此同时，工人运动出现了许多支派，诸如费边社、天主教工人组织、争取民主教会联盟（这个联盟认为私有财产是必须铲除的社会罪孽）等。工人运动本身是非教会性质的，查尔斯·金斯利惊讶地发现，在工人运动的总部里有托马斯·潘恩的著作，但却没有教会的书籍。

在这个时期，一直存在着对工人阶级的很深的偏见与不信任感。这表现在两个方面，一是政府和资本家对他们采取敌视的态度，一是那些从事改革的人们对他们既同情却又很势利，后者对他们的这种态度并不总是有意识的。工人阶级的状况每况愈下。

宗教

在这个时期，宗教对文学创作也产生了很大影响。一般地说，宗教对英国文学各个时期的创作的影响都是不可小觑的。在 17 世纪，教会坚持精神上的严肃态度。在 18 世纪，人们对教会存在一些怀疑，但那是健康而诚恳的态度。19 世纪的宗教情况则迥然不同了。法国革命是一场没有上帝的革命，在革命后出现了某种反动，开始了保守的宗教复兴和一股建立教堂的热情。这并不意味着人们的信仰加强了；一般人依然把教会看成道德准则的体现。人们到教堂去的热情高涨，一家人在家里做祈祷、读《圣经》，这在 18 世纪早已不再流行。当时的态度是，不要产生疑问，宗教负有维护群众和社会秩序的社会责任；这也说明，宗教的复兴也肩负社会和政治任务，它旨在为现行制度和局势开拓和辩护，对人民大众则采取镇压手段。19 世纪的宗教存在着一种虚伪性质，虽然这对人民大众来说并不是有意识的行为。这个时期揭露、抨击宗教和神职人员的虚伪的文学作品可谓俯拾即是。

在维多利亚时期的宗教方面，有一点也值得注意，它在文学上的影响颇大。这就是基督教社会主义。这是一个发生在教会里的运动，遵循《圣经·新约》里耶稣说的“你们要互爱”的教导，爱上帝，爱邻居，帮助贫者。这个运动努力实施改革措施，改善社会生活状况。它提醒人们，基督徒要致力于社会改革。人们阅读查尔斯·金斯利的著作会发现，他写的“问题小说”指出社会上存在的一系列有待解决的问题，如城市里的贫民窟等。金斯利本身的问题在于，他虽然站在工人一边，但他害怕和蔑视工人。这里还要说到托马斯·卡莱尔。他对住在贫民窟的人们非常同情，呼吁中产阶级帮助他们，例如采取措施避免那里的霍乱进一步蔓延等。这些作家属改良派，他们的所作所为，在客观上起到阻止革命性运动爆发的作用。

“维多利亚主义”

上面提到的这个时期内社会、文化与政治生活各个方面的情况，日后被人们称作“维多利亚主义”。这个称呼最初带有贬义，后来随着时间的推移，成为一个表示时代特点的中性概念。它在不同程度上给维多利亚文化与文学留下了不可磨灭的烙印。这些特征主要表现在维多利亚时期生活的各个领域内。现在把上面说的这些表征综合如下。

（1）中产阶级（主要是资本家）的发展壮大和“市侩主义”的风行。中产阶级从国家进一步的工业化中获得了大量财富，还从地主贵族那里争夺来巨大的政治权力。这是通过1832年的《改革法案》获得的。从1846年到1876年，在这段所谓的“维多利亚中期的得意的繁荣”的几十年间，英国的中产阶级日益昌盛、颐指气使，他们漠视工人阶级的困苦和一切要求。在这种情况下，一些伟大的作家出现了。丁尼生、狄更斯、卡莱尔、拉斯金等人，在教会外进行布道，强烈要求变革。这个时期活跃在文坛上的还有诸如萨克雷、简·奥斯汀、勃朗蒂姐妹、乔治·埃略特等人。

中产阶级掌控着国家的生活，推行自己的价值观，诗人马修·阿诺德（Matthew Arnold, 1822-1888）所说的文化市侩主义开始盛行和强化它的统治作用。这样做的结果是，世上物欲横流，精神健康受到忽视，艺术想象力极难，甚至无法得到发挥。因此，维多利亚时代文学主要是为中产阶级服务、重点描写城市生活的文学。

（2）严格、保守的道德规范的出现。这和维多利亚女王的态度有密切关联。维多利亚女王的先任乔治四世是一个狂歌豪饮、放荡不羁的浮浪之辈，女王对他在位时自上至下所弥漫的轻浮和龌龊空气极其厌恶。传言在她登极后不久，在朝廷议事时旧朝老臣仍有口出戏言之举，引起满堂大笑，唯有女王正襟危坐，板起面孔，表情严肃地说：“维多利亚并不觉得好笑！”（她不称孤道寡，却习惯以“维多利亚”这种第三人称自称）这样一来，风气骤变，但矫枉过正，慢慢遍及社会生活。在这个时期，人们生活得非常拘谨，经常故作正经、吹毛求疵，对待性爱的态度尤其如此。随着时间的推移，道德标准愈益严厉。后来颇有“假正经”的味道了。如女人的衣服要长到遮住脚面，体面的女人不穿裤子，有人竟连钢琴的腿也小心地盖起，说“腿”不雅，讲“胸”粗鄙，“鸡胸”也成为有失大雅的忌讳，甚至说“游泳”这样的词语都令人褒贬。而在另外一方面，则出现了一种倾向，特别是在中产阶级圈子里，女人成为男人崇拜的偶像。中产阶级妇女被称为“女士”，这个称呼很久以来版权都是属于贵族妇女的。人们希望女人文弱、甜蜜、柔顺。人们开始为妇女保驾、让路，“女士们先请”一类的语言慢慢成为习语（这种习俗一直延续到今天，而且传遍世界各地，人们对此已习以为常了）。这其中暗含着男人对女性的屈尊、俯就，表现出大男子主义的思想，即女性亚于男性，不能做大事，她们只能依附着男性生活，男人在生活中占据主要地位。尽管英国女性主义运动已经出现，一些女性如玛丽·沃尔斯通克拉夫特（Mary Wollstonecraft, 1759-1797）长期以来已经在维护女性的权利，到维多利亚时代，女性主义思潮也很强大，但是中产阶级男性与其他时代的男性一样，过着一种秘密堕落的生活。读过《法国中尉的女人》（*The French Lieutenant's Woman*, 1968）一书的人知道，这一时期的英国娼妓甚多。一个男人竟平均每天进两次妓院！

如果阅读一下一部描写维多利亚时期生活的小说《苏珊的变迁》（*Susan Lennox, Her Fall and Rise*, 1917），我们就能理解一个维多利亚时代的女子有多么无知、无助，而这对她的生活会产生灾难性的后果。在这部小说的开头，苏珊·莱诺克斯一天晚上被一位富有的年轻男子约了出去，她回来得很晚。在家里焦急等待的父母和牧师严厉地问她："他和你做爱了吗？"苏珊当时天真得连"做爱"的含义都一无所知，她在慌乱中想到，那个男子曾吻过她，于是便回答说"做了"。她万万没有料到，就这么一句简单的回答将会改变她的一生。从此她就成为一个堕落的女子，没有好男人愿意娶她。

即使是表面上的道德要求对文学也产生了巨大影响。几乎所有作家都遵循"说教的美学"原则。萨克雷便哀叹人们再不能像 18 世纪那样随心所欲地描写"人"了。

（3）说教式美学、英雄崇拜与唯美主义运动。说教式美学的支配地位束缚了大多数维多利亚时代的作家。这种美学观强调文学的社会功能，要求作家写作为警世、喻世服务，对读者要发挥教导与启迪作用。作家的责任是传布、巩固及加强现有的价值观，使人们的行为与之相符。因此，在维多利亚时代出现了一个奇特的现象，即英雄崇拜。作家在不经意之中在大众的心目中成为某种英雄或者先知人物，人们阅读他们的书籍，遵照他们的教导，尊重他们的为人。例如，阿尔弗雷德·丁尼生（Alfred Tennyson, 1809-1892）强调爱情和家庭观念的重要性，托马斯·卡莱尔（Thomas Carlyle, 1795-1881）主张遵照上帝的无所不在意志而勤奋工作，查尔斯·狄更斯（Charles Dickens, 1812-1870）提倡同情心和慈善行动，罗伯特·勃朗宁（Robert Browning, 1812-1889）推崇勇气与奋斗精神，乔治·埃略特（George Eliot, 1819-1880）提倡道德伦理，在当时被视为一支强大的精神道德力量。在维多利亚人的心目中，这些伟大人物的存在对世人乃是一种保证和暗示，即上帝的先知们仍在环视着世界，生活基本上是好的。[4]

这种情况的负面效果是，它给作家的想象戴上了一道紧箍，在他们的创作意识之上放置了一个沉重的十字架。结果是文学创作被套在社会道德和政治的马车上。大多数作家感到他们的责任重大。这种美学主张伤害了那些重视并在想象世界中徜徉的人们。丁尼生虽然写出了不少趋奉世道要求的诗歌，但读者仔细阅读便会发现，他的诗歌也常表现出“两种声音”，一种是公开的声音，一种是属于个人的声音；但他抑制了个人的声音。

随着时间的推移，生活变得愈益不可忍受。美开始从生活中逐渐消失，人和事都变得丑陋不堪。世界似乎变成一片灰暗，没有一点颜色，文学开始丧失其真正的自主性。常言说，物极必反。当这个趋势越来越普遍、明显时，一种反动就必然出现。结果便是，在 19 世纪后期，英国文坛出现了美学运动。这个运动的目标是为美而奋斗，由约翰·拉斯金（John Ruskin, 1819-1900）开始发难，许多重要的作家都先后卷入进来，诸如罗塞蒂（Dante Gabriel Rossetti, 1828-1882）、莫里斯（William Morris, 1834-1896）、史文朋（Algernon Charles Swinburne, 1837-1909）以及沃尔特·佩特（Walter Pater, 1839-1894），最终以奥斯卡·王尔德（Oscar Wilde, 1854-1900）的颓废主义而结束。[5]

（4）功利主义的盛行。功利主义是中产阶级的哲学流派之一。这是一种快乐主义哲学，以实用性或功利主义者所标榜的“最大多数人的最大幸福”作为道德约束力，它的信条是，每个人都是他自己的利益的最佳判断者。杰罗姆·本瑟姆（Jerome Benthem, 1748-1832）与詹姆斯·米尔（James Mill, 1773-1836）是维多利亚时代功利主义哲学的奠基人。他们为这个哲学定下基调，后来由约翰·斯图亚特·米尔（John Stuart Mill, 1806-1873）充分发展为更适合社会生活的需要，确保它在国内的传播与发展。实用哲学作为一个运动，它提倡和支持很多满足时代需要的事情。它强调代议制政府、教育普及、工会以及慈善事业的重要性，鼓励个人发展与社会改革，支持民主政治和物质进步。它对维多利亚时代的生活做出了一些积极贡献。几乎所有的立法改革，包括 1832 年的《改革法案》以及 1870 年的《教育法案》，都显示出它的实际影响的痕迹。

然而，功利主义提倡工业、贸易与商业的“自由”，鼓励了自私自利、极端的个人自由、中产阶级的物质繁荣，以及资本主义的成长和发展。它的实用主义过于强调机器的价值以及各个学科领域的实用性，于是把在这些之外的其他一切领域或活动，都视为没有什么意义，不值得人们重视。例如，本瑟姆就认为诗歌是无谓的游戏。

从总体来说，功利主义反映出维多利亚时代的中产阶级自由主义，或如马修·阿诺德所说的市侩主义。因此，它受到各个知识层面的敌视和反对。功利主义成为当时的时代精神，左右了社会大众的思想，它引起了当时一些重要作家的强烈反应，如卡莱尔、丁尼生、狄更斯等。卡莱尔在他的《后世论文》（*Latter-Day Pamphlets*）中讽刺功利主义为"猪哲学"，狄更斯的小说《艰难时世》（*Hard Times*）也是反功利主义的一个很好的例子。[6]

（5）进化论的出现。1859 年，查尔斯·达尔文（Charles Darwen, 1809-1882）发表了他具有划时代意义的作品《物种起源》（*The Origin of Species*），从此一切为之改观。达尔文的作品阐述了自然选择，物种通过持续不断的"适者生存"自然过程从低级形式向高级形式进化。1871 年，他发表《人类的由来》（*The Descent of Man*），扩展、充实了他的论点的范围，进化论于是正式问世。这些在英国乃至西方世界顿时引起轰动，在社会和宗教生活以及整个维多利亚时代的思想界引起了巨大变化。后来托马斯·赫胥黎（Thomas Huxley, 1825-1895）1868 年在"关于生命的物质基础"（"On the Physical Basis of Life"）讲座上说，人没有独立于身体之外的灵魂或精神。这个讲话无疑是火上加油。

进化论对 19 世纪产生了激动人心的影响。人们惊奇地发现，世界并不是由上帝特地创造的，它会永远地继续进化。这强烈抨击了基督教信仰，使教会立刻处于守势。陈旧的信仰与现代思想之间的长期斗争由此开始。此外，还有另外一种思维方式，让人心中不安。人们认识到，如果进化论是真的，那么他们现在生活在这个世界上不是因为他们的言行举止得体，而是因为他们具有更强的适应能力。这种想法在道德伦理方面引起了一些忧虑。

这很自然地引起了激烈的争论，直到今天这个争论也未结束。当时人们必须在科学与信仰之间作出选择，因为在 19 世纪没有中间立场。达尔文主义使一些敏感的思想家，如亚瑟·休·克拉夫（Arthur Hugh Clough, 1819-1861）等人，陷入一种难以名状的痛苦。进化论深深地影响了文学创作，当时的大多数重要作家都对达尔文主义作出了一些回应，所有的作家都发现它是无法回避的。丁尼生最先感到沮丧，但后来尽力将达尔文主义与信仰结合起来；卡莱尔与之作斗争；阿诺德非常惊恐，而夏洛特·勃朗蒂（Charlotte Bronte, 1816-1855）感到恐惧；乔治·埃略特（George Eliot, 1819-1880）则犹豫不决，但最终接受了它；查尔斯·金斯利（Charles Kingsley, 1819-1875）感到就好像站在悬崖上，要掉进黑漆漆的大海中；塞缪尔·巴特勒（Samuel Butler, 1835-1902）写了一部小说《众生的道路》（*The Way of All Flesh*, 1903）来探索达尔文主义。

（6）相信进步，严肃、认真。维多利亚时代的人非常相信机械文明和社会进步。当时英国社会的繁荣与发展为人们带来一种强烈的乐观主义态度。人们认为，人性和社会都可以变得完美起来。他们非常自信，认为自己在朝着有光明前途的目标前进，社会有希望持续地进步。人们起先认真地认为，只要生活条件持续提高，他们就可以忽视他们社会生活里存在的问题。后来，随着时间的推移，当事情的结果与他们想象的发生极大差异时，他们就感到理想已经破灭，于是感到悲观、绝望。这一点在维多利亚时期的文学作品中得到非常充分的反映。人们只要注意观察一下狄更斯的中后期作品在精神面貌上所发生的变化和丁尼生在不同时期的诗歌所表现出的情绪差别，就会很容易发现时代的精气神在发生变化，文学作品作为现实的镜子，它的基调也就必然随之出现相应的转变。

最初，由于人们相信世界会变好，人们在处世为人和做事的态度上一般表现得认真和负责。特别是一些思想敏感、善于思考的人士，他们具有一种使命感，认为天生其才，必有大任让他们担当。这些人责任感强，渴求社会公平和道德完美，苦心孤诣寻觅途径，希望能够通过努力，有助于解决世界上存在的问题。罗伯特·欧文（Robert Owen, 1771-1858）就是一个醒目的例子。欧文是一个工厂主。面对当时英国出现的紧张的劳资关系，他提出一种全新的工厂管理原则，在工人的住房条件和工资待遇方面开始一些原则性改革。他的想法是，如果工厂主们能为工人们提供一种不错的生活，付与他们不错的工资，为他们提供不错的居住条件，那么，工人们就会努力地工作，工厂也就会提高生产力和效益。他在自己的工厂里实施了这些个新措施，英国和欧洲大陆的一些人也到他那里参观。欧文在英国议会里畅谈他的思想，但他最终并没有成功。议会的议员们拒不相信他，工厂主们也存在根深蒂固的敌对劳工的情绪。另外一个例子是查尔斯·达尔文孜孜不倦的科学研究。他将一生奉献给他并不知道最终结果如何的研究工作，风尘仆仆，到世界各地观察、试验、记录、汇总、写书，等等。在他从事这些艰苦的工作时，他从未想到过会得到什么报酬；他不知道他会因此被公认为科学家，这项工作当然也没有给他带来任何经济上的收入。此外，还有查尔斯·狄更斯、马修·阿诺德、托马斯·卡莱尔、约翰·拉斯金、红衣主教约翰·亨利·纽曼（John Henry Newman, 1801-1890）、托马斯·赫胥黎及其家人，等等，他们都一心一意地做了一些事情，希望能使人们过上更高尚、更富裕的生活。这些人的一个共同点是，他们都不是激进主义者，不是革命者，他们最多也就是个改良者。他们在现有的制度内寻求解决问题的办法，而不是寻求推翻它；他们其中一些人还强烈反对任何改革的想法。他们通常是尖锐的社会批判家，但也为社会感到骄傲。维多利亚时期的人对这些人的存在感到骄傲，社会为他们提供优厚待遇而让他们自由地批评社会，人们对这一点感到欣慰。

（7）这个时期存在着许多深刻的问题和矛盾。在 18 世纪，英国经历的是逐步走向繁荣和富裕的过程，而到 19 世纪，英国则进一步暴发起来。这使得许多问题浮出表面。比如社会的不公正现象，穷富两极分化现象严重。第二个问题是人口问题。在英国历史上，人口众多第一次变成国家必须面临的问题。这并不是说出生率增加了，而是由于现代医学的发展，死亡率降低了。这引起了严重的经济后果。英国经济学家马尔萨斯（Thomas Robert Maltheus, 1766-1834）提出，可耕地和粮食供应从长远角度看是稳定不变的，但人口的增长是无限的，总有一天会出现粮食短缺。他提出的解决办法是通过宗教教育人们少做房事。这就是说，他虽然感到问题紧急，但他也束手无策。再有就是存在于科学与宗教、个人主义及自由资本主义和控制及计划之间的矛盾。前者双方齐头并进，互不相让，人们处于一场拔河赛中。后者也难于调和。

从总体上来说，维多利亚时期是一个从过去过渡到现代的时期。这是一个在价值观、传统以及宗教信仰方面都发生重大变化的时期。旧有的中世纪或封建社会的价值观、传统以及信条已经过时，正在退出生活的舞台，而新的现代的价值观、传统以及信条正在建立和立脚过程中。在 19 世纪早期成长和生活的人们一定会强烈地感到，世界在变化，人在变化，完全不同的事物业已出现，一个新的时代就要开始了。因此，这是一个思想困惑与混乱的时代，不同的哲学思想与道德理论在相互对抗，不同的先知们在提出他们的信条与建议。一些诸如上帝或地狱、自由选择或决定论等方面的问题，正在引起深入的研究和激烈的论争。这是一个新旧并存的时代，在人们的心目中，希望与沮丧两种情绪并存，乐观主义里面伴随着担忧的因素。当维多利亚女王 1901 年去世时，整个国家已经开始向着超越维多利亚时代的人们想象的未来迈进。[7]

第二节　维多利亚诗歌

阿尔弗雷德·丁尼生（Alfred Tennyson, 1809-1892）

丁尼生于 1809 年 8 月 5 日生于林肯郡的萨莫斯比市，据说他的家族是英王爱德华三世的后代。他父亲未能继承家产，所以丁尼生自幼家境很不富裕，这让他一生担心生活上的入不敷出。他少年时期就开始写诗，模仿拜伦的风格。他患有遗传病——轻度的癫痫，因而他和一个医生关系紧密，最后导致他投资医生的项目，落到一贫如洗。他还患有高度近视，这影响了他的创作方式。据说他的诗作《食忘忧果者》（“The Lotus-Eaters”）实际是一个朋友——亚瑟·哈拉姆——替他写下的。

丁尼生在剑桥大学三一学院求学，那时他就已经显露出出类拔萃的诗才。他参加了文学俱乐部“圣徒”（“The Apostles”），在那里他结识了好友亚瑟·亨利·哈拉姆，这个人和同时代的罗伯特·勃朗宁、约翰·斯图亚特·米尔、马修·阿诺德等维多利亚时期的出色青年一样，世人非常看好，觉得他前途无量。哈拉姆和丁尼生的妹妹订婚。可是在 1833 年，在他 22 岁风华正茂时，却因脑溢血去世，这使丁尼生难过不已。他创作了挽诗《纪念哈拉姆》（*In Memoriam*）。在诗人以后的最佳诗作里，哈拉姆的形象一现再现；这些诗作除《纪念哈拉姆》外，还有《亚瑟之死》（“The Passing of Arthur”）、《尤利西斯》（“Ulysses”）、《提瑟诺斯》（“Tithonus”）等。

1830 年，丁尼生发表诗集《诗歌集，主要为抒情诗》（*Poems, Chiefly Lyrical*），里面收入很受读者欢迎的《玛丽亚娜》（*Mariana*）。1833 年，丁尼生发表《诗集》（*Poems*）。这些诗作受到某些评论家的猛烈攻击。这时的丁尼生，一是出于生性谨慎、敏感，一是好友哈拉姆的突然过世给他的打击太大，过分悲痛，在以后近 10 年里，他没有再出版什么作品。

他按兵不动，积累诗作，等待时机。丁尼生那些年的苦闷和沮丧对一个诗人的发展是有益的。他变得更富有同情心，态度更缓和、宽容，更能逆来顺受、自我控制。他在贫穷、无声无息和痛苦中，战胜自我和世界，冲出黑暗。1842 年，他出版两卷集《诗集》（*Poems*），一鸣惊人，立刻成为名闻遐迩的诗人，政府授予他一笔津贴。在这部诗集里面收入《夏洛特岛女郎》（“The Lady of Shalott”）、《食忘忧果者》、《亚瑟之死》（“Morte d'Arthur”）以及《尤利西斯》等。

后来他又成功发表《公主》（*The Princess*, 1847）和《纪念哈拉姆》两首长诗。1850 年，华兹华斯去世，留下的桂冠诗人的桂冠就非他莫属了。这时，他刚刚 41 岁，已经稳坐在他的时代诗坛的第一把交椅上。当时女王的丈夫艾伯特亲王对他推崇备至，维多利亚女王也几次接见，并于1884 年授予他世袭男爵爵位。他把他的长诗《国王歌集》(*Idylls of the King*, 1869-1872）题献给他们。丁尼生是英国第一个被授予爵位的作家。但他生性激烈、乖戾，爵位让他很不舒服，他几次谢绝，后来接受，人们揣测是出于对儿子的未来着想。他过世后，他的儿子哈拉姆·丁尼生继承爵位，写了他的传记，还当了澳大利亚总督。此后，丁尼生的其他诗歌集也相继出版，比如，《毛黛》（*Maud*, 1855）及《伊诺克·阿尔顿》（*Enoch Arden*, 1864）等。丁尼生很擅长写短小精悍的抒情诗，如《在考特里兹谷地》（“In the valley of Cauteretz”）、《溅吧，溅吧，溅吧》（“Break, break, break”）、《轻骑队的进攻》（“The Charge of the Light Brigade”）、《泪水呀，无用的泪水》（“Tears, idle tears”）以及《渡过沙洲》（“Crossing the Bar”）。19 世纪 70 年代，他还写了一些剧本，包括《玛丽女王》（*Queen Mary*）、《哈罗得》（*Harold*）等，但票房不佳。

丁尼生一生生活恬静。1853 年，他在英格兰南端的怀特岛定居，他的宅第位于岛上的邦彻芝市的中心。这里空气清新，树木茂密，上面是蓝天白云，下面是绿茵连绵一片，傍晚海风徐徐，落日余晖闪烁。他的寓所是一个地道的幽静去处，四周山水缠绵，前后绿树环抱，俨然一幅鸟语花香陪衬着浑然天成的风景图。诗人晚年沐浴在青草、红花的清香里，心旷神怡，飘飘欲仙。1869 年，丁尼生又移居到萨里郡。在这些年里，他创作出他的一些最佳诗作，包括《纪念哈拉姆》、《轻骑队的进攻》、《伊诺克·阿尔顿》、《国王歌集》等。[8]

1892 年 10 月 6 日，丁尼生在萨里郡的寓所过世，葬于西敏寺的“诗人区”内。

丁尼生的秉性在一定程度上影响了他的创作。他年轻时精神紧张，异常敏感。有一次他发现一个15岁的女孩正盯着他，他顿时紧张得浑身僵直，张口结舌。每次他在作品出版前，总会说：“啊，那个出版社逮住我啦！”他每想到评论，就觉得会谗言到处飞扬，仿佛老雕在虎视眈眈，等着在众人前把他的心撕碎一样。如果碰到过于热情的人，他会心虚，有时一紧张就说出些让人莫名其妙的话，听起来前言不搭后语。据说有一次他和惠灵顿公爵在皮克底里大街上走，惠灵顿说了些好话，他一时不知如何应对，就胡乱说了些什么，惠灵顿就对他说：“先生，别说废话啦。”丁尼生生性内向，外表冷淡。很难想象他会和勃朗宁那样随便到大学去和大学生们说笑、畅谈。但是他和熟人在一起也是谈笑风生、热情洋溢的，而且很善于讲故事。他好像有数不胜数的故事。塞缪尔·约翰逊说过，一个人可以凭照他的笑声来判断他。当然，迄今为止，还没有一个伯斯威尔式的人出现，记录下丁尼生的笑声。丁尼生对女人非常温文尔雅、和蔼可亲。

丁尼生言行举止谨慎，唯恐出现个人丑闻的文字。这曾引起评论家们的非议。法国批评家泰恩（Hyppolyte Taine, 1828-1893）曾把他和法国诗人缪塞（Alfred De Musset, 1810-1857）两位伟人作比较，泰恩更欣赏缪塞。他认为丁尼生太规矩，生活太平和；而缪塞则生活搞得一塌糊涂，天才也受到极大困扰，是一个典型的儿女情长、醉酒放歌的人。泰恩和英国19世纪末20世纪初的英国评论家安德鲁·朗（Andrew Lang, 1844-1912）一样，认为感情充沛、放荡不羁是诗人的根本，不然他将无法歌颂这些品性；诗人必须在生活的煎熬中备受颠簸和摔打。就像彭斯、拜伦、缪塞，还有早期的雪莱，人们，特别是年轻人，都觉得这才是真正的诗人，如柏拉图所说，受到光亮启示而用翅膀撞击生活真谛的人，具有发疯的热情的人。另外一些评论家则持有不同的观点。他们觉得诗人不一定是激情的奴隶，认为说能够掌控自己感情的人就没有激情，这是很不确切的观点，有失偏颇。有人把丁尼生说成是沉静的、在绿地上慢慢吃草的家畜，这太过分了。人们读丁尼生的诗歌得到的感觉是，丁尼生和歌德、司各特、雨果等人一样，力量和激情二者兼备，既有女人和童稚的敏感，又有巨人或神人的力量，而缺乏其中的任何一种品质，艺术的完美都会受到影响。

丁尼生所生活的时代是经历激烈变化的时代。那时支撑人们正常生活的稳定感在消失，人们在各种思想的漩涡中正在迷失方向。他们迫切需要有人能够给予他们方向性的指导。这些深感迷茫的人们的希望寄托之一是作家。桂冠诗人无疑是他们的人生导师中的一员。丁尼生不负众望，成为他所在时代真正的圣人，受到当时读者的厚爱。他是以诗歌表达伦理和哲学原则的典型的维多利亚时代的诗人。他关心世事，和好友卡莱尔常在夜里在伦敦大街上漫步，谈论社会和人生，探讨为国人尽力的途径。他作为桂冠诗人，以诗作“指导”世人为人处世，把维多利亚时代价值标准规范化，对雅驯维多利亚时代的世风，发挥过不可小觑的作用。

丁尼生向他的国人提出了建议。他首先向当时的人们开出的济世良方是“爱”。从很多方面看，丁尼生是一位家庭诗人，他强调爱、职责、忠诚，重视婚姻、家庭和孩子。“爱”对丁尼生而言是一种道德力量，高尚的爱情赋予人生以意义，是人类文明赖以进步的精神基础，也是人类实现自我拯救所依赖的美德；因此，爱是他诗歌的主题之一。他强调这一点在当时很有现实意义。那时整个英国社会正在失去道德感，变得冷漠无情，孤独的情绪笼罩在人们的心头，“爱”的呼唤却为人们带来温暖和希望。在维多利亚时代，人们的家庭观念非常强烈，稳定而亲密的家庭是最受人珍重的社会关系。产生这种情况的因素当然很多，其中最主要的一条是，在物质文明逐渐发展而人与人之间的关系却愈益疏远的情况下，人们把家庭视为避风港、安全岛。家庭的重要性也在维多利亚小说中有充分反映，狄更斯的《大卫·科波菲尔》、《远大前程》、《小多丽特》，夏洛特·勃朗蒂的《简爱》，萨克雷（William Makepeace Thackeray, 1811- 1863）的《名利场》（*Vanity Fair*）以及乔治·埃略特的《米玛镇》（*Middlemarch*）等小说，都以主人公的幸福家庭或美满婚姻为结尾。这给维多利亚时代的读者带来无限欣慰。丁尼生总是强调爱和家庭在生活中的崇高地位，所以他享有“家庭感情的桂冠诗人”之美称。

丁尼生有很多名句赞美爱之美好、纯洁和永恒，其中一句出现在《纪念哈拉姆》一诗：“爱过以后而失去/ 胜过从未爱过。”爱能够阻挡欲望的进攻，加强人的道德意志。《国王歌集》中的亚瑟王认为，爱不仅能抵御低级趣味的东西，还能教人以高尚的思想，以及一切使人无愧于“人”的称号的品性。在丁尼生看来，婚姻和家庭能带来幸福、安宁、舒适以及一切使生活有意义的东西。在月光下散步的年轻夫妇可能令夏洛特岛女郎（夏洛特岛女郎是丁尼生同名诗作中的人物）触景生情、伤心不已，这对月下闲步的“新人”由于新婚而感到幸福。在《公主》一诗中描写的山谷里那些“炉灶的天蓝色支撑”给前来寻找爱情的少女以无限的慰藉；“炉灶”在这里是家庭和爱的象征。

丁尼生一向赞扬爱的精神的一面。他的诗作《关于罪孽的见解》（*The Vision of Sin*）、《卢克丽霞斯》（*Lucretius*）、《毛黛》以及别的许多作品，都清楚地表达了这种观点。丁尼生不能容忍社会对于真正爱情进行任何形式的干涉。事实上，在他的作品中反复出现的一个主题就是纯洁的爱情遭遇阻挠。面对有情人被迫分离的情景，丁尼生总是拍案而起、义愤填膺，比如，他的作品《毛黛》和《洛克斯利府第》（“Locksley Hall”）就是反映这类主题的。在丁尼生看来，爱能够创造或者毁掉一个文明。《国王歌集》的解读方式之一就是：它告诫人们不合宜的爱情会导致一个王国的毁灭。该史诗表现了作者面对维多利亚社会由来已久的纵欲和迷茫情绪所产生的失望感。现代小说《法国中尉的女人》所传达的许多观点为这首长诗的主题作了最好的注释。

作为桂冠诗人的丁尼生是维多利亚王朝的热情支持者和赞颂者。他对维多利亚女王及其丈夫艾伯特亲王推崇备至，礼赞不已。《国王歌集》通过对亚瑟王的歌颂而收到颂扬维多利亚王朝君主的客观效果。人们读《亚瑟出世》（“The Coming of Arthur”）一诗，知道亚瑟王是一位具有高尚献身精神的国王。他心怀崇高理想，举贤授能，矢志把混乱的大不列颠铸造成一个统一的文明国家。在他的治理下，英伦三岛呈现出兴盛的景象来。亚瑟王是一位理想的君主；他的王国是乌托邦理想社会秩序的象征。人们知道，在维多利亚继承王位以后，英国社会逐步从法国革命、拿破仑战争、1832 年议会改革、欧洲大陆革命风潮、宪章运动等历史事件的影响下解脱出来，渐趋稳定，经济日趋繁荣，社会风气也摆脱了乔治四世和威廉四世时代的放荡而变得严肃起来。在这种“太平盛世”里，丁尼生自然觉得应把女王及其丈夫作为英明君主倍加赞扬。这应该说是他把《国王歌集》的前四首献给艾伯特亲王并以《致女王》为跋而结束全诗的基本原因。看献辞中的这两行诗：“而的确在我看来他仿佛和/ 我的国王的理想骑士几乎一模一样”，便可清楚地了解到诗人的意图。

当然，有一点特别值得人们注意：丁尼生首先是一个文学艺术家。他也觉察到社会、道德对文艺的过分要求，期望能自由地生活在自己想象的世界中。细读他的诗歌，我们总有他在“一心二用”的印象：既有适应社会生活要求的一面，又有个人感情迸发的一面。“两种声音”，两种用途。这一点在他早期作品中表现得尤为突出。比如《夏洛特岛女郎》一诗里的罩毯和镜子显然象征着文艺创作的想象力，但两者却都因现实生活的闯入而遭破坏。《食忘忧果者》一诗描述忘忧果令人如临梦境，内心的声音开始放开喉咙歌唱。《艺术馆》（*The Palace of Art*）一诗的写法颇有其独特之处，它有明显的劝善和说教目的：它表明人的思想与感情，其本身无论如何高尚，只有在和他人共享或沟通时方能显出崇高来。然而细味这首诗的内在艺术魅力，我们又会发现，这艺术馆又是艺术想象力离群索居，独享诸如自然美、神话、艺术珍品、文学等瑰宝的去处，诗人完全沉浸在美的享受中。后来灵魂变得失望，走出馆来，这便是诗的暧昧所在。丁尼生的1842年《诗集》是“文学为社会服务”的典范。诗人和华兹华斯一样，决心或做世人的向导，或一无所为；1842年《诗集》是诗人对维多利亚时代精神的颂歌集。因此，有评论家说，这是丁尼生“为一碗肉粥而卖掉长子继承权”的记录。然而即使在这里，我们也可看到诗人时而逃世求清暇的倾向。在诸如《纪念哈拉姆》、《毛黛》、《公主》、《洛克斯利府第》及《国王歌集》等诗中多次出现的梦境、疯狂、冥想与寻求等主题，便有力地说明了这一点：灵魂在精神恍惚时最能自由地表达自己。这是丁尼生的唯美主义思想的显露。但他不是唯美主义者。他认为，“为艺术而艺术”的学说是真正的魔鬼。

关于信仰，丁尼生说：“把你的一切忧虑扔给上帝；那个锚牢固。”丁尼生的儿子在为他写的传记里说，丁尼生不是基督徒。丁尼生在日记里确实说过，“我相信某种泛神论”。他也说过，他同意乔丹诺·布鲁诺（Giodano Bruno, 1548-1600）的观点；这位意大利哲学家认为上帝调和精神与物质二者为一体，后来因维护太阳中心论而被宗教法庭烧死。丁尼生蔑视传统，偏向不可知论和泛神论。他在《纪念哈拉姆》中确实说过：“相信我，诚实的怀疑比半数的信条还虔诚。”在《毛黛》里，他说：“教会已把他们的基督杀了。”

今天，读者仍然喜爱丁尼生，但原因却迥然不同。如果说在维多利亚时代，人们对他仰视，把他看作预言家和导师，那么，现在人们读他的作品则主要是欣赏他的抒情天才和纯熟的诗歌技巧。实际上，丁尼生终其一生都在写抒情诗。虽然他在抒情诗之外的诗歌领域（比如叙事诗和说教诗）也显示出实力，但他的天才主要还是在抒情诗方面。在丁尼生的诗歌中有两个声音：一个是公众的，另一个是个人的。一般而言，他在 1842 年之前创作的诗歌在主题上更具个人特点，但 19 世纪 40 年代之后，他越来越偏向说教诗歌的创作。他个人声音的一大特点是他对极富情感色彩的抒情诗的热爱。从丁尼生的自然诗、即兴诗和长诗如《国王歌集》、《纪念哈拉姆》、《毛黛》、《公主》等里面，人们到处都可看到他的抒情天才迸发出的火花。

首先是丁尼生的自然诗。他的自然诗真实而精彩地描写了英国的乡村生活，包括各种景象、声音、气味以及人们的生活习惯。诗中所写让读者感同身受，比如雨后泥土散发出的宜人味道，黎明时刻轻拂园中鲜花的微风，树林里雨水落下的声音，白杨树叶飘动发出的宛如细雨落地的沙沙声。丁尼生的自然诗美不胜收，原因之一在于他擅长模仿英国的各种鸟类的叫声——云雀的歌声、啄木鸟的欢快笑声、松鸦的啭鸣和猫头鹰的尖叫，这显示出诗人善于捕捉声音和拟声的微妙而高超的能力。其次，丁尼生表现了宇宙的无限——大海、天空、星辰、太空。再者，诗人有缜密而精妙的想象，能感受到自然界的灵性，对大自然为人所揭示出的真谛十分敏感，这包括短暂与永恒、无限与有限两者之间所存在的相反相成、相伴相生的关系。

其次是丁尼生的即兴诗。这些诗作也充满了抒情美。《特瑞西斯》（“Teresias”）、《雏菊》（“Daisy”）、《6 月里的蕨与石楠》（“The June Bracken and Heather”）以及《国王歌集》的《献辞》（“Dedication”）都清楚地表明了这一点。作品展现出的精到品质，如压缩到恰到好处的罗马碑铭、贺拉斯体颂歌精妙得当的遣词用字或是纯粹的高雅的品位，这一切都不可言状地感人肺腑。此外，丁尼生还有不少饱含深情之作，这些镶嵌在他的长诗如《纪念哈拉姆》之中。诗人痛失亲人的感受（“紫色在远方消失”，“他整日以泪洗面”）、失去所有生活快乐后的彻底绝望（“亲爱的，同我讲话，否则我会死的”）、不断如潮水般再现而折磨心灵的童年记忆和依稀可辨的梦想、大海的呻吟、夜半迷路的孩子的哭声，等等，这些都显示出丁尼生的抒情声音。

最后还要提到，丁尼生的诗歌技巧也是留给后人的丰富而独特的遗产。他那极富音乐性的语言、对各种诗歌技巧（如头韵和首语重复）的精妙运用，以及对元音的灵活处理，这些技巧一直是后人精心研究和模仿的对象。

《纪念哈拉姆》

《纪念哈拉姆》由诗人在1834年～1850年间断断续续写成，是为纪念亡友哈拉姆的。哈拉姆对于丁尼生不仅是挚友、妹妹的未婚夫，而且是他所依赖的顾问之一。此人曾被认为是丁尼生那一代人里最出类拔萃的一位。他写的评论丁尼生诗歌的文章迄今仍然是丁尼生研究者的必读。他的过世对诗人是一个沉重的打击，诗人一时之间似乎失去了方向感。他开始怀疑生活的意义以及人在宇宙中的地位和作用。这种疑虑也因诗人对于地质学和其他科学的研究成果而加剧。那时丁尼生由于进化论科学的发展而饱受信仰危机的折磨。他每有感受就写诗，一首首诗作宛似日记，记录下他的时刻感受与思考的心得，因此这首诗就成了诗人精神历程的记录，丁尼生称之为“如燕子短飞般的小歌”。他这样写了17年之久，后来把这些短歌连成一体，成为人们读到的这首长篇挽歌，展示出他失而复得的过程：他从物质损失（即好友哈拉姆之死）的悲痛中恢复过来，重新找回对灵魂不朽的信仰。

诗作的各个部分记录了诗人从绝望到希望的信仰恢复过程。诗作开始部分的诗节和传统的田园式挽歌相似，包括描写把哈拉姆的遗体运回英国的航程在内的那些诗节（第9～15诗节、第19诗节）。在诗作的前半部，还有一些诗节描写诗人的孤独心情，如第28～30诗节。诗作之后描写周年以及季节的交替，表示时间在流逝和推移，诗人开始逐步接受个人的损失，开始相信人生和身后的永生。诗里对圣诞节的三次描写尤其表明了诗人的艰苦精神历程（第28、78、104诗节）。诗里表示诗人怀疑心情的诗节以最初几节以及第54～56诗节最明显。[9]

诗中写道，哈拉姆在22岁时死去，这正是他青春韶华、踌躇满志、大展宏图之时。好友的死亡令丁尼生非常难过（第1～5诗节）：

我要把文字当衣服裹上，
一如以粗布的衣裳御寒
但巨大的悲痛包在里面
便仅仅显出个依稀模样。（第5诗节节选）[10]

可这只手再也无从紧握——
瞧我呀，如今已无法入睡，

却像个可怜东西负着罪，
绝早地悄悄溜到这门口。（第7诗节节选）[11]

同时他又困惑不解，于是开始怀疑，大自然不在乎人的生死，似乎不是上帝的造物：人死了，生者心里一片凄风苦雨，但大自然却一如往常，不动声色，好像一切如故，没有任何灾难发生一样。诗人看到，宁静的早晨没有一点声响，宁静和安谧遍布在各处，宁静、安谧的光普照田野，宁静和安谧充溢在大气里，宁静的海宛如银色的睡乡（第11诗节）。诗人开始有死的愿望（第12诗节）。一时间，他觉得上帝离他很远，死亡是最后的终结。他有一种无法弥补的失落感，觉得再也不可能与好友相见，因此痛苦不堪。诗人觉得自己丝毫无助：

这是我的梦；可是我是何物?
一个夜里啼哭的婴儿；
一个为得到光亮而啼哭的婴儿，
不会讲话，只知啼哭。（第11诗节节选，笔者译）

诗人感到孤独，连圣诞节节日的庆祝都变得索然无味（第28~30诗节）。他吁请死者到他身边来，以证明曙光的存在：

请来我身边，当我逝去时，
来标明人生斗争的终点
在生活低处的幽暗边缘
来指点永恒白日的曙色。[12]

他开始怀疑上帝，出现信仰危机，但在绝望中并没有彻底失去希望：

我动摇了，在我先前坚定行走的地方，
因我心事太重而倒落
在大千世界经过黑暗顺坡
通向上帝的圣坛——阶梯上。

我张开残废的信仰之手寻摸，
抓到尘土和废物，向我觉得
是万物之主的那位呼叫，
隐约地相信更大的希望。（第55诗节节选，笔者译）

然后，随着诗歌的进展，诗人开始感觉到人在内心里对不朽和永恒所怀有的强烈意识，并逐渐将哈拉姆和能拯救他的耶稣在精神上合二为一。他渴望能和死者进行某种神秘接触，感觉到有必要将“爱”作为宇宙法则加以复活。他在自己身上寻找不朽和永恒的标志，体验着时而满足、时而绝望的情绪。诗人开始描写圣诞节去而又来的快乐（第28、78、104诗节），说明他的思想已开始转变。在重读哈拉姆的信件时他突然感受到有一个魂灵在面前：

突然间活着的灵魂仿佛
终于在我面前一闪。（第95诗节第35～36诗行，笔者译）

诗人意识到肉体死亡后人的生命可以继续存在，他与宇宙精神进行了短暂交流，他的好友哈拉姆已经和这种精神融为一体。他开始相信，人世间充满了永恒的爱，他的态度也随之变得肯定了：“一切平安”（第127诗节第20诗行）。

《纪念哈拉姆》在主题和形式方面都很有特色。它的主题意义的重要性是显而易见的：英国正经历着由进化论引起的信仰危机。丁尼生的诗作在安定人心、消除怀疑情绪方面，发挥过不可小觑的、近乎久旱逢甘霖的作用。

就形式而言，《纪念哈拉姆》如同弥尔顿的《黎西达斯》和雪莱的《阿多尼斯》一样，属于挽歌体；它清楚地显示出该诗体的模式特点。诗歌从失去好友的悲痛开始，以最后爱和深情战胜悲伤和死亡结束。但是，丁尼生的诗歌并未严格遵从挽歌的传统，比如丁尼生没有采取像弥尔顿和雪莱所采用第三人称叙事法。丁尼生所经历的个人转变为他的诗作提供了结构框架。诗中描写了神秘的威力、对逝者的幻觉以及灵魂间的交流。《纪念哈拉姆》是一首表现诗人个性很强的诗歌。诗歌由貌似自成一体的抒情诗组成，每首诗作都可以当作一篇诗作来读，当然每篇的内涵只有从全诗的角度品味才能得到充分的理解。诗作的前些部分，包括把哈拉姆的遗体送回英国埋葬的航程，和传统的田园式挽歌相似。

《溅吧，溅吧，溅吧》

丁尼生纪念哈拉姆的诗《溅吧，溅吧，溅吧》发表于1842年。这首诗和《泪水呀，无用的泪水》都是表达诗人一想起亡友就心碎的情绪。《溅吧，溅吧，溅吧》共包括4诗节、16诗行。第1诗节说海浪拍击在海滩的岩石上，被冰冷的岩石击碎了。这显然象征着坐在海边的诗人看到这种景象后想起亡友，自己的心痛苦得都碎了。他顿时浮想联翩："但愿我的语言能表达出/ 我心里涌起的思绪。"（第1诗节第3～4诗行）第2诗节说到男孩和他的妹妹在海上荡舟玩耍的极乐情景。这个景象很可能是诗人运用的一种手法，人们可姑且称之为"比喻的转换"；它的作用是表现诗人的回忆，或他的幻想：他的妹妹有可能曾和未婚夫哈拉姆在海上荡舟，二人沐浴在爱的阳光里：

哦，那渔家的孩子有多好，
他同他妹妹正边玩边嚷！
哦，那年轻的水手有多好，
他唱着荡舟在海湾上！（第2诗节第5～8诗行）

但是最后这只小船却未能驶回山脚下的海湾，一只手再也握不到了，一个声音永远听不到了（第3诗节）。无情的大海吞没了它们。在诗作结束的第4诗节，诗人的感情依然没有着落。他感叹大海的冷漠，思念"逝去的一天的温柔与优美/ 永再不会返回。"（第4诗节第15～16诗行）

这首诗表明，诗人还沉浸在丧友后的痛苦和抱怨中。他和上帝的和解还要等上数年，待《纪念哈拉姆》长诗发表后才能实现。

《公主》

《公主》是长篇叙事诗，是丁尼生的代表作之一。丁尼生默默耕耘6年写出这部诗作。全诗共包括7诗章。它佯装为年轻人以一部古书为基础在一个夏日的遐想之作。它讲述的是一个爱情故事。一位王子幼时和邻国国王的女儿爱达公主订婚，但是公主成年后全心致力于女权事业，誓不结婚，成立了一所女子大学来实践她的女权理想。王子无奈，便和两个朋友——西瑞尔与弗洛里安——装扮成女学生进入大学。他们被两个教师——

赛吉（弗洛里安的姐姐）与布兰琦——发现，然而这两个人出于不同的动机暂时不露声色，保守秘密。这时爱达公主掉入水中，幸被王子救出。爱达公主不久便发现了两位教师的秘密，王子和两个同伴处于危险之中。王子的父亲带领一支军队来到学校，双发约定各出 50 名武士进行搏斗，王子和他的两个朋友战败受伤，躺在战场上。公主却因此深受感动，她将大学改成医院，悉心照顾伤员。王子终于赢得了她的芳心。[13]

诗作的主题之一是爱情及家庭的重要，作者将这种现代观念镶嵌入古代题材的框架中。第 7 诗章的一首抒情诗《下来吧，少女》（“Come Down, O Maid”）把这种思想表达得非常透彻。它对立在山巅的少女说，下来吧，少女，你站在那寒冷的高处有何快活而言？不要再那么接近天际，不要再那么在阳光里晃来晃去，在光亮的天上做一颗星，

下来吧，因为爱神属于这山谷；
下来吧，因为爱神属于过山谷；
来这儿找他。[14]

之后诗人运用浓厚的笔墨描写大地的丰饶和人世生活的快活，最后向少女发出热情的邀请：

来吧，整个的
山谷等着你；炊烟的蔚蓝烟柱
为你升起，孩子们在呼唤，我这
牧童在吹笛，百音千声都是美。
你的声音虽更美，但每种声音
也都美；无数小溪急流过草地；
古老的榆树中，鸽子咕咕低叫；
还有数不尽的蜜蜂嗡嗡营营。[15]

诗作中常插入些优美的描绘以强化一些事件，比如王子疾病的突然发作、王子和公主与他们的朋友和家庭之间的复杂关系、塞克夫人的孩子的抚养、爱情的胜利，等等，以加强突出爱情和家庭的效果。

这首诗作是诗人对当时社会上进行的关于妇女作用的辩论所做出的

一种反应。作品的第 7 诗章写出了王子在历经沧桑之后所得到的观点。根据王子的想象，社会会逐渐改变，男人和女人在保持自己的独立立场的同时，对于对方的长处都会渐渐地相互了解和同情。王子认为，女人的事业也是男人的事业，男女一起沉浮消长，荣辱与共，一起享受自由或做奴隶，如果女人无足轻重和痛苦，男人如何成长？男人不能改变和左右女人，否则美丽的爱情会被毁灭。女人和男人不同，男女之间最紧密的连接不体现在二者的相同里，而存在于他们的不同当中。他们在常年生活中一起成长，男人会变得更有感情、更精神高尚，女人会变得更豁达、更持家有方。男女人格独立，而又相互尊重。这样，人间才会再见到一个更加宏伟的伊甸园，人类才能尽善尽美：

> 亲爱的，但让我们现在把这些浇铸在我们的生活中，让这个骄傲的“平等”口号永存；各把对方视作自己的一半，在真正的婚姻里不存在平等或不平等；一方弥补对方的缺陷，在思想、目的、意愿上，男女一起成长，成为唯一的纯洁与完美的动物，两颗心脏一起充满生力地跳动。（笔者译）

这里所表现的是一种高度现代化的观点。之所以称其为“高度”，是讲它已经超越了妇女运动的反对父权、伸张自我的阶段，而到达人的认识论的最高阶段，即两性平等而和谐相处的阶段。这个观点出现在 19 世纪中期，实在令人拍案称奇、嗟叹不已。

具有历史讽刺意义的是，几十年后，W. S. 吉尔伯特（W. S. Gilbert, 1836-1911）和阿瑟·苏利文（Arthur Sullivean, 1842-1900）合作的轻歌剧《爱达公主》（*Princess Ida*, 1884）就是以这部诗作为底本写出的；这部轻歌剧却是讽刺当时的女权主义运动的。

《公主》不是平铺直叙，而是由一系列田园诗构成，或曰它是各种形式田园诗的大汇合，其中有抒情型田园诗、描写型田园诗、讲家庭生活的田园诗以及史诗型田园诗。比如《燕子呀，燕子》（“Swallow, Swallow”）、《园丁的女儿》（“The Gardener’s Daughter”）和《多拉》（“Dora”）是典型的讲爱情和家庭生活的田园诗，而有关战斗的描写和涉及公主的整个史诗部分，则透出史诗型田园诗的特点。在这首诗作里，诗人置入一些歌曲，抒情味道浓郁，词语朗朗上口，有些已经由 19 世纪和 20 世纪的作曲家谱曲传唱。《燕子呀，燕子》及《泪水呀，无用的泪水》都是很好的例子。

《燕子呀，燕子》

这首抒情诗见于《公主》第4诗章。它以燕子这个意象比拟沉溺于美好爱情中的青年人，表达出他渴望立即得到爱情的抚慰的迫切心情。这首诗和《公主》里许多即席诗歌一样，反映出诗人强调爱情和家庭的重要性，以适应当时社会稳定的要求；与此同时，诗作也表达出诗人欲得到想象自由的殷切渴望。

此诗言简意赅，字字贴切，声声动人，声韵又极其美妙。它一波三折，表达出一个被爱情激励的青年人的心愿。首先，青年人想要燕子做他的信使：

燕子呀燕子，你飞呀飞呀去南方，
请飞向她，降在她镏金的屋檐上，
告诉她，把我对你讲过的告诉她。

告诉她，了解两处地方的燕子呀，
明朗、热烈、易变的地方是那南面，
阴郁、诚挚、温柔的所在是这北方。[16]

而后他觉得更好的方法是随燕子南去：

燕子呀燕子，倘若我能随你飞去，
飞到她窗棂上歇下，我万千情意
将化作婉转的鸣啭、吱喳的啼叫。

忽然他觉得这依然是情犹未尽，于是想到最好自己能变作燕子，不经过中介而直接前去：

愿我呀变作你，让她把我收进屋，
抱着我，贴在她起起伏伏的心上，
但愿那雪白的摇篮，摇到我长眠。

他突然感到委屈，心中充满怨气：

为什么，她迟迟不让心里充满爱?
如今树林里一片青青，为什么她
却一味延误，犹如那柔嫩的梣树。

然后，他回到现实，嘱咐燕子要做好信使，表达出他急切和真诚的爱：

告诉她，燕子呀，你的手足已飞走，
对她说，在南方我只是嬉闹一场，
可是在北方，我的窝早已经筑好。

请你告诉她呀，情爱绵绵人生短，
在北方，短促的是夏天里的阳光，
在南方，短促的是皎皎月的光华。

燕子呀，你从金黄色秋林飞向她，
用你的啼鸣央求她，为我赢得她，
告诉她，告诉她，我将随后到那里。

《泪水呀，无用的泪水》

这首诗发表于1847年。全诗分4诗节，共20诗行，以素体诗形式写出。这首诗记载的是诗人的一次游历体验。诗人到丁登寺（Tintern Abbey）游访，当时是秋天，遍地泛黄，引起诗人的怀古心绪，感慨万千之余得诗。在丁登寺这个地方，人们会联想到华兹华斯的名作《丁登寺赋》，但这可能不是诗人首先想到的事情。诗人的亡友哈拉姆埋葬在此地附近的布利斯特尔海峡的对面，这一定会勾起诗人对他的回忆。“无用的泪水”就自然夺眶而出了：

泪水呀，无用的泪水，我不知道它们的含义，
泪水从某种神圣绝望的深处

在心中涌起，结集到眼里，
看到快活的秋天的田野，
想到一去不返的日月。（第1诗节，笔者译）

然后诗人就用3个诗节的篇幅形容这泪水的状貌。诗人说泪水宛似喷薄而出的朝阳射到船帆上的光柱一样的新鲜，宛似落日余晖一般的悲戚（第2诗节），像夏日拂晓迷蒙欲醒的鸟儿的歌声对弥留者一样的悲戚和陌生（第3诗节第11～13诗行），亲切、甜蜜，如爱情，如初恋，遗憾得发疯（第4诗节第16～19诗行）。诗歌的最后一句画龙点睛，道出了个中奥秘："啊，生中有死，一去不返的日月。"

原来，诗人想到的是"生中有死"，换言之，他活着，而朋友却已不在，天人两界，不胜悲伤。故4个诗节都以"一去不返的日月"为结尾，像是歌曲里的副歌。这一句诗一而再、再而三地重复，给人一种悲哀不断袭击活人心头的凄苦感。泪水为何又是"无用的"呢？这也是因为它们不能把"一去不返的日月"重新拉回。诗人的悲哀由此可见一斑。

这首诗和《溅吧，溅吧，溅吧》一样，表明诗人仍然沉湎于思念和哀伤里。诗人的精神历程仍在继续，直到《纪念哈拉姆》几年后出版方见好转。

《毛黛》

这是一首具有实验性质的诗歌，1855年出版。丁尼生称之为"单人剧"，里面一个人采取戏剧独白的方式叙说自己的故事，运用的艺术形式是一系列的短抒情诗（《轻骑队的进攻》就是其中之一）。它要求读者配合，根据讲话人在不同精神状态下的言语，自己填补情节上可能出现的空白。讲话人是一位在乡下独居的年轻人，他的父亲自杀，使他感到非常失望，精神痛苦失控，几乎到发疯的程度。当他发现当地一个地主的漂亮女儿毛黛接受他的求爱时，他的理智恢复正常，感到非常兴奋和幸福。这首诗作记录了他的爱情发展的不同阶段。开始时他很害怕，疑心毛黛在把他当作傻瓜开玩笑。后来当毛黛接受他的求婚时，他先是兴奋得发疯，之后才慢慢镇定下来。后来他在决斗中杀死毛黛的哥哥，而失去毛黛，于是旧病复发。最后他参军开赴克里米亚和俄军作战，他的理智才又得以复原。他对毛黛的感觉充分表现出他的天真、可爱和可笑：

我孩提时和她一起玩耍；
现在我们见面，她还记得此事。
啊，我有可能，好好好啊，
受到某种轻佻举动之欺。
可是，如果她不是骗子，
而毛黛又是表里如一，
而她的微笑里也含有我梦到的一切，
那么，世界就不会这样悲戚，
一个微笑就会让它变甜蜜。（第10诗节，笔者译）

丁尼生自称此作有些哈姆雷特的味道，讲一个情绪有点病态、富有诗意的人的故事；此人生活在一个轻率、思想混乱的时代，因而受到扼杀性打击。这首诗评论界不太看好。乔治·埃略特说它有些病态，有时也显得艰涩。但也有不少评论者认为它反映了时代精神，是诗人的一部杰作。

《轻骑队的进攻》

这首诗收在《毛黛》里。在1854年～1856年英俄克里米亚战争期间，一队英国轻骑兵因为命令的混乱而朝阵地坚固的俄国炮兵进攻，这一错误的结果是英国损失惨重，死亡人数达四百多。丁尼生读到报道后即刻写出此诗，颂扬爱国主义。全诗共有6诗节、55诗行，词语慷慨激昂：

“冲啊，轻骑队!”
他们有人被吓倒吗?
虽然士兵不知道
有人已犯下错误。
他们不去做应答，
他们不讲为什么，
只知执行与殉国。
朝着死亡的谷地
六百人纵马而去。（第2诗节，笔者译，下同）

炮火在他们的右边，
炮火在他们的左边，

炮火在他们的前面
连珠发出如响雷;
子弹炮弹射过来,
他们勇敢熟练地骑向前,
朝着死亡张着的口,
朝着地狱张着的口
六百人纵马而去。(第3诗节)

在第2诗节里有两诗行——“他们不讲为什么,/只知执行与殉国”,后来被肖伯纳在一部剧作里戏仿,而受到讥笑。

《夏洛特岛女郎》

丁尼生利用传奇来写作还有其他目的。比如,他著名的诗歌《夏洛特岛女郎》只是稍微提及亚瑟王的故事,并未真正谈论传奇本身,而是借传奇为饵,来探讨自己关于艺术和艺术创作的观点。根据亚瑟王传奇,夏洛特岛女郎就是伊莱恩,她父亲的名字在英语中就是“夏洛特”。伊莱恩和兰斯洛特的爱情是单相思。伊莱恩深爱着兰斯洛特,但这位骑士却不能回报她的爱。伊莱恩悲痛不已,最终悲惨地死去。丁尼生的诗作实际是以伊莱恩之死为手段而表达他的思想。伊莱恩永远得不到兰斯洛特的爱,因为兰斯洛特爱的是王后桂内维尔。伊莱恩只有在想象中把这位骑士当作自己的情人,对兰斯洛特的爱情也只有在她的想象中成长、发展(正如诗歌描写的那样,她只能看到镜里反射出的骑士的形象,这种形象只是现实的歪曲,与实际生活不同)。然而,她一旦想实际感受爱情,她就会立刻万分失望,只能逃向死亡寻求慰藉,恰如诗中所写,当她驶向凯莫洛特——现实的象征——时,她不得不面对无情的事实:兰斯洛特和桂内维尔之间存在的非法的爱。丁尼生可能想借这首诗作表达这样的观点:现实残酷无情,如果没有充分的思想准备,它能害死人;爱,如果把握失当,就可能毁灭个人以至国家,正如非法的爱毁灭了传说中的亚瑟王朝一样。《夏洛特岛女郎》是丁尼生运用亚瑟王传奇这一题材所创作的第一部作品,它成为诗人后来创作的《国王歌集》的铺垫之作。

《夏洛特岛女郎》描写了一个叫凯莫洛特的地方以及居住在夏洛特岛上的一位神秘女郎。全诗共分作4部分。第1部分(第1~36诗行)介绍了凯莫洛特和它的人民、夏洛特岛和夏洛特岛女郎。第2部分(第37~

72 诗行）描写这位女郎的生活：她过着与世隔绝的生活，日常就是纺织，不能涉足现实世界，否则要承受上天无声的诅咒：

> 她在那里日夜织编
> 色彩鲜艳的魔毯，
> 她已听到一个低声谈：
> 她如住手朝凯莫洛特看
> 她就会遭到诅咒。
> 她不知道什么诅咒，
> 她编织得一丝不苟，
> 其他牵挂全没有——
> 这位夏洛特岛女郎。（第 2 部分第 1 诗节，笔者译，下同）

第 3 部分（第 73～117 诗行）引入性感的男性角色——兰斯洛特骑士：

> 离开她的屋檐一剑之隔，
> 他在大麦捆间骑马走过，
> 阳光透过枝叶耀眼地下射，
> 在英勇的骑士兰斯洛特
> 青铜护膝上光芒闪烁。（第 3 部分第 1 诗节第 73～77 诗行）

此人就是对夏洛特岛女郎越轨进行惩戒与诅咒的工具。兰斯洛特骑士的男性美吸引了她：他骑在马上，马套闪亮，一片金黄，马铃叮叮当当地响，他戴着发光的绶带，腰间悬着号角（第 3 部分第 2 诗节第 81～90 诗行）。她还注意到兰斯洛特坐骑上的马鞍、他的头盔及盔上突出的羽毛，它宛似一团燃烧着的火焰，又仿佛星夜空中射出的“有胡须的流星”（第 3 部分第 3 诗节）。如果用弗洛伊德学说理论进行分析，夏洛特岛女郎的注意力似乎大部分集中在兰斯洛特的性感部分。这说明她的芳心已动：她爱上了他。这时她再也不能等待，于是前往朝思暮想的凯莫洛特：

> 她离了壁毯，离了机器，
> 在屋里来回徘徊三次，

她看到睡莲绽起
她看到头盔与鸟羽，
她朝凯莫洛特望去。（第 3 部分第 1 诗节第 109～113 诗行）

“睡莲”有自况意味，“绽起”表示强烈的欲望，“头盔与鸟羽”是男女器官的象征。这说明女郎已在心理上做好了吞食禁果的准备。这样一来，她就犯了大忌，诅咒就开始发挥作用。她死定了。然后，诗作的最后一部分，即第 4 部分（第 118～171 诗行），讲述了夏洛特岛女郎之死，揭开了她的谜团。这位与世隔绝的女郎受到美好的外部世界的深深吸引，于是希望投身到现实生活中去。她厌倦了幻象，因而渴求改变，将目光投向凯莫洛特。这样一来，她所受的魔咒开始应验。她在途中溺水而亡。

抛开诗人的意图，我们可以把该诗看作一部极富象征意义的作品。文中所写的一切似都意味深长。凯莫洛特代表现实生活。夏洛特岛女郎代表艺术家，她不停地编制，好比艺术创作，那面镜子好比是她过滤现实的艺术头脑。孤岛象征着艺术家与外界的隔绝和艺术本身的必然状态；它同时也表示艺术家有必要保持个人的视角。诅咒表示丁尼生早期对艺术和艺术创作所持的一种态度：艺术家不应当是现实世界的一部分，他的艺术就是他的生命，他的生命就是他的艺术，他个人的见解最重要。一旦这个见解消失，艺术家也就失去了存在的理由。因此，当夏洛特岛女郎屈服于兰斯洛特代表的外在世界的时候，诅咒就开始在她身上应验，她作为艺术家的命运也就到此结束了。该诗显然表达了丁尼生早期对艺术的重视，同时也表达了他的如下观点：艺术家必须拥有独立的世界和完整、独立、不受任何干涉的声音。艺术一旦受到侵犯，它就会死亡。但后期的丁尼生（1842 年以后）更多地介入了社会生活，而未将自己的理论完全付诸实践。

该诗也可以视为对艺术的本质的探讨。任何艺术作品都是艺术家自己的创造。艺术作品中所表现的现实严格说来不是真正的现实，而是艺术家根据自己的观点创造出来的现实，是他期望看到的现实。镜子就是他的视角，或者不妨说是他的幻觉。事实上，镜子是艺术家进入另一个世界的大门；这另一个世界常与现实世界不同，而且常是对现实世界的歪曲。犹太人的莉莉斯故事、刘易斯·卡罗尔笔下的爱丽斯漫游奇境故事、美国诗人约翰·阿什贝里笔下的凸透镜，或者现代娱乐场中的游艺宫，就是这另一个世界的翻版。它们与艺术家笔下描绘的世界大同小异。所有的镜子都是对现实的某种歪曲，同样，所有的艺术作品也都是现实生活的某种歪曲，只是歪曲的程度不同而已。这是界定艺术的一种方式，也可能是最贴近艺术真相的定义。

倘然人们忘掉亚瑟王传奇，忘掉艺术的本质和艺术的界定，以常人的心态阅读这首诗作，就会发现，这是一个女孩发育和成长的故事。夏洛特岛四周环水，与世隔离。住在这个岛上的女孩整日关在屋里劳作，心里不免会有孤独之感。她从镜子里看到外部世界的热闹情景，心中不由得产生向往之情。而且她显然已到豆蔻年华，情窦初开，看到帅气的年轻人走过，心必会怦然而动。于是她离开熟悉的环境，到吸引她的地方去寻找吸引她的人，途中不小心翻船而死。她的死很可能是象征性的：少女的她已经成为历史，她已经成为一个女人。如果从这个视角理解这个故事，那么人们会发现一些很有趣的现象。比如诗歌的第1诗节：

> 卧在河流的两边
> 长长的大麦、燕麦田，
> 麦掩平原去吻天；
> 地里有路在伸延
> 向楼阁林立的凯莫洛特。（第1~5诗行）

这个描写很有弗洛伊德思想的韵味。短短几行就把一个女孩的内观与外貌都外现出来。人们沿着这条线索，就可能会得出一种全然不同的诠释来：这是一首描写女孩向往异性和爱情的故事。

《国王歌集》

史诗《国王歌集》是维多利亚时代三部重要史诗之一；另外两部是布朗宁的《戒指与书》（*The Ring and the Book*）和杰拉德·曼里·霍普金斯（John Manley Hopkins, 1844-1889）的《德意志号沉没记》（*The Wreck of the Deutschland*）。《国王歌集》以亚瑟王为题材，运用素体诗体写成。作者打算借此引起现代读者对于一个悲伤的英雄故事的回应。丁尼生对于往昔充满深情。他曾说："我甚至从孩提时代就感到，就称之为'对过去的激情'。现在我总是这样感觉的：是远景让我着迷，是那画面及往昔，而不是我说在其内的眼前的今天。"丁尼生是"古为今用"的典范，他的诗歌多取材于古典或神话题材。在他看来，古代故事反映的沉浮得失也许可以对他的时代有借鉴意义。《国王歌集》是诗人花费40余年苦功写作而成的，堪称他的代表作。

19世纪的英国，尤其是维多利亚时代，经历了罕见的历史转折。社会动荡，思想混乱，传统的观念——社会的、政治的、宗教的——发生动摇。这一切使生活在急剧变化的旋涡和急流中的人民感到惶恐不安，无所适从。他们迫切需要有人能为他们拨开迷雾，指破迷津。他们期望诗人，特别是桂冠诗人，能像一位态度镇定、和颜悦色、充满自信的医生，安慰和照料他们这些“发烧的病人”。当时有一家名为《全国评论》（*National Review*）的杂志撰文提出，国民期望他们的诗人能用诗歌把他们从令人心绪烦扰、思想混乱或百无聊赖的现实生活中解脱出来，带领到一个全新的世界里去，以呼吸新鲜空气，享受安宁与静谧。思想敏锐的丁尼生，本身已先其同代人一步，深刻地体会到时代加在人们思想上的压力；他又先他人一步，看破了维多利亚时代这个“谜”，即它的长处和它的内在危机。他把自己的认识反映在自己的诗歌中，让同代人读来颇有茅塞顿开的感觉，从而起到“发聋振聩”的作用。丁尼生感到亚瑟王传奇故事是表达思想的最好的题材。他从19世纪40年代开始，惨淡经营近半个世纪，把亚瑟王传奇的主要故事从头至尾相继写出，陆续发表，于80年代末汇总起来发表，这便是著名的《国王歌集》。《国王歌集》共由12首诗组成，主要以马罗礼的《亚瑟王之死》为底本；有两首诗援引了威尔士的古代传说。丁尼生在写作过程中对原故事情节做了许多变动，以圆桌的兴衰沉浮为线索，把传奇故事纳入他的颇富象征和寓言性质的计划中，依照维多利亚时代的思想需要，借题发挥，达到自己进行抒情和说教的目的。所以，《国王歌集》又是一种关于社会伦理原则的研究，是维多利亚时代精神和文化传统的忠实记录。

丁尼生很在意外界对他的诗作的评论，他不时地随着修订或改变自己的写作方向，以适应读者和评论界的口味。比如在开始时，他要把亚瑟王的题材写成和宗教有关的诗篇。后来亚瑟·哈拉姆一死，外界对他的早期作品又多有微词，他就改变初衷，把它写成关系到人和社会的作品。丁尼生花费近半个世纪创作该诗，最直接的目的就是颂扬他的时代的成就，称颂艾伯特亲王和维多利亚女王是理想的君主，向急需指导的大众宣传维多利亚的美德。从这个意义上讲，该诗是桂冠诗人效忠君主、服务人民的作品。

《国王歌集》可以说是一部关于爱情故事的诗集，又可以说是一本女子肖像画册。它强调爱与夫妻和谐是健全文明生活的基石。史诗是一系列爱情故事的组合——为爱情付出（《兰斯洛特和伊莱恩》）、燃烧的婚外情（《兰斯洛特和桂内维尔》）、非法的激情（伊索尔特和特里斯特拉姆）、毁灭了国王理想的亚瑟、桂内维尔和兰斯洛特之间的三角恋，以及与之形成对照的马克、伊索尔特和特里斯特拉姆之间的三角恋（《最后的比武》）；情欲和欺骗（《梅林和维维安》）、对信仰的背叛（《帕勒斯和伊特尔》）、不和谐的婚姻（《杰瑞恩特的婚姻》和《杰瑞恩特和艾尼德》）等。最后一章《亚瑟王之死》表达诗人的挫折感，因为他意识到，由于灵与肉的冲突，他的乌托邦式社会理想没有、也不可能实现。丁尼生告诉世人，不道德的爱会导致一个文明国家的毁灭，正如兰斯洛特和桂内维尔之间的爱毁掉亚瑟王朝一样。[17]

这首诗作里刻画了不少女性人物，如桂内维尔（Guinevere）、维维安（Vivien）、伊特尔（Ettarre）都可以说是“倾国倾城”式女人；而艾尼德（Enid）和伊莱恩（Elaine）则是坚贞不贰的女郎。丁尼生告诫世人把爱情置于高尚情操的基础上，纯肉体爱将会给家、国带来灾难。他认为，亚瑟王国的衰败，主要是由于王后桂内维尔的私通所致。亚瑟王忠于爱情，把自己和王后的结合视为国家复兴和繁荣昌盛的根本。但王后桂内维尔却不安分，和国王的得力助手兰斯洛特（Lancelot）关系暧昧。其他武士又仿效他们，因而圆桌骑士中伤风败俗的事迭次出现。且不说高文（Gawain）爵士这位凡夫俗子和伊特尔的私情激怒了伊特尔的恋人佩洛斯（Pelleas）爵士，使他竟自立门庭，和亚瑟王对立；就是亚瑟王国的支柱——“军师”梅林，也在一片乌烟瘴气中感到晕头转向，终于落入妖女维维安所设置的情网中而不可收拾。道德的败坏导致了兄弟阋墙，君臣反目，王国终于在同室操戈的惨剧中走向衰亡。

丁尼生对自己时代的人心不古、欲壑难填、信仰发生危机的现象非常忧虑，但他不灰心，而是竭尽全力，做亡羊补牢的功夫。前面说过，维多利亚时代资本主义机械文明的发展和相应的物质进步，加之进化论思想由朦胧状态到达尔文（Charles Darwin, 1809-1882）《物种起源》（*On the Origin of Species by Natural Selection*）的科学理论日益深入人心，都是引起 19 世纪中期以后“信仰危机”的直接原因。物质主义、拜金主义思想的风靡导致可怕的精神空虚。细读《国王歌集》便可体味出这一点来。《国王歌集》把亚瑟王描写成精神和理想的体现、人类灵魂的化身，而王后却是凡世欲望的象征，是对国王所代表的理想的威胁和否定。维维安所代表的是尘世物质主义的腐蚀力量；她和梅林的较量是诡诈的肉欲巧胜智力权威的斗争。亚瑟王的高尚精神并未能阻止王后另有所爱，梅林的智慧和魔力并未能使他幸免落于维维安的圈套。在这种情况下，亚瑟王的精神王国在思想和智力方面都已无法抵制现实的物质主义欲望的进攻。倘然人们把亚瑟王视为灵魂的象征，人们便不难想象，诸如兰斯洛特、高文及佩洛斯等圆桌骑士们则多是"欲望"的体现。灵魂虽然尽力约束欲望，恰如亚瑟王以誓言要求他的骑士那样，然而，欲火最终还是愈燃愈旺，灵魂和精神也只好退避，又恰如亚瑟王负伤只身隐居到阿发隆仙岛去一样。尽管如此，诗人对未来并未失去信心：王国虽已解体，圆桌骑士虽已死亡或离散，但是国王尚在，理想仍在远处熠熠发光："赶上去，跟着它。/ 跟着那光。"这又是维多利亚时代人们充满自信一面的逼真写照。

《国王歌集》反映出维多利亚时代生活的特点。这些特点包括：家庭美德、重视家庭、家庭成员间的爱、英雄崇拜（英雄作为历史变化长河里的固定点）、自我身份的认定（这表明诗人意识到当时已经开始愈演愈烈的非人格化所带来的个性丧失）、通过履行职责和做出贡献来实现自我、在道德上的严肃认真、取得肯定的成就等。

《国王歌集》的内涵丰富，耐人咀嚼。譬如对亚瑟王的事迹便有各种理解。亚瑟王立志通过造就尽善尽美的人来建立一个理想社会。圆桌骑士的誓言要求之高，连谋士梅林也觉得难以达到。亚瑟王一味追求理想，因而忘记了现实，把两者混同起来。岂不知理想是方向，是目标，是激励世人"更上一层楼"的动力，而在理想和现实之间却常常存在一种鸿沟，欲填充它绝非轻而易举。他没有认识到，这条鸿沟是因人对理想的抗拒所致，所以他的弄臣称他为"傻瓜"。亚瑟王求成心切，要把骑士们造就成合乎其理想的人。他没有料到，这么一来，他竟成为希腊神话里恶鬼普洛克鲁斯蒂斯（Procrustes）式的人物了。这位恶鬼有一张床，"捉了人去……短了，就拉长他，太长，便把他截短，求全责备……"亚瑟王的床削磨棱角，要把一个个各有特点的骑士磨得"千人一面"、"千部一腔"，这必然会引起反感，出现悖逆。亚瑟王本人最后也觉察到，他的理想无法实现。亚瑟王的处境是对维多利亚时代社会的暗喻。那个时代崇尚有机社会的威力，强调协调、顺从和一体，于是人便失了个性。这是维多利亚时代非人格化过程的一种反映。我们读这一时期英国哲学家约翰·斯图亚特·米尔（John Stuart Mill）的《论自由》（"On Liberty"）一文便可略知其端倪。维多利亚时期社会生活的这种特征，到19世纪70年代以后便开始走向反动，至于在现当代的英美，提到"维多利亚主义"，更是褒少贬多，其原因是显而易见的。

事实上，维多利亚时代貌似和谐一致的社会关系本身便孕育着尖锐矛盾。丁尼生在其《纪念哈拉姆》一诗中对人类进步曾表现出的信念和热忱，在《国王歌集》中似乎减弱或竟消失了。他更加注意人在道德上的进步，并对人能否取得精神境界的完善，流露出一种怀疑情绪。《国王歌集》表明，从亚瑟王到骑士，人们都是相互利用，以他人作为达到自己目的的手段。通过他人而满足自己的欲望，就必然导致误解、矛盾、尔虞我诈，侵犯他人的独立与自由的现象便会成为居于首位的生活现实。我们从《国王歌集》中很容易发现，在其主要人物之间，几乎找不到一个推心置腹、以诚相待的例子。朋友、夫妻心怀隐私，最后一仗摧毁了一切可以称得上高尚和神圣的东西。丁尼生似乎在证明，人与人之间不可能达到息息相通、相互体谅，人们之间关系的本质是矛盾和斗争，而不是协调一致。

退步成为进步的伴随物——这又是对维多利亚社会的影射。《国王歌集》结尾虽有一轮红日升起，带来新的一年，在新的一天里也充满希望，但是它的不少部分却流露出一种悲观情绪。英国资本主义的发展到19世纪末已矛盾重重，人们的自信让位于胆怯，希望让位于绝望，一个世纪的结束竟给人们带来一种"世界末日"到来的感觉。《国王歌集》便是这种感觉的先兆。

丁尼生在一个他称之为"古老的不完全的故事"上不惜花费几十年功夫，精雕细刻，推敲琢磨，目的是很明确的：他希望这些古人故事能够感动现代人的心，影响他们的举止和言行，以使他们在新环境中能随遇而安、好自为之。《国王歌集》一问世便受到热烈欢迎，除掉它是桂冠诗人的大作的因素以外，更重要的要归功于亚瑟王传奇故事历久而不衰的魅力了。

另一方面，人们也要特别注意到，丁尼生把许多田园画面置入史诗，是为表现他个人的观念；这也是他在其他主要作品里的通常做法。丁尼生首先是一位艺术家。尽管他信奉维多利亚时代主流道德观，谴责流行一时的颓废的唯美主义，但他从来都未忘记自己一心想构建的艺术殿堂。从这个意义上讲，《国王歌集》体现了诗人的远见卓识。丁尼生认为，他的时代的各种弊端——疯狂的敛财与消费、物欲横流对精神生活的威胁、越来越强势的中产阶级功利主义价值观、信仰的削弱和丧失——所有这一切，都可能导致维多利亚王朝一直精心建造的文明最后走向衰落。所以，《国王歌集》实际隐含了作者对当时社会的批评和警告。对丁尼生而言，亚瑟王国的都城凯莫洛特代表了崇高的艺术殿堂，象征着重要的精神生活，亚瑟王最后退居去的阿发隆岛被刻画成一个完全脱离感观世界的典型。所以，《国王歌集》传达了两种声音或者"情感的分离"：公共的声音和个人的声音，这种情况在丁尼生的作品中俯拾皆是。

丁尼生是他同代人公认的"诗圣"。他的诗格律工整、音韵谐和、词藻华美，可谓集英诗传统之大成，有"丁尼生式"之称。因此，在20世纪初英美诗坛的革新运动里，"丁尼生诗学"便首当其冲了。丁尼生一生诗著颇多，对同代和后世的诗歌创作影响极大。

随着时代的变化，人们的价值观和喜好也会变化，只有那些具有普遍和永恒意义的作品才能做到永远万众倾心、千古流传，写出这些佳作的作家也才能期望留名青史。丁尼生就是其中的一位。虽然他主要是为他那个时代的人进行创作，但他的诗作里包含的许多因素，深深吸引着现代读者。

丁尼生是维多利亚时代的预言家，他向他的同代听众传布维多利亚时代的价值观，当时让人有如沐春风之感。比如，他的长诗《国王歌集》就因其擅长说教的特点让同代人爱不释手。然而，在时光跨入20世纪之际，年轻一代厌倦了丁尼生的道德说教和某些创作技巧；他们试图寻找一种新的表达方式来反映自己在新时代的新体验。诗歌创作在当时也改弦易辙，朝着新的方向发展。于是，几乎是一夜之间，丁尼生过时了。20世纪初叶，世风和诗风都发生了变化，新诗歌运动汹涌澎湃，革新的矛头对准的就是丁尼生诗歌所代表的英诗传统。他死后不久，也就是在20世纪的开头几年里，诗歌界掀起一场革命，矛头主要指向传统诗歌创作，而丁尼生恰被人们选作传统的代表人物。自然，丁尼生的风格就成为众矢之的。但是，时间和历史总是公正的。丁尼生经受住了沉浮和沧桑。今天，他在诗坛仍颇受欢迎，虽然人们喜爱其诗歌的原因不同于从前。他的抒情天才证明是独具魅力的。因此，尽管许多人能够以他的弱点为由对他说三道四，但是无论如何没有人可以忽视他的存在。

伟大终究是伟大。今天人们对丁尼生仍然兴趣浓郁，特别是他的诗歌的抒情味道，很受现代读者的推崇。

罗伯特·勃朗宁（Robert Browning, 1812-1889）

勃朗宁是英国维多利亚时期的重要诗人，其诗歌成就仅次于当时的桂冠诗人丁尼生，位居第二。勃朗宁生于一个富有的文化家庭。父亲爱书，藏书6000余册，鼓励儿子的文学艺术爱好。母亲和妹妹也很有品位和文化修养。幼时勃朗宁喜爱诗歌和自然史，不喜欢正规学校教育，曾在伦敦大学就读一年，后辍学，由人辅导学习。他自幼博览群书，视野开阔，为日后的诗歌创作打下了坚实的基础。他喜欢浪漫主义诗人，尤其喜欢雪莱。在勃朗宁的成长过程中，英国浪漫主义诗歌对他产生了重要影响。他的前期作品就有对雪莱、拜伦、华兹华斯等人诗歌模仿的痕迹。勃朗宁在诗中也表达了同这些浪漫主义诗人千丝万缕的联系。诗歌《失去的领袖》（“The Lost Leader”）就是一个例证。《失去的领袖》是勃朗宁在华兹华斯去世时为纪念华兹华斯而写的，诗中对华兹华斯的诗歌成就给予很高评价，但对他曾崇拜的诗人后来转向保守也表达出不满。勃朗宁对中世纪和意大利文艺复兴时期也很感兴趣。那一时期艺术相当繁荣，人性也得以彰显。所以他的许多诗歌都以中世纪和文艺复兴时期为题材，反映不同阶层的人物，探讨包括艺术在内的各种社会问题，揭示人性的特点。这些诗歌都是用戏剧独白的形式写成的。其中具有代表性的有《我已故的公爵夫人》（“My Last Duchess”）、《西班牙修道士的独白》（“Soliloquy of the Spanish Cloister”）、《吉斯蒙德伯爵》（“Count Gismond”）、《手套》（“The Glove”）、《实验室》（“The Laboratory”）等。

1835年，勃朗宁开始发表长诗，受到文学界名人如华兹华斯、卡莱尔等人的赏识，他们认为他是一个有前途的年轻诗人。从19世纪30年代末开始，勃朗宁的诗歌变得有些艰涩。《索德罗》（“Sordello”, 1840）、《比芭走过社区》（“Pippa Passes”, 1841）等作品当时并未受到人们应有的重视。1846年，他和女诗人伊丽莎白·巴雷特（Elizabeth Barrett, 1806-1861）热恋两年后秘密结婚。两个人的爱情发展过程很有令人称道之处，那两年他们的信件往来成为文学史上的趣话之一。婚后他们移居意大利的佛罗伦萨。到1861年伊丽莎白过世时为止，两人一直幸福地生活在一起，期间两人都发表了不少作品。勃朗宁写诗起步较晚，夫人比他成名早，当时勃朗宁的绰号是“伊丽莎白的丈夫”。勃朗宁是在夫人过世后频频推出新作，声望步步上升的。

勃朗宁一生创作出许多著名的作品，大多收集在《戏剧性抒情诗》（*Dramatic Lyrics*, 1842）、《戏剧性浪漫故事》（*Dramatic Romances*, 1845）、《男人和女人》（*Men and Women*, 1855）和《戏剧人物》（*Dramatic Personae*, 1864）中。后期的作品长诗《戒指与书》（*The Ring and the Book*, 1868）奠定了他在维多利亚时期的一流诗人的地位。在最后的20年里，他已经功成名就，受到人们的推崇和爱戴，但他依然笔耕不辍，继续写作出优秀作品，诸如《戏剧田园诗》（*Drmatic Idyls*）、《艾奇特罗斯》（“Echetlos”）、《克莱夫》（“Clive”），以及《艾索兰多后记》（“Epilogue to Asolando”）与《我为什么是自由主义者》（“Why I Am a Liberal”）等。在《我为什么是自由主义者》中，勃朗宁大声呼吁，每个人身体和灵魂都应该获得自由，因为只有自由才能使人们取得成就。

勃朗宁是19世纪第一个让后人听到自己录音的人。托马斯·爱迪生在1889年把诗人朗读《他们怎样把福音从剑特传到埃克斯》（“How They Brought the Good News from Ghent to Aix”）这首诗的声音录了下来，里面诗人忘词时说的道歉话也被录了下来。这一录音于1890年第一次在威尼斯放出。他的名句“上帝在天宫，下界皆平安”被20世纪小说家赫胥黎（Aldous Huxley, 1894-1963）在其小说《崭新的世界》（*Brave New World*）中加以仿效。著名歌唱家约翰·列侬（John Lennon, 1940-1980）的名曲《和我白头到老》（“Grow Old with Me”）是受到勃朗宁的名诗《老在我身边》（“Grow Old along Me”）的启发写成的。[18]

勃朗宁过世后葬于西敏寺“诗人区”处，紧挨着丁尼生。

勃朗宁夫妇都是维多利亚时期的著名诗人。他们长期侨居意大利，住在佛罗伦萨的卡萨桂第。他们的恋爱和结婚都很有戏剧性。伊丽莎白在1821年脊椎受伤，1838年后经常卧床。勃朗宁阅读了她的诗歌，对她产生爱慕之情。当时勃朗宁在创作《贝尔斯和波米格拉纳》（*Bells and Pomegranates*, 1841-1846）。伊丽莎白非常赏识他的才华，对他的诗歌创作给予充分肯定。伊丽莎白的父亲出于对女儿的健康考虑，不同意他们往来。勃朗宁非常执著，给她写信说，“勃朗宁衷心热爱您的诗歌，亲爱的巴雷特小姐……您的天才……您的诗歌已经融入勃朗宁的身心，变成勃朗宁的一部分……勃朗宁爱您的诗集，勃朗宁也爱您……”勃朗宁坚持一直写信，1845年二人订婚，后来他们离家出走，很有点“英雄救美”的象征意味，这对诗人后来的创作很有影响。实际上，勃朗宁的作品不少是遵循这个英雄救美的模式写的。比如他的传世之作《戒指与书》就是一个好例证。勃朗宁夫妇间感情深厚。勃朗宁把夫人称为“勃朗宁的小葡萄牙人”。他对夫人的这一昵称后来出现在女诗人的名作《葡萄牙人的十四行诗》（*Sonnets from the Portuguese*, 1850）的题目里。这部诗歌集里收入 44 首表达爱情的十四行诗，都是女诗人在二人热恋期间写的。二人 1846 年结婚，生有一子。女诗人过世后，诗人携子回国，十几年都没有再回意大利去。晚年诗人和儿子住在一处，直至去世。

如果说丁尼生描写的多是尤利西斯或亚瑟王及其骑士那种史诗般的人物，那么勃朗宁则对过去鲜为人知的人和事兴致极高。这些人多属于文艺复兴时期。例如遭遇悲惨的中世纪学者巴拉塞拉斯（《巴拉塞拉斯》，“Paracelsus”），贫苦但善良的意大利姑娘比芭（《比芭走过社区》），被士兵捉住、午夜还在闲荡的 15 世纪佛罗伦萨画家里波·里比修士（《里波·里比修士》，“Fra Lippo Lippi”），以及发明自动风琴的德国音乐家佛格勒（《艾卜特·佛格勒》，“Abt Vogler”》），等等，不一而足。他的长诗《戒指与书》所写也不外乎是名不见经传的一般人物。

勃朗宁性格疏放，不拘守绳墨，写诗不受拘束，很有“心血来潮，随心所欲”的风格，因此诗中颇有晦涩之处，让人觉得鹘突难解。[19]

勃朗宁对英国诗歌的贡献之一在于在诗中运用了“戏剧独白”。他善于剖析和表达人物的内心，表达方式便是第一人称的独白。勃朗宁的诗是几百个人向读者披露自己内心秘密的“灵魂画”集。这些人中有已死去几千年的古希腊人、古罗马人，有从沙漠来的阿拉伯人，有为君殉职的英国绅士，有表情严峻的清教徒，有“放下屠刀”的歹徒，有玩弄女人的男人，有毒杀对手的女人，有俄国的“绿林好汉”，有法国的爱国者和英雄——这些以及其他许多人都来向读者吐露真情。因此，勃朗宁不愧为心理描写大师。

勃朗宁诗中的现实主义和心理描写使现代人有可能去发现和运用象征和神话的手法。勃朗宁赞成现实主义创作手法，反对把神话直接用作创作题材。他的诗歌创作清楚地表明，他尝试着从心理角度运用神话。在《和杰拉德·戴·莱里斯的谈话》（*Parleyings with Gerard de Lairesse*, 1887）一诗的创作中，诗人在构思时，思考着把两个故事合并在一起讲述是否会取得更好的艺术效果：这两个故事，一个是重复古老的希腊神话故事——

朱欧帕（Drope）因给孩子摘鲜花而受到严惩的故事，一个是讲述在现实里发生的英国女孩采摘自家种的苹果的故事。勃朗宁想冒险尝试一下采用双重视角的效果。他在《和杰拉德·戴·莱里斯的谈话》中说，我们已把古希腊人超越过去，现代诗人不应换汤不换药。勃朗宁夫人也说过，“我们需要新思想，也需要新形式。老神仙们已被废黜了。”正如一位观察敏锐的批评家所指出的那样，正是勃朗宁的这种双重视角引导20世纪的文学创作回归到了神话传统。勃朗宁的许多诗歌，如《莱里斯》（“Lairesse”）、《阿维森》（“Avison”），甚至全部《谈话录》（*Parleyings*），只有在象征主义和神话方法的框架内才能得到最完美的理解。

勃朗宁的诗作突出的主题之一是“困境——奇迹”：人在痛苦之余，救星会突然奇迹般出现，使正义得到伸张，邪恶受到惩处。这一点在他的作品里反复地表现出来，几乎成为他的典型表达模式。这种模式也可以称作“安德茹米达－珀西斯模式”（the Andromeda-Perseus Pattern）。“安德茹米达－珀西斯模式”源于希腊神话。在希腊神话里，安德茹米达公主身处险境，即将被海怪吞噬，在这千钧一发的时刻，英雄珀西斯及时赶来，拯救她出险境。勃朗宁从中得出一种持久的人生信念：人类世界是一个具有公平道德准则的世界；现实中有邪恶，但上帝俯视人间，天网恢恢，疏而不漏，对善恶自有分明的奖惩。《巴罗斯提庸冒险记》（*Balaustion's Adventure*）一诗也反映出这种观点和模式。这首诗描写一个希腊女孩重述古希腊的悲剧诗人欧里庇得斯（Euripides，公元前485-公元前406）所写的《艾尔塞斯提丝》（*Alcestis*）的故事。皇后艾尔塞斯提丝情愿死去，代替丈夫下地狱，但赫拉克利斯英雄虎胆，及时赶到，将她从死神手中夺回。勃朗宁的史诗《戒指与书》也基本上沿袭这一模式。在这首长诗里，这一神话模式——英雄人物突然出现、做出英雄壮举——贯穿全诗，以某种形式存在于几乎所有人物的心中，包括堕落的以及愤世嫉俗的人们在内。勃朗宁的许多其他作品，比如《安德利亚·德尔·沙托》（“Andrea del Sarto”）和《狂热者》（“Numpholeptos”），也都以这种神话模式作铺垫，因而韵味十足。他的作品借用神话表达自己对生活本质的看法，读者切不可作表面的理解。

对于“戏剧独白”的定义，一向众说纷纭，我们不好妄加议论，也无须武断地说这种艺术形式源于勃朗宁。但是可以肯定，诗的叙述者剖白自己内心这种技巧无疑是在勃朗宁手里变成了一种完善的写作方法。

勃朗宁在文学创作生涯的早期曾进行过戏剧创作的尝试，先后完成了《斯特拉福》（*Strafford*, 1837）、《贝尔斯和波米格拉纳》以及《在阳台上》（*In a Balcony*, 1853）等作品。其中《贝尔斯和波米格拉纳》的篇幅较长，分为 8 部分。勃朗宁的戏剧没有取得成功，主要因为他在剧作中只关注人物的心理分析，没有提供多少情节的发展，也没有设置吸引观众的矛盾和冲突，结果这些戏剧只停留在书斋剧的形式上，限制了舞台上的可操作性，没有取得重大突破。[20]然而，通过这些戏剧的创作，勃朗宁积累了丰富的戏剧独白经验，为他日后的诗歌创作做好了技术上的准备。

勃朗宁在诗作里采用戏剧独白的例子很多。《戏剧性抒情诗》、《戏剧性浪漫故事》、《男人和女人》和《戏剧人物》都采用了独白的艺术形式。可以说《男人和女人》标志着勃朗宁戏剧独白诗歌艺术的成熟。在《戏剧人物》里，勃朗宁让众多人物向读者披露自己的内心、人生的经验和生活的主张。《我已故的公爵夫人》是勃朗宁最具代表性的戏剧独白作品，集中反映了他的戏剧独白的艺术技巧，给人们留下了极其深刻的 印象。

戏剧独白对 20 世纪诗歌创作的影响尤其大。美国诗人似乎很偏爱这一形式。T. S.艾略特（T. S. Eliot, 1888-1965）、埃兹拉·庞德（Ezra Pound, 1885-1972）、罗伯特·弗罗斯特（Robert Frost, 1874-1963）、艾米·洛厄尔（Amy Lowell, 1874-1925）、罗伯特·洛厄尔（Robert Lowell, 1917-1977）等人，都擅长运用它。仅以艾略特为例，他的名作如《J. 阿尔弗瑞德·普鲁弗洛克的情歌》（“The Love Song of J. Alfred Prufrock”）、《吉隆辛》（“Gerontion”）、《圣人的旅行》（“Journey of the Magi”）及《玛丽娜》（“Marina”）等，无一不是运用戏剧独白的佳作；而《荒原》（*The Waste Land*）则提供出这种形式发展的新可能性。我们还应说到爱尔兰诗人叶芝：他也酷爱使用戏剧独白写诗。

勃朗宁思想的独特之处首先表现在他的乐观精神上。勃朗宁生活在英国资本主义上升阶段，他的诗洋溢着热情和积极向上的情绪，代表了他所处时代的乐观精神。在他看来，这个世界是热烈而美好的。他对生活充满了信心。“人生多美好啊！只是活着！用全部的心灵和感觉永远享受快乐是多么恰当啊！”[21]他的诗歌充满激情，激励人们勇敢面对生活。“奋斗”是勃朗宁一生所信奉的格言。他认为生活的意义和乐趣在于奋斗，探索生活、发现生活的真谛是诗人一生追求的目标。“使人得到提升的不是做了什么，而是将要做什么！”[22]勃朗宁在诗歌中塑造了很多努力奋斗的形象，他们或勤勤恳恳，或无私奉献，或对真理孜孜以求，都给人留下了深刻印象。

勃朗宁的独特思想还表现在他的“不完美即为完美”（“imperfection”）的哲学主张。这里我们不妨借用一下学者切斯特顿（G. K. Chesterton）的研究成果。切斯特顿说勃朗宁的伟大宇宙观可以归结为两点，一点是宇宙的希望在于“人的不完美性”，另一点是宇宙的希望在于“上帝的不完美性”。也就是说，希望往往建立在缺憾的基础上，不完美暗示着完美，生命意味着永恒；而人所遭受的痛苦与自我否定恰恰是上帝赋予人的权利。[23]勃朗宁的这一观点具有独特性，其实他是从一个新的角度来审视人与世界的关系。勃朗宁认为，生活是人们实现自我价值、追求完美的过程。但是这种完美永远也不可能完全实现。他认为，人是不完美的，但这恰恰是最大的财富，为了不断改善自我而付出的努力促使人不断进步。生活的动力来源于崇高的理想，而这种理想永远不能实现。理想的实现意味着精神的死亡。世界的不完美才是完美的永恒主题。勃朗宁在诗歌中塑造了许多有远大理想的人物形象，对于这些人来说，理想到底是什么并不重要，重要的是为实现理想所付出的努力。

勃朗宁的独特思想还表现在他的相对主义观点方面。他认为，人可以看到一个事物的多个层面，因此真理不是绝对的。《戒指与书》就充分体现出这一哲学观点。诗人试图通过这一长诗向人们传达一种观念，即人们很难看到现实和真理的全部与终结。诗人的这一观点超越了他所处的时代，具有很强的前瞻性。[24]

勃朗宁还强调直觉。他相信人的本能和无意识的力量，认为直觉经验是获取知识的最佳途径。他的这种观点与他重视个体心灵的观点相吻合。人们可以感觉到，勃朗宁诗歌创作的源泉就是他自己心灵的原初感觉。他的心中充满了爱，所以他的诗就是爱的见证。他的心中有对人性的思考，所以他的诗就表现出对人性的揭示。在艺术方面，勃朗宁强调艺术家的感觉和直觉的和谐，认为艺术家的活动应该依靠直觉。勃朗宁在诗歌中所塑造的人物大多靠直觉来体察世界并采取相应的行动。他们往往背离传统的思维模式，采取与传统观念相背离的行动。例如 15 世纪佛罗伦萨画家里波·里比修士就是这类人物的一个典型代表，他抛弃传统的宗教艺术，完全靠直觉绘画。

勃朗宁对在维多利亚时期人的自我分裂状态非常敏感。当时人们普遍感到物质生活正在吞噬他们的精神整体性。在各种因素（包括意识与无意识、思维与想象力、外在世界与内在世界，等等）的共同作用下，造成了人的自我的分裂。因此，表现人的分裂的自我就成为维多利亚时期文学的一大主题。勃朗宁具有双重意识，一直在个人义务和个人理想之间徘徊，所以他把诗人分为两种类型，即“主观的”和“客观的”两种。[25]他认为艺术来源于现实，任何强调自我放纵和自我表现的人必将走向失败。从这一点看，勃朗宁是向义务倾斜。事实上，勃朗宁饱受双重自我的折磨。他在诗作中塑造了很多只注重自我的人物，如《巴拉塞拉斯》中的抒情诗人阿波利尔（Aprile）、《索德罗》中的游吟诗人艾格拉莫（Eglamor）以及《里波·里比修士》中的雕塑家朱里斯（Jules）等，都表现出这种特点。对于他们的举止，勃朗宁在诗歌里表现出复杂的态度：归根结底，他并不喜欢，也不赞同他们的做法，因而总是在作品结尾时表现他们思想的转变和提高。在他的诗中，人在忠于自我和服务于社会两者之间饱受煎熬，上下求索，试图找到摆脱困境的途径。巴拉塞拉斯和索德罗都在不断地反省。他们都试图通过承担义务和进行斗争来完善自我、充实生活。最后索德罗翻然醒悟，认识到诗人的作用在于激励人们参与生活，承担生活的重任。这个主题也贯穿在诗人的其他作品里。如在诗集《巴奇亚罗陀及其他诗歌》（*Pacchiarotto, with Other Poems*）中有几首短诗都以这个主题为中心，反映出人的外在生活和内心之间的冲突。其中的诗作《房子》（“House”）是最著名的；这首诗主要指出人们一般不向外人展示私生活，更不把自己内心的想法公诸于众。《商店》（“Shop”）同样描写一个店主的双重生活。他白天在店里工作，晚上回家以后则同白天的他判若两人。《外表》（“Appearances”）表现出事物和人的外表与其内在价值间的差异。勃朗宁在这些诗作中总是试图揭示身体与灵魂、行动与思想、物质与精神之间的关系。

勃朗宁很早就开始尝试诗歌创作，青年时期自费出版了《波琳》（*Pauline*, 1833）、《巴拉塞拉斯》（*Paracelsus*, 1835）和《索德罗》（*Sordello*, 1840），于19世纪40年代出版了诗集《戏剧性抒情诗》和《戏剧性浪漫故事》。19世纪五六十年代，勃朗宁的诗歌创作进入高峰期。他先后出版了《圣诞夜与复活节》（*Christmas-Eve and Easter-Day*, 1850）、《男人和女人》、《戏剧人物》和《戒指与书》，得到了普遍的关注和好评。

勃朗宁在夫人去世后回到英国，相继发表了一些诗作，包括《费芬赶集》（*Fifine at the Fair*, 1872）、《巴奇亚罗陀及其他诗歌》、《拉塞西亚兹》（“La Saisiaz”, 1876）、《戏剧性田园诗》（*Dramatic Idylls*, 1879, 1880）、《菲丽丝塔之幻想》（“Ferishtah’s Fancies”, 1884）、《和历史上的一些重要人物交谈》（*Parleying with Certain People of Importance in Their Day*, 1887）以及《阿索兰多》（*Asolando*, 1890 年在勃朗宁去世以后发表）。[26]

《波琳》

《波琳》是勃朗宁出版的第一首诗歌，以一个诗人的口吻讲述了一个青年的思想成长过程。该诗在 1833 年出版后没有引起太多的反响。后来人们普遍认为这首诗过于表露，带有明显的自传色彩，实际上是当时勃朗宁自己思想状态的写照。勃朗宁在诗中设置了“波琳”这位倾听者，说话的诗人在向她敞开心扉。读者可以感觉到诗中的诗人完全处于自己的思绪中。他认识到自己聪明、高尚、热情，对生活充满了热爱，有强烈的求知欲；同时也认识到自己有许多缺点，如鲁莽、草率、不善于自我克制、对宗教持怀疑态度，等等。《波琳》受到了雪莱的影响，具有很强的主观性。许多人不喜欢这首诗，认为诗里所描写的诗人的表白有刚愎无知之嫌，是唯我独尊思想的表现。[27] 哲学家约翰·斯图亚特·米尔（John Stuart Mill, 1806-1873）就曾批评说《波琳》表现出了“过于强烈的病态的自我意识”。[28] 勃朗宁本人后来也非常不喜欢这首诗，认为它非常幼稚，所以很长时间不允许这首诗再版。但是，人们从这首诗歌中可以看到勃朗宁的诗歌创作天赋，也可以看到当时人们崇尚知识、寻求自我的追求。该诗使用了独白的形式，语言生动，充满激情。

《巴拉塞拉斯》

《巴拉塞拉斯》出版于 1835 年，是诗人受到法国保王党成员阿梅迪伯爵的启发而创作出来的，诗作也是献给这位伯爵的。诗歌描写中世纪一个瑞士医生不顾宗教迫害、献身医学的悲剧故事。这部作品重点表现青年人的韧性和对知识的不懈追求。其实，以前勃朗宁就在父亲的藏书里读到过巴拉塞拉斯的故事，对巴拉塞拉斯的生活和性格都有所了解。勃朗宁之所以选择这个题材，主要是他和巴拉塞拉斯一样对知识有着无限的渴望。在世人看来，巴拉塞拉斯行为古怪、荒诞不羁，完全是个庸医。可是勃朗宁却对他寄予同情，认为他不仅是一位伟大的科学奥秘的发现者，而且还是一位深刻的思想家，所以在诗中把他刻画成一个伟大的悲剧性人物，使他具有戏剧传奇色彩。

《索德罗》

《索德罗》一般被认为是英语诗歌中最艰涩的作品。全诗共5982行，以5步抑扬格的形式写成。索德罗的原型是13世纪意大利的一位诗人兼武士。故事的主人公索德罗能力超群，具有诗歌天赋，不无远大的诗歌理想。但他后来却被世事所累，一事无成。全诗分为两部分，第1部分讲述索德罗的心灵成长过程；第2部分描写他的现实生活。诗歌的故事大意是：年轻的索德罗决心成为一位有成就的诗人。但是后来他发现他爱上了一位女子帕尔玛（Palma）。为了赢得这位女子的芳心，索德罗和另一位求婚者艾格拉莫展开了诗赛。结果索德罗获胜，而艾格拉莫则悲痛而亡。艾格拉莫的死使索德罗意识到自己诗歌的空洞，于是他决心创作更高尚的诗歌，结果却遭到人们的讽刺。索德罗于是离开了宫廷。后来索德罗又被国王召回宫廷，从此卷入了政治斗争。最后索德罗的真正身份得到证实，可以有机会成为一位统治者。故事以索德罗的死亡结束。索德罗如同《波琳》中的说话者一样，受到两种力量的支配，一是审视自己的心灵，二是在现实中有所行动。索德罗就是在这两种力量的支配下，在理想与现实之间徘徊。[29]有人认为勃朗宁创作这个人物是借此自况，以解释自己的处境。

《比芭走过社区》

《比芭走过社区》是勃朗宁第一个引起读者注意的戏剧作品。全剧由一系列相互关联的场景组成，讲述了意大利女织工比芭从阿索罗（Asolo）小镇街道走过的故事。比芭在节日里唱着歌在街上走过，在走过富人家的时候非常羡慕他们舒适的生活，想了解他们的幸福。可是富人的生活并不像她想象的那样。事实上，他们每个人心中都有烦恼，都有不可告人的秘密。四个不同家庭的人们听到她的歌声之后都受到了触动，开始反思自己的生活。换句话说，比芭的歌声对他们产生了重要影响，至少使他们产生了“更多的自我意识”。[30]比芭的歌声带来了抑恶扬善的效果，而她也像她的歌一样充满魅力。《比芭走过社区》是勃朗宁早期最满意的作品。勃朗宁夫人也对这一作品给予高度评价。这首诗刚刚面世时，人们对它的内容，尤其是对性的描写，很不以为然。它的抒情一面常有感人肺腑的效果。它现在最著名的一段引语是“上帝在天宫，下界皆平安”：

一年正在春天，
一天正在早上；
早上正七点钟；
山坡上露珠闪闪；
云雀飞翔在蓝天；
蜗牛趴在荆棘上；
上帝在天宫——
下界皆平安！（笔者译）

《戏剧性抒情诗》和《戏剧性浪漫故事》

《戏剧性抒情诗》和《戏剧性浪漫故事》这两部作品中收录了许多读者喜爱的诗歌。这些诗歌虽然形式一样，但是内容则千差万别，体现了勃朗宁广阔的视野和丰富的知识，同时也表现出他作为诗人的浪漫情怀。根据主题不同，这些诗歌大致可以分成以下几类：表达爱情的抒情诗；表达爱国和思乡情绪的抒情诗；描写古今政治人物的诗歌；写给浪漫主义诗人的诗歌；以中世纪和文艺复兴时期的人物为题材的诗歌；其他题材的作品，包括爱情故事、儿童故事，等等。

勃朗宁的许多爱情诗都是人们所熟悉的。其中，《失去的恋人》（“The Lost Mistress”）、《在游船上》（“In a Gondola”）、《夜晚相会》（“Meeting at Night”）、《清晨道别》（“Parting at Morning”）都是小巧玲珑的诗歌，从不同的侧面揭示了爱情主题。《失去的恋人》首先描写一名男子失恋的痛苦；春天使他又鼓起了继续生活的勇气。该诗感情真挚，成功地使用了多种意象。《在游船上》是威尼斯一对恋人间的抒情性对话。这一对恋人不顾家人反对，偷偷地乘一艘小游船一起离开。他们所经历的爱使他们对生活充满了幻想，同时也使他们的生命具有了更深刻的意义。《夜晚相会》和《清晨道别》分别描写一位男子夜间去与恋人相会的情形以及早晨离开时的感受。

勃朗宁一生中有很长时间寄居意大利，所以有着强烈的思乡情绪。于是诗人以诗抒怀，表达了对祖国、对家乡的爱。这方面的代表作有《海外乡思》（“Home-Thoughts, from Abroad”）和《海上乡思》（“Home-Thoughts, from the Sea”）两首诗歌。《海上乡思》表达要报效祖国的美好愿望：“祖国曾在此地争光，我应如何尽忠报国？”[31]《海外乡思》

更是脍炙人口，堪称勃朗宁诗歌中的精品。这是一首短小精悍的抒情诗，描写四月里英国乡村的美丽景致，呈现给人们一幅花团锦簇、鸟语花香的欣欣向荣景象，令人心驰神往。全诗共包括两部分，分别使用不同的语气。第1节主要写诗人思念家乡的心情，以此确定整个诗歌的感情基调。这部分穿插使用3音步、4音步和5音步诗行，错落有致，给人一种起伏的感觉，表现出诗人情绪的大起大落。诗人在想到家乡的美丽景致时心情非常愉快，可是转而一想家乡离自己是那么遥远，心情不禁又一落千丈。诗人借此诗表达出对祖国、对家乡的无限思念和热爱。

勃朗宁也十分关注政治，所以在《戏剧性抒情诗》和《戏剧性浪漫故事》中有几首诗歌是描写古今政治人物的。《保王党成员图尼斯》（“Cavalier Tunis”）、《法国军营事变》（“Incident of French Camp”）和《意大利人在英国》（“The Italian in England”）就属于这类诗歌。《保王党成员图尼斯》表现出勃朗宁对查理一世时期保王党人的同情。《法国军营事变》赞美拿破仑。《意大利人在英国》歌颂意大利人为祖国的解放所做的努力。勃朗宁通过诗歌表达自己的政治立场。

《西班牙修道士的独白》是一首关于道德主题的诗歌。它讲的是一个修道士的故事。说话的修道士对另一位修道士劳伦斯恶意辱骂，说劳伦斯既贪吃又好色。修道士列举了很多细节，试图说明劳伦斯的不道德行为。可是他没有想到，这恰恰暴露了修道士自己的堕落：他偷看了许多细节，暗藏色心，同时时刻准备陷害自己的同伴。在勃朗宁看来，说话的修道士才是不道德和堕落的典型，应该受到良心的谴责。这首诗和这本书中其他的独白不同，这里说话人在历史上并没有原型，只是一个无名的修道士而已。《西班牙修道士的独白》共有9个诗节，每节8行，多为4音步。勃朗宁在这首诗中非常重视押韵。

《主教命令在圣·普拉希教堂为自己建造坟墓》（“The Bishop Orders His Tomb at Saint Praxed’s Church”）也是以道德为主题，讽刺了神职人员的虚伪和对宗教的不虔诚。诗中的主教是勃朗宁想象出来的。此人躺在病榻上，生命就要走到终点，于是开始布置自己的后事了。他先对虚荣进行了一番批判，然后突然想起年轻时结识的一位金发女郎，接着他对围在身边的侄子们和教士们下达命令（也许身边的侄子中就有他的私生子），要在圣·普拉希教堂为自己建造坟墓。主教命令要使用高档的建筑材料和豪华的设计，甚至拟好了碑文，决心要让自己的坟墓超过前任主教的坟墓。

勃朗宁通过这一人物的塑造，批判了主教这类人在道德方面的堕落。

《戏剧性抒情诗》和《戏剧性浪漫故事》中还包括许多其他类型的诗歌，如儿童故事、传奇故事和恐怖故事，等等。《哈姆林的花衣笛手》（“The Pied Piper of Hamlin”）就是一首节奏鲜明、语言生动的儿童故事。《吉斯蒙德伯爵》完全是一个传奇性故事。诗中的说话人是一个女性，她讲述吉斯蒙德伯爵挺身而出，帮她摆脱困境的故事。

《波菲利亚的情人》则是一个恐怖故事。该诗同《我已故的公爵夫人》有相同之处，两个故事中的女性都遭到杀害。《波菲利亚的情人》中的说话人，更确切地说是沉思者，讲述了他杀死自己情人波菲利亚的经过。说话人住在乡下的一个小屋里，外面下着大雨，这时他的情人来到这里。她拥抱了他，并且告诉他她是冒着大雨、顶着社会的压力来和他幽会的。这时他意识到她此刻是爱他的。他同时也意识到她最终会屈服于社会压力而离开他。于是他用波菲利亚的头发绕在她的脖子上把她勒死了。他说他这样做是为了永远拥有她。该诗语言朴素，结构严谨，但是韵律却不对称。许多人认为这充分说明在说话人平静的外表下隐藏着疯狂的心理。这首诗是勃朗宁最恐怖的戏剧独白，被看成是对病态犯罪心理的最细腻的探索。

《男人和女人》

《男人和女人》是勃朗宁与伊丽莎白结婚期间创作的一部重要作品。在这一阶段勃朗宁和妻子居住在意大利，他所关注的事情似乎多了起来，整天或忙于家庭事务，或参观绘画和雕塑，或研究意大利文艺复兴的艺术，可以说是忙得不亦乐乎，所以诗歌创作成果好像不是太多。但是人们认为《男人和女人》中的诗歌质量最好。就是在这部作品中勃朗宁使用戏剧独白的技巧得以升华，达到了炉火纯青的程度。[32]《男人和女人》收录了51 首诗，题材多样，诗体各异。诗集中独白的人物里有历史人物，有传奇人物，有的则完全是想象出来的。值得一提的是，勃朗宁自己的独白《再说一句》（“One More Word”）也被包括其中。《男人和女人》里有几首短小的爱情诗，如《炉边》（“By the Fireside”）、《我的星星》（“My Star”）、《最后一次一起骑马》（“The Last Ride Together”）、《生命与爱情》（“Love in a Life”）、《爱情与生命》（“Life in a Love”）等都是脍炙人口的优美诗篇。诗人炽热的爱情总会使人心动。人们普遍认为《炉边》和《我的星星》是勃朗宁写给勃朗宁夫人的。《最后一次一起骑马》以其奇妙的构思和大胆的心理剖析见长。此诗讲述一个年轻人在失恋后请求恋人最后同他一起骑马的故事。他的恋人答应了他的请求。在一起骑马出行的过程中，年轻人观察到许多美好的自然景象，还联想到了政治、艺术等问题。通过思考年轻人认为生活比艺术更伟大；美就在生活当中。最后年轻人坦然接受了分手的结局。在诗歌的结尾处，年轻人找到了他的天堂：

> 如果我们继续骑马又会怎样？我们两个
> 生命永在，年老而又新鲜
> 不是完全，而是只有些许变化
> 短暂的瞬间成为永恒，——
> 而天堂恰恰证明她和我
> 骑马，一起骑马，永远，永远？（《最后一次一起骑马》第十节，第 6~11 诗行，笔者译）

该诗充满激情，揭示出诗人对爱情、对生活的深刻思考。

《再说一句》是诗集《男人和女人》中的一个重要作品，是勃朗宁献给勃朗宁夫人的爱情诗。该诗以勃朗宁自己的口吻写成。诗人回忆了历史上一些著名艺术家表达爱情的方式，发现他们都做出了不同寻常的选择，如画家拉斐尔为自己所爱的人写了十四行诗，而文学大师但丁则为自己所爱的人画了一位天使。他们都用非常独特的方式表白爱情，既自然又真挚。诗人觉得自己除了诗歌之外没有其他表达方式，所以他决定不用他惯常的戏剧形式，只采取说话的方式。诗人认为，尽管这种表达方式过于简单，但是却寄托了诗人的真切情感，向自己的爱人展示了自己心灵的一个侧面。该诗表达了勃朗宁对妻子的无限眷恋。[33]《废墟中的爱》（“Love Among the Ruins”）是一首反思历史的诗篇。诗中的说话人在等着会见情人。此刻他眺望意大利的乡村，不禁浮想联翩。他想象到这个地方曾是古罗马帝国的遗址，这里应该

> 曾是一座伟大欢乐的城市
> （人们这样说）
> 也恰是我们国家的首府，国家的王子
> 很久以前

曾在此控制朝廷，召集议会，遥控
战争与和平。[34]

人们可以想见过去这里是多么繁荣强大，可是现在却面目全非。随着时光的流逝，一切都消失得无影无踪。人们能够看到的只是广阔的原野和吃草的羊群。由此，说话人不禁感慨万千。确实，从古到今，人们都在追求权力，不惜为权力付出一切代价。但是权力又能维持多久？

啊心灵！啊凝固的血，燃烧的血！
尘土已经回覆
为了几个世纪的蠢行、喧嚣与罪恶！
封住他们
连同他们的胜利、荣耀和所有的一切！
爱是最美好的。（《废墟中的爱》，第79~84诗行，笔者译）

说话人认为权力是相对的，不论他的权力有多大，最终都将消失。最后说话人认识到，只有爱才是永恒的，是战胜一切的伟大力量。

《值得纪念的事》（“Memorabilia”）是一首隽永的小诗，反映出勃朗宁使用隐喻的技巧。诗中的诗人遇到一位见过大诗人雪莱的人。那个人向诗人讲述他见到雪莱的情形。在倾听讲述时，诗人表现出敬畏的神情。于是他不停地追问关于雪莱的事情，问雪莱是否停下来同他说了话。那个人则嘲笑了诗人的举动。这时诗人明白了：虽然那个人见到了雪莱，但是对雪莱却没有真正的了解。这时诗人联想到幼时穿过沼泽地寻找老鹰的情形，当时他没有见到老鹰，只发现了老鹰的羽毛。乍一看，读者会问，老鹰的羽毛和雪莱的事有什么关系呢？其实这首诗妙就妙在这里。诗人实际上采用了一个隐喻的方法，暗指见到雪莱的那个人只知其形、不见其神。事实上，见过雪莱的那个人只是见过雪莱的外形，而对雪莱的内涵则一无所知。这首诗歌模仿了华兹华斯的诗歌技巧。全诗共有4个诗节，每节4行，采用了4音步抑扬格的形式，韵脚为abab，非常规则。

同《戏剧性抒情诗》和《戏剧性浪漫故事》一样，《男人和女人》也有关于意大利文艺复兴时期的诗歌。其中有两首戏剧独白不可忽略。一首是《里波·里比修士》，另一首是《安德利亚·德尔·沙托》。两首诗

歌都描写了意大利文艺复兴时期著名画家的故事，同时探讨了艺术的本质和画家如何从事艺术创作等问题

《里波·里比修士》是一首无韵体诗歌，共180诗行，在格律上大部分采用5步抑扬格，语言趋于口语化。该诗的主人公里波·里比是15世纪意大利的一个修道士，也是一位有名气的画家。诗歌写到里波·里比晚间在外面逗留，被士兵撞到。士兵对他进行询问，于是他便滔滔不绝，向他们讲述修道士的生活。在陈述中，里波·里比谈到艺术的本质和作用的问题，包括艺术应否忠实于生活、艺术是否具有教育意义、艺术是否应该为宗教服务、应该由什么类型的艺术为宗教服务，等等。里波·里比谈到一个非常实际的问题：他在画天使的时候应该以谁为参照？是现实生活中的人？还是完全出于想象的人？比如里波·里比画了一组人物，画中人物几乎同现实中人物一模一样，其中有修道院院长的情妇，还有里波·里比的邻居。他这样做是否正确呢？对于这个问题勃朗宁似乎未置可否，而是给读者留下了更大的思考空间。

《安德利亚·德尔·沙托》描写另一位意大利文艺复兴时期画家的生活。同里波·里比一样，安德利亚也生活在佛罗伦萨，曾被聘为法国宫廷画师。诗歌所写的是安德利亚跟自己的妻子露克丽吉娅（Lucrezia）的谈话。诗歌的开始显示两人的关系并不融洽：

> 可是让我们不要再吵了，
> 不要，我的露克丽吉娅；再忍受我一次：
> 坐下吧，一切按你希望的去做。
> 你把脸转过来了，可是你的心在吗？（《安德利亚·德尔·沙托》，第1~4诗行，笔者译）

读完整首诗歌，读者可以体会到他们的婚姻确实对安德利亚的艺术生涯产生了不可估量的影响。整个诗歌是安德利亚对自己一生的描述，也是对自己艺术品质的一种评判。当年由于受到妻子的影响，安德利亚离开法国宫廷，前往意大利。他离开时，国王给他提供了一些资金，一方面资助他从事艺术创作，另一方面让他为法国宫廷购买意大利艺术品。结果，到意大利后，他用这些钱财为自己置办了房产，再没有回到法国去。安德利亚的生活并不幸福，因为他的妻子露克丽吉娅好像根本不爱他，同时她生活不

检点，欠了许多赌债，还有了外遇。此时她的情人正在外面用口哨召唤她。最后，安德利亚觉得自己无力改变现实生活，只得做出妥协。精神疲惫的他给了妻子一些钱，答应卖画为她还债，让她去见情人，而他自己则静坐在那，继续想着画画的事。从安德利亚的讲述中，人们可以看到他矛盾的心理状态。他一方面悲叹现实生活使他没能实现他作为艺术家应有的追求，另一方面又有一种满足感：他认为自己的画比米开朗基罗和拉斐尔的画在技巧上略胜一筹。《安德利亚·德尔·沙托》是一首无韵体诗，诗行多为5步抑扬格，采用自然的口语形式。在这首诗中，人们不难看出勃朗宁的艺术观点。勃朗宁强调艺术不只是技巧的展示，而是心灵的升华。

在以中世纪和意大利文艺复兴时期为题材的作品中，还有一些是关于音乐家和学者的。其中包括《加卢比的一首即兴演奏曲》（“A Toccata of Galuppi's”）、《萨克森·哥达的老师修古斯》（“Master Hugues of Saxe-Gotha”）、《佛罗伦萨的古画》（“Old Pictures in Florence”）和《一个语法学家的葬礼》（“A Grammarian's Funeral”）。这些诗歌都是勃朗宁最典型的诗歌，充分体现了勃朗宁的艺术成就。《加卢比的一首即兴演奏曲》是这类诗歌的代表。它描写一个人的回忆。诗歌的主人公正在听18世纪威尼斯作曲家加卢比的一首托卡塔曲，即即兴演奏曲。音乐使主人公想象到威尼斯的生活情景。他仿佛能看到威尼斯生活的每个细节，诸如化装舞会，一对恋人在一个角落里的窃窃私语等。《加卢比的一首即兴演奏曲》的诗歌形式非常特殊，采用了8音步扬抑格的诗节形式（每行16个音节，或8个重音），具有绚丽的音乐效果。8音步扬抑格的诗歌形式在英国的诗歌中非常少见，所以人们普遍认为《加卢比的一首即兴演奏曲》是非常难得的佳作，充分说明了勃朗宁非凡的艺术才能。

《男人和女人》中还有两首描写诗人的成功作品：《克里昂》（“Cleon”）和《它如何感动了一个当代人》（“How It Strikes a Contemporary”）。这两首诗歌记录了两个想象出来的诗人的独白。克里昂夸耀自己在诗歌和艺术方面的卓越成就，把自己和荷马等古代文学艺术家相比。可是到最后克里昂不得不承认自己的作品确实没有古代诗人的作品那么伟大。《它如何感动了一个当代人》中的诗人维拉多里德（Valladolid）是一位无名诗人，但却能洞察人类的各种现象。维拉多里德被看成是勃朗宁的自画像。

《罗兰少爷来到黑塔》（“Childe Roland to the Dark Tower Came”）是一首表现探索主题的诗歌。诗名取自莎士比亚《李尔王》中的诗句。“少爷”是古老贵族的头衔，指没有加封爵位的青年人。在这首诗中年轻人罗兰少爷决意去寻找黑塔。他历尽艰辛，穿过恐怖的荒原，战胜恐惧，最终到达梦寐以求的地方。在那里罗兰少爷吹响了自己的号角。全诗共 34 个诗节，每节 6 行。该诗的语言比较粗糙，似乎与诗歌所描写的内容相呼应。

《戏剧人物》

《戏剧人物》于 1864 年发表，收录了 22 首诗歌，其中《塞特保斯岛上的卡利班》（“Caliban upon Setebos”）、《艾卜特·佛格勒》和《本·埃兹拉牧师》（“Ben Ezra”）最为著名。

《塞特保斯岛上的卡利班》以莎士比亚的戏剧《暴风雨》中的丑陋而又凶险的奴仆卡利班为原形。这首诗歌表现了卡利班对神和自然的思考。勃朗宁以此反映人们同宗教和大自然的斗争。诗中传达出达尔文的进化论思想。

《艾卜特·佛格勒》以德国的音乐家艾卜特·佛格勒为原形，表现了音乐家对音乐的深刻理解。在诗中，佛格勒在演奏音乐时想象随意驰骋。《艾卜特·佛格勒》和《加卢比的一首即兴演奏曲》一样，是勃朗宁把音乐引入诗歌领域的大胆尝试。

在《戏剧人物》中还有一首诗《布劳斯皮斯》（“Prospice”）比较重要。在这首诗中，勃朗宁表达了他忠于上帝、不怕死亡的观点。

《我已故的公爵夫人》

这首诗所讲的故事似乎很简单。公爵弗雷拉似在和一个来人谈话，来人似乎是代表一个伯爵前来为其女儿求亲的。公爵要和这位伯爵家的女儿结婚。来者到公爵府邸和公爵商谈嫁娶（包括嫁妆）问题。来者要求欣赏一下上面罩了帘布的画。画中年轻美貌的女子就是已故的公爵夫人。公爵开始忆起画这幅肖像时的情形，也忆起公爵夫人。公爵说公爵夫人行为轻浮，好像任何人都可以得到她的微笑，都能让她的脸上泛起红润。公爵认为公爵夫人一点也不珍惜他的古老家族的名声，情况越来越严重，于是他“下了命令……一切微笑都停止了”。然后他请客人和他一起下楼。下楼时，他请客人看他的海神驯马的雕塑品。

该诗采用了戏剧独白形式，成功地向读者展示出公爵的心理状态。诗作使用了押韵的 5 步诗行以及续行的方式，促使读者一口气读完全部内容，对揭示公爵的性格起到推波助澜的作用。而公爵所说的话断断续续，也使诗歌触及了读者的心理层面。读者要想理解这首诗歌，想了解到底发生了什么，必须自己去猜测。勃朗宁很好地处理了戏剧性叙事人、沉默的听者以及戏剧性场景之间的关系，表现出典型的戏剧独白诗的艺术特色。

勃朗宁在这首诗中成功地刻画出公爵这个人物的性格。读了文本，人们首要的印象是，此诗描绘出一个心胸狭窄、心狠手辣、唯利是图的罪犯的内心世界。这个人把妻子看成自己的财产，完全不尊重她的人格和人权。[35]他说“我最后的公爵夫人”，这意味着他可能已经有过几个夫人。诗作的表层意义是，公爵心里有恨。他对来客说，由于公爵夫人不分对象，逢人便笑，有辱他家900余年的声誉，于是他安排把她杀掉：

> 哦，先生，她是微笑，毫无疑问，
> 每当我走过她身旁时；但又有谁走过而不引起
> 同样的微笑呢？这愈来愈严重，我下了命令，
> 于是一切微笑都停止了。（笔者译，下同）

他向人们表示他的威严、权势、他的绝对占有欲。他有900余年的门第撑腰，天不怕、地不怕。这是他在向来人宣扬他的“可爱”之处。

显然，他杀死夫人的原因是出于嫉恨和虚荣。他要来人转告他对未来夫人的要求：带钱来、守妇道、听他安排，否则后果是可想而知的。这个公爵表现出一副完全可恨可憎、不知羞耻、贪婪、虚伪的嘴脸：

> 我重说一句，
> 令东伯爵大人素以慷慨闻名，
> 让人足以相信，我正当的
> 嫁妆要求不会遭婉拒；
> 虽然，像我开始说的，他的美貌女儿
> 才是我的目的。不客气，咱们
> 一起下楼吧，先生。但请看这海神奈普顿
> 在驯服海马，人们说是个稀有物品，
> 是殷斯布鲁克的克劳斯为我用青铜铸成的。

这里有几个问题需要回答。第一个问题是，他既然恨，那他又为何把她的画像挂出来呢？而且，画像用帘布覆盖，只有他有权揭开让人观看。

人们仔细琢磨便可以得知，他讲公爵夫人的“丑事”时，表现出他对妻子观察得非常仔细：“当看到这画上的面容，/ 它顾盼间所流露出的深情厚谊”，“她怎么会有这样的眼神”（意思是说“这样美妙的眼神”），公爵夫人面上泛起的红晕，她的外套盖住的手腕，她的“那淡淡沿了喉头慢慢消失的红晕”，等等，加上“*我*最后的公爵夫人”（斜体为笔者所加）这句介绍用语里的“我”，这些都表现出公爵是个“注视者”（gazer）。[36]

他对妻子看得仔细，是因为他极其在乎她。这说明，在他心里，他对妻子不完全是恨；他可能真爱过她，而且仍然想念她。这是文本字里行间透露出的内涵，它显然“推翻”了上面说到的文本的表层意思。[37]

第二个问题是，一个人杀了人，会公开对人讲吗？诗中讲，公爵正在跟一个来人谈话，他似乎毫无顾忌，把自己的罪行讲给客人听。在古代意大利，就是公爵杀人也要受到法律制裁。这一点我们阅读诗人的长诗《戒指与书》就可以得知。公爵应当熟悉法律。一般说来，罪犯不会公开自己的罪行。假如他确实杀了自己的夫人，而又肆无忌惮地对人讲述，这只能说明他精神失常了，就像美国 19 世纪作家埃德加·艾伦·坡（Edgar Allan Poe, 1809-1849）的小说《泄密的心》（“Tell-Tale Heart”）里描绘的那个罪犯一样。这种人所说的话是不可信的：他也可能真像他自夸的那样谋害了夫人，但他所说的一切也可能是他自己虚构出来的，包括他说的“我下了命令，于是一切微笑都停止了”，以及来客求婚等事，都是他的头脑的臆造，这种臆造或是他的想入非非，或是他有贼心而无贼胆，通过想象而达到某种心理平衡，等等。以此类推，诗作里所说的整个事件可能完全是虚构的产物。这就是说，文本所传达的意思，不论是表层的意思或它的内涵，都可能是不可信的。推而广之，任何文本都具有某种不可信的性质。[38]

第三个问题是，他的确杀了夫人，可是他并没有对别人讲这件事情。在这种情况下，文本所表现的对话，可能意味着什么呢？他又是在和谁说话呢？人们可以揣测，他可能是在自言自语，也就是内心独白，有点像意识流，像 T. S. 艾略特笔下的人物普鲁弗洛克一样。在这种情形下，公爵可能是“伊德”（id 或下意识），听话人是自我（ego），公爵实际是和自己说话。[39] 他为什么要自言自语呢？一般说来，人不到内心实在不能应付时，是不会这样做的。公爵之所以自言自语，一种可能是，他在杀掉夫人后，心里感到忐忑不安、后悔、愧疚，或良心发现、忏悔，觉得自己的行为过于鲁莽，也或许觉得曾是那么可爱的夫人从眼前消失，有些内心空虚，等等。这说明这个公爵可能不是一个十恶不赦的人，他还有点良心，对他的前妻尚存在某种歉疚和爱恋。

如此看来，这首诗的内涵是多层面的，需要人们进行不断的研究与发掘。

最后还有一点需要说明。勃朗宁笔下的弗雷拉公爵形象，并不是一个个别人物。他代表着一个类型。这种人多属于恶人，有些是大恶，但又不完全是十恶不赦的人。不论在现实生活里，或是在文学作品中，这种人是存在的。在西方文学中，比如在《圣经·新约》里，和耶稣一起被钉在十字架上、最后要求耶稣赦免的那个罪犯（《新约·路加福音》），莎士比亚所刻画的克劳迪斯（《哈姆雷特》）、麦克白及其夫人（《麦克白》），乔治·埃略特的《米玛镇》里的布尔斯特罗德，哈代的《德伯家的苔丝》里的克莱尔，霍桑的《红字》里的狄姆斯蒂尔，易卜生的《海达·基伯勒》里的海达，等等，大体都属于这类人。

《我已故的公爵夫人》在文学史上是一首很著名的诗歌。它设计了特定的情节，让一个人物敞开心扉，畅所欲言，借此抒发他的内心世界。它象征着作家观察和表现世界的方式在发生转变，即从外部向内心活动的转变。从某种意义上讲，布朗宁开创了现代心理诗歌。《我已故的公爵夫人》留下一个内心之谜，让世代读者解读。

《戒指与书》

叙事史诗《戒指与书》是勃朗宁后期最重要的作品，也是他一生的代表作。全诗为 4 卷本，共包括 12 个部分、21000 千行。在诗中，勃朗宁关注小人物、小事件，从历史中精心选取人物和事件，把过去与现实巧妙地联系起来。勃朗宁使用大量戏剧性独白，列举包括原告、被告、律师、主教等众多人物在内的各种看法，揭示各种人物的本性和自身的矛盾性。这首诗表现出诗人对正义的信念。

《戒指与书》是根据勃朗宁发现的一个旧文件写成的。1860 年，勃朗宁在佛罗伦萨的一个书店里偶然看到一本谋杀案的审判记录，买回细阅，觉得其中诗意颇浓郁，后来据此写成两万余行的长诗《戒指与书》。勃朗宁能从纷繁的庭审记录、信件和小册子中提炼出故事的精华，写成这样一部引人入胜同时技巧精湛的诗作，实在了不起，这充分说明勃朗宁具有广博的知识和敏锐的洞察力。这部诗作为英国诗歌的发展做出了重要贡献。[40]

《戒指与书》讲的是古意大利一个年老贵族杀害年轻妻子的故事。

这首长诗讲，家道衰落的老伯爵基多和少女蓬皮丽娅结婚，目的是侵占蓬皮丽娅的嫁妆。后来蓬皮丽娅的父母去看望蓬皮丽娅，发现她生活在贫困之中。他们猜透基多伯爵的打算，于是追回了嫁妆。基多由于计划落空，又得知蓬皮丽娅并非现在的父母所生、其生身母亲是妓女以后，就开始虐待蓬皮丽娅。蓬皮丽娅难以忍受痛苦的折磨。在紧急时刻，年轻牧师加蓬沙吉冒险欲把蓬皮丽娅救出火坑，帮她出逃，却遭到基多的污蔑。基多指控他们犯通奸罪，二人双双入狱。蓬皮丽娅被判有罪而被遣送到一家修道院，加蓬沙吉遭到放逐。圣诞节时蓬皮丽娅回养父母家，基多贼心不死，趁机又设毒计，杀害蓬皮丽娅及其养父母。在对基多进行审讯期间，蓬皮丽娅面临含冤九泉的不公正处理，教皇出面，判决基多死刑，终于使真相大白，蓬皮丽娅的名誉得到恢复。这就是题目中的“书”。“戒指”则代表金子般宝贵但却很难得到的真相。勃朗宁把这当作一个比喻。他说：

有一种技艺，
（工匠们告诉我）是一种人们认可的技艺
……
那技艺，打个比喻，是技师用蜂蜜
将蜡溶化；用合金和金子混合，
将二者适度调合
制造出可用之浆，而后锻造开始
而当锻造结束时，炼出一枚戒指
哦，将之恢复原状！只是表面上
撒上一种适量的灼热的酸，
合金就分开，化为气体飞离；
现在只剩下金子，保持着其形状，
圆形的曲线极其优美，似百合花般可爱细腻，
它曾是金子，现在是，也永远是：
原始的自然加上了技艺——

没有失去一克拉，可你却得到了一枚戒指，
原因何在？“可以说，它是一个符号，一个象征；
此时此刻，是所指事物的一个标志。”（第一部分 10~33 诗行，

笔者译）

在这里，诗人试图破除掩盖在事实表面的层层迷雾，接近并找到真相。这个过程好比金匠制作金戒指，他需将真金与合金首先混到一个模子里，然后再除掉合金，才能做成戒指。勃朗宁就借用这个道理，喻指在揭示真相之前需要排除许多谬误。这种独特的手法和它所表现的相对性将成为后来作家汲取的源泉。

《戒指与书》揭示了多重主题，这其中包括诗人对真理的本质和人类认识可靠性的探讨。人对事物的看法常常因人而异，对同一事物存在着多种观察视角和相互矛盾的评论。这就决定了一个认识论事实，即真相不易被发现。勃朗宁基于这种认识，在长诗里展现多种视角，以充分表明假象常常掩盖真相的道理。该诗在开头一段前言之后，接下来表达了多种人的看法：罗马的一半人对于谋杀案的观点，罗马另外一半人的观点，“第三者”的态度，基多对谋杀案的讲述，加蓬沙吉的说法，法庭的陈述，教皇的决定，基多的傲慢无礼和崩溃，以及对罪犯的处决。作家把事实——“公说公有理，婆说婆有理”的情况——不加编辑地呈现给读者，目的是让人们自己深入观察和思考，做出自己的判断。该诗说明了一个深刻的哲学道理，即人出于偏见和无知，不可能认识事物的全面，最多能了解部分事实和真理，这决定了认识的相对性。

《戒指与书》是一部典型的维多利亚时代的作品。它展示了那个时代所具有的一些价值观念，包括强调家庭观念和孝道、重视婚姻和相互忠贞不贰、宣扬母爱，等等。蓬皮丽娅是美德的化身。她是一个好女儿、好妻子和好母亲。她的心里蕴藏着无限真诚的爱。她富于感性和直觉，具有纯洁天真的精神，对于她所处的世界来说，她过于完美了。因此，现实中的她永远任由各种社会邪恶势力摆布。她的丈夫基多伯爵则完全是她的对立面。蓬皮丽娅完全是精神的代表，而基多则纯粹是物质世界的化身，他自私自利、老谋深算、蝇营狗苟，极其擅长利用社会的风俗和制度达到自己的目的。对他而言，爱是不存在的。婚姻只是他致富的捷径，夫妻相互忠诚在他看来一文不值。他是诗人辛辣的讽刺对象——理智——的化身。残忍、暴力、恶毒的基多伯爵成为邪恶的典型。诗中两个主要人物和社会不同态度所构成的鲜明对比让人反思。

《戒指与书》还揭示了17世纪西方社会中普遍存在的法律和道德方

面的问题。例如，妇女的地位、家庭暴力、婚姻状况、财产继承、社会责任，以及文明社会中名誉的重要性，等等。人们可以借此了解当时的社会状况。尽管《戒指与书》的世界基本上还是一个讲求道德的世界，但读者掩卷之后会深感沉重，这不只是因为好人没得好下场，而主要是社会对受害者所持的那些根深蒂固的偏见让人心中不安。政府、教会（修道士和蓬皮丽娅求助过的大主教）、司法制度以及民众的观点——这些或者太腐败，或者太自私狭隘，或者对小人物的死活漠不关心。这反映出勃朗宁对社会的批判（虽然这种批判有些“犹抱琵琶半遮面”的味道）。

《戒指与书》也体现出勃朗宁的美学原则。在诗的第一部分和最后一部分，勃朗宁强调了艺术家的作用。他认为艺术家一方面从上帝那里得到灵感和创造性，另一方面又对人类社会负有义务。长诗探讨了诗歌的作用和技巧，如诗歌是否反映事物的普遍性，读者在诗歌表达中起到什么作用，等等。在勃朗宁看来，艺术家在上帝和人类之间起着桥梁的作用：

> 如果每个人的灵魂都是珍贵的
> 那么，像我一样的英国公众，可能
> （圣母玛利亚，阿门！）从这里得到一个教训
> 这种教训应让芸芸众生都吸取：
> 这个教训说我们人类的语言无足轻重
> 我们人类的证词是谬误，
> 人类的判断和我们的名声是空谈与废话。
> 为何采用艺术，为何做诸多证明？
> 因为，这是艺术的光荣与作用，
> 这艺术，继续有可能通过一种途径
> 向至少像我这样的人传递真理之声。（最后一部分第830~840诗行，笔者译）

勃朗宁是英国伟大的诗人之一，为英国诗歌的发展做出了突出贡献。在相当长的一段时间内，世人曾从勃朗宁的诗里吸取到生活的勇气和奋斗的精神。但作家的艺术价值随着时代的变化也在变化，勃朗宁也不例外。在当代，评论家似乎对勃朗宁诗作的内容已兴味索然，而对其技巧却津津

乐道。

勃朗宁的诗歌体现出在艺术上的创新精神。他在诗歌的语言上进行大胆实验，采用戏剧独白的形式，用心理剖析的方法呈现现实，通过对诗中人物和戏剧性场景的设置探讨人的心理，他被视作新的心理描写诗歌的先驱。他用象征和神话手法将古典故事与诗歌结合起来，为现代诗人发现和使用古典故事树立了典范；他的现实主义和心理剖析促使现代诗人发现和使用象征和神话。勃朗宁以创造性的艺术技巧和深刻的思想及丰富的题材开辟了诗歌的新天地，为后人留下了一宗宝贵的精神财富。[41]

伊丽莎白·巴雷特·勃朗宁（Elizabeth Barrett Browning, 1806-1861）

伊丽莎白·巴雷特·勃朗宁，著名诗人罗伯特·勃朗宁的妻子，是英国维多利亚时期著名女诗人。她于1806年3月6日出生在英格兰东北部达勒姆郡的考克斯霍豪，是家里12个兄弟姐妹中最年长的一个。伊丽莎白在家接受教育。她自幼天资聪颖，勤奋好学，掌握了法语、拉丁语、希腊语和希伯来语等多种语言，谙熟古典文学。伊丽莎白10岁之前就阅读了莎士比亚的戏剧、弥尔顿的《失乐园》、蒲伯翻译的荷马史诗以及英国、希腊和罗马的历史；10多岁时阅读了古希腊和古罗马著名作家的原文作品和《圣经·旧约》等书籍。伊丽莎白具有出色的创作天分，14岁时她出版了第一首长诗《马拉松之战》（*The Battle of Marathon*）。全书分四卷，用押韵的对句形式写成。该诗是对蒲伯翻译的荷马史诗的模仿。伊丽莎白接着又出版了《论心智及其他诗歌》（*An Essay on Mind and Other Poems,* 1826）。她的父亲为这两部作品承担了出版费用。1833年，伊丽莎白翻译的埃斯库罗斯的作品《被缚的普罗米修斯》（*Prometheus Bound*）匿名出版。1838年又出版了作品《撒拉弗及其他诗作》（*The Seraphim, And Other Poems,* 1838）[42]，得到普遍关注。1842年出版的《孩子们的哭声》（“The Cry of the Children”）大大提升了伊丽莎白的名气。在同一时期她也为理察·亨利·霍恩（Richard Henry Horne）的《时代新精神》（*New Spirit of the Age*）写一些散文。1844年她的《诗集》（*Poems,* 1844）出版，受到当时读者的喜爱，同时得到许多著名作家的好评，确立了伊丽莎白在诗歌创作领域的地位。

伊丽莎白39岁时结识了小她6岁的罗伯特·勃朗宁。伊丽莎白同勃朗宁的交往主要起因于对诗歌的共同关注。伊丽莎白比勃朗宁成名较早，曾对勃朗宁的作品给予很高的评价。在《雅典娜神殿》（*The Athenaeum*）一系列关于英国诗人的文章中，伊丽莎白称勃朗宁是高尚而有天赋的人物之一。她还在《杰拉丁女士的求婚》（*Lady Geraldine's Courtship*）中把勃朗宁同丁尼生和华兹华斯等人列在一起进行了评论，称他是有才能的诗人。除此之外，伊丽莎白还和勃朗宁有频繁的书信往来。后来勃朗宁到伊丽莎白的家中去见她。见面的第二天勃朗宁就向她表达了爱慕之情。后来为了不让她的父亲知道，他们秘密在一个教堂结婚。伊丽莎白和勃朗宁婚后移居意大利，住在佛罗伦萨。他们在那里总共生活了 15 年，直到 1861 年伊丽莎白去世。勃朗宁夫妇的爱情故事真挚感人，具有强烈的浪漫色彩，在英国文学史上一直被传为佳话。

在寄居意大利的 15 年里，伊丽莎白继续诗歌创作。1850 年，她的《诗集》再版。在勃朗宁的坚持下，该版诗集包括了伊丽莎白献给丈夫的《葡萄牙人的十四行诗》。1851 年，她出版了《卡萨桂第之窗》（*Casa Guidi Windows*），表达了她对意大利政治事件的印象。《奥罗拉·雷》（*Aurora Leigh*）于 1857 年出版，是她最长的也是她自己称作最成熟的作品。1860 年，《议会前诗歌集》（*Poems before Congress*）出版，描写了意大利的政治生活。

作为诗人，伊丽莎白取得了很大成就。她的许多诗歌在当时就给人们留下了深刻的印象。几百年过去了，人们仍然诵读她的诗歌，并且仍旧感受到她的诗歌的魅力。当然，首先要提到的是她的爱情抒情诗。《葡萄牙人的十四行诗》是伊丽莎白最著名的诗歌作品，表现了她对勃朗宁的真挚爱情。其中的一首《我多么爱你》（“How Do I Love Thee”）最为著名：

四十三

我是如何眷恋着你？让我想想看：
我灵魂中充溢着爱你的情感——
深邃、宽广、高耸云天，好似我探求
玄冥中上帝的恩德和厚爱。我爱你，
好像日光和烛焰——生活难以离开；
我爱你，就像男人们为正义斗争的精神，
那样饱满；我爱你，纯洁地好似赞美声中
低下的红脸；我爱你，深情满怀，

就像往日的悲哀；我爱你，这颗心纯真地
宛如童心一般；我爱你，好像
我早年献给圣者的爱慕满怀；
我爱你，它将与我终生的呼吸、
微笑、泪水为伴；假如上帝下旨，
我死后，会把加倍的爱献给你！[43]

该诗集共包括44首十四行诗，主要记叙了她和勃朗宁结婚前后的事情，记录了他们从相识到相爱的全过程。这些诗歌以一种非常抽象的方式反映了诗人复杂的情感发展过程。读者可以体会到，这些诗歌中所表现的情感中有痛苦，有怀疑，有激情，有恐惧，更有无限的喜悦和幸福。这恰恰是伊丽莎白本人丰富情感的真实写照。

伊丽莎白对社会和政治尤为关注。伊丽莎白的许多诗歌都表现出社会的、道德的和政治的色彩。可以说，伊丽莎白是通过诗歌实现了个人与政治的平衡。和维多利亚时期的其他重要诗人不同，伊丽莎白明确而又直接地面对政治问题。在她早期的宗教性诗歌中就已经明确地表现出一位诗人的责任感，而在她的以家庭、国际问题和性别为主题的诗歌中，她作为诗人的责任感表现得更为充分。她关心英国社会情况，关注社会中存在的不平等现象，对英国社会对矿山童工的压迫给以严正的批判。《孩子们的哭声》就是其中代表性的作品：

十三

他们抬起苍白消瘦的脸儿，
那可怜的样子真让人心颤，
令人想起高高在上的天使们。
抬头仰望上帝，天使们说：
“你这残酷的国家，还要多久
为了你们的世界，去践踏孩子们的心灵。
为了在市场上牟利取胜，难道
用铁蹄窒息孩子们心脏的搏动？
我们鲜血四溅，换来你们堆金如山；
沾到你们身上的斑斑血迹，照亮你们前进的路！

但是，孩子们在寂静中的哭泣声，
是比强者的愤怒还要猛烈的诅咒！”[44]

《孩子们的哭声》发表于1842年，全诗共13个诗节。这首诗是在她的一个朋友霍恩（R. H. Horne, 1803-1884）写的关于英国工厂和矿山雇用童工的情况报告的启发下写成的。伊丽莎白在诗中描写了当时孩子们所遭受的痛苦，批判了在工厂和矿山所存在的剥削和压迫。她指出了孩子们被剥夺了童年，只能以死来摆脱痛苦的真正原因，同时表达了她对上帝的不信仰，以及对国家的现在和未来的深切忧虑。

伊丽莎白还在诗歌中对奴隶制进行批判。《移民点逃跑的奴隶》（“The Runaway Slave at Pilgrim's Point”）和《希腊奴隶》（“The Greek Slave”）都表达了对奴隶的同情。伊丽莎白在诗中反对任何形式的奴隶制。在她眼里，不论是在世界的哪个角落，不论是哪个国家，不论是哪个人，只要是赞同奴隶制，就应该遭到批判。她批判自己的父母，因为他们的家庭都有过奴隶。她甚至写了一首《大卫·里恩》（“David Lyon”），认为自己因为用过奴隶而应该受到谴责。在这首诗中她不仅提到了奴隶主和奴隶的关系，也提到了父亲和女儿的关系。伊丽莎白认为她的父亲对待孩子们就像对待奴隶一样。

伊丽莎白还在诗歌中对政治表现出敏锐的洞察力。在定居意大利之后，伊丽莎白开始关注意大利的民族解放运动。诗歌集《卡萨桂第之窗》和《议会前诗歌集》及诗歌《母亲与诗人》（“Mother and Poet”）都属于这类作品。《卡萨桂第之窗》共包括两部分。第一部分表达了诗人的一种愿望，希望新唤醒的解放运动能促成意大利各州的团结和自由。诗歌的第二部分是在解放运动失败后写成的，表达了诗人的理想幻灭感。在十多年后，意大利又开始了自由斗争，但是后来被迫签署了停战协议，把威尼斯交给奥地利管辖。伊丽莎白的《议会前诗歌集》就是对这些事件的反映。在诗中，伊丽莎白批评了英国政府的不援助政策。1862年，伊丽莎白发表了诗歌《母亲与诗人》。这是一首抒情诗，共包括20首短诗，描写了意大利爱国诗人劳拉·塞维奥（Laura Savio）在得知自己的两个儿子都在意大利自由战争中牺牲的消息后的情景，表现了斗争的代价和痛苦。在这首诗中，伊丽莎白融会了对妇女的作用、命运以及女诗人作用的探讨：

二

去年，仅仅是去年我成为一位诗人，
男人们说作为女人我对诗道颇晓三分。
可又有谁知道，这个女人，她痛失双子悲伤
已极，
——因为东西两岸的涛声永远走不出她
的记忆，
永远也不会逝去……

五

是我的教育激励了他们，
用最朴素的语言道出国家的含义，这毫
无疑问。
需要时人们应为国家而献身，
自由、权力是我从未遗漏的教育成分。
一切皆为驱逐暴君。[45]

伊丽莎白时刻关注妇女的命运，尤其是妇女作家的命运。1857 年发表的《奥罗拉·雷》是这方面的代表作。《奥罗拉·雷》是一首具有说教性和浪漫色彩的叙事诗，用无韵体写成。全诗共 9 诗章，讲述了一个年轻女诗人奥罗拉·雷的故事。奥罗拉·雷的母亲是意大利人，父亲是英国人。母亲在她 4 岁时去世，父亲将她一手抚养成人。她 13 岁时，父亲过世，就被送到英国姑母处，姑母负责她的教育。姑母是一个老处女，没有多少温柔和同情心。奥罗拉·雷受到传统的教育，身心感到痛苦不堪，对姑妈的令人窒息的传统非常不满，这时她发现了父亲的藏书，她的一位表兄罗姆尼（Romney）对她也是一种安慰（第 1 诗章）。她在 20 岁上突然发现了大自然的美妙，一心要写诗，以抒发自己的感受。罗姆尼非常富有，是一位慈善家和社会活动家。他对妇女抱有偏见，认为妇女在社会中既没有能力也没有地位，没有必要写诗。他劝奥罗拉·雷放弃诗歌创作，加入到他的有意义的事业中来。罗姆尼向她求婚。奥罗拉· 雷拒绝了他，经过努力成了一个成功的诗人（第 2 诗章）。而罗姆尼则欺骗自己，要和穷苦的女缝纫工玛丽安·厄雷结婚。经过一系列传奇性事件之后，奥罗拉·雷和罗姆尼两人终成眷属，并且都了解了男人和女人在社会中各自的作用和力量。在这部作品中，伊丽莎白把她所生活的时代作为故事背景，把当代社会问题作为主要内容，借以探讨妇女问题。通过对一位女诗人的成长和发展过程的记叙，《奥罗拉·雷》揭示出妇女只有去除内心深处的大男子主义观念，才能充分展示自我。同时，这首诗也表达了诗人关于诗歌作用的观点：

是呀，但每个时代
在生活在那个时代的人看来（去问问卡莱尔）
却是最平淡。例如我们的，我们自己的时代
思想家们审视着它，众多的诗人们
不愿意触动它一手指。
这是白银的时代，——不过是一种合金，
镀着一层白银，
这是糟粕的时代，吞食着富有的过去，
这时代不过是补在旧衣服上的补丁，
这时代不过是一种过渡，本身毫无意义
它的继承者只能使它感到羞愧，
如果上帝愿意，我以为这些想法实为谬误，
错误的思想只能使得诗歌也浅薄。[46]

她认为“每个时代都可以拥有自己的史诗”（第5诗章）。

伊丽莎白被看成是英国最伟大的女诗人。她具有独特的创新精神。她的非正统的诗歌韵律和用词被看成是最大胆的实验，为后来的诗人们的诗歌技巧实验提供了楷模。她对政治和社会的批判在当时也是最大胆的，令人赞叹。另外，伊丽莎白具有很高的创作天赋，《葡萄牙人的十四行诗》是最好的佐证。伊丽莎白在去世以后，受欢迎的程度有所下降，但是人们不会忘记她的《孩子们的哭声》，不会忘记她的《葡萄牙人的十四行诗》，更不会忘记她的《奥罗拉·雷》。《奥罗拉·雷》中所塑造的主人公被看成是维多利亚时代真正的女性的代表，她热切关注社会问题，对知识和自由有着无限的渴望，同时又不断地在女人和艺术家的双重身份的矛盾中苦苦挣扎。伊丽莎白的诗歌为英国诗歌的发展做出了重要贡献。

马修·阿诺德（Matthew Arnold, 1822-1888）

马修·阿诺德是维多利亚时代著名的诗人和评论家。他出身名门。他的父亲是著名的教育家和罗马史学家，曾任拉格比公学的校长。阿诺德从小就接受良好的教育，先后就读于拉格比公学和牛津大学的奥利尔学院。大学毕业后，他先在拉格比公学短期任教，1845 年被选为牛津大学奥利尔学院研究员，1847 年开始担任辉格党领袖兰斯顿勋爵的私人秘书。在结婚成家的经济压力之下，他又设法谋得一个教育督学的差事，做了 35 年督学。他经常向家人和朋友抱怨这份工作是个“苦差事”，有时也认为他从中获益匪浅。因为他任教育督学的时期，恰是英国铁路发展的初期，因此可以乘火车赶赴英国各地执行公务，这使他有机会深入了解和切身体会英国的社会现实。他也曾因公去欧洲大陆考察教育制度。1857 年，他被选为牛津大学英诗讲座教授，任职 10 年。他成为该校有史以来首位用英文而不是拉丁文演讲的学者。1883 年～1884 年他前往美国讲学，就教育、民主和文学等举行了一系列讲座。1886 年，他从教育督学的职位退休，再次游历美国。1888 年他去利物浦，途中因心脏病突发而去世。[47]

早在拉格比公学读书期间，阿诺德就已经开始尝试文学创作，并获得过奖项。他的作品分为诗歌和散文两方面，其中散文涉及文学评论、社会评论、宗教评论和政治评论等。阿诺德的诗歌创作主要集中在 19 世纪 40 年代到 50 年代。和同时期的著名诗人丁尼生和勃朗宁相比，阿诺德的诗歌作品数量较少，而且题材范围也相对狭窄，但是却更真实地反映了维多利亚时期的思想状态。1849 年，阿诺德出版他的第一部诗集《迷失的狂欢者》（*The Strayed Reveller*）。1850 年，华兹华斯去世，阿诺德为这位浪漫主义诗人写出《纪念组诗》（“Memorial Verses”, 1853），并在《弗雷泽杂志》（*Fraser's Magazine*）上发表。之后阿诺德又先后出版过几本诗集。他最为著名的诗歌包括《多佛海滩》（“Dover Beach”, 1867）、《吉普赛学者》（“The Scholar Gipsy”, 1853）、《恩皮多克勒斯在埃特纳火山和其他诗》（*Empedocles on Etna and Other Poems*, 1852）、《拉格比教堂》（“Rugby Chapel”, 1867）、《被遗弃的人鱼》（“The Forsaken Merman”, 1849）等抒情诗，还有《索拉卜和鲁斯特姆》(*Sohrab and Rustum*, 1853）等叙事诗以及《诗集》（*Poems*, 1853）、《麦罗普，一个悲剧》（*Merop, A Tragedy*, 1858）和《新诗集》（*New Poems*, 1867）。

阿诺德对于自己的诗歌创作有比较清醒、客观的认识。他承认，论丰富和细腻的诗歌情感，自己比不上丁尼生；论诗歌的活力和才华的充沛，自己又逊于勃朗宁。只是就情感和活力两者的结合来看，他还有一点优势，并在创作中充分发挥了这一优势。他认为自己可以忝居第三位。[48]从总体而言，他的诗名也仅排在丁尼生和勃朗宁之后。阿诺德坚信自己的诗歌代表了英国 19 世纪 40 年代～70 年代的思潮。他的诗歌虽数量不多，但质量可圈可点。

19 世纪 50 年代，阿诺德逐渐放弃诗歌创作，转向评论性散文写作。他起初是做文学批评，后来转向文化批评，对当时以及后来的文学批评和文化观念产生了重大影响。他的突然改弦易辙，令许多诗人（包括丁尼生和勃朗宁在内）都深感遗憾。这种转向的原因，部分地是因为他认为自己的作品色调过于阴郁，甚至达到病态的程度。这样的诗歌不能像从前的诗歌一样激励人们，给苦恼的人生带来快乐。而他心目中的好诗必须能抚慰和鼓舞人心。他和他以前的柯勒律治（Samuel Taylor Coleridge, 1772-1834）以及之后的华莱士・史蒂文森（Wallace Stevens, 1879-1955）都持有相似的文学信条。他们都相信，在动荡的时代，诗歌应该带给人们快乐、幸福、爱和稳定感。从事批评性的散文创作也许会对社会的改善起到一定作用。他这样做对英国诗歌史来说确实是个遗憾，但是对于批评史来说则是一件幸事。阿诺德写出了多部批评著作，推崇经典，主张普遍性的美学原则，创建了系统性的文学批评和社会批评理论，为英国乃至世界的批评领域做出了突出贡献。

作为文学批评家，阿诺德的理论新颖而富有权威。英国的一些批评家——如屈莱顿、柯勒律治、T. S. 艾略特等——的理论给人们一种权威感、稳定感和确定感，阿诺德也是其中的一位。阿诺德的批评作品主要有《诗集序言》（*Preface to Poems*, 1853）、《论文学中的现代因素》（*On the Modern Element in Literature*, 1869）、《评荷马史诗的翻译》（*On Translating Homer*, 1861）、《评论集》（一）（二）（*Essays in Criticism*, 1865, 1888）、《文化与混乱状态》（*Culture and Anarchy*, 1869, 1875）、《友谊的花环》（*Friendship's Garland*, 1871）、《爱尔兰论文集》（*Irish Essays*, 1882）、《凯尔特文学研究》（*The Study of Celtic Literature*, 1867）、《圣保罗与新教》（*St. Paul and Protestantism*, 1870）、《文学与教条》（*Literature and Dogma*, 1873）和《上帝与圣经》（*God and the Bible*, 1875）等。

阿诺德很关注文学评论，主要作品包括1853年他为自己的诗集所写的《序》、由系列英诗讲座构成的《评荷马史诗的翻译》和《再评荷马史诗的翻译》以及《评论集》（一）（*Essays in Criticism*, 1865）和《评论集》（二）（*Essays in Criticism*, 1888）。在上述著作里，阿诺德不仅提出了自己的诗歌理论，还对古往今来的诸多诗人进行了评论。如今，这些理论和评论已经成为英国文学批评史的重要部分，对后世的许多文学批评家产生了不小的影响。

阿诺德被看成是“第一位现代批评家”，具有独特的批评观。首先，阿诺德认为文学批评的目的在于了解世界上人们所了解的和思考过的最好的作品，以创造一系列真实和新颖的观点。其次，阿诺德在批评中使用了比较和分析的方法，在批评中融入科学性和客观性。另外，阿诺德对拜伦、雪莱和济慈等浪漫主义诗人的评价是描述性批评的里程碑。作为一个诗人批评家，阿诺德在英国诗人批评史中占据重要地位。

阿诺德毕生通过散文写作对人们进行广义的文化教育。他希望能够转变人的内心，使人性和社会趋向完美。他的诗歌、文学理论和评论，一直到后期的社会和文化批评，一直以这样的理念为导向。如果人们把他的诗歌《多佛海滩》和他最负盛名的批评论著《文化与混乱状态》放在一起比较，就会发现他的诗歌与批评之间存在着内在的一致性。

阿诺德的散文著作以《文化与混乱状态》和《文学与教条》最为著名。在《文学与教条》中，阿诺德对当时的宗教信仰提出了批评。他受哲学家斯宾诺莎（Benedict de Spinoza, 1632-1677）和父亲的影响，批评了基督教所包含的许多迷信色彩。他在此书的《序》中直截了当地指出，基督教的天堂和希腊神话中的奥林匹亚一样，皆非事实。[49]在当时讲出这样的言论表现出他的执著和勇气。

有评论家指出，阿诺德的最大天分在于“感受”。这里所说的“感受”并非指一见风吹草动就会伤春悲秋的小心性，而是说阿诺德能洞穿种种喧哗与骚动，探查到社会生活表层之下的深层病因。[50]阿诺德的视野几乎扩大到社会一切领域。他在繁忙的公务之余，从文学创作和文学批评转向社会批评、政治批评、宗教批评和教育批评等多个领域，并且在每个领域里都取得丰硕的成果。他的综合成就在维多利亚时代首屈一指。作为批评家的阿诺德的影响力甚至胜过麦考莱（Thomas Babington Macaulay 1800-1859）、卡莱尔（Thomas Carlyle, 1795-1881）等人。

《文化与混乱状态》

《文化与混乱状态》全名为《文化与混乱状态：一篇政治和社会批评文章》（*Culture and Anarchy: An Essay in Political and Social Criticism*, 1869），被公认为阿诺德的文化批评代表作。这部著作实际上是他的诗歌创作理念和文学批评理论的延续与发展。《评论集》（一）发表后引起的社会关注，尤其是中产阶级的关注，使阿诺德意识到将自己的批评范围延伸至整个社会、文化领域的可能性和重要性。随着人们将他的批评称作"文化福音"，他感到一种文化使命感的激励。于是，他趁热打铁，于1867年～1869年间连续发表了系列文化评论。这些评论集结成书后于1869年出版，即《文化与混乱状态》。这本书是阿诺德最重要的著作之一。

本书针对英国普遍存在的沾沾自喜的地方主义风气和整个英国人的无知状态，提出了建设性的解决办法。阿诺德认为，随着中产阶级逐渐掌握国家的政治权力，他们必须摆脱原来的粗鲁状态，变成敏感的文化群体，否则英国的道德和文化标准必将瓦解。阿诺德赞成最终建立一个没有阶级的社会，在这样的社会中每个人都将赞成建立在希腊文化基础上的高度教化的理想。

这部作品重申了作者在《评论集》（一）中对英国维多利亚时代的"心胸褊狭"、"庸俗"与"拜金主义"的抨击，对文化及文化的功能进行了新阐释。阿诺德首先对英国的阶级结构进行了政治性和社会性的分析，将英国社会划分为三个阶层：贵族、市侩的中产阶级和下层平民，他给他们分别命名为"野蛮人"（Barbarians）、"菲利士人"（Philistines）和"群氓"（the Populace）。阿诺德称赞贵族阶级长期以来的优雅举止和自信，但却批评了他们的保守主义思想，说他们心胸狭隘，拒绝接受任何新思想。对于中产阶级，阿诺德认为他们精力充沛，具有革新意识，追求信仰自由，颇有事业心，但顽固愚昧，唯利是图；平民缺乏教养，粗野而盲目，处于原初状态，毫无用处，不可救药。

阿诺德在书中探讨了文化的作用。他坚信，在一个价值失衡的年代，唯有文化才能解决人们思想的混乱状态。他认为，这三个群体的力量的此消彼长，使英国社会陷入混乱与迷惘，这种缺乏社会准则和方向感的状态便是阿诺德所说的"混乱状态"。要消除这种状态，只能借助文化的力量。他甚至渴望以文化来取代日渐衰落的宗教与哲学。他从德文借用"Philistines"（意"市侩"）一词，来为当时英国的中产阶级命名，可谓精辟。如今，这个词语的广为人知的现代文化涵义正是出自阿诺德的这一借用和引申。

他在《文化与混乱状态》中指出，中产阶级沉湎于物质追求，对文学艺术的美毫无兴趣与欣赏力，生活目的粗俗，生活方式秽亵——这一切都是社会混乱的根源。这个阶级正带领国家朝着错误的方向走去。它遵守“出人头地”的信条，整日灯红酒绿、纸醉金迷，其价值观庸俗低下。这个阶级利用诱人的物质欲望，强烈影响社会生活，大力支持过度的个人自由。这个强大、顽固、野蛮的阶级正在使这个国家沦落为机器的奴隶，误导大众把机械文明本身当作目的。其结果是，中产阶级对人类社会可能拥有的最好的价值观构成威胁，误导国民的社会生活，模糊国民的视线，让他们难以认清生活的真正目的。这就是为什么阿诺德视它为混乱的根源。

阿诺德心目中的文化并非平常意义上的文化，而是“世界上最好的思想和言论”。他首先把文化定义为“完美的学习”（the study of perfection），认为文化集科学和道德于一身，是用来消除人类的错误、澄清人类的迷惑、减少人类的痛苦、使世界变得越来越好的手段。阿诺德所说的完美是一种和谐的完美，它不仅可以提高人的各种素质，还可以改善社会的各个方面。

在《文化与混乱状态》的序言中，阿诺德毫不留情地嘲讽那些所谓的“文化人”：“那些奢谈‘文化’的人，无非是在一知半解地摆弄希腊文、拉丁文那两门死语言而已”，“当下最愚蠢的高谈阔论莫过于满口文化了……要论掉书袋、缺心眼、少理智，没人能比得过文化人”。阿诺德心目中的文化，不是僵化的精英文化传统。文化不是个别人的事情，而是所有人的事情；不是可有可无的点缀，而是不可或缺的必需。文化的“动力”并不单是追求知识的“科学热情”，也是“行善的道德热情和社会热情”——“文化即对完美的追寻”。阿诺德的文化内容是美与智，即通过阅读、观察和思考理解天道。

阿诺德承继了德国诗人海涅（Heinrich Heine, 1797-1856）的文化概念，把欧洲文化解读成两种精神和力量——希伯来精神和希腊精神的结合。希腊精神代表着智性、理性和反思能力。澄澈的头脑、意识的自发性和思维的自由是希腊精神的追求。希伯来精神强调秩序、规则、既定的道德信条。它的主导思想是强调严正的良知，注重顺服与勤恳地履行职责。犹太教的笃信与执著构成了希伯来民族的本性，欧洲文化中的希伯来精神则以宗教为底色。在阿诺德看来，欧洲文化的历史就是这两种文化精神不断碰撞、彼此取长补短或取代更迭的历史。两千多年前，希腊人的文化创造曾经光芒四溢，欧洲因希腊人及其文化的存在而存在。然而，公元1世纪前后，随着基督教的兴起和兴盛，希伯来精神取代希腊精神，成为西方世界的支配力量。直到文艺复兴时代，西方在对基督教的质疑中再次迎来希腊精神的辉煌。希腊精神使欧洲人从蒙昧的中世纪得到解脱。

阿诺德心中的理想社会是在希伯来精神和希腊精神这两极之间处于均衡状态。希伯来精神对上帝的信仰可以铸造人类崇高的理想和道德感，而希腊精神的反省自觉则可以抑制人类走向冲动与莽撞，消除宗教化后的无知无觉。阿诺德遗憾地承认，这种理想状态事实上却从未存在过。阿诺德审视维多利亚时代的现实，认为各种社会弊病的症结恰在于这两种文化精神间的严重失衡：希伯来精神过于旺盛而希腊精神处处遭受压抑。他基于此，产生了一个希腊式的理想。他倡导英国社会"生活希腊化"，消除阶级藩篱，使审慎的思考与热情的辩论成为整个社会热衷的生活方式。

这种文化的功能是实现个性、社会和谐与完美，在此基础上进而确立国家的整体观念和民族的健全理性。从前阿诺德曾经预言诗歌会取代日渐衰落的宗教与哲学，现在他将诗歌换成了文化，渴望用文化来取代日渐衰落的宗教与哲学。在阿诺德的心目中，文化的真正要义是对各种事物的好奇心，对希腊精神中所推崇的美好与光明事物的追求。

阿诺德认为促成社会健康发展的力量不是政府，而是公民。他针对刚刚通过的《改革法案》（Reform Bill）提出了自己的看法。他认为民主的主要规则应该是允许人们做自己喜欢做的事，也就是人们应该按照自己的意愿行事。他反对民主机构本身有启蒙和教育功能的说法，认为这种机构趋于堕落，因为它纵容了贵族阶级的野蛮倾向，促使中产阶级走向物质追求，也促成了底层阶级走向暴力和偏见。阿诺德认为，只有文化才能终止混乱状态；社会的健康发展完全依赖于社会中文化人数目的增加。在阿诺德看来，文化人完全受理智和上帝意志的支配，他们总是远离自己所属的阶级，通过自然潜能和教育的力量加入到更广的人类共性中来。

在维多利亚时代，英国不仅拥有世界上最强大的武装，还是名副其实的世界工厂，生产出全球一半以上的钢铁与纺织品。那是物质至上主义兴起的年代。新兴的中产阶级纷纷陷入典型的物质崇拜中，他们所谈、所想和所梦的都是财富。阿诺德悲哀地发现，绝大多数英国人竟然将煤和钢铁视作"国脉所系"，机器则成了公众的信仰。同时，他也乐观地相信，文化能够帮助那些“相信富得流油便是伟大幸福”、“一门心思、一条道儿奔着致富”的“菲利士人”摆脱庸俗，也能够解救“野蛮人”和“群氓”。文化能使所有人变得更加优秀、更加高尚，能让“美好与光明”蔚然成风。总之，阿诺德渴望人人都成为文化的信仰者，每个人都能力图使自己变得更睿智、更有教养，成为一个美丽的新世界的建设者和维护者。

阿诺德在晚年曾两度到美国游历，发表了一系列演讲。其中《文学与科学》（“Literature and Science”, 1883）是对英国博物学家和教育改革家托马斯·亨利·赫胥黎（Thomas Henry Huxley, 1825-1895）在 1880 年所做的演讲的回应。阿诺德针对赫胥黎的“把自然科学的训练作为大多数人教育的主要内容”的观点，提出了不同看法。阿诺德认为赫胥黎的这种看法没有注意到人性发展的结构问题。阿诺德主张人性是由诸多能力构成的，如行为能力、智力和认知能力、美的能力及社会生活能力等，因此应该注重文学修养而不是科学的能力。阿诺德认为诗歌能帮助人们在自然科学能力与人的行为本能和美的本能之间获得平衡。

《文化与混乱状态》像很多带有强烈的时代色彩的小册子一样，是 19 世纪思潮论战的产物。但它成功地经受了时间的考验，在一个多世纪后的今天，几乎成为阿诺德最负盛名的作品。有学者甚至认为，作为批评家的阿诺德的声誉超越了作为诗人的阿诺德，作为社会批评家的阿诺德超过了作为文学批评家的阿诺德。这是因为，阿诺德探讨的问题既有其时代性，又有普遍性。几乎每个社会在迅速发展的时期都会面临类似的难题：一种旧的信仰已支离破碎，而新的信仰尚未建立起来，整个社会和民族向哪个方向去？同样值得关注的是阿诺德在书中表现出的那种“天下兴亡，匹夫有责”的气概。他反对知识分子闭门造车，提倡他们将自己的智力积极地运用到公共生活中的每一领域，为混乱的社会生活找出正确的原则和方向。

阿诺德去世时，已被公认为维多利亚英国的文化主将，《文化与混乱状态》也成为传世之作。阿诺德在书中表现出广阔的视野、深厚的思想和文化底蕴，他在英国向现代社会转型的时期所提出的问题至今仍悬而未决。正是在阿诺德的激情澎湃的论述中，“文化”被赋予了全新的、富于现代人文主义色彩的内容。他重新书写了“文化”这一概念。虽然阿诺德对于文化的功能有些过于乐观和自信，但是作为一部照亮人心的经典著作，《文化与混乱状态》依然影响深远，为当代西方世界提供着考察和评价社会生活的尺度与标准。

阿诺德具有崇高的理想境界。他的文化评论左右开弓，右打世风的混乱和每况愈下，左打激进主义和左派历史批评，竭力帮助世人坚持信仰。在国家转型、人民无所依赖的时刻，他为他的思想混乱的国人提供了精神力量，指明了道路，立起了路标。当然，他指的路并非完全明确无误。归根结底，他并没有提出一个完整的思想体系，他的胸怀也不算怎么开阔，他过于否定当前，过于崇尚往昔，容易误导人们的走向。因此，读者要批判地接受这位文化巨人的遗产。

阿诺德对诗歌的作用有独到的见解。他认为诗歌本身是对生活的批评，因为诗歌揭示诗学真理、展示诗歌之美。阿诺德还是一位道德家，强调违反道德原则的诗歌是对生活的反叛，无视道德思想的诗歌就是无视生活。阿诺德继承了亚里士多德的观点，提出了文学严肃性的主张。亚里士多德认为诗歌高于历史，因为诗歌承载着真理和高度严肃性。同样，阿诺德也认为诗歌应该有高尚的风格，即严肃的主题及简洁的语言和风格。

他的诗论的基础是对众多诗人的作品的分析。他对诗歌及其功能的看法开始形成于19世纪中期英国宪章运动期间。当时宪章派的诗歌创作引起了他的注意。在《诗歌研究》一文中，阿诺德对诗歌进行了新的界定，赋予诗歌以新的历史使命。[51]在他看来，诗歌是对生活的评价与诠释，它能丰富人的思想情感，净化人的心灵。透过诗，人们读出平素无法懂得的生活意义，“越来越多的人发现只有诗歌才能解释生活，只有诗歌才能帮助我们完善自身，鼓舞我们前行”。[52]科学、宗教乃至哲学皆依赖诗歌而存在。换句话说，如果没有诗歌，所有这些都没有意义。在一个信仰逐渐崩溃、传统宗教逐渐失去以往功能的时代，诗歌可以替代传统宗教信仰，担当起拯救社会和人类的崇高使命。因此，最好的诗必须能够“塑造、鼓舞我们，给我们带来欢乐”。[53]

阿诺德认为，诗人对世界要有一个完整的概念，诗歌应当具有统一的功能，能把纷杂的世事凝聚为完整有序的统一体。因此，他主张人们抵制浪漫主义诗人对个性的强调，呼吁人们阅读古希腊诗作。阿诺德对自己的主张身体力行，结果如他自己所言，“缪斯已离我而去”。他在最后的20年里，没有写出什么诗歌来。

阿诺德同时指出了人们评论诗歌质量时常犯的两种错误：以诗人或诗歌是否古老为标准；以个人的喜好为标准。他认为，诗歌评论应该摒弃这样的标准，从具体诗作的主题与风格出发判断它能否进入经典的行列。阿诺德也坦承，很难确定好诗的具体标准。虽然如此，他还是列出了好诗的一些特征，如诗歌角色和主题的真实性和严肃性等。他也强调诗歌用词、节奏、风格的突出性。

阿诺德倡导一种不同以往的文学批评。在《论现时批评的功能》一文中，他首先表达出对英国文学批评现状的忧虑。英国与欧洲其他国家相比，缺乏优秀的文学批评氛围和成果。[54]阿诺德把这种现状部分地归咎于华兹华斯这类文学家的不良影响。华兹华斯觉得文学评论不怎么重要，甚至是浪费时间，还不如更多地创作优秀的文学作品。阿诺德反对华兹华斯对文学批评的态度，认为文学批评和文学创作同样重要。他指出华兹华斯自身的矛盾，因为华兹华斯“本身就是一位了不起的批评家”。[55]阿诺德承认，与文学创作相比，文学批评是次一等的能力。但是，这并不意味着文学批评是没有价值的。他对批评家的作用给予充分肯定。他认为批评家具有强大的社会作用。在他看来，任何艺术家，不论他有多高的天赋，如果没有批评家的帮助，都不能产生太大的影响。阿诺德之前的文学批评家只是关注艺术作品的优点和缺点。阿诺德则把文化价值和批评价值等同对待，他在批评的同时起到教育公众、维护公共见解和宣传最佳观点的作用，直接为社会负责。有些人虽然没有最高级的创作能力，却有敏锐的批评能力。文学批评和文学创作同样是对人类生活的评论和诠释。文学批评应该“以公正无私的努力，来研究和传播世界上最美好的东西，从而使新的、正确的观念形成一种风尚”。[56]也就是说，文学批评不应局限于文学领域，而应该与其他人类生活领域，如历史、艺术、科学、社会和政治等，充分结合，发挥积极向上的社会导向作用。作为文人的阿诺德显然有明显的“入世”倾向。他的批评观念对许多后人，如T. S. 艾略特、F. R. 李维斯（F. R. Leavis, 1895-1978）和艾伦·塔特（Allen Tate, 1899-1979）等，都产生了深刻的影响。

阿诺德对于伟大的作家和作品有着自己的理解。他崇尚经典，鼓励现代作家从经典文学中汲取营养。阿诺德认为现代作家应该认识到当代文学是在过去的基础上发展起来的，因此他们应该继承传统，为未来的文学做出贡献。阿诺德认为他所处的时代精神生活非常贫乏。因为人们过于以自我为中心，所以很难产生像古典文学中的伟大人物。阿诺德鼓励现代诗人审视古典作品，并从古典作品的高尚人物和深刻的主题中获取灵感。阿诺德认为古典作品有丰富的情感，有朴素的高尚品质，而现代作品则由于精神贫乏，只适合于喜剧和较轻松的诗歌作品，不具备史诗的艺术风格。

1853 年出版的《诗集》的序言是阿诺德的第一个批评作品，展示了阿诺德的重要批评观点。在文章中，阿诺德批评了后期浪漫主义诗歌中过多的情感表达和在文体方面的刻意追求，同时在亚里士多德的文学整体性和规范性原则的基础上，形成了纲领性的诗歌理论。阿诺德主张诗歌应该给读者带来快乐；历史上诸多作家的作品，如荷马的《伊利亚特》等，都具有这种品质。阿诺德指出现代作家应该从古人那里学习三样东西：一是选取题材，二是构建完美的结构，三是注意语言的表达。阿诺德还认为文学作品应该具有道德的力量，道德的完整性和深刻性铸就作品的魅力，使它能够经久不衰。在这篇文章中，阿诺德还指出了自己诗歌作品中过于关注自我的浪漫主义痕迹。许多评论家认为阿诺德诗歌的浪漫主义倾向和他崇尚古典的批评理论相悖。他们认为这也许是阿诺德放弃诗歌创作的真正原因。阿诺德认为，好的作家应当像西塞罗（Marcus Tullius Cicero, 公元前 106-公元前 43）、柏拉图、培根、帕斯卡尔（Blaise Pascal, 1623-1662）、斯威夫特等人一样，思想和风格并存；好风格是好作家的标志；风格表现出诗人的性格，它注重伦理和秩序。作品的绚丽多彩并不能证明作家就有风格，风格存在于整部作品的有机架构中。阿诺德以这些为标准，在《评论集》（一）和《评论集》（二）中，评论了很多诗人和作家，如乔叟、弥尔顿、莎士比亚、海涅、托尔斯泰（Leo Tolstoy， 1828-1910）、华兹华斯等。阿诺德赞赏弥尔顿关于诗歌应当简单、热情、感性的观点，推崇简洁、明快的语言和质朴无华的诗风。他尊崇荷马史诗字句朴素、观念简洁，乔叟的作品词藻和谐、行文流畅。他盛赞彭斯的简朴有力、华兹华斯对待主题的直接自然。在这些大诗人笔下，朴素、忠实的诗风发挥了卓越作用。相反，有些名家却在这方面存在不足，其中就包括莎士比亚。阿诺德认为，论才气，莎士比亚无与伦比，但论表达方式，他却往往弄巧成拙。阿诺德还引《李尔王》为例，批评其中主要几幕使用的语言非常矫揉造作，莫名其妙地拐弯抹角，晦涩难懂，读者需将每段话读上两三遍，才能理解其中的含义。在阿诺德看来，拜伦也不是一个伟大的作家。虽然拜伦擅长栩栩如生地描绘单一事件、单一场景，但是他的整部作品冗长、重复、主题不明。同样，阿诺德以《伊莎贝拉》为例，批评了济慈。他认为，《伊莎贝拉》堪称绚丽词藻和完美意象的宝库，能给读者带来欢快的感官享受，而且从这首诗中可以引用的名言警句，甚至比古希腊悲剧诗人索福克勒斯（Sophocles，公元前496-公元前406）尚存的全部作品中所包含的还要多。但由于诗人构思不力，作品组织松散，因此这部作品所产生的影响是完全失败的。

阿诺德对美国诗人爱默生也做出了独特的点评。他认为，爱默生也不是一个伟大的作家，因为他的大多数诗歌迷失在象征和典故里，不够简洁明了，句子的主语和宾语常常难以区分。阿诺德甚至认为，除了雄壮、恢宏的《康科德碑颂歌》（“Concord Hymn”，1837）之外，爱默生几乎没有写过一首整体上明晰、有力、值得称颂的诗歌。他的诗歌体系并没有形成好的整体架构，没有伟大作家的风格，只是一系列的观察和描绘，缺乏托马斯·格雷诗歌所具备的令诗歌深化和升华的元素和表述。有的评论家提出，虽然爱默生的诗歌不太成功，但是他的散文《英国人的特征》（*English Traits*, 1856）却属于上乘佳作。对此，阿诺德认为，和蒙田、艾迪生这些记录、描述人类生活和性格的一流作家的同类作品相比，《英国人的特征》要逊色得多。因为爱默生的《英国人的特征》和具有一流文学天赋的霍桑的作品《我们的老家》（“Our Old Home”，1863）一样，都没有做到足够的客观。爱默生在《英国人的特征》中是个宽容的观察者。这种宽容源于他的乐观。虽然这种乐观使他成为一个伟大的人，却也妨碍他对事物做出客观的观察与评价。

不过，在阿诺德的眼中，爱默生虽然称不上是一位伟大的诗人和作家，却是人类希望和幸福的坚守者。爱默生认为，评判一个人的人生，要看他是否怀有希望及其希望的大小。阿诺德非常认同爱默生的这一理念。他也由此认为，爱默生的《散文集》（*Essays*, 1841, 1844）是19世纪最重要的英语散文，其意义超过卡莱尔的作品。或许，这是阿诺德在更高层次的意义上对爱默生的肯定。[57]

《评论集》是阿诺德最重要的文学批评著作，共有两卷。《论现时批评的功能》写于1865年，入编在《评论集》（一）中。这篇一万多字的批评论著主要是针对英国当时重政治、重实效，轻思想、轻批评的现状，提出要鼓励批评思想的发展。阿诺德认为，当时大多数欧洲其他国家都创作出了大量的批评著作，而英国却没有鼓励这方面的创作，因此导致了英国文学的影响远不及欧洲其他国家文学的影响。阿诺德认为，英国批评著作的缺乏从一定程度上源于一些作家对待批评和创作的截然不同的态度。

上文提及的华兹华斯便是一个例子。阿诺德在这篇批评论著中抨击了华兹华斯重视创作、轻视批评的观点。他提出批评拥有其固有的、独立的内在价值。批评的价值在于给写批评的人带来欢乐，同时也充当了将优秀思想传诸社会的主要角色。写批评的快乐感受类似于进行创作时的狂喜与痴迷。阿诺德援引了古希腊哲学家亚里士多德对于诗歌的观点：人类的最终目标是行使其创造力。阿诺德主张将批评与创造力联系起来，提出创造力得以施展的重要因素是思想。批评使人远离那种让人停滞、使人粗俗的自我满足状态，使思想投向那些本身优秀的东西，引领人们走向更为完美的境界。阿诺德对批评的评判是批评须诚挚、简单、灵活、热情，使人不断扩充知识，享受一种创作的愉悦感。

《诗歌研究》（“The Study of Poetry”）是《评论集》（二）的开篇之作。在此篇评论中，阿诺德旁征博引，论述了诗歌的重要性以及评判诗歌优劣的根据。他断言，越来越多的人会发现我们必须求助于诗歌来阐释人生，完善自我，激励自我。而这也正是诗歌的目的。与科学、哲学、宗教相比，诗歌更为真实。对此，阿诺德作出了系统的解释：宗教强调假设的事实，这些事实缺乏真实性；科学需要诗歌来揭示自然界的神秘；哲学是一些思想的影幻，是知识的虚假呈现。而诗歌重视思想，“诗歌将其情感附着于思想，思想就是事实”。既然诗歌承载着如此神圣、重大的使命，相比散文而言，诗歌中的真伪优劣的区分就尤为重要。阿诺德认为好的诗歌应当有独特的“塑造人、激励人、愉悦人的力量”，而人们评判诗歌时易犯两种谬误：一是根据诗人或诗歌的历史来评判诗歌，诗歌的年代久远成为人们将其赞誉的根据，因此人们都对古诗盛赞有加而对当代诗歌则过于苛责；二是根据个人情感来评判诗歌。阿诺德重新审视了经典诗歌的含义。通过广泛研究、对比从荷马到乔叟到华兹华斯、彭斯等不同时代的著名诗人的诗歌，他总结出诗歌的优秀之处来自其方式、内容和风格。阿诺德认为诗歌是对人生的评论，因此对社会具有重大价值。

可以说《评论集》是阿诺德最雄心勃勃的作品，其中包含了许多对著名作家的评论，因此形成了他的“高度严肃性”（high seriousness）的诗歌评价观。阿诺德认为荷马、莎士比亚和弥尔顿的诗歌堪称经典，因为它们符合亚里士多德的观点，拥有较高的真理和较高的严肃性。阿诺德高度评价了乔叟，称乔叟是英国诗歌之父。但是他又认为乔叟的诗歌不能成为伟大的经典之作，因为它没有荷马、但丁和莎士比亚作品中的高度的严肃性。阿诺德的高度严肃性理论独树一帜，对当时英国人的文学品位的提高产生了重要影响。

《评荷马史诗的翻译》是阿诺德在牛津担任诗歌教授时所做的公共演讲，后于1861年出版。这篇著作讨论应该如何翻译荷马史诗和其他古典文本。在文中阿诺德对已出版的史诗翻译做了对比和评论。他指出译者必须掌握诗人的四个基本特点：一是迅速发展的情节，二是朴素的语言和风格，三是简洁的思想，四是高尚的风格。在对译者所使用的格律和现存的叙事诗的格律进行分析之后，阿诺德提出，在翻译荷马史诗这样的古典作品时，应该尊重原作的主题思想和语言风格，如在翻译《伊利亚特》时应该采用原作的6音步诗行形式。阿诺德的《评荷马史诗的翻译》为现代人进行古典文献的翻译提出了宝贵的原则。

1861年，阿诺德还发表了另一篇重要作品《法国的大众教育，及荷兰和瑞士的几点发现》（*The Popular Education of France, with Notices of That of Holland and Switzerland*），在社会上引起了广泛争议。随着《圣保罗与新教，及一篇关于清教主义和英国教堂的文章》（*St. Paul and Protestantism, with an Essay on Puritanism and the Church of England*）在1870年发表，阿诺德转向了神学研究，尤其从事他所说的维多利亚社会宗教信仰危机方面的研究。阿诺德认为这一宗教信仰的危机主要来源于科学理性主义和保守的神学之间的冲突。1873年，阿诺德发表了《文学与教条：一篇有助于更好地理解〈圣经〉的文章》（*Literature and Dogma: An Essay towards a Better Apprehension of the Bible*, 1873），对《圣经》的象征意义进行了自由的阐释。该文章引起了保守的教堂领袖和宗教学家的强烈反对。对此，阿诺德于1875年又发表了《上帝与〈圣经〉：关于"文学与教条"异议的评论》（*God and the Bible: A Review of Objections to "Literature and Dogma"*），进一步肯定了自己对宗教正统观念的摈弃。

阿诺德是19世纪最有影响的批评家。20世纪西方学院派的文学见解，在一定意义上说，是以阿诺德的评论为源头而发展起来的。

阿诺德生活在一个他称之为"黑铁时代"的时期，世间一切都似乎处于"病态"。建立在信仰之上的平静和乐观业已消失殆尽；代之而起的是怀疑和失望。对于那些思想敏感的人们而言，整个生活已经"现代化得过了头"。对业已失去的平和世界与既定秩序的怀旧情绪弥漫在整个社会。

阿诺德属于敏感的一类。他对他的时代而言，或许有点太敏感了。

他敏锐地察觉到时代的悲哀，力求通过诗歌创作把它准确地传达出来。他的诗歌，比如《吉普赛学者》、《恩皮多克勒斯在埃特纳火山》、《多佛海滩》、《肯斯顿花园诗歌》（"Lines Written in Kensington Gardens"）及《在沙特鲁兹山大修道院所作》（*Stanzas from the Grande Chartreuse*）等，都准确地表达了长久以来萦绕在人们心头的浓重的忧郁和悲伤。阿诺德回应时代的召唤，表现了"本[19]世纪最后25年里人们的心态的主要变化"（这是阿诺德在1869年为自己做的总结）。他的努力十分成功，得到了人们的普遍承认。他也一直以"维多利亚时代的孤独诗人"而著称。这些与他感受到的宗教的不力有关，也与他对自己的那个最缺乏诗意的时代所采取的批判态度有关。

阿诺德觉察到时代的弊端，并试图将这一重大信息传递给人民。他的诗歌中的人物都是他的代言人。疲惫不堪、想自我了结的恩皮多克勒斯、《在沙特鲁兹山大修道院所作》中退隐的僧人、《肯斯顿花园诗歌》中的叙述者"我"（"我"看到巨大的世界呼啸而过却无可奈何），还有《纪念组诗》中那些不屈不挠却非常孤独的浪漫主义诗人——这些都是十分典型的例子。

《迷失的狂欢者》是阿诺德的第一部诗集，于1849年出版。可是该诗集出版以后没有引起当时人们的注意。该诗集表达了阿诺德对浪漫主义传统的反叛。狂欢者指诗人自己，曾一度和忘记女神喀耳刻一起走失。在诗中诗人表示希望自己不要像前辈那样浪漫。在这部诗集中还有两首诗值得一提，一首是十四行诗《莎士比亚》（"Shakespeare"），另一首是以神话故事为内容的《被遗弃的人鱼》。《莎士比亚》一诗高度赞扬了莎士比亚这位伟大的诗人。而《被遗弃的人鱼》则描写一个人鱼向他的孩子们讲述他们的妈妈如何抛弃他们、到了人类世界的故事。

《吉普赛学者》

在《吉普赛学者》中，阿诺德写道，他写这些诗歌是为了记录他在牛津的快乐时光。他笔下的人物——吉普赛学者，据可查到的资料说，原是牛津的学生。诗歌的大意是，这个吉普赛学者因为家境贫寒不能继续上学，就加入一个吉普赛人的群体，和他们一起游荡，逐渐和他们结为朋友，因而得以了解了他们的神秘生活。他发现吉普赛人的生活方式和他们的艺术很有道理，于是决定在时机成熟时离开他们，写下自己和他们交往的这一段经历。阿诺德曾经读过17世纪作家、哲学家约瑟夫·格兰维尔（Joseph

Glanville, 1636-1680）写的《坚持教条徒劳无益》（*The Vanity of Dogmatizing*, 1661）。格兰维尔在书里抨击经院哲学和宗教迫害。书里讲述了一个吉普赛学者的故事，阿诺德读后爱不忍释。他感到这个吉普赛学者的精神还回荡在美丽宜人的牛津校园的上空。他相信，“吉普赛学者”这个媒介能表达出他备受压抑的感情，揭示出他感到忧伤的原因。

在阿诺德看来，这位吉普赛学者和现代人恰好形成鲜明的对照。吉普赛学者贴近生活，和自然和谐相处，是生活的敏锐观察者。他喜欢清静，头脑总沉浸在沉思和梦想中。他坐在河边，穿着奇特的服装，看着来往忙碌的人群、翩翩起舞的少女、嬉笑玩耍的儿童，等待上天赐予他智慧的火花，帮他讲出心中的秘密，传达他的信息。这个吉普赛学者没有“病态的疲惫”，“精神不振的怀疑”，“新的失望”，以及“绝望的近邻——悲哀的忍耐”，而这些却正是这首诗的讲述人自己（阿诺德的替身）极易患上的病症。诗的讲述人缅怀吉普赛学者的生活——那种依然可以心怀希望等待的日月。同时，一种“奇怪的现代生活病”使讲述者迷惑不解，甚至陷入绝望的深渊。这种病让人忙碌不止、头昏目眩。它包含着千头万绪的追求，使人们过度地使用头脑，让人的心灵感到麻木。

讲述者在想象中看到吉普赛学者就在牛津（第13节），认为他是不朽的人（第16诗节）。但是，《吉普赛学者》这首诗从本质上说却是一首挽歌。它哀悼一个久已离世的人。他就被葬在某处，坟墓上已经杂草丛生。吉普赛学者苦苦等待的智慧的火花可能已经降临，也可能没有降临。但无论如何，一个人面对生活的艰难时能够保持自己的人格，这是至关重要的事情。阿诺德认为，能量一旦分散，就会导致艺术家迷失方向。毋庸多言，这一切都是阿诺德对所处时代的感受的表达，是对时代精神风貌的综述。

《吉普赛学者》读起来酷似一首田园挽歌，语言宏亮、圆润、形象，描绘了吉普赛学者周围宁静美丽的自然景色。整首诗都包含在一种田园氛围之中：赶着羊群的牧羊人，搬运着一捆捆谷物的收割人，月光照耀下的绿野，夏日的喃喃细语，稠密的谷物，深红色的罂粟，绿色的根，变黄了的禾秆，蔓藤上淡紫色的旋花，各种香甜气味，酷夏里凉爽的河岸，阳光下宽阔的草地，黑翅膀的燕子，鳞波闪闪的泰晤士河，五月里跳舞的少女，春天里玩耍的儿童。各种迷人的颜色、气味和声音表明，诗人急欲投身到吉普赛学者曾融于其中的有益身心的大自然里。吉普赛学者的消失象征着理想的过去已经一去不复返。诗中牧羊人的探寻代表着诗人对一个已失落的世界的探寻：那是一个人际之间、人与自然之间都和谐相处的世界。从气质上讲，阿诺德是一个浪漫主义者。

《吉普赛学者》是阿诺德最成功的两首叙事诗之一。另一首是《索拉卜和鲁斯特姆》。这两首诗都被收入阿诺德 1853 年出版的《诗集》。与语气比较欢快的《吉普赛学者》相比，以无韵体创作的《索拉卜和鲁斯特姆》讲述了波斯王鲁斯特姆在战场上无意中杀死了作为鞑靼战士的儿子索拉卜的悲剧故事。该诗被认为触及了最原初的人类情感主题，在艺术风格上更接近荷马史诗。此外，在《诗集》中还有几首著名的抒情短诗。其中《菲洛梅拉》（“Philomela”）和济慈的诗歌《夜莺颂》一样描写了夜莺的美妙歌声，但是《菲洛梅拉》主要讲述了古希腊神话中变成夜莺的菲洛梅拉的故事。

《多佛海滩》

阿诺德在《新诗集》中收录了他最著名的诗歌作品《多佛海滩》，集中表达了诗人的感伤情绪。《多佛海滩》是一首难得的好诗，是诗人情感的最有力的表达。该诗作为阿诺德诗歌中的精品，以戏剧独白的手法写就，紧凑而有力，充分地表达出他的诗人气质，全面反映出他的诗歌艺术特色，不愧是阿诺德诗歌的代表作。从中可以看出，阿诺德对悄悄变化着的维多利亚社会生活高度敏感，并具有启示录般的远见卓识。整首诗笼罩在一种阴郁、悲伤、令人窒息的氛围中。令人奇怪的是，他没有将此诗收录于 1852 年、1853 年和 1854 年出版的三本诗集里，而是过了十余年，才将其收入 1867 年出版的最后一部诗集中。

全诗共 37 行，分为 4 节。第 1 节共 14 行，前半部分描述夜晚的多佛海滩：

> 今夜大海宁静，潮水正满，月光皎洁，
> 照耀着海峡
> 法兰西海岸的灯火
> 渐趋迷离，终至消隐；英格兰的茫茫悬崖，
> 在宁静的海湾里显出巨大的阴影。
> 到窗前来吧，晚风醉人甜蜜！[58]

这几行诗所勾勒的画面是平静、甜蜜而亮丽的：夜晚、月亮、土地和海湾，还有叙述者看到的若隐若现的亮光。这美好静谧的海景似乎昭示着安定、令人憧憬的生活。但是，在本节的第2部分，诗人却笔锋一转，传来一个不同的声调，给人带来完全不同的感受。这刺耳的声调来自月光下的海滩，与夜晚的静谧迷人形成鲜明对比，暗示着人们失落信仰后痛苦的处境：

月光漂白过的大陆，与大海相接处
长长的浪花卷起。
听！你听那愤怒的吼声
海浪卷走卵石，回头
又抛上高高的海滩，
涌起，停息，再涌起。
以颤动缓慢的节拍
送来千古悲鸣。

这“千古悲鸣”奠定了全诗的基调。阿诺德用这一意象象征他所处的痛苦的时代。

第2节只有6行。在这一节，叙述者回忆说索福克勒斯也表达过同样的痛苦，并最终伤心地认识到，自古以来，人类的苦难一直都大同小异，不曾改变。在这一节中，“千古悲鸣”使百感交集的诗人遥想到了古希腊诗人索福克勒斯及其不朽著作中对人类命运的感叹：

索福克勒斯很久以前，
在爱琴海边听到这吼声，
不禁想起人类的苦难
如潮汐涨落；我们
在此遥远的北海之滨聆听，
也听到了思想的声音。

处于两个不同时空中的诗人被一种神秘的思想、情感纽带连在一起。他们都曾聆听这“千古悲鸣”，并共同感叹人类跌宕起伏的命运。

第3节共8行，诗人解释了“千古悲鸣”的理由。在第3节的前一部分，叙述者首先满怀深情地回忆起从前人们信仰虔诚、充满希望的日子；他回头看那美好的过去，并将其与灰暗的现实相比。在这一节的后半部分，诗人描画了一幅波涛汹涌的大海的画面。很显然，这不和谐的画面喻指诗人所处的世界是不和谐的。波涛起伏的大海给诗人带来了无限的悲伤。随着刺耳的声音不断地传来，建立在坚定的信仰之上的和谐与平静最终消失了。诗人哀叹以往的"信仰之海"已不复存在：

信仰之海，
也一度满溢，好似灿烂的腰带，
把世界的海岸缠绕。
但如今，我只听到
它落潮悠长的哀号，
伴随晚风的呼吸，撤退。

当"信仰之海"退潮之后，"只留下世界广阔阴沉的边界/ 和无数裸露的沙石"。这是多么尖锐而深沉的感慨！人们如果联系阿诺德的其他著作来分析，不难发现，"信仰之海"是指古代的希腊精神和希伯来精神，而维多利亚时代是一个信仰消失后的精神荒原。

在第 4 节，也是阿诺德最著名的诗节，诗人返回自己的内心世界，深入剖析事物的本质，洞察到在世界的表象和实质之间存在着的巨大差异，指出现代社会中存在的主要问题：

这眼前的世界
虽然看似梦乡，
五彩缤纷、美丽新奇，
其实没有欢乐，没有爱，没有光明，
没有坚贞，没有和平，没有对痛苦的援助；
我们仿佛置身于黑暗的旷野，
无知的军队在黑夜中交锋，
混乱、挣扎、逃逸、惶恐。

阿诺德认为，现代社会是一个表象社会；从表面上看科学和机械文明为这个社会带来多彩多姿、欣欣向荣，使之美丽而新颖、拥有一切物质进步的特征。但是只要人们稍稍仔细一点，就能透过华丽的外表看到社会的真相。叙述者进而剥掉这个世界的虚假外表，揭示出生活的真相：日益加深的信仰危机让人失去了为之奋斗的高尚目的；世界失去了光明，变得灰暗不堪；生活毫无快乐和爱，再没有稳定感和心灵的平静，人们面临痛苦时也不可能再期望能得到他人或上帝的匡助；混乱和无序笼罩着一群群无知的人们，他们正在喧嚣中挣扎、呼喊。他们因为观点不同或为私利而争论不休，都在黑暗中摸索，前方看不到任何光明。

方向已经失去，心灵已经分裂，生活的存在主义本质已经显露出来（虽然还不十分明显）。叙述者独自站在那里，面对着柯勒律治笔下的老水手所面临的"茫茫大海"，无依无靠，却要在这冷漠无情的世界上挣扎着活下去。这幅图景的象征意义很强。它象征着，也预示着一个不同的世界、一个没有是非的世界已经出现。这就是法国作家左拉（Emile Zola, 1840-1902）等人即将精心而又精确构画的自然主义世界。在这"黑暗的旷野"，诗人唯有求助于信仰和爱，呼吁人们彼此真诚相待。

以诗人的才华和作品数量而论，阿诺德虽然自称比丁尼生和勃朗宁稍逊一筹，但就单篇作品而言，《多佛海滩》完全可与这两位诗人的作品相媲美。在维多利亚时期的诗歌中，《多佛海滩》非常引人瞩目，广为传诵，也影响了后世一些诗人。例如，现代主义诗坛的两大巨匠——叶芝（W. B. Yeats, 1865-1939）和 T. S. 艾略特——都在自己的诗歌里呼应了阿诺德在《多佛海滩》里发出的感慨。叶芝的名作《第二次圣临》（"The Second Coming", 1920）就回荡着阿诺德的声音："万物都已解体，中心难再维系；/ 世界混乱无序，/ 血染的潮流横溢，到处/ 都有无辜的礼仪被淹没，/ 好人信念丧失，/ 群氓激情似火。"（第 3～8 行）[59] 艾略特在他的作品里，则用更为详尽的笔触和细节描述了"荒原"的意象，并以此命名自己的代表作《荒原》（*The Waste Land*, 1922）："这是什么根在抓着，是什么树杈/ 从这片乱石里长出来？人子呵，/ 你说不出，也猜不着，因为你只知道/ 一堆破碎的形象，受着太阳拍击，/ 而枯树没有阴凉，蟋蟀不使人轻松，/ 干石头发不出流水的声音。只有/ 一片阴影在这红色的岩石下……"[60]

阿诺德虽然生活在一个物质生活日趋丰富、精神生活日渐贫乏的时代，但是仅将《多佛海滩》的主题解析建立在这个时代物质生活与精神生活的对比之上，似乎还不足以解释这首诗的魅力和生命力所在。《多佛海滩》固然探讨了维多利亚时代的信仰危机，但同时，诗中讨论的信仰危机也具有一定的时空普遍性。不同时代、不同国度、不同年龄的读者在读过《多佛海滩》后，很可能产生类似的关于生活表象与实质、物质与精神、过去与现在之间存在着矛盾的深切感慨，找到思想上的共鸣。因此，无论是对于广义上的人类还是狭义上的个人，思想信仰的变迁和转型间歇期的迷惘、失落恐怕都是难以避免的。这首诗中所表现出的人对世界和生活既感到矛盾又充满希冀的感觉正是它的魅力所在。

此外，这首诗中大海的意象气势宏大深沉。虽然诗行长短不一，间有不少跨行诗句，但是诗歌韵脚在和谐之中又有排列的参差之感，恰似大海的潮涨潮落，与作者绵延、悠长的思绪相映成趣。这首诗歌的形式和内容可以说达到了高度的统一。

在阿诺德的后期诗歌作品中，许多诗歌都表达了同《多佛海滩》一样的伤感情绪，如《变老》（“Growing Old”）和《最后的话》（“The Last Word”）等。《变老》一诗对勃朗宁的诗歌《本·埃兹拉牧师》中老人智慧的观点以讽刺性的答复，而《最后的话》一诗则表明诗人完全放弃了斗争的欲望。

《恩皮多克勒斯在埃特纳火山》

《恩皮多克勒斯在埃特纳火山》创作于1852年，是阿诺德最长的一首诗作，兼有叙事和戏剧独白两种形式。恩皮多克勒斯是生活于公元前5世纪的希腊哲学家和科学家。关于他的传说非常多，其中之一是他最终跳入埃特纳火山口里。阿诺德根据这一传说创作了《恩皮多克勒斯在埃特纳火山》。他借恩皮多克勒斯跳入火山口一幕表达自己的心情。

全诗分两部分，分别对应主人公所处的现实世界和精神世界。除主人公恩皮多克勒斯以外，还有两个角色——泊桑尼亚斯和卡里克里斯，他们分别代表着恩皮多克勒斯的两面：世俗的人和孤独的艺术家。在诗歌的第一部分，已经暮年、自我放逐的恩皮多克勒斯在埃特纳火山脚下，以独白的方式，对泊桑尼亚斯抒发了他对现实社会的不满：传统价值观的沦丧、年轻一代的轻佻、诡辩家和所谓圣贤们的种种劣迹等。在这样的社会中，一个人若想洁身自好，就只能封闭自我，

日复一日，我们

感受自身的负担——
那么，好吧，明智者只得
在心中追问
什么使他这样苦恼，又如何才能解脱。

然而，人越思考，越痛苦，因为他发现，“在这世上人们都只是陌生人”，而茫茫世界并不在意人类的命运。因此，聪明人必须与残酷的现实和解。

在诗歌的第二部分，恩皮多克勒斯拒绝接受泊桑尼亚斯的同情和安慰，夜里独自登上埃特纳火山。面对四周“漆黑、孤寂的荒原”，恩皮多克勒斯意识到，虽然与世俗的人群相伴令他不舒服，但是独处也让人难以忍受。此时，卡里克里斯的琴声和歌声响起，向恩皮多克勒斯暗示，诗歌的力量可以帮他超脱痛苦。然而，不知出于何故，或许由于过度沉迷于内心的思考，或许是出于对音乐声的不满，恩皮多克勒斯痛斥说，想象是对诗人的束缚。接着，他针对自己在现实社会的无家可归和内心世界的彷徨无奈，大发感慨，突然发现自己“只是一簇吞没一切的思想烈焰，——/ 只是一个赤裸裸、永不安宁的灵魂！”只有无尽的痛苦伴随着无尽的思索，过于热烈的思想火焰与人类自身情感的局限形成尖锐的矛盾。最终，恩皮多克勒斯拒绝接受自我的局限，纵身跃入埃特纳火山。全诗以卡里克里斯唱给阿波罗的赞歌结束。人们在他的歌中，安静、欢愉地接受了世界上的一切。卡里克里斯最后指出，恩皮多克勒斯的自杀场景并无诗意。

在这首诗创作 15 年后，阿诺德否认诗中的恩皮多克勒斯是他的代言人。然而，很少有人认同他这种事过境迁的言论。不难看出，恩皮多克勒斯和阿诺德一样具有某种程度的人格分裂症状：他们生活在一个信仰出现危机的时代，体会到人与人、人与社会之间存在的令人痛苦的疏离感，感到心灵的家园无处可寻。这首诗既有浪漫主义诗歌的特征，又有现代主义诗歌的萌芽（如存在主义思想），被誉为两者之间过渡时期的代表性作品之一。

阿诺德的诗歌理论和诗歌创作有时是矛盾的。《恩皮多克勒斯在埃特纳火山》是最能体现这种矛盾的诗歌之一。阿诺德主张诗人应该创作能给读者带来极大愉悦、使其心神振奋的诗歌，而这首诗中的古希腊哲人恩皮多克勒斯在精神上存在着很多的迷惘与苦闷。在 1853 年发表的《诗集》的序言中，阿诺德曾批评忧郁、颓靡的“现代诗”，认为这些作品中“精神上的痛苦永无休止，无法通过变化、希望、反抗来缓解；一切只能忍受，终将一事无成”。[61]这段批评“现代诗”的话正道出了他笔下的恩皮多克勒斯的状态。恩皮多克勒斯的心智与感情分离，而卡里克里斯的歌或许体现了阿诺德“以诗代替哲学和宗教”的理念。在现代的荒原上，诗能帮助人类在哲学、精神、艺术等各层面上达到和谐的境界。尽管如此，恩皮多克勒斯的形象过于抑郁，使人感受到无尽的黑暗。这些和阿诺德的诗论很不合拍，连作者自己也觉得这首诗中悲观、怀疑、心灵的自我对话等因素太多，因而没有把它收入1853年出版的《诗集》。也许这正是他久久不愿发表这首诗的原因吧。

与《恩皮多克勒斯在埃特纳火山》收入同一诗集的还有《自立》（“Self-Dependence”）、《道德》（“Morality”）、《被埋葬的生活》（“The Buried Life”）、《一个夏天的夜晚》（“A Summer Night”）和《未来》（“The Future”）等。这些诗歌都表现了诗人的伤感情绪。《自立》描写了诗人对人生感到迷茫，不知何去何从。后来诗人在空气中一个声音的启迪下豁然开朗，感悟到只有做自己才能找到快乐。《被埋葬的生活》是一个青年说给恋人的独白。诗歌的第一行引起了恋人之间的说笑，但是这种轻松愉快的气氛马上被说话人深深的悲伤情绪所代替。说话人内心感到非常不安，他渴望得到完全亲密的关系，并且希望透过恋人的眼睛看到她的内心。这首诗表达了诗人对真诚交流的渴望。在《未来》中诗人表达了对失去的美好世界的怀念，同时对自己的无能为力感到遗憾。在诗人眼里，人不能把握现在，更不能把握未来。整个诗歌充满了忧郁气氛。阿诺德的诗歌一直以忧郁的格调著称，读者从以上这些诗歌就可以略知一二。

杰拉德·曼利·霍普金斯（Gerard Manley Hopkins, 1844-1889）

霍普金斯1844年生于埃塞克斯郡，当时那个地区正在工业化的冲击下发生变化。霍普金斯一家于是移家到罕姆斯戴德，更接近大自然，这样更易于健全的宗教教育。霍普金斯的父母笃信英国国教，文学修养很高。父亲写诗，作诗歌评论，创作过一部小说（未出版）。母亲受过良好的教育，酷爱读书。他们把家中长子霍普金斯自幼培养成忠于信仰、热爱文学创作的人。霍普金斯也有一些亲戚对文学、音乐和绘画很感兴趣。霍普金斯本人很早就显示出对创作的爱好。他学习绘画和音乐，曾想成为一个画家。他最早的诗作表现出他深厚的语言功力。在这些方面，他得到家人和亲朋的大力支持。

在1854年～1863年期间，他在海盖特学校学习，结识了后来成为终生挚友的卡农·狄克逊（Canon Dixon）。卡农是他的老师，鼓励他研究济慈的诗歌。后来霍普金斯进入牛津大学，成为瓦尔特·佩特的学生，和罗伯特·布里奇斯（Robert Bridges, 1844-1930）以及柯勒律治的孙子成为好友。19世纪60年代，霍普金斯受到克里斯蒂娜·罗塞蒂的很大影响，对拉斐尔前派的中世纪主义极感兴趣，也密切注视着宗教诗歌领域内出现的进展。霍普金斯关注当时沸沸扬扬的宗教争论，他最后决定脱离他的家庭所诚信的信仰，而皈依天主教。他经过认真学习，成为一名耶稣会神甫。在长达7年的时间里，他没有写出一首诗歌，因为他认为，一个决心为上帝效力的人不应当写诗。1875年，在教会官员的督促下，他才又拿起诗笔，一边学习神学，一边进行诗歌创作。1876年，他写出长诗《德意志号沉没记》（*The Wreck of the Deutschland*），一般认为这是他的代表作。次年，他创作出多首他最闻名的十四行诗。他的诗作都是宗教诗歌，和他早期的诗作截然不同；他觉得这样一来，诗歌创作就成为他的圣职的一个组成部分。1877年他获得圣职，在几处教区做神甫。他在伦敦和曼彻斯特等几座大城市的贫困地区担任神甫期间，亲眼目睹了劳动阶层的苦难。这一经历令他感到非常沮丧。由于他的布道并不总是符合教会的口味，他丢掉了神甫职位，去都柏林大学当希腊语教授。

霍普金斯晚年受到信仰危机的冲击，思想矛盾，心情沉重。在这个时期他写出一些情绪非常低沉、沮丧的诗歌，后人称之为“凄凉之歌”或“骇人之歌”。这些诗作表现出诗人在精神上所经历的极端痛苦。霍普金斯44岁上在都柏林死于伤寒。[62]

无论是在技巧上还是创新的激情上，霍普金斯都证明自己是最好的维多利亚诗人之一。然而直到逝世30年之后，他的诗作才得以出版。他的朋友、在牛津的同窗罗伯特·布里奇斯于1918年出版了他的《诗歌集》（*Poems*）。目前，人们对他的诗歌和思想的兴趣越来越大。

霍普金斯是19世纪英国最伟大的描写宗教、自然及内心痛苦等题材的诗人之一。在他看来，世界是上帝创作的一本书。在这里，上帝进行了完美的自我表达，人们只有通过“阅读”此书才能接近和了解上帝。霍普金斯对科学怀有极大的兴趣，认为科学发现（如在电力和天文学）乃是上帝企图的进一步表现。

据布里奇斯称，霍普金斯为人古怪而孤僻。说他古怪是因为他的思维方式与众不同，说他孤僻是因为他这个人很难接近。他的具有史诗长度的《德意志号沉没记》很难懂，但在文学史上却与《国王歌集》和《戒指与书》齐名。总的来讲，霍普金斯关于大自然的短诗比较易懂，也令人感到较为惬意。这些诗基本上都是用来揭示上帝的荣耀的。他的诗歌在英国文学中是宗教色彩最浓厚的。霍普金斯的佳作多表现出失望和痛苦情绪，这与他的信仰危机有密切关系。

霍普金斯最重要的文学评论理论之一是关于"内在景致"（inscape）概念。"内在景致"这个词是他杜撰的，它的意思是指一种事物的基本个性，即人或物的独特性质，或人物、感情与自然中的新奇、稀少、怪异之处，但"内在景致"不强调该事物的独特之处，而是强调赋予这一事物明显特征、使之与其环境相连、统筹一切的宏图。霍普金斯对单独的事物和重复出现的模式之间存在的微妙关系极感兴趣。他把世界视为一个由神圣的法律和宏图连接在一起的网络。

霍普金斯主要写十四行诗，他喜欢意大利十四行诗的形式。他一般运用前 8 诗行描写自己的见闻，然后在后 6 诗行的部分里进行哲学思考。他对这种诗歌形式在长度、韵律方面的局限性不断进行挑战。他的革新之一是他独创的"跳跃性节奏"（sprung rhythm）。这种节奏强调一诗行内的重音节数目，但对所用音节的总数不加限制，因此在重音布局上比较自由。诗人可以连用重音节或非重音节，以控制行文速度和戏剧性效果。于是人们看到，虽然他运用的谐音和脚韵颇似史文朋和拉斐尔前派诗人，但他的节奏就与众不同了。他的诗的节奏仅以重音为基础，音节数目由一至四个不断变换，其间又杂以内韵和头韵等手法，诗人以为这样便可捕捉住日常语言的节奏。实际上这是一些古英诗和柯勒律治在《克丽斯德蓓》中用过的"重音韵律"（accentual meter）当中的一种。霍普金斯发现这一韵律非常迷人，因为诗人不必考虑音步，只需强调诗行中的重音数目即可。在当代文学中，美国诗人理查德·威尔伯（Richard Wilbur, 1921- ）在他的诗歌《废物》（"Junk"）里就再次采用了这一韵律形式。霍普金斯对声音控制、中间韵、头韵、半谐韵等技术手段几乎有点过于痴迷，但他有自己的道理。这些技术手段的运用并不只是为了炫耀技巧，而是起到制造效果和增加强度的作用。

霍普金斯特别喜爱的另外一种不寻常的技巧是“辅音的合鸣”（consonant chiming）；他是从爱尔兰诗歌里学到这一手法的。这种手法的特点是精到地运用押头韵、行内韵等，这些有助于诗人在诗作里突出他要表现的模式和蓝图。此外，霍普金斯的语法和句型也存在不规范现象，多有省略式句形、杜撰的词语、复杂的比喻、古语等。这一方面产生出扣人心弦的富于诗意的感情，给人一种力量、强度和压力，但另一方面又因内含过于丰富，意境太不显豁，使一般读者望而生畏、敬而远之。令人啼笑皆非的是，恰在这方面，他对英美现代诗人，如艾略特和奥顿，产生了巨大影响；不言而喻，他的声名和伟大也由此而来。[63]

《茶隼：写给我们的主基督》（“The Windhover: To Christ Our Lord”）

《茶隼》这首诗，正如作者自己所说，“是我写过的最好的作品”。茶隼是一种小猎鹰，以在空中翱翔著称。这首十四行诗直接描写诗人与基督的关系。诗人看到茶隼在空中飞翔，认识到上帝在通过小鹰显示自己的美妙。

诗作的前 8 行描写了茶隼熟练地顺风或逆风而动时所表现出的美与完美。它在风中盘旋、上冲、环绕、俯冲和侧飞。诗人见到小鹰在空中左宜右有、如身使臂，深为这一景象所感动，这使他联想到十字架上的基督。后 6 行写的就是这个内容。耶稣基督通过自我牺牲和爱的热火，拯救了人类并改善了人性。茶隼与基督相比，只是他的王国中的一个“宠儿”而已。对霍普金斯来讲，茶隼与其说是对耶稣基督庄严与完美的一个比喻，倒不如说是这种庄严与完美的提示、表现和赞颂。诗人借此证明了宗教生活的重要性：

> 畜类的美、勇气、行动，啊，空气、骄傲、羽毛，在这里
> 合并起来！而刚从你爆出的火焰，被说得
> 美上千万倍，危险千万倍，啊，我的骑士！
>
> 毫不奇怪：纯粹的土块让犁耙在土垅间
> 闪烁，而蓝色渐弱的火块，啊，我亲爱的，
> 掉下，使它们自己破碎，碎裂为金红色。（笔者译）

诗中运用了多种令人赞叹的技巧。这首诗的拟声效果非常显著，准确模拟了鸟飞的声音。诗中还使用了头韵，这表明诗人对中古英语的热爱。诗人还娴熟地运用了“caught”（看到，而非真地捉到茶隼？）、“buckle”（是茶隼下落呢，还是基督变成为人？）、“sheer plod”（基督改善人性，或曰宗教生活？）以及“embers”（湿润的土块代表人类？）等，这些词语所包含的模棱两可的含义，给后人留下了广阔的想象空间。难怪这首诗出版之后一直是大量评论和争论的焦点。

《斑驳之美》（“Pied Beauty”）

另一首表达诗人对上帝无限热爱的诗是《斑驳之美》。这里的“斑驳”（pied）不仅指色彩的多样，还指种类内部的对比，这些对比构成和保持了霍普金斯的“内在景致”。诗中充满了各种各样的景象——天空、牛、鳟鱼、成熟的栗子、金翅雀的翅膀、风景以及手艺人的设备，它们共同的特点是具有颜色的对比或变化，或揭示了上帝造物的“内在景致”。诗人的内心充满了爱与崇敬，号召人们去赞美上帝。诗人精心选择的意象很有助于表达诗作的主题。

诗作开宗明义，赞美上帝：“各色万物荣耀归主”（第1诗行）。接下来，诗人赞美上帝造物之美：万物各有其色。天空白蓝两色相间，母牛条条色泽杂陈，鳟鱼背上的各色相衬，榛子崩裂时露出的红色嫩肉，宛如火中的煤块，外黑内红，小鸟（finch）的翅膀各色俱备，田地的不同地段有绿有黄有深褐，人的行业各异，所用的材料与工具种类繁多。

诗作的最后4行半（或5行）进一步考虑上面举出的这些例子的具体特点，赋予它们道德品质。诗歌对这些“奇异”事物的价值和美丽受到忽视表示某种歉意。诗人认为，它们都是上帝的造物，它们的多样化总是表示出上帝威力的一体性和永恒性，促使人们赞美造物主：

> 一切事物，相反的、独特的、稀奇的、陌生的；
> 不论是什么，变化不定的、彩色斑驳的（谁知道为什么？）
> 不论是快的、慢的；甜的、酸的；耀眼的、依稀可辨的；
> 他创造了它们，它们的美是永恒不变的：
> 赞美他吧。（第7~11诗行，笔者译）

另一点值得注意的就是这首十四行诗的形式。这是霍普金斯的“缩短的十四行诗”（curtal sonnet）当中的一首。“缩短”的意思是“被剪短”了。这首十四行诗的长度显然被缩短了。它前面的部分没有使用传统的 8 诗行（两个 4 行诗节），而代之以两个 3 诗行（ABC ABC），后一部分的传统的 6 诗行则被一个由 4 行半诗行组成的诗节所代替。霍普金斯的其他诗歌，如《和平》（“Peace”），也是他的“缩短的十四行诗”的典型代表。这表现出诗人的独创性。霍普金斯在形式上的另外一个特点是诗里同声字的重复，这大大增加了诗作的音乐效果。比如“dappled”、“couple”、“stipple”、“tackle”、“fickled”、“freckled”、“adazzle”等，很有助于把不同的事物编织成一个令人赏心悦目的有机整体。

《上帝的壮丽》（“God’s Grandeur”）

《上帝的壮丽》这首十四行诗的前 4 行描写上帝的壮丽好像电流一样为世界充电，它像起皱的金属片折射出的光一样闪烁，让人能看得见。上帝的壮丽是一种浓油，只要轻轻一挤，便可渗出，而集结成“一种伟大”。诗人于是问道，既然如此，那么人们又为什么看不到（“reck”）上帝的威力（“his rod”）呢？接下来的 4 行描写当前人的生活：

> 世世代代以来都在走呀走呀走呀，
> 人人都因劳作而憔悴、目昏、脏污，
> 周身沾满人的污秽、散发出人的污臭：黄土
> 现在光秃秃，脚却因穿鞋而感觉不到它。（笔者译）

这 4 行诗写出人的困境：为了成功而奔波不止，盲目地重复脏污的劳作，因而无暇顾及大自然，对自然界的美景熟视无睹。脚上的鞋子把脚和大地分开，暗示人们和大自然之间的精神鸿沟愈来愈宽。诗人似乎在说，国家的工业化和先经济、后精神的生活重点，破坏了人的精神健康。

后 6 行诗说道，虽然现代世界已经堕落，但是大自然并未被耗用完，它一直为世人展示精神的重要。在世界万物里依然存在着那“最可爱的新鲜感”；这证明上帝拥有持续更新的威力。在西方光线消逝、夜幕降下之后，清晨总是会在褐色的东方喷薄而出，因为圣灵宛似一只老母鸡，以自己温暖的胸脯和光亮的翅膀孵卧在已扭曲的世界上面。

《上帝的壮丽》的主题是不言自明的。它是对 19 世纪所谓“进步”的抨击。工业化使这个国家变得丑陋。人们痴迷于“为成功而搏”，醉心

于“积财和消费”，世界变成文明化的但也是“失落的伊甸园”。但并非一切都失去了。上帝的光辉定会冲破迷雾而闪烁，“事物”深处潜藏的神圣定会复苏，耶稣基督定会在黑夜之后再次在东方升起。这首诗表现了诗人高度的乐观精神和虔诚的信仰。

《您的确是公正的，主啊，如果我［和您］争论》

在此后很久，诗人在一首诗作《您的确是公正的，主啊，如果我［和您］争论》（“Thou Art Indeed Just, Lord, if I Contend”, 1889）里，讲话的语调却大不相同。这首诗是霍普金斯“黑色十四行诗”中的一首，也是他最经得起考验的作品之一。它的引语出自《通俗拉丁文圣经》（《耶利米书》第12章第1节），诗的前三行给出了它的英语翻译。它描述的是先知耶利米向主抱怨犯有罪孽的人反倒无往不利。很明显，这也是诗人自己的抱怨。令诗人感到懊恼的是，不管他自己多么努力，上帝总像是他的敌人，任由邪恶（酒和欲望）勾引他偏离自己的信仰（第3～9诗行）。春天即将到来，大自然一片繁盛，草木葱葱，莺歌燕舞，春风和煦，只有他是例外。他无能为力，做不出任何有助于上帝伟业的事情。诗最后以祈祷，而不是宗教信念结尾。这首诗字里行间所表达出的绝望与怀疑可能与进化论传播所造成的怀疑主义和不断加深的信仰危机以及资本主义和商业化发展之后社会生活的巨变有关系。[64]

《德意志号沉没记》

这首诗的内容说的是基督。它讲修女们从自己面临的灾难里，如何读出来自上帝的永恒的信息。诗作肯定了十字架的真理。

1875年12月，德国的德意志号轮船在泰晤士河口哈维奇遇到风暴搁浅沉没，5个弗朗西斯教派的修女以及其他多人遇难。这几个修女是为逃离德国迫害天主教徒的《福儿克法》（the Falk Law）而乘船来英国的。霍普金斯受到修女死难的感动，遂打破长达7年的沉默，写出这首长诗。诗人从这场灾难中，似乎领悟到一种神启。这首史诗开首时表达出诗人对上帝的威力的认识，他看到世界与人的造物主在表示他的意志。诗作进一步说明，神的恩惠不毁灭人性，但人的意志必须答应上帝的命令。人的自我否定宛如烈火从身体里经过，人的自然生活使上帝恩惠的精神生活解体。“基督的赏赐”，即拯救性恩惠，是力量的唯一泉源。诗人接着预卜未来说，恩惠会让一切，尤其是人，回到基督身边。这是诗作的第一部分的内容。

诗作的第二部分说道，一个修女如何从她周围的充满暴力和罪孽的世界里，读懂基督呼唤她到十字架去的信息。在面临考验和痛苦、亡命与翻船的灾难时，她所有的就是一个计策：聆听神的旨意。基督在上天等待着她回应他的恩惠；以便使她逃离芸芸众生的心意，从这次灾难里认识到基督唤她去的旨意。在他的面前，痛苦是为拯救世界的罪孽而忍受的，基督把受苦看作他的爱的特殊标志，看作那些选择追随他的人们的标志，这些人在拯救世界。诗人觉悟到5位修女和基督之间的相似之处，不觉惊呼出"5位！……/ 受苦的基督的暗示"。修女们高兴地到十字架去，她们以爱的呼声向基督呼唤："啊，基督呀，基督快些来！""他自己，唯一的，基督，国王，首领。"（笔者译，下同）诗人在这里要表达的是他心目中的一种完全的奉献精神、自我牺牲、自我的实现。

显然，《德意志号沉没记》讲的是在人的生活里所发生的"受难和拯救"的故事。它告诉读者，"殉教者——主"基督如何通过痛苦和自我牺牲，把人的灵魂呼唤到自己身边来，基督的庄严、恐怖和威力只是他的爱而已。诗作提出了关于世界和人的新观点，在这个世界里，上帝存在于一切之中，一切都存在于上帝之中，实在的物质外界变成 "词语、措辞、上帝的信息"。

《德意志号沉没记》里写进了许多关于德意志号航行与遇难的细节。比如天气状况、海上航行的各种现象、船在波浪滔天的海上被淹没的情况、阳光透过飘飞的雪花照明翻船的严重情节，等等，所有这些都说明上帝的愤怒和宽宏。翻船事件对于进行忏悔的乘船者来说，乃是表现他们的精神勇气、收获永恒的光荣和快乐的大好机会。他们的殉难乃是对他们的一种解脱，他们从尘世的时空束缚中得到解放，而到上帝的宝座前面服务。《德意志号沉没记》描写从恐惧到死亡到极乐，有条不紊地展示诗人顿悟到的神启，期望基督的第二次显灵。诗人达到了通过诗作传布天启的虔诚目的。

在这首诗歌里，霍普金斯利用海洋为死亡之地的想法作为他阐述自己哲学思想的跳板。他从海难事件出发，考虑生活的苦难与上帝的关系。诗歌的结尾是对上帝的深切的感谢和歌颂：

> 我羡慕你，海潮的主人，
> 昔日大水、一年内降雨的主人；
> 海湾两边的再限定和恢复者；

它的腰带、码头和围墙；
它停止、结束思想变幻的海洋；
生存的土壤，生存的支撑：无法
了解的上帝，坐在死亡
后面的宝座上，九五之尊，关注但隐蔽，预示但等着；
超越水中一切的慈善。（第 32～33 诗节，笔者译）

亚瑟·休·克拉夫（Arthur Hugh Clough, 1819-1861）

克拉夫出生在利物浦一个威尔士籍商人之家，3 岁时随家人移居美国，住在南卡罗莱纳州，后来回国上学。他自幼受到母亲的虔诚信仰的深刻影响。后来在拉格比学校读书时，这种影响得到进一步加强。拉格比是英国名校，克拉夫在那里读书时，恰值他的好友马修·阿诺德的父亲任校长，他很受校长的赏识。之后他进入牛津大学，和马修·阿诺德结为挚友，虽然他们并不欣赏对方的诗歌。牛津大学的文化氛围对他的宗教信仰产生了一定的负面影响。当时在牛津的纽曼主教的思想促使他认真考虑许多关于信仰的问题以及当时正向传统宗教挑战的科学证据。克拉夫成为一个地道的怀疑派。在牛津时，他认为，有些教条他如果不明白其道理，就不去俯首崇拜它，在认识清楚之前，可以自我行事，不用伪装已知而皈依，同时也不用对不同观点表示异同的态度，只是努力增加知识就行了。这些思虑让他心境不宁。1848 年，他离开期望他皈依英国国教的牛津，这导致他在牛津的一位老师拒绝为他写推荐信，他因而失去到澳大利亚某校担任古典学科主任的工作机会。他前往法国，看到法国革命的情况，心情很兴奋，回国后写出《托波尔纳沃里齐的茅屋》（*Bothie of Tober-na-Vuolich*, 1848）。这是他的处女作，是一部用诗歌形式写成的小说，标志着他的学术研究阶段的结束。在后来的年月里，他在伦敦和美国（1852-1853）都担任过各种教育工作，在美国他得到爱默生（Ralph Waldo Emerson, 1819-1892）的帮助。克拉夫喜欢旅行，尤其是在意大利，这个国家成为他的几首诗歌的背景，如幽默的爱情故事《海上恋情》（“Amours de Voyage”）等。[65]

克拉夫的大部分作品是在他过世后出版的。《托波尔纳沃里齐的茅屋》讲的是大学生的爱情故事，有些自传的味道。克拉夫虽然深受信仰危机之扰，但他生性快活，喜爱玩笑，所以他的诗作里充溢着一种引动人们兴致的品位。他的后期作品具有严肃、不肯定和幽默三种成分，形成一种令人玩味的反讽效果，这一点在他的长篇作品里表现得尤为明显。这是他的作品异于他的同代人的独特之处。

马修·阿诺德的挽歌《瑟西斯》（“Thyrsis”）中写到的牧羊诗人克拉夫（Clough）是阿诺德最亲密的朋友之一，二人在气质上和性情上很接近。他们两人都陷入同样的彷徨——对宗教的怀疑中，而当时许多同样敏感的人士也为这种情绪所影响，如约翰·拉斯金、克尔凯郭尔（S. A. Kierkegaard, 1813-1855）和艾米莉·狄金森（Emily Dickinson, 1830-1886）。事实上，克拉夫的诗作正是他的迷惘内心的一种写照。然而他与阿诺德的态度有显著的差别。《多佛海滩》表现的是精神上的阴郁甚至绝望，而克拉夫的作品如《复活节 I》（“Easter Day I”, 1846）、《复活节II》（“Easter Day II”）、《迪塞克斯》（*Dipsychus*, 1850）和《不要说斗争无补于事》（“Say Not the Struggle Nought Availeth”），则隐隐闪现出一丝希望和信念的亮光，尽管这些都十分微弱。克拉夫有自己的主见，在作品中使用了大量的幽默词语，使得诗作获得些许轻松气氛，有效地缓解了弥漫在他的整个诗歌世界里的忧郁感。此外，他的6音步诗也写得很不错。

克拉夫一生都在信仰与怀疑之间挣扎。在他的写诗生涯中，他没有明确表露过自己的立场。他一直在二者间徘徊，这从他两首“复活节”诗里就能看出来。他深陷在当时的神学论点的泥沼当中。在《复活节I》中，他写道：

> 被诅咒的世界是一个坟墓，
> 耶稣并未从中复活。（笔者译，下同）

人们没有希望，没有信仰，没有天堂，也没有地狱，所以就是“吃、喝、死”了：

> 不要在意上天，
> 因为上帝已死，
> 上面没有永生。

然而《复活节II》里的基调却截然不同，它向人们呼吁不要失望、不要绝望："虽死未死"，"耶稣死而复活"，也就是说，还是有天堂存在。

长诗《迪塞克斯》的题目就足以明确显示诗人所处的困境。迪塞克斯是诗中主人公的名字。他在威尼斯四处浏览，一边和一个名叫梅菲斯特（Mephisto）的同伴聊天。这一情节似乎和歌德的《浮士德》有些相似，只不过迪塞克斯是在寻求信仰，而梅菲斯特并不是个魔鬼。正如他的名字——迪塞克斯（英文意为"两个灵魂"）所暗示的一样，这个年轻人有两个灵魂、两个自我。他的性格十分多变，其中有理想主义的成分，虔诚向上，乐于相信；然而又有世俗的一面，沉湎于眼前的琐事。这两个自我总在互相监视、互相剖析。迪塞克斯有自己的原则。他害怕犯罪或触犯教条。这种严苛的自我要求使他总是顾忌重重，甚至心理有些病态。比如，他渴望性爱，然而他的自制力会阻止他去爱。他往前迈一步，就又缩回去。梅菲斯特形容他说：

你一会儿这样一会儿那样
一会儿在此一会儿在彼。

他劝这个年轻人学会简单看事物，是怎样就是怎样。迪塞克斯想要相信信仰，但是他很清楚信仰并不能解决一切问题。他同梅菲斯特的对话实际上是他的内心独白，反映出他内心的挣扎。因此，梅菲斯特其实是迪塞克斯的一部分，从某种意义上可以说是他的顾问（advisor）。他的内心斗争非常激烈：

"没有上帝，"邪恶者说，
"而这是幸事，
因为他（指上帝——笔者）要把我们怎么着，
最多只是猜想而已。"（第152～155诗行）

之后他又说：

几乎所有的人，当受到
老年、疾病或痛苦的袭击时，

都倾向于认为有上帝在，
或有其他什么在，和他酷似。（第180~183诗行）

最后，迪塞克斯决定告别自己的“梦想”，接受这个现实世界。人们读这首诗也许会觉得，这个年轻人最后毅然决然做出的决定，可能还不是最终决定。他并未完全脱离他的窘境，他只是历经艰难寻求到了一种心灵的平静。从许多方面，迪塞克斯都可以说是克拉夫的一幅自画像。

克拉夫的《不要说斗争无补于事》表明他对获得信仰和肯定的信念是满怀信心的：

不要说斗争无补于事，
包括努力和创伤，
敌人既未发晕，也未败北，
它们还是一切照常。（第1~4诗行）

这首诗歌以这样一个诗节结尾：

当白日到来时，光亮射至
不仅东面的窗，
在前方，太阳在慢慢爬上，慢慢地，
但在西边，看呀，大地一片明亮。（第13~16诗行）

最后一行在第二次世界大战时英国首相温斯顿·丘吉尔曾对美国总统罗斯福引用过，因此得以出名。克拉夫在此诗中提到的“战争”是一场内心的战争，“敌人”也许是宗教怀疑主义，“同志”则是人们内心重得信仰的精神力量。因此，这像是在内心斗争中获胜的迪塞克斯在讲话。这首诗在基调上与《多佛海滩》形成鲜明的对比。[66]

克拉夫的诗作在深层面上反映出维多利亚后期人们在信仰危机中所呈现的思想状貌，具有深刻的文学、社会和历史价值。

爱德华·菲茨杰拉德（Edward Fitzgerald, 1809-1883）

菲茨杰拉德出生在萨福克郡一个非常富裕的家庭，一生不用担心生计问题。他是一个学者，生活在乡下，每日阅读经典著作，时而在园中劳作。他和丁尼生、萨克雷、卡莱尔等作家过从甚密，相互常有书信往来。他翻译了一些古希腊及拉丁文著作，但在学术界和文学界没有引起什么声响。

菲茨杰拉德只做了一件不同凡响的事，但这件事却足以让他在英国作家的圣殿中占有一个龛位。他把《鲁拜集》（*Rubaiyat of Omar Khayyam*）译成英语，于1859年出版。当时诗集是私下印刷、匿名出版的。他在世时没有使用自己的姓名，他恐怕诗歌的“及时行乐”思想触犯谨慎过度的维多利亚时代的读者。他过世6年之后，在诗集第5版问世时，人们才知道他是译者，是他把欧玛·卡雅姆的诗作任意选出、翻译和排列，使它们成为一个形式优美、活力充沛、抒情味道浓郁的有机整体。这本由75首四行诗组成的薄薄的诗集起初并未引起太大注意，它在书店里默默无声地躺了许多年，后来价位降到每本一个便士。直到有一天但丁·加百列·罗塞蒂偶然看到它，发现了它的价值，并在朋友当中传诵，人们这才发觉它在思想和形式上表现出的美，它的声望才开始奇迹般地不断攀升，而且从那以后它一直保持着它对读者的吸引力。菲茨杰拉德后来把四行诗的数目增加到一百多首。

这些诗作的原作者欧玛·卡雅姆（Omar Khayyam）是11世纪～12世纪的一位波斯数学家、天文学家、教师和诗人。“卡雅姆”的波斯文意思是“制作帐篷的人”。欧玛生于11世纪下半叶，1123年逝世。他的《鲁拜集》书名里的“鲁拜”一词波斯文原意为“四行诗”。他的四行诗最初都是自成一体的诗节，菲茨杰拉德在翻译时按照它们所表达的思想的线索把它们连接起来。这些作品表达出欧玛对人生奥秘、生存的本质的思考，他对人生的态度，以及他的哲学思想。欧玛的基本思想和古代波斯人的传统有些悖逆。古波斯人认为诗歌必须表达出神秘主义才能算作好诗，而欧玛的诗作却毫不掩饰地劝告人们尽情地吃喝与享乐。所以他在世时，无人欣赏和赞誉他的作品。他死后7个多世纪，才有菲茨杰拉德出来把他“复活”，让他的诗歌和他的哲学思想重见天日。

欧玛的哲学思想的中心是劝人们及时行乐。《鲁拜集》的主题是，人生苦短，不要指望明天和身后，而是抓住今天，尽情享受一切感性的乐趣。这个主旨在诗集里以各种形式出现，“只争朝夕”的思想宛如波浪不断拍击海岸一般深深刻印在读者的头脑里。《鲁拜集》常被引用。其中的名篇包括它的首篇：

来吧，斟满酒杯，把你忏悔的
冬衣扔进春天的火里：
时间之鸟飞不
远——而鸟儿正在展翅。（第7诗节，笔者译，下同）

其他名作有表达“时间之鸟”的诗歌，与著名的“枝条下的诗集”相关的诗歌，与“商队旅店的残墙断壁”、“这么红的玫瑰”、“移动的手指”等相关的诗作，等等。《鲁拜集》行文方向明确。它从歌颂美酒到贬低逻辑和智慧，从戏笑世人的神圣观念到提出死的不可避免到及时行乐，循序渐进，丝丝相扣。

《鲁拜集》里趣味最浓的一部分包括描写“陶工”（指造物主——笔者）和坛子、罐子的诗节。有一些坛坛罐罐常常喋喋不休，它们的言语表达出对人生、造物主以及死亡的怀疑态度，很发人深省。第一个容器说，土不会捏成人形，再碎成土或被踩成土。第二个容器说，发怒的孩子不会打碎他曾快活地喝水的碗，同样，“陶工”不会因为发怒而摧毁他的造物。接下来，

稍停了一会儿有一个
比较丑陋的容器说
“他们笑我站得歪：
什么！难道陶工的手发抖了么？”

一个话多的容器接上话——
我想它是一个聪明的沙锅变得热燥，
“这一席说陶器和陶工的话——那请告诉我，
谁是陶工，请问一下，谁又是陶器哪？”

“为什么，”另一个说，“有些人说起
某人扬言要把他制作时做坏的
不幸的陶器扔进地狱去——呸！
他是大善，一切都会好的。”（第85~87诗节）

欧玛对生活显然持有乐观的态度。菲茨杰拉德的英译诗集用来作为首篇诗作的四行诗就明显地表现出这一点：

醒来吧！夜晚当中的黎明
已经撒出霞光，赶走群星；
啊！东方的猎手已用一条光绳
套住苏丹的塔楼顶峰。（第 1 诗节）

《鲁拜集》的总体腔调是轻松、快活的，与维多利亚时代的严肃氛围形成鲜明的辉映，它的有些诗作甚至有轻佻的味道，但这恰是它值得赞赏和铭记之处：

我的朋友你可知，我再婚时在家里
怎样地纵酒放歌心旷神怡；
把绕嘴的干涩老妻赶下床，
娶来葡萄园女做新妻。（第 55 诗节）

萨基酒呀你像她，穿过
草坪上散如星的客人堆，
你高兴侍酒轮到我，
一饮而尽剩空杯。（第 101 诗节）

菲茨杰拉德所做的并不是忠实的翻译，而是对诗歌进行了一定的自由处理，将一首首孤立的四行诗联成一个整体，并赋予这些诗一种与时代精神相吻合的伤感情调和渴望情绪。菲茨杰拉德知道自己的艺术处理特点。他在谈到他翻译的古希腊悲剧作家埃斯库罗斯的《阿加门农》（*Agamemnon*）时说，埃斯库罗斯的这个文本——或私人版本（指《阿加门农》剧本译文——笔者）最初刊印出来在朋友间传阅，朋友当中有些人不了解原文，或愿意原谅一个笨拙的译者对它的随意处理。尽管如此，还是有一些他不认识的人向他索书，可是他没有多余的本子了。于是，夸里奇先生就冒着面对不会宽容的评论家的危险，自己出资将此书出版。

菲茨杰拉德在私人版本的《抱歉之语》中说：

> 我想对此剧做直译，就是能够做到，也会很难懂。即便对话总是清楚的，可是那些比重那么大的抒情性合唱，它们本身那么模糊、突兀，而且又因此受到抄写者和注释者的更多的重创和歪曲，所以最认真的译者也必须不仅揣测含义，还要弥补空隙；尤其是如果他决定完成英国诗歌里的诗节与反诗节之间的交互轮唱时（especially if he determines to complete the Antiphony of Strophe and Antistrophe in English verse）。
>
> ……所以，在优秀的诗人和更优秀的学者们以我看似乎已经失败之处，我感到无望成功，于是我首先突破了希腊悲剧的界限，之后我背离了大师的步伐，就这样，一个随意做法导出另外一个随意做法，以使一切成为一个整体，最后就出现了目前这个异乎寻常的结果。如果它成功地使自己成为一个清晰、一致、活跃的整体的话，使读者能不停地跟上剧情，兴趣能够自始至终有增无减，他或许会原谅我自己承认的冒犯行为，除非他对其他更忠实的解译者或比我更有资格对原文进行随意处理的人感到同样地或更加地满意。

此外，诗歌的浪漫风格又有精美的结构加以装饰，并伴以令人陶醉的音韵。译作的结构和音韵都显示出这位翻译家—诗人对节奏和音响的超强的敏感度。诚然，如同所有长诗一样，精湛当中也偶尔会出现平淡之笔；但是瑕不掩瑜，这些诗节读者可以掠过，这对整体印象无损。

唯美主义运动

在维多利亚时期的后一阶段，英国日益强盛，经历了空前的物质繁荣。物欲在人类生活中占据了统治地位，贪婪成了人们生活的动力。马修·阿诺德在《文化与混乱状态》中所批判的一切恶习反倒蔚然成风。民族理想黯淡了。随着中产阶级的壮大，它的价值观念、功利主义标准和文化庸俗主义的影响也日趋强大。当时的生活方式，或人们在回顾过去时所说的“维多利亚主义”，已被证明不足以激发人们的想象力。丁尼生在他的《六十年后的洛克斯利府第》（“Locksley Hall Sixty Years Later”）中抱怨道，“我早晨的一半的精彩”已经变得平常得不能再平常。艺术家的理想与公众的缺乏审美情趣之间形成鲜明反差，这一时期的说教美学，对于那些思想敏感的人们的要求，随着时间的推移，变得愈来愈苛刻。这一极端的文化氛围注定会激起某种反动，而这种反动最后终于出现了。人们反抗令人窒息的、处于统治地位的限制的迹象开始出现，这些最终发展成为唯美主义运动。它在性质上与维多利亚时代早期和鼎盛时期浓重的道德说教倾向恰好背道而驰。这一运动既代表了有思想的人对混乱和奸诈的维多利亚时代文明所感到的困惑与反抗，也是他们为逃避这种文明所做出的努力。[67]

约翰·拉斯金是最先站出来反对当时主流倾向的人之一。他感到由于这个国家所遵照的单调的现代经济和功利原则所致，它正变得日益丑陋。人们的模样、服饰以及周围世界的各个方面都缺乏美感，这令人非常不安。拉斯金在他的颇有影响的著作中，建议人们停下来回顾一下优雅的过去，欣赏一下大自然的美丽。他想在艺术的需求与资产阶级社会的需求之间找到某种调和的媒介。他的《现代画家》（*Modern Painters*, 1844, 1846, 1860）所写的其实并不是关于画家的内容，而是关于大自然美以及欣赏大自然美的重要性。他劝告人们暂停一下追逐成功的脚步，观赏一下云彩、岩石和树木。对他来说，能够清晰地看到这些，这本身就是诗、预言和宗教三者的合而为一。他强调艺术的重要性，认为它是对美好社会中美好生活的完美的表达。他还认为，人人都应该是艺术家。对他来说，艺术就是生活、道德、信仰以及对人类整体的表达，因此它是人的道德质地的必不可少的部分。

这些主张很明显地预示，拉斯金认为艺术与道德是紧密相联的，他肯定不会接受艺术完全独立于生活这一观点，肯定会斥之为异端邪说。他的3卷本《现代画家》的出版为时代精神的变化设定了基调和步伐；这一变化很快就发展成为一场以“美”为口号的运动。它立刻得到了华兹华斯、丁尼生、勃朗宁夫妇、夏洛特·勃朗蒂和乔治·埃略特等文化名人的支持。应当指出的是，这些人和拉斯金一样，深感当时社会上市侩思想的风行对艺术和生活所造成的恶劣后果，对世俗和实用的思想极其不满，但他们不是唯美主义者，他们不支持唯美主义者们在唯美主义运动中的表现。

大约在这个时候，一批以诗人一画家但丁·加百列·罗塞蒂（Dante Gabriel Rossetti, 1818-1882）为首的年轻人于1848年成立了拉斐尔前派，加入到为美而战斗的行列。拉斐尔（Raphael, 1483-1520）是意大利文艺复兴时期最伟大的三位画家之一，另外两位分别是达芬奇（Da Vinci, 1452-1519）和米开朗基罗（Michaelangelo, 1475-1564）。所谓的“前拉斐尔”时期指的是“文艺复兴之前的时期”，或曰中世纪时期，在那个时期，人们不仅容许纯艺术的存在，而且还对它倍加重视。罗塞蒂是一位典型的唯美主义者。对他来说，生活中唯一重要的东西就是艺术，艺术家是衡量人类的终极尺度，艺术家的地位高于社会道德。艺术对他来说就是宗教；热爱艺术是他的信仰；对艺术家来说，忠实于内心体验是唯一重要的事情。艺术家的任务就是分析和描绘自己的灵魂。在他的作品中，罗塞蒂推出了一个一心追求美的自觉的唯美主义者形象。艺术和爱是美放射出光芒的两扇窗口。罗塞蒂的作品在读者心中唤起了美感。他的诗歌和女人画像表现出一种肉体和感官的吸引力，既令人震惊又充满诱惑，所以当时一些保守的批评家将他的诗歌蔑称为“肉欲派”诗歌，并把他称为这一派诗人中最露骨的一个。如果人们读一下他的《神女》（“The Blessed Damozel”）、《灵魂之美》（“Soul's Beauty”）、《身体之美》（“Body's Beauty”）、《洞房花烛之眠》（“Nuptial Sleep”）、《吻》（“The Kiss”）、《海伦妹》（“Sister Helen”）和《生命之屋》（*The House of Life*）等诗歌，再观赏一下他的那些撩人的女人油画，就会发现那些批评家尖刻的批评还是有些道理的。毫无疑问，他的作品中确有肉欲与兽性的踪迹。然而，罗塞蒂并不喜欢为艺术而艺术和艺术自主论的观点。他在审美情趣上并未走到声称艺术完全独立于生活、艺术家完全独立于社会责任的地步。他相信艺术有其道德责任，人的感情比纯粹的艺术设计更重要。他在晚年的时候甚至后悔与拉斐尔前派牵扯在一起，非常厌烦被人与奥斯卡·王尔德所代表的唯美主义运动相提并论。他的《珍妮》（“Jenny”）、《尼微微的负担》（“The Burden of Nineveh”）以及《论国际间拒绝互助》（“On the Refusal of Aid between Nations”）充分证明了诗人对当代生活的关心。因此，罗塞蒂很可能只是“半个唯美主义者”。

唯美主义作为一场运动，不断地积累着发展的能量。伴随着拉斯金《建筑的七盏明灯》（*The Seven Lamps of Architecture*, 1849）和《威尼斯之石》（*Stones of Venice*, 1851-1853）等著作的出版，这场运动的轮廓愈来愈清晰，声响愈来愈震耳。牛津大学的一群人，包括威廉·莫里斯（William Morris, 1834-1896）在内，站在拉斯金周围，崇拜他为英雄和先知式人物。截至 19 世纪 50 年代末，阿尔杰农·查尔斯·史文朋

（Algernon Charles Swinburne, 1837-1909）、沃尔特·佩特（Walter Pater, 1839-1894）和阿瑟·西蒙斯（Arthur Symons, 1865-1945）全都投入了这场运动。1858 年，威廉·莫里斯发表了《捍卫桂内维尔和其他诗歌》（*The Defense of Guinevere and Other Poems*, 1858），为这场运动注入新血液。这首诗作在语气和情绪上，都具有前拉斐尔时期和中世纪的特点。后来，莫里斯的《贾森的生平》（*The Life and Death of Jason*, 1867）和《人间乐园》（*The Earthly Paradise*, 1868-1870）宛似暴风雨般席卷全国。在《人间乐园》中，诗人称自己为"整日空闲的无所事事的歌颂者"，他远离现实，尽力想提供某种连他自己都不明确的希望或梦想。那里面有美，但它在调节单调的生活方面，是脆弱和于事无补的。莫里斯还建立了一家工厂，目的是为这个庸俗的世界制造和展示家具、服饰、色彩和形状等之中的美。后来他成为一位社会主义者，为社会改革而奔忙。但他坚持写作，创作出史诗《沃尔松人西格德》（*The Story of Sigurd the Volsung and the Fall of the Niblungs*, 1876）等诗作，还写了《约翰·鲍尔的梦》（*A Dream of John Ball*, 1888）以及《乌有乡的新闻》（*News from Nowhere*）等散文故事，这些故事为人们幻想出一个更加美好的世界。拉斯金的作品和莫里斯早期的作品对公众的趣味产生了振聋发聩的影响。

年轻的史文朋的出现给这个局面带来了一种变化。他以一种奇怪的、激动人心的抒情方式，描写一些在社会保守阶层看来是肮脏的、亵渎的、大不敬的题材。他的作品严重触犯了社会的既定价值观念和品位。他被指责在诗中表现"最污秽的兽性"，运用一些撩动人心的性形象，比如"充满欲望与笑声的"凶吻的嘴唇、湿润而燃烧的眼睑以及"喂我吧，让我充满快乐"的呼喊声等。他遭到咒骂，说他是发出"一种来自地狱的、反复无常的、火爆的小鬼发出的声音"。他的诗集《亚特兰塔在加里登》（*Atlanta in Calydon*, 1860）和《诗歌与民谣》（*Poems and Ballads*, 1865）歌颂"野蛮的欲望"，例如咬伤对方的亲吻、乱伦的爱、虐待狂、双性恋、女同性恋等。这不折不扣地触犯了维多利亚时代的体面。在包括 T. S. 艾略特在内的保守者看来，史文朋似乎在描述罪恶与邪恶时获得巨大的快感。虽然他的这些作品引起了一些人的巨大兴趣，但他却因此变得声名狼藉，并最终为此付出了巨大代价。令人垂涎欲滴的桂冠诗人头衔在丁尼生去世之后本应像某些人建议的那样非他莫属。但是这一桂冠并未戴在他的头上，也永不可能戴在他的头上。这是因为，首先，他认为诗歌不应该被用来灌输价值观念，人们应该欣赏词语的声音，而不是它们的含义；其次，他在思想上是现行秩序的叛逆者。而且，他的佳作是在他的文学生涯的早期完成的。尽管他还在继续创作，而且他写死亡题材的诗作如《普洛塞嫔的花园》（“The Garden of Proserpine”，1886）等是写这个题材的作品里最好的诗歌，但他确实再也没有达到他顶峰时的创作水平。需要补充的一点是，后期史文朋的作品变得既“体面”又“严肃”起来。他对奥斯卡·王尔德的那种唯美主义丝毫不感兴趣，抨击唯美主义画家惠斯勒（J. A. M. Whistler, 1834-1903）的著名作品《十点钟》（*Ten O'clock*）。他还反复强调，伟大的诗作必须具有一种指导精神。他变得保守。史文朋的其他作品包括《多洛雷丝》（“Dolores”）、《伊缇勒丝》（“Itylus”）、《利奥尼斯的特里斯特拉姆》（*Tristram of Lyonesse*）、《时间的胜利》（*The Triumph of Time*）及《日出前的诗歌》（*Songs before Sunrise*）。

在整个 19 世纪 70 年代，对美的崇拜变成一个生活现实。这时，一个类似学派的学说的东西开始出现。这与 1873 年沃尔特·佩特的《文艺复兴》（*Renaissance*）一书的出版有关。这部著作第一次提出“为艺术而艺术”的理论，它把艺术说成是追求精神生活的人的唯一重要的东西。这本书吸引了一大批善于思考、富于想象的人们，书里提出的观点在人们中间得到热烈的讨论。这本书是在巧妙的历史时刻问世的。由于拉斯金的《现代画家》并未得到人们的充分理解，而拉斐尔前派也缺乏旗帜鲜明的目标，因此在 19 世纪 60 年代，唯美主义运动开始失去发展的势头。佩特的著作为这场运动带来了新动力。佩特以一种新的、截然不同的方式看待美。他在《文艺复兴》中所提倡的是一种地道的美学态度。在他看来，美是短暂的、纯洁的、完美的，不受任何世俗的玷污。艺术家的任务不是去改善道德行为，而是帮助人们享受生活，获得尽可能多的自我满足。人的生活由一系列的印象或“生存的（而非‘行动的’）时刻”组成，每一个印象或时刻都是一个人生活中“两个假设的永恒”之间的陡峭的顶峰。人所要做的就是充分利用他们所经历的这样的时刻，从中获得尽可能多的享受。生活必须建立在一个较高的智力层面上，必须远离所有的粗俗和平庸的烦恼。很明显，佩特所说的艺术脱离道德问题而独立，它和人的行为毫无关系。人们应该为了艺术而爱艺术和欣赏艺术。佩特于是成为满腔热忱的年轻唯美主义者们的新先知。艺术在迅速变成很多人的一种宗教信仰，唯美主义对这个国家的精神生活产生着一定程度的冲击。

在长达34年的时间里，这场为美而战的“圣战”一直在继续，而且似乎进展顺利。接着，一位性情古怪的年轻人在舞台上出现，他把这个运动引向它的最后一个阶段——颓废和最终毁灭的阶段。这个人就是奥斯卡·王尔德（Oscar Wilde, 1854-1900）。他成名于1878年，他的出现改变了一切。伴随着奥斯卡·王尔德的到来，W. B. 叶芝（W. B. Yeats, 1865-1939）所说的“悲剧的一代”业已走上历史舞台。王尔德处心积虑地表现出和别人不同。他常穿奇装异服，故作姿态，在晚宴上可见到他伫立一处，貌似狂喜，好像他看见了其他肉眼愚眉不能见到的景象一般。他总是做出这种他似乎看见了某种景象或进入到某种只有先知人物才能进入的沉思的姿态。他蔑视一切现行的品位和价值观念，鄙夷所有的平庸和“中产阶级”的低俗。他把对苍白的百合花和虞美人的爱视为从市侩的庸俗中解放出来的象征。对他来讲，艺术是独立的、高于一切的。“美”就是他的标志性口号。但他的美是一种病态美。这一点可以从他的作品中找到充分证明。王尔德的诗歌意象没有任何活力。

在王尔德周围逐渐形成了一个派别。这个派别认为拉斯金已经过时，它遭到人们的嘲笑和误解，但利用一切可能的场合不遗余力地与主流行为方式划清界限。这个颓废派的成员之一是欧内斯特·克里斯托弗·道森（Ernest Christopher Dowson, 1867-1900）。作为19世纪90年代的一位放荡的诗人，他是“唯美主义天主教徒”的典型代表，这一点可从他《永远受人爱慕的修女》（“Nuns of the Perpetual Adoration”）、《神的恩典》（“benedictio domini”）和《卡特尔教徒》（“Carthusians”）等作品中看出来。他认为他所处的时代是完全不能让人容忍的。他的诗歌充满对生活的厌倦和逃避，而沉浸在一种低沉的氛围中。他的作品描述19世纪末人们梦想的破灭，部分地反映出19世纪末的社会情绪。他给人们留下最深刻印象的就是抒情诗《西娜拉》（“Cynarae”）。这首诗所表达的伤感、厌倦和忧愁的情绪都是他那一代人的突出特点。然而，道森的颓废精神并未强烈到忽视伦理的冲动程度；他认识到了颓废者们的缺陷。所以，在《最后一句话》（“A Last Word”）这首诗中，他把王尔德一群人称为“我们变态的、漫无目的的一伙”。“漫无目的”也可以指道德上“没有方向”。王尔德周围的其他人物还有莱昂内尔·约翰逊（Lionel Johnson, 1867-1904）。他也是一位放荡的诗人，他的诗全都是以死亡和对生活的厌倦为主题的。《在查林十字街查尔斯国王的雕像前》（“By the

Statue of King Charles at Charing Cross”）写的是一位死去的国王；约翰逊在诗中写到生命通过死亡而变得崇高。《最后的音乐》（“The Last Music”）讲的是一位死去的王后；约翰逊认为死亡使这位王后变得更加美丽。《梦想的教堂》（“The Church of a Dream”）讲的是在秋天荒凉的世界上飘零的枯叶。《沉默的箴言》（“The Precept of Silence”）是说荒凉、痛苦和烦恼的，《红色的风》（“The Red Wind”）讲的是厌倦的灵魂和杀死灵魂的红色死亡之风。另外一个值得注意的人物是豪斯曼（A. E. Housman, 1859-1936）。他是一位拉丁语教授。他虽然不属于这一派别，但写诗的风格却很类似。他在诗中谈论人生的短暂以及爱情和友谊的转瞬即逝。《我的心载满了悲伤》（“With Rue My Heart Is Laden”）、《最可爱的树》（“Loveliest of Trees”）、《致英年早逝的运动员》（“To an Athlete Dying Young”）和《布里顿山》（“Bredon Hill”）都是很好的例证。这一派别的所有人都很关心形式。道森的简短、约翰逊的整齐、豪斯曼的言简意赅和内涵深邃，等等，都对英国诗歌做出了重要贡献。

后来英国上演了一出歌剧，它既促进了这场运动，又打击了它。1881年，有两个作家写了一出小型讽刺滑稽剧——《耐心》（*Patience*），意在羞辱和讽刺王尔德派唯美主义者们，在纽约上演时获得巨大成功。然而出乎作者的意料，这出歌剧一时间竟起到宣传唯美主义的效果，使这一派别更加出名（或者说更加声名狼藉）。这出歌剧反倒成为一座历史纪念碑，使王尔德派永载史册。但它也确实嘲笑了这一运动，在长时间里、大范围内，给观众带来笑骂这个派别的机会，给这一运动最终带来不可弥补的重创。《耐心》之所以能够起到这样一个作用也是因为它上演的时机恰好是这场运动开始走下坡的时候。结果不出所料，《耐心》的真正效果得到发挥，到19世纪80年代末，唯美主义运动因其过分与极端行为已成为世人的笑柄。不仅诸如丁尼生、史文朋、拉斯金等作家贬斥它的孟浪不规，就是平民百姓也多有笑其迂腐的。唯美主义思潮变得臭不可闻。就这样这出歌剧竟成为这场运动的直接掘墓人。这场唯美主义运动，在英国叱咤风云长达40余年，终于在19世纪80年代晚期势头开始变弱，至90年代初期，当新的文学风格开始兴起时，它便销声匿迹了。

唯美主义文学运动是对维多利亚时代社会上市侩风气的反动，在英国文学史上发挥了积极作用。艺术美成为一支不可小觑的力量。这在文艺创作领域内引起一场革新，美成为文学创作中的首要因素之一。这场运动对英国人的生活也产生了不可磨灭的影响，美的观念开始在社会生活中扎根。自那以后，美不仅得到了人们的认可，而且被赋予崇高的地位。唯美主义文学运动提高了整个社会对美的鉴赏能力，人们的审美情趣经历了划时代的变化。

在文学艺术与道德的关系方面，自那以后，人们再也不轻易强调艺术家的道德角色，而不经过三思就轻易牺牲美、形式和技巧。换言之，艺术和形式不再屈居于道德之后。艺术家变成了一类特殊的人，“艺术家为专门家”的思想开始深入人心。如果说人们在看到奥斯卡·王尔德在《道林·格雷的画像》（*The Picture of Dorian Gray*）的《前言》中将艺术与道德分离开来的观点时会感到惊奇和反感的话，那么自那以后，人们的感知和思维方式已经经历了巨大变化。张扬个性与自我放纵已经成为文学创作界的行为规范的一部分，而不再是例外。艺术表达也因此也变得更加丰富、有效、真实。由于它对后来生活和艺术发展所产生的这些正面影响，发生在维多利亚时代的这场唯美主义运动值得人们铭记于心。[68]

下面介绍一下在唯美主义运动中发挥了重要作用的几个最重要的作家——拉斯金、罗塞蒂、莫里斯、史文朋、佩特、莱昂内尔·约翰逊、欧内斯特·道森、豪斯曼等。王尔德将在维多利亚戏剧一节里做详细介绍。

但丁·加百列·罗塞蒂（D. G. Rossetti, 1818-1882）

罗塞蒂生于伦敦，父亲是移居英国的意大利流亡爱国者。罗塞蒂在中世纪诗人但丁的研究方面是权威学者。他的兄弟姐妹都和文学有缘。他的妹妹克里斯蒂娜是诗人，弟弟威廉是评论家，姐姐玛丽亚是作家。罗塞蒂自幼就显示出不凡的绘画和写作诗歌的天才，他对艺术的色泽和质地尤其感兴趣。他就读于国王学院，希望成为诗人和画家；他对中世纪意大利的艺术很感兴趣。1841 年～1845 年他在亨利·萨斯的绘画学校读书，1845 年进入皇家艺术学院，但是对那里的传统教法很快就感到失望。他在努力摸索一种表达自己的天分和创作想法的新途径。罗塞蒂对中世纪很感兴趣。他开始出版他译出的但丁及其他意大利诗人的诗歌，他的艺术也努力采取早期意大利人的风格特点。[69]

1848 年，罗塞蒂离开皇家艺术学院。罗塞蒂和画家威廉·霍尔曼·亨特（William Holman Hunt）结为好友。亨特的画是为当时人们所知甚少的济慈的一首诗做插图的。因为此前罗塞蒂的诗作《神女》（“The Blessed

Damozel”）是模仿济慈写出的，所以他想亨特可能在艺术和文学理想方面有共同之处。他们一起和画家约翰·埃弗雷特·米莱斯（John Everett Millais）制定出拉斐尔前派的指导思想。拉斐尔前派由一批年轻的艺术家和作家组成，其中最出名的成员都是画家，包括罗塞蒂本人在内。他们的主要目的是改革维多利亚时期的艺术现状，反对维多利亚艺术过分雕琢，以及它对完美技巧的刻意追求，期望能够恢复拉斐尔时期以前、文艺复兴前即中世纪的艺术的朴素和色泽的纯洁。他们提出艺术应当达到一种精神目的。拉斐尔前派没有坚持几年，原因在于其中的成员各有志向，都逐渐创造出自己的风格。罗塞蒂就是其中之一，他逐渐放弃早期诗歌（如《神女》）的宗教倾向的题材，而发展了他的独特的华丽和雕饰格调。他的主要画作表现出拉斐尔前派早期的现实主义特点。他的《玛丽的少女时期》（*Girlhood of Mary*）、《处女》（*Virgin*）、《瞧，就是这个神助》（*Ecce Ancilla Domini*）等作品都把玛丽描绘成为一个憔悴的受压抑的女孩形象。他的未竟之作《找到了》（*Found*）是他唯一的描绘现代题材的画作。画中表现的是一个妓女，被一个乡下牲畜商从大街上捡起，却发现她是他过去的女友。罗塞蒂对象征主义和神话形象越来越感兴趣。他后期的诗歌尤其如此。他描写的许多女人都有些像意大利画家伯迪塞里（Sandro Botticelli, 1445-1510）的《维纳斯》（*Venus*）。他的画作虽然得到拉斯金的支持，但也招来不少批评，他于是不再举行公开画展，而转向创作可以私下出售的水彩画。

1861年，罗塞蒂发表他翻译的意大利诗歌《早期意大利诗人》（*The Early Italian Poets*），其中包括但丁的《新生》（*La Vita Nuova*）。这些作品以及托马斯·马罗礼的《亚瑟之死》（*Morte d'Arthur*）在19世纪50年代曾经激发了他的艺术创作灵感。罗塞蒂对亚瑟王传奇和中世纪的设计的见解也启发了他的一些朋友，如莫里斯等。罗塞蒂还为他的画作写十四行诗，如《叙利亚的阿斯塔特》（“Astarte Syraica”）等。他还和莫里斯一起为彩色玻璃及其他装饰物设计了一些形象。1862年，他的妻子在生下一个死胎之后不久因为吸入过量的鸦片酊而去世，这使他一生精神不安；他把自己未发表的诗作全部埋入妻子的坟墓里。

1870年，他在朋友们的督促下，把埋在妻子墓里的诗作手稿取出来发表，这就是《罗塞蒂的诗歌》（*Poems by D. G. Rossetti*）。不料这部诗集在社会上引起强烈反应。保守的评论界一片哗然。当时正处在“肉体诗歌派”的巅峰期，罗塞蒂诗里所表现的色情和性感（如《洞房花烛之眠》）触犯了不少人的赏析品味。这对罗塞蒂的打击很大，他感到沮丧和低沉。

1881 年，罗塞蒂发表第二部诗集《民谣与十四行诗》（*Ballads and Sonnets*）。晚年诗人精神陷入一种病态，又因吸毒（氯醛）及精神不稳定而加重。他在世的最后几年闭门拒客。1882 年复活节那天，他在一个朋友家过世。他死后被葬在肯特郡的伯明顿市。

罗塞蒂是新艺术的倡导者。他把艺术看作信仰。他的散文故事《手和灵魂》（“Hand and Soul”）是他这种思想的很好的体现。这个故事说的是一个想象出的意大利画家——加罗·戴尔·厄尔玛，他 9 岁的情人（和但丁的《新生》故事开始时的碧特莉丝一样）成为艺术的象征，上帝也接受了她。画家发现，原来他认为的信仰实乃不过是对尘世美的崇拜而已。在一段时间里，他充满道德激情，但并无益，他感到惊异和绝望。后来有一个幻象出现在他面前，那是一个女人，他发现她是他自己的灵魂的影像。女人让他明白了一个道理，即上帝也接受爱美是信仰，上帝对艺术家的唯一要求是忠实于自己的内心体验；上帝接受这点为宗教信仰；以这种精神所从事的艺术本身就是对上帝的崇拜和服务。

罗塞蒂的生活观和艺术观主要来源于他对济慈的诗歌和书信的研究。这些观点后来由佩特、王尔德以及画家惠斯勒等人在唯美主义运动中彰显出来；这些人主张艺术的唯一责任是表达美，而不是描绘所谓“有用的事物”或说教作用。罗塞蒂是反对和谴责这些极端的观点的。

罗塞蒂追求一种神圣的幻觉与尘世的激情两者相结合的美。这一点是他从对美女的观察中体会出来的。罗塞蒂酷爱美女。美女对于他说来具有一种象征意义：她们是肉体爱的标志。他认为，美女和艺术有一个共同点，即都是美的体现。因此，罗塞蒂的诗歌和画作都具有深层的内涵。[70]他作为画家，所选的模特无一不是美女。《神女》的模特是亚历萨·威尔丁；他把他的另一位模特凡妮·康福斯描绘成为性爱形象的典型。在他的周围也有一批美女簇拥着，例如莫里斯的妻子简·莫里斯，她的相貌人们可以从罗塞蒂的画作《潘多拉》（*Pandora*）里清楚地辨认出来；罗塞蒂在一系列画作里把她描绘成天上的女神。他对简·莫里斯的眷恋曾经使他精神崩溃。他自己的妻子伊丽莎白·西代尔也曾经是模特。罗塞蒂的女人画像都有一种他从他的妻子和简·莫里斯身上发现的美：她们都有一种睡梦般的注视目光，好似因洞见到天堂的景象而惊讶得喘不过气来；另一方面，她们张开的双唇和极富性感的线条，这种尘世之美让人常有激情不可抑制的感觉。罗塞蒂的画作对法国的象征主义运动的发展发挥过相当大的影响。这种精神和肉体爱的结合经常体现在罗塞蒂的诗作和画作里。《灵魂之美》便是适例：

这是那种女人美，你的声音及
手仍在为赞美它而颤动，——你早就熟谙
它的飘动的长发和抖动的裙边，——你的
心和双足每日随着她跳移，
多么的激情满怀、无可回转，
跑得多么开心，以那么多的方式，用那么多的日子。（笔者译）

“多么的激情满怀、无可回转，/ 跑得多么开心，以那么多的方式，用那么多的日子”——这两行诗充分表达出对美的崇拜的一心一意，第一次把一位自觉追求美的唯美主义者推上历史舞台。对于罗塞蒂说来，艺术和爱为他提供启迪和价值标准。在他看来，艺术和爱是凡人神秘地洞见真理之光的两扇窗户。

罗塞蒂的诗歌包含着一种明显的性感威力，有时甚至有些病态和变态迹象。比如描写新婚夫妇做爱之后睡去的《洞房花烛之眠》就不乏这种情形：

最后他们长时间的亲吻有美有痛地分散：
最后当一切风暴已经逃去，从闪亮的屋檐
有点点滴下，缓慢而突然，
于是每个人的心跳单独地变慢。

他们的胸脯分离，婚后的花瓣
惊异地从变皱的花茎朝两边
展开，但他们的双唇烧得通红如前，
虽分躺着，但依然相互缠绵。（笔者译）

他的诗歌《珍妮》是早在1848年就开始酝酿的作品，1859年他进行了认真的修订。诗作里面的叙事人（一个年轻人）想到一个妓女躺在他的膝头睡去的情景，他的脑海里充满他们的性爱动作。当时有一位保守的评论家说，他从诗歌里明显地觉察到一种“肉感”。他的十四行诗系列《生命之屋》的主题也在于通过诗歌探讨精神与肉体之间的关系。人们阅读诗人的其他作品如《海伦妹》、《果园的坑》（“The Orchard Pit”）、《肉体之美》、《吻》等，一定会有同样的感觉。

此外还有《肉体之美》里的“轻洒的吻”、《吻》里的充满饥饿的脸、《海伦妹》里的“今晚你们两个人玩得很静”、《神女》里神女的胸脯伏在金栏杆上把它们温热的情状，等等，都表现出一种维多利亚时代不能接受的“肉感”。这一点也由后来的唯美主义者们发现并忠实地继承下来。如王尔德对《神女》表示出由衷的钦佩，并从神女那里借走了她的百合花，这个历史公案的罪过不能只让徒子徒孙们担当，大师本人也不能辞其咎。罗塞蒂的这些诗作应当说——如果他不是故意的话——都旨在颠覆传统、推陈出新。

罗塞蒂高度强调技巧和形式的重要性。他的诗作至少有两个特点，显示出他是一个唯美主义者。一是他过度强调形式美，一是他过于偏爱性感的题材。他的诗歌从头到尾保持语调和主题的一致，他的诗行以一种独特的、如同乐队般的和谐或汹涌澎湃逐步向前移动。

罗塞蒂写诗旨在引起读者对美的感觉和享受。他为达到这种艺术效果所采取的技巧之一就是谨慎而缜密地运用细节，让文字刻画出美景来。在《我妹妹正睡着》（“My Sister's Sleep”）里，诗人用这样的笔墨描绘窗外的景象：

外面，清冷的月亮悬在天际，
明如薄纱的冬季光辉；
空旷的光环——月镶于其内——
宛若一只冰肌玉骨的杯。（笔者译）

在《神女》里，天堂的景象也被诗人描绘得和“我妹妹”的卧室一样一清二楚。人们可以看到百合花和金栏杆，尘世芸芸众生宛似一个个烦恼满腹的侏儒，天上的弯月仿佛一片羽毛沿着海湾飘荡一般，奔向上帝的灵魂如同微薄的火焰，等等。罗塞蒂认为，艺术家的目的就是创造出美，激励人们对美产生深刻印象，而不是说教或为任何道德、政治或社会的事业服务。

罗塞蒂坚持在诗歌里所用的形象在视觉上要准确，在意向上要产生美的欣赏距离，以使读者得到一种隔开时空远眺美景的感觉。他的诗歌给人一种感觉，即诗人希望达到一种时间无法限制和挫败的完美与永恒。

罗塞蒂的技巧和形式的完美与威力对19世纪的英国诗歌产生了很大影响。西蒙斯说，罗塞蒂诗歌的独创性主要体现在形式方面，而不是在思想和情感上。所以罗塞蒂其人并不重要，重要的是作为艺术家的罗塞蒂。

《神女》

这首诗作是作者19岁时所作，1850年发表在拉斐尔前派的杂志《胚芽》（*The Germ*）上。诗作的内容是写对一个死去的年轻女郎的爱。她和她的恋人天人两隔，但是二人祈祷死后能够重新团圆。后来罗塞蒂画出一幅画像，题目也叫《神女》，画作的内容约和诗歌的第1诗节相吻合：

神女从天上的
金栏杆探出身；
她的眼睛比傍晚
静静的海底还深；
她手里拿着三枚百合花，
头上戴着七颗星辰。（笔者译）

诗歌《神女》的主题——“分散的情人在上天相会”——取自但丁的《新生》，但是罗塞蒂的诗作的行文却和但丁的不同。他是在阅读美国诗人埃德加·艾伦·坡（Edgar Allan Poe, 1809-1849）的诗作《乌鸦》（“The Raven”, 1845）以后开始创作这首诗的。罗塞蒂对艾伦·坡的这首诗歌非常推崇。有一次他解释说，他觉得艾伦·坡已经把活着的恋人的苦痛写得无以复加，所以他决定改变情况，转写在天上的女郎的心声。

这首诗作共有24诗节，每节由6诗行组成，其中第2、4、6诗行押韵。第1、2诗节描写神女的相貌，她从金栏杆探出身，穿着白色的长袍，一头茂密的金发披在身后。第3诗节说神女是上帝的赞美歌团的一员，但她度日如年。第4诗节是叙述人的评论。接下来，诗歌说，神女住在天上，感到闭塞，她看到其他团圆的情人从她身边朝上帝走去，她低首，手里的百合花似已睡去（第5、6、7、8诗节）。神女在星辰歌唱、太阳下山、弯月升起时，以甜蜜的声音开始说话，她的声音宛似天使歌唱的声音（第9、10诗节）。第11诗节应当是地上情人想象天上神女欲与地上的“我”急切相会的景况。

第12～16诗节是地上情人幻想的神女的思想活动情况。她在幻想着情人的情况：当他来到时，我会害怕吗？（第12诗节）他会头上有光圈，一身白净衣服，我会领他去上帝面前洗浴（第13诗节）。我们将到神龛前面祈祷（第14诗节），躺在圣灵的树阴里（第5诗节），我会躺在那里教给他我们唱的赞美歌，他会慢慢学会、理解（第 16 诗节）。第 17诗节说，你说我们两人在一起了，上帝会把我对你的爱提升到永恒的一体吗？这一诗节表达的应当是地上情人欲与天上情人相会的迫切心情。

第18～22诗节说道，她接着说，我们两个要去找玛丽和她的5个侍女居住的地方；侍女们的名字都是谐音（第18诗节）。她们围成一圈，把金线织入白布里，为死而复生的人们制作诞生罩袍（第19诗节）。他会幸运地肃然起敬，哑口无言，我会把脸贴在他的面颊上，对他讲我们的爱情，圣母会赞同我的骄傲，准许我讲（第20诗节）。她本人会领我们去见上帝，那里会有许多人跪在上帝的周围，天使们会伴随乐声歌唱着来会我们（第21诗节）。在那里我会请求主基督允许我们永远像在尘世一样相爱在一起（第22诗节）。

最后两诗节是地上情人的想象：神女凝视着、听着，然后说，“这一切只有在他来到时才会发生。”光线让她心情激动，天使们在光中迅跑。她的眼睛祈祷着，她微笑了（第23诗节）。但很快他们的轨迹在远方变得依稀，这时她把手臂搭在金栏杆上，双手捂脸，泪水横流。

《神女》的叙述人是“我”，即神女昔日在地上的情人。诗歌里的叙述人是地上的情人“我”，诗作的内容完全出于“我”的想象。“我”在诗作里出现的次数不少：第1～11诗节、第17诗节、第23～24诗节；这些都应当是地上情人想象神女在天上日夜思念他的情景。“我”直接出现在第4诗节和第24诗节。在第4诗节，地上情人想到他们在地上一起生活的一个情景。在最后一诗节（第24诗节），“我”说，“我看见了她微笑”，“我听到了她的哭声”，实际是说，她在苦笑，天人两界，她的想法是无法实现的。《神女》唱的实际是悲调，这和但丁的诗作不同，但和艾伦·坡的《乌鸦》却有异曲同工之美。读完掩卷，人们会感到，这首诗歌实际是写出了天人两隔的一对情人间的深切思念。由于神女的思念完全出于“我”的想象，诗作的终极结果还是表达了地上未亡人的痛苦。

罗塞蒂的个人生活和作品都以他对女人的爱著称。《神女》真切地反映出诗人的这个特点。《神女》表明，两个情人的分别是生死之别，他们团圆的唯一希望存在于他们的爱情中。美女是美的同义词。对艺术的热爱是生死之间唯一的联系纽带。百合花象征着纯洁，七颗星星可能体现出拉斐尔前派所主张的传说、古典思想与基督教教义的结合。

《神女》虽然不是宗教性诗歌，但它有一种宁静的精神氛围和腔调。神女身穿一件上面饰有“玛丽赠给的白玫瑰”的长袍，恰为圣母周围的人所穿（第2诗节第9～10诗行）。而且，这位神女想象着，当她的情人来到天堂时，她会领他去见圣母（第2诗节第9～10诗行）。诗作里多次提到上帝。罗塞蒂早期的作品题材常有宗教性质。

《生命之屋》

《生命之屋》是罗塞蒂的最佳诗作。它由103首十四行诗组成，时间跨度是诗人的整个创作生涯。这些诗作的中心内容表现出诗人的“爱的神话”。[71] 1880年，诗人在写给母亲的一封信里附上一首十四行诗，题目是《十四行诗》（“The Sonnet”）。诗中前3行说：“一首十四行诗是一个时刻的记录，——/ 从灵魂的永恒到一个/ 逝去的不朽时刻的纪念。”这首诗成为《生命之屋》的序诗。《生命之屋》追记一宗爱在肉体和精神方面的发展过程。诚如序诗所说，每首诗歌都是“一个时刻的记录”，旨在记下在转瞬即逝的时刻里的感受及联想。诗作里所记录的每种事件或心绪一般通过一首十四行诗或十四行诗系列加以表现，它们在完善的大格局里自成一体，又相互紧密连接。对于每个时刻的描绘都做到细大不捐、酣畅淋漓。各个时刻相互辉映，形成一个美妙极致的图案整体。这一作品是罗塞蒂的文学成就之一。诗人的弟弟威廉·罗塞蒂在他的《设计师和作家》（*Designer and Writer*, 1889）里说，《生命之屋》里的十四行诗皆为即兴之作，一件事情发生了，或一种感情占上风，作家就写诗以志纪念。这句画龙点睛之语基本上总结了罗塞蒂的这些诗作的性质和质量。

《生命之屋》里说到的各种事件和不同的心绪由全诗的总主题——爱——自然联结起来：从爱到失爱到获得慰藉。这些诗歌包括许多体现诗人诗作特点的诗歌，诸如《新娘的出生》（“Bridal Birth”）、《爱的最后的礼物》（“Love's Last Gift”）、《爱的遗嘱》（“Love's Testament”）、

《爱的幻景》（“Lovesight”）、《心的希望》（“Heart’s Hope”）、《吻》、《无条件投降》（“Supreme Surrender”）、《洞房花烛之眠》、《爱的命数》（“Love’s Fatality”）、《死胎爱》（“Stillborn Love”）、《爱与希望》（“Love and Hope”）、《云与风》（“Cloud and Wind”）、《爱与死》（“Death in Love”），等等。

《生命之屋》里还有一些诗作是表现诗人的个人情感的。比如《理想化的生活》（“Transfigured Life”）、《歌之痛》（“The Song-Throe”）、《两边皆丢》（“Lost on Both Sides”）、《灵魂之美》、《肉体之美》、《新生的死》（“Newborn Death”）、《一个希望》（“One Hope”）等。

《生命之屋》透露出诗人对理想、爱情等的渴望，但也反映出他的失望、绝望和失意情绪。总的说来，人们从这些歌里听到的是悲声。[72]

威廉·莫里斯（William Morris, 1834-1896）

威廉·莫里斯具有很多名衔，他不仅是维多利亚时期的诗人和小说家，还是设计师、画家和社会活动家，被誉为英国工艺美术运动和英国社会主义的奠基者之一。莫里斯出生于伦敦附近的瓦瑟斯多镇。他家境富裕，从小喜欢读书和观察大自然，据说在4岁时已经熟悉了司各特的“威弗利”系列小说。1852年，莫里斯进入牛津大学埃克塞特学院研读神学，立志成为神职人员。但是，在与众多友人一起读书、探讨、游学的过程中，他渐渐改变了想法。他意识到，与神学领域相比，自己在当时的社会改革方面可以更有作为。莫里斯深受约翰·拉斯金思想的影响，与好友罗塞蒂（Dante Gabriel Rossetti, 1818-1882）、爱德华·伯纳-琼斯（Edward Burne-Jones, 1833-1898）、福德·马多克斯·布朗（Ford Madox Brown, 1821-1893）和菲利普·韦伯（Philip Webb, 1831-1915）等人共同致力于复兴古典艺术，并创建了拉斐尔前派。他们还主导了美术工艺运动（Art & Craft Movement），抵制工业制品以及媚俗的艺术，主张从更广泛、更深刻的社会与伦理角度去审视设计问题，倡导尊重手工艺和手工艺人的艺术家地位。1861年，莫里斯与朋友甚至创立了自己的公司，专门设计、制作中世纪与哥特风格的家具与手工艺品。他是一位曾决心献身于追随上帝的神职但却终以艺术与设计作为毕生事业的人。[73]

19世纪70年代，莫里斯对政治的兴趣日渐浓厚，与恩格斯等人一起发起了英国的社会主义运动。由于英国社会主义阵营内部的分歧不断，莫里斯逐渐被边缘化，直至 1889 年无政府主义派将他排挤出领导阶层。此后的若干年内，莫里斯感到非常失落，但依然通过写作和演讲支持英国的社会主义事业。在他生命的最后一年，即 1896 年，他还发表了题为《一个社会主义政党》（“One Socialist Party”）的演讲。

莫里斯在建筑领域声名卓著。虽然他不算是真正意义上的建筑师，但基于对建筑学的爱好，1877 年他创立了古建筑保护协会，他的古迹维护工作间接推动了国民信托的建立。莫里斯还是一位出版商、设计与装饰艺术家。1891 年，他成立了自己的出版社——柯姆史考特出版社（Kelmscott Press），并将晚年大部分时间投注于书籍以及图案的设计。他的许多设计成为历史上的经典，例如《杰佛里·乔叟作品集》（*The Works of Geoffrey Chaucer*, 1896）的设计。他的设计令人耳目一新，他关于艺术与手工艺的主张影响甚至延伸至欧洲大陆以及北美地区。进入 20 世纪后，莫里斯的艺术思想仍直接或间接地影响着西方世界。

莫里斯的文学创作开始于大学时代。尽管他那时创作的诗歌被称为他的最优秀作品，却没有保留下来。1858 年，莫里斯出版首部诗集《捍卫桂内维尔及其他诗歌》（*The Defence of Guenevere and Other Poems*），它宣告了拉斐尔前派诗歌的诞生。但这部书受到批评家的冷遇，年轻的莫里斯备感受挫，直到 1867 年重返诗坛，出版诗集《贾森的生平》（*The Life and Death of Jason*）。这部诗作大获成功，其后出版的《人间乐园》（*The Earthly Paradise*, 1868-1870）（一系列讲述希腊和中世纪故事的诗）更加奠定了诗人的声望。1892 年，丁尼生辞世，莫里斯拟被授为接任的“桂冠诗人”，但他没有接受。

莫里斯还进行小说创作。他曾试图以《世界尽头的井》（*The Well at the World's End*, 1892）等奇幻小说复兴中世纪传奇，但未获成功。有趣的是，这些不成功的奇幻小说不同程度地启发了后世作家，如 C. S. 路易斯（C. S. Lewis, 1898-1963）、J. R. R. 托尔金（J. R. R. Tolkein, 1892-1973），甚至詹姆斯·乔伊斯（James Joyce, 1882-1941）等。在莫里斯所有的小说中，最著名的应该是《乌有乡的新闻》（*News from Nowhere*, 1890）。此外，莫里斯还翻译过大量古典著作和国外文学作品。他翻译的维吉尔的《伊尼依德》（*Aeneid*）和荷马的《奥德赛》（*Odyssey*）分别于 1875 年和 1887 年出版。

在维多利亚时代，莫里斯作为作家曾享有一定的声名。如今他的作品很少有人问津了，原因主要在于他的诗歌缺乏永恒诗作应有的深度，诗歌内容的时空局限性强，不能引起当代人在感情和心灵上的共鸣。

莫里斯于1896年10月3日逝世，享年62岁。[74]

《洪水中的草垛》

《洪水中的草垛》出自莫里斯的首部诗集《捍卫桂内维尔及其他诗歌》。它可能是如今作者最为著名的一首诗歌了。这是一首叙事诗，共160行，由长短不一的13节组成。诗歌的背景为英法百年战争，讲述法国女人耶涵（Jehane）和自己的恋人逃生、诀别的悲凉故事。耶涵痴心追随恋人、英国骑士罗伯特（Robert），在大雨中骑马逃生，历尽艰辛。但当他们逃至法国乡下一个草垛附近时，却遭到以戈德玛（Godmar）为首的敌人的围堵。戈德玛对耶涵的美貌垂涎已久。他向她提出做自己的情人，不然就威胁杀掉罗伯特。最终，耶涵为了保全恋人的性命，准备答应敌人的条件。就在她和罗伯特欲吻别时，戈德玛强行分开他们，并用手中的剑刺伤了罗伯特的喉咙。敌人蜂拥而上，将瘫倒在地的罗伯特活活踢死。耶涵亲眼目睹了恋人惨死的情景，自己也在万分悲痛中被敌人掳走。[75]

这首诗前后呼应，浑然一体。在第一节，诗人从耶涵的视角，以两个设问句开场：

> 难道她一路艰辛，
> 只为和他诀别，连一个吻都留不下？
> 难道她一身泥和雨，
> 只为亲眼看他被杀，
> 在这洪水中的草垛边？（第1~5诗行，笔者译）

这几行是耶涵内心对即将到来的悲剧的预言。当一切如她所担心的那样发生之后，在最后一节（只有两行），诗人用无奈却颇具总结性的语气写道，“这就是他们的诀别/ 在洪水中的草垛边”（第159～160诗行）。

这首诗以4步抑扬格写就。诗人灵活地运用音律的重音和词语的重音，使全诗读来很有音乐感。比如，第3节的末行（第38行）和第4节的首行（第39行）合起来构成一个4步抑扬格，上句三步（They counted thirty heads.），下句只有一步（So then）。这样一来，整体的音律并没有被打乱，但却加强了叙事情节和叙事角度的连续性。这种情况在全诗中出现了 6 次。此外，莫里斯在诗行某些音步的停顿处巧妙地加上标点符号，以达到突出情感、烘托氛围的目的。耶涵亲眼目睹恋人被杀的那几行是突出的例子（第 143～145 诗行）。总之，通过语法结构与音律结构的互补互用，莫里斯将罗伯特的惨死、戈德玛的凶狠以及耶涵的惊骇都表达得淋漓尽致，令人屏息。

在这首诗歌里，作为情人的耶涵是个甜美、很有媚惑力的女人。诗人对她的坦率描述和对杀人场景的不惜笔墨，惹怒了维多利亚时代保守的人们。他们指责莫里斯笔下的人物道德水准低下，不值得同情。这种指责随着时间的推移已经不复存在了。

《乌有乡的新闻》

《乌有乡的新闻》是莫里斯投身于英国社会主义运动期间创作的小说。小说主人公名为威廉·盖斯特，是一位社会主义者。他在参加一次社会主义者的讨论会后，回家休息，做了一场梦。在梦中，他惊奇地发现自己所在的国家已经跨入未来社会。此时的英国已经发生了翻天覆地的变革，成为一个以公有制和民主为基础的共产主义社会：没有私有财产、货币体系、离婚、法庭、监狱及阶级差别。这还是一个没有大都市的农业型社会。所有人共同劳动，按需分配。最有趣的是，劳动不再枯燥乏味，而是变成了一种乐趣，哪怕是一只盘子的制造过程也像艺术创作那样有魅力。主人公在游历新社会的过程中，结识了一位长者，通过这位长者了解到革命前的社会状况。作者借这个情节把新旧社会做了一番对比，对英国的现实进行了批评。最后，主人公从梦中惊醒，回到现实生活。他回忆起梦中社会成员给他的临别赠言：“回去吧！你将因为见过我们而成为那个社会中的幸运儿，为你们的斗争增添希望。……你们终将建设一个充满爱、和平与幸福的社会！”全书以主人公的感慨结束：“是啊！如果其他人和我一样亲历了那样的生活，他们也会和我一样，认为那不是梦，而是蓝图。”（第 32 章，笔者译）

《乌有乡的新闻》是莫里斯在阅读美国作家爱德华·贝拉米（Edward Bellamy, 1850-1898）的小说《回顾：2000～1887》（*Looking Backward: 2000-1887*）之后的回应之作。贝拉米的著作所表达的社会主义观点在当时占有一种主流地位，即以科技革新带动理想社会的实现，工业革命的发展是实现共产主义社会的动力。这是两个世纪之前弗兰西斯·培根的理想社会观的延续。但是，身为拉斐尔前派主要成员的莫里斯反对这样的社会主义观。他笔下的乌有乡与贝拉米和培根所描述的都市型、科技性理想社会不同，他的乌有乡是田园性质的农业社会。莫里斯的理想社会蓝图与他崇尚拉斐尔前时代的艺术观、反对粗糙的工业制品密切相关。但这并不意味着莫里斯彻底反对机械文明，他在自己的工厂里也使用19世纪纺织科技的新发明——提花机。他心目中的理想社会也不是简单地回归田园社会、手工时代。在《乌有乡的新闻》一书中，航船的行驶没有噪音，锅炉使用无烟的燃料，不污染环境。莫里斯以此暗示，人类应该合理使用科技，而非依赖科技生存。[76]

从历史的角度来说，《乌有乡的新闻》虽然以“梦游”而非海上旅行的叙事形式描绘一个完美社会，但它依然是西方自古至今乌托邦文学传统的一环，其中既有19世纪西方空想社会主义的特点，又有柏拉图、莫尔等前辈的乌托邦思想的影子。

阿尔杰农·查尔斯·史文朋（Algernon Charles Swinburne, 1837-1909）

史文朋是维多利亚时代的重要诗人。他出生于伦敦的贵族家庭，童年岁月多是在一个岛屿上的家庭别墅里度过的。他的祖父深爱法国文化，史文朋自幼就与他非常亲近。祖父和母亲教他学习法语和意大利语，对他后来的成长影响很大。在牛津大学就读期间，史文朋结识了罗塞蒂、莫里斯、琼斯等后来被称为“拉斐尔前派”的许多朋友。1858年，意大利爱国者奥西尼（Orsini）企图行刺拿破仑三世，性格叛逆的史文朋公开对此事件表示庆贺。牛津大学为此开除他，一位赏识他的院长还为他向学校求情。他1860年离开牛津大学，后与罗塞蒂关系密切，在罗塞蒂的夫人去世后，他们两个甚至搬进同一栋房子居住。

史文朋身高刚过5英尺，健康状况不好。但是，他的身体有很强的爆发力，擅长爬山和游泳。他性情古怪，情绪容易激动，经常尖着嗓子在屋里朗诵诗歌，还会突然发病，出现痉挛、癫痫之类的症状。他嗜酒如命，有时醉酒到失去意识的地步。他和罗塞蒂同住时，不止一次地半夜醉倒在家门口。在19世纪60年代和70年代，他一直在醉酒、精神崩溃的状态中挣扎，时好时坏。1879年，史文朋又一次险些因醉酒丧命。之后，他的朋友西奥多·瓦茨将他接到自己位于伦敦郊区的家里，悉心照料，使他的生活渐渐回归健康状态。但他的听力越来越差，与以往的朋友们也日渐疏远。他们都说他被瓦茨“拘禁”起来了。1909 年，史文朋死于流感。[77]

年轻时的史文朋放浪形骸。他受法国作家萨德（Marquis de Sade, 1740-1814）及其作品的影响，具有非传统的性取向和嗜好，经常做出格的事情。对于自己的独特行为和经历，他不感到羞耻，反而时常添油加醋地向别人吹嘘。很多人对他嗤之以鼻。史文朋首次署名发表的作品是《亚特兰塔在加里登》（*Atalanta in Calydon*, 1865）。这首诗歌引起了热烈反响。接下来出版的诗集《诗歌与民谣 I》（*Poems and Ballads I*, 1866）里出现了大胆的性描写，令很多人瞠目结舌，大加挞伐。不过，《诗歌与民谣 I》中的部分诗歌在语调、结构和风格等方面有浓厚的中世纪色彩，在当时还引发了一波复古风潮。

1867 年，史文朋在伦敦与仰慕已久的意大利流亡者马兹尼（Mazzini 1805-1872）相会，之后写出政治意味浓厚的《日出前的诗歌》（*Songs before Sunrise*, 1871）。此后，他还相继出版了《诗歌与民谣 II》（*Poems and Ballads II*, 1878）、《利奥尼斯的特里斯特拉姆》（*Tristram of Lyonesse*, 1882）、《诗歌与民谣 III》（*Poems and Ballads III*, 1889）等作品。

史文朋是一位颓废派诗人。他的诗作，尤其是早期诗作，对 19 世纪后期的唯美主义运动发挥过推进作用。他的风格虽然有时稍嫌花哨，但他的诗歌在用词、韵律等方面很有功底，因此被誉为最具天赋的英国诗人之一。他前期的诗歌多以爱情为主题，后期的诗歌则多了些哲学和政治关切。人们通常认为他最优秀的诗作集中在前期。

史文朋也是一位批评家。他的文学批评和他的文学理念紧密相关。比如，他对法国诗人波德莱尔、英国诗人布莱克等人的评论都表现出他的“为艺术而艺术”的唯美主义倾向。史文朋认为，诗人的任务就是创作好的诗歌，而不是拯救时代、重塑社会。说教不是诗歌的目的。人的情感（如失败和悲伤）、肉体美、悦耳的声音和芬芳的气味，等等，才是好的诗歌所应该关注的。不过，史文朋同时也承认，即使唯美主义诗歌也有一定的伦理道德涵义，这与诗人的首要任务，即形式与美，并不冲突。他以波德莱尔及其作品为例，说明诗人不需要在作品中直接地告诫读者要警惕恶，只要诗人不宣扬恶就够了。因为，无论在什么时代，纯粹与独立的诗歌都可以在一定程度上起到矫正道德甚至政治体系的弊病的作用。T. S. 艾略特称史文朋为“不完美的批评家”，认为他的评论有些过于主观；但他也指出，就对前辈文学作品的熟悉程度和欣赏水准而言，史文朋还是值得称赞的。[78]

《劳斯·维尼瑞斯》

这首诗出自《诗歌与民谣 I》，共 106 节、424 行。它是以德国中世纪传说中的骑士兼诗人汤豪泽（Tannhäuser）的故事为基础改编的。在传说中，维纳斯女神故意在汤豪泽途经的林中沐浴，以诱惑他。汤豪泽果然爱上女神美丽的身体，来到女神的宫殿。他在这里待了整整一年，终日沉湎于女神的美和自己对她的爱恋之中。他对自己的堕落和强烈的爱欲逐渐感到内疚和懊悔。于是他离开维纳斯，来到罗马向教皇忏悔，问教皇自己能否得到救赎。教皇回答说，正如他的权杖不会开花一样，汤豪泽无法得到救赎。汤豪泽在失望中离开罗马。不料，三天后教皇的权杖竟然开花，于是他派人去追回汤豪泽，然而没有成功。汤豪泽又回到维纳斯女神那里去了。他失去了原本可以得到的救赎，继续被内疚、悔恨所折磨。

在西方存在着不同版本的汤豪泽传说，其中主人公未必以"汤豪泽"为名，但是情节大致相同。人们通常把这个传说与基督教联系起来加以解释，即人受到神的诱惑，来到神的居住地，却又想念世俗的生活。而当他真正回到世俗生活中时，却感觉不到快乐，只好又回到他爱慕的神那里。[79]

这首诗歌采用 5 步抑扬格，以戏剧独白的形式写就。诗歌以一段拉丁语引文开篇，所引的内容来自 16 世纪法国作家加若（Maistre Antoine Gage）所写的汤豪泽传说，其题目为《伟大的爱情故事集》（*Livre des grandes merveilles d'amour*, 1530）（也有评论家认为这个作家和作品是杜撰的）。在最初的德国传说中，维纳斯女神的宫殿被称为"维纳斯堡"（The Venusburg），而加若在自己的版本中则称它为"霍瑟尔"（The Horsel，指神殿）。史文朋在接下来的诗歌正文中沿用了"霍瑟尔"这个名称。主人公兼叙述者的名字为劳斯·维尼瑞斯。维尼瑞斯就是汤豪泽的化身。

在诗歌的开始，他已从罗马回到维纳斯身边，决心永远忠于她，再不分离。维尼瑞斯先用大量篇幅描绘自己与维纳斯之间的爱，中间回顾了自己征战、被维纳斯诱惑、然后来到霍瑟尔的过程。接着他吐露了自己的矛盾心情：他疯狂地迷恋着女神，同时又为自己肉体的堕落感到罪孽深重。为了洗清自己的罪恶，他加入前往罗马的朝圣者队伍。和传说中的情节一样，他问教皇自己能否得到救赎。教皇回答说，只有当他手中那柄没有叶子的权杖绽放出芬芳的花朵时，维尼瑞斯才可能得到救赎（第 369～372 诗行）。维尼瑞斯明白，这是不可能的，于是绝望地离开罗马，回到霍瑟尔。再次见到心爱的女神以后，他决定放弃追求宗教救赎，更坚定了自己对维纳斯的爱，认为她比上帝更美，只有她才能占据他的灵魂（第 385～388 诗行）。在诗作的结尾，维尼瑞斯再次宣告自己对爱的信仰：即使灵魂可和肉体分离，即使山崩地裂、海枯石烂，他和维纳斯也不会分开。他已做好心理准备，静候末日审判的到来。至于末日审判的结局如何，他已全不在意。

《劳斯·维尼瑞斯》是史文朋早期诗歌的代表作品之一。他在美国出版的《诗歌与民谣 I》最初就是以“劳斯·维尼瑞斯”作为诗集的题目的。这首诗歌肆无忌惮地运用性爱语言和画面，在维多利亚时代可谓惊世骇俗，对当时的道德、文化底线提出了挑战。然而，这首诗并非纯粹描写性爱。从更深的层面上看，它是维尼瑞斯对自身心灵成长的回顾。总体看来，他的心灵经历了矛盾、忏悔、觉醒三个阶段。在诗歌的开首，尤其是第 4～6 诗节，维尼瑞斯把维纳斯和上帝——基督并列，进行比较。在他眼里，虽然伟大的上帝令人景仰、敬畏，但女神的美实在是更有魅力，令人无法抵挡。这说明，热恋中的维尼瑞斯正在宗教信仰和美的信仰两者间进行挣扎。他承认自己曾被基督选中，是守护宗教的骑士，理应献身对上帝的信仰，而非终日放纵自己的情欲。随着时间的流逝，他心中的罪恶感占了上风，他决定去罗马求助于教皇。这说明，维尼瑞斯在矛盾中终于做出决定，离开维纳斯，重回上帝的怀抱。但是，教皇的话令他获得救赎的希望破灭。他在回到维纳斯身边后，没有像其他版本中的汤豪泽那样，因为希望的破灭而失落，而是彻底放弃了上帝和宗教。此时，他不再在宗教与美之间彷徨。他的自我认知达到了成熟境界。他觉醒了，认清了心灵的方向，从而坚定地投身于美的信仰。这意味着，史文朋笔下的维尼瑞斯是诗人自身“为艺术而艺术”的唯美主义诗学观的化身。同样，诗歌中的维纳斯也不仅代表着肉体美或情欲，而是纯粹的、没有任何说教色彩的艺术美的化身。

这首诗也体现出史文朋对宗教的态度。由于是戏剧独白，所以正文中没有提及传说中教皇的权杖开花这一细节，即汤豪泽/维尼瑞斯本来有机会获得宗教救赎。这说明，诗人不认为宗教救赎比性爱更高尚、更重要。这一点也体现出史文朋的反基督教立场。他对汤豪泽传说的改写肯定了凡夫俗子的情欲渴求，同时也凸显了这种渴求与基督教教义中罪恶和救赎观念的冲突。此外，从弗洛伊德心理分析学说的角度来看，维尼瑞斯对维纳斯的爱欲和他渴望宗教（精神）救赎的矛盾，在某种程度上体现出他在本我与超我之间的挣扎。

这部作品也体现出作者对诗歌与历史关系的辩证态度。在史文朋生活、创作的时代之前，汤豪泽神话传说已经有过很多版本。从《劳斯·维尼瑞斯》一诗的引文到正文，史文朋暗示出汤豪泽神话传说演变历史的三个阶段：通过汤豪泽/维尼瑞斯的叙述，勾勒出这个神话的原始故事；引文中的 16 世纪版本；以及 19 世纪史文朋的版本。作者似在告诉人们，诗人可以根据他和读者的历史意识，对一个流传已久的神话传说进行创造性的再写。换言之，一个神话以及这个神话的历史永远可以通过诗人的笔得到改写。诗人最该关注的是表现神话中的美，这是艺术的最本质的特征，他有权利重写神话。神话美和艺术美所代表的真理也通过诗人的创作得以再生。简言之，诗人是记录美的独特的历史学家。[80]

《致普洛塞嫔女神》

《致普洛塞嫔女神》出自《诗歌与民谣 I》，共 110 行，也采用了戏剧独白的形式。叙述者是一位生活在公元 4 世纪的罗马人，他表达了对宗教更迭的不满，并预言新宗教和老宗教一样，将难逃最终被抛弃的命运。对罗马而言，公元 4 世纪是一个动荡年代。在宗教方面，基督教被钦定为罗马国教，从此取代了人们信仰已久的罗马诸神。面对这种宗教信仰的改变，叙述者感到不满。一方面，他不得不承认，加利利人（指基督和基督教）已经征服了世界；另一方面，他却坚信，罗马神祇的美是基督教无法给予人类的。虽然基督教成功地取代了罗马诸神的地位，但是“生命有一双变化的翅膀”（第 30 诗行，笔者译），“桂树只有一个季节的绿意，爱情只有一天的甜蜜；/ 爱情会因背叛而变得苦涩，桂树的繁茂撑不过五月”（第 37～38 诗行）。叙述者继续说道，虽然人人都已把古代诸神抛在脑后，皈依了基督教，但他决不屈膝跪拜基督。因为风水轮流转，基督教也会“像一阵风一样掠过，像一团火一样熄灭/ ……被命运的海浪吞没”（第 67～68 诗行）。

这首诗的内容和题目看似有出入。从题目看，史文朋似乎是要对普洛塞嫔女神唱一曲赞歌。可是从内容看，普洛塞嫔女神的名字却只在诗歌的开头和结尾出现，整体的内容也似乎不是赞美这位罗马女神的。实际上，要理解史文朋这首诗歌的真正用意，人们必须了解普洛塞嫔女神在罗马神话中的地位和职责。这位女神是天神宙斯（Zeus）和他的姐姐、掌管丰收和农业的女神德墨特尔（Demeter）所生的女儿。后来，普洛塞嫔女神被冥王哈德斯（Hades）掠走做冥后。女儿被劫走后，母亲一气之下来到凡间，放弃了管理大地的职责。结果，大地变得荒芜，诸神也享用不到祭品。宙斯无奈，要求冥王放回普洛塞嫔女神。冥王不敢违令，却又舍不得女神。于是他先让女神吃了冥界的石榴子，这样她就不能完全脱离冥界。这样一来，这位女神在一年中可有三分之二（也有说是四分之三）的时间可以同母亲相聚，此时大地便是春暖花开、万物生长的季节。另有三分之一（也有说是四分之一）的时间女神不得不回到冥界去，这时大地就进入凋零、荒芜的冬季。因此，普洛塞嫔女神代表着四季轮回，时光交替。另外，她既在冥府居住，又在人间驻留，所以又同时主宰死亡和再生，象征着生与死的循环和轮回。

在《致普洛塞嫔女神》这首诗歌里，生死循环和轮回正是史文朋的主题。只不过，他关注的不是季节和人，而是宗教的生死轮回。上文提及的桂树、风、火、海浪等意象都是他用来表述这个主题的手段。从这个意义上看，诗的题目和内容是很吻合的。

史文朋在这首诗歌里虚构出一个历史角色，即年长的叙述者。这个叙述者的思考和独白表明，他对罗马诸神的信仰胜过对基督教的信仰，古罗马胜过基督教统治下的罗马。这首诗非常明确地表达出史文朋的强烈的反基督教立场。至于古罗马被基督教时代的罗马所取代，有些人认为是历史的进步，诗人勃朗宁便是一例。显然，史文朋在这首诗中用他的循环论否定了这样的历史进步。

《时光的胜利》

此作出自《诗歌与民谣 I》，由 49 节构成，每节 8 诗行，共 392 诗行，形式为戏剧独白。全诗表达了叙述者被恋人抛弃后的痛苦、对时光流逝的无奈，以及对人生与时光之间的关系的感慨。叙述者并没有指责恋人的无情，而是慨叹时间无情，让新鲜的爱情迅速枯萎。失恋固然令人难过，但人们是否

值得流一滴泪，哀伤一小时，
就为那些往事？
为那些不结实的谷壳和易逝的花朵，

为过去的梦想和以往的行为？（第9~12诗行，笔者译）

在叙述者看来，人的一生中，最可怕的不是死神，因为“死神并不能将你我的灵魂分离”（第159行）。比死神更可怕的力量是时光。如果死亡将他和恋人分开，那么至少分离时他们还是相爱的。倘若时光的威力使恋人远离了他，那么爱情便真不存在了。接着，叙述者又从爱情延伸到生命和其他的人类行为，指出“人无法留住什么/ 在生命的沙滩上，在时光的隧道中”（第81～82诗行）。时间的大海潮起潮落，人类的一切都被冲洗殆尽，只留下“坟墓上的荒草，破损的花，残缺的诗”（第87～88诗行）。不过，叙述者并不为此感到悲观、绝望。相反，他认同时光的威力，愿意投身于时光的大海，并与它融为一体：“我愿意赤裸身体，欣喜地走向你”（第283诗行）。

这首诗表达了史文朋不同于其他诗人的爱情观。对他而言，爱情不过是转瞬即逝的东西。这个观点可从他在1875年写给友人的信中得到进一步认证。他对友人坦承，自己与丁尼生、罗塞蒂等诗人不同。这些诗人相信爱可以永恒，相爱的人可能在未来或死后相守，而他却诚实而坦率地认为，爱的寿命只有24小时。

在这首诗歌中，诗人同时运用基督教与异教的意象。这种手法值得关注。比如，在第4节和第12节，叙述者将自己比作一个基督式的人物，自己对恋人的爱就像耶稣对人类的爱那么无私、伟大。同时，诗人又采用“大海”这种带有异教性质的意象，将时光比作大海，称之为一切生命的源泉，并希望通过死亡和时光的大海合为一体（第8、9、33、34、36节等）。显然，史文朋和一些西方作家一样，虽然不信仰基督教，但总能熟练、巧妙地将各种《圣经》典故运用于自己的诗歌创作里。

莱昂内尔·皮戈特·约翰逊（Lionel Pigot Johnson, 1867-1902）

约翰逊是诗人、散文家和批评家，是19世纪英国颓废派的活跃人物、“悲惨的一代”的一员。

约翰逊出生于英国肯特郡的布罗德斯泰斯。其父为爱尔兰军官。约翰逊先后就读于温切斯特学院和牛津大学。他在学期间成绩非常出色，并且深受唯美派的代表人物佩特（Walter Horatio Pater, 1839-1894）的影响。在1890年毕业后，约翰逊成为一名记者，并向杂志和期刊投送批评文章。

1891 年对于约翰逊来讲是非常重要的一年：他放弃了新教，并皈依天主教；加入“诗人俱乐部”；把阿尔弗雷德·道格拉斯勋爵（Lord Alfred Douglas）介绍给了王尔德。正是从这一年开始，在同为“诗人俱乐部”成员——叶芝的影响下，约翰逊开始认真地对自己的爱尔兰背景进行思考，并对爱尔兰文艺复兴产生了强烈的兴趣。这对他后来的文学生涯产生了很大的影响。约翰逊在伦敦过着离群索居的生活，一生都在和酒瘾与自己的同性恋趋向作斗争。1902 年，约翰逊过世（有一说是从酒吧的酒凳上坠落而死）。在他去世后，叶芝出版了《莱昂内尔·约翰逊的 21 首诗》（*Twenty-one Poems by Lionel Johnson*, 1904）来纪念这位早亡的诗人和同胞。

约翰逊的主要作品包括《托马斯·哈代的艺术》（*The Art of Thomas Hardy*, 1894）、《诗歌》（*Poems*, 1895）以及《爱尔兰和其他诗歌》（*Ireland and Other Poems*, 1897）。由于深深地关切爱尔兰文艺复兴和爱尔兰民族主义，约翰逊于 1893 年游历了都柏林。他非常仰慕爱尔兰运动中所表现出的英雄神秘主义。他的两部诗集都是随后发表的：前者表达了诗人的“天主教的清教主义”（Catholic Puritanism）的创作风格；后者则表达了诗人对爱尔兰强烈的爱。这两部诗集都具有一定的古典特色，其风格与 17 世纪的诗人理查德·克拉肖（Richard Crashaw, 1613-1649）、乔治·赫伯特（George Herbert, 1593-1633）的作品相近。著名的评论家阿瑟·沃（Arthur Waugh, 1866-1943）认为约翰逊的诗“在某种特定的意义上讲，是他精神生活的真诚和深刻的表达。和我所遇到的任何人相比，约翰逊的思想和品位是受到行为世界影响最小的。他其后所发展的每一个思想和每一种表达方式都源于古典的启示和温切斯特学院的教育”。[81]

学者认为约翰逊的很多诗歌反映了其同性恋取向。他的名诗《黑暗天使》（“The Dark Angel”）就被认为是源于诗人对自己同性恋的极端痛苦之情。黑暗天使就是传统文学中的撒旦、堕落天使。在该诗中，约翰逊指出了自己的双面性：作为一个虔诚的天主教徒，约翰逊是不能接受自己是同性恋者罪恶——自我黑暗的一面。对于 20 世纪末以来的大多数年轻人来说，《黑暗天使》之所以出名是因为著名游戏《战锤 40000》（*Warhammer* 40,000）。在这个游戏的一章《星际战士》（*Space Marines*）里，黑暗天使的称谓便是取材于约翰逊的这首诗。黑暗天使们的首领更是被命名为莱昂内尔·约翰逊（Lion El’Jonson）。

黑暗天使

黑暗天使，和你那强烈的欲望
去铲除悔罪的世界：
邪恶天使，
还在隐秘地玷污我的灵魂！

因为你，没有任何思想，任何事物，
让我恪守我的虔诚：
黑暗天使，展翅飞翔，
使我无处可逃。

当音乐响起，你把天籁之音
变成放荡的烈火：
妒嫉的心胸容不下
清心寡欲的快乐。
……
黑暗天使，和你那强烈的欲望！
两种挫败，两种绝望：
我宁化为飘荡的浮尘，
也不愿被你玩弄于股掌之间。

为所欲为吧，黑暗天使！
你将永不能征服我：
寂寞将归于我；
神圣将归于神。

欧内斯特·克里斯托弗·道森（Ernest Christopher Dowson, 1867-1900）

道森是诗人、小说家、19 世纪唯美主义运动的知名人物。他的抒情诗音调优美，词句迷人。尽人皆知的“随风而逝”或“飘”（gone with the wind）便出自他的名诗《西娜拉》(“Non Sum Qualis Eram Bonae Sub Regno

Cynarae”）。他被认为是19世纪90年代闻名于世的颓废派和被叶芝称为“悲惨的一代”的艺术家中“最纯粹的代表”。[82]

道森出生在肯特郡。由于父亲健康的原因，他的童年和少年时期多陪伴父亲生活在国外，主要是在法国。因此，他很偏爱法国的象征主义作品。象征主义所倡导的口头暗示性和诗歌的音乐性对他的创作思想产生了较为深刻的影响。他在法国期间受到的教育并不正规。但是，他阅读了贺拉斯和卡图卢斯等古罗马诗人的大量作品。1887年，他就读于牛津大学的女王学院。一年之后，他在没有拿到学位的情况下离开牛津，前往伦敦。

他在伦敦的社交非常活跃，同时也一直在努力写作，经常向一些文学杂志如《黄皮书》（*The Yellow Book*）和《萨伏伊》（*The Savoy*）投稿。他还为《批评家》（*The Critic*）义务审稿。道森崇拜具有颓废气质的艺术家，如美国诗人艾伦·坡（Edgar Allan Poe, 1809-1849）、法国诗人波德莱尔（Charles Baudelaire, 1821-1861）、魏尔伦（Paul Verlaine, 1844-1896）和英国诗人史文朋（Algernon Charles Swinburne, 1837-1909）。他还和其他唯美主义诗人组建“诗人俱乐部”（The Rhymers' Club）。在这里他和著名的诗人叶芝（William Butler Yeats, 1865-1939）、莱昂内尔·约翰逊等过往甚密。他和王尔德也有一定联络。他还曾和阿瑟·穆尔（Arthur Moore, 1866-1952）合作过两部小说作品：1893年的《喜剧的面具》（*A Comedy of Masks*）和1899年的《阿德里安·罗姆》（*Adrian Rome*）。这两部作品的创作风格明显受到亨利·詹姆斯（Henry James, 1843-1916）的影响。尽管这两部作品并不成功，但是《阿德里安·罗姆》的主人公阿德里安对生活的态度反映出道森的心声：“只关心高雅的激情，努力充实地生活而不是尽量长久地存在，——在他看来只有在这种条件下，他这个天生的艺术家才能赢得自己救赎。”[83]

道森的人生经历在那个时代最为典型。不安的心灵和不幸的生活境遇使他过着一种放浪形骸的生活。他的早逝更成就了所谓的“道森传奇”：酗酒、吸毒、流浪汉和性变态（迷恋幼女）。他被称为“英国的［艾伦·］坡——阴沟里的圣人，迷失在英国体面荒原中的卡图卢斯”。道森在24岁时爱上一个11岁的波兰女童阿德莱德·弗蒂诺维茨（Adelaide Foltinowicz）；阿德莱德成为他的缪斯、创作源泉。他的很多诗歌都是写给这个女孩的。但是，女孩长到适婚年龄时却嫁给了她的邻居。这对道森的打击巨大。然而，对于道森这个命运多舛的人来讲，更大的痛苦还在后面等待着他。在他28岁时，父母在几个月内相继自杀。多年不规律的生活和不幸的情感生活使他在无尽的痛苦中饱受煎熬，不久便罹患肺炎。此后，他在法国、英国和爱尔兰游荡。在法国时，他特意拜访了当时已被人避之不及的王尔德。33岁时，道森死于酗酒（也有人认为是死于肺炎）。

道森的诗歌创作大约持续了不到10年的时间，作品数量不多，涉猎的话题也不广，主要包括对宗教的虔诚、及时行乐、爱情（主要是失落的爱情）及对孩子的热爱。他1896年出版的《诗》（*Verses*）和1897出版的《装饰》（*Decorations*）几乎囊括了他所有的诗歌创作成果。道森在诗歌节奏的控制上颇有成就。他对各式各样的音步进行了试验：5音步、3音步、4音步和6音步。在《西娜拉》中，他终于取得了最完美的音律效果。他的诗作最重要的一个特点便是他对排比句和重复的应用；这极益于读者理解诗人对自己精神状态的美学反应。道森的用词是他诗歌创作的另一个重要特点。这些特点使他更加明晰和深刻地渲染情绪和表露口气，缩小诗歌和人类的感知之间的距离，是他表达思想状态、主观回应和激情方面必不可少的艺术手段。这是道森为后代诗人留下的宝贵遗产。

《西娜拉》是道森最出名的一首诗作。这首诗被评论家西蒙斯（Arthur Symons, 1865-1945）誉为“当代最伟大的抒情诗篇之一”，说“在它里面他一举说尽了一切，并为它配上了令人陶醉的、也许是不朽的音乐”。《西娜拉》主要体现了两个主题：渴望失去纯真、不能忘记以前的恋人。《西娜拉》的创作灵感来源于古罗马诗人贺拉斯的《颂歌·卷四·一》（Horace, *Odes*）的诗句：“在美丽的西娜拉的统治下，我已非我”（Non Sum Qualis Eram Bonae sub Regno Cynarae.—I am not as I was under the reign of the good Cynara.）。西娜拉是贺拉斯年轻时的恋人，对贺拉斯影响很深。贺拉斯在自己的诗中向爱神维纳斯祈祷，不要让他再受到爱的煎熬。此时他已年老体衰，早已不是当年追求西娜拉的那个年轻人了。有人认为道森心目中的西娜拉便是波兰女孩阿德莱德。他通过这首诗表达出他对失去的爱的哀叹和不能释怀的无奈。诗的主人公在和其他女人谈情说爱时仍然不能忘怀以前的爱人西娜拉。他告诉西娜拉，很多事情已经随风而逝，他也试图通过波希米亚式的放荡生活来忘记她。然而，时间的流逝和刻意的遗忘根本不能将她从自己的生活和生命中除去。

《西娜拉》的出现使英国读者有耳目一新的感觉。它的感情真挚，音调优美，声光效果非常富有象征主义色彩。道森在创作过程中，抛弃了一般诗歌以词汇音节长短为基础的惯例，转而注重节奏和重音在诗歌中的作用。此诗基本上运用 6 音步诗行。这种音步在法国诗歌比在英国诗歌里更常用。排比句是本诗的一大特色。在不同诗节和不同诗行之间，排比修辞比比皆是，如第 1 句中的“Last night”（昨夜）、“yesternight”（昨夜）和“betwixt”（在……之间）；第 2 句中的“there fell thy shadow”（你的身影）和“thy breath was shed”（你的气息）。也有不同诗节之间的排比，如第 1 节的第 1 句“Last night”（昨夜）和第 2 节的第 1 句“All night”（整晚）。诗人还在每一个诗节的最后一行成功地运用叠句：“就算我依然对你忠诚吧 西娜拉”。另外，诗中大量使用对比手法：一方面是沉溺于放荡生活的男主人公，另一方面是象征纯美爱情的西娜拉；一方面是喧嚣的尘世生活，充斥着美女的樱唇、鲜艳的玫瑰、疯狂的音乐、浓烈的佳酿，另一方面是悄无声息却又无处不在的西娜拉。这种鲜明的对比形象地表现出主人公在失去西娜拉之后从天堂掉到地狱的巨大感情落差。他的生活越是放荡，他对西娜拉的思念越深。同时，在鲜明对比之下，他的排比、叠句和规则的韵脚也表现出主人公始终如一的感情，这种情感会一直延续到终老。

西娜拉

昨夜呀！在昨夜 她和我即将亲吻
你的影子却飘现 西娜拉！你的气息化身
在我与香唇美酒交错的热情中；
我多么孤寂再也受不了回想那旧情
是噢！我多么孤寂只好把头垂下
就算我依然对你忠诚吧 西娜拉！

长夜漫漫我感觉到她温暖的心跳
她整夜躺在我臂弯里安详地沉睡
买来的红唇当然也付出了香甜的吻
但我多么孤寂再也受不了回想那旧情
当我醒过来望着灰暗的晨霞
就算我依然对你忠诚吧 西娜拉！

我已遗忘了许多 西娜拉！随风飘去
玫瑰 恣意地抛掷那带刺的玫瑰
狂舞 为把你那苍冷的百合忘却
但我多么孤寂再也受不了回想那旧情
是噢！夜舞绵绵忆无尽时
就算我依然对你忠诚吧 西娜拉！

我嫌音乐不够狂野酒也不够烈
但是筵席总会散灯火总会灭
你的影子又会再飘现 西娜拉！今夜还属于你
我现在多么孤寂再也受不了回想那旧情
是噢！我充满着欲念渴望你的双唇
就算我依然对你忠诚吧 西娜拉！（尤克强译）

道森作为唯美主义颓废派的主要作家，对20世纪20年代初期的诗人和小说家如庞德（Ezra Pound, 1885-1972）、T. S. 艾略特（T. S. Eliot, 1888-1965）、叶芝和D. H. 劳伦斯（D. H. Lawrence, 1885-1930）的文风都有影响。他和他的“悲惨的一代”的夭折既是他们个人不幸生活所致，也是维多利亚末期令人窒息的社会环境造成的。对于他们而言：

……
美酒和玫瑰不会长久
透过迷雾梦境
我们的出路瞬间开启，
然后，在梦境中又关闭了。[84]

克里斯蒂娜·罗塞蒂（Christina Rossetti, 1830-1894）

克里斯蒂娜·罗塞蒂是维多利亚时期拉斐尔前派艺术运动的倡导者但丁·加百列·罗塞蒂（Dante Gabriel Rossetti, 1818-1882）的妹妹，是继勃朗宁夫人之后英国的重要女诗人。她一生创作了涉及爱情、宗教和儿童故事在内的多种题材的诗歌作品。克里斯蒂娜·罗塞蒂是一位虔诚的英国国教高教会派教徒，这一点左右了她的生活，同时也影响了她的诗歌创作。她后期的作品多为宗教题材，表达了她严肃的宗教情感和对宗教信仰的追求。克里斯蒂娜的主要作品有《小妖集市及其他诗歌》（*Goblin Market and Other Poems*, 1862）、《王子巡游记及其他诗歌》（*The Prince's Progress and Other Poems*, 1866）、《歌唱：幼儿韵诗辑》（*Sing-Song: a Nursery Rhyme Book*, 1872, 1893）、《平凡的事及其他诗歌》（*Commonplace, and Other Stories*, 1870）、《一次露天表演及其他诗歌》（*A Pageant and Other Poems*, 1881）、《无名的莫娜：十四行诗与歌》（*Monna Innominata: Sonnets and Songs*, 1899）、《诗作》（*Verses*, 1893）、《新诗集》（*New Poems*, 1895）等。

克里斯蒂娜·罗塞蒂受家庭熏陶，很早就开始进行诗歌创作。1842年，克里斯蒂娜·罗塞蒂在她祖父的私人刊物上出版了她的第一组诗歌。1850年，她在宣传拉斐尔前派艺术主张的刊物《萌芽》（*The Germ*）上用Ellen Alleyne的笔名发表了7首诗歌。1862年，她出版了第一本诗集《小妖集市及其他诗作》，确立了她的诗人地位。《小妖集市》是一首叙事长诗，讲述了一对姐妹莉齐（Lizzie）和劳拉（Laura）的童话故事。故事大意是劳拉受小妖（象征尘世引诱）的诱惑，吃了小妖卖给她的果子，还想吃，但遭小妖拒绝，于是病倒。为了救劳拉，莉齐拿着仅有的一点钱去找小妖，想从他们那里买果子给劳拉。小妖不但没有卖给莉齐果子，反而要她吃果子。她拒绝了，于是小妖就用水果打她。莉齐挣脱出来，可是身上却浸透了果汁。回到家里，莉齐让劳拉从自己的身上吸食果汁，劳拉得救了。整个故事情节非常简单，但是却揭示了“诱惑”、“成长”和“自我牺牲”的多重主题，带有宗教色彩。全诗用短行的对句形式写成，富有歌唱性。《小妖集市》因为其丰富的想象和优美的气质受到读者喜爱。

克里斯蒂娜·罗塞蒂于1866年出版的《王子巡游记》也是一首儿童故事，但是其影响远不如《小妖集市》。

除了写给儿童的诗歌之外，抒情诗是克里斯蒂娜·罗塞蒂诗歌的重要组成部分。其中不少诗歌被看成是英国诗歌史上的经典之作。她的抒情诗主要以爱情和死亡为主题，给人留下了深刻印象。诗集《无名的莫娜：十四行诗与歌》收录的十四行诗都是爱情的表白，诗中无名的莫娜就是克里斯蒂娜·罗塞蒂本人。这些诗无疑是她个人情感的真实写照。由于宗教信仰不同，她不得不和她的恋人查尔斯·凯利（Charles Cayley）分手，于是她借用十四行诗表达了对爱情的渴望和不得不放弃爱情的痛苦。

《当我离开人间，最亲爱的》（“When I Am Dead, My Dearest”）和《不要忘记》（“Remember”）是另外两首重要爱情抒情诗。这两首诗都表现出哀婉的气质。《当我离开人间，最亲爱的》是人们最熟悉的。“当我离开人间，最亲爱的/ 别为我哀歌悲切；/ 我的墓前不要栽玫瑰，/ 也不要柏树茂密；/ 让绿阴遮盖我的身躯，/ 沾着湿润的灵珠雨水；/ 假如你愿意，就把我怀念，/ 假如你愿意，就把我忘却。”[85]从这首诗读者可以明显感觉到诗人渴望爱情的同时又觉得爱情可望而不可求的矛盾心理。而《不要忘记》一诗同样揭示了不完美的爱情主题。诗中的主人公在已知自己要离开人世的时候只有一个小小的愿望，那就是请求她的恋人不要忘记她。值得注意的是，在这两首诗中都渗透了死亡的主题。所以读者在感受诗人爱情的同时总不能摆脱死亡的阴影。

《死后》（“After Death”）是克里斯蒂娜·罗塞蒂表现死亡主题的代表作。该诗写于1849年。诗中的主人公刚刚去世，此时她躺在床上，脸上盖着裹尸布，观察着周围的一切。她看到自己的恋人（可能是丈夫）走了进来。她知道他在她生前不爱她，可是看到她去世的时候他哭了，她因此感到很高兴。虽然没有爱，但是他毕竟向她表现出了同情。

虽然死亡是克里斯蒂娜·罗塞蒂经常描写的主题，但是在她的诗歌中也不乏笔触明快之作。《生日》就是一个很好的例子。诗中的主人公生日到了，她的恋人要来看她。她陶醉在爱情的喜悦之中，所以她快乐的心就像歌唱的鸟儿，也像苹果树和弯弯的贝壳。这首诗色彩绚丽，语调明快，每一个读者都会在阅读中被主人公快乐的心情所感动。

《上坡》（“Up-hill”）也是一首脍炙人口的抒情诗，表现了生活的哲理。其中一小节说，“道路是否总是顺着山坡向上蜿蜒？/ 是的，直到路的终点。/ 一日的旅行是否需要漫长的一天？/ 我的朋友，从清晨到夜晚。”该诗表达了诗人对人生的深切感悟。

克里斯蒂娜·罗塞蒂在她生命的后期专心从事宗教方面的写作，主要有诗歌《在刺骨的严冬》（“In the Bleak Midwinter”）以及《探索与发现》（*Seek and Find*, 1879）、《成为圣徒》（*Called to be Saints*, 1881）和《深埋的面孔》（*The Face of the Deep*, 1892）等散文作品。《在刺骨的严冬》后来被配上了音乐，作为圣诞颂歌被人们广为传唱。

克里斯蒂娜·罗塞蒂是一位充满想象、感情丰富的诗人，她的诗歌对

20世纪英美女诗人产生了重要影响。

罗伯特·布里奇斯（Robert Bridges, 1844-1930）

罗伯特·布里奇斯是维多利亚诗歌向现代诗歌过渡时期的诗人、批评家。从1913年起直到1930年去世为止他一直是桂冠诗人。但是作为诗人布里奇斯并不是非常著名。布里奇斯出生于一个殷实的乡绅家庭，曾在伊顿公学和牛津大学学习。在牛津学习期间布里奇斯结识了著名的现代诗人杰拉德·曼利·霍普金斯（Gerard Manley Hopkins, 1844-1889），并与其成为好友。大学毕业后两人一直保持通信联系。布里奇斯不喜欢人们为他树碑立传，所以在后来销毁了他写给霍普金斯的信，但是霍普金斯写给他的信却得以出版，让人们从一个侧面了解到了当时这两位天才从事文学活动的经历和他们之间的友谊。布里奇斯在牛津大学拿到了医学学位之后开始从医，一直到1881年。当时他37岁，患了肺炎，于是他不再从医，专门从事文学活动。

布里奇斯一生创作了很多作品。从1873年以后他便一直不断发表抒情诗和书斋剧，还创作了几部研究作品，这使他作为诗人和学者的声望日益提高。布里奇斯的戏剧主要有《盗火者普罗米修斯》（*Prometheus, the Firegiver*, 1884）、《尤利西斯的归来》（*The Return of Ulysses*, 1890）、《尼禄第一部分》（*Nero Part I*, 1885）和《尼禄第二部分》（*Nero Part II*, 1894）等10部作品，主要是诗剧的形式。他的剧作影响不大。布里奇斯的诗歌作品主要有《诗集》（*Poems*, 1873）、《爱之成长》（*The Growth of Love*, 1876）、《短诗》（*Shorter Poems, Book V*, 1893）、《罗伯特·布里奇斯的诗, 1898-1905》（*Poetical Works of Robert Bridges, 1898-1905*）、《写于1908年的诗歌》（*Poems Written in MCMXIII*, 1914）、《十月及其他诗歌》（*October, and Other Poems*, 1920）和《美的遗嘱》（*The Testament of Beauty*, 1927-1929）等。《美的遗嘱》是一首4卷本的长诗，是布里奇斯最重要的诗歌作品。布里奇斯的主要研究作品是《弥尔顿作诗法》（*Milton's Prosody: An Examination of the Rules of the Blank Verse in Milton's Later Poems with an Account of the Versification of "Samson Agonistes"*, 1893年出版，后于1901年修订再版）、《约翰·济慈》（*John Keats*, 1895）等。

1913年布里奇斯被封为桂冠诗人，同年他和亨利·布拉德利（Henry

Bradley, 1845-1923）等人一起创立了纯英语社团，制定了语言方面的出版计划，探讨关于语言和风格的问题，为维多利亚时期的文献学家提供了发展空间。当时英语语言面临着外语和古典语言因素的挑战，布里奇斯希望这个社团会鼓励语言中的英语特点的延续。在他的书信中和已出版的作品中，布里奇斯使用了专门设计的接近发音的简化拼写形式，创造了他自己的标点符号系统。

抒情诗的创作是布里奇斯诗歌成就的重要组成部分。他在晚年被公认为是他那一时代抒情诗方面的领军人物。他诗风严谨，具有传统诗歌风范。他的诗歌作品往往是温和的、令人愉快的，尽量避免情感和感觉方面的流露，而是依靠技巧和韵律达到诗歌效果。布里奇斯的诗歌同当时盛行的以艾略特和庞德为代表的现代主义诗歌截然不同，在现代主义光芒的遮蔽下布里奇斯的作品往往被人们所忽视，因此他的作品很少有人阅读。

《低气压计读数》（“Low Barometer”）被认为是布里奇斯抒情诗中的代表作，是他的思想和艺术的最好体现。该诗模仿了赞美诗或4个重音的民谣体的诗行形式。全诗共7个诗节，每节4行，韵脚为abab。从诗中人们可以看出，与浪漫主义的强烈情感流露不同，布里奇斯更喜欢理智和控制力，更喜欢轻描淡写。气压计读数低是指暴风雨就要来临。当暴风雨来到的时候，人的心里产生了莫名的恐惧，认为有一种神秘力量的存在。这时人的理智开始占了上风，理智意识到了平日里受到压抑的负罪感和恐惧感，这种感觉一直困扰着人们。一些人试图用宗教来控制这种可怕的感觉，但是却无济于事，直到黎明到来，暴风雨停下来为止。大自然战胜了一切。

布里奇斯对诗歌有自己的独到见解。他对自由体诗歌持批评态度。他认为想象的连贯性和统一性再加上语言格律和思想的精确性构成了伟大诗歌必不可少的因素。所以他在诗歌创作中不断进行诗歌形式的实验。实验涉及多种诗歌形式，包括十四行诗、回旋诗体和8行两韵诗等。[86]布里奇斯形成了一种“重音作诗法”（“stress prosody”）。这种作诗法同霍普金斯的“跳韵”（“sprung rhythm”）相像。他的一些最经常被收入文集的诗歌都属于这一种类，如《过路人》（“A Passer-by”）、《关于一个夭折的孩子》（“On a Dead Child”）、《伦敦雪》（“London Snow”）和《夜莺》（“Nightingales”）等。这些诗歌都达到了一种宁静的效果，尤其是《伦敦雪》，更是如此。

《伦敦雪》是一首押韵的5步抑扬格诗歌，描写了一场大雪过后伦敦的景致。诗人在描写过程中提供了许多细节，尽量不加入个人的情感和想象的成分。诗歌大意是：在人们沉睡的时候，雪花飘然落下，覆盖住了整个城市。伦敦完全变成了一个寂静的白色的世界，树木和房屋都披上了白色的盛装。人们早早起了床，因为早晨的太阳光非常耀眼，人们看到的是白茫茫一片。此时整个城市非常寂静，早晨寥寥的叫卖声也显得单薄。接着孩子们上学去了，他们在雪中玩耍，大声叫喊，而且开始滚雪球、打雪仗。只有几辆车穿过寂静的街道。太阳光照在圣约翰大教堂的圆顶上。人们开始扫雪，他们在地上踩踏出来许多小道。这首诗风格简朴，呈现了自然的美好景致，与控制着都市生活的长期的灰暗色调形成了鲜明的对比。当然这种美好的景致是暂时的，转瞬即逝。但是诗人似乎在向人们暗示：终究有某种自然的力量处于人类的控制力之上。

《关于一个夭折的孩子》这首诗寄托了诗人对死亡的深刻思考。诗人采用了轻描淡写的方式表达了自己的独到见解。全诗共7个诗节，每个诗节有4个诗行，韵脚为abba。这首诗模仿了霍普金斯的跳韵，诗行的长度不一。诗中的说话人是个医生，他的小病人刚刚夭折。说话人注意到这个死去的孩子非常美丽，继而想到孩子的父母是多么失望。当说话人最后一次查看孩子的尸体时，孩子的手好像紧握了一下，并且抓住了他的手指。接着他想到所有的人都会面对死亡。布里奇斯认识到了人生的艰难，人一出生就要面对各种痛苦，而且还必须要面对死亡。但是他没有抱怨，而是表现出乐观的态度。通过孩子的死亡，他看到了全人类的死亡结局。他认为死亡确实是可怕的，但是人类必须在智慧的帮助下面对自己的命运：

> 全部的希望再好也不会帮助我们
> 面对如此痛苦的生活，也不会在黑暗中将我们鼓励
> 我们孤独地启程，尽管我们不愿意。（第25~27诗行，笔者译）

布里奇斯还曾尝试在诗歌中使用拉丁语和希腊语诗歌中的长短句的形式。他的《冬日的快乐》（“Wintry Delights”）一诗就是用6音步诗行写成的书信体诗歌。该诗语调轻松，好像在说话一样。诗人在诗中表达了一种看法，即使没有爱和美，在追求科学的过程中所体现出来的理智和智慧也足可以给人们带来快乐，使人们生存下去并获得更多的智慧。布里

奇斯的另一首诗歌《老者约翰内斯·弥尔顿》（"Johannes Milton Senex"）用希腊或拉丁语诗歌中的跛脚抑扬格（指以扬扬格或扬抑格代替抑扬格三双音步诗行中的最后一个音步）的形式写成，一些批评家认为这是布里奇斯最成功的长短句的实验作品。该诗逻辑结构严谨，使用了重复和平行结构。

《爱之成长》是一个十四行诗系列作品，最初发表在1876年，共24首十四行诗。在以后的版本中，这些诗歌不断修改，诗歌数目增至69首。这些诗是以一个情人的口吻写成的，是一位男子说给他的情人的话。这些诗有些用来赞美情人的美丽，有些是引诱，有些则哀叹情人的残酷无情。虽然这些诗歌表达的是色情的内容，但是布里奇斯却用了非常平静的语气。说话人在审视他和情人之间的关系时非常冷静，分析得头头是道。有些人认为布里奇斯不是单纯地在探讨爱的问题，他实际上是想通过这些诗歌表达一种宗教的或哲学的思想。

《美的遗嘱》是布里奇斯晚年的力作，表现了他深刻的哲学思想。全诗共分成4部分：前言、自我、繁殖、道德规范（Introduction, Selfhood, Breed, Ethick），主要探讨了达尔文进化论和死亡与痛苦背后的道德目的之间的关系。第1部分详细讨论了进化论的细节问题。第2部分研究了自我吹嘘、自我保护和自私在从低级生命形式到高级人类活动进化的过程中的表现。第3部分探讨了性本能的问题，诗人认为爱是从基本的性爱到精神之爱的过渡过程。第4部分探讨了理智在行为中的作用。不难看出，在布里奇斯的心中，理智是重要的，是人摆脱野蛮状态的关键。

布里奇斯不仅是诗人，写了大量的诗歌作品，他还是一位著名学者，曾对深奥的诗歌韵律做过清晰的阐述，并把科学的方法应用到文学研究中。《弥尔顿作诗法》最初发表于1893年，后来于1901年再版。布里奇斯认为诗歌和散文不同，原因是诗歌所使用的语言有一些控制的节奏或样式，这是日常生活中的语言所不具备的。布里奇斯把英语诗歌中的韵律归为四类：重读音节的（accentual syllabic）、重读的（accentual）、音节的（syllabic）、定量的（quantitative）；每一种类型都控制语言中的不同因素以产生一种重复模式。拉丁语和希腊语的古典诗歌主要通过元音的长短来调节。人们传统地认为长短音节的模式可以在每个音节的元音的数量的基础上形成韵脚，但是布里奇斯却认为弥尔顿的《失乐园》（*Paradise Lost*, 1667）中是重读音节系统构成了重复模式，这种系统与每行音节的数目和较重读音节的位置有关。

布里奇斯在语言和诗体方面的研究和实验是开拓性的，他被看成是最先开展真正现代意义上的文学研究的人。可以说布里奇斯是诗歌形式的重要革新者，同艾略特、庞德、霍普金斯及惠特曼一样，创造了新的诗歌语言形式。

在晚年布里奇斯已经成了英国文学界的重要人物。1918 年，他编辑出版了霍普金斯的诗歌，帮助人们认识了这位现代主义文学先驱的作品。1929 年，布里奇斯获得了功绩勋章，并获得了牛津等多所大学颁发的荣誉学位。布里奇斯于 1930 年在牛津附近的居所去世。在他去世之后他的声望下降了，很多人都认为他对文学的贡献没有得到世人充分的认识。这就需要我们这一代或者后人的进一步研究和挖掘了。

威廉·厄内斯特·罕利（William Ernest Henley, 1849-1903）

威廉·厄内斯特·罕利是 19 世纪末英国诗人、评论家和文学编辑。他出生于英国西南部港口格洛斯特市，父亲是一名书商和文具商。1861 年～1867 年，他在诗人和评论家布朗（Thomas Edward Brown, 1830-1897）任校长的学校学习。他佩服布朗的才华和魅力，两人建立了终生友谊。布朗去世后，他特意写了一篇纪念性文章，赞颂布朗对他的鼓励和帮助。

罕利从 12 岁起罹患骨结核病，后来不得不接受左膝以下的截肢术。从此，他一生都与疾病搏斗。再后来，他的另一条腿也面临截肢的威胁，他四处求医，终于在爱丁堡找到一位外科医生，用新的医学方法保住了他的右腿。他在医院里住院近三年后出院。虽然没有完全痊愈，但这次治疗让他在后来的 30 年里能够活跃在文坛上。

罕利在治病期间，开始创作关于医院生活的印象派诗歌，有些采用自由诗体。这些诗歌的发表奠定了他在诗坛的地位和名声。他的部分诗歌发表在 1875 的《康西尔杂志》（*The Cornhill Magazine*）上，诗歌全集则收录在《诗集》（*A Book of Verses*, 1888）里。其中最出名的诗歌是《不可战胜》（“Invictus”, 1875），在诗的结尾，诗人自豪地宣称：“我是自己命运的主人，/ 我是自己灵魂的船长。”

罕利同作家罗伯特·路易斯·史蒂文森（Robert Louis Stevenson, 1850-1894）的深厚友谊是从 1874 年开始的。当时罕利百病缠身，但面对病魔的挑战，始终保持昂扬的斗志和积极乐观的精神，感动了很多人。从史蒂文森的名作《金银岛》当中的人物西尔弗（Long John Silver）身上，人们可以清晰地看到身有残疾但热情、乐观的罕利的身影。

罕利恢复健康后，开始编辑《艺术杂志》（*The Magazine of Art*, 1882-1886），大力推崇两位艺术家詹姆斯·麦克尼尔·惠斯勒（James McNeill Whistler, 1834-1903）和奥古斯特·罗丹（Auguste Rodin, 1840-1917）的作品，并开始编写《大英百科全书》（*Encyclopaedia Britannica*）。1889年，他成为《苏格兰观察者》（*Scots Observer*）的编辑。虽然这本期刊在政治上倾向于保守，但它在文学思想上崇尚自由之风。罕利抛开世俗和偏见，大力推荐并出版众多文学名家的作品，其中受益匪浅的作家包括哈代、肖伯纳、威尔斯（H. G. Wells, 1866-1946）、叶芝（William Butler Yeats, 1865-1939）、吉卜林（Rudyard Kipling, 1865-1936）等。

罕利的大多数诗作，包括他对自己生病经历的真实写照，均为反映当时英国城市生活的作品，常用自由诗体写成。他的诗歌的另外一个主题是他对人类不屈不挠精神的肯定和赞颂，这在《不可战胜》中得以体现。他还创作了一些诗歌，表达他对英国的帝国地位和在维护世界秩序方面所起的重要作用的肯定，例如《英格兰，我的英格兰》等，诗中体现了诗人的爱国心，也有颂扬帝国主义之嫌。

罕利在年轻一代作家眼里的形象是仁慈宽厚的长者。在他编辑的期刊里，介绍了许多19世纪90年代著名作家的早期作品。他不遗余力地推荐和鼓励有潜力和才能的"无名小卒"，全然不顾世俗的眼光。这是他在当时英国文坛颇有声名的原因之一。

弗朗西斯·汤姆森（Francis Thompson, 1859-1907）

弗朗西斯·汤姆森是19世纪末英国诗人和禁欲主义者。他在大学里学过医，但他本人对医学不感兴趣，于是搬到伦敦，决心成为一名作家。刚开始时，他竟流落到以卖火柴盒和报纸谋生的境地。毫无技巧和趣味可言的繁重的体力劳动严重损坏了他的身体，汤姆森开始吸食鸦片以减轻身体上的病痛和麻痹精神上的痛苦，结果他无可救药地沾染上吸毒恶习，渐渐沦落成一名流浪伦敦街头的无业游民。从他1885年到伦敦起，这种穷困潦倒的生活一直持续到1888年。后来，他开始给杂志《快乐的英国》（*Merrie England*）投稿，幸运地得到这家杂志编辑的欣赏。他们意外地发现了他，把他从饥饿和自我毁灭的边缘救出。他们意识到汤姆森的才学和价值，不仅给他提供落脚之地，而且出版了他的第一本著作《诗集》（*Poems*, 1893）。这本诗集引起其他报纸杂志富有同情心的评论家们的关注，充满赞誉之词的评论出现在 1894 年的一家评论杂志上。

在后来的日子里，汤姆森在威尔士和斯托灵顿等地住院治疗。他的一生都是在极度贫困和身体极差的情况下度过的。吸食鸦片给他造成了沉重而致命的损害，尽管他在生命的最后几年获得了成功。绝望之中的汤姆森曾试图自杀，但幸运地被在近一个世纪前自杀的少年诗人托马斯·杰脱顿（Thomas Chatterton, 1752-1780）的幻影所拯救。不久，一名妓女自愿为他提供食宿，汤姆森在自己的诗歌里称她为他的救世主，但她不久就离开。汤姆森在 48 岁时死于肺结核。

由于健康不佳和心绪懒惰，汤姆森所写作品不多，但他的诗歌却展示了他的文学成就和独特魅力。他的好朋友考文垂·帕特摩尔（Coventry Patmore, 1823-1896）认为他最著名的诗歌是《天狗》（*The Hound of Heaven*）。这是一首宗教诗歌，共 183 行，描写上帝寻找人类灵魂的过程。此外，汤姆森还创作了著名的板球诗（cricket poem），以及怀旧味十足的《在洛德板球场》（“At Lord's”）。他还写了《姐妹歌》（*Sister Songs*, 1895）、《新诗》（*New Poems*, 1897）和他过世后出版的散文《雪莱》（“Shelley”, 1909）。他的文章《健康和圣洁》宣讲禁欲者的生活，于 1905 年出版。

汤姆森的仰慕者、当代作家托尔金（J. R. R. Tolkien, 1892-1973）阅读汤姆森 1913 年～1914 年版的作品后声称，汤姆森的作品对他的创作产生了重要影响。

迈克·菲尔德（Michael Field）

迈克·菲尔德是 19 世纪末英国诗人和剧作家，创作的诗歌和诗体戏剧有 40 部之多，同时还是《工作与时日》（*Work and Days*）杂志的创办者。这个非常男性化的名字背后，其实代表的是两位有着亲密血缘关系的女诗人凯瑟琳·布拉德利（Catherine Bradley, 1846-1914）和伊迪斯·库珀（Edith Cooper, 1862-1913），前者是后者的姨妈和监护人。从 19 世纪 70 年代末，两人共同生活在一起，成为同性恋人，并开始以迈克·菲尔德的名义合作发表诗歌。1884 年，她们的第一部诗体悲剧《水泽神女卡利洛厄》（*Callirrhoe*）一经问世，便获得了文艺界的各方好评。《星期六评论》（*Saturday Review*）的评语是"永恒不变的诗歌特征……构思巧妙……语言纯净而富于气势；人物个性鲜明，性格发展顺理成章，诗人的功力非同一般"。[87]《文艺论坛》（*Athenaeum*）杂志则认为"该戏剧的洞察力可与莎翁比肩"。[88]但是评论界并不知道迈克·菲尔德其实不是一个男诗人，而是两位亲密无间的女性。这个秘密一直保守到 1885 年春天，两位诗人拜会了著名诗人罗伯特·勃朗宁，并与他成为好朋友，而后勃朗宁在著名评论家斯托普福德·布鲁克（Stopford Brooke）举办的晚宴上出人意料地向大家郑重宣布，自己发现了一位新诗人——"迈克·菲尔德"。

迈克·菲尔德的作品包括诗歌和诗体戏剧两类。和戏剧作品相比，她们的诗歌数量相对较少，只有 8 卷，但是非常具有艺术感和音乐性。这些诗集涵盖了她们一生的各个重要阶段，对于了解诗人的私生活具有重要的参考价值。比如 1889 年出版的诗集《往事》（*Long Ago*），讲述古希腊著名抒情女诗人萨福（Sapho，公元前 7 世纪）的故事，她的名字已经成为女同性恋的代名词。虽然在这之前对于两位诗人的特殊关系存在很多争论，但是这部诗集的发表还是让人们对两人的同性恋关系浮想联翩。1893 年发表的《树下诗书》（*Underneath the Bough—Book of Verses*）中有很多都是两人写给对方的情诗，其中最著名的一首是《我和我的爱人手牵手，面对整个世界宣誓，永远都要写诗，永远做彼此的爱人》（"My love and I took hands and swore/ Against the world, to be/ Poets and lovers evermore"）。[89] 1908 年发表的《野生花蜜百里香》（*Wild Honey from Various Thyme*）讲述两人 1907 年皈依天主教前十年间的生活，尤其是在信仰方面的思想斗争与挣扎。1912 年问世的《赞美诗》（*Poems of Adoration*）和 1913 年的《神秘森林》（*Mystic Trees*），也是两人的最后一部作品，则完全是宗教诗，表现的主题多为对上帝的顶礼膜拜和天主教的希望。

她们的戏剧和她们非常个人化的诗歌相比，所表现的主题宽泛，人物丰富，历史场景多变，思考深邃，很难让人联想到两位诗人过着深居简出的半隐居生活。更加不可思议的是，她们在 35 年间创作完成的 27 部戏剧作品，无一例外都是悲剧。在 4 幕剧《阿提拉，我的阿提拉》（*Atilla, My Atilla*）的前言里，迈克·菲尔德这样界定悲剧："当人类冲撞冷漠的自然就会产生悲剧。……傲慢的人类想要驯服自然、使之顺从自我的想法与需求，只会自取灭亡，有些人意识到了这一点，有些人至死都不了解。我们之所以对悲剧这么关注，正是因为悲剧主人公们明明是在做无谓的抗争，却还是那么样的逞强。……有些人知道悔改，并且对自然的力量表达景仰，那么他的悲剧就有滋补的功效。如果他不知悔改，他的下场只会让人毛骨悚然。……人生最大的悲剧莫过于受到自然的驱使，顺从于她的意旨却又冒犯了她，就像剧中女主人公西罗马帝国奥诺莉亚公主……”[90]

迈克·菲尔德的自传作家玛丽·斯特金按照主题把她们的戏剧创作大致划分为三个阶段。第一个阶段是英国题材，时间从1881年～1890年，作品主要涉及苏格兰和英国历史题材，包括描述父子冲突的《父亲的悲剧》（*The Father's Tragedy*, 1885），父亲强迫儿子与不喜欢的人成婚，儿子最后以绝食身亡进行抗争；反映皇帝占用农民土地而遭报应的《威廉二世鲁弗斯》（*William Rufus*, 1885）；如何从异教徒成长为一位基督教统治者和立法者的《克努特大帝》与为婚姻和兄弟情放弃爱情而得不偿失的《一杯水》（*Canute the Great*; *The Cup of Water*, 1887）；以及反映苏格兰传奇女王玛丽·斯图亚特生平的《玛丽·斯图亚特的悲剧》（*The Tragic Mary*, 1890），描写宫廷争斗，权力的争夺，政治利益与宗教冲突，爱情与阴谋，叛乱与妥协。第二个阶段从1892年～1903年，主要取材于罗马史，因此被称为拉丁题材的创作期，作品包括《拍卖的世界》（*World at Auction*, 1898）、《朱莉娅·多姆娜》（*Julia Domna*, 1903）、《安娜·卢伊娜》（*Anna Ruina*, 1899）、《阿提拉，我的阿提拉》和《以时间的名义》（*In The Name Of Time*, 1919）。其中最具代表性的就是《阿提拉，我的阿提拉》，故事取材于西罗马帝国历史。剧作所依据的历史史实是，西罗马帝国的奥诺莉亚公主因和侍卫长私通被发现，被其兄长软禁在修道院里，她于是暗中写信向伟大的匈奴王阿提拉求救，声称愿意以身相许，阿提拉以此为由起兵入侵高卢。但是剧作对此做了一些改动和加工。比如历史上的奥诺莉亚公主风流成性，而戏剧中的公主的命运则更让人同情。奥诺莉亚公主在16岁生日时，被母后封为“奥古斯都”，不得结婚。为了能够恋爱生子，实现自然赋予女人的天经地义的权利，任性的奥诺莉亚公主引诱侍卫长，并且怀孕。奥诺莉亚本希望以此为理由要求母亲同意地位悬殊的两人间的婚事，顺利生下孩子，却未想到竟被母亲囚禁于修道院内，恋人为保性命供认了两人私通的事实，孩子也被处死。伤心欲绝的奥诺莉亚在修道院中挨过了14年的光阴，终于按捺不住而向强大的匈奴王阿提拉求救，并愿意以身相许以获得自由，但最终等来的却是阿提拉被刺杀身亡的噩耗，她再次被囚禁起来。这个故事再次印证了迈克·菲尔德对悲剧的认识，人类命运的悲剧性就体现在个人面对自然时的不自量力和自以为是。两位作家创作的第三阶段从 1905 年起到最后，这一阶段的戏剧主要取材于中亚犹太人的故事，因此被称为东方题材。这一时期的作品包括《约瑟夫斯》(*Josephus*)和《弥赛亚》(*A Messiah*)。

1913 年和 1914 年两位诗人先后因癌症逝世，但是她们为后代留下了丰富而宝贵文学财富。虽然因为种种原因，尤其是两人的同性恋取向的敏感问题，她们的作品未能在当世受到更多的关注和承认，但是到了 20 世纪，迈克·菲尔德的作品被女权主义者重新发现，并且树立起她们在英国世纪末（Fin de Siecle）文学中的地位，其作品体现的女性视角、对女性心理的刻画、同性恋文化、美学价值以及悲剧观，在女权呼声高涨的当代可谓恰逢其时。

阿尔弗雷德·爱德华·豪斯曼（Alfred Edward Housman, 1859-1936）

豪斯曼是维多利亚后期的著名学者和诗人。他生于沃塞斯特郡的福克波利市一个律师之家。母亲在他 13 岁时过世，这对他是一个残酷而沉重的打击。此后他经历了一场信仰危机，失去了基督教信仰。他就读于牛津大学，成绩优异。当时他发现自己有同性恋倾向，爱上了一个擅长体育的同学（摩西·约翰·杰克逊），此人虽是他的朋友，但未回应他的同性恋感情，豪斯曼情绪低落。这时他成为一个无神论者。他在思想混乱的情况下参加毕业考试，未能通过，肄业离开牛津大学。他在说到牛津时，表示牛津对他影响不大，但他在那里认识到他最好的朋友（指摩西·约翰·杰克逊——笔者），他对豪斯曼的影响最大，但“他也是我［豪斯曼］当时最棘手的大问题”。

19 世纪 80 年代，豪斯曼在伦敦的皇家专利署做职员，晚上常去大英博物馆阅读拉丁文著作。他的拉丁文水平很高，能够发现拉丁文诗作里的用词错误，在审视这些作品时，能够做到超然物外，不夹杂个人情绪，他的评论观点能够做到新颖、服人。他尤其擅长细读拉丁文诗作的文本，而对其他同行的学术研究成果有时不以为然，显得过于峭刻。在此后长达十余年的时间里，他经常撰文，在古典研究的杂志上发表见解，逐渐引起学术界的注意，1892 年被聘为伦敦大学学院的拉丁文教授。

豪斯曼这时虽然依旧感到孤独，但他的心理状态基本趋于平静。在这种情况下，他开始写诗，这些诗歌后来被收入他自费出版的《希罗普郡的小伙子》（*A Shropshire Lad*, 1896）诗集里。豪斯曼本人坦承，他的写作模式取自莎士比亚、德国诗人海涅（Heinrich Heine, 1797-1856）以及苏格兰边界民谣。他的诗歌也表现出古希腊和拉丁文抒情诗的影响。他运用这些模式表达感情，而又与之保持一定的美学距离。他在诗作里扮演一个农场工人的角色，诗歌的背景设定在希罗普郡。《希罗普郡的小伙子》受到评论界好评，但最初销售不佳，后来到第一次世界大战时，它才得以声名大振，为诗人 1922 年的大作《最后的诗歌》（*Last Poems*）的巨大成功铺平道路。后来他的弟弟劳伦斯又为他出版了《更多的诗》（*More Poems*, 1936）及《诗歌拾遗》（*Additional Poems*, 1937）。

豪斯曼自视为拉丁文研究者，尽量避免与文学界来往。1911 年，他成为剑桥大学的拉丁文教授，在那里任职到去世。他用 30 多年的时间注释曼尼里叶斯（Manilius, 公元前 1 世纪）的诗歌，对此人的诗作进行了大量的勘误工作。他的关于奥维德（Publius Ovidius Naso, 公元前 43-公元 18）、朱文纳尔（Decimus Junius Juvenalis, 60-130）、卢肯（Marcus Annaeus Lucanus, 39-65）等人的文章和书评，后来集结成册，分 3 卷出版。

豪斯曼的诗歌具有独特之处。他并无改进英诗创作的雄心壮志，他志在写出紧凑而动人的诗作，以充分表达内心感受。他认为诗歌无法解析，它只是令人欣赏和心领神会。他的风格朴素无华，充溢着颇具讽刺性的智慧。他最擅长表达的主题是一个乡下年轻人的悲剧。大自然在他的诗作中显示出其美丽的一面，这可供人们欣赏，但也表现出其对人世漠不关心的特点，在这点上他和哈代的诗作极有相似之处。人们应趁机尽情享受爱情、友谊、欢乐，但这些不能持久，极有可能以悲剧或死亡而结束。豪斯曼的佳作表现出他高超的诗技：音律的抑扬顿挫有致，语调的滑稽与反讽巧妙结合，深沉的智慧，矜持的尖刻，有意识的感情控制（如自叹自怜等）。他的诗作质量并不均衡。他的最佳作品可归入英诗珍品之列，但他有些诗作也给人一种闹剧或戏剧化的感觉。

总的说来，豪斯曼的诗作表现出浪漫主义的悲观情绪。他开始创作诗歌的时间是 19 世纪末，当时以王尔德为首的唯美主义诗人们正把维多利亚时期的美学运动引向它的最后阶段——颓废的阶段，这些人的基调之一是描写悲伤和死亡。所以有人把他和这个运动联系在一起。其实，豪斯曼和他们不属于一个流派。人们阅读他的作品必然会受到从他的诗作里发散出的这种情绪的影响。他的怀念往昔与故人的《我的心载满了悲伤》（“With Rue My Heart Is Laden”）就是一个很恰切的例子：

我的心载满了悲伤，
为了往日的挚友，
为了许多朱唇女郎
和许多活泼少年。

如今这些活泼少年已躺在
难以跨越的溪水旁；
那些朱唇女郎已酣睡在
玫瑰凋谢的田垄间。[91]

细究这种悲哀的根源，人们会发现，其中有些是源于个人经历的：

当我首次去市场，
包里没有几个钱，
我久久站立细端详，
货物在那我无钱。

现在情况已改变，
我如想买就买它，
钱在一边货在一边，
但失去的年轻人又在哪？

想到二加二等于四，
而不是三或者五
人心伤痛已久矣
将会可能痛永久。[92]（笔者译）

但豪斯曼不是一般的个人。他是一位善于观察和思考的诗人。他的个人感觉常常能够反映出他所处的时代的精神。所以，像他的“人心伤痛已久矣/ 将会可能痛永久”这种诗行，可能不仅是描写自己而已，也极有概论人世的意义在里面。

豪斯曼的哀情归根结底和他对人、人生、人在宇宙中的地位的看法有密切关联：

安静，我的灵魂，安静；你举起的胳膊是脆弱的，
大地与上天一如既往，基础牢固。
不如想想，——回忆我们享有过安详的日子，
它们是那样长远，我的灵魂，如果你现在有些悲苦。

人那时喜爱冷酷，但我在石坑里睡
没有亮光，眼前漆黑；泪水淌落，我未感悲惨。
流血流汗，我从未觉凄厉，
那时我觉得一切都好，在我诞生之前。

现在，我思考着为何，永未找到原因，
我在地上踱步，吮吸着空气，感受着阳光。
安静，我的灵魂，安静；这只是一阵：
让我们忍耐一个钟点，看发生的不公平现象。[93]（笔者译）

这首诗作意义深刻，令人反复咀嚼。比如这几行诗——“但我在石坑里睡/ 没有亮光，眼前漆黑；泪水淌落，我未感悲惨。/ 流血流汗，我从未觉凄厉，/ 那时我觉得一切都好，在我诞生之前。”——实际在说，人在诞生之前一切都好（这颇似华兹华斯在《永生颂》里说过的意思）；这些诗行也似在说，人睡着时一切都好。这时，诗人突然找到了痛苦的根源：原来上天和大地都在根基上出了毛病，人无论如何感觉——恐惧、耻笑、恨、怕、气愤，都于事无补。想到这里诗人后悔不已，质问自己，“唉，我为何要醒来？我何时能再入睡？”（最后一诗节）

玛丽·伊丽莎白·柯勒律治（Mary Elizabeth Coleridge, 1861-1907）

玛丽·伊丽莎白·柯勒律治是浪漫主义诗人柯勒律治的后人。但有文

学巨人做祖辈未必是件幸事，起码对于玛丽·伊丽莎白·柯勒律治来说，“柯勒律治”这个闪耀的名字就像紧箍咒一样罩在她的头上，她一直在努力挣脱。因此，她的诗歌都用笔名“阿诺多斯”（Anodos），意为“流浪者”。该笔名清楚地透露出玛丽在诗歌创作时的“影响焦虑”(the anxiety of influence)。当代文学评论家哈罗德·布鲁姆（Harold Bloom）曾从心理学角度研究文学史上的“影响焦虑”现象，他的研究成果适用于玛丽。玛丽经过刻苦努力，证明了自己的特性和独创精神，走出了祖先文学盛名的阴影，走进了英国文学殿堂。

玛丽·伊丽莎白·柯勒律治出生在文学世家，父母都是艺术爱好者，常邀当时的文化名人如丁尼生、勃朗宁等到家中做客，她的家几乎成为伦敦的文艺沙龙。玛丽终生未嫁。她像伊丽莎白·勃朗宁和其他许多维多利亚时期女诗人一样，将全部精力专注于创作。她自学成才，阅读大量的文学和历史书籍，与女友一起学习希腊文。她支持女性教育权和女性思想自由。从 1895 年到去世，她一直在劳动女子学院教语法和文学。

玛丽多才多艺，发表过小说《双面国王》（*The King with Two Faces*, 1897）及很多文章和评论，但她最出色的才华还是表现在诗歌创作上。她写过 260 首充满激情的诗歌，但她极度反对发表，直到 1896 年，在编辑的再三敦促下，她才出版了《想象的追随者》（*Fancy's Following*）。该诗集收录进她的 48 首诗歌。

玛丽的诗歌常显出超现实、灵异和神秘的气质，有评论家说，“玛丽·伊丽莎白·柯勒律治的诗歌有着不同于传统正典的美学，在英国文学史上独树一帜。”[94]

诗作《鬼》（“Ghosts”）和《悚然》（“Horror”）容易让人联想起柯勒律治来。但玛丽使用哥特式内容常出于政治目的，多为揭示两性婚姻中的种种问题，如《女巫》（“The Witch”）、《主与客》（“Master and Guest”）等揭露女性在婚姻中失去自由、失去自我的困境。比较著名的一首诗《镜子的另一面》（“The Other Side of a Mirror”）描写女性因受父权性别意识的折磨而陷入人格分裂的悲剧。

但玛丽的诗歌没有一味停留在悲诉女性困境的层面上，她的很多诗歌尝试着提出解决方案，如女性团结和姐妹联盟等。玛丽的最重要的联系是与克里斯蒂娜·罗塞蒂之间的联系。诗作《白女人们》（“The White Women”）描写了一群强势的女勇士冲破所有社会束缚，建立自己的语言，向男人抛去美杜莎的狂笑，让男人彻底缴械。同样，这首诗还高举女性身体独立和思想独立的大旗。玛丽对女性解放孜孜不倦的追求使她成为20世纪初的一名“新女性”。

玛丽除在思想上追求解放外，在诗歌形式上也大胆创新，不拘一格。她的一首脍炙人口的小诗《缓步》（“Slowly”）常被人传诵。为清楚显示该诗形式上的循环特点，又鉴于该诗篇幅短小，下面附上英文全诗，以便赏析。

Slowly

Heavy is my heart,
Dark are thine eyes .
Thou and I must part,
Ere the sun rise.

Ere the sun rise,
Thou and I must part.
Dark are thine eyes,
Heavy is my heart.

缓步

我的心情悲戚，
你的眼神忧郁。
你我必须别离，
先于日出之时。

先于日出之时，
你我必须别离。
你的眼神忧郁，
我的心情悲戚。

该诗前4行正序排列，后4行颠倒排序，首尾衔接，循环往复。这是该诗奇妙之处。这样的重复不但不显得累赘和乏味，反倒衬托出恋人间的难舍难分。同时，该诗隔行押韵，heart 和 part，eyes 和 rise。这些韵音悠长，表达出恋人的缠绵和意犹未尽。时间紧迫，分离在即，恋人心情沉重，一切都呈现在眼中。

玛丽·伊丽莎白·柯勒律治摆脱了维多利亚“老姑娘”的传统形象，她的诗歌不是用来排解内心苦闷的工具，而是寻找文学自我的途径，是倡导女性解放的武器。正像她的笔名“流浪者”一样，玛丽主动将自我放逐于文学祖先的影响和男权思想统治之外，她以创作和人生证明女性独立的可能。她是 19 世纪和 20 世纪世交替时期“新女性”的楷模，是女性文学传统的承继者和转向者，她向世人展示了女性可以写出“她们自己的文学”（A Literature of Their Own）。[95]

爱德华·里尔（Edward Lear, 1812-1888）

爱德华·里尔是英国诗人和画家。他以为儿童写谐趣诗（nonsense poetry）而出名，并大大推广了 5 行打油诗（limerick）这一幽默诗歌形式。里尔出生于伦敦一个中产阶级的大家庭里，兄弟姐妹中排行 20。因为父亲破产入狱，里尔由比他大 21 岁的大姐安妮抚养长大。中年以后里尔大部分时间旅居国外，特别是南欧各国，并把在那里的见闻写成书并绘制插图。里尔的主要图书包括《谐趣诗集》（*A Book of Nonsense*, 1846）、《谐趣歌曲、故事》（*Nonsense Songs and Stories*, 1871）、《可笑的歌词》（*Laughable Lyrics*, 1877）、《谐趣植物学及字母表》（*Nonsense Botany and Nonsense Alphabets*, 1888）。

里尔曾在日记中写道：“从根本上说，生活是悲惨的、徒劳的，而唯一重要的事情就是找点小乐子。”[96]这无疑是里尔诗歌创作的出发点。“nonsense”一词在英语中的含意为“胡说八道”或“胡言乱语”。里尔的诗歌就像小孩子在兴奋时的信口胡说，虽无逻辑意义，却让人忍俊不禁。一般来说，里尔在谐趣诗创作方面的突出成就首推他对词语的创新。在《猫头鹰和猫咪》（“The Owl and the Pussy-Cat”）这首流传最广的诗歌中，里尔描写了一种叫“叉匙”（runcible spoon）的餐具。这是里尔创造出来的词语，在现代英语词典中被解释为“一种有三根阔齿的匙状食具，其中一齿有刃，吃冰淇淋等半固体食物时用作匙”。[97]除了善于造词外，里尔还是诗歌韵律方面的大师。他的诗歌因跳脱了逻辑的局限，在运用语言时就显得灵活了许多。里尔把已有的词语与自己虚构的词语结合起来，使诗句读起来犹如优美动听的乐曲。在诗歌《七条小鱼传》中有一句非常经典："But the Blue Boss-Woss plunged into a perpendicular, spicular, orbicular, quadrangular, circular depth of soft mud"。这几个描绘形状的词放在一起虽无逻辑意义，但读起来却朗朗上口，乐趣无穷。

另外，因为里尔的大部分诗歌都是采用5行打油诗的形式，故而他的成功也使这一诗歌形式得到推广。但和通常的aabba韵式有所不同的是，里尔的诗歌第1行最后一词与第5行最后一词大多是相同的韵：

> There was a young lady of Greenwich,
> Whose garments were border'd with Spinach;
> But a large spotty Calf
> Bit her Shawl in half,
> Which alarmed that Young Lady of Greenwich.[98]

《猫头鹰和猫咪》

《猫头鹰和猫咪》本是里尔为好友文学家西蒙兹（John Addington Symonds, 1840-1893）的小孙女所作，但其中无处不在的天真无邪的快乐却可以感染任何一个成年人。在这首诗中猫头鹰和猫咪两情相悦，于是决定出海去结婚。它们花一先令向公猪买了婚戒，并与火鸡作了近邻。婚后它们生活甜蜜，常在月光下的海滩上翩翩起舞。

《混沌怪》（"The Jumblies"）

《混沌怪》是里尔的另一首具有代表性的谐趣诗，描写绿头蓝手的混沌怪一家坐在筛子里出海。他们在狂风暴雨中依然泰然自若，乐观坚强地面对困境，最终驶向了理想的彼岸。其中有一节描写筛子进水后的情形非常有趣：

> 水很快漫进来了，是的，
> 很快漫进来了。
> 他们不想沾上水，所以将脚包上，
> 用的是折叠整齐的粉色彩纸。
> 并拿别针将其固定。
> 他们在瓦罐中过夜；

说道："我们太英明了！
虽然天空阴沉沉，前路漫漫长，
我们却从不认为自己轻率或不对，
我们在筛子中转啊转圈圈。"[99]

正是这种天不怕地不怕的勇气与冒险精神让他们度过一次又一次难关并找到了传说中的乐园。

威尔弗里德·布伦特（Wilfrid Blunt, 1840-1922）

威尔弗里德·布伦特是英国诗人、作家和著名的东方学主义者。他出生于英格兰的萨塞克斯。在1858年至1870年间，他从事外交工作，1869年与拜伦的外孙女安娜贝拉结婚。

由于工作关系，布伦特经常到东方国家旅行，如埃及、阿拉伯和小亚细亚等。他成为英帝国主义的坚定反对者。他关心和支持埃及、印度和苏丹的独立运动。他的《伊斯兰的未来》（*The Future of Islam*, 1882）、《关于印度的想法》（*Ideas about India*, 1885）、《英国占领埃及的秘史》（*The Secret History of the English Occupation of Egypt*, 1907）都反映出他对殖民地人民的同情心。

布伦特还和爱尔兰民族运动紧密相连。他因支持爱尔兰独立运动而在1888年被迫害入狱。他在十四行诗《禁锢》（*In Vinculis*, 1889）里描述了他的两个月的牢狱生涯。布伦特的作品除了反对当时的殖民政治之外，还包含大量优美的爱情诗歌。他风流潇洒，创作灵感源源不断。他的《海神普洛特斯的十四行诗和歌谣》（*Sonnets and Songs by Proteus*, 1875）收集了他最好的爱情诗。1914年，他出版了他的诗作全集。

与布伦特几乎同一时代的另一名以东方国家为创作背景的作家鲁德亚德·吉卜林（Rudyard Kipling, 1865-1936）与布伦特有相似的经历。吉卜林出生在印度，在英国接受教育。他也在东方国家进行过长期旅行。然而，吉卜林对待东方的观念与布伦特却大相径庭。吉卜林在对印度殖民地生活的描绘中，经常表露出对殖民主义的支持，例如在他作品中所歌颂的冒险精神似乎是作者对优等民族特质的一种骄傲情绪的反映。

考文垂·帕特摩尔（Coventry Patmore, 1823-1896）

考文垂·帕特摩尔是维多利亚时期最受青睐的诗人之一，其后却成为鲜为人知的诗人。他出生在埃萨克斯郡一个中产阶层文人家庭，自幼天资聪慧，又受父亲的熏陶，培养出良好的文学素养，立志要在文学艺术方面有所造诣。他 15 岁时在绘画艺术上崭露头角，在艺术协会赢得一块银质调色板。随后，他又到法国求学，并开始学习写诗。回国后，正当他父亲准备发表他的诗作时，他忽然又着迷于科学，把诗歌放在了一边。不久，当他读到丁尼生的诗歌时大受鼓舞，从此决心致力于文学创作。

《房间里的天使》（*The Angel of the House*, 1863）是帕特摩尔的一部具有代表性的长篇抒情诗。全诗分成 4 部分——“订婚”、“结婚”、“忠诚到永远”和“爱的胜利”，颂赞妻子艾米丽。尽管当时的女性主义作家对诗中艾米丽的形象持有异议，但在诗人看来，艾米丽确是维多利亚女性的理想典范。《未知的厄洛斯》（*The Unknown Eros*）是帕特摩尔的另一部抒情诗集，其中的诗句读起来似行云流水，极富优美的旋律。

帕特摩尔曾与勃朗宁、丁尼生、罗塞蒂等诗人交情甚密。后来，经亨特引荐，他加入拉斐尔前派的行列，曾在拉斐尔前派的杂志《萌芽》（*The Germ*）上发表诗歌和散文。

帕特摩尔还是一位了不起的散文大师。他的散文语言轻松自然，富有哲理。在他的《艺术的原则》（*Principle in Art*）和《枝 · 根 · 花》（*Rod, Root, and Flower*）两本散文集中，《性格》（“Character”）和《童爱》（“Child Love”）是两篇最著名的文章。在《性格》中，帕特摩尔曾这样写道：“人的语言、文字和行为为他赢得世人的赞许，而独立的性格却能为他赢得最愉悦和最持久的赞许，这就是他广阔的视野和宽厚的人性。”[100]

埃德蒙 · 高斯（Edmund Gosse, 1849-1928）

埃德蒙 · 高斯是英国诗人、文学评论家和翻译家。他出生于伦敦。父亲是著名的博物学家菲利普 · 高斯，母亲早逝。在 1867 年至 1875 年期间，高斯在大英博物馆任助理图书管理员。1875 年至 1904 年，高斯为贸易委员会担任翻译。在 1885 年至 1890 年期间，高斯还在剑桥大学的三一学院作为克拉克讲师教授英国文学。从 1904 年开始一直到 1914 年，高斯担任上议院图书管理员。1925 年，高斯被授予骑士称号。

1873 年，高斯出版了他第一部诗集《六弦提琴与长笛》（*On Viol and Flute*, 1873）。1879 年，高斯发表了评论作品《北欧文学研究》（*Studies in the Literature of Northern Europe*）。高斯在少年时代便和著名的苏格兰作家罗伯特·史蒂文森结下了深厚的友情。他和拉斐尔前派、哈代、丁尼生、史文朋、约翰·西蒙斯和纪德都比较熟悉。在19世纪80年代，高斯成为最重要的雕塑评论家之一。作为文学评论家，高斯是研究托马斯·格雷（Thomas Gray, 1716-1771）、威廉·康格里夫（William Congreve, 1670-1729）、约翰·堂恩（John Donne, 1572-1631）、杰里米·泰勒（Jeremy Taylor, 1613-1667）和考文垂·帕特摩尔（Coventry Patmore, 1823-1896）的专家。他还出版了《18世纪英国文学史》（*A History of Eighteenth Century Literature*, 1889）、《现代英国文学史》（*A History of Modern English Literature*, 1897）等文学史作品。挪威著名的剧作家易卜生也是在高斯的介绍下被英国公众所接受的。他于1891年翻译了易卜生的《海达·高布乐》（*Hedda Gabler*, 1891），于1893年与他人合译了《建筑师》（*The Master-Builder*, 1893）。

高斯是一位高产的作家，在他生活的时代，高斯是一个相当有影响力的人。他的代表作是自传体小说《父与子：两种性格的探讨》（*Father and Son: A Study of Two Temperaments*, 1907）。这部作品集中讲述了高斯童年的生活，尤其是与父亲的关系。父子在对待进化论理论，尤其是达尔文思想上的看法大相径庭。父亲是位科学家，是一个虔诚的福音派教徒，他期望能够调和进化论与神创论的关系；儿子具有文人气质，反对宗教，是达尔文进化论的坚决拥护者。生在严格的清教徒家庭的高斯年纪轻轻便深刻感受到父亲的困境。父亲在科学和神学之间的挣扎和他对待自然选择理论的暧昧态度对“仍然还是个孩子的我［高斯］产生了深刻的影响”。[101]直到离开家去寄宿学校时，他才摆脱了家庭宗教氛围的控制。他开始阅读古希腊和古罗马的诗歌，并逐渐走上了独立的道路。

尽管高斯的《父与子》没有像屠格涅夫的《父与子》那样具有宏大的社会和民族背景以及气势宏大的叙事场面，但是高斯的作品在幽默与感伤中所描述的一对平实的父子关系同样记录了人类科学史上一个非常重要的阶段和那个时代人们对社会和科学发展所作出的不同反应。因此，高斯的《父与子》是一部极具时代意义的作品。它不仅对于维多利亚的英国十分重要，而且对全人类的现在和未来也具有一定的启迪意义。高斯在作品的开始的一段话意义深刻：“这本书记录了两种性格、两种观念和两个时代的斗争。”《父与子》这部作品清楚地表明“维多利亚时代的家长制和以神为中心的信仰已经走到尽头。一种世俗的社会关系开始发展起来。接下来将是一个机器、物质和金钱的时代”。[102]一个具有权威和沉默寡言的父亲将会被一个与子女用心平等交流的慈父所替代。

第三节　维多利亚小说

维多利亚小说概述

19 世纪是英国小说发展的伟大时代。维多利亚时期是小说最繁荣、在文坛占统治地位的时期。当时小说是中产阶级最喜爱的娱乐形式，也是人民大众所喜欢的艺术形式。之所以如此，主要是因为当时社会比较稳定，价值观比较统一，而且已经基本定型，小说所反映的当代生活和读者的日常生活之间几乎是零距离。人们不再对“画饼充饥”的浪漫文学、反映理想的（如豪华的贵族）生活感兴趣；他们通过阅读，要同时达到娱乐和了解实际的两个目的。

随着文化和物质生活水平的提高，越来越多的人开始阅读文学作品。在当时缺乏其他大众娱乐传媒的情况下，文学作品，尤其是小说，就成为人们生活里不可或缺的娱乐手段。另外，事实也证明，维多利亚时代的人是求知欲很强的读者。他们也通过阅读文学作品来学习知识，认识生活。小说自然成为所有文学艺术形式中最受欢迎的一种。维多利亚时期的读者和现当代的读者，就接受和理解程度而言，差别已经很小。[103]我们可以设想一般的现代观众，在他们观看近些年来流行的所谓“都市剧”、“生活剧”（如《中国式离婚》、《爱情句号》，等等）的时候，经常把这些当作类似报告文学作品，在他们的思想里，剧里的生活和他们亲身体验的或耳闻目睹的周围的生活，美学距离很小，大家观看这些剧作，无时不在联系或对比自己或亲朋或同事或单位的情况。这基本上是维多利亚时代读者的阅读心理状况。

而且，当时出版业也在朝现代化发展，对读者开放的借阅图书馆数量也在增长。在那个时期，一家人经常在空闲时间里坐在一起读小说，有时一部小说分成几份供家人阅读，因此维多利亚小说有“三层”(three-decker)作品之称。人们对书的需求量非常之大，当时一部作品通常以分期连载的方式创作和发表，因此篇幅通常变得更长，以满足读者们的迫切需求。[104]

维多利亚时代的小说创作经历了三个发展阶段：早期从19世纪30年代到19世纪中期，这时英国社会开始受到变化的冲击，但仍然尽力保持着原有的价值观；工业化和资本主义已经开始给国家带来灾难，然而生活还没有恶化到让人完全无法忍受的程度。在这个时期进行创作的作家们，如查尔斯·狄更斯（Charles Dickens, 1812-1870）等人，还基本上保持着乐观主义的态度。他们已经意识到现代社会存在的问题，并对它进行无情的揭露和鞭挞，但是他们仍然保持着一种信念，即“世界是好的，可以变得更好”。

到19世纪70年代，即维多利亚时代中期或高度发展的时期，英国从农业国家变为工业国家，生活水平虽然得到一些提高，国家的文明水平虽也有些进步，但是同时也出现了比较严重的问题。机械文明的发展和资本的集中造成劳资矛盾的尖锐化，传统农业经营的破产使得大批农民破产，他们流向城市，城市贫民数量增加，劳动人民生活水准下降，城市贫民窟的数量更急剧增长，等等，所有这些都显示出，国家正处于危机的笼罩中。这是人们担心的原因之一。另外，人们的思想也受到达尔文进化论的影响而变得混乱，感到无所适从，信仰危机日益严重。在各种不同领域内都埋伏着的严重危机，给维多利亚社会罩上一层令人们忐忑不安的阴影。这个时期，人们意见分歧严重，生活变得错综复杂。作家们的态度也各不相同。狄更斯开始皱眉头，丁尼生和卡莱尔开始叹气，乔治·埃略特等则审视和探讨，成为维多利亚中期作家里的佼佼者。乔治·埃略特非常敏感，她有自己的一套看法。她在作品中描绘出一个善恶并存、善有善报、恶有恶报的道德规范世界。在她笔下，人们感受到他们不能控制的各种因素的制约，不过，在维多利亚中期，他们仍然有自由选择的余地。尽管确实存在邪恶的行为和邪恶的人，乔治·埃略特却很少塑造一无可取的恶棍形象。她的批判有时可能冷酷无情，但她又善于容忍和宽恕，仍对人性持有信心，相信在道德规范的社会里存在善良与美德。这是维多利亚时期第二阶段内小说的创作情况。

到第三个阶段，即维多利亚时代的后期（从19世纪80年代后期往后），英国社会发生了重大变化。狄更斯和乔治·埃略特小说中所描写的那种社会中孕育的危机，在后期小说家如托马斯·哈代（Thomas Hardy, 1840-1928）等人的作品中，变得更加明显，并且开始激化。世界似乎变得冷漠无情，极有可能已经没有上帝在其中主宰一切，人在这个世界里变得无足轻重，在占绝对优势的命运面前，显得无能为力，人只是徒劳无益地在生存现实中绝望地挣扎。他只有悲观和绝望，如果不是死亡的话。生活似乎失去了意义，人际之间少了同情与怜悯，生活中少了公平和道德伦理，金钱和权势而非公理成为判断是非的准绳。这标志着，文学史上讲的“自然主义时代”已经来临。在这个时期文坛上的领军人物应推哈代。这个人在本质上不是一个自然主义者；从严格的意义上说，英国不像法国和美国，自然主义的思潮没有在她的文坛上风行和占据主要地位。但哈代的作品，尤其是他后期的6部小说，虽然现实主义里夹杂着浪漫主义，但其基调和自然主义倾向非常接近。真正意义上的英国自然主义作家可能是乔治·吉辛（George Gissing, 1857-1903），他基本上遵循法国作家左拉提倡的自然主义风格进行创作；但是他所描写的社会阶层属于下层中产阶级，也不是平民阶层。

维多利亚时代的小说具有一些共同的显著特征：

（1）它们基本上遵照“说教美学”的原则进行创作。这就是说，这个时期的文学创作注重发挥文学的社会功能。作家写书的目的除娱乐外，更重要的还在于教育国民，教国民如何生活。多数伟大的维多利亚时代小说都表现出强烈的历史感，严格遵循社会道德标准，宣扬善良战胜邪恶，善良、善举会得到褒扬，邪恶会受到惩罚，对读者起到扬善抑恶的作用（但《呼啸山庄》并没有完全遵循这一模式）。

（2）从内容讲，这个时期的小说基本上写城市生活，描写具有明显的城市生活特征，作品主要反映中产阶级的价值观，比如强调社会协调、强调奋斗精神（特别是个人奋斗）、重视家庭和婚姻等。以重视家庭为例，许多作家和作品都反映出这个特点。比如萨克雷（William Makepeace Thacheray, 1811-1863）在小说《纽卡姆一家》（*The Newcomes*）里说，“今天晚上在这里举行的这个大集会……表明，他们也有充满感情的心，有要爱护的家，他们也感到女人的爱、孩子们的天真、爱的颂歌！”人们知道，参加这个大集会的是实业家和他们的家人。萨克雷的这部小说只是人们可以信手拈来的一个例子而已。

（3）在形式上，社会现实主义是维多利亚时代小说家们反映社会生活的主要方式（尽管偶尔也出现不同的创作方法，如狄更斯偶尔使用的浪漫主义及半超现实主义的方法、哈代作品里的浪漫主义成分等）。维多利亚时代的小说所采用的主要叙事角度是第三人称全知视角，作家犹如上帝、造物主，这种不受限制的视角有助于描绘社会生活图景的全貌。此外，小说作品里反复应用“城市”作比喻，如狄更斯笔下的伦敦，运用象征性的洗礼仪式，如乔治·埃略特的《弗罗斯河上的磨坊》（*The Mill on the Floss*）。[105]

由于当时许多伟大的作家齐心协力、同时创作，维多利亚时代的小说取得了显著而独特的成就。除上面所提到的小说家外，该时期的小说家还有许多。本书将详谈以下几位作家：狄更斯、萨克雷、勃朗蒂姐妹（Charlotte Bronte, 1816-1855; Emily Bronte, 1818-1848）、乔治·梅瑞狄斯（GeorgeMeredith, 1828-1909）、安东尼·特罗洛普（Anthony Trollope, 1815-1882）、塞缪尔·巴特勒（Samuel Butler, 1835-1902）、乔治·吉辛（George Gissing, 1857-1903）、奥斯卡·王尔德（Oscar Wilde, 1854-1900）、罗伯特·路易斯·史蒂文森（Robert Louis Stevenson, 1850-1894）以及乔治·莫尔（George Moore, 1852-1933）。至于其余那些才华横溢、取得辉煌成就的维多利亚时代作家，尽管没能名垂青史，但他们也以不同方式证实了各自的不凡。这里只对他们进行简单的介绍。威尔基·柯林斯（Wilke Collins, 1824-1889）是其中之一，他是英国历史上第一个侦探小说家，创作了著名的《月亮宝石》（*The Moonstone*, 1868）和《白衣女人》（*Woman in White*, 1860）。他成功的秘诀——“叫他们等，叫他们哭，叫他们笑”——成了名言警句，影响了后来的作家，如托马斯·哈代。然后是曾担任首相的小说家本杰明·狄斯雷利（Benjamin Disraeli, 1804-1871），他以真实反映当时英国社会生活而闻名，猛烈地抨击工业主义，认为工业主义是当时社会贫困和灾难的根源，为后世留下了著名的关于社会贫富两极分化的“两个国度”论。查尔斯·金斯利（Charles Kingsley, 1819-1875）终身致力于社会改革运动，他创作了具有历史意义的小说《向西，去啊！》（*Westward Ho !*, 1855），这部小说充满了伊丽莎白时代的精神。伊丽莎白·盖斯凯尔（Elizabeth Gaskell, 1810-1865）在文学中的卓越成就缘于她感动人心、分析深入的小说《玛丽·巴顿》（*Mary Barton*, 1848），她因生动逼真地描述了当时的社会问题而在文学史上占据一定的地位，她最好的作品是《妻子和女儿》（*Wives and Daughters*, 1866）。刘易斯·卡罗尔（Lewis Carroll，查尔斯·路特维奇·道奇逊的笔名，1832-1898）因《爱丽丝漫游奇境记》（*Alice in Wonderland*, 1865）和《镜中世界》（*Through the Looking Glass*, 1872）而出名，这两部小说的永恒力量给人们留下了格外深刻的印象，这种永恒力量源于小说中巧妙和丰富的想象力。至于柯南·道尔（Conan Doyle, 1859-1930）及他的令人着迷的夏洛克·福尔摩斯系列侦探小说，全世界的人和文学史都会永远地记住他。还有利顿·斯特雷奇（Lytton Strachey, 1880-1932），他不仅是维多利亚时代人，也是弗吉尼亚·乌尔夫的布卢姆斯伯里团体中的一个著名成员，他因创作具有重大意义的、打破传统习俗的《维多利亚时代名人传》（*Eminent Victorians*, 1918）而在历史上出名，这部小说在当时引起了骚动，然而为真正的自传体写作提供了一种模式。

现在我们来仔细了解一下这个时代文学舞台上的一些重要作家。

查尔斯·狄更斯（Charles Dickens, 1812-1870）

狄更斯是英国人的国宝级文化偶像。他业已成为英国文化传统的一个重要组成部分。虽然说在维多利亚时期，萨克雷曾和他不相上下，可是萨克雷比不了他。狄更斯是他的人民的先知性人物。人们从他那里获得快乐和受到教育。他的小说现在在英国仍然是读者最多的。他对读者的影响非常深刻，他能使他们一下子就能感受到他和他的作品的伟大与永恒。狄更斯也是世界人民喜欢的文学艺术家。在世界范围内，狄更斯是大学本科和研究生必读的作家。他的魅力来自美好的人格和精湛的艺术。

狄更斯 1812 年 1 月 7 日生于朴茨茅斯，是家里的长子。父亲约翰·狄更斯是海军办事处的职员，幼年家境贫寒，家无定居，曾在查塞姆、肯特及伦敦斯坎姆顿镇居住过。狄更斯幼年生活有过一段好时光，但不久便陷入贫穷和不幸中。在 1824 年他 12 岁时，父亲因无力偿还债务而入狱（马夏西负债人监狱），家人前去陪伴，只留下他这个孩子在外面世界里为生存而挣扎。迫于生计，他不得不离开学校到一家鞋油厂—华伦鞋油厂——工作，在瓶子上贴标签。他每天从早到晚在那里工作，一星期的所得也不过六七先令（不到一英镑的三分之一）。父亲出狱后，他又上过一段正式的学校，但为时不长。在 15 岁时，他离开学校到一家律师事务所做职员，了解到律师工作的内幕。

他虽然只受过很少的正规教育，但他通过广泛阅读，坚持自学，来弥补缺少学校教育的不足。用他父亲的话说，他是自学成才的。他的父亲有一些藏书，那对少年狄更斯宛如一个奇妙的世界。他在家里就如饥似渴地阅读那些书籍，如《天方夜谭》、《神仙的故事》，等等。他的想象总是活跃的。在那些书里他找到了好朋友，罗德里克·朗达姆、辟里格林·辟克尔、汉弗莱·克林克、汤姆·琼斯、威克菲尔德的牧师、堂吉诃德、吉尔·布拉斯，还有鲁滨逊·克鲁索。那是一批伟大的人物。他们使他的想象活跃，给他以获得超越那个时间和地点的成就的希望。有时在一周里，这个人物是汤姆·琼斯，有时在一个月里，他是罗德里克·朗达姆，等等。这是他唯一的永恒的安慰。每当他想起来，脑海里就浮现一幅图画，夏天的傍晚，孩子们在教会院子里玩耍，而他则坐在床上，全神贯注地读个不停。他的想象从书转移到邻近的每个粮仓、教会院里的每块石头、教会院子的每一英尺地面，这些后来都出现在他的作品里。他看见汤姆·派普斯爬房顶，斯特拉普背着背包，在门口站住喘气，他知道杜姆林和辟克尔先生正在他们小村的酒馆里举行俱乐部集会。狄更斯幼年喜欢读神话故事。他写过一篇自传性文章——《奶妈们讲的故事》。他在文章中说到奶妈们给他讲的那些神话和民间故事。

狄更斯还利用业余时间到大英博物馆去读书，还学习速记。19 世纪 30 年代，他成为伦敦一家报纸的记者，速记了不少政治集会的情况。最后他成为议会记者。通过这个工作，他了解到英国议会和政治结构的运作内情，使他对议会平民院（下院）和政界一切机构和做法产生了一生都无法克服的鄙视。

1833 年，他为几家杂志偶尔发表的伦敦生活素描图写解释文字，这些素描图和解释文字一起于 1836 年结集成书出版，题目是《博兹特写集：解说日常生活和日常人》（*Sketches by Boz, Illustrative of Every-Day Life and Every-Day People*）。同年，他开始创作《匹克威克外传》（*Pickwick Papers*），分期发表，读者反应热烈，狄更斯很快出名。这部书于 1837 年出版，书名是《匹克威克外传》（*Posthumous Papers of the Pickwick Club*）。这部书也使他能辞去记者工作，专心从事写作，开始了终身创作生涯。他的小说著作迭相问世，多属于社会评论作品，如《雾都孤儿》（*Oliver Twist*, 1837-1838）、《尼克拉斯·尼克尔比》（*Nicholas Nickleby*, 1838-1839）、《老古玩店》（*Old Curiosity Shop*, 1838-1839）以及《巴纳比·拉奇》（*Barnaby Rudge*, 1838-1839）。这些小说都分期发表，每部小说揭露一个社会弊端，一方面受到广大读者的欢迎，另一方面也受到保守杂志和政界、文学界人士的攻击。狄更斯是一位多产的作家，他一生创作了 20 多部小说，包括《马丁·查兹威特》（*Martin Chuzzlewit*, 1842）、《圣诞颂歌》（*A Christmas Carol*）、《钟声》（*The Chimes*）、《炉灶上的知了》（*The Cricket on the Hearth*）、《董贝父子》（*Dombey and Son*, 1848）、《大卫·科波菲尔》(*David Copperfield*, 1850)、《荒凉山庄》(*Bleak House*, 1853）、《艰难时世》（*Hard Times*, 1854）、《小多丽特》（*Little Dorrit*, 1857）、《双城记》（*The Tale of Two Cities*, 1859）、《远大前程》（*Great Expectations*, 1861）、《我们共同的朋友》（*Our Mutual Friend*, 1864）以及《埃德温·德鲁德的秘史》（*The Mystery of Edwin Drood*，未竟）。

狄更斯还办过杂志《家喻户晓》（*Household Words*）及《一年到头》（*All the Year Round*, 1859）。《一年到头》每周分期发表他的小说《双城记》。他也在多个场合亲自朗诵自己的作品。

狄更斯一生访问过美国两次，第一次是在 1842 年，他回来后写出《美国札记》（*American Notes*）。第二次是在 1867 年秋，他朗诵自己的作品，会见美国著名作家朗费罗、爱默生以及美国总统安德鲁·约翰逊。次年秋，他开始在英国做朗诵作品的旅行，不料这成为他的告别之旅。1870 年 6 月 9 日，他在用餐时突然晕倒，死于脑出血，身后留下财产达 93000 英镑。他的遗嘱是希望被葬在“小教堂的罗彻斯特墙下”，葬礼要“节俭、不起眼、严格地限于家人的范围内”。人们当然没有照办。他被安葬在西敏寺为他准备的墓内，全国为他致哀。

狄更斯在加德高地的宅第——加德山庄住了多年。加德山庄位于肯特郡，在这里买房子是作家从少年时期就怀有的梦想。1857 年，他买下这个住所。1860 年，他和结发妻子凯瑟琳分居，除一个孩子外，儿女都和他同住。同年秋，他卖掉和家人共同生活多年的位于伦敦的塔维斯寓所，搬来加德高地。这时他已经结识了女友艾伦·劳立斯·特南，二人的联系一直延续到作家过世之时。这件事英国人一直隐瞒，他们不准许他们的偶像受到丝毫的损伤。作家的传记作者福斯特（John Forster）在他的著名传记里对此也三缄其口。直到 20 世纪三四十年代，才有人撰文说此事，其时作家已经去世多年，但还是引起了一些风波。这也从一个侧面说明了狄更斯永远不衰的人气。

研究狄更斯的专家认为，作家和艾伦的私通一事对作家产生了影响。这体现在几个方面。比如艾伦这个名字和狄更斯的最后三部作品里女主人公的命名有显然的关系：《远大前程》里的艾斯黛拉、《我们共同的朋友》里的贝拉以及《埃德温·德鲁德的秘史》里的海伦纳。艾斯黛拉和贝拉两个人都很任性，这和狄更斯以前所描绘的女主人公如佛劳伦丝·董贝、阿格尼丝·威克菲尔德、埃丝特·沙莫森以及艾米·杜丽等，在性格上是南辕北辙、大相径庭的。还有，狄更斯后来的作品在探讨性爱的激情方面，其强度和见识是过去所不能相比的。[106]

关于狄更斯的信件，1860 年 9 月 3 日下午，狄更斯做了一件让人不可思议的事情。他决定把他 20 余年来所积累的书信和文件全部烧掉。于是他在三个孩子的帮助下，在后院升起大火，孩子们把装满许多人来信的箱子一个个扔入熊熊大火里。狄更斯自己说，“浓烟滚向天去，望去宛似一个魔刹神。”还说，“蓝天让我的烟火给遮掩了。”那次烧掉的信包括来自华盛顿·欧文、卡莱尔、萨克雷、丁尼生、威尔金·柯林斯以及许多其他要人的信件。于是，人们觉得，狄更斯这位自称为“不可模拟的人”变成“胸怀敌意”的人了。他的女儿凯蒂当时感到非常难过，她央求爸爸手下留情，但狄更斯说，“我们应当永远记着，信件是倏忽即逝的，我们不应当太受那些赞扬我们或一时激动的人们写的东西的影响。”据说在最后一箱倒在火上时，狄更斯非常严肃地说，“我希望我所写过的全部信件都在那堆火上烧掉。”可人们并没有烧掉他的信，而是更认真地保存了。很可惜，柯林斯写给他的信除三封外都付之一炬了。但柯林斯却完整无缺地保留了狄更斯写给他的 160 多封信件。

狄更斯的故居位于伦敦霍尔本区法院街上的罗素广场，这里的道蒂街 48 号就是这位维多利亚时期文学巨人的故居。这是个四层楼建筑，现在已经是狄更斯的博物馆兼图书馆了，里面保存着作家许多珍贵的书稿、书信、相片和私人物品。这是作家在伦敦唯一幸存下来的故居。在这栋楼里，人们可以看到当年作家挂过的名画、稀有版本、原来的家具，等等。狄更斯的其他居所，如 1860 年秋他卖掉的塔维斯寓所，就无处可寻了。

狄更斯的创作生涯可大致分为两个阶段。第一个阶段从一开始到 1850 年《董贝父子》的发表。在这一阶段，通过他的作品人们可以看出，狄更斯在微笑着面对这个世界。这并不是说世界上没有邪恶、残酷与痛苦以及压力，事实上他的作品中有许多这些方面的描述。回想一下《小多丽特》、《大卫·科波菲尔》以及《匹克威克外传》中的负债人监狱，可怜的奥列佛在济贫院里希望多添一碗粥，《尼克拉斯·尼克尔比》中寄宿学校里饥饿的学生们，《老古玩店》中祖父与孙女之死，《大卫·科波菲尔》中受虐待的小男孩的苦难经历以及《巴纳比·拉奇》中恐怖的戈登暴动，所有这些都提供了足够的证据，证明当时的英国社会存在着许多痛苦与残酷的现实生活现象。尽管变化已在发生，但现行的社会体系对于狄更斯来说仍然是好的，而且能够变得更好。

然而，从第一阶段末一直到他去世，读者们不难发现狄更斯愁眉苦脸，总是紧皱眉头，变得越来越悲观。他的情绪变化与国家向着野蛮的资本主义发展阶段“演进”有关。《艰难时世》中反映出的功利主义对人类感情和想象力价值的漠视、《双城记》中法国贵族的冷酷无情、《荒凉山庄》中英国法律体系的极端不公正，以及《小多丽特》中笼罩在马夏西监狱（对整个英国的恰当比喻）的阴郁气氛，所有这些都令人反感，使人厌恶。读者们有理由相信狄更斯非常悲观失望，在他的后半生，甚至对他所深爱的国家朝着不良方向发展而感到绝望。使他感到非常难过的是人对其同类的残忍行为，他认为当时那一代人是邪恶的。在他创作生涯的第一阶段，他似乎相信人类的仁爱精神，因而热情洋溢地塑造了一些乐善好施的善良人物。然而随着国家进入19世纪中后期，人们的生活变得日益艰难，狄更斯感到很沮丧。在他创作生涯的后期，他描绘了一幅使人沮丧的忧郁而痛苦的社会图景，他这时的一些作品都是很好的佐证，如《董贝父子》、《荒凉山庄》、《艰难时世》、《小多丽特》、《远大前程》、《我们共同的朋友》、《马丁·查兹威特》，以及完成了一半的《埃德温·德鲁德的秘史》。

狄更斯笔下的世界类似于莎士比亚的世界，他的创作范围是当时整个英国社会：有负债人监狱及法庭、新警察势力、议会选举、政府机关、济贫院、童工以及各种社会弊端。这是一个充满形形色色的不同种类人的世界，书中包括来自各阶层的人物：被剥夺继承权的孤儿、无家可归的孩子、扫烟囱的孩子、骗子和盗贼、冷酷无情的雇佣者、虚伪的慈善家与福音布道者、像葛雷庚一样冷酷无情的人（《艰难时世》）、像匹克威克一样乐善好施的人、处于自我发现和改变过程中的人如斯克罗奇（《圣诞颂歌》）、没有一点儿良知的非常邪恶的人、没有性格缺陷的非常善良的人，以及非常幽默风趣的人如邦布先生（《雾都孤儿》）和密考伯一家（《大卫·科波菲尔》）。这个世界使读者能够鸟瞰当时英国社会的全貌：伦敦交通、大雾、公共马车、泥泞的道路、马戏团、蜡像馆、小旅馆、杂货店、泰晤士河上的汽船、铁路、工厂、贫民窟、宪章运动，以及宗教骚乱。他的作品反映出他生活的英国的各个时期的状貌。人们如果以十年为一个阶段，从19世纪20年代到60年代的几十年，在他的作品中都有描述，并为他的作品提供了历史背景。《艰难时世》的基调贯穿了整个维多利亚时代，《双城记》以法国大革命时期为背景，《匹克威克外传》写维多利亚时代早期的生活。《小多丽特》显现出19世纪20年代的特征，《董贝父子》显现出19世纪40年代的特征，《埃德温·德鲁德的秘史》显现出19世纪50年代的特征，而《我们共同的朋友》反映出19世纪60年代的特征，等等。

狄更斯作品中主人公的原型通常是孤儿，或者那些父母亲虽然活着但与死去并无不同的孩子。这是他本身幼年生活体验在他作品里的反映。少年时期的经历深深地刻印在他的脑际。在1845年～1848年间，当他回忆起19世纪20年代一家人搬到伦敦时的生活，他曾感慨地说，“就是现在，我出了名，受到爱戴，生活幸福了，我也常在梦里忘记，我有爱妻和儿女，甚至忘记我已是成人，还是凄风苦雨地游荡回我生活的那段时间去。”这是狄更斯一生难以忘怀的痛苦经历，当他写自传时，写到这里他难过得不得不停笔。事实上，英国人直到1872年他过世两年后，才从他的好友约翰·福斯特（John Foster）新发表的《查尔斯·狄更斯传》（*Life of Charles Dickens*, 1872）里得知他的这段刻骨铭心的经历。

狄更斯的孤儿在他的书里由受苦的孩子的形象表现出来。人们读他的作品，尤其是早期的作品，也包括像《远大前程》这样的稍后些的小说，里面都有一个可怜巴巴的孩子形象或影子，动人心弦。除此之外，就是监狱这个意象，总是若隐若现地立在那里，让人心里不安。最明显的当然是《雾都孤儿》、《大卫·科波菲尔》、《小多丽特》。看过《雾都孤儿》小说或电影的人们都不会忘记小奥列佛在济贫院里伸出小手、端着小碗多要一点稀粥的悲惨情景：

> 黄昏时分，孩子们纷纷就座了。厨师系着围裙朝锅旁一站，作助手的贫妇站到他后面。按惯例做完冗长的感恩祷告，便开始分粥。碗里的粥迅速地被一扫而光，大伙儿开始交头接耳，挤眉弄眼地向奥列佛暗示，身边的伙伴就用胳膊捣他，要他去当“英雄”。奥列佛已被饥饿和痛苦逼到绝路了，决定铤而走险。他从饭桌旁站起来，拿起碗和汤匙勇敢地走到厨师跟前，用连自己也感到吃惊的声调说：
>
> “先生，对不起，我还要。”健壮的大师傅顿时面色煞白，呆

> 若木鸡。他凝视着眼前这个敢造反的小怪物，沉默半晌，然后倚着锅灶，以免被吓倒。助手们由于受惊，孩子们由于紧张，也都一动不动。[107]

看过《大卫·科波菲尔》小说或电影的人们都不会忘记里面受苦的小大卫（其实是小狄更斯的化身）的可怜面貌。小多丽特的形象更是动人肺腑，这个苦孩子在一生坐牢的父亲死后竟然失去了生活的方向。看过《远大前程》小说或电影的人们都不会忘记故事开首时小主人公独自立在父母墓前情不自禁流泪的悲伤景象。就是在《荒凉山庄》里，人们也能透过像埃丝特这种孤儿般的人物身上，看到惹人怜悯的孩子的影像。在这些主人公身上明显存在着幼年狄更斯的影子，他在鞋油作坊里的不幸遭遇，以及看望负债人监狱中的父亲的心情。他们在冷酷无情的世界中孤独、无助，没有来自家庭的爱，没有任何安全感，被社会忽视，与险恶的条件作斗争以求生存。他们经历了成长过程中的所有痛苦阶段，屡遭失败、羞辱与挫折，然而他们凭借自己的适应能力以及面对外界势力从不屈服的意志，最终在艰难困苦的生活中得以生存。狄更斯笔下的主人公在不少方面与现代存在主义主人公原型有类似之处，例如他们都经历了绝望阶段，都下过地狱，体验过非人性化和离异，等等，这些实际上都具有现代存在主义的特征。但是他的人物不悲观，他们努力寻求自我，在隧道的尽头总会看到一束亮光。最终他们总能寻找到正常的生活。这说明狄更斯在本质上仍然是维多利亚时代的人，他的乐观主义态度体现出他的时代的局限，这一点他无法超越。狄更斯写书，把自己的全部身心和感受都倾注到所编织的故事里去。这是他的作品如此感人肺腑的魅力的源泉所在——他诚心诚意、情真意切。他的心里充满同情和爱怜，他的主旨就是替受苦人说话，替他们做主和主持公道。所以在维多利亚时代，狄更斯被人们视为提倡同情心和慈善行动的先知性人物。

狄更斯是一个具有敏锐观察力的艺术家，自发性是他的特征。即使后来他更有意识地进行作品结构设计，他也从来没有失去他创作天才的这个主要特征。总的来说，他的早期作品比起后期作品更具有自发性。早期作品如《博兹特写集》和《匹克威克外传》描绘了一系列结构松散的事件和冒险活动，小说本身没有情节，却以轻松愉快的精神和富含幽默的笔调受到读者的欢迎，这些小说读起来就像作者曾经到过他笔下所描写的任何地方。后来，随着时间的推移，或许由于主题变得更加严肃，或许由于技艺有所提高，狄更斯在作品中越来越多地在构思上进行有意识的设计，他对情节的兴趣变得更加浓厚，设计事件和情景的天才表现得淋漓尽致。

狄更斯的突出特点是幽默。他的幽默主要源于他故事的怪诞。他的成熟作品的情节通常具有怪诞和戏剧化的特点。他的故事错综复杂，纵横交叉着意外，充满怪诞与闹剧。他从不喜欢单调乏味，滑稽、幽默是他的天赋。这与他的快乐性格和对生活与社会所持有的乐观主义态度有关。他的幽默叙事的一个显著特征是，巧妙地创造怪诞的效果。狄更斯的“怪诞”主要是把不和谐、不相称的人、事或场景并列，把不同的情状、不同的社会等级和背景加以并列或杂糅，进行夸张性描述，以产生不协调、不匀称、不连贯的印象，收到颠覆一般公众观念和看法的艺术效果，引起人们的捧腹，以此帮助读者在啼笑之间更深刻地认识到人生的真谛。

狄更斯善于刻画怪诞的人物。他笔下的一些人物非常古怪，他们看起来很像漫画人物。这些人物形象多有夸张之处，但是并不失真。他们和周围的人物显得很不协调，和他们的环境有些格格不入。这些怪诞人物有的善良，有的邪恶，作家在描绘时表现出清楚的善恶感。比如《大卫·科波菲尔》中的恶棍尤利亚·希普就是这样的一个怪诞人物。读者不会忘记尤利亚·希普那一副半人半鬼的可恶形象。他的外表和举止就显示出他的居心叵测。比如他那一双不停扭动、令人看了感到很不自在的手，不断扭动的身体，那张让人讨厌的脸——这一切使他看起来不像一个正常人。果不其然，他在貌似谦卑的外表的掩护下，心里一直策划着窃取财产和引诱女东家的阴谋诡计。《我们共同的朋友》中的一个人物——一条腿的塞拉斯·魏格——也是一个十足的怪诞人物。他对周围事物的反应决定了他是一个恶人。在他的办公处，人们可以看到一只死鸟躺在柜台上，它的头歪向一边，也可以看到一只瓶子里装着一个印度婴儿的尸体。这些细节暗示出他陷害善良的博芬一家的事实。尤利亚·希普和塞拉斯·魏格是怪诞的恶人的代表。善良的怪诞人物在狄更斯的作品里也屡见不鲜。《大卫·科波菲尔》中善良而滑稽的米考伯夫妇以及《我们共同的朋友》中的博芬一家，在外貌上和行为上都是讨人喜欢的怪诞人物。

狄更斯善于描绘怪诞的地点。在他作品中有一些故事发生的场所，看起来也是怪诞的。例如《远大前程》里哈维舍姆小姐的房间就是一个很好的例子。那间屋子阴湿、腐烂、臭气熏天、满布灰土，里面放着一张显然是多年前的一次婚宴上用过的桌子，桌子中央业已成为一只腿上有斑点的蜘蛛的永久住所。这些看上去都非常古怪、邪恶，宛如死亡在笼罩着一切。在《我们共同的朋友》中隐隐出现的灰堆，是狄更斯描绘后期英国的怪诞形象。

有时（但不总是）与怪诞相联系的特点是闹剧。这是狄更斯幽默叙事的另外一个显著特征。闹剧是一种快活喧闹的戏剧形式，通常用来引人发笑，减少主要情节的沉闷。狄更斯非常擅长运用闹剧化技巧。这种技巧要求对情节、伪装以及隐藏身份做独特处理，利用情节的不连贯性、人物的混杂、情景的混淆以及不同阶级和背景的并置等手段。狄更斯的作品中含有许多闹剧成分。例如《荒凉山庄》中的两种情节平行的叙事线索以及克鲁克的自燃等，都属于闹剧性质的故事情节。出现在狄更斯作品中的其他闹剧情节的例子还包括以下一些作品：《我们共同的朋友》中约翰·哈蒙的伪装及博芬一家和魏格的对立情节，《远大前程》中温密克先生和他的田园式、天堂般的城堡，《小多丽特》中负债人监狱里的“马夏西之父”的故事，《大卫·科波菲尔》中米考伯一家的浮夸与善良，以及《雾都孤儿》中费根与小奥列佛在一家偷盗的情节，等等。狄更斯作品里的喜剧和闹剧成分总能引发大笑，但在大笑的后面却隐藏着巨大的痛苦，使人不由得同时涌出泪水。这些技巧和手法是狄更斯从18世纪的前辈那里学到的。惯用这些手法的18世纪小说家有托比亚斯·斯摩莱特和劳伦斯·斯特恩。奥利佛·哥尔斯密也在作品中运用过这些叙事方法。

狄更斯是一个社会批评家。他对他所处的时代坚持严苛的批评态度。他生活在维多利亚时代的早期到中期那半个世纪里。当时英国社会虽然已经开始发生变化，但原有的道德标准尚未受到严重威胁。资本主义的机械文明业已带来灾难，然而尚未到达人们啼饥号寒、悲观绝望的地步。所以，狄更斯还能笑得出来，不像19世纪后期的哈代那样，总是哭丧着个脸。因此，狄更斯的作品充满对社会现实的淋漓酣畅的揭露和鞭笞。当时的英国很有意思，它付巨资给这些批评者，让他们敞开说坏话，而且为之骄傲。狄更斯对现实社会的批评既广泛又深刻。他所描绘的实际是整个英国社会。其中有负债人的监狱、险恶的大法官、饥寒交迫的贫民、无家可归的孤儿、扫烟囱的孩子，还有骗子和盗贼，等等。说他的作品也是社会史绝不过分。事实上，引用狄更斯做历史见证的史学家大有人在。所以，社会批判是他所有作品的特点。

狄更斯猛烈抨击英国法律与监狱体系。阅读以下小说中的任何一部，如《大卫·科波菲尔》、《老古玩店》、《匹克威克外传》、《远大前程》、《雾都孤儿》、《我们共同的朋友》、《小多丽特》、《荒凉山庄》以及《艰难时世》，我们就会理解作者的愤怒以及他处理这些主题时的强烈感情。在19世纪50年代为人们所关注的大法官法是狄更斯在《荒凉山庄》这类作品中辛辣讽刺的对象。市侩的中产阶级邪恶的组成部分——功利主义，在《艰难时世》中受到充分揭露。狄更斯对英国议会体系、选举以及代议制政府所存在的问题持有的态度只是轻蔑藐视，别无其他。他也不相信慈善事业与福音宗教或者任何有组织的社会改革。所有这些方面的最好证据是他在作品中对一系列社会弊端和贫苦人民的苦难进行广泛的描述，并且坚持对这些方面的描述。另一方面，他永远站在贫苦大众的一边，坚持认为他们为了生存而奋斗是正当与正义的。他对宪章运动和法国革命的描述都是很好的例证。

无论狄更斯的批判有多广泛、尖锐与猛烈，他并没有打算改变原有社会体系。在已有体系中，他像预言家那样大声疾呼，因为他盼望旧有体系能够更好地运转，并且相信能够有所提高。他认为这是美好生活的基础。他无限崇尚人性，深信人性的善良，对当时存在的问题和人们的困境高度敏感。《双城记》开首的一段话比较准确地表达出他的政治态度：

> 那是最美好的时代，那是最糟糕的时代；那是个睿智的年月，那是个蒙昧的年月；那是信心百倍的时期，那是疑虑重重的时期；那是阳光普照的季节，那是黑暗笼罩的季节；那是充满希望的春天，那是让人绝望的冬天；我们面前无所不有，我们面前一无所有；我们大家都在直升天堂，我们大家都在直下地狱——简而言之，那个时代和当今这个时代是如此相似，因而一些吵嚷不休的权威们也坚持认为，不管它是好是坏，都只能用“最”字来评价它。

当所有事情的结果与他所期望的不同时，他感到无助且忧郁，这便是他后期创作的主要基调。狄更斯不相信慈善家和福音主义者们的作为，不相信系统的社会改革。他觉得只有人心的同情和怜悯才能使人的生活变得更美好。狄更斯是这样形容自己的政治态度的：“我现在把我的良知和我的政治信条分开，我的政治信条包括在两篇文章里，和任何党派或个人都无关。我对统治者的信心，总的说来是极微弱的；我对被统治者的信任总的说来是无限的。”[108] 1853 年，在伯明翰艺术家协会的晚宴上，他发表讲话说，他认为最伟大的文学应当是为人民创作的文学，作家要无限忠于人民，热情地支持人民的进步、幸福和繁荣。他钦慕工人阶级，由衷地推崇他们的耐性、耐心、温和、理智、肯于接受建议、相互间极其友善。

狄更斯喜爱艺术，乐此不疲，艺术总是叫他坐立不安。他是工作狂。他讨厌休息，只有疲劳时才感到满足。可以说他是把自己累死的。现实和理想总在他面前相互比较。他觉得自己的艺术才能不足以表现生活和它的短暂，无法表现世界和它的变幻无穷。

他认为，一个作家要人们相信自己写的东西，他就必须首先自己相信它。他的人物对他来说是逼真的。狄更斯自己回忆说，在创作过程中，有一次他决定让他书中的一个人物走他给他安排妥当的路，可这个人物不干，他要走相反的路。狄更斯说，由于他觉得他的人物是正确的，他本人是不对的，因而他就照着这个人物的意思做了。狄更斯让自己的人物拉着鼻子走。他严格要求自己的创造力掌握自己的生活，让他着魔，给他提出要求，让他几个月几个月地专心致志，忘掉其他的一切。狄更斯认为，任何致力于艺术的人都必须乐于把自己全部献给它，而从中得到酬报。所以，狄更斯每逢有了什么想法，就像着魔般地去探讨、琢磨，经常表现出坚持不懈、走火入魔般的执著。

狄更斯对自己的读者非常关心。当他拿起笔时，心里总有一种信任和责任感在时刻催促和告诫自己。他认为，就是他自己不高兴写了，他也要让他的读者们快活。

《大卫·科波菲尔》

这部小说是狄更斯的最爱。他曾说，“……我和许多父母一样，内心里有一个宠爱的孩子，他的名字叫大卫·科波菲尔。”[109] 狄更斯对这部作品的情节和结构进行了精心设计，写了两年（1848-1850）。它是作家创作生涯日照中天时的杰作。狄更斯在这部书里第一次使用第一人称叙述法。自从小说问世以来，尤其是约翰·福斯特在他的《查尔斯·狄更斯传》里透露出狄更斯痛苦的幼年后，历代读者对狄更斯的这部精品都趋之若鹜，爱不释手。从 20 世纪初年迄今，已有 6 种版本的电影出现，此外还有多种电视版、动画版、戏剧版、歌剧版等。[110]

《大卫·科波菲尔》具有强烈的自传性质，尤其是它前面的章节。书里的许多重要事件都直接取自作家本人的实际生活，例如大卫在莫兹斯通与格林比的仓库里做工、他在萨勒姆寄宿学校读书以及他和朵拉的关系等。[111]

《大卫·科波菲尔》共64章，分两大部分。大卫是小说的主人公，他的故事是叙事的主线。第一部分（第1～32章）说大卫是遗腹子，父亲死后半年出生。当时母亲只有仆人佩格蒂陪伴在身边。他的姑奶奶贝茨·特罗特伍德在他降生那天突然来到。这位姑奶奶期望新生婴儿是个女孩，自己能做她的教母。不料大卫出生，老太太认为这是对她的大不敬，一气之下离去（第1章）。大卫幼时和母亲与佩格蒂一起，生活得很快活。有一次他到佩格蒂家去玩耍，认识了艾米莉，他对她一见钟情（第3章）。7年以后，母亲再嫁，母亲善良、软弱，狠毒的继父莫兹斯通和他的妹妹简·莫兹斯通虐待他们母子二人（第2、3章）。大卫对他们毫无好感。大卫学习成绩落后，莫兹斯通抽打他，他狠狠咬了莫兹斯通，于是被关禁闭5天（第4章），然后被送到一家寄宿学校——萨勒姆学校上学。校长是无情的克瑞科尔先生（第5章）。大卫在那里和两个同学——詹姆斯·斯蒂尔弗斯和汤米·特拉德勒斯结为好友（第6、7、章）。大卫的母亲又生一子（第8章），后来母子双亡（第9章），佩格蒂离开后结婚（第10章）。大卫被召回家，送到伦敦一处劳动繁重的工厂去做工，莫兹斯通是这个工厂的主人之一（第11章）。工厂的艰苦条件和作家自己幼年时在鞋油厂的工作经历极其相似。在这期间，他客居在威尔金斯·米考伯家里。不料，米考伯破产后被送进负债人监狱，几个月后被释放，搬到普利茅斯去。大卫在伦敦没有人照顾，于是他决定逃走（第12章）。他从伦敦一路走到多佛，途中为买食物他卖掉外套和大衣，去投靠他的姑奶奶。脾气古怪但心地善良的姑奶奶收留下他，把名字由“大卫”改做“大卫·特罗特（Trot）·科波菲尔”，抚养他长大成人。后来大卫两个名字按照不同场合都用。大卫在多佛见到姑奶奶讨厌的丈夫（第13、14章）。

大卫和姑奶奶的访客狄克先生成为好友。他到坎特伯雷去就学，寄居在一位律师威克菲尔德家里。阿格尼丝是这位律师的女儿，二人逐渐相互了解，成为心心相印的知心人（第15章）。在学校里他见到老师斯特朗博士和他的年轻的妻子安妮（第16章）。他结识了律师威克菲尔德的职员尤里亚·希普，此人说自己“过于卑微”，说他爱阿格尼丝。米考伯经济上出现困难（第17章）。在学校里，大卫当了班长（第18章）。他完成学业，走访佩格蒂家，在旅馆里喜遇斯蒂尔弗斯。他到斯蒂尔弗斯家做客，遇到斯蒂尔弗斯夫人和他的朋友罗莎（第 19、20 章）。他和斯蒂尔弗斯一起访问佩格蒂家，恰逢艾米莉和哈姆的订婚晚宴。大卫回忆往事，斯蒂尔弗斯买船让佩格蒂先生看管，艾米莉的昔日同事向她借钱（第 21、22 章）。大卫在斯班罗的律师所找到工作，成为克拉普先生的房客，他和斯蒂尔弗斯等朋友一起庆祝乔迁之喜，喝得酩酊大醉，遇到阿格尼丝，感到尴尬异常（第 23、24 章）。次日阿格尼丝约大卫见面，告诉他尤里亚·希普正设计陷害她的父亲，大卫开始痛恨希普。他和好友特拉德勒斯见面（第 25 章）。大卫到斯班罗处工作，与他的女儿朵拉一见钟情；大卫见到继父的妹妹简·莫兹斯通，她是朵拉的朋友，她对大卫做出友好表示。他去看望特拉德勒斯，见到米考伯，得知他们的困难（第 26、27、28 章）。大卫去看望斯蒂尔弗斯，后者希望罗莎爱他（第 29 章）。大卫走访佩格蒂家，见艾米莉心绪不宁，从哈姆处得知艾米莉不很爱他，她后来与斯蒂尔弗斯私奔去欧洲大陆，佩格蒂先生决心前去寻找侄女（第 30、31、32 章）。小说第一部分至此结束。

在第二部分（第 33～64 章），大卫在斯班罗处见到继父莫兹斯通。他和朵拉秘密订婚。米考伯和特拉德勒斯都负债，大卫的姑奶奶破产，大卫希望从斯班罗处撤回资金帮助姑奶奶，斯班罗不依。尤里亚·希普母子住在阿格尼丝家里，使得她们父女生活痛苦不堪。威克菲尔德和尤里亚·希普看望大卫的姑奶奶，她看上去身体很差（第 33、34、35 章）。大卫和特拉德勒斯尽力帮助斯特朗博士走出困境，米考伯去坎特伯雷，帮尤里亚·希普工作（第 36 章）。大卫告诉朵拉他们会不富裕，朵拉要学习做饭，朵拉看上去很不安；斯班罗过世，没有留下遗嘱，他已经破产。姑奶奶嘱大卫去坎特伯雷，以忘掉朵拉；希普说他要娶阿格尼丝为妻，威克菲尔德大怒，但次日向他道歉（第 37、38、39 章）。大卫见到佩格蒂先生，后者告诉他他已去过法国、意大利和瑞士（第 40 章）。

大卫会见朵拉的姑姑，她同意他和朵拉结婚；朵拉和阿格尼丝会见，二人相互印象颇佳；大卫和朵拉结婚，姑奶奶住在他们附近；大卫开始发表作品，收入获得保障；特拉德勒斯见他的女友索菲；朵拉持家无方，姑奶奶劝大卫多看朵拉的长处（第 41、42、43、44 章）。斯特朗博士立遗嘱，安妮为和房客私通一事向丈夫道歉（第 45 章）。罗莎告诉大卫，她听斯蒂尔弗斯的随身仆人立迪莫说，他们和艾米莉到过法国、意大利和瑞士，和艾米莉在意大利分手。大卫告诉佩格蒂先生这一信息，他们决心寻回艾米莉；他们见到玛莎打听艾米莉的下落；大卫回到伦敦，再次见到姑奶奶讨厌的丈夫；大卫告诉朵拉她对人太软弱，朵拉分娩后身体虚弱（第46、47、48 章）。大卫从米考伯的信中得知，尤里亚·希普是一个骗子和撒谎的人；佩格蒂先生终于找到了在一处当妓女的艾米莉，告诉大卫和他姑奶奶事情的全部经过，以及他们很快移民澳大利亚的计划；朵拉的孩子夭折，姑奶奶要做孩子的教母（第 49、50、51 章）。米考伯成功地揭露尤里亚·希普的阴谋诡计，大卫、姑奶奶、狄克先生、特拉德勒斯都到场协助，姑奶奶高兴地表示她要支付米考伯一家移民到澳大利亚的费用（第 52 章）。朵拉和阿格尼丝在楼上谈话后过世；姑奶奶的投资得到保障，她和大卫前去参加她的丈夫的葬礼。姑奶奶准备回多佛，大卫将出国。大卫离开以前按照哈姆的意思写信给艾米莉，艾米莉回信，请求原谅。在一场风暴中，斯蒂尔弗斯翻船落水溺死，哈姆在拯救落水者时自己丧命。大卫把此事告诉斯蒂尔弗斯的母亲与罗莎（第 53、54、55、56 章）。米考伯被捕两次，均获释，他和佩格蒂先生、艾米莉及加密治夫人一起移民澳大利亚（第 57 章）。大卫心情郁闷，到瑞士、意大利和阿尔卑斯山去，在瑞士写完小说，然后送回英国让特拉德勒斯出版。移民者走后三年，大卫回国，心里爱着阿格尼丝，但觉得阿格尼丝不会爱他。他见到特拉德勒斯夫妇，次日去多佛见姑奶奶（第 58、59 章）。大卫问姑奶奶阿格尼丝有否心上人，姑奶奶说可能有一个。大卫见到阿格尼丝，从谈话里得知她没有母亲的原因，大卫告诉她他爱她，阿格尼丝说她一直爱他，二人结婚（第 60、62 章）。大卫从克瑞科尔信里得知，克瑞科尔在监狱里工作，希普和仆人立迪莫正在因为他们的罪行而服刑（第 61 章）。三年过去，三个孩子降生。一天佩格蒂先生来访，说到他们在澳大利亚的美好生活。他从报纸上得知，米考伯已成为一个行政长官；他在大卫处住一个月左右，离开英国前到哈姆墓前吊唁（第 63 章）。姑奶奶成为大卫以她的名字命名的女儿的教母。斯蒂尔弗斯的母亲和心上人罗莎还生活在他的阴影里。特拉德勒斯成为律师（第 64 章）。

《大卫·科波菲尔》的两部分里，第一部分讲大卫的“失天真”故事。他忍受了母亲去世、在寄宿学校的痛苦生活、在莫兹斯通与格林比工厂的繁重劳动以及在绝望中逃往姑奶奶家去等撕心裂肺的悲苦，了解到世事的沉浮变迁。到姑奶奶家后，他获得新生。在家里有姑奶奶的关怀和照顾，在学校有亲切的威克菲尔德和斯特朗博士做老师。他在学校读书时，寄宿在米考伯家，此人好幻想、高谈阔论，从不未雨绸缪，所以受债务之累，遭系狱之灾，但他对大卫的体贴宛似父亲一般。

在第二部分，大卫成为律师事务所的职员和报道议会的记者，后来又成为小说家。这一部分的主要故事是围绕大卫的感情经历展开的。大卫在长大成人的过程里，有不少人从他的生活里进出。其中有佩格蒂一家，以及他们的孤儿侄女——艾米莉，她有一段时间曾让大卫着魔；有他的同窗斯蒂尔弗斯，这个人拐骗艾米莉，造成小说里最大的悲剧；有他的房东的女儿阿格尼丝，这个人是大卫的理想的"家里的天使"，她成为大卫的知心人；此外还有他的正反两方面的"导师"式人物，如米考伯和尤里亚·希普等。

大卫的感情生活不无曲折。他是在坎特伯雷一个学校就读时结识阿格尼丝的。之后，他进入律师行业，在斯班罗先生的律师事务所当学徒，结识斯班罗的女儿朵拉。朵拉美貌、天真，二人一见钟情，后来成婚。朵拉分娩后患病身亡。大卫这时已经成为作家。他前去欧洲大陆，经过心理调整后，回来和长时间暗恋着他的阿格尼丝结婚，婚后生活幸福，儿女成群，一个女儿命名为贝兹，以纪念他的姑奶奶。他岳父的助手尤里亚·希普企图篡夺主人的财产和女儿，大卫在特拉德勒斯和米考伯先生的帮助下，揭露和挫败了他的阴谋诡计。米考伯先生移民到澳大利亚，最后成为一个行政长官。

在一段时间里，大卫缠绵于两宗人际关系的纠葛里：一是他和雇主的女儿朵拉的关系，一是他与同窗好友斯蒂尔弗斯的关系。朵拉不够成熟，在相貌和举止上和大卫的妈妈相似。大卫把她当作偶像崇拜，但她好似一个孩子，不能理家，不能真正地参与大卫的生活。夫妻间开始出现一些问题。后来朵拉死于分娩，他们的这段婚姻就自行解除了。大卫对于斯蒂尔弗斯也是崇拜有加，这个人给他热爱的佩格蒂家带来灾难，大卫在客观上有帮闲之过。小说的结尾几章算是整个故事的跋。这时已经成为著名小说家的大卫心情黯淡地去欧洲大陆一趟。这时米考伯一家、佩格蒂先生、艾米莉及玛莎已经移民澳大利亚，斯蒂尔弗斯的仆人及尤里亚·希普已经入狱。大卫和阿格尼丝结婚。

《大卫·科波菲尔》的故事有一条次要线索，说的是大卫的奶妈、管家佩格蒂一家的经历。这是住在亚莫斯的一家渔民，家人有佩格蒂的哥哥佩格蒂先生、他的侄子哈姆、哈姆的表妹艾米莉以及同住者加密治夫人等。哈姆暗恋着艾米莉。这一家人快活地生活在这个田园式环境里。大卫幼时常来看望他们。后来他携友斯蒂尔弗斯来访，斯蒂尔弗斯把艾米莉带到欧洲大陆，又抛弃了她。佩格蒂先生去那里寻找她，把她带回家。斯蒂尔弗斯乘船回国，遭遇风暴落水，哈姆竭力前去救他，两个人都溺水身亡。佩格蒂一家最后移民澳大利亚，在那里安居乐业。

《大卫·科波菲尔》属于成长小说类作品。小说记录主人公从小到大的成长过程，主要讲主人公认识和发现自我、学会调理自己的“没有受过调理的心”（“the undisciplined heart”）。它叙述大卫从天真到获得经验、从幼稚到成熟、从苦难到幸福的生活历程。在这个过程中，他遇到良师益友和其他心地善良的人，经过滑稽性的历险，享受过纯真的爱情和婚姻的悲欢，经受了难以忍耐的损失，遇到狄更斯一生所刻画的最险恶的歹徒，等等。他经过许多事情，遇到许多人，做出过不少选择，这些都对他的性格起到炼铸作用。大卫的性格在逆境中得到锻炼。他不气馁，不妥协，自始至终深信他会逃过劫难而得到真正的爱情和幸福的生活。这是他最后取得成功的基本原因所在，也是历代读者对这部小说爱不忍释的原因之一。[112]小说同时探讨了 19 世纪英国的社会状况及其对人的心理成长的影响。

过去的经历对狄更斯进行创作发挥了举足轻重的作用。他说想象力无时不在从对往昔的记忆中汲取滋补和启迪。阅读《大卫·科波菲尔》，读者会得到这样一种深刻的印象：作家的头脑在转向过去，业已凝结为静止的画面的一幅幅图景，又重新穿过他的脑际；但他没有流连忘返，而是同时通过目光把它们折射到目前。这是作家运用往昔来评论和改进当前状况的典型之作。在创作过程中，作家的记忆发挥了关键的连接作用。它不仅把主人公生活中发生的貌似单摆浮搁的事件连接成一个有机整体，而且利用过去的提示赋予当前生活改进的可能与机遇。对狄更斯来说，过去当然并非总是愉快的记忆，但是否定的过去有助于建构肯定的目前。例如大卫在莫兹斯通与格林比工厂里做工的恶魔式经历，他毕生难以忘怀，它像一个鬼魂，现在也经常来搅扰他的快活生活，这使得他有机会重温过去、珍重现在，在思想上更加明确如何对待人生，以使之更加美好。

小说的人物刻画精到、圆熟。书中人物如此之多，而每个人只要露面就能给人留下印象。小说中的人物大体分成三个类别：有一颗“受过调理的心”的人、心灵没有受过调理的人以及随着时间的推移心灵得到调理的人。属于第一类的人物有阿格尼丝·威克菲尔德和佩格蒂先生；第二类中包括尤里亚·希普和斯蒂尔弗斯；第三类里有大卫和他的姑奶奶。小说在叙事过程中把这些人物并列、比较，以智慧和“接受调理”为标准对他们做评断。例如阿格尼丝和朵拉，一个是缺乏成熟，遇事手足无措，常常哭天抹泪，一个是遇事冷静，心理承受力强，很少有江郎才尽的情况出现。又比如哈姆与佩格蒂先生和斯蒂尔弗斯夫人与暗恋斯蒂尔弗斯的罗莎之间的对比，后二人在纨绔子弟斯蒂尔弗斯死后一生也不得安宁，而前二人在承受艾米莉的失踪方面表现出人格的尊严和心理上的应对余地。阿格尼丝的真诚的、成熟的女人爱，佩格蒂先生的韧性、宽宏和无私，哈姆的自制和宽厚，米考伯的大气，希普和斯蒂尔弗斯的小气，老姑奶奶内心深处的和善与亲情，莫兹斯通兄妹和克瑞科尔的恶，威克菲尔德与狄克的善——这一幅幅画面现在成为一个时代的风情的记录，恰如莎士比亚的人物画廊或我国的《清明上河图》都是一个时代的精气神的反映一样。狄更斯的这些人物逼真、实在，人们作为读者通过想象很容易进入书中的角色，和他们恰如邻居一般，生活在一处。他们有的和我们友好，心地善良，诚挚待人，有的则对我们专横、嫉妒、鞭打，等等，不一而足。他们和我们一样，同属于这个不完美的大千世界。我们忘不掉他们，就像忘不掉我们自己一样。这是狄更斯文笔的高明之处。

《大卫·科波菲尔》的社会批评非常明显。它翔实地描绘了伦敦的城市景观，针砭了财大气粗、固执、传统的中产阶级，揭露和批评了维多利亚时期社会上存在的许多其他问题。这些包括妇女缺乏工作机会问题、负债人监狱里的不公平现象、学校的专制、童工的痛苦、娼妓问题以及对精神病人的人道主义待遇问题。狄更斯针对这些问题提出的对策是采纳狄克的自发性智慧、米考伯的真诚以及佩格蒂的简朴的执著。

历代作家对狄更斯和他的《大卫·科波菲尔》都有极高的评价。托尔斯泰认为狄更斯是英国的最佳小说家，《大卫·科波菲尔》是他的最佳作品。托翁认为哈姆救援斯蒂尔弗斯的第 55 章（《暴风雨》）是衡量世界上伟大小说作品的准绳。亨利·詹姆斯记得幼时藏在桌下听母亲朗诵《大卫·科波菲尔》。陀思妥耶夫斯基在西伯利亚监狱里全神贯注地读这本小说。弗兰兹·卡夫卡把自己的第一部作品称之为“纯粹的模仿”。詹姆斯·乔伊斯在《尤利西斯》里通过戏仿对狄更斯的这部书表示敬意。弗吉尼亚·乌尔夫认为这部书是永恒的，属于“生活的记忆和神话”的一类作品。弗洛伊德非常喜欢读这部小说。

《大卫·科波菲尔》是自传体小说的精品，它影响了这个文学种类的历史发展进程。狄更斯自己后期写的《远大前程》显然表现出《大卫·科波菲尔》的影响。在他的同代和后代作家里，这种影响的波及面就更广了。这些包括狄更斯的同代人夏洛特·勃朗蒂（Charlotte Bronte, 1816-1855）两年后发表的《简爱》（*Jane Eyre*）、维多利亚后期的哈代（Thomas Hardy, 1840-1928）写的《无名的裘德》（*Jude the Obscure*）、塞缪尔·巴特勒的《众生之路》（*Way of All Flesh*）、20世纪的H. G. 威尔斯（H. G. Wells, 1866-1946）的《托诺一邦盖》（*Tono-Bungay*）、D. H. 劳伦斯（D. H. Lawrence, 1885-1930）的《儿子与情人》（*Sons and Lovers*）以及詹姆斯·乔伊斯（James Joyce, 1882-1941）的《年轻艺术家的画像》（*Portrait of an Artist as a Young Man*）等。

时至今日，人们依然可以在一些作品里清晰地看到它的影响。现当代作家J. D. 塞林杰（J. D. Salinger）的《麦田里的守望者》（*Catcher in the Rye*）就是醒目的例子。塞林杰的小说第一句就说，“如果你真想听它（我的故事），你会首先想知道我在哪儿降生，我的糟糕透顶的童年像什么玩意，我的父母如何忙得没有时间生我，以及那些大卫·科波菲尔之类的胡话，但是我不想讲它了。”可是，《麦田里的守望者》到头来讲的还是“那些大卫·科波菲尔之类的胡话”。也恰恰是这些“胡话”到今天依然吸引着世界范围内的读者。在布鲁斯·罗宾逊（Bruce Robinson, 1946- ）的作品《托马斯·潘曼的奇异的回忆》（*The Peculiar Memories of Thomas Penman*）里，主人公托马斯在整个幼年时期受到狄更斯的启迪和激励，他最喜爱的书就是《大卫·科波菲尔》；托马斯把他的女朋友看成是“小艾米莉”。

在书刊、电影和电视节目里，提到《大卫·科波菲尔》的例子更是比比皆是了。一个有趣的例子是玛格丽特·米切尔（Margaret Mitchell, 1900-1949）的名作《飘》（*Gone with the Wind*, 1936）。根据小说拍成的电影里面就有这样一个镜头：士兵们站在门外，几个女人坐在桌旁做针线，心情紧张地等待着赖特带着受伤的艾米莉回来，米兰妮则读起《大卫·科波菲尔》，以缓解大家紧张的空气。另外一个例子是欧文·斯通（Irving Stone, 1903-1989）的《苹果汁场的规定》（*Cider House Rules*），里面的一个情节是，主人公荷马·威尔斯在圣克罗德孤儿院里给孩子们读《大卫·科波菲尔》这部小说；在根据这个故事拍成的电影里，有两个孤儿分别叫科波菲尔和斯蒂尔弗斯。在《昏黄的地带》（*Twilight Zone*, 1959）系列剧里，有一集叫《时间总算到了》（“Time Enough at Last”），里面的主人公亨利·贝密斯在第一场就在读着《大卫·科波菲尔》，在剧情里，他还对一个顾客谈起这本书以及书里的人物。在另外一个电视系列剧《布莱克书》（*Black Books*）里，不耐烦的伯纳德·布莱克极不情愿听新来的雇员曼尼·毕阳克总是喋喋不休地诉说他的过去，有一次曼尼刚一开口要说他在哪里降生，他就阻止他说，“给我立刻打住，大卫·科波菲尔。如果你倒回去那么远，我们需要爆米花什么的。”

《荒凉山庄》

《荒凉山庄》是狄更斯的另外一部重要小说，一部伟大的艺术作品。一般都认为它是狄更斯最成熟的作品之一。

这部作品的调子低沉、悲哀，看来狄更斯对他所爱戴的国家的前途开始担心，对它所走的方向感到失望了。[113] 小说的故事围绕着“贾迪斯控告贾迪斯”这个官司展开。这个官司是贾迪斯家人为分割遗产而进行的。它延续多年，亲戚间相互争吵不休，其间有的破产，有的则被迫自杀，为双方辩护的律师们则“鹬蚌相争，渔人得利”，塞满了自己的腰包。最后贾迪斯家产因为支付诉讼费用而被耗空，官司也就随之告一段落。

小说的故事情节非常复杂。它的主要人物是埃丝特·萨默森。年轻的埃丝特是约翰·贾迪斯先生荒凉山庄的女管家，她幼时受到已故教母的虐待。在“贾迪斯控告贾迪斯”的官司中，贾迪斯先生的一位律师塔金霍恩获得了有关埃丝特的生母的线索，最终查到她的生母是戴德洛克夫人。这位夫人年轻时爱上霍顿，生下私生女埃丝特。在查明这件事的真相的过程中，有许多人被牵涉进去。其中有一位外科医生——伍德考特——爱上了埃丝特。后来埃丝特患病。当年老的贾迪斯向她求婚时，她主要出于感激而接受了他的要求。塔金霍恩最终被谋杀，著名的调查官巴克特迅速地解决了这个案子。戴德洛克夫人亲自把全部真相告诉埃丝特。她后来被人发现死在埋葬霍顿的教堂的墓地里。当贾迪斯发现埃丝特真正爱的人是伍德考特时，他给予她自由。这两个年轻人结合在一起，从此以后过着幸福的生活。“贾迪斯控告贾迪斯”的官司最终结局是家族财产在诉讼过程中全部被耗空。

《荒凉山庄》无情揭露了贵族阶级的寄生虫式腐朽生活。这一点主要通过埃丝特的生母戴德洛克夫人的复杂生活经历表现出来。戴德洛克夫人的内心深处隐藏着一个秘密，她认为这是她的耻辱。原来她在嫁给莱斯特爵士以前，曾经有过恋人（奈莫/霍顿），并在婚外生下一女（埃丝特），她误以为这个孩子已经夭折。戴德洛克夫人一次意外地发现了奈莫/霍顿的手迹，得知他依然活在世上，于是心里充满畏惧。老练的律师塔金霍恩觉察出戴德洛克夫人的畏惧心情，就锲而不舍地追踪和探索这个秘密的真相。他成功后威胁戴德洛克夫人，说要把秘密透露给她的丈夫。之后不久，塔金霍恩被杀，巴克特破案，发现凶手是戴德洛克夫人的侍女。巴克特追问这个侍女，得知戴德洛克夫人的全部秘密，戴德洛克夫人得知此事后离家出走，后来被人发现已死。这个故事构成了《荒凉山庄》的悬念和激动人心的中心点之一。

总的说来，《荒凉山庄》所集中勾画的是处于离异状态的人际关系。所谓“荒凉”是指人们知道相互间缺乏认同和情意，人际间总是存在严重的相互排斥与离异，所以生活就不可避免地变得神秘而悲惨起来，因而感到——读者也感到——一种无法克服的无能为力和绝望情绪。小说的叙事结构非常复杂，多条线索纵横交错，贯穿于故事情节之中。伦敦、林肯郡及赫特福德郡的事件分别或同时发生，人们之间的关系稀奇古怪，等待揭开的秘密让人充满悬疑。故事围绕着多家与多人展开，包括戴德洛克一家、斯奈格斯比一家、查德班德一家、斯莫尔韦德一家，以及帕蒂格太太、杰里比太太、巴克特、砖瓦工及其家庭等。小说描写了 9 起死亡、4 宗婚姻、4 个孩子的降生、大法官法庭的活动以及无数个成员的举止，此外还有许多次要人物出场，比如总和邻居打官司的伯依斯昂（他是贾迪斯先生的朋友）、拒绝莱斯特爵士求婚要求的巴波里小姐、乔治（他曾在埃丝特的父亲霍顿的手下工作）以及珍妮（砖瓦工的妻子，她曾在不经意间和戴德洛克夫人换穿衣服），等等。《荒凉山庄》让人感到，人间悲剧之所以无法避免，是因为人们相互间不能及时地伸出救援之手。当悲剧业已发生，任何救援也都于事无补。奈莫、科文斯（Coavince）和乔（Jo）只是在死后人们才意识到他们也是人类族群的成员，当莱斯特爵士觉悟到婚姻的真正本质时，他的妻子已经离家朝死亡走去。人的意识和救援总是姗姗来迟。尽管如此，《荒凉山庄》要说明的要点之一是，姗姗来迟也有意义，它可以让人做些亡羊补牢的努力。小说一再通过这些让人遗憾的事件申明，如果人们愿意生活在一个相互联结的集体中，就可能避免发生神秘事件。如果人际间有更多的理解与承诺，就可能会比较容易地避免许多死亡与悲剧。

《荒凉山庄》的结构常常吸引人们的注意。在这方面，有几个问题尤其令人深思。一是它的中心线索，一是它的叙事方式，这就是它与侦探小说的关系。首先，小说在结构上似乎缺乏明确的中心线索。人们对于小说要解决的主要问题，也有不同的说法。其中的问题之一当然是埃丝特探寻自己的身世的真相。不少读者和评论家认为她的故事应当是作品的中心线索。这似乎很有道理。她的故事所占篇幅大，给读者留下的印象也深刻，再加上她是故事的叙事者，她的身世之谜就非常引人注目了。但是值得商榷的是，它是否是引领小说情节展开的主线？细读文本会发现，埃丝特的故事并不贯穿整个故事的始终：她对自己身世的疑问，在小说叙事进行到大约一半时就已消除了；戴德洛克夫人把真相直接告诉了她。如果埃丝特这条线索不是主线，那么，另外一个问题就变成最重要的了：从探讨埃丝特身世之谜入手，进而探索和揭开各个谋杀案件和神秘事件的谜底，这可能是故事的主线。这一线索贯穿故事的始终。而且，如果人们这样看小说的情节，会立刻得到乱中有制的感觉。人们在貌似杂乱的事件里就能看到秩序和规律，就能顺藤摸瓜，发现事件之间的因果关系，就能从一个事件追踪到下一个事件，然后摸索到再下一个事件，如此步步为营，真相一点点地剥开，知识一步步地增加，纹理环环相扣，直到最后谜团雾散云开。例如，克鲁克死于自燃后，“贾迪斯控告贾迪斯”官司中的一个重要文件被发现，由此及彼，斯莫尔韦德一家、斯奈格斯比一家以及查德班德一家之间的复杂关系，就被暴露在光天化日之下。如果塔金霍恩不对重要的秘密穷追不舍而被谋杀，那么戴德洛克夫人就会活下来。如果马路清洁工乔不把不该说的事情说出去，他也不会那样撒手人寰。这样，故事的多条线索最后就被牵系在一起，而成为一个有机体。

其次，这部小说特别引起关注的显著特征是它讲述故事的方式。由于小说充满强烈感情，而且叙事所包罗的范围广泛，缺乏集各种事件和人物于一身的明显的中心人物或部位，一个叙述者显然不能满足叙事的需要。所以作家采取第一人称和第三人称两种叙述法交替叙述的方式。第一人称叙事能够产生强烈的感情与真实感以及强烈的参与感，而第三人称的全方位视角则能使意识自由游荡于时间与空间之中，可以看到与讲述有关的所有要发生的事情，随时进行无情的评论。狄更斯采取这种富有创造性的方法，利用两种角度来讲述故事。艾米莉·勃朗蒂的《呼啸山庄》也采用了相似的叙述策略，然而她的小说中主要是迪恩夫人在讲述；而在《荒凉山庄》中，埃丝特作为第一人称叙述者讲述了整个故事的一半，剩下的部分则由第三人称叙述者讲述。这两种叙述角度相互交替辉映，不断彼此回应与矫正。尽管埃丝特不是故事的明确中心，但她仿佛是一块试金石、一个制高瞭望点，主要代表了她所了解的关系网的道德行为准则。所有人的好坏都似在通过他们与埃丝特的距离的远近来加以衡量。埃丝特为人天真、淳朴、古道热肠，她和《大卫·科波菲尔》里的阿格尼丝·威克菲尔德或萨克雷的《名利场》里的阿米莉亚·塞德里同属于一个类型——传统古典型女人，温柔、体贴、感情细腻，倾向于伤感类。从读者的角度看，她们是过于拘谨，甚至古板，可望而不可即，不如《名利场》里的蓓基·夏普更接近人情。读者大众更欣赏不完美的人与事。人供奉完美，但不很欣赏和仿效它。这是人性。尽管如此，埃丝特的叙述角度为读者提供了明确的是非标准。

但是，埃丝特毕竟不是小说真正的中心点，她只是小说里一个寓言式的感伤故事的主角。狄更斯的《荒凉山庄》要表达的要旨要宽广得多。他的矛头是指向社会的。这就需要第三人称来提供新视角，加强表达深度。《荒凉山庄》里第三人称的叙述部分约占全书的一半。小说的开始段落、对伦敦大雾的描写都属于绝笔。这部分的风格是不受时空限制的描绘，宛似一架架在高处的摄像机，随意转动，摄下要拍的镜头一般。从整体看，第三人称的叙述角度是精妙而有效的。它的缺点是有时高谈阔论，辞藻华丽，让人感到不耐烦；有时话说得不尽兴，叙述出现前后缺乏协调（如对塔金霍恩和乔的死，叙述者的沉默显得有些过分）。

第三是《荒凉山庄》的结构有些侦探故事的意味。侦探故事的核心是侦破案件。在整个过程中，侦探对他侦探的对象有一定的设想或曰假想，侦探故事则尽量长时间地推迟透露有关信息，尽量使得事件本身吸引住读者的注意力，以产生更强烈的悬念。在《荒凉山庄》里有许多侦探或侦探式人物，这些人不是刺探他人的秘密，就是忙于解答自己的疑难。其中最著名的是巴克特，他巧妙地揭示出戴德洛克夫人的谜底。此外还有盯住戴德洛克夫人不放的塔金霍恩，他为此而丧命；还有企图从埃丝特那里获得同样信息的加丕先生和斯奈格斯比夫人，甚至也包括埃丝特在内，她被自己神秘的身世或神秘地促成她母亲的罪孽而感到心神不宁。

当然应当指出，《荒凉山庄》里的“侦探”故事不同于一般意义上的侦探故事。它有自己的明显的特点。比如它和阿加莎·克里斯蒂（Agatha Christy, 1890-1976）的侦探故事模式就迥然不同。后者以谋杀案开始，以侦破案件为结尾。《荒凉山庄》的侦探目的却多有助于确定有关人员的身世问题。在这部小说里，一个人的身份常常取决于他与其他人的关系。在埃丝特以及其他人的身份与立场最后确定之前，小说是无法结尾的。比如莱斯特爵士必须面对妻子戴德洛克夫人的所作所为，从而在世界观方面做出彻底的自我调整；在贾迪斯先生和瑞克之间必须恢复和谐的关系；埃丝特必须确定她和贾迪斯先生、她和伍德考特之间的关系。就是次要的人物在这方面也不能忽略他们面临的问题。比如乔治必须恢复他和莱斯特爵士家的管家之间的母子关系；斯奈格斯比夫妇必须破镜重圆，恢复夫妻关系，他们之间的误解必须最后得以消除。

《荒凉山庄》是狄更斯抨击社会的力作之一。首先，作家强烈贬斥英国的司法体制。此外，他还以这部作品作为象征，针砭整个英国社会的不健康基调。它抨击英国的大法官法庭；它的惰性导致一场官司持续长达几十年，最后花费掉诉讼案子本身要赢得的全部财产；“贾迪斯控告贾迪斯”官司的双方最后发现，他们花去九牛二虎的力气，苦心孤诣，费尽心力，到头来却落得个“白茫茫大地真干净”：既然家产已在官司中耗尽，官司也就自行停止下来。但是司法体制只是小说抨击的对象之一；作品真正的矛头是指向当时英国的社会制度，尤其是它的议会体制。书中关于选举的情节把英国议会的内幕揭露得体无完肤。选举中弊端百出，贿选费用高达几十万英镑。获胜的党派忙不迭地把自己一方的亲朋和追随者塞进议会。而且，两党在选举中仿佛是仇敌，但在他们的阶级利益可能遭到威胁时，却露出真相，原来竟是一丘之貉。至于人民大众，他们则漠然视之，对选举结果不抱任何希望。《荒凉山庄》还通过对慈善家帕蒂格太太和杰里比太太的尖锐讽刺，激烈抨击了当时旨在宗教复兴的“牛津运动”。然而，小说不再像狄更斯在早期作品中那样把邪恶的根源归咎于一个人或者一种制度。狄更斯在后期认为，社会邪恶不是孤立的，它已成为笼罩整个国家的总体氛围的组成部分。大法官法庭造成了人为的痛苦与灾难，但它只应该是小说中说到的所有痛苦与灾难的直接原因。小说的描述方式暗示，人世间到处都是产生邪恶的根源。作者已经把批判目标对准了毒害人们生活和精神的不健康的社会与制度。小说反映出作者越来越意识到，国家正朝着错误、反常的道路发展。

《远大前程》

《远大前程》被一些人视为狄更斯的最佳作品之一。这部小说的故事情节比较简单。匹普是一个可怜的乡下孤儿，他和姐姐、姐夫住在一起。他的姐姐有些不耐烦，对他态度粗暴；他的姐夫乔是乡下铁匠，对匹普则宛如父亲一般，百般照顾和庇护。匹普幼时曾经救过一个叫马格维奇的逃犯。匹普后来为富有的哈维舍姆小姐当差，跑腿办事，帮助姐姐和姐夫养家糊口。在此期间，匹普爱上了哈维舍姆小姐的养女艾斯黛拉。几年以后，来自伦敦的一位律师贾格斯来到乡下，对匹普说，他受人之托，要把匹普带到伦敦接受教育，成为一个绅士。贾格斯拒不透露匹普接受教育所需资金的来源。就这样，匹普告别家人和哈维舍姆母女，前往伦敦。在那里，他开始过上绅士一样的生活，慢慢地，他的举止和品位都不免染上了虚荣的色彩。当善良的姐夫乔去看望他时，他对这位乡下铁匠表面的粗俗行为感到很不自在。时光流逝，几年后匹普接待了一位秘密的来访者，他就是多年前被流放到澳大利亚的马格维奇。马格维奇当时是逃犯，在他潜逃过程中由于小匹普的帮忙，才逃过被饿死的命运。后来他被当局捉回，流放到澳大利亚，永远不准回到英国来，违者会被处死。时间荏苒，马格维奇在澳大利亚发家。律师贾格斯就是受他之托而把匹普接到伦敦的。马格维奇冒险回到英国看望匹普，匹普吃惊地发现他的恩主竟是他从前接济过的逃犯。他的自尊心受到冲击，感到灰心丧气，心里憧憬的远大前程也顿时化为泡影。马格维奇冒死罪回到英国，终于被当局发现，匹普必须设法帮他逃走。他安排马格维奇乘船，在夜幕的掩护下，沿泰晤士河离开。他们在河上与追来的警察遭遇，在混战中马格维奇遭警察射杀。他最终死在匹普的怀中。他在死前很满足地看到，他的梦想，即用自己的血汗钱将这个年轻人培养成为一个具有远大前程的绅士的梦想，终于变成为现实。这时已经一贫如洗的匹普重新回到家乡，修复了与乔的关系，与饱受不幸婚姻与生活折磨的艾斯黛拉再次会见。

这部小说的构思精细，大致可分为三部分。第一部分（第1～17章）是故事的开端，以匹普无意中救马格维奇开头，以这个犯人的重新被捕为结尾。在这些章中，匹普天真单纯，在乡下与另一个单纯善良的人——乡下铁匠乔生活在一起。他和乔都受到匹普的姐姐的虐待，在共同的困境中成为好朋友。匹普也不时地受到邻居的讥笑和鄙视。乔在晚上工作之余去乡下酒吧休闲，总把匹普带在身边，像父亲一样呵护着这个孩子。第二部分（第 18～36 章）故事情节继续发展。一天晚上，酒吧来了一个陌生人。他是伦敦的一个律师，名叫贾格斯。他找到匹普，说受人之托，要把他带到伦敦去读书。匹普得到这一笔意想不到的资助，满头雾水，以为这是哈维舍姆女士的美意，但他始终不得而知，就随着贾格斯到伦敦。他的趣味、爱好和言谈举止逐渐变得“高雅”，后来与乔同行时都感到难堪。这一部分以匹普的真正恩主——马格维奇的出现为结尾。当匹普初与马格维奇相处时，感到非常尴尬、忐忑不安。随着时间的推移，他逐渐感觉到这个逃犯对他的真心的爱。他对马格维奇慢慢由好感发展到爱，开始担忧他的安全。他为马格维奇策划深夜逃跑。在泰晤士河上与警察的对峙中，匹普全身湿透。这是象征性的洗礼，意味着他的重生。这一部分以伦敦为背景，为狄更斯提供讽刺维多利亚时代社会制度的良机。匹普以及他的那些有闲阶层的朋友们不劳而获，但却生活得悠闲自在，作家对他们的这种详细描写，就是社会批评的范例之一。在最后一部分（第 57～58 章）开头，匹普突然患脑炎，长时间昏迷不醒。这可能象征着他身上“绅士”成分的死亡。他开始面对人生的新阶段。他重新回到乔的身边，认识到他的根在乡村，把乔视为自己的“父亲”，最后与艾斯黛拉（马格维奇丢失的女儿）重新见面。

这部小说特别值得注意的是第一章。在这一章中，马格维奇把小匹普头朝下倒拎起来，使他看到一幅被颠倒了的世界的古怪图景。这个情景对读者正确理解小说的含义具有重要的象征意义。它暗示出，读者对在阅读过程中的所见所闻要正确对待。对人对事都要采取否定态度，至少也要半信半疑。因为在这个是非颠倒的世界上，人与事物的表层正好与真相相反。

首先说人。铁匠乔在伦敦律师贾格斯世故的眼中是一个乡下“白痴”，但事实上他是全书里最完美的人。逃犯马格维奇按照英国法律的规定是个没有资格住在英国的歹人，他只能被流放到遥远的、当时被视为“荒蛮”之地的澳大利亚；但是他实际却是一个知恩图报的真正的“绅士”。他比贾格斯、哈维舍姆、潘波趣以及朱穆尔等人加在一起还要好百倍、千倍。至于匹普，马格维奇想要把他培养成为“绅士”，匹普也确实成为一个表面文质彬彬的人。但在他的温文尔雅的掩盖下面，人们看到的却是一个冷酷无情、满腹虚荣的势利小人。匹普所接受的教育在当时的英国是正统的、大多数人可望而不可及的。这种教育让他背离天真，走向堕落，因而成为他背上的重负。他在余生中的重要目标就是尽力排出这些杂物，排除它的干扰，而重新做人。他的故事令人忆起马克·吐温（Mark Twain, 1835-1910）笔下的哈克贝利·费恩。另外一个典型的例子是哈维舍姆女士。这位望去雍容华贵无比的夫人，事实上是最粗俗、最卑劣的女人。她确实受到过伤害，但她拒绝遗忘和原谅造成伤害的人，誓死报仇。她的报复方法令人毛骨悚然：她要打击的对象不单单是那个造成她的悲剧的男人，她还把所有的男人都列在她的黑名单上。她不仅使自己的生活原地踏步，而且把她的养女艾斯黛拉拿来做垫背，把她造就成她向男性报复的工具，结果毁掉了艾斯黛拉的青春，在一定意义上说，也为她的一生蒙上一层阴影。哈维舍姆女士最后"自燃"，好像死在"一团火中"，这就是说，她下地狱去了。她的命运令人忆起美国女作家安娜·凯瑟琳·波特（Anne Katherine Porter, 1890-1980）的短篇小说《老祖母维泽奥尔被人抛弃的故事》（"The Jilting of Granny Weatherall"）。

其次说事。包括匹普在内的所有的人都在努力实现自己的"远大前程"，实际上不是什么远大前程，而恰恰反映出维多利亚时代的道德堕落。匹普一直以来渴望离开的乡村，在表面上显得粗鄙、落后、贫穷，让人感到厌烦、尴尬，但从人的根本价值观看，它却比举止温良恭俭让的城市纯洁和清亮得多。匹普的内心与他的外表截然不同，他的隐藏起来的自我更渴望在世界上获得物质的成功。乔却和他形成鲜明对比。乔却对他所居住的乡村感到心满意足。匹普对哈维舍姆女士的沙提斯庄园的频繁拜访，足以证明他心怀"远大前程"，对机械文明的物质成果显得垂涎欲滴。这也说明了他对贾格斯所提供的"天赐之福"感到兴奋的原因。读者从这些人和事的描写中，可以明确看出，狄更斯不满意英国社会所发展的方向。《远大前程》是狄更斯最为连贯的作品，第1章就通过一个意象为读者揭示出小说内含的大量信息，相比之下，读者或许需要读完《大卫·科波菲尔》的前100页，才能得到同样的信息量。

《远大前程》的结局部分很有意思，令人颇费琢磨。小说原本有两种结局，一种是不圆满的结局，一种是圆满的结局。狄更斯原来设计的结局是悲剧性的，即匹普与艾斯黛拉最后没有喜结连理。后来他采纳了作家布尔沃·林顿（Bulwer-Lytton, 1803-1873）的建议，将不圆满的结局改为喜剧性结局。如果狄更斯坚持原有的不圆满结局，小说的深度就会大大加强，就会反映出他在创作生涯的后期对维多利亚时代生活的悲观态度，表现出他对生活本质的深刻认识。狄更斯之所以采取布尔沃·林顿的建议，说明他虽有一定的生活悲剧观，但态度有些模糊，这与他的乐观态度有关。虽然如此，小说的圆满结局并不是真正的圆满。小说最后的图景——匹普和艾斯黛拉两相面对，有喜有悲，喜中含悲，看来仿佛是《失乐园》中的亚当和夏娃。所以从根本上讲，小说里所讲的故事属于悲剧，作家最初的不圆满结局更适合小说的叙事安排。

《远大前程》是一部“教育小说”类作品，或曰“成长小说”。它讲述一个年轻人从天真单纯到阅历丰富，从不成熟到成熟的成长过程。小说叙事所沿袭的基本模式是浪漫主义性质的，即乡村与城市、天真与经验丰富的两相对比。正如华兹华斯的感伤诗歌《迈克尔》中老迈克尔的儿子卢克一样，匹普离开淳朴的乡村来到堕落的城市，受到城市里的恶毒影响和腐蚀，因而丧失了他的纯真和他的“父亲”（surrogate）——他的姐夫乔。这就决定了，他此后的精神历程必会遵循一条既定的路线，即从探索和寻求失去的自我开始，同时探索和寻求失去的父亲，最终学到谦卑，承认和接受自己的罪孽，重新找回失去的价值观，身心得到成长。匹普的经历反映出当时社会的精神面貌、人的思想的贫乏以及难以置信的道德堕落。产生这些问题的原因可直接追溯到19世纪的机械文明。《远大前程》已被视为反映19世纪社会生活的寓言（即一个年轻人从乡村来到城市，从贫民变成富人）。但是小说的意义却远远不止于此；它所反映的是人类的特点，它的模式超越了时间与空间的限制，成为可以普遍适用于全人类的永恒模式。

这部小说具有典型的维多利亚时代的特征，它反映出当时的时代精神面貌和社会生活中存在的一些基本问题。首先是在工业化之后出现的非人性化。人们为获得成功相互竞争，人性受到扭曲而退步。书中的人，除很少的例外，如乔、比迪、温密克以及赫伯特·帕克特等人，其余人的举止都表现出不同程度的扭曲，他们一般说来缺少同情心，有些人则根本没有同情心。大家共同的特点是，一味地追逐私利。狄更斯竭力描画的这个人物长廊，最终却颠覆了他对生活的看法。他曾梦想着建立一种以同情和善举为基础的更好的社会秩序，这个梦想没有实现，因为他看到自己的一代业已堕落为“邪恶”的一代。书里的主要人物匹普、哈维舍姆、艾斯黛拉、马格维奇等人，都是身心受到严重扭曲的例证。[114]

其次，小说中大多数人都仿佛没有什么安全感。这一点在幼小的匹普身上体现得最明显。小匹普一开始是一身的天真。他自幼失去父母，由刻薄的姐姐“亲手”抚养成人（“亲手”的一层意思是“打骂”）。这个孩子的可怜状在小说的第一页就清晰地显现在读者面前，让人看了不由得从内心感到一股难以名状的酸楚：

> 我们家乡周围是一片沼泽地，附近有一条河，顺河而下，到海不过20英里。我第一次眺毕这四周的景物，便在脑海里留下很深刻的印象，记得那是在一个难忘的寒冬下午，傍晚时分。从那次起，我才搞清楚：那蔓草丛生的凄凉地方是教堂公墓；本教区的居民菲利普·匹瑞普和他的妻子乔治安娜都已经死了、埋在那儿；他们的婴儿亚历山大、巴梭罗缪、阿伯拉罕、托比亚斯和罗哲尔，也都死了，埋在了那儿，墓地对面那一大片黑糊糊的荒地就是沼泽地，沼泽地上到处都是水堤和水坝，还有稀稀疏疏的牛群在吃草；沼泽地的那一边，有一条落在地平线底下的灰色线条，就是河流；远处，那阵阵急风吹过来的地方，就是大海；望着这片景色吓得我浑身发抖，并小声地哭了起来。[115]

他所生活的世界冷漠无情，类似于乔治·吉辛和托马斯·哈代笔下的自然主义世界。匹普在那里大声呼救，但没有人愿意提供帮助。事实上，影响小说中大多数人的是这种强烈的离异感，面对不可预测的生活极度需要安全感，这很可能是维多利亚时代人的共同感受。

第三，人们在寻找自己原来的面貌。人们生活在道德堕落的环境中，人性受到歪曲，丧失了自我原有的品质，变成为“非我”，所以就竭尽全力想重新找回自我。这个主题诚然是文学创作的永恒主题，不仅维多利亚时代的作家对它情有独钟，世代的文学家也极其重视它。书里寻找自我的鲜明例子当然是匹普。小说记录的就是他为达到这个目的所走过的精神历程。书中其他一些有思想的人也在做着这样的努力，如温密克以及——从某种意义上来说——马格维奇和哈维舍姆女士。由于他们进行这种寻求的动机不同，他们的最终结局也就不同。温密克的方式很值得推敲。他走的是一条浪漫主义的逃避道路。他身处强大的社会罪恶的包围中，极有自知之明。既然他对社会和他人无能为力，他就力求做一些严格律己的事情。

他在普遍的失乐园的堕落环境中，力求恢复乐园；在白茫茫一片精神沙漠中，保留一块葱郁的绿洲。这个乌托邦对别人益处不大，但足以保持他自己的清醒和纯洁。这是存在于狄更斯头脑里的梦幻，表明作家的忧虑和无可奈何。

最后，维多利亚时代极其强调家庭观念。对于在外界受到风吹雨打而伤痕累累的维多利亚人来说，家庭是他们的避风港、安全岛。他们晚上回到家中寻求安全、爱与幸福。匹普回到已趋年老的乔的铁匠店，回到他迷途后久违的家。他坐在乔的身边，像是乔的一个儿子，那是一幅其乐融融画面。还要说到匹普和艾斯黛拉的归宿。作品为读者提供了他们最终白头到老的想象余地。狄更斯笔下的许多其他作品也最终以主人公得到美满的家庭生活为结束。

这部小说的次要人物塑造很独特，他们都是为陪衬主要人物——匹普服务的。乔、哈维舍姆女士以及马格维奇三个人都对展开匹普的性格产生了深刻影响。乔是生的象征。他帮助匹普走上生活的正路，过上一种正派的生活。他是“自然人”的原型，品德高尚，内心宽宏、热诚、纯朴，这些是人之所以为人的品质，它使生活图景变得更加光明、更有价值。所以，他是匹普在生活中“进步”的试金石与参考系数。当匹普与他疏远时，他就丧失生活的方向；而当他回到铁匠店，他就重新找回他所失去的一切。乔外表笨拙、谦卑，但他的内心优雅、美丽，他在《远大前程》中的社会里是最好的、名副其实的“绅士”。

至于小说中最高雅的哈维舍姆女士，她是死的象征。她将匹普这个年轻人推向悲观与绝望。这个富有的女人具有铁石般的心肠，因为曾有一位男性在她花蕾初绽、站在婚姻圣坛上时弃她而去，她就把一生都消耗在设计报复上。从那时起，她的新婚房间里的东西就再也没有改变过；时间对于她来说就停止了流动。她让自己及房子一起腐烂，除把她自己的精神与物质的荒芜蔓延到她的周围以外，一生就没有再做任何事情。报复总是负面的行动，它不会有好的结局。憎恨毁灭了她的生活，险些同时毁灭了天真无邪、朝气蓬勃的小生命（如匹普和艾斯黛拉）。尽管她在死前变得温和并请求匹普的原谅，但她对他人的损害已经造成，她已无法从永久地狱的诅咒中解脱出来。她是死定了。庆幸的是，匹普和艾斯黛拉两个年轻生命没有成为她的殉葬品。

马格维奇是一个值得琢磨的人物。他性格中积极的一面是对匹普的感激之情，他把匹普视为自己的“养子”，这显现出他的仁慈与慷慨的内心。然而，他的性格里也存在负面的因素。他内心也充满报复心。他曾遭到一个不公正的社会的虐待，于是决心进行还击。他的还击方式是向那个他恨之入骨的社会宣布，他也是一个体面的人。他知道自己已经没有机会成为他又恨又羡慕的“绅士”，他就通过匹普来完成他的这项计划。让他始料不及的是，他发自内心的爱竟使匹普险些失去他的本性而堕落成“绅士”。匹普经历了一场大起大落的劫难，身临地狱之后才又回到天堂。他为精神上的复苏与上升几乎把命搭上。马格维奇确实在瞬间得以尝到与压迫他的社会“扯平”的甜味，但这一品尝却以牺牲一个好人的纯真为代价，这个代价是过于高昂了。马格维奇是一个性格充满极度矛盾的实体。

威廉·梅克皮斯·萨克雷（William Makepeace Thackeray, 1811-1863）

萨克雷 1811 年生于印度的加尔各答，祖父和父亲都是英国东印度公司的官员。他 6 岁丧父，7 岁时被送回英国读书。他先在查特豪斯学校（Charterhouse）就读，后到剑桥大学的三一学院学习了一年半。他在两处都成绩平平。他觉得在剑桥所得不多，于是决定离开，在游历中进一步学习。他在德国魏玛停留达几个月之久，与歌德会面。他在那里参观魏玛大公宫廷，所得印象极深，后来在《名利场》里描写庞姆珀尼克尔大公国时，他就借用了对这个大公宫廷的记忆。他回国后学习法律，后来成为律师，但是从未从事过律师工作。

萨克雷的父亲曾经留给他一笔可观的遗产，但是由于他投资不当和赌博，这笔财产到他 23 岁时都已化作乌有。1834 年，他决心到巴黎去学习艺术而自立。两年后，他成为一家报纸驻巴黎的记者。在这里他和爱尔兰一个军官的女儿、19 岁的伊莎贝拉·肖相遇，1836 年他们结婚。伊莎贝拉成为他作品里许多贞洁但软弱的女主人公的张本。他们婚后度过了 4 年的幸福光阴。之后，萨克雷夫人开始出现精神病症状，此后一直恶化，虽然她活到 1894 年，但是她的精神却再也没有恢复正常。

1837 年，他们回伦敦定居。萨克雷开始认真从事新闻工作，在多年里为生计奔波。他为报刊杂志撰稿、作插图，他为《潘奇画报》（*Punch*）杂志既写文章，也作插图。他为各个报纸期刊撰写的文章在《弗雷泽杂志》（*Fraser's Magazine*）上发表，1841 年编辑成书出版，书名为《叶洛普拉西的信件》（*Yellowplush Correspondence*）。叶洛普拉西的名字是查尔斯·詹姆斯，是作家想象出来的一个人物，他是个男仆，善于观察习俗，也作文学评论。这个人物在萨克雷的几部作品里多次露面，这些作品包括《C.J.叶洛普拉西先生的回忆录》（*Memoirs of Mr. C. J. Yellowplush*）、《金密斯的日记》（*Jeames' Diary*）等。大约在这期间，他的妻子由于个人和家庭的压力所致精神完全崩溃，后来婚姻解体，这成为萨克雷思想考虑的主要问题。

他同时进行文学创作。他最初的小说作品《凯萨琳》（*Catherine*）及《巴瑞·林顿》（*Barry Lyndon*）没有引起人们的注意。他的《英国的势利眼》（*The Snobs of England*）成为他的第一部成名作。1847 年 1 月，《名利场》开始以每月一期的形式出版，到次年 7 月结束时，他获得“英国一流小说家”的美名。狄更斯当时正处于他的声誉的峰巅，二人都对对方表示欣赏，但是他们的追随者们却乐于对这两个全然不同的天才人物评论长短。

在 1848 年～1850 年期间，萨克雷的自传性最强的小说《潘丹尼斯》（*Pendennis*）问世，他的声名得到进一步加强。1851 年他开始讲演，在伦敦做系列讲座，谈论 18 世纪英国幽默作家。这些讲座实际上是他的小说《亨利·艾斯蒙德》（*Henry Esmond*）的副产品。1852 年，他到达波士顿、纽约、费城、巴尔的摩、里奇蒙德、查尔斯顿、萨瓦纳等地，受到热情招待，结识了许多朋友，次年回国，盈利 1 万美元。1855 年，他再次横越大西洋到美国进行讲座，题目是《四个乔治》（*The Four Georges*），同样取得巨大成功。与此同时，他写完了《纽卡姆一家》（*The Newcomes*）。1853 年，他和女儿在罗马欢度圣诞节。

这时的萨克雷已经功成名就，经济富足。1857 年，他以牛津城的代表身份竞选议会议员，高票落选。他回到文学创作上来，于 1858～1859 年间发表了《弗吉尼亚人》（*The Virginians*）。从这部小说开始，人们感到他的作品质量开始下降。果然，后来的小说作品都不算成功。1860 年，他担任《康希尔杂志》（*Cornhill Magazine*）的编辑，在这家杂志上他发表了他的散文集《漫谈文书》（*The Roundabout Papers*）。但是他多年来积劳成疾，身体一直欠佳，已经不能胜任编辑的工作。1862 年，他辞去编辑工作。1863 年 12 月 24 日晨，家人发现他已过世。

萨克雷之死引起英国国内外的轰动。成千上万的人对他进行悼念。萨克雷的相貌出奇。他身高 6 英尺 3 英寸，肥头大耳。人们并非都见过他，但是都是他的崇拜者，而且通过他在公开场合露面及他为自己所画的奇形怪状的漫画，也熟悉他的模样。他虽然以讽刺家出身，但是待人和善，与人为善。他家庭不幸，在文学界的打拼也很艰苦。他助人为乐，就是自己不富裕时为帮助他人也出手慷慨大方。他最大的快活来自他给儿童的生活带来欢乐。

萨克雷是多产作家。他希望只生活在他自己的作品里。他在《爱鳏夫》（“Love the Widower”）、《菲利普》（“Philip”）、《漫谈文书》这些作品中讲了许多关于自己心境的话。他对他的《巴瑞·林顿》表示满意。他曾说过，“谁读此书后不落泪，我会瞧不起他。我写时正值心情非常痛苦，心肠柔软而谦卑。”他的代表作是《名利场》（*Vanity Fair*, 1848），此外还有《潘丹尼斯》、《亨利·艾斯蒙德》、《纽卡姆一家》以及《弗吉尼亚人》等。[116]

萨克雷言行举止都有绅士派头。对和他风格完全不同、他也不完全赞同的狄更斯的作品也称赞不已。他曾慷慨地向别人推荐狄更斯的作品。他说过，“你读过狄更斯吗？啊！真迷人哪！勇敢的狄更斯！它的作品表现出他最美妙的笔触——那些无法模仿的狄更斯笔触，使得他成为怎样一个伟大的人，读他的书让其他作家受益匪浅。”后来人们在说到狄更斯时常引用的“无法模仿的狄更斯”一语就出于此处。

他在一封信里说丁尼生的话是可恶的、不准确的。他拒绝和奥斯卡·王尔德的母亲弗朗西斯·王尔德同席。他和约翰·福斯特是好友。二人1847年发生不愉快，1851年又和好。有一次他举行家宴，没有邀请福斯特，可福斯特从他在剑桥时的好友丁尼生那里听说到，很不高兴。福斯特性易怒，有些高傲，因此萨克雷给他写过4封信安慰他。

萨克雷曾经向勃朗宁夫妇为《康希尔杂志》约稿。那是在1859年左右。他的约稿信以第三人称写成，信中说，“罗伯特·勃朗宁和其夫人伊丽莎白·巴雷特·勃朗宁的一个朋友已同意担任一家杂志的编辑，杂志新年出版。他希望为公众提供用爱和钞票能得来的一切快乐、教导、知识、愉快、诗歌趣味。你们中一位或两位是否有篇短诗贡献给早期的《康希尔杂志》呢？”信的结尾是“拥抱上面说的夫人和绅士”。

萨克雷参观过坎特伯雷大教堂和地下室。那里有拱顶和梁柱的迷人、和谐而富有威力的结合，它像美妙的音乐，怎么看其伸展都美妙无比。他当时感慨万千，他想到，一些人的超人智力和杰出的天才是耸立在简单而美丽又隐蔽的基础之上的。一个人的天才必须以其性格为根基。一个天才要谈及人生，它的痛苦、愿望、爱、恨、和善与卑鄙，性格根基就特别重要了。

萨克雷又是维多利亚时代小说说教的典型。他注意服从时尚的要求，对于恶行只是一掠而过，给读者留下充分的想象的余地。他在《潘丹尼斯》里说过，“自从《汤姆·琼斯》的作者下葬以后，我们当中再没有哪位小说家敢于放开手脚写人。我们必须给他加上披盖，让他脸上挂上某种传统的傻笑。社会不会容许我们的艺术里存在自然的成分。”萨克雷对亨利·菲尔丁不感兴趣。他不认为菲尔丁是一个讲求道德的人，认为他在艺术和伦理方面存在着大问题（“英国的幽默作家”讲座）。萨克雷谴责斯威夫特语言肮脏、思想肮脏、怒气冲天、大发雷霆、伤风败俗。他对劳伦斯·斯特恩也不客气，认为在这个人的书页里总有卑鄙的色鬼的目光闪射出来。萨克雷说，他觉得他的时代已经没有人写让女人脸红、让男孩子尴尬的文字了（《漫谈文书》）。

这证明萨克雷决心依照传统，在写作中达到警世的目的。所以，他的小说绝无冒犯大雅之处。他嫉恶如仇，竭力通过其作品劝善。正如他的崇拜者、小说家夏洛特·勃朗蒂把她的《简爱》题献给萨克雷时所说的，“他是这个时代第一个社会改革家——是要使歪邪的世态重入正道的一群工作者的领袖”。萨克雷口虽否认，可是他实际上确实是这样做的：他把写作视为“圣职”，把书桌变成“布道者的讲坛”。他注重说教，如果莫里哀（J. B. P. Moliere, 1622-1673）劝人“多观察”，帕斯卡尔（Blaize Pascal, 1623-1662）叫人重“信仰”，那么萨克雷的劝世恒言应当是“做个好人，享受人生”。当然，他对 19 世纪的严格的道德束缚也有看法，对他所处时代在道德标准要求上的吹毛求疵也偶尔表达出他的不满（《名利场》第 64 章）。他可能觉得这种束缚限制了文学表达的效力。他话里话外有点羡慕 18 世纪在表达方面，特别是在表达性爱方面的自由幅度。也应指出，他没有忘记批评有些人对那种自由的滥用。有人认为，他在道德伦理方面有些过于谨慎了。

萨克雷自己以身作则。在为他写的传记和许多信件里，都谈到他为人高尚、心肠柔和，但现实让他失望，他不得不拿起笔来讥讽和谴责，话说得有时很刻薄。比如在《纽卡姆一家》里，有的谈话就很辛辣。于是有些人，像拉斯金（John Ruskin），就不理解他的用意了。萨克雷在当时被认为是一支伟大的道德力量。他对他的国人的劝导是："不管贫富，不管善恶，/ 老幼都接受自己那一份吧，/ 向可怕的意志俯首，/ 以诚实的心忍受它。"这些话算不上积极，这些肯定和他的不愉快的生活有关，但是意义匪浅。萨克雷受到他的同代人和后世人的崇敬。

在维多利亚时代，萨克雷和狄更斯曾一度并驾齐驱，但二者有别。萨克雷和狄更斯虽然都大体遵循现实主义的手法进行写作，但在他们之间存在着不同之处。这主要表现在，狄更斯的作品有些浪漫主义的成分，里面充满象征性夸张，而萨克雷所遵循的创作原则却是严格的现实主义或写实主义。他在《潘丹尼斯》的《前言》里曾说过："本人著书，旨在写实，舍此便无意义了。"他主张小说应该描述真人真事。他对狄更斯的夸张手法颇不以为然。他在一封信里说，他的看法是，外套就是外套，不是刺绣的上衣，不是一件火红的工具，如哑剧的武器。这些都表明他主张小说应该描述社会生活里的真人真事，而不赞成夸大、扭曲和无限度的想象。

萨克雷写人，必交待他们的家族情况，让他们不仅在一部书里，而且在几部书里出现，以充分表现他们自己，而且他为他们画像时，人人都要有黑白两个侧面，以达到逼真的效果。比如他的《英国的势利眼》就把当时社会上各种势利小人的丑恶面目淋漓尽致地刻画出来。这部著作包括50 篇文章，是对各种类型的势利小人——皇室的、宗教界的、商界的、各地的——所进行的准确描绘。其中一个明显的例子是世俗和势利者的受害者——邦托少校。邦托少校每年收入千镑，一家人住在一处近似完美的天堂的地方，窗明几净，绿草茵茵，四周树木丛丛，园里万紫千红。可是他心情沉重，就是难以高兴起来。原来她的夫人一心羡慕贵族上层社会，他家的家庭教师唯知教给他的女儿们如何攀登社会的阶梯。他的家里除了教唆人们"上进"的书籍外，近乎别无所有。全家人的必读物是《贵族》（*Peerage*）。邦托少校认为这是一本无可逃避的、讨厌至极的、疯狂的、荒唐的、让人恶心的书。更有甚者，邦托少校的邻居卡拉巴斯侯爵是一位地道的势利小人。他给邦托带来无穷尽的苦恼。这个人瞧不起他，对他故意冷淡、慢待。在这种气氛下，邦托少校唯有书房是避难所。

《潘丹尼斯》的一个主题就是中产阶级如何费尽心机而摇身变成绅士，挤进贵族的行列；这给他们的生活带来许多不安和苦恼。这个阶层在小说里的代表是潘丹尼斯少校和年轻的亚瑟·潘丹尼斯。亚瑟的境遇最让人回味。他位于一场拔河赛的中间：一边是他的叔父竭力帮他向上爬，一边是他的母亲努力让他保持本色，不受外界的玷污。在《纽卡姆一家》里，霍伯森·纽卡姆夫人是一个既不懂也不关心文学艺术的市侩，她竟煞有介事地说，她一生就是敬慕智力，她已经认真读过许多让她进步的书籍。萨克雷对中产阶级的针砭是极其犀利的。应当说他的作品都是对他的同代人阿诺德的《文化与混乱状态》一书中论点的有力注脚。

一般说来，萨克雷写中产阶级，但是他也描写穷苦人的生活，尤其是在他的次要作品里。这些作品包括《我们的街道》（*Our Street*）、《凯萨琳》、《一个穷酸的阔故事》（“A Shabby Gentle Story”）等。《潘丹尼斯》的主人公对所有的人都富有同情心。萨克雷对下层人的认识也是相当深刻的。

萨克雷在小说写作技巧方面有突出的贡献。在这方面他的贡献之一，是使人物在不同小说里连续出现，叙述他们的身世来历，从而增加一种奇特的真实感。而且他的语言很有诗意。他的另外一个崇拜者小说家特罗洛普（Anthony Trollope, 1815-1882）显然学习并继承了这种方法。萨克雷塑造人物也是运用严格的现实主义手法。比如《名利场》里的阿米莉亚的原型可能是布鲁克菲尔德夫人和作家的母亲与妻子。这是这个人物性格充满多种因素的原因所在。这个人女人味道十足，人不聪明，相貌也不很俊美，她不幸福，并有嫉妒心。人们可怜她：她坐在角落里，蓓基对她丈夫脉脉传情，她在父亲的家里受穷，她不得不忍受和儿子分开。有人不喜欢萨克雷，因为他的最好的女人的形象并不像是天使。有人说萨克雷不喜欢漂亮女人。

萨克雷不能和狄更斯相比。狄更斯写各类人，尤其是下层人，没有人像他那样接近人民。萨克雷写书，有点像个学者，他对语言了如指掌，写的时候有点学究味，受过一定教育的人更欣赏他。后来他的声名便逐渐下跌，今天除却《名利场》外，他的书读者不多了。[117]

萨克雷的作品常常出现情节上的空白。这和他非常注意他的读者的思想反应有关。他对于当时人们比较敏感的话题常常是三缄其口，或浅尝辄止，以免招惹读者，特别是那些正经得过分的读者的不满。以《名利场》为例。在这部小说的《前言》里，他向读者保证说，他们在随他游逛过名利场后回到家，会头脑清醒、思维清楚、心怀宽宏地坐下来，认真读书或做事的。他会让他们免受强烈感情的打扰。因此，在处理某些具体事件的描写时，作家有意掩盖一些可能触动读者敏感神经的事实。比如蓓基·夏普和劳顿·克劳利的秘密结婚这件事情，前后延续了几章之久（第 14~16 章）。当时蓓基正百般讨好病着的克劳利小姐，老皮特·克劳利前来向蓓基求婚。在这种情况下，这两个年轻人忽然结婚。作者不做任何细节交待，却用一句不痛不痒的话就把读者给打发了："他们是怎么结婚的，这对大家毫不重要。"（第 15 章）又如蓓基和斯蒂芬侯爵之间发生的男女苟且之事，最后终于被蓓基的丈夫撞见（第 53 章）。究竟这个女人和侯爵之间发生了什么事情，读者始终不得而知；读者所能做的无非就是臆测而已。蓓基有错吗？她错在哪里？是私通，还是正准备私通？萨克雷对此却闭口不谈。1840 年，萨克雷在论及 18 世纪小说家亨利·菲尔丁时说过，"这种恶习（指婚外奸情——笔者）现在依然存在，我们只是不说它罢了；同样的事情仍在发生，但我们不点出它们的名称。"在《名利场》里，他抱怨说，他有时必须沉默，因为他的时代"虽然并不反对罪孽，但极其讨厌听到人们把罪孽的名字直点出来"（第 64 章）。萨克雷在一封信里说到《名利场》的写作意图时说："我很清楚《名利场》故事里发生的让人感到沉闷的恶行……但愿这个世界不要完全和它一样：虽然我担心它们之间非常相像，相像的程度要比我们乐意承认的来得多。"现代读者阅读萨克雷的作品，有时可能很不耐烦，原因之一就在于这位作家擅自决定读者的阅读需要和内容的取舍，而不是让故事按照它本身的逻辑发展。萨克雷受到他的时代的虚伪的严厉道德规范的局限，很难完全自由地展开线索，这一点人们应当给予充分理解。

《名利场》

《名利场》是萨克雷最成功的作品。虽然作者在小说的副标题里指出这是一个没有主人公的故事，但是它讲的主要是两个女人的一生的际遇。一个是蓓基·夏普，一个是阿米莉亚·塞德利。这两个性格迥然不同的女孩在平克顿夫人的学校相遇，蓓基在学校里做工读生，负责教法文。小说开始时，两个女孩离开学校，各奔东西。自此，小说的情节分成两条清晰的线索发展，虽然两者相互交错，但是读者完全可以分开章节当作两个故事阅读。

一条线索沿着蓓基的生活遭遇运行。蓓基的父亲是一文不名的艺术家，母亲是法国舞蹈家。她离开学校以后，和阿米莉亚的哥哥乔斯接近，把老实的乔斯摆弄得神魂颠倒。后来由于阿米莉亚的未婚夫乔治的干预，她和乔斯结婚的美梦才成为泡影。蓓基离开乔斯，作为家庭教师（地位似保姆）进入皮特•克劳利爵士（老皮特）的家里。她照顾他富有的妹妹克劳利小姐，赢得了老皮特和克劳利小姐的欢心与信任。后来老克劳利向她求婚，但她同时勾引年轻骑兵军官劳顿•克劳利（小克劳利），和他秘密结婚（第14章）。他们在一文不名的情况下，奢侈、豪华地欢度蜜月。克劳利小姐一气之下取消她给侄子小克劳利的遗产，老克劳利也暴跳如雷。在滑铁卢战役前夕，英国军队集结，乔治、小克劳利等及其妇人们聚集在布鲁塞尔，杜宾陪同受到忽视的阿米莉亚，蓓基和军官们疯狂跳舞，阿米莉亚看到乔治和蓓基暗送秋波而痛苦。之后，乔治和小克劳利开赴战场和拿破仑的军队作战。乔治战死，小克劳利生还，和蓓基兴高采烈地前往巴黎。蓓基生下一个男孩，但对他缺乏感情。她和丈夫回到伦敦，私囊羞涩，但依然铺张如故，挥金如土。蓓基结识斯蒂芬侯爵。由于斯蒂芬侯爵的斡旋，蓓基受到皇室接见，把丈夫和儿子置之不理。后来她一路顺风，心想事成，逐步进入巴黎和伦敦的上层社会。不幸的是，她手段诡诈、作风卑劣，最后和恶毒的斯蒂芬侯爵搅在一处（第44章）。小克劳利虽然赌博、好斗，一身陋习，但他爱妻子，有强烈的个人尊严。他负债入狱，蓓基置之不理，他回家撞到她和斯蒂芬侯爵鬼混，就断然和蓓基分手，一气之下到国外任职，从此再未归来。之后蓓基来到欧洲大陆，逃避债主、赌博、在公寓里鬼混（第64章）。后来儿子长大，蓓基给他写信，他不理睬母亲。她在罗马见到斯蒂芬侯爵，但被拒之门外。她来到布鲁塞尔，遇到乔基、他的母亲阿米莉亚、杜宾和乔斯。她把乔斯引到她下榻的下层旅社，缠住、说服乔斯，二人和好，在乔斯家俨然以女主人自居。她通过巨额保险金的手法，取得乔斯的大笔财产。三个月后乔斯死去，蓓基成为腰缠万贯的寡妇，常去教堂，俨然以慈善家自居。后来小克劳利、老克劳利相继死去，蓓基的儿子继承遗产，他除给母亲蓓基送些抚养费外不再理她。

另外一条线索沿着阿米莉亚生活的起伏运行。阿米莉亚离校回家。父亲是富商，她们一家住在伦敦布卢姆斯伯里的罗素广场。她和年轻军官乔治•奥斯伯恩订婚。之后父亲破产，乔治的父亲老奥斯伯恩拒绝承认他们的婚约。阿米莉亚崇拜纨绔子弟乔治，他抛弃她使她痛苦不堪。乔治的同事、阿米莉亚的忠诚崇拜者杜宾上尉劝说乔治回心转意，乔治和阿米莉亚不顾老奥斯伯恩的反对而结婚，老奥斯伯恩与他脱离父子关系。滑铁卢战役开始，乔治开赴布鲁塞尔前线。在战死前的夜晚，他写信给蓓基（这时已经是小克劳利夫人），约她和他私逃。乔治战死，阿米莉亚痛不欲生。后来她生下儿子乔基，和乔治的父亲关系紧张。最后，阿米莉亚出于经济考虑，终于同意把儿子交给公公家抚养，从此很少见到儿子。阿米莉亚的哥哥乔斯回来帮她，杜宾向她表白心迹。老奥斯伯恩开始时低估杜宾的人格，后来听到他的名声很好，而且发现他在经济上一直支持阿米莉亚和乔治。他逐渐认识到杜宾是一个诚实的人。他开始改变立场，要与阿米莉亚和解。但因阿米莉亚的父亲死去，和解延迟。老奥斯伯恩未来得及与阿米莉亚和解就去世。他在过世前修改遗嘱，在遗嘱里把一半财产留给孙子乔基，给阿米莉亚留下生活费用，给杜宾也留有一笔遗产。阿米莉亚成为乔基的监护人，杜宾是遗嘱的执行人。阿米莉亚非常感谢杜宾。罗素广场的宅第被拆除，一切物品被封存和储藏起来，以待乔基成年。阿米莉亚、乔基、乔斯和杜宾一起赴欧洲大陆。阿米莉亚开始对杜宾产生感情。在庞姆珀尼克尔大公国，阿米莉亚去歌剧院，去宫廷，体会在这个小小的大公国里发生的各种事情。她宴客，讲法文，唱歌；德国女士们对她很有好感。

阿米莉亚在欧洲大陆遇到蓓基，让她进住他们的旅馆，杜宾对此不满，愤愤离去。阿米莉亚写信要杜宾回来。阿米莉亚和蓓基在德国一处休养地相会，蓓基良心发现，把乔治的花心证据——在布鲁塞尔给她写的要她和他私逃的信件——拿给阿米莉亚看。阿米莉亚大哭一场。她觉得自己可以自由地爱杜宾了。两天后，杜宾回来和阿米莉亚结婚。后阿米莉亚生女珍妮，杜宾视之如掌上明珠，对妻子百般体贴。杜宾夫妇和两个孩子——乔基与珍妮——住在附近，与克劳利家过从甚密。他们大家和蓓基毫无往来。蓓基除钱财之外一无所有。

小说的题目是“名利场”，副标题是“没有主人公的小说”。对于这个题目，人们已做出各种解释。小说既然没有主人公，它的内容就是关于大千世界了。它主要表明作家对人世的态度。

“名利场”这个词语引自17世纪作家班扬写的经典著作——《天路历程》。英文的原字“Vanity Fair”其实不是“名利场”的意思，它的含义和两位作家的原意并不太相符。《天路历程》里描写了一个市场，在那里买卖的不只是名和利，还有许多其他东西，如国家、妻子、丈夫，包括灵魂在内，都标价上市出售；一切丑恶，包括盗窃、奸淫等，都应有尽有。《名利场》所描绘的也不只限于名利两项。《名利场》描绘了人类世界里形形色色的人和事，矛头所指的是人们整日忙碌，尔虞我诈，盲目地挣扎和拼搏，徒劳无益，浑浑噩噩，到头来细想，终究“落了个白茫茫大地真干净”的命运。

班扬和萨克雷所用的“Vanity”这个字可能是“虚无”的意思；两个人可能都是遵循《圣经·旧约全书·传道书》的本意运用此字的。《旧约全书·传道书》第1章第5节内有一句话说：“日头出来、日头落下、急归所出之地。”《传道书》不少章节和这一节所说的相似，讲的是人生如梦幻泡影，世间一切有而若无、实而若虚。它的意思很显豁，讲人生虽忙碌不堪，但注定到头来是无所作为，一切都虚无缥缈，回首往事会味同嚼蜡。所以，萨克雷的书名有点像《红楼梦》里说的“太虚幻境”。因此，“Vanity Fair”可能译成“虚幻人间”、“虚荣世界”更贴切一些。这一点在小说的开始、中间插话和结尾，都表明得非常清楚。这里以小说最后一章的一段节选为佐证：

> ……利蓓加【蓓基——笔者】呢（她也是爵士夫人），大多的时候在温泉和契尔顿纳姆两边居住。在这两个地方有许多极好的人都帮她说话，都为她一辈子受尽了冤屈。她也有冤家，这也是免不了的。对于这等人，她目前的生活方式就是一个回答。她热心宗教事业，经常上教堂，背后总有听差跟着。在所有大善士的名单上，总少不了她的名字。对于穷苦的卖桔子女孩儿，没人照顾的洗衣服女人，潦倒的街巷贩子，她是一个靠得住的、慷慨的施主。为这些可怜人开的义卖会上，她总有份，每回守着摊子帮忙。不久以前爱米【阿米莉亚——笔者】和她的儿子，还有上校，一起到伦敦来，在一个义卖会上出其不意地和她打了个照面。他们慌慌忙忙地跑了，她只低下眼睛稳重地笑了一笑。爱米勾着乔治的胳膊仓皇逃走（乔治现在已经长成了一个漂亮潇洒的小伙子）；上校抱起小吉内【珍妮——笔者】跟着。他看着吉内比世界上一切的东西都重——甚至于比他的“旁遮普历史”还重。
>
> 爱米叹口气想到：“也比我重。”可是他对爱米丽亚【阿米莉亚——笔者】总是温柔体贴，千依百顺。
>
> **唉，浮名浮利，一切虚空！**我们这些人里面谁是真正快活的？谁是称心如意的？就算当时随了心愿，过后还不是照样不

满意?来吧孩子们，收拾起戏台，藏起木偶人，咱们的戏已经演完了。[118]

此外，还要说到，萨克雷宣称自己严格实行现实主义写作手法。这就是说，他不用什么象征等手法。这是他的本意。可是作家在艺术表达中，是无法摆脱象征手法的。现实主义手法和象征主义手法并不矛盾。像萨克雷这样的现实主义作家同样也必然会运用象征手法。“名利场”这个题目就是一个醒目的例子。

在这部作品里，萨克雷表现出他塑造人物的高超本领。他的人物都是生活中常见的普通人，处于任何时空里的读者对这些人都能做到不同程度的认同。他们不是大善或大恶，而是善恶并存，各有优点和缺点。

蓓基从性格讲，属于机巧、钻营型，用现代语言说，她是一种类型的女强人。她的起步很低，基本属于零点。她没有家产，没有亲人。她的法国母亲留给她法文知识，她的父亲让她知道如何躲债。在她身上流淌着她从父母那里继承来的西方的“波希米亚”的血液。她孤身一人，全靠她本身的智慧在世界上求生存。她父亲死后，平克顿夫人的学校接受她做工读生。蓓基虽然自私，对人怀有敌意，但是她有表演本领，在人前总是一副谦卑、单纯、温顺和幽默的模样。她对拥有 7 万英镑家产的富婆克劳利小姐的照顾和体贴可以说是无微不至、无以复加。蓓基的另外一个天赋和武器是她的相貌的魅力。她面色白皙，身材修长，有一双迷人的绿眼睛。她站在人群里，望去如此出众，让人常有鹤立鸡群的感觉。蓓基的生活追求明确：她要在芸芸众生的名利场里为自己找到一席立足之地。她虽然从 8 岁以来没有红过脸，但在成年后她可以随意羞涩得满面绯红。她躲债有方，她两次为丈夫开脱。她有音乐天分，可以弹琴、唱歌。她有艺术细胞，可以跳舞、表演、模仿。这些都有助于她从富人（如克劳利小姐、斯蒂芬侯爵等）手中捞钱，最终为她爬上社会上层铺平道路。蓓基怀有野心。她为实现自己的雄心可以牺牲一切，包括她的丈夫、儿子以及朋友。她恨儿子，毁了丈夫和乔斯。她喜欢搏斗。但她也做了一件积德的事情，这就是把阿米莉亚和杜宾撮合在一起。她认识到杜宾的高尚品格，决心帮他了却一生的心愿。她这样做也是为保护阿米莉亚免受其他别有用心的人的伤害。蓓基争斗一生，得以在名利场里驻足，但却付出了昂贵的亲情代价：毁掉了两个爱她的男人的一生，遭到儿子和亲朋的疏远。

作者给蓓基安排的结尾值得琢磨。一般说来，绝大多数文学作品所描写的都是符合人的道德规范的世界。人们相信，在这个世界里，存在着一种貌似无形但有形的超人的力量，它抑恶扬善，坚持公正。文学作品反映这个世界里的生活，其结尾必然是，或绝大多数是恶必得恶报。这就是人们常说的“恶有恶报，善有善报”。这是人最根本的信仰所在。读者读了这样的结尾，才会觉得自然、舒服、安全。在结尾中恶而获胜或恶而不得其报的文学作品并不多见。说到蓓基，她不是极恶，但她已经做恶，理应在结尾时被剥夺一切，依然以赤裸的身躯，直接被发送到地狱去。但是蓓基的下场似乎有点如同漏网之鱼。作家为她安排这样一个让人不痛不痒的“中性”结局，令人感到有些困惑。于是，作者的意图就成为人们探索的题目之一。这需要读者依照文本仔细推敲。

蓓基是一个心理世界比较复杂的人物。她在书里呈现出的画像是最为有血有肉、栩栩如生的。这是因为她是一种人的类型的代表，这种类型是伴随着人类的生存而永恒存在的。她属于那种虽然遭恨但也让人可怜的人。她之所以做恶，固然是她心里的夙恶在作怪，也是因为她所处的环境所致。她宛如婴儿一般，赤身露体进入名利场。她面对生活，宛似船翻落水，那是一场搏斗、一场必须拳打脚踢才能免入深渊的恶斗。在这点上，她值得作家甚至读者的同情。但是她不甘于一生平淡、久居底层，“癞蛤蟆想吃天鹅肉”。她欲达到自己的目的，捷径是踏着别人的肩膀往上爬。小说结尾对她的安排表现出作家的模棱态度：她除了钱可以说是一无所有，悲哉哀哉，这是她咎由自取。但是她在自己的圈子内，也还算得上体面，也知道做些慈善活动。这在她虽然仍是虚荣在作怪，但也可能包含着自我反省甚至忏悔的成分。她最后也不一定就被判直接进入地狱；她有可能被允许待在“炼狱”里，以观后效。这是作家不很情愿但也不很忍心过于严厉时的折中选择。伟大的作家都宽宏大量，不简单地运用黑白两色刻画人物；他们所用的是色谱上所有的色泽。萨克雷当然是伟大的作家。

蓓基是她的时代的必然产物。她是一个历史阶段的标志。她反映出维多利亚时代人们的普遍心态。19 世纪是资本主义原始资本积累的时代，这是一个“野蛮的资本主义阶段”，在西方是人生最痛苦的阶段。法国作家左拉（Emile Zola, 1840-1902）在 19 世纪后半期所提倡的自然主义文学就是旨在反映这个时期的悲惨人生的。《名利场》所写的虽然是 19 世纪上半期，但是冰冻三尺非一日之寒，当时人们的信仰危机日益严重，社会生活缺乏公正标准，“适者生存”的观念已经开始在人们的头脑里酝酿，人们已经开始以自我为中心，秉承“人向高处走”的信条，相信“目的是一切，而手段并不重要”的理论，开始了不择手段、尽快发财致富的做法。蓓基就是这类人的代表。

阿米莉亚和蓓基恰成鲜明对比。阿米莉亚属于贤妻良母型。她的生活起点很高。她生来“口里就含着银汤匙”，上有父母、兄长的呵护，下有仆从的推崇与照顾。她是“饭来张口、衣来伸手”的富商家的大小姐，此外最重要的是，她有一个年轻军官、漂亮的富家子弟乔治尾随在她左右。她可以说是道地的“天之骄子”，生活对她总是微笑的。她胸无大志，与世无争，任凭生活的牵引和摆布，毫无戒心，毫无掌握自己命运的任何想法和打算。在这方面，她的优越之处很多。她与人为善、诚恳、朴实，为人甜蜜、可爱、小鸟依人。她没有什么城府，做事勤谨、认真，从不损人利己。从天分讲，她擅长音乐、舞蹈、刺绣、针线和书写。从表现讲，她表现低调，软弱、卑微、不坚持己见。她缺乏蓓基的热情和向上的心态。当然她的生活并非只有完美。她对未婚夫乔治的忽视感到担心、难过。后来她对乔治的长期忠诚近乎愚蠢。她对乔治的死一直感到一种罪孽感，然而她对杜宾的长期忠心耿耿却视而不见。

阿米莉亚是另外一种人的类型。她是善的典型。这种人注定会受到恶人的伤害。善者常是实际生活里的傻瓜，他们任凭恶人的摆布，不少时候以悲剧终其一生。细想阿米莉亚的结局，人们会觉得，它顶多是个悲喜剧。阿米莉亚一生的精华时期已在痛苦挣扎中无可挽回地消失，她在中年偶得幸福，算是不幸中之万幸；但这无法追回失去的豆蔻年华，无法补救常人难以忍受的损害所造成的身心煎熬。萨克雷刻画这个人物的手法里也有浓重的讽刺成分。作家是要通过这个范例告诉世人，善者也要长些智慧，不要像阿米莉亚活得那么窝憋、委屈，不要傻得叫人可怜不起来。

小说的另外一个人物杜宾也值得人们认真认识。杜宾这个人是小说里唯一的正直男人形象。“杜宾”这个名字的英文意思是“勤劳者”，换言之，他宛如一匹马、一条狗。他对阿米莉亚那种执著的追随，就酷似一条忠实的狗。在书的末尾，连蓓基也认识到，像杜宾这样的男人是唯一值得女人爱的人：

> 这个人有多么高尚的一颗心呀……那个女人【阿米莉亚——笔

者】拿它当儿戏，是多么无耻呀！如果我能够有这样一个丈夫——一个又有心又有头脑的人——我不会在意他的脚有多大！

原来杜宾也不是完人。在《名利场》里，作家一再强调，这个人的手和脚都太大，进不了“名利场”的大雅之堂。阿米莉亚最初忽略杜宾，原因之一是他的脚大，举止尴尬。杜宾的社会地位不高，连乔治开始都瞧不起他这个朋友。但是作家这样几次三番的说他的脚大手大，细读就可以发现，也不是贬义。相反，他在暗示，这个人诚实，待人忠厚而宽容。事实也证明，杜宾是阿米莉亚的福星。是他把乔治和阿米莉亚领进婚姻殿堂的；是他在乔治死后促成老奥斯伯恩和阿米莉亚之间的和解的，因而为阿米莉亚和她的儿子乔基争到原本属于他们的钱财和地位。杜宾表里一致，朴素，真实，谨慎，谦卑，忠心耿耿，对人一视同仁，做事心地坦荡，绝无一己之私；一言以蔽之：好人一个。这些宝贵品质使他逐渐得到周围所有人的认可和拥戴。

杜宾这个形象很让人深思。在《名利场》整部作品里，除杜宾以外，人们再也看不见一个举止像绅士的男人。老克劳利爵士、小克劳利、斯蒂芬侯爵、阿米莉亚的公公老奥斯伯恩、她的哥哥乔斯，以及其他的男人，都是品格存在严重缺陷的男人。他们不能为人之表率，不是幸福生活的中流砥柱。这个事实本身的内涵很深邃。它似乎表明，在这个世上，真正好的男人太少了。他们大都枉自尊大，以自我为中心，见异思迁，不负责任。就人性讲，他们和女人相比，应当被列入劣等。萨克雷对男人可能是刻薄了一些，但生活的现实也大体如此，他照直说来，丝毫没有冤枉男性。这是值得所有男性进行反思的地方。

这部作品所绘出的乃是 19 世纪英国社会的大型风景图，很有我国名画《清明上河图》的意味。当时的社会阶级分明，道德规范严格，生活里充满尔虞我诈、争名夺利。同时，小说也特别表达出人们的精神状态：人们的自我意识很强。小说虽然写于 19 世纪中期，但是它所描绘的人物典型和人的心态今天依然存在、适用。

《名利场》是一部名副其实的“时代性”作品。在这里有发家的，有破产的，有成婚的，有离散的，人在生长、老死，事在兴衰、沉浮。人生的春荣秋谢，尘世的悲欢离合，在这里都可见其一斑。机关算尽、温柔和顺、喜新厌旧、情真意切——这一切都显示出作者对人的深刻了解。正如有的评论家所说，只有托尔斯泰的《战争与和平》方可与此书相媲美。

这部小说集中反映出萨克雷的最出色的特点。他具有准确反映他的时代的精神和氛围的威力、刻画人物使之栩栩如生的本领、勾勒场面使之生动陪衬人物性格的能力，以及拨开迷雾、显露真相的技巧。他笔下的蓓基·夏普大概是英国小说史上最具活力的女主人公。他和读者直接说话时文风的清新、词语的优美、行文的自如、笔墨的浓淡相宜、贴心的温柔和火爆的怒气，而一切又是拿捏得体、轻重恰切，这是萨克雷独一无二的笔头功夫所在。

萨克雷在小说里所运用的叙述手法很有独到之处。他常以一种近似造物主、上帝的身份出现，小说的人物皆处于他的掌控之下。这是英美小说中通晓一切的第三人称叙述者的典型。萨克雷的人物都以类别进行塑造，不以某个个人为原型。他的人物不仅在外表上让人觉得实在，而且在心理内涵上也充实、圆满，读者能够获得一种立体感。萨克雷的人物对于读者是近在咫尺，见其面，听其声，有血有肉，翩翩然就立在面前。萨克雷和读者常套近乎。他常以作者的身份直接插入故事，和读者讲话，评论人物的举止，提供信息和内部“参考”，和读者仿佛久违的老友。这种叙述方法后来在英国小说里出现不多。

《名利场》揭露的真实就是资本主义社会的丑恶。萨克雷说，描写真实就“必定要暴露许多不愉快的事实”。他每说到真实总说是“不愉快的”，可是还得据实描写。他觉得这个社会上多的是那种没有信仰、没有希望、没有仁爱的人，他们或是骗子，或是傻瓜，可是他们很吃得开；他说，千万别放过他们；小说家要逗人笑，就是为了讥刺他们、暴露他们。所以这部小说把他们的丑恶毫不留情地揭发。这里面有满身铜臭的大老板，有投机发财而又破产的股票商，有吸食殖民地膏血而长得肥肥胖胖的寄生虫；他们或是骄横自满，或是贪纵懒惰，趋炎附势，见有利可图就翻脸无情、忘恩负义。至于小贵族地主，他们为了家产，一门骨肉却寇仇似的勾心斗角、倾轧争夺。败落的世家子往往把富商家的纨绔子弟作为财源，想花样从他们身上骗钱。小有资产的房东、店主等往往由侵蚀贵族或富商起家，而结果却被他们剥削得倾家荡产。资本主义社会是弱肉强食的世界，没有道义，没有情分，所谓“人不为己，天诛地灭”。《名利场》就是这样一个唯势是趋、唯利是图的抢夺欺骗的世界。[119]

萨克雷运用讽刺的手法也很精到。比如乔治·奥斯伯恩这个富家纨绔子弟，他一方面是堕落成性，一方面在战场上又英勇作战。作家对他作这样的描绘，绝不是说他大事不糊涂，而是在其中隐含了一种微妙的讽刺：在这个世界上，所谓“名誉”实乃荒唐至极。他在说到道德与金钱的关系时，通过蓓基的口，讽刺当时所谓慈善家们的本质。蓓基大言不惭地说，“如果我一年有五千镑的进项，我就能成为一个好女人。”（第41章）对于资本主义的金钱经济和道德伦理，这句话可谓一语破的。

《潘丹尼斯》

这是一部爱情故事，主要讲述主人公亚瑟·潘丹尼斯在成长中和几个女人的交往。亚瑟是一个外科医生的儿子，母亲海伦是一个心地善良的女人。亚瑟16岁时父亲去世，他离开学校，和一个女演员艾米莉·科斯提根恋爱。艾米莉的父亲科斯提根上尉是一个爱尔兰人，他曾认为亚瑟是富家子弟，后来听亚瑟的叔父潘丹尼斯少校说了实情，他勃然大怒，切断了年轻人间的联系。

亚瑟进入大学。他是一个坦诚但也很自私自傲的人，他在大学里既懒惰又奢侈，很快背上一身债务，后来在劳拉·贝尔的帮助下才得以脱身。劳拉的父亲是亚瑟的母亲以前的情人。劳拉还帮助亚瑟在伦敦开始他的文学生涯。亚瑟在伦敦和乔治·华灵顿为室友，乔治对亚瑟的成长产生了积极影响。亚瑟的母亲希望他和劳拉要好，然而由于两个年轻人之间亲如手足，所以当亚瑟三心二意地遵照母亲的旨意向劳拉求婚时，劳拉拒绝了他。

此后，亚瑟和克拉弗林夫人前夫的女儿布兰琪小姐关系紧密。布兰琪小姐表面优雅、多才多艺，但是内心却是一个自私的小泼妇式女人。亚瑟的叔父知道布兰琪小姐的生父是罪犯，而且还活在世上，但他还是坚决赞成这桩婚姻，因为这样可以让侄子得到钱财和地位。布兰琪小姐的生父伪装成一个校官，对克拉弗林爵士进行敲诈。后来有一段时间，亚瑟又和一个酒店店员的女儿调情，劳拉和曾受到婚姻伤害的乔治·华灵顿恋爱。亚瑟险些和布兰琪小姐结婚，但最终和劳拉走到一起。

这部小说和萨克雷的其他作品一样，揭露了当时英国社会的弊病，批评了人的本质中存在的缺点，同时也昭示出生活的真谛和方向。

夏洛特·勃朗蒂（Charlotte Bronte, 1816-1855）

维多利亚时代是世人开始听到女性作家的声音的时期。勃朗蒂姐妹、乔治·埃略特以及伊丽莎白·盖斯凯尔夫人是这一时期的杰出女作家。此前的一些女作家有玛丽·沃尔斯通克拉夫特、简·奥斯汀及一些哥特式小说作家。她们和其他女作家一起为女性文学的创作和唤醒女性的自觉意识做出了值得称道的开创性贡献。维多利亚时代对女性作家抱有一种偏见，男人们对女性创作才能持有怀疑态度，常有诋毁女作家的风气，似乎认为创作是男性的特权，每当见到一部女性作品问世，就常嗤之以鼻为“又一个愚蠢的女小说家”的作品。因此，当时的女作家无奈大多采用男性化笔名来署名。比如夏洛特·勃朗蒂的《简爱》首次出版时是以“卡拉尔·贝尔”署名的；乔治·埃略特的原名是玛丽·安妮·伊万斯（Mary Anne Evans）。关于乔治·埃略特，有人认为她取笔名是因受到法国女作家乔治·桑（George Sand, 1804-1876）的影响，也有人认为她是随了丈夫乔治·亨利·路易斯的姓氏（乔治·埃略特没有和路易斯举行正式婚礼，于1855年嫁给了他）。

夏洛特·勃朗蒂是当时文坛上一位颇具影响力的女作家。她出生在一个贫穷的牧师之家。家里姐弟几人聪敏过人，都极具艺术天赋。夏洛特与她的两个妹妹艾米莉和安妮共同创造了人类文学史上的一个奇特景观。她们同登文坛且皆以小说名垂史册。一个半世纪以来，三姐妹独具一格的文学成果和她们的杰出、神秘而又短暂的悲凉身世，成为后人不倦探索的一个课题。夏洛特和艾米莉两姐妹在英国文学史上留下了永恒的印记。

夏洛特与其妹妹艾米莉在创作灵感和想象力方面悬殊甚大。夏洛特的价值观和写作手法与其时代很合拍，而艾米莉却超前于时代，超越当时的价值观。夏洛特极其忠实地引用自己的人生经历，在作品中或多或少地直接反映现实生活，而艾米莉的思想极为自由，如天马行空，无拘无束。有人说自传性较强的天才作家属于天才中的最低档。不过，这种论断本身并不总能自圆其说。狄更斯、马克·吐温、D. H. 劳伦斯等人都是自传性很强的作家，他们都是文学史上的著名作家。《简爱》直到如今仍高居世界畅销类书籍之列，这也充分证明上述论断的偏颇。夏洛特·勃朗蒂的作品以其自身的独特魅力而历久不衰。《简爱》的影响远远超出了英伦三岛和欧美的范围。

夏洛特出生于英国约克郡一个山区小镇，她是乡村牧师帕特里克·勃朗蒂的第三个孩子。夏洛特4岁时全家迁至约克郡凯利镇附近的偏僻小镇哈沃斯，牧师宅第邻近一处释放出沼气的沼泽地。由于那里的环境污染严重，他们饱受其苦，人人身体羸弱。在她6岁时，母亲去世，姨母来家照顾孩子，但未能抚慰孩子们的丧母之痛。夏洛特 8 岁时和妹妹艾米莉一起被送往教会女子学校住读，学校里恶劣的条件和过分严厉的管束给她们幼小的心灵投下了阴影。不久，姐妹俩辍学回家，与弟弟布兰威尔、妹妹安妮一同长大。

1834 年，帕特里克病重，为了使正在学习绘画的弟弟布兰威尔有足够资金进入皇家学院，夏洛特前往伍勒小姐的学校当了一名教师。在三年的教学生涯中，她一直处于清规戒律的约束下而郁郁寡欢。布兰威尔随后染上酗酒、吸毒恶习，家境愈加困顿。自 1848 年 9 月起，短短半年多的时间，死神竟连续三次向她一家人伸出无情之手。布兰威尔、安妮和艾米莉相继离开人世，同胞六人中只剩下她一人与年迈的盲父相依为命，而她也在和亚瑟·贝尔·尼科尔斯结婚九个月后就离开了人世。

勃朗蒂姐妹的早亡是英国维多利亚时期的社会悲剧。孤立地看她们年纪轻轻即相继离世（夏洛特 39 岁，布兰威尔 31 岁，艾米莉 30 岁，安妮 29 岁），确实令人困惑不解。但是，如果了解维多利亚的社会状况与人们的生活水平，就不会感到不可思议了。哈沃斯是一个工业污染严重的小镇，卫生设施少，生活条件差，因此疾病丛生，肺结核、霍乱和伤寒等传染病流行，成为不治之症。据哈沃斯教堂的历史资料记载：19 世纪中叶之前，当地居民的平均寿命不足 25 岁，仅 1840 年至 1850 年短短十年间，哈沃斯教堂墓地里就增添了 1300 多座新坟。[120]勃朗蒂姐弟之英年早逝，绝非个人偶然因素造成的个别现象，而是有着深刻的社会原因的。

勃朗蒂家的孩子天生早熟。她们与世隔绝，终年与无垠的荒原、石楠和书为伴。闭塞的生活和奇特的自然环境形成了夏洛特复杂的性格。她极少接触陌生人，特别是男性，加上她外貌平庸，更增强了她自闭内向的性格。根据传记作家盖斯凯尔夫人所述，夏洛特的天性中有一种内心的狂热与羞怯共存的特点。这种特点表现在待人接物上常出现病态倾向。在家里人或熟人面前，夏洛特表现得谈笑风生、机智幽默，而面对生人，她会表现得异常紧张，甚至浑身颤抖。夏洛特是一个情感复杂的女性。她既渴望爱情，又惧怕强烈的情感。她既渴求一种能生死相许的精神之爱，又在意能予人悦目的外在之美。她向往完美的男性形象，又排斥男性的外在之美。这很大程度上在于她对自身外表的羞愧以及由此引发的心理上的过于敏感。所以，在她的几部成熟作品中，英俊的男人要么予以鞭挞，要么只是远远地爱恋。她所倾心的是美学上的“缺陷的美”。

然而，与世隔绝的约克郡教区并没有阻碍夏洛特的视野的扩展，相反，她对外部世界具有一种见多识广的见解。早在孩提时代，她和两个妹妹就特别关注当时见诸各大报端的意识形态争论以及后期浪漫主义文学。她们姐妹第一批合作的小说是精心之作，描述了奇妙的“安格利亚王国”和“冈多尔王国”。

夏洛特的天才是一种凯尔特族人的天才。凯尔特族人的主要特征是公正无私、忧郁伤感、桀骜不驯、刚愎倔强、热情洋溢。大地的窃窃私语，天空的五彩缤纷，炽热的情感和心灵的震撼，凯尔特族人对此似乎有着超出其他种族的独特敏感性。夏洛特正是这样的女性。生活留给她无限的伤感，也造就了她坚强、自尊的性格。她内柔外刚，本性冲动、敏感，想象丰富。这在她与弟弟布兰威尔自少年时代起共同创造的“安格利亚王国”中得到了表现。夏洛特这种与生俱来的个性使她对写作情有独钟，她将自己富含激情的女性情感深植于英国文化的沃土之中，又受法国作家乔治·桑的想象力和写实手法的影响，在文学创作中别具匠心，不落俗套。她的作品每一页都燃烧着活力，洋溢着炽热的情感。[121]

夏洛特流传于世的小说有四部：《教师》（*Professor*, 1846）、《简爱》（*Jane Eyre*, 1847）、《谢莉》（*Shirley*, 1949）、《维莱特》（*Villette*, 1853）。这些作品都表现出她对女性生活和命运的关注。她笔下的主人公多是凄苦无援的孤女。恶劣的环境和艰苦的生活磨练出了她们执著、坚韧的性格。这种品性使她们能面对压抑沉闷、孤立无援的茫茫人世，展现出女性生命的魅力。

《教师》

《教师》是夏洛特的处女作。她把自己的经历以及自己对生活的体察揉进了这部小说。故事中说到，失去双亲的英格兰贵族子弟威廉·克里姆斯沃思不堪忍受暴富而冷酷的兄长及其亲戚的欺辱，只身来到布鲁塞尔，在当地的一所学校当教师。在执教过程中，他结识了孤苦无依的弗朗西斯·亨利。相同的气质禀赋和志趣爱好使师生彼此逐渐产生感情。两人相亲相爱，历经波折，终于结成美满婚姻。婚后，弗朗西斯在威廉的帮助下，在布鲁塞尔创办了一所一流的学校，经过十年奋斗，夫妻俩功成名就，携子返乡，安度余生。

小说从克里姆斯沃思的叙述角度洞察女性的境遇，这对于表现女性挣脱男权文化的藩篱、寻找自由平等的主题具有深层含义。作为一个女性化的男性叙述者，克里姆斯沃思享受着妇女未曾享受过的特权。伊顿公学的教育使他获得了高人一等的绅士地位。贵族出身的母亲还留给他两个贵族亲戚。在布鲁塞尔，他的教育背景和贵族身份也使他备受众人瞩目。然而，他的哥哥爱德华的专制却使他时时感到压抑与不安。在孤独无助之中，他似乎产生了女性在父权社会中被束缚、被埋葬的感觉。他的男性叙述人的角色使他善于观察和思考，因而增强了他对世界的认识能力。

读者的目光透过男主人公对女性极具同情的叙述，聚焦于他的女学生弗朗西斯身上。这是一个自尊自强、具有强烈独立意识的女性。弗朗西斯自幼失去双亲，一贫如洗，只得暂居在贫困的姑母家。为维持生计，她重操旧业，靠修补花边养活患病的姑母。在她初到罗特小姐的学校任教时，她在那里的地位低下。她未受过正规教育，但她天资聪颖，利用课余时间学习了很多知识，成为一个知识型女性，毅然承担起高深的教学任务。弗朗西斯自强自立、诚实肯干的精神品质使她时来运转。她不仅有了稳定的工作和收入，并赢得了自己的老师克里姆斯沃思先生的爱慕，最后成为他的妻子。

弗朗西斯的独立意识尤其引人注目。有一次，克里姆斯沃思问她，如果她不幸嫁给了一个酒徒、一个挥霍无度的家伙，她该怎么办。她回答说，如果她不能使他改邪归正，就离开他。她说："如果一个妻子的秉性嫌恶她嫁给的那个男人的秉性，那么，这桩婚姻必然是一种奴役，而奴役是一切有正确思想的人都反对的。"[122]正如她自己所言，与克里姆斯沃思结婚时，他已是收入优厚的教授，但婚后的弗朗西斯没有成为丈夫施舍的对象。在克里姆斯沃思的支持下，她依靠自己的奋斗终于创办了一所学校。在维多利亚时代的英国，在女子一心向往以美貌攀高以求荣华富贵的社会里，这种情况是寥若晨星的。作家刻画这样一位自我奋斗的坚强女性，旨在表现女性在经济上和精神上与男性平等的主题。在她看来，要消除男尊女卑，妇女必须自尊、自强。她说："世上最受尊敬的人是默默地、坚持不懈地独立谋生而不靠丈夫和兄长供养的女人。"[123]她认为，美貌和财富是命运的施与，而人格和才智只有经过奋斗才能获得。女性对幸福婚姻的追求应建立在自食其力的基础上。只有做一个独立的劳动者、一个有益于社会的人，女性才能与男性有真正意义上的平等，才能拥有健全的人格和真正的尊严。克里姆斯沃思是女主人公所梦寐以求的、闪耀着人性光辉的"主人"，也是夏洛特·勃朗蒂心目中希望建立两性平等关系的理想男性。在作家看来，两个彼此尊重、心心相印的人相扶相伴，这样的人生是美丽的。作家在《简爱》和《维莱特》中更深入地探讨了这种婚恋观。

《简爱》

《简爱》是夏洛特·勃朗蒂成为维多利亚时期重要女作家的标志。小说讲述了一个有关个人遭遇、恋爱以及成长过程的迷人故事。女主人公简是一个坚强的女性。她是个孤儿，从小寄居在舅母家，遭到舅母一家人的虐待，尝尽了寄人篱下的漠视和伤害之苦。后来她被打发到罗伍德慈善学校去。这所名义上的慈善学校实际上是贫苦孤儿的牢狱。简在这里苦熬八年，接受了一定的文化教育，成绩优异，毕业后成为那里的一名教师。后来她应聘到桑菲尔德庄园当家庭教师。在那里她和庄园主人罗切斯特产生了爱情。就在他们举行婚礼之际，罗切斯特精神失常的妻子的弟弟出面阻挠。简这才得知罗切斯特是有妇之夫，他的妻子患精神病，被关在庄园楼顶的密室里。简伤心欲绝，怀着厌恶和绝望的心情，一气之下离开桑菲尔德。她一路踉跄，历经艰难，险些丧命，幸亏遇上了虔诚的牧师圣约翰·里弗和他的姐妹们。她被这一家所救，在他们的帮助下当了乡下教师。简随后陷入了一场情感的拉锯战之中，她的芳心在对罗切斯特的爱恋和对圣约翰的崇拜中徘徊不定。正当她打算接受圣约翰的求婚、与他踏上前往印度传教的漫长之旅时，她仿佛听到了罗切斯特的跨越空间的呼喊声。于是她改变主意，费了不少周折，返回到桑菲尔德，结果发现那里已经成为一片废墟。原来罗切斯特的妻子纵火把庄园付之一炬。罗切斯特在大火中为救出妻子而致双目失明，一只手也已残废。最后，简与罗切斯特重归于好，开始了新的生活。

这部小说带有很强的自传性质。尽管夏洛特·勃朗蒂否认简就是她自己的化身，但从她的作品中，仍能看出不少她的个人经历。罗伍德学校与作者就读过的学校里的一切极为相似，简直就是它的翻版。夏洛特·勃朗蒂幼时在那里曾亲眼目睹两个小姐妹一步步走向死亡的过程。作者当过教师的经历，从简的家庭教师身份上也能看出。简与作家一样，从不向企图操纵她的命运、限制她追求自由的势力屈服。她和罗切斯特的爱情，隐藏在这两个人内心深处的敏感、独立自主的高贵品格，以及追求自我完善的性格特征，为这部小说平添了永恒的魅力。此外，《简爱》的独到之处还在于作者对主人公的丰富而复杂的内心世界的描述，这种描写缓缓地呈现在读者眼前，字字句句感人肺腑。故事情节里的每一件小事，都以简对周围人和事的反应和她所采取的相应行动为中心而展开，都在夏洛特这位具有远见卓识的女作家的笔下，得到带有强烈主观色彩的渲染。这是作者有意借助简这一人物形象，在心中重新构建和经历自己生活过程的一种手法。因此，小说中所描绘的深厚感情，便会刺激读者产生一种自己要亲自去体验一下的冲动。这也是《简爱》自从首次出版发行以来，始终能俘获亿万读者心灵的重大原因之一。

小说的魅力也源自它的内在特质：人物形象的塑造和对人类强烈情感的生动描述。简这一形象具有永恒的吸引力。她所展示出的人的坚忍不拔的精神和不可战胜的性格见诸于字里行间，在历代读者的心中唤起了强烈的共鸣。简的相貌平平，家境贫寒。但她勇敢、自信，敢于面对生活，在逆境中从不屈服。她很现实，很少浪漫，在黑暗里倔强地寻找光明，不达目的誓不罢休。她通过奋斗而最终成功的故事征服了无数读者。再者，简纯粹、热烈的情感也奇异地拨动着读者的心弦。她与罗切斯特之间的相互爱慕并不是罗曼蒂克式的。罗切斯特的性格值得琢磨。当人们站在简的立场上来审视这个人时，就会发现，此人虽然没有什么“慧外”可言，但有一些“秀中”的意味。他与人初次见面时，总是摆出一副拒人于千里之外的架势，出语尖刻，态度傲慢，爱虚张声势。小说也曾暗示，他也许曾是一位浪荡公子。可是，令读者感到迷惑和惊奇的是，精明的简竟然爱上了这样一个人。二人的关系逐渐亲密，最后竟然结婚了。读者惊喜地发现，原来在罗切斯特平静的外表下，却燃烧着一颗火热的心；这也正是简的表面矜持、内心却沸腾的性格的突出特点。此外，他们两个人都表示愿意昂然面对生活的挑战，享受生活，积极迎接生活。正是这种深厚的感情把他们牢牢地拴在了一起，也抓住了读者的心。

这部作品的风格也值得学习。首先，它采用了第一人称叙述方法，拉近了作者与读者之间的距离，使作品更容易深入人心，为读者所钟爱。叙述者在讲述故事时所用的语气表现出一种愿望，即希冀与读者在情节的每一处都能达到契合。在小说情节中始终笼罩着一种悬念氛围，让读者全神贯注，急切地想了解故事的走向及人物命运的顺逆等。小说在叙述简的生活的各个不同阶段时，始终有一种主导意识发挥着统领全局的作用，保证叙述的连贯性以及小说视角和艺术效果的完整性。还有一点值得人们思考，即小说中运用了大量象征主义的手法。整个故事读起来像是一则寓言或神话传说，既可以说它是另一个灰姑娘的故事，也可以说是又一个班扬式的寓言。象征手法的运用也极大丰富了小说的内涵。比如，太阳和月亮分别代表了男女两性，也暗指简和罗切斯特两人；两大行星在弗恩丁相会，暗示两人的重逢。另外，桑菲尔德所透露出的哥特式氛围，加之情景剧因素的渗透，及谨慎与放肆、美德与罪恶之间的对比，宗教虔诚与世俗主义的强烈对照手法等，都有助于取得令人赞叹的艺术效果。

《简爱》是一部反映维多利亚时代风气的作品。它所传递和宣扬的美德和品位准则都具有明显的时代烙印。这些包括社会、家庭、道德、爱情观念和责任感等。《简爱》中的世界仍然是一个芸芸众生仰望上帝、道德至上的世界。尽管这个社会里有种种弊病与邪恶势力，但人们的精神依然健全，信仰依然虔诚、坚定，能够应付挑战，克服困难，成为胜利者。每个人都还踌躇满志，勇于一搏。在生活中，只要个人肯努力，仍能有所成就。家庭观念依然为人推崇备至。带有浪漫色彩的爱情依然存在，还在不断地丰富与活跃着人的生活。夏洛特·勃朗蒂笔下的世界与她妹妹在《呼啸山庄》中所描述的世界迥然不同。

但是《简爱》也不完全局限在它的历史时空框架内。简具有一些超越维多利亚时代的新女性的特征。在以男性为中心的维多利亚时代，女性被置于社会的劣等地位。文学作品中的女性形象带有鲜明的男性偏见：要么把女性妖魔化——把女性描写成阴险、恶毒的魔鬼或泼妇，要么把女性理想化——把女性描写成温顺善良的“家庭天使”。“家庭天使”集中概括了在一个父权世界里男性对于女性的理想要求，并以此来规范女性的行为，要求女性温柔、善良、贞节自守，以侍奉男人、照顾孩子、操持家务为己任。然而，简却一反传统女性的典范模式，大胆地向世人宣布“我可不是天使”，“至死也不想当天使。我就是我自己”。[124]这不仅是她捍卫女性人格和尊严的呐喊，更是对以男性为中心的维多利亚时代的公开挑战。

的确，简与“家庭天使”有着天壤之别：她没有天使般美丽的外表——身材矮小，相貌丑陋，穿着简朴。她大概是英国文学史上第一个“丑小鸭”式的女主人公。在塑造这个主人公时，夏洛特·勃朗蒂曾对她的两个妹妹说：“我要写一个女主角给你们看，她和我同样的貌不惊人，身材矮小，然而她却要和你们所写的任何一个女主角一样能引起读者的兴趣。”[125]诚然，简没有天使般温柔、顺从的性情，却充满叛逆、抗争的激情。她是一个失去爱而又受到不公正对待的女子，这形成了她灵魂中的刚强的一面，这点从未消融、化解掉；她从不甘心情愿地忍受别人的愚弄，也从不轻易地去宽容那些迫害她的人。她说：

> 强调人应该满足于平静的生活是没有用的，他们必须有行动，即便找不到行动的机会，也要去创造它。千百万人注定要处在比我更死气沉沉的困境中，而千百万人在默默地反抗着自己的命运。谁也不知道，除了政治反叛外，在生活中有多少反叛事件被掩盖起来。女人一般都被认为是十分安静的，可是女人的感受跟男人是一样的。她们像她们的兄弟一样，也要施展自己的才能，也要有用武之地。她们对太严厉的束缚、太绝对的停滞，也会和男人一样感到痛苦，她们那些享有较多特权的同类说她们应该将自己限于做布丁、织袜子、弹钢琴和绣口袋，那他们的心地未必太狭隘了。如果她们要超出习俗认为女性必须遵守的范围，想做更多的事，学更多的东西，他们因此谴责她们，嘲笑她们，那他们未免太没有头脑了。

简的这段慷慨陈词就是一部女权主义宣言书，一个女性以自己的新姿态向以男性为中心的传统世界发难的誓言。她坚强、独立的个性，在客观上起到了颠覆英国小说中温存、柔弱的“家庭天使”形象的作用，把一个全新的女性人物介绍到文学作品里。这对后来者的创作产生了影响。例如稍后一些的女作家乔治·埃略特在其小说《弗罗斯河上的磨坊》里面就把少年玛吉描绘成一个“丑小鸭”式的女孩。

《简爱》的故事是按时间顺序展开的，依次讲述了主人公在各个不同时期不同地点的不同生活经历。根据小说的叙述，简的经历可以依次排列为：盖茨黑德府——罗伍德慈善学校——桑菲尔德府——诺顿（圣约翰家）——弗恩丁（桑菲尔德府）。这部书让人读来仿佛是在欣赏一出迷人的5幕剧。在每个环节与上下文之间，都描述简在理智与情感之间的微妙挣扎，作家以此为主线把情节自然地衔接在一起。各个环节的内部和各个环节之间都由它们所反映的同一主题焦点作链接手段，反映生活对她的性格和意志的磨练过程，这有助于分步向读者展示她的成长和完整的人格特点。简在舅妈家（盖茨黑德）的经历表明她不可战胜的精神，她在罗伍德的境遇磨练了她决心有所成就的意志，桑菲尔德显示出她敢爱敢恨的能力和独立自主的品格，诺顿（圣约翰家）把她推入情感激变的旋涡，弗恩丁

（桑菲尔德）则收束画卷，揭示她重新振作、面对新生活的勇气。从她的经历中可以看出，简是一位自尊自强、颇具反抗精神的女性。从童年时代反抗对自己的不公正待遇起，直至她离开桑菲尔德庄园，她一直都生活在反抗中。

在童年时代，她由于反抗欺辱她的表哥约翰，而遭到舅妈里德太太的惩罚，被关进红房子里（疼爱她的里德先生就死在这里，从此便许久无人居住）。简想起了鬼魂能报复的传说，希望里德先生的灵魂会出来帮助自己报复舅妈。虽然盖茨黑德府所有的人都认为她弱小、丑陋，是一个“异种人”、一个“比不上佣人”的小姐，虽然一切力量都在压迫她，惨害她的天性，但是简的心灵并没有被丑恶的现实摧毁。相反，逆境却培植了她超人的勇气。她的精神因苦难生活而得到锤炼，变得更顽强，她的意志被恶劣的环境磨砺得更坚忍不拔。

在生活条件恶劣、清规戒律森严的罗伍德慈善学校里，简承受着肉体和精神上的压抑与折磨，表现出更加强烈的反抗性格。她敢于反抗那里专横、冷酷的校长。她曾对自己的好友海伦说，如果校长敢鞭打她，她就要把那把鞭子夺过来，当面把它折断，而且还要“狠狠地回击”校长，让他“永远不敢再这么打人”。可见，幼小的简的反抗意识来自她的自然天性。她的话不仅是对男性霸权的反抗，也是对自己人格尊严的维护。

经过艰苦生活的磨练，简的思想日臻成熟。当她以家庭教师的身份出现在桑菲尔德庄园时，她已经是一位敏感、热情、自尊、独立、颇具人格魅力的优秀女性。桑菲尔德庄园的主人罗切斯特先生是一个性情乖僻、冷淡古板而又刚愎自用的人。他年轻时是个浪荡公子，身上有着贵族固有的恶习，他在简面前处处显示出他作为主人的尊严。桑菲尔德庄园实际上是以罗切斯特为代表的父权、夫权社会的象征。简在粗暴专横的主人面前，始终显得不卑不亢、落落大方。她不因自己低下的家庭教师身份去攀龙附凤，也不因自己未见过大世面而在高傲的主人面前自惭形秽、张皇失措。当罗切斯特为她购买丝绸、将她与土耳其国王后宫的嫔妃相比时，她拒绝了他的馈赠，坚持继续作女孩阿戴勒的家庭教师养活自己，不做男人的附庸。当罗切斯特问她：“你认为我漂亮吗？”简脱口而出：“不，先生。”罗切斯特对这样坦率的回答感到震撼。无论他从前的情人塞莉娜还是现在的未婚妻英格拉姆小姐都不会这样回答他。她们当面吹捧他，背后却说他是丑八怪。只有简对他直言不讳。在与罗切斯特的感情交往中，简总能坦率、真诚、从容自如。她温文尔雅的言行和特殊的文化气质就像一个谜、一块磁铁吸引着罗切斯特。简出于对强势男性霸权的清醒认识，锻炼出了一种维多利亚时期普通女性所缺乏的自尊、自爱、自强的性格。正是这种性格令罗切斯特慑服，使他把简看成自己“天生”的“倾吐隐秘的人”。在英国小说史上，简应当是第一个不凭美貌而凭性格赢得男性爱慕的女子。

在男性创作的或以男性为中心的文学作品中，描写爱情的情节不是以女性对男性的诱惑为重点，就是以男性对女性的征服为结尾。于是，女性便成为性的诱惑者、金钱的俘虏或权势的奴隶，失去了与男性平等的地位。夏洛特·勃朗蒂笔下的简与罗切斯特的爱情既不是女性对男性的诱惑，也不是男性对女性的征服，而是在平等交流基础上的心心相印、精神与精神的沟通。简与罗切斯特的相爱并非一见钟情。相反，他们初次见面都没有给对方带来丝毫爱恋的感觉，因为他们双方都不漂亮，都不足以在外貌上吸引对方的注意。但随着情节的发展，两人的几次谈话使他们沟通了情感，形成了心灵的契合和精神的交融。简内柔外刚的性格、超凡脱俗的气质、丰富的感情和深刻的思想深深吸引着罗切斯特。她所寻觅的伴侣是一个能配得上她的智慧、她的判断力和具有坚定个性的人，一个能学会尊重她的人格的人。她的爱情表白最能表现她对男女不平等、对男性霸权传统的抗议。她责问罗切斯特：

> 你以为我穷、低微，不美、矮小，就没有灵魂没有心吗？你想错了……我的灵魂跟你一样！我的心也跟你一样！要是上帝赐予我一点美和一点财富，我就要让你感到难以离开我，就像我现在难以离开你一样。……就像我们站在上帝脚跟前，是平等的——因为我们是平等的！

在以财产多少和门第高低决定一个人社会地位与婚姻基础的维多利亚时期，简的这种富于激情而又有理有节的言辞征服了罗切斯特，使这位孤傲的庄园主终于打破门第观念，向简求婚。

《简爱》也改变了把女性情感世界封闭起来的传统写法。它大胆地描写简在爱情上主动追求，让简尽情倾吐自己的内心感受。比如，当简得知罗切斯特要娶布兰奇小姐时，她意识到这意味着自己将离开桑菲尔德，于是，她便不顾一切地向罗切斯特倾吐自己的情感：

> 离开桑菲尔德我自然伤感。我爱它，因为我在这儿过了一段，至少是一段——充实而愉快的生活。……我曾同我所尊敬的、所喜爱的人面对面地交谈——曾同一个有独到见解、生气勃勃、豁达大度的心灵交谈。我认识了你，罗切斯特先生，想到非得永远离开你，这让我感到可怕与痛苦。

在英国小说史上，简应当是第一位忠于自己的强烈感情、主动向男人表达爱意而又如此真挚感人的女主人公。

简坚持正确的做人原则，不愿苟且偷生，不为小利而失大体。在罗切斯特的重婚事实败露之后，简的情感经历了复杂的斗争。她明白，只要她愿意抛开名分，做罗切斯特的妻子，就可以把罗切斯特从痛苦的深渊中解救出来，而她自己也将获得天堂般的幸福。然而，她不能说服自己借着爱情的威力和热度与罗切斯特触犯做人的准则：

> 我将遵守上帝颁发的世人认可的法律。我要坚持我在清醒时而不是现在这样疯狂时接受的原则。法律和原则不是用在没有诱惑的时候，而是用在像现在这样肉体和灵魂都起来反对它们的严格的时候。既然它们是严格不是通融的，那么它们就不容违反。

简明白，自己的职责全部包括在一个伤心的字眼里——“走”。她敢于摈弃不法的爱。自律自强的精神追求和对幸福自由的渴望构成了她的精神旋律，尽管这将意味着艰难与困苦。她在离开桑菲尔德后，一路步履维艰，沿途乞讨糊口，后又重操旧业，以教书为生，历尽千辛万苦终不后悔，而这一切都是因她无法接受罗切斯特的情人身份而致。

简在诺顿陷入情感抉择的那一幕对读者有着恒久的魅力。她被置于人的情感的两极之间：一边是罗切斯特，他身上散发着强烈的男性活力；一边是圣约翰·里弗，他身上展示出诱人的高尚人性。两者的魅力同样让她不可抗拒，却又同时遭到她的拒绝。在与圣约翰的交往中，简感觉到此人始终以上帝的使者自居。这个加尔文教徒具有狂热的宗教野心。他以压抑人性的宗教偏执与简谈论自己的性爱渴望。他之所以看中简的坚强性格和丰富的感情世界，完全是出于宗教目的，于是，他便以上帝和大自然的名义命令简以妻子的身份随他一起去印度传教。如果说罗切斯特是一个性情乖张、刚愎自用的男权主义化身，那么，圣约翰则是为了殉教而泯灭人的正常感情的传教士。他向简求婚，只是为让她扮演传教士工具的角色而已。简所追求的是以真情实感为基础的爱情，而不是有婚姻而无爱情的生活。尽管圣约翰的精神与理性魅力最终输给了桑菲尔德和罗切斯特所代表的物质现实和充满活力的人间生活，但事实上，最终赢得简的芳心、让她重返那所古老庄园的却是一个变了容貌、内心更平和、精神上获得新生的罗切斯特。对于简来说，理智与情感终于达到平衡与和谐。小说故事的最后结论是，这个经受精神洗礼的地方才是简能托付终身的正确归宿。

在与罗切斯特和圣约翰的感情纠葛中，简都听从了自己的高尚良知的指引。就像她不愿向罗切斯特妥协一样，当圣约翰急切要求她接受他的求婚时，她也同样坚定地拒绝了这种殉教精神的使命性婚姻："如果你希望的话，我愿意做你的副牧师，但绝不会做你的妻子。"简要在罗切斯特和圣约翰之间寻求一条维护个人权利和尊严的理想地带。

简对爱情忠贞不渝。尽管她离开了桑菲尔德，可她从未忘记罗切斯特。她真切地爱着罗切斯特，尽管两地遥遥相隔，她最后还是在冥冥中听到了罗切斯特的呼唤，毅然辞别圣约翰，踏上返回桑菲尔德之路。当她再次回到这所庄园时，呈现在她面前的景象让她惊愕不已。罗切斯特和他的庄园都已经历沧海桑田、今非昔比。残废而贫穷的罗切斯特孤苦伶仃地住在一处偏僻的农场。而简却摇身一变，一夜之间变成腰缠万贯的女人：她从叔叔那里继承了两万英镑的遗产而成为一个有地位、有财产的人。生活和他们两人开了一个大玩笑，两人的现状与过去相比，位置完全对调过来。简没有改变自己的爱的初衷。她回到罗切斯特身边，和他一起面对生活。桑菲尔德庄园毁灭了，他们在婚后开始建设自己的家园——芬丁庄园：

> 天黑之前，我来到了这座花园。那是个阴霾满天，冷风呼呼，细雨霏霏的黄昏。我守信付了双倍的价钱，打发走了马车和马车夫，步行了最后一英里路。庄园周围的树林枝繁叶茂，郁郁葱葱，即使走得很近，也不见庄园的踪影。两根花岗石柱之间的铁门，才使我明白该从什么地方进去。进门之后，我便立即置身于密林的晦暗之中了。有一条杂草丛生的野径，沿着林阴小道而下，两旁是灰白多节的树干，顶上是枝桠交叉的拱门。我顺着这条路走去，以为很快

> 就会到达住宅。谁知它不断往前延伸，逶迤盘桓，看不见住宅或庭园的痕迹。
>
> 我想自己搞错了方向，迷了路。夜色和密林的灰暗同时笼罩着我，我环顾左右，想另找出路。但没有找到，这里只有纵横交织的树枝、圆柱形的树干和夏季浓密的树叶——没有哪儿有出口。[126]

她终于找到了这处庄园，见到了罗彻斯特。他听到她的声音，迫不及待地伸出双手："这位说话人在哪儿？难道只是个声音？呵！我看不见，不过我得摸一摸，不然我的心会停止跳动，我的脑袋要炸裂了。不管是什么——不管你是谁——要让我摸得着，不然我活不下去了！"[127]她抓住了他那只摸来摸去的手，双手紧紧握住它。这个庄园就是她生活的理想乐园，在这里她可以自由呼吸新鲜空气，可以尽情享受安静舒适的生活。从这种形式的结尾中，我们可以看出，夏洛特·勃朗蒂在主张女性独立的同时，也渴求两性间相互依赖、相亲相爱的理想生活。

小说中有两个与简有紧密关联的女性梅森和海伦值得关注。她们体现出简的性格和追求。梅森·伯莎是一个疯女人，她在半夜惊叫，撕碎婚纱，火烧桑菲尔德府。她和简一样，也是一个追求幸福和自由的反叛女性。她一次次从禁锢她的顶楼跑出，一次次将仇恨发泄在既没带给她幸福又使她失去自由的罗切斯特身上。简是一个足以在精神上与男性抗衡的女人；梅森则是一个女性激情与力量的化身，一个用来揭示男性如何将女性逐步边缘化、他者化的典型。简不喜欢阴凉的桑菲尔德，而梅森一把烈火烧毁了这座象征男权主义的庞大庄园。梅森就是简在冥冥中的影子，她的存在和消失都对简的人生有着重大影响。梅森的毁灭性行为也暗含着简性格中刚烈的一面。

海伦是简在罗伍德学校时的挚友。她和简有着相似的背景：她们都是孤儿，都有可有可无的亲戚，都有在罗伍德学校饱受老师责骂和惩罚的经历。她与简一样真诚、善良。但她又与简不同，对人世间的苦难她都能默默忍受。她很爱学习，知识是她的精神支柱。在知识的世界里，她享受着平等和自由的快乐。她虔诚地信仰上帝，《圣经》是她的日常行为的规范。她相信上帝对人世间的一切了如指掌，对每个人的命运都有安排。因此，她并不想改变自己的生活现状，而是等待着天堂生活的到来。海伦想象中的上帝的世界和天堂生活正是简所努力追求的自由、平等和幸福。海伦的生活理念——“《圣经》要我们以德报怨”——对简产生着潜移默化的影响。尽管简难以苟同海伦那种完全放弃现世的宗教偏执，但海伦的躬身力行却深深地影响着她，她从海伦那里汲取了宽容和忍耐的品质，在品格和举止上都向完善迈进一步。后来当她再次回到盖茨黑德府时，她对舅妈里德太太不再忌恨，取而代之的是宽容和忍耐。虽然这里有她经常挨打受骂的房间、罚跪过上百次的脚凳以及抽打手掌或脖子的鞭子，她的心境却趋于平和，不再铭记这些标志着人性恶的生活细节了。当里德太太依然对她表现冷淡、不停地抱怨她的过失时，简有意识地压制下自己内心的愤怒和厌恶的冲动，平复了复仇的渴望。她向舅妈表示自己已经不再计较七八年前的事了。最终，她还是参加了舅妈的葬礼，宽恕了这个自己曾经恨之入骨的人，并承担起照顾两个姐姐的责任。

梅森和海伦代表了简的性格中的两个对立面。一方面，简有梅森式的反叛性；另一方面，她也以海伦的容忍和宽容克制着自己的内心。简正是在这种自身性格的内在矛盾中不断地超越着自我，实现着自己对自由和幸福的梦想。从简的身上，人们看到了一颗真实崇高的灵魂，这颗灵魂符合人性的爱，却又遵守社会道德。她能表现激情的爱，她也能表现理智的爱。在她的故事中，总有一种对生活的不可抑制的热望在燃烧，时时刻刻牵引着读者的心。这是作家夏洛特·勃朗蒂的独创性所在。

英国女作家玛德说：“个性、坚强、自由激越的情感是［《简爱》这部］书中唯一的也是足够的魅力。”[128]玛德的评述已得到当前文学评论界的认可。毋庸置疑，靠自身的努力赢得他人的尊重和社会的认可是夏洛特·勃朗蒂创造的女性的魅力的源泉。今天，这种魅力仍不减当年，不少人依然手捧《简爱》爱不忍释，通宵达旦地阅读。夏洛特·勃朗蒂提出了一种超越维多利亚时代文学的全新思想：一个男人的价值不能只凭他的社会地位和财产来决定，一个女子的价值不能只凭她的美貌和性感来决定，人的价值最终取决于他的思想、品质、才智和情操等内在的本质因素。

作为一部自传体小说的主人公，简的性格和言行是作者思想观点的再现。当然，现实里的夏洛特·勃朗蒂并不完全和简一样。比如她一生都是用“柯勒·贝尔”这个男性笔名发表作品。她在给评论家G. H. 莱维斯的信中写道：“我希望你不要把我看成一个妇女。我希望所有的评论家都把‘柯勒·贝尔’当作男人；那么，他们对待他就会更加公正。”[129]可见，维多利亚的评论家难免会用女性的某些标准来衡量她。在男性本位的传统文化里，女性的边缘状态被视为理所当然。对一个女子来说，写作能在人格上、精神上摆脱自身的边缘状态，宣泄对男性中心文化的愤怒和抗议。正如美国女性主义评论家苏珊·格巴所言："在19世纪，女性作家们对自己那种操纵笔的欲望感到一种逾越的恐惧，她们试图用种种写作策略来缓解这种欲望。"[130]从苏珊的话中，我们似乎可以想象夏洛特·勃朗蒂用"柯勒·贝尔"的笔名来掩盖容易引起麻烦的女性身份的无奈。她为妇女谋求解放，只有借男性之名才能进入男性主宰的文学领域而获得一席之地。这种手法虽然充满讽刺意味，但这正是夏洛特·勃朗蒂进行自我奋斗的一种方式，也是她实现自己女权意识的一种手段。她在女权主义发展史上的地位也应因此得到更充分的肯定。

《维莱特》

《维莱特》是夏洛特·勃朗蒂的最后一部小说。作家出版这部小说时已不再是一个无名小辈，也不再是土里土气的乡下姑娘。她去过伦敦，与萨克雷畅谈过文学创作；她出席过宴会，被捧为社会名流。随着眼界开阔、世事变迁，她对人生的感悟也发生了变化。

评论界普遍认为，《维莱特》暗含着夏洛特·勃朗蒂在布鲁塞尔求学期间对埃热先生的一段刻骨铭心的师生之情。在小说中，作家重复使用了《教师》中的某些主题性材料。她曾引用《旁观者》杂志1853年发表的《评〈维莱特〉》："维莱特就是布鲁塞尔，柯勒·贝尔（夏洛特的笔名）把她的新作称为'布鲁塞尔某女校一位教师的生活自述'"。[131]如果人们再细读一下夏洛特·勃朗蒂的生活简历，便能从中体会到她心灵深处日积月累而堆积成的情结。1842年，夏洛特·勃朗蒂为实现办学计划，和妹妹艾米莉去比利时布鲁塞尔的一所寄宿学校求学。夏洛特在校主要学习法语、德语和文学，后来又兼任英语教师。在两年的求学生活中，她爱上了校长的丈夫埃热先生。众所周知，夏洛特的生活圈子狭窄，很少与外界社会接触，结识的男性更是寥寥无几，或许埃热先生是她婚前交往时间最长，也是她最尊敬的异性朋友。

小说的情节曲折动人：女主人公露西·斯诺是一个自传作者，自小由教母布列顿太太养大。布列顿太太死后，她又做了老处女马奇蒙特小姐的侍女。马奇蒙特小姐去世后，她决心改变自己的生活环境。在朋友的建议下，露西离开英国，只身前往欧洲大陆的小城维莱特谋职。她在夜里走投无路时，遇到约翰医生，在他的帮助下，来到一所女子寄宿学校，被校长贝克夫人收下做保姆兼家庭教师，后又成为学校的英语教师。在假期里，露西由于孤独郁闷，病倒在大街上，又是约翰医生把她救回家中。原来，这位约翰医生就是布列顿太太的儿子。露西逐渐爱上了这位医生。当她发觉约翰真正爱的是波琳娜时，她痛苦万分，决心终身孤独，奋斗一生。后来，学校的一位叫保罗·伊曼纽埃尔的教授向她伸出了友谊之手，并表白了爱慕之意。保罗教授用自己的资产为露西置办了一所学校，请她全权管理。露西从此有了自己的事业，成为一个独立的女人。但不久噩耗传来，保罗死于海难，一对恋人就此阴阳相隔。

露西无疑是夏洛特·勃朗蒂的代言人，而保罗则显然是从埃热先生脱胎而来。从某种意义上讲，小说直接反映出维多利亚时期的女性在谋生、就业和选择自身命运方面遇到的迫切的社会问题。露西有类似于简的生活经历：和简一样，她相貌平庸，生活贫困；与简一样，她为了逃避过去而客居异乡，谋得了一份教师的工作。她爱上了教母之子约翰，却遭拒绝。她与保罗相爱，又遭其亲友阻挠。眼见就要与保罗团聚，一场风暴却使保罗葬身于海底。看来，露西远不及简幸运。她虽然有简那样的心地纯真和善良，却缺乏简的自尊自信和刚强倔强。她与简不同，内心深处虽然也满怀对幸福生活的渴望，但她从孩提时期就表现出超然世外的态度。她时而精神狂热，时而苦闷忧郁。她缺乏简的勇气和胆量，不敢直面现实的压力；她隐忍消极，甘心受命运的驱使。露西的悲剧实际上是夏洛特·勃朗蒂的精神苦痛的回响。作者悲苦的生活经历通过露西得以抒发，个人的情感失意也经由露西得以宣泄。如果说《简爱》表现出作家理想中的爱情观，那么，《维莱特》展现的则是她的凄苦身世与无望的爱情。正如前文所述，因为她在生活中缺乏生死相许的情感，夏洛特·勃朗蒂的爱情生活一直是痛苦的。她曾拒绝了几个求婚者，其中包括好友纳西德。她曾强烈地眷恋着出版商乔治·史密斯，却因自卑心理作怪而放弃了这份感情。她终身挚爱的埃热先生留给她的只是永久的回忆和刻骨的痛楚。1854 年，她同父亲的助手尼科尔斯结婚，然而婚后不到一年，她就死于产褥热。

从简与露西的人生境遇的对比中，人们可以感受到，夏洛特·勃朗蒂在《维莱特》中对妇女的命运给予了更多的思考，体现出她对人生理解的质的转变。正如法国文学评论家埃米尔·蒙特居所说："在《简爱》里，她［夏洛特］描述了她想象中的生活。在《维莱特》中，她描述了她真实的道德生活。……简是理想的诗意的夏洛特；露西·斯诺则是平淡无奇的、生活中的夏洛特：她们是姐妹，可是她们存在着现实与幻想之间的距离。”[132]从露西身上那种自命不凡和冷若冰霜的人格特点中，夏洛特·勃朗蒂似乎看到了一个女性所注定的悲剧。实际上，这也是作者对自己生活经历的一种深刻反省。

夏洛特·勃朗蒂颇具匠心，她在小说中还刻意描写了另外两个女性来映衬露西。在小说的前三章里，她塑造出小波莱的形象，似乎以此暗示露西今后的生活经历。小波莱是个有强烈独立意识的女孩。比如，当她意识到父亲走后，自己面对的问题是寻找寄托、寻找幸福、适应新的生活环境时，她便下意识地强迫自己独立起来。她拒绝仆人抱她下楼，坚持自己穿衣、洗漱，有时“她闷闷不乐，任何成年人也未能像她那样将愁苦表现得淋漓尽致”。这些细节描写都在间接影射露西将逃避过去，孤身一人身处异乡。

同样，马奇蒙特小姐的命运也对露西具有暗示作用。马奇蒙特是一个孤独的老处女，为死去的恋人守身如玉30年。30年前，在一个快乐的圣诞节前夜，她打扮得漂漂亮亮，焦急地期待着恋人弗兰克的到来，而就在黎明时分，弗兰克已奄奄一息，很快便永远离开了她。马奇蒙特独守两间闭塞的空房，平静地等待着死亡的降临。她把自己的一切献给了对情人的回忆。她说，爱给她带来了不幸，“不幸会把温柔与和蔼可亲的性格变得更圣洁；不幸会把强硬的邪恶的灵魂变成魔鬼”。[133]小说下文讲述的保罗先生以前的恋人玛丽与沃尔拉文斯太太的命运似乎正应验了这一结论。而且，露西和马奇蒙特去世前的一场对话与小说结尾处露西诉说保罗的情感描写也有关联。显然，马奇蒙特的遭遇是在暗示露西与保罗的结局。

夏洛特·勃朗蒂对小说中的两位男主人公也分别作了极不相同的处理。约翰英俊潇洒、才华横溢，具有让少女倾心的一切特质；而保罗是个身材矮小，脾气暴躁的怪人，但却有着一颗纯金的心。在爱情上，保罗感情专一，坦率真诚，对死去20年的未婚妻仍念念不忘。他为人忠厚大气，慷慨无私，尽管未婚妻的老祖母曾极力阻碍过他们的婚事，但他不计旧恶，未婚妻死后，他自愿担负起赡养她的义务。因此，约翰是个一般意义上的好人，保罗却是个思想境界更崇高的人。保罗比约翰更为高大，他与露西的爱情是真情的无私奉献。夏洛特·勃朗蒂在小说结尾安排了海难，也是出于对保罗的考虑，因为在作者看来，在残酷的社会现实中死亡是温和的命中注定的选择。

《维莱特》的整个基调是低沉的、悲凉的。小说中对布鲁塞尔的描写、不断地使用法语对话和术语，还有对那些做作、喜欢调情而又拘谨的天主教徒的刻画，都突出了露西的孤独与离群索居。夏洛特·勃朗蒂留给露西的是无边无际的守望和痛苦，留给读者的是对维多利亚时代女性命运的深刻哀叹。

艾米莉·勃朗蒂（Emily Bronte, 1818-1848）

艾米莉的生活经历很单纯。她除去四次饱受思乡之苦的短暂离家外出之外，终其一生活动范围基本上就是她家的宅第——哈沃斯牧师公馆和附近的荒原。勃朗蒂姐妹住在英国北部约克郡的哈沃斯小城里。这个地方当时处在一片灰色的沼泽地边缘，非常贫穷，常有一种荒凉、冷飕飕的感觉。勃朗蒂家是一栋两层的小灰色石屋，大门直接通向教堂的院子。老勃朗蒂是个牧师，1820 年在此定居。他的几个孩子在这里长大，可能由于沼泽地的毒气所致，两个大女儿（玛丽亚和伊丽莎白）夭折，活下来的四个孩子也都没能活过 40 岁。

几个孩子在母亲过世后，每天就挤在二楼上一间很小的屋子里，一起玩耍、读书和写作，在自己的想象世界里游荡，以排解孤独感。他们读父亲的藏书，如《圣经》，荷马、维吉尔、莎士比亚、弥尔顿、拜伦、司各特等人的作品及其他书刊。可能是受到《格列佛游记》的影响之故，艾米莉和姐姐安妮创作出她们的“冈多尔传奇”（the Gondal Saga）。艾米莉开始创作这部诗歌时是 18 岁。后来她在 1841 年 7 月 30 日的日记里说，“冈多尔人目前处于危险状态，但还没有公开破裂——所有的王子和公主们正在敬学宫里——我手上有许多书，可是遗憾的是我像往常一样没有什么进展……”夏洛特和弟弟布兰威尔则在小笔记本里记录他们的“安格利亚王国”的故事。这些故事都相当复杂、曲折，有的部分的手稿迄今还完好无缺。可见几个人对于文学创作的全身心的投入。他们几个人都有文学天赋，这和老牧师的爱好不无关系。老牧师喜好诗歌，出版过几部散文集和诗歌作品，还向当地报纸投稿。几个孩子 1846 年一起出版过一部诗歌集，用的是笔名，分别是柯勒·贝尔、爱丽丝·贝尔及艾克顿·贝尔。诗歌集不算成功，只卖出两部。但他们没有灰心丧气，而是鼓足勇气，继续创作。

可惜地气不好，影响了她们的健康和文学事业的发展。她们一生最担心的事情之一就是能否健康地活着。她们一起写日记，还都签字，决定每四年她们的生日时一起写一次，各写一篇。比如 1834 年 11 月 24 日，她们写的是，“安妮和我说她纳闷，到 1874 年，如果一切顺利的话，我们会是什么样子，我们在做什么，会在哪里——那一年我将 54 岁，安妮近 55 岁，布兰威尔近 58，夏洛特 59 岁，希望日记写完时我们大家都好。艾米莉和安妮签字。”1837 年 6 月她们也写过同样内容。后来，布兰威尔去世最早，那是在 1848 年，31 岁。一年后过世的是安妮，再其后是艾米莉，最后是夏洛特。[134]

三姐妹的写作风格不同。夏洛特和安妮倾向于写自传体小说，运用可靠的叙述者叙述故事，艾米莉则用不可靠的叙述者如洛克伍德，给读者传递关于《呼啸山庄》里人际关系的误导或错误信息，同时又运用比较可靠的叙述者乃莉·狄恩。夏洛特和安妮的作品基调是现实主义的，而艾米莉的则是浪漫主义的。虽然《简爱》和《呼啸山庄》出版时，《简爱》更受人欢迎，但《呼啸山庄》却随着时间的流逝，愈来愈受人青睐。总的看来，勃朗蒂姐妹的故事是个动人心肺的悲剧。今天，勃朗蒂三姐妹的故居已成为勃朗蒂牧师宅第博物馆，供人瞻仰。

虽然艾米莉·勃朗蒂和姐姐的生活环境与条件大体一样，但二人的内心感情结构却有些不同。艾米莉的内心世界似乎是波涛汹涌的，她和姐姐在这方面有共同之处，但她的性格更热烈和奔放不羁。读者浏览她和安妮的早期作品——“冈多尔传奇”——便会发现，她对青少年时代的人生拥有一种走火入魔的兴趣。从某种意义上讲，她的传世作《呼啸山庄》写的其实就是人生这一内心最不平静的时期。

读过《呼啸山庄》的人大概都想知道究竟是怎样的一位女子创作了这部千古奇作，是怎样宽广的胸怀造就出如此非凡的境界，是怎样孤独的灵魂唱出了如此悲怆的歌声，是怎样自由的心灵孕育出如此浪漫不羁的情感。的确，艾米莉·勃朗蒂是她们三姐妹中最神秘的一位。但人们都不会想到，她在短暂的生命中还没经历过尘世的恋爱，一个能幻想出惊天动地的爱情的作家在实际生活中却是一个沉默、倔强的女子。

这与她离群索居的生活方式有关。艾米莉不愿像姐姐一样长期担任家庭教师，不喜欢社交生活，甚至不愿意将自己的诗歌和小说发表。她宁愿待在家里操持家务或在野外沉思。但她在处理实际问题方面的能力决定她也渴望入世，使自己的才华得到充分施展。但是自由的灵魂是无法忍受束缚的。艾米莉曾在布鲁塞尔度过六个月的“社交生活”，后来返回家乡，一直未再外出。她刚到而立之年就被肺结核夺去生命，永远离开了她曾深深留恋的草原和亲人。可以说，艾米莉是冰火两重天，冰的是外表，火的是内心。也可以说，她的世界曾经很小，也曾经很大，小的是尘世的社会，大的是想象的王国。

艾米莉在创作《呼啸山庄》之前大约十年间，陆续写出了少年习作诗歌《冈多尔传奇》（*Gondal Saga*）和大量的抒情诗，共200多首。冈多尔是艾米莉和安妮两人虚构的岛国，自从孩提时代，她们一直在创作关于这个王国的故事和诗歌，沉迷其中，难以自拔，留下了大量的冈多尔诗歌。然而，遗憾的是，大部分读者忽视或者从未意识到这部分作品及其重要性。在英诗史上，艾米莉·勃朗蒂的诗歌特立独行，别具一格，所发出的“天籁之声”“还能在外太空里找到一个读者……翅膀显然很有力，可以达到无人企及的高度”。[135]

如果从作家生平入手寻找阐释作品的钥匙，艾米莉·勃朗蒂的研究者可能会感到失望。艾米莉的生活经历很单纯。她除去四次饱受思乡之苦的短暂离家外出，终其一生活动范围基本上就是哈沃斯牧师公馆和附近的荒原。这很难解释她在诗作里所表达的激情，她对大自然、人生等问题所进行的丰富而深刻的思考。在解读艾米莉的诗作时，我们“必须完全在文本内的参照系里寻找答案”。[136]艾米莉的诗歌真挚深沉，雄劲粗犷，挥洒自如，充分体现出诗情、激情及想象的巧妙结合。

冈多尔传奇诗歌里的情节曲折离奇，情感既缠绵悱恻又慷慨悲壮。它的结构复杂，人物众多，事件纷繁，场景角色频频转换，犹如电影里的“蒙太奇”（montage）表现手法，层层叠合幻化，扑朔迷离。现在保存下来的仅是该作的诗文部分，为冈多尔传奇提供完整而详细背景的散文已经散失，无从查考。冈多尔诗作内容丰富，其中有冈多尔人物的声音：抒情、叙事或评论；有作家创作散文时激情的外露及对人物、场景、事件、情感进行的一种富有诗意的评说。由于诗人没有按照故事的进程创作诗歌，所以，抒情诗自不必说，在部分叙事诗中，情节并不相互连贯，言语也难以分辨出是出自作者还是诗中人物之口，是作家在直抒胸臆还是她笔下的人物在感怀陈情。因此，后人在重构冈多尔传奇时，可以援引的依据极其有限，主要散见于艾米莉和安妮的几篇日记和札记里，包括1834年11月24日艾米莉和安妮共同署名的日记片段、1837年6月26日艾米莉和安妮的日记、1841年和1845年艾米莉生日时姐妹二人交换的日记，还有一篇安妮写的冈多尔人物及地名列表的札记。在把冈多尔诗歌按照情节重新排序时，主要参照艾米莉原创的诗歌标题，诗文中的人名和地名、情节脉络和情感线索，只能根据诗歌索隐探幽，拼写出冈多尔的重大历史事件。

艾米莉笔下的冈多尔王国就像蒙娜丽莎嘴角边那丝神秘的微笑一样耐人寻味，也因此赢得了许多西方学者重构这一神秘国度的热情。这一过程充满臆想和推断，人们对冈多尔传奇的原委常常各持己见。下面是劳拉·辛克利于1947年的一次尝试。[137] 安戈拉是冈多尔王国北方的一个小王国，裘利斯·布伦泽达是安戈拉王国的王子。裘利斯在校读书期间就和南方的奥尔考娜王国的公主罗西娜陷入爱河，但是学校的严明纪律迫使两个情人忍痛分别，裘利斯因此被学校囚禁起来。裘利斯被释放出来后，远征到了加尔达恩岛。在这里，他先后征服了阿尔米多和泽罗那王国。在泽罗那王国，他热烈追求当地女子杰拉尔丁娜，然后两人私下结婚。但当杰拉尔丁娜拒绝和裘利斯回冈多尔时，二人暂时分手。杰拉尔丁娜生下两人的孩子奥古斯塔·杰拉尔丁娜·阿尔梅达后，决定去冈多尔，但在海上航行时落水身亡，留下的孩子由裘利斯在安戈拉的山中养大。杰拉尔丁娜死后，裘利斯和第二个妻子罗西娜·奥尔考娜结婚，并把女儿奥古斯塔接回了王宫。可是，对裘利斯一往情深的罗西娜对奥古斯塔冷若冰霜。

野心勃勃的裘利斯为了自己的霸业，立誓和他残余的对手埃克锡纳国王杰拉尔德·埃克锡纳联合称帝，但是很快背信弃义，把杰拉尔德和他的兄弟阿瑟囚禁起来，自己成为冈多尔和加尔达恩岛的国王。为了复仇，埃克锡纳家族组织了武装叛乱，但很快被裘利斯挫败。不可一世的裘利斯最后被道格拉斯刺杀，凶手行刺后，逃之夭夭。罗西娜这时代替他们的儿子亨利·安戈拉摄政。

奥古斯塔长大后，美丽动人、任性乖张、激情叛逆，很快成为一系列爱恨情仇的中心。首先是安杰莉卡的情人阿米得斯拜倒在奥古斯塔裙下，但遭抛弃，在一次暴力事件中死去。这件事引起了安杰莉卡对奥古斯塔的怨恨。

奥古斯塔第一次挚烈的爱情来自已婚的亚历山大·艾尔比勋爵。二人幽会，奥古斯塔生下婴儿亚历山德拉。为了捍卫自己的皇权，奥古斯塔把孩子丢弃在雪野。艾尔比勋爵在妻子死后和奥古斯塔结婚，二人对罗西娜宣战。战斗中，奥古斯塔亲眼目睹亚历山大血洒疆场，然后自己被监禁起来。被罗西娜释放后，奥古斯塔和费尔南多·德·塞莫拉之间发生了风月故事，费尔南多为此抛弃了自己青梅竹马的恋人。当多情的费尔南多受到政治事件的牵连被投入牢房后，奥古斯塔马上把他弃之脑后。费尔南多在抑郁中结束了自己的生命。

带给奥古斯塔第二次伟大爱情的人是已成鳏夫的艾尔弗雷德——她的母亲杰拉尔丁娜的兄弟、冈多尔阿斯平城堡的主人。艾尔弗雷德一心想博得奥古斯塔的欢心，完全忽视了自己幼女的存在。二人结婚后，因罗西娜死去，奥古斯塔成为女王。当艾尔弗雷德的身体迅速衰竭时，奥古斯塔开始感到他们的结合是一种罪孽，并把他送到英格兰等待死亡的到来。接着一场猛烈的共和军革命爆发了，奥古斯塔逃到安戈拉深山中。在这里，安杰莉卡唆使情人道格拉斯将高傲的女王杀死。奥古斯塔身葬荒原之际，她的侍卫官、忠诚的埃尔德雷德勋爵在她身边，为她哀悼。

辛克利和范妮·拉齐福德 1955 年重构的冈多尔传奇有一处明显不同：辛克利认为奥古斯塔·阿尔梅达和罗西娜·奥尔考娜分别是两个女主人公，而拉齐福德女士则认为她们是同一个人物。不过，在分析冈多尔王国和《呼啸山庄》中的人物关系时，这一点倒也无关紧要：即使她们是两个人，二者已经在凯瑟琳·恩肖身上合二为一。[138]

冈多尔诗歌的面世出于偶然。1850 年《呼啸山庄》和《艾格尼斯·格雷》再版时，夏洛特·勃朗蒂在“爱丽丝·贝尔与艾克顿·贝尔生平记略”中说明了妹妹艾米莉诗才面世的原委：

> 1845 年秋的一天，我偶然看到一本诗歌手稿，是妹妹艾米莉的笔迹。当然，我不感到意外，因为我知道她素有诗才而且也在写诗。浏览一遍后，我不仅震惊，更深信这些诗作绝不是普通的情感宣泄，也不像一般的闺阁诗，它们凝练、简洁、刚劲、真挚。在我耳中，这些诗还有一种奇特的音韵之美——狂放、忧郁、振奋人心。[139]

于是，夏洛特花了几天的时间说服她这样的诗作值得出版。1846 年 5 月 2 日，勃朗蒂三姐妹隐去真名，用性别模棱两可的假名出版了《柯勒、爱丽丝和艾克顿·贝尔诗选》(*Poems by Currer, Ellis, and Acton Bell*, 1846)。这个诗集选编了艾米莉诗作 21 首，每首诗末尾都印着她的笔名“爱丽丝”（Ellis）。这 21 首诗选自艾米莉的两本诗歌手稿。[140]

根据现有资料，艾米莉的201首完整诗作和未完诗中，除45首冈多尔诗歌外，其余的都是抒情诗。在这些诗作中，艾米莉表达自己对自然的崇尚，诉说对爱情的执著，也诠释对人生的理解和对死亡的思考。[141]

在《我的灵魂绝不懦弱》（*No coward soul is mine*）一诗中，艾米莉用单声部的真实声音直抒胸臆，表达自己的人生诉求，强调自身精神的强势："我的灵魂绝不懦弱，在世界上的风暴频仍之区也不颤抖忧虑"，同时也表现出自己纯真自然的信仰："我见到天堂的光辉闪烁，同样闪烁的信仰使我克服着恐惧。"[142]毫无疑问，这首诗是艾米莉心灵感受的记录和剖析，也是她心路历程的写真，诗中的她表现得"比男人还要坚强，比小孩还要单纯"。[142]

艾米莉不羁的头脑和叛逆的个性与当时欧洲风云涌动的怀疑思潮遇合后，现实世界和尘世情感被她彻底否定了，艾米莉于是不再相信爱情："曾经柔情似水，珍藏心间，/ 如今却只剩惨淡冷漠……"（引自Hatfield, C. W. *The Complete Poems of Emily Jane Bronte*. New York: Columbia University Press, 1941. 130.）女诗人否定爱情的原因是，爱情虽然美好，但不持久："爱情好似野玫瑰，/ 友谊却像冬青树——/ 玫瑰花开，冬青叶绿，/ 谁更能青春常驻？"[143]没有人间的爱，艾米莉把奔涌的激情投放到幻想中，在那里，她尽享超验的爱情："啊，幻想，来吧，我的情郎！/ 请在我的云鬓轻轻一吻；/ 请附临我孤独的小床，/ 带给我休憩，/ 带给我欢欣。"虽身在尘世，神思却超然世外，艾米莉在奇幻的精神之恋中寻求到了永恒。

艾米莉终身未嫁，但她执著地追求永恒的爱情。为追求永恒，艾米莉把灵魂归宿也置于永恒的大自然中，寻求与自然的合一，进而融入永恒：

当我的灵魂溢出本体
游离得越远，便越欢喜，
在一清风明月之夜/ 目光驰骋在银白世界——

当我忧郁又无人相伴——
不见大地海洋和晴空——
灵魂就自由翱翔在天

穿越于宇宙无际无穷。

这就为夏洛特的评说“我的妹妹艾米莉深爱着这片沼地”[144]做了　注解。

艾米莉在她的抒情诗中直抒胸臆，而冈多尔传奇更像一场舞台剧，在里面诗人给人物冠以异域的名字，让这些人物——青年、老人、孩子、男人、女人等——成为戴着面具的“艾米莉”，或曰“戴着面具的第三者”。比如《世上唯独我……》（*I am the only being whose doom*）就精妙地结合了浪漫的抒情表达和戏剧性的人物刻画。性格内向的艾米莉戴上这些面具，安全地隐遁到诗歌后面，可以淋漓畅快地发出自己的心声，倾吐埋在内心深处的激情，以更自由、更全面的形式表达完整的自我。“戴着面具的第三者的出现”于是成为研究冈多尔诗作的关键之一。

艾米莉创作诗歌时是18岁，她作为独白者与诗中絮叨失意人生的人物同龄。这个独白者没有“背景”。虽然她的感怀常常是回旋于冈多尔传奇众人物头脑中的一种情愫，但她不是冈多尔王国的正式成员。人们作为读者甚至无法揣度这个独白者的性别。因此，人们在解读这类诗作时，必须面对一个经常出现于艾米莉诗歌中的问题：辨析“自画像”和“戏剧人物”之间的差别，诗人“自我的”声音和“模拟的”声音之间的差别，哈沃斯的现实世界和冈多尔的幻想世界之间的差别。

艾米莉运用这种故意“隐瞒”人物身份、背景和事件的方法，无疑增加了作品的神秘性和戏剧性。《世上唯独我……》是一个年轻人的个人独白，也是他的人生感言。他首先道出了自己孤独的人生境遇：“世上唯独我，活着无人关心，死后也无人哀悼；自从出世，没人为我生一缕忧愁，露一丝微笑。”他渴望别人的爱，然而却只有孤独和忧郁陪伴着他。他“失去了青春的梦想”，也失去了“想象的彩虹”，只好回归自己的内心世界，也许只有那里才是“18岁的青年”最后的精神归宿。然而可悲的是，“‘真’在人们心里从未生长”，“更痛惜只信任自己的心，却发现那儿同样腐败”。这是一首由生到死、由外及里的孤独至极的人生感言诗。它把理想的幻灭和人生的困顿描述得栩栩如生。迄今尚无证据表明，18岁的艾米莉对人类的困苦和孤独的境遇曾经有过如此强烈而痛苦的体验。因此，该诗抒发的是否就是诗人自己的人生感怀，还有待探究。然而，诗中的第一人称视角和玄秘虚幻的心灵体验极其形象生动，声音极其真实丰满，的确让读者难以相信这是从一个虚构的“年轻心灵”涌现出来的诗句。

这个“悲苦青年”发出的痛苦呻吟在女作家1839年春写的另外两首诗中产生了回响。第一首是写于4月28日的《诗行——“晴和澄澈的蔚蓝天宇”》（*Lines—The soft unclouded blue of air*）。诗中被人戴上“铁面具”的发言者（That iron man）仍然身份不明，声音模糊。在诗中，这位“铁血人”成为被“我”观察、研究的对象，“我”感到他心胸冰冷，痛苦不堪。这种外部观察和那位“18岁的青年”内心的倾诉产生了共鸣。虽然“铁血人”有过快乐的童年，但“罪恶”和“数年遭受的痛苦”已经让他“最温暖的胸怀”变得像铅一样沉重，像冰一样寒冷，大自然的美景无法唤醒那个冷漠、消极的心灵。虽然这首诗有明显的弦外之音，把读者的目光引向冈多尔传奇，可是和上一首诗一样，没有一个冈多尔人可以作为这首诗的直接参照。在两首诗里，一首展示内心世界，一首描写外部处境，像叠合的双影，如果塑造的不是一个人物，也是同一类型的人物。“18岁的青年”的呓语接近内心体验，“铁血人”则是他的一幅添了更多戏剧成分的客观画像。

一个月后的5月25日，艾米莉又写了一首诗《五月的鲜花盛开》（*May flowers are opening*）。该诗先是描写诗人看到的春光明媚的景象：阳光闪耀，鲜花盛开，蜂簇花间，鸟栖枝头，溪流欢唱；继而笔锋一转，用外景映衬心境，倾诉了诗人的悲苦心情：

> 唯独我憔悴衰弱，一切那么阴暗。
> 啊，我的心多么冷！
> 它不会也无法振奋；
> 它和那灿烂的天空，
> 根本无法共鸣。
> 我的欢乐已死去，
> 我也渴望安息，
> 但愿这凄凉的心，
> 能归葬潮润的土地。

艾米莉在这首诗的结尾签上了自己的名字，表达了“此时”的诗人和“铁血人”相同的冰冷、沉重的心情。这首诗作又回到内部世界，描述主观感受和体验。

在三首诗中出现了三个"面具"和三种声音：诉说自己的心被"腐败"压垮的"青年"；讲述"诗中的她"的冰冷的心和阴郁幻想的艾米莉；在二者之间则是"铁血人"。"铁血人"是客观的、非个性化的描写，"诗中的她"属主观描绘，"18 岁的青年"则介于二者之间，他的音像偏向模糊。三首诗虽然没有刻画同一个个体，却构成了同一个象征。"悲惨的青年"、"铁血人"和"诗中的艾米莉"都毫无生机，毫无追求，心灵冰冷，灵魂空虚，虽然像泥土一样的肉身还活着，但就灵魂而言，他们随着"欢乐已死去"（Dead, dead is my joy），是精神上的死者。他们和艾略特笔下的"空心人"毫无二致。

然而，在更多的作品中，尤其是在冈多尔传奇的抒情诗中，其主体都是冈多尔传奇里的人物，他们从不同视角、以不同身份发出各异的声音，抒发人生的种种情怀与感受。

在刀兵相见的对手眼中，比如在杰拉尔德·埃克锡纳的眼中，冈多尔史诗男主角裘利斯·安戈拉（裘利斯·布伦泽达）是一个背信弃义的暴君。可是，罗西娜·奥尔考娜却把他视为自己的唯一爱人，对他钟情一生，而裘利斯则认为自己是一位怀有一腔爱国热忱、英勇善战的伟岸丈夫："看天上高高飘扬我们的红旗，敌人的绿旗踩在尘土泥浆。/ 爱国的人们，祖国的光荣未沾上污痕；战士们，请护卫这种光荣的自由亮丽。"面对这些相互矛盾的观点，艾米莉不介入，不干预，不评说。一首诗中"自者的我"在另一首诗中往往被"他者的我"压缩或夸大，褒扬或谴责。

艾米莉在冈多尔诗歌中刻画美丽而任性的女主角奥古斯塔·杰拉尔丁娜·阿尔梅达时所使用的叙述视角最为灵活巧妙。诗人利用第一人称独白，即内视角，展示了奥古斯塔自己的内心世界，从中，读者感知到的是一个精力充沛、温婉多情、充满魅力的女性。她对第一个丈夫（或情人）亚历山大·艾尔比勋爵忠贞不渝。他牺牲在战场上以后，奥古斯塔哀伤不已："艾尔比勋爵啊，艾尔比山上，正是寒风凛冽，浓雾迷茫；你朋友的心从黎明起，就为你的远行悲伤叹息。……但此刻你正在苦海漂泊——，远离了冈多尔，远离了我——，所有的向往都如无望的梦，死神永不会放还他的牺牲。"对她的第二任丈夫（或情人）阿斯平城堡主人艾尔弗雷德，奥古斯塔也倾注了同样的深情："那么，难道你不是我金色的六月，毫无任何的薄雾风雨？像人间的太阳夏季正午般热烈，天国的太阳就在你眉宇。

/……唯有一种仪式：甜蜜的一吻，一种修行：温柔体贴的泪。/啊，倘若能永远这样，倘若我能永远如此崇拜；我将祈求为我而造上，一座永恒的天堂，不为任何别的——只为我的爱！”通过独白透视奥古斯塔的内心世界会发现，她对待两个情人一样挚爱，一样深情，一样依恋。对于一个惨死疆场，另一个被流放而郁郁自杀身亡，奥古斯塔承认自己难脱其咎，不堪的往事常常萦绕在心间，让她深受良知的折磨：“一天——甚至一小时——尚未过完，我的心灵便已恢复常态；那层镀金的烟雾已经消散，留下个依然故我凄切悲哀。”

对于弃亲生婴儿于雪野这件事，奥古斯塔在《告别亚历山德拉》（*A Farewell to Alexandria*）中如此表达自己当时的切肤之痛：“啊，雪片正沉重地飘落，它们密密遮盖每道山峰；将冰凉雪白的挽幛包裹，你冻僵的四肢和前胸。……再见，不幸的没有朋友的孩子，我受不了看着你夭亡！”这和《唱给亚历山德拉的歌》（*Song to A.A.*）中那个充满母爱的奥古斯塔前后呼应，今昔对比，更显悲凉。

奥古斯塔作为第一人称叙述者，把自己的亲身经历、真实的情感用独白娓娓道来，读者从她的内部世界强烈地感知了一个有情有义、有良知的女性。而诗人把第一人称视角切换到其他四个冈多尔人物身上，让他们用多角度独白叙述奥古斯塔的故事，在描述这个人物时呈现分歧，甚至冲突。

首先，奥古斯塔的侍卫官埃尔德雷德勋爵为奥古斯塔伤感，并向她致敬：“过去你曾热爱过的人们，现在几乎没一个为你哀痛！为什么今夜我竟倍感伤心，为这样的感情所动？……你慷慨的心胸里怀有，勇气、真理、欢乐和爱情；对你的回忆会保佑，并使得哀悼者轻松。”与之对立的是艾尔弗雷德的女儿安杰莉卡眼中的奥古斯塔：“但可恶的是同一片土地，竟又生出这么个恶魔仇敌！她用自己的手拉满了弓，却将我的深情来愚弄；蔑视我的祈祷，嘲笑我的悲伤，让我如花的青春淹没于泪水。”而奥古斯塔另一个侍卫官——莱斯利勋爵——在奥古斯塔遭到安杰莉卡和她的情人道格拉斯刺杀时，祈求上苍保佑女王：“上帝啊，请救护她的生命，这天大的恩惠不是给我；上帝啊，请保佑她能得胜，否则不必赐福于我！”

冈多尔王国的人对奥古斯塔爱恨交加，其中感情最强烈的人要算费尔南多·德·塞莫拉，一个被她征服又遗弃的青年，自杀前还在向奥古斯塔进行爱情表白：“即使她那般仇恨，我临终的每一瞥都表明，这最后的告别里涌动燃烧着强烈的爱情。灵魂虽未被征服，暴君仍将我强制束缚，生命顺从我的意志，而爱，我却无计消除！”

在上面四首诗里，故事人物与第一人称叙述者合一，分别从四个视角描述奥古斯塔，构建起一个有血有肉、多重性格、变化多端的女主人公形象，使得这个人物的个性特点通过多层叙述逐渐变得丰满清晰。

在语言方面，冈多尔诗歌多用象征和暗指，使诗中的人物、场景、事物含义隐晦，意蕴丰富，多层面揭示了诗歌的主题。

《奥古斯塔——“冬季的洪水”》这首诗语言简单平实、精确凝练，形式整齐规则、清晰明了：

A.G.A. March 27, 1839

What winter floods, what showers of spring
（冬日的洪水，春日的阵雨）

Have drenched the grass by night and day;
（昼夜不停地浸透了那块草地，）
And yet, beneath, that ***spectre ring***,
（可是，草地下面的那幽灵戒指）
Unmoved and undiscovered lay
（却安然地深藏在那里）

A mute remembrancer of crime,
（它默默地昭示着罪孽，）
Long lost, concealed, forgot for years,
（尽管它久已遗失，被掩埋、忘却多年，）

It comes at last to cancel time,
（最终它凝固了岁月，）
And waken unavailing tears.
（让人悲伤，悔泪满面。）[145]

然而，诗中那藏而不露、丰腴的寓意在第 1、2 两行简单的铺陈之后，诗人所推出的“草地下面的那幽灵戒指”这一意象中显露出痕迹。被拟人化、具体化的“幽灵戒指”成为全诗的“焦点”，“代表”了自身之外的某种“复杂情感和思想”，具有一种“扩散的意义”，从而暗示“幽灵戒指”是一个象征。通过下面几首诗中“幽灵”的反复出现所形成的一个思维连续体，该象征的所指意义才得以解读。

根据冈多尔传奇的情节描述，奥古斯塔弃婴的地点是在安戈拉山中的雪野上。“幽灵戒指”这个意象有两种可能的解读：帕登和拉齐福德都认为那是一只失落已久的戒指重又回到了奥古斯塔手中，幽灵缠身的戒指不断昭示她犯下的重重罪孽；另一种解读是，奥古斯塔回到或意念中出现了当初自己掩埋婴孩或情人的山谷，看（想）到草地上那环形的墓穴印记时，覆盖在下面的亲人白骨就成了她那些罪孽“无言的提示物”，或“永不消失的记忆”。[146]下面的短诗中“幽灵”再次出现了：“森林啊，你不必对我皱眉；幽灵般的树啊，那么悲愁落寞，在阴沉的天空下摇着头，你不必那么刻薄地嘲弄我。”

“幽灵”形象的象征意义在艾米莉诗歌中反复出现，显得蕴蓄隐晦。通过这一具体形象到达人物心理层次的隐秘和纵深之处，使得诗歌的质地发生了根本的变化。

艾米莉·勃朗蒂以《呼啸山庄》驰名文坛。自这部小说问世以来，对它褒贬不一的评论和研究，可说是汗牛充栋。相比之下，她的诗歌仍有待进一步深入研究。在研究《呼啸山庄》方面，鉴于艾米莉芳年早逝，在世30 年间，孤傲自闭，离群索居，一个令人关注的问题是：《呼啸山庄》的创作源头究竟在哪里？玛丽·维西克对此作了明确的回答：“这些源头可以确切地在冈多尔诗歌中找到……艾米莉在这里完成了《呼啸山庄》的‘创世记’”，冈多尔诗歌是“《呼啸山庄》浓墨重彩的伏笔”，正是这些诗歌衍生了一部伟大的小说。[147]

艾米莉·勃朗蒂的诗歌为《呼啸山庄》的写作进行了充分准备。如果说《呼啸山庄》是艾米莉童年梦境的继续，那么“冈多尔王国”则是诗人童年梦境的开始，是她少女时代精心营造的奇境。艾米莉的生平和创作实践表明，她在缺乏外部生活体验的情况下，运用自己的内部知识，采取少年白日梦的形式，构筑起冈多尔王国；这个王国后来成为孕育《呼啸山庄》这部巨著的沃土。冈多尔传奇滋生并催熟了作家创作《呼啸山庄》所需的想象力，深深影响了《呼啸山庄》的创作。它为小说平添了一种难能可贵的诗歌性效果。

在冈多尔传奇和《呼啸山庄》之间存在着一种显而易见的流变关系。冈多尔诗歌里的男女主人公逐渐发展成型，在作家的脑海中成熟起来，最后演变成为《呼啸山庄》里的主要人物。[148]

《呼啸山庄》里的女主人公凯瑟琳的原型很可能是冈多尔传奇里的女王奥古斯塔·阿尔梅达（罗西娜）。这位女王是在金星的祥光笼罩下出生的。她是“荣耀之子”。她像女神维纳斯一样，美丽多情，开朗大度，敢作敢为。她那天使般的美貌和高贵的举止，让同性羡慕不已，让异性意乱神迷。成年以后，她性情热烈，富于幻想；对待爱情，她充满激情，但多情善变。她一生都在追求爱情，而她的朝秦暮楚却毁掉了许多情人，例如她的第二任丈夫（也可能是情人）艾尔弗雷德。因此，人们有理由相信，艾尔弗雷德是《呼啸山庄》里的主人公埃德加·林顿的原型。

在开始时，奥古斯塔对艾尔弗雷德的爱情是热烈的。《奥古斯塔致艾尔弗雷德》一诗表达出她对他的无限崇敬，她满怀诗意地表达了爱情带来的幸福感：

> 那天国通过我情人的脸庞，赢得了我的崇拜；天国在他的蓝眼睛里闪亮，迸射出更强的光芒，自然的天国哪有这等光彩。
>
> 让别人在修道院或隐居地，追寻他们神圣的太阳；我则在这儿找到更美的圣祠，和更幸福的崇拜敬仰。
>
> ……啊，倘若能永远这样，倘若我能永远如此崇拜；我将祈求为我而造上，一座永恒的天堂，不为任何别的——只为我的爱！

陶醉在爱河中的奥古斯塔恰似《呼啸山庄》中新婚的凯瑟琳。凯瑟琳刚到阳光明媚的画眉山庄时，她“几乎过于喜爱”埃德加·林顿了。然而，凯瑟琳接受林顿的求婚，是因为他“英俊、年轻、活泼、富有”。当初选择林顿时，凯瑟琳就说：“在凡是灵魂存在的地方——在我的灵魂里、在我的心里，我明明白白，自己错了。”因为如果在天堂里，她会痛苦得要命！而嫁给埃德加·林顿，她“就像在天堂里那么不相称”。

然而二人的好景都不长。另一个情人的出现唤起了奥古斯塔的野性，点燃了她奔放的激情，在奥古斯塔心中，这个情人和艾尔弗雷德就像太阳和月亮，是她爱情的两极。她要追求灼热的太阳，即使燃烧自己也在所不惜："我要悲哀地说，唯有一人能照亮我来日的天空，即使这灿烂的火轮，会将我生命的光华断送。"艾尔弗雷德于是成为牺牲品。

在凯瑟琳的生活中，也出现了另外一个情人。这就是希斯克里夫。凯瑟琳自始至终全心全意爱着的是希斯克里夫。画眉山庄虽然宁静和顺，但她却常常流露出若有所失的神情。当希斯克里夫再次出现在她面前时，她再也无法抗拒她狂风暴雨般猛烈的爱情，即刻扑进了希斯克里夫的怀抱。这种超人间的爱情让林顿所得到的人间之爱黯然失色，他"满心烦恼而脸色苍白"，开始体会到遭受爱情的背叛所带来的痛苦。他在重演他的冈多尔人物原型艾尔弗雷德的悲剧。林顿于是成为牺牲品。

奥古斯塔和凯瑟琳都怀有属于野性的炽热情感，艾尔弗雷德和林顿最终成为这种生死之恋的悲剧男主角。

《呼啸山庄》

《呼啸山庄》讲述了一个爱情悲剧故事。呼啸山庄是一所老式住宅。"呼啸"是一个意味深长的形容词，形容此地北风吹过的威力。故事的原委是这样的：一次，山庄的老主人恩肖先生到利物浦旅行，在路上捡到一个被丢弃的男孩，并把他带回家，给他以父亲般的关爱，取名为希斯克里夫。恩肖先生的女儿凯瑟琳因为有了新伙伴而开心，但恩肖的儿子亨德利却把他看成是篡夺父爱和遗产的入侵者，对他采取敌视的态度和行动。恩肖先生去世后，亨德利接管呼啸山庄，对希斯克里夫进行百般折磨。此时，凯瑟琳已经爱上希斯克里夫。尽管亨德利誓将这对情侣拆散，但他们却决意守在一起。后来，凯瑟琳偶然闯入画眉山庄，遇到林顿一家。她被优雅高贵的埃德加•林顿所吸引，答应了他的求婚。于是，希斯克里夫不辞而别。几年以后，希斯克里夫重新出现，早已不是以前的"土包子"和"野孩子"，只见他相貌堂堂，玉树临风，口袋鼓鼓地装着大量金钱。而此时的亨德利却已沉迷堕落。希斯克里夫住在呼啸山庄，诱骗亨德利赌博，唆使他酗酒。不久，亨德利便把呼啸山庄悉数输给希斯克里夫，在负债累累中悲伤地死去，把儿子小哈利顿丢在身后。

已经怀孕的凯瑟琳看到旧情人，内心懊悔不已，导致早产，生下女儿凯西后死去。希斯克里夫利用林顿的妹妹伊莎贝拉对他的纯真感情，携她私奔后又抛弃她。伊莎贝拉艰难地生下身体羸弱的男孩小林顿，把他送到自己哥哥身边后在忧郁中死去。希斯克里夫派遣仆人前去讨要亲生儿子小林顿，把他带回呼啸山庄，深深刺痛了林顿的心。十年过去，孩子们长大成人。希斯克里夫把小凯西骗到山庄，强迫她与自己的不久于人世的儿子小林顿成亲。凯西的父亲忧郁而终，小林顿随后夭折，希斯克里夫便成为两个庄园的主人。复仇成功的希斯克里夫内心并不快乐，而是感到无比空虚，常常怀念凯瑟琳。他虐待小哈利顿和凯西。但他内心却不断受着痛苦的折磨。他常在深夜放声痛哭；还时常出现幻觉，看到凯瑟琳在窗外抓挠他的窗户玻璃。在一个狂风大作、阴雨绵绵的夜晚，他决定了结残生。他在临死前绝食四天，终于如愿以偿到另一个世界与凯瑟琳进行灵魂的结合。最后哈利顿和凯西相恋。呼啸山庄又恢复了往常的平静。

这部小说的震撼人心之处首先来自两个主角凯瑟琳和希斯克里夫精神上的复杂性。初读作品，读者常常会认为这是一个关于复仇的故事，是一个关于穷困的、备受虐待的希斯克里夫策划向他的富有的压迫者复仇并最终取得成功的故事。希斯克里夫因爱而生的复仇之火将会吞噬掉所有试图阻隔开他的爱情的人。他迫使亨德利屈服并且奴役了他的儿子；他通过一系列的诡计加速林顿的死亡；他不断地在精神上“骚扰”凯瑟琳并且最终“杀死”了她；他诱使伊莎贝拉与之私奔，事后却视她如粪土；他抓走了林顿的外甥小林顿并虐待其致死；他诱引小凯西落入圈套，而后骗取她的遗产，等等。复仇似乎是这部小说的全部焦点所在。这个观点有一定的道理，但是，它经不住进一步推敲。它实质上是解释希斯克里夫这个谜的一种传统模式。当人们试图解释希斯克里夫最终悲惨的结局时，便会发现这个观点是站不住脚的。《呼啸山庄》讲述的不是一个传统的故事，从本质上看，它讲述的是一个神秘的悬疑故事，它的谜团不是传统解释可以解开的。比如说，希斯克里夫很少高兴过。他早年作为弱者受到凯瑟琳的保护与爱慕，从而使他忘却了他的痛苦，但除此之外，他这一生当中就再也没有感到开心过。他从未因为打败敌人而获得些许满足，也从未因他所得到的战利品而兴高采烈、幸灾乐祸。他对尘世所得似乎都没有兴趣。他似乎永远是一个输家。事实上，他确实就是一个永远的输家。

因为，对他来说，他所失去的是永远无法挽回的。他失去的是他的爱——凯瑟琳。凯瑟琳的内心深处深爱着这个“脏兮兮”、衣着邋遢的希斯克里夫，但她同时也被林顿家那种有教养的绅士生活所吸引；凯瑟琳毕竟不能脱离她的时代和家庭的负面影响。希斯克里夫全心全意地爱着凯瑟琳。即使她当初为婚嫁感到困惑时，当她苦于决定是否应该嫁给林顿时，希斯克里夫都表现出极大的耐心，等待着她最终表明对自己的爱。当凯瑟琳最终成为画眉山庄的女主人时，希斯克里夫突然消失了，以一种类似于美国作家菲茨杰拉德（F. Scott Fitzgerald, 1896-1941）作品《了不起的盖茨比》（*The Great Gatsby*, 1925）中主人公的方式消失了。他千方百计变得富有，并且满怀希望地重返故土，以期重新获得他失去的凯瑟琳。就在希斯克里夫消失的这段日子里，凯瑟琳猛然发现，没有了希斯克里夫，她不会开心，甚至无法生活下去。即使有林顿的无微不至的爱与呵护，她也丝毫没有幸福感可言。很显然，在她的心里只有一个位置，那是留给希斯克里夫的。这两个年轻人在分别当中都饱受痛苦的煎熬。只有一种结局是顺理成章的，那就是，当他们再次相见时，他们相互之间经过长时间折磨的强烈的爱火，最终必将置他们本身于死地，并且还会毁灭那些阻碍他们之间这种亲密关系的所有的人。小说试图说明，爱情作为一种自然力量，只要不受到过度的阻拦，是不会造成任何伤害的。假如凯瑟琳最初嫁给了希斯克里夫，那么希斯克里夫的复仇行动以及伴随而来的邪恶、暴力甚至最终的毁灭就都不会发生了，相关的人也就不会死去，生活也就会以一种不同的方式继续。然而，两所庄园本身含有一种压制性力量，它成功地阻拦了两个有情人之间的自然的爱，于是导致了不可收拾的灾难性后果，毁灭了他人也摧毁了自己。

希斯克里夫和凯瑟琳两颗灵魂之间的爱是一种特殊的爱。这种藕断丝连、爱恨交加的爱情的强度可从书中的一段文字里略见端倪：

> 希斯克里夫单腿跪下拥抱她；他想站起，可是她却抓住他的头发，把他按下去。“我希望能抓住你，”她悲恨地说，“直至我们两人死去。我不管你怎么痛苦过。我对你受的折磨毫无兴趣。你不受折磨谁受？我在受煎熬！你能忘掉我吗？我入土后你能愉快吗？20年后你能说，‘这是凯瑟琳·恩肖的坟墓。我许久以前爱过她，当时因失去她而难过；可那是过去了。我打那以后爱过许多别的人：我的孩子们比她更重要；我死时不会因为要去见她而高兴；我将为不得不离开他们而感到遗憾！’你能说这些吗，希斯克里夫？”“不要把我折磨到和你一样的疯狂，”他叫道，一边把头挣脱，牙齿咯吱咯吱直响。[149]

这显然是一个艾米莉·勃朗蒂版的“罗密欧与朱丽叶”的故事。希斯克里夫在凯瑟琳死后伤心欲绝："失去她的生活无异于地狱！"之后所有的时间，尤其是在他最后的日子里，希斯克里夫一直强烈地期盼着能在晚上见到凯瑟琳的幽灵。他常常悲痛欲绝地大叫："请进来吧！我心爱的人啊！""让我见见你吧！""没有魂灵我无法活下去！""哦，凯蒂，我的生命！"他就这样折磨着自己，并最终以一种"怪异"的方式走向生命的尽头。至于凯瑟琳，她与希斯克里夫有一种极为密切的关系，当他消失了很长时间后终于再次出现的时候，凯瑟琳坦言："过去的七年对于我就是一片空白。"她不止一次地惊叹："希斯克里夫就在我的灵魂深处。"没有希斯克里夫的生活对她来说也无异于是人间地狱。他们之间的爱是最无辜的、最高贵的、最纯洁的，但同时也是不幸的，仅这一点就足以解释他们的悲剧性结局。希斯克里夫最后自问："向活着的人报仇究竟有什么用？"凯瑟琳则因为爱情而陷入完全的无助和绝望中。这里不妨为这种恋情加个注脚：艾米莉·勃朗蒂在其诗歌《回忆》中对一位生者站在坟前悼念死者的情景作了这样的描述：

> 再没有迟来的阳光照耀我的天宇，
> 再没有第二个黎明为我发光，
> 我一生的幸福都是你的生命给予，
> 我一生的幸福啊，都已和你合葬。（笔者译）

正如艾米莉·勃朗蒂的情感隐藏在诗行的后面，她的用意也隐没在这部小说的背后。

当然，也应指出，艾米莉·勃朗蒂的"罗密欧与朱丽叶"和莎翁的版本不同。《呼啸山庄》乃是一个病态的"罗密欧与朱丽叶"的故事，这个故事的男女主人公都是心灵受到歪曲的人。他们的确和莎翁的"罗密欧与朱丽叶"很相似：他们都有一个共同的性格缺陷，即一个是专情的男人，另一个是专情的女人；他们这种一心一意的爱是具有英雄气概的、自然的、原始的，不容许他们左顾右盼。除了这两个人以及具有"罗密欧与朱丽叶"思想方式的人以外，所有其他的人都会存活下来，只有他们宁死不屈。但是，不同的是，艾米莉·勃朗蒂的男女主人公竟可为自身利益而肆无忌惮地伤害他人，这给他们本来纯真而高尚的爱蒙上了一层恶的丑陋外衣。这种恶不仅导致了人和物的无谓伤亡，也深深刺伤了读者的心。这是多年来人们不能同情、认同他们这种爱情，甚至把希斯克里夫看作魔鬼的基本原因所在。但从文本的内在精神出发，人们应当还原他们的本质面貌。他们无论如何也是情种，作家在故事的结尾表示了原谅和同情态度：

> 我在那温和的天空下面，在这三块墓碑前留连！望着飞蛾在石楠丛和兰铃花中扑飞，听着柔风在草间吹动，我纳闷有谁能想象得出在那平静的土地下面的长眠者竟会有并不平静的睡眠。[150]

这部小说让读者了解到艾米莉的爱情观。

《呼啸山庄》的魅力还来自于精妙细微的心理描写。艾米莉·勃朗蒂对人物心理的剖析深刻而又广泛。她潜入人类灵魂最深处，捕捉到最为隐蔽的心灵奥秘，并将其定位为一种神秘的精神力量，用弗洛伊德（Sigmund Freud, 1856-1939）的术语来说就是“本能冲动”。作为身体及精神的一切活力的来源，这种力量在艾米莉·勃朗蒂笔下得到具体化，表现为男女主人公潜藏的疯狂特性。若按常规标准衡量，人们无从解释希斯克里夫和凯瑟琳对外界的过激情感反应强度，这其中显然掺杂了超人的、超自然成分的爱憎与苦难，这些同样都是不解之谜。以希斯克里夫为例，他所怀有的愤怒几乎超越人类情感的极限，甚至他本身都是一个与人类固有价值观背道而驰的实体。他痛恨“责任”、“人性”、“怜悯”、“慈善”之类的名词，并对传统和道德深恶痛绝。他认为上帝令他失去挚爱，于是与上帝争吵，连死后也不采纳基督教的葬礼。又如凯瑟琳，她似乎略有几分常识，这主要源于她所受的教育和成长背景。她一直接受“正常人”的教养，因此能在一定程度上认可常规价值观，接纳体面、同情等概念，偶尔还会遵循世俗道德规范。但真要穷原竟委，人们也会发现，她的凡此种种表现也不过是表象而已。真正的凯瑟琳与她身处的环境一般疯狂、偏执，不受任何传统规范的羁绊。她和希斯克里夫一样，也是“自然之子”，他们光怪陆离的狂暴个性与贯穿全书的环境描写密切呼应。《呼啸山庄》所描绘的自然环境，寒冷、残酷、压抑、混乱、风暴汹涌，这种恶劣天气是人物个性最充分的客观写照。简言之，他们代表了个体存在的原始动力，体现了抽象情感而非具体的人的形象。常理不应加诸他们身上，因为他们不是常人，他们自身就是判断是非的标准。由于他们的存在，庄园里所有的人都成为性格受到扭曲的异类，在自然与超自然之间苦苦挣扎。

如果人们把阅读的角度稍加变换，就会发现艾米莉·勃朗蒂的又一成就，即她的《呼啸山庄》所描绘的世界竟然不是上帝所主宰的世界，这里是一个缺乏或没有信仰的所在。虽然在约瑟夫和卫理公会教派的成员身上，宗教与信仰的主题有所反映，但是却呈现出一种扭曲甚至可疑的情状。小说中，大自然不再是华兹华斯眼中的大自然，它冷漠无情，颇似柯勒律治最初在《老水手之歌》中所形容的大海的状貌。而且艾米莉·勃朗蒂把叙述重点放在人与人之间的相互争夺上。金钱、阶级、爱情、家庭、虚荣、势利这些典型的维多利亚时代的主题，以一种完全独特的、非维多利亚的手法表达出来。既然上帝遗忘了这个角落，所谓的道德标准就无从谈起，读者就需要发挥自身的判断力以决定是与非。在通常情况下，多数读者会选择管家乃莉·狄恩的视角，敬畏上帝，怒斥希斯克里夫对正义的践踏和亵渎。但若仔细阅读，就不难发现，在希斯克里夫与乃莉之间存在着两种是非标准的角力。尽管读者强烈希望“魔鬼”希斯克里夫一败涂地，天平却不会如愿以偿地倒向乃莉一面。这和作者的创作初衷有密切关系：《呼啸山庄》毕竟不是一个关于谁对谁错的故事。对错只存在于仍有上帝惠顾的世界里，比如狄更斯的世界、萨克雷的世界、夏洛特·勃朗蒂的世界等。而艾米莉·勃朗蒂则不同。她一反维多利亚时代的创作思维取向，将目光投射到诡秘莫测的未来。她所描述的信仰发生危机甚至泯灭的世界超出她的时代的局限，预示出几十年后将会兴起的左拉自然主义思潮的特征。

此外，《呼啸山庄》的叙述形式很值得琢磨。它的结构非常奇妙。这个故事约从1778年前的某个时间点开始，当时希斯克里夫年仅16岁，至1802 年希斯克里夫死后三个月洛克伍德最后一次在庄园做客，故事跨度长达近30年。然而故事本身只覆盖了1801年～1802年发生的事件，即希斯克里夫死前一年的情况，在这之前的细节皆由乃莉的回忆补足。在故事的开始，洛克伍德客居呼啸山庄，巧遇希斯克里夫。在前四章中，洛克伍德以旁观者身份，客观描述“与世隔绝”的乡村，从而为下文着重刻画人物内心世界做下铺垫。继而他以旁观者的身份倾听乃莉的回忆，间或插入几句维多利亚式评论或提出若干问题，但乃莉总能适时捡起中断的话题，继续把故事讲下去。这种环环相扣、故事里面套故事的叙述手法一举多得，堪称妙极。对读者而言，两人的叙述相互补足、相互点评，平添一种解读方式。而对作者来说，也能因此获得更多的回旋余地，实现过去与现在的对比，并为人物的难以理解的行为加上一种注脚。如此，真相步步突显，人物形象亦逐渐鲜明。

另外，作者此举或还有助于读者理清思路。在《呼啸山庄》中，事件发生的先后顺序及人物的年龄皆无明确表述。故事的叙述并非沿着直线进行，而是由此及彼地跳跃着展开，读者的头脑常常会出现时间先后混淆不清的情况。因此，从文本里注意搜索提示，慢慢勾勒出一张时间表，对人们理解故事的来龙去脉大有裨益。否则读者无法把握这些数据与情节发展的关系，会对故事的理解造成障碍。因此，将小说多读上一两遍是必要的，这样才能知道凯瑟琳如何不到30岁便香消玉殒，亨德利为何30未立便命丧黄泉，埃德加年届40便撒手人寰，还有希斯克里夫，他也没有活过不惑之年。管家乃莉将整个故事娓娓道来的时候已经四十有九。至于希斯克里夫在凯瑟琳选定嫁给林顿之后突然离家出走、之后重返山庄的时间，可能是在三年以后（第9章），也可能是七年后（第12章），而他的死比凯瑟琳晚了几乎12年（第18章）。人们精心细读文本，发现散落的线索，将其拼接成一个时空整体，并非易事，但却非常重要。

总的来说，《呼啸山庄》比《简爱》阅读难度大。《简爱》说的是个人的现实体验，可拿来作为邻家女孩的人生指导手册，主人公常用"我爱"、"我痛苦"这样的习惯词语，人们极易认同，而且结构简单，基本按时间叙述。而《呼啸山庄》则犹如被狂风扯碎，时间服从了无垠的空间；它描绘的不是个人痛苦，而是世界的无序和宇宙的神秘，书里常用"我们人类"这样的指称，具有一种超现实的神韵，读来宛如荒野的召唤，好像要让人远离尘世似的。20世纪现代派作家弗吉尼亚•乌尔夫（Virginia Woolf, 1882-1941）称赞艾米莉道："她的天才是一种最罕见的能力，她能够使生命摆脱对事实的依赖，寥寥数笔就画出一张面孔的灵魂，一说荒野就能使狂风呼啸，电闪雷鸣。"[151]

艾米莉•勃朗蒂所描写的男女主人公间的感情悖逆了维多利亚时代的道德标准，违反了维多利亚时代的家庭观念、伦理结构和社会基础。这大概是《呼啸山庄》曾蒙受误解和嘲讽的原因所在。就连夏洛特•勃朗蒂也曾说，妹妹刻画出"迷途和堕落的"人物形象，是因为她不能控制自己的创作才能所致。但文学和社会的发展证明，《呼啸山庄》的伟大之处恰在于，它以精湛的文学技巧戏剧性地表现出人的本能冲动。作者发现了人的心理上存在的隐私，这是人们自己当时还未意识到的精神和活力源泉，并通过男女主人公的近乎疯狂的形象表达出来。这部小说的精妙而匀称的构思、奇特的性格塑造手段、怪异的情节发展过程，是文学史上所罕见的。文学作品的不朽性常表现在它对不同时代、不同的人，总能提供新的启示，每次阅读都能引发内心的新的一轮自省，深化人类对自我及生命的认知。人们解读它的方式不拘一格，无所谓标准答案，这如同开发一座知识宝藏之山，它的内涵还远未挖掘净尽。《呼啸山庄》自问世以来，历代批评家曾力图把它干脆利落地划入一类而存放进文学档案中，然而都未获成功。

英年早逝的艾米莉·勃朗蒂只留下一本《呼啸山庄》，但这足以让她对世界文坛产生举足轻重的影响。《呼啸山庄》继承和发展了哥特式小说的传统。它对人性的思考和对现实邪恶的鞭挞，具有强烈的现实意义，远远超出一般哥特式小说的虚幻和浪漫。这是一部超越爱恨、生死、个人和时空的奇书。

伊丽莎白·盖斯凯尔（Elizabeth Cleghorn Gaskell, 1810-1865）

伊丽莎白·盖斯凯尔出身于牧师家庭，一生处于 19 世纪维多利亚时代的早期和中期，是这一历史时期较有代表性的中产阶级女性。她受过良好的教育，有着幸福的家庭、丰富的社会阅历和人生体验。尽管她周岁丧母，婚后又遭丧子之痛，但至少无需像勃朗蒂姐妹那样为生计奔波。她的姨母是一位有钱的寡妇，死后留给她一笔遗产，这使她得以维持小康之家的生活。22 岁时，她同曼彻斯特唯一神教会的副主持威廉·盖斯凯尔结婚，长期定居于该市。牧师的收入也足以让一家人衣食无忧。盖斯凯尔夫人甚至有足够的经济能力，独自为两个尚未婚嫁的女儿购置安身之所。因此，盖斯凯尔夫人可以说是英国文学史中少有的幸运女作家。弗吉尼亚·乌尔夫曾历数过女性创作的多种不利因素，唯独盖斯凯尔夫人例外。

盖斯凯尔共写过六部长篇小说，较有影响的有《玛丽·巴顿》（*Mary Barton*, 1848）、《露丝》（*Ruth*, 1853）、《克兰弗德》（*Cranford*, 1853）、《北与南》（*North and South*, 1855）、《妻子与女儿》（*Wives and Daughters*, 1866）等。另外，她还著有《夏洛特·勃朗蒂传》（*Life of Charlotte Bronte*, 1857）。作为夏洛特生前的好友，盖斯凯尔夫人应夏洛特的父亲的要求，写了关于夏洛特的首部传记，为学者提供了研究夏洛特生平及其创作的材料，受到学术界的普遍关注。这部传记是公认的最佳传记作品之一。

然而，在英国人自己写的文学史中，盖斯凯尔夫人似乎并未受到应有的肯定。她只是在“社会小说”中方可找到。不少评论家称她为二流作家，史学家多以一种恩赐的口吻肯定她，而且免不了加上一句“关于她的评价颇有争议”。直至20世纪60年代，盖斯凯尔的命运才有所改变，关于她的传记和赞誉开始多了起来。除了社会政治层面的文本解读以外，还有学者从马克思主义、女性主义文学批评以及心理学角度评价其作品的现实意义，其中最令人叹为观止的是英国皮克林及查托（Pickering & Chatto）出版公司整理出版的一套包括她全部创作和批评的专著《伊丽莎白·盖斯凯尔文集》（*Selected Works of Elizabeth Gaskell*, 2007），成为当今研究盖斯凯尔的权威著作。

盖斯凯尔夫人是以反映维多利亚时期的劳资矛盾、表现宪章运动中的社会现实而著称的。她以极大的同情心描述了产业工人及其子女的痛苦生活和不幸遭遇，强烈谴责了统治阶级的穷奢极欲和虚伪狡诈的本性，同时也刻画了敢于和资本家斗争的工人形象。有评论者认为，“她［盖斯凯尔夫人］知道如何以女性特有的敏锐观察力和体贴能力，作平凡受苦人的喉舌，这个功绩是值得称道的”（安德鲁·桑德斯，《牛津简明英国文学史》，谷启楠等译，北京：人民文学出版社，2000年）。诚然，她婚后的工业城市生活体验，为其创作提供了现实主义素材，也为她赢得了“社会问题”小说家的声誉。

《玛丽·巴顿》

《玛丽·巴顿》是盖斯凯尔夫人的第一部小说，也是最有名的一部小说。该作品一经出版即好评如潮。评论界一致认为该书深刻地揭露了资本主义制度，而且成功地体现了工人阶级的情感结构。另外，书中所体现的女性主义意识也引起了人们的兴趣。狄更斯说：“这是给我印象最深和对我影响最大的一部小说。”（Annette T. Rubinstein. *The Great Tradition in English Literature from Shakespeare to Shaw*. Beijing: Foreign Language Teaching and Research Press, 1988, 690.）

小说以19世纪40年代的萧条时期为背景。主人公约翰·巴顿（John Barton）是个有正义感、乐于助人的宪章派工人，在群众中很有威信。他曾作为工人代表到国会请愿。为了反对资本家消减工人的工资，曼彻斯特的工人们举行了罢工。约翰是和厂主谈判的工人代表团成员。在谈判中，资本家亨利·卡逊（Henry Carson）用漫画讽刺工人代表，引起公愤。工人代表们商定处死卡逊。约翰执行了集体的决定，枪杀了卡逊。小说最后，约翰对自己的行为表示忏悔，他向老卡逊坦白，乞求饶恕。老卡逊在《圣经》的启示下动了恻隐之心，饶恕了他。约翰最后死在老卡逊的怀里。

维多利亚时期的曼彻斯特是英国社会矛盾最尖锐的工业城市。经济的飞速发展孕育着贫穷与富有、肮脏与奢华。与狄更斯相比，盖斯凯尔夫人更能从骨子里感受到工人的痛苦境遇。作为牧师的妻子，她长期生活在贫困的教区，常常随丈夫一起做些慈善工作，因而有较多机会体验工人的悲惨生活。小说的字里行间渗透着作者对“那些焦心急虑的人们”的极大同情和关爱：

> 他们到食品铺去买茶叶、糖、黄油，甚至面粉，每次只出得起半个便士；有些父母一连七个星期整夜坐着，把仅有的一张床和一床被褥让他们的儿女享有；还有些人在严冬季节一连几个星期睡在炉灶旁的石头地上，既没有食粮，也没有煤炭；还有一些人被迫绝食了好几天，心里也不存着什么好转的希望，在拥挤的阁楼上或是阴湿的地下室里苟延残喘，逐渐在饥饿和失望的压迫下，赶早进了坟墓。[152]

盖斯凯尔夫人从工人的角度描写劳资冲突，进而诉说自己对英国工业革命的真切感受。在资本主义“进步”光环笼罩下资方急速敛财的冷酷，饥寒交迫中的穷困人家传来的啼号声，以及接踵而至的疾病和死亡，盖斯凯尔夫人对这些问题进行了形象性解答，这是她对英国小说最大的贡献。正如威廉·明托所说：狄斯雷利对自己笔下材料的了解“犹如一个旅行者对某个陌生国家的花草的了解”，而盖斯凯尔夫人则“像一位热情的植物学家，熟知自己所居住地区的一切植物”（Kathleen Tillotson. *Novels of the 1840s*. London: Oxford University Press, 1961, 208.）。确实，在感受19世纪英国社会贫富悬殊以及工人阶级的悲惨生活方面，很少有人能超过盖斯凯尔夫人。

在盖斯凯尔夫人的笔下，两大对立阶级的贫富差距形成了鲜明对照。老卡逊的房子越盖越豪华，家里的“摆设不惜工本”。相比之下，达文波特家里连一张床都没有，他病弱的身躯不得不“躺在连一条狗都不会挑选的、又潮湿又发霉的稻草上”，他的四个孩子正饿得“在湿漉漉的砖地上打滚儿”。穷人身上的痛和心中的痛跟富人的无病呻吟也形成了强烈的对照。卡逊的四个子女个个奢侈，他们夜夜狂舞，还不时抱怨命运对自己不公。例如，小女儿义米曾经因为父亲和哥哥起先不答应给自己买玫瑰花而感到委屈，并声称自己“没有鲜花和香气就活不下去”。虽然盖斯凯尔夫人满怀同情地描述贫富对立之痛，但她对待这一问题的态度是希望资本家和工人都站在“人”这样一个共同的立场上彼此认识、彼此谅解，通过一系列改良措施解决矛盾冲突。

细加揣摩，就会发现盖斯凯尔夫人对资本家的批判不是毫无顾忌的。她把小说的标题由“约翰·巴顿”改为“玛丽·巴顿”，其原因在于，约翰是一个阶级立场鲜明的宪章运动分子，以他的名字命名该书表明作者对工人运动的支持，而玛丽只是一个时装店的学徒，她并不关注现实，以她的名字命名该书会减弱作品的批判锋芒。盖斯凯尔夫人的这种矛盾意识与其宗教信仰不无关系。她的父亲是牧师，丈夫又是教会副主持，所以她深受基督教影响。她相信，“遵父旨的人都是亲属”，希望资本家和工人都要把“耶稣精神作为双方调和的尺码”。

但是，事实并非如盖斯凯尔夫人所愿。小说中的人物个个是基督徒，然而他们却并未得到上帝的拯救。戴文至死不忘基督之爱，但终究落得病倒、饿死的下场；爱丽丝把自己的一切都交给了上帝，而至死也未能实现其回归故里的愿望；约翰从小随身携带《圣经》，然而残酷的现实使他对上帝的存在产生了怀疑。这些颇具反讽意味的人物也反映了盖斯凯尔夫人对宗教的矛盾心理。同时，维多利亚时代的信仰危机也能给读者提供答案。19 世纪四五十年代的经济大转型带来了新思潮和新的价值取向，在新旧思维的纠结中，盖斯凯尔夫人开始对各种社会问题进行严肃而痛苦的思索。她既对经济的高速发展感到自豪和欣慰，也对随之而来的残酷现实感到困惑不解；家庭的宗教氛围深深熏陶着她的心灵，而达尔文的进化论迫使她重新认识自己的宗教信仰。在这种文化背景下，盖斯凯尔夫人深感自己迷失了方向，可以说《玛丽·巴顿》是作者价值困惑的产物。

盖斯凯尔夫人把 19 世纪中叶的劳资冲突、罢工、失业等城市弊病暴露无遗。虽然她不是一个富有创建思想的政治活动家，也不是一个预言家，她也不会对当时的社会问题提出某种设想，但读者透过她细致的描写和观察，可以了解工业革命带来的阶级冲突和工人运动的基本状况，用作者自己的话说，这本小说准确地获得了她所预期的社会批判效果，“有一半雇主（工厂主）对我大为恼火，而另一半雇主（最好的一半）则买下了这本书，放入他们的工人的图书馆”。[153]

乔治·梅瑞狄斯（George Meredith, 1828-1909）

乔治·梅瑞狄斯是维多利亚时期的重要作家。他出生于英国朴茨茅斯市的一个裁缝家庭。他在5岁时丧母，童年生活失去了快乐。他的父亲生意不佳，在1837年破产。之后，他把儿子送到乡下的亲戚家寄养，自己则前往伦敦谋生。梅瑞狄斯后来进入寄宿学校读书。1841年，为使儿子不失去有限的遗产，父亲为他申请了受大法官保护的未成年人的身份。1842年，15岁的梅瑞狄斯来到位于莱茵河畔的德国莫拉维恩学校学习。他在这里读书不足两年。他声称这是他所接受的仅有的正规教育。在这段时间里，他阅读了大量德国文学、哲学名著，欣赏了许多德国音乐作品。短暂的留学生活丰富了他的学识，激发了他的灵感，培养了他的自尊、勇气等诸多品质。这一时期，英国知识分子热衷于学习德语、阅读德国文学和哲学。梅瑞狄斯的作品和思想透露出他的见多识广。

他1846年回国，在伦敦做实习律师，他并未系统地学习过法律，也不打算长期从事这一职业。几年后，在一些朋友的鼓励下，他开始诗歌创作，还与他人合作创办了一份刊物。1849年，他为一位年长他七岁的寡妇（朋友的妹妹）玛丽·艾伦·尼科斯所倾倒，并和她结婚。玛丽不仅美丽，而且具有新女性的活泼、聪明和自主意识。她正是梅瑞狄斯作品中新女性形象的原型。不过，梅瑞狄斯虽然愿意结交这种女性，在婚姻中却渴望妻子无条件地听从与支持自己。于是，他们的婚姻生活纷争不断，不稳定的经济收入也雪上加霜。1858年，玛丽与他人私奔，这段婚姻遂告终结。1860年左右，梅瑞狄斯进入出版商查普曼公司担任编辑。在30多年里，查普曼公司的几乎所有的稿子都经由梅瑞狄斯阅读、审校并决定取舍。很多后来成名的作家，如托马斯·哈代等人，都和他打过交道。

1864年，梅瑞狄斯再婚，娶了一位以丈夫和家庭为重的妻子，过上了平静的家庭生活。此后，他的新作也不断出版。业余时间，他喜欢散步，以舒缓压力。19世纪70年代末期，梅瑞狄斯患上脊髓痨，但他仍然继续工作了很多年。1892年，他接替丁尼生，成为英国作家协会主席。到1895年前后，他已经拥有一大批崇拜者，俨然是当时文学界的领军人物之一。1905年，他被授予功绩勋章。很多年轻作家前往他的住所“朝圣”。这种“朝圣”一直持续到他1909年去世为止。总之，他在去世之前已得到英国文坛和读者的广泛认可。有人甚至认为梅瑞狄斯是英国文坛最伟大的作家，也有人盛赞他是第一位真正的小说艺术家。[154]

梅瑞狄斯的文学创作包括小说、诗歌和散文等。他创作了20多部小说，其中第一部颇具奇幻色彩，即《沙格帕特的修面》（*The Shaving of Shagpat*, 1855）。此书表现出《天方夜谭》的影响，笔调非常独特，受到包括乔治·埃略特在内的许多作家和评论家的称赞，但没取得商业上的成功。《理查德·弗维莱尔的苦难》（*The Ordeal of Richard Feverel*, 1859）描写奥斯丁·弗维莱尔男爵按照贵族传统教育儿子，表现人的自然本性与社会要求的冲突。这部小说表现出作者对人物心理的强烈关注。这种关注令有些人着迷，而另一些人，例如凯瑟琳·曼斯菲尔德（Katherinr Mansfield, 1888-1923），则对它表示厌恶。《爱米莉亚在英国》（*Emilia in England*, 1864，后书名改为 *Sandra Belloni*, 1887）讲述女主人公成长为意大利民族解放运动的战士的故事。《哈里·里奇蒙历险记》（*The Adventures of Harry Richmond*, 1871）述说一个上流社会少年成长的故事。《博尚的一生》（*Beauchamp's Career*, 1875）描写青年博尚的命运，同时也涉及英国的政治问题。《利己主义者》（*The Egoist*, 1879）是一部冷静、机智、才思过人的小说，以心理分析深刻著称，描写现代社会中一个典型的利己主义者形象，被一致认为是梅瑞狄斯的代表作。《令人惊异的婚姻》（*The Amazing Marriage*, 1895）的女主人公卡琳西娅从在婚姻上仰人鼻息的少女成长为投身于政治斗争的独立自主的新女性。《十字路口的黛安娜》（*Diana of the Crossways*, 1885）被当时评论界誉为女权运动的宣言书。他的其他小说还有《伊万·哈灵顿》（*Evan Harrington*, 1861）、《罗达·弗莱明》（*Rhoda Fleming*, 1865）、《维托利亚》（*Vittoria*, 1866）等。梅瑞狄斯主要描写英国的上层社会，揭露它的丑恶现象。他不重视故事情节，而着重于人物的心理描写，善于运用微妙的嘲讽来表现人物的思想和行为。

梅瑞狄斯也是一位诗人。他的诗歌精于细节描写，意旨显豁，语言凝练。有人对梅瑞狄斯的诗作评价很高，预言他的名字将随其诗歌流芳百世。另外，当时也有一些读者感觉其中的心理成分晦涩难懂。他的代表诗作诗集《现代爱情》（*Modern Love*, 1862）表现出达尔文的影响，被视为正在不断进化的爱情婚姻观的前卫宣言。此外，梅瑞狄斯的诗歌还有《悲剧人生的民谣与诗》（*Ballads and Poems of Tragic Life*, 1887）、《阅读地球》

(*A Reading of Earth*, 1888)、《空空的钱包》(*The Empty Purse*, 1892)、《献给法国历史之歌的颂诗》(*Odes in Contribution to the Song of French History*, 1898)、《阅读人生》(*A Reading of Life*, 1901)、《最后的诗》(*Last Poems*, 1909)等。

梅瑞狄斯最著名的散文著作是《论喜剧观及喜剧精神的效用》("On the Idea of Comedy and the Uses of the Comic Spirit", 1877)。这篇文章阐述他关于小说创作的基本思想。它指出，各种形式的喜剧将长期存在，喜剧能使人们鄙弃自己的错误和浅薄，在改造社会中发挥巨大作用。

梅瑞狄斯在19世纪曾和狄更斯、萨克雷、乔治·埃略特、特罗洛普、哈代等人并肩齐名。遗憾的是，在后来的岁月里他几乎被人遗忘，如今很多大学的文学系几乎不提他的名字。评论家F. R. 利维斯(F. R. Leavis, 1895-1978)在《伟大的传统》(*The Great Tradition: George Eliot, James, and Conrad*, 1948)一书中曾说梅瑞狄斯是"盛名难副"。有评论家预言梅瑞狄斯可能会被人"重新"发现，也有评论家替梅瑞狄斯鸣不平，说他值得更多人去了解。从总体来看，梅瑞狄斯虽然曾经声名显赫，但在文学史上的地位却还有待时间的验证。

《利己主义者》

《利己主义者》主要讲述威洛比·帕特恩爵士先后和几位女性的婚恋故事。小说开始，主人公威洛比被誉为最完美的绅士和全郡男士的榜样。但随着情节的展开，他内心的狂妄自大和唯我独尊的极端利己主义思想逐渐暴露无余。威洛比不顾暗恋他的善良姑娘利蒂希娅·戴尔的存在，与康斯坦蒂娅·德拉姆订婚，但未婚妻却在婚礼前与他人私奔了。这使得威洛比恼羞成怒。他转而一边追求利蒂希娅，一边又宣布与克拉拉·米德尔顿的婚讯。克拉拉是位聪明、讨人喜欢的姑娘。她很快发现威洛比的庐山真面目。在威洛比的心目中，世界应该以他为中心，周围的人都为他而存在。他要求未婚妻心甘情愿地变成他的影子和附属品，无论行动还是思想感情都要以他的意愿为转移。在帕特恩家族中，他就是至高无上的主宰者，其意志不可违抗，对抗者必遭打击报复。克拉拉对威洛比的独裁性格感到不解和反感。在这位热爱自由、热爱生活、对前途满怀希望的姑娘眼里，威洛比的逻辑和世界观实乃荒谬绝伦。在经过一番激烈的争论后，她理直气壮地提出解除婚约。恼怒的威洛比只好又转向利蒂希娅这个被他玩弄于股掌间的女子。矜持的利蒂希娅拒绝了他，但在他的一再坚持下，最终答应与他成婚。克拉拉最后嫁给尊重女性思想和权利的维农·韦特福德。

《利己主义者》的心理描写细致入微、引人入胜，是心理现实主义小说的成功之作。在小说的每一章，几乎都可以发现作者对人物，特别是对主人公威洛比与克拉拉的内心世界所进行的解剖和评述。《利己主义者》每一章的重心都在于对一系列人物内心活动与心理变化的关注。在心理活动之后往往是长达数页的对话，而这些言简意赅的对话又以人物各自的心理状态为依据；读者必须从作家的心理描写中细细体味对话的真正含义。这种深入细致的心理分析，正是梅瑞狄斯小说最重要的特征，也是他在为心理小说奠定基础方面对英国文学做出的贡献。

这部小说有着明显的自传因素。从威洛比先后两次被未婚妻甩掉的经历不难看出，梅瑞狄斯的第一任妻子离他而去给他的内心留下了烙印。也有学者指出了克拉拉与玛丽之间的种种相似之处。

小说也涉及妇女和女权问题。维农·韦特福德的光明磊落、尊重女性意愿和权利，与威洛比形成鲜明对照。作家似在暗示，男女平等虽然难以实现，却也不是完全不可能。只可惜，梅瑞狄斯虽然在理论上和创作中宣扬男女平等，强调妇女不是玩偶，并因此赢得好评，但在实际生活中，他却难以摆脱根深蒂固的男权至上的意识。他对此也并不隐瞒。据说，梅瑞狄斯的一位朋友在读过此书后，曾向他抱怨说，“你太差劲了。我就是书中的威洛比。”梅瑞狄斯回应道：“不，亲爱的朋友，我们都是威洛比。”[155]

《现代爱情》

《现代爱情》是一部诗集，共有50首诗歌。梅瑞狄斯革新十四行诗的结构，每首诗歌由4个4行诗节构成，共16行。这部诗集据说是作者对自己第一次婚姻的回顾和反思之作。在诗歌中，诗人对夫妻双方在婚后的心理感受和心理活动进行了细致、准确的描述和分析。这对夫妻发现，在婚姻生活里，他们曾经拥有过的爱已经消失，现在双方都有了婚外恋。可是囿于传统观念的压力，他们不能离婚，只能在表面上维持着家庭的体面与和谐，实际上内心却经受着漫长的痛苦和折磨（参阅第7首诗）。他们厌倦这样的伪装，经常互相指责、抱怨。妻子极力扮演合格女主人的角色，热情招待客人，丈夫看着，心里想的却是她对自己的不忠，“身体的不忠固然可恶，/ 但我认为心灵出轨更不能接受”（第7首第13～14诗行）。在他眼里，妻子缺乏理性，不能如他所希望的那样认识问题，于是经常生气地提醒妻子“用点脑子，上帝啊，用点脑子吧！”（第48首第3诗行）同样，妻子也意识到，自己可能终生无法逃出婚姻的牢笼。她曾用“颤抖的嘴唇”告诉自己，“我的幸福无处寻找”（第 34 首 10～13 诗行）。在多年的忍耐之后，她再也无法继续伪装下去，最终以自杀的方式结束了不幸的生活（第49首13～16诗行）。在第50首诗里，失去妻子的丈夫伤感地回顾多年的婚姻生活。在感情的煎熬中，他们“满心渴望着死亡的那一天？/ 彼此把那致命的刀捅向对方”(第50首第8～9诗行)。婚姻的无奈和悲剧使丈夫对人生感慨万端：“唉，灵魂只得到一个灰蒙蒙的回答，/ 当它渴求生活的确定性时。”（第50首第11～12诗行）

诗集表现出妻子不堪忍受无爱的婚姻和丈夫的婚外恋，大胆地与其他异性交往，这在某种程度上可以视作争取男女平等、情感平等甚至性平等的一种体现。但是，全书是以丈夫的口吻来写的。不难看出，对于婚姻的不幸，丈夫指责妻子远远多于指责自己。梅瑞狄斯的女权主义思想无法脱离他的男权主义意识形态。

这部具有心理现实主义风格的诗集在保守的维多利亚时代引发了很大争议。《星期六评论》（*Saturday Review*）称它是“严重的道德错误”，因为作者不顾当时的社会禁忌，在作品中涉及婚外情，并对婚姻这一社会结构基石提出质疑。[156] 此外，强调爱在婚姻中的重要性，这本身在维多利亚时代就是超前的，而声称“唉，是的！/ 爱已死！”（第16首第10～11 诗行）更是大胆。对爱（包括精神和肉体）的重视显然体现出作者非常“现代”的婚姻观。

乔治·埃略特（George Eliot, 1819-1881）

在众多的维多利亚小说家中，有三位最为著名，分别代表了这一时期的三个阶段：狄更斯代表早期，乔治·埃略特代表中期，托马斯·哈代代表晚期。这三位作家都十分关注世人的生活，都赞同维多利亚时期的道德价值原则，希望能够造福于社会，但是三位作家从思想、气质到创作方法都有不同之处。总的说来，狄更斯思想乐观，对生活持肯定态度，写作风格属自然奔放、浑然天成，有点浪漫加现实主义。这在他稍早的作品里表现尤其突出。

乔治·埃略特生活在维多利亚鼎盛时期。她思想沉稳，对生活开始思考、提出疑问，对作品计划周到、安排细致，风格是现实主义的，有较多的心理分析。当时由于达尔文（Charles Darwin, 1809-1882）、米尔（John Stuart Mill, 1806-1873）、托马斯·赫胥黎（Thomas Huxley, 1825-1895）、赫伯特·斯宾塞（Herbert Spencer, 1820-1903）和法国的实证主义者孔德（Comte, 1798-1857），人们很难再毫无保留地信仰上帝，于是乔治·埃略特变成了一个不可知论者。在她所处的时代，个人的成长对于社会的重生变得至关重要，但严重的混乱还没有出现。人们仍然生活在一个道德的宇宙之中，对自己的生活还有一定的控制力。“生活充满了选择的艰辛”，乔治·埃略特在《弗罗斯河上的磨坊》中写道。她审视了社会阶层以及个人之间的相互作用，并进行了深入的哲学和理性思考。读者可能会被狄更斯的作品所倾倒，但他们很难与《米玛镇》这样的小说产生深厚的情感共鸣。乔治·埃略特本质上是一位田园小说家，代表了维多利亚鼎盛时期一种较为清醒和深沉的感知模式。使埃略特如此卓越的原因之一是她把 19 世纪大部分的思想都融入了自己的作品之中。她是一位伟大的道德家、她所处时代的一股强大的道德力量以及一位哲理小说作家。

当 19 世纪 70 年代以后托马斯·哈代出现时，社会正在经历沧桑巨变。生活中充满了危机；在强大的宇宙面前，人们变得异常无助和渺小。敏感的人们惊奇地发现，人是无能为力的，只能任由这个充满恶意的宇宙摆布。悲剧就在前面，而人却没有选择的自由。哈代尽力在这个冷酷的世界中为人寻找一个位置，把生活变得稍微容易一点。他虽然不是一个自然主义者，但在某些方面却与当时正盛行的左拉（Emile Zola, 1842- 1902）的自然主义审美观点一致。哈代从未对基督教给予理性上的认可。哈代思想较低沉，对生活现实有否定倾向，写作风格属于现实加浪漫主义。

如果给这三个作家看面相，狄更斯是面带微笑，乔治·埃略特是凝重、矜持，哈代则是一脸哭相。这三个人生活在不同阶段，而英国正处于急剧变化时期，他们的作品比较准确地表达了国家的精神状态。

乔治·埃略特出生在沃里克郡阿伯里镇。她自幼喜好读书，常去当地的图书馆。她广博的知识和她所受的古典教育为她后来的文学创作奠定了坚实基础。她被送到寄宿学校学习，受到福音主义思想的深刻影响。在母亲过世后她随父亲移居到考文垂市，在那里遇到一些先进的知识分子。她的一个相识——富有的制造商查尔斯·布雷——是自由思想家，他的家里常有坚持激进思想的人聚会、讨论。年轻的乔治·埃略特在那里见到许多名人，如罗伯特·欧文、赫伯特·斯宾塞、拉尔夫·瓦尔多·爱默生等。她开始对信仰产生疑问。1842 年，她停止去教堂做礼拜，引起父女间关系紧张。她继续去教堂，直到父亲过世（1849 年）。在考文垂她的视野得到扩展。她在新朋友的帮助下，到日内瓦旅行。1850 年，她到伦敦，开始做自由撰稿人。1851 年～1856 年，她成为《西敏寺评论》（*Westminster Review*）的副主编。1851 年，她和乔治·刘易斯相遇，1854 年，二人同居。刘易斯和他以前的妻子关系复杂，二人不能离婚，刘易斯和乔治·埃略特的婚姻虽有其实但无其名。这对他们和周围的关系产生了负面影响，但他们坚持己见，相互帮助。当时乔治·埃略特依然对哲学感兴趣，刘易斯劝她转向文学创作。1857 年，她的第一部小说集出版，所用笔名是"乔治·埃略特"，立刻受到诸如狄更斯和萨克雷等人的赞扬，人们开始揣测作者的身份。当她的第一部小说《亚当·比德》（*Adam Bede*）1859 年问世时，有人竟自称是作者。《亚当·比德》在当时立即闻名，广受读者的热爱。乔治·埃略特亮出真相，社会为之哗然。1860 年，《弗罗斯河上的磨坊》出版，次年《织工马南》（*Silas Marner*）问世。1871 年～1972 年，她出版了她最闻名的著作《米玛镇》（*Middlemarch*）。1876 年，《丹尼尔·德隆达》（*Daniel Deronda*）出版。乔治·埃略特作为小说家的声名日益高涨，1877 年，酷爱她的作品的维多利亚女王的女儿——路易兹公主——接见了她。

1878 年，刘易斯过世，乔治·埃略特用此后两年的时间编辑刘易斯的遗作。1880 年，她与一位小她 21 岁的银行家（约翰·瓦尔特·克罗斯）结婚。虽然男女年龄之差引起争议，但这桩法律婚姻让她哥哥艾萨克非常满意，二人在断绝关系多年后终于言归于好。1881 年，她患病在切尔西去世。死后葬于西敏寺的要求由于宗教等原因被拒绝，她的遗体在伦敦海格特墓地持异议者地段下葬，与刘易斯并列长眠。1980 年，西敏寺大教堂在"诗人区"为她立墓石，以志祭奠。在她的诞生地，有几座关键性建筑物（如医院和学校）以她的名字或她的小说题目命名。

乔治·埃略特在个人生活方面并不幸福。她相貌平平，所以尽管天资聪明，意志坚强，但似乎没有人愿意娶她为妻。她与后来成为著名社会学家的赫伯特·斯宾塞（Herbert Spencer, 1820-1903）之间的友谊最终未能更进一步。她与刘易斯的生活是她一生中最幸福的一段时间，可他却先她而去。他们结合的结果很好，对埃略特的作家生涯尤其如此。刘易斯一直是她的绝对支持者。她用“乔治·埃略特”做笔名发表的第一篇作品是1857年出版的《亚莫斯·巴顿牧师的凄惨命运》（*Amos Barton*），后来埃略特把它收入1858年出版的《牧师生活片断》（*Scenes of Clerical Life*）一书里。[157]

她没有把自己的生活看成是一个悲剧，而是认为生活是她所控制不了的。她在某个场合曾经说过，女人最理想的成就就是做一位贤妻良母。这可以解释她创造的那些女性人物的美满结局，她们中的大部分不是嫁人就是变得依赖于男人。她在处理女性的困境方面很细腻，这一点获得了女性主义者的尊敬和赞赏。有一点尽管与主题无关但是非常有趣，乔治·埃略特对漂亮的女人并不总是善良和公正的：她们看上去很傻，时常陷入麻烦。她的女主人公并不是很丑，但都非常有趣和吸引人。《弗罗斯河上的磨坊》里的玛吉就是一个很好的例子。《米玛镇》里的多萝茜也是，她虽然很漂亮，但常常被认为很古怪。总的来说，乔治·埃略特是一位有思想的文学家。她的作品显示出精到的构思和写作手法。她被认为是维多利亚中期阶段最优秀的小说家。

乔治·埃略特是文学史上少有的多才多艺的作家。维多利亚时代的人对女人创作小说的能力多持怀疑态度，因此有才能的女作家为避免落入“又一个愚蠢的女小说家”之列，竟有以男人名字做笔名发表作品的。勃朗蒂姐妹就分别以“柯勒·贝尔”、“爱丽丝·贝尔”及“艾克顿·贝尔”为笔名发表她们的诗歌集。夏洛特·勃朗蒂的《简爱》，最初便以“柯勒·贝尔”这个笔名出版。“乔治·埃略特”是女作家玛丽·安·伊万斯（Mary Ann Evans）的笔名。有人说，法国著名女作家乔治·桑的名字“乔治”给了伊万斯小姐以灵感，也极可能是事实。她的散文体丰富而流畅。由于她喜欢绘画，她的风格常常显示出传神的效果。她的作品风格之多，不同风格间的差别之大，大概只有同代小说家布尔沃·利顿（Bulwer Lytton, 1803-1873）可以与之相比。她早期以纯朴而优雅的文笔描绘英国乡村的景色与生活，写出诸如《弗罗斯河上的磨坊》和《织工马南》这样反映普通农民、织工和其他手工业者生活的伟大作品；而在这之前的作家则多以绅士淑女和中产阶级为素材。后来乔治·埃略特又写出《米玛镇》等反映中上层社会生活状貌的小说。她的主要作品除了以上提到的之外还包括《罗莫拉》（*Romola*, 1862-1863）和《菲利克斯·霍儿特》（*Felix Holt*, 1866）。

乔治·埃略特有一颗宽容的心。她在讥刺和批判人的缺点和缺陷时可能会毫不留情，但同时她又表现出一种高度的宽容和谅解。她感到人们本质上并不坏，只是脆弱而已。她对弱小者深表同情。她尽力不进行黑白分明的评判，而是在黑白之间保留出一些灰色区域，来容纳人性的多变与多样性。她的作品中没有一无是处的歹人，也没有怪诞的描写。在她的作品中很难找到一个浮夸的场景。

乔治·埃略特还被看成是一位社会历史学家。她把展示社会各个阶层的生活情况看成小说家理所当然的职责。在她之前的大多数作家都把重点放在描述上流社会和中产阶级的生活上，而她却在《织工马南》和《弗罗斯河上的磨坊》等作品中描写了英国的乡村，探讨了农民、织工和其他手工业者的生活。她在后期作品中拓宽了表现题材的社会范围，将上层社会也包括进去。那个时代的主要事件和主要思想在她的作品中都有所体现。进化论、宗教复兴（如福音主义）、实用主义、实证主义和不可知论——所有这些以及其他一些思想都在她的作品中得到了应有的体现。她以严肃的创作来记录时代经历的变化。维多利亚时期的早期阶段在各个方面就已开始发生巨变，到维多利亚时期的中期和后期阶段，国家变化如此之大，英国好似进入另外一个时代一样。像乔治·埃略特这样到中年时对19世纪三四十年代仍然记忆犹新的人，一种怀旧感总把他们唤回到过去，促使他们拿过去与现在进行比较。他们的文学创作通常会莫名其妙地从这些回忆中得到启发，帮助他们更好地来表现目前。因此，她的许多作品都是以过去，而不是以现在为背景展开的。

乔治·埃略特对待社会和历史的研究一向坚持非常严肃的态度。她的所有小说都受到某种历史事件的启迪。而且，作为当时人们生活的一部忠实的社会历史记录，她的描写非常细致入微：权力、阶层、风俗、习惯、1810 年在英国作为一个多德森小姐（中产阶级一员——笔者）生活意味着什么，等等——她总是很乐意对这些进行翔实的描写。她所描绘的基本是现代生活刚刚开始但还未完全摆脱过去残余力量羁绊的世界。现代社会学之父赫伯特·斯宾塞对她的影响之一就是帮她摆脱过去的束缚，让她的小说直接面对当前。因此，乔治·埃略特的作品逐步接近当代生活，它们使社会历史小说这个文学类别又向前迈进了一步。在她的努力下，小说已经作为严肃文学出现在文学舞台上，而不只是简单的娱乐媒介。小说在世人心目里，喜爱之外又多了一份尊重。

乔治·埃略特以卓越的心理描写而著称。她在文学史上被视为“心理小说”的先驱。她通过理性思考，深入探讨社会生活的本质以及人与其周围条件的关系。在她看来，人所处的环境决定人的动机，有助于了解人的内心意识。她喜欢探究和解释人们采取某种行为或行为方式的原因。玛吉·塔里弗必然会以她自己的方式生活，在生活中遭遇挫折并为自己的错误付出代价。布尔斯特罗德（《米玛镇》）必然会努力在精神要求和物欲贪婪这两极之间寻求平衡。乔治·埃略特对利德盖特（《米玛镇》）、多萝茜、海迪·索罗尔（《亚当·比德》）等人物细致深刻的精神分析给人留下极其深刻的印象。作者把这些人物置于显微镜下，使读者感同身受，从而获得智慧，提高应对生活和为人处世的能力。这也是乔治·埃略特在那个时代被视为一股重要道德力量的另一个原因。她基本上是一位心理现实主义者。她在这方面的成就获得了许多人真挚的爱戴。例如，萨克雷将她奉为历史上最伟大的哲理小说家，认为她为小说带来了理想、理智和哲学。亨利·詹姆斯受她影响很大，无论在题材还是写作技巧方面，都从她那里受益良多。

乔治·埃略特对影响 19 世纪英国思想的一些主要力量——福音主义、实用主义和进化论——非常敏感。实用主义不仅在当时的知识分子中间，而且在劳动阶层中都很盛行。实用主义采取了反对智力和想象的立场，认为只有物质的事物和行动才有用处；至于文学（如诗歌）和精神生活，都被列入“无用”的另类。因此，实用主义遭到了卡莱尔和狄更斯等作家的强烈反对。乔治·埃略特与《西敏寺评论》期刊保持联系有两三年的时间，先是作为投稿人，后来作为这家杂志的副主编。这家期刊是实用主义哲学的喉舌，她和它的联系帮她确立了“最大多数人的最大的幸福”这一实用主义的基本信条。她所倡导的“合乎道德的选择”一般认为与这一实用主义原则是一致的。至于福音主义，乔治·埃略特的态度有些模棱。她曾在一所福音学校接受教育，对福音主义有所认识。福音主义主张努力工作，慈善和救济，劝人信奉基督教，建造医院、孤儿院和工人大学等。福音主义主张禁欲，有些福音主义者为人虚伪，这些都对当时社会产生了负面影响，使人们变得拘谨、古板、愤世嫉俗。埃略特把福音主义描述成为小说世界中生活的一个内在要素，但同时她的态度又是矛盾的。她把宗教信仰与伪善的外表交织在一起，并对后者进行不遗余力的抨击。此外，乔治·埃略特也非常关注达尔文主义以及斯宾塞社会达尔文主义的哲学思想——“适者生存”的观点。她同样关注不可知论：关于上帝的存在我们一无所知，而且也无法知道。结果，埃略特变成一个不可知论者，应当是赫伯特·斯宾塞的影响所致；斯宾塞本人就是一位伟大的不可知论者。乔治·埃略特对华兹华斯的影响也很敏感，这在她作品的田园描写以及她对自然和童年态度等方面，表现得尤其明显。[158]

乔治·埃略特被认为是维多利亚时代中期以后最伟大的小说家，在英美文学评论界占有很重要的地位。

乔治·埃略特的一个重要主题就是个人选择。她创作的所有小说中都充满了选择，情节也围绕“选择”的主旨展开。她探讨人和社会在发展历程中所经历的道德过程，研究阶层和个人与他们所处环境的关系，以及他们之间的相互作用对双方所产生的影响。埃略特相信，个人具有一些有限的自由意志，个人的选择决定他们的性格以及他们与处于统治地位的社会有机体之间的关系。人们会因好的选择或坏的选择而得到拯救、奖赏或惩罚。好的选择有益于社会，会得到奖励，而坏的选择对社会不利，最终会自食其果。她相信社会必须要运转，因此必须有一个道德标准来衡量这些选择是否会给最大多数的人带来最大的好处。做出正确的选择总是伴随着痛苦。人们要承担选择所带来的后果，一个人的生活和命运的责任主要由个人来承担。个人的成长会促进社会的进步，道德依赖于人类感情的调节。她对个人的强调与她信奉的不可知论有关：她不清楚是否存在一个至高无上的上帝，以及这些奖励和惩罚到底从何而来。在这里，有一点很值得人们关注，这就是，乔治·埃略特的作品中有一股很强烈的决定论的气息。例如，她相信因果关系。她在《织工马南》中写道，“……种子会长成一棵同一种类的庄稼”。埃略特认为遗传是影响一个人生活的重要因素。她的主要作品，如《织工马南》、《弗罗斯河上的磨坊》和《米玛镇》都清晰地表达了这一观点。在一定意义上说，埃略特是一位哲学决定论者。

《弗罗斯河上的磨坊》

泰晤士河两岸景色秀丽迷人，很可能是乔治·埃略特的名作《弗罗斯河上的磨坊》里所说的那条河——弗罗斯河。在这里，按照女作家的叙述，发生过一个叫人感慨万千的故事。《弗罗斯河上的磨坊》讲的是两兄妹的悲剧故事，但其内涵却超越了兄妹关系的范围。塔里弗一家在弗罗斯河河畔开磨坊，因和律师威克姆打官司败诉而不得不把磨坊抵押给对方。两家虽然有仇，但威克姆还是让塔里弗家继续经营磨坊。

塔里弗家两兄妹——汤姆和玛吉——在性格上截然不同。兄务实，妹幻想；兄循规蹈矩、俗气十足，妹多愁善感，但又坚强傲岸，不畏世俗和传统的压力；兄为他人活着，妹则伸张个性。二人都有欠缺，应当相辅相成。他们似乎是一个完人的两个侧面。玛吉小时候是一只丑小鸭，长大后却变成一个标致的少女。

汤姆努力工作，要把家产赎回来；玛吉在感情上不断出现纠葛。兄妹有些反目。玛吉和律师的儿子菲利普·威克姆眉来眼去，汤姆怒不可遏。菲利普勤奋而且有艺术天分，但自幼发育不良，状如侏儒，加上又是仇人之后，汤姆对妹妹横加干涉，兄妹不合遂公开化。妹妹最后屈服，中断同菲利普的来往。之后玛吉到姨表妹露西·狄恩家短住，表妹的未婚夫斯蒂文·盖斯特同她一见钟情。一天，二人乘船外游，在河里划船被潮水漂走，一夜不归，玛吉有“失身”之疑，变得名声扫地，被哥哥大怒之下逐出家门。村里其他人对她也避之唯恐不及。在几年的过程中，汤姆一直努力工作，要重新赎回家里的磨坊，最后终于如愿以偿。后来小镇洪水泛滥，将磨坊淹没，汤姆也被困其中。玛吉发疯般驾小舟去搭救哥哥脱险。兄妹重新见面，言归于好，就在那瞬间，恶浪从黑暗中扑来，把两人无情地卷走，兄妹俩拥抱着死在一起。水的洗礼洗除了他们的罪尤，两人活着时的苦闷和烦恼也随之消失。

对玛吉和汤姆这两个人物的塑造表现出乔治·埃略特作为自觉的文学家业已成熟的创作技巧。乔治·埃略特笔下的玛吉是英国小说中塑造得很成功的性格比较全面的女主人公之一。小说里说，这个女孩更像她的父亲，自尊而倔强，像“那头被困在网子里的、可怜的、愤怒的公牛”。生活对她来说总仿佛是一件令人窒息的紧身衣。她小时候面色黝黑，执拗，常惹人烦。她不讨人喜欢，也因此而郁郁寡欢。乔治·埃略特用了很大篇幅和心思去挖掘这个人物的复杂的内心世界。幼年时期的玛吉曾赌气把头发剪掉，全不理会自己变成一副怪相。她用针扎洋娃娃，忘记喂兔子，心里曾有过把表妹露西推进泥沼里的冲动。但她长大成人，变得活泼、可爱，充满一种黑黝黝的活力。她感情丰富、非常敏感，在品位上富有艺术性和诗意，渴望得到人们的赞赏，害怕别人的嘲笑。她对音乐有很强的感受力。她与菲利普来往，菲利普自己也知道，她这样做主要是出于同情而不是爱（第36章）。她总是喜欢、崇拜她的哥哥。但汤姆禁止她与菲利普交往，这让她简直活不下去（第37章）。她总是感到约束，看去就像是一头可爱的野兽，一头困在笼子里的白熊，一匹性如烈火的小马，一只长着长尾巴的绵羊（这象征着她的塔里弗家族的敏锐得不到发挥），一只经受着被排斥在外的痛苦的蜘蛛，一头活泼、没有驯服的母狮子。玛吉处世待人态度自然，毫不矫揉造作，但由于圣奥格镇的制约性影响，她正在失去她本来的天赋。在那里，生活过于单调和枯燥，玛吉除了幻想自己生活在另一个浪漫的世界之外简直无事可做（第32、52章）。她希望能处在一个精神更高尚和层次更高等的制度下，过上一种充满音乐、书籍和美的更充实的生活。小说中（如在第30章的开头）有些微暗示说，玛吉可能不适合在那个逐步倒退的圣奥格社会中生存。时代潮流是庸俗和世故，很显然她是与之格格不入的。

汤姆则很不同。据说他更像他的母亲。他思想传统，不善于想象，而精于数字计算。他崇尚体面，这正好符合维多利亚时期的价值观。他的生活宛如一片感情真空，里面没有女人。他渴望获得成功，在社会上出人头地；他规行矩步，工作认真、努力，期望得到赞许。他严厉、麻木，有时还会表现出残忍，认为玛吉软弱、变态，待她非常无情。他压制妹妹，在她发生与斯蒂文划船未归事件之后，毫不留情地将她赶出家门。他对玛吉很少或从未表露过任何亲情与理解；在他的内心也确实没有这些品性。他的心好似一块石头，这可能是遗传之故，抑或是受到冷酷生活现实的锤炼所致。

这对兄妹间的鲜明对比引起人们的浓厚兴趣。他们表现出人的思想中两个重要功能的对立：想象的功能和理性的功能。玛吉感情充沛，富于想象，反应出于直觉；而汤姆则满腹常识，言行理智，极其现实。玛吉在思想和行动上富于冲动、自发性强；而汤姆每迈一步都要计划、谋算，确保万全。玛吉生活在自己的想象里；汤姆则在社会上八面见光。玛吉遵照自己的标准；汤姆则以社会的要求为规矩。玛吉活给自己看；汤姆则活给他人看。玛吉给家庭带来“耻辱”；汤姆则使被玷污的家庭形象重放光彩。玛吉自幼就是人们嘲笑的对象；汤姆则总受周围所有人的青睐。他们之间可以这样地比个没完没了。这一对比可以说明维多利亚时代生活的特点：社会鼓励顺从，反对异议；崇尚社会上进和成功，鄙视别具一格和与众不同；充满想象的生活无益，令人作呕，严重降低整个社会的品位。

这一对比还揭示出作者的矛盾心理。乔治·埃略特一方面很赞赏玛吉其人，她的异想天开、她的白日作梦和想入非非，以及她的禁欲苦行和自我否定。作者对她的同情是毋庸置疑的。作者可能会不喜欢玛吉做出的那些后来为之付出昂贵代价的选择，可能不赞成玛吉对责任的疏忽（承担责任正是维多利亚时期的一种美德），但作者相信玛吉在道义上有能力纠正自己的过错。玛吉毕竟是作者关注的中心，小说对玛吉的描写比汤姆或任何其他人物的描写都来得多。读完小说后读者印象最深的形象十有八九会是玛吉。然而，所有时代的普通读者——更不用说维多利亚时代的人——最感兴趣的还是汤姆奋斗成功的故事。他们密切注视着汤姆，看他把家业重振到何种地步了。他们更倾向于认同汤姆，而不是玛吉。汤姆的价值观与他所处的时代更加一致。至于玛吉，她的生活是非标准是她自己制定的。她爱菲利普是因为两人有共同的兴趣，都重视内心的想象。然而，菲利普被塑造成一个侏儒，在普通人心中，他是一个不完整的人，缺少某种东西，一种使生活值得活下去的东西。对于如花似玉的玛吉爱上残疾的菲利普，一般人的反应都会像汤姆所想的那样属于否定性的。除玛吉爱上自己家族的“仇人”之外，大多数读者还会对她钟情于菲利普叹息地说，“多么可惜呀！”这种否定的观点全部来自小说的叙述本身。但故事的结局对兄妹两个来说是死后的重生。这个场景是典型的“通过洗礼而获得拯救”。它意味着两个人都有罪孽，而两个人又都得救并获得了新生。这里的问题是：谁以何种方式犯了什么罪孽。乔治·埃略特在塑造两个人物的时候可能在想着维多利亚时代对艺术和想象的不屑一顾。她的小说可能揭示了她在道德说教和她作为作家的个人见解之间难以取舍的矛盾。确实，大多数维多利亚时代的作家都存在这个问题。

乡村与城镇之间的对比同样耐人寻味。舒舒服服住在城里的中产阶级和艰苦劳作的磨坊经营者形成鲜明对比。河上磨坊的象征意义给人以琢磨的余地。磨坊所处的乡村、磨坊本身、塔里弗一家人，连同那里的气味、声音、颜色、地貌以及那里的动植物——所有这些作者都给予了充分而细致的描述。小说的第 1 章以描绘场景而著名，只有大自然，没有人的足迹，一切都是和谐的。弗罗斯河静静地流过，滋润着大地，赋予万物以生命。作者煞费苦心地选择了磨坊和塔里弗一家作为描写的对象，表明她在回归过去，她留恋那种昔日曾存在过而现在已经一去不返的生活方式。那是在过去美好日月里存在过的一种田园诗般的感情生活，作者仍然珍藏着这段记忆，她渴望，但心里知道那种生活已经远去，再也不会重来。工业化和物质进步的洪流在奔涌向前，它的不可抗拒的大潮在摧枯拉朽，把阻挡它前进的一切统统扔进历史的垃圾堆。与乡村相对应的是圣奥格镇。正如在小说的第 4 章中所描述的那样，它自鸣得意，不可一世。城镇里的中产阶级是不可抗拒的。多德森家、格莱吉家和普利特家正在接管着这个世界。他们坚信奋斗信条，信奉勤奋和励精图治，崇拜金钱，把世界看成征服的对象，并不遗余力地去征服它。圣奥格的社会是一个组织严密的社会，有一套严格的、自以为是的价值体系，对任何偏离他们道德规范的举动和异议都毫不容情。它思想和精神贫乏，崇尚实用主义，反对智力，容不下想象的生活，时刻准备扼杀掉一切对生活的天然的、感性的反应。塔里弗一家，包括汤姆在内，紧紧抓住磨坊和它所代表的田园生活不放，违背潮流而动，他们在进行着一场毫无希望获胜的战斗。汤姆感到迷惘，跟不上时代的步伐，而玛吉又太脆弱。他们都是失败者，与周围世界脱节，无法融入，注定会被淘汰。他们必须消逝，最后也确实消逝了。乔治·埃略特的态度是明确的。她对多德森一家以及与之类似的胜利者和存活者们没有任何好感。但她对塔里弗一家却充满爱和同情。《弗罗斯河上的磨坊》是一本关于悲剧人物的悲剧生活的悲剧小说，而悲剧是由那个时代造成的。从历史的角度讲，这是不可避免的。诚然，磨坊被命运吞噬，这是历史定论。人虽然可有选择的余地，但大势是无法逆转的。小说把这一悲剧记录了下来，留给后人审视。

《弗罗斯河上的磨坊》在不少方面反映出当时的精神面貌。在维多利亚时代，人们的信条之一是相信“新生”或“复活”。人们相信《圣经》所说，忏悔应当得到宽恕，使犯下罪孽的人有希望赎罪。在西方象征这个过程的礼仪是《圣经》上说的“洗礼”，或“水的洗礼”，意思是指消除罪戾，克服传统和习惯的不良影响，使精神达到全新的境界。西方对此有其独特的表达方式，他们称之为“灵魂的再生”或“新生”。基督教的洗礼是一种“新生”的标志。以水作为清除思想污垢的媒介或工具，这一传统源于“施洗礼的约翰”（John the Baptist）。据《新约全书》记载，约翰先耶稣 6 个月而降生，成年后在荒漠中逢人布道，警劝世人修身养性，等待救世主下凡。他在约旦河边以河水为行人施洗礼，作为涤除罪戾的象征，故人称“施洗礼的约翰”。约翰对求见的人讲：“我用水为你们施洗礼，但是在我以后还有更伟大的人来，以圣灵和火为你们洗罪。”不久，耶稣也前来见他，约翰心知他是圣子，但依然为他施洗礼，并对人说：“这就是圣子，上帝答应派来人间的基督。”约翰先耶稣一步来世上，为他鸣锣开道，后来被捕入狱，以身殉职。19 世纪末英国作家王尔德（Oscar Wilde, 1854-1900）的名剧《莎乐美》（*Salome*, 1893）写的便是这段故事。西方的洗礼自施洗礼的约翰开始，逐渐成为人们生活中习以为常的仪式；这一仪式的含意又逐渐反映到文学作品中来。我们阅读西方和英美作家的著作，经常发现这样一种模式：一个人思想堕落或罪愆深重，但经过落水或竟溺死后，灵魂得到洗涤而恢复原来的纯净状态。英国作家狄更斯（Charles Dickens, 1812-1870）的小说中这种情况便很多。他的著名小说《大卫·科波菲尔》（*David Copperfield*）和《远大前程》（*Great Expectations*）里面都有一段很有趣的洗礼故事。[159]乔治·埃略特和狄更斯同代，在她的作品里，水的象征意义也很突出。《弗罗斯河上的磨坊》故事的结尾就是经过“洗礼”而获得新生的好例证。

《弗罗斯河上的磨坊》从某种意义上说具有自传性质。玛吉参加福音学校以及与她哥哥的疏远都直接取材于作者本人的生活。埃略特在 13 岁时进入这样一所学校；此外，也有人根据作家的生平揣测，在 19 世纪 50 年代，作家因在没有正式结婚仪式的情况下与乔治·亨利·刘易斯同居，激怒了她的哥哥，二人之间曾发生误会。她写这部小说也有可能为取悦哥哥，有向哥哥道歉之意，通过这个方式而达成兄妹间的和解。

《米玛镇》

《米玛镇》被有些人看成是乔治·埃略特的经典之作，这一看法是有道理的。这部小说表现出维多利亚时代人们对生活所采取的只求现实、不讲感情的态度。故事发生在 19 世纪初一座虚构的英国小镇——米玛镇。小说的情节主线是多萝茜·布鲁克的生活，尤其是她与中年学者卡萨本先生的婚姻。她由于尊敬和爱而嫁给了他，但她的热忱却因卡萨本对研究的身心“投入”和异常缺乏感情而受到打击。卡萨本年轻的表弟维尔·莱蒂斯洛与多萝茜交往，两人堕入情网。卡萨本临死前在他的遗嘱中附加上一个条款：如果他的妻子改嫁给维尔·莱蒂斯洛，她会失去所继承的财产。但两人最终还是走到了一起。

除这条主线之外，小说还有四条其他相辅相成、犬牙交错的线索。这些包括年轻医生特蒂斯·利德盖特的故事，他致力于科学进步的志向，由于娶了物质贪欲极强的罗莎蒙德·温奇而被断送；老费瑟斯通先生的故事，他去世时没有给他充满急切期待的亲戚留下任何东西；爱上玛丽·

格斯的弗雷德·温奇的故事；一个叫布尔斯特罗德的银行家的故事，他在不道德的商业伦理与高尚的宗教精神之间痛苦地挣扎。小说的关键词从某种意义上说是"自我"和"挫折"。

《米玛镇》描绘出一幅社会生活的全景图。虽然小说的副标题是"乡下生活研究"，但作品想展示的却是一幅19世纪英国生活的缩影。在这里，小镇迅猛发展，生机勃勃，朝着一个充满希望的未来迈进。在这个生活范围中包含了各种各样的情感、各种各样的人物以及各种各样的行为模式。这里有多萝茜家族的贵族血统，她家里没有一位职位是低于海军上将的。这里也有温奇家族，从事各种生产和制造业，生产化学染料和其他产品。卡利卜一家是体力劳动者。这里还有律师、医生和银行家等脑力劳动者。在这里美丑共存，过时的伪科学与时代最前沿的科学研究混杂。社会的不同阶层相互交往，各色人等相互混杂、并肩而立。他们之中有"嘴把式"，有实干者。有些人很单纯，渴望做有益的事，有些人为个人利益而机关算尽。满腔热忱和慷慨无私的公共精神与卑劣的、不惜牺牲他人利益的钻营形成鲜明对比。温奇市长和他的中产阶级处于牢固的统治地位，利德盖特等专业人士名望与地位不断攀升，而布尔斯特罗德等慈善家正在经历着良心的谴责。婚姻有合有分，就像卡萨本家一样。像罗莎蒙德·温奇这样的女人在寻找一个称心如意的丈夫。数不清的群星围绕着闪耀的星座转动。人们在栩栩如生地各过各的日子，有血有肉的人物从书页里走出来和读者与观众会面。这部小说出色地展现出乔治·埃略特扎实的现实主义基础。

故事的主线讲述多萝茜与卡萨本的婚姻始末。这两个人的结合给人留下的总体印象是反感，因为他们之间区别太大、太不协调了。多萝茜是一个花季少女，朝气蓬勃，活力四射，充满期待地站在生活的起跑线上。她为人热心，极想成为一个有益于社会的人（第7章）。她把社会责任放在第一位（第10章），实质上是一位有着伟大而高尚计划的理想主义者，但是由于这些计划本身的缺陷以及她个人的短视，她是注定要失败的。卡萨本是一个中年书呆子，冷漠，缺乏激情，相貌丑陋，为人自私，研究一些过时的、毫无用处的东西，从哪一方面来讲都配不上她。在普通读者看来，多萝茜对他所从事的研究的崇拜全是她的年幼无知所致，她接受他的求婚乃是荒唐之举，表明她的判断尚不成熟。所有这些反应都是可以理解的，但乔治·埃略特为她小说世界中所发生的一切都提供了一个理由。多萝茜把卡萨本的研究看成是对社会很重要的东西，觉得自己可以帮助他把这件事做好。因为她本人是一个有思想、好思考的人，她喜欢和有思想、志同道合的人在一起。她对卡萨本怀着莫大的敬畏与惊奇，感觉好像自己立在伟人面前一般。对她来讲，工作总是第一位的。她时刻准备着为卡萨本在学术研究方面跑腿打杂，即使是在罗马度蜜月期间也是如此。可是卡萨本没有用得上她的地方。他对神话和神话艺术的研究虽然听起来很了不起，但其实只是为了掩盖他生活中一事无成的失败感而已（第21章）。人们可以推测（尽管乔治·埃略特对此三缄其口），卡萨本是没有性能力的。多萝茜感到绝望。他们的婚姻很可能是一桩无性婚姻，这对于一个健康和性敏感的女孩来说是难以接受的。因此，即使在罗马度蜜月期间她就已经开始经历性爱和感情方面的危机，遇到维尔·莱蒂斯洛让她感到宽慰和幸福。她和卡萨本的婚姻不可避免地滑向解体的悲惨结局。她和维尔的结合还要等一些年，因为卡萨本在他的遗嘱中规定，她一旦嫁给维尔，就会失去继承的财产。但两人最终一定会结合的。

利德盖特和他的妻子是另一双值得仔细分析的人。利德盖特是一个有前途的医学工作者，专心于他的医学研究。他把对社会做贡献与取得科研成就视为同一件事情。他代表着那个时代的科学进步（第15章）。他关于细胞的假说由于几个原因而未能成功。首先，这与他妻子的钻营有关，显然她在这方面做得过头了。同时，这也是由于他的研究太过超前，他的显微镜不够精良，不足以完成他的实验。他的失败并非个人原因所致，而是由于历史局限造成的。因此，从未来的角度来看，他所遇到的挫折并不是什么真正的挫折。利德盖特和罗莎蒙德是一对很有趣的夫妇，他们在性格和追求上迥然不同。利德盖特怀有雄心壮志。他与多萝茜一样，是一个理想主义者，具备某种可爱的伟大之处。他以为自己能够成就一番事业，是维多利亚时代执著和勤奋精神的典型体现。他也是一个人，所以也有某些常人的弱点。另一方面，罗莎蒙德考虑的只是她的个人利益。她很浅薄，没有深度，但也算是小镇上一个引人注目的人物，并非属于消极或邪恶一类。她是中产阶级的典型。

另外值得人们考虑的就是布尔斯特罗德。这个人的内心很复杂，对他任何简单的答案都无法做出很好的解释。这个人过着两种截然不同的生活，他的故事的每一个细节都演奏出两种截然不同的音符。一方面，他是小镇上一位虔诚、信奉福音主义的富有银行家，受人尊重，举足轻重。而另一方面，他又有一个不光彩、见不得人的过去，生怕被别人揭穿。布尔斯特罗德受累于他的往昔的羁绊。他曾经伙同约翰·拉非尔斯骗取他的老板——莱蒂斯洛祖父——的家财，通过娶他的遗孀为妻而剥夺了另一位更加合法的女继承人——莱蒂斯洛的母亲——的财产继承权。至于这份家产，莱蒂斯洛的祖父也是通过卑劣手段得来的，布尔斯特罗德曾是这一罪恶行为的帮手。布尔斯特罗德现在有权有势，做了一些好事，但他不能将自己邪恶的过去公之于众。这时，不料约翰·拉非尔斯再次露面，对布尔斯特罗德进行敲诈，威胁他说，如果他不能得逞，他将会揭穿他的过去。布尔斯特罗德用钱换来他的沉默。因此，布尔斯特罗德是一位宗教上的伪君子。从他反省过去的描写可以明显看出他的自怜、恐惧和忏悔，读者对此会有不同反应，轻蔑与同情总是紧密相连。拉非尔斯的死是一个谜。作者这样设计是为给读者留下一个疑问，因为没有人能够知道布尔斯特罗德是否涉嫌此事。读者对他的矛盾态度其实正是乔治·埃略特塑造这个人物时想要取得的艺术效果。布尔斯特罗德是埃略特塑造的一个典型人物。他做了恶，但又不完全是一个恶人；他绝不是一个出色的基督徒，但也不能说是一个宗教伪君子。他激起人们的蔑视，同时也令人同情。他既是一个自我主义者，又是一个理想主义者。他代表了人性的不可预测性，从某种意义上说可与莎士比亚笔下的克劳迪斯和麦克白相比拟。布尔斯特罗德的塑造与乔治·埃略特的美学思想是高度一致的：这一美学思想的重点在于，对搏斗着、犯错误的人类，要增强理解，加深同情。

《织工马南》

织布工人塞拉斯·马南被他所在的灯院镇指控偷窃而被赶出他的宗教社区，来到农业区拉维露村住下。他作为织布工人，对周围的人来说本是“外人”，加之拉维露的村民又看到他不时地犯僵直昏厥症，更觉得他怪异出奇。他曾经努力和邻居建立联系，比如有一次他向人建议用草药医病，后来竟落个巫医的骂名。他失去信仰，每天麻木地工作不停，唯一的慰藉是他的一堆黄金。他省吃俭用，唯知存钱。每夜夜深人静，他从地板下取出黄金数个不停。他这样昏昏沉沉过了 15 个年头。

拉维露村里的地主卡斯是大户人家。长子戈弗雷为人和善，但生性软弱。次子邓顿为人狠毒，贪婪成性，他对折磨哥哥感到乐趣无穷。戈弗雷虽然和吸毒的茉莉·法伦秘密结婚，但他和南希·兰密特相爱。邓顿因此对他多次威胁、勒索。邓顿一天路过马南家，发现室内无人，就趁机把老织工的黄金全部偷走，随后他就似乎从村里蒸发了。马南悲痛欲绝，邻居们前来安慰。有一个名叫多莉·温斯罗普的女人对他尤其和蔼、温存。

戈弗雷和茉莉生下一女，名爱碧，当时正牙牙学语，小步趔趄。茉莉为报复，在一个除夕之夜带着孩子到拉维露村去，决心闯进卡斯家的大宅，但最后未能如愿，她在中途死在雪地里。小爱碧看见前面亮光，就爬进马南的小屋，在壁炉边睡去。老织工当时正在犯病，醒来仿佛看见一堆金黄，大吃一惊。他沿着爱碧的脚印找到茉莉，医生宣布她已死亡。戈弗雷得知此事，也未认领亲生女儿爱碧。马南领养了她，对她感情日深，待如掌上明珠，在多莉的帮助下，把她抚养成人；多莉成为爱碧的教母。爱碧成长为一个活泼、美丽的姑娘，成为养父和村民连接的纽带。村民开始对马南另眼看待，把他视为楷模。

转瞬 16 年过去。老卡斯已死，戈弗雷和南希早已成婚，膝下无子。镇里这时把浇灌土地的池塘放干，发现邓顿的尸体和他偷走的黄金。戈弗雷得知后仿佛突获天启，即刻向妻子承认一切，夫妻出面拜会马南，要求认领爱碧，但爱碧拒绝离开养父。戈弗雷和南希接受这个结果，自那以后用心帮助爱碧。马南回灯院镇，看到新旧替代，沧海桑田，面目皆非。他不再追究往事，只感到心满意足。多年来他和爱碧相依为命，又得到了爱与信仰。那年夏天，爱碧和多莉的儿子艾伦成婚，戈弗雷为女儿扩建她的养父的房屋，艾伦搬过来同住。

《织工马南》叙述的是一个动人心弦的故事。它宛似一则童话，说明了一个明确、简单然而内涵深邃的人生道理：人的世界是讲伦理道德的所在，上帝在上执掌一切。善者得善报，恶者得恶报，各种罪孽都冤有头、债有主，自己的罪孽自己承当。这个道理信服的多，实践起来就有折扣了。书中的主要人物，如马南、邓顿、戈弗雷、茉莉、多莉等，他们每个人的作为都得到了上天的“最后审判”。马南被切断与社区的联系，在痛苦中挣扎 16 年；他后来付出无限的爱，获得养女的无限爱的回报。邓顿为人歹毒，早早溺死于池塘里。戈弗雷自私心重，他狠心不认亲生女儿，上天就罚他一生无子嗣。茉莉嗜酒、吸毒，早早死在野外。多莉心地善良，母爱情深，教女最后成为儿媳。《织工马南》是乔治·埃略特创作的最暖人心房的故事。

《织工马南》在一定意义上讲，说的是织工马南和他的社区的关系问题。马南在这方面转了一周。他先被切断与社区的联系，失去了爱和信仰，长时间地处于孑然一身的孤独状态。他形如幽灵一般，生犹如死。然后，社区开始影响马南的生活。他的黄金被盗，一头金发的小爱碧闯进马南的小屋。马南的生活里又有了爱和信仰，这是他重新回到社区集体的通行证。乔治·埃略特旨在说明，人不可没有，也不可能逃避人际间的相互联系，这里隐藏着生的源泉。

《织工马南》当然也是关于信仰的故事。人们可以把它理解为信仰失而复得的故事。信仰和社区一样，是人的生活的支柱。不仅乔治·埃略特的19世纪英国如此，古今中外皆然。在小说的末尾部分，马南自己很有感慨地说："从……我开始爱她时起……我就有了信仰的光亮；现在她说她永远不离开我，我想我会坚持信仰到死。"

《亚当·比德》

《亚当·比德》写18世纪末英国乡下人的生活。亚当·比德是村里的一个木匠，他为人诚实、正直，受到人们的尊重。村里年轻的绅士亚瑟·东尼索恩上尉刚刚21岁，他和亚当是挚友。亚当热恋着农民马丁·波依泽尔的内侄女——美丽的海迪·索雷尔。但海迪心高气傲，她对亚当没有感觉，一心想讨好亚瑟。一天，亚当看到他们二人亲热，亚瑟感到尴尬，亚当盛怒之下打昏亚瑟。他把亚瑟唤醒之后，要他写信给海迪，断绝和她的来往。海迪见到来信，心里感到绝望。后来亚当向海迪求婚，海迪同意和他结婚。波依泽尔夫妇非常高兴。但是婚前海迪恐怖地发现自己已经怀孕。她以看望蒂娜为借口，出外寻找亚瑟，亚瑟的军队已经开赴爱尔兰。海迪在漫游中，来到一个寡妇家，生下她和亚瑟的孩子。她在恐惧中把婴儿丢在树林里，后来良心发现，回去再找，但孩子已经不见。当局把她逮捕，判决为杀婴罪。之后，亚瑟回家奔祖父之丧，得知海迪的遭遇。他竭尽全力搭救她，蒂娜也前来帮她敞开心扉，讲出真话。最后海迪大哭一场，如实坦白。在她被处决前的最后时刻，亚瑟争取到死缓，她获得赦免，改判流放。几年后，她在返回的路上死去。亚瑟离国去西班牙。

亚当的哥哥塞斯热爱着波依泽尔的另外一个内侄女——蒂娜·莫里斯，但是遭到后者拒绝。蒂娜是虔诚的卫理公会牧师，一心致力于传布上帝的福音。后来蒂娜回村，和波依泽尔夫妇生活在一起，逐渐对亚当有好感，但蒂娜终于放不下圣职，最后离家而去。亚当在母亲的督促下，最后又去找蒂娜。

在小说里，两对情人相互陪衬。海迪和亚瑟二人都很自私；蒂娜精神高尚，是小说里的理想人物，她和亚当遇事总是考虑大多数人的利益。小说的重点之一是个人欲望和道德责任两者间的矛盾。作家强调崇高的道德原则，表现出她接受的实证主义和功利主义哲学思想的影响。蒂娜·莫里斯的形象过于高尚，非常人之所及，给人一种失真的感觉。相比之下，亚当的可信度更高，海迪更逼真，她的缺点、弱点，让人一目了然。小说里对许多次要人物的刻画、作家对社会不平等的批判，等等，都给人留下深刻的印象。比如介绍蒂娜的部分、描写亚瑟和亚当在外表上的明显差别等，作家对细节的观察非常细腻。而且，作家在写到农民、手工业者、牧师和乡村绅士时，她对童年的回忆就展现在脑海，描绘起人、事、景来，就如鱼得水、信手拈来。《亚当·比德》是乔治·埃略特的得意之作。

《亚当·比德》在技巧上很有建树。首先，小说总的叙述框架虽然是第三人称，但是作家又直接以第一人称出现（如小说第 1 段），建立和读者间的亲密关系，也加强了情节的真实性。在第 15 章和第 16 章，人们可以看到意识流的雏形。

再者，小说注意了对人物进行详细的心理分析。比如亚当的母亲对儿子过于宠爱和依赖，唯恐他的女友或朋友把他从自己的手里抢走。又如亚当和亚瑟二人所经历的“灵魂的斗争”，以及对海迪的动机的翔实分析，等等，都使这部作品成为西方文学心理分析传统的最早代表之一。小说也有一些缺憾。比如在第 17 章，作家离题去阐述艺术理论，对情节的发展有些妨碍。

《罗莫拉》（*Romola*）

《罗莫拉》写的是 15 世纪末意大利佛罗伦萨的故事。当时的佛罗伦萨政局动荡，派系纷争。迈第奇家族已被流放，查尔斯八世已经进行征伐，城里众说纷纭，萨沃纳罗拉的布道引起市民的激动，女主人公罗莫拉对他很崇信。迈第奇家族的支持者们和执政党之间存在的尖锐矛盾，等等，使城市处于动荡状态。在这个大背景下面，发生了女主人公个人的故事。

这是一个善恶分明的故事。女主人公是大善，而男主角是大恶。希腊人狄托·米莱玛只身来到佛罗伦萨。他卖掉带来的一些珠宝，进入城中富人圈里，结识了盲人文物学者巴多。巴多很喜欢这个年轻人，对他说起他曾丢失一个儿子。狄托的珠宝的真正主人是巴尔达萨里·卡尔沃，此人可能正在土耳其人手里做奴隶。他是狄托的养父，曾如生父一般对待狄托，但是狄托不敢确定他的死活。狄托在佛罗伦萨遇到相识——美丽的泰莎，也注意到一个道士用敌视的目光看他。后来狄托把泰莎在街上从闲人手里救出。道士交给他一个纸条，纸条是巴尔达萨里写给他的，要他快去救自己于水火。狄托置之不理。

巴多的女儿罗莫拉是一位心地纯洁、天真、善良的姑娘。狄托向她表示爱情，罗莫拉也羞涩地表示有同感。狄托很快得知，道士是被巴多赶出家门的儿子——蒂诺。狄托唯恐蒂诺会说出他忘恩负义的秘密，急忙要求和罗莫拉结婚，巴多应允。与此同时，蒂诺因病垂危，罗莫拉得到他派人送来的信息，对狄托谈起此事。狄托和泰莎假"结婚"，并嘱咐泰莎保密。蒂诺死去，狄托和罗莫拉成婚，巴多逝世。佛罗伦萨政局动荡，狄托同时成为政坛两派的侦探。一天法国国王来访，带来一大批奴隶，巴尔达萨里是其中之一，他在人们的帮助下逃脱，恰遇狄托，然后消失。狄托畏惧巴尔达萨里报复，劝说罗莫拉卖掉她父亲的图书馆，和他一起逃走，罗莫拉不应，狄托就秘密擅自卖掉图书馆和巴多收藏的文物。巴尔达萨里寻找住所，偶然来到泰莎与孩子的住处，他住进她们的阁楼。泰莎对他讲出她和狄托假结婚的秘密。狄托到来，知道巴尔达萨里住在楼上，就前来请求原谅。巴尔达萨里不应。在一次晚餐上，巴尔达萨里愤怒指责狄托不轨，狄托和他的朋友宣布他为疯人，把他投入监狱。后来瘟疫流行，监狱腾空以容纳病者，巴尔达萨里获释。他前来告诉罗莫拉一切，罗莫拉恍然大悟，验证了自己一向对狄托的怀疑。后来她的教父被当局处决，她在失望和痛苦中逃离佛罗伦萨。狄托的真面目被发现，他在逃离佛罗伦萨时遇到穷似乞丐的巴尔达萨里，后者把他勒死。罗莫拉心里愁苦郁结，在关键时刻，她忆起意大利作家薄伽丘（Boccaccio, 1313-1375）写的戈斯坦莎的故事，决心仿效戈斯坦莎的榜样，抛弃自我，托身给命运，让命运决定死去或新生。她乘一叶小舟出海，全身平躺，以头巾罩面，开始梦想在墓中长眠的快乐。小舟在大海上荡漾，灵魂深处的黑暗终于过去，邪恶终于消失，小舟把她徐徐渡向新生的彼岸。罗莫拉灵魂再生之后，回到一个瘟疫流行的小村，以忘我的精神救死扶伤，开始全新的生活。

乔治·埃略特把《罗莫拉》当作历史小说写成。作家在大英博物馆做过认真研究，并到意大利去实地考核。书里一些细节成为历史阶段的路标。比如狄托到达佛罗伦萨的时间是1492年，这是佛罗伦萨的劳伦佐人帝去世、政坛开始纷争的一年。但是这部作品依然以人物性格的刻画而著称。比如作品对狄托携带养父的珠宝到达佛罗伦萨的心理进行了细腻刻画。他不断做恶，不断自我解脱，和笃信上帝的萨沃纳罗拉形成鲜明对比。此外，罗莫拉和泰莎相互之间也存在着鲜明对比：前者代表精神的高尚，后者代表人的动物本性。

乔治·埃略特是一位计划周密精细的艺术家。如果说狄更斯用笔自然，常有不假思索、信手拈来的效果的话，埃略特则是立意构思严谨，遣词用字精雕细镂。水的象征作用在狄更斯的作品里极可能是下意识的天真发溢，在埃略特则多半是精妙艺术结构的不可或缺的组成部分。她的小说《罗莫拉》便是一例。在小说里，历史人物如查尔斯八世、马切维利、萨沃纳罗拉等都登台亮相，作家对他们的刻画惟妙惟肖，对当时城里人的复杂心理也描绘得纤悉无遗。

《罗莫拉》的故事不太易懂。这主要是作家所描写的复杂背景所致。不过，故事情节虽然有时会在背景里显得模糊不清，但是书中的人物却个个栩栩如生，足能负担起把故事向前步步推进的重任。

《丹尼尔·德隆达》

关德琳·哈勒斯是一个自信、自私、活泼的女子。她和丹尼尔·德隆达最初在德国见面，那是1865年8月。丹尼尔·德隆达立即受到吸引，但是对她怀有戒心。关德琳在赌场失掉所有的钱财。次日她接到母亲来信，要她回国；她家已经破产。关德琳万般无奈，当掉项链，要重上赌场。德隆达为她赎回项链。此后小说分两条线索介绍关德琳和德隆达两个人的故事。

关德琳看去傲岸、矜持、自制力强，和母亲亲近，但是有些言语尖刻，擅长投机取巧。1864年10月，关德琳的继父去世，她和母亲移居，与罕雷相遇。他向她求婚，她开始还有好感，但后来发现他和情妇莉迪娅·格莱舍已有几个孩子。她逃离他，来到德国，在那里遇到德隆达。自此以后，故事叙述进入目前时刻。

德隆达自幼由雨果·马林杰爵士抚养成人，他可能是爵士的私生子。德隆达生性快活，富有同情心。1864年，他在泰晤士河上荡舟时救起一个要自杀的女人——米拉·拉皮多斯，把她带回朋友家里。米拉是一个歌唱家，她幼时被父亲劫持走，父亲逼她进入一个演艺团，后来又计划把她卖做人妻。她从父亲那里逃出，来到伦敦寻找母亲和哥哥。德隆达听到她的讲述后深受感动，答应帮她寻人。德隆达通过此事，结识了伦敦的犹太社团。德隆达和米拉愈走愈近，他害怕陷入情网，就和雨果爵士到德国去，在那里结识了关德琳。

1865 年 9 月，关德琳从德国回国。现在家运破落，她又不愿结婚，想通过歌唱或表演谋生，或做家庭教师。之后她出于贫困的原因嫁给罕雷为妻。德隆达继续帮助米拉寻亲，遇到一个身患肺病的犹太先知型人物——茅德塞。茅德塞激情满怀地要他做犹太人的拥护者，支持他们回到乐土的愿望。后来发现，这个人是米拉的哥哥。德隆达虽然心动，但他不是犹太人，对献身于犹太人的事业踌躇不定。

婚后罕雷对关德琳暴虐无度；她对自己的婚姻剥夺格莱舍夫人的孩子的继承权也感到自责。她一度想自杀。她和德隆达见面很多，每次都与他谈自己的痛苦。后来罕雷在意大利乘船落水溺死，关德琳在场没有伸手帮他，她为此也感到自责。这时，也在那里探母的德隆达前来安慰她（雨果爵士终于透露出他母亲的身份）。关德琳把德隆达视为唯一的希望，表示愿意和他在一起，德隆达则劝她为他人多做善事，以减轻自己的悲伤。

德隆达的母亲是一位犹太教士的女儿、一个著名歌唱家，她的父亲逼迫她和一个她不爱的犹太人结婚，德隆达是他们唯一的儿子。她在丈夫死后，请求一心爱她的雨果爵士把他抚养成一个英国绅士，永远不要了解他的犹太身世。德隆达回到伦敦，向米拉表示爱情，并且成为茅德塞的圣徒。茅德塞过世时，他和妻子米拉守在身边。

德隆达在结婚前告诉关德琳，他已经和米拉订婚，并且根据茅德塞的心愿，前往巴勒斯坦。关德琳感到悲哀，绝望情绪在她心底油然而生。慢慢地，她开始接受事实。在德隆达的新婚之日，她写信告诉他，他不用为她悲伤，她很荣幸认识他。德隆达夫妇之后起身前往巴勒斯坦，为犹太人复国效劳。

长期以来，人们对故事中的两条叙述线索总感耿耿于怀，认为其中的英国故事（关德琳与罕雷）和犹太复国的故事（德隆达）两者间联系脆弱，小说缺乏完整的故事和结构。有人觉得德隆达的故事与小说的主题有些走题。这是这部著作许久以来受到忽视的原因所在。人们看到，茅德塞的愿望——德隆达成为犹太民族的“救世主”与关德琳的愿望——自己做自己的救世主，在这两者之间存在着两条线索一体化的统一因素。德隆达说，把各类人物连接在一个世界里的传说是一个很古老的故事，即羊群迷途的故事。作家在小说里想象出一种理想社会和理想生活，在这里各个种族、每个个人都像德隆达一样，在寻找和界定自我，寻求相互间的尊重和支持。不论是书中的英国故事或是犹太人故事，它们的内涵是一致的。这就是，“四海一家皆兄弟”，克服人际间、种族间存在的偏见，宣扬相互理解和友好，主张既独立又相互依赖和提携。这是故事的两条线索都在说明的主题。它把小说里貌似单摆的情节编织成一个有机整体。

安东尼·特罗洛普（Anthony Trollope, 1815-1882）

经得起时间考验而永不失其艺术魅力的作家和作品是太少了。一般情况是作家的声名随着时间或沉或浮，时荣时枯。特罗洛普便是一直默默无闻，只在20世纪声誉才渐愈高涨的一个作家。

特罗洛普生于伦敦布卢姆斯伯里区的一个律师家庭。他的父亲郁郁寡欢，律师业务下降，未能继承叔父的遗产，家庭每况愈下。但是他出身绅士之家，欲把孩子送到牛津等名校接受教育。父亲的这种雄心和经济能力之间的差别也影响了少年时代的特罗洛普，使他在长时间内思想负担很重，也为自己的尴尬感到困惑。他的母亲是著名的女权主义者弗朗西斯·特罗洛普（Frances Trollope, 1780-1863），她去美国赚了大笔的钱，后来又亏损破产。回到伦敦之后她写了本书《美国人的家庭风俗》（*Domestic Manners of the Americans*, 1832）。该书一炮打响，帮她赚了大笔的钱，也使她踏上了创作之路。她为钱而写作，变得臭名昭著，以至于萨克雷竟拒绝与她在宴会上见面，她儿子也希望她待在家里不要出门。她在佛罗伦萨去世，死时非常富有。儿子仿效母亲也走上了文学之路。

1822年，特罗洛普进入哈罗公学做工读生，三年后转学到亚瑟·德卢里私立学校，1827年入温彻斯特学院就读，1830年再回到哈罗公学。他在这些著名学校里衣着褴褛，行动尴尬，处在周围年轻的贵族和大亨子女的包围当中，犹如外人，心里非常痛苦，12岁时曾有过自杀的念头。当时他想象丰富，也在脑海里建构自己的理想世界。后来母亲到美国闯荡，一败涂地，家境陷入最低谷，生活全部依赖母亲的写作维持。1834年夏天，他在布鲁塞尔一家学校做古典文学教师，希望通过学习法语和德语而最后进入奥地利骑兵团。但在秋天，他又回到伦敦，通过母亲的关系，进入邮电总局做小职员。此后七年他生活极其贫困，没有几个朋友，也有抗上的不良名声。1841 年，他被调到爱尔兰的班纳杰市邮电局工作，他的经济困境才告一段落。在这里，他有机会到野外活动，开始打猎，尤好猎兔。1844 年，他和一个银行经理的女儿结婚。他对爱尔兰充满好感。他的许多早期著作以爱尔兰为背景；他对爱尔兰的看法和许多其他维多利亚作家的观点不同。多年后他在《自传》（*Autobiography*）里回忆说："我在爱尔兰生活得非常愉快。爱尔兰人民没有杀我，也没有打破我的头。我很快发现他们很和蔼、聪明（工人们比起英国工人来要聪明得多）、节俭、热情。"

特罗洛普写出四部关于爱尔兰的作品。当时爱尔兰人们情绪不稳。特罗洛普开始研究其中的原因，1843 年开始创作第一部小说《巴里克劳兰的马克德莫特一家》（*The Macdermots of Ballycloran*, 1847），后来又写出《凯里一家和奥凯里一家》（*Kellys and the O'Kellys*, 1848）等。这些都是政治性质的作品。1845 年，他在邮局被提升，调到马罗市工作，1851 年被派往英国西部。他在这里开始写作《济贫院院长》（*The Warden*, 1855），第一次发现了他的文学创作题材——大教堂城里的神职人员的生活。他成为专门描写这个题材的作家。1853 年秋以后，他在贝尔法斯特工作一年，在都柏林附近的当尼布卢克也工作过一段时间。后来他被派到埃及、苏格兰、西印度群岛等地。1859 年底，他回到伦敦，在瓦尔塔姆克劳斯邮局做总监，年薪 800 英镑。

这时他坚持写作，手头有 10 部作品已经写完，或正在写作当中。《巴彻斯特大教堂》（*Barchester Towers*）1857 年问世，其中翔实地描写了一个想象出的大教堂城（以温彻斯特为张本）以及里面发生的事件和宗教界的纠葛。以萨莫塞特郡为底本的巴塞特郡，主教夫人——普罗蒂夫人以及擅长拍马的斯罗普先生等人物形象的刻画，以及维多利亚中期英国乡村生活的广阔图景的描绘，都表明特罗洛普的杰出的小说家的天才。《弗兰利教区》（*Framley Parsonage*）1860 年开始在萨克雷编辑的《康希尔杂志》上连载，巩固了他在英国文坛的小说家地位。

特罗洛普在出版社和文学界成为炙手可热的人物。他的朋友包括乔治·埃略特、G. H. 刘易斯、W. E. 福斯特等人。1866 年，他出版《巴塞特郡的最后纪事》（*The Last Chronicle of Barset*）。1867 年，他辞去邮局的职务。这一年，他曾代表自由党竞选议会议员，结果失败。自此以后，他集中精力进行写作。

1871 年，他到澳大利亚看望儿子，在航行中，他不停地写作，往返途中完成三部小说。1872 年，他回到伦敦，在布卢姆斯伯里区定居。他每日五点半起床，写作到十一点钟，早饭后出外或骑马，或驾车。在下午茶点和晚餐之间，他到俱乐部打惠斯特牌，晚间或在外用餐，或在家宴客。这种日程安排十几年如一日没有发生变化（1875 年、1877 年、1878 年他三次分别到斯里兰卡和澳大利亚、南非及冰岛去旅行期间除外）。特罗洛普在《自传》里透露，他把文学当作一种职业，每日按时完成定量创作任务。没有其他作家和他一样机械地按照时间表做事。他从未间断过写作。1875 年 10 月到 1876 年 4 月他写完《自传》，这部谦虚得可爱、直率得可爱的著作在他死后才发表。

老年后特罗洛普患气喘，怀疑为心绞痛。1880 年 7 月，他移至空气较好的汉普郡彼得菲尔德市附近的哈丁庄园居住。1881 年，他写出三部小说。他 1882 年 9 月回到伦敦，住在一家旅馆，11 月 3 日中风，12 月 6 日过世。特罗洛普过世后葬在他的同代作家威尔基·柯林斯（Wilke Collins, 1824-1889）长眠的肯萨尔格林墓地里。

特罗洛普是维多利亚中期最著名的三位小说家之一，另外两位分别是乔治·埃略特和梅瑞狄斯。特罗洛普是多产作家。他一生写了 65 部小说，小说的质量比较稳定。他最受人欢迎的作品要推六部巴塞特郡系列小说（The Barset Series），其中尤以《济贫院院长》、《巴彻斯特大教堂》和《巴塞特郡的最后纪事》最为闻名。这些作品主要说牧师的事情，其中多部作品相互交叉，描写一个特定地区的生活。除上述几部之外，巴塞特郡系列还包括《巴彻斯特养老院》（1855）、《弗兰利教区》（1861）和《巴塞特郡纪事》（1867）。特罗洛普的作品很多，他的另外一组作品——帕利塞系列小说（Palliser novels），主要写政治和富有的实业界。他的晚期作品——《我们现在的生活》（*The Way We Live Now*, 1875）颇得评论界好评。他也写了关于当时政治、社会及性别方面问题和矛盾的优秀作品。特罗洛普不是不可知论者，他只是反对世俗化的神职人员而已。他做了他要做的事情，他的最佳作品属于伟大的不朽作品之列。[160]

特罗洛普与大多数维多利亚时代的作家不同，很可能是唯一一位没有把故事发生的时间设在过去的作家，这是他作品的一个主要特点。他要画一幅当代生活的全景图。他的主要作品都是与时代同步的，几乎是一天接着一天，由夏到冬再到春。他的故事最多不过是发生在五年前。他与同时代小说家的另一点不同是他把精力放在反映他时代的各种人物和生活方式上，他的这个特点使他更接近奥斯汀，而不是萨克雷。但他创作艺术的另一个特点是人物的重复，这个技巧可能是他从萨克雷身上学来的。这给了那些人物一份额外的真实与活力，赋予了他的巴塞特系列小说一种高度的连续和统一感。此外，一个典型的特罗洛普故事总是以一个问题开头，接着开始加入起初看似边缘化、与主要情节和人物没有什么联系的人物，然后故事的中心事件发生，使所有主要和次要人物各就各位，组成一个统一的整体。他还坚持以普通人，而不是英雄来作为故事的主角。无论是在感觉上还是语气上，特罗洛普作品的讽刺意味都不是很强。

特罗洛普是一位严肃的作家。他的创作动机毫不逊色于萨克雷和乔治·埃略特。他认为小说家应该广泛地宣扬和传播真理。对他来说，任何有良知和艺术造诣的小说家都应该像牧师那样对人们谆谆教导。他很赞赏萨克雷不断对"自己周围的罪恶和愚蠢怒吼"和像礼拜日的牧师那样"大声说教"。特罗洛普的小说有着极高的道德色彩。

特罗洛普善于抓住时代精神。他写作的年代正是英国稳定繁荣的阶段，他的作品反映出"秩序和安宁"的精神。这种精神正是现代，尤其是第二次世界大战后人心渴望安定的英国所需要的。特罗洛普的作品于是为人喜闻乐见；今天他的读者之众多大概仅次于狄更斯。

特罗洛普在世时就是一个有争议的人物。萨克雷、乔治·埃略特、柯林斯等人都对他推崇有加。当然也有一些作家和评论家对他持批评态度。美国著名作家霍桑（Nathaniel Hawthorne, 1804-1864）1860 年 11 月在给他的出版商的信中说："你读过安东尼·特罗洛普的小说吗？它们正合我的口味；实在，详细，靠着牛肉的热量加美酒的激励而写出来，真实得就像某个巨人从地里砍下一大块木头放在一个玻璃杯中，而所有的居民都生活如常，毫不怀疑他们已被纳入一场演出里。"英国诗人奥顿说："特罗洛普是世界上小说家里最懂得钱的价值的一位。连巴尔扎克和他比都是个浪漫主义者。"这是从正面和负面两个层面对这位多产作家的评价。但有一个共同点，那就是，特罗洛普是讲现实的。平日生活如此，写书亦然。特罗洛普所描写的主要是中高层中产阶级的生活。

亨利·詹姆斯虽对特罗洛普的叙述方法、他在作品里的插言、他随意改动情节的正常发展方向而破坏艺术的诚实等方面多有微词，可是他对特罗洛普注意描写现实细节的做法却非常欣赏。詹姆斯在谈到特罗洛普时说："特罗洛普的伟大和无可置疑的优点在于，他对平常事情的注意……他像亲眼看见一样地感觉到平日正在发生的所有事物，它们的悲、喜、迷人、可笑，它们的一切明显的可测知的含义；那是一种简明、直接而健康的感觉……特罗洛普是最可信的——虽然不是最流利的——帮助人了解自己的人之一。一个种族很幸运能有许多像安东尼·特罗洛普这样的想象力——想象的感情；我们的英国民族拥有他就不贫穷了。"这个评价出自这位文学批评大师之口，其意义非同小可。特罗洛普对詹姆斯本人的影响是明显的，比如他对家庭关系，尤其是父女之间的关系的微妙处理，就在詹姆斯的作品里（如《鸽翼》）有所反映。此外还应说到，特罗洛普的同代作家如萨克雷、乔治·埃略特、柯林斯等人都是他的朋友，乔治·埃略特表示，没有特罗洛普的巴塞郡系列小说，她的《米玛镇》就可能写不出来。

还有值得注意的有趣现象是，特罗洛普的作品与他的个人生活之间没有什么联系。他不是自传性作家。这意味着作者有着非常丰富的想象力，很善于设计情节和塑造人物形象。

《巴彻斯特大教堂》

《巴彻斯特大教堂》是特罗洛普最著名的一部小说，是巴塞特郡系列小说中的第二部。它主要讲述的是巴彻斯特地区教会的内部斗争。这场斗争又由于人们追求一个富有的寡妇以及周围的人们在这场斗争中所采取的不同立场而变得更加复杂。在故事中，海拉姆医院的院长职位空了出来，有两个人想要获得这个职位。一位是前院长哈丁先生，另一位是高级教士魁沃弗先生。普罗狄太太在斯洛普先生的帮助下代表了斗争的一方，而副主教格兰特利则支持哈丁先生。最后魁沃弗先生得到了这一职位，而哈丁先生则获得了巴彻斯特大教堂院长的职位。哈丁先生的女儿爱莉安娜·波尔德有两个追求者——弗朗西丝·阿若宾先生和欧贝迪亚·斯洛普先生。爱莉安娜选择阿若宾先生而拒绝了斯洛普先生。后者颜面扫地，无奈之下去了伦敦。

这部小说反映了作者关于教会的丰富知识以及对人性的深入理解。特罗洛普发现了一个描写教会的办法。虽然他对教会的了解并不比普通的基督徒多多少，但是他非常善于观察，为他的创作进行了充分的准备。在小说中，围绕海拉姆医院院长职位的斗争首先是由高教会派和低教会派之间的宗派斗争引起的。前者是圣公会较为正统的一个天主教派别，而后者反对天主教的形式主义而支持福音派教义。哈丁先生、格兰特利副主教和阿若宾先生属于高教会派，他们希望看到自己派别的人获得这一职位。普罗狄主教、他过于自负的妻子普罗狄太太和斯洛普牧师都属于低教会派，他们不惜一切手段支持自己的候选人当选。值得注意的是斯洛普先生在巴彻斯特大教堂的第一次布道就使他与那个地方的大部分人疏远了，这为他最终蒙羞埋下了伏笔。从另一个角度来看，这场冲突又会获得新的另外的意义。斯洛普是一个卑劣的城里人，有着伦敦人的自负，而格兰特利一方则是保守的乡下人。城里人也好，乡下人也罢，教会里的这些人都被塑造成了一群普通人，而他们也确实如此。以宗教原则支柱自居的普罗狄太太是所有巴彻斯特人中最世俗的。斯洛普是一个以自我为中心的机会主义者，一心想挤进上流社会。哈丁是严肃的，魁沃弗是滑稽的，而普罗狄主教是可怜的。所有人都无一例外地醉心于宗派斗争。

因此，小说通过它展现的易于识别的人物类型吸引了大部分读者。这些人物类型为这幅社会全景图增色不少。值得我们注意的重要一点是，这些人物类型并不老套。所有人物都是有血有肉、活力十足，各有各的独特之处以及自己的特异性格。例如，普罗狄太太始终是一个操纵者，斯洛普先生的朝秦暮楚注定了他会是一个失败者，这仅仅是众多人物中的两个例子。普罗狄太太是一个固执己见、视权如命而又虚荣的女人。她最基本的特征就是她对支配和统治的欲望。她为达目的而不择任何手段。她的风头盖过软弱的丈夫，同时行使着丈夫的权力。如果事情达不到最好的结果，她永远也不会满意，她最终成为了巴彻斯特教会竞争的胜者。她代表了人类生活的一个方面：自以为是以及权力和控制欲，它使人类永远生活在不和谐之中。斯洛普先生代表了另一个类型：自私、狭隘和人品低下。作为主教身边来自伦敦的牧师，他变成了主教妻子普罗狄太太所要保护的人。他有两个目的，并下定决心无论是通过引诱还是通过欺骗一定要达到这两个目的：获得哈丁先生的女儿——寡妇爱莉安娜——的倾心，以及得到巴彻斯特地区主教的职位。他先是支持普罗狄太太的图谋，后来又转而支持哈丁先生当选院长。同时他又为曼德琳·维斯·耐罗尼非凡的美貌而倾倒。他最终一无所获。爱莉安娜拒绝了他，耐罗尼当众拆穿了他，教区主教的位置也落入了哈丁先生之手。除此之外，其他人物还有惧内的普罗狄先生，明目张胆卖弄风情的耐罗尼，善于观察的爱莉安娜，温柔、顺从而又和善的苏姗·格兰特利和复杂的阿尔塔赫姆家的桑恩小姐。通过这些人物，以及他们如此认真地对待读者认为如此琐碎的一件事情，批评家可能会从故事中发现一种模仿英雄诗体的滑稽诗的味道。

《巴彻斯特大教堂》是一出社会喜剧。整部小说中都充满了滑稽场面。伯蒂·斯坦赫普自讨没趣地向爱莉安娜求婚，耐罗尼用克里奥帕特拉式的魅力诱惑斯洛普，哈丁先生在谋划宗派斗争时的滑稽行为，这些场面只是诸多例子中的几个。令我们赞叹不已的还有特罗洛普用不同的语言风格来刻画不同社会阶层人物的精湛技巧，从博学的大主教到口若悬河的普罗狄太太再到哭哭啼啼的魁沃弗太太。从中可以体会到特罗洛普的讽刺，但讽刺通常夹杂着机智和智慧，很少含有尖酸刻薄的成分，从来都没有恶意的讽刺。他在精神上是极度宽容的，对人类的错误和弱点充满了同情。总的来说，这是一部非常有趣的小说。[161]

《巴塞特的最后纪事》

《巴塞特的最后纪事》发表于1866年至1867年，是作家的巴塞特郡系列小说的最后一部。它主要讲教区牧师乔赛亚·克劳利的社会地位和声名的升降浮沉。他写了一张20英镑的支票付款，却被人说支票是从索姆斯先生那里偷来的。当长官问起支票的来源时，克劳利自己也自相矛盾，最后只好交付法庭审理。这时人们开始风言风语，对他的人格横加评论，克劳利身处逆境，只好辞去他的职位。之后真相大白，这张支票原来是被一个仆人偷取，还给阿拉宾夫人清债。阿拉宾夫人把它放在丈夫阿拉宾副主祭的一个信封里，信封里装着副主祭送给克劳利的赠礼。然而阿拉宾夫人没有把这件事告诉丈夫。克劳利声誉得到恢复之后，得到正缺任的圣伊乌尔德教士职位。

小说的中心在于表现人们对于“支票问题”的反应。小说的情节似乎不够顺畅，但是却也足以吸引住读者的注意。小说的鞭辟入里的描写说明作家深谙人及人性，并表现出最大的宽宏与谅解。书中所描绘的大多数人来自中产阶级及其上层，作家对这个阶层的生活了如指掌。书里有几条次要情节同时运作，有几组次要社会人物同时活跃在舞台上。次要情节和主要情节在故事内容方面相辅相成、相互陪衬。这些包括格雷丝和亨利·格兰特里少校之间的关系，以及许多其他境况相似的人们，如艾米莉·顿斯特伯尔与伯纳德·戴尔、麦德琳纳·德莫林斯与约翰·伊密斯、莉莉·戴尔与阿多尔弗斯·克罗斯比，等等，不一而足。这些情节的犬牙交错很有狄更斯的作品的风格。

小说的主要人物是克劳利。这个人物的性格塑造是特罗洛普的绝笔。克劳利在故事里是个静止型人物，他从头到尾没有随着故事的发展而发生相应的性格变化。他位于主要情节的中心，言行直截，令人讨厌，但是人品却宛如基督一般亮丽。在他所在的污浊世界里，他是一枚诚实而纯洁的试金石，为周围的一切人和事提供判断是非曲直的标准。他仿佛一堵墙，人人都朝上面踢自己的球，以此来测试自己的品行，读者按照他的态度决定某个人的人品的良莠，决定对此人的认知程度。但克劳利这个人似乎过于完美，人们无望与之媲美，他的优点似乎也是缺陷一般。对于他所在的社会来说，他完美得令人难以接受。他过于诚实，这影响了他对人对事的看法。虽然他不像乔治·埃略特笔下的塞拉斯·马南那样孤家寡人一个，他和社会生活并未切断联系，但是他的完美很有摧毁自我的力量。他拒绝按照社会普遍接受的规则出牌，不一心一意地融入大家相互之间联系与互动的有机社会网络，他处心积虑地脱离这个大家都认为是归宿的社会，反抗人们迫使他回归的努力。他这种追求完美人性的做法，有些像康拉德（Joseph Conrad, 1857-1924）笔下的吉姆“勋爵”，最终必然遭遇失败。他在特罗洛普所描绘的不冷不热的基督教社会里，很可能是唯一最合格、最优秀的基督教徒。然而，按照肖伯纳（George Bernard Shaw, 1856-1950）的说法，圣徒所引起的麻烦更多。克劳利无疑属于他所说的这种圣徒之列。事实上，如果人们仔细琢磨也会发现，特罗洛普并不完全喜欢克劳利这样的人。特罗洛普提倡人们言行居中，鼓励人们参与社会事物。于是，他为这部小说设计出一个很有趣味的结尾：人们拉起拒不就范、大呼小叫的克劳利，把他硬塞进已经为他准备好的教区里。他的冤屈得到纠正和补偿，社会为他选定一个条件完好的教区，让他去那里服务。最终是社会而不是某个个人获胜，社会的完整和基本正义得到保障。这体现出作家的一贯主张。顺便说一句，特罗洛普擅长给读者以惊喜。他在读者毫无思想准备的情况下，推出一场戏来，给人一种先是受骗、而后则恍然大悟的感觉，在作家的循循引导下，接受生活里确有其事的结局，而不是经过艺术安排和刻意雕琢的那种收尾。而且，人们掩卷细味，还会发现，这个结局对所有牵涉进这个故事的人来说都是最佳安排。

此外，小说里刻画出的人物，如果在艺术馆里统统挂起，就可以形成一个五光十色的世人肖像长廊。其中有好人，如格兰特里少校，他在逆境里不顾家人反对，坚持原则，忠于自己对克劳利的女儿的爱。也有机关算尽的卑鄙小人，如主教的妻子——普罗狄夫人，她自我标榜要拯救教会的荣誉，操纵舆论，对克劳利极尽诽谤之能事。也有坚持教会利益但世俗气息十足的人，如主教格兰特里，他处于社会生活的中心，地位稳固，富埒王侯，和克劳利恰成对比。也有善人，如卢弗顿一家；典型的妻子，如格兰特里夫人，她是一个特罗洛普式的女人，不声不响，眼睛朝下，只希望能有一个好人作终身伴侣；也有随社会潮流的人，如艾米莉·顿斯特伯尔、伯纳德·戴尔、麦德琳纳·德莫林斯以及约翰·伊密斯等，上帝对他们总是满面笑容。此外，在《巴塞特的最后纪事》的虚构环境里，也有行为奇异、让人琢磨不透的人，如莉莉·戴尔，她热恋着一个对她蛮横无礼、她也明知是下流的男人，而却拒绝一个全心全意爱着她的人。其他人如阿多尔弗斯·克罗斯比，他让人感到棘手得可爱。特罗洛普把世间各种人都栩栩如生地展示在读者面前，把克劳利放置在上帝的这个大千世界里，让他挣扎着做出反应，以界定自己的人格。[162]

《济贫院院长》

《济贫院院长》是特罗洛普所创作的巴塞特郡系列小说的第一部作品，1855 年出版。它讲的是塞普提莫斯·哈丁的故事。哈丁是希拉姆济贫院的院长、巴彻斯特大教堂合唱班的领唱。希拉姆济贫院里有 12 个老年贫民。哈丁现在年纪已大，和未婚女儿艾琳娜住在一起。他对自己的职责尽心尽力，一丝不苟。救济院的收入增加，哈丁每年可有 800 英镑的俸禄，确实是一个美差。巴彻斯特的外科医生约翰·博尔德和艾琳娜正谈恋爱。这个年轻人充满改革的热情，出于一心为公的精神，发起一场运动，扬言要改革济贫院的收入分配不均的现象。博尔德取得报界的支持，《泰晤士报》把哈丁描绘成一个自私、玩忽职守的人。评论员也跟进，进一步抹黑哈丁的形象。济贫院的多数贫民出于贪心，也疏远哈丁。他们站出来指责哈丁骗走他们的权益。哈丁很难过，认为这种指责没有根据。使他更难以接受的是，他的小女儿艾琳娜也和博尔德站在一边。哈丁认为，在这种情况下，他不能继续安心在济贫院工作，因而辞职。与此同时，艾琳娜说服博尔德撤销诉讼。博尔德还要求《泰晤士报》补救此事对哈丁造成的伤害，但没有达成愿望。哈丁的朋友——格兰特里主教拒不任命代替哈丁的人选，济贫院开始荒凉，里面的老年贫民失去哈丁对他们的周到照料。博尔德回到巴彻斯特和艾琳娜结婚。哈丁依然是教堂合唱班领唱，并获得一笔微薄俸禄。

《自传》

特罗洛普的《自传》共有20章，谈及他的受教育情况（第1章），他母亲（第2章），他在邮局的工作（第3章），在爱尔兰的生活和头两部小说（第4章），他初尝成功的甜头（第5章），小说《巴彻斯特大教堂》及《三个职员》（第6章），小说《索恩医生》、《伯特兰一家》、《西印度群岛》及《西班牙大道》（第7章），为《康希尔杂志》投稿及小说《弗兰利教区》（第8章），小说《里奇蒙德城堡》、《布朗、琼斯和鲁滨逊》、《北美》及《奥尔利农庄》（第9章），小说《阿灵顿的小屋》、《你能原谅她吗？》、《拉其尔·雷倚》及《双周评论》（第10章），小说《克拉沃灵一家》、《宝贸杂志》、小说《妮娜·巴拉特卡》及《琳达·特利塞尔》（第11章），《论小说和小说写作艺术》（第12章），《论目前英国小说家》（第13章），《论批评》（第14章），小说《巴塞特郡的最后纪事》、《离开邮局》及《圣保罗杂志》（第15章）、《贝弗利》（第16章），美国邮电协议、与美国的版权问题（第17章），小说《布尔罕姆普顿的牧师》、《哈里·霍特斯伯爵士》、《一个编辑的故事》及《凯撒》（第18章），《继承人拉尔夫》、《尤斯塔丝钻石》、《安娜夫人》及《澳大利亚》（第19章），以及《我们现在的生活方式》、《首相》与结尾（第20章）。

《自传》的前三章是作家对少年时期的生活的回忆。作家把这段时间看成是受苦的时期。他的父亲很穷，母亲又分道扬镳去了美国，少年的特罗洛普自己奋斗，还要照顾父亲。后来他在邮局找到一份工作，这是他为之骄傲的终生职业。他在邮局工作不顺利，不断地失误，几乎被辞退。后来上级把他调去爱尔兰，他很高兴。在爱尔兰他结婚成家，经济困难，开始写小说以补贴家用。后来他灵感迸发，找到写作题材和手法：用讽刺的手法表现他熟悉的人和事。《济贫院院长》问世。第4章到第7章写他的成功。他的邮局工作和小说创作同时取得进展。在邮局里，他得到晋升，出差到埃及和西印度群岛，培养出在任何情况下都能写作的习惯——在马上、乘船旅行，甚至在病中。他的生活和写作开始变得有条不紊。他记日记，记录每日写作字数、每周的字数，后来做到按照出版社的要求计划一部小说的字数。他不相信灵感，把写作和其他工作等同看待，他的创作艺术的精湛是通过勤奋和实践而取得的。在这段时间内，他写出了《巴彻斯特大教堂》。第8章到第11章叙述他的创作和成果。这一部分说到他和萨克雷的联系，通过萨克雷他进入伦敦文学界的情况。这时他已经抵达他的声名的峰巅，他的名字常和狄更斯、萨克雷、柯林斯相提并论。

第12章到第14章是特罗洛普发表文学见解的部分。在第12章，特罗洛普觉得自己已有资格谈论文学创作艺术，于是阐述了他的观点。在这一章里，他对他的时代提出了很有见地的评论。他认为，在他的时代，小说这种艺术形式已经代替了诗歌的地位，小说家要满足不同趣味的读者的需求。小说家和小说作品要避免描绘恶的画面，要对社会起到道德伦理的教育作用。但是小说也要让人赏心悦目，一部好小说应当是诲人不倦、趣味浓郁的作品。在第13章，特罗洛普评论了他的同代小说家。他认为萨克雷是最伟大的、永恒的作家。其次是乔治·埃略特，她的哲学思想有些深奥。第三是狄更斯，他描写人时不够实际，但作品有教育意义。对于其他作家他说的不多，但言之有理。他说自己可居第四位。第14章是《论批评》，特罗洛普否认文学批评是艺术，认为它过于主观、武断、教条化，没有多少评论能力。他也意识到，好的文学评论受到作家们和出版家们的重视。但总的说来，他认为文学评论是英国文学的耻辱。

接下来，特罗洛普转回自己的生活，简述他在自己的“繁华时期”的主要事件。这是他出口语惊四座的部分。他谈及自己的写作技巧。他每天只写作三个小时，每一刻钟确切地写出250个字。他把手表放在面前，三小时一到，他不管写到何处，都必然搁笔起身。这样他每天写出10页，每年写出三部作品。这样他最后便能辞去邮局的职务而自立。他享受生活，打猎，旅行，在俱乐部与友人交往。他数年如一日，从来没有停止过写作。在《自传》的结尾部分，他列出自己的著作以及每部作品的稿酬收入。特罗洛普指出，任何一个和他一样勤恳做事的人都能得到这样可观的收入。

人们之所以写传记，为自己做传也好，为他人做传也好，目的各异，但共同点是应该说实话。舍此传记就是歪曲生活、毫无意义了。然而做传者完全说出传主真相的，却寥寥无几。一般情况是，传记记述里水分多，褒扬词语比比皆是。人们对此虽有不满，但大多漠然处之。可是一旦有人说出真话，似乎就犯了大忌，人们不仅不加以鼓励，而且总是指手画脚，贬词连篇，必把此人打入地狱方肯罢休。特罗洛普就饱受这种不平待遇之害长达几十年之久。他的《自传》的问世，竟导致了他的声望的下降。这大概是他始料未及的。

个中原因很简单。特罗洛普说真话。他讲出自己的真实想法和作为，不料，人们不仅不赏识他的这个做法，反“以其矛而攻其盾”，对他加以贬斥。他的《自传》透露出的一些事情，对他在评论界眼中的地位产生了很负面的影响。比如他在《自传》里说，他天亮时起床，以一刻钟 250 个单词的速度写作三个小时，然后就收工，其他时间或者旅游或者做其他他喜欢做的事。而且，他还直截了当地说他纯粹是为钱而写作，称那些鄙视金钱者虚伪、愚蠢。他还“吹嘘”说他到 1879 年已经赚了 7 万英镑，而且还列出一张详细的开销清单。人们知道法国大文豪福楼拜（Gustav Flaubert）也照时间表写作，却无人褒贬。虽说特罗洛普不是福楼拜，然而他也是一位不可多得的人。

此外，他还透露，他在任何地方都能写作。无论走到哪里，他都带着一张移动书桌。亨利·詹姆斯与特罗洛普一起横渡大西洋时发现他居然能够在惊涛骇浪的大海上坐在剧烈晃动的甲板上聚精会神地写作，这令亨利·詹姆斯感到非常惊奇。还有一次特罗洛普住在一家旅馆，在旅馆客人的喧闹声中，他坐在火炉旁一边写作一边偷听客人谈话，一心二用两不误。有记载说，有一次一位旅馆客人指责特罗洛普说，他让一个人物（普罗狄太太）在书中随意进进出出，特罗洛普走近那位客人，很严肃地告诉他说，那个女人将会在下一周死去。后来他果然安排普罗狄太太在下一周的连载小说中死去。于是，在特罗洛普死后的几十年内，他给同时代的人以及批评家们留下了一个错误印象，即他这个作家没有思想和艺术性，而他的写作是机械动作，没有灵感的激励。

然而，这一印象可能是错误的。特罗洛普的作品有一种绝非一般的力量和吸引力，这一点读者有目共睹。这与他富于创造的想象力有关。对于一个进行文学创作的人来说，一刻钟内一定要写 250 个字，要完成这个定量，说起来容易而做起来难。人们应当知道，人的大脑不像机器那样，一经开动，就出产品。特罗洛普在动笔之前一定已经进行了很长时间的构思。特罗洛普的大脑一定是长时间处于兴奋之中，不断设计着可信而又动人的情节。虽然他本质上不是一位象征主义作家，但是通过想象力他可以从地点、人物和事件之中看到图画和图像，并努力以一种现实主义的方式将其串在一起。特罗洛普声称他是通过人物而不是情节来创作小说的。阅读完他的作品之后，读者一定会发现他很熟悉文学创作，很熟悉他的人物，很熟悉他们的生活场景，也很熟悉他们所处的环境以及相互之间的关系。他的故事情节起伏微妙、发展自然，没有什么编造或设计的痕迹。他不必设计什么技巧（虽然他确实有意地设计和运用了有效的技巧）。问题的关键在于他对生活有着深入了解。他对人的生存和他所处时代的生活都了如指掌。他还对人性有着精准透彻的把握。他的头脑精于解析现实，并以最好的方式把它表现出来。总而言之，他具备对于艺术创作至为重要的基本品质——经验和敏锐。

此外，不少人在长时间内指责特罗洛普完全为钱而从事文学创作，这是不公平的。特罗洛普在《自传》里清楚地说到文学作品的作用，他评论同代人的作品时，所用的标准也是社会道德准则。他的使命感是毋庸置疑的。至于对金钱的考虑，此乃人之常情。对于出身贫困环境、尝到过冻馁滋味的特罗洛普来说，重视经济上的保障就更无可指责了。美国的哲学家、文学家拉尔夫·瓦尔多·爱默生就爱钱。同样的例子在文学史上还有不少。而且在著名作家当中，真正不为生活担忧的人（如亨利·詹姆斯）也属凤毛麟角。再者，指控别人爱钱而自己不爱的人也属凤毛麟角。特罗洛普只是说出了许多人认为少说为佳的实话而已，不可过于责难。

特罗洛普的名誉在他自己的时代以及以后的几十年里，受到很大贬低。这在很大程度上是由他自己造成的。首先是因为他太多产，以至于批评家都想当然地以为他的作品不可能都那么伟大。其次是因为他自己太过谦虚，从不或很少以知识分子自居。他把最伟大小说家的位子让给了萨克雷，而自己则甘居人后，满足于被人看成二流作家。第三个原因很可能就是他的《自传》，他声称自己把写作视为一种谋生手段，这个说法令推崇他的那些人都感到沮丧。第四个原因，也是非常重要的原因，在于当时文学大气候已经开始发生变化；当时作家们已经开始对挖掘内心和艺术革新更感兴趣。

于是，特罗洛普在默默无闻中躺了40多年。他的传记（迈克尔·萨德莱尔著）在20世纪20年代出版。从20世纪40年代起，他的拥护者们开始为他的“起死回生”而努力。他在20世纪60年代“复兴”了一阵子，在90年代又浮上台面。一些现当代学者做了很多努力，再现他的伟大，让读者重新“发现”他。鲁斯·爱普罗伯茨、罗伯特·M. 普合默斯和J. R. 克恩卡德以及《特罗洛普人》杂志（*Trollopian*）也竭尽全力帮助读者认识他的作品的内在魅力。自那以后，他在文学史上的地位终于稳固下来。

今天据说从读者数目上来讲他仅次于狄更斯。他受现当代读者喜爱的原因首先应该从他小说所反映的基本精神中去寻找。特罗洛普对他那个时代的精神很敏感。他从事创作的年代正好是英国的稳定和繁荣时期，他成功地捕捉到当时生活的基本特征——秩序与和平，并把这一特征充分地表现出来供读者欣赏。这总是人性所需要的。再者，他的文字简练，极少或没有艰涩的词语和情节，故事可读性很强。人们喜欢在困难、无秩序和混乱的年代（如二战后的现当代）阅读他的作品。他的魅力是永恒的。

布尔沃·利顿（Bulwer-Lytton, 1803-1873）

布尔沃·利顿是一位小说家、剧作家和政治家，早年就读于剑桥大学。他从 19 世纪 20 年代起热衷于政治改革，1858 年被任命为殖民地事务大臣，1866 年获得贵族头衔。在文学创作方面，他是一个多产作家，所写作品包括诗歌、小说、戏剧、神秘故事等，尤以小说见长。

利顿早期创作主要以诗歌为主，深受拜伦诗风的影响。1820 他出版第一部诗集《以实玛利：一个东方故事，及其他诗歌》（*Ismael: An Oriental Tale, with Other Poems*, 1820），该诗集面世后销售不佳，但却受到司各特的称赞。在剑桥读书期间，利顿创作了《德尔谟；或，一个小气精的故事，及其他诗歌》（*Delmour; or, A Tale of a Sylphid, and Other Poems*, 1823）以及诗集《杂草与野花》（*Weeds and Wildflowers*, 1826），同期出版小说《林赛的鲁伯特》（*Rupert de Lindsay*, 1825）。1827 年，利顿不顾母亲反对，与罗西娜·多伊尔·惠勒（Rosina Doyle Wheeler, 1802-1882）结婚，母亲不再给他津贴。为了维持奢华的生活，利顿写了许多作品，包括小说、长诗、戏剧、英国社会史、雅典史，还创作了一些故事，编辑《新月杂志》（*New Monthly Magazine*, 1831-1832），同时在许多杂志上匿名发表了许多文章。他还写了关于政治的小册子。

利顿的小说涵盖多种主题，其中有爱情故事、关于犯罪和谋杀的故事、历史故事以及神秘故事。1827 年，他发表拜伦式爱情故事《法克兰》（*Falkland*, 1827），没有引起太多反响。利顿关于犯罪和谋杀的故事却取得了成功，主要作品有《佩勒姆》（*Pelham; or, The Adventures of a Gentleman*, 1828）、《保罗·克利福德》（*Paul Clifford*, 1830）和《尤金·阿拉姆》（*Eugene Aram*, 1832）。这些作品都充溢着反对资本主义文明的浪漫主义精神。《佩勒姆》值得特别注意，这部小说发表后立刻取得成功，被看成是利顿较好的小说之一，标志着他的小说创作开始走向成熟。《保罗·克利福德》则被看成是具有一定目的性的小说，主要涉及司法改革。

《尤金·阿拉姆》因主人公是罪犯，在出版后引起了一些争议。

利顿写的最成功的作品是历史题材的小说。《庞贝城最后的日子》（*The Last Days of Pompeii*, 1834）是他最重要的作品，该小说以庞贝城被火山吞噬的前几天为背景，描绘古罗马文化的图景，同时对火山爆发的情形做了详尽描写。其他的历史小说还有《德弗罗》（*Devereux*, 1829）、《里恩基，或最后的保民官》（*Rienzi; or, The Last of the Roman Tribunes*, 1835）、《最后的男爵》（*The Last of the Barons*, 1843）和《哈罗德，最后的撒克逊人》（*Harold, the Last of Saxons*, 1848）。虽然利顿多采用历史人物和事件，但是人们普遍认为他的历史小说在意义上和写作质量上都远不及司各特的历史小说。

《戈多尔芬》（*Godolphin*, 1833）是一部表现神秘主题的小说。利顿还有些作品反映了他的玄学思想和对现实生活的看法，如《欧内斯特·马尔特拉佛斯》（*Ernest Maltravers*, 1837）、《爱丽丝；或，奥秘》（*Alice; or, The Mysteries*, 1838）、《夜晚与早晨》（*Night and Morning*, 1841）和《赞诺尼》（*Zanoni*, 1842）等。利顿后期的许多小说作品带有明显的现实主义倾向，也表现出他对当时社会的看法，如《卡克斯顿一家》（*The Caxtons*, 1849）、《我的小说》（*My Novel*, 1853）等。

利顿的写作风格矫揉造作，有极强的装饰性，已被看成是最拙劣的写作风格的代表。虽然如此，他的许多用语还被现代人所引用。最典型的就是《保罗·克利福德》的开篇语："那是一个漆黑的暴风雨夜"（"It was a dark and stormy night"）。利顿和狄更斯很要好，狄更斯的小说《远大前程》的喜剧性结尾就是采纳利顿的建议后加上的。[163]

查尔斯·里德（Charles Reade, 1814-1884）

查尔斯·里德是小说家和剧作家。他出生于牛津郡，是一位乡绅之子，早年就读于牛津大学。他的文学生涯始于戏剧创作，他的戏剧多为情节剧。1851 年，他的第一部喜剧《妇人间的争斗》（*The Ladies' Battle*）在奥林匹克剧院上演。接着他相继完成了《安吉拉》（*Angela*, 1851）、《乡村故事》（*A Village Tale*, 1852）、《失去的丈夫》（*The Lost Husband*, 1851）、《金子》（*Gold*, 1853）、《克里斯蒂·约翰斯顿》（*Christie Johnston*, 1853）、《里昂的信使》（*The Courier of Lyons*, 1854）、《侨民皮克尔》（*Peregrine Pickle*, 1854）和《艺术》（*Art*, 1855）等剧作。里德除了自己创作，还和另一位剧作家汤姆·泰勒（Tom Taylor, 1817-1880）合作，共同完成了多部作品，如《面具与面孔》（*Masks and Faces*, 1852）、《两次爱情和一个生命》（*Two Loves and a Life*, 1854）及《国王的对手》（*The King's Rival*, 1854）。《面具与面孔》被看成是里德最重要的戏剧作品，为他赢得了剧作家的声望。这部作品最初是两幕情节喜剧，后来扩展成三幕剧。该剧以爱尔兰著名女演员佩格·沃芬顿（Peg Woffington, 1714-1760）为原型，讲述一个复杂的爱情故事，展示出18世纪演艺界的真实生活图景。

19世纪50年代中期，里德开始小说创作。他认为小说和戏剧在本质上是一致的，所以他的小说创作和戏剧创作息息相关。他的小说往往借用戏剧中的人物，揭示相似的主题。他的多部小说都由剧本改写而成。剧作《面具与面孔》就是其中一例。该剧本后来被改写成小说，以《佩格·沃芬顿》（*Peg Woffington*）为题出版。

里德的小说创作颇丰，其创作风格主要表现出两个主要特点。

第一，想象力丰富，善于利用各种信息。报纸、杂志、历史文献、他人的小说等，无一不成为他的小说素材的来源，他把这些信息在自己的小说中加以有效利用。他的代表作《修道院的隐居生活与家庭生活》（*The Cloister and the Hearth*, 1861）就是一个很好的例证。这部小说是里德根据1859年出现在出版物《每周一次》（*Once a Week*）上的爱情故事《打得好》（*A Good Fight*）写成的。在创作过程中，里德发挥丰富的想象，融入中世纪荷兰人文主义学者伊拉斯默斯（Erasmus Desiderius, 1469? – 1536）的身世资料，成功地塑造出伊拉斯默斯的父母的形象。该小说被看成是一部历史题材的作品。小说的主人公杰拉德为躲避迫害，也为养家糊口，从荷兰动身，远走罗马。他的妻子玛格丽特在家里等待他归来。在这期间，他们的儿子出生。杰拉德的两个哥哥为了断掉杰拉德回家的念头，独占父母的遗产，编造出一封信，谎称玛格丽特已经去世。杰拉德收到信后悲痛欲绝，险些自杀身亡。他被人救起后，皈依天主教，成为一名修士，在欧洲大陆游历。他回到荷兰后，发现玛格丽特还活着，但他已经不能同其团圆。于是杰拉德成为一名隐士，避免与玛格丽特相见。后来在玛格丽特的劝说下，他成为一名小镇牧师。他们的儿子已经长大，在镇上读书。后来瘟疫流行，为救儿子，玛格丽特染病身亡。杰拉德极度悲痛，不久也郁郁而终。小说描写了一个十分感人的爱情故事，同时也触及了宗教生活与家庭生活之间的冲突主题。在这部小说里，里德详尽描写各种人物与事件，生动形象，具有很强的感染力，展现了其丰富的想象力。

第二，具有很强的现实性。里德的小说涉及社会的各行各业，真实再现各种社会现实。他的第一部小说《亡羊补牢，为时未晚》（*It's Never Too Late to Mend*, 1856）反映监狱管制的残酷，描写任凭法庭摆布的个人的遭遇。该小说在出版后引起了很大争议，但却取得了成功。《硬币》（*Hard Cash*, 1863）被看成是典型的里德风格的作品。该小说建立在事实的基础上，说的是私人精神病院问题。《阴谋诡计》（*Foul Play*, 1869）讲述收买旧船的人的故事。《设身处地》（*Put Yourself in His Place*, 1870）和《仇女者》（*A Woman-Hater*, 1877）反映出工会的相关问题。里德的小说题材涉及面广，人们似可从他的作品里看到社会的各个角落和侧面。

里德的小说作品还有《真爱的过程从不顺利》（*The Course of True Love Never Did Run Smooth*, 1857）、《万金油》（*Jack of All Trades*, 1858）、《小偷自传》（*The Autobiography of a Thief*, 1858）、《爱我一点点，爱我至永远》（*Love Me Little, Love Me Long*, 1859）、《善意的谎言》（*White Lies*, 1860）和《漫游的继承人》（*The Wandering Heir*, 1875）等。

里德还写了三个人物研究作品：《格里菲思·高特》（*Griffith Gaunt*, 1866）、《可怕的诱惑》（*A Terrible Temptation*, 1871）和《傻瓜》（*A Simpleton*, 1873）。

里德的小说在当时很受欢迎，他本人也是当时英国稿酬最高的小说家之一。但批评家们对他的评价并不高，进入20世纪以后就很少有人阅读他的作品了。

威尔基·柯林斯（Wilkie Collins, 1824-1889）

威尔基·柯林斯出生于伦敦，是维多利亚早期的著名作家。他的父亲威廉·柯林斯是当时著名的风景画家，柯林斯在浓厚的艺术氛围中长大。12岁时，他随父母迁居意大利，三年后又回到英国，就读于一所私立寄宿学校。17岁时，他离开学校，进入社会，先在茶叶公司工作五年，其间他创作了首部作品《艾奥拉尼》（*Iolani*），但这部小说在150年后的1999年才得以出版。柯林斯对在茶叶公司的工作和生活并不满意。后来他进入伦敦的林肯法学协会学习法律，希望从事律师职业。1847年，他的父亲去世，柯林斯为父亲写了传记——《威廉·柯林斯传》（*Memoirs of the Life of William Collins, Esq., R.A*, 1848），该书不久出版。在这段时间里，他还进行绘画，考虑过以绘画为生，甚至参加过画展。1850 年，他的小说《安东尼娜》（*Antonina*）发表。这是一部以 6 世纪罗马生活为背景的历史小说，虽未引起轰动，但却开启了柯林斯作为真正作家的创作生涯。

1851 年，柯林斯通过朋友介绍，结识了当时的文豪狄更斯。两人一见如故，很快成为莫逆之交和合作伙伴。与狄更斯的结识是柯林斯文学创作生涯的转折点。从此，他成为狄更斯主编的《家常话》（*Household Words*）杂志的编辑，同时为狄更斯主办的周刊《一年四季》（*All the Year Round*）撰稿。这两本刊物在当时极为风行。柯林斯的多部长篇小说都先在狄更斯主办的周刊上以连载形式发表，然后再出单行本。从 1851 年至 1859 年，柯林斯陆续写出《铁道外的漫游》（*Rambles Beyond Railways*, 1851）、《贝锡尔》（*Basil*, 1852）、《捉迷藏》（*Hide and Seek*, 1854）、《天黑之后》（*After the Dark*, 1856）、《一个流浪汉的一生》（*A Rogue's Life*, 1857）等多部小说。这些作品都谈不上非常成功。1860 年，《白衣女人》（*The Woman in White*）的出版使柯林斯登上事业成功的顶峰。此后 10 年间，他享受着著名作家的声誉，又创作了《无名氏》（*No Name*, 1862）和《月亮宝石》（*The Moonstone*, 1868）等小说。其中，《月亮宝石》是柯林斯继《白衣女人》之后最成功的作品。此外，他还和狄更斯合作创作了《禁止通行》（*No Thoroughfare*, 1867）等作品。柯林斯后来患上一种严重的关节炎，只能靠鸦片来止痛。久而久之，他对鸦片产生了依赖，有时产生幻觉，声称有一位“鬼魂威尔基”（Ghost Wilkie）与他如影随形。据说在创作《月亮宝石》的过程中，他深受这种幻觉困扰，称自己不记得怎样写出的这部作品。

柯林斯终生未婚，但曾与不同女性交往，并生育了几个子女。他在 1889 年 9 月卒于伦敦。[164]

柯林斯的作品包括 27 部长篇小说、50 多部短篇小说以及至少 15 部戏剧。他的小说大多以侦破犯罪事件为题材，在当时被称为“惊悚小说”（sensation novels），即今天的侦探小说或悬疑小说。柯林斯的笔调既辛辣又幽默，作品的情节神秘莫测、错综复杂、离奇曲折。作者以犀利的笔锋，对故事进行层次分明的剖析，逐渐拨开疑云，揭开谜底。读者只有读到最后一页才能了解全部真相，放下悬挂已久的心。柯林斯认为，要达到吸引读者的目的，作家必须是讲故事的高手。换句话说，作品需要营造一种使人焦虑、迫不及待的氛围，有“叫他们（读者）等，叫他们笑，叫他们哭”的故事。因此，在他的作品里总有一个引人入胜的故事和数不胜数的悬念。

除了精彩的故事，柯林斯的叙述技巧也令人耳目一新。他采用多角度叙述手法，喜欢让不同人物从各个不同角度叙述同一故事。这一手法使得故事的展开面面俱到，丝丝入扣，生动诱人。这种技巧得益于柯林斯的律师经历。在法庭上，一个案子的审判需要以被告、原告、证人等许多不同方面的陈述和辩解为基础。柯林斯认为，小说的叙述也一样，需要从不同人物的视角出发，多方位地展开故事，才能使整部书的层次丰富，情节诱人。柯林斯在与狄更斯的通信中，经常涉及小说创作的技巧问题。他在技巧方面为英国小说的发展做出了贡献。特别是在克服小说结构和叙述的凌乱无序、奠定层次精巧的叙事标准方面，柯林斯的作品具有很好的参照价值。[165]

柯林斯在生前极负盛名。有评论家称他为悬疑和侦探小说的先驱。尤其在精心编织故事方面，后世不少推理小说家从柯林斯那里学到很多有益的经验。但随着时间的流逝，柯林斯逐渐失去了围绕在他头上的光环。今天除掉他的格言式创作原则“叫他们等，叫他们笑，叫他们哭”仍为人们念念不忘之外，他的作品多已成为历史，能流传后世、能进入大学课堂的大约只有《月亮宝石》与《白衣女人》两部小说了。

《白衣女人》

《白衣女人》是柯林斯的成名作，从 1859 年 11 月到 1860 年 7 月间以连载形式发表在《一年四季》杂志上，1860 年集结成书。书中一环套一环的悬疑情节和独特的人物形象，使该书大获成功，柯林斯也因此名利双收。他于 1871 年将这部小说改编为剧本。据说柯林斯是从 18 世纪一个真实的诱拐案件中得到灵感而创作出这个故事的。

《白衣女人》的主要内容可以概括为“阴谋与爱情”。年轻画家沃尔特·哈特莱特经朋友派斯卡推荐，在位于卡勃兰德的利玛里奇庄园谋了份差事。在前往那里就职的头一天夜里，他在路上遇到一位神秘的白衣女人。白衣女人向他打听前往伦敦的路。在攀谈中，她说出自己和利玛里奇庄园已故的女主人——费尔莱夫人感情深厚。她离开后不久，一辆马车急驰而过。驾车人向路人打听白衣女人的去向，并说那白衣女人是从疯人院逃出的。站在一旁的沃尔特惊讶不已，没有说什么。次日，沃尔特来到利玛里奇庄园。弗雷德里克·费尔莱和他的两个侄女——劳拉和玛里安——是这座庄园的主人。沃尔特惊奇地发现，这座庄园的小姐劳拉——费尔莱夫人的女儿——的长相酷似那位白衣女人。他禁不住对玛里安小姐说到自己路遇白衣女人以及白衣女人对自己说的有关这座庄园的话。经过和玛里安的交谈，沃尔特渐渐得知，那位白衣女人名叫安妮。安妮曾在利玛里奇庄园生活过一段时间。她很爱劳拉的母亲，正是劳拉的母亲让她爱上了白衣装扮。之后安妮回到她在罕普什尔的家。对于安妮后来的情况，玛里安就不清楚了。

不久，沃尔特和劳拉相爱。但是，根据父亲的遗愿，劳拉身为庄园继承人必须和珀西瓦尔·克莱德爵士结婚。此时，劳拉收到一封辗转送来的匿名信。写信的人劝她对克莱德要保持警惕。在追踪写信人及送信人身份的过程中，白衣女人再次出现。在劳拉收到信的当天，有人曾见到白衣女人在劳拉母亲的墓前徘徊。种种迹象表明，匿名信出自安妮之手。此时，劳拉即将和克莱德结婚。沃尔特也将伤心地离开庄园。一天晚上，沃尔特漫步到墓园。在劳拉母亲的墓前，他和白衣女人安妮不期而遇。在交谈中，沃尔特推断出，正是克莱德爵士出于不可告人的目的，设计将安妮送入了疯人院的。

后来，劳拉和克莱德结婚，前往意大利旅行。沃尔特则去了洪都拉斯。旅行回国后，劳拉夫妇在克莱德的黑水庄园住下，玛里安以及劳拉的姑妈、姑父也与他们同住。不久，劳拉得知，丈夫陷入严重财政危机。他甚至逼迫劳拉将自己的财产交付给他使用。而在背后怂恿克莱德这样做的正是劳拉的姑父福斯考。玛里安无意中听到福斯考和克莱德策划更大阴谋的谈话，他们企图将劳拉所得的遗产窃为己有。但她因被大雨淋透病倒，而未能及时传递这个重要信息。福斯考和克莱德的计谋是将劳拉和濒临死亡的安妮的身份互换，以便得到劳拉的财产。不久安妮死于心脏病。由于克莱德的策划安排，安妮被当作劳拉葬于卡勃兰德。而劳拉则被当作安妮带回疯人院。她的遗产支配权就这样落入阴谋者手里。

玛里安病愈后，前往疯人院探望安妮，却在那里发现了劳拉。玛里安通过贿赂，帮助劳拉逃离疯人院。沃尔特从洪都拉斯回国，找到她们。三人一起过着拮据的日子。沃尔特决心替劳拉夺回原本属于她的一切。他在安妮的死亡证明和劳拉来伦敦的日期等方面发现了一些线索。后来他又发现克莱德先前伪造的结婚文件。克莱德发现事情对自己不利，就到教堂企图销毁证据。不料教堂着火，他被烧死在里面。沃尔特进一步发现，安妮和劳拉是同父异母姐妹。他通过朋友派斯卡的帮助，使福斯考出面证明，劳拉依然在世。最终，劳拉夺回自己的财产，与恋人沃尔特结婚。在叔叔去世后，劳拉夫妇的儿子成为利玛里奇庄园的法定继承人。

《白衣女人》一经发表，便在英国引发读者的热捧，几乎每个英国人都在等着、盼着下一章节的发表，这也使得连载这本小说的刊物《一年四季》的发行量节节攀升。《白衣女人》也大大影响了当时的市场。无数商品，如女式服装、帽子、香水、卫生用品等，都被冠以“白衣女人”的名称，而大量出售。连当时最挑剔的批评家也喜欢阅读这部小说，而且对它不吝赞赏。还有人以书中人物——玛里安——来命名自己的航船。萨克雷捧着《白衣女人》从早一直读到晚。类似这种着迷的例子不胜枚举。当时很多作家也模仿它的故事和风格进行自己的创作。到了 20 世纪，这部小说还被改编成戏剧、电影、电视剧、音乐剧等，依然具有很强的吸引力。

在《白衣女人》中，柯林斯所擅长的多角度叙述技巧使小说充满戏剧化张力。小说男主人公沃尔特已经具有了柯林斯后来作品中侦探形象的雏形，这部小说已经具有侦探小说的萌芽。这种萌芽在《月亮宝石》里得以最后开花结果。

《月亮宝石》

《月亮宝石》是柯林斯文学创作巅峰时期的作品，是他的代表作。小说的情节围绕一颗叫“月亮宝石”的大钻石的失而再现而展开。月亮宝石原产于印度，光辉夺目。几百年来，它一直镶嵌在印度月亮神的前额上。因为宝石的颜色像月亮，光泽随月色的变化而变化，因此得名“月亮宝石”。根据神的旨意，它一直由三个婆罗门守卫着。神还预言说，谁偷走这颗宝石谁就会立即招致祸殃。1799 年，英军侵入印度神庙，英军军官亨卡什尔掠走月亮宝石。回到英国后，他受到家人和朋友的排挤。为了报复，他委托布莱克将这颗宝石作为生日礼物送给外甥女蕾茜尔。在蕾茜尔的生日晚会上，宾朋云集，但晚会结束后的夜里，原本放置在她卧室内的宝石却不翼而飞。许多人被列为嫌疑犯，其中包括曾是小偷的驼背女仆罗莎娜、几个印度来的流浪艺人、蕾茜尔的表哥布莱克等，甚至蕾茜尔本人也未能脱离干系。布莱克特意请名探卡夫前来破案。卡夫注意到蕾茜尔房门上由衣物染上的一块污渍，判定这是偷盗宝石的人留下的。然而接下来，一系列令人匪夷所思的事情发生了：蕾茜尔拒绝与卡夫合作，罗莎娜自杀身亡，案情毫无进展。后来，蕾茜尔的母亲拒绝继续请卡夫断案。卡夫虽然不得已离开，但一直私下关注并预测案情的进展。一年后，从国外旅行归来的布莱克无意中得知，自己正是那位在房门上留下污渍的衣物的主人。他非常惊异，原来他在服用鸦片、受药物支配的状态下"偷"走了宝石。蕾茜尔和罗莎娜为保护他，拒绝对卡夫说出实情。可是，布莱克却完全不记得此事，更不记得当初把宝石放在了何处。布莱克再次请卡夫帮忙。最终，卡夫发现，即将与蕾茜尔成婚的戈弗利才是真正将宝石窃为己有的人；他被追踪宝石下落的印度人杀死。宝石终于重回印度神庙，被镶嵌在神像的前额上。相爱的蕾茜尔和布莱克也在经历磨难之后，走到了一起。

从全书的结构看，《月亮宝石》由"宝石失窃"、"真相大白"和"宝石再现"三部分组成一个扑朔迷离的侦探故事，情节曲折，引人入胜。小说构思巧妙，结局令人意外。人物刻画也极为鲜明，各具特色。其中，卡夫侦探的形象尤其令人难忘。他虽然不是英国文学中最早的侦探形象，却成为后世文学侦探形象的塑造模式。在《月亮宝石》问世之后，多数侦探小说的吸引力都集中在刻画生动的侦探形象身上。柯林斯这一人物刻画的成功和影响之大，可想而知。

柯林斯独特的叙述技巧再次成为这部小说成功的关键。他通过不同人物的分头叙述，将各种不同体裁的故事融于同一部小说，内容丰富，层次鲜明有序。在他的笔下，整个案情的侦破犹如抽丝剥茧，读来令人手不忍释。T. S. 艾略特称颂《月亮宝石》为第一部最伟大的英国侦探小说，凡是现代侦探故事中一切优秀和动人的东西，都可以在《月亮宝石》中找到。[166] 故柯林斯有"英国首位侦探小说家"或"现代侦探小说鼻祖"之美称。

朗达·布劳顿（Rhonda Broughton, 1840-1920）

朗达·布劳顿生于威尔士，幼时即开始阅读文学作品，并开始创作。她是一个多产作家，创作速度非常快，通常六周就完成一部小说。她一生共创作了 20 余部小说。她的前期作品多为三卷本或两卷本，进入 19 世纪 90 年代以后改写单卷本小说。

布劳顿的小说主要以妇女的爱情和家庭生活为主线，讲述浪漫爱情故事，反映维多利亚时期的妇女生活和社会状况。布劳顿笔下的妇女往往要在爱情与责任中做出抉择，具有一定道德内涵。比如，在《像花儿一样走来》（*Cometh Up As A Flower*, 1867）中，女主人公内尔（Nell Lestrange）心仪一位英俊的青年，可是为了家庭的经济不得不同一位贵族结婚。小说中还塑造了内尔的姐姐多莉这一人物形象。多莉漂亮出众，但是却自私自利。相比之下，相貌平平的内尔却心地善良，愿意为家庭做出牺牲。布劳顿似乎希望通过这部小说重新设立一种价值尺度，具有一定道德意义。该小说为布劳顿带来了1000英镑的收入。《不明智，但是太好了》（*Not Wisely, But Too Well*, 1867）中的女主人公几乎和一个酒鬼结婚，幸亏及时醒悟，没有酿成悲剧。可是在《再见，心上人！》（*Good-bye, Sweetheart!*, 1872）中，不明智的爱情导致了女主人公的死亡。《南希》（*Nancy*, 1873）除了表达爱情与责任之间的冲突之外，还表达了作者对人生的深刻思考，所以从道德的角度来讲似乎更加意味深长。19岁的南希（Nancy Grey）嫁给了年长她20岁的坦普斯特先生（Mr. Tempest），在经过了困难、疾病以及其妹芭芭拉（Barbara）的死亡等事件后，南希对婚姻和爱情有了更深刻的理解，后来她和丈夫两人的心灵走到了一起。

除了浪漫爱情故事之外，布劳顿的小说还触及了妇女的作用和在社会中的地位问题。《新手》（*A Beginner*, 1894）就讲述了一个从事写作的女孩的故事。艾玛（Emma Jocelyn）偷偷写了一部小说。由于人们的不解，小说出版后给艾玛自己的荣誉，乃至家庭的荣誉都带来了损害。该小说探讨了写作的道德问题，作者似乎在问，一个年轻女子能否写浪漫的，甚至表现性爱的小说。《一个傻瓜的荒唐事》（*A Fool in Her Folly*, 1920）于1920年在作者去世后发表，也涉及同样的问题。小说的讲述者是个80岁的老妇人夏洛特（Charlotte Hankey），她在回忆她年轻时候的事。20岁的时候，夏洛特生活在理想的家庭环境中，她很保守，有一个睿智的父亲和虔诚的母亲。她和父母及姐姐妹妹一起在乡下过着平静的生活。可是这种生活由于主人公的读书和写作被打断。她看了人们认为不应该看的书，并打算自己写一本。她的行为引起了人们的非议。小说强调了维多利亚中期不同的道德观念和文化环境。人们认为这部小说具有自传色彩。

布劳顿的大部分小说笔调轻松，擅长心理描写。布劳顿终身未婚。现在布劳顿的小说很少再印，一般很难得到她的小说读本。

塞缪尔·巴特勒（Samuel Butler, 1835-1902）

塞缪尔·巴特勒是维多利亚时代知识爆炸的象征。他博学多才，兴趣广泛，对于宗教、生物学、进化论、意大利文化、古典作品以及传记写作都有涉猎。虽说在哪个领域他都算不上专家，但他却是个众所周知的通才。巴特勒在世时行为有些古怪，做事常不拘常规。尽管他生前没什么声望，也没有刻意去追逐过声望，但在现在的英国文学史中，他却总能找到一席之地，哪怕是不太起眼的一席之地。

巴特勒1835年12月4日出生在诺丁汉郡朗阁教区（Langar Rectory in Nottinghamshire）的一个牧师世家，他的父亲托马斯·巴特勒（Thomas Butler）是当时该教区的教区长，后来成为林肯大教堂的教士；他的祖父老塞缪尔·巴特勒曾是利持菲尔和考文垂郡的主教（Bishop of Lichfield and Coventry）。巴特勒的童年是在位于乡下的朗阁教区度过的，他的教育主要来自父亲，其中包括经常的体罚。巴特勒与父母的关系，尤其是与父亲的关系从来都没有亲近过。他曾说他的父母“天生的野蛮和愚蠢”。他这样记录他的父亲说：“他从来都没有喜欢过我，我也从来没有喜欢过他。打我记事起，我就不记得有不怕他、不厌恶他的时候。”[167] 1834年巴特勒8岁时，他们全家去意大利旅行，这次旅行成为巴特勒人生当中的第一件大事。这次意大利文化的早期教育对巴特勒一生产生了难以磨灭的影响，他后来经常怀念意大利，并把那儿称为他的第二故乡。从1848年开始，巴特勒就读于什鲁斯伯里公学（Shrewsbury School），他的祖父退休前曾是该校的校长。巴特勒在什鲁斯伯里度过了六年的学习时光，这段学习生活的许多记忆都成为了他后来的自传体小说《众生之路》（*The Way of All Flesh*）中厄内斯特·庞蒂菲斯（Ernest Pontifex）在鲁夫巴若学校（Roughborough）上学的素材，其中自高自大、虚伪残忍的斯金纳博士（Dr. Skinner）身上就有巴特勒的指导教师肯尼迪牧师（Rev. B. H. Kennedy）的影子。

1854年，巴特勒到他父亲的母校剑桥大学的圣乔治学院上大学。在校期间，巴特勒曾在圣乔治学院创办的刊物《鹰》（*Eagle*）的第一期上用笔名发表《论英文创作及其他》（“On English Composition and Other Matters”），这篇文章反映了他对文学创作原则的清醒认识。后来他还在《鹰》的第五期上发表了一篇游记《我俩的旅行》（“Our Tour”），记述了他和一位朋友穿越法国到意大利北部旅行的经历。1858年，巴特勒取得了剑桥大学古典文学的一等文学学士学位（First in Classics）。和《众生之路》中的厄内斯特一样，大学毕业后，巴特勒开始按照父亲为自己设定的人生规划为接受神职做准备。1858 年到 1859 年，他在伦敦的一个穷教区给牧师做助手。在学校中，巴特勒发现受过洗礼的孩子和没有受过洗礼的孩子在道德品质上和表现上没有什么本质上的不同。这让他对自己一贯的基督教信仰开始产生了动摇。巴特勒希望父亲能够解除自己的困惑，但是老巴特勒除了对儿子暴跳如雷之外，根本无法恢复他对宗教的信念。尽管巴特勒在经济上要受制于父亲，但他还是毅然放弃了神职。1859 年 9 月，巴特勒乘船去了新西兰。他在那儿靠养羊挣了大钱，从此获得了经济上的独立。在养羊之余，巴特勒开始进行读书写作。他在读了达尔文的《物种起源》（*Origin of Species*, 1859）一书后，成为了达尔文的狂热的崇拜者。他还就《物种起源》写了一个哲学对话，后来发表在新西兰坎特伯雷的《新闻报》（*Press*）上。达尔文称赞这个对话“思想新颖，对进化论做了非常清晰准确的描述”。1863 年 6 月 13 日，《新闻报》又发表了巴特勒以笔名发表的文章《被机器包围的达尔文》（“Darwin among the Machines”），预言人类将沦为机器的宠物，就像人饲养的马和狗一样；而机器则将进化成有生命、有思想的“人”。

1864 年，在新西兰养羊五年后，巴特勒回到英国，住在伦敦的舰队大街，并开始了绘画、音乐、生物学和文学写作多种工作。1869 年，他用《被机器包围的达尔文》和《未来世界》（“The World of the Unborn”）做开头，又摘取了《在坎特伯雷定居点的第一年生活》（“A First Year in Canterbury Settlement”）一文中的一部分，逐渐写成了《埃瑞璜》（*Erewhon*）。但是书稿完成后，却没有出版商愿意出版它，巴特勒只得在 1872 年自费出版了这本书。由于这本书是作者匿名出版的，因此出版后引起了各方对作者的种种猜测，巴特勒站出来后一下引起了轰动。这本具有斯威夫特风格的讽刺小说给巴特勒带来了很大的成功和经济上的收入。“埃瑞璜”是作者别出心裁将英文单词“乌有乡”（nowhere）颠倒过来后造出来的一个词，意即一个作者杜撰出来的子虚乌有国。在“埃瑞璜”这个国家里，机器必须废除，因为机器也在进化，势必威胁到人类的前途；患病的人和伤心的人会被关进监狱，受到惩处；相反，偷盗行为倒会受到嘉奖。和斯威夫特一样，巴特勒以一种违反常规的离奇方式揭露了英国社会的罪恶和不合理现象，尤其批判了教会和家庭制度。《埃瑞璜》是 19 世纪欧洲乌托邦小说中最优秀的作品之一。[168] 1896 年，巴特勒重新翻阅了有关祖父的所有文献，希望将它们重新发表。但是随着他对祖父了解的加深，他逐渐改变了对祖父像是对《众生之路》里乔治·庞蒂菲斯这个专制的老顽固的成见，最后为他写了一部充满深情的回忆录《利持菲尔和考文垂郡的主教——塞缪尔·巴特勒传》（*The Life of Samuel Butler, Bishop of Lichfield and Coventry*, 1897）。[169]

此外，巴特勒还翻译了荷马的《奥德赛》(1898)和《伊利亚特》(1900)，还写过一些令人愕然的批评作品，其中《〈奥德赛〉的女作者》（“The Authoress of the Odyssey”, 1897）一文提出，众所周知的荷马史诗《奥德赛》其实并不是荷马所做，而是西西里的一位女诗人的作品，诗中反映的海岸和岛屿风光恰恰就是西西里岛的风光。另外，他的《重新审视莎士比亚的十四行诗》（“Shakespeare's Sonnets Reconsidered”, 1899）一文说，如果把莎士比亚的十四行诗重新安排，会意外地发现诗中所隐藏的同性恋情。1901 年，《重返埃瑞璜》（*Erewhon Revistied*）问世，这本小说不是特别成功，但总算给巴特勒带来了一定的经济收入。

《众生之路》是让巴特勒蜚声后世的传世之作。1874 年，巴特勒开始创作这本小说，但同时进行的其他创作使这本小说断断续续持续了很多年。其间，他总是把写好的章节送给他的好友赛维治小姐（Miss E. M. A. Savage），听取她的评价。1885 年，赛维治小姐去世，再没有像她那样的知己能够对自己的小说提出善意的评论，巴特勒于是心灰意冷，《众生之路》也从此搁笔。由于小说中有对维多利亚时代家庭生活和宗教信仰的猛烈抨击，巴特勒出于对自身的保护，生前并没有将该小说付诸出版。直到他去世后，经他授权的朋友对小说进行了编辑修改，小说才终于在 1902 年问世。

《众生之路》是一部半自传体小说，小说的前 50 章几乎都是家族的历史和作者的自传。为了真实起见，作者甚至插入了许多本人的真实信件。这部小说由主要人物厄内斯特·庞蒂菲斯的教父爱德华·欧沃顿（Edward Overton）讲述，叙述了庞蒂菲斯家族（the Pontifexes）四代人的故事。故事从 18 世纪末的第一代庞蒂菲斯说起。老约翰·庞蒂菲斯(John Pontifex)是个木匠，他靠着自己的勤劳和智慧，日子过得殷实富足。约翰老年得子，生下了儿子乔治（George）。但为了儿子的前途，约翰把乔治送到伦敦和他的姨妈一家生活，以便日后能够在出版界发展。乔治不负众望，成为了一名成功的出版商人。乔治的大儿子希鲍德（Theobald）想当海员，但是乔治却一心想让儿子成为牧师，还以取消他的遗产继承权相要挟。迫于父亲的压力，希鲍德无奈之下，只得顺从父亲的意愿做了牧师。之后，胸无城府的希鲍德落入阿勒比牧师一家人（the Allabys）共同设计好的婚姻圈套，稀里糊涂地和跟他毫无爱情可言的克里斯蒂娜·阿勒比（Christina Allaby）结了婚。两人婚后育有三个孩子，小说的核心主要是围绕他们的长子厄内斯特的故事展开的，小说的 86 章中有 67 章是讲述厄内斯特的故事。巴特勒以自己的真实经历为蓝本，讲述了厄内斯特和他的父母间紧张敌对的关系。面对自己的孩子，希鲍德似乎要把父亲乔治对他的欺凌一股脑地转移到他们身上。他和克里斯蒂娜虚伪、专制、残忍，对厄内斯特进行精神和身体上的双重压迫，家成了一个让厄内斯特避之唯恐不及的地狱。被送到鲁夫巴若学校读书之后，厄内斯特的命运并没有好转。校长斯金纳博士虚伪、暴虐，令人望而胆寒。厄内斯特变得身体瘦弱，性情消沉。这时，厄内斯特富有的姑妈阿尔茜（Althea）不忍心看着厄内斯特被毁掉，决定帮助厄内斯特。在她的悉心关爱下，厄内斯特的身心开始朝着健康的方向发展。可惜好景不长，阿尔茜姑妈去世，但她临死前偷偷把遗产交给她的好友，即小说的讲述者爱德华·欧沃顿保管，并嘱咐他等到厄内斯特 28 岁时把遗产转交给他。随后，像巴特勒本人一样，厄内斯特在剑桥大学的圣乔治学院度过了四年的幸福时光。毕业后，厄内斯特决定遵从父亲的意愿当一名牧师。在一个穷人教区做牧师期间，他开始对宗教进行严肃的思考，从而陷入了令人绝望的信仰危机。他不再相信基督，认为耶稣复活根本是骗人的谎言。他把一个女人误当成放荡女子欲加轻薄，结果被人以流氓的罪名逮捕入狱；由于轻信，他被另一个牧师骗走了祖父留给他的所有财产，落得身败名裂，一文不名。希鲍德得知此事后，一气之下断绝了和厄内斯特的父子关系。在狱中，厄内斯特学会了裁缝。出狱后，厄内斯特完全放弃了基督教信仰，他靠裁缝谋生，还巧遇了爱伦（Ellan）——以前在他父亲家做工的漂亮女仆。厄内斯特和爱伦结了婚，还生了两个孩子。但直到这时，厄内斯特才发现爱伦竟然是个嗜酒成性的酒鬼，并且还是个有夫之妇。这时，欧沃顿出面用钱打发走了爱伦，帮助厄内斯特摆脱了她的纠缠。由于对自己的痛苦童年记忆犹新，厄内斯特坚持把他的两个孩子送到乡下，以确保他们能过上幸福健康的生活。28 岁上，欧沃顿把阿尔茜姑妈留给厄内斯特的财产转交给了厄内斯特。厄内斯特后来成为了一名作家，他独身一人，住在伦敦的公寓中。厄内斯特去世后，作为庞蒂菲斯家族的老朋友，欧沃顿把这个家族四代人的故事整理出来，写成了这部小说。

这本小说堪称一本地道的维多利亚小说，它探讨了维多利亚时期人们关注的许多价值观念。小说中的主要人物厄内斯特的名字就很耐人寻味。Ernest 即 Earnest 的变形，意即“认真”。“认真”是维多利亚时期社会生活的一个重要特征。广大人民，尤其是社会的知识阶层身上都表现出了这种特点。狄更斯和萨克雷都因过于认真的工作而早早辞世；达尔文则将全部精力投入到一个几乎没有任何经济回报的事业上；卡莱尔、拉斯金、丁尼生、勃朗宁、阿诺德以及乔治·埃略特等一大批文人都殚精竭虑地为他们的时代奉献他们最大的价值。

小说中还涉及了那个时代社会生活的另一个突出特征：健康的家庭生活对一个人成长的重要性。在维多利亚时代，家庭被看作是神圣、幸福的社会核心，是逃避残酷的社会现实的安乐窝。但是，巴特勒笔下以希鲍德和克里斯蒂娜为首的父母却打破了被人崇拜的家庭偶像。他们打着爱的旗帜，滥施父母的淫威，全然不顾孩子的天性和感受，对厄内斯特进行精神上的压迫和身体上的责罚，使得家对于弱小的厄内斯特来说毫无温情可言。巴特勒将矛头直指英国社会的家庭制度，严厉批评了以庞蒂菲斯一家为代表的维多利亚时代的家庭关系。小说结尾处，巴特勒通过厄内斯特对待自己孩子的慈爱态度呼吁人们建立更加仁爱的家庭关系。除了对家庭制度的批判外，小说中对宗教的揭露，对人们虚伪、自欺欺人和道德堕落的抨击使巴特勒成为高举反对维多利亚社会旗帜的第一人。

此外，这本小说还反映出进化论对于当时人们思想的广泛影响。巴特勒并不反对达尔文进化论中生命物种由低级向高级阶段逐渐演变这一核心思想，但他不能认同达尔文有关“自然选择”的论断。1878 年出版的《生命与习惯》（*Life and Habit*）一书明显地显示出巴特勒从对达尔文进化论的支持到公开的批评。他认为达尔文的“自然选择”理论是个非常糟糕的人类哲学。巴特勒相信物种在环境中会做出有意识的斗争，这种有意识的斗争逐渐成为习惯固定下来，并作为一种持续的记忆一代一代继承下去。这就是他的“无意识记忆”的核心思想。巴特勒的进化论思想还包括“习惯是一种继承的记忆”以及进化是物种在环境中“精明”地、运用“意志”进行斗争的结果，而绝不是达尔文提出的盲目的“自然选择”的结果。他根本无法想象宇宙中无力改变自己生命的、消极被动的人的存在。在他看来，人是富有创造性的。他总是能够学会主宰周围的环境，并把他的种种努力作为人类持续向上发展的一部分遗传给下一代。在《众生之路》中，强烈的意志作为一种习惯通过无意识的记忆世代继承下来。小说中对老一辈的庞蒂菲斯们的描写就是要揭示遗传的重要性。厄内斯特长大后，成为了他曾祖父的不折不扣的翻版，但是他通过自己的努力，最终实现了对他曾祖父的超越。从最初的懵懂少年，他一路磕磕绊绊，犯过愚蠢的错误，也经历过无数的失败和挫折，但在强烈欲望的驱使下，他吸取前车之鉴，最终成熟起来，成长为一个德才兼备的杰出人才。巴特勒用厄内斯特的成长经历证明了他的理论：人类的意志能左右命运，人只有坚持不懈的努力才能保证人类不断地向前发展。

肖伯纳对巴特勒非常崇拜，他对巴特勒曾经给予了很高的评价。受肖伯纳的影响，后来的许多作家都从巴特勒的作品中受益匪浅，毛姆的《人生的枷锁》（*Of Human Bondage*）、托马斯·乌尔夫的《天使望故乡》（*Look Homeward, Angel*）以及詹姆斯·乔伊斯的《一个年青艺术家的画像》（*A Portrait of the Artist as a Young Man*）和《尤利西斯》（*Ulysses*）都受到了巴特勒的影响。

托马斯·哈代（Thomas Hardy, 1840-1928）

托马斯·哈代生于多斯特郡的伯克汉普顿镇（Bockhampton）。父亲是一名泥瓦匠，同时也是当地的建筑承包商。母亲接受过良好的教育，在他 8 岁上小学之前一直负责他的教育。哈代 16 岁时结束求学生涯，开始在当地建筑师约翰·希克斯（John Hicks）的手下当学徒。哈代在这个时期的生活目标是成为一名建筑师。1862 年，哈代到伦敦，就读于伦敦大学国王学院。在学期间，他曾获得过包括英国皇家建筑学院和建筑协会颁发的许多奖项。同时，他开始文学创作。起初，他的努力没有得到注意和认可，诗歌和小说无人出版。后来他回到故乡伯克汉普顿镇，人们开始注意他的小说。他的作品开始给他带来很好的收益。

1870 年，哈代在康沃尔修缮圣朱利奥特（St Juliot）教堂期间，结识爱玛·拉维尼亚·吉福德（Emma Lavinia Gifford），1874 年二人结婚。后来夫妻虽然长期不合，但 1912 年爱玛的去世依然给哈代带来极大悲痛。在他 1912 年～1913 年的诗作中，读者可以体会到他对妻子故去的悲伤之情。1914 年，哈代与比他小 39 岁的秘书结婚。婚后，他依然通过诗歌来抒发对前妻的懊悔之情。

1927年12月，哈代患胸膜炎卧床不起，次年1月辞世，享年87岁。他在病床上写下最后一首诗歌献给妻子。在他死后，根据各方面的协商和安排，他的心脏与他的前妻埋在一起，他的骨灰被埋在西敏寺的诗人角。

在文学创作方面，哈代在20多岁时开始写作，最终成为维多利亚时代最杰出的三位作家之一。他的创作生涯经历了几个不同阶段。他在初涉文坛时，努力想赢得评论界和广大读者的认可。他非常喜欢威尔基·柯林斯的扣人心弦的写作模式——“叫他们等，叫他们笑，叫他们哭”，他以此为张本，尽力在创作中设置悬念。这一时期，他创作了浪漫幻想小说，比如《一双蓝色的眼睛》（*A Pair of Blue Eyes*, 1873），也写他自己所谓的“精巧小说”（novels of ingenuity），比如《疯狂的疗法》（*Desperate Remedies*, 1871）。这些都是他初涉文坛时的作品，现在大多已被遗忘。在后期的创作中，哈代就多了一份深沉和忧思。

哈代是一位多产作家，但使他文坛流芳、为他赢得声誉的还是这一时期的作品，主要有六部：《绿阴下》（*Under the Greenwood Tree*, 1872）、《远离尘嚣》（*Far from the Madding Crowd*, 1874）、《还乡》（*The Return of the Native*, 1878）、《卡斯特桥市长》（*The Mayor of Casterbridge*, 1886）、《德伯家的苔丝》（*Tess of the d'Urbervilles* , 1891）和《无名的裘德》（*Jude the Obscure*, 1895）。哈代在小说创作上所取得的成功绝非偶然。背景在哈代小说中占据重要的位置。他离开伦敦后便开始以家乡为背景进行写作。他在小说中将家乡所在地区虚拟成“威塞克斯”（Wessex），多斯特被改为卡斯特桥。他在书中所描写的地貌，以及当地的文化和语言，都与实际情况相差无几，这使他的小说极具乡土特色。所以这些小说常被称作“威塞克斯小说”。这些小说讲述的内容都与这一特定地区的生活有关，哈代也借此开创了“乡土小说”的先河。六部小说主题严肃，堪称杰作，不仅使他在19世纪的小说家中名列前茅，而且使他跻身世界文学大师之列。这些故事从某种意义上讲都是悲剧作品，其中《无名的裘德》触动了最谨小慎微的那部分社会阶层敏感的神经，他们恼羞成怒，极力反对。据说，一个叫威克菲尔德的主教就以不道德之名将它扔进火堆。哈代愤慨异常，发誓从此不再写小说。他说到做到，在随后的30年中他转而写诗，成为维多利亚时代的主要诗人之一，著名作品有《今昔诗集》（*Poems of Past and Present*）、史诗剧《列王纪》（*The Dynasts*, 1904-1908）。维多利亚时代扼杀了小说家哈代。[170]

哈代的作品和文学成就受到评论界的高度评价，尤其得到包括 D. H. 劳伦斯和弗吉尼亚·乌尔夫在内的许多作家的赞扬和承认。1910 年，他荣获英国文学成就奖（The Order of Merit）。

哈代在维多利亚小说方面的独特地位得益于他对生活和宇宙本质的理解。他的思想与狄更斯、勃朗宁、丁尼生、阿诺德和乔治·埃略特所宣扬的思想不同，属于极富自然主义色彩的宿命论。如果说狄更斯作品中的维多利亚社会仍然生机勃勃、充满希望，乔治·埃略特的作品里还保留了一份平静、优雅、从容和信心，那么，19 世纪 70 年代以后的生活则发生了天翻地覆的变化。当时各种危机开始激化和表面化。科学和工业化携手全速并进，整个国家走向对外侵略的野蛮的资本主义阶段，数以百万计的人们为了生计苦苦挣扎。大量的工厂遍布全国，农场破产；无数人挤在贫民窟里。整个世界失去了道德感，也没有了评判是非的标准。面对比自己强大的外在力量，人不再是拥有自由意志的造物，而是任由命运和偶然性控制和操纵却无能为力。生活已成为痛苦的挣扎，等待着他的只有失意和绝望。这种状况同时也在欧美其他国家出现。法国作家左拉（Emile Zola, 1840-1902）提出了人们称之为“自然主义”的美学原则，把人看作受到遗传和环境两种力量左右的物体加以描写。这种自然主义作品充满悲观和绝望情绪。从严格意义上说，英国没有出现“正统”的自然主义作家，哈代不太属于自然主义的范畴。但是，他的作品中表现出显而易见的悲观与绝望情绪。哈代非常清楚人在世间的地位。这在他的作品里说得很明白。在这点上，哈代的现代气息很浓。

哈代在漫长的文学创作生涯中，目睹和经历了现代艺术和文学领域内所发生的重要变化，经历了维多利亚小说作为一种文学流派由盛至衰的过程。在他的晚年，现代主义已经在英国文坛发扬光大。因此，虽然在叙事方式、文体以及对阶级问题的敏感度上，他是一位维多利亚小说家，但是随着时代的前进，他的作品越来越多地表现出不同的敏感性和道德观，与维多利亚时代所提倡的涉及社会与性别的道德标准背道而驰。不仅如此，他的观点越来越趋向于无神论，与基督教相悖逆。他的人生哲学与维多利亚时代的英国的主流思想格格不入，但却预示了现代主义运动的兴起。

哈代比 20 世纪 20 年代登上历史舞台的现代派作家早生了一代的时间。他和现代派大师级作家弗吉尼亚·乌尔夫的父亲是好友，看着弗吉尼亚长大。弗吉尼亚发表作品后，他笑着对她父亲说，“年轻人长大了，也成了作家了。”这表明他的长辈身份。可是他思想敏感，认识生活深刻，所以他的不少作品都有和现代派相似的精神。

哈代小说的最主要的主题是宿命论思想。他似乎认为，在这个世界上，命运和偶然性剥夺了人的自由意志，决定他的生死、沉浮。比如克林的母亲如鬼使神差一般，一定要去看望正和韦狄交谈的儿媳，因为她怀疑儿媳失节；而回来的路上又偏巧让毒蛇咬伤，促成家庭悲剧的产生。再比如尤斯塔丝的绝命书又凑巧被压下，就像苔丝的自白信偏被塞到地毯下面一样。而“时间老人”又偏偏那么早熟，那么敏感，竟把苏的孩子杀死后又自尽。哈代的作品给人一种“灾难无法避免”的直感。所谓天道昏暗，小人得志，好人饱受煎熬——这恰恰是哈代的许多故事的动人心弦之处。

与宿命主题紧密相连的是死亡主题，这个主题在他的早期作品中只伴随着次要人物命运而展开。然而，到后期的几部作品，即《卡斯特桥市长》、《德伯家的苔丝》和《无名的裘德》，书中主要人物开始死去，死亡主题便成为宿命主题的必然结果。作家对死亡的描写也成为小说的重要部分。死亡常与失败的爱情或人生而导致的抑郁心情密不可分。同时，这些人物几乎都平静地面对死亡，将死亡看作唯一途径，使他们得以从这个无尽烦恼的世界中超脱出去。在《远离尘嚣》中，博尔德伍德在杀死特洛伊后毅然举枪自杀，未遂后就大义凛然地到当地监狱自首，完全把生死置之度外。《还乡》中的尤苔莎在婚姻失败后，与情夫私奔，不幸淹死，她死后安详而平静的相貌，说明死使她获得了最后安宁。在《卡斯特桥市长》中，亨查德最后的遗嘱说明他并不惧怕死亡，相反，死亡可以让他人把他忘掉。在《德伯家的苔丝》中，万般无奈中苔丝用亚力克的死亡加速自己死亡的脚步，在最后一刻平静地安排后事。在《无名的裘德》中，死对裘德来说是一种放弃、一种逃脱，唯一能够摧毁他的痛苦的大本营——他自己的身　体——的途径。哈代的独特成就在于，他把一种高度的悲剧意识，也就是古希腊的宿命意识重新带进了小说创作。他的六部威塞克斯小说的主人公都具有古希腊悲剧里男女主角的一般特征。

哈代的小说引人入胜，感人至深。他的小说情节精巧，但作品触动读者心弦之处并不在于情节，而在于小说人物那哀婉动人的感情纠葛，他们总是深陷其中难以自拔。这种极度的痛苦感能激起读者强烈的共鸣，常常感动得他们泪水夺眶而出。在哈代的小说世界里，人总是陷入命运的罗网之中，或邪恶的宇宙或某种外在的力量所设的圈套之中，耗尽生命，遭遇践踏。人囿于社会的力量，根本没有自由意志，也找不到归属感。哈代笔下的人物处于不停的旅行途中，但从未找到过归宿，这正是他的小说所要勾勒的人类的基本处境。

哈代一向重视人物的内心刻画。他尽情地探讨男女人物奇特的内心世界。比如，尤苔莎在心灵深处总幻想美妙的境界，苏则有一种性冷淡心理倾向。同时，哈代也力图探索人的心理活动的因果关系，解释人的行为和动机。他异常敏感地觉察到各种心理怪诞现象。正是这些现象后来构成了舍伍德·安德森的《小城畸人》的主要元素。他也开始严肃认真地探究人的内心世界，而不再仅仅满足于传统手法主张的对外部世界的描写。哈代对人物内心世界与人物之间的相互关系的刻画深刻细腻，很容易使读者产生共鸣，使他们置身于故事情节当中。

哈代有编织故事的非凡能力。他的故事，特别是他的威塞克斯系列小说，部部扣人心弦，催人泪下。人们读这些小说，时刻都在揣摩故事的发展方向，不时为主人公牵肠挂肚或伤心落泪，但很少能“笑”起来。哈代经常偏离传统的维多利亚现实主义的世界观和写作技巧，背离当时所倡导的情节重于人物刻画的创作原则，使用浪漫主义的小说技巧，有时甚至大胆地借助于情节剧的方法。这种做法是很了不起的，显示哈代在尽力理解和捕捉现代精神。现实主义里掺杂着相当浓郁的浪漫主义成分，使得他的作品意蕴深邃。这样他能充分表现生活的两个侧面——现实主义和浪漫主义，勾勒人类存活的基本情况。他的作品全面、厚实、逼真地表现生活。

哈代作品的语言具有一种无声的力量和吸引力，虽不能称作精妙，但能力透纸背，触动读者的感情和思想，对读者说来乃是一种享受。他的行文内涵丰富，善用各种修辞、诗意的形象和比喻，就像一幅镶有各色璀璨珠宝的织锦画。阅读哈代的作品我们能感受到一种崇高、一种畏惧、一种宇宙的广袤，能感悟未知的事物。他的文字中间点缀着丰富的修辞、意象、隐喻和典故，既华丽高贵，又不失典雅。阅读哈代的小说，人们会经历不同层次的感受：被它们的高雅所倾倒，被它们的恐怖所惊悚，被它们的广博所折服，被它们的晦涩所迷惑，被它们的奇迹所俘获，而这些感觉只有从真正的多彩生活中才能获得。

他文体上的缺点同样给人以深刻印象，那就是，风格不统一。有时候，他的作品体现出来一个未曾受过很好教育的人对那些长达12个字母的词汇的钟情，如果可能的话，哈代绝不会用简单的词句、简单的句型。他似乎总是试图把话说得高深一些。德莱塞和福克纳的作品也有此类缺陷。有人甚至说，用英语写作的约瑟夫·康拉德（康拉德原为俄国人，英语是其第二语言）在这方面都胜哈代一筹。此外，哈代的思想也并非总是清晰明了。他的小说的情节偶尔也出现不连贯的情况。尽管哈代的小说存在这些瑕疵，但他的小说依然可谓行云流水、无人能及，而且能抓住读者的每一根神经。哈代作品的永久魅力正在于此。阅读哈代的作品不仅是高级享受，更是心灵的洗礼。像狄更斯、乔治·埃略特和特罗洛普一样，哈代的作品将永远受到读者的喜爱。

《远离尘嚣》

《远离尘嚣》是哈代早期的主要作品之一，小说写漂亮的巴斯希芭·艾弗丁（Bathsheba Everdene）家境贫寒。她结识了年轻的农夫加百列·奥克（Gabriel Oak），并在一天晚上救了他。加百列向她求婚，但巴斯希芭拒绝了，因为她不爱他。后来巴斯希芭继承了伯父的农场，搬到威瑟波利（Weatherbury）去。

巴斯希芭走后不久，一场灾难降临到加百列的头上，作为他全部财产的羊群死于意外。这使他不得不离开农场另谋生计。他来到威瑟波利，在巴斯希芭的农场里做牧羊人。此时，巴斯希芭已经熟悉农场的管理，结识了周围一些邻居，其中包括农场主博尔德伍德（Boldwood）。巴斯希芭出于一时的兴致，给博尔德伍德寄去一张情人节贺卡，上面写着“请娶我吧”。这使博尔德伍德迷上了她。博尔德伍德已步入中年，既富有又英俊潇洒。巴斯希芭同样以不爱他的理由拒绝他，但同意重新考虑她的决定。

就在同一天晚上，巴斯希芭遇到英俊的特洛伊（Troy）中士。特洛伊是当地出名的花花公子，不久前他使一位姑娘范尼·罗宾（Fanny Robin）怀孕，并答应娶她。巴斯希芭对此一无所知。特洛伊爱上了巴斯希芭，这使博尔德伍德非常恼怒。巴斯希芭到军营提醒特洛伊当心博尔德伍德的报复；特洛伊说服巴斯希芭在那里与他举行婚礼。加百列一直作为朋友无私地帮助巴斯希芭，他不赞同巴斯希芭与特洛伊的婚姻。特洛伊在与巴斯希芭结婚仅数周后，便偷偷地去看范尼。此时范尼已经穷困潦倒、疾病缠身，不久便在分娩时死去。巴斯希芭发现特洛伊是孩子的父亲。范尼的死使特洛伊自责不已，羞愧难当。他离家出走，后来被人认为溺水身亡。

博尔德伍德急切地与巴斯希芭重提婚姻之事。经过一番周折，特洛伊又回到威瑟波利。博尔德伍德举办圣诞晚会，在晚会上再次向巴斯希芭求婚。这时，特洛伊出现，博尔德伍德在盛怒之下把他杀死，然后自杀未遂，次日到监狱自首，被判终生监禁。巴斯希芭此时才意识到一直真正爱她、帮她的人是加百列，于是数月之后，他们两个终于走到一起。

在本书中，哈代的宿命论式悲剧风格已经成形。加百列和博尔德伍德都受到命运的捉弄，但二人的结局则完全不同。这种不同的处理方式反映出哈代创作《远离尘嚣》时尚未摆脱早期维多利亚现实主义文学的影响。他初出茅庐，希望作品被读者接受，于是迎合一般人的口味，以大团圆为结局。加百列是小说的男主人公，由于意想不到的事故，一瞬间失去自己的生计，他“除了是个穿着自己衣服的自由人之外，就一无所有了”。[171]但他表现出像大卫·科波菲尔那样在逆境中顽强不挠的精神。不仅如此，虽然他遭到巴斯希芭的数次拒绝和傲慢无礼，他依然能够忠贞不贰，兢兢业业地完成巴斯希芭交给他的工作。在某些方面，他似乎是一个超人、巴斯希芭的守护神，无论是救火，还是救羊，总能显示出非凡能力，化险为夷。在巴斯希芭的婚姻问题上，他也能无私地为她的幸福着想。加百列阻止了厄运的发生。从这点上看，这部小说总的基调是乐观向上的，反映出当时的文学现状。

小说中真正的哈代悲剧式人物是博尔德伍德。虽然他不是主要人物，但从哈代对他的塑造和刻画上可以看出他在作品中的重要位置。用巴斯希芭的话来讲，农场主博尔德伍德不落俗套，具有绅士气派，具有罗马式的相貌轮廓，神态谨慎，举止庄重。但巴斯希芭出于好奇所寄出的情人节贺卡却预示了博尔德伍德厄运的开始，巴斯希芭和特洛伊竟成为超自然悲剧力量的工具。他们把博尔德伍德先前富足平静、受人尊敬的生活逐渐变成地狱，让他开始失去理智、尊严，变得愚蠢疯狂。当巴斯希芭拒绝他的求婚时，他祈求道：

> “[对你的爱]都使我有点神神颠颠了，我都疯了……我根本不是在此祈求的苦行僧；可是我确实是在向你祈求施舍。我希望你知道我对你的一片痴情；但这是不可能的了。那么，对一个孤独的男人就发一点儿做人的慈悲吧，现在别甩掉我！”[172]

最后，博尔德伍德在厄运的折磨下终于爆发。他对待死亡的态度却非同一般："博尔德伍德走上大路，……，一路上，他迈着平稳的、不慌不忙的步子翻过了耶尔伯利山……在十一点到十二点之间穿过了荒原，进了城。"到了监狱，博尔德伍德拉了门铃的绳子，随后"走了进去，门在他身后关上了，从此他也再没有走到这个世界上来"。[173] 他到生命的最后时刻终于能够远离尘嚣，回归到曾经拥有的平静和高尚的自我。

《远离尘嚣》虽是哈代最具维多利亚文学特色的小说，但其中对博尔德伍德的塑造表明，他必将抛开这一传统，开辟属于自己的天地。

《还乡》

《还乡》写红土贩子迪格利·维恩（Diggory Venn）用马车载着托玛沁·约布莱特(Thomasin Yeobright)在荒原上前行。托玛沁与韦狄(Damon Wildeve）的婚礼由于结婚证书出现错误而延误，这使她昏厥过去。这个错误是韦狄故意造成的。韦狄钟情于尤苔莎·维尔（Eustacia Vye），在利用托玛沁来激起尤苔莎的嫉妒，以达到自己的目的。维恩曾向托玛沁求爱，但遭拒绝。他在得知尤苔莎和韦狄之间的关系后，出于对托玛沁的爱，想方设法试图去说服尤苔莎，以促成韦狄与托玛沁的婚姻，但未成功。

克林·约布莱特（Clym Yeobright）从巴黎回乡，使这些年轻男女之间的关系更趋复杂。克林的母亲性格倔强，她是托玛沁的监护人。尤苔莎把来自巴黎、文质彬彬的克林当成自己离开荒原的手段。她在克林回乡之前就计划好促成韦狄与托玛沁的婚事，使自己和克林结婚。果然不出所料，他们的爱情和婚姻虽然遭到克林的母亲的反对，最终还是如愿以偿了。

因为尤苔莎的原因，克林与母亲之间出现矛盾。婚后，母子间日渐疏远。尤苔莎得知克林决定留在家乡办学时，觉得自己的梦想幻灭，夫妻间的关系逐渐变得冷淡。克林身体发生变故，双目失明。与此同时，韦狄继承了大笔遗产，与婚姻受挫的尤苔莎又旧情复萌。他们暗里约会，但被维恩发现。一次韦狄趁克林午睡来与尤苔莎幽会，恰被首次来访的克林的母亲碰到。尤苔莎惊恐万状，唯恐丑事暴露，因此没有为婆婆开门。克林的母亲原本打算与儿子和儿媳和解，但发现他们对她如此冷漠，便伤心地离去。不料她竟被毒蛇咬伤，死在回家的路上。

克林悔恨交加，与妻子分居。尤苔莎与韦狄之间的旧情更使他们夫妻的关系雪上加霜。陷入绝望的尤苔莎计划逃离荒原，韦狄答应给她提供帮助。出逃的夜晚恰逢狂风暴雨，尤苔莎在去会见韦狄的路上落入河中溺水身亡，韦狄为了救她也被淹死。克林为救他们两人也险遭遇同样命运，但被及时赶来的维恩救起。维恩的真情终于打动了托玛沁，两人喜结连理。克林逐渐走出悲痛，经过刻苦学习，成为一名牧师，开始了新生活。

《还乡》依然可以称作哈代维多利亚时代色彩较为厚重的小说，但与《远离尘嚣》相比，它少了一些乐观情绪，多了一些悲剧色彩，宿命思想开始成为小说的重要主题。《还乡》中虽然还能找到加百列式的人物维恩和敢于追求幸福并最终成功的托玛沁，但他们已经成为配角。他们最终能够幸福地生活在一起。总体说来，《还乡》是一出悲喜剧。从悲剧中得以幸存的每个人物，经过痛苦和折磨，都开始了新生活，对未来充满了新希望。

《还乡》还表达了作家对人和宇宙的关系的自然主义的观点。例如在小说的开首，读者面前展现出一个一望无际的爱敦荒原，人在上面行走宛如一个小小的黑点，人在宇宙间地位的无足轻重由此可见一斑。荒原长在，人却倏忽即逝，仿佛用荒原荆榛生的火堆一般；自然和宇宙显得那么冷漠无情，甚至恶毒。命运总在刻意左右人的生活，使之逐步走向悲剧。以女主人公尤苔莎为例。她有思想、有智慧，她要改变自己的生活。可是无论她如何煞费苦心，近在咫尺的幸福总是与她擦肩而过。她诱使韦狄与托玛沁结婚，然而她未料到，克林与她结婚后却决定留在荒原，而她拱手让给别人的韦狄却继承了巨额遗产。她与韦狄约会却偏偏碰上婆婆前来与他们和解。婆婆在回家的路上又偏偏让毒蛇咬死。她要逃走，却又遇上瓢泼大雨，鬼使神差地走上不归路。《还乡》充分表现出哈代的命定论思想。人若像荒原上的农夫那样愚蠢和驯服，尚被允许勉强生活下去；倘然有头脑、有理想，他们便会遭受无情挫折、侮辱和践踏，像克林、韦狄和尤苔莎那样。尤苔莎面对死亡，显示出人的坚持不懈的精神和一个悲剧英雄人物的本色：

> 她死了，悄无声息躺在那儿，使她活着的任何时期都暗淡无光。她的面色不是“灰白”这个词所能形容：因为那不仅仅是白而已；那是亮。她那精心雕刻的嘴唇边的表情是怡然的，仿佛是自尊意识刚刚迫使她闭口不语。在从满腔激情到听天由命转换的一瞬间，她的两片嘴唇被攫住，永久固定了。他们两个过去谁也没有见过她的黑发这样蓬松，像是树林围绕着她的额头。她容貌的那种庄严，对

于一个住在乡下的人来说过去一直几乎太显眼，现在终于找到了一个艺术上满意的背景。[174]

在《还乡》之后，宿命主题开始主宰哈代作品的基调。

《卡斯特桥市长》

《卡斯特桥市长》是哈代后期的主要作品之一，它写了迈克尔·亨查德（Michael Henchard）在酩酊大醉后，把妻子苏珊和还是婴儿的女儿伊丽莎白·简（Elizabeth-Jane）以 5 个金币的价格卖给水手纽森（Newson）。次日，他醒来后找遍全城，也没有发现妻子和女儿。他许下诺言——在今后的 21 年里将滴酒不沾。他当时 21 岁。

18 年后，纽森在海上轮船失事，失去音信。苏珊和伊丽莎白便开始寻找亨查德的下落。她们到达卡斯特桥市，得知亨查德是这里的市长。亨查德与苏珊会面，决定为了不让伊丽莎白知道当年的丑事，亨查德向苏珊求婚，重新组成家庭。

亨查德雇用年轻的苏格兰人唐纳德·伐尔伏雷帮他打理粮食生意。伊丽莎白开始同伐尔伏雷约会。亨查德嫉妒年轻人的知识和能力，二人的关系日趋冷淡。最终，亨查德解雇伐尔伏雷，禁止他进一步追求伊丽莎白。

苏珊在与亨查德再婚后便身染重病，不久就去世。临终前，苏珊告诉亨查德，他们的女儿在当年分开不久就已死去，现在的伊丽莎白是纽森的女儿。此后，亨查德开始冷淡伊丽莎白。伊丽莎白离开亨查德的家，和露西塔·坦普曼女士住在一起。露西塔恰是苏珊回来之前亨查德的情人。她听说苏珊辞世就前来与亨查德结婚。在这个过程中，她与伐尔伏雷相遇。二人一见钟情，结为夫妻。随后露西塔要求亨查德还回她给他的一切信件。送信人透露信件的内容，人们得知露西塔和亨查德间暧昧关系，决定举行游行假扮二人来羞辱亨查德。露西塔见状昏厥过去，随后一病不起，不久便死去。

在露西塔去世后的第二天早晨，纽森来到亨查德家中，要求与伊丽莎白见面，亨查德告诉他伊丽莎白已经亡故。听到这一噩耗，纽森悲伤地离开。伊丽莎白开始与亨查德住在一起，也常与伐尔伏雷会面。一天，纽森又回到卡斯特桥，伊丽莎白与生父团圆，并了解到亨查德的欺骗行为。不久，纽森为伊丽莎白和伐尔伏雷准备婚礼。

在伊丽莎白婚礼那天，亨查德回来看望她，但她对他恶言相加。亨查德离去，说永不再回来。伊丽莎白悔悟，与伐尔伏雷一起去寻找亨查德。他们在亨查德的乡下住地发现，他已在孤独中死去。临终前，亨查德留下遗言，让人们彻底忘却他。

在《卡斯特桥市长》中，宿命论色彩较哈代的前几部作品浓重了很多，厄运从开始便以一系列巧合的方式左右着亨查德。对他说来，“幸福不过是一场痛苦的大戏曲里偶然的插曲而已”。[175]而亨查德由于自身的缺陷，无力避免悲剧发生，而是错上加错，在通往毁灭的道路上越走越远。首先，在小说的开头，亨查德偏偏走进卖私酒的粥铺，抵御不住诱惑，最后终于酿成大错。虽然在其后的18年里，他洗心革面，获得财富和社会地位，但随着伐尔伏雷和苏珊的来到，亨查德的悲剧便愈加激烈。草率的用人决定导致露西塔的死，嫉妒心使他失去一个得力助手，多了一个强大的竞争对手——伐尔伏雷。对苏珊的补偿心理不但断送自己的幸福，而且在伊丽莎白身份上又犯下大错。专业知识的缺乏使他盲目投机而痛失维持生计的本钱，嫉妒心又使他对纽森说谎，最终导致伊丽莎白与他的反目。由此看出，《卡斯特桥市长》中的悲剧是由两方面导致的：一方面是命运，而另一方面则是主人公本身具有的问题。正如哈代所说的：“最终导致悲剧的并不是所发生的事情，而是人的性格。”小说的副标题“一位性格怪异之人的故事”也说明了这一点。哈代认为，命运虽然使人陷入艰难的境地，但最后结果是否是一场悲剧完全要看人对这一境遇的反应方式。

总体说来，《卡斯特桥市长》是一部传统意义上的悲剧。哈代在创作该作品时秉承了古希腊悲剧和莎士比亚悲剧传统。然而，在哈代的小说中，它只是一部过渡作品。在某种意义上，它是连接早期现实主义小说和晚期倾向自然主义的小说的桥梁。主人公的悲剧，虽有命运成分，但决定因素是人物自身的缺陷。作者可能在暗示，如果亨查德与常人相同，悲剧便可避免。这样看来，《卡斯特桥市长》依然显现出对人生的希望。

死亡主题在小说中已占据显著位置。亨查德在经历人生的大苦大悲之后，毅然决定隐居，在孤独中平静地等待死亡和解脱。他留下的遗嘱就是一个很好的佐证：

> 不要告诉伊丽莎白·简·法尔弗莱说我死了，也不要让她为我悲伤。
>
> 不要把我葬进神圣的墓地。

不要请教堂执事为我敲丧钟。
不愿意任何人来看我的遗体。
不要任何人来为我送殡。
不要在我的坟墓上栽花。
不要任何人想着我。
为此，我签上我的名字。[176]

《德伯家的苔丝》

《德伯家的苔丝》的故事是这样的：家境贫寒的小贩约翰·德比菲尔德有一天吃惊地发现，自己是曾在英国地位显赫一时的名门德伯韦尔家族（the d'Urbervilles）的后人。与此同时，他的大女儿苔丝正参加五月节舞会，遇见一个年轻绅士，二人都被对方深深吸引，但那位绅士很快就离去。德比菲尔德回家后提出让苔丝到德伯家认亲，苔丝的母亲积极敦促苔丝前去。几天前由于她的疏忽大意，家里唯一的维持生计的马被邮车撞死，这时苔丝迫于无奈只好同意。事实上，她要去的德伯家与苔丝家没有丝毫关系：富商西蒙·斯托克斯（Simon Stokes）退休后想为自己找一个显赫的姓氏，于是便在大英博物馆的帮助下找到"德伯韦尔"这个名字。苔丝对此一无所知。她来到德伯家后，年轻主人亚力克·德伯韦尔（Alec d'Urberville）安排她照看家禽。她在德伯家工作了几个月，亚力克对她多次骚扰。最后，一天傍晚，亚力克在树林中迫使苔丝就范。苔丝对亚力克毫无感情，毅然回家。后来她生下了亚力克的孩子，起名叫"悲伤"（Sorrow），孩子不久便夭折。苔丝沉浸在悲痛中。

一年后，苔丝不得不离家寻找工作，在一家奶牛场做挤奶工。她在这里度过了一段快乐的时光。她见到了在乡村舞会上遇到的年轻人——安杰尔·克莱尔。他们关系越来越亲密。后来苔丝接受了安杰尔的求婚。但她依然为过去的经历感到不安，给安杰尔写了一封忏悔信。信从门下塞入安杰尔的房间，却被置入地毯之下，结果安杰尔没有看到。新婚之夜，安杰尔向苔丝坦白了自己以前曾与另外一个女人有过交往，苔丝原谅了他。苔丝也坦白了过去与亚力克的关系，不料安杰尔却无法原谅她。他登上了驶往巴西的轮船。他拒绝苔丝前去与他团聚，要求她在英国等待自己的归来。

苔丝陷入困境。她曾想拜访安杰尔的家人，但没有做成。在回来的路上，她听到一个教士在布道，发现教士正是亚力克。亚力克曾在安杰尔的父亲的劝诫下皈依基督教。但他见到苔丝后，便抛弃了他的宗教承诺，乞求苔丝嫁给他。这时苔丝的家境每况愈下。先是母亲重病，继而父亲意外去世。她一家人因无钱付房租而被赶出。这时，亚力克主动提出帮助他们，但遭苔丝严词拒绝。后来出于无奈，她顺从了他。

安杰尔终于决定原谅苔丝，离开巴西回国。他不顾一切地寻找苔丝，最后发现她住在一家上好的客栈里。苔丝告诉他来晚了。她已经无法拒绝亚力克。安杰尔伤心地离开。苔丝返回客栈，刺死亚力克，随后去追赶安杰尔。客栈主人报警。此后，苔丝和安杰尔度过了短暂的逃亡生涯，这也是他们短暂的幸福时光。他们偷偷地住进一幢无人居住的房子，被人发现后，继续奔波流离；苔丝安排安杰尔在她身后娶她的妹妹丽莎·露为妻。他们来到巨石阵（Stonehenge）处，度过了一夜。次日清晨，苔丝被捕。在小说的结尾，安杰尔和丽莎·露手挽着手，注视着象征苔丝被处以死刑的黑旗升到监狱的上空。

在《德伯家的苔丝》中，宿命论是压倒一切的主题。全书一直在试图显现一种牢牢地控制着人的命运的超自然力量。小说中的主宰是“众神之王”，也可以称作“命运”或“定数”。它代表一种强大的力量，超越人的控制，将人的生活和命运玩弄于股掌之间。它推行它的“命定”信条，在它所设计的黑暗前景面前，人的任何努力都无济于事。苔丝纯洁无瑕。她美丽、善良、天生乐观。她像古希腊悲剧里的女主人公一样，拥有纯朴的天性、高贵的品质、献身的精神和敏感的心灵，在同辈女子中她鹤立鸡群。她对生活的要求很简单：有人爱，幸福地生活。但就是这样的要求也得不到满足，命运似乎专门与她作对。两个男人在她生活中的出现让她心绪不宁。其中一个是十足的歹人，另一个看去心地善良，两者都是“命运”手中的工具。苔丝生活中出现的许多巧合无不证明命运之神总紧跟着她、取笑她。如果苔丝的父亲当初没有和教区牧师在路上相遇，那么她后来生活中的大变故就可能永远不会发生；在这次不祥的见面之后所发生的件件事情也就不会存在了。如果苔丝的父亲不是念念不忘他和牧师邂逅之后的“偶然”发现，如果牧师没有对他讲那些可疑的话，如果家里那匹老马不死于非命，苔丝也不会听从母亲的劝告，外出认亲，主动将自己送上门去任他人宰割。她这样一个天真纯洁、青春萌动的姑娘，也不会落入亚力克的圈套，遭到奸污，也就用不着在新婚之夜向安杰尔坦白所谓的往事了。如果不是另外两个为爱情而饱受煎熬的女工遭遇了不幸（一个死去，另一个整日酗酒），苔丝也不会那么急切地热心于“忏悔”，许多“意外”也能避免发生。但事实上，一切都在发生着，冥冥之中似有天意。比如安杰尔注定看不到苔丝写给他的那封恳切的“坦白”信，它恰巧被塞在了地毯下面。苔丝和同事偏巧发生争执，她一个人在黑夜里孤立无援，让她毫无选择地骑上恰恰从旁路过的亚力克的马，使这个早已垂涎三尺的色狼得到下手的机会。她家也必然是一直在贫穷和不幸中挣扎，使她不得不向亚力克的压力屈服。安杰尔又偏偏必定从他的虚伪的浪漫爱情梦幻中醒悟过来，从巴西重新回来寻找业已嫁给亚力克的苔丝。而苔丝也必然仍然深爱着安杰尔，因而别无选择，只能捅死一向“诅咒她的生活”的亚力克。亚力克不值得苔丝给他抵命，但“众神的主宰”自有安排凡人的高招。

体现命运主题最充分的部分莫过于故事的结尾。这时苔丝和安杰尔来到古石林旁。古石林是古代神话奥秘世界的标示。那是苔丝的世界。她在不意间闯入的尘世让她生活得太沉重了，在这里她太完美了。因此，她必须回归原地，古石林正是她离去的最佳地点。在这里作者对古石林进行了详细的、让人读来不由得感到毛骨悚然的描绘。作者这样做显然是在暗示命定思想：

> 他们就这样又向前走了两三英里，这时候克莱尔突然觉得，就在他跟前有一个庞然大物陡直地耸立在草泥地上。他们两人差一点儿撞了上去。
>
> “这是个什么鬼地方？”克莱尔说。
>
> “还嗡嗡响呢，”苔丝说。“你听!”
>
> 克莱尔侧耳谛听。风吹着这庞然大物，发出低沉的呜呜声。好似一架巨大的单弦竖琴奏出的调子。听不见有第二种声音。克莱尔举起右手向前走了一两步，摸着了这个大物件垂直的表面。它看来是由一整块石头所构成，上面没有接缝，也没有装饰性线条。他的手指继续摸索，发现他此刻触摸到的原来是一根巨大的长方形立柱。他伸出左手，摸到左边另有相仿的一根。在他头顶上方一个难以估计的高度，有一件东西把本来已是很黑的天空遮得更黑，看上去那像是一根巨大的横梁，在水平方向上把两根立柱连接起来。他们两人小心翼翼地穿过横梁和立柱所构成的那个框架，他们发出的窸窣声

在立柱的表面发出回声。不过，他们似乎依然在户外。这个地方没有屋顶。苔丝吓得倒抽冷气，克莱尔则疑惑地说——

“这究竟是什么东西呢?”

他们向旁边摸索，触到了又一根塔似的立柱，跟第一根一样四四方方、咄咄逼人；再过去又是一根，再过去又是一根。这地方尽是立柱和门框——有些立柱上面由几条连续的横梁连结着。

“这完全是个风神殿嘛，”克莱尔说。

再往旁边去是一根孤零零的柱子；还有一些是两根立柱加一根横梁组成的框框；另外还有一些柱子倒在地上，它们那些朝上的侧面很宽，像是可以走马车的石路。不一会儿事情变得十分明显，原来这是一群林立于这一片草萋萋的平野上的巨大石阵。克莱尔和苔丝继续向前走，最后站立在这夜之凉亭的中央。

“这就是巨石阵！”克莱尔说。

“那异教神殿，你是说?”

“不错。它有成百上千年的历史。比德伯家族还古老呢！好了，我们下一步怎么办，亲爱的?再往前面走，我们也许可以找到栖身之处。[177]

之后作家推出了接近故事结尾的镜头，它的画面无限悲凉：苔丝躺在曾被用作祭坛的石头上，脱离了时空的限制，等着进入另一个世界：

可是苔丝这时候实在太累了，便一下子扑倒在她近旁的一块长方形石板上，前面恰好有一根柱子给她挡风。这块石板被太阳晒了一天，既暖和又干燥，与四周粗而凉的野草形成对比，使苔丝感到舒服，因为这些野草沾湿了她的裙裾和鞋子。

“我不想再往前走了，安吉尔，”她说着伸出一只手去拉克莱尔的手。“我们不能就待在这里吗?”[178]

《德伯家的苔丝》充分说明了命运在哈代的小说世界里发挥着极其重要的作用。然而，如果“偶然”在《德伯家的苔丝》、《无名的裘德》以及哈代的其他小说中反复出现，那么“偶然”就不是通常意义上的“偶然”了；它就是宇宙的一般行为模式的体现了，即宇宙永远站在人的对立面，竭力挫败人所作的努力。这就是所谓的“宇宙性反讽”，也就是“天永远和人作对”。在哈代看来，这种力量已经注定世间的一切仅仅是痛苦和悲伤，没有什么幸福和快乐可言。这种宿命论的悲观情绪一直贯穿于这部小说的始终。

从历史角度看，这部小说也深刻反映出当时的时代精神及社会矛盾。《德伯家的苔丝》时代背景是：由于现代文明的入侵，乡村牧歌式的田园生活正在退出历史舞台。农业和牛奶场在日益被取代，小说里横卧在村边的火车道威胁着乡村生活的中心——村落——的存在。人们读写水平的提高、打谷机的出现以及伦敦人处理牛奶的方式的应用，这些都表明，田园生活正面临外部力量的入侵。广阔的平原变得日益黑暗，大自然和上帝都不再似昔日般慈祥、关心人世。生活变得冷酷无情，人的道德水平在下降，人如蝼蚁，微不足道。在这种情形下，人在挣扎着求生存，但只是徒劳而已。

苔丝和亚力克之间的对立具有历史象征性。这种对立标志着城市文明和乡下田园生活之间的矛盾，代表着两个时代和两种生活方式之间的一场历史性斗争。这是亚力克和苔丝之间关系的基本背景。苔丝是大地的化身；亚力克是她的反面。苔丝就像是一位异教女神，象征着基督教前繁殖力的一枝绿柳。她完全属于田园生活，是性格坦荡、充满激情、性感迷人的自然女神。她天性直率、浪漫多情，是永恒的女人、女性、温柔与爱的逼真体现。她与《无名的裘德》中的苏·布莱得海德不同；她不是像苏那样的新女性。亚力克则是工业化时代的产物。他通过放高利贷敛财致富。他没有道德感，很讲求实际，具有强烈的性欲，他与苔丝毫无共同之处可言。他们之间的接触面很窄，仅限于经济方面：一个需要钱，另一个有钱，仅此而已。但是，亚力克发现并抓住了德伯一家陷入经济困境的时机。他一定要毁坏自然之美，击碎自然美的标志和魅力——苔丝。亚力克总能通过不同的手段一步步将苔丝引入歧途，使她一次次陷入痛苦和绝望的境地。他是命运投放在人世间袭扰人们平和的心境、给他们带来痛苦和悲剧，甚至死亡的工具。他最后的功能就是给人们带来人生的终点。这是工业化步步紧逼，而乡村经济及其生活方式步步后退而最后覆灭的逼真写照。

苔丝是个悲剧人物。这是她自身所固有的悲剧性缺陷造成的。这种缺陷难以摆脱，它最终会导致她的毁灭。苔丝在性格上的缺陷是：她是个痴心姑娘，对爱情忠贞不贰，属于朱丽叶一类的女性。她爱上安杰尔·克莱尔后，就决心和他白头到老，就是死，也要吊在这棵树上。当安杰尔抛弃她而离去时，她便失去了生活的方向。在这种境况下，多数人会忘掉过去，继续自己的生活，但苔丝做不到。哈代的小说世界里有一套生活的游戏规则，这就是，愚钝的人活得很好，可是那些聪慧、敏感、自我意识强烈的人则没有好下场，因为这个世界不能容忍他们对宇宙的奥秘追根问底。除苔丝外，哈代笔下还有许多这类悲剧人物，比如，《还乡》中的尤苔莎，《无名的裘德》中的裘德和苏，《卡斯特桥市长》中的亨查德等。如果苔丝稍微少一些纯朴和执著，而多一点世俗，在行为上多一点现代气息，少一点传统的拘束，那么，她就会接受不太理想的结局，好好地活下去。但她的悲剧性缺陷决定，她不会妥协，所以苔丝最终会失去与生活的联系，走向死亡。果不其然，死亡朝她走来。值得一提的是，她坦然面对死亡，在下意识中，把死亡看作逃离这一世界的最后一条路。她面对步步逼近的毁灭，变得更为平静而安详：在享受与安杰尔最后幸福时刻的同时，她平静地安排了安杰尔和她妹妹的婚事；在警察到来时，她站起身，平静地说，她准备好了。

这里有必要简单谈一谈安杰尔·克莱尔这个人物。苔丝所钟情的这个人却不是罗密欧，而是个大男子主义十足的瘪三。他的确不值得、配不上苔丝那样辛苦的爱。他对待男婚女嫁的态度是“只许州官放火，不许百姓点灯”。他自己可以放荡，但不原谅被诱奸的苔丝。他在了解实情后陡然翻脸，变成一个冷酷无情的魔鬼，绝情地抛弃了她。安杰尔最关心的是他是否应该“原谅”苔丝。他之所以有这样的想法是因为他爱上了被他过分浪漫化、理想化了的挤奶女工，并在理想破灭之后责怪苔丝的过错。他当然也是命运手中的玩物；他也是别无选择。他的整个背景以及在这个背景影响下所形成的性格决定了他的行为。在故事的结尾，安杰尔开始悔恨当初不该抛弃苔丝，并“原谅”了苔丝。他最终还是意识到，被原谅的对象更应当是他自己。人们应当注意到小说的副标题——“哈代讲述的有关一个纯洁女子的故事”。在哈代眼中，苔丝是纯洁而无辜的，这一点是理解小说的关键，在客观上可能激起一些读者对安杰尔的鄙视，这是他咎由自取。

不少可以称为女权主义的男作家写过关于女人的小说，比如，福楼拜的《包法利夫人》、托尔斯泰的《安娜·卡列尼娜》、斯蒂芬·克莱恩的《街头女郎马吉》、西奥多·德莱塞的《嘉莉妹妹》和戴维·格林翰姆·菲利普的《苏姗·列诺克斯》。《德伯家的苔丝》也是其中的一部。人们清楚地看到，从19世纪中期到第一次世界大战期间，至少有一部分男作家在探索西方世界里妇女的命运问题，《德伯家的苔丝》就是众多此类作品中最优秀的作品之一。哈代认为这部作品是自己的最得意之作。

《德伯家的苔丝》出版三年后，乔治·摩尔（George Moore, 1852-1933）创作了一部几乎同样重要的作品——《埃斯特·沃特斯》（*Esther Waters*, 1894）。乔治·摩尔的本意是“抵消哈代的苔丝可能对大家造成的错误印象”。摩尔认为，一个农场女工在受骗怀孕之后不可能到处乱跑，还成了女英雄，更不可能再经历如此浪漫迷人的爱情。摩尔的小说可能更真实，但在力度、悲剧深度和永恒魅力方面远不能和哈代的小说相提并论。

《无名的裘德》

在哈代的作品中最能反映城市生活的小说是《无名的裘德》。这是他最后一部小说作品，现在很多人认为是他最好的作品。小说的背景是落后偏僻的威塞克斯地区。小说之所以叫《无名的裘德》是因为它讲述的是一个被人忽视、被人遗忘的普通人的故事。这是哈代的精妙讽刺之作。他所谓的“无名的”人，实际上却是维多利亚时代的典型人物。

裘德·弗利是威塞克斯乡下穷人家的孩子，他是当地的一名石匠，但自幼渴望得到基督城（哈代对牛津的拟称——笔者）的大学的宗教奖学金，最终成为人上人——牧师。他的这一志向受到他小学老师的启发；他的老师理查·费劳孙就是离开了他们的学校到基督城去读书的。裘德的家庭遭到上天的诅咒：他家的婚姻都不会幸福。裘德贪婪地读书，拼命地工作。他遇见性感迷人的乡村女子阿拉贝拉·多恩（她的父亲是屠夫），被骗和她成亲，但不久后阿拉贝拉就抛弃他而去了澳大利亚。裘德来到基督城，找到一份石匠的工作，以等待时机。在这里他和远房表妹苏·布莱得海德邂逅。苏曾在校长费劳孙的学校当教师。费劳孙外表丑陋，比苏大许多。苏和费劳孙结婚，但婚姻不幸福。苏难以容忍，遂离开丈夫来到基督城。裘德和苏逐渐相爱，然后他们便同居、生子，本来不愿结婚的苏逐步沉落于日常生活的轨道中。但公众认为他们的结合是道德败坏行为，于是把他们逐出正常的社会交往。裘德发现很难再找到工作，他的牧师梦也随之破灭，生活愈来愈艰难。阿拉贝拉再次出现，把他们未成年的儿子——“时间老人”（Father Time）——丢给裘德照看，裘德的家庭生活雪上加霜。一天晚上，裘德和苏外出，留下“时间老人”照看弟妹，但回来时却发现他已经把弟妹全都杀死，然后自杀身亡。苏悲痛欲绝，身心俱毁，终于相信裘德家遭受诅咒的说法正在得到应验，相信上天在惩罚她。她开始定期去教堂祈祷，最后她屈服于命运的安排，重新回到费劳孙身边。裘德又被阿拉贝拉骗回，彻底绝望，从此一病不起，最后在忧郁中死去。只有阿拉贝拉一人春风得意，快活地生活着。

在哈代的小说中，《无名的裘德》的时代性最强。它控诉了以牛津为典型代表的阶级社会和基督教，也抨击了阶级和婚姻在内的诸多法律制度和社会体制，并号召对婚姻制度进行改革。该书一问世就引起公众的反对，主要原因在于，书中不少章节写到裘德和苏的关系，写到裘德和他的两个女人之间的爱恨情仇，涉及性禁忌和敏感的道德话题。作者大胆描写了性和性欲，以及对婚姻的态度，揭露了社会和宗教的虚伪，流露出绝望的情绪和悲观主义思想——这一切都大大冒犯了维多利亚时代根深蒂固的价值观。

书中的三个主角值得深入分析。两个女人阿拉贝拉和苏可以看作是裘德人格两个方面的体现。阿拉贝拉像一头性欲极强的动物，是纯肉体和欲望的体现，而苏则处在人性的另一端，完全是理性的化身，有性冷淡倾向，不似肉体凡胎。阿拉贝拉有时被一些批评家（如 D. H. 劳伦斯）视为真正的女主人公，因为故事的结尾只有她结果圆满，拥有最后的发言权。她凭直觉应对生活。宇宙对她并不关心，而她也不过问深奥的事情，只关注自己是否生活得快活。读者常常将她与猪联系起来，因为她身上集中地体现出人的肉体的一面。她似乎有全部的生活常识，浑身上下渗透着世俗，她的性欲永无止境。她拥抱物质生活，质地粗俗，动脑筋少，什么也不问，什么也不想知道，就是一心地想方设法过快活日子。她不分心，不求甚解，别看糊里糊涂一般，其实可能最聪明。照达尔文的话说，她是适于生存的人。她反而显现出了极强的生命力，在与生活的抗争中，她是唯一的胜利者。她总是阻挡着裘德追求更高的目标，无意中加速了他的毁灭。她正是邪恶的宇宙手中的工具，专门用来跟无助的人开“命运的玩笑”。实际上，是宇宙的力量加上裘德本身的低俗本能二者一起合谋害死了他。故事的结尾令人悲伤，读完此书人们常会觉得，这里没有上帝，好人一个个死去，而那些头脑简单、满足于现状的人竟成为生活里善于生存的“适者”。这是在哈代作品中反复出现的主题。

苏的内心情结向来都是历代读者试图解开的谜。她的悲剧既有个人原因，也有社会原因。对于她的行为模式，人们似乎可以找到多种解释，所以对此向来是见仁见智。苏受过良好教育，天资聪颖，能自己谋生，性格也十分独立。她太专注自我，常常与外界隔绝，有自恋倾向。她纯洁、聪慧、勤于思考、感情丰富。然而，她在肉体和情欲方面却几乎是透明和抽象的。对裘德来说，苏是一种虚无缥缈的精神境界，美丽得使人忘情，却又难以琢磨。他曾对苏做过评论："……你本来是一个与众不同的人——一个幽雅精致的人，老天生你的时候，本是让你不食人间烟火的。"[179]然而她尽力压抑自己，以求与裘德和睦相处。她与裘德是一类人，只是在裘德的人格质地里，她觉得"肉"的成分太重，而"灵"的部分太少。她的姓氏"布莱得海德"（"Bridehead"，意似"处女膜"——笔者）就暗示出她的女性很强，是纯洁、女性美的象征，说明她内心激情澎湃。她不愿结婚而落入俗套，但又不由自主地希望得到男性爱，不由自主地和男人调情。这是她的悲剧性格。她对这个世界说来是太好了，不适合在这里生活。她很难与社会妥协，注定要失败。人类社会，尤其是维多利亚社会，都要求女子必须结婚生子，但苏却偏偏做不到。尽管她风情万种，对异性也有激情，但她不是传统妇女，而是某种意义上的新女性。她的形象代表了 19 世纪最后几十年里现代妇女自我意识的成长。她可能是第一位出现在小说里的现代妇女。所以她不断与社会抗争，为自己向社会复仇。她唯一的武器就是性。她对自己施行性虐待，同时虐待那些强迫她做事的男人。她居无定所，得不到片刻宁静。然而，她最终屈服，尽管心有不甘，也还是和裘德成了家，还生了几个孩子。但是，在她的心灵深处，她一直都认为这是社会对她的惩罚，因此深感内疚，忏悔不已。所以，苏和裘德之间出现了一种奇怪的情形。他们在一起时，双方都觉得愧疚，但一旦分开，他们又痛苦万分。他们密不可分，分开无异于死亡，可是一旦相互厮守，他们又回到痛苦的深渊。他们的生活就是这样，没有什么选择自由，最后只能天各一方，一个病死，肉体消亡，一个则黯然神伤，精神消亡。

在这个过程中发挥了重要作用的人物是未受过洗礼的"时间老人"。这个孩子整日郁郁寡欢。他的突然来到使得裘德的生活局面更加复杂化。他感到他的降生本身就是个错误，父母都不需要他，也不需要像他这样的多余的孩子。他于是采取简单的方法，擅自解决了这个问题：他和几个弟弟妹妹从父母的生活里一起消失。作家为他冠以“时间老人”这样一个名字，显然是要把他和命运、宇宙联系起来，让他成为它们手中的工具。他没有辜负它们的重托。苏果然把孩子们的悲剧看作上帝的惩罚，深感无助和沮丧，她从此在精神上彻底死亡。“时间老人”的这个行动让苏和裘德都认识到，他们追求意义和价值的努力是劳而无功的。他们的奋争最后呈现出一个圆形：他们兜了一个大圈，最终却又回到起点。在某种意义上讲，这两人都可以说是现代存在主义的先驱。

说到裘德，他大概是19世纪英国小说中最复杂的人物之一。他是哈代小说中最原始、社会地位最低的人。他让人感到很有趣味的是，在他身上虽然找不到太多的英雄品质，然而他又无疑是个英雄人物。他有梦想（虽然从未实现）；他有才华（虽然从未得到过承认）。裘德的失败证实了在当时社会上流行的几种观点——进化论和有关人的自然主义理论。首先，社会达尔文主义者宣称，现在的人虽然已经具有理性，但仍然深受情感驱使，控制不了自己的欲望。在这个世界上，人别指望从他人或上帝或任何其他地方获得帮助，所以，人在自己能力尚有欠缺的情况下难以在这个严酷、复杂的现代社会里生存下去。裘德就是一个代表人物。他不是可以生存下去的“适者”。他具有低级的本能冲动，也不能在理性和情感之间维持一种平衡。他追求苏是因为苏是知识和理性的象征，是他追求知识、获得成功的一种标志：与她在一起能证明他已经脱离了低级趣味。但同时他还有动物性的一面，在这方面苏不能满足他的要求；人们难以想象有谁跟苏在一起会感到幸福。对裘德而言，除了苏的性冷淡之外，他与她在一起时总有业已触犯法律的负罪感。因此，他不时地倒向阿拉贝拉那边，但同时又清楚地知道，这样做无异于自我贬低。假如裘德只与苏厮守，将阿拉贝拉拒之门外，或者反之，彻底忘掉苏而与阿拉贝拉待在一起，他都有生存下去的可能。然而，既然她们分别是肉体和精神的化身，作为凡人，裘德是无法做出选择的。他既想拥有苏又想得到阿拉贝拉，于是便徘徊在两者之间。这就注定了他坎坷的人生、悲惨的命运，他的失败是不可避免的。结果是，他找不到归宿，没有自由意志，缺乏判断力，不能领悟自然的本性和动机，一路迷迷瞪瞪、跌跌绊绊，总是作出错误的选择。他是现代生活中一个没有根底的活生生的过客、一个现代存在主义者。在故事的结尾他死了；他的死是早就注定了的。死亡对裘德来说已经是一种解脱，是唯一一条离开这个充满悲剧的世界的路。他和哈代笔下的悲剧人物一样，死时仪态平和、英俊："……裘德卧室里有两个人，站在他那口还没盖上盖子的棺材旁边，一边是艾拉白拉，另一边是艾德林太太；她们两个都在看裘德的脸，艾德林太太那一双昏花的老眼还在发红。'他多漂亮！'她说。'不错，他连死了还那么秀气。'艾拉白拉说。"[180]对裘德的悲剧进行分析是一项有关人的心理的十分有趣的研究。裘德的形象跨越了时空，成为"每个人"的代表。小说的这种超越时空的特性已使它永载世界文学史册。对裘德的这种情节安排从一方面表明了作为文学大师的哈代对人性的深刻理解。

另外，《无名的裘德》也反映出当时的自然主义思想。19 世纪末和 20 世纪初，思想界和文学界都有一种思想存在，即宇宙和上帝都是冷酷无情的，人受社会和遗传因素的左右，注定无所作为，轻如鸿毛。这是自然主义思想的重要命题。裘德的厄运表明了在现代意识曙光出现时，宇宙和个人之间的新型关系。小说的开头描绘了这样一幅画面：一个男孩在广袤无垠的天宇下驱赶着一群鸟。这个画面给全书定下了自然主义的基调：在宇宙面前，人是无足轻重的。德茹西拉姑妈曾经警告说，裘德·弗利家族遗传了一种悲剧情结，只有避开婚姻才能过得幸福——这说明遗传决定论的存在。预言裘德的不幸源于世袭，听起来像古希腊时代的诅咒，预示着裘德的前途凶多吉少。他永远都无法打破这个魔咒，只有任它自便，毁掉他的生活。裘德的悲剧表明宇宙间存在一种力量，它敌视人类，决心挫败裘德的努力。裘德试图认识宇宙，并且进行力所能及的抗争，这赋予他一种悲剧英雄的高大。因此，小说实际上是哈代本人对自然主义的理解，这就是为什么道德因素在哈代的小说中没有像在乔治·埃略特的小说中那么重要。读者看完小说会认为小说的结尾欠缺公平，因此产生出强烈的悲观失望情绪。这正是《无名的裘德》不同于其他传统维多利亚小说的特点之一。该小说已不再是纯粹的维多利亚小说，它显示出哈代正在缓步迈向卡夫卡、康拉德、乔伊斯和乌尔夫所代表的现代主义小说创作。因此，《无名的裘德》一直被称作过渡性小说。

还要说到小说所进行的社会批评。这包括基督城和宗教两个方面。作品中所抨击的社会体制的主要具体表现是基督城的大学。那里的建筑气势磅礴，那是裘德自儿时起的梦想。他为实现这个梦想刻苦攻读，努力上进。他为他的梦想遭到周围同一阶层人的挖苦和奚落。基督城的大学对裘德来讲却冰冷无情，那里的校长用简单的几句话便在他和他的梦想之间竖立起一座不可逾越的高墙，让他彻底明白，即使自己使出全部力量，也无法进入上流社会。这无疑表现出在维多利亚时代的表面浮华下面所存在的无法弥合的阶级差距和社会不公。此外，宗教在小说中呈现为一个杀人机器。在哈代的早期小说中，如《远离尘嚣》，曾大量使用《圣经》典故，使作品蒙上一层浓厚的宗教色彩。但在《无名的裘德》中，基督教却显现出另一个面孔。裘德和苏受当时时代的影响，二人宗教观淡漠。苏甚至偷偷地在卧室中用维纳斯像来做装饰，反映出她漠视传统、无拘无束的个性。二人为生计在教堂中描字时，因为他们之间“不明朗”的关系而受到众人的侮辱。这说明裘德和苏的“伤风败俗”与基督教是无法调和的。最后，在三个孩子死去后，苏在绝望中皈依基督教，做出她认为正确的选择：终止和裘德这段与基督教道德标准背道而驰的关系，回到她的“合法丈夫”的身边：“但是［我们的婚姻］可不是上帝的。上帝给我［与费劳孙］安排了另一番婚姻，在梅勒寨的教堂里，永世不变的结合。”[181]这一决定即刻判处二人死刑。宗教在这个悲剧中所扮演的杀人角色是显而易见的。

哈代不仅是一位伟大的小说家，也是一位伟大的诗人。他的文学生涯前后延续60余年，以时间计，诗歌和小说的创作大约各占一半。他首先以诗歌创作开始，后来从事小说写作，小说创作横跨维多利亚后期，到19世纪末，他再次集中精力写诗，直至去世。他再操诗笔，部分原因是他的《无名的裘德》受到不公正的待遇，让他异常失望和气愤；更深层的原因可能是，诗歌一直是他的最爱之一。

哈代一生写出诗歌逾千首之多。他的诗集包括抒情诗集《威塞克斯诗集》（*Wessex Poems*）、《今昔诗集》、《时光的笑柄》（*Time's Laughingstock*）、《命运的讽刺》（*Fate's Irony*）、《梦幻时刻》（*Moment of Dreams*）、《早期与晚期抒情诗》（*Early and Late Lyrics*）、《人生诸景》（*Human Shows*）、《冬天的话》（*Winter Words*）等。此外，哈代还写了《列王纪》等诗作。

他的诗歌的内容与他的小说在思想、态度、情景描绘等方面都有许多相似之处，例如两者都表现命运的主宰力量、带来灾难的巧合以及哈代式的生活观的很多特点。哈代认为，生活就是一系列的冒险和失败，人在他所不知、也不能控制、但却牢牢控制他的生活的无形力量面前无能为力，只能任其摆布。评论界比较一致地认为，哈代的诗作总的精神是悲观的，诗歌的画面是灰暗、悲伤的。哈代对此似乎不很同意，他认为评论界的观点有些“奇怪”。他觉得他对生活现实的本质提出疑问，进行探讨，揭示出最坏的一面，是改善人生必走的第一步。

在内容方面，哈代的诗歌表明，在生活里，时间是一个侵蚀青年时期的希望、天赋、美丽、热情及活力的力量。爱情随着时间而凋零，梦想随着时间变弱变无，人体消弱下去，眼睛变得暗淡无光，美丽消逝，随之而来的是死亡。死亡常常带走它不该带走的人，即好人。性爱对生活常构成一种威胁，它使女孩子生出私生子，让青年人失去工作和前途，让家庭破裂，让生活失去安定感，它还导致犯罪行为等。爱情短暂、脆弱、易遭受背叛。最好的爱情存在于梦想之中；一旦成为现实，它就开始萎缩。对于错嫁的女人，它会引起更大的痛苦，使得她们红杏出墙。哈代描写自然的诗歌也极有特点。他把大自然视为一种具有威力但盲目无知的母亲，她在“不可逆转的意愿”的左右下也自身难保。人世荒凉、贫瘠，常常大雨滂沱，或冰雪纷飞。在哈代的诗歌里，荒芜的外部世界是痛苦的内心世界的再现。在这里，读者会常常遇到诸如墓地、鬼魂出没的房屋、空荡而即将倾塌的教堂、荒凉的沼泽地等意象。这些似都表现出哈代的思想特征，即他不相信上帝的恩典和公正，感到生活中充满挫折和失望等。哈代的诗歌技巧娴熟。他擅长运用记忆，使之形象化，并与一种特定的感情相联结，给人一种肯定感。他的节奏感和诗韵安排也很得体，有时也运用一些古字或诗歌用语，取得一种浑然天成的效果。他也善用民谣节奏，以表达一种永恒感。[182]

生活在19世纪后半期的哈代相信宿命论。他给人印象最深的一首诗歌是收入《威塞克斯诗集》的《偶然》（“Hap”）：

但求有个复仇之神从天上喊我，
并且大笑着说：“受苦受难的东西！
要明白你的哀戚正是我的娱乐，
你的爱之亏损正是我的痕之盈利！”

那时啊，我将默然忍受，坚持至死，
在不公正的神谴之下心如铁石，
同时又因我所流的全部眼泪
均由比我更强者判定，而稍感宽慰。

可惜并无此事。为什么欢乐遭杀戮，
为什么播下的美好希望从未实现？
——是纯粹的偶然遮住了阳光雨露
掷骰子的时运不掷欢欣而掷出悲叹。
这些盲目的裁判本来能在我的旅途
播撒幸福，并不比播撒痛苦更难。[183]

在该诗中的世界，人总是孤独无助，上天是有意和人作对的。它比人强大，对人类持幸灾乐祸的态度，所做的事情就是不让希望之花开放，不惜代价阻止阳光雨露，在人世专门“播撒”灾难和痛苦。这首诗把这个世界比喻成一个极其偶然的事件，而在这个世界上人是那样的无助。

在19世纪末和20世纪初的欧美，左拉的自然主义观点风行一时，哈代的作品也受到这种思潮的影响。此外，哈代也受到19世纪后期的信仰危机的影响，对宗教和上帝似已不抱任何幻想。《健忘的上帝》明白无误地表明了他的立场：

我高高翱翔，看吧！我站在
至高无上者的存在之地，
被地球的儿子们派往那里，
去向上帝提几个问题。

“你是说地球?人类?
被我创造?命运悲哀?
不，我不记得有这样的地方
我从未创造这种世界。”

“啊，上帝老爷，恕我直说，
是您说出的词儿创造了尘世。”
“人类世界——让我想想……
是的，我朦胧地忆起

“我很久前建造的微小的球体
（我造的这类东西数以亿计）
是叫这个名字……它肯定已消失，
没剩下残骸或一个标记？”

这首诗选自诗人的《今昔诗集》。它令人忆起大约与哈代同时的美国诗人斯蒂芬·克兰（Stephen Crane, 1871-1900）的名诗《一个人对宇宙说》（“A Man Said to the Universe”），两者真可谓异曲同工。《一个人对宇宙说》毫不掩饰地指出，宇宙对人的存在置若罔闻，不肯承担任何责任。[184]哈代的诗歌所表达的是，上帝不仅丢下了人类不管，而且根本就不记得还有地球存在。

哈代的另一首诗《黑暗中的鸫鸟》，描绘了一个冷酷荒凉的世界，“自古以来萌芽生长的冲动/ 已收缩得又干又硬”，阴沉的气氛笼罩着一切事物，大自然有些漠然甚至于邪恶，万物将死，生活无望，这一切让人窒息：

我倚在以树丛作篱的门边，
寒霜像幽灵般发灰，
冬的沉渣使那白日之眼
在苍白中更添憔悴。
纠缠的藤蔓在天上划线，
宛如断了的琴弦
而出没附近的一切人类
都已退到家中火边。

陆地轮廓分明，望去恰似
斜卧着世纪的尸体，
阴沉的天穹是他的墓室，
风在为他哀悼哭泣。
自古以来萌芽生长的冲动
已收缩得又干又硬，
大地上每个灵魂与我一同

似乎都已丧失热情。

然而，这时却有一个欢快的声音在空中萦绕，它来自一只老鸟：

突然间，头顶上有个声音
在细枝萧瑟间升起，
一曲黄昏之歌满腔热情
唱出了无限欣喜，——
这是一只鸫鸟，瘦弱、老衰，
羽毛被阵风吹乱，
却决心把它的心扉敞开，
倾泻向渐浓的黑暗。

远远近近，任你四处寻找
在地面的万物上
值得欢唱的原因是那么少，
是什么使它欣喜若狂？
这使我觉得它颤音的歌词，
它欢乐的晚安曲调
含有某种幸福希望——为它所知，
而不为我所晓。

一只老鸫鸟欢歌的场面，完全冲淡了叙述者的绝望情绪。这似乎和这首诗作的基调不相吻合，让人费解。但是，诗人也可能在说，人仍需做出更大的努力，黑暗前面或许也有现在尚且意想不到的希望。

哈代的另一首诗——《啊，是你在我坟头掘土？》（收入诗人的《命运的讽刺》诗集）对诗人小说世界的这种悲观的情绪做了最好的注脚：

“啊，是你在我坟头掘土，
我的恋人？——种植菩香？”
——“不，昨天他动身去娶
最华贵富裕的女郎。

‘现在我不守忠贞，’他说，
‘也不会把她心灵挫伤。’

“那么是谁在我坟头掘土，
我的最为亲近的眷属？”
——“哦，不；他们坐着沉思：
‘有何用途，
栽花又有什么用途，
她的坟墩无论如何照护，
灵魂也逃不出死神魔窟。’

“但是有人在我坟头掘土，
在狡猾地刺戳，是我敌人？”

这首诗阐明，即使确有一种东西叫“最为亲近的眷属”或照护或幸福，那么它也不过是痛苦戏剧中的偶然插曲，因为“她的坟墩无论如何照护，/ 灵魂也逃不出死神魔窟”。换言之，在广阔的世界里，人的作为无足轻重，这里是一个没有道德是非观念的世界，“众神之王”高坐在宝座之上，常常不怀好意，对人间的疾苦视而不见；它是“敌人”。

哈代也写过关于战争题材的诗歌。他在19世纪末开始写诗时，正值英国在南非进行布尔战争，后来接踵而至的是第一次世界大战。他的一些诗作把战争视为恶毒与非人道的行为。《鼓手霍奇》（“Drummer Hodge”）与《海峡开火》（“Channel Firing”）显然是描写这些题材的。其中《鼓手霍吉》尤其令人感到人的无力、无助与悲哀：

（一）

找到了鼓手送行，就如此
不加装殓，扔进了坑。
土丘的隆顶作他的标志，
点缀着草原的低平；
异国的星座向西飞逝，
每夜越过他的土冢。

（二）

刚刚来自威塞克斯故乡，
年轻的鼓手全然不知
这灌木丛、这粉状的土壤、
这广阔的台地有何意义；
不懂为何每当夜色茫茫，
升起的星星这样奇异。

（三）

尽管如此，霍吉将永远化作
陌生平原的一撮土；
他朴实的头脑、北国的胸脯
将长成某种南国的树，
那些闪着奇异光芒的星座
将永远作他命运之主。

这让人想起美国诗人斯蒂芬·克兰的类似的诗作和他的小说《红色英勇勋章》（*The Red Badge of Courage*）。士兵在战争机器的控制下，完全没有任何自由意志可言。如果说荷马史诗里的武士们也受到众神的左右，他们依然还有一点个人自由和尊严。比如阿喀琉斯可以自己决定出战与否：他和阿伽门农为了争夺女奴一气之下就自己决定不再出战，导致希腊方面节节失利，他的好友帕特洛克罗斯也命丧沙场；这时他为了替好友复仇，决定改变主意，即刻又投入战斗。然而，到19世纪末期和20世纪初期，人完全失去了这种自由和尊严。恰如丁尼生所说，“他们不讲为什么，/ 只知执行与殉国”。[185]

此外，哈代也写了一些诗歌，描绘或叙述一般题材，如《他杀死的人》（“The Man He Killed”）及《在各国破裂的时刻》（“In Time of the Breaking of Nations”）等。

乔治·吉辛（George Gissing, 1857-1903）

乔治·吉辛生于英国约克郡韦克菲尔德的一个下中产家庭。他自幼就喜欢读书。成年后，他有幸获得了奖学金，到欧文学院求学。吉辛在学期间学业出众，获得过很多奖励。但后来他爱上了一个名叫玛丽安·哈里森的妓女，这使他生活变得拮据起来。于是吉辛便开始行窃，但不久就被抓，并且因此被开除学籍。在经历了一个月的狱中苦役之后，吉辛在一些同情者的帮助下，获得减刑，被发配到美国。刚到美国时，吉辛几乎食不果腹。但后来，他开始为《芝加哥论坛报》撰写文章和短篇小说来谋生。

1877 年秋，吉辛返回英国，不久便和玛丽安结婚。他和妻子在伦敦定居后便开始了写作生涯。1880 年他创作的第一部小说《黎明时刻的工人们》（*Workers in the Dawn*）是个彻底的失败。这使他不得不在写作之余找一些家教的工作来维持生计。1883 年他与妻子分居，但直到玛丽安 1888 年去世之前，吉辛一直给她提供部分生活费。

1884 年，吉辛的第二部小说问世。由于他在人物刻画和写作风格等方面均有较大的提高，小说出版后得到了评论界的首肯。从此，吉辛每年几乎都有新的作品问世。由于吉辛一直以来都遭到了出版商的盘剥和算计，他在写作上的多产并未给他带来生活上的富足。然而，即使是这样，吉辛还是开始具有到他国旅行的经济实力。1891 年到 1897 年这段时间是吉辛文学创作的黄金时期，他最好的作品，包括《文苑外史》（*New Grub Street*, 1891）、《奇怪的女人》（*The Odd Woman*, 1893）、《以太世界》（*The Nether World*, 1889）等，得以相继出版。在这些小说中，吉辛对当时逐渐开始风行英国文坛的商业主义思潮和行为进行了抨击，并对当时的许多社会现象，包括宗教的庸俗化、男权社会中的妇女解放、堕落社会中人的婚姻观以及劳工阶层的贫苦生活等，都做了生动细致的反映和刻画。在当时的作家中，吉辛成了最早触动这些问题的人。与此同时，出于经济原因，吉辛也出版了多达 70 余篇的短篇小说。

吉辛的家庭生活是不幸的。虽然他后来又结了婚，但由于他的第二任妻子患精神分裂症而不得不再次分居。

在吉辛写作生涯的全盛期，他曾经被评论家推举为与托马斯·哈代和乔治·梅瑞狄斯齐名的作家。同时，吉辛也结识了许多文坛名流，包括亨利·詹姆斯（Henry James, 1843-1916）、H. G. 韦尔斯（H. G. Wells, 1866-1946）、约瑟夫·康拉德（Joseph Conrad, 1857-1924）和史蒂芬·克兰（Stephen Crane, 1871-1900）等人。1898 年，吉辛与他的法语翻译加布里埃尔·弗洛里（Gabrielle Fleury）结婚，并从此定居法国。

1903 年，吉辛出版了《四季随笔》（*The Private Papers of Henry Ryecroft*），这部作品被认为是他的自传式小说，书中人物所走过的路与吉辛本人的极为相似。而不同的是，主人公最后很偶然地获得亡友赠予的 300 英镑遗产。这笔钱使他能够放弃写作，住到乡下去，并且在舒适的生活环境中静静地度过了自己人生最后的时光。[186]

1903 年 12 月 28 日，吉辛死于肺气肿，终年 46 岁。

《文苑外史》（又译《新寒士街》、《新格拉布街》）

该书英文书名中的街道名称——新寒士街——指的是伦敦 18 世纪时雇佣文人聚居的地方，也是英国雇佣文学的代名词。而这个地方到吉辛生活的时代已经不复存在了。书中的两个主要人物——埃德温·雷尔登和贾斯珀·米尔文——分别代表着当时英国文坛的两个极端。前者是一位小说家，才华出众，但不具有商业头脑；而后者则是一个年轻的记者，工作努力，待人慷慨，但对文学创作持一种高度的实用主义态度。

小说一开始就把米尔文塑造成一个观点极为现代的年轻人，他的文学创作纯粹被商业利益所驱动。他为那些没受过什么教育的人撰写他们喜闻乐见的通俗文章，以赚取较为丰厚的稿酬，但同时他也承认，他一点都瞧不起这些读者。而作为米尔文的陪衬，吉辛在书中又刻画出了雷尔登这样一个人物。小说中的雷尔登起初拒绝为读者低俗的趣味而牺牲自己高尚的文学理想。但在经济上已无法保证自己妻子和孩子的生存时，雷尔登在妻子艾米和朋友米尔文的劝说下，不得不放弃自己的理想，开始了通俗小说的创作。然而，这种新的文学尝试并未能使雷尔登的文学生涯显现出任何起色。因为他并没有真正掌握世俗的好恶，他的通俗小说无法被读者广泛接受。逐渐恶化的经济状况使雷尔登开始考虑搬到小一点的住房以减少生活开支，但这个想法遭到了艾米的坚决反对。艾米原本认为雷尔登才华过人，将来能成为一位名作家才与他结婚。眼看着雷尔登逐步走向颓势，艾米毅然决然地搬回自己的娘家去住，从此与雷尔登分居。而雷尔登则一蹶不振，不久便身患重病。虽然后来由于孩子的死夫妻二人和解，但雷尔登最后还是撒手人寰了。

相比之下，善于弄潮的米尔文却显得幸运得多。他首先结识了高雅、贤淑的玛丽安·尤尔——老作家阿尔弗雷德·尤尔的女儿，并被她的学识和人品所打动。然而，势利实用的米尔文却因玛丽安家境贫寒而拒绝提出求婚。琢磨不定的米尔文使玛丽安痛苦万分。玛丽安与艾米是堂姐妹。后来，她们共同的伯父富翁约翰·尤尔去世，给二人分别留下了数额不等的遗产。米尔文看到玛丽安获得了遗产，就萌生了求婚的念头。但后来玛丽安投资失败，遗产丧失大半，而且其父因白内障失明，需要她的供养。在无利可图的情况下，米尔文就与玛丽安分手了。

而同为约翰·尤尔遗产继承人的艾米此时便成了米尔文追逐的对象。雷尔登去世后，为了艾米那 1 万英镑的遗产，米尔文发动了攻势。在此之前，米尔文灵活的头脑和务实的态度已经博得了也同样务实的艾米的好感。他们的结合自然是一件顺理成章的事情。随后米尔文当上大刊物主编，夫妻二人开始了幸福美满的生活。

从创作角度看，《文苑外史》在人物塑造方面有了很大的创新，书中的人物不再像狄更斯等其他维多利亚时代作家笔下的那样非黑即白，而是多了道德层次，变得饱满了很多。例如，玛丽安的父亲阿尔弗雷德·尤尔虽然心地善良，具有同情心，但对自己家人却是十分苛刻，脾气暴躁，而且因为自己妻子社会地位低下而对她和她的家人傲慢无礼。艾米起初的贤惠，后来对绝望中的雷尔登的蔑视，以及在雷尔登死后拒绝他们的朋友毕芬（Biffen）的追求，反映出极具社会达尔文主义色彩的她对金钱和富足生活的追求及对感情的漠视。而在品德多面性方面，对米尔文的描写则最为出色。一方面，米尔文是一个利欲熏心的人，他把婚姻视作提升自己社会地位的阶梯，对玛丽安的追求和抛弃正是反映了这种心态，同时，雷尔登死后，他在得知艾米得到的遗产数额后对艾米的追求则是他本性的大暴露。但米尔文又不能被称为唯利是图的薄义小人，他对朋友和家人在遇到困难时给予热心帮助，说明了他人格的多面性。

小说除了在人物刻画方面的独到之处以外，还运用了其他的文学手法，如比喻、象征和反讽。例如，米尔文看到列车驶过的描写象征了他的野心和对玛丽安的吸引力；那匹衰惫可怜的老马象征阿尔弗雷德·尤尔在文场上久经挫折和终于败下阵来。在反讽方面，那名穷困潦倒的外科医生的名字却是象征着胜利者的“Victor”。同时，雷尔登生前的未尽事宜，即他作品的出版，最后还是由米尔文来完成。

《以太世界》

《以太世界》是吉辛 1889 年出版的描写英国下层人士惨淡生活的小说，其自然主义色彩非常浓厚。小说情节围绕着几个生活在 19 世纪伦敦贫民窟中的家庭展开，对他们的痛苦经历进行了生动的描写。书中内容体现了当时劳工阶层所面临的诸多问题，例如失业、缺乏有效的谋生手段和像样的生活环境。小说总休上表现的是 种压抑、悲观、阴郁的情绪。

在小说的开头，迈克尔·斯诺顿（Michael Snowdon）在从死去的儿子那里继承了一大笔遗产后返回伦敦。虽然这笔钱足能使老迈克尔安享晚年，但他隐瞒了自己的财富，依旧像以前一样过着非常清苦的生活。在伦敦，迈克尔找到自己的孙女简（Jane）。在此之前，简受雇于佩克福（Peckover）一家，受尽了盘剥和欺凌。简的父亲约瑟夫是迈克尔的另一个儿子，几年前声称去找工作，把简托付给了这家人，后来就失踪了。迈克尔拟定了一个计划：在他死后将遗产赠予简，但要求简将这笔钱用于社会慈善事业，而不是满足她自己的个人需要。于是，在把遗嘱的事情告诉简之前，迈克尔就开始鼓励她投身于慈善事业中去，以培养她的善心。

然而，约瑟夫突然回到了伦敦。早先他就曾因为琐事与他父亲闹翻，所以父子之间的关系并不融洽。克兰·佩克福（Clem Peckover）和她的母亲对迈克尔的巨额财富有所察觉，于是她便和约瑟夫结了婚。见到约瑟夫后，迈克尔显得异常冷淡，没有向他提及任何有关遗产的事情。为此，约瑟夫遭到了大失所望的克兰百般纠缠。同时，他也相信父亲拥有巨额财富。为了得到父亲的好感，约瑟夫极尽全力去取悦于简。他还违心地向简的朋友西德尼·科克伍德（Sidney Kirkwood）示好。西德尼是位诚实善良、富于同情心的年轻人，并准备日后与简结婚，但他并不清楚遗产的事情。由于约瑟夫害怕西德尼会成为他继承迈克尔遗产的竞争对手，他颇费心机地使西德尼和他的前女友克拉拉·休伊特（Clara Hewett）旧情复燃，并在不久之后结了婚。

克拉拉是个年轻漂亮的女人，为了成为一名演艺界明星，她离家出走。克拉拉的哥哥鲍勃是一位很有前途的艺术家，但并不打算成为上流社会的一员，因为他娶了同是来自贫寒家庭的女孩。西德尼出于同情，经常帮助克拉拉的家人，并赢得了他们的信任。为了成名，克拉拉参加了一个巡游剧团，并表现出了一定的艺术才华，但很快就遭到了嫉妒她的人的暗算，被人用酸液毁了容。回到家后，克拉拉感到万念俱灰。同时，她也能静下来重新考虑自己的人生道路，并对自己先前对西德尼的忘恩负义而备感愧疚。她想到了自杀。

与此同时，迈克尔分别对简和西德尼谈了他的秘密计划。在计划中他详细说明了财富将如何使用。起初，西德尼同意让简毕生投身于慈善事业，但后来他改变了看法，认为钱应该花在简的教育和个人生活上。因为反对迈克尔的意见，再加上约瑟夫从中作梗，西德尼开始疏远简，最后提出要与克拉拉结婚。

失去了西德尼的爱，简非常悲痛，同时她怀疑自己是否能够按照他祖父的意愿去安排自己的生活。她的迟疑不久便使自己失去了老迈克尔的宠爱。迈克尔最终毁掉了那份遗嘱。但正当他考虑新的受益人时，却由于突发脑溢血去世了。根据英国法律，由于没有遗嘱，约瑟夫理所当然地继承了他父亲的全部财产。然而他那狠毒的妻子为了得到财产不惜买凶加害于他，聪明的约瑟夫躲过了这一劫，带着钱逃到了国外，只给简留下了一小笔生活费。

小说中每个人物的结局都是非常悲惨的。西德尼和克拉拉并不幸福，他们整天为生计而奔波；简知道她父亲的所作所为后拒绝了他的钱，并在后来拒绝了一位收入丰厚的职员的求婚，最后不得不一生辛劳；克兰因被指控企图毒杀她的母亲而被起诉；鲍勃因为铸造假币而被追捕，不得不抛妻弃子流落他乡，最后抑郁而终；而约瑟夫的财产则都被美国的股市无情地吞噬了。

在情节安排上，《以太世界》充分反映了自然主义思潮对吉辛的影响。以老迈克尔和简为代表的书中人物，虽然身处社会底层，却都希望能够通过努力进入上层社会，过上富足的物质生活，但在命运面前，他们美好的愿望却屡屡受到挫折。起初，老迈克尔的动机是值得敬重的，他不惜自己忍受贫寒，准备为社会慈善事业做出自己的贡献。不仅如此，他还让自己的孙女为此献身。这实际上是对当时社会达尔文主义思潮的一种反制。迈克尔要用自己新近获得的财富去拯救那些和他以前一样的穷人。然而，他不仅形孤影只，无法完成自己那宏伟的事业，而且也无法得到周围人们，特别是自己孙女的理解。更可悲的是，他周围的许多人，也是他致力于救助的穷人，都在挖空心思，打他财产的主意。这样，迈克尔的宏伟计划在开始就注定要失败，而且导致他失败的人正是他要拯救的人。这种情节上的安排有很强的悲剧成分。

在人物刻画上，小说也体现出很强的宿命论色彩。这些人物在人性上都存在着这样那样的缺陷，如不求实际、犹豫不决、固执己见、贪婪成性等。而他们自身的这些缺陷也使他们在绝望之路上越行越远，最后终以悲剧收场。老迈克尔不顾简和西德尼的感受而一意孤行，不仅断送了自己孙女的幸福，而且让自己的财富落入了小人之手；简面对决定自己命运的关键时刻总是无法做出正确的抉择，最后不得不与贫穷相伴一生；克拉拉心比天高，总是无法接受自己作为穷人的现实，同时又不具备改变自己命运的能力和机遇，不仅自己碰壁，而且累及自己的家人和爱人；鲍勃出于同情，与自己不爱的人结婚，并为此放弃了成名的机会，到后来为了生计铤而走险，只落得家破人亡；而约瑟夫和佩克福母女的贪婪和恶毒则是另外一种宿命论的表现，他们机关算尽，但最终还是逃脱不了覆灭的厄运。

罗伯特·路易斯·史蒂文森（Robert Louis Stevenson, 1850-1894）

罗伯特·路易斯·史蒂文森生于苏格兰的爱丁堡，父亲是工程师，专门从事灯塔设计和制造，母亲来自律师和牧师之家。史蒂文森是个勤奋的学生，他听从父亲的安排考入爱丁堡大学机械系学习，以便将来到父亲的公司工作。然而，史蒂文森很快就对此安排产生了异议。最后，他与父亲达成一致，转修法律。在学期间，他经常与朋友到法国度假，而这些人大多是艺术家。史蒂文森 25 岁时通过律师资格考试，但他从心里觉得自己与法律无缘，所以从未真正从事律师职业。也是在那个时候，他发表了他的第一篇游记，随后便开始了文学创作生涯。

史蒂文森自幼受到父母的教育，年轻时接受了他的时代的价值观里比较正面的因素，如信仰虔诚、工作勤劳、取得成功等。但随着年龄的增长，他越来越觉得难以接受父亲对职业的看法，因为他已对维多利亚时代各种所谓的理想失去了兴趣。对他说来，整个英国好像都把努力工作作为人的至高无上的职责。但史蒂文森本人却常常梦想着脱离机械这一行业，离开苏格兰，甚至摆脱所有维多利亚时代强加给人的责任。所以，他的许多作品中的人物都处在责任和自由的冲突之中，不知道如何从这种进退维谷的境地中解脱出来。1886 年出版的《化身博士》（*Dr. Jekyll and Mr. Hyde*）将二者之间的矛盾非常形象地显示出来。另外，《金银岛》（*The Treasure Island*）中恪守职责、令人尊敬的绅士们和为所欲为的海盗们之间的矛盾和斗争，也烘托出了责任与自由之间的水火不容。可能由于史蒂文森自身存在的这种矛盾，在小说中他从未能泾渭分明地区分开道德的正反侧面。在这些作品中，善与恶常常纠缠在一起，就像十恶不赦的海盗头西尔弗（Long John Silver）所说的，他与小说中代表着正义的小主人公吉姆·霍金斯（Jim Hawkins）有着许多的共性。

此外，逃避主义同样在史蒂文森的生活和作品中有所显现。1876年，史蒂文森在法国旅行期间与比他年长10多岁的美国妇女范尼·范德格里夫特·奥斯布恩（Fanny Van de Grift Osbourne）相遇。除了年龄上的差异，奥斯布恩已婚，还有两个年幼的孩子。史蒂文森不顾当时的风俗习惯，爱上了奥斯布恩，两年后在加利福尼亚与其成婚。他与奥斯布恩的两个孩子相处甚佳。一次他与他们画地图时，产生了创作《金银岛》的想法。

《金银岛》所描写的海上旅行后来也在史蒂文森的生活中经常出现。因为遗传原因，他患有肺结核，医生建议他到温暖的南方去旅行，希望能改善健康状况。1888年，他和家人到达位于南太平洋的萨摩亚，1889年在那里定居。1894年，史蒂文森病逝，被葬在维亚山的山顶，这种方式最后一次突显出他追求独立、不愿接受约束的精神。

史蒂文森尽管终身患病，却从不言放弃，满怀希望和信心与疾病作斗争，从死神那里争取到更多的时间，写出不朽的作品，为当代和后代留下一笔可观的文学遗产。他的想象力丰富而奇特，一直笔耕不辍，在很短时间内创作出大量作品，以高度的道德感诲人不倦，给人带来幸福和欢乐，丰富了人们的心灵，鼓舞了人们的士气和精神。在许多方面，史蒂文森都与维多利亚时代的潮流相背离。当大多数作家坚持道德说教和遵循现实主义创作手法时，他却独辟蹊径，创作出浪漫故事来为当时狭隘、讲求实际的生活增添一些乐趣。他通过这些作品激励读者的心灵，扩大他们的视野。他具有崇高的道德标准。史蒂文森深受同代人的喜爱，他们经历许多变化，遭遇许多困惑，一直都渴望出现一些令人耳目一新的东西帮助他们暂时逃离维多利亚时期这个平凡单调的世界。在给人带来快活的史蒂文森的身上，他们终于找到了自己的所爱。

随着时间的流逝，史蒂文森的文学地位和影响力几经沉浮。在他去世后的一段时间内，他的作品受到忽视，一些人（其中包括弗吉尼亚·乌尔夫）认为他只不过是一位儿童文学作家而已，他的作品缺乏深度。但是，他的作品所彰显的不朽的精神表现出它们的永恒魅力，最终使他赢得全世界读者的喜爱，重新使人对他刮目相看，认识到他对英国文学，乃至世界文学所做出的突出贡献。史蒂文森不仅是一位小说家，而且是一位诗人、散文家、剧作家。鉴于他短暂的一生，他所取得的成就不由得令人惊叹不已。[187]

《金银岛》

在他众多的作品中，最具影响力的是《金银岛》和《化身博士》。这两部小说不但情节曲折，富于想象，而且反映出史蒂文森深奥的伦理与哲学思想。《金银岛》描述一个名叫吉姆·霍金斯的男孩的寻宝奇遇。这部小说刚一出版就深受读者喜爱。这是因为在维多利亚时代后期，英国面临着许多社会问题，多数国民都生活在贫穷和痛苦当中，而《金银岛》为人们提供了一个暂时忘却自己烦恼的机会。同时，小说所讲的寻宝故事对所有人来说都具有特殊的吸引力。小说中讲，吉姆的父母在18世纪英格兰的布里斯托尔附近开办一家叫做"本伯上将"（Admiral Benbow）的旅店。一天，住在店中的一位老船长比利·伯恩斯（Billy Bones）被一伙海盗杀害。比利的死使吉姆感到非常震惊和恐惧。随后吉姆和他母亲打开比利的箱子，在里面放着他从弗林特船长（Captain Flint）那里偷来的藏宝图及一本航海日志。这时，母子二人听到传来的脚步声，慌忙离开。不久，杀死比利的一伙又返回客栈，发疯似地寻找他们所要的东西。[188]

吉姆意识到箱子里的物件肯定异乎寻常，于是他就拿了其中的一份文件去见他的几个熟人，其中有利沃西（Livesey）医生和乡绅特里劳尼（Trelawney）。他们认出这是一张地图，上面标注着臭名昭著的海盗弗林特船长在某个海岛上藏匿大量财宝的地方。这一发现使他们极其兴奋。特里劳尼立刻着手制定寻宝方案。他出资装备起航船"赫斯班尼亚拉"号，出海探险。然而，由于特里劳尼的无知和天真，他雇用了弗林特船长以前的帮凶西尔弗，还有许多其他曾在弗林特船上的海盗。只有船长斯莫利特（Smollet）是个可以信赖的人。在船启程时，情况还算正常，但在驶往金银岛的途中，吉姆很偶然地发现西尔弗在策划一场水手哗变。吉姆即刻把这一消息告诉了船长。

航船到达金银岛后，斯莫利特船长制定出一个计划，将大多数将要哗变的水手遣下船去。吉姆却一时兴起，偷偷地溜进海盗的小艇，和他们一起上岸。由于惧怕那些海盗，吉姆独自躲起来。后来他在暗中看到西尔弗杀死一名拒绝参与哗变的水手后，便向海岛的深处跑去。在那里，吉姆遇到了形象怪异、举止疯癫的本·甘恩（Ben Gunn）。本·甘恩曾在弗林特的船上做事，几年前被放逐到海岛上。

与此同时，斯莫利特和忠于他的水手们也上岸，夺取了海盗搭建的防御工事。吉姆带着本·甘恩回到工事。随后，西尔弗来见船长，要求谈判，但被拒绝。转天，海盗们开始进攻。斯莫利特船长在战斗中负伤。吉姆离开他的同伴，划着本·甘恩的小艇，驶向已经抛锚的船。他想把锚绳割断，这样便可以切断海盗的退路。吉姆割完后发现，他自己的小艇已经飘到海盗盘踞的地方。幸好，海盗并未发现他。为了躲避海盗，他又一次划回已经飘远的船边，登上船去。在船上，他发现留下看船的水手以色列·汉兹（Israel Hands）酒后杀死了另外一个同伴。吉姆控制了这条船，汉兹试图杀死吉姆。在搏斗中，吉姆杀死汉兹，但自己也受伤。

他又返回岛上的防御工事，发现那里已被海盗占领。西尔弗抓住吉姆，将他扣作人质。他让吉姆告诉船长，要活命就必须交出藏宝图和给养。吉姆意识到，西尔弗已经无法掌控其他海盗。西尔弗提出，他与吉姆应相互帮助，共渡难关。他让吉姆假扮他的人质，吉姆答应。但海盗们告诉西尔弗，他已经无权统领他们。西尔弗从众海盗手中救下吉姆，又从医生那里拿到地图。为了重新控制这些海盗，西尔弗让他们看藏宝图。他带着吉姆和海盗们到了藏宝的地点，但他们非常惊讶地发现，那里已经被人挖过，财宝已被取走。众海盗大怒。这时，早已埋伏在此地的利沃西医生、本·甘恩和其他人开始向海盗开火。海盗四散奔逃。战斗结束后，吉姆和西尔弗在其他人的带领下，来到本·甘恩藏宝的地方。原来在数月前，本·甘恩就发现了这些财宝，并将它们转移。

吉姆等人耗费了三天时间将财宝运到船上，随后启程，开往英国。有关那些活下来的海盗们的命运众说不一。虽然他们祈求船长将他们带走，但还是被流放在岛上，他们的不义将使他们面临孤独的惩罚。西尔弗得到允许，跟随众人返回英国，但中途带着一部分财宝溜掉了。最后，船安全抵达英国。斯莫利特船长退休，本·甘恩成为一个旅店老板。虽然吉姆发誓今生永不参与寻宝，但他还是不时梦到金币和大海。

作为书中的主要人物，吉姆年龄虽小，但展现出过人的勇气、智慧和忠诚，总能给读者留下深刻的印象。同时，这些优秀品质也是史蒂文森意在宣扬的，也正是它们使这部作品在世界各地拥有如此众多的读者。而西尔弗则是所有人物中最为多彩、最为复杂的一个。他是小说里塑造得最成功的人物。他既有善良的一面，也有邪恶的一面，贪得无厌、诡计多端、杀人不眨眼，但在救下吉姆的事件上也显示出他的大度胸怀。西尔弗的出手相救，确实令吉姆深感意外。在吉姆眼中，西尔弗是个“脚踩两只船的叛徒”。[189]其性格的复杂性给这个简单的冒险故事增加了哲学和心理深度，以及跨越时间的永恒魅力。仅从这一点上看，《金银岛》不仅是一部出色的儿童文学作品，而且是一部有思想、有深度的文学名著。

《化身博士》

史蒂文森的另一部小说《化身博士》在一个更深的层次上对人的心理、伦理和人性等诸方面进行了剖析。作者在尝试以最直接的方式表现人的两面性及分裂的人格。《化身博士》的主人公是伦敦一个有名的内科医生，名叫亨利·杰克尔。杰克尔年届 50，身材高大，不苟言笑，严肃认真，平和的脸上却隐隐有一丝狡猾。他从小就意识到自己的双重性格。白天他与人为善，为人类知识的进步而奋斗，晚上却深陷于各种无耻的活动之中不可自拔。他称自己为两面派。

故事是这样的：感觉敏锐、诚实可靠的律师厄塔森（Utterson）有一天在街上散步，经过一处房子，他的朋友恩菲尔德（Enfield）给他讲了一个和这所房子的主人有关的传闻。这家房主自称海德先生（Mr. Hyde），生性既怪癖又暴虐。有一次，他将一个小女孩撞倒后竟然从她身上踏过。小女孩的家人据理抗争，他便给了他们一张支票作为补偿，而令人费解的是，上面的签名却是他们都熟知的一位受人尊敬的绅士杰克尔医生（Dr. Jekyll）。厄塔森听后，和恩菲尔德持有同样观点，认为这个传闻有假。后来杰克尔博士找到厄塔森先生，要求立遗嘱。令厄塔森感到震惊的是，遗嘱的受益人竟是海德先生。

出于好奇，厄塔森后来发现海德出入的那座房子其实就是杰克尔住宅的延伸部分，是杰克尔做科学试验的地方。他也见到了海德本人。此人身材矮小、丑陋无比。厄塔森向杰克尔问起海德的事情，杰克尔含糊其词地敷衍过去。此后的一年里，厄塔森没再关注海德。一天深夜，一个尚未入睡的女仆看到窗外的街上，一个矮小丑陋的人用手杖将一位老绅士活活打死。后来，伦敦警方开始通缉这个杀人犯。因为死者也是厄塔森的客户，警察就请他协助调查。厄塔森得知罪犯体征的描述后，便猜想罪犯可能是海德。他去拜访杰克尔，但杰克尔声称已经与海德断绝了来往。为了证明这一说法，他还给厄塔森看了海德写给他表达歉意的字条。后来，厄塔森的助手断定，字条上的笔迹是杰克尔的手笔。

在随后的几个月中，杰克尔显得格外轻松，并经常与朋友聚会。过了不久，不知何故他突然开始拒绝与任何来访者见面。他以前的朋友拉尼因（Lanyon）去世。拉尼因去世前将一封信交给厄塔森，并叮嘱他一定要等到杰克尔死后方可拆阅。厄塔森与恩菲尔德散步，在杰克尔实验室的窗口见到了这位医生。三个人便开始交谈，但杰克尔突然间面露惧色，随后关上窗子便消失了。在后来的数月中，杰克尔把自己关在实验室，据他的管家普尔（Poole）描述，里面传出的竟是海德的声音。后来，厄塔森和普尔冲进实验室，发现一具尸体，那是身穿杰克尔的衣服、已经自杀的海德。此外还发现了一封写给厄塔森的信。

回家以后，厄塔森先读了拉尼因的信，得知拉尼因的死是由于他亲眼目睹海德喝下一种药剂后变成杰克尔时所造成的恐惧。杰克尔在信里则坦白了一切。他的信是一篇陈述，解释他本人从事研究和实验工作的初衷。他希望通过使用药剂将自己变成另外一个人，他为之命名为海德，此人形象猥琐，但充满活力、无拘无束，杰克尔期望通过海德来体验一种全新的生活。他的实验成功，他可把自己变成海德，也可把海德还原成他自己。但是后来他发现海德的生命力越来越旺盛，逐渐超出他的控制。杰克尔发现药水正在失效，自己以海德的面目出现的时间越来越长，想变回原来的样子也越来越困难。起初能使他自如地变形的药物最终失效，他再也变不回从前的模样。这时，海德的罪行使杰克尔失去了自由，无奈之下，他只能自杀。

《化身博士》趣味横生，让人爱不忍释，其原因与其说在于小说的思想性，不如说在于它的跌宕起伏的故事情节、细腻的叙述、简练优美的语言。小说要传达的是人的双重（或分裂的）人格，这种主题在此前或此后的许多作品中都出现过。与《化身博士》离得最近的同主题作品莫过于王尔德的小说《道林·格雷的画像》，在这部作品中，人的两面性是通过画像传达出来的。

《化身博士》清楚地说明了众所周知的一个事实，那就是所有的人都具有两面性。杰克尔医生象征性地通过服用化学药剂，将他人格里分别代表善与恶、道德与自我、责任与自由的两个方面成功地分离开来，自己依然是恪守道德规范、有很好的品德和修养、专心于科学研究、广受社会尊敬的杰克尔博士，而他本性里曾经受到压抑和约束的那一部分自我，则可以摆脱社会伦理道德规范的这种控制，以另外一个形象（海德）真正享受无拘无束的自由和幸福。这样，他可以经历两种截然不同的生活。海德是个原始的、具有兽性的形象。

史蒂文森突显人性的两面性的真正目的是他对世人善意的警示。在他看来，虽然人可能享受那些只有海德才敢于享受的自由和活力，但将会面临极大危险，因为违背社会约束、出于人类本能渴望的享乐行为，可能表现出人的“恶”的一面。这一面具有极强的生命力，失去控制后会过度膨胀，很快就会打破人性两面之间的平衡，使人的主体变成“恶人”，与社会产生不可调和的矛盾，最终导致人的毁灭。史蒂文森的这一思想与弗洛伊德的人格理论不谋而合。根据这个理论，在组成人格的三个方面——本我、自我和超我——之间，应该存在一种和谐关系。人应当用超我来约束本我，协调本能与社会规范之间的关系，这样他的自我才能得以健康存在。在《化身博士》中，杰克尔医生象征着超我，海德象征着他的本能和自我，杰克尔为追求自我的最大满足，打破了这两者间的平衡，破坏了控制与被控制之间的关系。海德于是随心所欲，最后终酿成苦酒，杰克尔自作自受，别无选择。杰克尔的遗书淋漓尽致地描述了这种善与恶之间的搏斗情况：

> ……海德对杰克尔的仇恨却是另一种类型。他对绞刑架的恐惧驱使他不断地进行暂时性的自杀，回到他作为人的一部分的从属地位，而不再是整个人。但他憎恨这种必要性，他憎恨杰克尔现在无法自拔的颓丧失望状态，他怨恨杰克尔对待他的那种厌恶，所以他像个人猿一样跟我捣蛋……而且，实际上如果不是自己怕死，他早就会用毁灭自己来把我也拖入毁灭。……当我知道他如何害怕我会用自杀来摆脱他时，我心里不禁对他多少有点可怜。[190]

杰克尔医生最后终于让海德断送了自己。

查尔斯·金斯利（Charles Kingsley, 1819-1875）

金斯利出生在德文郡的一个牧师家庭，曾在伦敦的国王学院读书，后进入剑桥大学学习法律。剑桥大学毕业后，金斯利改变了向律师方向发展的初衷，做了教区的牧师。1860 年，金斯利被剑桥大学聘为教授，其后还做过威尔士王子的老师（威尔士王子后来即位为英王爱德华七世）。1869 年，金斯利辞去教师职务，从转年开始，在切斯特大教堂担任了三年的牧师。在这段时间里，金斯利倡导并创建了切斯特自然科学、文学与艺术协会（Chester Society for Natural Science, Literature and Art），为日后建立葛洛斯文诺博物馆（Grosvenor Museum）打下了良好的基础。抑或由于金斯利出众的才能，抑或由于命运，金斯利无法与教育彻底绝缘。1872年，他被任命为伯明翰与米德兰德学院（Birmingham and Midland Institute）的校长，这是金斯利公众职业生涯中的最后一份工作。

除了享有成功教育家的声誉之外，金斯利还以学识渊博的神职人员、学者、小说家、剧作家和诗人著称。在他的以历史题材为主的小说作品中，比较重要的有《希帕蒂亚，又名：旧面孔的新群敌》（*Hypatia, or, New Foes with an Old Face*, 1853）、《守望者赫里沃德》（*Hereward the Wake*, 1865）和《向西，去啊！》（*Westward Ho!* 1855）。希帕蒂亚（约 370-415）是希腊著名的女哲学家、数学家和教育家，据传她不仅聪慧多才，而且美貌高雅，极具个人魅力。令人遗憾的是，正值盛年的希帕蒂亚在亚历山大城街头被刺身亡。希帕蒂亚的经历激发了后世许多学者、作家和艺术家的研究兴趣，在不同的历史年代，都有以她的生平事迹为故事主线的诗歌、小说和戏剧作品问世，更有对她进行专门研究的大量学术论文和著作。在金斯利的小说中，作者以希帕蒂亚的生平故事为蓝本，以写实与虚构相结合的手法，展示了这位在古代西方世界中屈指可数的杰出女性短暂而辉煌的一生；小说的另一主题，正如其副标题所示，讨论了希帕蒂亚生活的年代里不同宗教之间的激烈摩擦与冲突。小说问世后很受欢迎，不仅重印多次，还被译成数种语体出版。

在《希帕蒂亚》问世 12 年之后，金斯利发表了另一部半虚构性质的历史小说《守望者赫里沃德》。历史名人赫里沃德（Hereward the Wake，约 1035-1072）的生平主要经由众口相传的形式存留于世，证据确凿的历史资料并不很多。金斯利在充分利用民间传说的基础上，以丰富的想象力和浪漫主义的创作方法，讲述了撒克逊民族英雄们抵抗外来侵略者的英雄故事。“守望者”（the Wake）是后世人们对于赫里沃德的尊称，他的同时代人通常称他为“反抗者赫里沃德”（Hereward the Outlaw）或“流亡者赫里沃德”（Hereward the Exile）。赫里沃德以英勇反抗法国入侵者而闻名：从 1066 年开始，法国诺曼底公爵即征服者威廉（King William I The Conqueror, 1028-1087）率领军队入侵英格兰，赫里沃德与莫卡伯爵（Earl Morcar）等爱国志士带领盎格鲁—撒克逊士兵，以剑桥郡（Cambridgeshire）附近的伊利岛（Isle of Ely）作为军事基地，与侵略者的军队展开了顽强的抵抗斗争，这一英国历史上著名的保卫国土之战在《守望者赫里沃德》中再现，是小说的主要故事之一。

与上述两部小说相比，具有更大影响力的同类作品当属《向西，去啊！》。金斯利从历时三年的克里米亚战争（The Crimean War, 1853-1856）的史料以及海盗船队总指挥理查德·霍金斯爵士（Sir Richard Hawkins / Hawkyns, 1562-1622）的航海日志中获得灵感，将加勒比风情、海盗故事、探险、淘金、爱情、绑架、超自然、英国与西班牙之间的交恶等多种元素融于一体，写出了这部深受读者喜爱的历史传奇小说。小说围绕着主人公埃米亚斯的历险故事展开：埃米亚斯生活在伊丽莎白一世统治时期，是个生性狂放、喜欢冒险和刺激的年轻男子。他曾跟随著名海盗弗朗西斯·德雷克四处探险，见识了广博的世界，体验了人生的种种况味。埃米亚斯早年间爱上了家乡有名的美丽姑娘、"村花"罗丝（罗丝的英文名是"Rose"，意即"玫瑰"），遗憾的是，小伙子心中的红玫瑰被西班牙海盗劫走。埃米亚斯未能营救出罗丝，在极度失意与痛苦之中去了加勒比海地区淘金。几年后，埃米亚斯重返英国，还结识了一位纯朴漂亮的印第安姑娘。当埃米亚斯的心灵创伤逐渐愈合，幸福生活即将开始的时候，残酷的命运之手又对他施以一次又一次的无情击打：他的第一位恋人罗丝在逃跑过程中被西班牙人抓住，被绑在宗教裁判所前的柱子上活活烧死；埃米亚斯痛失了挚爱的兄弟；他本人亦在海上行船时遭遇恶劣天气，被神秘的雷电击中而双目失明。

小说主人公的悲惨境遇令人唏嘘，而小说本身引发的连锁反应却使人振奋不已。《向西，去啊！》不仅受到读者的热烈追捧，还催生出不同凡响的一系列副产品。其一是德文郡柏德福德镇（Bideford in Devon）附近的一个靠海渔村以小说的标题命名，连标题中的感叹号也没有舍弃。因此，"向西，去啊！"（Westward Ho!）成为英国境内独一无二的含有感叹号的地名，那个小渔村自此获得了价值难以估量的宝贵的无形资产；其二，《向西，去啊！》为该地带来巨大的经济收益：昔日的平凡渔村搭上了金斯利热销小说的盈利快车，其发展轨迹立即呈现出惊人的突变——1864年见证了这个客观上并不具备足够自然旅游资源的小小渔村华丽变身为著名旅游胜地的神奇历程；思绪缜密的开发者们还为这个景区专门配套修建了一条名为"柏德福德——向西，去啊！——阿普尔多尔"的铁路（Bideford, Westward Ho! and Appledore Railway），为"向西，去啊！"输送着川流不息的客源。另一值得关注的事实是，这个度假地不仅拥有极具个性的独特名称，还拥有许多令人兴趣盎然的景点。这些景点是小说中一些重要事件的发生地，人们根据小说的描述，在这个度假地建造了一些景物，使虚拟的小说场景在生活中再现。尤其是那片举世闻名的由无数颗光溜溜、亮闪闪的大鹅卵石组成的卵石滩，其壮观与奇异程度令每位游客终身难忘。对于喜爱《向西，去啊！》的读者来说，与小说同名的度假中心给他们带来的感受是极为独特的：踏上那片在小说中多次出现的、由无数颗圆滑光亮的大鹅卵石组成的卵石滩，似乎有穿越茫茫时空，重返伊丽莎白一世时代之感。金斯利笔下的处处场景，读者们早已烂熟于心，然而，在“向西，去啊！”亲眼目睹这些场景，自是别有一番感受：物在人非，小说与现世交融，往昔与今朝难辨。被具体化了的小说场面在“向西，去啊！”定格，犹如恒古不变的忠实朋友，静默而执著地等候着知音的到来。梦幻般的场景、独特的心灵感受，增加了这个度假地的吸引力。纵观英国文学史，像《向西，去啊！》这样对读者与现实生活产生极大影响的小说并不多见。

金斯利的另一部长篇小说《阿尔顿·洛克》（*Alton Locke*, 1850）通过讲述主人公的故事，折射了发生在19世纪中叶的英国宪章运动的情况。年轻的主人公阿尔顿·洛克身体瘦弱，但激情澎湃，对未来怀有远大的抱负。他虽然在学习制衣手艺，却并不打算在裁缝铺或服装厂里度过平凡而安稳的一生。他热切地关心着国家的命运，对社会不公深感愤慨；他梦想有朝一日能成为诗人，用诗歌彰显自己的主张，唤起社会底层人们要求平等的斗争意识；他希望用自己的行动来改变当时的社会，改变底层劳工的窘迫困境。几番挫折教育了他，使他意识到个人的力量太过渺小，自己也无法找到医治社会不平等这一痼疾的灵丹妙药。正在蓬勃发展的宪章运动带给阿尔顿·洛克新的希望，他满怀热情地投身其中。然而，宪章运动并未大获成功，这使阿尔顿·洛克深受打击。在心灰意冷的状态之下，他乘上一艘开往美国的远洋轮船，希冀在新大陆开始全新的生活。航船尚未抵达彼岸，阿尔顿·洛克便客死旅途中。小说以同情的笔触，写出了对年轻的理想主义者的希望逐一幻灭的遗憾，并对制衣工、农业工人等普通劳动阶层的生存状态给予深切的关注。

金斯利在儿童文学创作方面也取得卓越成绩。1856年，他发表了《英雄们：希腊神话故事》（*The Heroes, Greek fairy tales*）。这部小说以少年儿童为目标读者，语言通俗易懂，措辞优美简洁，通过讲述古希腊传说中的众多英雄故事，在孩子们幼小的心灵里播下崇尚正义、勇敢、诚实等美德的种子。在金斯利创作的几部儿童文学作品中，最具影响力的当属小说

《水孩子，讲给陆地孩子的童话》（*The Water-Babies, A Fairy Tale for a Land Baby*）。该故事首先在1862年至1863年间，由《麦克米伦》杂志（*Macmillan's Magazine*）分期连载，其单行本则在1863年面世。

本杰明·狄斯雷利（Benjamin Disraeli, 1804-1881）

本杰明·狄斯雷利是19世纪英国小说家和政治家。他出生在伦敦一个富裕的犹太人家庭，13岁时皈依英国国教成为基督徒。1821年，他在父亲建议下进入一家律师事务所当实习生。但他对法律兴趣不大，转而开始从事文学创作。

1824年，狄斯雷利写了一部讽刺社会现实的短篇小说。该小说并未受到出版商的青睐，狄斯雷利在失望中将稿件付之一炬。1826年，他化名"时髦者"（man of fashion）发表了讽刺小说《维维安·格雷》（*Vivian Grey*）。小说抨击了当时英国的政治和社会现实，在伦敦社会引发热议，作者的身份也很快被媒体披露出来，为此狄斯雷利受到评论界的严厉指责。这一时期，他还与人合作投资了南美矿业股份和《代议报》（*The Representative*），结果蒙受巨额损失。此后他长期深陷债务之中，直到1852年担任内阁财政大臣时才得以解脱。

在经受连番挫败后，狄斯雷利心情极度抑郁，精神几近崩溃。1830年至1831年，他游历了地中海沿岸和近东一些国家。对他来说，这次旅行意义重大。他不仅恢复了健康与活力，而且认识到只有投身政治斗争才能在事业上有所成就。

回国后，狄斯雷利搬到了伦敦西区，开始出入豪华府邸，走访政界名流。但他的从政之路并不顺利。1832年至1835年，他先后四次竞选议员，均以失败告终。这一时期，他创作了包括《年轻的公爵》（*The Young Duke*, 1831）、《康塔里尼·弗莱明》（*Contarini Fleming*, 1832）、《奥尔罗伊》（*Alroy*, 1833）、《亨里埃塔·坦普尔》（*Henrietta Teple*, 1836）和《威尼西娅》（*Venetia*, 1837）等多部描写上流社会风尚的小说，在文坛崭露头角。

1837年，狄斯雷利成功当选保守党议员，从此青云直上。1848年至1880年，他担任议会保守党领袖。期间，他曾三次出任财政大臣，两度受命组阁，最终登上权力巅峰。他在担任首相期间，对内积极推动议会和政府改革，对外致力于巩固和扩大英国的海外利益，被公认为英国历史上最伟大的首相之一。

狄斯雷利在从政之余并未忽视文学创作。他最好的小说当推创作于19 世纪 40 年代的“青年英格兰”三部曲：《康宁思比，或新的一代》（*Coningsby; or, The New Generation*, 1844）、《西比尔，或两个民族》（*Sybil; or, The Two Nations*, 1845）及《坦克雷德，或新十字军》（*Tancred; or, The New Crusade*, 1847）。狄斯雷利作为小说家的主要功绩在于他用小说书写了历史。他的三部曲在许多方面回应并创造性地发现了在工业大潮冲击下英国社会经历的变化，较早地对工业革命中的进步观念及其背后的功利思想进行了深刻的反思。[191] 三部曲出版后畅销一时，狄斯雷利由此跻身 19 世纪英国最杰出的小说家之列。狄斯雷利晚年还创作了小说《洛萨尔》（*Lothair*, 1870）、《恩迪米昂》（*Endymion*, 1880）及残卷《弗肯尼特》（*Falconet*, 1881）。

“青年英格兰”三部曲

“青年英格兰运动”出现于 19 世纪 40 年代，是英国议会下院保守党内的一个政治团体。该团体以狄斯雷利为核心，主要由几名青年贵族组成。他们反对时任保守党领袖兼内阁首相罗伯特·皮尔的政治路线，名噪一时。狄斯雷利为扩大政治影响，决定采用小说这种既符合时代精神，又为民众喜闻乐见的形式来传播其所在团体的政见。[192]“青年英格兰”三部曲就此应运而生。

由于狄斯雷利在英国历史上的影响重大，且其作品中富含浓郁的政治气息，后世对他的研究主要集中于他的政治生涯。他的三部曲多被看作是包裹着故事外衣的政治宣言，而不是要描绘生活的现实图画，长期以来一直被排斥在严格意义上的文学作品之外。目前，评论界较为一致的看法是，狄斯雷利开创了政治小说的传统，他将意识形态与娱乐相结合，为正在经历变革的传统社会创造了一种政治话语。[193] 有学者将三部曲中丰富的政治语言进行了细致的研究，将狄斯雷利的政治思想命名为“社会托利主义”（Social Toryism），把其特征归纳为：捍卫王权和国教的尊严，弘扬民族传统，恢复社会团结。[194] 实际上，三部曲并非只是政治宣言那样简单。它们虽然产生于政治斗争的氛围之中，但其本身却表现出超越政治语境的文学和社会价值。

值得首肯的是小说的文风。三部曲之所以深受读者好评，一个重要原因就是文中使用了许多模棱两可的语言，这种介于认真和反讽之间的文风使小说充满张力。[195]其次，三部曲是19世纪英国小说中较早带着问题意识探讨工业革命的史书型小说，清晰地表达了当时的人们在从农业文明向工业文明转型时期所感受到的复杂体验，具有重要的历史和社会意义。

狄斯雷利在三部曲中揭露了功利主义精神对维多利亚时代英国的政治、社会和精神生活造成的严重危害。

《康宁思比》以1832年英国议会改革为背景，讲述了一个贵族青年秉承传统的骑士精神，吸纳新兴工业阶级的进步理想，逐渐转变为政坛精英的成长历程，体现了狄斯雷利对处于贵族与资产阶级权力更迭时期英国政局的独特思考。

《西比尔》以一个出身贫苦工人家庭的年轻女子的恋爱经历为线索，反映了当时英国社会贫富分化的严重危机，以及日趋尖锐的阶级斗争，指出社会的分裂源于弥漫于英国社会的功利主义精神。

《坦克雷德》通过一个贵族青年坚定的圣地之旅，冀望通过融合古希伯来文明和古希腊文明，为功利主义精神笼罩下的英国社会寻求一剂精神良药。在狄斯雷利看来，要想解决英国的社会积弊，只能走“精英治世”之路，即国家必须由集想象力和责任感于一身的政治精英来统治。

显然，狄斯雷利的“精英治世”思想是以英国历史学家卡莱尔（Thomas Carlyle, 1795-1881）的“英雄崇拜”理论为基础的。卡莱尔认为，世界的历史归根结底是伟人的历史，伟人是人类的领袖，是传奇式的人物，是芸芸众生应该竭力仿效的典范和楷模。[196]在《康宁思比》中，狄斯雷利成功地刻画了新时代众望所归的领袖犹太人西多尼亚。

西多尼亚具有强烈的社会责任意识和清晰的历史视野。他不仅能充分地认识到工业革命中的进步力量，而且还能从精神和文化的高度超越盛行于英国政商两界的功利主义精神。他看到了英国各阶级之间存在的严重对立，指出英国作为一个共同体的精神品格正在衰亡。若要拯救英国，就必须恢复“英雄崇拜”的社会意识，使民众找回崇高感和热情，走出趋利避祸、趋乐避苦的功利魔咒。狄斯雷利在小说结束时借西多尼亚之口表达了对主人公康宁思比等青年贵族的期待，希望他们认识到自己肩负的伟大职责，致力于消除社会对立，使英国重新成为一个和谐的共同体。

三部曲的创作时间正逢英国历史上的“饥饿的40年代”。当时的英国社会危机四伏，有关阶级斗争的讨论不绝于耳。与《康宁思比》偏重描写上层社会的沙龙政治不同，《西比尔》将关注的视角转向英国的整个社会，突出了贫富对立和劳资对立等社会问题。小说中用了大量篇幅对当时英国的社会状况进行了全景式描写，其中年轻女矿工们劳役的情景最令人触目惊心：

> 这些英国未来的母亲们赤裸着上半身，穿着粗布裤子的双腿之间拴着一条皮带，上面系着一根铁链，借此拉着一桶桶煤块。每天要这样爬行 12 小时——有时甚至是 16 小时——的竟是一个个英国姑娘！而且，她们爬行的是崎岖而又黑暗的道路，上面还布满着坑坑洼洼。[197]

狄斯雷利在《西比尔》中并置了大量的贫富生活场景。他往往先描写一个富人生活的场景，随即就对穷人的生活进行刻画，有时干脆将贫富状况并置在同一个场景中。通过一系列鲜明的对比，狄斯雷利特意安排主人公艾格蒙特与社会主义者墨利讨论英国的现状。稚气未脱的艾格蒙特认为维多利亚女王统治下的英国是古往今来世界上最强盛的国家。墨利对此进行了反驳，一针见血地指出，女王统治着“穷人”和“富人”两个民族。他们之间没有交流和同情，互不了解彼此的习惯、思想和情感，其教养、饮食习惯、习俗及所遵循的法律也不尽相同，似乎居住在不同的区域，甚至是不同的星球上。狄斯雷利通过“两个民族”这一生动的比喻警醒世人，英国的繁荣昌盛只是虚有其表而已，日趋严重的贫富两极分化已经严重威胁到国家的安定。

“青年英格兰”三部曲成功地传达了狄斯雷利的政治思想，为当时英国存在的严重危机提供了可能的解决方案，具有重要的现实指导意义。但作为小说，三部曲的成功并不完全在于政治思想本身，而在于狄斯雷利能用高超的艺术手法让其思想为故事增添色彩，在保持小说文学性的同时，令读者深刻地感受到思想的力量。他对历史巨变时期人们渴求精神指引的敏锐把握，以及在现实与想象之间保持的适度平衡，足以使其在英美现实主义小说家中占有颇为重要的一席之地。

乔治•莫尔（George Moore, 1852-1933）

莫尔是英国小说家、诗人、戏剧家、批评家、传记作家和记者。他原籍爱尔兰，出生于爱尔兰梅奥郡莫尔府一个信奉罗马天主教的地主家庭。

他的父亲乔治•亨利•莫尔是旨在保护爱尔兰天主教徒和佃农权利的天主教保护协会的创始人之一。1847 年至 1857 年间，老莫尔代表梅奥郡担任英国下院议员。1861 年，他在英国赛马比赛中赢取高额奖金，决定利用这笔钱送儿子乔治•莫尔前往位于英国奥斯克特的圣玛丽学院接受正规教育。但刻板的寄宿学校生活对年幼的乔治•莫尔而言是一段痛苦而压抑的经历，1867 年夏，乔治•莫尔因故被学校开除。莫尔在 1888 年出版的《一个青年的自白》（*Confessions of A Young Man*）中回忆起这段经历时说，"从学校开除后不久，我下定决心告诉母亲我不再相信上帝了"。[198]在解释自己放弃天主教的原因时，莫尔毫不讳言自己受了无神论诗人雪莱的影响。雪莱促成了他的第一次觉醒。除雪莱的诗歌之外，莫尔还广泛阅读了哲学家康德（Immanuel Kant, 1724-1804）、斯宾诺莎（Benedictus Spinoza, 1632-1677）、威廉 • 戈德温（William Godwin, 1756-1836）、达尔文（Charles Robert Darwin, 1809- 1882）和约翰 • 斯图亚特 • 米尔（John Stuart Mill, 1806-1873）有关无神论的著作。

1870 年，父亲去世，给他留下一小笔遗产，这给他的生活带来转机。现在他可以完全按照自己的意愿安排生活，"创造一个完整的自我，不用再因为家庭的牵制而委曲求全"。[199]靠着这笔钱，他在巴黎的拉丁区度过了 10 年的自由艺术家的"波西米亚式"生活。起初他立志绘画，后来专攻写作。1870 年至 1880 年的法国在绘画和文学界正在经历变革。这一时期正是印象派绘画发展的顶峰，涌现出一大批不同于传统学院派画风的新锐画家。与此同时，以左拉（Émile François Zola, 1840-1902）为代表的自然主义作家开始崛起，法国象征主义在诗歌领域也取得了非凡成就。莫尔如鱼得水，结交了一大批深具影响力的法国画家和作家，包括画家卡米耶 • 毕沙罗（Camille Pissarro, 1830-1903）、埃德加 • 德加（Edgar Degas, 1834-1917）、雷诺阿（Pierre-Auguste Renoir, 1841-1919）、大名鼎鼎的莫奈（Edouard Manet, 1832-1883）、有"法国狄更斯"之称的作家都德（Alphonse Daudet, 1840-1897）、诗人和评论家马拉美（Stéphane Mallarme, 1842-1898）、定居法国的俄国作家屠格涅夫（Ivan Sergeevich Turgenev, 1818-1883）和法国自然主义创始人左拉。尤其是和左拉的相识，不仅对莫尔日后现实主义小说创作起到至关重要的推动作用，也让法国的文艺风潮借助他的作用传播到英国。

从 1878 年到 1933 年，莫尔在文学园地里辛勤耕耘几十载。其间，他的声名有浮沉升降，评论界有褒有贬。他拥有多重身份，能娴熟地跨越多种艺术领域——小说、戏剧、传记文学、文艺批评、绘画和新闻，无所畏惧地挑战各种传统底线，探求新的艺术表现形式，而且几乎在每一个领域都留下了浓墨重彩的一笔，取得了在文学史上举足轻重的成就。1933 年 1 月，莫尔因患尿毒症在伦敦的家中去世，骨灰被送往爱尔兰安葬。当时送葬的人群寥寥无几，只有莫尔的几位著名的画家朋友和爱尔兰首相为其送行，英国方面却没有任何反响。莫尔就这样寂寥地走了。但是历史记住了他，最终还给了他一个公道。

从 1878 年至 1901 年是莫尔文学创作的第一个高潮期，他首先出版了两部诗集《情欲之花》（*The Flowers of Passion*, 1878）和《异教徒诗稿》（*Pagan Poems*, 1881）。这些早期诗集都带有法国印象主义的痕迹，让人联想到法国著名诗人、象征主义文学的鼻祖波德莱尔（Charles Pierre Baudelaire, 1821-1867）以及法国诗人戈蒂埃和英国诗人史文朋（Algernon Charles Swinburne, 1837-1909）。[200]另外，诗集因涉及诸多禁忌话题，如无神论、乱伦、女同性恋、恋尸癖等，一经出版便招来一片声讨。有人说莫尔的诗集《情欲之花》应当被刽子手焚毁，作者本人应被当众处以鞭刑。[201]《异教徒诗稿》则给莫尔带来“异教徒莫尔”的诨名。

之后，莫尔开始尝试创作现实主义小说。1883 年，他的第一部小说《现代情人》（*A Modern Lover*）问世，因为过度直白的情色描写，该书很快被垄断图书市场的流动租书馆（circulating library）查禁。他的第二部小说《一个哑剧演员的妻子》（*A Mummer's Wife*, 1885）也没能摆脱被封杀的命运。愤怒无比的莫尔撰文对租书馆进行反击，抨击租书馆“一面靠低俗的畅销书大发其财，一面将严肃文学作品拒之门外”。[202]但封杀也无法阻止莫尔的现实主义小说创作。他这时已经离开巴黎回到伦敦，因经济困难租住在塞西尔街简陋的房屋里，从事新闻写作。窘迫的生存环境为他了解下层人民的生活提供了很好的窗口，在这里他结识了各色人物，如漂亮的女演员 L 小姐、从早忙到晚的房东太太的女佣爱玛等。在回忆这段经历时莫尔不无遗憾地说：“虽然离开塞西尔街不过短短几年，我已经开始怀念那段日子，或者更准确地说是遗憾，遗憾困顿的生活没能让我在下层生活的土壤里扎得更深，他们的生活才是独一无二的生活。”[203]之后莫尔又在圣殿巷局促的小阁楼里生活了七年的时间，每天听房东太太倾诉生活的艰难，使他对穷苦人的生活充满同情。他们的故事最后都融入到他以女佣为主人公而创作的小说《埃斯特·沃特斯》（*Esther Waters*, 1894）中。

生活的积累、法国自然主义的熏陶和在文学创作方面孜孜不倦的努力，使莫尔终于写出了第一部有影响力的现实主义小说《一个哑剧演员的妻子》。1888 年，莫尔出版了记录自己在巴黎生活经历的小说——《一个青年的自白》，此书成为现代虚构类自传体小说的先锋之作。1893 年，他又出版了《现代绘画》（*Modern Painting*）一书，“第一次向英国公众介绍法国的各种新式绘画流派，发挥了重要影响。莫尔成为维多利亚晚期最精通法国和欧洲大陆文化的评论家和最有影响的宣传者，宣传的范围之广、力度之大远远超过之前的英国诗人史文朋，而他评论的权威性和洞察力则超过英国象征派诗人和文艺评论家亚瑟·西蒙斯（Arthur Symons, 1865-1945）”。[204] 紧接着在 1894 年，莫尔最著名的自然主义小说《埃斯特·沃特斯》问世，该小说以帮厨女佣为女主人公，真实冷峻地描写了她的生活原貌，没有任何的拖沓，也不带任何的做作和矫情，奠定了莫尔自然主义小说家的地位。

1900 年，莫尔参加了爱尔兰文艺复兴运动。1901 年，他前往爱尔兰首都都柏林，开始长达十年的爱尔兰题材创作期。1904 年，他与叶芝和格雷戈里夫人共同创建了爱尔兰文艺复兴运动的摇篮阿贝剧院，并参与排演了叶芝的《呼立翰的凯瑟琳》（*Hodos Chameliontos*），首演获得巨大成功。在这期间，他还创作了故事集《未开垦的荒地》（*The Untilled Field*, 1903）、小说《湖》（*The Lake*, 1905）和《往事记》（*Memoirs of My Dead Life*, 1906）。这些故事仍然延续了莫尔对小说叙述方式的一贯创新。从《未开垦的荒地》开始，作者不再是高高在上的讲故事的人，而是让小说中的人物自己讲述自己的故事。所以小说一开头，作者没有直接讲述男主人公罗德尼画室被破坏的由来，而是让主人公自己讲述发生的事情。于是人们透过他的视角进入故事的境界。“莫尔在《埃斯特·沃特斯》发表之后的 10 年里，不断摸索和尝试新的小说表现形式，但都不太成功，直到《未开垦的荒地》面世，他才找到了一种新的叙述节奏和英语表达的新可能，这也标志着他的创作进入一个新阶段——他的文学创作的第二阶段。经过不断完善，莫尔的叙述方式与故事内容完美地结合在一起，取得杰出的艺术成就”。[205] 同样在小说《湖》中，“一个擅长讲故事的人会开门见山地讲述神父奥利弗·格加迪的故事，但是为了保证小说的整体性，莫尔经过反复试验决定采用精巧的回述（retrospect）手法开篇”。[206]

1911年至1914年是莫尔创作的第三阶段，也是他一生最艰难的时期。他发表了虚构自传三部曲《致敬与告别》（*Hail and Farewell*, 1911-1914），以真人真事披露与朋友的交往，这引起了他们的不满，尤其是书中对叶芝和格雷戈里夫人的描写进一步恶化了他们之间的关系，最终导致莫尔离开爱尔兰重返英国。尽管莫尔的描写不无讥讽，但是不可否认，《致敬与告别》作为自传更好地展示了莫尔的特有风格。弗吉尼亚•乌尔夫在随笔《飞蛾之死及其他》（*The Death of the Moth and Other Essays*）中，也对他的自传赞赏有加："莫尔作为小说家的一些缺陷，对他的自传写作而言是很好的优势……更能淋漓尽致地表现他个人天马行空的奇思异想。"[207]

《埃斯特•沃特斯》

《埃斯特•沃特斯》讲述的是年仅19岁的埃斯特•沃特斯出身伦敦穷苦家庭，因为家里孩子多、父亲早亡、母亲改嫁，不得不外出帮佣贴补家用。经人介绍她来到伍德维的一个富裕人家做厨房女佣，刚烈的个性和普利茅斯教友会的宗教信仰让她与周围的人格格不入，农庄里养马、赛马和赌马的风气与她的信仰截然不同。随着交往的加深，郁郁寡欢的埃斯特渐渐与厨娘的儿子威廉互生好感，一次酒后她与一直倾慕于她的威廉发生了关系。虽然埃斯特对威廉不无好感，威廉也愿意娶她，但她的信仰和矜持还是让她一时无法原谅威廉。就在这时，女主人的女儿佩吉看上了威廉，并且频频制造机会与威廉单独见面。在埃斯特那里处处碰壁的威廉转而追求起佩吉，并最终和她私奔结婚。此时才发现自己已怀有身孕的埃斯特只得离开伍德维回到伦敦继父的家里，并最终生下一个儿子。但接着埃斯特的妈妈难产而死，继父带着埃斯特的弟弟妹妹移民澳大利亚，埃斯特为了给妹妹支付去澳大利亚的船费，几乎身无分文，还有一个孩子嗷嗷待哺。走投无路的埃斯特先是做奶妈，而后因为找不到合适的保姆照顾襁褓中的儿子，毅然辞去了这份工作。最困顿的时候她去过救济院，而后又开始做女佣，历尽千辛万苦终于把孩子抚养长大，并且遇到了一个可以托付终身的牧师弗里德•帕森斯并准备结婚，但威廉的突然出现再次搅乱了埃斯特的生活。最终埃斯特决定与威廉结婚，给儿子一个完整的家。但是威廉为了维持酒馆的生意，私设赛马赌局，最终败露，被吊销执照并处巨额罚款，而后感染肺结核死去，临死前几乎输光了所有的积蓄。埃斯特不得不重返伍德维继续靠做女佣维持自己和儿子的生活。

《埃斯特·沃特斯》是莫尔最著名的自然主义小说，它奠定了他自然主义作家的重要地位，同时也开创了“弃妇类”题材小说的先河。虽然一开始小说未能通过道德审查，但是小说女主人公历尽千辛万苦把私生子抚养成人的感人故事，还是打动了英国首相格莱斯顿，在他的准许下，小说得以不经任何删减地由流动租书馆出版，并引起了巨大反响。莫尔在《坦承》（*Avowals*, 1919）中曾经提到一个细节：“……此书也更具有实际效用；因为书中有个未婚母亲埃斯特·沃特斯。这不平凡的名字已经成了善良的同义词，使人们为振奋精神而提起它。如果你认为我没有进一步的证据，那么听听这个故事：前不久有个朋友把从《沙夫伯茨里杂志》上撕下的一页纸交给我，上有一篇金斯福德小姐写的《为无家可归的孩子所设的休闲角之家》，开头这样写：‘1898 年，一个深爱孩子的医院护士读了乔治·莫尔的《埃斯特·沃特斯》，旋即决定放弃她自己的梦想——一所属于她自己的婴儿疗养院，决心开办一个专为未婚的工作母亲的婴儿服务的家庭而取而代之，因为事实上他们没人关心’”。[208]除了赢得普通读者的喜爱之外，小说还得到文艺批评家的好评。莫尔在谈到《埃斯特·沃特斯》的创作意图时，非常坦白地指出，“很多人都认为小说的目的是鼓动立法禁止赌博……基督山上垂讯宣讲八福，并不强人所难，《埃斯特·沃特斯》也一样：赌博或许是恶，但到底什么是恶，是不明确的，唯一确定的是不要妄自判断他人，不应藐视精神与财富上的贫瘠者就是明确的善。凡一切有生命的事物都应得到我们的同情，这是我从阅读《埃斯特·沃特斯》得到的教训，我也希望世界也如此”。[209]

除了自然主义的写实手法之外，《埃斯特·沃特斯》还表现出难得的女权主义思想，这也是这部小说深受女性读者喜爱的一个重要原因。“小说的女主人公酒后和男仆威廉野合，之后她有些许罪孽感，这和她从小接受的宗教熏陶有关。此外她并不拘泥于所谓的贞操。她之所以坚持不理威廉，并非她不爱他，也并非憎恨他对自己的‘侵犯’，更没有把过错全盘推给对方，而是要获得威廉对她的尊重！”[210]获取尊重是女性权利的一个重要部分，但在维多利亚时期男权主导的英国社会中一直受到忽视和压抑，一个帮佣女工在婚姻与尊重的权衡中，宁肯舍弃婚姻，只为赢得对方的尊重，其所表现的独立和平等意识是极其难能可贵的。

《埃斯特·沃特斯》另外一个亮点就是小说精巧的叙述手法。首先，小说家在刻画人物时，经常采用叙述与心理描写、内心独白的穿插，而且是时空交错，过去、现在与将来在打破时空的界限里有机地糅合在一起，并且“无任何切换提示”。[211] 其次，小说的叙述节奏简洁自然，毫不拖沓。细心的读者可以发现，莫尔为让各个环节衔接更加紧凑，常会出人意料地以回忆或者谈话的方式嵌入一些细节，这样既不偏离叙述主线埃斯特的故事，又交代了围绕埃斯特的其他人物的故事，产生多音部和声的共鸣效果。美国学者赫尔穆特•伯格也认为，《埃斯特·沃特斯》成功地运用了印象派画家的技巧，“他的多声部音调是其从自然主义方法转向的一个标志”。[212]

莫尔的文学创作受到同代和后代作家的高度评价和推崇。叶芝承认，莫尔的成就是无法低估的。他在《自传》中把莫尔的五部小说明确地列为“伟大的小说”。[213] 弗吉尼亚•乌尔夫认为莫尔是“英国在世作家中最出类拔萃的一位……他的小说文笔优美，无与伦比；……而他对文学的热情与执著，更是其他作家和蹩脚的专家难以企及的。……对于他的作品独一无二的重要地位，我们可以毫不迟疑地予以肯定”。[214] 詹姆斯•乔伊斯的早期作品受到了莫尔的影响，他感叹莫尔的成就远高于自己。

当然，莫尔也遭受过强烈的批评。他作为自然主义作家，在所创作的诸如《一个哑剧演员的妻子》、《埃斯特·沃特斯》等小说里，毫无粉饰地真实披露下层人物的生活，大胆探讨各种禁忌的话题，因而遭到维多利亚时期卫道士的强烈批评。加之作者本人毫不做作、口无遮拦和率性前卫的个性，不仅给自己蒙上“异教徒莫尔”的恶名。而且还得罪了包括叶芝、哈代、亨利•詹姆斯、约瑟夫•康拉德在内的很多文艺圈内知名人士，自然遭到一些人的口诛笔伐。另外，他本身的缺点也导致了他的声名下降。乌尔夫认为他的缺陷在于“判断善变，思想极端，不成熟，以自我为中心”。[215] 尽管毁誉参半，但历史不容抹杀莫尔的文学天才及其在英国文学史上的重要地位。

进入 21 世纪以来，随着越来越多的相关研究著作的问世，学术界对莫尔的历史地位进行了更客观的界定。莫尔的作品在维多利亚时期虽然被视为“英国和爱尔兰主流文学中的异类”，但他不愧为“伟大的爱尔兰现代主义小说家”。[216] 他在维多利亚文学向现代文学转变时期占据一个中心的位置。“他像北欧神话中的屠龙英雄齐格弗里德，在与维多利亚文学和艺术顽固保守势力的抗争中发挥了巨大作用，打破了维多利亚时期迂腐的道德观和福音教派一本正经的自命清高”。[217] 另外，“他向当时关于小说主题和方法的许多傲慢的规则进行了挑战，他的成功为作家们赢得了新的自由。他在叙述方法方面注意引进和创新，成为诸如詹姆斯·乔伊斯、戴维·赫伯特·劳伦斯和弗吉尼亚·乌尔夫等后来作家的重要先驱之一”。[218]

近年来，学术界对莫尔的艺术价值做出进一步肯定。从 2005 年起，爱尔兰最古老的大学之一国立科克大学连续三年举办乔治·莫尔国际会议，进一步宣扬他的艺术成就和影响。我国近年来也开始翻译莫尔的小说，其代表作《埃斯特·沃特斯》的中文版已于 2007 年出版。这位一生孜孜以求、不断完善小说叙述艺术的作家终于得到了他应有的承认和尊重。

刘易斯·卡罗尔（Lewis Carroll, 1832-1898）

刘易斯·卡罗尔是英国作家、数学家查尔斯·鲁特维吉·道济森（Charles Lutwidge Dodgson）的笔名。他以两部小说作品闻名：《爱丽丝漫游奇境记》（*Alice in Wonderland*, 1865）及《镜中世界》（*Through the Looking Glass*, 1871）。这两部书是儿童文学作品，但也以讽刺和幽默的语言而著称。

刘易斯·卡罗尔生于一个牧师之家，兄妹 9 个，他作为长子，幼时就以魔术和木偶戏牵线技巧为弟弟妹妹们提供娱乐，并为家庭小报写诗和故事。他发现了自己为儿童们提供欢笑的天赋。从 1846 年到 1850 年，他就读于鲁格比学校，1854 年从牛津大学基督教会学院毕业，成为数学讲师，撰写论文，指导学生。刘易斯·卡罗尔的业余爱好包括摄影，他在这方面很有造诣，尤其是为孩子们照相。1856 年，他结识了在牛津的同事、基督教会的副主教亨利·乔治·里戴尔家的三个小姑娘，见到日后成为他的著名作品里主人公的原型的女孩——爱丽丝·里戴尔。他和里戴尔家的女孩——洛瑞娜、爱丽丝、伊迪丝——成为好友，他为她们摄影，带着她们划船，给她们讲神奇故事。大约 10 年以后，刘易斯·卡罗尔的两部著名儿童小说告竣出版。1865 年，《爱丽丝漫游奇境记》问世，评论家一片哗然，批评小说过于荒唐。刘易斯·卡罗尔并不气馁。他和出版家商定，开始写《镜中世界》，这部书 1871 年出版时，《爱丽丝漫游奇境记》已经得到赏识，他已经闻名遐迩、腰缠万贯。评论界最终承认了这两部著作的伟大和永恒。

19世纪60年代，刘易斯·卡罗尔与里戴尔家关系破裂，里戴尔夫人烧毁了他写给爱丽丝的一切信件，卡罗尔也从日记里撕掉了记载这场不快的诸页。人们曾怀疑他和儿童们，特别是爱丽丝的接触里存在不正常现象。这没有什么根据。1881年，刘易斯·卡罗尔从牛津辞职，专门从事写作。他写了很多诗歌和几部新的儿童文学作品。他1898年过世，享年66岁。

刘易斯·卡罗尔的其他滑稽儿童书籍包括《寻找斯纳克》（*The Hunting of the Snark*, 1876）、两卷幽默诗集、希望再现爱丽丝幻想故事的作品《希尔葳与布鲁诺》（*Sylvie and Bruno*, 1889, 1893）及《希尔葳与布鲁诺故事结束》（*Sylvie and Bruno Concluded*, 1898）等。《寻找斯纳克》是一首诗作，内容属幻想式荒唐之谈。它讲的是一伙荒唐家伙的历险故事，如一个海狸出发去寻找名字著名的人等。作品发表后，诗人－画家但丁·加布里埃尔·罗塞蒂坚持说这首诗作是写他的。

刘易斯·卡罗尔的一只耳朵因病失聪，口吃严重，走路姿势歪斜。他作为数学家和逻辑学家成绩平平。他的不寻常的相貌使他很敏感，在成人前常常显得紧张、寡言少语、举止尴尬。他在牛津大学的学生对他的授课也兴味索然。可就是这样一个人竟写出了英语语言里最受欢迎、魅力最持久的儿童文学作品之一《爱丽丝漫游奇境记》。他在儿童面前却谈笑风生，活力充沛，他和儿童们讲起荒唐故事来，有时能兴奋得一点也不口吃。他一生中保持和儿童的联系，与他们结为好友，这在他的日记里都有记载。刘易斯·卡罗尔对简朴快活的少儿时代具有强烈的怀旧感，这一方面让他感到成人世界的不舒服，同时也感到儿童们的天真和理解，与儿童们的接触给他一种返老还童之感。由于孩子们长大而离去，也使他对自己的少年时代有温故之感。刘易斯·卡罗尔在自己的小说里淋漓尽致地表达了这种让他铭心刻骨的倏忽即逝的心情。

他的摄影和儿童小说都很出色，这使得他在这些领域内能够获得一席之地。他对儿童的心理了解深刻。他尤其喜欢做文字游戏。在《镜中世界》里，第一章里有一首进行文字游戏的滑稽诗歌《怪物》（“Jabberwoch”），里面有一个单词“chortle”（“哈哈大笑”之意）是他把“chuckle”和“snort”两个字混合而创造出的；这个单词现在已经成为英语的一个词语。刘易斯·卡罗尔的文学语言为日常习惯语言，深入浅出，儿童读来全无困难。

刘易斯·卡罗尔对宗教信仰态度严肃，1861年成为副主祭，但终生未能成为神父。这其中原因很多，比如他讲话结巴等，也可能因为他发现了其他感兴趣的事情（如摄影、文学创作等）。

《爱丽丝漫游奇境记》

1862 年，刘易斯·卡罗尔和里戴尔家三个女孩荡舟泰晤士河上，途中他给孩子们讲了一些富于幻想的荒唐故事。孩子们极为欣赏，其中 10 岁的爱丽丝要求他写下来。刘易斯·卡罗尔答应下来，费时两年写出。

《爱丽丝漫游奇境记》的情节很有意思。全书共 12 章：第 1 章《进入兔子洞》；第 2 章《泪水池》；第 3 章《大家决定的赛跑以及一个长故事》；第 4 章《兔子送来小比尔》；第 5 章《毛虫的建议》；第 6 章《猪与胡椒》；第 7 章《疯狂的茶点宴会》；第 8 章《皇后的门球场》；第 9 章《假龟的故事》；第 10 章《龙虾的“40 张”》；第 11 章《谁偷了甜饼》；第 12 章《爱丽丝的证词》。

第 1 章说爱丽丝和姐姐在河岸上坐着，姐姐在读书，她感到百无聊赖。突然她看见一只穿衣服、戴手表的小白兔跑过去，边跑边嘟哝说“晚了”。爱丽丝决定跟踪它，陷进一个兔子洞里。爱丽丝觉着身体一直慢慢往下跌，不知跌了多久才觉得到了底下一大堆枯树叶上面。爱丽丝四下张望。她走进了一个大厅，里面四边都是铁门。她看到玻璃桌子上有一把钥匙。墙上的布帘后面有一个小门，通向一个花园。她用钥匙把门打开，可是门太小，她怎么也钻不进去。她回头一看，忽见桌子上有一瓶饮料，刚才没有，上面写着“把我喝了”的字样。她顺手拿起来，一仰头喝了下去。顿时，她消失了。她竟变成一个只有 10 英寸高的小人，可以从门里钻出去，但是可惜的是她把钥匙丢在现在高高在上的桌子上了。爱丽丝发现桌子下面有一个盒子，里面有一块蛋糕，上面写着“把我吃了”的字样。她吃掉蛋糕，心想，变小了就从门下面爬出去，变大了就去拿钥匙开门。

第 2 章说，忽然她一下长到 9 英尺，头都碰到了房顶。她感到失望，开始嚎啕大哭。不一会儿，眼泪就流成了河，淹了大厅。这时候，小白兔不知又从哪里冒出来，被爱丽丝吓了一跳，丢下手中的手套和扇子，怀疑她是不是它刚刚见到的女孩。爱丽斯拿起扇子一扇，身体又变小，一不小心，掉到自己的泪池里，碰到一只老鼠。她断定老鼠是法国籍，她想和老鼠说话，可是她想到的话题就是她的小猫，想到她的法文课本第一句话是，“我的猫在哪里？”这对老鼠是触犯。水里动物和鸟愈来愈多，他们都爬上岸来。

在第 3 章，他们面临的问题是如何让身体干燥起来，老鼠于是给他们做了关于威廉大帝的枯燥的讲座。有一只傻鸟提议他们赛跑，他在地上画了一个圆圈，大家就沿着圈跑起来。谁愿什么时候加入都行，鸭子、鹦鹉和小鹰也纷纷加入，结果都是赢家。老鼠又讲故事，爱丽丝误把“故事”一词当作它的尾巴理解（在英语里“故事”和“尾巴”为谐音——笔者），老鼠一气之下离去。爱丽丝又开始讲她的猫的故事，听众都吓跑了。

在第 4 章，小白兔又露面，命令爱丽丝回他屋里去取手套和扇子。爱丽丝在那里发现一瓶水，拿起就喝，不料身体一下子变大，她的粗胳膊伸出窗外，她的脚插入烟囱。小白兔大吃一惊，忙叫他的园工比尔（一条蜥蜴）上屋顶，下到烟囱里去。比尔被爱丽丝一脚踢到空中去。她到了外面，其他动物朝她扔石子，石子忽然变成蛋糕，爱丽丝身体即刻又变小了。她逃到树林里，决心恢复原形，以便找到美丽的花园。爱丽丝碰到一只大狗，用棍子赶走他。她看到一株蘑菇，在这株蘑菇上坐着正抽水烟袋的毛虫。

第 5 章说道，毛虫问她怎么回事，她说自己身材变化不定。他让她背诵一首诗歌，她背得一塌糊涂，错误百出。她看毛虫有 3 英寸高，她就说 3 英尺高最倒霉。毛虫于是爬走，边走边说，那株蘑菇一边可以让她变小，一边可以让她变大。爱丽丝折下两块，一块让她变成最小号，一块让她身体突然伸向树顶。她在那儿看到一只鸽子，鸽子说她像一条蛇；鸽子认为蛇和小女孩一样，他们都喜欢吃蛋。鸽子情绪低沉，非常生气，她觉得爱丽丝在琢磨着偷她的鸽子蛋。爱丽丝最后勉强缩回到原来的大小。她忽然见到一座宅第，就借助蘑菇把身体调节到合适的形状。

第 6 章说道，这是一位公爵夫人的宅邸。一个鱼仆人前来向公爵夫人的蛙仆人递上一封请柬。爱丽丝和蛙仆人进行一场糊涂的交谈，蛙仆人认为在奇境里，一切都是胡闹。爱丽丝决定进入公爵夫人家里做客。在那里厨师正在摔碟子。厨师做了一道汤，里面放入太多胡椒，公爵夫人和爱丽丝喷嚏不断，但厨师和她微笑的柴郡猫不打喷嚏。公爵夫人对爱丽丝很粗鲁，她把手里的孩子上下扔个不停，口里还背诵着《粗暴地和你的男孩讲话》这首诗。忽然，公爵夫人把孩子递给她，自己起身去见王后打槌球去了。孩子后来竟变成一只猪，爱丽丝就把他撒到林子里去。这时柴郡猫又露面，把爱丽丝领到发情兔家里。然后他就离去，在身后留下他的微笑。爱丽丝纳闷：她只见过没有微笑的猫，但从未见过没有猫的微笑。

在第 7 章，爱丽丝应邀到疯帽商家参加一个疯狂的茶点宴会，参加者还有发情兔及嗜睡的睡鼠。爱丽丝提到5月4号，那是她的生日。他们叫大家换座位，换来换去最后又回到原来的位子。爱丽丝百思不得其解。他们给她出谜语、讲故事。疯帽商的谜语是，“为什么乌鸦像写字台？”连他自己也不知道谜底。睡鼠讲的故事里有三个小姑娘，分别叫埃尔茜（Elsie）、蒂莉（Tillie）和蕾茜（Lacie），这三个名字显然取笑是爱丽丝三姐妹的。[219]爱丽丝感到受了侮辱，就告诉他们，这是她见过的最愚蠢的茶点宴会，然后一气之下离开。她走到树林里，见树上有洞，就钻进去，不料却回到开始时的大厅里。她吃了一点蘑菇，身体变小，于是进入一个美妙的花园。

第8章说道，在树林里，她看见三张活生生的扑克牌在把他们种的白玫瑰涂成红色，因为红桃皇后不喜欢白玫瑰。接着，一队人进来，包括许多国王、皇后，还有白兔。爱丽丝会见残暴的皇后，安慰红桃国王。爱丽丝参观花园时，忽听皇后说“把他们给我斩首”。槌球赛开始，皇后又命令杀了很多人。皇后讨论是否把柴郡猫斩首，虽然这只猫也就剩下了一个头。爱丽丝建议听听公爵夫人的意见，皇后于是命令把公爵夫人从监狱里提出来。

在第9章，公爵夫人来到槌球场上。她现在不那么生气了，说话时总是刨根问底。她说的话惹怒了皇后，皇后叫她离开，否则会杀她的头。皇后把爱丽丝介绍给秃鹰，秃鹰把她领到假龟那里去。爱丽丝见到假龟，假龟没有难过的事情也难过。他说过去在学校时他是真龟，现在却长了个牛犊头。秃鹰打断他，几个人开始玩槌球。

第10章说，秃鹰和假龟给龙虾跳舞，爱丽丝背诵《那是龙虾的声音》，错误百出。假龟唱《美妙的汤》，秃鹰把爱丽丝拉走，参加一次马上开始的审判。

第11章说，在法庭上，红桃J被告犯有偷吃馅饼罪。陪审团由12个动物组成，包括傻蜥蜴比尔在内。法官是红桃国王。第一个证人是疯帽商，他的话对案件毫无帮助。接下来是公爵夫人的厨师，她拒绝作证。当爱丽丝应唤作证时，她觉得身体越来越大。

在第12章，她站在那里，在慌乱中不慎把陪审席碰翻。她和国王与皇后争辩，说这些程序是荒谬的，而且拒绝住口。皇后大叫“杀了她的头”，爱丽丝毫不畏惧，说他们不过是一些扑克牌而已。这时爱丽丝的姐姐把她唤醒吃茶点。爱丽丝离开姐姐，自己心里纳闷刚才发生的一切是什么事情。

爱丽丝是小说的七岁的女主人公。她相信世界是稳定的、有秩序的，对周围环境充满少儿的好奇。她漫游奇境的经历让她感到困惑，因为现实和奇境之间存在着她不能理解的区别。老鼠是爱丽丝在奇境里遇到的第一个动物。他有点怕爱丽丝。小白兔是把爱丽丝引导进奇境的动物。他有些疯癫、胆小，有时也咄咄逼人。红桃皇后是奇境的统治者。她严厉、高高在上，稍不顺心就喊叫“杀了他的头”。红桃国王同是奇境的统治者，他权力不大，人们也不喜欢他，但是他不像皇后那样无情，常常改变皇后的处决命令。公爵夫人是皇后的丑陋的堂妹。她开始对爱丽丝很凶，后来又好得让小姑娘很不舒服。柴郡猫总是满面堆笑，来去自由。他讲话态度客观，逻辑迷人。他给爱丽丝解说奇境的疯狂情况。毛虫坐在蘑菇上抽水烟袋，对爱丽丝嗤之以鼻；是他告诉爱丽丝吃蘑菇可以控制身体的大小。疯帽商是个很不礼貌的小个子帽子商人，他不停地喝茶，总是让爱丽丝感到沮丧。发情兔是疯帽商茶点宴会上的常客。他的最大乐趣是让爱丽丝感到沮丧。睡鼠也是疯帽商茶点宴会上的常客，他坐在那里，时醒时睡。秃鹰是皇后的仆人，他把爱丽丝送到假龟那里去。假龟的头是牛犊的头，他极其伤感，自我陶醉。他对爱丽丝很友好。爱丽丝的姐姐是书里爱丽丝在奇景境以外交往的唯一的一个人。故事结束时，她想象爱丽丝的冒险情况。

《爱丽丝漫游奇境记》的故事发生在户外，时间是5月，天气和煦，恰值爱丽丝的生日（5月4日）。作家利用爱丽丝身体大小的变化作为调节情节的手段，里面出现的形象常和扑克牌有关。

《爱丽丝漫游奇境记》里面的人物据说都有所指。比如“渡渡鸟”（Dodo）可能是作家本人，因为他在说自己的姓氏时总是口吃说成“*Do-Do*-Dodgson”。蜥蜴比尔很可能是以本杰明·狄斯雷利（Benjamin Disraeli）的名字做的文字游戏。在小睡鼠讲的故事里有三个小姑娘，她们显然是指里戴尔家三姐妹的。假龟指约翰·拉斯金等。

《爱丽丝漫游奇境记》给英语增加了一些新词和表达方式。例如“奇境”（wonderland）现在已经成为英语的一个专门用语，意思是存在于想象或现实里的“奇异的地方”。此单词在大众媒体里现在出现的机率很高。“进入兔子洞”（“down the rabbit hole”）现在的含义是到陌生地区冒险；在毒品文学里，它比喻“在吸食产生幻觉的毒品”。“柴郡猫的微笑”（“Cheshire cat’s smile”）来自书里爱丽丝评论这只猫的话：“……没有猫的微笑！这是我一生所遇到的最出奇的事情！”现在在英语里有“如同柴郡猫般的笑”（“grin like a Cheshire Cat”）、“像发情兔一样发狂”（“mad as a march hare”）等表达方式。

这部书今天依然受到读者的欢迎，并对许多其他文学艺术作品产生影响。迪斯尼的电影就表现出它的浓厚印记。爱丽丝成为最受人欢迎的文学人物，激励了作家们创作许多类似的女主人公，其中不少主人公也以爱丽丝命名。作者的家乡——柴郡的华灵顿镇——树立着几尊雕像，模仿书中的人物和情景，比如“疯帽商的茶点宴会”等；镇上的教堂彩色玻璃上也有纪念书中故事的画面。爱丽丝、疯帽商和发情兔的雕像现在纽约市的中心花园也可以见到。

《镜中世界》

《镜中世界》的全名是《镜中世界及爱丽丝在那里的发现》（*Through the Looking Glass and What Alice Found There*），全包括12章：第1章《镜中屋子》；第2章《活花的花园》；第3章《镜中昆虫》；第4章《堆德尔德姆与堆德尔狄》；第5章《羊毛与水》；第6章《哼普提·叮普提》；第7章《狮子与麒麟》；第8章《这是我自己的独创》；第9章《皇后爱丽丝》；第10章《摇晃》；第11章《睡醒》；第12章《哪个梦到的》。

故事的梗概是，爱丽丝懒懒地坐在扶手椅里，看着小猫吉蒂玩线团。她把它抓起来，开始给它讲“镜中世界”的故事。这是一个想象出来的世界，它存在于镜子的背面，在那里一切都是倒装的。在那边，爱丽丝发现了一个屋子，很像她自己的屋子，但是存在着奇怪的区别。棋子们成双地站在壁炉边，对爱丽丝仿佛视而不见。她给白皇后的女儿莉莉帮忙，但是棋子们看不到她。爱丽丝看见书架上的书走了神。她在书里读到一首诗歌，题目是《怪兽》（“Jabberwoch”）。她读不懂，感到沮丧，就到屋里其他地方看看（第1章）。

爱丽丝从屋里出来，看到远处有一个美丽的花园。但是每当她沿路朝那里走去时，总是折回到屋门来。她感到困惑，自言自语说，怎样才能走到花园去呢。她吃惊地听到一个回答声。那是卷丹在讲话。其他花朵也加入谈话，其中有几朵竟对爱丽丝非礼。爱丽丝听一些花说，红皇后在附近，爱丽丝就前去见她。两人见面后，开始说话，红皇后不断地纠正爱丽丝的礼节表现。爱丽丝看到一场国际象棋大赛正在进行，她对红皇后说她要参加。红皇后说她可以当一个白子站进去，给她画出一条路线，并解释说，她到比赛结束时就可以成为皇后（第2章）。

爱丽丝不知怎么和一只山羊、一个甲壳虫还有一个穿白纸衣服的人坐在一趟火车上。他们拿爱丽丝打趣，直到火车最后慢慢停下。爱丽丝来到一处树林里，和一只大小状似蚊子的小鸡说话，小鸡告诉她镜中世界里的各种昆虫。爱丽丝记住昆虫的名称后，又往前走，觉得自己把东西的名字都忘了，包括她自己的名字。她遇到一只小鹿，它也把东西的名字给忘了。他们一起穿过树林（第3章）。

当他们走出树林后，他们的记忆恢复过来，小鹿害怕爱丽丝就跑开了。爱丽丝独自向前走，遇到两个孪生胖子堆德尔德姆与堆德尔狄。爱丽丝无论怎么问路，他们也不理睬她，而只是一味地读一首诗。堆德尔德姆与堆德尔狄见到红国王在近处睡觉，就告诉爱丽丝说，她不过是存在于红国王梦里的一点点而已。最初，爱丽丝只是高兴，认为这两个人在说胡话。这时，堆德尔德姆与堆德尔狄打起架来。一只乌鸦飞下来干预，堆德尔德姆与堆德尔狄就跑了（第4章）。

爱丽丝溜走，见到白皇后，她对爱丽丝说，在镜中世界里，时间是倒流的。白皇后忽然变成一只商店里的绵羊。绵羊问头脑发昏的爱丽丝买什么，爱丽丝不能注视任何东西。绵羊问她会划船否，她还没有来得及回答就和绵羊坐在一条船里，沿河而下。后来船碰到东西，爱丽丝被甩到岸上。她站起来，却发现自己又回到商店里。她从绵羊那里买了一只鸡蛋，绵羊把鸡蛋放在隔架上。爱丽丝伸手去拿时，发现自己又回到林子里，而鸡蛋变成了哼普提•叮普提（第5章）。

他坐在墙上，批评爱丽丝起了个没有意义的名字。他对爱丽丝很粗鲁，夸口说他能随意改变字词的意思。爱丽丝要他解释《怪兽》的含义。他就解说第一诗节里的字词，然后朗诵自己的一首诗歌里的几行。他突然说再见，爱丽丝生气地走了。忽然，她听树林里一声巨响，看见士兵和骑兵跑过去（第6章）。

爱丽丝遇到白国王，白国王说他已经派士兵去把被打碎的哼普提•叮普提给安装起来。国王的信使海嘎来告诉他们，狮子和麒麟在城里打起来了。爱丽丝随大家去城里。他们赶上白国王的另外一个使者哈塔，告诉他们打架的情况。狮子和麒麟住手，白国王叫人拿来糕点。他叫爱丽丝把蛋糕切开，她发现她每次切开后，蛋糕总是又恢复原状。麒麟告诉她，在镜中世界里，蛋糕传给大家然后再切。爱丽丝照做。在大家开始吃以前，忽然听到一声巨响。爱丽丝抬头看时，在场的就剩下她一个人（第7章）。

红骑士骑马来到，把她逮捕。白骑士到达，红骑士消失。白骑士和爱丽丝一起走着交谈，她和这个怪怪的棋子交为朋友。他保证把她移到最后一个方格，让她成为皇后。他们一边走着，他一边告诉他的一切发明。最后他唱着歌把她送走。她越过最后一条小河，发现自己坐在河岸上，头上戴着皇冠（第8、9章）。

爱丽丝和白皇后及红皇后坐在一起。她们不断地提问题，然后在她腿上睡去。她们的呼噜听着像音乐。这使她入迷，连她们离开都没注意到。爱丽丝看到一处城堡，巨大的门上写着“爱丽丝皇后”的字样。她进入城堡，里面正举行欢迎她的盛大宴会。她坐下来吃，宴会很快一片混乱。爱丽丝不知所措，把桌布拉下，抓住红皇后（第10章）。

爱丽丝从梦中醒来，怀里还抱着小猫吉蒂。她自言自语地纳闷说，是谁做的梦呢，是她自己呢还是红国王（第11、12章）。

《镜中世界》的故事发生在户内，时值冬季，11月4日，正是《爱丽丝漫游奇境记》的故事发生半年以后。作家运用时间和空间的变化作为调节情节的手段。书里出现的形象多与国际象棋有关。故事里面有许多镜子形象出现，包括正反事物、时间倒转等。虽然此书作为《爱丽丝漫游奇境记》的故事的续篇，没有提到《爱丽丝漫游奇境记》，但是很明显它描写的是“奇境”在镜子里所表现出的影像。

亚瑟·柯南·道尔（Sir Arthur Conan Doyle, 1859-1930）

亚瑟·柯南·道尔爵士出生在苏格兰爱丁堡附近的一个普通平民家庭。母亲是爱尔兰人，父亲是有部分爱尔兰血统的英国人。柯南·道尔的父系长辈中有几位颇具美术天赋：叔叔们都是颇具名声的封面设计家和书籍插图画家；父亲查尔斯的绘画才能也在当地享有相当的知名度。长辈们的艺术天赋对柯南·道尔日后的创作产生了重要影响。

柯南·道尔8岁开始在教会学校读书，但在1875年离开学校时，却对天主教产生了排斥情绪，成为一名不可知论者。当时他在讲故事方面就显示出非凡的能力。1876年至1881年，柯南·道尔在爱丁堡大学学医，在学期间，他开始侦探小说的创作。这在一定程度上和他结识大学的生理学教授贝尔（Bell）有关。贝尔教授身材高大，具有卓尔不群的观察能力，对待疾病采取认真而科学的态度。他给柯南·道尔后来刻画福尔摩斯提供了灵感。柯南·道尔本人曾经提到过这一点。很多研究者认为，贝尔教授就是福尔摩斯的原型。无论在对福尔摩斯外形上的描述中，还是在福尔摩斯侦破案件时的观察和推理方式方面，贝尔教授的影子都依稀可见。[220]

学业结束后，柯南·道尔曾做过一个阶段的随船医生，到过非洲西部。1882 年，他在普利茅斯市开业行医。他珍惜时间，在等待病人上门的闲暇中，再次创作起短篇小说来。柯南·道尔的医学背景为他描写探案题材、塑造超级神探福尔摩斯提供了特殊的优势：福尔摩斯拥有精深的化学知识，特别擅长解决与毒品、爆炸品和剧毒化学品有关的疑难案件；福尔摩斯还精通解剖学，一些官方警探感到束手无策的凶杀案，到他手里，就都奇迹般地迎刃而解。此外，被称作现代侦探小说始祖的埃德加·艾伦·坡（Edgar Allan Poe, 1809-1849）对柯南·道尔的创作产生过潜移默化的影响。坡的小说《金甲虫》（*The Gold Bug*, 1843）、《莫格街血案》（*The Murders in the Rue Morgue*, 1841）、《玛丽·罗热疑案》（*The Mystery of Marie Rogêt*, 1842-1843）、《窃信案》（*The Purloined Letter*, 1844）等作品，在柯南·道尔的小说中都能找到影子。

柯南·道尔终于获得成功。他的第一部重要侦探作品《血字的研究》（*A Study in Scarlet*）发表在 1887 年的《比顿圣诞年刊》（*Beeton's Christmas Annual*）上，天才侦探福尔摩斯（Sherlock Holmes）自此诞生。这位新科开业医生竟摇身一变，成为神奇的“福尔摩斯之父”。他开始骄傲地向世人讲述其“爱子”的一桩桩激动人心的历险故事。

在他的一系列小说中，柯南·道尔成功地塑造了侦探福尔摩斯的形象。1891 年，柯南·道尔在《斯特兰德》杂志上发表了《福尔摩斯探案集》（*The Adventures of Sherlock Holmes*）中的六篇小说，转年又发表了六篇。1893 年，《侦探福尔摩斯回忆录》（*The Memoirs of Sherlock Holmes*）出版，立刻成为畅销书。

就在世界各地不断涌现出越来越多的“福迷”的时候，柯南·道尔却不再满足于已有的巨大成功，他准备接受新的挑战，开始孕育包括历史小说和查林杰教授（Professor Challenger）系列科幻探险故事在内的全新题材作品。1891 年，在写给母亲的一封信中，这位“福尔摩斯之父”流露出想结束“儿子”生命的设想。他告诉母亲，他想让福尔摩斯死掉，使这套系列作品一了百了。福尔摩斯占用了他太多的时间，使他不能再做其他的重要事情。他的母亲似乎比他更了解“福迷”们的心态，她的回信表达出她深切的忧虑：“你当然可以做自认为正确的事情，不过，读者能接受这样的结局吗？”

两年之后，决心已定的柯南·道尔还是在《最后一案》（*The Final Problem*）中，为“儿子”安排了浪漫而悲壮的谢幕：福尔摩斯在侦破若干疑难系列案件的过程中，发现隐身幕后的操纵者竟是杰出的数学教授莫里亚蒂。这个罪大恶极的犯罪团伙首脑与神探福尔摩斯在很多方面极为相似：二人都拥有极高的智商，意志坚定，思维缜密，行动果断，研究兴趣广泛而深入。莫里亚蒂对法律的精通程度超过了律师。福尔摩斯虽已察觉他犯有重罪，但由于莫里亚蒂诡计多端、毁灭证据，福尔摩斯对他也一时感到束手无策。但他一直秘密跟踪莫里亚蒂，历经艰辛，终于拿到了莫里亚蒂的犯罪证据。这时他身处莱辛巴赫瀑布（the Reichenbach Falls）附近，无法通知警方赶去增援。在千钧一发的时刻，他毅然决定玉石俱焚：在扭打过程中，他猛然用力紧紧抱住莫里亚蒂，从高高的悬崖上纵身跳了下去。福尔摩斯死了。

《最后一案》刚一问世，便立即引起了读者们的强烈不满和抗议。广大读者坚持认为，福尔摩斯是永远不会死的。多年来，柯南·道尔的探案新作主要在《海滨》杂志（*The Strand*）上刊登，爱屋及乌的读者也因此热烈追捧《海滨》。然而，《最后一案》惹恼了读者，大约两万余名长期订户由于《最后一案》而中止了订阅合同；一些发誓为福尔摩斯“报仇”的冲动读者甚至砸坏了柯南·道尔家的窗户玻璃。众怒难犯，迫于压力的柯南·道尔只得再写一篇小说《空屋历险记》（*The Adventure of the Empty House*）：在坠崖事件中，莫里亚蒂摔得粉身碎骨，福尔摩斯却在坠落中途被粗壮的树杈挂住，幸免于难。为了继续清剿莫里亚蒂的余党，福尔摩斯利用坠岩的消息制造了一个“烟幕弹”，令莫里亚蒂团伙误认为两人已经一同死去，因而放松警惕。这时，警方趁机将该团伙一网打尽。

大难不死的福尔摩斯在重返人间之后，显现出更加旺盛的生命活力。福尔摩斯不仅拥有大受欢迎的“父亲”柯南·道尔，还拥有许多“叔叔”或“表叔”——当时的文坛出现了一大批“仿福尔摩斯之作”。柯南·道尔周围的一些作家，也以福尔摩斯探案系列中的相同人物和时空背景进行创作，为永不满足的“福迷”们讲述了多种版本的福尔摩斯与华生在19世纪的伦敦的探案故事。

1901年，柯南·道尔开始创作《巴斯克威尔的猎犬》（*The Hound of the Baskervilles*），这部小说在同年出版。此后，柯南·道尔继续推出福尔摩斯小说，其中包括《福尔摩斯归来》（*The Return of Sherlock Holmes*）系列小说集。1906 年，他的妻子路易莎病故，后来，他儿子、弟弟、两个妹夫以及两个外甥都先后死去。这一连串的悲剧使柯南·道尔在心理上受到沉重打击。他患上了忧郁症。为了缓解哀痛，他开始信奉招魂术，认为人死可复生。他对生死以及人的内心世界的理解在他对福尔摩斯的塑造上自然地显现出来：这位侦探善于发现表面上似无丝毫关联的事物之间的内在联系。

柯南·道尔的小说取得巨大成功，一是由于他的作品的情节曲折、跌宕起伏，成功地抓住了读者的注意力，满足了读者的好奇心，使得他们能全心投入。另一方面也是因为作家善于刻画人物的形象。书中对福尔摩斯的描写，构成了作品成为不朽之作的基础。读者只要读到华生对福尔摩斯的描画，就会感到这位侦探必然是一个神探。华生在《血字的研究》中，把福尔摩斯描绘成几乎是一个半神半人的人。他说，福尔摩斯“有 6 英尺多高，身体异常瘦削，因此显得格外颀长；目光锐利（他茫然若失的时候除外）；细长的鹰钩鼻子使他的相貌显得格外机警、果断；下颚方正而突出，说明他是个非常有毅力的人。他的两手虽然斑斑点点沾满了墨水和化学药品，但是动作却异乎寻常地熟练、仔细”。短短的几句话便使这位神探的形象跃然纸上，既说明了他的外表，又突出了他过人的素质和能力。同时，作家柯南·道尔通过华生对福尔摩斯的行为的描述也清晰地表明，福尔摩斯不但是位一丝不苟、极具科学精神的专家，也是一位既有欢乐和欣喜又有忧伤和无奈的有血有肉的人：

> 说实在的，福尔摩斯并不是一个难于相处的人。他为人沉静，生活习惯很有规律。每晚很少在 10 点以后还不睡觉。早晨，他总是在我起床之前就吃完早饭出去了。有时，他把整天的时间都消磨在化验室里，或是在解剖室里；偶尔也步行到很远的地方去，所去的地方好像是伦敦城的贫民窟一带。在他高兴工作的时候，绝没有人能比得上他那份旺盛的精力；可是常常也会上来一股相反的劲头，整天地躺在起居室的沙发上，从早到晚，几乎一言不发，一动不动。每逢这样的时候，我总看到他的眼里有着那么一种茫然若失的神色。

而华生列出的有关福尔摩斯知识结构的清单，也使读者备感新奇，与同时代那些追求实用知识的人相比，福尔摩斯是如此地与众不同。这份清单也更是让人清楚地意识到这位侦探完完全全是一位具有现代科学文化知识和技能的刑侦专家，而福尔摩斯的知识结构即使对当代人来讲，也是非常先进的。[221]

鉴于他在小说创作领域所取得的成就，1902 年柯南·道尔被授予爵士头衔。1930 年，他因心脏病发作而逝世，享年 71 岁。

《血字的研究》

《血字的研究》是柯南·道尔的福尔摩斯系列小说的第一部。它由两部分组成。在前一部分中，叙述者华生医生以第一人称方式先进行自我介绍。约翰·华生曾在英国军队任职，在驻阿富汗部队中任军医期间受伤。后来，他返回伦敦，1881 年经人介绍结识了侦探福尔摩斯。两人初次见面，福尔摩斯便给华生留下了深刻印象。他首先说出自己对华生先前的经历的判断，随后用推理的方式一一说明，其准确性使华生惊讶不已。此后，二人同租一处寓所，并开始在断案方面的合作。这一部分随后讲述了华生第一次跟随福尔摩斯破案的经过。由于这是一宗非常令人费解的谜案，伦敦警署侦探葛莱森和雷斯特拉德便请福尔摩斯前来协助。他们在案发现场发现一具尸体，而离尸体不远的墙上看到用血写成的“拉契”（RACHE）的字样。经过仔细观察和测定后，福尔摩斯和华生离开现场。

在返回伦敦的路上，福尔摩斯告诉华生，根据现场留下的零星证据，他已粗略地判断出罪犯的身高、年龄、面色、指甲的形状、吸雪茄烟等细节。而以上判断很快就得到了证实。华生深感惊讶，非常敬佩福尔摩斯超凡的观察能力和推理能力。福尔摩斯虽然不会得到任何好处，但还是坚持将此案查个水落石出。为此，他想出一个计策：利用那枚遗失在犯罪现场的结婚戒指作诱饵，引出犯罪嫌疑人。福尔摩斯在报纸上刊登一则广告，寻找戒指的主人。很快，一位老妇人来到福尔摩斯的寓所索取那枚戒指。福尔摩斯对这个女人进行跟踪，发现她是一个男人乔装改扮的。此人非常狡猾，不久便摆脱了福尔摩斯的跟踪。

第二天，伦敦各大报纸都对葛莱森和雷斯特拉德侦破这一案件进行了报道，将它视为一起针对德国流亡人士的政治谋杀案。福尔摩斯看到后不以为然。他召集他称作“侦缉队贝克街分队”的六个街头流浪儿为他进行跟踪调查。随后，葛莱森前来造访。他告诉福尔摩斯案子业已侦破，凶手已经抓到。这位洋洋得意的警探刚向福尔摩斯介绍完案件处理的过程，雷斯特拉德也赶到这里，告诉他们，被杀者伊诺克·德拉卜的秘书约瑟夫·斯坦基逊也遭杀害，脸上也留下了“拉契”的字样。根据目击者提供的情况，凶手是一个高个子红脸男人。这再一次证实了福尔摩斯的推断。已被警方逮捕的人是无辜的，命案是另外一个罪犯所为。现在，在扑朔迷离的案件前，两位警官都感到束手无策。

这时，福尔摩斯却声称，他已侦破这一杀人案，而且凶手很快就会落网。这时，他雇用的一个流浪儿进来告诉他，他要找的人到了。福尔摩斯开始打点行装，佯装要出门旅行。之后，他让流浪儿把找来的出租马车夫叫来。车夫刚走进他的寓所，他便给那人戴上了手铐。随后，他洋洋自得地高声向二位警官宣布：“先生们，让我给你们介绍一下杰弗逊·胡波（Jefferson Hope）先生，他就是杀死伊诺克·德拉卜和约瑟夫·斯坦基逊的凶手。”

小说第二部分是《圣徒之国》（*The Country of the Saints*），由华生根据凶手后来的陈述整理而成。故事的内容实际是第一部分的注脚。故事的背景是美国犹他州摩门教教徒聚集的地方。约翰·费瑞厄（John Ferrier）和义女露茜随一群人到西部移民。他们成为西进的人中唯一的幸存者。正当他们将死于饥饿和干渴时，被路过的一些被迫西迁的摩门教教徒救起。费瑞厄为了生存，不得不答应摩门教首领卜瑞格姆·扬（Brigham Young）的要求皈依摩门教。小露茜被收留在长老斯坦基逊家中。费瑞厄分得一大片肥沃土地，12 年后成为当地的富人。他没有像其他奉行一夫多妻制的摩门教教徒那样重新组成家庭，而是一直独身一人。此时，露茜已经出落成一个美丽少女。她与杰弗逊·胡波邂逅并相爱。教主卜瑞格姆·扬找到费瑞厄，逼迫他把女儿嫁给同门教徒。约翰·费瑞厄对此事感到不悦，他不愿让女儿嫁给摩门教教徒。于是，父女二人暗中商定逃离犹他州。费瑞厄到盐湖城托人给胡波送信，回来时发现两个年轻的摩门教教徒——德拉卜和和斯坦基逊——来访。他们向露茜求婚，遭到费瑞厄的严词拒绝。次日早晨，费瑞厄收到死亡威胁，限他在 29 天内做出决定。这时，胡波暗中返回费瑞厄的农场，开始谋划出逃方案。

不幸的是，他们在路上一直被摩门教教徒跟踪。一天，胡波打猎回来发现费瑞厄已被杀害，露茜也被他们劫走，被迫与德拉卜结婚。不久，露茜在抑郁中死去。胡波在葬礼前趁人不备潜入德拉卜的家中与心上人告别，并拿走她手上的戒指。五年后，胡波决定为死去的费瑞厄和露茜复仇。

他到达摩门教聚集地时发现，数月前教派内部出现分裂，一些人已离开，成为异教徒，其中就包括德拉卜和斯坦基逊。此后，胡波为找到仇人几乎走遍美国，他的复仇计划一次次地失败。但是，心头的积恨激励着他继续追踪下去。他积攒好路费后便来到欧洲，此时胡波已身患绝症，这更坚定了他的复仇信念。胡波几经曲折，终于在费瑞厄和露茜死去20年后，将两个仇人置于死地。

胡波在被捕后将他在犹他州的经历、毒杀德拉卜、刺死斯坦基逊、设法逃脱福尔摩斯的追踪的过程一一道来。第二天早上，警察发现胡波已在狱中平静地死去。

《血字的研究》对广大读者产生了全方位的巨大影响。不少福尔摩斯的崇拜者不仅一遍遍地阅读小说，而且把这位神探的缜密推理技术运用到日常生活中，一时之间出现了很多福尔摩斯式的推理小故事，其中颇具趣味的是“福尔摩斯之父”巧遇“法国福尔摩斯”：据说柯南•道尔有一次去巴黎，在街头雇一辆出租马车。他先把旅行包扔进车厢，随后爬到座位上。陌生的马车夫还没等他开口，就点名道姓地热情向他招呼：“柯南•道尔先生，您要去哪里？”“你认识我？”柯南•道尔当时刚刚发表《血字的研究》不久，自认为还是名不见经传的小人物，不想竟连巴黎的马车夫也熟悉自己，多少感到几分诧异和得意。“啊，我倒是从没有见过您。”“那么，你怎么知道我是柯南•道尔呢？”“这个嘛，”马车夫回答说，“我先是在报纸上读到柯南•道尔先生要来法国南部度假的消息，然后我看到先生您从来自马赛方向的火车车厢里走出来；我注意到您的肤色黝黑，这表明您在阳光充足的地方至少待了一个多星期；我从您右手手指上的墨水痕迹推断，先生您肯定是个作家；另外，您还具有外科医生那种敏锐的目光，而且您的服装式样是英国的，我认为——您就是柯南•道尔！”这位把福尔摩斯的推理艺术运用得出神入化的马车夫赢得了柯南・道尔的高度赞赏：“你能从所有这些细微的痕迹中推断出我是谁，你自己和福尔摩斯也不相上下啦！”“先生，”马车夫补充说，“还有一桩小小的事实帮我证实了我的推理。”“什么事实？”“您的旅行包上标着您的名字。”

《巴斯克威尔的猎犬》

在小说开头，侦探福尔摩斯和华生医生看着一根不知何人遗留在他们办公室中的手杖，猜测它的主人的身份。福尔摩斯认为手杖的主人是詹姆斯・摩尔蒂莫，并称此人很快就会回来。果然，摩尔蒂莫回到他们的办公室，向他们叙述了与巴斯克威尔家相关的一段故事。他说，18 世纪时，这个家族的先人巴斯克威尔非常富有，是一个花花公子。他曾经强抢当地的一位年轻姑娘，把她囚禁在家中。后来一天晚上，巴斯克威尔看到姑娘逃出他家，他在后面紧追不舍。在他们穿过沼泽时，突然出现一只体型巨大、凶恶无比的猎犬迎面扑向巴斯克威尔并将他咬死。从那以后，巴斯克威尔家族就一直被那只恶魔般的黑色猎犬所困扰，猎犬在巴府后代的心目中成为一个带有超自然色彩的魔鬼。最近，查尔斯·巴斯克威尔爵士的死又重新加重了这种恐惧。福尔摩斯后来得知，巴斯克威尔家族的继承人已到伦敦，并准备到达文郡的巴府接受遗产。但是，一封匿名信和一只丢失的鞋子使他惶恐不安。

福尔摩斯和华生接手这一案件之后，很快发现，这个家族的继承人亨利·巴斯克威尔爵士在伦敦正被一个神秘的大胡子陌生人跟踪。福尔摩斯声称他在伦敦有事，暂时无法陪同摩尔蒂莫和亨利爵士一道去达文郡调查案情。他安排华生与他们一同前往，及时将情况汇报给他。

华生一到达文郡，便发现当地有许多全副武装的士兵在巴府周围的沼泽地搜寻一名逃犯。他与有杀人动机的仆人巴利摩尔（Barrymore）夫妇以及巴府的邻居——杰克·斯特普里顿（Jack Stapleton）和他的妹妹等人一一进行了谈话。

此后接连发生了许多怪事，其中，巴利摩尔因深夜在巴府周围行踪诡异而被捕，华生在监视沼泽地时发现一个可疑的身影，还在那里听到狗的嚎叫声。后来，通过一张神秘的字条，华生了解到，查尔斯爵士在被杀的那天夜里，曾秘密约会当地的一位名叫劳拉·里昂斯的女人。

华生发现，巴利摩尔夜晚偷偷出去见的正是那个逃犯——他的弟弟。与此同时，华生也约谈了劳拉，以判定她和爵士的死有无牵连。华生吃惊地发现，他在沼泽地看到的那个神秘身影其实就是福尔摩斯！这位侦探为将这些支离破碎的证据拼接起来，也为避免打草惊蛇，一直在暗中进行调查。

福尔摩斯发现，斯特普里顿先生实际也是巴府财产的继承人之一，因此也是主要犯罪嫌疑人。劳拉只是斯特普里顿的一个帮凶。那天晚上，她要求与查尔斯爵士见面，但未如期赴约，这些都是依照斯特普里顿的安排做的。斯特普里顿让劳拉把爵士骗到沼泽地，放出他那条猎犬。猎犬的凶恶模样使这位爵士极其恐惧，终因心脏病突发而死。

最后，福尔摩斯和华生用亨利·巴斯特威尔做诱饵，拟将斯特普里顿当场抓住。他们看到亨利在斯特普里顿家吃过晚饭后，便向巴府走去。当他经过浓雾笼罩的沼泽地时，受到斯特普里顿的猎犬的袭击。在这一关键时刻，福尔摩斯和华生果断出击，将猎犬杀死。斯特普里顿试图夺路而逃，不慎落水淹死。后来，福尔摩斯在斯特普里顿家中发现被捆绑起来的柏瑞尔，得知她不是斯特普里顿的妹妹，而是他的妻子。柏瑞尔因为拒不支持斯特普里顿的不可告人的计划而饱受折磨。

福尔摩斯回到伦敦后，将案情一一讲明。根据他的分析，亨利爵士丢失的鞋子是斯特普里顿偷去让猎犬闻他的气味，而那张神秘的字条是柏瑞尔写的，她无法忍受斯特普里顿隐瞒他们的夫妻关系，引诱劳拉、利用她来实现他的险恶用心。至此，巴斯特威尔的杀人的案件终于真相大白。

查林杰系列科幻探险故事的首部《失落的世界》（另一译名《洪荒世界》，*The Lost World*）发表于1912年。《失落的世界》一问世，立刻便由于原创的恐龙题材而受到热烈欢迎。故事讲述了查林杰教授为证实自己的设想，带领一个考察队去委内瑞拉探险。在经历了种种艰辛甚至生死考验之后，考察队终于在一个偏僻的高原上发现了查林杰教授设想中的失落世界——进化的脚步似乎在那里忽然放缓，人类、人猿以及包括各种恐龙在内的史前大型动物同生共存。先前，查林杰教授的理论总是受人嘲笑。这一次，考察队收集了大量的物证：不仅给各种史前动物拍了照，还带回了一只活的翼龙，在一次研讨会中展示给科学家们，证实了失落世界的实际存在。

在《失落的世界》问世之时，还未有“科幻小说”的明确界定，但是，《失落的世界》对于这一文学形式的发展的助推作用是显而易见的。1925年，该小说被首次改编为电影，同时也是首部描写恐龙题材的影片。自此之后，小说又多次以不同的电影版本和广播剧、电视连续剧的形式与观众见面。在20世纪90年代风靡全球的电影《侏罗纪公园》以及该三部曲的后两部，亦使观众想起了它们的前驱——柯南·道尔的《失落的世界》。

查林杰系列科幻探险故事还有《毒气地带》（*The Poison Belt*, 1913）、《冥界》（*The Land of Mist*, 1926）、《分解与整合器》（*The Disintegration Machine*, 1927）和《地球尖叫之时》（*When the World Screamed*, 1928）。

柯南·道尔不仅被尊为世界侦探小说领域中的领军人物，他的查林杰系列科幻探险故事在科幻小说创作方面也发挥过相当重要的影响。他成功地创造了个性鲜明、令人过目不忘的科学“怪人”查林杰教授。有意思的是，查林杰的原型也是柯南·道尔在医学院学习时的一位老师卢瑟福教授（Professor Rutherford）。查林杰长相颇为奇特——头颅硕大，毛发浓密；他人如其名（“Challenger”的英文含义为“挑战者”），勇于迎接新挑战，意志坚定，为科研事业百折不挠。这位脾气火爆、吼声如雷、固执得可爱的“另类”人物很快赢得了大批读者的喜爱。

柯南·道尔还创作过数部历史小说，引起熟悉的读者对其“多面手”才能的由衷赞叹。比较著名的历史小说包括《白色军团》（*The White Company*, 1891）、《难民》（*The Refugees*, 1893）和《了不起的布尔之战》（*The Great Boer War*, 1900）等。

柯南·道尔堪称英国历史上最伟大的侦探小说家，他的作品对世界各国不同时期、不同层次的读者都有着深远的影响。与同时代的小说相比，福尔摩斯系列小说更是以起伏跌宕的情节取胜。所有作品的故事情节好像作者手中的魔棒，使读者不由自主地跟随着它走下去。即使在当今这一信息化时代，读者依然会觉得福尔摩斯探案小说不落俗套，依然都会有一口气将小说读完以发现真正的凶手是谁的冲动。在当时维多利亚时代，民众对福尔摩斯之死的反应非常清楚地说明，在他们的心目中，这位侦探已经成为一个机智勇敢、抑恶扬善的大英雄、守护神，人民的希望所在。

由于福尔摩斯系列小说所涉及的人物遍及英国社会各个阶层，同时也由于柯南·道尔出色的文学描写，阅读它们会使特别是那些英国以外的读者获得一个近距离了解维多利亚时代英国的绝好机会。这无疑将使福尔摩斯系列小说更加经久不衰。

当初有人认为，医学硕士柯南·道尔不再钻研医术而转行搞侦探小说创作，从某种意义上讲，是对其所受的专业训练的一种浪费。事实并非如此。年轻作者所拥有的医学背景，赋予了他驾驭探案题材、塑造超级神探福尔摩斯的特殊才能。福尔摩斯拥有精深的化学知识，特别擅长解决与毒品、爆炸品和剧毒化学品有关的疑难案件；福尔摩斯还精通解剖学，人多势众的官方警探束手无策的凶杀案，一经福尔摩斯接手，均奇迹般地迅速破解。

柯南·道尔总共创作了56篇短篇侦探小说和4部中篇侦探小说，全部以福尔摩斯为主角，几乎每篇作品都受到读者的热烈欢迎和喜爱。福尔摩斯探案系列故事中最为著名的，除了《血字的研究》之外，还有《四签名》（*The Sign of Four*）、《巴斯克威尔的猎犬》、《红发帮》（*The Red-headed*

League）和《恐怖谷》（*The Valley of Fear*）等。

正如英国著名小说家毛姆（Sumerset Maugham, 1874-1965）所言："与柯南·道尔的《福尔摩斯探案集》相比，没有任何侦探小说曾享有如此高的声誉。"福尔摩斯系列探案小说在100多年来被译成近60种文字出版，多种福尔摩斯探案故事被改编为舞台剧、广播剧、电影和电视连续剧，受到世界各地的观众或听众的喜爱。与柯南·道尔同时代以及许多后世的作家，都受到过福尔摩斯系列探案故事的影响和启迪，其中包括被誉为侦探小说女王的著名英国作家阿加莎·克里斯蒂（Agatha Christie, 1890-1976）。在很长的一段时间里，福尔摩斯的声望远远大于其"父亲"柯南·道尔。随着时代的变迁，情况开始有了改变。从1994年开始，出生于20世纪60年代的日本艺术家青山刚昌开始创作以侦探破案为题材的动漫作品《名侦探柯南》，其主要人物工藤新一，又名"江户川柯南"，是用日本著名侦探小说家江户川乱步与柯南·道尔的姓名合并而成。该动漫作品后来被改编为同名系列电视连续剧，很快就风靡全球，受到青少年的热烈追捧。新一代的青少年读者和小观众们通过《名侦探柯南》而熟悉了柯南·道尔，这位一个多世纪以前的"福尔摩斯之父"，在孩子们那里又重获新的生命。[222]

马克·拉瑟福德（Mark Rutherford, 1831-1913）

"大多数人既没有真正的爱，也没有真正的恨，爱最值称贺，其次是恨，最该诅咒的是冷漠，因为它既不是爱也不是恨。"绝大多数的中国读者对马克·拉瑟福德的了解不过是对于这句名言的重复。然而，在英国他却被人们认为是一位比较重要的次要作家。他在描述另类的外省生活（在这个方面，拉瑟福德曾经与乔治·埃略特、托马斯·哈代和伊利莎白·盖斯凯尔被人们相提并论）和维多利亚时代的信念的丧失方面有所贡献。尽管他没有同时代的大作家那么有名，但是他却受到了安德烈·纪德、D. H. 劳伦斯和阿诺德·本内特的赞赏。

马克·拉瑟福德本名为威廉姆·希尔·怀特（William Hale White）。他出生在贝德福德，并且在贝德福德现代学校受教育。他本打算从事牧师一职，但后来改变了想法，成为了公务员，一做便是30几年。在工作的空闲期间，他写了一千多篇的报纸文章，翻译了斯宾诺莎的著作、各种文论和六部小说。使他出名的主要是他的三部小说：《马克·拉瑟福德自传》

（*The Autobiography of Mark Rutherford*, 1881）、《马克·拉瑟福德的解放》（*Mark Rutherford's Deliverance*, 1885）和《制革巷的革命》（*The Revolution in Tanner's Lane*, 1887）。前两部拉瑟福德传记事实上是怀特以自身经历为基础所创作的半自传性质的小说，《制革巷的革命》则被乔治·奥维尔（George Orwell, 1903-1950）认为是最好的英语小说之一。他的创作主题为英国清教主义，这个传统拓展了人的洞察力，但它的教条主义也危害了人的诚实思考和真挚感情。他形象地描述了英国的非国教教徒的思想与行为。他在精确展示人物心理与大众智慧以及创作风格方面，都有独特的建树。

第四节　宪章运动作家和社会主义运动作家

宪章运动作家

在宪章运动中，英国文坛出现了宪章派作家。这些人包括诗人厄内斯特·琼斯（Ernest Jones, 1819-1869）、威廉·詹姆斯·林顿（William James Linton, 1812-1897）及杰拉尔德·马西（Gerald Massey, 1828-1907）等，小说家托马斯·马丁·惠勒（Thomas Martin Wheeler, 1811-1862）及托马斯·弗罗斯特（Thomas Frost）等。在“宪章时期”也出现了民主诗人，如托马斯·胡德（Thomas Hood）、埃本尼泽·艾略特（Ebenezer Elliot）以及伊丽莎白·勃朗宁等人。

厄内斯特·琼斯（Ernest Jones, 1819-1869）

琼斯出身于贵族家庭，受到良好教育，准备做律师。1845 年，他与家庭分裂，加入宪章运动，很快成为运动的中坚和领导。1847 年，他和共产主义联盟合作，为 1847 年～1848 年的宪章运动做宣传鼓动工作。在这期间，他除撰写演讲词和文学评论文章之外，还写出许多著名诗歌以及两部小说——《国王的忏悔》（*The Confessions of a King*）及《一个民族的浪漫故事》（*The Romance of a People*）。1848 年，第三次宪章运动失败后，琼斯被捕入狱。在狱中他写出长诗《新世界，或印度斯坦的造反》（*The New World，or the Revolt of Hindustan*）。1850 年出狱后，他以旺盛的精力又加入到宪章运动里。在 1851 年～1854 年间，琼斯在马克思和恩格斯的直接领导下，进一步了解到社会发展的规律，出版《对人民的说明》（*Notes to the People*）及《人民的文件》（*People's Paper*）两本杂志，在上面发表政论文章和计划。1852 年～1853 年间，琼斯努力建立一个工人政党，但未成功。在这些年里，他写出小说《民主运动史：戴·布拉西尔》（*The History of Democratic Movement. De Brassier*）及《妇女的冤枉》（*Women's Wrongs*）。1854 年宪章运动的势头进一步削弱，琼斯陷入精神危机，受到马克思和恩格斯的严厉批评。1861 年琼斯在曼彻斯特定居，做律师工作。1864 年，他加入第一届共产国际，恢复与马克思和恩格斯的关系。琼斯晚年的诗作充溢着悲观主义情绪，浪漫成分不多。他 1869 年逝世，恩格斯对他评价很高。[223]

琼斯是一位诗人。他在 1848 年前写出的诗歌充满左翼思想，为宪章运动的发展做出了很大贡献。他的一些诗歌成为集会、游行群众的歌曲，例如《下层人的歌》（"The Song of the Low"）、《未来之歌》（"The Song of the Future"）等。他的其他著名诗作包括《自由进行曲》（"The March of Freedom"）、《人民之歌》（"A Song for the People"）、《皇家的施舍》（"The Royal Bounty"）、《叛徒之歌》（"A Song of the Gaggers"）等。

威廉·詹姆斯·林顿（William James Linton, 1812-1897）

林顿出生于伦敦一个海港建筑商家庭，早年对穷苦人的生活境况有所了解。他熟悉 18 世纪启蒙哲学家的思想、哥德温与潘恩的著作，以及拜伦与雪莱的诗歌。他的一生展现出他是一个多才多艺的人：他是诗人、宣传鼓动家、革命领导者、传记作家、编辑、艺术理论家、翻译家、出版人等。他还是一位在英国和欧洲大陆很有名气的艺术雕刻师。在 1830 年～1832 年的议会改革运动中，林顿参加了群众集会。1838 年，他加入宪章运动，撰写文章以示支持。1839 年，他办杂志，介绍进步思想和诗歌，还出版了《潘恩的生平》（*The Life of Paine*）一书。第一次宪章运动失败后，林顿非常失望，他办起宪章运动的机关刊物，发表革命政论文章和宪章运动历史。

林顿的第一部重要诗集是《无选举权者颂》（*Hymns to the Unenfranchised*, 1839），为第一次宪章运动做了舆论准备。这部诗歌集共包括诗作 12 首，主要描写工人们的悲惨境遇，号召采取呈递宪章的行动，揭露宪章运动的敌人的阴谋诡计。在 1842 年～1848 年间，林顿在宪章运动机关刊物《北方之星》（*The Northern Star*）和《劳工》（*The Labourer*）

上发表《写在一个新教皇党成员的诞生之际》（“On the Occasion of the Birth of a New Guelph”）等诗作。1848 年后，林顿的思想发生变化，认识到通过宪章争取选举权的局限性，认为必须推翻资本主义体制。在 1849 年～1851 年间，他发表长诗《国家之挽歌》（*The Dirge of Nations*）、《现代碑铭》（“Modern Monumental Inscriptions”）、《反对地主所有制的诗歌》（“Rhymes and Reasons against Landlordism”）等作品。这些奠定了林顿在宪章运动诗歌创作中的地位。《国家之挽歌》受到雪莱的诗剧《被解放的普罗米修斯》的影响，说到诗人在革命处于低潮时应当发挥的鼓舞斗志的作用。《现代碑铭》包括一些格言警句式的短作，体现出拜伦的影响，以犀利的笔锋，针砭英国和欧洲大陆的统治阶级及其喉舌镇压革命的罪恶。

林顿是在宪章运动里坚持始终的革命诗人。他后来脱离工人运动，在 19 世纪 50 年代中期撰写出一些文章，评论欧洲革命的经验，这些作品后来收集在《欧洲共和主义者》（*European Republicans*, 1892）一书里。19 世纪 50 年代末，林顿移民到美国，为取缔美国黑人奴隶制度而继续写作。他还写出一部著作，热情地为巴黎公社辩护。林顿作为诗人，尤其以写抒情诗和讽刺诗而闻名。

托马斯·胡德（Thomas Hood, 1799-1845）

托马斯·胡德是幽默作家、诗人，出生在伦敦。他在《文学往事》（*Literary Reminiscences*）中曾说，“做世界上最大城市的公民是仅次于做世界公民的最好的事情”。胡德的父亲是书商、开展与美国图书贸易的第一人，在老书的改版发行上非常成功。1811 年父亲去世后，胡德和母亲迁居到易斯灵顿（Islington）。那儿的一位小学老师非常欣赏胡德的才华。按照胡德的说法，“这位老师对教书是如此热衷，以至于你想要对学习不感兴趣都是不可能的”。在这位老先生的精心培养下，胡德小小年纪就靠给出版社修改《保罗与弗吉尼亚》（*Paul and Virginia*）的书稿挣到平生第一笔稿酬。14 岁时，他开始学做会计，但由于身体虚弱，中途放弃。后来他投奔住在苏格兰的亲戚，那儿的户外生活使他的健康状况大为好转。在苏格兰生活期间，他不加选择地阅读了大量书籍，还在当地的报纸和杂志上陆续发表了一些诗和幽默故事。1818 年，他回到伦敦，开始学习雕刻。他对此热情很高，后来他成名后，还亲自为自己的诗和幽默故事画插图，这些插图对于烘托作品内容产生了极好的效果。1821 年，《伦敦杂志》（*London Magazine*）的主编去世，胡德的一位朋友接手杂志，让胡德做副主编。这一职位把他迅速引进当时的文学圈，让他结交了像查尔斯·兰姆（Charles Lamb, 1774-1834）、亨利·凯里（Henry Cary, 1772-1844）、托马斯·德昆西（Thomas De Quincey, 1785-1859）等文学界名人。得益于此，他的写作水平取得了长足进步。

《颂歌与演讲》（*Odes and Addresses*）是他的第一部作品，由他和他的妻弟、济慈的好友雷诺兹（J. H. Reynolds）合作完成。随后，《稀奇与古怪》（*Whims and Oddities*）、《民族故事》（*National Tales*）、小说《提尔尼厅》（*Tylney Hall*）和《仲夏仙女之请求》（*The Plea of the Midsummer Fairies*）等作品相继问世。在这些作品中，他的幽默才华以其新颖、独特，显示出巨大的魅力。他的诗歌中所蕴含的诗意，与散文中所渗透出的理性与睿智，都彰显了他的机智和想象的奇妙。《滑稽年刊》（*Comic Annual*）创办于 1830 年，胡德独自为年刊写稿，一直办了很多年。尽管年刊的标题有些轻浮，但是内容却涉及当时的社会大事，饱含作者真挚的同情，没有个人的成见和恶意，也丝毫没有粗鄙和庸俗。胡德还以自己的名字创办了一份杂志，许多著名文人都曾为之撰稿，不过上面登载的大部分稿件还是胡德自己撰写的。这时他拖着病体，以惊人的毅力，写出了为数不多但具有永恒魅力的诗歌。他的《衬衫之歌》（*Song of the Shirt*）1843 年匿名刊登在《庞奇》（*Punch*）的圣诞节一期上，后来被《泰晤士报》和欧洲的许多报纸转载。胡德在去世前不久创作的《太息桥》（*The Bridge of Sighs*）和《劳工之歌》（*Song of the Labourer*）后来都被译成德文。这些诗不是针对人性弱点的愤怒咆哮，而是对生活现状的平白、庄严的描绘。1845 年，胡德病逝。九年后，人们在肯萨尔绿地公墓为其立碑，无数的文人和艺术家纷纷前来吊唁。

埃本尼兹·艾略特（Ebenezer Elliott, 1781-1849）

埃本尼兹·艾略特是英国宪章运动活动家、诗人。他出生在约克郡的马斯布鲁镇。他的父亲做钢铁生意，在宗教上是个极端的卡尔文教信徒，政治上因为思想激进，被人称为“魔鬼艾略特”。艾略特自幼喜欢逃学，常一个人跑到野地里去观察那里的动植物。16 岁时，他被父亲送到铸造厂做工。一次他在姑妈家见到一本《索尔比英国植物学》（*Sowerby's English*

Botany），书里面五彩缤纷的花朵的插图即刻让他陶醉在其中。在姑妈的鼓励下，他开始描摹这些花的插图，从中发现了自己在绘画上的天赋，获得了无穷的乐趣。随后有一次，他的弟弟从詹姆斯·汤姆逊的诗集《四季》中给他读了一首描写樱草花的诗，他突然意识到，他可以把对大自然的热爱、他的绘画天赋和诗歌写作成功地结合起来，用他亲手画的花的插图来装点自己创作的诗歌。这一刻成为他的人生的转折点。从此，他由一个仅靠自学而粗通文墨的毛躁青年，成长为创作出著名的《乡村长老》（“The Village Patriarch”）和《谷物法韵诗》（“Corn Law Rhymes”）的诗人。

此后，艾略特开始如饥似渴地阅读经典著作来充实自己。1816 年，他父亲持有股份的钢铁铸造厂倒闭，艾略特投入的资金也血本无归，被宣布破产。他流落街头，忍饥挨饿，甚至动过自杀的念头。40 岁时，他用借来的 150 英镑在谢菲尔德开办钢材公司。他的公司生意蒸蒸日上，最兴隆时几乎日进斗金，每天足不出户就可以轻松地赚到 20 英镑。1837 年，英国发生大范围的经济风暴，他损失了三分之一的资产，再次破产。两次破产的惨痛经历让他坚定地站到了工人阶级一边。他开始发表言辞尖锐的演说，呼吁改善钢铁制造工人的待遇；他成立了英国第一个“机械工人反面包税协会”，要求政府取消“谷物法”；他成为了一名积极的宪章运动活动家。

19 世纪 30 年代，艾略特创作出一系列“谷物法韵诗”，成为享誉国内外的著名“谷物法诗人”。他的诗句语气诚恳，措辞尖锐，矛头直指限制自由竞争、抬高面包价格的统治阶级。他抨击政府实行的配额制度，强烈要求取消“谷物法”。他诗歌中喷涌出的火一样热辣辣的词语和咄咄逼人的气势，在劳动人民的心中引起强烈的震撼。在诗歌发表之初，人们认为，这些诗作摒弃了浪漫诗歌传统，开创了工人阶级的诗歌风尚，应是谢菲尔德地区某个文化程度不高的机械工人所做，于是把作者想象成“炼钢炉边的红脸大汉”（a red son of the furnace）或是“约克郡的红脸大汉”（the Yorkshire Burns）。当法国一家杂志的记者专门采访艾略特时，才吃惊地发现，他原来是一个有点局促不安、性格温和的人。

在艾略特的诗歌中，除了宪章运动诗歌中常见的政治主题外，他对自然景物的细致描写，对花朵流露出的深厚情感，以及字里行间所渗透出的对大自然的朴素的热爱，都让人情不自禁地联想起华兹华斯的自然诗。华兹华斯曾说，“他的卓越之处，我们无人能及”。托马斯·卡莱尔也曾对艾略特诗歌的朴实和诚挚给予很高的评价。

艾略特 1849 年去世，死后葬在谢菲尔德教会的墓园。谢菲尔德的工人们自发集资为他立碑，纪念这位“穷苦人民的诗人”。艾略特的贡献在于，他坚定地站在工人一边，敢于挑战政府，拒绝社会强加给工人的不公正待遇，并通过自己的政治活动和新颖有力的诗歌积极推动社会变革。他对唤醒工人阶级的政治信心和取消“谷物法”做出了自己的贡献，他激进的政治思想为后来英国劳工党的建立做了铺垫。

社会主义运动作家

在19世纪80年代的社会主义运动中，社会主义的文学创作蔚然成风。当时的社会主义刊物《正义》、《大众福祉》、《今天》（*Today*）等，刊登社会主义诗歌。除威廉·莫里斯以外，还有几个诗人，他们也在为宣传社会主义思想而努力写作。这些诗人包括吉姆·柯乃尔（Jim Connell, 1852-1929）、亨利·索尔特（Henry Salt, 1851-1939）以及詹姆斯·雷·琼因斯（James Leigh Joynes, 1853-1893）等人。其中琼因斯和索尔特曾和莫里斯并列为“三名不懈的社会主义歌手”。

吉姆·柯乃尔（Jim Connell, 1852-1929）

柯乃尔是爱尔兰农民的儿子，他本人是一个海港工人。他所受教育不多，说自己只在篱笆墙下读过几个星期的书。他在 19 世纪 80 年代写了很多首革命诗歌，在人民中具有很高的声望。他的主要诗作包括《红旗》（“Red Flag”）、《我的朋友共产党人》（“My Friend the Communist”）、《英国工人》（“English Workers”）以及《告别》（“Farewell”）等。

柯乃尔最出名的是诗作《红旗》，这是一首抒情诗，写于 1889 年伦敦海港工人的罢工期间。他把这首诗送往《正义》杂志，在杂志的圣诞节一期上发表，一周之后利物浦和格拉斯哥两地人民开始唱起，后来成为英国工党的党歌，很快流行为国际工人运动的圣歌，在一个多世纪内广为人们热情传唱，今天在英国依然非常受人欢迎。当时美国芝加哥的罢工工人刚刚经过一场悲剧，俄国革命者在斗争，爱尔兰人民在争取独立。诗人在群情激昂的氛围下得到灵感，以铿锵有力的节奏和感人肺腑的音韵写出了这首诗作。它鼓励罢工工人用红旗掩盖好遇难同伴们的尸体，再高举起它，勇敢地迎接即将到来的斗争；它告诉工人们相信，法国、德国、俄国及美国的人民都在坚定地站在他们一边：

朝周围看呀，法国人喜爱它的火焰，
健壮的德国人唱着它以示称赞，
莫斯科教堂里唱着它的赞美曲，
芝加哥民众前呼后拥向前涌去。（笔者译，下同）

这首诗歌的副歌尤其动人心弦，当时在几乎所有的社会主义者的集会上，与会者都慷慨激昂地同声歌唱：

让我们把红旗高高举起！
在它的荫庇下生或死。
让懦弱者退缩、叛徒讥笑去，
但我们将让红旗永远飘扬在这里。

1929年，柯乃尔在伦敦过世。1998年4月26日，爱尔兰人民为他立碑，以志纪念。他的纪念碑竖立在爱尔兰的克洛萨吉尔市，1918 年柯乃尔曾在这里的一次群众集会上发表演讲。

亨利·索尔特（Henry Salt, 1851-1939）

索尔特现在已经无人问津，但在19世纪与20世纪之交的年代，他的思想曾发挥过相当大的影响，他的书籍迄今仍有阅读的价值。他虽然受到很好的教育，可以选择财源滚滚的职业，但他却甘愿做一个致力于社会改革的穷作家。他受到社会和同行的高度尊重。在拜访他、受到他的影响的名人里包括肖伯纳、莫里斯、切斯特顿（G. K. Chesterton, 1874-1936）等。他对甘地的影响值得注意；甘地就是通过阅读他的书籍才接触到美国作家梭罗（Henry David Thoreau, 1817-1862）的非暴力抵抗的思想。甘地本人坦承，他在制定他的“公民的不服从”以及“非暴力不合作”等政策的过程中，深受梭罗和索尔特的影响。

索尔特是英国社会主义运动中出现的地位仅次于莫里斯的诗人。索尔特是一个社会工作者、教师、记者。他的作品多发表在《正义》或《大众福祉》上，后来收入“社会民主联合会”编辑的《节奏和理智》（*Rhyme and Reason*）集子里。索尔特诗作的最突出的特点是运用讽刺手法针砭维多利亚时代的现实。他的作品所涉及的题材很广，包括政治、社会关系、法律、道德伦理以及意识形态等各个方面。他的作品充溢着幽默感，但不失其严肃的本质。他简明易懂的语言使得他的讽刺更加有力，他的文字更能深入人心，在教育和提高大众的思想方面做出了不可小觑的贡献。索尔特的主要诗作有《自由之歌》（"The Song of Freedom", 1885）、《给马尔修斯的赞歌》（"Hymn to Malthus", 1886）、《快活地移民国外》（"Happy Emigration", 1885）、《真正的爱国主义》（"True Patriotism", 1885）、《富与穷》（"Wealth and Poverty", 1884）、《工人的50年大庆颂》（"Jubilee Ode of the Workers", 1887）等。

《工人的50年大庆颂》下笔奇妙。它表面以工人纪念维多利亚女王登基50年为题，实则辛辣地鞭挞当时社会在各个层面上的丑陋与罪恶。诗人表现出空前的勇气，以迥异于当时社会上层对女王的一片欢呼的笔调，揭露了所谓繁荣与进步的假象，描绘出广大民众的贫困、艰难，政客们的腐败堕落，中产阶级的虚伪、愚蠢和盲目的自高自大，揭穿了维多利亚时代所标榜的人道主义和慈善事业的虚假真相。诗人指出，维多利亚时代乃是一个"胜者昌、败者亡"的无情竞争时代。诗歌表示相信，革命的烈火将会燃起，富者和握有强权的人终会受到惩罚。

玛格丽特·哈克尼斯（Margaret Harkness, 1854-1923）

玛格丽特·哈克尼斯笔名为约翰·劳（John Law），是记者、19世纪后期最为出名的社会现实主义作家之一。[224]

19世纪80年代到90年代，很多英国作家开始以伦敦东区的贫民窟作为19世纪末期伦敦社会不公的转喻。或是出于慈善的目的或是出于革命的目的，很多大学毕业生、政治活动家、牧师和有着独立思想的中上层妇女都把东区当作神秘却又很有吸引力的地域。比较出名的几个社会主义者包括比阿特里斯·韦伯（Beatrice Webb, 1858-1943）、马克思的女儿爱琳娜·马克思（Eleanor Marx, 1855-1898）。哈克尼斯也是他们中的一位。作为一名牧师的女儿和一位接受过良好教育的女性，为了能够忠实地展示伦敦东区贫民的生活状况，哈克尼斯在那里生活了好几年，掌握了大量的一手素材。尽管她在当时的社会主义运动中并不是很有名气，但是她的作品却是19世纪90年代社会主义小说中传播最广的。她的作品中弥散着充满激情的正义感和坚定的社会改革信心。到19世纪90年代时，她明显脱离了社会主义者的阵营。在此之后，哈克尼斯主要创作以印度和锡兰为主题的旅游书籍以及发生在这两个地方的故事。

1887 年 4 月，哈克尼斯出版了她第一部也是最出名的小说《城市女孩》（*A City Girl*, 1887）。故事讲述了一个出身于贫民窟的美丽女孩奈丽一心憧憬浪漫的生活，却被一个来自伦敦西区的男子引诱并怀孕，最终身心俱损的故事。1888 年 4 月，在读过她的《城市女孩》后，恩格斯写信给她，赞赏作品真实地反映了无产阶级所忍受的情形。哈克尼斯其他较为出名的作品包括《失业》（*Out of Work*）和《最黑暗的伦敦》（*In Darkest London*, 1889）。《最黑暗的伦敦》是一部伦敦东区 19 世纪 80 年代的社会纪实文学，原名为《洛贝上尉：一则救世军的故事》（*Captain Lobe: A Story of the Salvation Army*）。

H. J. 布莱姆斯伯里（H. J. Bramsbury, 1842-1921）

在 1888 年 6 月到 1889 年 4 月间，《正义》杂志上连载了一部名叫《一部工人阶级的悲剧》（*A Working Class Tragedy*, 1888-1889）的作品。作者的名字是布莱姆斯伯里。很多评论家认为这是亨利·梅耶斯·海德门（Henry Mayers Hyndman, 1842-1921）的笔名。

海德门是英国社会民主联盟（后改为社会民主党）的创始人、英国早期马克思主义者和作家。海德门出生于伦敦一个富裕的商人家庭，毕业于剑桥大学三一学院。毕业后，海德门以记者为业，并游历了美国、澳大利亚和欧洲各国。后来，他决定从事政治事业。在阅读了马克思的《共产党宣言》后，海德门建立了英国第一个社会主义政党——社会民主联盟。他同时兼任联盟刊物《正义》的编辑。尽管海德门是个出色的演讲者和才华横溢的作家，但是他的领导组织方式却颇为专断。这导致了党内很多骨干离开，如威廉·莫里斯和爱琳娜·马克思。他的作品包括《社会主义的历史基础》（*The Historical Basis of Socialism*, 1883）、《社会主义经济学》（*The Economics of Socialism*, 1896）、《冒险生活记事》（*A Record of an Adventurous Life*, 1911）和《进一步复兴》（*Further Reminiscences*, 1912）等。

《一部工人阶级的悲剧》这部作品分为 45 章，讲述了弗兰克·威尔森是如何由一名单纯的乡村青年成长成为一个成熟的社会主义战士的故事。在这个叙述过程中，作者展示了 19 世纪 80 年代英国统治阶级与工人阶级在多方面的矛盾和冲突。小说的第一部分讲述的是威尔森在外省的生活经历：罢工、失业、牢狱之灾和亲人的罹难。第二部分讲述的是威尔森来到伦敦。在这里，威尔森目睹了19世纪80年代英国风起云涌的社会主义运动。他自己也成为了一个社会主义者。在第三部分和最后一部分，威尔森回到了家乡，唤醒那里的工人。最终，威尔森为了自己的事业而献身。

康斯坦斯·霍威尔（Constance Howell, *c.*1860-1910）

康斯坦斯·霍威尔是19世纪末和玛格丽特·哈克尼斯齐名的另一位女性社会现实主义作家。她的作品旨在宣传社会主义思想和展现社会现实。

霍威尔的代表作《一条更出色的道路》（*A More Excellent Way*, 1888）讲述一个上层社会成员转变为社会主义者的故事。这部作品的突出特色是一个人在意识形态上如何发生巨大变化。同时，作者通过对主人公的描述，强调宗教不过是统治阶级用来愚弄劳苦大众的工具而已。

拉奥恩·兰西（Laon Ramsay, 1861-1941）

拉奥恩·兰西真名为拉姆斯登·巴尔姆福思（Ramsden Balmforth），是19世纪后期社会主义运动者、唯一神教派牧师和作家。

巴尔姆福思的父亲是一名手工纺织工人、一位宪章主义者。巴尔姆福思出身于贫困的工人阶级家庭，是典型的自学成才者。巴尔姆福思认为小说应该可以取代宗教来指导人们如何生活。他与王尔德的“为艺术而艺术”的艺术理念相反，认为伟大的作家的创作目的都是有伦理和道德意义的。作家们之所以写作，是因为他们在人类生活中看到一些值得探讨、值得嘲笑的因素。作家通过写作，把这些因素写入人类的生存经验里。

巴尔姆福思在他的《小说的伦理与宗教价值》（*The Ethical and Religious Values of the Novel*, 1912）中指出，作家通过对人物丰富经验的描述来指引和塑造广大人类盲目和下意识的情绪力量，拓宽和加深人类的情感，凸现人性并赋予人类生活意义。在这部作品中，他通过对乔治·埃略特的《亚当·比德》、霍桑的《红字》、雨果的《悲惨世界》、伊利莎·林恩·林顿（Eliza Lynn Linton, 1822-1898）的《乔舒亚·戴维森的真实故事》（*The True History of Joshua Davidson*, 1872）、狄更斯的《艰难时世》、奥利弗·温德尔·福尔摩斯（Oliver Wendell Holmes, 1809-1894）的《艾斯利·魏纳：一个命中注定的罗曼史》（*Elsie Venner: a Romance of Destiny*, 1861）、汉弗莱·沃德夫人（Mrs Humphry Ward, 1851-1920）的《罗伯特·

埃尔斯密尔》（*Robert Elsmere*, 1888）和詹姆斯·莱恩·艾伦（James Lane Allen, 1849-1925）的《无止境的目标》（*The Increasing Purpose*, 1900）八部小说进行分析，来证明小说的社会和文化意义。

巴尔姆福思相信小说的巨大作用，以拉奥恩·兰西为笔名创作了《兰敦·迪克拉夫特》（*Landon Deecroft: A Socialistic Novel Containing an Exposition and a Defence of the Principles of Socialism*）来宣传社会主义思想。他的其他作品包括《以更高的批评角度看待新约》（*The New Testament in The Light Of The Higher Criticism*, 1905）、《19世纪的社会和政治先驱们》（*Some Social and Political Pioneers of the Nineteenth Century*, 1902）和《问题戏剧和它对现代思想及生活的影响》（*The Problem-Play and Its Influence on Modern Thought and Life*, 1928）等。

第五节 维多利亚戏剧

继谢立丹和奥利弗·哥尔斯密之后，英国戏剧渐入低潮。19世纪上半叶，除了雪莱的《沉西》（*The Cenci*）之外并无伟大的剧作上演。戏剧衰退的原因很难判断。也许是因为中产阶级对戏剧品位不佳，也许和当时小说盛行有一定关系。1843年之前两个较大的剧院只演出严肃戏剧也可能是原因之一。此外，因为需要迎合大众的娱乐需求，剧作家的天才更不易得到发挥。所以尽管有许多作家为剧院效力，如阿尔弗雷德·丁尼生和马修·阿诺德等，英国戏剧还是一直没有起色，直到19世纪60年代以后才出现了一些微小但仍值得一提的有益探索。其中T. W. 罗伯逊（T. W. Robertson, 1829-1871）在他的《阶层》（*Caste*, 1867）等作品中试图引进一种更自然的新喜剧风格，将真实生活与现实主义带到戏剧中来；亨利·亚瑟·琼斯（Henry Arthur Jones, 1851-1929）开始写作"问题剧"；亚瑟·皮奈罗（Arthur Pinero, 1855-1934）也在他的剧本中描绘现实生活状况，并成为了连接旧时代与以肖伯纳为主要代表的新时代的桥梁。皮奈罗在当时是一个很受欢迎的风尚剧作家，他的一些作品至今还偶有上演。他对待写作的态度很认真，经常在起笔之前就已经构思好整个剧情设置。他说在他描画剧中人物并将其置入剧中合适位置之前，总能亲眼见到这些人，和他们对话，并深入了解他们。在喜剧方面，机智的语言在W. S. 吉尔伯特（W. S. Gilbert, 1836-1911）和A. S. 苏利文（A. S. Sullivan, 1842-1900）

的喜剧中又得到了复兴。奥斯卡·王尔德以其喜剧而著名。然而直到肖伯纳出现，英国戏剧才真正重焕生机。肖伯纳把思想和智慧带上舞台，使戏剧肩负起鞭挞丑恶、激发人心、引人思考的使命。他的戏剧一扫维多利亚时代戏剧舞台上的轻薄、调侃、逗乐之风，使舞台变成讨论政治问题、社会问题、道德问题、宗教问题、妇女问题、教育问题的论坛，显示出他深刻的批判精神。另外，他在讨论这些问题时加上了他的机智和幽默。他在喜笑怒骂的同时揭露人的种种虚伪和掩饰，道出沉痛的真理。肖伯纳是英国乃至世界戏剧史上的一座丰碑。

肖伯纳（George Bernard Shaw, 1856-1950）

乔治·伯纳德·肖——中国读者习惯称为肖伯纳——是英国仅次于莎士比亚的伟大的戏剧家。他于 1925 年获诺贝尔文学奖，1938 年获奥斯卡奖，1939 年获英国学术奖。他是英国唯一获此三项殊荣的作家。1925 年诺贝尔文学奖公布以后，肖伯纳不想接受。他认为他已安全抵岸，不需要诺贝尔奖评审委员会扔过来的救生圈。但是他的妻子认为这个奖也是爱尔兰的光荣。于是，他接受了诺贝尔奖，但拒绝接受约八千英镑的诺贝尔奖金。最后这笔钱用于资助把瑞典书翻译成英语的工作。

肖伯纳于 1856 年 7 月 26 日出生在爱尔兰的都柏林。肖家曾是爱尔兰的名门望族，但是到了肖伯纳的父亲卡尔·肖这儿只有一个表示贵族血统的姓氏。卡尔·肖经营着一家小面粉厂。他的法宝是“幽默”——耍贫嘴。他的“幽默”使辛达·伊丽莎白这位在其姑妈的严厉管教下长大的姑娘感到轻松愉快，于是她冲破家庭的牢笼嫁给比她大 16 岁的卡尔。肖伯纳是他们的第三个孩子，前两个孩子是女儿。卡尔的面粉厂由于经营不善日益惨淡，他们的生活也就日渐窘迫。另外，他还有酗酒的恶习。他的这种恶习使肖伯纳日后成了一个绝对戒酒主义者。肖夫人对丈夫很失望，两个人的感情就淡薄了。肖伯纳出生后不久，母亲就把他和两个姐姐交给一个保姆看管，自己跟一个叫约翰·李的音乐家学唱歌。肖夫人有很好的音乐潜质，最终她成了一个职业歌手。

肖伯纳 8 岁时就读于卫斯里学校，后来又上了中央模范学校和都柏林英语科学贸易学校。他 14 岁中学毕业。他继承了父亲的幽默和母亲的音乐天赋，长成了一个瘦高、腼腆的少年。中学毕业后，他当上了一家房地产公司的职员。这个工作使他亲眼目睹了房地产公司是如何榨取房客的血汗钱的。后来，他又在这家公司做了会计。他的工作经历成为他后来戏剧创作的一个源泉。

1873 年，教母亲音乐的李老师离开都柏林去伦敦开辟他事业的新天地。没过多久，肖夫人带着两个女儿也去了伦敦。留在都柏林的肖家父子生活日益暗淡。肖夫人离开家 9 个月后，老肖卖掉了除钢琴之外的所有家具，和儿子一起搬到一所破旧的小房子。在没有母亲、没有笑声的阴暗的房子里，肖伯纳经常弹奏着父亲特意为他留下的他所喜欢的钢琴，在琴声中寻找安慰。肖伯纳的前途看起来很渺茫。他没有钱，没有受过高等教育，似乎除了在房地产公司继续干下去，别无出路。但是，他不甘心就这样生活下去。他决定到伦敦去投奔母亲，开辟新生活。

1876 年春天的一天，差 3 个月就满 20 岁的肖伯纳离开了都柏林来到伦敦。初到伦敦的几年，肖伯纳干过几样零工。但他把主要的精力用在读书、写作上。他经常到公共图书馆和大英博物馆的阅览室阅读、写作。可以说他中学以后的教育是在这些地方完成的。他不断地向英国各家报刊、杂志投稿。这一时期在他寄出的几百篇稿件中，只有一篇谈如何给小孩起教名的短文发表了。因这篇短文他赚了 15 便士，这对他是个很大的鼓舞。自此，他开始夜以继日地写作。

1885 年，他加入了《珀尔·摩尔杂志》（*Pall Mall Gazette*）的评论团队，用“巴塞特·霍恩”（Basset Horn）的笔名发表艺术评论。他的评论文章也发表在其他许多杂志上，包括《戏剧评论》（*Dramatic Review*, 1885-1886）、《我们的角落》（*Our Corner*, 1885-1886）。后来，他又做了《星期六评论》（*Saturday Review*, 1895-1898）的戏剧评论员。他的音乐评论显示出他继承母亲的音乐天赋以及他从小培养的音乐才华和敏锐的洞察力。他的长篇论文《完美的瓦格纳》（*The Perfect Wagnerite*, 1898）细致地评论了德国作曲家瓦格纳的作品，认为瓦格纳是一个艺术天才。他的音乐评论受到大众的极大欢迎，因为这些评论没有那个时代的音乐评论常有的矫饰和说教，而是娓娓道来，令人信服、愉快。后来，他所有的音乐评论都收于《肖伯纳的音乐》（*Shaw's Music*, 1889）一书中。

作为一个戏剧评论员，他强烈地抨击维多利亚时代的戏剧舞台上充斥的虚伪和矫揉造作，倡导有思想和反映社会现实的戏剧。他特别赞赏易卜生的戏剧。他写于 1891 年的戏剧评论《易卜生主义的精髓》（*The Quintessence of Ibsenism*）影响深远。他写的戏剧评论文章 1932 年结集出版，书名是《19 世纪 90 年代的戏剧》（*Our Theatre in the Nineties*）。

从 1879 年到 1883 年，肖伯纳还写了五部小说。这五部小说显示了他的才能和智慧，但小说本身不是上乘之作。肖伯纳一次次地把书稿寄给英国和美国的出版商，但它们一次次地被退回来。他的小说总共收到 60 次退稿。

终于，他的五部小说陆续问世。他于 1882 年写成的《凯雪尔·拜伦夫人的职业》（*Cashel Byron's Profession*）于 1886 年首先问世。1883 年写成的《孤僻的社会主义者》（*An Unsocial Socialist*）于 1887 年发表。1881 年写成的《艺术家的爱情》（*Love Among the Artists*）1900 年在美国、1914 在英国出版。写于 1880 年的《不合理的婚姻》（*The Irrational Knot*）1905 年同读者见面。而 1879 年最先完稿的《未成年时期》（*Immaturity*）直到 1931 年才出版。

1892 年 9 月 5 日发生的一件事改变了肖伯纳的生活方向，使他明确了他的文学创作目的。这天晚上他出去散步。在经过法莱因大街礼堂时，他漫不经心地走了进去。碰巧，那天晚上，《进步与贫穷》（*Progress and Poverty*）的作者亨利·乔治要在这里发表关于土地国有化问题的演讲。他花了 6 便士从引座员手里买了本《进步与贫穷》，找了一个座位坐了下来。

亨利·乔治是个阅历丰富的经济学家。他曾当过海员、地质勘探员、印刷工、新闻记者。他住在旧金山，目睹了这个繁荣的大城市由一个矿区演变的过程，也目睹了城市愈富有，低层人民愈贫穷的现象。亨利·乔治还是个热情洋溢的演说家。在他的演讲里，他把感情和逻辑、个人经历和理论、对穷人的同情和对贫穷根源的认识结合到一起。那天晚上，亨利·乔治的演讲点燃了肖伯纳心中的火种，打开了他的视野，使他看清了这个经济起主导作用的现代世界。

亨利·乔治关于土地国有的思想极大地影响了肖伯纳。肖伯纳认为资产阶级总是尽可能地赚取最大的个人利益。这是一种窃贼的行为。土地私有化意味着资产阶级拿全民的土地和自然资源来赚取最大的个人利益。土地和自然资源应当归国家所有，应为全民谋福利。个人的收入应当是劳动所得，应当同工同酬、消除贫穷。在社会民主联盟的一次集会上，肖伯纳兴奋地谈起《进步与贫穷》这本书涉及的某个问题。这时，会场上有人对他说："朋友，去读读马克思的《资本论》吧！不读《资本论》就没有资格讨论你的问题。”肖伯纳在大英博物馆阅览室认真研读了法文版的《资本论》。那时《资本论》还没有译成英文。这本书以丰富的论据，深刻地论述了资本主义的实质，使肖伯纳认识到了资本主义制度的丑恶。他全心全意地接受了《资本论》，这本“工人阶级的《圣经》”。[225]他说：“那是我一生的转折点。马克思是个启示者。……他使我看到了历史和文明的真实面貌，给了我一个全新的世界观，使我在生活中有了目标和使命。”[226]从此，本性腼腆的肖伯纳开始走向街头、公园、贫民窟和俱乐部进行演讲，抨击资本主义，宣传社会主义。

从 1882 年到 1894 年这 12 年中，他至少演讲了 1800 多场。他除受到亨利·乔治和马克思的影响外，还受到当时其他一些有影响的思想家和文学家的观点的影响，例如美国社会学家莱斯特·沃德（Lester Ward, 1841-1913）的“生命力”的观点，两位德国悲观主义哲学家叔本华（Shopenhower, 1788-1860）和尼采（Nietszche, 1844-1900）的哲学观，以及戏剧家易卜生（Ibsen, 1828-1906）和他的社会问题剧等。1894 年，有两件事使肖伯纳不得不放弃这种演讲。一件事是他因脚伤需要住院手术。另一件事是他发现，有人靠他演讲的票房收入赚钱。他名声越来越大，听众也越来越多，所以只好在大礼堂进行演讲。拥有大礼堂的个人或团体开始卖票。有钱人坐在花钱预定的座位上，而他演讲的主要对象——无产者——却窘迫地站在礼堂的两侧和后面。肖伯纳心里很难过。他不愿意看到这种情况。

1884 年是肖伯纳生命历程中重要的一年。这一年，他加入了同年成立的费边社并成为该社的执行委员会委员。他担任这个职位长达 26 年。费边社同肖伯纳的思想一致：用和平的而非暴力革命的方式逐步地进行社会改革，从而实现社会主义。加入费边社后，他写了许多文章推进费边社所从事的事业，包括《费边宣言》（*A Manifesto*, 1884）、《真正的激进纲领》（*The True Radical Programme*, 1887）、《费边选举宣言》（*The Fabian Election Manifesto*, 1892）、《费边主义与我们的帝国》（*Fabianism and The Empire*, 1900）、《为了百万富翁的社会主义》（*Socialism for Millionaires*, 1901）以及他长达 495 页的专著《智慧妇女的社会主义和资本主义指南》（*The Intelligent Woman's Guide to Capitalism and Socialism*, 1928），详细阐述他所理解的社会主义。列宁认为费边社成员是社会主义运动中的小资产阶级改良主义者。不过这位革命导师对肖伯纳却另眼看待。他说：“肖是堕入费边主义者中的一个好人，他比他周围的所有人都左得多。”[227]在参加费边社的活动中，他认识了他后来的妻子夏洛特·佩纳－唐莘德，一位富有的爱尔兰女士。她也是费边社成员。他们于1898年6月11日结婚。这年，新郎42岁，新娘41岁。

在写戏剧评论和从事社会活动的同时，肖伯纳开始从事戏剧创作。他备尝生活的艰辛，对社会现实有敏锐的洞察力，对费边式的社会主义有坚定的信念。另外，他有小说创作的经验，在音乐方面有较高的修养，还是一个雄辩的演说家。这些都为他的戏剧创作奠定了坚实的基础。从1892年至1950年，他共创作了60多个剧本，其数量之多在英国文学史乃至世界文学史上都是罕见的。尽管评论界和资产阶级不断地有攻击的声音，但是他的戏剧受到了广大劳动人民的欢迎。他的声誉随着他的每一个新剧问世而与日俱增。到19世纪90年代末，他已被公认为英国现代最伟大的戏剧家。

另外还有一点需要指出，他为他的大多数剧本写了序言。他的剧本序言有时比剧本还要长。例如，企鹅丛书版的《安德鲁克里斯与狮子》（*Androcles and the Lion*）一剧只有44页，而序言却长达98页。5幕剧《医生的困境》（*The Doctor's Dilemma*）的序言长达77页。《牵强附会的寓言》（*Farfetched Fables*）剧本36页，而序言56页。他的序言一般可以归纳为两类：一类是说明剧本创作和上演期间的情况；第二类是“辩论性和争论性的序言”。[228]读者、观众、导演和演员可以根据这些序言知道演员要演的是什么样的角色，对于剧本的创作意图、主题及相关情况有一个深入的了解。他的这些序言和他的评论文章证明他不仅是一个伟大的戏剧家，还是一个出色的评论家。

除了写戏剧外，肖伯纳还创作了一些短篇小说。他的短篇小说收在他的《短篇小说集》（*Short Stories*, 1932）和《黑女求神记》（*The Adventures of a Black Girl in Her Search for God*, 1933）中。

肖伯纳始终是俄国革命的支持者。1921年，他写完了剧本《回到马修斯时代》（*Back to Methuselah*, 一译《千岁人》）。这部戏是他的得意之作。（但后来许多评论家不以为然。）他把这部5幕剧本寄给列宁并附上题词：“赠给列宁，在欧洲国家的活动中只有他具备担任如此重要职位的人所必须具备的才干、性格、知识。”

1931年，肖伯纳访问了前苏联。前苏联政府为他举行了宴会，庆祝他 75 岁寿辰。高尔基因病未能出席，写信给他祝贺生日。高尔基在信中说："您活了一世纪的四分之三，对于人们的保守倾向和庸俗见解曾经用您的尖刻的俏皮话给以致命的打击，这种致命的打击真不知道有多少次了。我国对您是极为珍视的。……您在这样一个国家，在这样人民中间，欢度您的 75 岁寿辰，使我感到很高兴。"[229]

1933 年 2 月 17 日至 25 日，肖伯纳访问了中国。他乘"不列颠皇后号"轮船首先抵达上海。在上海，他同宋庆龄、蔡元培、梅兰芳、鲁迅、林语堂等人愉快地见面。然后到了秦皇岛，后经天津于 2 月 20 日到北京。在北京期间，他游览了长城。25 日他返回秦皇岛，乘原轮离开。途经香港时，应上海《时事新报》特派记者之约，发表了一篇《告中国人民书》，说："中国人民如能一心一德，敢问世界孰能与之抗衡？"向中国人民表达了良好的愿望和坚定的信任。（黄嘉德著，《肖伯纳研究》，山东大学出版社，1989 年出版，第 185 页）

肖伯纳于 1950 年 11 月 2 日逝世，终年 94 岁。在他逝世的当晚，全世界的剧院停止营业，舞台灯光全部熄灭，以悼念这位伟大的戏剧家。

19 世纪上半期的英国戏剧界仍然是一片沉寂，有分量的剧作很少，遍布全国的外国戏剧占据了主导地位。流行一时的社会戏剧只会模仿"精心"制作的法国戏剧，着重描写某位失踪女子的枯燥的生活细节，或者上流社会奢靡的生活方式。这令许多人非常反感，肖伯纳就是其中之一。他不仅对社会戏剧庸俗的品位深恶痛绝，也坚决反对所谓的"为艺术而艺术"的理论。最终，肖伯纳为英国戏剧翻开了新的一页。

肖伯纳是高产戏剧作家，在漫长的写作生涯中，他创作了大约 60 部戏剧。在许多方面肖伯纳积极影响了 20 世纪英国戏剧的发展。他对于人及其世界有独到的见解。在肖伯纳的时代，人们热衷于讨论，形成了百家争鸣的局面。肖伯纳也加入了各种思潮的争论之中。他认真地思考，深切同情受苦受难的老百姓，无情抨击社会不公正现象。

肖伯纳有敏锐的戏剧意识。他拥有一种异乎寻常的喜剧天才，并因此深受观众的喜爱。他的作品诙谐幽默、妙语连珠，时而讽刺嘲弄，时而一语双关。他使用狄更斯式的漫画人物，利用各种各样的滑稽戏仿，比如，戏仿英雄史诗、历史、神话。有时他也采用华丽的文体，引用大量含义丰富的古典神话作暗喻。作为讽刺作家，他的笔锋像乔纳森·斯威夫特一样犀利无比。他藐视传统，他的理论和观点将既有的价值和立场批判得体无完肤。可以说，在许多方面，肖伯纳都是一个社会的叛逆者。他的传记作家佛兰克·赫里斯对他的戏剧作品的评论是：他的戏剧“非常简朴，直截了当，清楚易懂；明晰和诚恳是他的特质。他不装腔作势，没有一点矫揉造作的样子；他是一位完整一致的人物，他是来说服人家的，而不是来劝导人家的；他有的是坦白合理的议论，有的是讽刺的幽默和闪光照亮的议论；这种幽默通常是理智的而不是情感的。他的文章看起来很朴实，但他的戏剧却蕴藏着大量的艺术”。[230]

肖伯纳总是将观众的视线吸引到当代严重的社会问题上来。他写戏剧只有一个目的，那就是引导公众关注当时的社会、宗教和政治问题，触及资本主义社会最本质的问题，把剥削阶级的丑恶嘴脸暴露在公众面前。他的剧作主要不是依靠情节取胜。他认为，戏剧的成功不是靠激发和满足观众的好奇心，而是靠该剧所呈现的观点在观众心中引发思考。对肖伯纳而言，凡是不探讨生活中的重大而严肃的问题的剧作都称不上严肃作品。

肖伯纳的戏剧主题涉及社会生活的许多方面。他揭露了贫民窟的房租盘剥（《鳏夫的房屋》，*Widowers' Houses*, 1892），评论了妓女和卖淫问题（《华伦夫人的职业》），抨击了维多利亚价值观，如家庭观念、浪漫的爱情、军人的光荣和理想主义（《武器和人》），谈论了基督教社会主义运动（《康蒂达》），讨论了“生命力”和“创造进化论”思想（《人与超人》、《回到马修斯时代》），描写了爱尔兰人对英国统治的不满和愤恨（《英国佬的另一个岛》，*John Bull's Other Island*, 1904），攻击了福音主义（《巴巴拉少校》），谈到社会各阶级之间的不平等并批判了中产阶级的道德观（《皮格马利翁》），论及第一次世界大战前欧洲的精神贫乏和肤浅的维多利亚职业道德（《伤心之家》），也写到了英国新教的兴起和欧洲民族主义的抬头（《圣女贞德》）以及君主制和民主制（《苹果车》，*The Apple Cart*, 1929）。

肖伯纳早年创作的《鳏夫的房屋》、《华伦夫人的职业》和《好逑者》（*Philanderer* 1893）使“体面”阶层非常难堪。所以，当他把汇集这三个剧本的戏剧集于1898年出版时，取名为《不愉快的戏剧集》。1898年，他还结集出版了《愉快的戏剧集》，包括《武器和人》、《康蒂达》、《风云人物》和《难以预料》（*You can never Tell*, 1897）四部戏。这四部戏都是讽刺喜剧，讽刺的矛头依然指向上流社会和中产阶级。1901年，肖伯纳结集出版了《为清教徒写的三个戏剧》：《魔鬼的门徒》（*The Devil's*

Disciple, 1897）、《凯撒与克里奥帕特拉》、《布拉斯逢德上尉的转变》（*Captain Brassbound's Conversion*, 1899）。在这三部戏中，他运用传统戏剧形式把传统的观念剖析开，让人们看到这些观念的不合理之处，以达到揭露、讽刺、鞭挞丑恶，教育观众的目的。《魔鬼的门徒》运用维多利亚时期的情节剧讲述了在美国独立战争时期一个被称为魔鬼的门徒的社会弃儿牺牲自己以解救他人的故事。这个剧本的首场演出是在美国的纽约，获得了成功。这也是肖伯纳的戏剧第一次获得成功。《凯撒与克里奥帕特拉》这一历史剧是对莎士比亚的《马克·安东尼与克里奥帕特拉》的反驳和颠覆。莎士比亚的这出戏讲的是凯撒和克里奥帕特拉的爱情；肖伯纳的戏要证明凯撒和克里奥帕特拉的结合不是因为爱情，而是出于政治的需要。《布拉斯逄德上尉的转变》则颠覆了各种各样愚蠢的责任和正义。20 世纪以后至第一次世界大战前，肖伯纳创作进入高峰，发表了数个优秀的剧本。在第一次世界大战以后的岁月里，肖伯纳写了不少优秀剧本。肖伯纳一直在创作，直到他生命的最后一刻。在他去世时，他正在写的剧本是《她为什么不愿意》（*Why She Would Not*, 1950）。

肖伯纳一直处在争议的中心，他也乐此不疲。他在为他的观点和做法进行辩护时，常常显得急躁，甚至有讽刺挖苦别人之嫌。他冒天下之大不韪，在不抽烟、吃素食流行之前很久就做了禁烟主义者和素食主义者，而且轻视那些与他的做法不同的人。他仇视竞技体育，特别是英国人所谓的赛马这类“国王的运动项目”。他把光环四射的英国传统习俗——人们骑着马带着猎狗去猎狐——称作“并非为了满足口福之欲而做的最糟糕的事情”。他是一个很难与之相处的人，他不能容忍那些白痴，所以树敌不少。严肃的批评家发现，很难将肖伯纳的社会主义理论和他的超人学说统一起来。但即使是跟他一向敌对的批评家（T. R. 巴恩斯）都不得不在一篇评价肖伯纳的文章结尾处承认：“我们现在最好的戏剧是自菲尔丁以来最具有活力、最严肃认真，也是最贴近生活的。正是肖伯纳写出了这样出色的作品。”

《鳏夫的房屋》

《鳏夫的房屋》是肖伯纳的第一个剧本。这部戏大部分的内容根据他在都柏林当收租员的经历写成。故事最初发生在德国的莱茵河上。出生在英国贵族家庭的年轻医生哈利·楚南奇正和朋友威廉·柯科恩在莱茵河上度假。期间，楚南奇偶遇同途旅行的富家小姐贝兰西。两人一见钟情，匆匆订婚。

回到伦敦后，在楚南奇和柯科恩到贝兰西的家去拜访她的时候，恰巧碰到贝兰西的父亲在对他的收租员大发雷霆并要解雇他，因为他收上来的租金太少，反倒花了24先令修理贫民窟。楚南奇了解到贝兰西的父亲是伦敦贫民窟的一个房东，靠出租破旧房屋成了富翁。楚南奇认为出租破旧房屋、搜刮穷人的钱财是剥削行为，同这样的人同流合污是耻辱。他毅然决定放弃婚约。老贝兰西对楚南奇感情用事的做法付之一笑，并告诉他，他所出租的房子、所占用的土地都是楚南奇家的产业，楚南奇家的收入和他的收入同一来源。他对楚南奇说："我和收租员都是中间经手人，而你才是东家呢！"楚南奇不得不承认，他家和贝兰西家是同道。

最后，楚南奇不仅和贝兰西父女和解，而且一起商量如何共同经营房产。

这部戏的主题正如肖伯纳在这一剧本的前言中所说，"英国体面的中产阶级和贵族子弟，如同粪土上的苍蝇，靠剥削贫民窟的穷人而自肥"。

1892年12月9日首场演出之后，伦敦剧院一片混乱。剧场内半是掌声半是嘘声。掌声来自场内劳动人民；嘘声来自贵族和中产阶级。第二天，伦敦各家报纸纷纷发表攻击性的评论。《鳏夫的房屋》只演了两场就被迫停演。

《华伦夫人的职业》

肖伯纳的第二部戏《华伦夫人的职业》是肖伯纳早期作品中最优秀、最受欢迎的一部。它和《鳏夫的房屋》一样，都是对资产阶级的揭露和批判。故事大致情节如下：凯蒂·华伦夫人是一个富有的中年女人，在欧洲经营系列妓院，她体面地称之为"私人"旅馆。她22岁的女儿薇薇年轻聪明，是一个很清高的姑娘。她的母亲供她在剑桥接受教育，她想在保险业上大展鸿图。令人意想不到的是，薇薇的母亲凯蒂以及凯蒂的朋友普瑞德和乔治·克劳夫特爵士出现了。

他们三人之间的谈话内容让薇薇难以承受。她从中了解到母亲从事卖淫而且是妓院的老鸨，发现母亲靠开妓院积攒了家产并供她读书，于是她气愤地质问母亲为什么如此堕落。华伦夫人给她讲了自己早年的经历。她出身于工人家庭，有四个姐妹。大姐在铅白工厂做工，因铅中毒而死亡；二姐嫁给海军军需厂的一个工人，后来她丈夫成了酒鬼，一家人过着食不果腹的日子；妹妹利慈看到姐姐诚实的劳动并没有给她带来幸福而是死亡，于是做了妓女，过着吃穿不愁的生活。三个姐妹的不同人生给华伦夫人很大的触动。华伦夫人告诉女儿，自己年轻的时候面临两种选择：要么做一个女工，整日没命地干却只能得到少得可怜的工钱，最终只有凄惨地死去；要么做个妓女，开家妓院，苟活于世上。在贫困和卖淫两个选择之间，华伦夫人选择了后者。她先做妓女，后来做了鸨母，她的妓院遍及欧洲的许多国家，她也获得了大量资财和独立的社会地位，成了“体面人”。华伦夫人的生意伙伴克劳夫特对薇薇说，她母亲的进款没有什么可指责的，他问薇薇：“你会因为我母亲的表兄白尔格公爵有几笔租金来历不明，就不跟他来往吗？你会因国教事务委员会有几家租户是卖酒的和有罪孽的人，就跟坎特伯雷大主教绝交吗？……如果你要根据道德原则挑选朋友，除非你跟上流社会断绝关系，要不然就趁早儿离开英国。”（潘家询译，《华伦夫人的职业》，肖伯纳著，《肖伯纳戏剧三种》，人民文学出版社，1963 年出版，第 64 页）薇薇再也不愿做一个“孝顺的女儿”，她试图和母亲沟通、谈判。故事结尾时薇薇永远地离开了家，她要自食其力，走自己的路。

该剧具有以下特点：首先，它在人物塑造方面进展迅速，人物轮廓清晰。第一幕所有人物几乎都出场了。第二幕就将主要人物置于思想争论的焦点之中。剩下的两幕继续推动情节的发展并迅速推向结局。两个主要人物往往令人迷惑不解。华伦夫人初次出场时是反对传统的叛逆者形象，她宁愿“犯罪”也不选择忍受贫穷。细想之下，她本质上仍然是传统的附庸。在该剧的最后一场，薇薇在离家出走的时候就直言母亲貌似叛逆实则传统的本质。华伦夫人一心向往体面的生活，实际上是现存制度的忠实信徒。而薇薇最初似乎接受现存的一切，但实际上她对人和生活都有敏锐的洞察。她证明是一个对社会不满、欲挣脱传统枷锁的真正的反叛者。

在这场母女对抗中，华伦夫人试图利用各种手段说服和控制女儿，从扬眉怒目到晓之以理，讲述自己的生活，再到退却和哀求。与此同时，薇薇则逐步认识到母亲保守和传统的一面，并最终与之决裂。母女之间的智斗赋予该剧极大的张力。母女决裂一场常常引起争议。有些评论家和读者站在母亲一边，他们认为华伦夫人值得同情，薇薇应该稍加妥协，主动向母亲靠近。

此外，这出戏打破了情节是戏剧的最主要的成分这一定律。亚里士多德总结了古希腊的戏剧并提出了情节是戏剧的灵魂这一理论。从亚里士多德到19世纪末，戏剧创作一直遵循这一理论。但是，肖伯纳不接受这一人为的规定。在《华伦夫人的职业》这一戏剧中几乎没有什么情节，人物的冲突及塑造完全靠人物对话；人物的对话穿插在过去和现在；思想主题的表达完全通过思想感情交锋。

谈到这出戏的主题，肖伯纳说他写这部戏的目的就是要引起公众注意这样一个事实：女人卖淫不是因为女人堕落、男人放荡，而是因为女人超时工作、低收入、没有得到社会公平的评价，从而迫使她们卖淫以维持生活。社会上的“体面人”，包括大地主、大房东、资本家、政治家，都和妓女没有两样。这个事实也是这部戏的主题。

另外还有许多“娼妓阶级”的男人也应受到谴责。肖伯纳说：“我们谴责那些合法地或非法地出卖肉体来养家糊口的妇女，认为她们不应该这样做，而应该安于匮乏、贫困和低下的社会地位；我们要谴责的不仅仅是这些妇女；我们也有大批属于娼妓阶级的男人；例如，戏剧家和新闻记者，更不要说还有无数的律师、医生、牧师和讲台上的政治家。这些人天天用他们最高超的才能去掩盖他们真正的思想感情。一个出卖几个小时肉体的女人的罪恶和上述的罪恶比较，真是微不足道的了，因为在现代社会里，没有罪名的有钱人要比没有贞操的穷女人危险得多。”[231]

这部剧作虽然早在1893年就出版了，但直到1902年才被搬上舞台。肖伯纳在剧中对资本主义制度的批判一针见血，对民不聊生的情况直言不讳，戏中大胆的揭露无疑捅了社会的马蜂窝。这无疑得罪了当时的权贵。它于1902年1月5日在伦敦的新抒情俱乐部上演。第二天，抨击文章铺天盖地。新闻检查署以公开讨论和上演卖淫情节为由立即发出了禁演令。但是，这出戏还是在不断地在私人俱乐部偷偷上演。1905年，《华伦夫人的职业》搬上了美国纽约的舞台。票价30美元，即使在一百多年后的今天，这个票价也令许多人咂舌。演出盛况空前。剧场内座无虚席。但是由于该剧是同类作品中第一部将妓女当作主角来写的戏剧，它在纽约的命运也好不到哪里去。它遭到了警察的干涉。在首场演出结束时，纽约警察出动，逮捕了导演和全体演员。后来，导演和演员被带上法庭。法官询问他们后，沉思了片刻说，他需要先阅读剧本。他接着宣布休庭。再次开庭时，法官说他读了剧本，没有发现他期待发现的内容。导演和全体演员全部无罪释放。直到八年以后，英国新闻检查署才解除了对这出戏的禁演令。今天这出戏依然在美国和英国上演。

现在，肖伯纳被认为是女性主义的先驱之一。他在一百多年前就提出女性的劳动应当得到社会公平的评价和待遇，而这才是消除贫穷和卖淫这样的社会问题的有效措施。

《巴巴拉少校》

《巴巴拉少校》主要表现大军火商安德谢夫和他的女儿巴巴拉的冲突。巴巴拉在英国的慈善组织救世军中担任少校。她是一个有热情、有理想的姑娘。在救世军中她努力帮助穷人改变生活状况，想做一个“灵魂的教主”，使走上歧途的人改邪归正。她努力劝导她父亲，想让他放弃制造军火，参加救世军。可是，后来她得知他父亲是救世军最大的捐助者。她原以为救世军的事业很高尚，可是她万万没有想到救世军也接受像她父亲这样的人的捐款。她的幻想破灭了。

剧中巴巴拉少校的父亲、大军火商安德谢夫是中心人物。此人是个“混世魔王”，他声称“血与火”是他的座右铭，赤裸裸地说：“战争毁灭性越大，我们越爱战争。”[232]他吹嘘自己威力无边，社会上的一切都在他的控制之下，宗教、议会、法律都是为他服务的，国家机器不过是他们这类资本家大亨们操纵的木偶。安德谢夫扬言：“你将做那些对我们有利的事情。如果战争对我们有利，你就去作战；如果对我们不利，你就去保卫和平。当我们决定某些措施时，你得发现商业上需要这些措施。当我们需要提高股息时，你得看出，这正合乎国家的需要。当别人想要降低我的股息时，你得派出军警前来协助。作为这一切的酬报，你将得到我的报纸的支持和赞许，而且也将得到觉得自己是个大政治家的喜悦。”为了追求军火生意的最大利润，安德谢夫宣称：“谁出公道价钱，就把军火卖给谁，不管他是什么人，什么主义；是贵族党，是共和党，是虚无党，是沙皇，是资本家，是社会主义者，是基督教，是天主教，是强盗，是警察，是黑种人、白种人、黄种人，不管是什么种类，什么情况，什么民族，什么信仰，干什么浑事儿，进行什么伟大的事业，犯的什么罪，都一视同仁。”在这个世界上，他只认金钱。一切都可以买卖。通过这个形象，肖伯纳有力地暴露了垄断资本家的本质。

同时，《巴巴拉少校》这个剧本也集中表现了肖伯纳的思想。他对资本主义社会的揭露和批判是犀利的、深刻的，但他在政治上是个改良主义者，他认为贫困是最大的罪恶，是社会安全的最大危险，因此他肯定了“人人发财”这一资本主义的道德原则，提出了“百万富翁的社会主义”

的口号。

《皮格马利翁》

肖伯纳最受欢迎作品是他的《皮格马利翁》（有人译为《匹克梅梁》和《卖花女》）。皮格马利翁的故事源于古罗马诗人奥维德的长诗《变形记》。这个故事说的是古希腊神话中的塞浦路斯国王皮格马利翁厌恶现实中女性的堕落与淫荡，所以决定独身。在独自一个人生活的过程中，他用象牙雕刻了一个美丽的雕像。他天天与雕像相伴，天长日久，深深地爱上了她，于是他到维纳斯女神的庙堂祈祷女神给他一个像他的雕像一样的爱人。维纳斯被他的爱所感动，于是就赋予雕像生命。当皮格马利翁从庙堂回来，吻他的雕像时，他欣喜地发现雕像变成了一个腼腆的少女。后来皮格马利翁为她取名伽拉忒亚并娶她为妻，和她一起生活。

除了剧名依然是皮格马利翁之外，肖伯纳颠覆了这个神话。在肖伯纳的剧本里，国王皮格马利翁变成了语音学教授亨利·希金斯，皮格马利翁的雕像变成了卖花女伊莉莎·杜利特尔，而故事的背景则由塞浦路斯变成了爱德华时代的伦敦。伊莉莎聪明漂亮，但家境贫寒，满口乡音、举止粗俗。她每天到街头叫卖鲜花，赚钱贴补家用。一个晚上，大雨倾盆，许多人在街头的屋檐下避雨，伊莉莎还在卖花。语音学家希金斯和从印度前来拜访他的皮克林上校也在避雨。皮克林上校对方言很感兴趣。伊莉莎的英语引起了语言学家希金斯教授的注意，教授对皮克林上校夸口说只要经过他的训练，卖花女也可以成为上流社会的淑女。伊莉莎听到这话，激发了她学好英语以开一个花店的愿望。

第二天，伊莉莎就主动上门请求希金斯训练她。皮克林认为这是一个很好的标准英语教学的科学实验，于是便与希金斯打赌，如果伊莉莎能出席六个月后在大使馆举行的舞会并且不被人识破，那么他愿意承担一切试验费用和伊莉莎的学费。

希金斯欣然接受了挑战。他首先给伊莉莎置买了漂亮的新衣服，接着开始对伊莉莎进行密集、严格的语言训练。起初这些训练有如对牛弹琴，但一经开窍，伊莉莎进步很快。六个月以后，在大使馆舞会上，伊莉莎艳压群芳，讲话优雅流畅，成为舞会上最受追捧的淑女。舞会上的许多人都猜测她的出身。最后有一个人说她是匈牙利的女公爵，因为她讲正确优雅的英语。这个人接着说，只有外国人才能学会讲正确优雅的英语。

希金斯对自己神奇的成绩雀跃不已，回家后大肆庆祝实验成功而无视伊莉莎的存在。对此，伊莉莎感到惊愕和失望。她发现她在希金斯眼中依然是一个不被尊重和被忽视的卖花女，或者说她是他的实验品。虽然她已改变形象和气质，但是她的气质和身份仍然得不到真正的统一。面对伊莉莎的愤怒，希金斯建议她嫁人或者开一个花店。伊莉莎把首饰还给希金斯后愤怒地离开。最后她选择嫁给年轻的弗立德。

肖伯纳的《皮格马利翁》颠覆了古希腊的《皮格马利翁》，不仅仅因为人物、地点、时间变了，而且更重要的是故事的内容变了。古希腊的《皮格马利翁》只讲塞浦路斯国王皮格马利翁爱上了他的雕像，使她变成真人，但是没有讲伽拉忒亚的感受。但是肖伯纳的戏剧讲了伊莉莎的感受，她觉得自己没有得到应有的尊重，她感到愤怒。她对希金斯说："我卖花，不卖自己！"[233]再者，男性有权利并有能力按照自己的愿望塑造女性吗？（《圣经》写到女性是男性的一根肋骨变成的。这暗喻男性有权利并有能力按照自己的愿望塑造女性。）男性和女性之间是否只应有性或浪漫的关系？美丽是否等同于美德？伊莉莎应当恳求大男子主义的希金斯的关爱吗？

对上述问题，女性主义的答案显然是否定的。另外，伊莉莎在大使馆舞会上优雅的举止言行使人误以为她是具有皇家血统的外国人这一点也对以貌和口音取人的社会现象提出了质疑。

这出戏剧情紧凑，有铺垫、冲突、高潮、解决冲突以及结尾，一直受到大众的欢迎。1913 年 10 月 16 日，这出戏用德文在维也纳首场演出；1914 年 4 月 11 日用英语在伦敦首次演出。1938 年，英国的加布里埃尔·帕斯卡制片公司将它搬上银幕，同年获奥斯卡奖。1956 年，这部戏以《窈窕淑女》（*My Fair Lady*）的剧名在百老汇演出，成为走红的音乐剧。1964 年，华纳公司花费 550 万美元买下了这一音乐剧的拍摄权并再度将它改编成歌舞片。从首场演出到现在，一百多年来它已经成为脍炙人口的戏剧。

《伤心之家》

1914 年，第一次世界大战爆发后，肖伯纳发表了《这次世界大战的常识》（*Common Sense About the War*）的政论文章，强烈地谴责这场帝国主义战争。他指出英德两个帝国主义国家都应当对这次非正义的战争负责。他建议"双方的士兵应该枪毙自己的军官，返回家乡，在农村收割谷物，在城市进行革命"。[234]他的观点受到了英国统治阶级和资产阶级的围攻。

这一时期他的代表作品是《伤心之家》。这部戏写于第一次世界大战中。在这一作品中，他把英国比喻成一条老式的帆船，喻指这条帆船正处在世界大战的惊涛骇浪中。船长是这部戏的主人公。在这部戏即将闭幕时船长说："每一个醉鬼船长都相信上帝。但是上帝对待醉鬼船长的办法之一就是叫他们的船往礁石上撞。……醉鬼船长的船在礁石上撞破了，朽木的船身撞裂了，船上锈了的铁板撞散了，船上的水手像笼里的耗子一样地淹死了。……在［英国］这条船上，船长正躺在吊铺上，喝着瓶装的臭沟水，水手们都在船头楼里赌钱。这条船非撞在礁石上沉没，四分五裂不可。"船长的女婿问他："请问我作为英国人应该做些什么呢？"船长立刻答道："航海呀，学航海就能活，不学航海就得灭亡。"[235] 这里"航海"显然是个比喻，它喻指领导英国在战争的狂涛巨浪中行驶。

《武器和人》

《武器和人》的全名是《武器和人：一部反浪漫主义的戏剧》。它因讽刺维多利亚价值观而闻名。剧本的题目来自维吉尔的诗作《伊尼依德》（*Aeneid*）的开头部分。故事的背景是1885年～1886年巴尔干战争期间的保加利亚小镇。来自瑞士的布兰茨利上尉是个雇佣兵，他打了败仗，正疲于逃命。当经过一个小镇的时候，他爬进一个年轻女人的卧室，命令她别出声。这位姑娘正是一个保加利亚军官的女儿，名叫瑞娜·帕特科芙。她曾经一直梦想爱情，并渴望未婚夫萨吉尔斯·萨如诺夫能够和她"从此幸福地生活着"。听到未婚夫在前方打了胜仗她惊喜万分。这个瑞士逃亡者令瑞娜·帕特科芙吃惊不小，因为他身临险境、疲劳万分之时竟不忘向她要巧克力奶酪。这打动了瑞娜的心，她把他藏在屋里，给他弄吃的、穿的，当他离开时，她还送了他一幅她自己的画像。然后，萨吉尔斯从前方返回，深情而浪漫地问候瑞娜，却跟瑞娜的女仆露卡调情。瑞娜的父亲邀请布兰茨利谈论布兰茨利擅长的军队的后勤问题。借此机会他和瑞娜再次邂逅，并发现她变化很大。此时的瑞娜已经了解到萨吉尔斯在战争中愚蠢的"壮举"并看到过他用胳膊搂住露卡脖子的情景。瑞娜的浪漫主义激情渐渐平息，她已经准备好接受布兰茨利。

该剧的人物刻画值得分析。显然，瑞娜代表浪漫主义原型人物，布兰茨利恰恰与她相反。这个瑞士人颇具生活常识，很少理想主义色彩。他不是一个英雄，也不愿做一个英雄。他的生存意识特别强烈，这让瑞娜很是反感。瑞娜的理想主义有点可怜兮兮的，但是她本人并不可怜。在面对窘境时，如果她觉得有必要，她都会作出果断的选择而毫无抱怨。瑞娜最终由浪漫转向现实的情节传达了肖伯纳对美化战争和爱情的浪漫的维多利亚风尚的谴责。布兰茨利十分现实，他当兵是出于自愿。他务实、敏捷，擅长文书工作，生存能力强，尽管他在看望和即将迎娶瑞娜之时也不乏浪漫的举动。

从主题上看，该剧体现了肖伯纳的“生命力”观点，后来肖伯纳在《人与超人》的前言中进一步阐释了这一观点。他宣称，在恋爱和生育方面，妇女总是积极主动。瑞娜和露卡的围场中有了猎物。露卡有点超级妇女的味道，就像《人与超人》中的安娜·怀特菲尔德。虽然露卡只是帕特科芙家里的女仆并和另外一个仆人尼古拉订了婚，但她对生活的看法却与尼古拉不同。她虽与尼古拉同为仆人，却不像他那样满足而幸福。露卡有远见，尼古拉则是19世纪典型的顺从的仆人形象，他讲求实际，对自己的欲求一清二楚。露卡心里想的是萨吉尔斯，总是不失时机地向他进攻。这样，萨吉尔斯就掉进了露卡设的温柔的陷阱。露卡很快就会成为贵妇人，过上贵妇人的生活。至于瑞娜，她一旦从浪漫的呓语中醒来，就开始审视自己的“猎物”，终于转而选择了布兰茨利。

该剧对称精巧，反映了19世纪典型的戏剧模式，即两组情人在故事结尾处换了位置。这使得故事从头到尾娱乐性都很强。肖伯纳的幽默主要体现在措词上，有时也借助于滑稽的动作来表达。这是因为肖伯纳很有思想，也注重幽默和笑声的思想性及教育意义。他认为，喜剧应该能给人以快乐，更应该能打动人，仅能满足人的感观刺激的喜剧绝对不是好喜剧。该剧的道德意义对所有人而言都是不言而喻的。

《人与超人》

《人与超人：喜剧和哲学》是一部滑稽剧，混合了各种思潮和信条。这些思潮和信条分别来自班扬、歌德、托尔斯泰、王尔德、易卜生、柏拉图、雪莱、马克思、尼采和叔本华。该剧的主导思想是“生命力”理论。在他长达37页的前言中，肖伯纳宣称，有史以来在恋爱和性爱方面妇女总是积极主动的一方。男人所做的只是将食物放在桌子上，其余的事情都是由女人来完成的。故事紧紧围绕约翰·邓纳尔展开。邓纳尔勇于挑战所有的价值观。他的著作《革命者手册》对既定观念和通常的做法都不屑一顾，比如，它藐视所谓的荣誉、婚姻、法律、民主和信仰。此外，它还对超人的特点进行了种种设想。邓纳尔的对立面是紧守传统的罗巴克·瑞姆司登——安娜·怀特菲尔德小姐的监护人。安娜代表着“生命力”之源和超人之母，她想方设法要邓纳尔娶她，但他却不愿沦为她的猎物，试图逃开。安娜在“生命力”的驱使下，紧紧追随，跨越英吉利海峡，踏遍了整个欧洲大陆，终于在西班牙将他赶上。虽不太情愿，他也只好屈服，向她承认说，“‘生命力’让我着魔：当我紧紧拥抱你的时候我感到拥有了整个世界。”

从主题上看，该剧显示出肖伯纳对未来充满了乐观，这种乐观主义精神源于他对“创造进化论”的信仰。在他看来，唯一的希望在于通过优生优育产生超人（即文中所说的安娜和艺术家邓纳尔的结合）。这种观点体现了肖伯纳积极的道德观和对叔本华悲观主义哲学的摒弃。肖伯纳推崇达尔文的进化论，对所谓的自由政治（比如脾气暴躁的社会主义者克里斯蒂安·门多萨的那套自由政治）则进行了无情的抨击。此外，文中还体现了肖伯纳的女权主义思想（这种女权主义总的说来是复杂而模糊的）。安娜看起来像个新女性，她自信、独立、进取心强。维奥莱特与她恰恰相反。虽然维奥莱特有勇气打破禁区，尝试婚前性行为，但是她听命于丈夫而且并未认可所谓的新的道德准则，而可笑的是邓纳尔正试图用这种新道德准则来为维奥莱特的行为辩护。

从形式上看，该剧也异常精彩。三场之间有焰火和音乐作为插曲；第一幕非常有趣：约翰·邓纳尔试图安慰未婚先孕、遭人唾弃的维奥莱特，可没曾想她对他的好心却不屑一顾，结果他十分泄气；第三幕是有名的地狱场景：梦中的约翰·邓纳尔和安娜·怀特菲尔德在神话世界中相遇并被情色所迷，同时又碰到了化身为魔鬼的门多萨，这位魔鬼宣称地狱远胜于天堂。

总之，肖伯纳把思想、智慧、幽默和批判精神带给舞台，使舞台变成了讨论社会问题和道德问题的论坛。他以他在戏剧方面的伟大成就成为英国乃至世界戏剧领域的丰碑。

奥斯卡·王尔德（Oscar Wilde, 1854-1900）

每当提到奥斯卡·王尔德，人们最先想到的便是 19 世纪英国唯美主义运动的口号——“为艺术而艺术”（art for art’s sake）。尽管这个尽人皆知的口号最先源于法国，但是很多人还是相信，它是王尔德的原创。[236] 王尔德之所以备受推崇，是因为他的确有很多与众不同之处。他是唯美主义运动中最醒目的美学主义者、维多利亚末期英国戏剧复兴的中流砥柱、颓废派诗歌的代表人物，还是历史上第一个因为同性恋而被捕入狱的名人。他的一生像是一出充满似是而非的悲喜剧，在最高潮时却嘎然落幕。他出生在爱尔兰，但他的身份却是英格兰－爱尔兰人（Anglo-Irish）；他自称是爱尔兰自治的拥护者（Homer Ruler），但他却非常迷恋伦敦的上层社会；他是最出名的唯美主义者，却也是第一个真正意义上的流行文化偶像；他是一个古典文学造诣很深的学者，但却靠风俗喜剧而大红大紫；他的戏剧机智风趣、冷嘲热讽，他的童话却真挚动人、寓意深刻；他是一个同性恋者，同时也是一位女权运动的支持者。正是这些看似自相矛盾的特点使王尔德成为一个非常值得研究的人物，使他的作品经久不衰。

王尔德出生在都柏林，是当时爱尔兰的统治阶层——英格兰－爱尔兰人的一分子。父母是爱尔兰的名人。父亲威廉·王尔德爵士（Sir William Wilde, 1815-1876）是当时爱尔兰最著名的眼科和耳科医生，都柏林眼科耳科医院的创始人。剧作家肖伯纳的父亲就曾是他的病人。他在爱尔兰考古学和民间传说方面也有建树。1864 年，威廉·王尔德因在眼科和耳科方面的突出贡献而被英国女王封为爵士。他还曾被瑞典国王授予北极星勋章。也就在成为爵士那一年，威廉·王尔德因被指控诱奸患者而成为都柏林最热门的谈资。家庭的变故对年幼的王尔德的影响是不言而喻的。他后来想方设法成为名人的行为在一定程度上反映出他想摆脱父亲这件丑闻的阴影。王尔德的母亲——简·王尔德（Jane Wilde, 1821-1896）是王尔德一生中最重要的人之一。他张扬的个性、与众不同的着装品位和女权思想显然来源于他的母亲。简·王尔德是爱尔兰颇有名气的诗人、著名哥特式小说家查尔斯·马图林（Charles Maturin, 1782-1824）的外甥女。她宣称自己有意大利血统，是但丁的后裔。她年轻时以“斯波朗莎”（Speranza）的笔名为《民族》（*The Nation*）杂志创作诗歌，来支持“年轻爱尔兰运动”这个争取爱尔兰独立的运动。

王尔德父母在爱尔兰知识和文学界的名气以及王尔德夫人的热情好客使得他们的宅第成为爱尔兰名流、学者最喜欢的聚集地之一。著名的诗人塞缪尔·弗格森爵士（Sir Samuel Ferguson, 1810-1886）、约翰·叶芝（John Yeats, 1839-1922，著名诗人叶芝的父亲）、乔治·亨利·莫尔（George Henry Moore, 1810-1870，著名作家乔治·莫尔的父亲）和小说家查尔斯·里沃（Charles Lever, 1806-1872）都是王尔德家的座上宾。著名作家玛利娅·艾奇沃斯（Maria Edgeworth, 1767-1849）、博物学家达尔文（Charles Darwin, 1809-1882）和历史学家卡莱尔（Thomas Carlyle, 1795-1881）都与王尔德家保持着较为紧密的通信联系。王尔德的父母常常鼓励王尔德和他的哥哥坐在客人们中间，倾听他们的高谈阔论。王尔德的父亲有着丰富的藏书，因此王尔德从小便能捷足先登，博览群书。他后来令人称奇的阅读速度便是在这个时候开始训练出来的。生长在这样一个充满文化氛围的家庭对王尔德的人生产生了巨大影响。

王尔德的母亲对他怀有很高的期望。她根据爱尔兰传奇英雄欧辛（Ossin）给自己的儿子取名为奥斯卡。她在给朋友的信中提到希望王尔德会成为未来“爱尔兰共和国的总理”。王尔德的童年非常幸福。他 9 岁时进入波特拉皇家学校（Portora Royal School）学习。王尔德人生的第一个不幸发生在 1866 年，当时他 12 岁。这一年，王尔德深爱的妹妹爱秀拉在 10 岁时夭折。对于王尔德而言，这是他一生的心痛。从此以后，他一直把妹妹的一缕头发保存在身边。1871 年，王尔德进入都柏林三一学院学习。在这里王尔德与爱德华·卡森（Edward Carson, 1854-1935）曾为同窗。据王尔德后来回忆，他和卡森一度还是关系不错的朋友。正是这位旧相识后来成为原告律师把王尔德送进监牢。在三一学院的学习过程中，王尔德家的朋友——马哈非教授（John P. Mahaffy, 1839-1919）成为他的导师。王尔德称他为自己“第一位和最伟大的老师”。马哈非教授是一位古希腊研究权威。王尔德在他的影响下对古希腊文明有了更深刻的认识。他们还曾经结伴游览了希腊。此后，王尔德成为希腊文明死心塌地的追随者。王尔德自这时开始逐渐成为唯美主义者。

1874 年，王尔德获得牛津大学莫伦学院奖学金。他在《惨痛的呼声》（*De Profundis*）中提到，父亲送他进牛津大学是他人生的两个转折点之一。他人生的另一个转折点是社会将他投入监狱。在牛津大学的四年对王尔德来说确实非常重要。牛津大学一直是大英帝国的文化和思想中心。王尔德在这里所接触到的一切对他的思想和价值观的形成发挥了很大作用。首先，王尔德在牛津遇到了作家、艺术家和艺术评论家约翰·拉斯金（John Ruskin, 1819-1900）。拉斯金的艺术评论在维多利亚时代和爱德华时代极具影响力；他崇尚美，把美和道德紧密相连，批判工业化对美的毁灭。后来，沃尔特·佩特成为王尔德的新偶像；佩特致力于对纯美学的研究，为唯美主义运动提供了很多思想动力。此时的王尔德已经成为一个唯美主义者。他的服饰明显与众不同,他房间里装饰着瓷器和其他一些唯美的物件。据说,曾有几个学生想捉弄一下这个穿着别具一格、崇尚风花雪月的"唯美"分子,结果却被王尔德一个个打下楼去。再者,在向唯美主义者转化的过程中,王尔德也受到来自罗马天主教的诱惑。由于天主教美轮美奂的建筑和内部修饰以及各种华丽的仪式,很多新教唯美主义分子纷纷转向天主教。这些包括牛津大学的很多学生和学者。王尔德的几位好友也劝说他转信天主教。然而,对于一个来自爱尔兰的人来讲,宗教是一个非常敏感、非常重要的问题。它与阶级、民族和政治问题联系紧密,任何人都不会做出轻易的改变。因此,王尔德的宗教信仰问题和他本人一样处于摇摆不定的状态。最后,他在临终前皈依了天主教。

王尔德在牛津时是一个成绩非常优秀的学生。尽管王尔德给人留下的印象是沉溺于唯美事物,实际上,他是一个非常刻苦的学生。他曾赢得三一学院古典学最高的奖项——伯克利金牌,曾取得"两个第一":他在1876年古典文学学士学位考试初试和1878年人文学科考试中都名列榜首。1878年他以一首《拉佛纳》("Ravenna")诗作赢得牛津纽迪盖特奖(Newdigate Prize)。拉斯金和马修·阿诺德都曾经是该奖项的获得者。王尔德在毕业时曾申请牛津的院士(Fellow)职位,但未获成功。王尔德便离开牛津,前往伦敦。

王尔德当时可以说是一文不名。他的父亲在去世时已经破产。王尔德要完全依靠自己来养活自己。这对于一个没有固定职业的人来说并不容易。他和朋友在伦敦合租了一个小房子,一边继续和志同道合的艺术家来往,一边寻找一个生存之道。在这个过程中,王尔德积极抓任何机会来推销自己。他通过自己的"美学主义"服饰和言行一跃成为伦敦尽人皆知的名人。在伦敦大街上、公园里、剧院里和晚宴上,人们常常看见王尔德的身影。他身穿丝绒上衣、翻领衬衫,系着色调奇异、随风飘荡的长领带。他风度翩翩,常故作姿态。他说起话来妙语连珠,滔滔不绝。很明显,这是他的一种精心设计的艺术性反常行为,目的在于引人注目。英国的各家大小报纸都追踪报道王尔德。尽管绝大多数媒体对王尔德持否定态度,但这正中王尔德的下怀;这时他所要的正是世人的关注。由于王尔德身材高大,人们常常认为他的外形完全不像一个唯美主义者(aesthete),倒像是一个田径运动员(athletic)。肖伯纳曾经煞有介事地认为,这是因为王尔德继承了母亲的某些"巨人症"因子。王尔德凭借自己唯美主义者的身份在伦敦开辟了一片天地，开始有机会进入伦敦的上层社会。他断言如果谁能够坐上伦敦的餐桌，谁就征服了整个英国。他做到了。在以后的十几年里，他成为英国豪门和华丽餐厅的座上宾。

王尔德在伦敦独闯后不久便名利双收了。他最大的一个收益来源于北美大陆之行。1881 年，有两个作家写了一出小型歌剧——《耐心》（*Patience*），意在讽刺当时的唯美主义者。为了使得这部作品能在北美叫座，制作方决定请一位唯美主义者在北美进行巡回演讲。1882 年，王尔德应邀去美国和加拿大访问。据说过海关时他对官员们说："我除去我的天才外没有什么可申报的。"王尔德在北美的遭遇和在伦敦的遭遇大体相同。大多数人抱着看热闹的态度前来参加王尔德的演讲。据传，有几个牛仔看到王尔德艳丽的服饰和忸怩的风度便邀他共饮。结果出人意料，王尔德竟然把这几个牛仔都喝到了桌子底下。北美之行给王尔德留下很深刻的印象。他有机会与大诗人惠特曼见面。惠特曼对王尔德十分赞赏。在北美的演讲之后，王尔德还在英国和爱尔兰进行了同样的活动。演讲为王尔德带来颇为可观的收入。他至少在短期内不会再为自己的财政状况而烦恼。1883 年，他来到巴黎，一边享受着巴黎的文化气息、美酒美食，一边考虑自己下一步的计划。在这里王尔德抛弃了他的唯美主义装扮，剪掉了蓬松的长发。从外表上看，王尔德已经不再是引人注目的文艺青年，而是一位生活富足的绅士了。

王尔德回到伦敦后发现自己又已经是身无分文。1883 年，王尔德进行第二次北美之行。此后，他决定结婚，安定下来。他在都柏林曾遇到弗洛伦斯·巴尔科姆（Florence Balcombe, 1858-1937）并深深地爱上了她。但弗洛伦斯在 1878 年嫁给了当时身为公务员的史托克(Bram Stoke, 1847-1912）。[237] 这次情感失败对王尔德打击很大。王尔德之后与康斯坦斯·劳埃德（Constance Lloyd, 1858-1898）结合。这桩婚姻在一定程度上缓解了王尔德的经济困境。他们十分相爱，最初几年过得很完美。后来王尔德遇上他的第一个同性恋对象——罗伯特·罗斯(Robert Ross, 1869-1918)。这个时期的王尔德经常为《波尔美尔杂志》（*Pall Mall Gazette*）和《戏剧评论》（*The Dramatic Review*）撰文。他还担任了《女性世界》（*The Woman's World*）的编辑，时间为一年左右。他的母亲和妻子都曾经在这本妇女杂志上发表文章支持女权。

1880 年，王尔德写成了悲剧《薇拉，无政府主义者》（*Vera, or the*

Nihilist）。1881 年他发表了《诗歌》（*Poems*）。1883 年他发表了第二部悲剧《帕多瓦女公爵》（*The Duchess of Padua*）。1888 年 5 月，他出版了童话集《快乐王子和其他故事》（*The Happy Prince and Other Tales*）。自此他进入创作的黄金时期。1889 年他发表《W. H. 先生的肖像》（“The Portrait of Mr. W. H.”）。1890 年 6 月，他在杂志上发表小说《道林·格雷的画像》（*The Picture of Dorian Gray*）。1891 年 2 月，《社会主义下人的灵魂》（“The Soul of Man under Socialism”）在《评论双周刊》（*Fortnightly Review*）上发表。同年 5 月，他发表论文集《意图集》（*Intentions*）；这本文集包括了《谎言的衰朽》（“The Decay of Lying”）、《笔、铅笔和毒药》（“Pen, Pencil and Poison”）、《作为艺术家的批评家》（“The Critic as Artist”）和《面具的真理》（“The Truth of Masks”）。同年 7 月，《萨维尔勋爵的罪行和其他故事》（*Lord Arthur Savile's Crime and Other Stories*）出版。11 月，童话集《石榴屋》（*A House of Pomegranat*）出版。11 月～12 月，王尔德去巴黎，在那里用法文写完《莎乐美》（*Salomé*）。1892 年 2 月 20 日，《温德米尔夫人的扇子》（*Lady Windermere's Fan*）在伦敦圣詹姆士剧院（St James's Theatre）公演。1893 年 4 月 19 日，《无足轻重的女人》（*A Woman of No Importance*）在秣市皇家剧院（Theatre Royal Haymarket）上演。11 月，《温德米尔夫人的扇子》出版。1894 年 1 月 3 日，《理想的丈夫》（*An Ideal Husband*）在秣市皇家剧院上演。2 月 14 日，《认真的重要性》（*The Importance of Being Ernest*）在伦敦圣詹姆士剧院上演。

1893 年 2 月 14 日是王尔德一生中最辉煌的时刻。《认真的重要性》的首场演出吸引了无数达官贵人、社会名流，威尔士亲王也前来观看。演出取得巨大成功。然而，在剧场外面却徘徊着一个即将把王尔德推向毁灭的人——昆斯伯里侯爵（Marquess of Queensberry, 1844-1900），他是王尔德的同性恋情人道格拉斯（Lord Alfred Douglas, 1870-1945）的父亲。他手持鞭子，企图冲进剧场在众人面前羞辱王尔德。幸亏王尔德的朋友们对此有所防范，才避免一出丑剧的上演。然而，一桩更大丑闻在等待着王尔德。2 月 28 日，王尔德在自己的俱乐部收到这位爵爷留给他的卡片，“致王尔德，那个装模作样的鸡奸者”。由于道格拉斯从小便和父亲水火不容，所以他认为这是一个报复自己父亲的良机。王尔德在道格拉斯的鼓动下，以诽谤罪起诉昆斯伯里侯爵。结果王尔德败诉，以有伤风化罪（gross indecency）被判处两年苦役。在极端保守的维多利亚社会，这是仅次于谋杀罪的第二重罪。一个万人瞩目的艺术家瞬间变成人人鄙视的罪犯。这位“夭折”的剧作家在法庭上作自我辩护，他的辩词值得人们琢磨。当时审判官问：“那种不敢讲出自己名字的爱，它是什么呢？”王尔德说：“在我们这个世纪不敢讲出自己名字的爱，是一个年岁大的男人对一个年轻些的男人的爱，比如大卫王和乔纳森之间的那种爱，又比如柏拉图用作自己哲学的基础的那种爱，又比如人们在米开朗基罗和莎士比亚的十四行诗里所发现的那种爱。它是一种纯洁而完美的、深刻的精神爱。它导致并充溢在伟大的艺术品里，像莎士比亚和米开朗基罗的作品，还有我的那两封信。它在我们这个世纪被人误解了，误解得很深，所以不得不把它称为‘不敢讲出自己名字的爱’，我就是为它才被置于此地的。它美丽、细腻，是最高尚的一种感情。它没有什么不自然的成分。它是智力型感情，经常存在于年岁大的男人和年轻些的男人之间，前者有头脑，后者有快活、希望以及他未来生活的魅力。世人不明白生活本该如此的道理，他们都嘲笑它，有时还给它戴上枷锁示众。”王尔德的话不一定对，但他把一件人类的“家丑”终于暴露在光天化日之下，让世人思考。

王尔德这个名字曾一度成为人们禁忌的话题。从他入狱到去世的六年里，他度过了他一生中最黑暗的日子。艰苦的牢狱生活使他体重锐减、身体迅速衰弱。在服刑期间他深爱的母亲去世了。妻子和他离婚，他再也没有见到过他的两个儿子西里尔（Cyril）和维维安（Vyvyan）。[238]出狱后的王尔德不得不浪迹巴黎，靠康斯坦斯与友人们接济度日。康斯坦斯1898年去世。1900年11月20日，王尔德在巴黎的亚尔沙斯旅馆内与世长辞。

王尔德是英国唯美主义作家之中最闻名的一位。他把唯美文学运动推向最后的发展阶段——颓废主义阶段。他对一切平凡、简朴的东西都显露出一种轻蔑态度，宣称“美”是他的战斗口号。不过，他的美乃是一种特殊、有限的美，一种纤弱、单薄、病态的美，其中颓朽有余而生气不足。王尔德派的诗讴歌憔悴的面额、深陷的眼睛、绵软的四肢，描绘坟墓、尸体、骷髅间的爱情、罪孽的美妙和疾病的欢乐，故人称之为“病态文学”。据说王尔德派唯美主义的信徒都竭力把自己装扮成如百合花一样灰白，表现出一派颓废之态。王尔德认为，真正的美的精神，不应以粗俗、平庸的技巧去表现，不应受传统道德的羁束，文学作品没有思想好坏之分，只有技巧优劣之别，艺术家的唯一职责在于表达自己对美的感受。

到19世纪80年代末，唯美主义运动因其过分与极端的行为已成为世人的笑柄。不仅诸如丁尼生、史文朋、拉斯金等作家贬斥它的孟浪不规，就是平民百姓也多有笑其迂腐的。至19世纪90年代初期，新的文学风格兴起，它便消声匿迹了。唯美主义文学运动是对维多利亚时代市侩社会风气的反动，在英国文学史上也有过积极作用。它使"艺术家为专门家"的思想深入人心，使艺术美成为一支不可小觑的力量，这不仅在文艺创作领域引起一场革新，而且提高了整个社会对美的鉴赏能力。自此以后，美成为文学创作中的首要因素。

王尔德的唯美主义思想表现在他的所有作品里。他的诗歌尤其如此。他的诗作如《印象I：廓影》（"Impressions I：Les Silhouettes"）、《愿灵安息祷词》（"Requiestcat"）、《烟花巷》（"Harlot's House"）、《济慈的墓》（"The Grave of Keats"）、《辩白》（"Apologia"）、《斯芬克斯》（"The Sphinx"）、《早晨的印象》（"Impression du Martin"）等，都是很好的例子。在王尔德的诗作中处处充斥着死、病和腐朽的形象。他用凋谢的百合、血红的芙蓉、枯槁的面容等意象，作为把自己从市侩味十足的社会里拯救出来的象征。他的最后一部诗集——《累丁狱中歌》（*The Ballad of Reading Goal*）也未越出死亡、犯罪的颓废主义内容。

《早晨的印象》一诗描写早晨的情景，屋中的一幅画开始变作灰色，船只开始离港（第1诗节），雾气降临，弥漫在桥梁、房屋、圣彼得大教堂上面（第2诗节），突然街道活跃起来，乡下的车辆到了，小鸟飞到闪光的屋顶开始歌唱（第3诗节）。各处都充满生气，

> 可是一位孤独憔悴的女人，
> 日光轻吻着她的黯淡头发，
> 徜徉在汽灯的闪耀下，
> 燃烧着的嘴唇，冰凉的心。（笔者译）

就是在他的最后诗作《累丁狱中歌》里，也不乏血与死亡的意象：

> 他没有穿猩红的外衣，
> 因为血和酒全是红的，

当人们见他在死者身旁，
血和酒沾满了他的手上，
那可怜亡妇为他所爱，
却被他在她床上杀害。[239]

在一个灰暗的羞耻之日
他死得却不是羞耻的死，
脖子上没有把绞索紧缚；
脸上也没有蒙一块黑布，
双脚也无须首先垂落
在地板上设置的坑窝。[240]

王尔德的这些意象给读者留下的印象更多是感官上的而不是维多利亚时代所强调的理性的提升和道德的说教。然而，这种感官印象对读者心灵的震撼作用在一定程度上却是更加深刻和奇妙。具有异国特色的斯芬克斯、阴阳两隔的妹妹和在污泥浊水中生存的妓女都是其他诗人很少触及的主题。然而，在王尔德的笔下，诗歌的主题、风格、用词和节律浑然天成。在死亡的气息和慵懒的、奢华的表面背后隐藏着惊心动魄的时代现实：貌似繁荣和文明的维多利亚时代事实上可能有金玉其外、败絮其中之嫌。王尔德的《印象 I：廓影》是人们认为比较能够代表其诗歌特色的一部作品：

灰色的条纹把大海装点，
气息奄奄的风声不和谐，
而月亮像一片枯萎的叶，
已被吹过了汹涌的海湾。

清晰凸现在白糊糊沙上，
是黑黑一条船，年轻水手
高兴地爬上船，无忧无虑，
脸在笑，手背蒙蒙有点亮。

那处台地上鹬鸟在啼鸣，

胡子满腮的年轻收割者
在那黑黝黝的草间走过，
像是天空作衬托的剪影。[241]

《道林·格雷的画像》

王尔德的唯美主义思想也较集中地表现在他的小说《道林·格雷的画像》里。《道林·格雷的画像》是王尔德唯一一部中篇小说，也是王尔德最长的一部作品。这部作品很明显地受到了法国小说家于斯曼（J. K. Huysmans, 1848-1907）的作品《反自然》（*Àrebours*, 1884）的影响。无论是《道林·格雷的画像》的颓废主义风格还是主人公的堕落行为，都与《反自然》有很相似之处。在《道林·格雷的画像》中，格雷所挚爱的那本不道德的书被很多批评家认为就是于斯曼的《反自然》。《道林·格雷的画像》在杂志上连载发表，引起了很多人的不满。绝大多数批评家并不看好这本书。他们认为这是一本宣扬堕落生活、毒害青年的作品。王尔德对此感到难过了好一段时间。后来，当这部作品发行单行本时，他在正文前添加了那个后来著名的《前言》。

《道林·格雷的画像》的故事主要围绕着年轻英俊的道林·格雷展开。画家霍尔华德在一次偶然机会认识了格雷，深被他的外表所吸引，于是他邀请格雷为他做模特。他投入身心，画好这幅画。就在画像即将完成之际，他的朋友亨利·沃登勋爵来到画家的家中，和格雷邂逅。这位勋爵一边赞颂格雷的长相，一边向他灌输青春易逝、人生需要尽量欢乐的思想。格雷于是表示愿用灵魂作交换以保持自己的青春俊美，而让肖像代他承受岁月的鞭挞，留下痕迹。他的愿望的确奇迹般地实现了：

他得天独厚的美，曾那么打动过巴兹尔·霍尔华德和其他人，似乎永远不会从他身上消失。即便有人风闻了他的恶行，即便有关他生活方式的奇闻悄悄在伦敦传播，并成为俱乐部中的谈资，但人们同他见面时都不会相信那些有损他名誉的谣传。他始终保持着一种不受世俗玷污的神态。言谈粗鲁的人一见他进了房间，便必定即刻闭嘴。他纯朴的脸上总有一种申斥的表情。只要他在场，他们就会回忆起自己失去的天真，并无不感到惊奇，这人如此迷人，如此高雅，却能不受这个肮脏而又声色犬马时代的污染。[242]

有一天，他更是在一个小剧院里遇到了年轻漂亮的女演员——西贝尔。格雷把他当成了莎士比亚剧中的女主角的化身。但当理想的光环消失时，格雷认识到西贝尔只不过是个普通的女孩而已。因此，他绝然抛弃了这个可怜的女孩子。结果，这个女孩子自杀身亡。正是通过这个事件，格雷第一次发现自己的肖像呈现出了一丝残酷的表情。西贝尔的兄弟从澳大利亚归来，企图杀死格雷复仇，却不幸被他人误杀。在亨利勋爵的不断影响下，格雷成为享乐主义的实践者。许多接近他的人也都因为他的堕落而放荡的生活方式而变得声名狼藉或身败名裂。尽管人们从格雷的脸上找不到任何岁月的痕迹，但是格雷却在画像上看到了他的生活的真相：画像呈现出一个日渐衰老和邪恶的面孔。那是格雷的真实的自我。格雷为掩盖自己的罪行，竟然杀死了知道真相的画家霍尔华德。为了处理画家的尸体，格雷更是威胁自己的一个朋友——坎贝尔——帮他毁尸灭迹。他的这个朋友也因受到良心的谴责而自杀。最后，格雷看着日益丑陋的画像，再也无法忍受，于是盛怒之下用刀刺向画像。人们听到一声惨叫，闯入室内察看。他们看到一个又老又丑的格雷躺在地上，而画像却恢复了当初它刚被画成时的年轻与美貌：

> 他们进了房间，发现墙上挂着他们家主人的一幅栩栩如生的画像，同他们最后一次见到时一样，奇迹似地显得那么年轻，那么英俊。地板上躺着一个死人，穿着夜礼服，心口插了一把刀。他一脸憔悴，皱纹满布，面目可憎。他们仔细查看了手上的戒指，才终于认出他是谁来。[243]

小说描写上层社会腐朽、空虚的生活，记录了唯美主义者的见解和表现，以及他们在婚姻、女人、生活、审美等诸多方面的观点。小说的主人公就是一个十足的唯美主义者。它也反映出当时人们身心不一的心理现实和心理矛盾，和同时代的史蒂文森的《双面人》有异曲同工之美，很有历史和文学价值。

对于《道林·格雷的画像》主题的争论一直受到人们的关注。人们比较一致的看法是，王尔德尽管否认艺术与道德的关系，但他还是在讲述一个有关道德和灵魂的故事。一个邪恶的灵魂不论有多么漂亮的皮囊，也终将会受到惩罚。此外，不同的评论家对小说的主题就仁者见仁、智者见智了。例如有评论家从男性同性恋的角度来阐释这部小说：格雷、画家和勋爵之间复杂的关系以及格雷与其他男性的关系似乎都在暗示男性同性恋的主题。也有评论家认为它是犯罪小说的先驱：格雷每天晚上在伦敦东区犯罪高发区里游荡，他杀死画家的行为表明他是一个惯犯。也有人利用弗洛伊德的本我、自我和超我的概念解释王尔德利用勋爵、格雷和画家来展现一个艺术家的全貌。当然，还有很多人认为这是王尔德的半自传性作品。

《道林·格雷的画像》是英国文学史上几乎唯一的唯美主义小说。它是王尔德美学思想的具体实践：作品的主题讲的是美，主人公为美而宁愿放弃灵魂，作者为强调美不惜挑战维多利亚时代人们普遍接受的世界观。小说中的一个重要人物、画家霍尔华德说，“世界史上只有两个时代是重要的，第一个是出现新的艺术手段的时代；第二个是艺术出现新的个性的时代。”“艺术什么都能表达”。他发现了“一种全新的艺术形式，一种崭新的艺术风格”。他“观察事物不同了，思考事物也不同了。现在我能用以前难以觉察的方式来重塑生活。在思想的白昼梦寻找形式”。[244]

《道林·格雷的画像》的语言优美，文辞绚丽，意象新颖，文笔流畅、俏皮、幽默，见地深刻。它也具有明显的缺点，比如缺乏情节，人物塑造也欠火候等。但它对后世影响不小，它的历史重要性不容忽略。

人们阅读《道林·格雷的画像》，不可忽略这部小说的《前言》。这是王尔德对文学艺术和文艺批评所发表的一份宣言书，是他的唯美主义主张的宣言书，具有一定的历史意义。在这里，王尔德提出了几个重要观点，迄今仍是评论界普遍认可或争论的原则。王尔德的文学批评观点和以他为首的唯美主义运动对现当代西方批评理论产生了相当的影响。他的艺术观点主要包括：为艺术而艺术；艺术高于生活；想象高于现实；形式高于内容；文化高于自然；艺术是自我表达，是在追求美的欲望方面的自我放纵。这些观点是他在博取各家之说的基础上加上自己对美和艺术的见解而形成的。

首先，王尔德强调“美”和形式在文学艺术以及文学批评中的地位。他认为，“艺术家是各种美的东西的创造者”，“在美中发现美的人是有教养的人，这些人很有希望”，“认为美就是美的人是卓越的”，“评论家是把对美的印象转化为另一种形式或一种新东西的人”，“对一部艺术作品意见的分歧说明这部作品有新意，有复杂性和生命力”，“当批评家意见分歧的时候，艺术家自己的意见却是统一的”。

第二，王尔德传递了一个重要信息，即艺术与道德无关。他大胆地提出艺术不为道德服务的口号，强调艺术对社会道德的独立性。他认为，“书没有道德和不道德之分，只有写得好坏之分，如此而已”，“艺术家没有道德取向，如有，那是不可原谅的风格的矫饰”，“艺术家没有病态的，艺术家什么都可以表达”，“善与恶对艺术家来说是艺术的材料”。

第三，王尔德赞扬艺术的完美，批评生活的不完美。当他说，“人的道德生活部分构成了艺术家的题材，而艺术的道德在于完美地运用不完美的手段”，他是在宣布，艺术是完美的，而生活是不完美的，艺术的责任是运用不完美的材料创造出美。在这一点上，王尔德并不孤立。柯勒律治就主张诗歌创造生活中不存在的美；后世的美国诗人华莱士·史蒂文斯（Wallace Stevens, 1879-1955）、20世纪20年代的现代派作家和批评家如T. S. 艾略特等人也都有这种主张。

第四，王尔德对现当代文学评论理论的出现似有超前的见识。他认为，艺术表达应当是“非个人化”的。他指出，“揭示艺术，隐去艺术家，是艺术的目的”。这让人想起T. S. 艾略特在他的《传统与个人天才》（“Tradition and Individual Talent”）里所阐述的著名观点。王尔德还认为，“一切艺术具有表层意义，又具有象征意义，潜入表层底下的人得自己承担风险，读出象征意义的人也得自己承担风险”。这一观点涉及多种现当代批评理论，如新批评、结构主义、后结构主义、解构主义、读者反映等。此外，王尔德的“思想和语言对艺术家来说是艺术的工具”观点，一方面强调艺术的至高无上，另一方面也提出语言的工具性，这是现当代文学批评理论的焦点之一。

第五，王尔德提出了一些内涵遥深、令人费解的观点。比如，“艺术所真正要反映的是旁观者，而不是生活”这句话，人们对“旁观者”可以见仁见智，其中一个理解可以是它指“艺术家”而言，换言之，艺术所描写的是艺术家的观点，或艺术的内容不直接来源于生活，而是经过艺术的想象过滤了的生活。这令人忆起丁尼生在《夏洛特岛女郎》里提出的一个观点。又比如，“批评的最高形式和最低形式是自传式的批评”这句话，也令人颇费琢磨。首先，他认为，批评要以自己的体验和认识为发端，这样才言之有物。其次，最高形式的自传式批评是从自己的经验出发、又克服狭隘和偏颇、达到宽容的批评，而最低形式的批评是以自己的品位为基准的批评，这是产生偏见的主要根源。这个观点和蒲伯在《论批评》里所说的批评标准很相似。王尔德在《前言》的结尾处说，“一切艺术都是相当不实用的”。从字面上看，他是在反击维多利亚时代流行的功利主义哲学思想；如果进一步推敲，就会发现这句话也是在进一步强调艺术不服务于生活，它独立于生活存在，所以对于生活没有实用之处。

《前言》是王尔德对自己的文学创作态度的界定，是对自己的文学创作活动的理论性总结，也是对自己的文学创作已经受到或即将受到的负面评论所采取一种自我辩护和防卫手段。[245]

《莎乐美》

《莎乐美》这部悲剧取材于《圣经》的《新约·马太福音》和《新约·马可福音》。故事讲古巴勒斯坦国的希律王囚禁了“施洗者约翰”。一方面，约翰作为先知宣传耶稣基督的到来威胁了希律王的宗教统治。另一方面，约翰斥责希律王杀兄娶嫂的行为威胁了希律王政治统治的合法性。为此，希律王的妻子、莎乐美的母亲也痛恨约翰。有一次莎乐美见到了约翰，对他一见钟情。可是，约翰却并不领情，还像斥责莎乐美的母亲一样斥责莎乐美。在母亲的怂恿下，莎乐美利用希律王对自己的垂涎，以跳“七层纱舞”为交换条件取了约翰的头。杀掉约翰后，希律王把莎乐美流放到沙漠中。有一天，耶稣基督遇见莎乐美，饶恕她的罪过。

在19世纪时，莎乐美在文学和视觉艺术界是一个非常流行的主题。在几乎全部的作品中，莎乐美都被塑造成了红颜祸水的形象。王尔德从古斯塔夫·莫罗（Gustave Moreau, 1826-1898）的《在希律王前跳舞的莎乐美》（*Salome Dancing before Herod*, 1874-1876）、《幽灵》（*The Apparition*, 1874-1876）、《莎乐美》（*Salome*, 1876）的画作和小说家于斯曼的《反自然》中得到启示，塑造出一个与众不同的莎乐美。王尔德的莎乐美是一个有主见和智慧的女性。面对以约翰为象征的宗教压力和以希律王为象征的政治压迫，莎乐美作为一个统治体系的“他者”，利用自己仅有的资源——美貌和智慧——摧毁了宗教和政治对女性的迫害：约翰被砍头，希律王因为处死受民众爱戴的先知而面临江山不稳的政局。现代女性评论家肖尔瓦特认为，莎乐美的死是王尔德在“不可操控和充满威胁的女性力量面前退缩”。[246]

《莎乐美》是王尔德戏剧创作中最具有先锋性、实验性和挑战性的一部作品。尽管他以风俗喜剧闻名，但这部悲剧可以说是他最为用心创作的一部作品，是他对“为艺术而艺术”理论的最纯粹的实践。这部作品是王尔德在巴黎期间写作而成。在那时的巴黎，象征主义正如火如荼地发展，与当时英国文学的纪实主义风格截然不同。推崇艺术高于一切的王尔德决心要尝试这种创作手法。《莎乐美》的意义在于，它象征着王尔德对英国戏剧创作习惯的挑战。整个剧本弥漫着梦一样的意境。从舞台的灯光、布景和颜色到剧中的舞蹈、音乐和语言，都力求营造一个超现实的东方世界，其象征意义显而易见。剧中的月亮几乎是评论家谈及《莎乐美》时所必提及的一个意象。对于剧中的不同人物而言，它象征着不同的意义。对于马夫，月亮像从坟墓中出来的女人；对于追求莎乐美的叙利亚少年而言，月亮像会跳舞的小公主；对于莎乐美而言，月亮是一个不会屈就的处女；对于希律王而言，月亮是一个急于寻找情人的疯女人；而对于希律王的妻子、莎乐美的母亲而言，月亮就是月亮。不同人物对月亮的不同诠释表明他们对莎乐美的不同看法，也影响着他们各自的命运。然而，这部戏中最具有象征意义的是莎乐美这个女人。

尽管在现代女权主义者看来王尔德的反抗并不彻底，但在维多利亚时代《莎乐美》已经掀起了轩然大波。有很多人认为王尔德的这部作品充满了色情、暴力，有悖道德规范。剧中所体现出的唯美颓废因素、对爱与美的病态的向往及剧中人物情绪的非理性爆发，都触犯了当时英国社会，特别是保守阶层的欣赏标准。王尔德对此也有所准备。他之所以用法文创作该剧，一方面是为了契合当时法国的先锋主义思潮，另一方面也是为了绕开英国宫务大臣（the Lord Chamberlain）的检查。当法文版的《莎乐美》准备在英国上演时，宫务大臣仍然以“英国法律规定不得将《圣经》人物公开搬上舞台”为由，拒绝颁发执照。王尔德对英国保守狭隘的监察制度深感失望。他曾说要长期移居法国，因为在那里他可以“用语言来表达自然事物……［但是］我不是英国人，我是爱尔兰人，这就是另外一回事了”。[247]

英国人的偏见并不能阻碍《莎乐美》在世界其他地方受到好评。早在中国五四运动时期，田汉等人就将《莎乐美》搬上中国舞台。一时之间，莎乐美成为许多新女性追求爱情和自由的偶像。这部剧作对英国乃至世界戏剧都产生了一定的影响。

王尔德的喜剧

《莎乐美》在英国禁演，王尔德重振旗鼓，于三个月后，即 1892 年

2月，创作出剧作《温德米尔夫人的扇子》。这位神气十足的作者头顶绿色麝香石竹花出席开幕式，受到热烈欢迎。这部喜剧获得巨大成功。金钱和好评接踵而来。王尔德一跃而成为当时“具有粉红色灯罩的现代客厅戏剧”的掌门人。随后他推出了《无足轻重的女人》、《理想的丈夫》，以及《认真的重要性》等风俗喜剧。这些作品尽管有一些闹剧成分，但它们确实接触了现实生活的许多侧面。王尔德在描写上层社会奢华和惬意的生活的同时，也揭露了那个阶层的卑鄙与无耻。这些喜剧时而点缀着清词丽句，让人听了很可意。

在王尔德的风俗喜剧中近乎完美的一部便是他的传世之作——《认真的重要性》。这出戏剧一上演，就在伦敦引起观众的兴奋和讶异。它不含任何闹剧内容，把反语、讽刺、语言的精深圆熟三者巧妙地熔为一炉。它的情节精妙非凡，身份混淆、误导，替身神出鬼没，浪漫链接真真假假，恰似一堆地道的、纯粹的、叫人赏心悦目的胡言乱语。诚如王尔德自己界定艺术时说的，“撒谎，即讲美妙的假话，乃是艺术的真正目的”。《认真的重要性》在英国戏剧史上独具一格。当时在剧中担任主角杰克的演员艾伦·埃尼兹华斯（Allen Aynesworth）事后多年说，“我在戏台上53年，从不记得哪一次成功能超得过《认真的重要性》首次上演的那天晚上。”王尔德的同代剧作家肖伯纳说，“我认为王尔德先生是我们唯一的严肃剧作家。他的剧作包罗一切——幽默、哲学、演戏、演员、观众、剧院的一切……”不少人认为，他是自谢立丹以来最佳风俗戏剧作家。

《认真的重要性》讲述厄内斯特（“认真”之意）和阿尔杰农的故事。他们是好朋友。有一天阿尔杰农发现了好友的秘密：厄内斯特是个假名字；事实上，厄内斯特的真名叫杰克。在乡下，杰克是个中规中矩的好乡绅、邻居中的道德楷模。当杰克厌倦了乡下生活时，他便谎称自己的弟弟厄内斯特在伦敦需要他的照应，而抽身前往伦敦。到伦敦后，他就化身为厄内斯特到处游荡消遣。阿尔杰农在听完好友的表白后也说出了自己的秘密。每当他厌倦了伦敦的生活时，他便以好友彭伯里需要照顾为名去乡下玩耍。在伦敦，杰克爱上了阿尔杰农的表妹格温德林，而格温德林也深被杰克吸引，尤其是“厄内斯特”这个名字。她宣称非厄内斯特不嫁。正当杰克苦于设法向格温德林透露真相时，另一个问题出现了。格温德林的母亲布拉克奈尔夫人反对这桩婚姻，理由是厄内斯特是个孤儿，他没有，也不知道自己的家庭背景和父亲的姓氏。这对于讲求门第的上层社会是非常重要的。当杰克为这一切烦恼时，阿尔杰农扮作杰克的弟弟厄内斯特来到杰克乡下的宅邸。在这里他遇到了塞西莉（杰克是塞西莉的监护人），并爱上了她。由于杰克经常提到厄内斯特，塞西莉早就对这个年轻人心生爱恋，暗下决心一定要嫁给厄内斯特。就在这一对年轻人谈情说爱之际，杰克从伦敦回来。他看到阿尔杰农非常生气，让他马上离开。此时，格温德林离家出走来到杰克家。两位女子都自称自己的爱人是厄内斯特。结果，两位男子分别向自己的爱人坦白了真相，并取得了她们的谅解。追踪而来的布拉克奈尔夫人却宣布她坚决反对他们的爱情。正当事情陷入绝境时，却突然峰回路转。这位夫人认出杰克家的女教师普里斯姆小姐是当年丢失自己妹妹男孩的保姆。根据普里斯姆小姐提供的线索，杰克就是当年那个男孩，名为厄内斯特。夫人终于接受了杰克。塞西莉丰厚的嫁妆也使这位夫人改变态度，接受她为阿尔杰农的伴侣。故事以皆大欢喜而告终。

王尔德通过《认真的重要性》主要向世人展示英国上层社会对婚姻的看法，同时也揭示出，在维多利亚时代道德规范的高压下，青年男女为追求自由和爱情不得不扮演双面人的角色。剧中王尔德塑造的人物都活灵活现、酣畅淋漓。其中，布拉克奈尔夫人的形象最为经典。她集中了上层社会所有的恶劣的特点。表面上看，她高高在上，遵从上层社会一切貌似高雅的规范。然而，她的内心充满势利和计谋。王尔德通过这个人物毫不留情地揭露了上流社会的丑恶真相。在他们所鼓吹的“认真”的表面下掩盖着无处不在的欺骗和虚伪。

《温德米尔夫人的扇子》讲的是，在宴会开始之前，女主人温德米尔夫人发现自己的丈夫温德米尔勋爵在偷偷资助一个声名狼藉的女人——欧琳太太。她开始怀疑温德米尔勋爵有了外遇。宴会上，温德米尔夫人受到了花花公子达林顿的热烈追求。为了报复丈夫的行为，温德米尔夫人决定和达林顿私奔。事实上，欧琳太太是温德米尔夫人的亲生母亲。二十年前她抛弃了丈夫和女婴，随情人私奔，不久又被情人所弃。二十年后，她得悉女儿嫁入了富贵人家，便立意把握机会，回到上流社会。她用自己的秘密威胁温德米尔勋爵，勒索到一笔财富，渐渐回到了上流社会。当她得知自己的女儿要重蹈自己的覆辙时竭力劝阻，在关键时刻她更是挺身而出为女儿作掩护，从而终于保全了温德米尔夫人的名节。温德米尔夫人尽管到最后也不知道欧琳太太就是自己的母亲，但是她对欧琳太太的看法大为改观。而欧琳太太也嫁给了一个有钱人并且定居欧洲大陆。

《理想的丈夫》中，罗伯特·切尔顿不仅家庭幸福而且政治前途一片光明。然而，就在他即将又一次被提升的前夕，一位不速之客出席了他的家庭宴会。一位来自维也纳的彻弗莉夫人利用手中掌握的罗伯特年轻时所犯错误的把柄，试图逼迫他同流合污——她要挟罗伯特必须公开支持开发阿根廷运河的议案以从中谋取私利。尽管罗伯特清楚地知道，如果他向彻弗莉夫人屈服，国家的利益将蒙受损失，但若然为了维护正义反对投资议案的通过，他将身败名裂，并失去自己心爱的妻子甚至一切。绝望中的罗伯特只得向他的朋友阿瑟·戈林勋爵求助。戈林是伦敦社交界出名的花花公子。他举止优雅，巧言善辩，风流倜傥，玩世不恭。此时的戈林正在追求罗伯特的妹妹梅布尔。当戈林与彻弗莉夫人见面后才发现这位夫人竟然是他曾经的恋人。更为有趣的是，戈林掌握着这位夫人当年偷窃的证据。最后，这位貌似无所事事的花花公子赶走了敲诈者，挽救了罗伯特的政治生涯。同时，罗伯特也取得了妻子的原谅。

《惨痛的呼声》

《惨痛的呼声》是王尔德在服刑期间给情人道格拉斯所写的信件。由于监狱里向犯人发放纸张方面的规定，王尔德只能每天写一点后便交给狱方。在出狱时狱方把所有手稿归还了王尔德。王尔德则把手稿交给了罗伯特·罗斯。由于条件所限，这些信件难免会出现语法和拼写错误，以及一些字迹不清的状况。罗斯在整理和删减后发表（由于道格拉斯还在世，所以很多相关内容被罗斯删去）。罗斯根据《圣经·福音 130》中的诗句“噢，上帝，从内心深处我向您呼唤”给该书命名为《惨痛的呼声》。这本书发表后反应不错：一个洗心革面的艺术家正是维多利亚时代读者所期望看到的。在这部作品中，王尔德认为自己是一个受到年轻人——道格拉斯——腐蚀与伤害的艺术家。他唯一的错误在于他没有坚强的意志面对道格拉斯的任性和无知。他还把自己与耶稣基督相类比。为了艺术他像基督一样甘愿牺牲自己。他的艺术成就无人能敌：

> ［我］与这个时代文化艺术的关系具有象征意义。在青葱岁月时，我已经意识到了这一点。在此之后，我让世人也了解到了这一点。没有人在他们的有生之年能够赢得这样的地位并能够被认可。[248]

他回顾自己走过的路程，坦承自己头脑过于狂妄，自觉一帆风顺，幸运加幸运，不知珍惜，自以为是天之骄子，可以为所欲为，不用担心后果。结果这些导致了悲剧：

诸神几乎给了我一切。才华、出身、地位、荣耀、豪气。我让艺术成为一门哲学，让哲学成为一门艺术；我改变人的心灵、物的颜色；我所言所行，无不使人惊叹；戏剧，这本是最为客观的艺术形式，在我手里却成为像抒情诗和十四行诗那样抒个人情怀的表达方式，同时范围更为开阔、人物更为丰富；戏剧、小说、韵律诗、散文诗、微妙含蓄或天马行空的对白，我笔之所至，无不以美的新形态展现其美；我让真实本身不但显其真，同样也显其假，亦真亦假，以此作为它天经地义的内涵，表明了无论真假，都不过是心智存在的形式。我视艺术为最高的现实，而生活不过是一个虚构的形态；我唤醒了这个世纪的想象力，它便在我身边创造神话与传奇；万象之繁，我一言可以蔽之，万物之妙，我一语足以道破。

除了这些，我还有不同的一些东西。我让自己受诱惑，糊里糊涂地掉进声色的放浪而不能自拔，以作为一个纨绔子弟、花花公子、风流人物自快，让身边围着一些不成器的小人。浪费自己的才华，把一个永恒的青春抛掷，让我莫名其妙地觉得快活。在高峰顶上呆腻了，便成心下降到谷底，寻求新的刺激。思想的离经叛道，成了情欲的乖戾变态。欲望，到头来，是一种痼疾，或是一种疯狂，或两者都是。对别人的生命我变得漠不关心，只要自己高兴就快活一下，过后便掉头走了。我忘了，日常生活中每一个细小的行为都能培养或者败坏品格。因此，一个人在暗室里干的事，总有一天要在房顶上哭嚷出去的。我不再主宰自己，不再执掌灵魂，也不认识它了。[249]

他感到自己必须承担自己的恶劣行径所造成的严重后果：

他（罗伯特·罗斯——笔者）的信是我与那个美丽的非现实的艺术世界之间的小小信使，在那个世界里我曾经尊贵为王。的确，本来会继续为王的，只是我让自己受诱惑，掉进了一个不完美的世界，掉进了粗鄙而不圆满的激情、正邪不辨的嗜好、没有止境的欲望、散漫无定的贪婪之中。[250]

他开始责怪自己：

开头我要告诉你我拼命地怪自己。坐在这黑牢里，囚衣蔽体，身败名裂，我怪我自己。暗夜里辗转反侧，苦痛中忽睡忽醒，白日逐枯坐牢底，忧心难当，我怪的是自己。[251]

王尔德书信的全文于1962年在英国发表。纵观全文，罗斯的“惨痛的呼声”似乎并不是一个非常恰当的题目。王尔德自己曾提供过一个题目——“狱中书”（*Letter: In Prison and in Chains*），这更符合文本的全貌。王尔德的写作目的在全文中显露得更加明显。他非常急于在出狱后能够被社会重新接受：

之后我希望能重整我的创作能力。可要是事与愿违：要是在这世界上变得无亲无故，千家万户也无人同情无人接纳，我唯有破衣遮身沿门托钵；即使这样，只要胸不存块垒，不为怨恨和鄙夷所困，我便能满怀信心，泰然直面人生，远胜过锦缎加身，裹着一个为仇恨所苦的灵魂。[252]

因此，他对道格拉斯进行了毫不客气的批评。他把自己塑造成一个烈士，一个以道格拉斯和其家庭为代表的英国世俗社会的牺牲品。从客观上来讲，王尔德在信中的很多叙述对道格拉斯是不公平的。但是，从这一点，读者可再一次看到王尔德最为鲜明的特点：无论春风得意还是身陷囹圄，他都能慷慨陈词，审时度势地进行自我塑造。难怪有些评论家认为他简直就是爱尔兰神话中能够自由变形的精灵。总的说来，他觉得他经过这场灾难学习到人生的真谛——“对于我，只剩下一样东西了：绝对的谦卑”：

我身受铁窗之苦已快两年了，在我心性的深处升起狂乱的绝望，哀绝的情状不忍卒睹：无力的暴怒、苦涩的鄙夷、欲哭无泪的哀伤、欲唤无声的苦痛、欲说无言的悲怆。人间苦情我一一尝遍了，我比华兹华斯本人更能理解他诗句的意思：

> 苦难悠悠，朦胧中，暗地里
> 原是无穷尽。
>
> 但是，想到我的苦难无穷无尽虽然有时会觉得痛快，我可不想叫自己无端去受苦。现在我发现，藏在我心性深处有什么东西在告诉我，世界上没有什么是无意义的，而受苦是最不可能没有意义的。这个东西藏在我心性的深处，就像野地里的宝藏。它就是谦卑。
>
> 我内心所剩下的，这是最后一样，这也是最好的一样东西了：是我到达了的终极发现，是我柳暗花明的起点。因为是发自本人，我知道它来得正是时候。不迟，也不早。如果是别人告诉我的，我会反驳。如果是别人带给我的，我会拒绝。既然是自己发现的，我便想存于心间。必须这样，就这一样东西，蕴含了生活的要素，新生活的要素，蕴含了我的新生。天下万物唯有它最奇怪。给别人不行，别人要给你也给不了。想获得它也不行，除非把自己已有的东西全都放弃。只有在失去了一切之后，才能知道自己拥有它。[253]

他表示决心说：

> 我是这个时代的产儿，太典型了，以至于因为我的乖张变态，为了我的乖张变态，把自己生命中好的变成恶的，恶的变成好的。然而，自己怎么说，别人怎么说，都无关紧要。为了使剩下无多的日子不致凋零残缺，重要的事，迫在眉睫的事，不得不做的事，便是将我所经受的一切尽皆吸收进自己的心性，使之成为我的一部分。既来则安，无怨无惧，也不耿耿于怀。恶大莫过于浮浅。无论什么，领悟了就是。[254]

这就是文学艺术家的王尔德。他在经受当时常人无法忍受的痛苦之后，还能打起精神，以富有哲理的语言，写出感受教育自己，表示翻然悔悟的决心，又在同时，使之发挥警世、喻世的作用。

王尔德是一位思想敏感、能捕捉时代精神的唯美主义者，一位聪敏过人、文采卓尔不群的思想者，一位语言功夫精深、咳唾成珠的作家，一位在文学史上不可多得的人。尽管他的思想并不深沉或缺乏系统性，但他在不足 20 年的时间内，在诗歌、戏剧、小说各个领域都有涉足，而且颇有成就，这不能不说和他的天才条件有关。今天，随着王尔德研究的日益深入，他的名声不仅已经恢复，而且声誉似乎愈益高涨。今天人们在都柏林为他立塑像以作纪念，在伦敦的西敏寺大教堂的诗人角也为他立起牌位。应当说，时间对他总的说来是公平的。

亚瑟·温·皮奈罗（Arthur Wing Pinero, 1855-1935）

皮奈罗这个名字现在人们听到的不多了。但是，历史应给他对现代英国戏剧所发挥的先驱者作用以及他精深圆熟的戏剧舞台艺术记上一笔。英国戏剧经过伊丽莎白时代的繁盛之后，遇到内战时期清教的压制，又经过王政复辟后的轻佻复苏和18世纪谢立丹与哥尔斯密的振兴，到19世纪，已似元气终结一般，舞台上自己的出色的作品少得可怜。文学界的大手笔如拜伦、雪莱和丁尼生都在戏剧方面作过努力，但建树不多。到维多利亚时期，英国剧院就没有多少可以让人观赏的有味道的作品了。当时有两个人在这方面进行了自觉而有成效的尝试，一是肖伯纳，一是皮奈罗。1893年，皮奈罗推出《第二任坦克瑞夫人》（*The Second Mrs. Tanqueray*），为英国戏剧注入一种“高度的严肃性”，在创作现代英国戏剧方面走出了富有意义的一步。当时评论家对这部剧作评价很高，说它是自谢立丹的《造谣学校》以来最伟大的剧作。[255]皮奈罗的同代人如肖伯纳等在现代戏剧的发展和繁荣方面做出了极大的贡献。皮奈罗和肖伯纳不能媲美，后者是思想家、创造性的进化论者、一个荒野里的先知性人物，但皮奈罗是开始现代戏剧的人。[256]皮奈罗生于伦敦一个律师之家，在开始戏剧生涯以前学习过法律，本应继承父业。但他在19岁上加入一家剧团，在爱丁堡皇家剧院开始演戏，也曾到利物浦出演。后来他转到伦敦，加入学院剧场（Lyceum Theatre）。1884年，他参加谢立丹的喜剧《情敌》的演出，获得观众的好评。

皮奈罗在27岁时开始戏剧创作。他是一位成功的多产剧作家，一生共写出剧作59部。其中有一些是严肃的社会生活剧，包括一些反映人们对再婚妇女偏见的作品如《第二任坦克瑞夫人》等。他以喜剧著称于世，例如《臭名远扬的埃卜史密斯夫人》（*The Notorious Mrs. Ebbsmith*, 1895）、《快活的魁克斯勋爵》（*The Gay Lord Quex*, 1899）等。此外，他还写了《内阁大臣》（*The Cabinet Minister*, 1892）、《艾瑞丝》（*Iris*, 1901）等。他和王尔德一样，善于写出适合女主角的台词。皮奈罗在世时极受世人欢迎。晚年他意识到，他的戏剧开始过时。他后来在伦敦过世，享年 79 岁。在他去世以后的这些年里，他的作品从未有过任何复兴迹象。但是，他的一部浪漫作品——《受到迷魔的屋子》（*The Enchanted Cottage*）——被拍成电影，一部以中世纪道德剧风格写的歌剧——《美石》（*The Beuaty Stone*）——近年来很受人欢迎。

皮奈罗的剧作计划和结构周密，上演性强，票房收入可观。他坚持剧作中的一切不论巨细都要合乎舞台演出的要求。一个事件顺理成章地引向另外一个事件，后来者总要在前面设有伏笔，所以一部剧作最后形成一个紧密联结的艺术整体。他的情节总是巧妙安排，条理清晰。他本人常常担任导演，以在演出现场堵塞一切可能存在的漏洞。皮奈罗的创作过程值得研究。他在进入写作过程以后，常常闭门谢客，不是为了独处，而是“会见”将会出现在他的剧作里的人物。他在想象的空间里，和他们交谈，看他们行动，经常把一切局面都设想停当，反复推敲、修订，只在胸有成竹以后，才肯动笔。这是他保证圆满舞台演出效果所采取的绝招之一。

皮奈罗不是思想家。他没有什么长篇大论的思想系统。他更关心单独的个人和事件。他酝酿剧作的开端不是一种思想或局面，而是一批他在想象中可以与之交谈和往来的熟悉的人。所以皮奈罗的人物和事件常常不是典型人物和事件，常常不能显示人的普遍的生活真谛。这是这位剧作家的局限所在。

《第二任坦克瑞夫人》

从内容上看，这部剧作所说的都是日常生活里发生的芝麻绿豆不值一提的小事，没有涉及人生里什么伟大或永恒的因素。但是掩卷细味，《第二任坦克瑞夫人》也不是这样简单。它表面上提出的所要解决的问题是，一个背着过去包袱的女人如何甩掉这个负担，而成为一个不被过去所累的女人。这当然不可能做到。这里牵涉到“原谅是神圣之举”的格言。虽然剧作在末尾告诉人们，宽容不只是一种美德，而且是人生之必需，但是人们依然不能轻易地忘掉别人的罪孽的过去。

《第二任坦克瑞夫人》讲波拉·坦克瑞的故事。波拉出身于社会下层，年轻时曾生活放荡，举止轻浮，现在她和体面、富有、脾气和蔼的鳏夫、42 岁的奥伯利·坦克瑞结婚，希冀通过此举能够改弦更张，开始新生。不料结婚后事与愿违，她经历了一系列事件。首先，她感到丈夫的态度存在异样之处。他爱她，但并不很尊重她作为妻子的地位。在第 3 幕，奥伯利把女儿送走，让邻居爱丽丝·考特里昂夫人带到巴黎度复活节假期，对此波拉很不满意。她对丈夫说，“我觉得你把艾琳送走，原因并不是像你所说的那样，而是因为你觉得我不是她的好伴，你是害怕她和我在一起，她的天真会被磨损掉？哎，是不是这么回事？诚实点！是不是这样的？”奥伯利瞠目结舌，只好承认。波拉和从前的朋友奥瑞依德夫妇联络，邀请他们前来。他们来后对奥伯利很不尊重，使得波拉很无脸面。此外，波拉对丈夫的关怀不以为然，觉得自己被奥伯利父女拒之门外。她扣压考特里昂夫人和艾琳从巴黎写给奥伯利的信件，信里写到艾琳和男友阿德尔上尉的关系。她和19岁的继女艾琳的关系使她处于很尴尬的境地。波拉发现艾琳在巴黎交结的男友竟是当年在伦敦和她同居、使她遭受痛苦的男人。她把此事告诉了丈夫，引起丈夫和继女的严重误解。艾琳对继母存有戒心。艾琳后来坦诚地说，“我一见到你就知道你和我离开的好女人完全不同。我一见到你就知道我父亲做了些什么。你一直纳闷我为什么远离你。”（第4幕）同时，社会偏见也让她经受了巨大压力。正如奥伯利在开始时所预言的，他的朋友们会和他断绝往来。考特里昂夫人有两个月对他们视而不见，后来出现时竟是为把艾琳带走。波拉感到她无望得到丈夫、继女及社会的爱与尊敬，但她决心宁死也不再返回她过去的生活方式和相识去。她对奥伯利说，“无论你做什么，走到哪，你总是不断地被人提　　醒——我的过去。”（第4幕）最后，她看到大势已去，于是发出痛苦而绝望的声音：“我相信未来只能是从另外一个门里走进去的过去。”她感到自己彻底失败了。她认识到，除一死之外，别无拯救自己的途径可言。后来艾琳觉悟，决心善待继母。但为时已晚。当她走进波拉的房间时，发现波拉正在咽气，她上前帮她死去。第4幕的悲剧结尾让观众刻骨铭心，从中学习到做人的道理。

从技巧和舞台艺术角度看，这是一出完美的大作。它的第1幕设计精到、圆满，事事安排得有条不紊，为后面三幕的情节都埋下了伏笔。比如对波拉的刻画就是醒目的例子。波拉犯有罪过，剧中对此多次直接或间接地提到，但她是一个心地善良的人。她迷途知返，怀有坚定的悔过的决心。在她结婚之前，她写信给奥伯利·坦克瑞，坦白自己的罪孽。信中说到她曾和阿德尔上尉在伦敦同住。不料冤家路窄，这个歹人后来竟以艾琳的男友的身份突然出现，她的坦白信于是缓冲了观众可能产生的不必要的疑难和惊慌失措。

波拉的悲剧结尾在剧作的第 1 幕就打好了埋伏。这是通过奥伯利与德鲁姆尔两个人完成的。而且波拉自己说，只要婚后出现问题，她会结束自己的生命，这给人一种预感，即这将是一出悲剧。后来她在最后一幕自杀，除在第 1 幕有言在先外，波拉在自尽前也告诉了观众："我今天晚上这样地想睡觉。"她和继女艾琳的关系在第 1 幕也有暗示：艾琳的家信来到，人们立即担心继母和继女间会发生什么事情。波拉真心地爱继女，发誓为了得到她的谅解与爱而不惜做一切努力。当艾琳从巴黎回来对她说，她以后会对她好时，她的心被感动了。在第 2 幕里，艾琳占据了剧情及波拉的注意力的中心。开始时波拉对坦克瑞父女间的紧密关系感到嫉妒；她需要其他人的爱和尊重，需要家人的同情态度。随着剧情的展开，人们慢慢了解了波拉其人，慢慢增加了对她的同情和理解。

在对于其他人物的处理上，剧作家也做到一丝不苟。例如凯利·德鲁姆尔，他似乎是预言家、剧作家的哲学思想的代言人。剧作家对他的刻画应当说是无以复加的绝笔。德鲁姆尔熟谙世故，现在他在社会的"死海"边上徘徊，希望能够拉上几个正在水中挣扎的朋友；其中最明显的是奥伯利。在剧作里，他从头到尾在奥伯利家里出出进进，就是他人不在场上，他的印象也在，观众头脑里总有他的影像在回荡。他的在场意义非同小可。他每次都带来一种新信息，提醒这一家人社会和社会压力是存在的。他代表理智，总是为奥伯利和其他人指出理智的道路；奥伯利对他崇信备至，认为他总是正确的（第 2 幕）。他的出场总是充满戏剧性。

在第 1 幕里，他在豪华的晚宴上迟到，他的空位出奇地引人注目；这一场面象征着（奥伯利家）生活的不协调，预示出在这一家即将出现的悲剧。他来到后带来一个问题："幸福可否建立在不幸的基础之上？"他在晚宴上的谈话暗示，奥伯利的婚姻是愚蠢的。奥伯利虽然表示他会善待波拉，但是他似乎心虚，观众也和德鲁姆尔一样，认为他在陷入社会"死海"里去。德鲁姆尔对人宽宏，也在尽力帮忙。他对奥伯利说，"请你记住，归根结底，我不过是一个观望生活的人；实际上，不过是在剧场里的一个观众；只是像老式的戏迷，我愿意看到某些人物有一个幸福和舒服的结尾。你明白吗？"（第 1 幕）他为波拉从长计议，和爱丽丝·考特里昂夫人"阴谋"把艾琳领走，让她到社会上接受锻炼和教育，成长后能够理解波拉并和她亲密相处；当然也应指出，在当时的情况下，他也觉得波拉不是艾琳合适的伙伴。但他忽略了波拉的感受，波拉认为艾琳的离去对她是一种侮辱，标志着她的失败；她失去了重新变为有尊严的体面女人的机会。在这点上，观众很难饶恕他。但是因果关系的思想在他头脑里深深扎根。他看到社会上存在着一个“死海”。这就是说，波拉必将在其中溺死无疑。后来果不其然，当悲剧发生、众人奔向波拉的房间时，德鲁姆尔并不怎么吃惊；他犹豫片刻，拿不定主意，然后把门打开，站在那里朝外面望去。他可能认为，一个朋友失足落水，在“死海”里淹死；如此而已。德鲁姆尔是一个心理复杂的人物。

此外，剧作家还描绘了一个人物——奥瑞德夫人，意在为波拉树立一个榜样。她应当能够和奥瑞德夫人一样暂时苟且过活。乔治·奥瑞德因为在婚姻方面低就，家人和他断绝关系。奥瑞德夫人并不气馁，她还有心思大讲她的幸福婚姻为中产阶级家庭树立了榜样。但是，波拉和奥瑞德夫人在气质上存在本质差别。她不满足于苟且偷生。她希望能够获得一个正直、诚实的女人应当得到的尊严和体面。

这部剧作具有很大的社会教育意义。当艾琳告诉人们，波拉死了，人们不由得感到难过，从中认识到，偏见不仅荒唐，而且蕴含着杀机，原谅是实际生活中必不可缺的品质。

《第二任坦克瑞夫人》在一个微妙的时刻出现在英国的戏剧舞台上。19 世纪末，维多利亚时代严厉的道德标准在逐步变得松懈，而让位于已经开始发挥作用的新的价值观，即维多利亚后的价值观。《第二任坦克瑞夫人》已经开始向维多利亚时代的社会和道德准则发起挑战，但是它又拿捏分寸，没有抛弃这些准则。一方面，这部剧作开了英国现代戏剧的先河，另一方面，它又缺乏思想深度，没把问题探索清楚。结果是雷声大雨点小，《第二任坦克瑞夫人》半途而废，没有酣畅地表达出现代立场。另外，剧作家对人物心理的探讨和分析也做得不很充分。这是剧作家的时代局限。

《艾瑞丝》

这部剧作写于 20 世纪初，讲的是一个年轻女人的悲剧故事。在第 1 幕，艾瑞丝·贝拉米受到亡夫的遗嘱的威胁，感到痛苦不堪。亡夫的遗嘱规定，她如果再嫁，便会失去丈夫的遗产。艾瑞丝对男人占主导地位的社会非常不满。她开始和年轻人劳伦斯·特兰维斯来往，出入公开场合，俨然有一个新型女人的姿态。但是，理智的声音很快便开始在她的耳际回荡，她的脑际呈现出一幅贫困的画面。她发现自己处于一种尴尬境地。她要求自由，但对自由可能带来的责任与问题却毫无面对的思想准备。这时，她开始动摇了。百万富翁马拉多纳多的金戒指对她很有吸引力。她的理智终于占了上风，她开始对劳伦斯态度冷淡，决心走老路，重蹈没有爱情的婚姻的覆辙。马拉多纳多对她钟情多年，现在他发现她并不爱他，而是爱他的钱财。艾瑞丝脚踏两只船，虽然她出于激情，一度拒绝马拉多纳多的求婚，而和劳伦斯重归于好，但是她只把年轻人当作自己手里的一个情人。

在第2幕里，受到丑闻威胁的艾瑞丝满面春风地和劳伦斯坐在她的豪华的午餐会上，她的律师也在场。这时马拉多纳多突然出现，趾高气扬的女主人的锐气竟突然为之一扫。很明显，在她的面前有两条路供她选择：一是和劳伦斯离席出走，到英属哥伦比亚去闯天下，一是和百万富翁结婚，保证她的寄生生活不变。她对劳伦斯坦白说："你这个可怜的软弱的艾瑞丝，你必须在夏天晒太阳，在冬天有火烤，必须穿最讲究的裙带，最豪华的皮衣；你的眼睛只能看美好的东西——无精打采，一身酸懒，没有骨气，毫无做事能力！"短短的几句话就把当时中产阶级和贵族女人的寄生本性勾勒得一览无余。她原来只是一个贪图享乐的传统女人而已。结果她没有和劳伦斯一起去英属哥伦比亚，劳伦斯一人前往，这无形之中为她后来的悲惨结局埋下伏笔。

她的美好计划是，她自己一人在伦敦奋斗，每星期花3英镑，这样她可以向劳伦斯证明，她可以舍弃豪华与享受，可以自立，然后她和他在英属哥伦比亚会合。但她已享乐成性，无法抑制自己，于是在第3幕结尾时，她终于接受了马拉多纳多的支票簿。在那以后，她愈陷愈深，情势已经不可逆转。到第4幕，艾瑞丝已完全落入马拉多纳多的掌控之中，生活在屈辱和卑贱的状态里。马拉多纳多这时火上浇油，对她坦诚地说，他娶她完全出于报复。至此，艾瑞丝丧失了对生活的信心。在最后一幕，劳伦斯回来，艾瑞丝鼓足勇气，向他坦白一切，希望能得到他的原谅。但劳伦斯对她已心灰意冷，一口拒绝了她的请求。不料祸不单行，她与劳伦斯的这番对话竟被马拉多纳多窃听。这位富翁终于忍无可忍，盛怒之下把她扔出家门。艾瑞丝消失在黑夜里。

在这部剧作里，剧作家描绘出一个正在诞生但尚未成熟的现代女性的形象。20世纪初是社会生活发生变迁的年代，变化之一表现在妇女的地位方面。一个新型的现代妇女正在脱颖而出。艾瑞丝在气质上有些相似，在心理上已出现微妙变化，但她在内心依然是传统的维多利亚时代的女人。如果说她脚踏两只船，她的身体重心主要停留在已经开始消逝的旧船上。她不是哈代笔下的苏，更不是约翰·福尔斯（John Fowles, 1926- ）所刻画的萨拉·伍德拉夫。她在新旧两界之间摇摆，她的悲剧是注定的。

W. S. 吉尔伯特（W. S. Gilbert, 1836-1911）

W. S. 吉尔伯特爵士，英国剧作家、歌词作者，是维多利亚时代最出色的剧作家之一，王尔德和肖伯纳的先驱者。他被称为“继谢立丹衰落之后肖伯纳兴起之前唯一坚持不懈地在其七十几部作品，40 年间展示原创性的剧作家”。[257] 吉尔伯特与曲作家阿瑟·苏利文（Arthur Sullivean, 1842-1900）合作的轻歌剧在当时风靡一时。他为剧本所撰写的美妙的歌词迄今很多还为人们所津津乐道。

吉尔伯特出生于伦敦的南汉普顿街。他是家中独子，父亲威廉姆·吉尔伯特是一名退役的海军军医，后来成为小说和故事作家。吉尔伯特的童年是随父母在欧洲大陆度过的，因此能够熟练地运用法语。在伦敦接受中学教育时，吉尔伯特就开始为学校的演出而创作剧本。吉尔伯特的大学时光是在伦敦的国王学院度过的。1856 年，吉尔伯特毕业，在枢密院担任了四年书记员。后来，他还从事军人和律师等职业。他在成为全职作家之前，分别做过书记员和律师。1869 年，他将从前为《娱乐》（*Fun*）杂志所写的文章合成《巴布民谣》（*Bab Ballads*）发表并大获好评。从此他开始专心从事创作。《巴布民谣》不仅有他的幽默小诗，而且还有他的风趣的插图。吉尔伯特后来所展示出来的机智、俏皮甚至辛辣的文风在此已经有所体现。尽管该部作品已经被大多数读者遗忘，但是它仍被批评家认为是一部具有个人特色的幽默经典。

吉尔伯特在戏剧创作上的第一次成功来自《杜卡马拉》（*Dulcamara*, 1866）。这是一部模仿多尼采蒂（Gaetano Donizetti, 1797-1848）的《爱情灵药》（*L'elisir d'amore*, 1832）的喜剧。之后，吉尔伯特又创作了闹剧、喜剧和正剧。他还翻译了法国的闹剧。创作经验的积淀使得吉尔伯特的特色不断显现。他那机智、讽刺、戏仿、略微疯癫的写作风格，他的真知灼见和现实主义的戏剧创作理念使他的作品在当时的戏剧界脱颖而出。

他与苏利文合写的第一部作品是《泰斯庇斯》（*Thespis*, 1871），自此开始了他们长达 25 年的合作。两人合称“吉尔伯特与苏利文”。吉尔伯特喜欢装傻，爱讽刺人，一改过去歌剧严肃的风格，剧中将很多现实中荒诞的一面演得合情合理。他们的作品多为滑稽轻歌剧。在 14 部合作作品中，最著名的是《比那佛号军舰》（*Pinafore*, 1878）、《班战斯的海盗》（*The Pirates of Penzance*, 1879）以及当时在音乐剧院中表演场次最多的历史剧之一《日本天皇》（*The Mikado*, 1885）。其他作品还包括《陪审团的审判》（*Trial by Jury*, 1875）、《魔女》（*The Sorcerer*, 1877）、《耐心》（*Patience*）、《爱达公主》（*Princess Ida*, 1884）、《大公》（*The Grand Duke*, 1896）等 10 余部。吉尔伯特与苏利文在创作中突破传统歌剧的严肃艰深以及大量的曲目编制，改以轻松幽默的歌曲形式出现，因常在萨沃伊歌剧院（Savory Theatre）演出，故被称为“萨沃伊歌剧”（Savoy opera）。这些作品以及他们其他萨沃伊歌剧作品如今在使用英语的国家依旧经常演出。

吉尔伯特尽管在日常生活中脾气很坏，并且他的作品中总是有一种愤世嫉俗的味道，但事实上，他是一个古道热肠、慷慨大方的人。他的愤世嫉俗部分源于在寻求认同过程中所遭遇的某些挫折，部分是出于对维多利亚时代的禁锢的反抗和嘲弄。值得一提的是，吉尔伯特与苏利文合作的轻歌剧《耐心》阴差阳错地捧红了王尔德。他们的创作初衷是讽刺当时风靡英伦的唯美主义。为了使该作品能够得到更广泛的认可，苏利文和吉尔伯特雇用了王尔德——与作品主人非常相似的唯美主义者去美国做巡回演讲。正是这个机缘，王尔德开始被英国以及之外的范围接受为唯美主义的代言人。但令王尔德和其他唯美主义者始料不及的是，也正是这部轻歌剧最后导致了 19 世纪英国唯美主义运动的销声匿迹。

1907 年，71 岁的吉尔伯特被封为爵士。1911 年，他为搭救一名落水女子于伦敦去世。

吉尔伯特善于使用轻松的戏仿来嘲弄社会上存在的罪恶。在《比那佛号军舰》、《班战斯的海盗》以及《日本天皇》等这些代表作中，吉尔伯特“对英国社会的许多弊病都以轻松幽默的方式进行了较温和的嘲讽，包括法律、议会、海军以及维多利亚时期的一些突出话题，如社会等级和孤儿身份等”。[258] 在《陪审团的审判》中，吉尔伯特给人们展示了一个忘恩负义、不择手段往上爬的法官形象：

> 但我很快厌倦了三等仓，
> 粗茶淡饭。

所以我爱上了富有律师的
又老又丑的女儿。[259]

后来他如愿以偿名利双收，就抛弃了妻子：

终于我富可敌国——
而她就成了我的恶梦，
所以我赶走了富有律师的
又老又丑的女儿。[260]

《陪审团的判决》是他们合作的成名作。这是一部不带台词、由演唱贯穿全场的剧作。后来百老汇的许多傻气的音乐剧里可以找到“吉尔伯特与苏利文”的影子。

《比那佛号军舰》

《比那佛号军舰》，又名《爱上水手的少女》，是吉尔伯特的代表作，直至今天仍在英美等国家上演。海军上校柯克兰的女儿约瑟芬与水手拉尔夫真心相爱，并拒绝了仰慕她的海军部长约瑟夫·波特。波特得知约瑟芬计划与拉尔夫私奔后，将拉尔夫关了起来。这时吉尔伯特式戏剧性的一幕发生了。小贩小金凤花道出了一个她隐瞒多年的秘密：拉尔夫与柯克兰上校的身份在孩童时被她弄混了，柯克兰其实是平民出身，而拉尔夫才是真正的贵族子弟。

作为吉尔伯特的代表作，《比那佛号军舰》无论是在情节设置、人物刻画还是主题发掘方面都是具有代表性的。《比那佛号军舰》的情节推进模式大致为：悬念→主要人物出场介绍→矛盾焦点→矛盾升级→高潮（生死攸关）→出人意料的结尾。后来的许多作品如《班战斯的海盗》、《日本天皇》等也大致遵循这种模式。在《比那佛号军舰》一开始，小金凤花称自己一直隐瞒着一个惊人的秘密（此为悬念）。她来到比那佛号战舰上，于是故事的重心转移到船上的人：水手拉尔夫、她的心上人约瑟芬、上校柯克兰、海军部长波特（此为人物出场介绍）。拉尔夫与约瑟芬真心相爱，可惜二人社会地位相差悬殊，而且柯克兰已将女儿许配给波特（矛盾焦点）。迫于无奈，拉尔夫与约瑟芬决定私奔（矛盾升级），结果被告发，拉尔夫被抓（高潮）。最后小金凤花说出了秘密，大团圆收场（出人意料的结局）。吉尔伯特的故事中还时常伴有一些小高潮，令在场的观众无法有片刻的走神。《比那佛号军舰》中人们津津乐道的两处小插曲分别是拉尔夫要殉情以及约瑟芬向他表明爱意的一幕，可谓时而扣人心弦，时而浪漫温馨，耐人寻味。

《比那佛号军舰》中人物的描写也很成功。无论是军官还是普通水手，吉尔伯特总能三言两语就将他们的性格展现无遗。其中典型的是海军部长波特，他自以为是，满嘴官腔。他抓住一切机会炫耀自己如何飞黄腾达，并时不时地向上校传授他的为官之道，即对水手们一定要客气，因为除了波特爵士以外，他们与所有人一样平等。

在表现主题方面，吉尔伯特通过对跨阶级爱情的描写既讽刺了大英帝国刻板的阶级制度，同时也对皇家海军中军官的无能、愚蠢调侃了一番。拉尔夫本是一名普通的水手，柯克兰上校是多年的海军官员，但可笑的是当二人的身世真相大白后，立刻对调了职任，而无视拉尔夫是否胜任上校一职。这便是大英帝国出身决定一切的阶级制度。在这种体制下，一切荒诞不稽似乎也变得合情合理了。有趣的是吉尔伯特将船命名为“Pinafore”，即“婴儿围嘴”，嘲讽之意不言而喻。

第六节　维多利亚散文

托马斯·卡莱尔（Thomas Carlyle, 1795-1881）

托马斯·卡莱尔是维多利亚时代著名的散文家，被尊为“切尔西的圣哲”。[261]卡莱尔的一生名声显赫。他让人们感受到他为国家进步、社会发展而大声疾呼所产生的影响。他不愧为时代的导师和预言家。他不仅促成了19世纪80年代的社会主义者运动，在维多利亚时期的诗歌和散文界占据主导地位，而且他的影响遍及整个英国和美国。他对自己祖国特有的思想模式和精神世界产生过极其深远的影响。这一切都归功于卡莱尔的诚实和坚持不懈的努力以及他预言家式的洞察力。他的作品思想深邃，富有哲理，左右并惠及了整整一代作家，其中包括丁尼生、狄更斯、拉斯金和乔治·埃略特。[262]

卡莱尔出生在苏格兰一个小村庄里，他是家中的长子，父亲是石匠和农民，母亲早年是文盲。卡莱尔受家庭影响很大。他的家族节俭、勤勉、充满同情心和温情，家族成员大多性情腼腆，性格中交织着自负和自我否定的矛盾。卡莱尔从小即才华出众，性格坚毅。后来在父亲的帮助下，他得以接受大学教育。卡莱尔很有主见，不愿遵从父亲的意愿成为当时很热门的牧师，结果是没有拿到爱丁堡大学的学位就开始自己热衷的事业了。

卡莱尔的妻子简·韦尔什是他的伯乐和忠诚的贤内助。他们的爱情史在当时的英国社会轰动一时。简出身富有的医生家庭，聪明、美丽、诙谐，有远大抱负。当她最终在众多求爱者中选中没有稳定职业的农民的儿子卡莱尔时，简的家人和朋友们都觉得离奇得不可思议。婚后不久，他们就由于经济原因被迫搬到一个偏远的农场生活了六年。简努力使自己适应农村生活的寂寞和孤独，这对从小就习惯了喧闹、奢华的社交活动的简并非易事。但她始终跟随着丈夫的脚步，甚至不得不放弃自己从少女时代就渴望成为一名作家的梦想。简对卡莱尔的才华始终深信不疑，而事实也证实了她的远见卓识。简花费一生的时间做一件事——做卡莱尔的秘书。后来简身染疾病，但她仍带病坚持陪伴在丈夫身边工作。粗心的卡莱尔全身心地投入写作，丝毫没有意识到深爱的妻子的病情。简去世后，卡莱尔看到妻子的日记才意识到自己的疏忽，后悔至极。他说，在妻子死后，他的生活完全变了样，生活对于他来说只是“苦闷、无聊与孤寂”。他淡出人们的视线，过着隐居生活，很少写作，大部分时间用来读书，或接待来访者，直至孤独地去世。[263]

卡莱尔酷爱读书，通读了不少名著，其中就包括历史学家爱德华·吉本的长篇历史巨著《罗马帝国衰亡史》（*The History of the Decline and Fall of the Roman Empire*, 1776-1788）。在读书和思考过程中，卡莱尔渐渐形成了以怀疑的眼光看待世事的犀利风格和特点。卡莱尔早期的作品包括翻译的歌德和德国其他作家的作品、自传和评论，他们的思想吸引和影响了卡莱尔的思维模式。此外，卡莱尔也深受德国浪漫主义思想的影响。

卡莱尔从开始写作就证实了他是一名文学天才。他一生著述甚丰，散文、评论、历史、社会批评无不涉猎，借古讽今，针砭时弊，是一位极为关注社会现实的作家。他是一位多产作家，文笔流畅，思想深刻、独到，故自成一家。他的著作包括大量历史书和针砭时事的小册子，如 1837 年发表的《法国大革命》（*The French Revolution*）得到众人的赞誉，还有《奥利弗·克伦威尔的书信和演讲》（*Letters and Speeches of Oliver Cromwell*, 1845）和《腓特烈大帝传》（*The History of Friedrich II of Prussia,*

Called Frederick the Great, 1858-1868）等。他最好的时事评论是《过去与现在》（*Past and Present*, 1843）；此书是他的代表作之一。卡莱尔的其他主要作品包括介绍德国文学巨匠的《席勒传》（*Life of Schiller*, 1823-1824）、翻译的歌德作品《威廉·迈斯特》（*Wilhelm Meister*）、《旧衣新缝》(*Sarter Resartus: The Life and Opinions of Herr Teufelsdrockh*, 1838)、《论英雄与英雄崇拜和历史上的英雄事迹》(*On Heroes, Hero-Worship and the Heroic in History*, 1841）等。

卡莱尔对文学创作有其定见。他认为写作要为社会服务。他的这种美学观确定了当时文学创作的宗旨和主流思潮。他成为维多利亚时代“说教美学”的主要铸造者。他的好友丁尼生积极响应他的号召，从而成为时代的“先知”人物之一。狄更斯对卡莱尔说，“没有人比我更了解你的书了”，结果他自己也变成一个同情和慈善精神的“先知”人物。萨克雷则扮演了“工作日传道士”的角色，“扯高嗓门，专心传道”。

卡莱尔对宗教有其定见。这是了解他的历史学、传记文学和社会批评家的身份、作用和观点的钥匙。他与维多利亚时代的很多人一样，经历过宗教信仰危机。在他 23 岁时，他就丧失了对基督教的信仰。

他对国家的现状也有其定见。他怀疑当时人们深信不疑的“进步”理念，怀疑科技和工业能为国民带来福祉，怀疑国家用实用物质主义主导社会生活的发展方向。他对经济学家的观点不满，怀疑他们的预言的真实性，他在作品中对这些进行冷嘲热讽。他对社会腐败感到极其愤怒，谴责他那一代人完全把自己交给了邪恶行为。他对上层社会对下层社会的压迫也极为恼火，对穷苦人和遭受蹂躏的人表示深切的同情。他对国民不满。据他的观察，他认为大多数人因满足于现状而裹足不前。他的不满情绪从某种意义上说导致了他整整一生的烦躁和愤怒。

卡莱尔有强烈的使命感。在他看来，没有神圣使命感的生活只是一场毫无意义的噩梦而已。他想把自己的祖国塑造成一个道德高尚、精神高贵的人间乐园。对他来说，现在虽然拥有乐观，相信进步，拥有民主和科学进步，科技发达，但这一切都是表面现象，对人类的生存微不足道。人们热衷于世俗的追求，他们已经误入歧途，或精神迷乱，或精神匮乏。卡莱尔把目光转向了过去，希冀运用从往昔挖掘来的理念把国民从沉睡中唤醒，重新把他们引向充满信仰和上帝恩惠的正道。卡莱尔非常重视过去，尤其是中世纪。他最著名的作品——《旧衣新缝》和《过去与现在》——

显然是在竭力让自己的祖国朝着他所规划的方向迈进。

《旧衣新缝》

卡莱尔坚持探索和追求真理与真实。他认为，外部世界都是表象，整个宇宙只是衣服而已。在衣服遮掩下的现实世界下面，存在着一个“赤裸”的世界，即真实的世界。人们可以见到的世界都是思想的外衣。真正的生活从克己开始。人的一切作为都具有象征性，都是上帝的标志。功利主义是魔鬼。人的天赋都被机械给窒息了。

《旧衣新缝》这部书的题目的意思是“重新裁缝的裁缝者”。主人公托约夫先生（Teufelsdröckh）是一位虚构的教授。这本书由两部分组成：第一部分是关于衣服的讨论，结论是具有各种制度和传统的外部世界从根本上来说也是衣服。这暗示着，所有看得见的东西都是理念的象征，整个宇宙就是一件大衣服，自然是上帝的衣服，上帝虽然肉眼看不见，但存在于人心里。物质主义和实用主义像魔鬼一般吞没了人们，而真正的生活始于清心寡欲。

在这一部分里，作家描绘了一幅令人难忘的、恐怖的、没有灵魂的世界，据说这甚至使他在1822年萌生过自杀的念头。在卡莱尔著名的“衣服哲学”比喻里，浑身赤裸的个人寻找衣服来保护自己。柯勒律治和他的追随者们为世人所提供的保护衣就是否定伏尔泰和休谟的怀疑论，回到基督教所倡导的信条和仪式去。卡莱尔认为这种回归是毫无意义的，因为在他看来，“希伯来旧衣”早已破烂不堪、不成体统了。卡莱尔提出的解决方法是，利用德国哲学、苏格兰加尔文主义以及他自己的观察成果做材料，裁制一套包含新主张的新衣服，以满足现代人的需要。

第二部分是托约夫教授的自传（实际是作者的自传），叙述了教授的精神探求过程：他经历了从“永远否定”的危机到“永远肯定”的过程，（这分别是书中主要的两章的标题）。卡莱尔力求通过一种道德和想象的理解，来解决日常问题。他要传布的思想从根本上说是超验主义。他在这里提出的理念涉及一些超验价值，像尊敬和服从、社会的精神和谐、对英雄的需求（真正的领袖和虚假的领袖）以及劳动的神圣性。卡莱尔的理念来源于德国浪漫派和中世纪哲学家的思想。书中有很多关于时间和永恒的神秘说法。

《过去与现在》

《过去与现在》所表现的理念在本质上是《旧衣新缝》的翻版。卡莱尔写该书时英国正在经历一场严重的经济衰退。谷物歉收，面包价格过高，工资微薄，失业率高，人们普遍贫穷，工人骚动接连不断。卡莱尔清楚地看到了这些不幸和灾难。在他所有的著作中，他都对穷人表现出极大的同情。他的观点具有预言的威力：国家必须即刻采取一些紧急措施，否则后果不堪设想（这些思想基本上与他的《法国大革命》中的思想一致）。

在这部著作里，中世纪的一个修道院——圣伯立·埃德蒙兹和院长萨姆森代表“过去”。从萨姆森院长的形象和行动中，卡莱尔看到了医治现代疾病的灵丹妙药。萨姆森院长所处时代的价值观、信仰和精神统一是拯救英国的唯一出路。这里作者的基本思想包括他对实用主义、供求实践、“盈损哲学”、“现金支付关系”以及对信仰作为一种凝聚力的日益衰落等现象的批判。书中也提出了“需要英雄”的问题：萨姆森成为院长并非经过选举产生，而是因为他的高尚行为和能力。卡莱尔一直在呼吁坚强公正的人或者英雄人物出来主事，他的这种思想在他的《论英雄与英雄崇拜和历史上的英雄事迹》中得到具体的说明和论证。

总的说来，卡莱尔治疗现代社会弊病的“药方”是他自己炮制的，他的灵感来源于过去，包括封建社会的遗产在内。书中多处引用了《圣经》，旨在在精神上鼓舞英国民众，以使他们停止痴迷于盲目的世俗追求。

《过去与现在》影响了很多作家的创作，包括狄更斯的《荒凉山庄》和《艰难时世》、狄斯雷利的《西比尔》（*Sybil*）、拉斯金（John Ruskin, 1819-1900）的《威尼斯的石头》（*The Stones of Venice*）以及查尔斯·金斯利（Charles Kingsley, 1819-1875）的《奥尔顿·洛克》（*Alton Locke*）等。

卡莱尔的散文风格是他个人观点的最好见证。他的作品不仅因其深刻的思想性而影响大，还由于他使用的独特、富有感染力的散文风格。在他开始创作时，18 世纪的散文大家塞缪尔·约翰逊的风格是好文章的典范，人人争相模仿。卡莱尔虽然承认这种风格的价值，但认为并不适合他的想法和要求。他希望自己的风格能达到这样的效果：如同一个诗人那样，自由表达自身生活体验；如同一个预言家或布道士一样，用语言去感染和激励他的读者；如同一名心理分析家一样，探索潜意识或非理性层面上的人类生存状况。为了达到这个目的，卡莱尔独创了自己的写作风格。他经常运用形象的意象，如火、谷仓和动物园，擅长使用象征、面具、幽默及讽刺等手法，他的语言夹杂着《圣经》的韵律和爆炸式的言语、插入语和非传统的句法。他一开口便语惊四座，似有什么紧急事情一样。他在遣词用字上下功夫，使语言发挥出最大的效力，这让他的作品充满魅力。

乔治·埃略特在1855年的一篇文章中评价卡莱尔“与其说是一名哲学家，不如说是一位艺术家”，理由是“没有哪个作家使自己的作品如此栩栩如生、刻骨铭心”。卡莱尔让读者和后代子孙感受到他独具一格、有效生动的散文风格。

约翰·斯图亚特·米尔（John Stuart Mill, 1806-1873）

米尔是维多利亚时期著名的哲学家、经济学家、政治理论家，他最大的成就是在哲学领域。他的哲学思想对当时的英国社会包括文学发挥了一定的影响。他独特的逻辑推理性和抽象思维能力使他的文章别具一格。

米尔是英国实用主义思想的领袖詹姆斯·米尔（James Mill, 1773-1836）的儿子，从小就在家里接受父亲极其严格的教育。他父亲认为正规的学校教育不能对孩子的智力进行早期开发，米尔的成功证实了他父亲的教育理念的先进性。米尔自幼聪慧，他把学来的东西再转教给弟妹。他3岁时即开始学希腊文，7岁时读过很多希腊名著，8岁开始学习拉丁文、几何学和代数学，11岁上他父亲撰写《英属印度史》（*The History of British India*）时，他就担任校对工作。14岁的米尔已经阅读了大量希腊、拉丁语经典著作，对历史进行了广泛研究，在逻辑学和数学领域做了大量研究，并掌握了经济学的基本原理。米尔因童年的杰出表现，当时被誉为神童。正如他在《自传》（*Autobiography of John Stuart Mill*, 1873）中所说，集中教育使他在14岁时就开创了自己的事业，领先同龄人“四分之一个世纪”。[264]

虽然米尔曾在东印度公司的办事处任职多年，又曾于19世纪60年代在议会任职，但是他主要致力于有关逻辑、哲学、政治原则和经济学的写作。起初，米尔追随着父亲和另一位实用主义哲学家本纳姆（Jeremy Benham, 1748-1832），倡导实用主义哲学（Utilitarianism），但他慢慢地开始产生怀疑，发觉实用主义哲学有关人类动机的解释过于狭隘。米尔曾在《自传》中提及自己20岁时曾有一次精神崩溃的经历，这持续了好几个月。这次经历使他意识到实用主义哲学观念（尤其是他自身接受的典型教育）的致命缺陷：忽视人类情感和情绪的作用。米尔和他的父亲等实用主义哲学的老一辈倡导者不同，他不贬低文学艺术的作用，他赋予文学艺术更大的作用（例如对人类情绪的影响和疗效）。他的《自传》、《什么是诗》（“What is Poetry”）一定让他的导师本纳姆感到了震惊，因为本纳姆曾经将诗歌比作儿童游戏。

米尔的私人感情生活并不幸福，他 25 岁时爱上一位比他小 2 岁且已育有 2 个子女的有夫之妇泰勒（Harriet Taylor）。两人的柏拉图式恋爱维持了 20 多年，直到 45 岁时对方离婚后才如愿以偿。1851 年，米尔与泰勒结婚，对泰勒的爱使米尔有了更深的情感体验，米尔曾这样形容泰勒：“她是我作品中华彩乐章的灵感源泉和合作者”。[265] 可惜好景不常，妻子一直体弱多病，结婚七年后病逝，当时米尔退休后移居法国阿维尼翁不久。米尔孤寂地度过晚年，1873 年在法国受丹毒感染病逝。

《实用主义》（*Utilitarianism*, 1861-1863）是他最重要的作品之一。米尔是一位非常著名的实用主义哲学家，在英国实用主义哲学的历史中他占有一席独特的地位。虽然他的父亲这位实用主义哲学的领军人物认真地为他的研究工作铺平了道路，但是米尔并没有沿着导师本纳姆和父亲传授给他的思想前进。他看出了他们哲学立场的致命弱点：本纳姆并不怎么了解人的本性，因为他不承认感情和同情对道德具有约束力。所以本纳姆式的思想明显缺乏感情和理解。米尔善于独立思考、独立行事，致力于让实用哲学变得更好、更具人性。米尔的正直和包容使他能够接受一些人（如柯勒律治和卡莱尔）的反实用主义哲学的观点，试图理解这些观点，并有选择地将这些融入到自己的哲学体系中。这种努力使得他能发展出一种修正过的实用主义哲学，它更具人性，能更好地为英国的文化生活服务。正是由于米尔的不懈努力和独立思考，才把实用主义哲学推向了一个新的阶段。他对实用主义哲学的修正主要记录在《实用主义》中。

米尔对个人自由的强调是 19 世纪英国自由主义的重要组成部分。他的另一篇重要作品《论自由》（“On Liberty”, 1859），阐述了他关于这方面的思考。文章论述了社会和个人的关系。米尔认为，社会要想顺利发展，就要不干涉个人，不强迫个人遵从大众的意见。一味强迫顺从社会和大众只能导致个性受到压抑，而个人的作用实际上比社会机制的作用更大。他在这篇经典论著中指出，争取自由已经不再是传统意义上的反对独裁君主或专权者，而是反对大众独裁（Tyranny of the Majority）。大众独裁指的是在国家的民主体系中，可能出现的一种情况就是大多数人的意志成为国家意志，个人意志遭到压制。米尔预测，在美国这样的民主国家，个体性（尤其指心智个性）在屈从一致的压力下，将被消磨殆尽，直至达到“集体平庸”。在米尔的所有作品当中，包括其对社会主义优越性的论述当中，他都强调个体的重要性：与教会或国家等制度相比，个体性更加重要。总体上说，《论自由》是一篇逻辑性极强的作品，层层推理又文采彪炳。[266]

与该问题相关的是对女人的压制，关于这点米尔已在他的爱情和婚姻生活中目睹和经历过，所以感受尤其深刻。他在非常著名的文章《论女人》（“On Women”）中，明确地表明了自己的立场，此后他被视为女性解放的拥护者。米尔认为，在人类的历史长河中，丈夫一直被视为合法的君主。他的文章《妇女的屈从》明确地、极具远见地提出：必须纠正法律和公共观念，只有这样，占人类一半数量的奴婢们才能成为真正的独立个体。然而，妇女的屈从问题并不是米尔对专制进行批判的全部内容，他的根本目的是防止个体对民主政治的屈从。

虽然米尔的主要领域是哲学、政治经济学和政治学，但他与当时的文学也有密切联系，并对维多利亚时期的写作产生了一定的影响。与其他同时期的散文作家相比，米尔更擅长抽象、辨析的思维。此外，米尔作品的其他主要风格特点是不张扬、清澈明晰。他的作品的价值在于从具体个案上升到整体，而不是仅就某一经历本身进行论述。因此，研读米尔的作品可以帮助人们更好地理解维多利亚文学的实质。米尔是当时英国学术界的领军人物、伟大的思想家之一。他对当时的政治和宗教问题的批判和斗争精神影响了很多作家，包括阿诺德、史文朋和哈代等。

约翰·亨利·纽曼（John Henry Cardinal Newman, 1801-1890）

纽曼是维多利亚时期最具影响力的宗教领袖和教育家之一。他出生于伦敦，父亲是银行家。他自幼受到家庭，尤其是母亲的影响，以读《圣经》为乐。他7岁开始进入私人学校学习，学习刻苦，遵守纪律，但腼腆、清高。他善于幻想，儿时希望阿拉伯神话故事能在现实中出现，认为生活就是一场梦，而他自己是其中的天使。15 岁时，他经历了宗教观的转变，形成了自己的宗教信条。这在《生命之歌》（*Apoltgia pro Vita sue*, 1860）中有详细记录。他在学校里是优秀学生，除学习外，还积极参加各种活动，包括演剧、拉小提琴、参加演讲、编辑期刊、写文章等。他快乐、富足的童年生活到1816年告一段落，拿破仑战争使他父亲的银行被迫关闭，家庭的经济状况一落千丈。后来，他父亲试图办酿酒厂，但很不成功。1816年暑假，他迫于经济原因，只好待在学校里，孤独寂寞，深受打击，他开始生病，经历了生命中的转折点。这年秋天，他在一位校长的影响下，决定从英国国教转向福音教派。

纽曼是维多利亚时期觉得19世纪很不好的一个人。不过他并不像卡莱尔那样想把时代拉回到"更好"的往昔去。他非常清楚，必须对当时毫无方向的状态采取措施加以改变。到19世纪30年代，纽曼通过在牛津大学的布道和发表因不同原因撰写的请愿小册子，已经具有巨大的影响力。在这些作品当中，他讨论教会权力和国家权力的关系，以及其他一些高教会派成员关心的问题，这些也是牛津运动成员关心的问题。他最终成为维多利亚时期最重要的宗教运动之一——牛津运动（the Oxford Movement）——最重要的领导人之一。

牛津运动反映了迷茫的维多利亚人在怀疑不定和情感压力的情况下紧紧守住原来的信仰的渴望。这是抵抗当时流行的"个人"精神的"团体"复兴的一部分。它从4世纪和5世纪的教会精神和教义中寻找救赎，并试图在一个所有权威都被怀疑的时代建立权威。作为运动的推动力量，纽曼反对自由主义，赢得了支持和赞同。他的写作铿锵有力，善于雄辩，让别人听到了他的声音。在当时要忽略他的存在，忽略他对同代人的影响，是不可能的。作为一个经常处在潮头的宗教思想家，他成功地给维多利亚时期多姿多彩的舞台增添了一道风景。

尽管他一心致力于宣扬英国教会的天主教教义，但他日益彰显的罗马天主教色彩使他不免遭到愈来愈多的反对。面对种种非议，纽曼深感痛苦，选择了离群索居和沉默。经过一段时间的深思熟虑，他终于做出最后选择，在44岁时成为一名罗马天主教牧师，移居伯明翰，在那里度过了自己的后半生。1879年，纽曼受封为红衣主教；1891年，在教皇约翰·保罗二世的授意下，他的头衔变成"尊敬的红衣主教约翰·亨利·纽曼"。纽曼在历经了这些波折与困苦以后，曾动情地回复一位称他为圣徒的女士："圣徒均非作家，他们不热爱经典著作，也不创作。"[267]

尽管纽曼的故事中充满变化，但是有些特质却是恒定不变的，比如他对上帝的信仰。

纽曼和他在牛津的同事和历史学家一样，看到教堂处于危险状态。

在他们看来，教堂不是国家的一部分，也不是为个人救赎提供便利的场所。它是一个神圣的所在，是耶稣基督的圣体。牛津运动出版了一系列宗教宣传册，试图解释教堂的本质、它的历史和神学根基、信仰的基本律条、它的权威以及对国家的独立性。这些人被称作“牛津运动者”。纽曼的贡献不容小觑。他们的宣传册子很有效，说服了一大批人，大多是新教徒。该运动在教堂盛行了一段时间。但最后由于他们攻击宗教改革、侮辱新教殉道者、强调罗马天主教的仪式，所以表现出有点不自量力，导致了争议，因而变得声名狼藉。纽曼对此非常气愤，去罗马当了红衣主教。这发生在1845年，此后牛津运动便逐渐走进了历史。

纽曼还是教育家。他曾在爱尔兰天主教大学担任院长，在这所位于都柏林的新建大学里，发表一次次讲话，畅谈自己的教育观念。他在都柏林大学说的话，充分表达出“大学的理念”的真谛。他的观点代表了当时他所在的牛津大学。他说，大学是“一切知识与科学、事实与原则、探究与发现、实验与思辨的至高保护力；它划出才智的领域，使任何一方既不侵犯也不投降”。1852年，由这些演讲稿结集而成的《大学的理念》（*The Idea of a University*）出版，该书的经典论点是，“严谨的思维”不是靠技术训练形成的，而是依赖于自由教育。《大学的理念》与后来马修·阿诺德和赫胥黎的演说相似，体现了维多利亚时代对教育的社会角色的理解。应当指出，纽曼的自由教育观念是独立于他的宗教观点的。他认为，这种教育既能培养出反教权主义的头脑，又能够孕育出忠于教会的圣徒或牧师的头脑。在很大程度上，纽曼的这种教育思想源于他在牛津大学三一学院的本科学习。正是这段经历使他体验到思维拓展的乐趣。

纽曼与卡莱尔一样深深影响了他的同代人，其中包括他的支持者，也包括他的反对者。纽曼的作品《大学的理念》一书的编辑马丁·斯瓦格里克（Martin Svaglic）认为，纽曼即使在今天也会是备受瞩目的焦点，“颂扬者”奉他为“亘古真理的化身”，“诽谤者”则视他为“堕落谎言的宣扬者”。回顾他的一生，他常常身处激烈争论的漩涡中心，这些争论搅扰着维多利亚时代的英国。纽曼是其中的辩论高手，他一边令人信服地为自己辩解，一边又将对手批驳得体无完肤。托马斯·哈代虽持不同于纽曼的观点，却在日记中高度称赞他说：“我们最近一直在讨论纽曼的《生命之歌》……散发魅力的风格，凸现人性的推理，这一切源于他对各种可能性的融会，而绝非依靠三段论。只是，有那么一个致命的弱点，他那环环相扣的出色推理缺少最初的根基，随时都可能轰然倒塌。”

纽曼的创作主体在于散文。他的散文技巧娴熟，逻辑性强，文字优美，风格质朴、真诚。他在散文创作当中常常感受到比别人更多的困惑。在伯明翰居住期间，他曾努力创作了一些宗教诗歌和小说，其中最著名的就是1864年出版的《生命之歌》。这是一部优美的散文著作。

在这部作品当中，纽曼回答了查尔斯·金斯利的指责。金斯利是一位广教会派的忠实信徒和著名的小说家，他曾斥责纽曼缺乏知识分子应有的正直。除此之外，《生命之歌》的某些章节中也含有一些神学教义和教会历史，尽管这些内容对于一些普通读者来说有些难于理解，但是不可否认，纽曼对其主要观点的论证都是清晰而有力的。他对自己宗教信仰的几次转变所进行的庄重、坦诚的回顾，唤起了人们作判断时的良知和正义感，使他赢得了许多旁观者的理解，其中也包括那些曾经赞同金斯利的观点的人们。[268]

《生命之歌》是纽曼撰写的一本心灵自传，是他对自己生命历程的一种澄清。书中记述了他的宗教信仰的变化。书里说，他通过推选，最先加入牛津奥里尔学院的宗教团体，成为英国国教牧师，将热情倾注在争取宗教自由上。但他逐渐意识到，依靠人类理智的宗教自由主义没有能力抵御传统宗教的压制，因此他随即转入英国国教的高教会派，并很快成为牛津运动的领导人。《生命之歌》出版后引起了很大争论。

托马斯·巴宾顿·麦考利（Thomas Babington Macaulay, 1800-1859）

麦考利是19世纪英国政治家、历史学家、散文家和历史评论家。他出生于苏格兰贵族家庭，父亲是一名废奴主义者。麦考利从小就聪颖过人，从8岁起就开始写诗，18岁时进入剑桥大学三一学院学习。大学毕业后，他成为一名律师，对政治兴趣浓厚。1818年，在一次反对奴隶制协会的集会上，他发表激情洋溢、极具说服力的演讲，赢得了很多听众。另外，他还经常在期刊上发表文章，其中很多发表在《爱丁堡评论》（*Edinburgh Review*）上。有一篇是关于弥尔顿的，受到辉格党领袖的关注。1830年，他成为英国议会成员。1847年，他在爱丁堡竞选失败，宣布退出政界。他的政治态度是极端保守的。他反对宪章运动，拥护英帝国的立场，呼吁英国人民维护现存制度。

麦考利的著作生涯开始于他编著《古罗马民谣》（*Lays of Ancient Rome*）的时候。他收集了一系列罗马帝国历史上十分流行的民间歌谣，其中包括最出名的歌谣《霍拉修斯》（“Horatius”），讲述传说中的罗马英雄霍拉修斯·考科里兹（Horatius Cocles）的英雄事迹。从 19 世纪 40 年代开始，麦考利开始动笔撰写《自詹姆斯二世即位以来的英国史》（*The History of England from the Accession of James the Second*），1848 年出版前两卷。起初，他计划把这部巨著一直写到乔治三世时期，但在出版前两卷后，他改变主意，决定写到安妮女王去世的 1714 年。第三卷和第四卷于 1855 年面世，时间回溯到 1697 年英法签署的里斯威克和约（Peace of Ryswick）。他 1859 年过世时，正在书写第五卷，写到威廉三世的去世。最后一卷是在他过世后，由他的妹妹接手出版的。

麦考利的著作展示了英国社会如何摆脱迷信、独裁政体和混乱局面，形成一个平衡的政体和具有进步思想的文化氛围，大力提倡信仰和表达的自由性。他强调历史著作必须首先能吸引读者，为了收到良好的艺术效果，作家有时可以牺牲历史的真实性。麦考利往往把历史戏剧化，把他赞成和喜欢的历史人物刻画成英雄，把他反对和讨厌的人物则描绘成无赖小人。他的这些观点受到后世的批评，认为他的历史观是片面的、自负的。卡尔·马克思（Karl Marx, 1818-1883）称他为“彻头彻尾的篡改历史者”（systematic falsifier of history）。英国有些史家说他的历史著作具有一定的权威性。这就是评论家的仁者见仁、智者见智了。

麦考利的散文文字具有一种独特的文学魅力。

约翰·拉斯金（John Ruskin, 1819-1900）

约翰·拉斯金是维多利亚时期最多才多艺的人。他既是诗人、画家、散文家，又是极具影响力的艺术批评家和社会批评家。拉斯金一生创作十分丰富，创作内容涉及政治、经济、绘画、雕塑、建筑、文学、艺术教育、神话、美学、地质学、植物学等各个领域，可谓是无所不包。拉斯金 1819 年生于伦敦一位富裕的酿酒商家里，从小受父亲的影响，对艺术和文化产生了浓厚兴趣。后来拉斯金随父母一起游历欧洲各地，积累了丰富的绘画和建筑方面的知识。1873 年，拉斯金进入牛津大学学习，从那时起开始诗歌创作，并于 1839 年获得纽迪盖特奖。[269] 19 世纪 40 年代以后，拉斯金发表了一系列批评作品，奠定了他作为艺术批评家和社会批评家的地位。拉斯金的艺术批评理论对当时和以后的艺术的发展和艺术批评理论的发展产生了十分重要的影响。拉斯金的主要作品有：《近代画家》（*Modern Painters*，共五卷）、《建筑的七盏明灯》（*Seven Lamps of Architecture*, 1848）、《威尼斯的石头》（*The Stones of Venice*, 1851, 1853）、《艺术政治经济》（*The Political Economy of Art*, 1857，后以《永远的快乐》*A Joy Forever* 为题）、《终局》（*Unto This Last*, 1862）、《时光与潮水，作于泰恩和威尔郡》（*Time and Tide, by Weare and Tyne*, 1867）、《芝麻与百合》（*Sesame and Lilies*, 1864-1869）、《野生橄榄树的花冠》（*The Crown of Wild Olive*, 1858）和《往事》（*Praeterita*, 1885-1889）等。

在传统批评观念占统治地位的维多利亚时代，拉斯金的批评观犹如一缕春风，为人们开启了美学新视野。

拉斯金首先探讨了艺术的本质。长期以来，人们一直为艺术的真正目的是什么争论不休。有些人强调艺术的教育功能，有些人则强调艺术的愉悦性。拉斯金认为单纯地强调其中一种功能有失偏颇。而对于古典学派和新古典学派所主张的艺术是自然的模仿一说，拉斯金提出了自己的看法。他认为模仿不是最伟大的，因为也许会有某种艺术的目的是“创造”，而不是“模仿”。拉斯金提出了伟大艺术的四个基本特征，即高尚的主题、对美的热爱、真诚和创造性。

其次，拉斯金对艺术家的作用进行了探讨。他认为伟大的艺术家应该在其作品中反映最多的最伟大的思想，同时应该把这种思想传达给读者或者观众。为了提高视觉艺术的声望，拉斯金把绘画和文学进行了比较。拉斯金认为两者都是艺术家表达情感和想象的艺术形式。拉斯金在强调艺术家的作用的同时强调艺术作品对读者或观众的影响。

第三，拉斯金界定了艺术形式与内容之间的关系。拉斯金强调艺术的内容，认为内容高于形式。在他看来，形式本身只是承载思想的工具；形式自身没有任何价值。

第四，拉斯金强调艺术的政治和社会功能。拉斯金最先认识到了艺术与生活之间的关系。拉斯金注意到在社会中普遍存在拒绝艺术和品位的文化现象，所以他提出要想唤醒人们的美感，提高人们对艺术的理解力，首先应该改善人的生活条件。拉斯金强调艺术的公共特征，认为艺术是公共事务，不是艺术家和受教育阶级的特权，而是每个人生活的一部分。任何国家如果忽视了艺术的发展，那么这个社会就会存在很多危险。拉斯金认为当前艺术堕落的主要原因是现代化大生产，因为这种生产方式破坏了工人和产品之间的亲密关系。拉斯金推崇手工制品，认为这些制品的不完美才是最完美的。拉斯金的艺术观深刻影响了现代建筑和工艺美术的发展。拉斯金对艺术各方面的探讨是深刻的，有很强的指导意义。

《近代画家》是拉斯金的代表作，集中反映了拉斯金的艺术批评理论。《近代画家》第一卷（1843）是拉斯金在当时画家透纳受到批评家指责的情况下写成的，旨在为透纳鸣不平。[270]没想到拉斯金的思想一发而不可收，洋洋洒洒，相继完成了五卷。在《近代画家》第一卷中，拉斯金简单阐释了一些与艺术相关的概念，如力量、模仿、真理、美，等等，同时为透纳所遭到的“不像自然”的指责进行辩护。他对透纳的画做了生动的描述，认为透纳的画接近自然，而且比以往任何画家画的自然的成分都多。《近代画家》第二卷（1846）包括了拉斯金关于想象的理论和美学理论，说明了美的神圣本质以及美在人类生活中的作用。《近代画家》第三卷（1856）是五卷中内容最丰富的。在这部作品中，拉斯金进一步阐述了他的浪漫主义的绘画理论，探讨了浪漫主义所关注的一切问题，如艺术家的本质、自然的重要性、想象和情感以及艺术细节的作用，等等。在这里，拉斯金提出了著名的“感情误置”（Pathetic Fallacy）批评概念。拉斯金把人对外部世界的错误印象称作感情误置。他认为这种误置使浪漫主义作品同荷马和但丁的创作有所不同。拉斯金认为这种错误印象表达了作者对现实世界的主观判断，打破了优秀作品中所具有的世界观的平衡。拉斯金指出那些使用感情误置技巧来表现人物心理状态或第一人称叙述者的经历是可以的，但是如果作者用这个技巧来表达自己的印象，他就创造了一种对世界印象的不平衡，而这种不平衡正是浪漫主义文学的基本特征。《近代画家》第四卷（1956）主要探讨了与风景画艺术发展相关的美学话题，尤其对透纳式的绘画和一般性的绘画进行了讨论。在这一卷中拉斯金还探讨了山区的环境对人们生活的影响。在《近代画家》第五卷（1860）中拉斯金继续描绘第一卷中出现的大自然的景致，然后谈到了结构（Composition）的问题，认为结构就是帮助呈现主题的方式。拉斯金所说的结构就是指在艺术作品的形式元素之间建立有机的相互关系。拉斯金认真分析了透纳画中的结构，指出透纳是绘画结构艺术方面的大师。在这一卷中，拉斯金还探讨了艺术与生活的关系问题。

《建筑的七盏明灯》和《威尼斯的石头》也是拉斯金的重要艺术批

评作品，主要讨论建筑问题，表达了他对中世纪艺术风格的热情。在《建筑的七盏明灯》中拉斯金对艺术提出了美学的和道德的要求，认为伟大的艺术产生于社会生活并且依赖于社会生活。拉斯金对七盏明灯做了详尽的阐释，它们是牺牲、真理、力量、美、生活、记忆和服从（Sacrifice, Truth, Power, Beauty, Life, Memory and Obedience）。在《威尼斯的石头》一书中，拉斯金把建筑放在历史的、社会的、政治的、道德的等各种背景下进行讨论，研究更具体。在这里拉斯金表达了对中世纪艺术的推崇，尤其是对哥特式建筑风格的推崇。

从 1854 年以后，拉斯金开始转向社会批评。他的批评对象是当时的英国社会和资本主义制度。他认识到在当时的英国社会存在着剥削和压迫。他指出工人阶级的痛苦部分归因于大机器生产，这种单调繁重的劳动使工人成了机器的奴隶，所以他理想地认为人们应该采用中世纪时期的手工作坊生产方式。

总之，拉斯金在艺术批评和社会批评方面都做出了重要贡献，对后来英国乃至世界的艺术批评和社会批评的发展产生了重要影响。

沃尔特·佩特（Walter Pater, 1839-1894）

沃尔特·佩特是英国维多利亚时期的批评家、散文家和小说家，是当时美学运动的主要倡导者之一。佩特于 1839 年生于伦敦，曾就读于牛津大学，毕业后在牛津大学任教。他在求学期间广泛阅读了哲学、历史、文学、艺术、美学、心理学等各方面的书籍，同时深受马修·阿诺德和约翰·拉斯金思想的影响，逐渐形成了自己的美学观点。佩特最先提出了“为艺术而艺术”的主张，为当时日见衰落的美学运动注入了新的活力，为美学思想的发展做出了贡献。佩特的写作以散文见长。其散文风格优雅，内容深刻，语言精练准确，堪称英文散文写作的楷模，他也因此获得了巨大荣誉。佩特一生致力于对中世纪文学和艺术的阐释，主要作品有《文艺复兴》（*The Renaissance*）、《享乐主义者马利乌斯》（*Marius the Epicurean*, 1885）、《想象人物肖像》（*Imaginary Portraits*, 1887）、《鉴赏》（*Appreciations*, 1889）等。

佩特从 19 世纪 60 年代后期开始不断为《西敏寺评论》和《评论双周刊》撰稿。这些文章主要涉及对文学作品和艺术作品的评论。文章所涉及的艺术家包括威廉·莫里斯、柯勒律治、温克尔曼、达芬奇、桑德罗·波提切利和米开朗基罗等。[271]1873年，佩特出版了《文艺复兴研究》（*Studies in the History of the Renaissance*），主要收录了他在杂志上发表的关于文艺复兴时期作品的文章。此后该书经过两次修订，分别以《文艺复兴：诗与艺术的研究》（*The Renaissance: Studies in Art and Poetry*, 1877）和《文艺复兴》（*The Renaissance*, 1888）为题再次出版。

在《文艺复兴研究》一书的前言和结论中，佩特详尽地阐述了自己的美学观点。首先，他从一个全新的角度看待美，认为美不应该是抽象的，而是具体的；人对美的感受也是具体的。佩特强调艺术作品对读者或观众的作用，因为人们在讨论艺术作品的时候必然要考虑作品对自己产生什么样的影响。其二，佩特认为美是纯洁和完美的，不受世俗的影响，但却是转瞬即逝的。在佩特看来，世界是在不断变化着的，星云流转，生命消逝，因此美也同样是短暂的。因此，佩特强调艺术家的工作不应该是改善道德行为，而应该是帮助人们抓住美的瞬间，享受人生的最大乐趣。第三，佩特强调体验的作用，认为最重要的是体验的过程而不是结果。佩特的美学观超越了传统的美学观点，拒绝艺术具有道德功能。佩特认为，人们热爱艺术、欣赏艺术应该完全出于艺术本身的缘故。

《鉴赏》是另一部较重要的文学评论集，书中所收录的文章内容丰富，主要讨论了英国作家如莎士比亚、柯勒律治、华兹华斯、兰姆和罗塞蒂等人的作品，体现了佩特的美学理论，同时也充分展示了他的散文风格的魅力。

《享乐主义者马利乌斯》是佩特的重要小说作品，出版以后一直受到读者的喜爱。这是一部历史题材的哲学小说，讲述了主人公马利乌斯一生曲折的成长经历。书中的主要人物是佩特杜撰的，可是小说中所描写的时代恰好和2世纪罗马皇帝马可·奥勒利乌斯（Marcus Aurelius, 121-180, 在位时期为161-180）统治的时代相吻合。马利乌斯是个12岁的男孩，其父早逝，他和母亲一起住在山间的别墅里。在那里，马利乌斯尽情地享受着美好的大自然。后来马利乌斯结识了好友弗拉凡（Flavian），在他的影响下了解了许多文学作品。弗拉凡去世后马利乌斯开始阅读希腊哲学，以此得到安慰。后来马利乌斯到奥勒利乌斯的宫廷服务，信奉斯多葛哲学。[272]再后来，也就是在去世之前，马利乌斯几乎皈依了基督教。许多读者都在这本书中看到了佩特本人的影子，认为这部小说是佩特本人思想成长历程的记录。在这部小说中，佩特采用了独特的写作方式，有记叙，有议论，还有对其他文学作品和哲学作品的翻译和转述。

在完成《享乐主义者马利乌斯》之后，佩特继续用同样的方法进行小说创作。1887 年发表的《想象人物肖像》是一部取材于神话和历史的小说，塑造了类似于马利乌斯的人物形象。佩特后来又创作了《加斯顿》（*Gaston de Latour*），打算完成马利乌斯三部曲。遗憾的是佩特在去世之前没能完成这部作品。1896 年该小说出版，出版时加了副标题“一部没有完成的浪漫故事”（“An Unfinished Romance”）。

近几十年来人们对佩特更加关注，人们在他的思想中找到了英国现代主义文学的基本特征。

托马斯·亨利·赫胥黎（Thomas Henry Huxley, 1825-1895）

赫胥黎是英国著名博物学家，也是具有极高文学禀赋的散文家。他出生在一个教师家庭，早年因家境贫寒而退学，但他凭借自己的勤奋，靠自学考进医学院。1845 年，他在伦敦大学获得医学学位。毕业后，他曾作为随船外科医生去澳大利亚旅行。也许是因为职业的缘故，赫胥黎酷爱博物学。他是达尔文的挚友，进化论的坚定支持者。达尔文提出进化论，赫胥黎则利用他卓尔不群的辩论才能驳斥达尔文的反对者，坚定地捍卫达尔文学说。

赫胥黎是一个兴趣广泛而又才华横溢的人。他的研究报告不仅见解独特，而且语言流畅自然。他的科学论证总是严谨准确，娓娓道来。他在诸多精彩的演说中，能巧妙地运用《圣经》典故和希腊神话，借助于生动的语言将深刻的哲理深入浅出地表达给听众，使人听后会自然而然地领悟科学的真理。他发表过 150 多篇科学论文，具有代表性的有《人类在自然界的位置》（“Man's Place in Nature”, 1863）、《生命的物质基础》（“The Physical Basis of Life”, 1868）《科学与道德》（“Science and Morals”, 1886）以及《伦理学与进化论》（“Ethics and Evolution”, 1893）等，这些论文不仅是研究动物学、古生物学、地质学、人类学和植物学的宝贵资料，也是极富语言创造力的散文佳作，显示出赫胥黎娴熟地驾驭语言的技巧。

赫胥黎不仅著作等身，还留下许多脍炙人口的名言警句。他的传世名言是：“尽可能广泛地涉猎各门学问，并且尽可能深入地择一钻研。”[273]他自己正是如此。在捍卫真理的斗争中，除了真理在胸之外，他正是借助于多年积累的深厚的文学底蕴，才能在与旧势力的多次论战中口若悬河，妙语连珠，在强敌中永远立于不败之地。

查尔斯·达尔文（Charles Darwin, 1809-1882）

查尔斯·达尔文是博物学家，因自然选择的进化论而成为全世界家喻户晓的人物。他的作品在地理学、动物学、分类学、植物学、考古学、人类学、心理学、文学和神学等学科都产生和正在产生着深远的影响。因此，作为一个作者，达尔文的读者群是非常庞大和多样的。

1809年2月12日，达尔文出生在英格兰的舒兹伯利。同一天，亚伯拉罕·林肯出生在大洋彼岸的美国。达尔文的祖父和父亲都是当地的名医，家里希望他将来继承祖业。达尔文从小就热爱科学。因为他在公学时便涉猎了化学，所以还被同学们笑称为“毒气”。1825年时，16岁的达尔文被父亲送到爱丁堡大学学医。当时的爱丁堡大学是英国科学氛围比较浓烈的学校之一。它吸引了很多拥有自由思想而在牛津和剑桥无法立足的学者。欧洲大陆的最新发现往往在这里受到热烈的欢迎和讨论。尽管达尔文在爱丁堡大学受到了自由和科学思想的熏陶，但是他显然对医学不感兴趣。1828年，父亲不得不又送他到剑桥大学，改学神学，希望他这个“无所事事”的博物家儿子能够听到教会的召唤。1831年，达尔文完成了学业，取得了文学学士的学位。达尔文的神学生涯也就此结束。

出于对自然科学的真挚情感，达尔文经其良师益友——植物和矿产学家亨士洛的推荐，以博物学家的身份参加了测量考察舰“贝格尔”号历时五年的环球旅行。这对达尔文是极具意义的五个年头。在南美洲等地他亲自观察到了大量的物种变异的事实，这为他日后理论的创建积累了事实根据。在考察的空余时间，达尔文阅读了查尔斯·雷尔爵士（Sir Charles Lyell, 1797-1875）的《地理学原理》（*Principles of Geology*, 1830-1833）。这部作品在两方面对达尔文产生了影响：第一，使他对《圣经》中的《创世记》产生了怀疑；第二，达尔文开始意识到生命是逐渐进化的。通过对采集到的各种动物标本和化石进行比较和分析，他逐步摆脱了神创论的束缚，开始了他的进化论研究。1838年，达尔文偶尔读了马尔萨斯（Thomas Malthus, 1766-1834）的《人口论》（*An Essay on the Principle of Population*, 1798）。这使他对自己的理论更具信心：生存斗争在生物生活中起决定性的作用；自然条件就是生物进化中所必须有的“选择者”，具体的自然条件不同，选择者就不同，选择的结果也就不相同。1842年，达尔文开始起草《物种起源》（*On the Origin of Species by Means of Natural Selection or the Preservation of Favoured Races in the Struggle for Life*）。1859 年，该书终于面世。

维多利亚时代最具有戏剧性的争论莫过于进化论。达尔文的《物种起源》把该场争论推向了最高潮。对达尔文的理论持反对观点的人主要分为两派。一派是认为达尔文理论不正确的科学家；另一派是宗教领袖。达尔文的进化论很显然与《圣经》中对人类起源的描述截然不同。1860 年，这两股力量联合起来向达尔文发难。这就是轰动一时的“1860 年牛津进化论大辩论”（1860 Oxford evolution debate）。在这场论战中，达尔文得到了当时两位著名科学家——生物学家赫胥黎与物理学家约翰·廷托尔（John Tyndall, 1820-1893）的支持。为此，赫胥黎还被一些人称为“达尔文的恶犬”。尽管达尔文天生羞涩，但他还是非常出色地阐释了自己的理论观点。当辩论结束时，参辩双方都宣称击败了对方。但是，大多数人认为是达尔文一方取得了一个巨大的胜利。

在以后的 20 年间，达尔文克服自身的病痛，笔耕不辍。他的第二部巨著《动物和植物在家养下的变异》（*Variation of Plants and Animals Under Domestication*, 1868）以不可争辩的事实和严谨的科学论断，进一步阐述了他的进化论观点。随后，他以惊人的毅力，顽强地坚持进行科学研究和写作，连续出版了《人类的由来和性选择》（*The Descent of Man, and Selection in Relation to Sex*, 1871）、《人类和动物的表情》（*The Expression of Emotions in Man and Animals*, 1872）等很多著作。事实上，达尔文是一位多产的作者。他的信札可能是科学史上内容最为丰富的作品。达尔文的作品对 19 世纪末和 20 世纪初的英语文学也产生了深刻的影响。在丁尼生的诗作中、高斯的自传中、盖斯凯尔和哈代的小说中，读者都会感受到达尔文思想的影子。文学史上的“自然主义”（Naturalism）更是源于达尔文的“适者生存”的理论。为了表彰达尔文对世界的贡献，在达尔文去世后，英国政府为他举行了国葬，并将他葬在西敏寺靠近牛顿的位置。

由于他在科学上的卓越贡献，1888 年，英国皇家学会授予他科普利奖章（Copley Medal）。在他去世以后，人们为他立起一座高大的雕像，与牛顿并肩挺立，两位泰斗成为西方科学进步的象征。

佛罗伦萨·南丁格尔（Florence Nightingale, 1820-1910）

佛罗伦萨·南丁格尔不仅是近代护理学先驱，也是英国女性中少见的语言奇才。她在父母旅行期间，于意大利佛罗伦萨城出生，因而得名。由于她的父母皆出自名门富家，南丁格尔自幼受到良好的教育。她毕业于剑桥大学，谙熟数学，精通英、法、德、意四门语言，除自然科学、历史和哲学以外，还精于古典文学，并且擅长音乐与绘画。她漂亮、文静，周身流露出一位大家闺秀的气质。英国小说家盖斯凯尔夫人曾这样描写南丁格尔给她的印象："高挑的个头，非常苗条，柳腰细眉，浓密的深褐色头发映衬着雪白柔嫩的皮肤，显得格外标致。南丁格尔小姐穿着合体简洁的黑色长裙，显得格外高雅，气度非凡，就像圣女神圣不可侵犯。"[274]

南丁格尔是英国女性主义文学中的一个主要作家。她的主要著作有《护理札记》（*Notes on Nursing*, 1860）、《供思考的建议》（*Suggestions for Thought*, 1862）、《神秘主义与东方宗教》（*Mysticism and Eastern Religions*, 1864）以及《佛罗伦斯·南丁格尔的精神之旅》（*Florence Nightingale's Spiritual Journey*, 1865）。这些作品表现出南丁格尔的强烈的女性自我独立意识。她曾写道："我必须清楚，依靠一味的死守和等待，机会就会白白地从身边溜走。从他们那里，我得到的，只是愈演愈烈的冲突。我显然是不会获得同情和支持的。我应该就这样坐以待毙吗？绝对不可以！我必须自行争取那些我赖以生存的一切。对于属于我的事业，我必须自己动手去做。我的人生的际遇，我的真正的幸福，要依靠我的努力，他们是决不会恩赐与我的。"南丁格尔的确做到了"言必信，行必果"。1850 年至 1852 年期间，她以惊人的毅力迈出家庭为她设置的传统婚姻的藩篱，两次去德国的凯撒沃兹护士培训所学习护理，两个星期后又去法兰克福系统地学习护理学。当代女权主义评论家伊莱恩·肖沃尔特（Elaine Showalter, 1941- ）称南丁格尔为"英国女性主义的范本，是连接沃尔斯通克拉夫特和乌尔夫的'桥梁'"。[275]美国诗人朗费罗（Wadsworth Longfellow, 1807-1882）为她作诗《提灯女郎》（"Santa Filomena"），赞美她的高贵精神，称她为巾帼英雄。为了纪念她的成就，1912 年，国际护士会定于每年 5 月 12 日南丁格尔诞辰日为国际护士节，以缅怀和纪念这位伟大的女性。

安德鲁·朗（Andrew Lang, 1844-1912）

安德鲁·朗是苏格兰历史学家、翻译家、传记作家、人类学家、诗人、寓言故事作家。他出生在苏格兰的塞尔柯克，成年后在圣安德鲁斯大学和牛津大学就读，后来在伦敦定居，从事记者工作和文学创作。他是作家罗伯特·路易斯·斯蒂文森等人的朋友。他喜爱罗伯特·彭斯、亨利·菲尔丁、萨克雷、大仲马（Alexander Duma Pere, 1802-1872）等人的作品。

安德鲁·朗是一位多产作家。作为诗人，他的第一部著作诗歌集《古代法国民谣和抒情诗》（*Ballads and Lyrics of Old France*）于1872年问世。其他诗歌作品包括《蓝色中国民歌》（*Ballads in Blue China*, 1880-1881）、六卷本叙述诗《特洛伊的海伦》（*Helen of Troy*, 1882）、《帕纳瑟斯山草》（*Grass of Parnassus*, 1892）、《新诗集》（*New Collected Rhymes*, 1905）等。

安德鲁·朗认为自己首先是一位人类学家。他的第一部民俗学作品《风俗与神话》（*Custom and Myth*）于1884年出版，里面收入他早些时候撰写和出版过的文稿。之后出版的是《神话、礼仪及宗教》（*Myth, Ritual, and Religion*, 1887, 1899年第2版）、《宗教的形成》（*The Making of Religion*, 1898）等。这些作品在当时曾引起争论。安德鲁·朗要证明，所谓的民俗不是更高的文学神话的废墟，而是神话赖以存在的基础。

安德鲁·朗也是一个希腊文化学者。他与别人合写出散文体的《奥德赛》（1879）及《伊利亚特》（1883），针对荷马问题发表过三部著作，此外还翻译了一些古希腊诗歌等。

安德鲁·朗作为历史学家，撰写了一些历史书籍，如《苏格兰史》（*History of Scotland from Roman Occupation to the Suppression of the Last Jacobite Resing*, 1900-1907），还撰写了一些历史方面的专著。

安德鲁·朗的小说作品包括《该隐的印记》（*The Mark of Cain*, 1886）等。他的《莎士比亚、培根及伟大的不可知者》（*Shakespeare, Bacon, and the Great Unknown*, 1912）在当时的莎士比亚作品的著作权的争执中，捍卫了莎士比亚。他的《写给已故作家的信》（*Letters to the Dead Authors*, 1886）及《关于文学的信》（*Letters on Literature*, 1889）等都是可读性很强的作品。他还写了《司各特爵士》（*Sir Walter Scott and the Border Minstrelsy*, 1910）、《特洛伊的故事：破城者尤利西斯》（*Tales of Troy: Ulysses the Sacker of Cities*, 1912）等。安德鲁·朗最后出版的著作是《英

国文学史》（*History of English Literature*, 1912）。他还写过包括《丁尼生传》（*Alfred Tennyson*, 1901）在内的一些传记。

安德鲁·朗写出了许多脍炙人口的寓言故事。他的寓言故事系列包括许多寓言故事、童话、神话故事、传说以及儿童歌谣，其中最著名的有《三只熊的故事》（"The Story of Three Bears"）、《国王的新衣》（"The Emperor's New Clothes"）、《白雪王后》（"The Snow Queen"）、《丑小鸭》（"The Ugly Duckling"）等。安德鲁·朗经常和夫人合作改编和翻译源于许多国家和地区的故事，如非洲、中国、荷兰、英国、芬兰、法国、德国、希腊、匈牙利、冰岛、意大利、北美、挪威、罗马尼亚、俄国以及苏格兰等。

安德鲁·朗以其单纯的幽默和讽刺风格而著称。他的成就使他获得殊荣。圣安德鲁斯大学和牛津大学分别于1885年和1904年授予他古典文学博士学位，他还被选为心理研究协会主席。[276]

乔治·塞恩兹伯里（George Saintsbury, 1845-1933）

塞恩兹伯里是著名的文学评论家、修辞与英语教授。他就读于伦敦的国王学院及牛津大学的摩尔顿学院。

塞恩兹伯里一生潜心研究英国及欧洲其他各国的文学，撰写出多部有影响的文学评论著作，迄今仍然是英国文学研究者的必读与参考。这些包括《英国文学简史》（*Short History of English Literature*, 1898）、《伊丽莎白时期的文学》（*Elizabethan Literature*, 1887）、《19世纪文学》（*Nineteenth-Century Literature*, 1896）、《批评史》（*History of Criticism*, 1900-1904）、《英诗韵律史》（*History of English Prosody*, 1906-1910）、《法国文学简史》（*A Short History of French Literature*, 1882）等。此外，他还撰写了一些传记，如关于屈莱顿、司各特、阿诺德等人的传记。

塞恩兹伯里曾任《欧洲文学阶段》杂志（*Periods of European Literature*, 1897-1907）的主编，发表了关于文艺复兴早期、罗曼史的发展以及19世纪末期等方面的文章。他还写了一些可读性很强的作品，如《酒窖书批注》（*Notes on a Cellar Book*, 1920）、《尺牍》（*A Letter Book*, 1922）及《草稿簿》（*A Scrap Book*, 1922）。

第七节　维多利亚时期的爱尔兰作家

威廉·艾林汉姆（William Allingham, 1824-1889）

威廉·艾林汉姆是爱尔兰诗人。他出生在爱尔兰北部的多尼戈尔郡。13 岁时，年轻的艾林汉姆成为一名银行职员。九年后，他又成为了一名海关关员。这份工作艾林汉姆干了 20 年。在此期间，他在爱尔兰北部各地驻扎。也是在此期间，艾林汉姆经常性地拜访伦敦，定期向伦敦的杂志投稿。他还认识了李·亨特和丁尼生，更是和拉斐尔前派画家但丁·加布里埃尔·罗塞蒂成为了好友。1850 年，艾林汉姆出版了一本《诗集》（*Poems*）。1855 年，《日夜的歌》（*Day and Night Songs*）出版，其中包含了很多美妙的抒情诗。1864 年，艾林汉姆发表了他自己寄予厚望的《劳伦斯·布卢姆菲尔德在爱尔兰》（*Lawrence Bloomfield in Ireland*）。这是一首讲述爱尔兰社会问题的叙事诗。艾林汉姆从公职退休后搬到伦敦从事编辑工作。1889 年，艾林汉姆去世。

艾林汉姆从小就喜爱诗歌。他经常在傍晚徘徊在家乡的小巷，倾听姑娘们唱古老的爱尔兰歌谣。回到家后他再根据自己的喜好对歌谣进行修改，印刷成歌谣传单在当地贩卖。艾林汉姆热爱诗歌，也热爱爱尔兰，尤其是自己的家乡多尼戈尔郡。他运用自己特有的语言来表达对爱尔兰的爱，向读者展示爱尔兰人民的生活。艾林汉姆最大的成就在于他的抒情诗歌。这些抒情诗清新、明晰、优雅，弥散着爱尔兰民族精神和地方特色。艾林汉姆的很多小诗迄今仍然在广泛流传，如《精灵》（“The Fairies”）、《风弦琴》（“Aeolian Harp”）、《驱逐》（“The Eviction”）、《栢山尼，再见》（“Adieu to Belshanny”）和《玛丽·多利》（“Mary Donnelly”）。《精灵》被认为是艾林汉姆的代表作，也是他流传最广的一首诗。《玛丽· 多利》则被认为是爱尔兰农民情歌的顶级之作。

威廉·卡尔顿（William Carleton, 1794-1869）

威廉·卡尔顿是爱尔兰小说家。他出生于一个佃农家庭。尽管童年时代家庭生活较为清苦，但是卡尔顿还是很珍惜这段时光。在他后来的作品中很多素材都来源于对童年的回忆。另外，卡尔顿的父亲不仅能说英文，而且还能说一口流利的爱尔兰语，对爱尔兰民间传说非常熟悉。卡尔顿的母亲有着一副好嗓子，是爱尔兰守灵场合出名的哭丧者。卡尔顿所受的正规教育来源于爱尔兰的传统教育机构——私塾（hedge school）。因此，卡尔顿也能熟练地应用爱尔兰语，并深谙爱尔兰文化传统。卡尔顿刚开始时想成为一名神父，但是经过一次朝圣后他改变了想法。后来卡尔顿转而皈依新教。他还曾经当过一段家庭教师。为了成就自己的梦想，卡尔顿来到都柏林闯荡。在体验过教师和文员等职位后，他开始为杂志投稿。

卡尔顿是一个多产的作家。他也是 19 世纪爱尔兰为数很少的以爱尔兰农民为写作对象的作家。卡尔顿的主要作品包括《爱尔兰农民的品质和故事》（*Traits and Stories of the Irish Peasantry*, 1830）、《爱尔兰传说》（*Tales of Ireland*, 1834）、《吝啬鬼法杜拉格》（*Fardorougha the Miser*, 1839）和《黑先知》（*The Black Prophet*, 1847）。卡尔顿的作品真实地反应了他所熟悉的爱尔兰农民生活。它们不仅包括了当时爱尔兰最严重的社会生活问题——土地的归属权问题，而且还包括了秘密的爱国社团和 19 世纪 40 年代的大饥荒。从卡尔顿的作品中，读者可以感觉出爱尔兰人民对家庭的柔情、爱尔兰人的幽默以及美德。同时，卡尔顿对待爱尔兰农民的劣根性也毫不掩饰，这也导致了一些同胞对他颇为不满。用他自己在《爱尔兰传说》的前言里的话说，他就是记录［爱尔兰农民的］“习惯、行为方式、情感、偏见、迷信和罪行的历史学家”。卡尔顿的作品极具地方色彩，深受读者的欢迎，被译成了法语、德语和意大利语。同时，卡尔顿在爱尔兰语消亡的这个历史事件上也负有一定的责任。他的作品可以说改变了爱尔兰民间传说的口头传统，使得一些读者和作家认为笔头写作是更高的一种创作方式，以英语写作爱尔兰故事和经验成为一种时尚。

托马斯·奥斯伯恩·戴维斯（Thomas Osborne Davis, 1814-1845）

托马斯·奥斯伯恩·戴维斯是爱尔兰作家、诗人、文化评论家、“年轻的爱尔兰”（The Young Ireland）运动的组织者。

戴维斯出生于一个新教徒家庭，父亲是威尔士人，母亲是爱尔兰人。戴维斯的父亲在他出生前便去世了。然而，根据爱尔兰迷信来讲，遗腹子往往会大有作为。这种说法在戴维斯身上应验了。1831 年，戴维斯进入都柏林三一学院学习历史、法律和政治哲学。在读期间他接触了很多革命思想，并且深深被建立一个“自由独立的爱尔兰”的信念所吸引。戴维斯分别于 1836 年和 1838 年取得学士学位和律师资格。1842 年，戴维斯和查尔斯·加文·达菲（Charles Gavan Duffy, 1816-1903）、约翰·布莱克·迪伦（John Blake Dillon, 1814-1866）合作创办了一份周报《民族》（*The Nation*）。这份报纸取得了巨大的成功。“年轻的爱尔兰”运动就此展开。戴维斯的爱尔兰民族主义思想也因为这份报纸得到了广泛传播。在此后的三年间，戴维斯为《民族》撰写了大量的歌曲、歌谣和文章。1843 年，他把其中最好的作品整理出版，取名为《民族的精神》（*The Spirit of the Nation*）。戴维斯在年仅 30 岁时由于肺炎去世。

尽管戴维斯英年早逝，但是他对爱尔兰文化民族主义的诞生所起到的作用是非常重大的。他一直被人们认为是爱尔兰最伟大的爱国者之一。他的散文和诗歌充满了激情，让他的同龄人看到了一个自由的爱尔兰的愿景。他最出名的诗作包括《再次成为一个民族》（“A nation once again”）、《沉睡的西部》（“The West's asleep”）、《哀悼欧文·瑞欧尼尔》（“Lament for the death of Owen Roe O'Neill”）、《汤姆的坟墓》（“Tom's grave”）和《我的土地》（“My Land”）。戴维斯的诗作对随后出现的两位著名诗人弗格森和曼根都影响巨大。戴维斯也是爱尔兰文化界最早把爱尔兰文化和其他西方文化相提并论的文化人之一。这对爱尔兰民族复兴辉煌的过去和去殖民化意义重大。

查尔斯·加文·达菲（Sir Charles Gavan Duffy, 1816-1903）

查尔斯·加文·达菲是爱尔兰民族主义者、作家。他出生于一个普通的天主教徒家庭。他在很早的时候便和媒体联系在了一起，并在 1842 年成为《民族》周报创刊者之一。他不仅是报纸的编辑，也是报纸的投稿人。《民族》在达菲的影响下由一个文学刊物转变成了一个“抵抗组织”。由于《民族》对于丹尼尔·奥康奈尔（Daniel O'Connell, 1775-1847）的“废黜合并联盟”（The Repeal Association）的支持，作为《民族》产权人的达菲被判处煽动罪，后因上诉到上议院而被释放。1850 年 8 月，达菲组织了“佃农权利联盟”（Tenant Right League），致力于改革爱尔兰土地制度和保护佃农的权利。1852 年，达菲入选议会。由于没能够在土地问题上使天主教徒和新教徒达成妥协，达菲于 1856 年移民澳大利亚的维多利亚。到澳大利亚后，达菲继续从事政治活动。1871 年～1873 年，达菲任维多利亚的州长。达菲在辞职后多数时间生活在法国南部。1891 年，达菲成为“爱尔兰文学会”的第一任主席。

达菲的作品包括《爱尔兰歌谣》(*The Ballad Poetry of Ireland*, 1845)、《与卡莱尔的对话》(*Conversations with Carlyle*, 1892)、《回忆录》(*Memoirs*, 1898)和几本关于爱尔兰历史的书。达菲的作品风格清新,富有活力,颇具男子汉气概。这对鼓舞爱尔兰人民反抗殖民统治很有帮助。

塞缪尔·弗格森(Sir Samuel Ferguson, 1810-1886)

塞缪尔·弗格森是爱尔兰诗人、学者和古物研究家。叶芝曾经把弗格森、曼根和戴维斯称为19世纪爱尔兰最优秀的诗人。弗格森对爱尔兰神话和爱尔兰早期历史的研究和贡献为后来以叶芝为首的"凯尔特曙光"诗人的创作铺平了道路。

弗格森出生在一个殷实的爱尔兰一苏格兰家庭。由于父亲挥霍无度,弗格森在学生时代便开始自力更生。也正是因为如此,弗格森逐渐成为《布莱克伍德杂志》(*Blackwood's Magazine*)和《都柏林大学杂志》(*Dublin University Magazine*)的常规供稿人。弗格森的很多诗歌都有两个版本——爱尔兰语版本和英文的翻译版。他是较早用英文写作传播爱尔兰文化,并被英国读者接受的爱尔兰诗人。弗格森作为一个现代作家却是非常擅长复兴古代爱尔兰歌谣。他的代表作之一《铸锚》("The Forging of the Anchor", 1832)就被评论家认为是现代最好的歌谣之一。弗格森的另一个代表作是幽默散文《汤姆神父和教皇》("Father Tom and the Pope", 1865)。《铸锚》讲述的是一个铸造的过程。在这首诗中,弗格森歌颂了工业化的力量。激情澎湃的诗句和毫无情调的主题被诗人完美地结合在一起。工人和工程师的创造力使读者感到诗人敏感地抓住了时代的精神和对人性的信念。

尽管弗格森与曼根是同一时代诗歌界两颗耀眼明星,但是二人的侧重点有所不同。弗格森大多数的创作以现代主题为主,简单、客观、富有行动性。同时,尽管弗格森对爱尔兰民族文化的研究和复兴贡献巨大,但是他对爱尔兰民族政治不感兴趣。作为一个新教徒,他希望爱尔兰是一个宗教和种族相融合的国家,而不是分裂主义者所希望的天主教国家。然而,政治观点的差异并没有使弗格森与爱尔兰民族主义者水火不容。他在1847年发表的《悼托马斯·戴维斯》(*Lament for the Death of Thomas Davis*)情真意切,令人动容。这首诗也表现了弗格森作为抒情诗人的最高成就。查尔斯·加文·达菲认为这首诗"在结构和精神上极具凯尔特特色,赋予了这个逝去的领袖所有诗般的敬意"。弗格森的主要诗作还有《爱尔兰西部歌谣》(*Lays of the Western Gael*, 1865)、《诗集》(*Poems*, 1880)、和《昆戈》（*Congal*, 1872）。《昆戈》是一部讲述爱尔兰英雄时代故事的史诗。尽管这部史诗并非完美，但它是现代爱尔兰诗人复兴史诗精神最成功的尝试。

奥古斯塔·格雷戈里夫人（Isabella Augusta, Lady Gregory, 1852-1932）

格雷戈里夫人是爱尔兰文艺复兴运动（Irish Literary Revival）的创始者和推动者、爱尔兰著名的剧作家和民间传说作家、叶芝的挚友、阿贝剧院（Abbey Theater, 1904）的创立者和经营者。

格雷戈里夫人出生在爱尔兰西部高威一个富裕的英格兰－爱尔兰特权阶层家庭（Anglo-Irish Ascendancy）。尽管她并没有接受正规的教育，但是她的家庭教育仍然是值得称道的。由于格雷戈里夫人年轻的时候相貌平平，因此家里人认为她会孤老终生。然而，1880 年，28 岁的奥古斯塔嫁给了年长她 35 岁的格雷戈里爵士，一位退休的锡兰（斯里兰卡）总督。对于奥古斯塔的家人来讲，她能找到这样一个门当户对的人家嫁掉还真是很幸运。对于奥古斯塔来说，这次婚姻还是比较幸福的。更重要的是，这桩婚姻开启了她通向外面世界的大门。格雷戈里夫人在婚后有机会参加各种各样的社交活动，使她结识了许多的文学名流，如罗伯特·布朗宁、丁尼生和亨利·詹姆斯。格雷戈里夫人还伴随她的夫君广泛游历了斯里兰卡、印度、埃及等国家。在这里，她看到了如火如荼的民族主义运动，这对她其后置身于爱尔兰文化复兴运动影响极为深刻。在爱尔兰文学史上，她所取得的成就决不输给包括叶芝、约翰·辛格、乔伊斯和奥·凯西在内的享誉世界的爱尔兰作家。

格雷戈里夫人创作的爱尔兰民间传说和爱尔兰农民喜剧是爱尔兰文艺复兴运动不可或缺的一部分。她对爱尔兰民间英雄库楚雷恩（Cuchulain）故事的收集和再创作开启了 19 世纪末的爱尔兰文艺复兴运动。《库楚雷恩》（*Cuchulain of Muirthemne*, 1903）的出现不仅使爱尔兰人民认识到自己曾经拥有的辉煌历史，更加激起了人们的英雄情结，为争取爱尔兰的独立提供了精神和文化上的养分。格雷戈里夫人的农民喜剧一般都在阿贝剧院上演，比较出名的有《散布谣言》（*Spreading the News*, 1904）、《牢门》（*The Gaol Gate*, 1906）、《明月升起》（*The Rising of the Moon*, 1907）。格雷戈里夫人的农民喜剧往往短小精悍、语言简练幽默。在看似无关紧要的闲聊中，剧中的难题被悄然化解。爱尔兰农民的机智由此被格雷戈里夫人体现得淋漓尽致。

格雷戈里夫人另一个伟大的贡献便是发明了"基尔他坦语"（Kiltartan Irish）。这种英爱混杂语言比单纯的标准英语和单纯的标准爱尔兰语更有表现力。当人们阅读这样一种语言时，会感觉到这是在英爱互译基础之上所创造出来的。它是英语，但它又有最贴近生活的一面，因此人们既能看懂，也能听懂，更能牢记在心。格雷戈里夫人的语言充满了凯尔特元素，句子简洁而有节奏，表达方式固定而押韵。这不仅达到了让人人都能够听得懂的目的，而且还很容易被传诵。同时，基尔他坦语与标准的英语和爱尔兰语相比略显粗糙，而这种粗糙的语言常常会出现不连贯和过度直白的现象，然而，这正是爱尔兰普通农民语言的一个显著特点。格雷戈里夫人对英语语言的贡献受到了叶芝的肯定，在他为《库楚雷恩》所作的《序言》中，叶芝写道："她在人民中生活，并且热爱他们爱尔兰思维所创　　造出的美丽语言。这种方言，在她看来，和彭斯用来写作的方言一样伟大。"[277]

杰拉德·格里芬（Gerald Griffin, 1803-1840）

杰拉德·格里芬是爱尔兰小说家、诗人和剧作家。

格里芬出生于一个酿酒商家庭。在父亲生意失败后，格里芬生活在自己的兄长家里。格里芬于1823年奔赴伦敦，为一份日报做记者。在此期间，他开始尝试戏剧写作。但是他的戏剧作品并没有引起什么反响。后格里芬转向小说写作。1827年，格里芬带着病弱之躯回到爱尔兰。在这里他用了四个月的时间完成了他的《芒斯特节日传说》（*Tales of the Munster Festivals*, 1827），并把它带回了伦敦。格里芬于1829年出版了其代表作《大学生》（*The Collegians*）。1832年，格里芬出版了《入侵》（*The Invasion*）。1838年，格里芬烧掉了所有未完成的手稿，加入了一个名为"兄弟会"（Congregation of Christian Brothers）的天主教团体。格里芬于1840年死在修道院。

《大学生》曾经被认为是爱尔兰最完美的小说。这部小说取材于格里芬1829年曾经报道过的一个真实案例。在创作过程中作者成功地将天主教的伤感与现代的理性结合起来，使这部小说成为当时最成功的恐怖小说之一。令人印象深刻的爱尔兰场景、令人毛骨悚然的人物和复杂的情节几乎涵盖了恐怖小说的所有要素：爱情、竞争、秘密、背叛，等等。格里芬的英文版《艾琳，我的爱》（“Eileen Aroon”）是迄今为止爱尔兰最著名的歌谣之一。《艾琳，我的爱》的爱尔兰版是由17世纪爱尔兰著名的诗人和竖琴师卡罗尔·欧戴利（Carol O'Dalley）创作的。这首诗是献给他深爱的女士艾琳的。根据传说，在艾琳的婚礼上，卡罗尔装扮成竖琴师混在婚礼的人群中向艾琳唱出自己的心声。艾琳识破了卡罗尔的伪装，并和他私奔。

……
青春注定流逝，
艾琳，我的爱！
容颜必然衰败，
艾琳，我的爱！
城堡在战乱中被洗劫，
英雄在四方流散，
只有真理是一颗恒星……
艾琳，我的爱！

道格拉斯·海德（Douglas Hyde, 1860-1949）

道格拉斯·海德是爱尔兰学者、诗人、作家、盖尔语专家、爱尔兰共和国第一任总统（1938-1945）。

海德是个很有语言天赋的人。他精通法文、德文、拉丁文和英文。尤其特别的是，他从小就对老年人讲的爱尔兰语非常感兴趣。在以后的几次都柏林之行中，海德发现尽管在英国殖民统治下爱尔兰语被认为是落后的语言，但是很多爱尔兰人对爱尔兰语还有着非常强烈的兴趣。海德于1880年进入都柏林大学三一学院后开始认真地研究盖尔语（爱尔兰语）。后来，海德成为都柏林大学第一位现代爱尔兰语教授。海德收集了很多爱尔兰古老的诗歌和民间传说，并且把它们大量应用在自己的作品中。海德的主要著作包括《炉火旁》（*Beside the Fire*, 1889）、《康诺特省的情歌》（*The Love Songs of Connacht*, 1893）和《爱尔兰文学史》（*A Literary History of*

Ireland, 1899）。

海德认为恢复爱尔兰语是反对英国殖民统治的一个根本步骤，因此他在1892年发表了题为《爱尔兰去英国化的必要性》（“The Necessity for De-Anglicising Ireland”）的文章，号召爱尔兰人民恢复爱尔兰语。1893年，海德和约恩·麦克尼尔（Eoin MacNeil, 1867-1945）共同成立了“盖尔语联盟”（Gaelic League），旨在鼓励人们保存爱尔兰文化、音乐和语言。它在爱尔兰为赢得独立的斗争中起到了非常重要的作用。1915年，当海德看到“联盟”越来越与政治紧密相连时，他辞去了主席的职位，全身心投入学术工作中。可以讲，在爱尔兰的历史上没有任何人的作品会像海德的作品一样能够在保存和复兴爱尔兰语及其文化方面起到那么巨大的作用。有很多学者认为，爱尔兰革命真正始于“联盟”的建立。

詹姆士·曼根（James Mangan, 1803-1849）

詹姆士·曼根是爱尔兰诗人、翻译家和散文作家。他出生在一个杂货商之家。由于父亲经营不善，曼根在15岁时便承担起养家的重担。作为抄写员的他辛辛苦苦地工作了10年。后来，曼根又在爱尔兰的全国地形测量局（Ordnance Survey）和都柏林大学图书馆工作过。童年时父亲的蛮横、生活的压力、爱情的失意、日渐衰弱的身体以及自身忧郁的个性使得曼根成为爱尔兰文学史上最具有悲情特色的作家。成年的曼根深陷酒精的折磨，后来更是发展到吸食鸦片。曼根的打扮也使他成为都柏林的一景：灰暗的肤色、夸张的黑色斗篷、绿色的眼镜、金色的假发和尖顶的帽子、两把雨伞和不离身的胃药。然而，正是这个怪异的角色成为爱尔兰那个时代最出色的抒情诗人。曼根在年仅46岁时因贫病交加而去世。

曼根和“年轻的爱尔兰”运动的主要成员，如戴维斯等，有着良好的友谊。在爱尔兰大饥荒之前和之间曼根是爱尔兰民族主义运动的一个重要声音。曼根是一个多产的作家，但是作品质量良莠不齐。他还翻译了一些德语、阿拉伯语、俄语和土耳其语等语言创作的诗歌。他在翻译中也加进了自己的创作，那些翻译过来的诗歌也成了他的代言品。因此，我们可以在曼根的作品中发现很多东方元素和神秘色彩。叶芝和乔伊斯都写过关于曼根的文章，乔伊斯不仅在《阿拉比》（“Araby”）中用“曼根”为女主角命名，在《尤利西斯》（*Ulysses*）中也对曼根的译作进行过模仿。他的很多作品都发表在《民族》周报和《团结的爱尔兰人》（*United*

Irishman）上面。曼根优秀的作品充满着对爱尔兰深沉的爱和真挚的悲戚之情。曼根最出名的诗作包括：《有三头牛的女人》（“The Woman of Three Cows”, 1840）、《西伯利亚》（“Siberia”, 1845）、《黝黑的罗萨琳》（“Dark Rosaleen”, 1846）、《无名氏》（“The Nameless One”, 1848）。其中《黝黑的罗萨琳》最能体现曼根的创作才华。诗中的女主人公罗萨琳是一个具有西班牙血统、皮肤黝黑的女子。罗萨琳的肤色和魅力是曼根理想的爱尔兰形象：西班牙作为一个拥护教皇的国家，与爱尔兰有着同样的国家宗教。同时，在最有爱尔兰特色的爱尔兰西部，很多人是西班牙人和爱尔兰人结合的后裔。暗色肤色所体现出的女性的神秘、独立和活力既给诗人带来了希望，也带来了一种心痛的感觉。

……
日日夜夜，我坐立不安，
来来往往，我不停游弋。
内心的灵魂为你荒芜，
我的爱！
一想到你呀，我的女王，
我便勇气全无。
我生命中的生命，圣人中的圣人，
我黝黑的罗萨琳！
我的罗萨琳
让我倾听你甜美和悲哀的怨言，
我的命，我的爱，我圣人中的圣人，
我黝黑的罗萨琳！
……（笔者译）

达西·麦基（D'Arcy McGee, 1825-1868）

达西·麦基是爱尔兰政治家、记者和诗人。他出生于一个爱尔兰的天主教家庭。1842 年，17 岁的麦基移民美国。不久他便在波士顿找到了一份助理编辑的工作。1845 年，他回到爱尔兰。此刻的爱尔兰正经历着历史上最为黑暗的时代。整个爱尔兰都被卷入了一个史无前例的大饥荒。几

Cuchulain, 1917）。奥格雷迪一直到1898年都在为都柏林的《每日快报》（*Daily Express*）做记者。1900年，他成立了《爱尔兰评论》（*All-Ireland Review*），并且管理该杂志一直到1908年停刊。晚年的奥格雷迪出于身体健康的考虑一直居住在英格兰。

奥格雷迪的爱尔兰史诗叙述有力，富有想象力，对爱尔兰文艺复兴作家影响颇深。在他心中，英雄时代的爱尔兰就像荷马笔下的特洛伊。古代爱尔兰英雄有着狂野的灵魂和炙热的激情，他们为完成伟大和高贵的事业不屈不挠。这些特点正是年轻的爱尔兰为争取民族独立和自由所需要的。因此，奥格雷迪的作品对于激发爱尔兰的民族情感起到了很大的作用。同时，这些作品对当时爱尔兰文学的发展方向也起到了一个风向标的作用。

凯撒·奥特威（Caesar Otway, 1780-1842）

凯撒·奥特威是爱尔兰民间传说作家。他出生于爱尔兰的蒂珀雷里，1810年毕业于都柏林大学三一学院，取得学士学位。毕业后，奥特威加入圣职。在圣帕特里克教堂时，他的布道深得受众的欢迎。奥特威的早期作品包括《给爱尔兰天主教牧师们的一封信》（*A Letter to the Roman Catholic Priests of Ireland*, 1814）、《有关神迹的讲座》（*A Lecture on Miracles*, 1823）。1825年，奥特威与约瑟夫·汉德森·辛格（Joseph Henderson Singer）创办了《基督教论坛和爱尔兰教堂杂志》（*The Christian Examiner and Church of Ireland Magazine*）。1831年奥特威发现并鼓励威廉·卡尔顿创作，并在自己的杂志上为卡尔顿发表了《去圣帕特里克炼狱的朝圣》（"A Pilgrimage to Saint Patrick's Purgatory"）。奥特威清晰地意识到爱尔兰文学市场的存在，所以在《基督教论坛和爱尔兰教堂杂志》结束后参与创建了几个杂志。这在一定程度上促成了爱尔兰的一种新的文学生活的出现。奥特威的主要作品包括《爱尔兰随笔》（*Sketches in Ireland*, 1827）和《康诺特之旅》（*A Tour in Connaught*, 1839）。他的作品展现了幽默和对爱尔兰穷困阶层的同情。

提摩太·丹尼尔·苏利文（Timothy Daniel Sullivan, 1827-1914）

提摩太·丹尼尔·苏利文是爱尔兰诗人、记者、政治家、民族主义者、《上帝拯救爱尔兰》（"God Save Ireland", 1867）的作者。他出生于爱尔兰的库克郡。他和弟弟亚历山大·苏利文是当时出名的政治家，并且创作了大量爱国题材的诗歌和散文。苏利文在1850年进入新闻界。苏利文兄弟一开始在《民族》周报担任撰稿人和编辑，后来成为该报的所有人。从1861年到1884年的二十几年中，苏利文兄弟使《民族》周报成为爱尔兰民族主义事业的一个重要阵地。但是，该报纸也日渐保守。苏利文是“爱尔兰自治联盟”（Home Rule League）的成员。1880年大选时，苏利文支持查尔斯·斯图尔特·帕内尔（Charles Stewart Parnell, 1846-1891）。他确信，如果不取得自治，爱尔兰将永远没有和平、繁荣和幸福。苏利文加入了爱尔兰党（the Irish Party），并于1880年入选国会。1886年，苏利文成为都柏林市长。1887年12月，由于出版了“民族联盟”（National League）的会议报告，苏利文被判有罪并入狱两个月。当爱尔兰党分裂时，苏利文站在了反对帕内尔的立场。1990年，苏利文结束了新闻生涯。

苏利文于1868年出版了他第一部诗歌集《绿叶》（*Greenleaves*）。1905年，苏利文出版了《追忆动荡时代的爱尔兰政治》（*Recollections of Troubled Times in Irish Politics*）。在前言中，苏利文提到他的政治生涯是爱尔兰政治生活非常重要的阶段。他经历了1848年的“年轻的爱尔兰”运动（the 1848 Movement）、凤凰公园刺杀行动（the Phoenix Conspiracy）、芬尼亚起义（the Fenian Rising）、自治运动（Home Rule Movement）和爱尔兰民族主义者的分裂等爱尔兰历史上重要的政治事件。他不仅目睹和参与了爱尔兰与英国殖民者的抗争，而且也身在爱尔兰民族主义者内部的争吵之中。苏利文相信时间的流逝和复杂的政局并不能改变爱尔兰人民争取自治的决心：“经历过所有的这些困难，爱尔兰的爱国主义精神仍然闪耀，民族原则仍然不屈”。[278]

简·弗兰西斯卡·王尔德（Jane Francesca Agnes, Lady Wilde, 1821-1896）

简·弗兰西斯卡·王尔德是爱尔兰诗人威廉·王尔德爵士的夫人奥斯卡·王尔德的母亲。爱尔兰大名鼎鼎的哥特式小说作家查尔斯·马图林（Charles Maturin, 1782-1824）是简的姨丈。未嫁之时，简喜欢人们用“斯宾妮莎”（Speranza）的笔名称呼自己。在自己的丈夫被英国女王授予爵位之后，人们称她为王尔德夫人（Lady Wilde）。

在青年时代时，王尔德夫人非常热爱诗歌写作。她相信这和她的遗传有着密切的关系：她一直宣称（尽管没有什么确凿的证据）她有意大利血统，是但丁的后代，因此她在诗歌创作上必然是有天赋的。从这一点上来看，奥斯卡·王尔德和母亲的性格有相似之处。王尔德夫人作为较为出名的一位诗人，主要是因为她对19世纪40年代“年轻的爱尔兰”运动的支持。在此期间，她以“斯宾妮莎”的笔名向《民族》周报投稿，支持爱尔兰的反英运动。王尔德夫人比较出名的作品主要发表于1847年，如《荒年》（“The Famine Year”）、《兄弟》（“The Brothers”）、《法兰西93年》（“France in '93”）和《时代的印记》（“Signs of the Times”）。王尔德夫人还翻译了一些法文和德文作品。王尔德夫人在婚后主要的精力花在了教育子女方面。她在给朋友的信中解释为什么给次子命名为奥斯卡：她希望这个孩子能够像爱尔兰传奇英雄欧辛（Ossin）一样能够拯救爱尔兰，并成为爱尔兰共和国的总理。在王尔德爵士去世后，王尔德一家宣布破产，并移居到伦敦生活。从此以后，王尔德夫人主要依赖奥斯卡·王尔德的资助生活。王尔德夫人一直是女权主义的倡导者，并向王尔德担任编辑的《妇女世界》（*The Woman's World*）杂志投稿，支持女性享有接受教育和拥有财产的权利。在伦敦期间王尔德夫人仍然坚持在爱尔兰时所从事的沙龙活动，邀请文人墨客在自己家里畅谈，激发彼此的灵感。1896年，王尔德夫人在切尔西的家中去世。此时的王尔德正身陷囹圄，因此只能为母亲提供一个简单的葬礼。她的死对于王尔德而言是一个沉重的打击。当时已经和王尔德离了婚的妻子——康思坦丝专程从海外回到英国向王尔德报丧。王尔德告诉妻子他早已在梦中看到了母亲的去世。

埃塞尔·丽莲·伏尼契（Ethel Lilian Voynich, 1864-1960）

埃塞尔·丽莲·伏尼契是爱尔兰小说家、音乐家、中国读者非常熟悉的《牛虻》（*The Gadfly*, 1897）的作者。

伏尼契出生于爱尔兰的科克。父亲是著名的数学教授乔治·布尔（George Boole, 1815-1864），布尔代数的发明人；母亲是玛丽·埃佛勒斯，乔治·埃佛勒斯爵士（George Everest, 1790-1866）的侄女。埃佛勒斯爵士曾经是负责测量喜马拉雅山脉的印度测量局局长，著名的珠穆朗玛峰（Mount Everest）的英文名字就是以他的姓命名的。伏尼契出生不久后父亲便撒手人寰，母亲带着一家人移居伦敦。1882年，她得到一笔遗赠，只身前往德国学习钢琴。伏尼契于1885年毕业于柏林音乐学院。不幸的是，她患上了手指痉挛的毛病，所以不得不放弃了以钢琴演奏为职业的理想。1887年，伏尼契回到伦敦，并在这里认识了很多流亡革命者。其中，俄国民粹派作家斯吉普涅雅克对她影响最大。在他的鼓励下，她前往俄国旅游了两年，接触了很多革命者。她还曾经见过沙皇。1889年6月，伏尼契回到伦敦不久，就和斯吉普涅雅克一起出版了《自由俄罗斯》杂志。她为杂志翻译了迦尔询的短篇小说、舍甫琴柯的诗。她还出版了《俄罗斯幽默文集》，其中翻译介绍了果戈理和奥斯特洛夫斯基的作品。1893年，她和一位流亡到伦敦的波兰革命者米哈伊·伏尼契结婚。1895年，伏尼契遇见了在俄国出生的探险家、著名的间谍西德尼·莱利（Sidney Reilly, 1873-1925）。两个人结伴游览了意大利。很多历史学家认为伏尼契的代表作《牛虻》便是两个人密切关系的结晶。据信，莱利年轻时在俄国的种种经历为伏尼契的创作提供了不少素材。

小说题名"牛虻"源于作者对古希腊哲学家苏格拉底的尊重。苏格拉底曾被诬告用哲学腐蚀青年而被宗教法庭判处死刑。临刑前他对审判官说："真正意义的行为是不应当考虑生命危险的，我被神派到这个城市里来，好比是马身上的一只牛虻，职责就是刺激它赶快前进。"这种坚持信仰、宁死不屈的崇高精神被伏尼契移植到她的作品的主人公身上，所以她给亚瑟取了"牛虻"这个外号。

《牛虻》描写的是一位悲剧浪漫的英雄人物。主人公亚瑟有一半英国血统和一半意大利血统，成长在一个富裕的资产阶级家庭。在神学院读书时亚瑟就参加了革命斗争。一次在神父面前忏悔时他泄露了革命组织的机密，神父向政府告密，以致他和战友们被捕。更令他痛苦的是，他最崇拜的神父蒙泰里尼竟是他的生父，而自己是一个私生子。亚瑟受了这双重打击后离家出走。在经受了13年的洗礼后，亚瑟回到意大利时已经成长为一名老练而勇猛的战士。他以"牛虻"的笔名发表文章抨击反动当局和天主教会，同时组织武装，准备起义。后来亚瑟不幸被捕，英勇就义。

《牛虻》在欧美的影响力并不是很大，但是在俄罗斯的情况却大相径庭：《牛虻》成为了最畅销的作品。很多人都是在它的影响下走上了革命道路。奥斯特洛夫斯基在他的小说《钢铁是怎样炼成的》中曾对牛虻有过高度评价。在20世纪六七十年代的中国大陆，牛虻这个人物也曾影响了许多青年。

伏尼契还创作了其他一些作品，其中有小说《杰克·雷蒙》（*Jack Raymond*, 1901）、带有自传性质的小说《奥利佛·雷瑟姆》（*Olive Latham*

1904）、《中断了的友谊》（*An Interrupted Friendship*, 1910）和《脱掉你的鞋子》（*Put Off Thy Shoes*, 1945）。伏尼契晚年迁居美国纽约。1960年7月27日，伏尼契在纽约寓所去世。

………注释

第七章　19 世纪初期

第一节　社会历史概况

（1）Dowden, Edward. *The French Revolution and English Literature*. Port Washington, New York: Kennikat Press, 1967.

（2）Egendorf, Laura K., ed. *English Romanticism*. CA: Greenhaven Press, 2001; Elwin, Malcolm. *The First Romantics*. New York: Russell & Russell, 1967.

第二节　浪漫主义时期的文学概况

（3）Prickett, Stephen. *The Romantics*. London: Methuen, 1981; Frye, Northrop. *A Study of English Romanticism*. New York: Random House, 1968.

第三节　浪漫主义时期的诗歌

（4）Pinion, F. B. *A Wordsworth Companion: Survey and Assessment*. London: Macmillan, 1984; Moorman, Mary Trevelyan. *William Wordsworth: A Biography*. Oxford: Clarendon Press, 1957-65; Thompson, Thomas William. *Wordsworth's Hawkshead*. Oxford: Oxford Univ., 1970.

（5）Rannie, David Watson. *Wordsworth and His Circle*. <Google>

（6）Worthen, John. *The Gang: Coleridge, the Hutchinsons & the Wordsworths in 1802*. New Haven: Yale UP, 2001.

（7）On Wordsworth's literary theory, see Murray, R. N. *Wordsworth's Style: Figures and Themes in the Lyrical Ballads of 1800*. Nebraska: U of Nebraska P, 1967; Sneath, E. Hershey. *Wordsworth, Poet of Nature and Poet of Man*. Port Washington, New York: Kennikat Press, 1967.

（8）《诺顿文选》，纽约诺顿出版公司 2006 年出版，第 246 页。

（9）同上，第 250～251 页。笔者译。

（10）同上，第 246 页。笔者译。

（11）同上，第800页。笔者译。

（12）Gilpin, George H. *Critical Essays on William Wordsworth*. London: G.K. Hall, 1990; Hartman, Geoffrey H. *Wordsworth's Poetry 1787-1814*. New Haven: Yale UP, 1964 （A seminal, exhaustive study of Wordsworth's poetry. A very valuable resource for reading Wordsworth）.

（13）本诗中译文除另有注明外，皆为笔者所译。

（14）Baker, Carlos, ed. *William Wordsworth's The Prelude, Selected Poems and Sonnets*. New York: Holt, Rinehart and Winston, Inc., 1966.

（15）Stillinger, Jack. "Textual Primivitism and the Editing of Wordsworth." *Studies in Romanticism* 28 （1898）: 3-28.

（16）Baker, Carlos, ed. *William Wordsworth's The Prelude, Selected Poems and Sonnets*. New York: Holt, Rinehart and Winston, Inc., 1966; Gilpin, George H. *Critical Essays on William Wordsworth*. London: G.K. Hall, 1990; Hartman, Geoffrey H. *Wordsworth's Poetry 1787-1814*. New Haven: Yale Univ. Press, 1964 （A seminal, exhaustive study of Wordsworth's poetry. A very valuable resource for reading Wordsworth）.

（17）黄杲炘译，《华兹华斯抒情诗选》，上海译文出版社2000年出版，第264页。下同。

（18）《菲利普·廓尔》1727年出版，作家名为"爱德华·多灵顿"，书中的故事类似《鲁滨逊漂流记》的故事，常改编为儿童读物。

（19）Chambers, E. K. *Samuel Taylor Coleridge: A Biographical Study*. Oxford: Clarendon Press, 1963.

（20）Thomas de Quincey. *Recollections of the Lakes and the Lake Poets*. London: 1862.

（21）Memoir and Letters by Sara Coleridge. <Google>

（22）Holmes, Richard. *Coleridge: Darker Reflections, 1804-1834*. <Google>

（23）《诺顿文选》，纽约诺顿出版公司2006年出版。笔者译。

（24）陈嘉著，《英国文学史》，北京商务印书馆2004年出版，第2卷，第41～43页。

（25）"A William Hazlitt Essay on Coleridge." *Literary Criticism*. Research online. <Google>

（26）Adair, Patricia M. *The Waking Dream: A Study of Coleridge's Poetry*. New York: Barnes and Noble Inc., 1968 （A detailed holistic analysis of the texts of Coleridge's poetry with cogent supportive evidence from the poet's notebooks and other external sources. A very valuable resource for the study of Coleridge）; Lowes, John Livingston. *The Road to Xanadu: A Study in the Ways of the Imagination*. Boston: Houghton Mifflin, 1964.

（27）柯勒律治认为，在女人的想象和诗歌之间存在一种自然的联系，女人是启迪者。“阿比西尼亚女人”重点在“女人”，而不在她的国籍上面。

（28）这几行诗很可能是诗人的自我素描。看到过柯勒律治画像的人们可以想象，当柯勒律治兴奋时，他会近乎疯狂，大眼睛会闪闪发光，长发也会随着头飘动。

（29）Beer, John B. *Coleridge the Visionary*. New York: Collier Books, 1962; *Coleridge: A Collection of Critical Essays*. NJ: Prentice Hall, 1967.

（30）*Twentieth Century Interpretations of The Rime of the Ancient Mariner: A Ccollection of Critical Eessays*. NJ: Prentice Hall, 1969.

（31）柳无忌、张敬谭编，《英国浪漫派诗选》，江苏教育出版社 1992 年出版，第 92 页。

（32）同上，第 155 页。

（33）Barth, J. Robert. *Coleridge and Christian Doctrine*. Cambridge, MA: Harvard UP, 1970.

（34）柳无忌、张敬谭编，《英国浪漫派诗选》，第 267～281 诗行。

（35）《诺顿文选》，纽约诺顿出版公司 2000 年出版，第 441～442 页。笔者译。

（36）同上，第 441 页。

（37）杨德豫译，《华兹华斯与柯勒律治诗选》，北京人民文学出版社 2001 年出版，第 332 页。此诗的译文除注明者外皆引自此书。

（38）Fogle, Richard Harter. *The Idea of Coleridge's Criticism*. CA: University of California Press, 1962.

（39）Baker, James Volant. *The Sacred River: Coleridge's Theory of the Imagination*. Westport, CT: Greenwood Press, 1969; Richards, Ivor Armstrong. *Coleridge on Imagination*. London: Routledge & Paul, 1962.

（40）《诺顿文选》，纽约诺顿出版公司2000年出版，第475～476页。笔者译。斜体与黑体皆为原文中柯勒律治所加。

（41）柯勒律治著，《文学传记》第14章。笔者译。斜体与黑体皆为原文中柯勒律治所加。

（42）《诺顿文选》，纽约诺顿出版公司2000年出版，第478～483页。

（43）笔者译。斜体字为原文中柯勒律治所加。

（44）Franklin, Caroline. *Byron: A Literary Life*. New York: Palgrave, 2000; Graham, Peter W. *Lord Byron*. New York: Twayne, 1998; Grosskurth, Phyllis. *Byron: The Flawed Angel*. Boston: Houghton Mifflin, 1997; Longford, Elizabeth H. P. *The Life of Byron*. Boston: Little, Brown, 1976; and *Lord Byron the European: Essays from the International Byron Society*. Lewiston: E. Mellen Press, 1997.

（45）"Lord Byron and Greece." <Google>

（46）《梁实秋文集·雅舍菁华》<http://www.xici.net/b3788/d53700.htm>

（47）*Byron: A Collection of Critical Essays*. NJ: Prentice Hall, 1963; *Byron: The Critical Heritage*. New York: Barnes and Noble, 1970.

（48）"Byron." *Yearbook of English Poetry*. <Google>

（49）*Biography of Famous English Poet Lord Byron*, Part 2. <Trivia-Library.com>

（50）Andrew Lang. *Letters to the Dead*. <Google>

（51）*The Young Romantics and Critical Opinion, 1807-1824: Poetry of Byron, Shelley, and Keats as Seen by Their Contemporary Critics*. New York: St. Martin's Press, 1973; Marchand, Leslie Alexis. *Byron's Poetry: A Critical Introduction*. Boston: Houghton Mifflin, 1965.

（52）柳无忌、张敬谭编，《英国浪漫派诗选》，江苏教育出版社1992年出版，第92页。

（53）同上，第225页。

（54）同上，第245页。

（55）同上，第251页。

（56）同上，第92页。

（57）*Twentieth Century Interpretations of Don Juan: A Collection of Critical Essays*. NJ: Prentice Hall, 1969; Soderholm, James. *Fantasy, Forgery, and the Byron Legend*. Kentucky: University Press of Kentucky, 1996.

（58）《诺顿文选》，纽约诺顿出版公司 2000 年出版，第 588 页。

（59）《希伯来歌曲》包括诗人写的歌曲和抒情诗，附有犹太曲调。同年夏天，抒情诗作为一部诗歌集出版。诗集里收入 29 首抒情诗，其中包括诗人著名的短作《她步履优美》、《塞纳彻里卜的毁灭》（“The Destruction of Sennacherib”）、《贝勒沙萨的幻象》（“Vision of Belshazzar”）。

（60）参阅《英诗 300 首：中英对照》，顾子欣编译，北京国际文化出版公司 1996 年出版。

（61）参阅《英诗选译集：英汉对照》，孙大雨译，上海外语教育出版社 1999 年出版。

（62）Dowden, Edward. *The Life of Percy Bysshe Shelley*. New York: Barnes and Noble, 1966; Dowden，Edward. *The Life of Shelley*. New York: Barnes and Noble, 1966; “Percy Shelley. Biography.” *Encyclopedia of World Biography*. <Google>

（63）“Shelley: Quotes.” *Brainy Quote*. <Google>

（64）Reiter, Seymour. *A Study of Shelley's Poetry*. New Mexico: U of New Mexico P, 1967.

（65）柳无忌、张敬译编，《英国浪漫派诗选》，江苏教育出版社 1992 年出版，第 301 页。

（66）同上，第 301 页。

（67）同上，第 301 页。

（68）《诺顿文选》，纽约诺顿出版公司 2000 年出版，第 732～763 页。

（69）Grabo, Carl Henry. *Prometheus Unbound: An Interpretation*. New York: Gordian Press, 1968; *Shelley: A Collection of Critical Essays*. NJ: Prentice Hall, 1965.

（70）《雪莱精选集》，江枫编选，北京燕山出版社 2004 年出版，第 833 页。

（71）同上，第 834 页。

（72）同上，第 888～889 页。

（73）《诺顿文选》，纽约诺顿出版公司 2000 年出版，第 732～733 页。笔者译，下同。

（75）同上，第 772 页。

（76）Sandy, Mark. “Queen Mab.” *The Literary Encyclopedia*. 20 September 2002. <Google>

（77）陈嘉著，《英国文学史》，北京商务印书馆 2004 年出版，第 93～97 页。

（78）“The Revolt of Islam.” August 2004. <Google>

（79）陈嘉著，《英国文学史》，第 97～98 页。

（80）《诺顿文选》，纽约诺顿出版公司 2000 年出版，第 790～802 页。

（81）同上，第 789 页。

（82）见罗伯特·彭斯等著，《中西学的共识——中国古诗新解》，载于《世界文化》1997 年第 2 期，第 12 页。笔者译。

（83）《诺顿文选》，纽约诺顿出版公司 2000 年出版，第 800 页。

（84）Andrew Lang. *Letters to the Dead*. <Google>

（85）Andrew Lang. *Letters to the Dead*. <Google>

（86）Hewlett, Dorothy. *A Life of John Keats*. New York: Barnes & Noble, 1970; *The last journey of John Keats*. Films for the Humanities and Sciences, 1998；Merriman, C. D. *Biography*. New York: Jalic Inc., 2007; Brown, Charles Armitage. *The Life of John Keats*. London: 1841. <Google>

（87）这句话受到伊丽莎白时期剧作家鲍蒙特（Francis Beaumont, 1584-1616）和弗莱彻（John Fletcher, 1579-1625）二人合作写出的 5 幕戏剧《菲拉斯特》（*Philaster or: Love Lies A-bleeding*）里的一行诗的启示："你的一切善举将用水写成"（"all your better deeds, Shall be in water writ"）。

（88）王听若译，《济慈书信集》，天津百花文艺出版社 2003 年出版，第 43～44 页。

（89）济慈 1819 年 9 月信件摘译。笔者译。

（90）周永启译，《英诗 200 首赏译》，海口海南出版社 2003 年出版，第 283～284 页。参阅 *Twentieth Century Interpretations of Keats' Odes: A Collection of Critical Essays*. NJ: Prentice Hall, 1968.

（91）王听若译，《济慈书信集》，第 94～95 页。

（92）当时一位恶毒的评论家对他以前医务工作的描写。

（93）Matthews, G. M. *Keats: The Critical Heritage*. New York: Barnes & Noble, 1971; Trilling, Lionel. *The Moral Obligation to Be Intelligent: Selected Essays*. New York: Farrar, Straus and Giroux, 2000.

（94）王听若译，《济慈书信集》，第 32～34 页。加重号为笔者所加。译文经笔者修订过。

（95）同上，第 33～34 页。

（96）同上，第 59 页。译文经笔者修订过。

（97）“否定能力”（或“消极能力”）是指体验感情（个人的以及他人的）但又控制感情的能力。换言之，“否定能力”是指有自控力的心态、控制自己感情的心态。这样做，作家可以受到感情的启迪，更好地了解自己要创作的内容，更好地进行创作。这让人想起华兹华斯的关于诗歌的理论。华兹华斯的想法是让感情在头脑里先沉淀一段时间，待心情平静后再写作。所谓在“在平心静气状态下忆起”，实际也有济慈的“否定能力”的意思，“控制”感情，受到它的激励，然后再进行写作，目的就更明确，少了冲动和过分，避免极端和偏颇，这样的作品一定会是好作品。

诚然，济慈的“否定能力”的含义和华兹华斯的想法并非完全吻合。他说的“否定能力”可以帮助作家在写作中免除不必要的解释、反应或行动，帮助他们在反映不同的人类经历时，满足于“一知半解”、模棱两可或拒不强加上自己的判断。“否定能力”引导作家摒弃自我和不完美的个人理解。人欲摒弃自我，必须首先要有坚定的自我意识或自我本体感。济慈认为取得自我或本体意识是人的发展的最高目标。

（98）见济慈 1819.2.14-5.3 信件。王听若译，《济慈书信集》。

（99）王听若译，《济慈书信集》，第 33～34 页。

（100）见济慈 1818.2.3 信件、1818.5.3 信件等。王听若译，《济慈书信集》。

（101）《诺顿文选》，纽约诺顿出版公司 2000 年出版，第 849 页。Crawford, Alexander Wellington. *The Genius of Keats: An Interpretation*. New York: Russell & Russell, 1967; *Keats: A Collection of Critical Essays*. NJ: Prentice Hall, 1964.

（102）顾子欣编译，《英诗 300 首》，北京国际文化出版公司 1996

年出版，第349页。

（103）同上，第349页。

（104）同上，第349页。

（105）同上，第351页。译文稍有变动。

（106）倪庆饩、周永启译；下面《希腊古瓮颂》的引文的译者亦同。参阅 *Twentieth Century Interpretations of Keats' Odes: A Collection of Critical Essays*. NJ: Prentice Hall, 1968；Patterson, Annabel M. "'How to Load… and Bend': Syntax and Interpretation in Keats' 'To Autumn.'" *PMLA* 94 （1979）: 449-458.

（107）倪庆饩、周永启译。

（108）《圣阿格妮斯节之夜》，高健译，山西北岳文艺出版社1988年出版，第217页。

（109）格劳克斯与西拉以及阿瑞修莎为希腊神话人物。格劳克斯为海神，爱上神女西拉，女巫瑟西出于嫉妒在其沐浴的泉水里放入具有魔力的草药，把西拉变作水怪，吞噬途经她的洞穴的航海者。阿瑞修莎是神女，在河里洗浴时被河神爱上，她逃至奥提吉亚岛，爱神把她变作泉水。

（110）*Keats's Endymion: A Critical Edition*. Ed. Stephen T. Steinhoff. Troy, NY: Whitston Publishing Co., 1987; Thorpe James. "Keats's 'Hymn to Pan' and the Litany". *Modern Language Quarterly* 9.4 （1948）: 424-428.

（111）Finney, Claude Lee. *The Evolution of Keats's Poetry*. Vol. I. Cambridge, MA: Harvard UP, 1936. 258-268.

（112）《诺顿文选》，纽约诺顿出版社2006年出版，第926～927页。

（113）Clare, John. *I Am: The Selected Poetry of John Clare*. Ed. Jonathan Bate. New York: Farrar, Straus and Giroux, 2003.

（114）Curran, Stuart. "Introduction." *The Poems of Charlotte Smith. Women Writers in English 1350-1850*. New York: Oxford UP, 1993. XIX.

（115）Hemans, Felicia Dorothea. *The Poetical Works of Felicia Dorothea Hemans*. London: Oxford UP, 1914. 396.

（116）Rodgers, Betsy. *Georgian Chronicle: Mrs. Barbauld & Her Family*. London: Methuen & Co. Ltd. 1958. 61-62.

（117）McCarthy, William. "Mother of All Discourses: Anna

Barbauld's Lessons for Children." *Culturing the Child, 1690-1914: Essays in Memory of Mitzi Myers*. Ed. Donelle Ruwe. Lanham, MD: The Children's Literature Association and the Scarecrow Press, Inc. 2005. 85-86.

（118）Rodgers, Betsy. *Georgian Chronicle: Mrs. Barbauld & Her Family*. London: Methuen & Co. Ltd. 1958. 75.

（119）Barbauld, Anna Letitia. *Anna Laetitia Barbauld: Selected Poetry and Prose*. Eds. McCarthy and Kraft. Peterborough: Broadview Press Ltd., 2002. 375.

（120）Carswell, Donald. *Sir Walter: A Four-Part Study in Biography—Scott, Hogg, Lockhart, Joanna Baillie*. London: John Murray, 1930. 273.

（121）Martineau, Harriet. *Autobiography* （1877）. Vol. 1. London: Virago, 1983. 358.

（122）参见王佐良著，《英国诗史》，上海译林出版社 1997 年出版，第 82～96 页。

（123）Evans, Edward Waterman. *Walter Savage Landor: A Critical Study*. New York: The Knickerbocker Press, 1892. 183；转引自陈新著，《英国散文史》，南京师范大学出版社 2008 年出版，第 162 页。

第四节　19 世纪初期的小说

（124）王佐良译，见王佐良著，《英国诗史》，上海译林出版社 1997 年出版，第 328 页。）

（125）Johnson, Edgar. *Sir Walter Scott: The Great Unknown*. 1970; Lauber, John. *Sir Walter Scott*. 1966.

（126）Andrew Lang. *Letters to the Dead.* <Google>

（127）Cockshut, A. O. J. *The Achievement of Walter Scott.* 1969.

（128）Rebertson, J. Logie, ed. *Scott: Poetical Works*. London: Oxford UP, 1907. 1；参阅《诺顿文选》，纽约诺顿出版公司 2006 年出版，第 407 页。

（129）《诺顿文选》，纽约诺顿出版公司 2006 年出版，第 407 页。

（130）Oliver, Susan. "The Lay of the Last Minstrel." *The Literary Encyclopedia*. 30 August 2005. <http://www. litencyc. com/php/sworks. phprec=true&UID=384, accessed 1 October 2009>

（131）Andrew Lang. *Letters to the Dead.* <Google>

（132）Elton, Oliver. *Sir Walter Scott*. London: Edward Arnold & Co., 192. 26-27.

（133）周永启译,《英诗 200 首赏析》,海口海南出版社 2008 年出版，第 239～240 页。

（134） Welsh, Alexander. *The Hero of the Waverley Novels*. New York: 1963; Devlin，D. D. *The Author of Waverley: A Critical Study of Walter Scott*. New York: 1971.

（135）Welsh, Alexander. *The Hero of the Waverley Novels*. New York: 1963.

（136）Lauber, John. *Sir Walter Scott*. London: 1966.

（137）顾子欣编译，《英诗 300 首》，北京国际文化出版公司 1996 年出版。

（138）Scott, Walter. "Introduction." *Quentin Durward, Ivanhoe, Kenilworth*. New York: Random House, n.d. 390-391.

（139）Gilbert, Sandra M. & Susan Gubar. *The Norton Anthology of Literature by Women*. 2nd ed. New York: W. W. Norton & Company, 1996. 329, 328.

（140）Ibid，329.

（141）Gillie, Christopher. *A Preface to Austen*. Beijing: Beijing UP, 2005.

（142）Gilbert, Sandra M. & Susan Gubar. *The Norton Anthology of Literature by Women*. 329.

（143）Gillie, Christopher. *A Preface to Austen*. Beijing: Beijing UP, 2005. 149.

（144）Parrish, Stephen M., ed. *Emma: An Authoritative Text, Backgrounds, Reviews and Criticism*. New York: W. W. Norton & Company, 2000. 361 <http://en.wikipedia.org/wiki/Jane_Austen>

（145）Ibid，350-351.

（146）Gilbert, Sandra M. & Susan Gubar. *The Norton Anthology of Literature by Women*. 330.

（147）Mark Twain. *Quotes*. <http://www.twainquotes.com/Austen_Jane.Html>

（148）Gilbert, Sandra M. & Susan Gubar. *The Norton Anthology of Literature by Women*. 329; *Critics on Jane Austen*. Miami: University of Miami Press, 1970; Handley, Graham. *Jane Austen*. New York: St. Martin's Press, 1992; O'Farrell, Mary Ann. *Telling Complexions: The Nineteenth-Century English Novel and the Blush*. Texas: Duke University Press, 1997.

（149）简·奥斯汀著，《傲慢与偏见》，孙致礼译，南京译林出版社1990年出版，第1页。参阅 *Readings on Pride and Prejudice*. CA: Greenhaven Press, 1999; *Twentieth Century Interpretations of Pride and Prejudice: A Collection of Critical Essays*. NJ: Prentice Hall, 1969.

（150）简·奥斯汀著，《傲慢与偏见》，孙致礼译，第1页。

（151）Miles, Robert. *Writers and Their Work: Jane Austen*. Devon: Northcote House, 2003.

（152）Gilbert, Sandra M. & Susan Gubar. *The Norton Anthology of Literature by Women*. 330.

（153）《诺顿文选》，第2卷，纽约诺顿出版公司2006年出版，第955～958页。

（154）同上，第908～911页。

（155）Drummond, Chris. *Techniques of Austen and Radcliffe*. 1993. <http://www.Victorianweb.org/previctorian/austen/descr1.html>

（156）Mowl, Timothy. *Horace Walpole: the Great Outsider*. London: Murray, 1998.

（157）Sabor, Peter. *Horace Walpole: the Critical Heritage*. London: Routledge, Kegan Paul Ltd. 1987.

（158）Mario Praz. "Introductory Essay." *Three Gothic Novels*. Ed. Peter Fairclough. New York: Penguin Books Ltd. 1968. 21.

（159）Mario Praz. "Introductory Essay." *Three Gothic Novels*. Ed. Peter Fairclough. New York: Penguin Books Ltd. 1968. 22, 23.

（160）*The Journal at Geneva（Including Ghost Stories）and on return to England*. 1816.

（161）Peck, Louis F. *A Life of Matthew G. Lewis*. Cambridge, MA: Harvard UP, 1961.

（162）Gamer, Michael. *Romanticism and The Gothic: Genre,*

Receptism, and Canon Formation. England: Cambridge UP, 2000.

（163）Lovecraft, H. P. "Supernatural Horror in Literature." <Google>

（164）Dunsford, Cathie. *Painting Life in Extremes: Charles Maturin and the Gothic Genre*. Aukland, New Zealand: Global Dialogue Press, 2007.

第五节　19 世纪初期的散文

（165）Birrell, Augustine. *William Hazlitt*. London: Macmillan, 1922. 71.

（166）Birrell, Augustine. *William Hazlitt*. London: Macmillan, 1922. 74-76.

（167）王佐良著，《英国散文的流变》，上海商务印书馆 1998 年出版，第 110 页。

（168）陈新著，《英国散文史》，南京师范大学出版社 2008 年出版，第 138 页。斜体为笔者所置，以突出重点。

（169）Birrell, Augustine. *William Hazlitt*. London: Macmillan, 1922. 128.

（170）徐翰林编译，《世界上最优美的散文》，北京机械工业出版社 2004 年出版，第 19 页。

（171）同上，第 19 页。

（172）同上，第 21 页。

（173）同上，第 22 页。

（174）刘炳善编译，《伦敦的叫卖声：英国散文精选》，上海译林出版社 2007 年版，第 98 页。

（175）这是一个专门教育中产阶级子女的学校，因那里的学生总是穿着蓝色长衫、黄色长袜，英国人习惯叫它"蓝衫学校"。

（176）陈新著，《英国散文史》，南京师范大学出版社 2008 年出版，第 122 页。

（177）同上，第 124 页。

（178）王佐良著，《英国散文的流变》，北京商务印书馆 1998 年出版，第 106 页。

（179）安德鲁·桑德斯著，《牛津简明英国文学史》，谷启楠等译，北京人民文学出版社 2000 年出版，第 402 页。

（180）梁实秋著，《戏剧是天才的艺术》<Yahoo.com>

（181）托马斯·德·昆西著，《瘾君子自白》，黄丹译，上海文艺出版社2007年出版，第59～60页。另笔者按：古希腊的山区，以人民生活淳朴宁静著称。

（182）托马斯·德·昆西著，《瘾君子自白》，第59～60页。

（183）同上，第135页。

（184）从18世纪开始，西方上流社会的绅士们喜欢在酒中“滴用”鸦片酊。他们把鸦片酊视为一种开启智慧的清醒剂，而不完全是解除痛苦的麻醉剂。

（185）托马斯·德·昆西著，《瘾君子自白》，第154页。

（186）同上，第201～203页。

（187）托马斯·德·昆西，《知识的文学与力量的文学》，见刘炳善编译，《伦敦的叫卖声：英国散文精选》，上海译林出版社2007年出版，第139页。

（188）文学现象自远古以来就已存在，但作为术语的文学却并非如此。从词源上说，英文中的“文学”（“literature”）一词源自拉丁文中的“litteratura”；其字根为“littra”，意为“字”。从古典时代一直到18世纪中晚期，所谓文学，实际上指的是人的教养与学问。18世纪末，写作成为一个新兴行业。在当时，文学泛指职业文人出于商业目的创作的各种文章和书籍。到19世纪初，浪漫主义运动兴起，文学渐渐被用来指称戏剧、小说、诗歌、散文等具有形式美或能引起读者情感共鸣的文本，这与我们当下语境中的文学大体一致。参见彼得·威德森著，《现代西方文学观念简史》，钱竞等译，北京大学出版社2006年版，第26～34页。

（189）安德鲁·桑德斯著，《牛津简明英国文学史》，第354页。

（190）吕叔湘，《葛德文其人（未晚斋杂览）》，《读书》1988（1），第58页。

（191）吴庆宏著，《弗吉尼亚·伍尔夫与女权主义》，北京中国社会科学出版社2005年出版，第42～43页。

（192）多萝茜·胡布勒及托马斯·胡布勒著，《怪物——玛丽·雪莱与弗兰肯斯坦的诅咒》，上海人民出版社出版。

（193）塔列朗，法国政治家、外交家，原为奥顿主教，作为教士代表参加三级会议，在法国大革命、拿破仑、波旁王朝复辟和路易·菲利普时期都当过高官。

（194）安德鲁・桑德斯著，《牛津简明英国文学史》，第 346 页。

（195）李银河著，《女性权力的崛起》，北京文化艺术出版社 2003 年出版，第 150～151 页。

（196）李彬著，《全球新闻传播史》，北京清华大学出版社 2005 年出版，第 125 页。

（197）朱学勤著，《风声・雨声・读书声》，北京三联书店 1994 年出版，第 159～160 页。

（198）托马斯・潘恩著，《常识》，马清槐译，《潘恩选集》，北京商务印书馆 1982 年出版，第 21 页。

（199）自然神论是一种科学理性主义的宗教表现，它认为上帝的存在是从宇宙万物的秩序与和谐中推测出来的。自然神论者认为，形式上的宗教是多余的，并拒绝把超自然的神启作为信仰的基础。

（200）托马斯・潘恩，《理性时代》，张师竹译，《潘恩选集》，北京商务印书馆1982年出版，第182页。

（201）科贝特是当时最激进的平民政论家，深受城乡下层人民欢迎，被亲切地称为“穷人的朋友”、“约翰牛的化身”，他的“煽动性”文章引起朝野政党的不满和攻击。参见 Spater, George. *William Cobbett: The Poor Man's Friend*. Cambridge: Cambridge UP, 1982. 5.

（202）王佐良著，《论威廉・科贝特的〈骑马乡行记〉》，载《北京大学学报》，1963 年第 3 期，第 89 页。

（203）亨特，《睡眠小议》，刘炳善编译，《伦敦的叫卖声：英国散文精选》，上海译林出版社 2007 年版，第 131 页。

（204）雷・亨特，《握手》，载《意林》2005 年第 3 期，译文及所载期刊的信息为作家蒋蓝提供。

第八章　维多利亚时期

第一节　社会历史概况

（1）Roberts, Stephen. *The Chartist Movement 1838-1848*. BBC. <Google>

（2）Everett, Glenn. *Chartism or The Chartist Movement.* Martin, TN: U of Tennessee P, 1999.

（3）陈嘉著，《英国文学史》，北京商务印书馆 1986 年出版，第 3

卷，第404～409页。

（4）Holloway, John. *The Victorian Sage*. New York: W. W. Norton, 1965.

（5）Hough, Graham Goulden. *The Last Romantics*. New York: Abbeville Press, 1989.

（6）Somervell, D. C. *English Thought in the Nineteenth Century*. London: Methuen, 1939.

（7）Buckley, Jerome. *The Victorian Temper: A Study in Literary Culture*. New York: Vintage Books, 1951; Clark, G. Kitson. *The Making of Victorian England*. New York: Routledge, 1965; Houghton, Walter E. *The Victorian Frame of Mind*. New Haven: Oxford UP, 1957; Young, G. M. *Victorian England: Portrait of an Age*. New York: 1936; Cruse, Amy. *The Victorians and Their Reading*. Boston: Houghton Mifflin, 1935.

第二节　维多利亚诗歌

（8）*Tennyson: The Critical Heritage*. London: Routeledge and K. Paul, 1967; Fausset, Hugh I'Anson. *Tennyson: A Modern Portrait*. New York: Russell & Russell, 1968.

（9）*In Memoriam: An Authoritative Text, Backgrounds and Sources, Criticism*. Ed. Robert H. Hoss. New York: W. W. Norton Company, 1973. 参阅《诺顿文选》，纽约诺顿出版公司2000年出版，第1230～1231页；Culler, A. Dwight. *The Poetry of Tennyson*. New Haven: Yale UP, 1977.

（10）黄杲炘译，《丁尼生诗选》，上海译文出版社1995年出版，第176页。

（11）同上，第177页。

（12）同上，第191页。

（13）见Marshall, G. O. *A Tennyson Handbook*. New York: Twayne, 1963;《牛津英国文学指南》，牛津大学出版社1967年版。

（14）黄杲炘译，《丁尼生诗选》，上海译文出版社1995年出版，第166页。

（15）同上，第167页。

（16）同上，第161～163页。

（17）Ryals，Clyde de L. *From the Great Deep: Essays on Idylls of the*

King. Ohio: Ohio UP, 1967.

（18）Allen，Alfred. *Browning and the Twentieth Century: A Study of Browning's Influence and Reputation*. New York: Russell & Russell, 1963; *Browning: The Critical Heritage*. New York: Barnes and Noble, 1970.

（19）Johnson，E. D. H. *The Alien Vision of Victorian Poetry*. Hamden, CT: Archon Books, 1963.

（20）Woodring, Carl, and James Shapiro. *The Columbia History of British Poetry*. Beijing: Foreign Language Teaching and Research Press, 2005. 431.

（21）出自《扫罗》"Saul"，第78～79诗行，笔者译。

（22）同上，第295诗行，笔者译。

（23）Bloom, Harold. Ed. *The Major Authors Edition of the New Moulton's Library of Literary Criticism*. Vol. 5. Victorian. New York: Chelsea House Publishers, 1988. 2927.

（24）Litzinger, Boyd, and K. L. Knickerbocker, eds. *The Browning Critics*. Lexington: U of Kentucky P, 1967.

（25）Woodring, Carl, and James Shapiro. *The Columbia History of British Poetry*. Beijing: Foreign Language Teaching and Research Press, 2005. 432.

（26）Flew, Josiah. *Studies in Browning*. New York: Haskell House, 1970.

（27）"Robert Browning and Elizabeth Barret Browning." *The Cambridge History of English and American Literature in 18 Volumes（1907-21）*. Volume XIII. Eds. A. W. Ward, and A. R. Waller. <http://www.bartleby.com/223/0303.html>

（28）Langbaum, Robert. "The Dramatic Monologue: Sympathy versus Judgment." *Robert Browning's Poetry*. Ed. James F. Loucks. New York: W. W. Norton & Company, Inc., 1979. 518.

（29）Hawley, John C. "Sordello." *Masterplots II: Poetry*. Revised Edition. MA: Salem Press, Inc., 2002. <http://search.ebscohost.com/login.aspx?direct=true&db=lfh&AN=MOL9650000623&site=lrc-live>

（30）Adams, James Eli. *A History of Victorian Literature*. Malden:

Wiley-Blackwell, 2009. 93.

（31）孙梁编选，《英美名诗 100 首》，北京中国对外翻译出版公司和商务印书馆香港分馆 1987 年出版，第 295 页。

（32）"Men and Women." *Masterplots*. Revised Second Edition. MA: Salem Press, Inc. 1996. < http://search.ebscohost.com/login.aspx?direct=true&db=lfh&AN=MOL9560000482&site=lrc-live>

（33）"Men and Women by Robert Browning: One Word More—To E. B. B. with Notes." *The Literature Network*. <http://www.online-literature.com/robert-browning/men-and-women/10/>

（34）勃朗宁，《废墟中的爱》，第 7～12 诗行，笔者译，下同。Original text: Robert Browning. *Men and Women*, 2 vols. （1855） Rev. 1863. Online text: *Representative Poetry on Line*. Ian Lancashire （the Department of English） and the University of Toronto. Published by the Web Development Group, Information Technology Services, University of Toronto Libraries. 2009. <http://rpo.library.utoronto.ca/poem/283.html>

（35）张中载等主编，《二十世纪西方文论选读》，北京外语教学与研究出版社 2002 年出版，第 462 页。

（36）Lacan, J. *The Seminar of Jacques Lacan: Book II: The Ego in Freud's Theory and in the Technique of Psychoanalysis 1954-1955*. New York: W. W. Norton & Company, 1991.

（37）张中载等主编，《二十世纪西方文论选读》，第 340 页。

（38）同上，第 316 页。

（39）Freud, Sigmund. *The Ego and the Id*. 1923. New York: W. W. Norton, 1962.

（40）*The Old Yellow Book: Source of Browning's* The Ring and the Book. New York: Haskell House, 1970.

（41）*Browning: The Critical Heritage*. New York: Barnes and Noble, 1970; Alfred Allen. *Browning and the Twentieth Century: A Study of Robert Browning's Influence and Reputation*. New York: Russell and Russell, 1963.

（42）撒拉弗（Seraphim）为基督教《圣经》中守卫上帝宝座的六翼天使，又称炽天使。

（43）袁芳远等译，《勃朗宁夫人诗歌选》，河北花山文艺出版社 1995

年出版，第147～148页。

（44）同上，第21～22页。

（45）同上，第109～110页。

（46）同上，第210页。

（47）Honan, Park. *Matthew Arnold, a Life*. New York: McGraw-Hill, 1981.

（48）Lang，Cecil Y. Ed. *The Letters of Matthew Arnold*. Volume III. London: The U P of Virginia, 1996-2001. 347.

（49）Super, Robert H. Ed. *The Complete Prose Works of Matthew Arnold*. VII. Ann Arbor: The U of Michigan P, 1960-1977. 384.

（50）Trilling, Lionel. *Matthew Arnold*. New York: Columbia UP, 1949. 129, 137.

（51）Arnold, Matthew. "The Study of Poetry." *Essays in Criticism*. Ed. Sister Thomas Marion Hoctor. Chicago: U of Chicago P, 1968. 235-260.

（52）Ibid，235.

（53）Ibid，237.

（54）Arnold, Matthew. "The Function of Criticism at the Present Time." *The Norton Anthology of Theory and Criticism*. Eds. Leitch et al. New York: W. W. Norton & Company, 2001. 806-825.

（55）Ibid，808.

（56）Ibid，824.

（57）阿诺德对以上不同作家的评论请参阅 Super, Robert H. Ed. *The Complete Prose Works of Matthew Arnold*. VII. Ann Arbor: The U of Michigan P, 1960-1977.

（58）笔者参照卞之琳和飞白的译文后自译，下同。参阅：卞之琳，《英国诗选：莎士比亚至奥顿》，北京商务印书馆1996年出版，第174～175页；胡家峦编著，《英国名诗详注》，北京外语教学与研究出版社2003年出版，第468～469页；Tinker, Chauncey Brewster. *The Poetry of Matthew Arnold: A Commentary*. New York: Russell & Russell, 1970.

（59）笔者参考何功杰译文自译。参阅：何功杰译，《英诗选读》，合肥安徽教育出版社1998年出版，第530～531页。

（60）查良铮译，《现代英国诗选》，长沙湖南文艺出版社1985出版。

（61）Trilling, Lionel. *Matthew Arnold*. New York: Columbia UP, 1949. 137.

（62）MacKenzie, Norman H. *A Reader's Guide to Gerard Manley Hopkins*. Ithaca: Cornell UP, 1981 （A valuable source book）; Hutchinson, Gloria. *A Retreat with Gerard Manley Hopkins and Hildegard of Bingen: Turning Pain into Power*. Cincinnati, Ohio: St. Anthony Messenger Press, 1995.

（63）Clotter, James Finn. *Inscape: The Christology and Poetry of Gerard Manley Hopkins*. Pittsburgh: Univ. of Pittsburgh Press, 1972; Miller, J. Hillis. *The Disappearance of God*. Cambridge, MA: Harvard Univ. Press, 1963.

（64）McChesney, Donald. *A Hopkins Commentary: An Explanatory Commentary on the Main Poems, 1876-89*. New York: New York UP, 1968; Mariani, Paul L. *Commentary on the Complete Poems of Gerard Manley Hopkins*. Ithaca: Cornell Univ. Press, 1970; Lawler, Justus George. *Hopkins Reconstructed: Life, Poetry, and the Tradition*. New York: Continuum Publishing Co., 1998.

（65）Chorley, Katharine Campbel. *Arthur Hugh Clough: The Uncommitted Mind: A Study of His Life and Poetry*. Oxford: Clarendon Press, 1962.

（66）*Arthur Hugh Clough: The Critical Heritage*. London: Routledge, 1972; Harris, Wendell V. *Arthur Hugh Clough*. New York: Twayne Publishers, 1970.

（67）Hough, Graham Goulden. *The Last Romantics*. New York: Barnes & Noble, 1961.

（68）《诺顿文选》，纽约诺顿出版公司 2006 年出版，第 2 卷，第 1509 页。

（69）Faxon, A. C. *Dante Gabriel Rossetti*. New York: Abbeville Press, 1989.

（70）Sonstroem, David. *Rossetti and the Fair Lady*. Middletown, CT: Wesleyan UP, 1970; David Sonstroem. *Rossetti and the Fair Lady*. Connecticut: Wesleyan UP, 1970.

（71）Johnson Robert D. *Dante Gabriel Rossetti*. New York: Twayne, 1969.

（72）Robert M. Cooper. *Lost on Both Sides: Dante Gabriel Rossetti—Critic and Poet*. Athens, Ohio: Ohio UP, 1970.

（73）Mackail, J. W. *The Life of William Morris*. New York: Haskell House, 1970.

（74）Coote, Stephen. *William Morris: His Life and Work*. New York: Smithmark Publishers, 1995.

（75）Morris, William. "The Haystack in the Floods." *The Defence of Guenevere, The Life and Death of Jason, and Other Poems*. London: Oxford UP, 1914. 131-136; Thompson, Paul Richard. *The Work of William Morris*. New York: Viking Press, 1967; Grennan, Margaret Rose. *William Morris, Medievalist and Revolutionary*. New York: Russell & Russell, 1970.

（76)Morris, William. *News from Nowhere*. New York: Penguin Classics, 1994.

（77）Fuller, Jean O. *Swinburne: A Biography*. New York: Schocken Books, 1971; Hyder, Clyde Kenneth. *Swinburne's Literary Career and Fame*. New York: Russell & Russell, 1963.

（78）Eliot, T. S. "Imperfect Critics." *The Sacred Wood*. New York: Bartleby.com, 2000.

（79）Drinkwater, John. *Swinburne: An Estimate*. Hamden, CT: Archon Books, 1969; *Algernon Swinburne: The Critical Heritage*. London: Routledge, 1970.

（80）Harrison，Anthony H. *Swinburne's Medievalism: A Study in Victorian Love Poetry*. Baton Rouge: Louisiana State UP, 1979. 61-62.

（81）Faverty Frederic E. Ed. *The Victorian Poems*. Cambrige，MA: Harvard UP, 1956. 263.

（82）Adams，Jad. *Madder Music, Stronger Wine: The Life of Ernest Dowson, Poet and Decadent*. London: IB Tauris, 2000. ix.

（83）Dowson and Moore. *Adrian Rome*. London: Methuen, 1899. 44.

（84）Dowson, "They are not long." 笔者译。

（85）孙梁编选，《英美名诗 100 首》，北京中国对外翻译出版公司和商务印书馆香港分馆 1987 年出版，第 335 页。

（86）rondeau，通常为 13 行的三节两韵诗体；triolet，中世纪法国的一种诗体，通常为 8 行，其中第 1、4、7 行相同，第 2、8 行相同。

（87）Sturgeon, Mary. *Michael Field*. London: George G. Harrap Co. Ltd. 1922. 27.

（88）Ibid，28.

（89）Field, Michael. *Underneath the Bough—Book of Verses*. Portland, OR: Thomas B. Mosher, 1898. 50.

（90）Field, Michael. *Atilla, My Atilla*. London: Elkin Mathews, 1914. 10.

（91）周永启译，《英诗 200 首赏析》，海口海南出版社 2003 年出版，第 472～473 页。

（92）A. E. 豪斯曼著，《最后的诗歌》，第 35 首。

（93）A. E. 豪斯曼著，《希罗普郡的小伙子》，第 48 首。

（94）McGowran, Katherine. "Rereading Women's Poetry at the Turn of Century." *Victorian Poetry*. 584-589. <http://muse.jhu.edu>

（95）肖瓦尔特著，《她们自己的文学》，北京外语教学与研究出版社 2004 年出版。

（96）*The Longman Anthology of British Literature*. 2nd ed. Ed. David Damrosch. Addison-Wesley Educational Publishers Inc. 2003. 1715.

（97）陆谷孙主编，《英汉大词典》，上海译文出版社 1993 年出版，第 1624 页。

（98）*Macmillan Anthologies of English Literature—The Nineteenth Century（1798-1900）*. Ed. Brian Martin. London: Macmillan Education Ltd., 1989. 397.

（99）M. H. Abrams, et al., eds. *The Norton Anthology of English Literature*. New York: Norton, 1975. 1603.

（100）Patmore, Conventry. *Principle in Art*. London: Dabney Press, 1877.

（101）*The Norton Anthology of English Literature*. 4th ed. 1629.

（102）Malcolm Bradbury. *The Modern British Novel 1878-2001*. 北京外语教学与研究出版社 2004 年出版，第 71 页。

第三节 维多利亚小说

（103）Daiches, David. *A Critical History of English Literature*. Vol. 4: "The Romantics to the Present Day," chapter 26; O'Farrell, Mary Ann. *Telling Complexions: The Nineteenth-Century English Novel and the Blush*. Texas: Duke UP, 1997.

（104）Cruse, Amy. *The Victorians and Their Reading*. Boston: Houghton Mifflin, 1935.

（105）Miller, Joseph Millis. *The Form of Victorian Fiction*. New York: 1968; Swisher, Clarice. *Victorian Literature*. CA: Greenhaven Press, 2000.

（106）Forster, John. *The Life of Charles Dickens*. London: 1872-1874; Kaplan, Fred. *Dickens: A Biography*. New York: Avon Books, 1988; Davis, Paul B. *Charles Dickens A to Z: The Essential Reference to His Life and Work*. New York: Facts On File, 1998.

（107）哲波译,《雾都孤儿》，安徽文艺出版社 2003 年出版。第 3 章节选。

（108）陈嘉著，《英国文学史》，北京商务印书馆 2004 年出版，第 3 卷第 217 页；Bowen, John. *Other Dickens: Pickwick to Chuzzlewit*. New York: Oxford UP, 2000.

（109）1867 年版作者《前言》。

（110）*Black Books*－TV Series/DVD－Assembly Film and Television/ Channel 4, 2002; Episode 2, Series 1—"Manny's First Day."

（111）Barry Westburg. *The Confessional Fictions of Charles Dickens*. DeKalb: Northern Illinois UP, 1977. 33-114; Graham Storey. *David Copperfield: Interweaving Truth and Fiction*. Boston: Twayne Publishers, 1991.

（112）Jeffers, Thomas L. *Apprenticeships: The Bildungsroman from Goethe to Santayana*. New York: Palgrave, 2005; *David Copperfield* （Major Literary Characters series）. Ed. & an Introduction, Harold Bloom. New York: Chelsea House Publishers, 1992; Newlin, George. *Everyone in Dickens*. Westport, CT: Greenwood Press, 1995；*Twentieth Century Interpretations of Hard Times: A Collection of Critical Essays*. NJ: Prentice Hall, 1969.

（113）Forster, John. *The Life of Charles Dickens. London: 1872-1874*；

Twentieth Century Interpretations of Bleak House: A Collection of Critical Essays. NJ: Prentice Hall, 1968.

（114）Stang, G. Robert. *Expectations Well Lost: Dickens' Fable for His Time*. New York: National Council of Teachers of English, 1954; House, Humphrey. *The Dickens World*. New York: Oxford UP, 1960; Priestley, J. B. *Charles Dickens and His World*. New York: Viking Press, 1969.

（115）王科一译，《远大前程》，上海译文出版社 2006 年出版。

（116）Monsarrat, An. *An Uneasy Victorian: Thackerary the Man, 1811-1863*. New York: Dodd Mead, 1980.

（117）*Thackerary: A Collection of Critical Essays*. NJ: Prentice Hall, 1968.

（118）杨绛译，《名利场》，北京人民文学出版社 1982 年出版，第 67 章；加重号系笔者所加。

（119）《杨绛文集》，北京人民文学出版社 2009 年出版。

（120）Pauline Nestor. *Charlotte Bronte*. London: Macmillan Education Ltd., 1987. 85.

（121）Knies E. A. *The Art of Charlotte Bronte*. Athens: Ohio University Press, 1969. 23.

（122）夏洛蒂·勃朗特著，《维莱特》，吴钧陶、西海译，上海译文出版社 1994 年出版，第 135 页。

（123）同上，第 199 页。

（124）夏洛蒂·勃朗特著，《简爱》，宋兆霖译，上海文艺出版社 2007 年出版，第 103 页。下文皆引自此版本。

（125）Gaskell, E. *The Life of Charlotte Bronte*. London: Penguin Group, 1992. 12.

（126）李霁野译，《简爱》，上海文化生活出版社 1949 年出版，第 37 章。

（127）同上。

（128）杨静远编选，《勃朗蒂姐妹研究》，北京中国社会科学出版社 1983 年出版，第 225 页。

（129）杨静远译，《夏洛特·勃朗蒂书信》，北京三联书店 1986 年出版，第 246 页。

（130）张京塁著，《当代女性主义文学批评》，北京大学出版社 1992 年出版，第 165 页。

（131）Gaskell, E. *The Life of Charlotte Bronte*. 321.

（132）杨静远编选，《勃朗蒂姐妹研究》，第 182 页。

（133）夏洛蒂·勃朗特著，《维莱特》，吴钧陶、西海译，上海译文出版社 1994 年出版，第 55 页。

（134）Shorter, Clement King. *The Brontes and Their Circle*. New York: Dutton, Kraus Reprint, 1970; Miller, Lucasta. *The Bronte Myth*. New York: Knopf, 2004；Gerin, Winifred. *Emily Bronte: A Biography*. Oxford: Clarendon, 1971; Crandall, Norma. *Emily Bronte, a Psychological Portrait*. New York: R. R. Smith Publisher, Kraus Reprint Co., 1970.

1837 年 6 月 26 日，艾米莉和安妮在日记中说："希望我们四年后的今天大家都聪敏、健康，那时夏洛特将 25 岁零两个月，布兰威尔整 24，那天是他生日，我自己 22 岁又 10 个月，安妮 21，她有一点、我有半点纳闷我们会在哪里，会怎么样，那天会是什么天气——让我们往最好里想吧。艾米莉·简·勃朗蒂、安妮·勃朗蒂签字。"在另外一则日记里还写道，"我猜想四年后的今天，我们会都在这起居室里舒舒服服的，我希望会是这样。安妮猜想我们会到什么地方去了，舒舒服服的，我们希望确会如此……"安妮在 1845 年 7 月的日记里也写道，"我纳闷 1848 年 7 月 30 日我们会怎么样，大家会在哪里，如果大家还都活着，艾米莉将刚到 30，我 29，夏洛特 33，布兰威尔 32，我们会有什么变化，我们本身是不是大变了？我希望别那样，至少是别太坏了——就说我吧，我不能恭维自己，在精神上不会比现在老吧——怀着最好的希望，我就此搁笔。"还有一则写道，"我奇怪四年后的今天我们的情况会怎样，我们身体会如何，人会在哪里，那时候，如果一切安好，我将 25 岁零 6 个月，安妮 27，布兰威尔 28 岁零一个月，夏洛特 29 岁零 3 个月。现在我们都分开了，可能今后多少个没有意思的星期都见不了面，可据我所知我们没有人病，大家都在为自己的生活忙碌，艾米莉除外，可她和我们一样忙，实际上和我们一样自己挣自己的吃穿。"这些日记的内容不由得催人泪下。笔者译。

（135）Visick, M. *The Genesis of Wuthering Heights*. Hong Kong: Hong Kong UP, 1965. 10-32.

（136）Benvenuto, Richard. *Emily Bronte*. Boston: Twayne Publishers,

1982. 39.

（137）Hinkley, Laura L. *The Brontes: Charlotte and Emily*. London: Hammond, 1947. Appendix A.

（138）Fannie E. Ratchford. *Gondal's Queen*. Austin: U of Texas P, 1955. 41-42.

（139）宋兆霖著，《勃朗蒂两姐妹全集（第 8 卷）——勃朗蒂两姐妹书信集》，石家庄河北教育出版社 1996 年出版，第 17 页。

（140）这两本诗集是洪瑞斯菲尔德手稿（The Honresfeld Manuscript）和大英博物馆手稿。第一本 29 页，共有 31 首诗。首页标题是："艾米莉・简・勃朗蒂 1844 年 2 月抄录"（E. J. B. Transcribed February, 1844.），在这本手稿上，有铅笔添加的内容，笔迹是艾米莉・勃朗蒂和夏洛特・勃朗蒂的。艾米莉增添内容很可能是为了 1846 年出版《柯勒、爱丽丝和艾克顿・贝尔诗选》的需要，她添加的标题有："The Night Wind"，"Love and Friendship"，"Hope"，"How Clear She Shines"，"A Day Dream"，"To Imagination"，"The Philosopher's Conclusion"。其中的诗作都是抒情诗，在艾米莉・勃朗蒂研究中常常称为 A 手稿。第二本 68 页，共有 45 首诗。首页标题是："艾米莉・简・勃朗蒂 1844 年 2 月抄录/冈多尔诗歌"（Emily Jane Bronte. Transcribed February, 1844/GONDAL POEMS.），常常称为 B 手稿。

（141）Hatfield, C. W. *The Complete Poems of Emily Jane Bronte*. New York: Columbia UP, 1941. 24-26. 刘新民译。下面引用的诗歌译文除另作说明外，皆出自本版本。

（142）盖斯凯尔夫人著，《夏洛特・勃朗蒂传》，上海译文出版社1987年出版，第48页。

（143）Hatfield, C. W. *The Complete Poems of Emily Jane Bronte*. 130.

（144）盖斯凯尔夫人著，《夏洛特・勃朗蒂传》，第121页。

（145）高万隆译。

（146）Paden, W. D. *An Investigation of Gondal*. New York: Bookman, 1958. 39；Ratchford, Fannie E. *Gondal's Queen: A Novel in Verse by Emily Jane Bronte*. Austin: University of Texas Press, 1955. 128.

（147）Visick, M. *The Genesis of Wuthering Heights*. Hong Kong: Hong Kong UP, 1965. 10-32.

（148）Visick, M. *The Genesis of Wuthering Heights*. Hong Kong: Hong Kong UP, 1965. 10.

（149）艾米莉·勃朗蒂著，《呼啸山庄》，杨苡译，南京译林出版社，1980 年出版，第 15 章。

（150）同上，第 34 章。

（151）乌尔夫文集，《普通读者 I》，马爱新译，北京人民文学出版社 2003 年出版，第 137 页。

（152）伊里莎白·盖斯凯尔，《玛丽·巴顿》，荀枚、佘贵棠译，上海译文出版社 1978 年出版，第 160 页。

（153）Patsy Stoneman. *Elizabeth Gaskell*. Sussex: The Harvest Press, 1987, 68.

（154）Stevenson, Lionel. *The Ordeal of George Meredith: A Biography*. New York: Russell & Russell, 1967.

（155）Stevenson, Robert Louis. *R. L. Stevenson on Fiction*. Edinburgh: Edinburgh UP, 1999. 115.

（156）"George Meredith." *The Norton Anthology of English Literature*. Second volume. Sixth ed. New York: W. W. Norton, 1993. 1, 454.

（157）Sprague, Rosemary. *George Eliot: A Biography*. Philadelphia: Chilton Book Co., 1968; Gerald Bullet. *George Eliot: Her Life and Books*. New Haven: Yale Univ. Press, 1978.

（158）Hardy, Barbara Nathan. *Middlemarch: Critical Approaches to the Novel*. New York: Oxford University Press, 1967; Leavis, F. R. *The Great Tradition: George Eliot, Henry James, Joseph Conrad*. New York: New York University Press, 1969; *Critical Essays on George Eliot*. New York: Barnes & Noble, 1970; Parrish, Morris Longstreth. *Victorian Lady Novelists: George Eliot, Mrs. Gaskell, The Bronte Sisters*. New York: Franklin, 1969.

（159）Buckley, Jerome. *The Victorian Temper: A Study in Literary Culture*. New York: Vintage Books, 1951.

（160）*A Century of Trollope Criticism*. Port Washington, New York: Kennikat Press, 1967.

（161）Gerould, Winifred. *A Guide to Trollope*. Westport, CT: Greenwood Press, 1970.

（162）Kincaid, James. *The Novels of Anthony Trollope*. Oxford: Clarendon, 1977.

（163）小说原来的结尾倾向于悲剧性质。

（164）Robinson, Kenneth. *Wilkie Collins: A Biography*. London: Chatto & Windus, 1951.

（165）Ward A. W. and A. R. Waller. Ed. "The Victorian Age"（Part One）. *The Cambridge History of English and American Literature*. Volume XIII. New York: Bartleby.com, 2000.

（166）Eliot, T. S. "Wilkie Collins and Dickens." *The Victorian Novel: Modern Essays in Criticism*. Ed. Ian Watt. Oxford: Oxford UP, 1971. 136-137.

（167）Stillman, Clara G. *Samuel Butler: A Mid-Victorian Modern*. London: Martin Secker, 1932.

（168）Henry Festing Jones. *Samuel Butler: A Sketch*. http://www.gutenberg.org/etext/2993

（169）David Clifford. Samuel Butler. Cambridge University. http://www.victorianweb.org/science/butler.html

（170）Hardy, Evelyn. *Thomas Hardy: A Critical Biography*. New York: Russell & Russell, 1970; Weber, Carl Jefferson. *Hardy of Wessex, His Life and Literary Career*. New York: Columbia University Press, 1965; *Thomas Hardy: The Critical Heritage*. New York: Barnes & Noble, 1970.

（171）哈代著，《远离尘嚣》，陈亦君、曾胡译，石家庄花山文艺出版社 1982 年出版，第 41 页。

（172）同上，第 230 页。

（173）同上，第 430 页。

（174）哈代著，《还乡》，王守仁译，南京译林出版社 1996 年出版，第 414 页。

（175）哈代著，《卡斯特桥市长》，侍桁译，上海译文出版社 1981 年出版，第 416 页。

（176）同上，第 414 页。

（177）哈代著，《德伯家的苔丝》，郑大民译，上海译文出版社 2000 年出版，第七章。

（178）同上。

（179）哈代著，《无名的裘德》，张谷若译，北京人民文学出版社 1989 年出版，第 454 页。

（180）同上，第 544 页。

（181）同上，第 405 页。

（182）《诺顿文集》2000 年版，第 1916～1917 页；Bailey, J. O. *The Poetry of Thomas Hardy: A Handbook and Commentary*. NC: U of North Carolina U, 1970; Ransom, John Crowe, ed. "Introduction." *Selected Poetry of Thomas Hardy*. New York: Collier Books, 1970.

（183）《哈代抒情诗选》，白非、吴笛译，北京中国文联出版公司 1992 年出版，第 3 页。下文中哈代诗歌的中译文皆引自此书。

（184）克兰的另外一首诗歌《在天上走》讲的也是这个意思："一个人身穿奇异的黑衣/ 在天上走，/ 遇一发光形体。/ 于是加快步伐/ 虔诚地行礼。/ '我的主，'他说。/ 但是，圣灵不认识他。"

（185）参阅丁尼生的诗歌《轻骑队的进攻》，《诺顿文集》，纽约诺顿出版公司 2006 年出版，第 1188 页。

（186）Korg, Jacob. *George Gissing: A Critical Biography*. Seattle: University of Washington Press, 1963; Brandes, G. M. C. *Naturalism in Nineteenth-Century English Literature*. New York: Russell & Russell, 1957.

（187）Calder, Jenni. *Robert Louis Stevenson: A Life Study*. New York: Oxford Univ. Press, 1980.

（188）Masson, R. O. *Robert Louis Stevenson*. Port Washington, NY: Kennikat Press, 1970.

（189）史蒂文森著，《金银岛 化身博士》，王凤芝译，北京燕山出版社 2000 年出版，第 182 页。

（190）史蒂文森著，《金银岛 化身博士》，赵毅衡译，北京燕山出版社 2000 年出版，第 278 页。

（191）殷企平著，《一段"进步的历史"——浅谈狄思累利的小说》，载《外国文学评论》2003 年第 3 期，第 105～106 页。

（192）Blake, Robert. *Disraeli*. New York: St. Martin, 1967. 193-194.

（193）Harvie, Christopher. *The Centre of Things—Political Fiction in Britain from Disraeli to the Present*. Cambridge, MA: Unwin Hyman Inc., 1991. 2.

（194）Louis Cazamian. *The Social Novel in England 1830-1850—Dickens, Disraeli, Mrs. Gaskell, Kingsley*. 1973. 180.

（195）Stewart, R. W. Ed. *Disraeli's Novels Reviewed, 1826-1968*. Metuchen: The Scarecrow Press, 1975. 37.

（196）托马斯·卡莱尔著,《英雄和英雄崇拜——卡莱尔演讲集》, 张峰、吕霞译，上海三联书店 1988 年出版，第 1～2 页。

（197）殷企平著,《一段"进步的历史"——浅谈狄思累利的小说》, 载《外国文学评论》2003 年第 3 期，第 109 页。

（198）Moore, George. *Confessions of A Young Man*. Harmondsworth Middlesek England: Penguin Books Limited, 1918. 26.

（199）Ibid，24.

（200）*Dictionary of Literary Biography on George Augustus Moore*. <http://www.bookrags.com/biography/george-augustus-moore-dlb2/4>

（201）此语出于英国记者和小说家爱德芒·叶芝发表在《世界》杂志的诗评；"'Pagan Moore': Poetry, Painting, and Passive Masculinity in George Moore's *Flowers of Passion* and *Pagan Poems*." *Victorian Poetry,* Volume 45, Number 1, Spring 2007, pp. 77-92. <http://muse.jhu.edu/about/muse/publishers/wvu>

（202）"George Moore." <http://en.wikipedia.org/wiki/ _（novelist）>

（203）Moore, George. *Confessions of A Young Man*. Harmondsworth Middlesek England: Penguin Books Limited, 1918. 136.

（204）Brown, Malcolm. *George Moore: A Reconsideration*. <http://www.astonisher.com/archives/mjb/george_moore/gm_preface.html>

（205）Medley, C. D. "Introductory Note to Esther Waters." *Esther Waters*. London: J. M. Dentt & Sons Ltd., 1936. viii.

（206）Morgan, Charles. *Epitaph on George Moore*. London: Macmillan & Co Ltd., 1935. 25-26.

（207）Woolf, Virginia. *The Death of the Moth and Other Essays*. <http://ebooks.adelaide.edu.au/w/woolf/virginia/w91d/>

（208）张介明著，《现代视野中的乔治·莫尔——解读〈埃斯特·沃特斯〉》，载于《外国文学研究》2007 年第 4 期，第 143 页。

（209）Mitchell, Susan. *George Moore*. Dublin and London: Maunsel &

Co. Ltd., 1916. 46.

（210）张介明著，《现代视野中的乔治•莫尔——解读〈埃斯特•沃特斯〉》，载于《外国文学研究》2007 年第 4 期，第 142 页。

（211）同上，第 148 页。

（212）同上，第 147 页。

（213）Yeats, W. B. *Autobiographies*. London: Macmillan & Co, 1956. 第 437 页。

（214）Woolf, Virginia. *The Death of the Moth and Other Essays*. <http://ebooks.adelaide.edu.au/w/woolf/virginia/w91d/>

（215）"'Pagan Moore': Poetry, Painting, and Passive Masculinity in George Moore's *Flowers of Passion* and *Pagan Poems*; Woolf, Virginia. *The Death of the Moth and Other Essays*. <http://ebooks.adelaide.edu.au/w/woolf/virginia/w91d/>

（216）*New World Encyclopedia*. <http://www.newworldencyclopedia.org/entry/George_Moore>

（217）Brown, Malcolm. *George Moore: A Reconsideration*. <http://www.astonisher.com/archives/mjb/george_moore/gm_preface.html>

（218）张介明著，《现代视野中的乔治•莫尔——解读〈埃斯特•沃特斯〉》，载于《外国文学研究》2007 年第 4 期，第 141 页。

（219）Elsie 是大姐 Lorina Charlotte 的首位字母的缩写；Tillie 是指三妹伊迪斯的别名 Matilda；而 Lacie 则是 Alice 的名字里几个字母的变换和拼凑的结果。

（220）福尔摩斯与贝尔教授在外貌上确实有许多引人注目的相似之处：贝尔博士身材高而瘦，皮肤黝黑，面部最明显的特征是鹰钩鼻子和锐利无比的灰色眼睛；而福尔摩斯亦身高 6 英尺余，身材异常瘦削，因而显得格外颀长；他的目光极具穿透力，细长的鹰钩鼻子把他的面容衬托得格外机警和果断。贝尔教授经常教育学生，医生的观察能力至关重要，只有具备了细致入微的观察力，才有可能从貌似普通的多种症状中破译出潜藏着的疾病的重要密码。对人和事物予以密切观察，已经成为贝尔教授的职业习惯。他只要看病人几眼，就能判断出病人的职业与爱好。有一次，他悄声对柯南•道尔说："看那个病人！他的灯心绒裤子的右膝部有磨损，表明他是个鞋匠；不仅如此，我们还得知他是左撇子——只有使用左手干活的鞋匠，才会在裤子的那个部位有如此厉害的磨损。”事实证明，贝尔教授的观察和推理完全正确。这件事给柯南·道尔留下了极为深刻的印象。《血字的研究》中写到，福尔摩斯第一次见到未来的助手华生，便准确地根据他的外貌和气质推断出其身份和经历。他向华生解释了自己的观察和推理：“‘这位先生（指华生本人——笔者），有着医生的风度，还表现出军人的气派，显然他是位军医了。我认为他刚从热带回来，因为他脸色黝黑，但是，他手腕部位的皮肤却黑白界限分明，这表明黝黑色并不是他本来的肤色。他的面容憔悴，这清楚地显现出，他久病初愈而且又历经困苦。他的左臂曾经受过伤，因为现在活动时还显得有些僵硬不便。试问，一位英国军医在某热带地区历尽艰辛，并且臂部负过伤，这热带地区能在何处？自然只有在阿富汗了。’我的这一连串推敲过程，用了不到一秒钟，因此我能脱口说出，你来自阿富汗……”

（221）侦探福尔摩斯的学识范围包括：1．文学知识——无。2．哲学知识——无。3．天文学知识——无。4．政治学知识——浅薄。5．植物学知识——不全面，但对于莨菪制剂和鸦片却知之甚详。对毒剂有一般的了解，而对于实用园艺学却一无所知。6．地质学知识——偏于实用，但也有限。但他一眼就能分辨出不同的土质。他在散步回来后，曾把溅在他的裤子上的泥点给我（华生——笔者）看，并且能根据泥点的颜色和坚实程度说明是在伦敦什么地方溅上的。7．化学知识——精深。8．解剖学知识——准确，但不系统。9．惊险文学——很广博，他似乎对近一世纪中发生的一切恐怖事件都深知底细。10．提琴拉得很好。11．善使棍棒，也精于刀剑拳术。12．关于英国法律方面，他具有充分实用的知识。

（222）“Conan Doyle.” <Google>

第四节　宪章运动作家和社会主义运动作家

（223）陈嘉著，《英国文学史》，北京商务印书馆 2004 年出版，第 188～195 页。

（224）Bivona, Daniel & Roger Henkle. *The Imagination of Class: The Victorian Middle Class and the Lon*. Ohio State University Press, 2006；Joannou, Maroula. *Ladies, Please Don't Smash These Windows*. UK：Berg Publishers, 1995.

第五节　维多利亚戏剧

（225）Archibald Henderson. *Bernard Shaw: Playboy and Prophet D.*

Appleton and Company, 1932. 154.

（226）Hesketh Pearson. *Bernard Shaw: His Life and Personality*. London and Glasgow: Collins Clear-type Press, 1941. 68.

（227）Ibid, 358.

（228）黄嘉德著，《肖伯纳研究》，济南山东大学出版社 1989 年出版，第 168 页。

（229）同上，第 184 页。

（230）赫里斯著，《肖伯纳传》，黄嘉德译，北京外国文学出版社 1983 年出版，第 116 页。

（231）同上，第 178 页。

（232）林浩庄译，《巴巴娜少校》，肖伯纳著，《肖伯纳戏剧三种》，北京人民文学出版社 1963 年出版，第 266 页。下文此剧引语皆出于此版本。

（233）Kearns, George. Ed. *English and Western Literature*. New York: Macmillan Publishing Company, 1984. 506.

（234）黄嘉德著，《肖伯纳研究》，第 8 页。

（235）张谷若译，《伤心之家》，肖伯纳著，《肖伯纳戏剧集》，人民文学出版社 1956 年出版，第 130～131 页。

（236）"为艺术而艺术"是法国作家本杰明・贡斯当（Benjamin Constance, 1767-1830）于 1804 年第一次使用的。后来主要在法国哲学家维克多・库辛（Victor Cousin, 1792-1867）的推动下，它成为 19 世纪 80 年代唯美主义运动的标志性口号。随着唯美主义运动日益发展，英国的艺术家也深受其影响。其早期代表人物包括英国诗人史文朋（Algernon Charles Swinburne, 1837-1909）和沃尔特・佩特（Walter Pater, 1839-1894）。王尔德则是在这些先辈的美学思想的影响下把这个口号推向整个英国和美洲的。

（237）史托克是名著《吸血伯爵》（*Dracula*）的作者。

（238）王尔德的两个孩子随母姓改为赫兰德。一个死于第一次世界大战，一个成为作家和翻译家。王尔德的孙子梅林・赫兰德业已编辑和出版了几部关于祖父的书。

（239）多人译，《王尔德作品集》，北京人民文学出版社 2006 年出版，第 733 页。

（240）同上，第735页。

（241）杨烈等译，《王尔德全集3·诗歌卷》，北京中国文学出版社2000年出版。

（242）多人译，《王尔德作品集》，第126～127页。

（243）同上，第218～219页。

（244）同上，第12页。

（245）同上，第3～4页。《前言》附在下面以利于读者查阅：

艺术家是各种美的东西的创造者。

揭示艺术，隐去艺术家，是艺术的目的。

评论家是对美的印象转化为另一种形式或一种新东西的人。

批评的最高形式和最低形式是自传式的批评。

在美中发现丑的含义是一种并无可爱之处的堕落，那是一种　过错。

在美中发现美的人是有教养的人，这些人很有希望。

认为美就是美的人是卓越的。

书没有道德和不道德之分，只有写得好坏之分，如此而已。

19世纪对现实主义的厌烦，是卡利班在镜中窥见自己的面容时所表现出的愤怒。

19世纪对浪漫主义的厌恶，是卡利班在镜中没有窥见自己的面容时所表现出的愤怒。

人的道德生活部分构成了艺术家的题材，而艺术的道德在于完美地运用不完美的手段。

艺术家并不希望证实什么，连真实的东西也是可以被证实出来的。

艺术家没有道德取向，如有，那是不可原谅的风格的矫饰。

艺术家没有病态的，艺术家什么都可以表达。

思想和语言对艺术家来说是艺术的工具。

善与恶对艺术家来说是艺术的材料。

从形式的角度看，音乐家的艺术是一切艺术的典型，从感觉的角度看，演员的技巧就是典型。

一切艺术具有表层意义，又具有象征意义，潜入表层底下的人得自己承担风险，读出象征意义的人也得自己承担风险。

艺术所真正要反映的是旁观者，而不是生活。

对一部艺术作品意见的分歧说明这部作品有新意，有复杂性和生命力。

当批评家意见分歧的时候，艺术家自己的意见却是统一的。

我们可以原谅一个人做一件有用的事情，只要他对这件事不赞赏备至。做一件无用之事的唯一借口是对这件事爱之过深。一切艺术都是相当不实用的。

（246）Showalter, Elaine. *Sexual Anarchy*. London: Bloomsbury, 1991. 151.

（247）Ellmann, Richard. *Oscar Wilde*. New York: Vintage Books, 1988. 372.

（248）Wilde, Oscar. *Complete Letters of Oscar Wilde*. Eds. Merlin Holland & R. Hart-Davis. London: Fourth Estate, 2000. 729. 笔者译。

（249）多人译，《王尔德作品集》，北京人民文学出版社 2006 年出版，第 668～669 页。

（250）同上，第 664 页。

（251）同上，第 617 页。

（252）同上，第 671 页。

（253）同上，第 668～670 页。

（254）同上，第 672 页。

（255）《亚瑟·温·皮奈罗的社会生活剧作》，克雷顿·汉密尔顿编，纽约 AMS 出版社 1967 年出版，第 3 页。

（256）Dunkel, Wilbur Dwight. *Sir Arthur Pinero: A Critical Biography with Letters*. Chicago: U of Chicago P, 1941. 103.

（257）George Rowell. *Plays by W. S. Gilbert*. Cambridge, New York: Cambridge UP, 1982.1.

（258）*The Longman Anthology of British Literature*. 2nd ed. Ed. David Damrosch. Addison-Wesley Educational Publishers Inc., 2003. 1942.

（259）M. H. Abrams, et al., eds. *The Norton Anthology of English Literature*. New York: W. W. Norton, 1975. 1614.

（260）Ibid.

第六节　维多利亚散文

（261）"Sage of Chelsea"，切尔西是英国伦敦文人名士聚居的地方。Cumming, Mark, ed. *The Carlyle Encyclopedia*. Madison, NJ.: Fairleigh

Dickinson UP, 2004. 16.

（262）Neff, Ernest. *Carlyle and Mill: An Introduction to Victorian Thought*. New York: Columbia UP, 1926.

（263）Symons, Julian. *Thomas Carlyle: The Life and Ideas of a Prophet*. Oxford UP, 1952.

（264）Mill, John Stuart. *Autobiography of John Stuart Mill*. New York: Columbia UP, 1944. 21. Albee, Ernest. *A History of English Utilitarianism*. London: Sonnenschein, 1902; Plamenatz, John. *The English Utilitarians*. Oxford: Blackwell, 1958.

（265）Abrams, M. H., et al., eds. *The Norton Anthology of English Literature*. 7th ed. Vol. 2. New York: W. W. Norton & Company, 2000. 1138.

（266）Ibid, 1138.

（267）Ward, Wilfrid. Ed. *The Life of John Henry Cardinal Newman: Based on His Private Journals and Correspondence*. Vol. 1. London: Longmans, Green, and Co, 1913. 229-230.

（268）Abrams, M. H. et al., eds. *The Norton Anthology of English Literature*. 7th ed. Vol. 2. New York: W. W. Norton & Company, 2000. 1120.

（269）纽迪吉盖奖（Newdigate Prize）是罗杰·纽迪盖特爵士于1805年在牛津大学设立的诗歌奖。

（270）J. M. W. Turner（1775-1851），英国风景画家，擅长水彩画，融合油画与水彩技法，追求光与色的效果，主要作品有《运输船的遇难》、《迪埃普港》等。

（271）温克尔曼（Johaun Joachim Winckelmann, 1717-1768），德国考古学家、艺术史家、艺术上新古典主义的奠基人，其名著有《希腊绘画雕塑沉思录》和《古代艺术史》；桑德罗·波提切利（Sandro Botticelli, 1445-1510），意大利文艺复兴时期画家，运用背离传统的新绘画方法，创造出富于线条节奏且擅长表现情感的独特风格，代表作有《春》、《维纳斯的诞生》等。

（272）Stoicism: 古代哲学派系，公元前4世纪由古希腊哲学家芝诺（Zeno）创立于雅典。

（273）Huxley, Thomas Henry. *Collected Essays*. Vol 2. Darwiniana, London: Macmillan, 1893. 193.

（274）Gaskell, Elizabeth. "The Last Generation in England." *Sartain's Union Magazine* 7 （1849）: 23.

（275）Gilbert, Sandra M. , and Susan Gubar. "Florence Nightingale." *The Norton Anthology of Literature by Women: The Traditions in English*. New York: W. W. Norton, 1996. 836-837.

（276）"Andrew Lang." *Literature Network*. <Google>; *The Oxford Companion to English Literature*. 1967 ed.

（277）Yeats, W. B. "Preface." *Cuchulain of Muirthemne*. Dover: Dover Publisher, 2001. i.

（278）*Recollections of Troubled Times in Irish Politics*. Dublin: Sealy, Bryers, & Walker, 1905. vi.

............索引

A

B

C

D

E

F

G

H

I

J

K

L

M

N

S

V

W